COLLINS
COBUILD

英語用法大全

ENGLISH USAGE

全新版

NEW EDITION

U0108879

商務印書館

© HarperCollins Publishers Ltd (2012)
© in the Chinese material CPHK (2015)

Collins Cobuild English Usage

Managing Editor: Penny Hands
Senior Editor: Kate Wild
Project Management: Gavin Gray, Lisa Sutherland
Contributors: Sandra Anderson, Rosalind Combley, Lucy Hollingworth,
Laura Wedgeworth
American English Consultant: Orin Hargraves

For the Publishers: Lucy Cooper, Kerry Ferguson, Elaine Higgleton
Computing Support: Thomas Callan
Founding Editor-in-Chief: John Sinclair

Collins 英語用法大全（全新版）

編　　寫：Penny Hands, Lisa Sutherland

中文翻譯：李明一

責任編輯：黃家麗　　張朗欣

封面設計：楊愛文

出　　版：商務印書館 (香港) 有限公司
　　　　　香港筲箕灣耀興道 3 號東匯廣場 8 樓
　　　　　http://www.commercialpress.com.hk

發　　行：香港聯合書刊物流有限公司
　　　　　香港新界荃灣德士古道 220–248 號荃灣工業中心 16 樓

印　　刷：中華商務彩色印刷有限公司
　　　　　香港新界大埔汀麗路 36 號中華商務印刷大廈 14 字樓

版　　次：2023 年 3 月第 1 版第 3 次印刷
　　　　　©2015 商務印書館 (香港) 有限公司
　　　　　ISBN 978 962 07 1991 2
　　　　　Printed in Hong Kong
　　　　　版權所有　不得翻印

Contents 目錄

Topics section 主題部份

第一節：主題範疇

第二節：溝通技巧

Introduction 引言

歡迎使用《Collins 英語用法大全（全新版）》。本書為中高級英語水平的讀者編寫，我們借助收詞量達45億的 Collins 語料庫，描述現代人實際應用英語的狀況。

甚麼是“英語用法”？英語用法探討英語的基本細節，包括語法、意義、慣用語和如何表達目的數個方面，也探討如何組合詞彙，以表達特定意義或做特定事情。本書並非泛泛概括，而處理的是通則無法涵蓋的所有內容。

然而，語法和用法之間沒有嚴格分界線。因此，我們也把最重要的英語語法要點條目列入本書。全面的互見參照有助讀者在不同條目類型之間輕鬆瀏覽。

本書分為三個主要部份：用法和語法、主題部份及參考部份。

The Usage section 用法部份

用法部份的許多詞條，均提供個別詞彙和短語的精要解釋，像易混淆的 although 和 though；又像 afford 前面需要加 can、could 或 be able to 等例子，說明個別單詞要和另一個一起使用。

其餘條目比較長：有的可能討論多義詞，有的可能論述“功能詞”。後者是一些像 and 和 that 之類的小詞，用於表達句子組成部份之間的語法關係。通過查閱本書的 Grammar Finder 條目，讀者可以進一步了解用法說明內使用的所有語法術語。

我們也使用來自美國語料庫的證據，更新了本書美式英語的覆蓋範圍。

The Topics section 主題部份

主題部份分兩個小節：（1）直接淺白的主題，如“餐食”、“地點”和“交通工具”；（2）用英語表情達意的主題，如“同意和不同意”、“道歉”、“感謝”和“警告”。另外還包括書面英語的某些領域，如撰寫電子郵件和信函。

The Reference section 參考部份

參考部份為下列英語的基本領域提供格式、規則及構成方面的說明：

- Abbreviations 縮寫
- Capital letters 大寫字母

- Days and dates 日子和日期
- Irregular verbs 不規則動詞
- Measurements 量度單位
- Nationality words 國籍詞
- Numbers and fractions 數詞和份數
- Plural forms of nouns 名詞的複數形式
- Punctuation 標點符號
- Spelling 拼寫
- Verb forms (formation of) 動詞形式（的構成）

每個部份的所有條目都按字母順序排列，全書每個關聯條目都有互見參照。

The Examples 例證

我們從不斷更新的 Collins 語料庫裏，提取了數以千計的真實例證，用於展示英語用法的要點。在適當情況下，我們縮短或簡化了例證，這有助於讀者集中注意力於例證所説明的用法要點上。

我們的目的是把本書寫成一本實用、全面和方便使用的英語用法指南。除了易於使用，我們還希望這本參考書的編寫方式會鼓勵讀者一邊瀏覽和一邊輕鬆學習。

Guide to the usage 使用説明

本書旨在幫助英語學習者選擇正確的詞語及組合語法結構來表情達意。每個條目均基於Collins 語料庫裏最新的語料撰寫。目前該語料庫的總規模已經超過45億詞。學習者和老師都會發現本書非常有用，是當代英語實際用法的權威參考書。

為幫助讀者更易找到所需資料，《Collins 英語用法大全（全新版）》分成了三個部份：用法和語法、主題部份及參考部份。以下數頁將逐一說明這數個部份。書後還設索引，告知讀者在何處可找到特定條目。

1. The Grammar and Usage section 語法和用法部份

用法條目有數種，解釋如下。

Entries for individual words 單詞條目

單詞條目説明詞的用法，比如後面應該接甚麼介詞、應該用 *to*-不定式還是 *-ing*形式。例如，在條目 agree 中：

> **3** agree to
>
> **agree to** a suggestion or proposal 表示同意一個建議或提議。
>
> *He **had agreed to** the use of force.* 他同意使用武力。

本書討論學習者經常覺得困難的詞。用法説明除了告訴學習者應該怎麼説，也常告訴他們不應該怎麼説。常見的錯誤按以下方式清楚標示出來：

> **!** 注意
>
> homework 和 housework 都是不可數名詞。不要説 ~~a homework~~ 或 ~~houseworks~~。

我們也提供正確的詞彙和表達式，再加上用法正確的例子：

> 如果要表示某人嚴重受傷，不要用 ~~very hurt~~，而要用 badly hurt 或者 seriously hurt。
>
> *The soldier was **badly hurt**.* 這名士兵受了重傷。
>
> *Last year 5,000 children were **seriously hurt** in car accidents.* 去年，5,000名兒童在車禍中嚴重受傷。

Entries for easily confused words 易混淆詞的條目

如果兩個或多個詞有時互有混淆，那所有的詞都列入條目標題。例如，以 accept –except 為標題的條目解釋了 *accept* 和 *except* 之間的區別。

---

accept – except

不要混淆 accept /æk'sept/ 和 except /ɪk'sept/。

1 accept

accept 是動詞。如果某人為你提供某物，而你同意接受，要用 accept。

*I never **accept** presents from clients.* 我從不接受客戶的禮物。

☞ 見 accept
☞ 見 customer – client

2 except

except 是介詞或連詞，可表示除了⋯⋯、除⋯⋯之外。

*All the boys **except** Paul started to giggle.* 除了保羅，所有男孩都咯咯笑了起來。

☞ 見 except

其餘條目區分了基本意義相似但用法略有不同的詞語。

---

called – named

called 或 named 表示"某人或某物名叫甚麼名字"。named 不如 called 常見，一般不用於談話。

*Did you know a boy **called** Desmond?* 你認識一個名叫達士文的男孩嗎？

*We passed through a town **called** Monmouth.* 我們經過了一個叫蒙茅斯的小鎮。

*A man **named** Richardson confessed to the theft.* 一個名叫理查森的男子對盜竊行為供認不諱。

called 既可用在名詞後面，也可用在 be 後面。

*She starred in a play **called** Katerina.* 她在一部名為《卡特琳娜》的戲劇裏擔任主角。

*The book was **called** The Goalkeeper's Revenge.* 這本書名為《守門員的復仇》。

named 通常直接用在名詞後面。

*The victim was an 18-year-old girl **named** Marinetta Jirkowski.* 受害者是一個名叫瑪麗埃塔•傑可夫斯基的18歲女孩。

Grammar Finder entries 語法講解條目

語法講解條目包含讀者在學習中需要參考的主要語法要點。

較長的條目在開頭有個"功能表"，方便讀者找到所需內容。例如：

Questions 疑問句

1 yes / no-疑問句	**6** wh-疑問句
2 be	**7** wh-詞作主語
3 have	**8** wh-詞作賓語或副詞
4 否定的 yes / no-疑問句	**9** 用作回答的疑問句
5 對 yes / no-疑問句的回答	**10** 間接提問的方法

---

855 至 866 頁還有一份語法術語表。

如果希望深入學習英語語法，或需要對某個語法點有更多了解，應該參閱《Collins 英語語法大全（全新版）》。

2. The Topics section 主題部份

主題部份論述兩個方面的內容：（1）直接淺白的主題，如"餐食"、"地點"和"交通工具"（第一節：主題範疇）；（2）英語的功能，如"同意和不同意"、"道歉"、"感謝"和"警告"（第二節：溝通技巧）。另外還包括書面英語的某些領域，如撰寫電子郵件和信函。

較長的主題條目在開頭有個"功能表"，方便讀者找到所需內容：

Agreeing and disagreeing 同意和不同意

1 請求同意	**5** 表示不知道或不確定
2 表示同意	**6** 表示不同意
3 堅決同意	**7** 強烈不同意
4 部份同意	

主題條目大多描述正式和非正式的説話方式。在和朋友或家人説話時，人們使用的是非正式用語。在和不太熟悉的人説話或身處會議之類的正式場合時，使用的則是正式用語。

3. The Reference section 參考部份

參考部份的條目説明有特定用法的詞語，比如縮寫或國籍詞。還有關於拼寫和標點符號的條目。

4. General points 一般要點

Register information 語域信息

本書有時會解釋哪些詞和表達式用於談話和非正式書面語，哪些主要用於正式口語或書面語：

> **2** a couple of
> 在談話和非正式書面語中，可用 a couple of 指兩個人或物。
> *I asked **a couple of** friends to help me.* 我請了兩個朋友來幫助我。
> *We played **a couple of** games of tennis.* 我們打了兩場網球比賽。

如果一個詞、表達式或結構僅出現在小説和書面描寫裏，我們就説"僅用於敘事"。例如 dress 在敘事中用來指 put on your clothes（穿衣），但在談話中，我們會用 get dressed。如果一個一般人形容為文雅的詞，比如副詞 *seldom*，則表示該詞用於富有詩意的作品和激昂的演講。

如果説一個詞或表達式不用於"現代英語"，意思是這可能在以前出版的書中出現過，但在今天的書面語中，聽起來不太自然，而且肯定不能用在口語中。例如，現代英式英語用 go swimming 而不是 bathe 表示去游泳。如果一個詞被描述為"過時的"，是説它出現在以前的書籍中，也許如今的老年人還在使用，但正變得越來越少見了。

如果説一個詞或表達式被描述為不用於"標準英語"，意思是某些英語變體的使用者會用到它，但大多數人認為它是不正確的。

被描述為"中性"的一個詞，只是用來表示某人的特點或某物的特質。"褒義詞"表示説話者讚賞所描述的人。"貶義詞"則表示説話者不讚賞那個人。

American English 美式英語

英式英語和美式英語之間，用法上常常有差異。本書使用美國國旗突顯這些區別。例如：

> 在美式英語裏，與地面平齊的樓層稱作 the first floor（一樓），以上的樓層依次稱為 the second floor（二樓）等等。

🔲 注意

"注意"欄強調的要點,是一般人常遇到困難的某個方面,而造成困難的常見原因是英語的某個特徵不同於其他很多語言。例如:

> **🔲 注意**
>
> 不要説 someone ~~has difficulty to do~~ something。

Spoken English 英語口語

説話框引出的段落描述的是英語口語中最常見的結構。例如:

> 在談話中,可以用 I mean 來解釋或更正剛説過的話。

Examples 例證

本書提供數以千計的用法例證,所有例證均來自 Collins 語料庫,以説明現代英語的真實使用情況。Collins 語料庫不斷更新,確保了本書所採納的例證不但與時俱進而且合適貼切。

互見參照

如果關於一個詞的用法説明或進一步的相關資料,需要到另一個條目中查閲,我們就會提供互見參照,告訴讀者應該查閲本書的哪個部份:

> **2** bare
>
> bare 通常作形容詞,表示沒有遮蓋物的、光禿禿的。
>
> *The grass was warm under her* **bare** *feet.* 草在她的赤腳下面感覺很溫暖。
> *The walls were* **bare**. 牆壁是光禿禿的。
>
> ☞ 見 bare – barely

Pronunciation Guide 發音指南

英式英語的母音音素

ɑː	heart, start, calm
æ	act, mass, lap
aɪ	dive, cry, mine
aɪə	fire, tyre, buyer
au	out, down, loud
auə	flour, tower, sour
e	met, lend, pen
eɪ	say, main, weight
eə	fair, care, wear
ɪ	fit, win, list
iː	feed, me, beat
ɪə	near, beard, clear
ɒ	lot, lost, spot
əu	note, phone, coat
ɔː	more, cord, claw
ɔɪ	boy, coin, joint
ʊ	could, stood, hood
uː	you, use, choose
ʊə	sure, pure, cure
ɜː	turn, third, word
ʌ	but, fund, must
ə	（弱母音）butter, about, forgotten

美式英語的母音音素

ɑ	calm, drop, fall
ɑː	draw, saw
æ	act, mass, lap
ai	drive, cry, lie
aiər	fire, tire, buyer
au	out, down, loud
auər	flour, tower, sour
e	met, lend, pen
ei	say, main, weight
eər	fair, care, wear
ɪ	fit, win, list
i	feed, me, beat
ɪər	cheer, hear, clear
ou	note, phone, coat
ɔ	more, cord, sort
ɔi	boy, coin, joint
ʊ	could, stood, hood
u	you, use, choose
ʊər	sure, pure, cure
ɜr	turn, third, word
ʌ	but, fund, must
ə	（弱母音）about, account, cancel

輔音音素

b	bed		t	talk
d	done		v	van
f	fit		w	win
g	good		x	lo<u>ch</u>
h	hat		z	zoo
j	yellow		ʃ	ship
k	king		ʒ	measure
l	lip		ŋ	si<u>ng</u>
m	mat		tʃ	cheap
n	nine		θ	thin
p	pay		ð	then
r	run		dʒ	joy
s	soon			

字母

母音字母有：

a e i o u

輔音字母有：

b c d f g h j k l m n p q r s t v w x y z

字母 y 有時用作母音，比如 shy 和 myth。

Aa

---

a – an

1 a 和 an

如果所指的是何人或何物不清楚或不重要，通常用 a 和 an。a 和 an 僅和單數可數名詞連用。談論特定的人或物時，通常用 the。

*She decided to buy **a car**.* 她決定買一輛車。
*He parked **the car** in front of **the bakery**.* 他把車停在了麵包店前面。

☞ 見 Determiners
☞ 見 the

描述某人或某物時，可以用 a 或 an 加形容詞和名詞，或加名詞後接更多的資料。

*His brother was **a sensitive child**.* 他弟弟是個敏感的孩子。
*The information was contained in **an article on biology**.* 所需資料包含在了一篇生物學論文中。

> **! 注意**
>
> 如果名詞指的是某人的職業或工作，該名詞前不能遺漏 a 或 an。例如，要說 He is **an** architect.（他是一位建築師。），不要說 ~~He is architect.~~。
>
> *She became **a lawyer**.* 她成為了一名律師。

2 a 或 an？

輔音音素開頭的詞前面用 a，母音音素開頭的詞前面用 an。

*Then I saw **a** tall woman standing by the window.* 然後我看見一個高挑的女人站在窗戶邊。
*We live in **an** old house.* 我們住在一間老屋裏。

在以不發音的 h 開頭的詞前面用 an。例如，要說 **an honest** man（一個誠實的人），不要說 ~~a honest man~~。

*The meeting lasted **an** hour.* 會議持續了 1 個小時。

下列以 h 開頭的詞前面要用 an：

heir	heirloom	honorary	honourable	hourly
heiress	honest	honour	hour	

在以 u 開頭、發音為 /juː/（讀作 you）的詞前面用 a。例如，要說 **a unique** occasion（一個獨特的場合），不要說 ~~an unique occasion~~。

*He was **a** university professor.* 他是一名大學老師。
*She became **a** union member.* 她成了一個工會會員。

下列單詞之前用 a：

ubiquitous	union	urinary	usually
unanimous	unique	urine	usurper
unicorn	unisex	usable	utensil
unification	unit	usage	uterus
uniform	united	use	utilitarian
uniformed	universal	used	utility
uniformity	universe	useful	utopian
unifying	university	useless	
unilateral	uranium	user	
unilateralist	urinal	usual	

如果縮寫詞的字母分開來讀，並且第一個字母以母音音素開頭，前面用 an。

*Before she became **an MP**, she was a social worker.* 在成為國會議員之前，她是一個社會工作者。

*He drives **an SUV**.* 他開一輛多功能越野車。

3　a 作 one 解

某些數詞和量度單位前面的 a 和 an 用作 one 的意思。

☞　見參考部份 Numbers and fractions 和 Measurements

---

ability – capability – capacity

不要混淆 ability、capability 和 capacity。

1　ability

ability 常用於表示某人做好某事的能力。

*He had remarkable **ability** as a musician.* 作為一個音樂家，他有非凡的才能。

*…the **ability** to bear hardship* ……吃苦的能力

2　capability

capability 指的是一個人能夠承擔的工作量以及能夠做好工作的程度。

*…a job that was beyond the **capability** of one man* ……非一個人力所能及的工作

*…the director's ideas of the **capability** of the actor* ……導演對演員能力的想法

3　capacity

如果說某人有特定的 capacity、a **capacity** for something 或 a **capacity** to do something，意思是他們有做某事所需的能力。capacity 比 ability 正式。

*…their **capacity** for hard work* ……他們承受繁重工作的能力

*…his **capacity** to see the other person's point of view* ……他領悟別人觀點的能力

---

a bit

☞　見 bit

able – capable

able 和 capable 都可以用來表示某人能夠做某事。

1 able

be **able** to do something 表示能夠做某事，或是由於某人具備知識或技能，或是由於存在這種可能性。

*He wondered if he would be **able** to climb over the fence.* 他心裏在想自己是否能爬過那道柵欄。

*They were **able** to use their profits for new investments.* 他們做到了把利潤用於新的投資。

如果用過去時態，則表示某人事實上已經做了某事。

*We **were able** to reduce costs.* 我們成功地降低了成本。

☞ 見 can – could – be able to

2 capable

be **capable of** doing something 表示某人具備知識和技能來做某事。

*The workers are perfectly **capable of** running the organization themselves.* 這些工人完全有能力自己管理這個機構。

capable of 後面可以接情感或行為。

*He's **capable of** loyalty.* 他能夠做到忠誠。
*I don't believe he's **capable of** murder.* 我不相信他會殺人。

capable of 也可用於談論某物能夠做到的事，例如汽車或機器。

*The car was **capable of** 110 miles per hour.* 這輛車每小時能開110英里。

3 able 或 capable

able 或 capable 用於描述人時表示能幹的、有能力的。

*He's certainly a **capable** gardener.* 他的確是一位能幹的園丁。
*Naomi was a hard-working and **able** student.* 拿俄米是個刻苦能幹的學生。

about

1 about

在提及某人所説、所寫或所想的內容時，可用 about。

*Manuel told me **about** his new job.* 曼紐向我提到他的新工作。
*I'll have to think **about** that.* 關於那一點我要考慮一下。

可以用 about 或 on 表示一本書的特定主題。

*She is writing a book **about** politics.* 她正在寫一本關於政治的書。
*I'm reading Anthony Daniels' book **on** Guatemala.* 我在讀安東尼・丹尼爾斯關於瓜地馬拉的一本書。

也可用 about 表示小説或戲劇的內容。不要用 on。

*This is a novel **about** ethics.* 這是一部倫理小説。
*They read a story **about** growing up.* 他們讀了一個關於成長的故事。

2　about to

about to do something 表示馬上要做某事。

*You are **about to cross** the River Jordan.* 你們馬上要渡過約旦河了。
*I was **about to go** home.* 我正要回家。

> **!** 注意
>
> 上述句子中不要用 -ing形式。例如，不要説 ~~You are about crossing the River Jordan.~~。

☞ 見 around – round – about

---

above – over

1　用於談論位置和高度

如果某物比另一物高，可以用 above 或 over 表示。

*He opened a cupboard **above** the sink.* 他打開了水槽上方的一個櫥櫃。
*There was a mirror **over** the fireplace.* 壁爐上方有一面鏡。

如果一物比另一物大得多，或兩者之間有很大空間，通常用 above 表示。

*We heard a noise in the apartment **above** ours.* 我們聽見我們上方住宅單位裏的一個響聲。

如果一物高於另一物並且在移動，通常用 over 表示。

*A plane flew **over** the city.* 一架飛機在城市上空飛過。

2　用於談論量度和數量

above 和 over 都可以用來談論量度，比如談論標度上的一個點高於另一個點。

*Any money earned **over** that level is taxed.* 任何超過這個水平的收入都要課税。
*The temperature rose to just **above** forty degrees.* 溫度上升到略高於40度。

> **!** 注意
>
> 談論人或物的數量時，數詞前面不要用 above。例如，不要説 ~~She had above thirty pairs of shoes.~~，而要説 She had **over** thirty pairs of shoes.（她有30多雙鞋子。）或 She had **more than** thirty pairs of shoes.。
>
> *They paid out **over** 3 million pounds.* 他們支付了300多萬英鎊。
> *He saw **more than** 800 children, dying of starvation.* 他看到800多名兒童瀕於餓死。

3　用於談論距離和時間

over 用於表示一段距離或時間比已經提到的那一段長。

*The mountain is **over** twelve thousand feet high.* 這座山高12,000多英尺。
*Our relationship lasted for **over** a year.* 我們的關係持續了1年多。

absent

1 absent

absent from 表示缺席。

*Gary O'Neil has been **absent from** training because of a stomach virus.* 加利•奧尼爾因胃部感染缺席了訓練。

*Their children are frequently **absent from** school.* 他們的孩子經常缺課。

在這類句子中，absent 後面要用 from，不要用 at。

如果很清楚談論的是甚麼會議、儀式或地點，可以單單用 absent。

*The Mongolian delegate to the assembly was **absent**.* 參加集會的蒙古代表缺席了。

2 not at 和 not there

absent 是一個相當正式的詞。在談話和不太正式的書面語中，可以用 someone is **not at** a meeting, ceremony, or place，或者說 they are **not there**。

*She **wasn't at** Molly's wedding.* 她沒有參加莫利的婚禮。

*I looked in the kitchen but Magda **wasn't there**.* 我在廚房裏看了，但瑪格達不在那裏。

accept

accept something 表示同意接受某人給予的某物。

*Jane **accepted** a slice of cake.* 簡接受了一片蛋糕。

1 勸告和建議

accept someone's advice or suggestion 表示採納某人的勸告或建議。

*I knew that they would **accept** my proposal.* 我知道他們會採納我的建議。

> **！ 注意**
>
> 但是，不要用 ~~accept to do~~ 表示採納某人的建議，要用 **agree to do** it。
>
> *The princess **agreed to go** on television.* 公主同意上電視。
>
> *She **agreed to let** us use her flat while she was away.* 她答應她不在家時讓我們使用她的住宅單位。

2 情況和人

accept a difficult or unpleasant situation 表示認識到情況不可改變而容忍、忍受或接受它。

*They refused to **accept** poor working conditions.* 他們拒絕忍受惡劣的工作條件。

*Astronauts **accept** danger as part of their job.* 太空人把危險視為他們工作的一部份。

accept – except

不要混淆 accept /æk'sept/ 和 except /ɪk'sept/。

1 accept

accept 是動詞。如果某人為你提供某物，而你同意接受，要用 accept。

*I never **accept** presents from clients.* 我從不接受客戶的禮物。

☞ 見 accept

☞ 見 customer – client

2 except

except 是介詞或連詞，可用來表示除了……、除……之外。

*All the boys **except** Paul started to giggle.* 除了保羅，所有的男孩子都咯咯笑了起來。

☞ 見 except

---

acceptable

acceptable 表示可接受的。

*To my relief he found the article **acceptable**.* 他覺得文章可以接受，這讓我鬆了一口氣。
*Are we saying that violence is **acceptable**?* 我們是説暴力是可以接受的嗎？

不要説 someone is acceptable to do something，要説 someone is **willing** to do something。

*Ed was quite **willing** to let us help him.* 艾德很樂意讓我們幫助他。
*Would you be **willing** to go to Berkhamsted?* 你願意去伯克翰斯德嗎？

---

accommodation

accommodation 表示住所，尤指度假時或短時間在某處住的地方。在英式英語裏，accommodation 是不可數名詞。不要説 accommodations 或 an accommodation。

*There is plenty of student **accommodation** in Edinburgh.* 在愛丁堡有大量學生宿舍。
*We booked our flights and **accommodation** three months before our holiday.* 我們在度假前三個月預訂了機票和住宿。

 美式英語使用者通常説 accommodations。

*The hotel provides cheap **accommodations** and good food.* 該賓館提供廉價的住宿及可口的食物。

> **！ 注意**
>
> 英式英語和美式英語裏都不能用 an accommodation。例如，不要説 I'm looking for an accommodation near the city centre.，而要説 I'm looking for **accommodation** near the city centre.（我在尋找市中心附近的住處。），或在美式英語裏説 I'm looking for **accommodations** near the city centre.。

---

accompany

accompany 表示陪伴。

*She asked me to **accompany** her to the church.* 她要我陪她去教堂。

accompany 是一個相當正式的詞。在談話和不太正式的書面語中，可用 go with 或 come with。

*I **went with** my friends to see what it looked like.* 我和我的朋友一起去看它是甚麼樣子的。

*He wished Ellen **had come with** him.* 他真希望埃倫和他一起來了。

但是，go with 或 come with 沒有被動式。如果想使用被動式，就必須用 accompany。

*He **was accompanied by** his wife.* 他由妻子陪同着。

*She came out of the house **accompanied by** Mrs Jones.* 她在鍾斯夫人的陪同下從屋裏出來。

---

accord

do something **of** one's **own accord** 表示自願地或主動地做某事。

*She knew they would leave **of** their **own accord**.* 她知道他們會主動離開的。

> **！ 注意**
>
> 在這樣的句子裏必須使用 own。例如，不要說 ~~She had gone of her accord.~~。
> 也不要說 someone does something ~~on~~ their own accord。

---

according to

1 according to

according to 可用於轉述某人說的話，表示據⋯⋯所說、根據⋯⋯。

***According to** Dr Santos, the cause of death was drowning.* 據桑托斯醫師判斷，死亡的原因是溺水。

也可用 according to 轉述書本或文件中的資料。

*The road was forty miles long, **according to** my map.* 根據我的地圖，這條路長40英里。

 在談話中，常常用 George **says** the roads are very slippery this morning.（喬治說今天早上道路很滑。）代替 According to George, the roads are very slippery this morning.（據喬治所說，今天早上道路很滑。）。

*Arnold **says** they do this in Essex as well.* 阿諾說，他們在艾塞克斯也是這麼做的。
*Car sales have fallen this year, the report **says**.* 報告顯示，今年的汽車銷量下降了。

2 in my opinion

如果想強調所說的是自己的觀點，可用 In my opinion...（在我看來⋯⋯）或 In our opinion...（在我們看來⋯⋯）。

***In my opinion** we face a national emergency.* 在我看來，我們面臨的是全國緊急狀態。

*The temple gets crowded, and **in our opinion** it's best to visit it in the evening.* 寺廟變得很擁擠，我們認為最好傍晚去參觀。

> **! 注意**
>
> 不要説 ~~according to me~~ 或 ~~according to us~~。
>
> according to 和 opinion 不能連用。例如，不要説 ~~According to the bishop's opinion, the public has a right to know.~~，而要説 **The bishop's opinion is that** the public has a right to know.（主教的意見是公眾有權知道。）。
>
> **The psychiatrist's opinion** was that John was suffering from depression. 精神病醫生的意見是，約翰患有抑鬱症。

☞ 見主題條目 Opinions

accuse – charge

1 accuse

accuse someone **of** doing something wrong 表示指責某人做了錯事。

He **accused** them **of** drinking beer while driving. 他指責他們開車時喝啤酒。

He is **accused of** killing ten young women. 他被指控殺害了10名年輕女性。

> **! 注意**
>
> 不要説 accuse someone ~~for~~ doing something wrong。

2 charge

charge someone **with** committing a crime 表示警察正式指控某人犯罪。

He **was** arrested and **charged with** committing a variety of offences. 他遭到逮捕並被指控犯有多種罪行。

accustomed to

1 accustomed to

accustomed to something 表示習慣於某事、慣常於某事。accustomed to 通常用在 be、become、get 和 grow 等繫動詞後面。

It did not get lighter, but I **became accustomed to** the dark. 光線沒有變得更亮，但我逐漸習慣了黑暗。

I **am not accustomed to** being interrupted. 我不習慣被人打斷。

> **! 注意**
>
> 不要説 someone is ~~accustomed with~~ something。

2 used to

在談話和不太正式的書面語中，通常不説 someone is accustomed to something，而要用 **used to** something。used to 通常用在 be 或 get 後面。

The company **is used to** much stronger growth. 公司習慣於更為強勁的增長。

*It's very noisy here, but you'll **get used to** it.* 這裏很吵鬧，但你會習慣的。

☞ 見 used to

可以説 someone is **accustomed to doing** something 或 someone is **used to doing** something。

*The manager is **accustomed to working** late.* 經理習慣於工作到很晚。
*We are **used to queueing**.* 我們習慣排隊。

> **! 注意**
>
> 不要説 someone is ~~accustomed to do~~ something 或 ~~used to do~~ something。

actual

1 actual

actual 用於強調所談論的地點、物體或人是實際的或真實的。

*The predicted results and the **actual** results are very different.* 預測結果與實際結果有很大的不同。
*The interpretation bore no relation to the **actual** words spoken.* 這種解讀與原話毫無關係。

> **! 注意**
>
> actual 只能用於名詞前面。不要説 something ~~is actual~~。

2 current 和 present

actual 不用於描述正在發生的事情、正在做的事情或目前正在使用的東西。要代之以 current 或 present。

*The store needs more than $100,000 to survive the **current** crisis.* 這家商店需要超過10萬美元來挺過當前的危機。
*Is the **present** situation really any different from many others in the past?* 目前的情況真的和過去的很多情況不一樣嗎？

actually

actually 用於強調某事的真實性，特別是令人驚訝或意外的事情。

*All the characters in the novel **actually** existed.* 小説中的所有人物都是真實存在的。
*Some people think that Dave is bad-tempered, but he is **actually** very kind.* 一些人認為戴夫的脾氣很壞，但他其實很善良。

actually 也可用於提及非常令人吃驚的事情。actually 置於表示驚訝的部份之前。

*He **actually** began to cry.* 他竟然哭了起來。
*The value of oil has **actually** been falling in the last two years.* 在過去兩年裏，石油的價值居然一直在下跌。

actually 可用於糾正某人所説的話。

'Mr Hooper is a schoolteacher.' – 'A university lecturer, **actually**.' "胡珀先生是個中學老師。"——"實際上是大學講師。"

如果想提出和某人不同的建議，可以説 Actually, I'd rather...（其實我寧願……），或 Actually, I'd prefer to...（其實我更喜歡……）。

'Shall we go out for dinner?' – '**Actually, I'd rather** stay in tonight.' "我們要不要出去吃晚飯？"——"説實在的，今晚我寧願留在家裏。"

> **!** 注意
> 不要用 actually 談論正在發生的事情，要用 at present、at the moment 或 right now。
> He's in a meeting **at the moment**. 他現在正在開會。

☞ 見 now

Grammar Finder 語法講解

Adjectives 形容詞

1 形式	**7** 後置限定詞
2 屬性形容詞	**8** 複合形容詞
3 比較級和最高級	**9** 形容詞的位置
4 類別形容詞	**10** 形容詞的並列
5 顏色形容詞	**11** 形容詞的詞序
6 強調形容詞	**12** 形容詞與介詞及其他結構的連用

形容詞（adjective）用於描述某人或某物，或提供更多的資料。

1 形式

形容詞的形式不變，同樣的形式用於單數、複數、陽性和陰性。

*We were looking for a **good** place to camp.* 我們正在尋找一個野營的好地方。
***Good** places to fish were hard to find.* 釣魚的好地方很難找到。

2 屬性形容詞

屬性形容詞（qualitative adjective）表示某人或某物具有的某種特性。例如，sad（悲傷的）、pretty（漂亮的）、happy（快樂的）以及 wise（睿智的）都是屬性形容詞。

*...a **sad** story* ……一個悲傷的故事
*...a **small** child* ……一個小孩

屬性形容詞有時稱為可分級形容詞（gradable adjective）。這就意味着被描述的人或物多少都具有所提到的那種特性。表示屬性程度的一個方法是使用 very 和 rather 等副詞。

☞ 關於表示程度的副詞一覽表，見 Adverbs and adverbials

*...an **extremely narrow** road* ……一條非常狹窄的道路

...a ***very pretty*** girl ……一個非常漂亮的少女

...a ***rather clumsy*** person ……一個相當笨拙的人

3 比較級和最高級

對形容詞分級的另一個方法是使用比較級（comparative）和最高級（superlative）形式 -er 和 -est 以及 more 和 most。比較級用於表示某物具有的一個屬性比另一物更多或比過去更多。最高級用於表示某物具有的屬性比其他任何同類物都多，或比一個特定群體或地方中的事物都多。

☞ 見 Comparative and superlative adjectives

4 類別形容詞

類別形容詞（classifying adjective）用於表示某物屬於特定的類型。例如，financial help 中的形容詞 financial 用來說明名詞 help 的類別。有各種各樣的 help，financial help 是其中之一。這些形容詞不能分級，沒有比較級和最高級，有時稱為不可分級形容詞（non-gradable adjective）。

...my ***daily*** shower ……我每天的淋浴

...***Victorian*** houses ……維多利亞式房屋

...***civil*** engineering ……土木工程

5 顏色形容詞

顏色形容詞（colour adjective）用於表示某物的顏色。

...a small ***blue*** car ……一輛藍色的小汽車

Her eyes are ***green***. 她的眼睛是綠色的。

為了更精確地說明顏色，形容詞前面可加上 light、pale、dark 或 bright 這樣的詞。

...***light brown*** hair ……淡褐色頭髮

...a ***bright green*** suit ……一身鮮豔的綠色套裝

...a ***dark blue*** dress ……一條深藍色的連衣裙

顏色詞也可作名詞。顏色詞作名詞時一般用作單數，前面不加限定詞。

I like ***blue***. 我喜歡藍色。

Christina always wore ***red***. 克莉絲蒂娜總是穿紅色的衣服。

Yellow is my favourite colour. 黃色是我最喜歡的顏色。

使用頻率較高的顏色詞可用複數或單數與限定詞連用，表示不同深淺的顏色。

They blended in well with the ***greens*** of the landscape. 它們與景觀中的綠色非常協調。

The shadows had turned ***a deep blue***. 陰影變成了深藍色。

6 強調形容詞

強調形容詞（emphasizing adjective）用在名詞前面，強調對某物的描述或某物的程度。

He made me feel like a ***complete*** idiot. 他讓我覺得自己完全像個大傻瓜。

Some of it was ***absolute*** rubbish. 其中有些純粹是胡說八道。

World Cup tickets are ***dead*** expensive you know. 世界盃門票貴得要死，你是知道的。

The redundancy of skilled workers is a ***terrible*** waste. 熟練工人的裁員是一種可怕

的浪費。

*It was the **supreme** arrogance of the killer that dismayed him.* 令他感到驚愕的是殺手的極度傲慢。

下面這些是強調形容詞：

absolute	mere	real	total
awful	outright	sheer	true
complete	perfect	simple	utter
dead	positive	supreme	
entire	pure	terrible	

7　後置限定詞

後置限定詞（postdeterminer），用於確切說明所指的內容。這些形容詞位於限定詞之後、其他任何形容詞之前。

*...the **following** brief description* ……下列簡要說明
*He wore his **usual** old white coat.* 他穿着常穿的那件白色舊外套。

後置限定詞也可用在數詞前面。

*What has gone wrong during the **last** ten years?* 在過去的10年裏出了甚麼問題？

下列形容詞的用法如上：

additional	following	opposite	principal
certain	further	other	remaining
chief	last	particular	same
entire	main	past	specific
existing	next	present	usual
first	only	previous	whole

大量的形容詞以 *-ed* 或 *-ing* 結尾。

8　複合形容詞

複合形容詞（compound adjective）由兩個或多個片語組成，書寫時中間通常用連字號。複合形容詞可能是屬性形容詞、類別形容詞或顏色形容詞。

*He was giving a very **light-hearted** talk.* 他正在作輕鬆隨意的發言。
*Olivia was driving a long **bottle-green** car.* 奧利維亞開着一輛長長的深綠色汽車。
*...a **good-looking** girl* ……一個好看的女孩
*...a **part-time** job* ……一份兼職工作

9　形容詞的位置

大多數形容詞可以用在名詞前面，進一步說明提及的某物。

*She bought a loaf of **white** bread.* 她買了一條白麵包。
*There was no **clear** evidence.* 沒有明確的證據。

> ⚠ **注意**
>
> 形容詞通常不能用在限定詞之後，除非後接名詞或 one。例如，不要説 ~~He showed me all of them, but I preferred the large.~~，而要説 He showed me all of them, but I preferred the large one.（他全都給我看了，但我更喜歡那個大的。）。

☞ 見 one

☞ 關於 the 與形容詞連用表示一群人的説明，見 the

大部份形容詞還可以用在 be、become、get、seem 或 feel 等繫動詞後面。

*The room was **large** and **square**.* 這個房間大而方正。
*I felt **angry**.* 我感到憤怒。
*Nobody seemed **amused**.* 似乎沒有人被逗樂了。
*He was so exhausted that he could hardly keep **awake**.* 他太累了，幾乎不能保持清醒。

有些形容詞表示某個特定意義時，一般僅用在繫動詞後面，而不用在名詞前面。例如，可以説 She was alone.（她獨自一人。），但不能説 ~~an alone girl~~。
下列形容詞一般僅用在繫動詞後面：

afraid	ashamed	ill	well
alike	asleep	ready	
alive	awake	sorry	
alone	glad	sure	

還有很多其他的形容詞作某個或某些意義解時，僅用在繫動詞後面。
有時可以用別的詞或表達式替換這類形容詞用在名詞前面。例如，可以説 the frightened child（受驚的孩子）而不是 ~~the afraid child~~。

10 形容詞的並列

兩個形容詞用在繫動詞後面時，用連詞（通常是 and）連接。如果是三個或三個以上形容詞，最後兩個用連詞連接，其他形容詞之間用逗號。

*The day was **hot and dusty**.* 天氣很熱，灰塵很多。
*The house was **old, damp and smelly**.* 那間屋陳舊潮濕，氣味難聞。

一個以上形容詞用在名詞前面時，形容詞之間通常不用 and 分開。不要説 ~~a short, fat and old man~~。

☞ 關於如何連接形容詞的進一步説明，見 and

11 形容詞的詞序

一個以上形容詞用在名詞前面時，其詞序通常如下：
屬性形容詞 – 顏色形容詞 – 類別形容詞

*…a **little white wooden** house* ……一個白色的小木屋
*…**rapid technological** advance* ……快速的技術進步
*…a **large circular** pool of water* ……一個圓形大水池
*…a necklace of **blue Venetian** beads* ……一條藍色威尼斯玻璃珠項鏈

但是，表示形狀的類別形容詞（如 circular 和 rectangular）常常放在顏色形容詞之前。

*…the **rectangular grey** stones* ……長方形的灰色石塊
*…the **circular yellow** patch on the lawn* ……草坪上黃色的圓形斑塊

▶ **屬性形容詞的詞序**

屬性形容詞的詞序通常如下：

觀點 – 大小 – 性質 – 年齡 – 形狀

*We're going to have **a nice big** garden with two apple trees.* 我們馬上會有一個種着兩棵蘋果樹的漂亮大花園。
*Their cat had **beautiful thick** fur.* 他們的貓有漂亮的厚厚毛皮。
*…**big, shiny** beetles* ……閃亮的大甲蟲
*He had **long curly** red hair.* 他有長長的紅色鬈髮。
*She put on her **dirty old** fur coat.* 她穿上她那件骯髒的舊皮大衣。

説起 a nice big garden（一個漂亮的大花園）或 a lovely big garden（一個可愛的大花園），通常的意思是花園的漂亮是因為大，而不是其他方面。

▶ **類別形容詞的詞序**

如果名詞前面有一個以上的類別形容詞，其詞序通常為：

年齡 – 形狀 – 國籍 – 材料

*…a **medieval French** village* ……一個中世紀法國村莊
*…a **rectangular plastic** box* ……一個長方形的塑膠盒
*…an **Italian silk** jacket* ……一件意大利絲綢外套

其他類型的分類形容詞通常位於國籍形容詞之後。

*…the **Chinese artistic** tradition* ……中國的藝術傳統
*…the **American political** system* ……美國的政治制度

▶ **比較級和最高級**

名詞短語中的比較級和最高級一般位於所有其他形容詞之前。

*Some of the **better English** actors have gone to live in Hollywood.* 比較優秀的英國演員中有的已經到荷里活去定居了。
*These are the **highest monthly** figures on record.* 這些是有記錄以來的最高月度數字。

▶ **名詞修飾語**

如果名詞短語中既有形容詞又有名詞修飾語（noun modifier，即用在另一個名詞前的名詞），形容詞要放在名詞修飾語之前。

*He works in the **French film** industry.* 他在法國電影界工作。
*He receives a **large weekly cash** payment.* 他每週收到一筆大額的現金支付。

▶ **形容詞用於名詞之後**

形容詞通常不放在名詞後面。但是有一些例外，説明如下。

如果形容詞後接介詞短語或 *to-*不定式分句，則可放在名詞後面。

*…a warning to people **eager for a quick cure*** ……對渴望藥到病除者的警告
*…the sort of weapons **likely to be deployed against it*** ……可能針對其部署的那類武器

如果名詞前面有最高級、副詞、first、last、only、every 或 any，形容詞 alive 和 awake 可置於該名詞後面。

*Is Phil Morgan the only man **alive** who knows all the words to that song?* 菲爾·摩根是知道那首歌全部歌詞的唯一一位還健在的人嗎？

*She sat at the window, until she was the last person **awake**.* 她坐在窗旁邊，直到就剩下她一個人還醒着。

少數數個正式的形容詞僅用於名詞之後：

designate	emeritus	incarnate	par excellence
elect	extraordinaire	manque	

*...British Rail's **chairman designate**, Mr Robert Reid* ……英國鐵路公司的當選董事長羅伯·瑞德先生

*She was now the **president elect**.* 她現在是候任總統。

*Doctors, lawyers and engineers are **professionals par excellence**.* 醫生、律師和工程師是卓越的專業人員。

▶ 名詞前面或後面的形容詞

根據其位置是在名詞之前還是之後，少數數個形容詞有不同的意義。例如，the concerned mother 表示"擔心的母親"，但是 the mother concerned（有關的母親）僅僅指"被提到的一位母親"。

*...the approval of interested and **concerned** parents* ……感興趣和憂心忡忡的父母的認可

*The idea needs to come from the individuals **concerned**.* 這個想法必須來自有關的個體。

下列形容詞在不同的位置有不同的意義：

concerned	present	responsible
involved	proper	

☞ 見上述形容詞單獨的用法條目

如果名詞短語由數詞或限定詞加表示量度單位的名詞組成，有些描述尺寸大小的形容詞可以用在其後。

下列形容詞可以這麼用：

deep	long	tall	wide
high	square	thick	

*He was about **six feet tall**.* 他身高約6英尺。

*The island is only **29 miles long**.* 該島只有29英里長。

這些形容詞中有的還可用在 knee、ankle 和 waist 這樣的詞後面：

*The grass was **knee high**.* 草高及膝。

*The track ahead was **ankle deep** in mud.* 前方的小道全是齊腳踝深的爛泥。

☞ 見參考部份 Measurements

old 在名詞短語之後的用法與此相同。

☞ 見主題條目 Age

12 形容詞與介詞及其他結構連用

有些形容詞通常後接特定的介詞、*to*-不定式或 *that*-從句，否則其意義會不清楚或不完整。

例如，不能僅僅說 someone is fond，而必須說 someone is **fond of** something（某人喜歡某物）。

*They are very **fond of** each other.* 他們非常喜歡對方。
*The sky is **filled with** clouds.* 天空佈滿了雲。

下表列出的這些形容詞如果緊跟在繫動詞後面，必須後接所給的介詞。

accustomed to	conducive to	proportional to	subservient to
adapted to	devoted to	proportionate to	susceptible to
allergic to	impervious to	reconciled to	unaccustomed to
attributable to	injurious to	resigned to	
attuned to	integral to	resistant to	
averse to	prone to	subject to	

*He seemed to be becoming **accustomed to** my presence.* 他似乎開始習慣於我的存在。
*For all her experience, she was still **prone to** nerves.* 儘管她已經很有經驗，但她還是容易緊張。

aware of	desirous of	illustrative of	reminiscent of
bereft of	devoid of	incapable of	representative of
capable of	fond of	indicative of	
characteristic of	heedless of	mindful of	

*Smokers are well **aware of** the dangers to their own health.* 吸煙者都很清楚吸煙對自身健康的危害。
*We must be **mindful of** the consequences of selfishness.* 我們必須注意自私自利的後果。

unhampered by	rooted in	conversant with	tinged with
descended from	steeped in	filled with	
inherent in	swathed in	fraught with	
lacking in	contingent on	riddled with	

*We recognize the dangers **inherent in** an outbreak of war.* 我們認識到戰爭爆發本身所固有的危險性。
*Her homecoming was **tinged with** sadness.* 她的回家之旅帶有一絲傷感。

在某些情況下，有兩個介詞可供選擇。下列形容詞通常或總是緊跟在繫動詞後面，可以後接所給的介詞：

burdened by/with	inclined to/towards	parallel to/with
dependent on/upon	incumbent on/upon	reliant on/upon
immune from/to	intent on/upon	stricken by/with

*We are in no way **immune from** this danger.* 我們絕對沒有免受危險。
*He was curiously **immune to** teasing.* 很奇怪，他對別人的取笑無動於衷。

☞ 關於後接*that*-從句的形容詞列表，見 *that*-clauses

Grammar Finder 語法講解

Adverbs and adverbials 副詞和狀語

1 副詞和狀語	**11** 強調
2 方式	**12** 焦點
3 視角副詞	**13** 可能性
4 觀點	**14** 方式、地點和時間狀語的位置
5 地點	**15** 狀語前置
6 時間	**16** 頻率和可能性狀語的位置
7 頻率	**17** 程度和範圍副詞的位置
8 持續性	**18** 強調狀語的位置
9 程度	**19** 焦點狀語的位置
10 範圍	

1 副詞和狀語

了解副詞（adverb）和狀語（adverbial）之間的區別很重要。狀語（adverbial）是說明某事發生的時間、方式、地點或所處情況的詞或短語。狀語在句子中具有功能作用。而副詞（adverb）則是能用作狀語的單詞。事實上，狀語通常都是副詞，但也可能是短語。少數名詞短語也可用作狀語。

各類狀語主要表示方式、方面、觀點、地點、時間、頻率、持續、程度、範圍、強調、焦點以及可能性。這些內容逐一解釋如下，然後說明狀語在句子中的位置。

☞ 關於用狀語表示分句之間聯繫的說明，見 Sentence connectors

2 方式

方式狀語（adverbial of manner）用於描述某事發生或完成的方式，可以是副詞、副詞短語或介詞短語。

*They looked **anxiously** at each other.* 他們焦急地看着對方。
*He did not play **well enough** to win.* 他比賽打得不夠好，未能勝出。
*She listened **with great patience** as he told his story.* 他說故事的時候，她聽得非常耐心。

方式狀語通常是方式副詞。大多數方式副詞由形容詞加 *-ly* 構成。例如，副詞 quietly 和 badly 是由形容詞 quiet 和 bad 加 *-ly* 構成的。

*I didn't play **badly**.* 我比賽打得不算差。
*He reported **accurately** what they had said.* 他如實報告了他們所說的話。

有些方式副詞的形式與形容詞相同，意義也相似。

下面是最常用的這類副詞：

direct	late	right	straight
fast	loud	slow	tight
hard	quick	solo	wrong

*I've always been interested in **fast** cars.* 我一直對速度快的汽車很有興趣。
*The driver was driving too **fast**.* 司機開車開得太快了。

與形容詞 good 相關的方式副詞是 well。

*He is a **good** dancer.* 他是一個很好的舞者。
*He dances **well**.* 他舞跳得很好。

well 也可用作形容詞，描述某人的健康狀況。

*'How are you?' – 'I am very **well**, thank you.'* "你好嗎？" —— "我很好，謝謝。"

☞ 見 well

3 視角副詞

並非所有以 *-ly* 結尾的副詞都是方式副詞。由類別形容詞構成的 *-ly* 副詞可用於把焦點放在話題的某個方面。例如，要説明某事物從政治的角度看很重要，可以用 it is politically important 表示。下面列出的是最常用的這類副詞：

biologically	geographically	politically	statistically
commercially	intellectually	psychologically	technically
economically	logically	racially	visually
emotionally	morally	scientifically	
financially	outwardly	socially	

*It would have been **politically** damaging for him to retreat.* 如果他退縮的話，會在政治上產生破壞作用。
*We've had a very bad year **financially**.* 我們這一年的財務狀況很糟糕。

有時這些副詞後面加上 speaking。例如，technically speaking（從嚴格意義上來説）可用於表示 from a technical point of view（從嚴謹的角度）。

*He's not a doctor, **technically speaking**.* 嚴格説來，他不是醫生。
*There are some signs of recovery, **economically speaking**, in the latest figures.* 從經濟上來説，最新資料顯示有一些復甦跡象。

4 觀點

其他 *-ly* 副詞用作狀語，表示對所談論的事實或事件的反應或看法。這些副詞有時稱為句子狀語（sentence adverbial）。

***Surprisingly**, most of my help came from the technicians.* 令人驚訝的是，我得到的幫助大部份來自這些技術員。
***Luckily**, I had seen the play before so I knew what it was about.* 幸運的是，我以前看過那套戲，所以我知道內容。

☞ 見主題條目 Opinions

> **！注意**
>
> 有些 *-ly* 副詞的意義和與其貌似相關的形容詞不一樣。例如，hardly 的意義不同於 hard。

*This has been a long **hard** day.* 這是漫長艱難的一天。

*Her bedroom was so small she could **hardly** move in it.* 她的房間很小，她幾乎不能在裏面走動。

☞ 見 bare – barely, hard – hardly, late – lately, scarce – scarcely, short – shortly – briefly, terrible – terribly

5 地點

地點狀語（adverbial of place）用於説明某事發生的地點或某物去的地方。同樣，地點狀語通常也是副詞或介詞短語。

*A plane flew **overhead**.* 一架飛機從頭上飛過。

*The children were playing **in the park**.* 孩子們在公園裏玩。

*No birds or animals came **near the body**.* 沒有鳥或動物走近屍體。

☞ 見主題條目 Places

6 時間

時間狀語（adverbial of time）用於表示某事發生的時間。

*She will be here **soon**.* 她很快就到。

*He was born **on 3 April 1925**.* 他出生於1925年4月3日。

*Come and see me **next week**.* 下週來見我。

☞ 見參考部份 Days and dates 和主題條目 Time

7 頻率

頻率狀語（adverbial of frequency）用於表示某事發生的頻率。

以下列出的是頻率狀語，按頻率從低到高排列：

▶ never

*That was a mistake. We'll **never** do it again.* 那是個錯誤。我們再也不會這樣做了。

▶ rarely, seldom, hardly ever, not much, infrequently

*I very **rarely** wear a coat because I spend most of my time in a car.* 我極少穿外套，因為我大部份時間在車內度過。

*We ate chips every night, but **hardly ever** had fish.* 我們每天晚上吃炸薯條，但幾乎從不吃魚。

*The bridge is used **infrequently**.* 這座橋很少有人使用。

▶ occasionally, periodically, intermittently, sporadically, from time to time, now and then, once in a while, every so often

*He still misbehaves **occasionally**.* 他仍然還會偶爾調皮搗蛋。

*Meetings are held **periodically** to monitor progress on the case.* 定期舉行會議以監督案件進展。

*Her daughters visited him **from time to time** when he was ill.* 他生病時，數個女兒

不時來探望他。

I go back to Yorkshire every **now and then**. 我時而會回到約克郡去。

Once in a while *she phoned him.* 她偶爾給他打一次電話。

▶ sometimes

You must have noticed how tired he **sometimes** *looks.* 你一定已經注意到了，他有時看起來非常疲倦。

▶ often, frequently, regularly, a lot

They **often** *spent Christmas in Brighton.* 他們經常在布萊頓過聖誕。

Iron and folic acid supplements are **frequently** *given to pregnant women.* 鐵和葉酸補充劑經常給孕婦服用。

He also writes **regularly** *for International Management magazine.* 他還定期為《國際管理學》雜誌撰稿。

▶ usually, generally, normally

They ate in the kitchen, as they **usually** *did.* 他們在廚房裏吃飯，就像他們通常做的那樣。

It is **generally** *true that the darker the fruit the higher its iron content.* 一般來説，果實顏色越深，含鐵量就越高。

Normally, *the public transport system in Paris carries 950,000 passengers a day.* 通常情況下，巴黎的公共交通系統每天運送95萬名乘客。

▶ nearly always

They **nearly always** *ate outside.* 他們幾乎總是在外面吃。

▶ always, all the time, constantly, continually

She's **always** *late for everything.* 她事事總是遲到。

He was looking at me **all the time**. 他一直在看着我。

She cried almost **continually**. 她幾乎哭個不停。

注意，regularly 和 periodically 表示"定期地"。intermittently 和 sporadically 表示"間歇地、斷斷續續地"。

8 持續

持續狀語（adverbial of duration）用於表示某事所需的時間或持續的時間。以下列出的是用作持續狀語的副詞，按從時間最短到最長的順序排列：

▶ briefly

He paused **briefly**, *then continued his speech.* 他短暫停頓了一下，然後繼續説話。

▶ temporarily

The peace agreement has **temporarily** *halted the civil war.* 和平協定使內戰暫時停了下來。

▶ long

Repairs to the cable did not take too **long**. 電纜維修沒有花太長時間。

▶ indefinitely

I couldn't stay there **indefinitely**. 我不能沒完沒了地留在那裏。

▶ always, permanently, forever

*We will **always** remember his generous hospitality.* 我們會永遠記得他的慷慨好客。
*The only way to lose weight **permanently** is to completely change your attitudes toward food.* 永久減肥的唯一途徑是徹底改變對食物的態度。
*I think that we will live together **forever**.* 我認為我們會永遠生活在一起。

⚠ 注意

long 一般僅用於疑問句和否定句。
*Have you known her **long**?* 你認識她很久了嗎？
*I can't stay **long**.* 我不能久留。

☞ 見 long

9 程度

程度狀語（adverbial of degree）用於表示一個狀態或動作的程度或強度。
以下列出的是作程度狀語與動詞連用的副詞，按照程度從極低到極高的順序排列：

▶ little

*On their way back to Marseille, they spoke very **little**.* 在返回馬賽的路上，他們幾乎一言不發。

▶ a bit, a little, slightly

*This girl was **a bit** strange.* 這個女孩有點怪。
*He complained **a little** of a pain between his shoulder blades.* 他抱怨肩胛骨之間有點痛。
*Each person learns in a **slightly** different way.* 每個人的學習方法略有不同。

▶ rather, fairly, quite, somewhat, sufficiently, adequately, moderately, pretty

*I'm afraid it's **rather** a long story.* 恐怕這是一個很長的故事。
*Both ships are **fairly** new.* 兩艘船都相當新。
*A recent public opinion survey has come up with **somewhat** surprising results.* 最近的一項民意調查得出了有點令人驚訝的結果。
*Thomson plays the part of a **moderately** successful actor.* 湯森扮演一個還算成功的演員。
*I had a **pretty** good idea what she was going to do.* 我很清楚她要做甚麼。

▶ significantly, noticeably

*The number of MPs now supporting him had increased **significantly**.* 現在支持他的議員人數顯著增加了。
*Standards of living were deteriorating rather **noticeably**.* 生活水準正在相當明顯地惡化。

▶ very much, a lot, a great deal, really, heavily, greatly, strongly, considerably, extensively, badly, dearly, deeply, hard, well

*I like you **a lot**.* 我很喜歡你。
*He depended **a great deal** on his wife for support.* 他在很大程度上依賴妻子的支持。
*They were **really** nice people.* 他們都是很好的人。

*He is **strongly** influenced by Spanish painters such as Goya and El Greco.* 他受到了戈雅和艾爾‧葛雷柯等西班牙畫家的強烈影響。

*Our meetings and conversations left me **deeply** depressed.* 我們的會面和談話讓我深感沮喪。

*It was snowing **hard** by then.* 到那時已經大雪紛飛。

*Wash your hands **well** with soap.* 用肥皂好好洗一下手。

▶ remarkably, enormously, intensely, profoundly, immensely, tremendously, hugely, severely, radically, drastically

*For his age, he was in **remarkably** good shape.* 就年齡而論，他的身體異常健康。

*The fast-food business is **intensely** competitive.* 快餐業競爭極其激烈。

*Ten countries in Africa were **severely** affected by the drought.* 10個非洲國家受到乾旱的嚴重影響。

*…two large groups of people with **radically** different beliefs and cultures* ……信仰和文化截然不同的兩大群體

*Services have been **drastically** reduced.* 服務已遭到大幅度削減。

> **!** 注意
>
> quite 也可表示 "完全地"，或用於強調一個動詞。

☞ 見 quite

☞ 關於程度副詞用於形容詞和其他副詞之前的説明，見 Adverbs and adverbials

10 範圍

範圍狀語（adverbial of extent）用於談論某事發生的範圍或真實程度。

下面列出的是作範圍狀語與動詞連用的副詞，按照範圍從小到大排列。

▶ partly, partially

*It's **partly** my fault.* 這部份是我的錯。

*Lisa is deaf in one ear and **partially** blind.* 麗莎一耳失聰，並且失去了部份視力。

▶ largely

*His appeals have been **largely** ignored.* 他的呼籲基本上沒有得到理會。

▶ almost, nearly, practically, virtually

*The beach was **nearly** empty.* 海灘幾乎空無一人。

*He'd known the old man **practically** all his life.* 他認識那個老人差不多有一輩子了。

*It would have been **virtually** impossible to research all the information.* 對全部資料進行研究實際上是不可能的。

▶ completely, entirely, totally, quite, fully, perfectly, altogether, utterly

*This is an **entirely** new approach.* 這是一種全新的方法。

*The fire **totally** destroyed the top floor.* 火災徹底摧毀了頂樓。

*They are **perfectly** safe to eat.* 這些東西吃起來絕對安全。

*When Andy stopped calling **altogether**, Julie found a new man.* 安迪再也不來看她的時候，茱莉另外找了一個男人。

*These new laws are **utterly** ridiculous.* 這些新法律荒唐至極。

11 強調

強調狀語（emphasizing adverbial）強調動詞所描述的動作。強調狀語總是用副詞。下列副詞用於表示強調：really

absolutely	just	quite	simply
certainly	positively	really	totally

*I **quite** agree.* 我完全同意。
*I **simply** adore this flat.* 我真的太喜歡這個住宅單位了。

有些強調副詞用於對形容詞進行強調。

☞ 見 Adverbs and adverbials

12 焦點

焦點狀語（focusing adverbial）用於表示一個情況涉及的主要東西。

焦點狀語總是用副詞。下列副詞可以這麼用：

chiefly	mostly	predominantly	specially
especially	notably	primarily	specifically
mainly	particularly	principally	

*I'm **particularly** interested in classical music.* 我對古典音樂特別感興趣。
*We want **especially** to thank all of our friends who encouraged us.* 我們特別要感謝鼓勵我們的所有朋友。

有些焦點副詞可用於強調所説的內容僅涉及一個東西。下列副詞可以這麼用：

alone	just	purely	solely
exclusively	only	simply	

*This is **solely** a matter of money.* 這純粹是錢的問題。
*It's a large canvas covered with **just** one colour.* 這是一塊只覆蓋着一種顏色的大畫布。

範圍副詞 largely、partly 和 entirely 可用於把焦點集中在附加的資料上。

*The house was cheap **partly** because it was falling down.* 這間屋便宜，部份原因是它已經搖搖欲墜。

頻率副詞 usually 和 often 等也可以這麼用。

*They often fought each other, **usually** as a result of arguments over money.* 他們經常打架，往往是由於金錢方面的爭執。

13 可能性

可能性狀語（adverbial of probability）用於表示對某事物的確定程度。

下列副詞和副詞短語用於表示可能性或確定性，按從"最不確定"到"最確定"的順序排列。

▶ conceivably

*The mission could **conceivably** be accomplished within a week.* 這個任務預計可以在一週內完成。

▶ possibly

*Exercise will not only lower blood pressure but **possibly** protect against heart attacks.* 鍛煉身體不僅會降低血壓，而且可能防止心臟病發作。

▶ perhaps, maybe

*Millson regarded her thoughtfully. **Perhaps** she was right.* 米爾森若有所思地注視着她。也許她是對的。

Maybe she is in love. 也許她戀愛了。

▶ hopefully

***Hopefully**, you won't have any problems after reading this.* 希望你讀完這個後就不會有任何問題了。

▶ probably

*Van Gogh is **probably** the best-known painter in the world.* 梵高可能是世界上最著名的畫家。

▶ presumably

*He had gone to the reception desk, **presumably** to check out.* 他去了前台，大概是去結賬退房。

▶ almost certainly

*The bombs are **almost certainly** part of a much bigger conspiracy.* 這些炸彈幾乎肯定是一個更大陰謀的一部份。

▶ no doubt, doubtless

*She's a very hardworking woman, as you **no doubt** know by now.* 她是一個非常勤勞的女人，想必你現在肯定知道了。

*He will **doubtless** try and persuade his colleagues to change their minds.* 毫無疑問他會試圖説服同事們改變主意。

▶ definitely

*I'm **definitely** going to get in touch with these people.* 我一定要和這些人取得聯繫。

14 方式、地點和時間狀語的位置

方式、地點和時間狀語通常位於主要動詞之後。如果動詞有賓語，狀語則位於賓語之後。

*She sang **beautifully**.* 她唱得很動聽。

*Thomas made his decision **immediately**.* 湯瑪斯立刻作了決定。

如果句子中用了一個以上這樣的狀語，通常的順序是方式、地點、時間。

*They were sitting **quite happily in the car**.* 他們挺開心地坐在車裏。

*She spoke **very well at the village hall last night**.* 昨夜她在村務大廳説得很好。

如果動詞的賓語很長，狀語有時放在賓語之前。

*He could imagine **all too easily** the consequences of being found by the owners.* 他很容易就能想像出被物主發現的後果。

*Later I discovered **in a shop in Monmouth** a weekly magazine about horse-riding.* 後來我在蒙茅斯的一家商店裏發現了一本關於騎馬的週刊。

方式副詞也可放在主要動詞前面。

*She **carefully** wrapped each glass in several layers of foam rubber.* 她小心翼翼地把每個玻璃杯用好幾層泡沫橡膠包起來。

*Dixon **swiftly** decided to back down.* 狄克遜迅速決定放棄要求。

*Thousands of people **silently** marched through the streets of London.* 成千上萬的人默默地在倫敦街頭遊行。

如果動詞是句子的最後一個詞,方式副詞則很少置於動詞之前。例如,可以説 She listened carefully.(她仔細傾聽。),而不會説 ~~She carefully listened.~~。但是,在像 Smith gladly obliged.(史密斯欣然答應幫忙。)這樣的句子裏,副詞描述的是主語的態度,這類句子可以用在敘事文本和正式的演講中。

*I **gladly** gave in.* 我欣然作出了讓步。

*His uncle **readily** agreed.* 他的叔叔樂意地表示同意。

如果動詞短語含有一個或多個助動詞,尤其是當該助動詞是情態詞時,可以把方式副詞置於主要動詞之前或第一個助動詞之後。

*The historical background has been **very carefully** researched.* 對歷史背景作了非常仔細的研究。

*She **carefully** measured out his dose of medicine.* 她小心地量出了給他服的藥。

*They were all **quietly** smiling.* 他們都在靜靜地微笑。

*Still, Brian thought, one death would probably be **quickly** forgotten.* 不過,布萊恩心想,一個人的死亡可能很快就會被遺忘。

*Arrangements can **quickly** be made to reimburse you.* 很快可以給你安排報銷。

如果動詞有賓語,表示某事完成情況的副詞置於賓語後面。如果沒有賓語,副詞則位於動詞後面。

*Thomas did everything **perfectly**.* 湯瑪斯每件事都做得盡善盡美。

*You played **well**.* 你比賽打得很好。

如果動詞是被動式,副詞也可置於動詞前面、助動詞之後。

*I was very **well** brought up.* 我受過很好的教養。

*Standing behind the trees, Bond was **well** hidden.* 邦德站在樹的後面,隱藏得很好。

大多數不以 -ly 結尾的方式副詞,如 hard 和 loud,僅用在動詞或動詞的賓語後面。

*You work **too hard**.* 你工作太努力了。

fast 是例外,也可用在進行時形式中動詞的 -ing 分詞前面。

*We are **fast** becoming a nation of screen addicts.* 我們正在迅速變成一個屏幕依賴者之國。

如果狀語是介詞短語,通常置於句末,而不是動詞之前。例如,可以説 He looked at her in a strange way.(他以一種奇怪的方式看着她。),不要説 ~~He in a strange way looked at her.~~。

*The horse's teeth become worn down **in an unusual way**.* 那匹馬的牙齒異乎尋常地

磨損掉了。

*He had been taught **in the proper manner**.* 他受到了正統教育。

*It just fell out **by accident**.* 它意外脫落了。

15 狀語前置

在故事和記敘描述中，方式狀語有時置於句首。這個位置使狀語得到強調。

***Gently** I took hold of Mary's wrists to ease her arms away.* 我輕輕握住瑪麗的手腕，小心翼翼地把她的手臂挪開。

***Slowly** people began to leave.* 人們開始慢慢離去。

***With a sigh**, he rose and walked away.* 他歎了口氣，起身走開了。

同樣，時間狀語和持續狀語在事件敘述中常常置於句首。

***At eight o'clock** I went down for my breakfast.* 8時我下樓吃早餐。

***In 1937** he retired.* 1937 年他退休了。

***For years** I had to hide what I was thinking.* 多年來我不得不隱瞞我的想法。

描寫場景和説故事時，或者對比兩處發生的事情時，地點狀語常常置於句首。

***In the kitchen** there was a message from his son.* 廚房裏有他兒子留的字條。

***In Paris** there was a wave of student riots.* 巴黎出現了一波學生騷亂的浪潮。

注意，在下列兩例中出現了倒裝，即動詞放在了主語前面。

***At the very top of the steps** was a large monument.* 在台階的頂端有一個巨大的紀念碑。

*She rang the bell for Sylvia. **In** came a girl she had not seen before.* 她按鈴叫西維亞。進來的是一個她從未見過的女孩。

> **！注意**
>
> 如果主語是代詞，不能用倒裝。
>
> *Off **they ran**.* 他們跑開了。

狀語後面不能用代詞加 be。例如，不能説 ~~At the top of the steps it was~~，而要説 It was at the top of the steps.（它在台階的頂端。）。否定狀語前置時，即使主語是代詞也要用倒裝。

***Never** have so few been commanded by so many.* 從來沒有這麼少的人受這麼多人的指揮。

***On no account** must they be let in.* 絕對不許放他們進來。

☞ 見 Inversion

表示觀點的狀語是句子狀語，通常置於句首。

☞ 見主題條目 Opinions

16 頻率和可能性狀語的位置

如果有助動詞，頻率狀語和可能性狀語常常置於第一個助動詞之後，或主要動詞之前。這些狀語通常是副詞。

*Landlords have **usually** been able to evade land reform.* 地主通常成功地規避了土

地改革。

*I have **often** wondered what that means.* 我常常想知道那意味着甚麼。

*They can **probably** afford another one.* 他們可能買得起另外一個。

*This **sometimes** led to trouble.* 這有時引起了麻煩。

頻率狀語和可能性狀語也可置於句首。

***Sometimes** people expect you to do more than is reasonable.* 有時人們期待你做超出合理範圍的事情。

***Presumably** they were invited.* 大概他們受到了邀請。

如果沒有助動詞，頻率狀語和可能性狀語則放在繫動詞 be 之後。

*They are **usually** right.* 他們通常是對的。

*He was **definitely** scared.* 他肯定受到了驚嚇。

可能性副詞放在 don't 和 won't 等否定縮略式之前。

*They **definitely don'**t want their children breaking the rules.* 他們絕對不希望自己的孩子違反規則。

*He **probably doesn't** really want them at all.* 他也許根本就不想要它們。

*It **probably won't** be that bad.* 這可能不會有那麼糟糕。

maybe 和 perhaps 通常位於句首。

***Maybe** I ought to go back there.* 也許我應該回到那裏去。

***Perhaps** they just wanted to warn us off.* 或許他們只是想警告我們離開。

17 程度和範圍副詞的位置

有些程度副詞和範圍副詞通常用在主要動詞前面。如果有助動詞，可以放在第一個助動詞之後或主要動詞之前。

下列副詞可以這麼用：

almost	nearly	really	virtually
largely	rather	quite	

*He **almost** crashed into a lorry.* 他差一點撞上一輛貨車。

*She **really** enjoyed the party.* 她真的很喜歡這個聚會。

*So far we have **largely** been looking at the new societies from the inside.* 到目前為止，我們主要是從內部考察了這些新型社會。

*This finding has been **largely** ignored.* 這個發現在很大程度上被忽略了。

其他程度副詞和範圍副詞可以放在主要動詞之前、主要動詞之後或賓語之後（如果有賓語的話）。下列副詞可以這麼用：

badly	heavily	severely
completely	little	strongly
greatly	seriously	totally

*Mr Brooke **strongly** criticized the Bank of England.* 布魯克先生強烈譴責英格蘭銀行。

*I disagree **completely** with John Taylor.* 我完全不同意約翰·泰勒。

*That argument doesn't convince me **totally**.* 那個論點沒有完全讓我信服。

有些程度狀語總是或幾乎總是用在動詞或動詞賓語之後。這些狀語通常是副詞。下列副詞和副詞短語可以這麼用：

a bit	a lot	immensely	terribly
a great deal	hard	moderately	tremendously
a little	hugely	remarkably	

*The audience enjoyed it **hugely**.* 觀眾看得非常享受。
*I missed you **terribly**.* 我非常想念你。
*Annual budgets varied **tremendously**.* 各年度預算的差別巨大。

18 強調狀語的位置

強調狀語通常位於主語、助動詞或 be 之後。這些狀語總是副詞。

*I **absolutely** agree.* 我絕對同意。
*I would **just** hate to have a daughter like her.* 我可不想有一個像她這樣的女兒。
*That kind of money is **simply** not available.* 那種錢根本不可能得到。

強調狀語置於 don't 和 won't 之類的否定縮略式之前。

*It **just** can't be done.* 這根本做不到。
*That **simply** isn't true.* 那根本不是真的。

19 焦點狀語的位置

焦點狀語通常放在第一個助動詞之後，或主要動詞之前，或想要聚焦的詞之前。焦點狀語總是副詞。

*Until now, the law has **mainly** had a positive role in this area.* 到現在為止，法律主要在這個領域產生了積極作用。
*We told him what he **chiefly** wanted to know.* 我們把他主要想知道的東西告訴了他。
*I survive **mainly** by pleasing others.* 我主要依靠取悅別人活了下來。

如果動詞是 be，又沒有助動詞時，焦點副詞放在 be 之後。

*Economic development **is primarily** a question of getting more work done.* 經濟發展從根本上說是一個提高工作效率的問題。

焦點副詞 alone 和 only 可放在句子中的其他位置。

☞ 見 alone – lonely, only

！ 注意

通常不要用狀語把動詞和賓語分開。例如，不要説 ~~I like very much English.~~，而要説 I like English very much.（我非常喜歡英語。）。

advice – advise

1 advice

advice /æd'vaɪs/ 是名詞，表示勸告、忠告。

*Take my **advice** — stay away from him!* 聽我的勸告 —— 離他遠一點！
*She promised to follow his **advice**.* 她答應聽從他的勸告。

advice 是不可數名詞。不要説 ~~advices~~ 或 ~~an advice~~。但是，可以説 a piece of advice
（一個忠告）。

*What's the best **piece of advice** you've ever been given?* 你曾經得到最好的一個忠告是甚麼？
*Could I give you one last **piece of advice**?* 我可以給你一個最後的忠告嗎？

2 advise

advise /æd'vaɪz/ 是動詞，表示勸告、建議。

*He **advised** her to see a doctor.* 他勸她去看醫生。
*He **advised** me not to buy it.* 他勸我不要買它。

對某人説 I advise you to... 的意思是 "我勸你……"。

*The operation will be tiring so **I advise you to get some rest**.* 手術會很累人的，所以我勸你休息一下。

> **!** **注意**
>
> advise 不能不帶賓語。例如，不要説 ~~He advised to leave as quickly as possible.~~。如果不想説出接受勸告的人是誰，可説 **His advice was** to leave as quickly as possible.（他的建議是盡快離開。）。
>
> ***Diego's advice was** to wait until the morning.* 迭戈的建議是等到早上。

---

affect – effect

1 affect

affect /ə'fekt/ 是動詞，表示對……產生影響，常指消極影響。

*There are many ways in which computers can **affect** our lives.* 在很多方面電腦會影響我們的生活。
*The disease **affected** Jane's lungs.* 疾病侵襲到了簡的肺部。

2 effect

effect /ɪ'fekt/ 通常作名詞，表示效果、影響。

*The report shows the **effect** of noise on people in the factories.* 報告揭示了工廠噪音對人的影響。
*This has the **effect** of separating students from teachers.* 這具有把學生與教師區分開的效果。

可以説 have a...effect on something（對某物有……影響）。

*Improvement in water supply can **have a dramatic effect on** health.* 供水條件的改

善會給健康帶來巨大的影響。

*These changes **will have a significant effect on** our business.* 這些變化會對我們的業務產生顯著影響。

effect 有時作動詞，表示實行、實現。這是一種正式的用法。

*The new law will give us the power to **effect** change.* 新法律將賦予我們實施改變的權力。

---

afford

can afford something 表示買得起某物。而**can't afford** something 表示買不起某物。

*It's too expensive — we **can't afford** it.* 這太貴了 —— 我們買不起。

*Do you think one day we'll **be able to afford** a new sofa?* 你認為我們有一天會買得起新沙發嗎？

afford 幾乎總是與 can、could 或 be able to 連用。

> **！注意**
>
> 不要説 someone affords something。例如，不能説 ~~We afforded a new television.~~，而要説 We **were able to afford** a new television. （我們有錢買了一台新電視。）。
>
> 可以説 someone **can afford to have** something 或 **can afford to do** something。
>
> *Imagine a situation where everybody **can afford to have** a car.* 設想這樣一種情況，每個人都能買得起一輛車。
>
> *I **can't afford to rent** this flat.* 我租不起這個住宅單位。
>
> 不要説 someone ~~can afford having~~ something 或 ~~can afford doing~~ something。
>
> afford 不能用被動式。不要説 something ~~can be afforded~~，而要説 **people can afford** it。
>
> *We need to build houses that **people can afford**.* 我們需要建造人們買得起的住屋。

---

afloat

afloat 表示漂浮着的。

*By kicking constantly he could stay **afloat**.* 通過不停蹬腿，他能夠保持漂浮狀態。

*Her hooped skirt kept her **afloat** and saved her.* 她的圈環裙使她浮在水面上，救了她的命。

> **！注意**
>
> afloat 不用在名詞前面。

afraid – frightened

1 afraid 和 frightened

afraid 或 frightened 表示害怕的。

*The children were so **afraid** that they ran away.* 孩子們都害怕得逃走了。
*She felt **frightened**.* 她感到害怕。

也可以説 be **afraid of** someone or something，或 be **frightened of** someone or something。

*Tom is **afraid of** the dark.* 湯姆害怕黑暗。
*They are **frightened of** their father.* 他們害怕父親。

如果由於覺得有害或有危險而不想做某事，可以説 be **afraid to do** something 或 be **frightened to do** something。

*Many crime victims are **afraid to go to the police**.* 很多犯罪受害者害怕去警察局。
*She was **frightened to go out** on her own.* 她害怕獨自外出。

> **！ 注意**
>
> afraid 只用在 be 和 feel 之類的繫動詞後面，不要用在名詞前面。例如，不要説 ~~an afraid child~~，但是，可以説 a **frightened** child （一個受驚的孩子）。
>
> *He was acting like a **frightened** kid.* 他的表現像一個受到驚嚇的孩子。

2 afraid 的另一個詞義

afraid 還表示擔心的、憂慮的。通常 frightened 不能這麼用。

*She was **afraid that I might be embarrassed**.* 她擔心我會很尷尬。
*She was **afraid of being** late for school.* 她害怕上學遲到。

3 I'm afraid…

可以用 I'm afraid…、I'm afraid so. 或 I'm afraid not. 委婉地表示抱歉、恐怕。I'm afraid so. 的意思是 yes。I'm afraid not. 的意思是 no。兩者都用作對疑問句的回答。

*'**I'm afraid** Sue isn't at her desk at the moment. Can I take a message?'* "很抱歉，蘇目前不在她的辦公桌旁。你要留個口信嗎？"
*'I hear she's leaving. Is that right?' – '**I'm afraid so**.'* "我聽説她要離開。對嗎？" —— "恐怕是的。"
*'Can you come round this evening?' – '**I'm afraid not**.'* "今天晚上你能過來嗎？" —— "恐怕不行。"

---

after – afterwards – later

1 after

after 通常作介詞，表示在……以後。

*Vineeta came in just **after** midnight.* 維尼塔到來的時候剛過午夜。
*We'll hear about everything **after** dinner.* 晚餐後我們會獲悉一切。

可以説 after doing something （做完某事以後）。

After leaving *school he worked as an accountant.* 離開學校後，他擔任了會計。
After completing and signing *the form, please return it to me.* 填好表格簽好字以後，請交還給我。

> **❗ 注意**
>
> 不能用 after 表示某人超過了某個歲數，而要用 over。
> *She was well **over** fifty.* 她已經50多歲了。
> 不要用 after 表示在某物的後面。要用 behind 這個詞。
> *I've parked **behind** the school.* 我把車停在了學校後面。

2 afterwards

afterwards 是副詞，表示後來、然後、之後。afterwards 常用於 not long afterwards、soon afterwards 和 shortly afterwards 這樣的表達式。

*She died **soon afterwards**.* 她不久以後就死了。
Shortly afterwards *her marriage broke up.* 不久之後，她的婚姻破裂了。

3 afterward

 有時也用 afterward，特別是在美式英語裏。

*I left **soon afterward**.* 我不久以後就離開了。
Not long afterward, *he made a trip from L.A. to San Jose.* 不久以後，他從洛杉磯到聖約瑟去了一趟。

4 later

later 是副詞，表示以後、過後。

*I'll go and see her **later**.* 我過後會去看她的。

a little、much 和 not much 可與 later 連用。

A little later, *the lights went out.* 過了一會，燈熄滅了。
*I learned all this **much later**.* 我很久以後才知道了這一切。

在指一段時間的短語後面可用 after、afterwards 或 later，表示某事發生的時間。

*I met him **five years after** his wife's death.* 我在他妻子死後第5年見到了他。
*She wrote about it **six years afterwards**.* 6年之後她寫到了這件事。
Ten minutes later *he left the house.* 10分鐘以後他離開了那間屋。

---

after all

在提及為剛才所說的話提供支持或進一步解釋的另外一點時，可用 after all，表示 "別忘了、要知道"。

*It had to be recognized, **after all**, that I was still a schoolboy.* 必須承認的是，我不管怎麼說還是個男生。
*I thought he might know where Sue is. **After all**, she is his wife.* 我以為他可能知道蘇在哪裏。別忘了，她是他的妻子。

after all 也用於表示畢竟、終究。

*Perhaps it isn't such a bad village **after all**.* 也許這條村終究沒有那麼糟糕。
*I realised he was telling the truth **after all**.* 我意識到他畢竟是在説實話。

! 注意

如果想引出最後的一點、問題或話題，不要使用 after all。要用 finally 或 lastly。

***Finally** I want to thank you all for coming.* 最後我要感謝你們大家的到來。
***Lastly** I would like to ask about your future plans.* 最後，我想問一下你未來的計劃。

---

afternoon

afternoon 表示下午。

1 今天

今天下午用 this afternoon 表示。

*I rang Pat **this afternoon**.* 今天下午我打了電話給派特。
*Can I see you **this afternoon**?* 我今天下午可以見你嗎？

昨天下午用 yesterday afternoon 表示。

*Doctors operated on the injury **yesterday afternoon**.* 醫生們昨天下午對受傷部位動了手術。

明天下午用 tomorrow afternoon 表示。

*I'll be home **tomorrow afternoon**.* 我明天下午在家。

2 過去的單個事件

如果想表示某事發生在過去的某一天下午，用 on。

*Olivia was due to arrive **on Friday afternoon**.* 奧利維亞定於星期五下午到達。
*The box was delivered **on the afternoon before my departure**.* 箱子是在我離開前的那個下午發送出去的。

在描寫某一天所發生的事情時，可以説 that afternoon 或 in the afternoon。

***That afternoon** I phoned Bill.* 那天下午我給比爾打了電話。
*I left Walsall **in the afternoon** and went by bus to Nottingham.* 我在下午離開了沃爾索爾，然後乘公共汽車去了諾定咸。

如果談論的是過去某一天之前的下午，可説 the previous afternoon。

*He had spoken to me **the previous afternoon**.* 他在前一個下午和我説過。

如果想表示次日下午，可説 the following afternoon。

*I arrived at the village **the following afternoon**.* 我第二天下午到達了村莊。

3 談論將來

如果想表示某事將在某個特定的下午發生，用 on。

*The meeting will be **on Wednesday afternoon**.* 會議在星期三下午舉行。

如果已經在談論未來的某一天，可以説 in the afternoon。

*We will arrive at Pisa early in the morning, then **in the afternoon** we will go on to Florence.* 我們將在清晨到達比薩,然後下午我們將前往佛羅倫斯。

談論未來某一天的次日下午,可以用 the following afternoon。

*You leave on Thursday, arriving in Cairo at 9.45pm, then fly on to Luxor **the following afternoon**.* 你星期四離開,晚上9時45分到達開羅,然後第二天下午再飛往盧克索。

4 定期事件

如果某事在每天下午發生,可以用 in the afternoon 或 in the afternoons。

*He is usually busy **in the afternoons**.* 他下午通常很忙。
***In the afternoon** he would take a nap.* 他在下午會小睡一會。

如果想表示某事定期在每星期的某個下午發生,可用 on 後接星期日子加 afternoons。

*She plays tennis **on Saturday afternoons**.* 她每個星期六下午打網球。

 在非正式英語裏,可單獨用 afternoons,不加 on 或 in。

*She worked **afternoons** at her parents' shop.* 她每天下午在她父母開的店裏工作。

5 確切時間

如果提到了一個確切時間,而你想清楚表明談論的是下午而不是上午,可加上 in the afternoon。

*We arrived at three **in the afternoon**.* 我們是下午3時到達的。

☞ 見主題條目 Time

---

afterward

☞ 見 after – afterwards – later

---

afterwards

☞ 見 after – afterwards – later

---

aged

☞ 見主題條目 Age

---

ago

ago 表示以前。

假如現在是星期天,而某事發生在星期四,可以説 It happened three days **ago**。(這事發生在三天前。)。

*We met two months **ago**.* 我們兩個月前見過面。
*We got married about a year **ago**.* 我們大約一年前結婚。

> **!** 注意
>
> ago 用於一般過去時，而不用於現在完成時。例如，要說 He **died** four years ago.（他4年前死了。），而不要說 ~~He has died four years ago.~~。
>
> *Seven years ago, she **gave birth to** their daughter, Nelly.* 7年前她生下了他們的女兒內利。
>
> *I **did** it just a moment ago.* 我剛剛做了這件事。
>
> ago 僅用於談論從現在向過去算的一段時間。如果談論的是比過去的一個時間更早的一段時間，要用過去完成時加上 before 或 previously。
>
> *The centre **had been opened** some years before.* 該中心是數年前開放的。
> *The accident **had happened** nearly two years **previously**.* 事故早在近兩年前就發生了。
>
> ago 不能和 since 一起使用。例如，不要說 ~~It is three years ago since it happened.~~，而要說 It happened **three years ago**.（這事發生在三年前。）或 **It is three years since** it happened.（這事發生已經有三年了。）。
>
> *He died **two years ago**.* 他兩年前死了。
> *It is **two weeks since** I wrote to him.* 自從我給他寫信到現在已有兩個星期了。

☞ 見 since

> **!** 注意
>
> 例如，不要說 ~~It has been happening since three years ago.~~，而要說 It has been happening **for three years**.（這事三年來一直在發生。）。
>
> *I have lived here **for nearly twenty years**.* 我在這裏住了快20年了。
> *I have known you **for a long time**.* 我認識你已有很長時間了。

☞ 見 for

---

agree

1 agree

如果某人說了某事，而你說 I agree.，這表示你有同樣的看法。

*'That film was excellent.' – '**I agree**.'* "那部電影很精彩。"——"我同意。"

2 agree with

表示同意或贊同某人或某人所說的話，也可以用 agree with。

*I **agree with** Mark.* 我同意馬克。
*He **agreed with** my idea.* 他贊同我的想法。

> **!** 注意
>
> 不要說 ~~agree something~~ 或 ~~are agreed with~~ it。另外，agree 作此解時，不能用進行式。例如，不要說 ~~I am agreeing with Mark.~~。

3 agree to

agree to a suggestion or proposal 表示同意一個建議或提議。

He **had agreed** to the use of force. 他同意使用武力。

但是，不要説 agree to an invitation，而要用 accept。

He **accepted** our invitation to the dinner party. 他接受了我們的晚宴邀請。

agree to do something 表示同意做某事。

She **agreed to lend** me her car. 她同意把車借給我。

She finally **agreed to come** to the club on Wednesday. 最後她同意星期三來俱樂部。

> **！注意**
> 不要説 ~~agree doing~~ something。

4 agree on

agree on 表示對⋯⋯達成一致意見。

We **agreed on** a date for the wedding. 我們商定了婚禮日期。

5 agree that

可以用 agree 加 that-從句表示決定的內容。

They **agreed that** the meeting should be postponed. 他們同意推遲會議。

常常使用被動式 It was agreed that...。

It was agreed that something had to be done. 大家一致認為必須做點甚麼。

---

aim

aim 表示目標、目的。

My **aim** is to play for England. 我的目的是為英格蘭比賽。

It is our **aim** to have this matter sorted quickly. 我們的目標是把這件事很快理清。

可以用 **with the aim of** achieving a particular result 表示 "目的在於實現某個結果"。不要用 with the aim to achieve a result。

They had left before dawn **with the aim of getting** a grandstand seat. 他們天沒亮就走了，目的是為了獲得一個正正對着看台的座位。

The purpose of the meeting was to share information **with the common aim of finding** Louise safe and well. 這次見面是為了分享資料，共同的目的是安然無恙地找到路易絲。

---

alight

alight 表示燃燒着的。

The fire was safely **alight**. 火安全地燃燒着。

A candle was **alight** on the chest of drawers. 五斗櫥上點着一支蠟燭。

set something **alight** 表示把某物點燃。

...paraffin that had been poured on the ground and **set alight** ⋯⋯被倒在地上點燃

的石蠟

> **⚠ 注意**
>
> alight 不用在名詞前面。例如，不要説 ~~People rushed out of the alight building~~，而要説 People rushed out of the **burning** building.（人們衝出了着火的大樓。）。

---

alike

alike 表示相似的、相同的。

*They all looked **alike** to me.* 在我看來它們都是一樣的。

> **⚠ 注意**
>
> 名詞前面不要用 alike。例如，不要説 ~~They wore alike hats.~~，而要説 They wore **similar** hats.（他們戴着相似的帽子。）。
>
> *The two companies sell **similar** products.* 這兩家公司出售同類產品。

---

alive

alive 表示活着。

*I think his father is still **alive**.* 我想他父親還活着。
*She knew the dog was **alive**.* 她知道狗還活着。

> **⚠ 注意**
>
> alive 不能用在名詞前面。例如，不要説 ~~I have no alive relatives.~~ 或 ~~They export alive animals.~~，而要用 living 談論人，或 live /laɪv/ 談論動物。
>
> *I have no **living** relatives.* 我沒有健在的親屬。
> *They export **live** animals.* 我們出口活畜。

---

all

1 用作限定詞

all 直接放在名詞的複數形式前面，表示某一類別的所有人或物。all 用在名詞的複數形式前面時，後面要用動詞的複數形式。

*There is built-in storage space in **all bedrooms**.* 所有的臥室都有嵌入式儲物空間。
***All boys like** to eat.* 所有男孩都喜歡吃。

對某事作概括性陳述時，all 可直接放在不可數名詞前面。all 用在不可數名詞前面時，後面要用動詞的單數形式。

***All research** will be done by experts.* 所有研究都將由專家進行。
***All crime** is serious.* 所有的罪行都是嚴重的。

2 與其他限定詞連用

如果想談論群體中的每一個人或物，用 all 或 all of 後接 the、these、those 或物主限定詞，再加名詞的複數形式。

*Staff are checking **all the books** to make sure they are suitable.* 工作人員正在檢查所有的書，以確保它們是合適的。

***All my friends** came to my wedding.* 我所有的朋友都來參加我的婚禮。

***All of the defendants** were proved guilty.* 所有被告被證明有罪。

如果想談論某物的整體，用 all 或 all of 後接 the、this、that 或物主限定詞，再加不可數名詞或可數名詞的單數形式。

*They carried **all the luggage** into the hall.* 他們把全部行李搬進了大廳。

*I want to thank you for **all your help**.* 我要感謝你對我的所有幫助。

*I lost **all of my money**.* 我失去了所有的錢。

3 用在代詞前面

all 或 all of 可用在代詞 this、that、these 和 those 之前。

*Oh dear, what are we going to do about **all this**?* 哎呀，我們該如何處理所有這一切？

*Maybe **all of that** is true, but that's not what I asked.* 也許所有這些都是真的，但那不是我所問的。

但是，人稱代詞前必須使用 all of，不要用 all。

*Listen, **all of you**.* 聽着，你們所有人。

*It would be impossible to list **all of it** in one programme.* 不可能在一個節目中列出所有這一切。

all of 後面不要用 we 或 they，而要用 us 或 them。

*He discussed it with **all of us**.* 他和我們所有人一起討論了這件事。

***All of them** were tired.* 他們都累了。

4 用在主語後面

all 也可用在句子的主語後面。例如，可以用 Our friends **all** came.（我們的朋友全來了。）代替 All our friends came.。

如果沒有助動詞，all 位於動詞的前面，除非動詞是 be。

*We **all felt** guilty.* 我們都感到內疚。

如果動詞是 be，all 位於 be 之後。

*They **were all** asleep.* 他們都睡着了。

如果有助動詞，all 放在其後面。

*It **will all be** over soon.* 這一切很快都會結束的。

如果有一個以上助動詞，all 放在第一個助動詞之後。

*The drawers **had all been opened**.* 所有的抽屜都被打開了。

如果賓語是人稱代詞，all 也可放在動詞的直接賓語或間接賓語之後。

*We treat them **all** with care.* 我們小心地對待他們每個人。

*I admire you **all**.* 我欽佩你們每個人。

5 用作代詞

all 可作代詞，表示一切、全部、唯一。all 常常這樣用在關係從句前面。

*It was the result of **all** that had happened previously.* 那是早先發生的一切所造成的結果。

***All** I remember is his first name.* 我只記得他的名。

6 every

every 的意思與 all 相似。這句話 ***Every** teacher was at the meeting.*（每個老師都參加了會議。）的意思與 ***All** the teachers were at the meeting.*（所有老師都參加了會議。）一樣。

但是，all 和 every 用於時間表達式時意義有區別。例如，all day 表示一整天，而 every day 則表示每一天。

*The airport was closed **all morning** after the accident.* 意外發生後，機場整個上午都關閉了。

*She goes running **every morning**.* 她每天早晨去跑步。

---

allow – permit – let – enable

allow、permit 和 let 都表示允許、讓。permit 是一個正式的詞。

1 allow 和 permit

allow 和 permit 後接賓語和 *to*-不定式分句。

*He **allowed me to take** the course.* 他允許我選修這門課程。

*They do not **permit students to use** calculators in exams.* 他們不允許學生在考試中使用計算機。

可以説 someone **is not allowed** to do something 或 someone **is not permitted** to do something。

*Visitors **are not allowed** to take photographs in the museum.* 參觀者在博物館內不允許拍照。

*Children **are not permitted** to use the swimming pool.* 孩子們不允許使用游泳池。

也可以説 something **is not allowed** 或 something **is not permitted**。

*Running **was not allowed** in the school.* 學校裏不准奔跑。

*Picnics **are not permitted** in the park.* 不允許在公園裏野餐。

2 let

let 後接賓語和不帶 to 的不定式。

***Let me go** to the party on Saturday. I won't be late.* 讓我去參加星期六的聚會吧。我不會遲到的。

通常 let 不用被動式。例如，不要説 ~~She was let go to the party.~~。

3 enable

不要把上述三個詞與 enable 相混淆。enable 表示"使能夠"，而不表示允許。

*Contraception **enables** women to plan their families.* 避孕使婦女能夠計劃生育。

*The new test should **enable** doctors to detect the disease early.* 這種新的化驗可以幫助醫生及早發現疾病。

all right

all right 表示令人滿意的、可接受的。

*Is everything **all right**, sir?* 一切都好吧，先生？

all right 是通常的拼法。有時也用 alright，但很多人認為這種拼寫不正確。

---

almost – nearly

1 甚麼時候可以用 almost 或 nearly

almost 和 nearly 的意思都是幾乎、差不多。兩者都可用在形容詞或名詞短語前面，或與動詞連用。

*Dinner is **almost ready**.* 晚飯差不多準備好了。

*We're **nearly ready** now.* 我們現在差不多準備好了。

*I spent **almost a month** in China.* 我在中國逗留了將近一個月。

*He worked there for **nearly five years**.* 他在那裏工作了近5年。

*Jenny **almost fainted**.* 珍妮幾乎昏了過去。

*He **nearly died**.* 他差一點死掉。

almost 和 nearly 也可用在 every morning 和 every day 等某些時間表達式前面，以及用在 there 等某些地點狀語前面。

*We go swimming **almost every evening**.* 我們幾乎每天晚上去游泳。

*I drive to work **nearly every day**.* 我幾乎每天都開車上班。

*We are **almost there**.* 我們快到了。

*I think we are **nearly there**.* 我想我們差不多快到了。

almost 或 nearly 用在特定的時間前面表示快要到那個時間了。

*It was **almost** 10 p.m.* 差不多晚上10時了。

*It's **nearly** dinner-time.* 快到吃晚飯的時間了。

2 甚麼時候用 almost

不要把 nearly 用在以 -ly 結尾的副詞前面，應該用 almost。

*She said it **almost angrily**.* 她幾乎是憤怒地說了那句話。

*Your boss is **almost certainly** there.* 你的老闆幾乎肯定是在那裏。

可以說 one thing is **almost like** another。不要說 one thing is ~~nearly like~~ another。

*It made me feel **almost like** a mother.* 這讓我幾乎感覺自己像一個母親。

almost 可用在 never、no、none、no-one、nothing 和 nowhere 之類的否定詞前面。

*He **almost never** visits.* 他幾乎從不來訪。

*She speaks **almost no** English.* 她幾乎不會說英語。

nearly 不能用在這樣的否定詞前面。

3 甚麼時候用 nearly

nearly 可用在 not 後面對否定陳述句進行強調。例如，可以說 The room is not nearly big enough.（這個房間根本不夠大。）代替 The room is **not nearly** big enough.（這個房間不夠大。）。

*It's **not nearly** as nice.* 這遠遠沒有那麼好。

*We **don't** do **nearly** enough to help.* 我們提供的幫助遠遠不夠。

almost 不能像這樣用在 not 後面。

very 或 so 可用在 nearly 前面。

*We were **very nearly** at the end of our journey.* 我們差不多到了旅途的終點了。

*She **so nearly** won the championship.* 她差一點就贏得冠軍。

almost 不能與 very 或 so 連用。

---

alone – lonely

1 alone

alone 表示獨自。

*I wanted to be **alone**.* 我想一個人獨處。

*Barbara spent most of her time **alone** in the flat.* 芭芭拉大部份時間都獨自留在住宅單位裏。

> **!** 注意
>
> 不要把 alone 用在名詞前面。例如，不要説 ~~an alone woman~~。而要説 a woman **on her own**（一個獨處的女人）。
>
> *These holidays are popular with people **on their own**.* 這些假期很受獨自旅行的人歡迎。

2 lonely

不要混淆 alone 和 lonely。lonely 表示孤獨，既可用在名詞前面也可用在 be 或 feel 這樣的繫動詞後面。

*He was a **lonely** little boy.* 他是一個孤獨的小男孩。

*She must be very **lonely** here.* 她在這裏一定很孤單。

---

along

look **along** something 或 move **along** something 表示沿着某物看過去或移動。

*Tim walked **along** the street.* 添沿着大街走。

*He led me **along** a corridor.* 他帶我沿着一條走廊向前走。

along 用於表示位置沿着道路、河流或走廊等狹長物。

*There are trees all **along** the river.* 沿河都有樹木。

> **!** 注意
>
> 不能用 along 描述穿越一個地區的動作。
>
> 例如，不要説 go along a desert，而要用 through 或 across。
>
> *We cycled **through** the forest.* 我們踏單車穿過了森林。
>
> *He wandered **across** Hyde Park.* 他在海德公園內漫步。

a lot

☞ 見 lot

---

aloud – loudly

1 aloud

aloud 表示出聲地。

*'Where are we?' Alex wondered **aloud**.* "我們在哪裏？"艾力士不解地問道。

read aloud 表示朗讀。

*She read **aloud** to us from the newspaper.* 她給我們朗讀報紙。

2 loudly

loudly 表示大聲地、高聲地。

*The audience laughed **loudly**.* 觀眾大笑了起來。

---

already

1 指動作

already 表示已經、早已。説英式英語的人把 already 與完成時態連用，放在 have、has 或 had 後面，或放在句末。

*He **had already left** when I arrived.* 我到的時候他已經走了。

*I've had tea **already**, thank you.* 我喝過茶了，謝謝。

 很多説美式英語的人以及一些説英式英語的人用一般過去式代替現在完成式。例如，他們用 I already met him.（我已經見過他了。）或 I met him already. 代替 I have already met him.。

*You **already** woke up the kids.* 你已經把孩子們弄醒了。

*I told you **already** — he's a professor.* 我早就對你説了 —— 他是一位教授。

2 指情況

already 也用於表示情況早已存在。

如果沒有助動詞，already 放在動詞前面，除非動詞是 be。

*She **already knows** the answer.* 她已經知道答案了。

*By the middle of June the society **already had** more than 1,000 members.* 到 6 月中旬，協會已經有了1,000多名會員。

如果動詞是 be，already 放在其後面。

*It **was already** dark.* 天已經黑了。

*Tickets **are already** available online.* 網上已經能買到票了。

如果有助動詞，already 放在助動詞後面。

*This species **is already considered** endangered.* 這個物種已經被認為瀕臨滅絕。

如果有一個以上助動詞，already 放在第一個助動詞後面。

*Portable computers **can already be plugged** into TV sets.* 手提電腦已經可以接入電視機了。

可以把 already 放在句首進行強調。

***Already** the company is three quarters of the way to the target.* 公司已經完成了目標的四分之三。

alright

☞ 見 all right

also – too – as well

also、too 或 as well 表示又、也。

1 also

also 通常用於動詞之前。如果沒有助動詞，also 直接放在動詞之前，除非動詞是 be。

*I **also began** to be interested in cricket.* 我也開始對板球感興趣了。
*They **also helped out**.* 他們也提供了協助。

如果動詞是 be，also 放在其後面。

*I **was also** an American.* 我也是美國人。

如果有助動詞，also 放在助動詞後面。

*The symptoms of the illness **were also described** in the book.* 書中還描述了疾病的症狀。

如果有一個以上助動詞，also 放在第一個助動詞後面。

*We'**ll also be learning** about healthy eating.* 我們還將了解健康飲食。

also 有時放在句首。

*She is very intelligent. **Also**, she is gorgeous.* 她非常聰明。而且，她美麗動人。

> **!** 注意
>
> 不要把 also 置於句末。

2 too

too 通常放在句末。

*Now the problem affects middle-class children, **too**.* 現在這個問題還影響到了中產階級的孩子。
*I'll miss you, and Steve will, **too**.* 我會想念你的，史提夫也會的。

 在談話中對剛說過的話作簡短評論時，可在詞或短語之後用 too。

*'His father kicked him out of the house.' – 'Quite right, **too**.'* "他父親把他踢出了家門。" —— "的確是這樣。"
*'They've finished mending the road.' – 'About time, **too**!'* "他們已經修好了路。" —— "也該是修的時候了！"

too 有時放在句中的第一個名詞短語後面。

*I wondered whether I **too** would become ill.* 我心裏在想自己是否也會生病。

*Melissa, **too**, felt miserable.* 蒙莉莎也感到很痛苦。

但是，too 的位置可以對句子的意思產生影響。

I am an American **too**. 的意思可以是 "（與剛提到的那個人一樣，）我也是美國人"，也可以是 "（除了具有剛提到的其他特點以外，）我還是個美國人"。但是，I **too** am an American. 的意思只能是 "我也是美國人"。

不要把 too 放在句首。

☞ 見 too

3 as well

as well 總是位於句末。

*Filter coffee is better for your health than instant coffee. And it tastes nicer **as well**.* 過濾咖啡比即溶咖啡更有益健康。而且口感也更好。

*They will have a difficult year next year **as well**.* 他們明年也將會有艱難的一年。

4 否定句

通常 also、too 或 as well 不用於否定句。例如，不要説 ~~I'm not hungry and she's not hungry too.~~，而要説 I'm not hungry and she's not hungry **either**.、I'm not hungry and **neither is she**. 或者 I'm not hungry and **nor is she**.（我不餓，她也不餓。）。

*Edward wasn't at the ceremony, **either**.* 愛德華也沒有出席典禮。

*'I don't normally drink coffee in the evening.' – '**Neither do I**.'* "我晚上通常不喝咖啡。" —— "我也不喝。"

☞ 見 either, neither, nor

---

alternate – alternative

1 alternate

alternate 表示交替的、輪流的。

*...the **alternate** contraction and relaxation of muscles* ……肌肉的交替收縮和放鬆

alternate days 表示一天隔一天。也可説 **alternate** weeks、months 或 years（隔週、隔月、隔年）。

*We saw each other on **alternate** Sunday nights.* 我們隔週在星期天晚上見面。

*The two courses are available in **alternate** years.* 這兩個課程隔年開設。

2 alternative

alternative 表示可供選擇的、可供替代的。

*But still people try to find **alternative** explanations.* 不過人們仍然試圖找出其他的解釋。

*There is, however, an **alternative** approach.* 然而，還有另外一個方法。

 注意，在美式英語裏，alternate 有時也用作這個詞義。

*How would a clever researcher rule out this **alternate** explanation?* 一個聰明的研究

者怎麼排除這另一種解釋呢？

alternative 也可作名詞，表示替代物。

*Food suppliers are working hard to provide organic **alternatives** to everyday foodstuffs.*
食品供應商正在努力提供有機食品來替代日常食物。

*A magistrate offered them a Domestic Education course as an **alternative** to prison.*
地方執法官給他們提供家庭教育課程，而沒送他們去坐牢。

*There is no **alternative** to permanent storage.* 除了永久儲存，別無他法。

alternative 也表示可能的選擇。

*If a man is threatened with attack, he has five **alternatives**: he can fight, flee, hide, summon help, or try to appease his attacker.* 如果一個男人受到攻擊的威脅，他有五個選擇：他可以搏鬥、逃跑、躲藏、尋求幫助或者設法安撫攻擊者。

注意，過去認為兩種以上的選擇用 alternative 是錯誤的。

---

alternately – alternatively

1 alternately

alternately 表示輪流地、交替地。

*Each piece of material is washed **alternately** in soft water and coconut oil.* 每一塊材料都輪流在軟水和椰子油中清洗。

*She became **alternately** angry and calm.* 她變得時而憤怒時而平靜。

2 alternatively

alternatively 表示要不、或者。

*It is on sale there now for just £9.97. **Alternatively**, you can buy the album by mail order for just £10.* 現在這張唱片在那裏只售9.97英鎊。要不然也可只花10英鎊郵購。

***Alternatively**, you can use household bleach.* 或者，你可以使用家用漂白劑。

---

although – though

1 用作連詞

although 或 though 用於引導從句，表示"雖然……但是"。though 不用於非常正式的英語。

*I can't play the piano, **although** I took lessons for years.* 我不會彈鋼琴，儘管我上了多年的鋼琴課。

*It wasn't my decision, **though** I think I agree with it.* 這不是我的決定，不過我想我是同意的。

可在 though 前面加上 even 進行強調。

*She wore a coat, **even though** it was a very hot day.* 她穿了一件外套，儘管那天非常炎熱。

不要把 even 放在 although 前面。

> **!** **注意**
>
> 如果句子以 although 或 though 開頭，不要用 but 或 yet 引出主句。例如，不要説 ~~Although he was late, yet he stopped to buy a sandwich.~~，而要説 Although he was late, **he stopped** to buy a sandwich.（雖然他已經晚了，但他還是停下來買了一份三文治。）。
>
> *Although he was English, **he spoke** fluent French.* 雖然他是英國人，但他説一口流利法語。
>
> *Though he hadn't stopped working all day, **he wasn't** tired.* 雖然他不停工作了一整天，但他並不累。
>
> 不要在名詞短語前使用 although 或 though。例如，不要説 ~~Although his hard work, he failed his exam.~~，而要説 **In spite of** his hard work, he failed his exam.（儘管他很努力，但他考試沒有及格。）或 **Despite** his hard work, he failed his exam.。
>
> ***In spite of** poor health, my father was always cheerful.* 我父親雖然身體不好，但總是高高興興的。
>
> ***Despite** her confidence, Cindy was uncertain what to do next.* 儘管仙迪很自信，但她也不確定下一步該做甚麼。

2 though 用作副詞

though 有時用作副詞，表示不過、然而。通常把 though 放在句子中的第一個短語之後。

*Fortunately **though**, this is a story with a happy ending.* 不過幸運的是，這是一個結局美滿的故事。

*For Ryan, **though**, it was a busy year.* 然而對於萊恩來説，那是忙碌的一年。

 在談話中，也可把 though 放在句末。

*I can't stay. I'll have a coffee **though**.* 我不能久留，不過我可以喝杯咖啡。

although 從不用作副詞。

---

altogether

1 altogether

altogether 意為完全、全部地。

*The noise had stopped **altogether**.* 喧鬧聲完全停止了。

*We need an **altogether** different plan.* 我們需要一個完全不同的計劃。

☞ 關於表示範圍的分級詞彙列表，見 Adverbs and adverbials

altogether 還可表示總共、一共。

*You will get £340 a week **altogether**.* 你每週總共能得到 340 英鎊。

2 all together

不要混淆 altogether 和 all together。all together 表示全部在一起、一個都不缺。

*It had been so long since we were **all together** — at home, secure, sheltered.* 我們好久沒有聚在一起了 —— 舒適自在、安然無恙、受到呵護。

always

always 表示總是、始終。

always 作上述詞義解時,與動詞的一般形式連用。

如果沒有助動詞,always 位於動詞前,除非動詞是 be。

*Talking to Harold **always cheered** her up.* 和哈羅德説話總是能使她高興起來。
*A man **always remembers** his first love.* 男人總是記得他的初戀。

如果動詞是 be,always 通常放在其後面。

*She **was always** in a hurry.* 她總是匆匆忙忙的。

如果有助動詞,always 通常放在其後面。

*I**'ve always been** very careful.* 我一向很小心。

如果有一個以上助動詞,通常把 always 放在第一個助動詞後面。

*She **had always been allowed** to read whatever she wanted.* 她總是被允許閱讀她想讀的任何東西。

> **！注意**
>
> always 作此解時,不要與動詞的進行式連用。例如,不要説 ~~Talking to Harold was always cheering her up.~~。
>
> 如果 always 與動詞的進行式連用,則表示總是、一再。
>
> *Why are you **always** interrupting me?* 你為甚麼總是打斷我?
> *The bed was **always** collapsing.* 這張牀總是會塌下去。
> *She's great — she's **always** laughing and smiling.* 她很了不起 —— 她總是笑呵呵的。
>
> always 不能用於比較級、否定句或疑問句表示 "在過去的任何時候" 或 "在將來的任何時候"。要用 ever。例如,不要説 ~~They got on better than always before.~~,而要説 They got on better than **ever** before.(他們相處得比以往任何時候都好。)。
>
> *It was the biggest shooting star they had **ever** seen.* 這是他們看到過的最大的流星。
> *How will I **ever** manage to survive alone?* 我究竟怎樣才能獨自生存?

☞ 關於表示頻率的分級詞彙清單,見 Adverbs and adverbials

---

a.m.
☞ 見主題條目 Time

---

among

1 群體

among 表示在(一群人或物)之中。

*Dev wandered **among** his guests.* 德夫在他的客人之間走來走去。
***Among** his baggage was a medicine chest.* 他的行李中有一個藥箱。

> **！ 注意**
>
> 在兩個人或物之間不能用 among ，要用 between。
>
> Myra and Barbara sat in the back, the baby **between** them. 邁拉和芭芭拉坐在後面，嬰兒在他們中間。
>
> The island is midway **between** Sao Paulo and Porto Alegre. 這個島位於聖保羅和阿列格雷港兩地中間。

☞ 見 between

有時用 amongst 這個形式，但比 among 正式。

*The old farmhouse was hidden **amongst** orchards.* 舊農舍隱藏在果園裏。

2 劃分

among 或 between 可用於表示在一群人之中分某物。兩者的意義沒有區別。

*He divided his money **among** his brothers and sisters.* 他把錢分給了兄弟姐妹。

*Different scenes from the play are divided **between** five couples.* 劇中的不同場景分給了五對夫婦。

有時用 amongst 這個形式，但比 among 正式。

*I heard that flour was being distributed **amongst** the citizens.* 我聽説正在市民中間分發麵粉。

3 區別

> **！ 注意**
>
> 談論區別時不要用 among。例如，不要説 I couldn't see any difference among the three chairs. ，而要説 I couldn't see any difference **between** the three chairs. （我看不出這三張椅之間有甚麼不同。）。

☞ 見 between

---

amount

an **amount** of something 表示某物的數量。

*They measured the **amount** of salt lost in sweat.* 他們測量了出汗失去的鹽份。

*I was horrified by the **amount** of work I had to do.* 我被自己不得不承擔的工作量嚇壞了。

可以説 a **large amount** 或 a **small amount**。 不要説 a big amount 或 a little amount。

*Use only a **small amount of** water at first.* 一開始只要使用少量的水。

*The army gave out **large amounts** of food.* 軍隊分發了大量食品。

amount 用作複數時，要與複數動詞連用。例如，可以説 Large amounts of money **were** wasted. （大量的錢被浪費了。） ，但不要説 Large amounts of money was wasted.。

*Increasing amounts of force **are** necessary.* 有必要施加越來越大的力。

*Very large amounts of money **are** required.* 需要巨額資金。

> **！注意**
>
> 不要説 an amount of things 或 people。例如，不要説 ~~There was an amount of chairs in the room.~~，而要説 There **were a number** of chairs in the room.（房間內有數張椅。）。
> number 這樣用時，後面要接複數動詞。

*A **number** of offers **were** received.* 已經收到了好幾個報價。

☞ 見 number

---

an

☞ 見 a – an

---

and

and 可用於連接名詞短語、形容詞、副詞、動詞或分句。

1 用於連接名詞短語

談論兩個事物或兩個人時，and 置於名詞短語之間。

*I had a cup of tea **and** a biscuit.* 我喝了一杯茶，吃了一塊餅乾。
*The story is about a friendship between a boy **and** a girl.* 這個故事講述的是一個男孩和一個女孩之間的友誼。

連接兩個以上名詞短語時，and 通常放在最後一個名詞短語之前。

*They had fish, potatoes, **and** peas for dinner.* 他們晚飯吃了魚、馬鈴薯和豌豆。
*We need to build more roads, bridges **and** airports.* 我們需要建造更多的道路、橋樑以及機場。

在這樣的一串詞中，and 之前的逗號可用可不用。

☞ 見參考部份 Punctuation

2 用於連接形容詞

如果兩個形容詞位於 be、seem 和 feel 等繫動詞後面，這兩個形容詞之間要用 and。

*The room was large **and** square.* 這個房間大而方正。
*She felt cold **and** tired.* 她感到又冷又累。

如果繫動詞後面有兩個以上形容詞，通常 and 只放在最後一個形容詞之前。

*We felt hot, tired, **and** thirsty.* 我們感到又熱、又累、又口渴。
*The child is outgoing, happy **and** busy.* 這個孩子開朗、快樂、忙碌。

在這樣的一串詞中，and 之前的逗號可用可不用。

☞ 見參考部份 Punctuation

如果名詞前使用兩個或多個形容詞，通常不用 and。

*She was wearing a **beautiful pink** dress.* 她穿着一件漂亮的粉紅色連衣裙。
*We made **rapid technological** advance.* 我們取得了快速的技術進步。

但是，如果形容詞是顏色形容詞，則必須使用 and。

*I bought a **black and white** swimming suit.* 我買了一件黑白色的泳衣。

同樣，如果使用相似方式對名詞進行分類的形容詞，要用 and。

*This is a social **and** educational dilemma.* 這是一個社會和教育的困境。

如果把形容詞放在複數名詞前面談論具有不同或相反性質的事物，也要用 and。

*Both **large and small** firms deal with each other regularly.* 大公司和小公司之間經常有生意往來。

⚠ 注意

如果想使形容詞形成對比，不要用 and 連接。例如，不要説 ~~We were tired and happy.~~，而要説 We were tired **but** happy.（我們很累但很高興。）。

*They stayed in a small **but** comfortable hotel.* 他們住在一家小而舒適的酒店。

---

3 用於連接副詞

and 可用於連接副詞。

*Mary was breathing quietly **and** evenly.* 瑪麗平靜而均勻地呼吸着。
*They walked up **and** down, smiling.* 他們微笑着來回走動。

4 用於連接動詞

談論由同一人、物或群體所實施的動作時，用 and 連接動詞。

*I was shouting **and** swearing.* 我在高聲叫罵。
*They sat **and** chatted.* 他們坐着聊天。

如果想表示某人反覆或長時間做某事，可在動詞後用 and，然後再重複動詞。

*They laughed **and** laughed.* 他們笑了又笑。
*Isaac didn't give up. He tried **and** tried.* 以撒沒有放棄。他一再嘗試。

💬 在談話中，try 或 wait 後面有時可用 and 代替 *to*-不定式分句。例如，可以説 I'll try **and** get a newspaper.（我要去拿份報紙。）代替 I'll try to get a newspaper.。這類句子描述的是一個動作，而不是兩個。

*I'll try **and** answer the question.* 我會嘗試回答這個問題。
*I prefer to wait **and** see how things go.* 我寧願先看看事態如何發展再説。

只有在使用 try 或 wait 的一個將來形式時，或者使用不定式或祈使式時，and 才可以這樣用。

go and do something 或 **come and** do something 表示去或來做某事。

*I'll **go and** see him in the morning.* 我上午要去看他。
*Would you like to **come and** stay with us?* 你願意來和我們一起住嗎？

5 用於連接分句

and 常常用於連接分句。

*I came here in 1972 **and** I have lived here ever since.* 我1972年來到這裏，從那以後我就一直住在這裏。

提出忠告或警告時，可用 and 表示做某事會出現的結果。例如，可以説 Go by train **and** you'll get there quicker.（坐火車去，你就能更快地到達那裏。）代替 If you go by train, you'll get there quicker. 。

*Do as you're told **and** you'll be all right.* 按指示去做，你會沒事的。

寫下某人說的話或以口語體寫作時，and 可放在句首。

*I didn't mean to scare you. **And** I'm sorry I'm late.* 我無意讓你擔驚受怕。還有，我為自己的遲到道歉。

6 省略重複的詞

連接含有相同助動詞的動詞短語時，不需要重複使用助動詞。

*John **had** already **showered and changed**.* 約翰已經淋完浴，換好衣服了。

同樣，連接前面有相同的形容詞、介詞或限定詞的名詞時，不需要重複使用這些詞。

My mother and father *worked hard.* 我父母努力工作。

7 both 用於強調

使用 and 連接兩個短語時，可通過把 both 放在第一個短語前面來強調所說的內容適用於兩個短語。

*They feel **both** anxiety **and** joy.* 他們既焦慮又快樂。

☞ 見 both

8 否定句

一般不用 and 連接否定句中的片語。

例如，不要說 ~~She never reads and listens to stories.~~ ，而要說 She never reads **or** listens to stories.（她從不閱讀也不聽故事。）。

*He was **not** exciting **or** good looking.* 他既不令人心動，長得也不好看。

☞ 見 or

但是，談論兩個動作同時發生的可能性時，可用 and。例如，可以說 I can't think **and** talk at the same time.（我不能一邊想一邊說。）。如果兩個名詞短語經常一起使用因而被視為一個單位，也可用 and。例如，knife and fork 總是用 and 連接，即使在 I haven't got my knife **and** fork.（我還沒有拿到刀叉。）這樣的否定句中。

*Unions haven't taken health **and** safety seriously.* 工會還沒有認真對待健康和安全問題。

像這樣被視為一個單位的兩個名詞短語幾乎總是以固定詞序出現。例如，要說 knife and fork，而不說 ~~fork and knife~~。

---

angry

angry 表示生氣的、憤怒的，一般用於談論某人在特定場合的心情。如果某人經常發怒，可以用 bad-tempered 描述。

*Are you **angry** with me for some reason?* 你是不是因為某個原因在生我的氣？

*She's a **bad-tempered** young lady.* 她是個壞脾氣的年輕女士。

如果某人非常憤怒，可用 furious 表示。

*Senior police officers are **furious** at the blunder.* 資深警察對這個愚蠢錯誤大發雷霆。

可用 annoyed 或 irritated 表示惱火的、惱怒的。

*The Premier looked **annoyed** but calm.* 總理看上去很惱火，但很冷靜。

*…a man **irritated** by the barking of his neighbour's dog* ⋯⋯一個被鄰居家狗的吠叫聲惹惱的男人

一般來說，irritated 表示被經常或持續發生的某事惹惱。如果某人常常感到惱火，可以用 irritable（煩躁易怒）表示。

anniversary – birthday

1 anniversary

anniversary 表示週年紀念日。

*It's our wedding **anniversary** today.* 今天是我們的結婚紀念日。

*They celebrated the 400th **anniversary** of Shakespeare's birth.* 他們慶祝莎士比亞誕辰 400 週年。

2 birthday

生日不能用 anniversary 表示，要用 birthday。

*On my twelfth **birthday** I received a letter from my father.* 在我12歲生日那天，我收到了父親的一封來信。

*It was 10 December, my daughter's **birthday**.* 那天是12月10日，我女兒的生日。

announcement – advertisement

1 announcement

announcement 表示通告、宣告。

*The government made a public **announcement** about the progress of the talks.* 政府發佈了會談的進展公告。

*The **announcement** gave details of small increases in taxes.* 通告中說明了小額增稅的細節。

2 advertisement

advertisement 表示廣告。

*He bought the game after seeing an **advertisement** on TV.* 他在電視上看到廣告後購買了那款遊戲。

*They placed an **advertisement** for a sales assistant.* 他們登了一則招聘銷售助理的廣告。

縮寫形式 advert（在英式英語裏）和 ad 也經常使用。

*The **advert** is displayed at more than 4,000 sites.* 那則廣告在4,000多個網站上展示。

*The agency is running a 60-second TV **ad**.* 廣告代理公司正在播放一則 60 秒的電視廣告。

another

1 作 one more 解

another 表示又一、再一，通常後接單數可數名詞。

*Could I have **another** cup of coffee?* 我可以再來一杯咖啡嗎？
*He opened **another** shop last month.* 他上個月又開了一家店。

another 可與 few 或數詞一起用在複數可數名詞之前。

*This will take **another few** minutes.* 這還需要數分鐘。
*The woman lived for **another ten** days.* 這個女人又再活了10天。

> **！注意**
>
> 不要把 another 直接放在單數可數名詞或不可數名詞前面。例如，不要說
> ~~Another men came into the room.~~，而要說 **More** men came into the room.
> （更多的男人進入了房間。）。
>
> *We ought to have **more** police officers.* 我們應該有更多警察。
> *We need **more** information.* 我們需要更多資料。

2 作 different 解

another 也表示另一。

*It all happened in **another** country.* 這一切都發生在另一個國家。
*He mentioned the work of **another** colleague.* 他提到了另一個同事的工作。

> **！注意**
>
> 不要把 another 用在複數可數名詞或不可數名詞前面。
> 例如，不要說 ~~They arrange things better in another countries.~~，而要說
> They arrange things better in other countries.（在其他國家他們把事情安排
> 得更好。）。
>
> ***Other** people had the same idea.* 其他人也有同樣想法。
> *We bought toys, paints, books and **other** equipment.* 我們買了玩具、油
> 漆、書本以及其他設備。

3 用作代詞

another有時作代詞。

*I saw one girl whispering to **another**.* 我看見一個女孩在對另一個女孩說悄悄話。

---

answer

1 用作動詞

answer 表示回答、答覆。既可以說 **answer** a person，也可以說 **answer** a question。

*I didn't know how to **answer** her.* 我不知道怎麼回答她。
*I tried my best to **answer** her questions.* 我盡了最大努力來回答她的問題。

> **！注意**
>
> 不要說 ~~answer to~~ someone，也不要說 ~~answer to a~~ question。

2 用作名詞

answer 表示回答、回應。

*'Is there anyone here?' I asked. There was no **answer**.* "有人嗎？"我問道。沒有人回應。

an answer to a problem 表示解決問題的辦法。

*At first it seemed like the **answer to** all my problems.* 起初這似乎是解決我所有問題的辦法。

> **❗ 注意**
>
> 不要説 ~~answer for a~~ problem。

---

anxious

1 anxious about

be **anxious about** someone or something 表示對某人或某物感到擔心。

*I was quite **anxious about** George.* 我很擔心佐治。

2 anxious to

be **anxious to do** something 表示急於做某事。

*We are very **anxious to find out** what really happened.* 我們急於想弄清楚到底發生了甚麼事。

*He seemed **anxious to go**.* 他似乎急着要走。

> **❗ 注意**
>
> 不要説 someone is ~~anxious for doing~~ something。

3 anxious for

be **anxious for** something 表示渴望得到某物或渴望某事發生。

*Many civil servants are **anxious for** promotion.* 很多公務員渴望得到晉升。

*He was **anxious for** a deal, and we gave him the best we could.* 他迫切希望達成交易，所以我們盡可能給了他優惠。

4 anxious that

be **anxious that** something happen 或 be **anxious that** something **should** happen 表示迫切希望某事發生。

*My parents were **anxious that** I go to college.* 我的父母迫切希望我上大學。

*He is **anxious that** there **should be** no delay.* 他非常希望不要出現延誤。

5 anxious 和 nervous

不要混淆 anxious 和 nervous。nervous 表示緊張的。

*I began to get **nervous** about crossing roads.* 我開始對過馬路感到緊張。

*Both actors were very **nervous** on the day of the performance.* 演出當天兩位演員都非常緊張。

---

any

1 any

any 用在單數可數名詞前，表示任一的、每一的。

*Look it up in **any large dictionary**.* 用任何一本大型詞典查一查。

*These are things that **any man** might do under pressure.* 這些是任何一個受到壓力的人都可能會做的事。

any 用在複數可數名詞前表示任何的、所有的。

*The patients know their rights like **any other consumers**.* 就像任何其他消費者一樣，這些病人知道自己的權利。

any 用在不可數名詞前談論某物的數量。

*Throw **any leftovers** in the bin.* 把剩菜全部倒進垃圾桶。

如果 any 用在單數可數名詞或不可數名詞前面，動詞要用單數形式。

***Any book** that attracts children as much as this has to be taken seriously.* 任何一本能如此吸引兒童的書都必須認真對待。

*While **any poverty remains**, it must have the first priority.* 只要貧困仍然存在，就必須視作首要解決的問題。

如果 any 用在複數可數名詞前面，動詞要用複數形式。

*Before **any decisions are made**, ministers are carrying out a full enquiry.* 在作出任何決定之前，部長們正在開展全面調查。

2 any of

any of 用在以 the、these、those 或所有格開頭的複數名詞短語前面，表示 "……中的任何一個"。

*It was more expensive than **any of the other magazines**.* 這比其他任何一本雜誌都貴。

*You can find more information at **any of our branches**.* 你可以在我們任何一個分支機構獲得更多資料。

any of 加複數名詞短語後面可用動詞的複數或單數形式。單數形式更正式。

*Find out if **any of his colleagues were** at the party.* 要弄清楚他的同事中是否有人參加了聚會。

*There is no sign that **any of these limits has** been reached.* 沒有任何跡象表明已經達到了這些極限。

any of 用在以 the、this、that 或所有格開頭的單數名詞短語前面，表示 "……中的任何部份"。

*I'm not going to give you **any of the money**.* 這些錢我一分一毫也不會給你。

*I feel guilty taking up **any of your time**.* 佔用你的時間，我感到內疚。

any of 也可用在代詞 this、that、these、those、it、us、you 或 them 前面。

*Has **any of this** been helpful?* 這有沒有幫助？
*I don't believe **any of it**.* 我對這個一點也不相信。

> **！注意**
>
> 這些代詞前沒有 of 就不能用 any。例如，不要説 ~~Has any this been helpful?~~ any of 加代詞 these、those、us、you 以及 them 後面可用動詞的複數或單數形式。
>
> *It didn't seem that any of us **were** ready.* 看起來我們誰也沒有準備好。
> *I don't think any of us **wants** that.* 我認為我們誰也不想要那個。

3 用於疑問句和否定句

any 用於疑問句和否定句，特別是用在 have 後面。

*Do you have **any** suggestions?* 你有甚麼建議嗎？
*We don't have **any** sugar.* 我們沒有糖。

☞ 見 some

4 用作代詞

any 也可用作代詞。

*Discuss it with your female colleagues, if you have **any**.* 如果你有女同事的話，和她們討論一下。
*The meeting was different from **any** that had gone before.* 這次見面跟以前的任何一次見面都不一樣。

---

anybody

☞ 見 anyone – anybody

---

any more

something does not happen **any more** 表示某事現在不再發生了。any more 通常位於句末。

*There was no noise **any more**.* 再也沒有噪音了。
*He can't hurt us **any more**.* 他再也不能傷害我們了。
*I don't drive much **any more**.* 我不再經常開車了。

> **！注意**
>
> 不能説 something does not happen no more。例如，不要説 ~~He can't hurt us no more.~~。

 any more 有時拼寫成 anymore，特別是在美式英語裏。有些英式英語使用者認為這個拼寫不正確。

*The land isn't valuable **anymore**.* 這塊地已經不值錢了。

anyone – anybody

1 anyone 和 anybody

anyone 或 anybody 表示任何人，可用於泛指人。

Anyone *can miss a plane.* 誰都有可能誤了班機的。
Anybody *can go there.* 任何人都可以去那裏。
*If **anyone** asks where you are, I'll say you've just gone out.* 如果有人問你在哪裏，我就說你剛出去。
*If **anybody** calls, tell them I'll be back soon.* 如果有人打電話，告訴他們我會很快回來。

anyone 和 anybody 的詞義沒有區別，但 anybody 在英語口語裏更常見。

2 用於疑問句和否定句

anyone 和 anybody 常用於疑問句和否定句。

*Was there **anyone** behind you?* 你後面還有人嗎？
*There wasn't **anybody** in the room with her.* 房間裏沒有人和她在一起。

☞ 見 someone – somebody

3 any one

不要混淆 anyone 和 any one。any one 用於強調某物中的任何一個。

*There are about 350,000 properties for sale at **any one** time in Britain.* 在英國，任何時候都有大約 35 萬套房產在售。

anyplace

☞ 見 anywhere

anything

1 anything

anything 表示任何事物，用於談論可能發生的事情。

*He was ready for **anything**.* 他甚麼都願意做。

anything 可用於談論某類事物中的任何一個。

*'Do you like chocolate?' – 'I like **anything** sweet.'* "你喜歡巧克力嗎？"——"只要是甜的我都喜歡。"

2 用於疑問句和否定句

anything 常用於疑問句和否定句。

*Why do we have to show him **anything**?* 為甚麼我們任何東西都一定要給他看呢？
*I did not say **anything**.* 我甚麼都沒說。

☞ 見 something

any time

(at) any time 表示（在）任何時候、隨時。

*If you'd like to give it a try, just come **any time**.* 如果你願意試一試，隨時都可以過來。
*They can leave **at any time**.* 他們隨時都可以走。

如果 any time 不與 at 連用，可拼寫成 anytime。

*I could have left **anytime**.* 我本可以隨時離開的。
*We'll be hearing from him **anytime** now.* 我們現在隨時都可能聽到他的消息。

如果想表示任何時候需要某物都可以做某事，any time 可後接 *that*-從句，通常不用 that。

***Any time** you need him, let me know.* 任何時候你需要他，對我説一聲就行。
***Any time** the banks need to increase rates on loans they are passed on very quickly.*
任何時候銀行需要提高貸款利率，推出的速度都非常快。

any time 也用於否定句作 some time 解。

*We mustn't waste **any time** in Athens.* 我們不應該在雅典浪費任何時間。
*I haven't had **any time** to learn how to use it properly.* 我還沒有時間去學習如何正確使用它。

any time 用作 some time 解時，不要拼寫成 anytime。

---

anyway

1 anyway

anyway 表示無論如何、不管怎樣，用於對剛説過的內容作出補充，通常是一句臨時想到的話，使前一個陳述顯得不太重要或不太相關。

*If he doesn't apologize, I'm going to resign. I'm serious. That's what I feel like doing, **anyway**.* 如果他不道歉，我就辭職。我是認真的。不管怎樣這就是我想做的。
*Mary doesn't want children. Not yet, **anyway**.* 瑪麗不想要孩子。至少現在還不想要。

anyway 也用於改變話題，或表示想結束談話。

*'I've got a terrible cold.' – 'Have you? That's a shame. **Anyway**, so you won't be coming this weekend?'* "我得了重感冒。"——"是嗎？真遺憾。對了，那你這個週末不能過來了？"
*'**Anyway**, I'd better go and make dinner. I'll call you again tomorrow.'* "好吧，我要去做晚餐了。我明天再打電話給你。"

2 any way

不要混淆 anyway 和 any way。通常 any way 用於短語 in any way，意思是 in any respect（在任何方面）或 by any means（以任何方式）。

*I am not connected **in any way** with the medical profession.* 我與醫學界沒有任何聯繫。
*If I can help **in any way**, please ask.* 如果我能幫到甚麼忙的，不妨説。

anywhere

1 anywhere 和 anyplace

anywhere 表示在任何地方、無論何處。

*It is better to have it in the kitchen than **anywhere** else.* 最好把它放在廚房裏，不要放在別的地方。
*They are the oldest rock paintings **anywhere** in North America.* 這些是整個北美地區最古老的岩畫。

 某些説美式英語的人用 anyplace 代替 anywhere。

*We're afraid to go **anyplace** alone.* 我們害怕獨自去任何地方。
*Airports were more closely watched than **anyplace** else.* 機場比任何其他地方都監視得更嚴密。

2 用於疑問句和否定句

anywhere 常用於疑問句和否定句。

*Is there a phone **anywhere**?* 這裏甚麼地方有電話機嗎？
*I decided not to go **anywhere** on holiday.* 我決定度假時哪兒也不去。

☞ 見 somewhere

---

apart

1 apart

apart 表示分開的、不在一處的。

*They could not bear to be **apart**.* 他們不能忍受彼此分離。

> **! 注意**
> 不能把 apart 用在名詞前面。

2 apart from

apart from 表示除……之外，用於提及所作陳述的一個例外情況。

***Apart from** Ann, the car was empty.* 除了安，汽車裏空無一人。
*She had no money, **apart from** the five pounds that Christopher had given her.* 她身無分文，除了克里斯多夫給她的 5 英鎊。

在這類句子中，apart 必須後接 from，而不能接任何其他介詞。

 注意，在美式英語裏常常用 aside from 代替 apart from。

***Aside from** the location, we knew little about this park.* 除了地點，我們對這個公園一無所知。

apologize

1 apologize

apologize to someone 表示向某人道歉。

*Afterwards George **apologized to** him personally.* 後來喬治親自向他道了歉。

> **！ 注意**
> 在這樣的句子裏，apologize 必須後接 to。例如，不要説 ~~George apologized him.~~。
> **apologize for** something 表示為某事道歉。
> *Later, Brad **apologized** to Simon **for** his rudeness.* 後來，布拉德為他的粗魯無禮向西門道歉。

2 I apologize 和 I'm sorry

如果想表示道歉，可以説 I apologize。這是正式的用法。在非正式談話中，常用的説法是 I'm sorry 或 Sorry。

*I **apologize** for being late.* 很抱歉，我遲到了。
***Sorry** I'm late.* 對不起，我遲到了。

☞ 見主題條目 Apologizing

---

appeal

在英式英語裏，appeal against 表示對……提起上訴。

*He **appealed against** the five year sentence he had been given.* 他對被判處五年徒刑提出了上訴。

 説美式英語的人在 appeal 後面不用 against，而直接説 appeal a decision（對裁決提出上訴）。

*Casey's lawyer said he was **appealing** the interim decision.* 凱西的律師説，他正在就臨時裁決提出上訴。

---

appear

1 appear

appear 表示出現。

*A boat **appeared** on the horizon.* 地平線上出現了一條船。

appear 也用於表示出版、問世。

*His second novel **appeared** under the title Getting By .* 他的第二部小説以《得過且過》為題出版了。

*It was about the time that smartphones first **appeared** in the shops.* 大約就在這時智慧手機首次在商店裏開賣了。

2 appear to

appear to be 表示似乎是、好像是。appear to 比 seem to 更正式。

*The aircraft **appears to** have crashed near Kathmandu.* 飛機似乎在加德滿都附近墜毀了。

*Their offer **appears to** be the most attractive.* 他們主動提議的似乎最吸引。

---

apply

1 申請

apply to have something 或 apply for something 表示申請某物。

*I've **applied for** another job.* 我已申請了另一份工作。

*Sally and Jack **applied to adopt** another child.* 莎莉和傑克申請領養另一個孩子。

2 apply 的另一個詞義

apply 還有另一個詞義，表示塗抹。正是正式的用法，常常見於書面指示。

***Apply** the cream evenly.* 均勻地塗抹忌廉。

*She **applied** a little make-up.* 她化了淡粧。

在談話和大部份書面語中，不要用 apply something，而要說 put something on、rub something on、rub something in 或 spread something on。

*She **put** some cream **on** to soothe her sunburn.* 她在曬傷的部位塗了點藥膏以減輕疼痛。

***Rub in** some oil to darken it.* 揉擦一些油進去使其顏色變深。

---

appreciate

appreciate 表示感激、感謝。

*Thanks. I really **appreciate** your help.* 謝謝。我真的非常感激你的幫助。

*We would **appreciate** guidance from an expert.* 我們將感謝專家的指導。

appreciate 可與 it 連用加 if-從句，表示客氣地請某人做某事。例如，可以說 I would **appreciate it if** you would deal with this matter urgently.（如果你能立刻處理此事，我會非常感激。）。

*We would really **appreciate it if** you could come.* 如果你能來，我們將不勝感謝。

> **！ 注意**
>
> 這類句子中必須用 it。例如，不要說 ~~I would appreciate if you would deal with this matter urgently.~~。

---

approach

approach 表示接近、走近。

*He **approached** the front door.* 他走近前門。

*…Nancy heard footsteps **approaching** the galley* ……南茜聽到腳步聲走近船上的廚房

> **! 注意**
>
> approach 後面不接 to 。例如，不要説 ~~He approached to the front door.~~ 。

approve

1 approve of

approve of someone or something 表示贊同某人或某物。

*His mother did not **approve of** Julie.* 他母親不認可茱莉。
*Stefan **approved of** the whole affair.* 史提芬贊同整件事。

> **! 注意**
>
> 不要説 ~~approve to~~ someone or something.

2 approve

approve 表示批准。

*The White House **approved** the proposal.* 白宮批准了建議。
*The directors quickly **approved** the new deal.* 董事們迅速批准了這筆新交易。

approve 作此解時後面不用 of 。例如，不要説 ~~The directors quickly approved of the new deal.~~ 。

arise – rise

arise 和 rise 都是不規則動詞。arise 的其他形式是 arises、arising、arose、arisen。rise 的其他形式是 rises、rising、rose、risen。

1 arise

arise 表示出現、產生。

*He promised to help Rufus if the occasion **arose**.* 他答應在必要的時候幫助魯弗斯。
*A serious problem **has arisen**.* 出現了一個嚴重的問題。

2 rise

rise 表示升起、上升。

*Several birds **rose** from the tree-tops.* 數隻鳥從樹頂飛了起來。

數量增加用 rise 表示。

*Unemployment **has risen** sharply.* 失業率急劇上升。
*Their profits **rose** to $1.8 million.* 他們的利潤增加到了180 萬美元。

armchair

☞ 見 chair – armchair

army

☞ 關於集合名詞的説明，見 Nouns

---

around – round – about

1 談論移動：around 、round 和 about 作介詞或副詞

可用 around、round 或 about 談論很多不同方向的移動。這些詞可用作副詞。

*It's so romantic up there, flying **around** in a small plane.* 坐着一架小飛機在上面飛來飛去，真是太浪漫了。

*We wandered **round** for hours.* 我們四處遛達了好幾個小時。

*Police walk **about** patrolling the city.* 警察走來走去在城市裏巡邏。

這些詞也可用作介詞。

*I've been walking **around** Moscow.* 我一直在莫斯科到處走動。

*I spent a couple of hours driving **round** Richmond.* 我花了數小時在里士滿駕車繞了一圈。

*He looked **about** the room but couldn't see her.* 他環顧房間，但看不到她。

🇺🇸 在這個意義上，説美式英語的人通常用 around 而不是 round 或 about。

2 談論位置：around 和 round 作介詞

around 或 round 可表示圍繞、在……四周。在這個意義上，這些詞是介詞。about 不能用於這個意義。

*She was wearing a scarf **round** her head.* 她頭上裹着一條圍巾。

*He had a towel wrapped **around** his head.* 他頭上裹着一條毛巾。

*The earth moves **round** the sun.* 地球繞着太陽轉動。

*The satellite passed **around** the earth.* 衛星繞着地球轉動。

🇺🇸 在這個意義上，説美式英語的人通常用 around 而不是 round。

3 存在或可獲得：around 和 about 作副詞

談論某物普遍存在或可獲得時，可以用 around 或 about 作副詞表示，但不能用 round。

*There is a lot of talent **around** at the moment.* 目前到處人才濟濟。

*There are not that many jobs **about**.* 沒有那麼多工作機會。

4 around 和 round 用於短語動詞

around 或 round 也可用作某些短語動詞的第二部份，包括：come (a)round 、turn (a)round 、look (a)round 以及 run (a)round 。

*Don't wait for April to **come round** before planning your vegetable garden.* 不要等四月份來到才規劃你的菜園。

*When interview time **came around**, Rachel was nervous.* 面試時間到來的時候，瑞秋很緊張。

*Imogen **got round** the problem in a clever way.* 伊莫珍用一個聰明的方法解決了這個問題。

*A problem has developed and I don't know how to **get around** it.* 出了一個問題，但我不知道如何解決。

*He **turned round** and faced the window.* 他轉過身來面對窗戶。
*The old lady **turned around** angrily.* 老太太憤怒地轉過身去。

 在這些情況下，美式英語僅用 around。

5 around 、about 和 round about 作 approximately 解

 在談話中，around、about 和 round about 有時作 approximately（大約）解。

*He owns **around** 200 acres.* 他擁有大約200英畝土地。
*She's **about** twenty years old.* 她大約20歲。
*I've been here for **round about** ten years.* 我來這裏大約已十年。

> **！ 注意**
>
> round 不能這樣用。例如，不要說 ~~He owns round 200 acres.~~。

---

arrival

arrival 表示到達、抵達。這是相當正式的用法。

*His **arrival** was hardly noticed.* 幾乎沒人注意到他的到來。
*A week after her **arrival**, we had a General School Meeting.* 她抵達之後一個星期，我們開了一個全校大會。

如果想表示"一到……就"，可用以 on 開頭的短語。注意，這類句子中必須使用 on，而不是 at。例如，不要說 ~~At his arrival in London, he went straight to Oxford Street.~~，而要說 **On his arrival** in London, he went straight to Oxford Street.（抵達倫敦後，他就直接去了牛津街。）。

***On his arrival** in Singapore he hired a secretary and rented his first office.* 他一到新加坡就僱用了一個秘書，並租了他的第一個辦公室。
*The British Council will book temporary hotel accommodation **on your arrival** in London.* 你一到倫敦，英國文化協會就會為你在酒店預訂臨時住宿。

物主限定詞常常省略。例如，可以僅僅說 on arrival 代替 on their arrival。

*The principal guests were greeted **on arrival** by the Lord Mayor of London.* 主要嘉賓一抵達就獲倫敦市長大人迎接。
***On arrival** at the Station hotel in Dumfries he acknowledges a few familiar faces.* 到達鄧弗里斯的車站飯店後，他跟數張熟悉的面孔打了招呼。

---

arrive – reach

1 arrive

arrive 或 reach 用於表示到達。

*I'll tell Professor Sastri you**'ve arrived**.* 我會告訴薩斯特利教授你到了。
*He **reached** Bath in the late afternoon.* 他在下午晚些時候到達巴斯。

通常說 arrive at a place。

*We **arrived at** Victoria Station at 3 o'clock.* 我們在3時到達了維多利亞車站。

但是，到達一個國家或城市用 arrive in 表示。

He **had arrived in** France slightly ahead of schedule. 他比預定時間略微提前一點到達了法國。

The ambassador **arrived in** Paris today. 大使今天抵達巴黎。

> **！注意**
>
> 不要說 ~~arrive to~~ a place。

arrive 位於 home、here、there、somewhere 或 anywhere 前面時，後面不要用介詞。

We **arrived home** and I carried my suitcases up the stairs. 我們到了家，我把手提箱搬上了樓。

I **arrived here** yesterday. 我昨天到達這裏。

She rarely **arrives anywhere** on time. 她去任何地方都很少準時到達。

2 reach

reach 總是帶直接賓語。不要說 someone ~~reaches at~~ a place 或 someone ~~has just reached~~。

It was dark by the time I **reached** their house. 我到他們家的時候天已經黑了。

---

as

1 用於時間從句

as 表示當……時、在……的同時。

She cried **as** she told her story. 她邊哭邊講述自己的故事。

The play started **as** I got there. 我到那裏的時候戲開始了。

as 也可用於表示 "只要……就"。

Parts are replaced **as** they grow old. 零件老化時就得到更換。

> **！注意**
>
> 不能簡單地用 as 表示 "在……的時候"。例如，不要說 ~~As I started work here, the pay was £20 an hour.~~，而要說 **When** I started work here, the pay was £20 an hour.（我開始在這裏工作時，工資是每小時20英鎊。）

☞ 見 when

2 作 because 解

as 常常用作 because 或 since 解。

She bought herself an iron **as** she felt she couldn't keep borrowing Anne's. 她給自己買了一個熨斗，因為她覺得不能總是借安的。

As he had been up since 4 a.m. he was now very tired. 由於他凌晨4時就起來了，他現在感到很疲勞。

☞ 見 because

3 與形容詞連用

as 可用在形容詞前面，表示作為、如同。

*They regarded manual work **as degrading**.* 他們認為體力勞動是低人一等的。
*His teachers described him **as brilliant**.* 他的老師們説他才華橫溢。

> **！ 注意**
>
> 比較級形容詞後面不用 as。例如，不要説 ~~The trees are taller as the church.~~，
> 而要説 The trees are taller **than** the church.（這些樹比教堂高。）。
> *She was much older **than** me.* 她年齡比我大得多。

4 用於介詞短語

as 也可用於介詞短語，表示作為。

*Pluto was originally classified **as a planet**.* 冥王星最初被歸入行星。
*I treated business **as a game**.* 我把生意當作遊戲。
*I wanted to use him **as an agent**.* 我想用他作為代理人。

as 也可用於介詞短語，表示角色或功能。

*He worked **as a clerk**.* 他擔任售貨員。
*Bleach acts **as an antiseptic**.* 漂白劑起殺菌的作用。

5 用於比較

在書面語裏，as 有時用於比較兩個動作。

*He looked over his shoulder **as** Jack had done.* 他像傑克那樣回頭看了看。
*She pushed him, **as** she had pushed her son.* 她推了他一把，就像她推自己的兒子一樣。

like 和 the way 也這麼用。

☞ 見 like – as – the way

> **！ 注意**
>
> 比較兩個人或物時，通常在名詞短語前面不用 as。例如，不要説 ~~She sang as a bird.~~，而要説 She sang **like** a bird.（她像鳥一樣唱歌。）。
> *He swam **like** a fish.* 他像一條魚一樣游泳。
> *I am a worker **like** him.* 我和他一樣是個工人。
> 但是，可以用 as +形容詞或副詞+ as 的結構進行比較。例如，可以説 You're just as bad as your sister.（你和你姐姐一樣壞。）。

☞ 見 as...as

---

as...as

1 用於比較

比較兩個人或物時，可用 as +形容詞或副詞+ as 這個結構。

*The ponds were **as big as** tennis courts.* 這數個池塘有網球場那麼大。
*I can't run **as fast as** you can.* 我沒有你跑得快。

這些表達式後面既可用名詞短語加動詞，也可單獨使用名詞短語。

*Francois understood the difficulties as well as **Mark did**.* 和馬克一樣，法蘭索瓦完全理解這些困難。
*I can't remember it as well as **you**.* 我沒有你記得那麼清楚。

如果單獨使用人稱代詞，必須是 me 或 him 這樣的賓格人稱代詞。但是，如果人稱代詞後接動詞，則必須使用 I 或 he 這樣的主格人稱代詞。

*He looked about as old as **me**.* 他看上去年齡和我差不多一樣大。
*You're as old as **I am**.* 你的年齡和我一樣大。

2 使用修飾語

在 as...as 結構的前面可以使用 almost、just 和 at least 之類的詞和表達式。

*I could see **almost as well** at night **as** I could in sunlight.* 我在晚上幾乎能跟在大白天一樣看得清楚。
*He is **just as strong as** his brother.* 他和他哥哥一樣強壯。

3 與否定詞連用

as...as 結構可用於否定句。

*They **aren't as clever as** they seem to be.* 他們沒有看上去那麼聰明。
*I **don't** notice things **as well as** I used to.* 我現在對事情的注意力不如以前好了。
*You've **never** been **as late as** this before.* 你從來沒有遲到這麼晚。

有時用 so 代替第一個 as，但這種用法並不常見。

*Strikers are **not so important as** a good defence.* 前鋒沒有好的後衛那麼重要。

4 用於描述大小或範圍

在 as...as 結構的前面可以用 twice、three times 或 half 之類的表達式，表示某物與另一物相比的大小或範圍。

*The volcano is **twice as high as** Everest.* 這座火山比珠穆朗瑪峰高一倍。
*Water is **eight hundred times as dense as** air.* 水的密度是空氣的 800 倍。

5 只用一個 as

如果比較的物件很清楚，可以省略第二個 as 以及後面的名詞短語或分句。

*A megaphone would be **as good**.* 一個擴音器也一樣行。
*This fish is twice **as big**.* 這條魚有兩倍大。

---

ashamed – embarrassed

1 ashamed

ashamed 表示羞恥的、慚愧的。

*He upset Dad, and he feels a bit **ashamed**.* 他惹惱了爸爸，他覺得有點慚愧。
*They were **ashamed** to admit that they had lied.* 他們羞於承認自己撒了謊。

ashamed of 表示對……感到羞愧。

*Jen feels **ashamed of** the lies she told.* 詹為自己撒的謊感到羞愧。
*I was **ashamed of** myself for getting so angry.* 我為自己如此生氣感到羞愧。
*It's nothing to be **ashamed of**.* 這沒甚麼可羞恥的。

2 embarrassed

embarrassed 表示尷尬的、窘迫的。

*He looked a bit **embarrassed** when he noticed his mistake.* 他注意到自己的錯誤的時候看起來有點尷尬。

*She had been too **embarrassed** to ask her friends.* 她實在不好意思開口問她的朋友們。

可以用 be **embarrassed by** 或 **embarrassed about** something（對某事感到難堪）。

*He seemed **embarrassed by** the question.* 他似乎被這個問題弄得很窘迫。

*I felt really **embarrassed about** singing in public.* 我覺得在公共場合唱歌真的很尷尬。

> **！ 注意**
> 這類句子中不要用 of。例如，不要說 ~~He seemed embarrassed of the question.~~。

---

as if

1 as if 和 as though

as if 或 as though 可用在句首，表示好像、彷彿。

*It's a wonderful item and in such good condition that it looks **as though** it was bought yesterday.* 這是件精品，品質非常好，看起來就像是昨天才買的。

*He lunged towards me **as if** he expected me to aim a gun at him.* 他向我撲來，好像以為我會拿槍瞄準他似的。

很多人認為，這類句子中使用 was 是錯誤的。他們說應該用 were 代替。

*He looked at me as if I **were** mad.* 他看着我的樣子就彷彿我是個瘋子。

*She remembered it all as if it **were** yesterday.* 她記得這一切，就好像昨天才發生的一樣。

但是，在談話中人們通常用 was。

*The secretary spoke as though it **was** some kind of password.* 秘書好像在用某種密碼說話。

*He gave his orders as if this **was** only another training exercise.* 他下達命令，就好像這只是另一場訓練演習一樣。

談話中可用 was 或 were，但在正式的書面語裏應該用 were。

2 like

有些人用 like 代替 as if 或 as though。

*He looked **like** he felt sorry for me.* 他看起來好像為我感到難過似的。

*Shaerl put up balloons all over the house **like** it was a six-year-old's party.* 謝爾在屋裏到處升起了氣球，好像這是一個 6 歲孩子的生日聚會。

這種用法通常被認為是不正確的。

ask

1 ask

問問題用 ask。

*The police officer **asked** me a lot of questions.* 警察問了我很多問題。

> ### ❗ 注意
> 不要説 ~~say a question~~。

2 轉述疑問句

如果轉述的是 *yes / no-*疑問句，通常用 ask 加 *if-*從句。

*She **asked** him **if he spoke French**.* 她問他會不會説法語。

*Someone **asked** me **if the work was going well**.* 有人問我工作是否進展順利。

也可用以 whether 開頭的從句。

*I **asked** Brian **whether he agreed**.* 我問布萊恩他是否同意。

如果轉述的是 *wh-*疑問句，通常用 ask 加 *wh-*從句。

*I **asked** him **what he wanted**.* 我問他想要甚麼。

*He **asked** me **where I was going**.* 他問我去哪裏。

> ### ❗ 注意
> 在 *wh-*從句裏，主語和動詞的位置不變。例如，不要説 ~~He asked me when was the train leaving.~~，而要説 He asked me when **the train was** leaving.（他問我火車甚麼時候開。）。
>
> 可以説 **ask** someone else their name or their age（問別人的名字或年齡）。
>
> *He **asked** me my name.* 他問了我的名字。
>
> 可以説 **ask** someone else's opinion（詢問某人的看法）。
>
> *I **was asked** my opinion about the new car.* 有人問我對這輛新車的看法。
>
> 如果上下文很清楚，可不必説出被詢問的人是誰。
>
> *A young man **asked if we were students**.* 一個年輕人問我們是不是學生。
> *I **asked whether they liked the film**.* 我問他們是否喜歡那部電影。
>
> 提及詢問的物件時，不要用 to。例如，不要説 ~~He asked to me my name.~~。

3 直接引用

直接引用某人的話時可用 ask。

*'How many languages can you speak?' he **asked**.* "你會説多少種語言？" 他問道。
*'Have you met him?' I **asked**.* "你見到他了嗎？" 我問道。

4 轉述請求

轉述某人要求得到某物時，可以用 **ask for** something。假如某人對服務員説 Can I have a glass of water?（我能要杯水嗎？），這句話可轉述為 He **asked for** a glass of water.（他要了一杯水。）或 He **asked the waiter for** a glass of water.（他向服務員

要了一杯水。）。

*We **asked for** the bill.* 我們要了賬單。

如果某人想在電話裏和另一個人通話，可以用 **ask for** someone（要求和某人通話）。

*He rang the office and **asked for** Cynthia.* 他打電話給辦公室，要求和辛西亞通話。

轉述某人要他人做某事時，可以用 ask 加 *to-*不定式分句或 *if-*從句。

*He **asked** her **to marry him**.* 他向她求婚。

*I **asked** him **if he could help**.* 我問他是否能幫忙。

☞ 見 Reporting

---

asleep

☞ 見 sleep – asleep

---

as long as

1 用於條件句

as long as 或 so long as 可用於表示只要。假如你說 **As long as** you are under 16, you can take part in activities., 這句話的意思是"只要你不滿16歲，你就可以參加活動"。

as long as 和 so long as 後面用一般形式。

*We were all right **as long as** we kept quiet.* 我們只要保持安靜就沒事。

*The president need not resign **so long as** the elections **are** supervised.* 只要選舉受到了監督，總統就不需要辭職。

2 持續時間

as long as 也用於表示長達。

*Any stomach ache that persists for **as long as** one hour should be seen by a doctor.* 胃痛持續1小時就應該去看醫生。

*I love football and I want to keep playing **as long as** I can.* 我愛足球，我想一直踢到不能踢為止。

so long as 不能這麼用。

> **！注意**
>
> 不要用 as long as 談論距離。例如，不要說 I followed him as long as the bridge., 而要說 I followed him **as far as** the bridge.（我跟着他一直到了橋邊。）。

---

assignment – homework

1 assignment

assignment 表示任務，通常是工作的一部份。

*My first major **assignment** as a reporter was to cover a large-scale riot.* 我作為記者的首次重要任務是報導一個大規模騷亂。

assignment 也表示給學生的作業。

*The course has heavy reading **assignments**.* 這個課程有很多的閱讀作業。

*When class begins, he gives us an **assignment** and we have seven minutes to work at it.* 開始上課的時候,他給我們一份作業,要我們在7分鐘內完成。

 在美式英語裏,assignment 還表示家課。

2 homework

學生回家做的作業也叫 homework。

*He never did any **homework**.* 他從來不做家課。

> **! 注意**
>
> homework 是不可數名詞。不能説 ~~homeworks~~ 或 ~~a homework~~。注意,不要説 ~~I have made my homework.~~,而要説 I have **done** my homework.(我做好了家課。)。

---

assist – be present

1 assist

assist 表示幫助,是一個正式的詞。

*We may be able to **assist** with the tuition fees.* 我們也許能幫助支付學費。

*They are raising money to **assist** hurricane victims.* 他們在籌款幫助颶風受害者。

2 be present

如果想表示某事發生時某人在場,用 be present。

*He **had been present** at the dance.* 跳舞時他一直在場。

*There is no need for me to **be present**.* 我沒有必要到場。

---

as soon as

as soon as 是連詞,表示一……就……。

As soon as we get the tickets we'll send them to you. 我們一拿到票就給你送過去。

> **! 注意**
>
> as soon as 後面通常用一般現在時。不要用將來形式。例如,不要説 ~~I will call you as soon as I will get home.~~,而要説 I will call you as soon as I **get** home.(我一到家就給你打電話。)。
>
> *Ask him to come in, will you, as soon as he **arrives**.* 他一到就請你叫他進來。
>
> 如果談論的是過去,as soon as 後面用一般過去時或過去完成時。
>
> *As soon as she **got** out of bed the telephone stopped ringing.* 她剛從牀上起來,電話鈴聲就不響了。
>
> *As soon as she **had gone**, he started eating the cake.* 她剛走,他就吃起了蛋糕。

assure – ensure – insure

1 assure

assure 表示向……保證，常常是為了使人放心。

*'I can **assure** you that neither of our two goalkeepers will be leaving,' O'Leary said.* "我可以向你保證，我們的兩位門將都不會離開，" 奧力里説。

*The government **assured** the public that there would be no increase in taxes.* 政府向公眾保證不會增加税收。

2 ensure 和 insure

在英式英語裏，ensure 表示確保、保證。

*His reputation was enough to **ensure** that he was always welcome.* 他的聲望足以確保他總是受到歡迎。

 在美式英語裏，這個詞通常拼寫成 insure。

*I shall try to **insure** that your stay is a pleasant one.* 我將設法確保你在這裏作客愉快。

3 insure

insure 還有另外一個詞義。在英式英語和美式英語裏，insure 表示為……投保。這個詞作此解時，總是拼寫成 insure，而不是 ensure。

***Insure** your baggage before you leave home.* 離家前先給行李投保。

---

as though

☞ 見 as if

---

as usual

☞ 見 usual – usually

---

as well

☞ 見 also – too – as well

---

as well as

1 連接名詞短語

as well as 表示也、又、還。

*Women, **as well as** men, have the right to work.* 婦女和男人一樣有工作的權利。

2 連接形容詞

用 as well as 連接形容詞時，表示強調某物不但具有第二個性質，而且還具有第一個性質。

*He is disorganised **as well as** rude.* 他不但無禮，而且沒有條理。

3 連接分句

as well as 也可用類似方式連接分句。但是，第二個分句必須以 *-ing*形式開頭。

*She manages the budget **as well as ordering** the equipment.* 她既做設備採購也做預算管理。

> **！ 注意**
>
> as well as 後面不要用限定分句。例如，不要説 ~~She manages the budget as well as she orders the equipment.~~。

at

1 地點或位置

at 用於談論某物所處的位置或某事發生的地點。

*There was a staircase **at** the end of the hallway.* 在走廊盡頭有一座樓梯。

at 常常用作 next to 或 beside 解。

*He waited **at** the door.* 他在門口等着。

可説 sit **at** a table 或 desk（坐在桌子旁）。

*I was sitting **at** my desk, reading.* 我正坐在書桌前看書。

如果想提及某物所在或某事發生在其中的建築物，通常用 at。

*We had dinner **at** a restaurant in Attleborough.* 我們在阿特巴路的一間餐廳吃了晚飯。

*He lived **at** 14 Burnbank Gardens, Glasgow.* 他住在格拉斯哥伯班克花園14號。

在英式英語裏，用 **at** school 或 **at** university 表示在上學或在上大學。

*He had done some acting **at** school.* 他在學校時做過一些表演。
*After a year **at** university, Ben joined the army.* 上大學一年以後，賓參了軍。

 美式英語中通常用 **in** school 表示。

*They met **in** high school.* 他們在高中時相識。

☞ 見 school – university

會議、儀式或聚會前面用 at。

*The whole family were **at** the funeral.* 全家都參加了葬禮。
*They met **at** a dinner party.* 他們在一次晚宴上相遇。

2 時間

at 也用於表示某事發生的時間。

提及確切的時間時，用at。

***At** 2.30 a.m. he returned.* 凌晨2時30分他回來了。
*The train leaves **at** 9 a.m.* 火車上午9時開。

如果想知道某事已經發生或將要發生的確切時間，可以説 At what time...? 但人們通常説 What time...? 或 When...?

***When** does the boat leave?* 船甚麼時候開？
*'We're having a party on the beach.' – '**What time**?' – 'At nine.'* "我們準備在海灘上

開一次聚會。"——"甚麼時間？"——"9時。"

可以用 **at** dawn、**at** dusk 或 **at** night 等表示某事發生或將要發生的時間。

*She had come in **at** dawn.* 她在黎明時到達了。

*It was ten o'clock **at** night.* 時間是晚上10時。

但是，上午、下午或晚上只能説 **in the** morning、**in the** afternoon 或 **in the** evening。

表示某事在進餐時發生，可用 at。

*Let's talk about it **at** dinner.* 我們吃晚飯的時候再談吧。

在聖誕節或復活節用 **at** Christmas 或 **at** Easter 表示。

*She sent a card **at** Christmas.* 她在聖誕節寄去了賀卡。

但是，表示在聖誕節或復活節的某一天要用 on。

*They played cricket **on** Christmas Day.* 他們在聖誕節那天打了板球。

在英式英語裏，at 通常與 weekend 連用。

*I went home **at** the weekend.* 我週末回家了。

 美式英語中通常把 on 或 over 與 weekend 連用。

*I had a class **on** the weekend.* 我週末有一節課。

*What are you doing **over** the weekend?* 你週末打算做甚麼？

---

at first

☞ 見 first – firstly

---

athletics – athletic

1 athletics

athletics 表示田徑運動，由跑步、跳高、標槍等組成。

*He has retired from active **athletics**.* 他已經退出了田徑運動。

athletics 是不可數名詞。與其連用的動詞用單數形式。

***Athletics** **was** developing rapidly.* 田徑運動發展很快。

 注意，田徑在美式英語裏的説法是 track and field。

*She never competed in **track and field**.* 她從未參加過田徑比賽。

2 athletic

athletic 是形容詞，可作 relating to athletics （與體育運動有關的）解。

*...**athletic** trophies* ……體育獎盃

但是，如果用 athletic 描述一個人，意思是這個人體格健壯、很活躍。

*...**athletic** young men* ……體格健壯的年輕人

---

at last

☞ 見 last – lastly

attempt

☞ 見 try – attempt

attendant

attendant 表示加油站、停車場、行李寄存處等地方的服務員。

*She stopped the car and asked the **attendant** to fill it up.* 她停下車叫服務員加滿油。

在商店裏工作的售貨員不叫 attendant。售貨員稱作 shop assistant。

*I asked the **shop assistant** for a receipt.* 我向店員要收據。

 在美式英語裏，售貨員稱作 sales clerk。

*She worked as a **sales clerk** in a record store.* 她在一家唱片店做售貨員。

attention

attention 表示注意、關注。

*When he had their **attention**, he began his lecture.* 當他吸引到了他們的注意時，他開始了演講。

*He turned his **attention** back to his magazine.* 他把注意力轉回到了雜誌上。

也可以說 **pay attention to** something（注意某物）。

*Look, **pay attention to** what I'm saying.* 喂，請注意我說的話。

*The food industry is beginning to **pay attention to** young consumers.* 食品行業開始關注年輕消費者。

> **！ 注意**
>
> 不要說 ~~pay attention at~~ something。

audience

☞ 關於集合名詞的說明，見 Nouns

aural – oral

1 aural

aural 表示耳的、聽覺的，讀作 /ˈɔːrəl/ 或 /ˈaʊrəl/。

*I have used written and **aural** material.* 我使用了書面和聽力材料。

2 oral

oral 表示口腔的、用口的，也表示口頭的。oral 讀作 /ˈɔːrəl/。

*...an **oral** test in German* ……德語口試

aural 和 oral 都是相當正式的詞，主要用於談論教學方法和考試。

autumn

在英式英語裏，autumn 或 the autumn 表示秋天、秋季。

*Saturday was the first day of **autumn**.* 星期六是秋季的第一天。
*The vote will take place in the **autumn**.* 投票將在秋季舉行。

如果想説某事發生在每年秋天，可用 in autumn 或 in the autumn。

***In autumn** the berries turn orange.* 漿果在秋天變成橙色。
*Birth rates are lowest **in the autumn**.* 秋季的出生率最低。

> **!** 注意
>
> 不要説 ~~in the autumns~~。

 在美式英語裏，秋天稱作 the fall。

*In **the fall** we are going to England.* 秋天我們要去英格蘭。

Grammar Finder 語法講解

Auxiliary verbs 助動詞

1 形式和用法

助動詞（auxiliary verb）是與主要動詞連用的動詞，構成動詞短語。
助動詞 be 和 have 用於完成時和進行時形式。be 也用於構成被動式動詞短語。助動詞 do 最常用於疑問句和否定句。

*I **am** feeling tired tonight.* 我今天晚上感覺累了。
*They **have been** looking for you.* 他們一直在找你。
*Thirteen people **were** killed.* 13個人被殺。
***Did** you see him?* 你看見他了嗎？
*I **do** not remember her.* 我不記得她。

☞ 見 Verb forms, Questions
☞ 關於 do 強調或聚焦於動作的用法，見 not, do

助動詞按下列順序使用：have（用於完成式）、be（用於進行式）、be（用於被動式）。

*Twenty-eight flights **have been** cancelled.* 28個航班被取消了。
*Three broad strategies **are being** adopted.* 三個廣泛的策略正在被採納。

> **！ 注意**
>
> 助動詞 do 不能與其他助動詞合用。
>
> 如果已經用了主要動詞，助動詞常常單獨使用。
>
> *I didn't want to go but a friend of mine **did**.* 我不想去，但我的一個朋友想去。
>
> *'Have you been there before?' – 'Yes, I **have**.'* "你以前去過那裏嗎？"——
> "是的，我去過。"

☞ 見 Ellipsis

☞ 見主題條目 Replies

助動詞 be、have 和 do 的不同形式見下表所示。

	be	have	do
一般現在式：			
與 I 連用	am	have	do
與 you, we, they 和複數名詞短語連用	are		
與 he, she, it 和單數名詞短語連用	is	has	does
一般過去式：			
與 I, he, she, it 和單數名詞短語連用	was	had	did
與 you, we, they 和複數名詞短語連用	were		
分詞：			
*-ing*分詞	being	having	doing
*-ed*分詞	been	had	done

2 情態詞

can、should、might 和 may 等情態詞也是助動詞，要置於所有其他助動詞之前。

*The law **will** be changed.* 法律將修改。

*She **must** have been dozing.* 她肯定在打瞌睡。

☞ 見 Modals

3 縮略式

☞ 關於助動詞縮略式的説明，見 Contractions

avoid

avoid something 表示避免某事。

*We learned how to **avoid** a heart attack.* 我們學會了如何避免心臟病發作。
*The bus swerved to **avoid** a collision.* 公共汽車突然轉向以避免碰撞。

avoid doing something 表示避免做某事。

*Thomas turned his head, trying to **avoid breathing in** the smoke.* 湯瑪斯轉過頭去，嘗試避免吸入煙霧。
*You must **avoid giving** any unnecessary information.* 你必須避免提供不必要的資料。

> **⚠ 注意**
>
> 不要説 ~~avoid to do~~ something。
> 不能用 can't avoid 表示不可避免或忍不住做某事。
> 要説 can't help 或 can't help oneself。
>
> *It was so funny, I **couldn't help** laughing.* 這太滑稽了，我忍不住大笑起來。
> *You know what his temper's like, he just **can't help himself**.* 你知道他的脾氣，他就是控制不住自己。
>
> 不能用 avoid someone doing something 表示不允許某人做某事，而要説 prevent someone from doing something。
>
> *I wanted to **prevent** him **from** speaking.* 我想阻止他説話。

---

await

await 表示等待。

*Daisy had remained behind to **await** her return.* 黛西留下來等她回來。
*We will **await** developments before deciding whether he should be allowed to continue.* 我們將等待事態的發展，然後再決定是否應該允許他繼續下去。
*We must **await** the results of field studies yet to come.* 我們必須等待實地調查的結果出來。

await 是一個正式書面語中相當常用的詞，但通常不用於談話。談話中用 wait for，常常後接賓語和 *to*-不定式。

例如，可用 I **waited for her to reply**.（我等待她的回覆。）代替 I awaited her reply.。
*I **waited for Kate to return**.* 我等着凱特回來。
*They just **waited for me to die**.* 他們只是等待我死去。

---

awake

awake、wake、awaken 和 wake up 都可用作不及物動詞，表示睡醒、醒來。這些詞也可用作及物動詞，表示喚醒、叫醒。

awake 和 wake 是不規則動詞，其過去式分別是 awoke 和 woke，*-ed*分詞分別為 awoken 和 woken。

1 awake 和 wake

awake 和 wake 在書面語裏相當常見，特別是用作不及物動詞。

*I **awoke** from a deep sleep.* 我從沉睡中醒來。
*I sometimes **wake** at four in the morning.* 我有時清晨四點就醒了。

2 wake up

 在日常口語中，可以用 wake up。

*Ralph, **wake up**!* 拉夫，醒一醒！
*They went back to sleep but I **woke** them **up** again.* 他們又睡着了，但我再次把他們叫醒。

3 awake 用作形容詞

awake 也可作形容詞，表示醒着的。awake 通常用在 be、stay、keep 和 lie 等繫動詞後面。

*An hour later he was still **awake**.* 一個小時後，他仍然醒着。
*Cho stayed **awake** for a long time.* 喬久久不能入睡。

awake 有時用於名詞之後。

*She was the last person **awake**.* 她是最後一個醒着的人。

> **!** 注意
>
> awake 不能用在名詞前面。例如，不要説 ~~an awake child~~，而要説 a child who is awake（一個醒着的孩子）。
> 不要説 very awake，而要説 wide awake 或 fully awake。
> *He was **wide awake** by the time we reached my flat.* 等我們到達我的公寓時，他已經完全沒有睡意了。
> *She got up, still not **fully awake**.* 她起了牀，還沒有完全清醒。

---

away

如果想説明兩地之間的距離，可以用距離加 away 表示。

*Durban is over 300 kilometres **away**.* 德班在 300 多公里遠的地方。
*The camp is hundreds of miles **away** from the border.* 營地離邊境有數百英里遠。

如果一個地方非常遠，可以用 a long way away 或 a long way from 表示。

*It is **a long way from** London.* 它離倫敦很遠。
*Anna was still **a long way away**.* 安娜仍然離得很遠。

> **!** 注意
>
> 不要用 far 表示距離。例如，不要説 ~~Durban is over 300 kilometres far.~~

☞ 見 far

Bb

back

1 與不及物動詞連用

back 與不及物動詞連用，表示返回。

*In six weeks we've got to go **back** to West Africa.* 六週後，我們必須回到西非。
*I went **back** to the kitchen.* 我回到了廚房。
*I'll come **back** after dinner.* 我晚飯後回來。

2 be back

在談話中，常常用 be back 代替 come back ，表示某人回來。

*I imagine he'll **be back** for lunch.* 我猜想他會回來吃午飯的。
*Pete will **be back** from holiday next week.* 皮特下週將會度假回來。

> **! 注意**
>
> back 從不與動詞 return 連用。例如，不能説 He returned back to his office. ，
> 而要説 He **returned** to his office.（他回到了他的辦公室。）。
>
> *I **returned** from the Middle East in 1956.* 我 1956 年從中東回來。

3 與及物動詞連用

back 與及物動詞連用表示帶回、取回、拿回。back 通常位於直接賓語之後。

*We brought **Dolly back**.* 我們把多利帶了回來。
*He took **the tray back**.* 他把托盤拿了回來。

如果直接賓語是代詞，back 總是用在其後面。

*I brought **him back** to my room.* 我把他帶回了我的房間。
*She put **it back** on the shelf.* 她把它放回到了架子上。

但是，如果直接賓語是很長的名詞片語或後接關係從句的名詞片語，要把 back 放在名詞片語之前。

*He recently sent **back his rented television set**.* 最近他把租來的電視機送了回去。
*He put **back the silk sock which had fallen out of the drawer**.* 他把從抽屜裏掉出來的絲襪放了回去。
*He went to the market and brought **back fresh food which he cooked at home**.* 他去了市場，帶回他在家烹調的新鮮食物。

4 回到原先的狀態

back 也用於表示返回原來的狀態。

*He went **back** to sleep.* 他又睡着了。
*...a £30 million plant which will turn all the waste **back** into sulphuric acid* ……一個價值 3,000 萬英鎊，能把所有廢棄物變回硫酸的工廠

5 用作名詞

back 也可作名詞，表示背部。

*We lay on our **backs** under the ash tree.* 我們仰面躺在桉樹下。
*She tapped him on the **back**.* 她輕輕拍了拍他的背。

back 可表示物體的後面、後部。

*Many relatives sat at the **back** of the room, some visibly upset.* 許多親戚坐在房間的後面，有些人明顯非常難過。
*Keep some long-life milk at the **back** of your refrigerator.* 把保質期長的牛奶放在冰箱內側。

back 可表示門的背面。

*Pin your food list on the **back** of the larder door.* 把你的食物清單用圖釘釘在食物儲藏室的門背後。

back 可表示紙的背面、反面。

*Sign on the **back** of the prescription form.* 在處方箋的背面簽名。

 注意，在英式英語裏，門或紙的背面不用 back side 表示。但是，在美式英語裏這種用法很常見。

*Be sure to read the **back side** of this sheet.* 請務必閱讀這一頁的背面。

---

backwards

☞ 見 -ward – -wards

---

back yard

☞ 見 yard

---

bad – badly

1 bad

bad 表示令人不快的、有害的、壞的。

*I have some very **bad** news.* 我有一些很壞的消息。
*Sugar is **bad** for your teeth.* 糖對你的牙齒有害。

bad 的比較級和最高級形式是 worse 和 worst。

*Her grades are getting **worse** and **worse**.* 她的成績越來越差了。
*This is the **worst** day of my life.* 這是我一生中最糟糕的一天。

2 badly

不要把 bad 用作副詞。例如，不要說 ~~They did bad in the elections.~~，而要說 They did **badly** in the elections.（他們在選舉中表現不佳）。

*I cut myself **badly**.* 我把自己嚴重割傷了。
*The room was so **badly** lit I couldn't see what I was doing.* 房間光線太差，我連自己在做甚麼都看不見。

badly 作副詞用時,其比較級和最高級形式是 worse 和 worst。

*We played **worse** than in our previous match.* 我們比上一場比賽打得更糟糕。
*The south of England was the **worst** affected area.* 英格蘭南部是受影響最嚴重的地區。

badly 的另一個詞義是非常、很。

*I want this job so **badly**.* 我非常想得到這份工作。
*We **badly** need the money.* 我們急需這筆錢。
*I am **badly** in need of advice.* 我非常需要得到指點。

badly 作此解時,比較級和最高級形式不用 worse 和 worst,而要用 more badly 和 most badly。

*She wanted to see him **more badly** than ever.* 她比以往任何時候都迫切地想見到他。
*Basketball is the sport that **most badly** needs new players.* 籃球是最迫切需要新球員的運動。

☞ 關於表示程度的分級詞彙列表,見 Adverbs and adverbials

---

bag

bag 是裝商品的紙袋或塑膠袋。

*I bought a **bag** of crisps and a drink.* 我買了一袋薯片和一杯飲料。
*They sell herbs in plastic **bags**.* 他們出售塑膠袋裝的香草。

a bag of something 既可以指袋子和裏面的東西,也可以僅指袋子裏的東西。

*She bought **a bag of flour**.* 她買了一袋麵粉。
*He ate **a whole bag of sweets**.* 他吃掉了一整袋糖果。

bag 也可以表示裝東西的袋子、提包。

*Mia put the shopping **bags** on the kitchen table.* 米亞把購物袋放在廚房的桌上。

可以把女裝手提袋稱作 bag。

*She opened her **bag** and took out her keys.* 她打開手提袋拿出她的鑰匙。

可以把行李稱作 bags。

*They went to their hotel room and unpacked their **bags**.* 他們去旅館的房間打開了行囊。

case 或 suitcase 是一件行李。

*The driver helped me with my **case**.* 司機幫助我拿箱子。
*She was carrying a heavy **suitcase**.* 她拿着一個沉重的手提箱。

---

baggage

☞ 見 luggage – baggage

---

bake

☞ 見 cook

band – tape

1 band

band 表示狹窄的帶子、箍。

*…a panama hat with a red **band*** ……有一條紅帶子的巴拿馬草帽
*A man with a black **band** around his arm stood alone.* 一個臂戴黑紗的男子獨自站着。
*Her hair was in a pony tail secured with a rubber **band**.* 她的頭髮用橡皮圈紮成了馬尾。

2 tape

不能用 band 表示錄音磁帶，要用 tape，但現在磁帶不再流行。

*Do you want to put on a **tape**?* 你想放一盤磁帶嗎？
*His manager persuaded him to make a **tape** of the song.* 他經理說服他把這首歌曲錄成磁帶。

---

bank – bench – seat

1 bank

bank 表示河岸、湖岸。

*There are new developments along both **banks** of the Thames.* 沿泰晤士河兩岸都有新開發的房地產。
*She left her shoes on the **bank** and dived into the lake.* 她把鞋子留在岸上，然後跳入湖中。

bank 也表示銀行。

*You should ask your **bank** for a loan.* 你應該向你的銀行申請貸款。

2 bench 和 seat

不要把公園或花園裏的長凳稱作 bank，要用 bench 或 a seat。

*Greg sat on the **bench** and waited.* 格雷格坐在長凳上等待着。
*She sat on a **seat** in the park and read her magazine.* 她坐在公園裏的凳子上，讀她的雜誌。

---

banknote

☞ 見 note – bill

---

bar

 在美式英語裏，酒吧稱為 bar。

*Leaving Rita in a **bar**, I made for the town library.* 把麗塔留在酒吧後，我朝鎮上的圖書館走去。

在英式英語裏，pub 表示酒吧。

*We used to go drinking in a **pub** called the Soldier's Arms.* 我們過去經常到一家名

叫 "士兵的武器" 的酒吧喝酒。

☞ 見 pub – bar

在英式英語裏，酒吧稱作 bar。旅館、夜總會或劇場的酒吧也稱為 bar。

*...the terrace **bar** of the Continental Hotel* ⋯⋯歐陸酒店的露台酒吧

bare – barely

1 bare

bare 是形容詞，表示沒有覆蓋物的、光禿禿的。

*The room has **bare** wooden floors.* 這個房間有光禿禿的木地板。

bare 用於描寫身體的一部份時，表示裸露的。

*Meg's feet were **bare**.* 梅格光着腳。

2 barely

barely 是副詞，和 bare 的詞義完全不同。barely 表示勉強地。例如，can **barely** do something 表示勉強能做某事；**barely** noticeable 則表示幾乎察覺不到。

*It was so dark we could **barely** see.* 天太黑，我們幾乎甚麼也看不見。

*His whisper was **barely** audible.* 他的耳語勉強能聽見。

> **！ 注意**
>
> 不要把 not 和 barely 用在一起。例如，不要説 ~~The temperature was not barely above freezing.~~，而要説 The temperature was **barely** above freezing.（溫度只比冰點略高一點。）。

助動詞或情態詞與 barely 連用時，要把助動詞或情態詞放在前面。例如，可以説 He **can barely** read.（他勉強識字。）。不要説 ~~He barely can read.~~。

*The audience **could barely** hear him.* 觀眾幾乎聽不見他。

barely 可用於表示剛剛、才。例如，可以説 We had **barely** started the meal when Jane arrived.（我們剛開始吃飯簡就到了。）。

barely 後面用 when 或 before，不要用 than。例如，不要説 ~~We had barely started the meal than Jane arrived.~~。

*I had **barely** arrived **before** he led me to the interview room.* 我剛到他就帶我到面試房間去了。

*They had **barely** sat down **when** they were told to leave.* 他們剛坐下就被指示要離開。

☞ 見 Broad negatives

bass – base

這兩個詞通常都讀作 /beɪs/。

1 bass

bass 表示男低音歌手。

*...the great Russian **bass** Chaliapin* ……偉大的俄羅斯男低音歌唱家查理亞賓

bass 修飾 saxophone、guitar 或其他樂器，表示低音的。

*The girl vocalist had been joined by the lead and **bass** guitars.* 主音結他和低音結他加入了女歌手的表演。

bass 還表示海鱸魚。

*They unloaded their catch of cod and **bass**.* 他們卸下了捕到的鱈魚和鱸魚。

> **！注意**
> 注意，用作這個詞義的 bass 讀音是 /bæs/。

2 base

base 表示底部、底座。

*...the switch on the lamp **base*** ……燈座上的開關

*I had back pain starting at the **base** of my spine and shooting up it.* 我背部疼痛，從脊柱底部開始向上蔓延。

---

bath – bathe

bath 和 bathe 的 *-ing*分詞都是 bathing，過去式和 *-ed*分詞都是 bathed。但是，取決於和動詞的關係，這兩個詞的讀音不一樣。bathing 和 bathed 的讀音如下：

▶ 與 bath 有關時讀作 /ˈbɑːθɪŋ/ 和 /bɑːθt/

▶ 與 bathe 有關時讀作 /ˈbeɪðɪŋ/ 和 /ˈbeɪðd/。

1 bath

bath someone 表示給某人在浴盆裏洗澡。

*The nurse will show you how to **bath** the baby.* 護士會教你怎樣給嬰兒洗澡。

不要用 bath oneself 表示洗澡，而要說 have a bath 或 take a bath。

*I'm going to **have a bath**.* 我要去洗個澡。

*She **took a long hot bath**.* 她洗了一個長長的熱水澡。

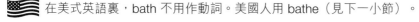 在美式英語裏，bath 不用作動詞。美國人用 bathe（見下一小節）。

2 bathe

 美國人有時用 bathe /beɪð/ 表示洗澡。

*I went back to my apartment to **bathe** and change.* 我回到我的住所洗澡更衣。

在英式英語和美式英語中，**bathe** a cut 或 wound 表示清洗傷口。

*He **bathed** the cuts on her feet.* 他清洗了她腳上的傷口。

在正式或過時的英式英語裏，bathe 表示在江、河、湖或海裏游泳或戲水。

*It is dangerous to **bathe** in the sea here.* 在這片海域游泳很危險。

3 go swimming

在現代英語裏，人們通常説 go swimming 或 go for a swim。

美式英語中有時用 take a swim。

*Let's **go for a swim**.* 我們去游泳吧。
*I went down to the ocean and **took a swim**.* 我到海洋裏游泳。

---

be

1 形式

be 是英語裏最常用的動詞，其用法多種多樣。

be 的現在式為 am、are 和 is，過去式為 was 和 were。be 既可作助動詞，也可作主要動詞。

*...a problem which is **getting** worse* ……一個不斷惡化的問題
*It **was** about four o'clock.* 大約是4時。

☞ 見 Auxiliary verbs

am、is 和 are 通常不完整讀出來。寫下某人説的話時，通常用 'm 和 's 代表 am 和 is。

*'**I'm** sorry,' I said.* "對不起，" 我説。
*'But **it's** not possible,' Lili said.* "但這不可能，" 莉莉説。
*'Okay,' he said. 'Your **brother's** going to take you to Grafton.'* "好吧，" 他説。"你哥哥要帶你去格拉夫頓。"

也可用 're 代表 are，但僅用在代詞之後。

*'**We're** winning,' he said.* "我們快要贏了，" 他説。

在用口語體寫作時，也可用 'm、's 和 're 等形式。

☞ 見 Contractions

2 用作助動詞

構成進行式和被動式時，be 用作助動詞。

*She **was** watching us.* 她注視着我們。
*Several apartment buildings **were** destroyed.* 好幾幢住宅大廈被摧毀了。

☞ 見 Verb forms

在談話中，get 常常用於構成被動式。

☞ 見 get

3 用作主要動詞

描述或説明人或物時，be 作主要動詞，後面用補語（complement）。補語是形容詞或名詞片語。

*We were **very happy**.* 我們非常高興。
*He is now **a teenager**.* 他現在是一個十多歲的少年了。

☞ 見 Complements

4 表示某人的工作

如果 be 後接表示組織內一個獨一無二的工作或職位的名詞片語，名詞前不必加 the。

*At one time you wanted to **be President**.* 你一度想當總統。

> **!** 注意
>
> make 有時用來代替 be，表示某人在特定工作或角色中成功的程度。例如，可以用 He will **make** a good president.（他會成為一個好總統。）代替 He will be a good president.。

5 說明年齡和花費

可用 be 後接數詞談論一個人的年齡。

*Rose Gibson **is twenty-seven**.* 羅斯·吉布森27歲。

也可用 be 表示某物需要花多少錢。

*How much **is** it?* 這要多少錢？
*It**'s** five pounds.* 5英鎊。

☞ 見主題條目 Age 和 Money

6 與介詞短語連用

be 後面可以接很多種介詞短語。

*He was still **in a state of shock**.* 他仍然感到非常震驚。
*I'm **from Dortmund** originally.* 我最初來自多特蒙德。
*...people who are **under pressure** ……*身處壓力的人們

7 與 *to*-不定式連用

be 後面有時用 *to*-不定式分句。

*The talks **are to begin** tomorrow.* 會談定於明天開始。
*What **is to be done**?* 應該怎麼辦呢？

☞ 見 Infinitives

8 用於疑問句和否定句

be 在疑問句或否定句裏作主要動詞時，不用助動詞 do。

***Are** you OK?* 你沒事吧？
***Is** she Rick's sister?* 她是里克的妹妹嗎？
*I **was** not surprised.* 我並不感到吃驚。
*It **was** not an easy task.* 這不是一個容易的任務。

9 用於進行時態

在進行式中，be 通常不作主要動詞。但是，be 可用於進行式，描述某人在一個特定時間內的行為。

*You**'re being** very silly.* 你真愚蠢。

🔟 be 和 become

不要混淆 be 和 become。be 用於表示某人或某物具有某個特性或性質，或處於特定狀態。become 用於表示某人或某物在某個方面的變化。

*Before he **became** Mayor he had been a tram driver.* 在成為市長以前，他是一名電車司機。

*It was not until 1845 that Texas **became** part of the U.S.A.* 直到1845年德州才成為美國的一部份。

☞ 見 become

🔟 用在 there 之後

be 常常用在 there 後面，表示某事物的存在或發生。

Clearly there is a problem here. 顯然這裏有一個問題。
There are very few cars on this street. 這條街上的汽車很少。
There was nothing new in the letter. 信裏沒有甚麼新的內容。

> **❗ 注意**
>
> 表示某事物存在或發生，不能單用 be 而不用 there。例如，不能説 ~~Another explanation is~~ 或 ~~Another explanation must be~~。必須説 **There is** another explanation.（還有另一種解釋。）或 **There must be** another explanation.（肯定還有另一種解釋。）。

☞ 見 there

🔟 用在 it 之後

be 常常用在 it 後面描述經歷等事情，或評論一個情況。

***It was** very quiet in the hut.* 小屋內非常安靜。
***It was** awkward keeping my news from Ted.* 對特德隱瞞我的消息是件尷尬的事。
***It's** strange you should come today.* 很奇怪你竟然今天來了。

☞ 見 it

🔟 have been

英國人用 have been 表示去過某地。

*I **have been** to Santander many times.* 我去過桑坦德好多次。

☞ 見 go

be able to

☞ 見 can – could – be able to

beach – shore – coast

1️⃣ beach

beach 表示海灘、河灘、湖灘、沙灘。

*He walked along the **beach**.* 他沿着海灘向前走。

*Children were building sandcastles on the **beach**.* 孩子們正在沙灘上建造沙堡。

2 shore

shore 泛指海、湖、寬江或寬河的岸。

*He swam towards the **shore**.* 他朝岸邊游去。

3 coast

coast 表示海岸、沿海地區。

*We stayed in a small village on the west **coast** of Scotland.* 我們住在蘇格蘭西海岸的一個小村莊。

*There are industrial cities along the **coast**.* 沿海岸有工業城市。

---

bear

1 bear

bear 的其他形式為 bears、bore、borne。但是，過去式和 -ed 分詞很少使用。

bear 表示忍受。

*Boys are encouraged to be tough and **bear** pain, to prove they're a man.* 男孩子被鼓勵要堅強和忍受疼痛，以證明自己是男子漢。

2 endure

endure 也可這麼用。

*Many people have to **endure** pain without specialist help.* 許多人不得不在沒有專家的幫助下忍受痛苦。

3 can't bear

bear 常常用於否定句，表示不能忍受、受不了。

*I **can't bear** him!* 我受不了他！

can't bear to do something 表示不忍心做某事。

*She **couldn't bear** to talk about it.* 她不忍心談論這個。

4 can't stand

can't stand 表示不能忍受、受不了。

*He kept on asking questions and I **couldn't stand** it any longer.* 他不停地問問題，我再也受不了了。

*I **can't stand** people who lie.* 我忍受不了別人撒謊。

> **！注意**
>
> 不要說 ~~can't stand to do~~ something。

5 tolerate 和 put up with

tolerate 或 put up with 表示容忍、忍受。tolerate 比 put up with 更正式。

*The school does not **tolerate** bad behaviour.* 學校不容忍惡劣行為。
*The local people have to **put up with** a lot of tourists.* 當地人不得不容忍大量遊客湧進來。

bear – bare

這兩個詞的讀音都是 /beə/。

1 bear

bear 可作名詞或動詞。

名詞 bear 表示熊。

*The **bear** stood on its hind legs.* 熊用後腿站立起來。

動詞 bear 表示忍受、承受。

*This disaster was more than some of them could **bear**.* 這個災難是他們中有些人承受不了的。

2 bare

bare 通常作形容詞，表示沒有遮蓋物的、光禿禿的。

*The grass was warm under her **bare** feet.* 草在她的赤腳下面感覺很溫暖。
*The walls were **bare**.* 牆壁是光禿禿的。

☞ 見 bare – barely

beat

beat 表示連續重擊。

*His stepfather used to **beat** him.* 他的繼父過去常常打他。
*The rain was **beating** against the window.* 雨水擊打着窗戶。

在比賽中，beat 表示打敗。

*She always **beats** me when we play chess.* 我們下象棋時，她總是打敗我。

beat 的過去式是 beat，-ed 分詞是 beaten。

*Arsenal **beat** Oxford United 5-1.* 阿仙奴隊以 5 比 1 擊敗了牛津聯隊。
*They were **beaten** to death.* 他們被毆打致死。

because

1 because

because 表示因為。

可用 because 回答以 Why? 開頭的問題。

*'Why can't you come?' – '**Because** I'm too busy.'* "你為甚麼不能來？" —— "因為我太忙了。"

解釋一個陳述時，because 可與原因從句連用。

*I couldn't see Elena's expression, **because** her head was turned.* 我看不見埃琳娜的

表情，因為她的頭轉開了。

Because it's an area of outstanding natural beauty, you can't build on it. 由於這是一片傑出的自然風景區，你不能在上面搞建設。

> **⚠ 注意**
>
> because 用在句首時，不要把 that is why 這樣的短語放在第二個分句前面。例如，不要說 ~~Because you have been very ill, that is why you will understand how I feel.~~。只要說 Because you have been very ill, **you will understand** how I feel.（因為你曾得過大病，你會理解我的感受的。）。

2 because of

because of 可用在名詞短語前，表示原因。

*Many couples break up **because of** a lack of money.* 很多夫妻因缺錢分手。
Because of the heat, the front door was open. 因為溫度高，前門是開着的。

---

become

1 become

become 表示成為、變成。比如 **become** a doctor, a teacher, or a writer 表示成為醫生、老師或作家。

*Greta wants to **become** a teacher.* 葛麗泰想當老師。

如果 someone or something becomes a certain way，這表示某人或某物開始具有那種特徵。

*When did you first **become** interested in politics?* 你是甚麼時候第一次對政治產生興趣的？

become 的過去式是 became。

*We **became** good friends at once.* 我們立刻成了好朋友。
*The smell **became** stronger and stronger.* 氣味越來越強烈了。

become 的 -ed分詞是 become。

*Life **has become** a lot harder since James died.* 自從詹姆斯死後，生活變得艱難多了。

如果 become 後接單數名詞短語，該名詞短語前通常加限定詞。

*I became **an engineer**.* 我成了一名工程師。
*The young man became **his friend**.* 那個男青年成了他的朋友。

但是，如果名詞短語指組織內獨一無二的一個工作或職位，限定詞可以省略。

*In 1960 he became **Ambassador to Hungary**.* 1960 年他成為駐匈牙利大使。
*He became **CEO** last July.* 他去年7月成為首席執行官。

下列單詞可作 become 解。這些單詞只能後接形容詞，不能後接名詞短語。

2 get

 在談話中，get 常常用於談論人或物如何開始產生變化。

*It **was getting** dark.* 天漸漸黑了。
*She began to **get** suspicious.* 她開始有所懷疑了。

3 grow

在書面英語裏，grow 常常用於談論人或物如何開始產生變化。

*Some of her colleagues **are growing** impatient.* 他的一些同事越來越不耐煩了。
*The sun **grew** so hot that they had to stop working.* 太陽太熱了，他們不得不停止工作。

4 come

come true 表示實現、成真。

*My wish had **come true**.* 我的願望實現了。

☞ 見 true – come true

5 go

go 用於談論身體內的突然變化。

*I **went** numb.* 我已經麻木了。
*He **went** cold all over.* 他渾身發冷。
go blind or deaf 表示失明或失聰。
*She **went** blind twenty years ago.* 她 20 年前失明了。
go 總是用於短語 go wrong（出錯）和 go mad（發狂）。

*Something **has gone wrong** with our car.* 我們的汽車出了毛病。
*Tom **went mad** and started shouting at me.* 湯姆發火了，開始對我大吼大叫。

6 go 和 turn

如果想表示某人或某物變成另一種顏色，可用 go 或 turn。

*Her hair **was going** grey.* 她的頭髮開始花白。
*The grass **had turned** brown.* 草變成了棕褐色。
*When she heard the news, she **went** pale.* 她聽到消息時臉色發白。
*He **turned** bright red with embarrassment.* 他因為尷尬變得滿臉通紅。

 在美式英語裏，通常用 turn，不用 go。

> **!** 注意
> 不要用 get 或 become 談論某人的臉色變化。
> 例如，不要説 someone ~~gets pale~~ 或 ~~becomes pale~~。

before

1 談論時間

before 表示在……之前。

*We arrived just **before** two clock.* 我們就在二時以前到達了。

***Before** the First World War, farmers used horses instead of tractors.* 在第一次世界大戰前,農民用馬而不是拖拉機。

談論過去的時候如果想指更早的一段時間,也可用 before。例如,描述發生在2010年的事件時,就可用 the year **before** (前一年) 來指稱2009年。

*They had met in Bonn **the weekend before**.* 他們上一個週末在波恩相遇。

*They had forgotten the argument of **the night before**.* 他們忘記了前一天晚上的爭論。

before last 指比過去更早的一段時間。假如今天是9月18日星期三,可用 last Friday (上個星期五) 指稱9月13日星期五,而9月6日星期五就稱為 the Friday **before last** (上上星期五) 。

*We met them on a camping holiday **the year before last**.* 我們前年在一次露營度假時見到過他們。

*I have not slept since **the night before last**.* 自前天晚上以來我就沒睡覺。

2 談論位置

before 有時用於表示 in front of (在……前面) 。這是正式或過時的用法。

in front of 更常用於表示 "在……前面" 。

*He stood **before** the door leading to the cellar.* 他站在通向地窖的門前。

*She stood **in front of** a mirror, combing her hair.* 她站在鏡子前梳頭。

在口語或書面語中談論事物出現的順序時,可用 before 或 in front of。例如,在描述單詞 friend 的拼寫時,可以説 the letter 'i' comes **before** or **in front of** the letter 'e' (字母 i 位於字母 e 之前) 。

給某人引路時,可用 before 表示一個地點在另一個地點前有多少距離。這個意思不能用 in front of 表示。

*The turning is about two kilometres **before** the roundabout.* 轉彎處在迴旋處前大約兩公里處。

---

begin

☞ 見 start – begin

---

behaviour

behaviour 表示行為。

*I had been puzzled by his **behaviour**.* 我對他的行為感到困惑。

*...the obstinate **behaviour** of a small child* ……一個小孩的固執行為

 注意,這個詞在美式英語裏的拼寫是 behavior。

behind

1 用作介詞

behind 表示在……後面。

*They parked the motorcycle **behind** some bushes.* 他們把電單車停了在一些灌木叢後面。
*Just **behind** the cottage there was a shed.* 就在小屋的後面有一個棚。

> **❗ 注意**
>
> behind 後面不要用 of。例如，不要説 ~~They parked the motorcycle behind of some bushes.~~。
> behind schedule 表示落後於預定計劃。
> *The project is several months **behind schedule**.* 專案的進度落後了數個月。

2 用作副詞

behind 也可作副詞。

*The other police officers followed **behind**.* 另一名警察跟在後面。
*Several customers have fallen **behind** with their payments.* 好幾位客戶已經拖欠了付款。

---

believe

1 believe

believe 表示相信。

*I don't **believe** you.* 我不相信你。
*Don't **believe anything you read** in that newspaper.* 不要相信你在那份報紙上讀到的任何東西。

believe 還表示認為。

*I **believe** some of those lakes are over a hundred feet deep.* 我認為那些湖泊中有的深度超過100英尺。
*Police **believe** that the fire was started deliberately.* 警方認為有人故意縱火。

> **❗ 注意**
>
> believe 不用於進行式。例如，不要説 ~~I am believing you.~~，而要説 I **believe** you.（我相信你。）。
>
> *I **believe** that these findings should be presented to your readers.* 我認為應該把這些發現介紹給你的讀者。

2 don't believe

"認為某事不是真的" 通常要用 **don't believe that it is** true 表示，而不用 believe that something is not true。

*I just **don't believe that Alan had anything to do with it**.* 我只是認為艾倫和此事無關。

3 被動式

表示"認為某事是真的"，既可用 **it is believed that** something is true，也可用 something **is believed to** be true。例如，可以説 **It is believed that** the building is 700 years old.（人們認為這座建築物有 700 年歷史了。）或 The building **is believed to** be 700 years old.。

***It is believed that** two prisoners have escaped.* 兩名囚犯相信已經逃跑。
*This **is widely believed** to be the tallest tree in England.* 人們普遍認為這是英格蘭最高的樹。

4 believe in

believe in 表示相信……存在。

*I don't **believe** in ghosts.* 我不相信鬼。
*My children still **believe** in Father Christmas.* 我的孩子們仍然相信聖誕老人。

believe in an idea or policy 表示認為一個觀念或政策是好的或對的。

*We **believe in** freedom of speech.* 我們贊成言論自由。

---

belong

1 表示所屬關係

belong to 表示屬於。

*Everything you see here **belongs to** me.* 你在這裏看到的一切都屬於我。
*You can't take the laptop home because it **belongs to** the company.* 你不能把手提電腦帶回家，因為它是屬於公司的。

> **!** 注意
>
> belong 用作此解時，後面一定要接 to。例如，不要説 ~~This bag belongs me.~~，而要説 This bag **belongs to** me.（這個袋是我的。）。
> belong 不用於進行時。例如，不要説 ~~This money is belonging to my sister.~~，而要説 This money **belongs to** my sister.（這筆錢是我妹妹的。）。
>
> *The flat **belongs to** a man called Jimmy Roland.* 這個住宅單位屬於一個名叫吉米·羅蘭的男子。

2 belong 的另一個詞義

也可用 belong 表示某人或某物在合適的地方。

belong 可單獨使用，或後接 here、over there 或 in the next room 之類的狀語短語。

*The plates don't **belong in that cupboard**.* 這些盤子不應放在那個碗櫥裏。
*They need to feel they **belong**.* 他們需要有歸屬感。

below

☞ 見 under – below – beneath

beneath

☞ 見 under – below – beneath

beside – besides

1 beside

beside 表示在……旁邊。

Beside the shed was a huge tree. 小屋旁邊是一棵巨大的樹。
*I sat down **beside** my wife.* 我在我妻子身邊坐下。

2 besides 用作介詞

besides 表示除……之外（還有）。

*What languages do you know **besides** Arabic and English?* 除了阿拉伯語和英語，你還懂甚麼語言？
*There was only one person **besides** Jacques who knew Lorraine.* 除了雅克以外，只有一個人認識洛倫。

3 besides 用於連接分句

可以用 besides 引導以 -ing形式開頭的分句。

*He writes novels and poems, **besides** working as a journalist.* 除了做記者工作，他還寫小説和詩歌。
***Besides** being good company, he was always ready to try anything.* 他除了是個好夥伴以外，還總是樂於嘗試任何事情。

> **！ 注意**
>
> 這類句子中必須使用 -ing形式。例如，不要説 ~~He writes novels and poems besides he works as a journalist.~~。

4 besides 用作副詞

副詞 besides 表示此外、而且。

*I'll only be gone for five days, and **besides**, you'll have fun while I'm away.* 我只去 5 天，而且我不在的時候你們會很開心。
*The house was too big. **Besides**, we couldn't afford it.* 那間屋太大。此外，我們也負擔不起。

best

best 是 good 和 well 的最高級形式。

☞ 見 good – well

do one's best 表示盡力而為。

---

better

1 用作比較級

better 是 good 和 well 的比較級形式。不要説 something is ~~more good~~ 或 something is done ~~more well~~ ，而要説 something is **better** 或 something is done **better**。

*The results were **better** than expected.* 結果比預期好。
*Some people could ski **better** than others.* 有些人滑雪比別人滑得好。

可以在 better 前面使用 even、far、a lot 和 much 之類的詞。

*Bernard knew him **even better** than Annette did.* 伯納德甚至比安妮特更了解他。
*I decided that it would be **far better** just to wait.* 我決定繼續等待要好得多。
*I always feel **much better** after a bath.* 洗澡後我總是感覺好得多。

2 better 的另一個詞義

也可以説 someone is **better** 或 someone is feeling **better**，表示某人正在或已經康復。

*Her cold was **better**.* 她的感冒好點了。
*The doctor thinks I'll be **better** by the weekend.* 醫生認為我到週末會好一點。

3 had better

had better do something 表示應該做某事、最好做某事。

had better 總是後接不帶 to 的不定式。人們通常把 had 縮寫為 'd。人們會説 I'd better、We'd better 及 You'd better 。

*I**'d better** introduce myself.* 我最好自我介紹一下。
*We**'d better** go.* 我們應該走了。

> ### ! 注意
>
> 這類句子中必須使用 had 或 'd。不要説 ~~I better introduce myself.~~ 或 ~~I better go.~~。

在否定句中，not 位於 had better 之後。

*We**'d better not** tell him what happened.* 我們最好不要告訴他發生了甚麼事。

不要説 ~~hadn't better~~ do something。

---

between

1 描述位置

between 表示在……之間。

*Janice was standing **between** the two men.* 珍妮絲正站在那兩個男人之間。
*Northampton is roughly halfway **between** London and Birmingham.* 北安普頓差不多位於倫敦和伯明翰的中間。

> **！ 注意**
>
> 表示在好幾個事物之間不能用 between，而要用 among。

☞ 見 among

2 區別

談論兩個或兩個以上的人或物之間的區別要用 between，不要用 among。

*What is the difference **between** football and soccer?* 欖球和足球有甚麼區別？
*There isn't much difference **between** the three parties.* 這三方之間沒有太大區別。

3 選擇

在兩個或兩個以上的人或物之間作選擇，要用 between，不要用 among 。

*It was difficult to choose **between** the two candidates.* 很難在這兩個候選人中選擇。
*You can choose **between** tomato, cheese or meat sauce on your pasta.* 你可以選擇在意大利麵食上加番茄醬、芝士醬或肉醬。

可說 choose between…and…（在……和……之間選擇）。

*She had to choose **between** work **and** her family.* 她不得不在工作和家庭之間作出選擇。

---

beware

beware 表示當心、提防。

***Beware** of the dog.* 當心有狗。
*I would **beware** of companies which depend on one product only.* 我會提防只依賴一個產品的公司。

beware 只能用祈使式或不定式，沒有 bewares 、bewaring 或 bewared 等其他形式。

---

bid

1 bid 用於出價競買

bid 表示出價競買某物，過去式和過去分詞是 bid。

*He **bid** a quarter of a million pounds for the portrait.* 他為那幅肖像畫出價100萬英鎊。

2 bid 用於招呼和告別

人們過去常常把 bid 與 good day 和 farewell 這樣的表達式連用。現在這種用法有時仍然出現在敘事裏。bid 這樣用時，其過去式是 bid 或 bade，過去分詞是 bid 或 bidden。

*The old woman brought him his coffee and shyly **bid** him goodbye.* 老太太給他端來了咖啡，然後不好意思地向他告別。

*We **bade** Nandron a goodbye which was not returned.* 我們向南德隆道別，但沒有得到回應。

*Tom **had bid** her a good evening.* 湯姆對她説晚上好。

*We **had bidden** them good night.* 我們向他們道了晚安。

在現代英語裏，這類句子中用 say 代替 bid。

*I **said** good evening to them.* 我對他們説晚上好。

*Gertrude had already had her supper and had **said** good night to Guy.* 格特魯德已經吃過晚飯，並且向蓋伊道了晚安。

但是，用 say 的時候，間接賓語要置於直接賓語後面。不要説 ~~I said them good evening.~~。

big – large – great

big、large 和 great 表示尺寸大、規模大，都可用在可數名詞之前，但只有 great 可用在不可數名詞前面。

1 描述物體

big、large 和 great 都可表示體積大。big 通常用在談話中。large 更正式。great 用於敘事中，表示某物因為體積大而令人印象非常深刻。

*'Where is Mark?' – 'Over there, by that **big** tree.'* "馬克在哪裏？"——"在那裏，在那棵大樹旁邊。"

*The driver swerved to avoid a **large** tree.* 司機突然轉向以避免撞上一棵大樹。

*A **great** tree had fallen across the river.* 一棵巨樹倒下來，橫在河面上。

2 描述數量

描述數量時，通常用 large。

*She made a very **large** amount of money.* 她賺了一大筆錢。

*They export **large** quantities of corn.* 他們出口大量的玉米。

> **！ 注意**
> 不要用 big 描述數量。例如，不要説 ~~She made a very big amount of money.~~。

3 描述感情

描述感情或反應時，通常用 great。

*He has **great** hopes for the future.* 他對未來抱有很大希望。

*It was a **great** relief when we finally got home.* 我們最終到家的時候大大鬆了一口氣。

surprise 作可數名詞時，前面可用 big 或 great。

*The announcement was a **big** surprise.* 這個通告令人大吃一驚。

*It will be no **great** surprise if Ryan wins.* 如果萊恩贏了，那是不足為奇的。

不要用 large 描述感情或反應。

4 描述問題

描述問題或危險時，可用 big 或 great。

*The **biggest** problem at the moment is unemployment.* 目前最大的問題是失業。

*Many species are in **great** danger.* 很多物種處於極大的危險之中。

不要用 large 描述問題或危險。

5 表示重要性

great 用於表示某人或某地方很重要或很著名。

*He was one of the **greatest** engineers of this century.* 他是本世紀最偉大的工程師之一。

*We visited the **great** cities of Europe.* 我們遊覽了歐洲的大都市。

6 與其他形容詞連用

 在談話中，great 和 big 可一起使用，以強調某物之大。總是要把 great 放在前面。

*There was a **great big** hole in the road.* 道路上有一個大大的洞。

! 注意

可以用 great 修飾 pain，但通常不用 big 、large 或 great 描述疾病，而要用 bad、terrible 或 severe 之類的形容詞。

*He's off work with a **bad** cold.* 他因患重感冒而沒去上班。

*I started getting **terrible** headaches.* 我開始出現劇烈頭痛。

---

bill – check

在英式英語裏，bill 表示餐廳的賬單。

*We paid our **bill** and left.* 我們付賬後離開了。

在美式英語裏，賬單稱作 check。

*He waved to a waiter and asked for the **check**.* 他向一個服務員揮手索取賬單。

☞ 關於 check 的另一個詞義，見 cheque – check

在英式英語和美式英語裏，bill 表示電費或煤氣費等服務費用的賬單。

*If you are finding it difficult to pay your gas **bill**, please let us know quickly.* 如果你發現支付煤氣費有困難，請立刻告訴我們。

*I ran up a huge phone **bill**.* 我積欠了巨額電話費。

在美式英語裏，bill 還表示一張紙幣。

---

billfold

☞ 見 wallet

billion

billion 是十億或 1,000,000,000。

*The website gets almost a **billion** visits each month.* 該網站每個月的瀏覽量幾乎達 10億。

> **！注意**
>
> 如果 billion 前用了另一個數字，後面不要加 -s。
>
> *In January 1977, there were 4 **billion** people in the world.* 1977年1月，世界上有40億人。

☞ 見參考部份 Numbers and fractions

---

bit

1 bit

bit 表示一點、少量。

*There's a **bit** of cake left.* 還剩下一點蛋糕。
*He found a few **bits** of wood in the garage.* 他在車庫裏發現了一些木塊。

2 a bit

a bit 的意思是有點。

*She looks a **bit** like her mother.* 她看起來有點像她母親。
*He was a **bit** deaf.* 他有點聽力障礙。

> **！注意**
>
> 不要把 a bit 與形容詞一起用在名詞前面。例如，不要説 ~~He was a bit deaf man.~~。

☞ 關於表示程度的分級詞彙列表，見 Adverbs and adverbials

3 a bit of

在談話和不太正式的書面語中，可把 a bit of 用在 a 和名詞前面，以緩和一個陳述的語氣。

*Our room was **a bit of a mess** too.* 我們的房間也有點亂糟糟的。
*His question came as **a bit of a shock**.* 他的問題讓人有點震驚。

4 a bit 和 one bit 用於否定句

否定句句末可添加 a bit 或 one bit，起加強語氣的作用。

*I **don't like** this **one bit**.* 我一點也不喜歡這個。
*She **hadn't** changed **a bit**.* 她一點也沒變。

5 not a bit

not a bit 可用在形容詞前面，強調某人或某物不具有某個特定的性質。例如，not a bit hungry 表示一點也不餓。

*They're **not a bit** interested.* 他們一點也不感興趣。
*I wasn't **a bit** surprised by the news.* 我對那個消息一點也不感到吃驚。

6 for a bit

for a bit 的意思是片刻、一會。

*She was silent **for a bit**.* 她沉默了片刻。
*Why can't we stay here **for a bit**?* 為甚麼我們不能在這裏逗留一會？

bite

bite 表示咬，過去式是 bit，過去分詞是 bitten。

*My dog **bit** me.* 我的狗咬了我。
*You are quite liable to get **bitten** by an eel.* 被鰻魚咬到是很容易的。

blame – fault

1 blame 用作動詞

blame someone **for** something 表示把某事歸咎於某人。

*Police **blamed** the bus driver **for** the accident.* 警方把事故的責任歸咎於公共汽車司機。
*Don't **blame** me!* 不要怪我！

可以説 **blame** something **on** someone。

*Maya **blames** all her problems **on** her parents.* 瑪雅把她所有的問題歸咎於父母。

2 to blame

to blame 表示有過錯的、有責任的。

*I knew I was partly **to blame** for the failure of the project.* 我知道我對項目的失敗要負上部份責任。
*The study found that schools are not **to blame** for the laziness of their pupils.* 該研究發現，學生的懶惰不能怪罪於學校。

3 fault

不能用 blame 表示某人的過錯，而要用 fault。

*This was all Jack's **fault**.* 這全是傑克的錯。
*It's not our **fault** if the machine breaks down.* 如果機器壞了，這不是我們的錯。

4 at fault

可以説 at fault。

*The other driver was **at fault**.* 另外一個司機有錯。

> **！注意**
> 不要説 ~~in fault~~。

blind

blind 可作形容詞、動詞或名詞。

1 用作形容詞

blind 表示失明的、瞎的。

*He is ninety-four years of age and he is **blind**, deaf, and bad-tempered.* 他已經94歲了；他又瞎又聾，脾氣很壞。

> **！ 注意**
>
> 不要説 ~~someone's eyes are blind~~。

2 用作動詞

blind 表示使失明、弄瞎。

*The acid went on her face and **blinded** her.* 酸濺到她臉上，弄瞎了她的眼睛。

blind someone to... 表示使某人無視……。這是動詞 blind 最常見的用法。

*He never let his love of his country **blind** him to his countrymen's faults.* 他從不讓對祖國的愛使自己無視同胞的缺點。

3 用作名詞

the blind 表示盲人。

*What do you think of the help that's given to **the blind**?* 你對給予盲人的幫助有甚麼看法？

blind 表示窗簾。

*She slammed the window shut and pulled **the blind**.* 她砰地一聲關上窗戶，拉起了窗簾。

 在美式英語裏，窗簾有時稱作 shade 或 window shade。

---

blow up

☞ 見 explode – blow up

---

board

1 board

board 表示登上。

*Gerry took a taxi to the station and **boarded** a train there.* 格里乘計程車到了火車站，然後上了火車。

*I **boarded** the plane for San Diego.* 我登上了去聖地牙哥的飛機。

2 on board

on board 表示在公共汽車（或火車、飛機、輪船）上。

*There were 13 Britons **on board** the plane.* 飛機上有13名英國人。
*The crash killed all 57 passengers **on board**.* 飛機墜毀造成機上57名乘客全部遇難。

> **!** 注意
>
> on board 後面不要用 of。例如，不要說 ~~There were 13 Britons on board of the plane.~~。

boat – ship

1 boat

boat 表示小船。

*John took me down the river in the old **boat**.* 約翰用那條舊船把我帶到河下游去。
*...a fishing **boat*** ……一條漁船

2 ship

大船通常用 ship 表示。

*The **ship** was due to sail the following morning.* 這條船預定在次日早晨啟航。

但是在談話中，短途行駛的大型客船有時稱作 boat。

*She was getting off at Hamburg to take the **boat** to Stockholm.* 她將在漢堡下車，然後乘輪船去斯德哥爾摩。

> **!** 注意
>
> 描述某人的旅行方式時，不要說 by the boat 或 by the ship，而要說 by boat 或 by ship。
>
> *We are going **by boat**.* 我們坐船去。
> *They were sent home **by ship**.* 他們被人用船送回了國。

bonnet – hood

在英式英語裏，引擎蓋稱作 bonnet。

*I lifted the **bonnet** to see what the problem was.* 我掀開引擎蓋看看有甚麼問題。

 在美式英語裏，引擎蓋稱作 hood。

*I looked under the **hood** to watch the mechanic at work.* 我朝引擎蓋下面看，觀察機修工的工作。

boot – trunk

在英式英語裏，boot 通常表示汽車的後備箱。

*Is the **boot** open?* 後備箱開着嗎？

在美式英語裏，後備箱稱作 trunk。

*We put our bags in the **trunk**.* 我們把行李放進了後備箱。

border – frontier – boundary

1 border

border 表示兩國之間的邊界線。

*They crossed the **border** into Mexico.* 他們穿過邊境進入了墨西哥。

*We stayed in a village near the German-Polish **border**.* 我們留在德國和波蘭交界處附近的一個村莊。

2 frontier

frontier 表示有口岸的邊境、國境，常常有衛兵把守。

*Only three thousand soldiers were guarding the entire **frontier**.* 只有三千名士兵守衛着整個國境線。

*They introduced stricter **frontier** controls.* 他們推出了更嚴格的邊境控制措施。

border 或 frontier 後面用 with 表示兩國之間的交界。

*She lives in a small Dutch town a mile from the **border** with Germany.* 她住在離德國邊境1英里的一個荷蘭小鎮。

*Spain reopened its **frontier with** Gibraltar.* 西班牙重新開放了與直布羅陀接壤的邊界。

3 boundary

boundary 表示一個地區的邊界。

*There are fences round the **boundary** of the National Park.* 沿着國家公園的邊界建有圍欄。

> **！注意**
>
> 國境不能用 boundary 表示，要用 borders。
>
> *These changes will be felt beyond the **borders** of Turkey.* 這些變化的影響將超出土耳其邊境。

bore

1 bore

bore 是動詞，也是動詞 bear 的過去式。

☞ 見 bear

動詞 bore 表示使人厭倦。

*Life in the countryside **bores** me.* 鄉村生活使我厭倦。

*They used to enjoy his company, but now he **bored** them.* 他們過去喜歡和他在一起，但現在他使他們感到厭煩。

2 bored

be **bored with** something or someone 表示對某事或某人感到厭倦。

*Tom was **bored with** the film.* 湯姆對這部電影感到厭倦。

可以用 bored 表示（因無所事事）感到無聊的。

*Many children get **bored** during the summer holidays.* 很多孩子在暑假期間很無聊。

3 boring

不要混淆 bored 和 boring。boring 表示令人厭煩的、無聊的。

*It's a very **boring** job.* 這份工作很無聊。

*He's a kind man, but he's a bit **boring**.* 他是一個善良的人，但他有點悶。

---

be born

be born 表示出生。

*My mother was forty when I **was born**.* 我出生時我母親40歲。

人們常常用 was born 表示某人在某時或某地出生。

*Carla **was born** on April 10th.* 卡拉生於4月10日。

*Mary **was born** in Glasgow in 1999.* 瑪麗1999年出生在格拉斯哥。

> **!** 注意
>
> 不要用 ~~has been born~~ 表示某人在某時或某地出生。

---

borrow – lend

borrow 表示借用。

*Could I **borrow** your car?* 我能借用你的汽車嗎？

*I **borrowed** this book from the library.* 我從圖書館借了這本書。

lend 表示借出。lend 的過去式和 -ed分詞是 lent。

*I **lent** her £50.* 我借了50英鎊給她。

*Would you **lend** me your calculator?* 把你的計算機借給我好嗎？

> **!** 注意
>
> 一般不用 borrow 或 lend 談論不能移動的物品。例如，不要說 ~~Can I borrow your garage next week?~~，而要說 Can I **use** your garage next week?（下星期我可以用你的車庫嗎？）。
>
> *You can **use** our washing machine.* 你可以用我們的洗衣機。
>
> 同樣，通常不說 ~~He lent me his office while he was on holiday.~~，而要說 He **let me use** his office while he was on holiday.（他讓我在他度假時用他的辦公室。）。
>
> *She brought them mugs of coffee and **let them use** her bath.* 她為他們拿來了好幾杯咖啡，並且讓他們使用她的浴缸。

bosom

☞ 見 breast – bust – bosom

---

both

1 用於強調

使用 and 連接兩個分句時，可以把 both 放在第一個短語前面進行強調。例如，如果想強調所説的話適用於兩個人或物，可以把 both 放在兩個名詞短語中的第一個前面。

*By that time **both Robin and Drew** were overseas.* 到那個時候，羅賓和德魯都在海外。

***Both she and the baby** were completely safe.* 她和寶寶兩個都安然無恙。

*They felt **both anxiety and joy**.* 他們感到既焦慮又喜悦。

*These changes will affect **both teachers and students**.* 這些變化對教師和學生都會產生影響。

同樣，可把 both 放在兩個形容詞、動詞短語或狀語中的第一個前面。

*Herbs are **both beautiful and useful**.* 香草既好看又有用。

*These headlines **both worried and annoyed** him.* 這些大字標題使他又急又惱。

*She has won prizes **both here and abroad**.* 她在國內外都曾經獲得獎項。

both 後面的短語必須和 and 後面的短語屬於同一類型。例如，可以説 I told **both** Richard **and** George. 不要説 ~~I both told Richard and George.~~。

2 與一個名詞短語連用

如果一個名詞短語指兩個人或物，可把 both 直接放在其前面。例如，可以説 **Both boys** were Hungarian. 也可説 **Both the boys** were Hungarian.（兩個男孩都是匈牙利人。）或 **Both of the boys** were Hungarian.。兩者意義沒有區別。

> **！ 注意**
>
> 不要説 ~~Both of boys were Hungarian.~~ 或 ~~The both boys were Hungarian.~~。both 後面也不要用 two。不要説 ~~Both the two boys were Hungarian.~~。

以 these、those 或物主限定詞開頭的名詞短語前面，既可用 both 也可用 both of。

*The answer to **both these questions** is 'yes'.* 這兩個問題的答案都是 *yes*。

*I've got **both of their addresses**.* 他們兩個人的地址我都有。

人稱代詞前面必須用 both of，而不是 both。

*Are **both of you** ready?* 你們兩個都準備好了嗎？

both of 後面不要用 we 或 they，而要用 us 或 them。

***Both of us** went to Balliol College, Oxford.* 我們兩個人都上了牛津大學貝利奧爾學院。

***Both of them** arrived late.* 他們兩個都遲到了。

3 用於主語之後

both 也可用在句子的主語之後。例如，可以用 My sisters **both** came.（我兩個妹妹都來了。）代替 Both my sisters came.。

如果沒有助動詞，both 置於動詞之前，除非動詞是 be。

*They **both got** into the boat.* 他們兩個都上了船。

如果動詞是 be，both 置於 be 之後。

*They **were both** schoolteachers.* 他們兩個都是教師。

如果有助動詞，both 置於助動詞之後。

*They **have both had** a good sleep.* 他們兩個都睡了一個好覺。

如果有一個以上助動詞，both 置於第一個助動詞之後。

*They **will both be sent** to prison.* 他們兩個都將被送進監獄。

both 也可置於用作動詞的直接或間接賓語的人稱代詞之後。

*Rishi is coming to see **us both** next week.* 里希下星期要來看我們兩個。

4 否定句

通常 both 不用於否定句。例如，不要說 ~~Both his students were not there.~~，而要說 **Neither of** his students was there.（他的兩個學生都不在那裏。）。

☞ 見 neither

同樣，不要說 ~~I didn't see both of them.~~，而要說 I didn't see **either of** them.（他們兩個我都沒看到。）。

☞ 見 either

5 用作代詞

both 也可用作代詞。

*A child should eat either meat or eggs daily, preferably **both**.* 孩子應該每天吃肉或蛋，最好兩者都吃。

> **! 注意**
>
> 不要用 both 談論兩個以上的人或物。要用 all。

☞ 見 all

---

bottom

1 bottom 和 behind

bottom 表示屁股、臀部，可以用在談話以及大部份書面語中。

*If she could change any part of her body, it would be her **bottom**.* 如果她能改變自己身體任何部位的話，她希望是臀部。

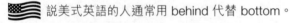 說美式英語的人通常用 behind 代替 bottom。

*My **behind** ached from cycling all day.* 由於一整天都在踏單車，我的屁股很痛。

2 buttocks

在正式的書面語裏用 buttocks（臀部）。

*He strained the muscles on his shoulders and **buttocks**.* 他拉傷了肩膀和臀部的肌肉。

3 bum 和 butt

在談話中，有些英式英語使用者用 bum 代替 bottom，有些美國人用 butt。很多人認為這兩個詞不禮貌，最好避免使用。

boundary

☞ 見 border – frontier – boundary

boxcar

☞ 見 carriage – car – truck – wagon

brackets

☞ 見參考部份 Punctuation

brake

☞ 見 break – brake

brand – make

1 brand

brand 表示某個品牌或牌子的產品。通常用 brand 談論商店裏購買的東西，比如食物、飲料和衣服。

*This is my favourite **brand** of cereal.* 這是我最喜歡的穀類食物品牌。
*I bought one of the leading **brands**.* 我買了一個知名品牌的產品。

2 make

不要混淆 brand 和 make。make 表示產品的品牌、型號、款式，用於談論機器或汽車這樣的耐用產品。

*This is a very popular **make** of bike.* 這是一款非常受歡迎的自行車。

> **！ 注意**
>
> brand of 或 make of 後面不能用名詞的複數形式。例如，不要説 ~~a make of vehicles~~，而要説 a make of **vehicle**（一款汽車）。
> mark 不能用於談論產品。例如，不要説 ~~What mark of coffee do you drink?~~，而要説 What **brand** of coffee do you drink?（你喝甚麼牌子的咖啡？）；不要説 ~~What mark of car do you drive?~~，而要説 What **make** of car do you drive?（你開甚麼牌子的汽車？）。

break – brake

這兩個詞的讀音都是 /breɪk/。

1 break

break 表示打破、弄碎。

*He fell through the window, **breaking** the glass.* 他從窗戶跌了出去，玻璃碎裂。
***Break** the bread into pieces and place on a baking tray.* 把麵包弄成碎片，然後放在烤盤上。

break 的過去式是 broke，-ed分詞是 broken。

*She dropped the cup, which **broke** into several pieces.* 她把杯子掉到地上，摔成了好幾片。
*Someone **has broken** the shop window.* 有人打碎了商店的玻璃櫥窗。

☞ 見 broken

2 brake

brake 表示制動器、剎車器。

*He took his foot off the **brake**.* 他把腳從剎車器上移開了。

brake 也作動詞，表示剎車。

*The taxi **braked** suddenly.* 計程車突然剎車。

---

breakfast

breakfast 表示早餐。

*They had eggs and toast for **breakfast**.* 他們早餐吃了雞蛋和烤麵包。
*I open the mail immediately after **breakfast**.* 我吃完早餐後立即打開了郵件。

> **！ 注意**
>
> 通常 breakfast 前不用 a。例如，不要說 ~~She made a breakfast for everyone.~~，而要說 She made **breakfast** for everyone.（她為大家做了早餐。）。

☞ 見主題條目 Meals

---

breast – bust – bosom

1 breast

breasts 表示女性的乳房。

*...a beggar girl with a baby at her **breast*** ……一個在餵嬰兒吃奶的乞丐女孩
*...women with small **breasts*** ……乳房小的女人

2 bust

bust 可表示女性的乳房、胸部，特別是在談論大小的時候。注意，bust 指的是雙乳。不要說 busts。

*She has a very large **bust**.* 她胸部很大。

bust 也用於指女性的胸圍。

***Bust** 34 means that the garment is a size 12.* "胸圍34" 表示衣服的尺寸是12號。

3 bosom

bosom /'bʊzəm/ 也可表示女性的乳房。這是一個老式或文雅的詞。

*...hugging the cat to her **bosom*** ……把貓抱在她懷裏

---

breathe – breath

1 breathe

breathe /briːð/ 是動詞，表示呼吸。

*It was difficult for him to **breathe**.* 他呼吸困難。
*Always **breathe** through your nose.* 一定要用鼻呼吸。

2 breath

breath /breθ/ 是名詞，表示呼吸。

*She took a deep **breath**, then started to explain.* 她深吸了一口氣，然後開始解釋。
*I could smell the coffee on his **breath**.* 我聞到他的氣息中有咖啡的味道。

---

briefly

☞ 關於表示持續時間的單字清單，見 Adverbs and adverbials

---

bring – take – fetch

1 bring

bring 表示帶來、帶着。

*He would have to **bring** Judy with him.* 他將不得不把茱迪帶在身邊。
*Please **bring** your calculator to every lesson.* 請每堂課都帶好計算機。

bring 的過去式和 -ed分詞是 brought。

*My secretary **brought** my mail to the house.* 我的秘書把我的郵件帶到了那間屋。
*I've **brought** you a present.* 我給你帶來了一份禮物。

請某人 bring you something 表示把某物給你拿來。

*Can you **bring** me some water?* 你能為我拿點水來嗎？

2 take

take 表示送去。take 的過去式是 took，-ed分詞是 taken。

*He **took** the children to school.* 他把孩子們送到了學校。

take 表示帶去、帶走。

*She gave me some books to **take** home.* 她給了我一些書帶回家。
*Don't forget to **take** your umbrella.* 不要忘記帶走雨傘。

3 fetch

fetch 表示去拿來。

*I went and **fetched** another glass.* 我又去拿了一個玻璃杯。

bring up – raise – educate

1 bring up

bring up 表示養育、撫養。

*Tony **was brought up** in a working-class family.* 東尼是在一個工人家庭中長大的。
*When my parents died, my grandparents **brought** me **up**.* 我父母去世了以後，我的祖父母把我養大。

2 raise

raise 可用於表示 bring up（撫養）。

*Lynne **raised** three children on her own.* 林恩獨自撫養了三個孩子。
*They want to get married and **raise** a family.* 他們想結婚和撫養家庭。

3 educate

不要把 bring up 或 raise 與 educate 混淆。educate 表示教育，通常指在學校。

*Many more schools are needed to **educate** the young.* 需要建立更多學校教育年輕人。
*He was **educated** in an English public school.* 他在一個英國公立學校接受教育。

Britain – British – Briton

1 Britain

Britain（不列顛）或 Great Britain（大不列顛）由英格蘭、蘇格蘭和威爾斯組成。The United Kingdom（聯合王國）由英格蘭、蘇格蘭、威爾士和北愛爾蘭組成。The British Isles（不列顛群島）指的是 Britain（不列顛）、Ireland（愛爾蘭）和海岸邊的所有小島。

2 British

大不列顛聯合王國的公民可稱為 British，雖然有些人把自己稱作 English（英格蘭人）、Scottish（蘇格蘭人）、Welsh（威爾斯人）或 Northern Irish（北愛爾蘭人）。把所有大不列顛聯合王國的公民都稱為 English 是不正確的，並且可能招致反感。

可以用 the British 表示全體大不列顛聯合王國的公民。

*I don't think **the British** are good at hospitality.* 我不認為英國人擅長待客。
***The British** have always displayed a healthy scepticism towards ideas.* 英國人對觀念總是表現出一種健康的懷疑態度。

the British 也可用於表示一群英國人，比如 the British representatives at an international conference（國際會議的英國代表）。

***The British** have made these negotiations more complicated.* 英國人把這些談判弄得更複雜。
***The British** had come up with a bold and dangerous solution.* 英國人提出了一個大膽而危險的解決方案。

3 Briton

在書面英語裏，一個英國人可稱為 a **Briton**。

*The youth, a 17-year-old **Briton**, was searched and arrested.* 那個17歲的英國青年遭搜身及逮捕。

☞ 見參考部份 Nationality words

---

broad

☞ 見 wide – broad

Grammar Finder 語法講解

Broad negatives 廣義否定詞

1 廣義否定詞

廣義否定詞（broad negative）是用於使陳述變成幾乎完全否定的一小組詞之一。

barely	rarely	seldom
hardly	scarcely	

*We were **scarcely** able to move.* 我們幾乎動彈不得。

*Fathers and sons very **seldom** went together to football matches.* 父親和兒子很少一起去看足球比賽。

有五個廣義否定詞：

廣義否定詞在句中的位置和 never 類似。

☞ 見 never

2 與含有 any 的詞連用

如果想表示某物的量很少，可以用廣義否定詞加 any 或以 any- 開頭的詞

*There is **rarely any** difficulty in finding enough food.* 找到足夠食物幾乎沒有甚麼困難。

***Hardly anybody** came.* 幾乎沒有人來。

3 almost

almost 後接否定詞 no 或 never 等可用於代替廣義否定詞。例如，There was almost no food left.（幾乎沒剩下甚麼食物。）和 There was hardly any food left. 的意思相同。

*They've **almost no** money for anything.* 他們幾乎沒有錢買任何東西。

*Sam **almost never** begins a conversation.* 山姆幾乎從不主動交談。

☞ 關於 almost 其他用法的說明，見 almost – nearly

4 附加疑問句

在含有廣義否定詞的陳述句後面，附加疑問句（question tag）一般是肯定的。這種用法和其他否定詞一樣。

*She's hardly the right person for the job, **is she**?* 她幾乎不是做這份工作的合適人選，是嗎？

*You rarely see that sort of thing these days, **do you**?* 如今很少能看到那種事情，對嗎？

☞ 見 bare – barely, hard – hardly, scarce – scarcely, seldom

---

broken

broken 是動詞 break 的過去分詞。

*He **has broken** a window with a ball.* 他用球打破了一扇窗戶。

broken 也作形容詞，表示破碎的、打碎的。

*He sweeps away the **broken** glass under the window.* 他掃掉了窗下的碎玻璃。

*...a long table covered in **broken** crockery* ……一張堆滿破碎陶器的長桌子

*He glanced at the **broken** lock he was still holding in his free hand.* 他瞥了一眼他能自由活動的手裏，仍然拿着的那把壞鎖。

通常不用 broken 表示機器出了故障。要用 not work 或 not working。

*One of the lamps **didn't work**.* 其中一盞燈壞了。

*Chris sits beside him with sweaters on because the heater **doesn't work**.* 克里斯穿着好幾件毛衣坐在他旁邊，因為電暖爐壞了。

*The traffic lights **weren't working** properly.* 交通信號燈運作不正常。

---

bum

☞ 見 bottom

---

burglar

☞ 見 thief – robber – burglar

---

burgle – burglarize

在英式英語裏，be burgled 表示遭竊、被盜。

*Our flat **was burgled** while we were on holiday.* 在我們度假期間，我們的住宅單位遭竊了。

*Gail **had** recently **been burgled**.* 蓋爾最近被盜了。

 説美式英語的人通常用 be burglarized。

*Her home **had been burglarized**.* 她的家被盜了。

burst

burst 表示爆裂。burst 的過去式和過去分詞是 burst，不是 bursted。

*As he braked, a tyre **burst**.* 他剎車時，一個輪胎爆了。

burst into tears 表示突然哭起來。

*When the news was broken to Meehan he **burst into tears**.* 當米漢知道這個壞消息時，他突然大哭起來。

> **❗ 注意**
>
> 不要説 someone ~~bursts in tears~~。
> 不要混淆 burst 和 bust。bust 表示打破、毀壞。

☞ 見 bust

---

bus – coach

bus 表示巴士、公共汽車。

*I'm waiting for the **bus** back to town.* 我在等回城的公共汽車。

在英國，長途巴士稱作 coach。

*The **coach** leaves Cardiff at twenty to eight.* 長途巴士7時50分離開加的夫。

 在美國，長途巴士通常稱作 bus。

*He took a **bus** from New York to Seattle.* 他乘坐了從紐約到西雅圖的長途巴士。

☞ 見主題條目 Transport

---

business

1 用作不可數名詞

business 表示商業、生意。

*Are you in San Francisco for **business** or pleasure?* 你來三藩市是出差還是遊玩？

> **❗ 注意**
>
> business 作此解時，不要説 ~~a business~~。例如，不要説 ~~We've got a business to do.~~，而要説 We've got **some business** to do.（我們有一些生意要處理。）。
>
> *We may do **some business** with one of the major software companies in the United States.* 我們可能會與美國的一家大軟體公司做一些生意。
> *We've still got **some business** to do. Do you mind waiting?* 我們還有一些事情要做。你介意等一會嗎？
>
> 可用 the 後接名詞加 business 表示特定的行業。
>
> *Cindy works in **the music business**.* 辛蒂在音樂界工作。
> *My brother is in **the restaurant business**.* 我哥哥做餐廳生意。

2 用作可數名詞

business 表示公司、企業。

*He set up a small travel **business**.* 他開了一家小旅行社。

---

bust

bust 可作動詞、形容詞或名詞。動詞的過去式和過去分詞是 bust 或 busted。

1 用作動詞

bust 表示弄壞、毀壞。

注意，bust 的這個詞義僅用在談話中，不用在正式的書面語裏。

*She found out about Jack **busting** the double-bass.* 她查明是傑克弄壞了低音提琴。

在非正式英語裏，be busted 表示被捕。

*They **were busted** for possession of cannabis.* 他們因持有大麻而遭到警方突擊逮捕。

2 用作形容詞

在談話中，bust 表示損壞的、毀壞的。

*That clock's been **bust** for weeks.* 那個鐘已經壞了好幾個星期了。

注意，在美式英語裏，形容詞是 busted，不是 bust。

*There he found a small writing table with a **busted** leg.* 他在那裏發現了一張壞了一條腿的小寫字枱。

go bust 表示倒閉、破產。在正式英語裏不用這個表達式。

*The company almost **went bust** in February.* 公司在二月份幾乎破產關門。

3 用作名詞

bust 表示女性的乳房。

☞ 見 breast – bust – bosom

---

but

but 表示但是、可是。

1 用於連接分句

but 通常用於連接分句。

*It was a long walk **but** it was worth it.* 走了很長的路，但這是值得的。

*I try to understand, **but** I can't.* 我想理解，但理解不了。

回答某人或用口語體寫作時，but 可放在句首。

*'Somebody wants you on the telephone.' –'**But** nobody knows I'm here.'* "有人給你來電話了。" —— "但沒人知道我在這裏啊。"

*I always thought that. **But** then I'm probably wrong.* 我一直是這麼想的。不過我很可能是錯的。

2 用於連接形容詞或副詞

but 可用於連接表示相互對比的形容詞或副詞。

*We stayed in a small **but** comfortable hotel.* 我們住在一家小而舒適的旅館。
*Quickly **but** silently she ran out of the room.* 她迅速而默默地跑出了房間。

3 與否定詞連用表示 only

but 有時用在 nothing、no-one、nowhere 或 none 等否定詞後面。否定詞後接 but 的意思是 only。例如，這句話 We have **nothing but** carrots. 的意思是 We only have carrots.（我們只有胡蘿蔔。）。

*John had lived **nowhere but** the farm.* 約翰只在農場上住過。
*He cared about **no one but** himself.* 他只關心自己。

4 作 except 解

but 也用在 all 和以 every- 或 any- 開頭的詞後面。這時 but 的意思是 except。例如，這句話 He enjoyed everything **but** maths. 的意思是 He enjoyed everything **except** maths.（他除了數學甚麼都喜歡。）。

*There was no time for anything **but** work.* 除了工作，沒有時間做任何事情。
*Could anyone **but** Wilhelm have done it?* 除了威廉誰會做出這種事情？

---

butt

☞ 見 bottom

---

buttocks

☞ 見 bottom

---

buy

buy 表示購買，其過去式和 -ed 分詞都是 bought。

*I'm going to **buy** everything that I need today.* 我要去買我今天需要的一切東西。
*He **bought** a first-class ticket.* 他買了一張頭等艙的票。

buy someone a drink 表示為某人買一杯酒或飲料。

*Let me **buy** you a drink.* 我來請你喝一杯。

> **！注意**
> 不要説 ~~Let me pay you a drink.~~。

---

by

1 用於被動式

by 最常用於被動句，表示被、由、用。

*This view has been challenged **by** a number of researchers.* 這個觀點遭到了很多研究人員的質疑。

*I was surprised **by** his anger.* 我對他的憤怒感到吃驚。

*He was knocked down **by** a bus.* 他被一輛公共汽車撞倒了。

如果 -ed詞用作形容詞描述狀態而不是動作，後面並不總是接 by。有些 -ed詞後接 with 或 in。

*The room was **filled with** flowers.* 房間裏滿是鮮花。

*The walls of her flat are **covered in** dirt.* 她的住宅單位的牆壁上全是污垢。

2 與時間表達式連用

by 表示到⋯⋯時間、不遲於。

*I'll be home **by** seven o'clock.* 我會在7時前到家。

***By** 1995 the population had grown to 3 million.* 到1995年，人口增加到了3百萬。

> **！ 注意**
>
> by 表示這個意思時只能用作介詞，不能用作連詞。
>
> 例如，不要説 ~~By I had finished my lunch, we had to leave.~~，而要説 **By the time** I had finished my lunch, we had to leave. （等到我吃完午飯時，我們不得不離開了。） 。
>
> ***By the time** I went to bed, I was exhausted.* 到我上牀的時候，我已經筋疲力盡了。

3 用於描述位置

by 表示在⋯⋯旁邊。

*I sat **by** her bed.* 我坐在她的牀邊。

*She lives in a cottage **by** the sea.* 她住在海邊的一間小屋裏。

> **！ 注意**
>
> by 不能與城鎮名連用。例如，不要説 ~~I was by Coventry when I ran out of petrol.~~，而要説 I was **near** Coventry when I ran out of petrol. （我在考文垂附近用完了汽油。） 。
>
> *Mandela was born **near** Elliotdale.* 曼德拉出生在伊里亞德代爾附近。

4 説明某事的完成方式

by 可與某些名詞連用，表示某事的完成方式。通常名詞前不用限定詞。

*Can I pay **by credit card**?* 我可以用信用卡支付嗎？

*I always go to work **by bus**.* 我一直坐巴士上班。

*He sent the form **by email**.* 他用電郵發了表格來。

但是，如果想表示某事是用特定的物品或工具來完成的，常常要用 with，而不用 by。with 要後接限定詞。

*Clean the mirrors **with a soft cloth**.* 用一塊軟布把鏡子擦乾淨。

*He brushed back his hair **with his hand**.* 他用手把頭髮向後梳。

by 可與 *-ing*形式連用，表示某事實現的方式。

*Make the sauce **by boiling** the cream and stock together in a pan.* 把忌廉和高湯一起放在平底鍋裏煮沸製作調味汁。

*We saved a lot of money **by booking** our holiday online.* 我們通過在網上預訂假期安排省了很多錢。

by far

☞ 見 very

Cc

café – coffee

1 café

café /'kæfeɪ/ 表示咖啡店。英國的咖啡店通常不出售酒精飲料。café 有時拼寫成 cafe。

*Is there an internet **café** near here?* 附近有沒有網路咖啡店？
*They've opened a **cafe** in the main square.* 他們在主廣場開了一家咖啡店。

2 coffee

coffee /'kɒfi/ 表示咖啡，是一種熱飲。
*Would you like a cup of **coffee**?* 你想喝杯咖啡嗎？

---

call

1 引起注意

call 表示喊叫、呼喊，通常是為了引起別人的注意。

*'Edward!' she **called**. 'Edward! Lunch is ready!'* "愛德華！"她叫道。"愛德華！午飯準備好了！"
*I could hear a voice **calling** my name.* 我聽到一個聲音在叫我的名字。
*'Here's your drink,' Bob **called** to him.* "這是你的飲品，"鮑伯大聲對他説。

2 打電話

call 表示打電話。

***Call** me when you get home.* 到家後打電話給我。
*Greta **called** the office and complained.* 葛麗泰打電話給辦公室投訴。

call 作此解時，後面不接 to。例如，不要説 I called to him at his London home.，而要説 I **called** him at his London home.（我給他在倫敦的家裏打了電話。）。

3 拜訪

call on 或 call 表示短暫拜訪，目的是見某人或投遞某物。

*He **had called on** Stephen at his London home.* 他到史提芬在倫敦的家裏拜訪了他。
*The nurse **calls** at about 7 o'clock every morning.* 護士每天早晨大約 7 時來訪。

 在美式英語裏，call 不能像這樣不帶 on 單獨使用。

4 叫名字

call someone or something a particular name 表示給某人或某物取某個名字，或用某個名字叫某人或某物。

*We decided to **call** our daughter Hannah.* 我們決定為女兒取名漢娜。
*'Pleased to meet you, Mr. Anderson.' – 'Please **call** me Mike.'* "很高興見到你，安德

森先生。" ── "請叫我邁克。"

call someone or something a particular thing 表示稱某人或某物為某物。call 後接名詞短語，再後接形容詞或另一個名詞短語。這種結構常用於消極地描述某人或某物。

*He **called** the report unfair.* 他稱報告不公平。
*They **called** him a traitor.* 他們稱他是叛徒。

！注意

不要把 as 與 call 連用。例如不要說 ~~We decided to call our daughter as Hannah.~~ 或 ~~They called him as a traitor.~~。

---

called – named

called 或 named 表示 "某人或某物名叫甚麼名字"。named 不如 called 常見，一般不用於談話。

*Did you know a boy **called** Desmond?* 你認識一個名叫達士文的男孩嗎？
*We passed through a town **called** Monmouth.* 我們經過了一個叫蒙茅斯的小鎮。
*A man **named** Richardson confessed to the theft.* 一個名叫理查森的男子對盜竊行為供認不諱。

called 既可用在名詞後面，也可用在 be 後面。

*She starred in a play **called** Katerina.* 她在一部名為《卡特琳娜》的戲中出演主角。
*The book was **called** The Goalkeeper's Revenge.* 這本書名為《守門員的復仇》。

named 通常直接用在名詞後面。

*The victim was an 18-year-old girl **named** Marinetta Jirkowski.* 受害者是一個名叫瑪麗埃塔•傑可夫斯基的18歲女孩。

---

camp bed

☞ 見 cot – crib – camp bed

---

can – could – be able to

這數個詞用於談論能力、感知和可能性，也用於表示某人得到允許做某事。這些用法分別在本小節論述。can 和 could 稱作情態詞（modal）。

☞ 見 Modals

can 和 could 都可以後接不帶 to 的不定式。

*I envy people who can **sing**.* 我羨慕會唱歌的人。
*I could **work** for twelve hours a day.* 我能一天工作12小時。

1 否定形式

can 的否定式是 cannot 或 can't。cannot 絕對不能寫成 can not。

could 的否定式是 could not 或couldn't。be able to 的否定式通過在 able 前面用 not 或另一個否定詞構成，或者使用 be unable to。

*Many elderly people **cannot** afford telephones.* 很多上了年紀的人用不起電話。
*I **can't** swim very well.* 我泳術並非很好。
*It was so dark you **could not** see anything.* 天太黑，甚麼都看不見。
*They **couldn't** sleep.* 他們無法入睡。
*We **were not able to** give any answers.* 我們無法給予任何答覆。
*We **were unable to** afford the entrance fee.* 我們付不起入場費。

2 現在的能力

can、could 和 be able to 都用於談論做某事的能力。can 或 be able to 可用於談論現在的能力。be able to 比 can 更正式。

*You **can** all read and write.* 你們都能讀會寫。
*The animals **are able to** move around, and they can all lie down.* 這些動物可以四處走動，也都可以躺下來。
*Lisa nodded, **unable to** speak.* 麗莎點點頭，説不出話來。

could 也用於談論現在的能力，但有特殊的含義。

someone **could** do something 表示某人有能力做某事，但事實上沒有做。

*We **could** do much more in this country to educate people.* 在這個國家裏，我們本可以做更多的事情來教育人們。

3 過去的能力

could 或 be able to 的一個過去形式用於談論過去的能力。

*He **could** run faster than anyone else.* 他比任何人都跑得快。
*A lot of them **couldn't** read or write.* 他們中許多人不會讀也不會寫。
*I **wasn't able to** answer their questions.* 我沒能回答他們的問題。

someone **was able to** do something 通常表示某人有能力做某事並且做了。could 沒有這個意思。

*After two weeks in bed, he **was able to** return to work.* 臥牀兩個星期後，他可以回去工作了。
*The farmers **were able to** pay their employees' wages.* 農場主能夠支付員工的工資了。

如果想表示某人有能力做某事但事實上沒有做，可用 **could have done** something。

*You **could have given** it all to me.* 你本可以把它全部交給我的。
*You **could have been** a little bit more careful.* 你本來可以更仔細一點的。

如果想表示某人因沒有能力而未做某事，可用 **could not have done** something。

*I **couldn't have gone** with you, because I was in London at the time.* 我沒能和你一起去，因為當時我在倫敦。

如果想表示某人過去有能力做某事，儘管現在已沒有這個能力，可用 used to be able to do something。

*I **used to be able to** sleep anywhere.* 我以前可以在任何地方入睡。
*You **used to be able to** see the house from here.* 以前你從這裏看得見那幢屋。

4 將來的能力

be able to 的將來形式用於談論將來的能力。

*I **shall be able to** answer that question tomorrow.* 我明天能回答那個問題。

5 轉述結構中的能力

could 常常用於轉述結構。假如一位女士説 I can speak Arabic，這句話通常轉述為 She said she **could** speak Arabic.（她説她會説阿拉伯語。）。

*She said I **could** bring it back later.* 她説我可以過後拿回來退貨。

☞ 見 Reporting

6 be able to 用於其他動詞之後表示能力

be able to 有時用在 might 或 should 等情態詞以及 want、hope 或 expect 等動詞後面。

*I **might be able to** help you.* 我也許能夠幫助你。
*You **may be able to** get extra money.* 你也許能得到額外的錢。
*You **should be able to** see that from here.* 你從這裏應該看得見那個的。
*She **would not be able to** go out alone.* 她無法單獨外出。
*Do you really **expect to be able to** do that?* 你真的期望能這樣做嗎？

其他動詞後面不能用 can 或 could。

7 being able to

可以用 be able to 的 *-ing*形式。

*He liked **being able to** discuss politics with Veronica.* 他喜歡能夠與維羅妮卡討論政治。

can 或 could 沒有 *-ing*形式。

8 感知

can 和 could 與 see、hear 和 smell 等動詞連用，表示通過感官感知到某物。

*I **can smell** gas.* 我聞到了煤氣味。
*I **can't see** her.* 我看不見她。
*I **could see** a few stars in the sky.* 我看見天空中的數顆星星。

9 現在和將來的可能性

could 和 can 用於談論現在或將來的可能性。
could 用於表示某事可能是或將是某種情況。

*Don't eat it. It **could** be a toadstool.* 不要吃。這可能是毒蘑菇。
*He was jailed in February, and **could** be released next year.* 他2月被關入監獄，明年可能獲釋。

might 和 may 也能這麼用。

*It **might** be a trap.* 這也許是個陷阱。
*Kathy's career **may** be ruined.* 凱西的職業生涯可能毀了。

☞ 見 might – may

> **！注意**
>
> 不要用 could not 表示某事有可能不是某種情況。要用 might not 或 may not。
>
> *It **might not** be possible.* 這也許是不可能的。
> *It **may not** be easy.* 這可能並不容易。
>
> 如果想表示某事不可能是某種情況，要用 cannot 或 could not。
>
> *You **cannot** possibly know what damage you caused.* 你不可能知道你造成的傷害。
> *It **couldn't** possibly be true.* 這絕不可能是真的。
>
> can 用於表示某事有時是可能的。
>
> *Sudden changes **can** sometimes have a negative effect.* 突然的變化有時會有負面影響。

10 過去的可能性

could have 表示某事過去有可能是某種情況。

*He **could have** been in the house on his own.* 他可能是獨自一人在家的。

might have 和 may have 也能這麼用。

*She **might have** found the information online.* 她可能已經在網上找到了資料。
*It **may have** been a dead bird.* 那可能已經是一隻死鳥。

could have 也可用於表示某事過去有可能是某種情況，儘管事實上不是這種情況。

*It **could have** been worse.* 原本情況可能會更糟糕。
*He **could have** made a fortune as a lawyer.* 作為一個律師，他本可以賺大錢的。

> **！注意**
>
> 不要用 could not have 表示某事過去有可能不是某種情況。要用 might not have 或 may not have。
>
> *She **might not have** known the password.* 她也許本來就不知道密碼。
>
> 如果想表示某事過去不可能是某種情況，要用 could not have。
>
> *The decision **couldn't have** been easy.* 這個決定不可能是容易作出的。
> *The man **couldn't have** seen us at all.* 那個人根本不可能看見了我們。

11 允許

can 和 could 表示允許、可以。

*You **can** take out money at any branch of your own bank.* 你可以在開戶銀行的任何一家網點取款。

*He **could** come and use my computer.* 他可以過來用我的電腦。

cannot 和 could not 用於表示不允許、不可以。

*You **can't** bring strangers in here.* 你不能把陌生人帶到這裏來。
*Her dad said she **couldn't** go out during the week.* 她爸爸說從週一到週五她不能出去。

☞ 見主題條目 Permission

cancel

☞ 見 delay – cancel – postpone – put off

candy

☞ 見 sweets – candy

cannot

☞ 見 can – could – be able to

capability

☞ 見 ability – capability – capacity

capacity

☞ 見 ability – capability – capacity

car

☞ 見 carriage – car – truck – wagon

care

1 care

care about something 表示關心某事、在乎某事。

*All he **cares** about is birds.* 他所關心的就是鳥。
*I'm too old to **care** what I look like.* 我老了，已經不在乎自己的外表了。

don't **care** about something 表示不關心某事、不在乎某事。

*She didn't **care** what they thought.* 她不在乎他們怎麼想。
*Who **cares** where she is?* 誰關心她在哪裏呢？

2 care for

care for 表示照料、照顧。

*You must learn how to **care for** children.* 你必須學會如何照顧孩子。
*With so many new animals to **care for**, larger premises were needed.* 有那麼多新來的動物要照顧，所以需要更大的場所。

3 take care

take care of 或 take good care of 表示照料、照顧。

*It is certainly normal for a mother to want to **take care of** her own baby.* 母親想要照顧自己的寶寶當然是再正常不過的事了。

*He **takes good care of** my goats.* 他把我的山羊照料得很好。

！注意

不要說 ~~take care about~~ 或 ~~take a good care of~~ 。

take care of a task or situation 表示處理一個任務或情況。

*There was business to be **taken care of**.* 有事務需要處理。
*If you'd prefer, they can **take care of** their own breakfast.* 如果你願意的話，他們早餐可以自理。

take care 也表示小心。

***Take care** what you tell him.* 你對他說話要小心。
***Take great care** not to spill the mixture.* 多加小心不要濺出混合物。

take care 是道別的另一種方式。

*'Night, night, Mr Beamish,' called Chloe. '**Take care**.'* "晚安，比密西先生，" 克洛伊大聲說道。"請保重。"

---

careful – careless – carefree

1 careful

careful 表示小心的、謹慎的。

*She told me to be **careful** with the lawnmower.* 她告訴我要小心使用割草機。
*He had to be **careful** about what he said.* 他不得不小心說話。
*This law will encourage more **careful** driving.* 這部法律會鼓勵人們更謹慎駕駛。

2 careless

careless 表示粗心的、疏忽的。careless 的反義詞是 careful。

*I had been **careless** and let him wander off on his own.* 我不當心讓他獨自走散了。
*Some parents are accused of being **careless** with their children's health.* 有些父母因對自己孩子的健康漫不經心而受到指責。

3 carefree

carefree 表示無憂無慮的。

*When he was younger, he was **carefree**.* 他年輕時無憂無慮。
*..his normally **carefree** attitude* ……他通常無憂無慮的態度

---

carriage – car – truck – wagon

1 carriage

carriage 是表示火車車廂的數個名詞之一。

在英式英語裏，carriage 表示（客運火車的）車廂。

*The man left his seat by the window and crossed the **carriage** to where I was sitting.* 那個男人離開了靠窗的座位，穿過車廂來到我坐的地方。

2 car

 在美式英語裏，客車車廂稱作 car。

在英式英語裏，car 過去用作某些特殊的車廂名稱的一部份。例如，一種車廂可能稱為 dining car（餐車）、restaurant car（餐車）或 sleeping car（臥鋪車廂）。這些名稱已不再正式使用，但仍然用在人們的談話中。

3 truck 和 wagon

在英式英語裏，truck 表示（敞篷的）貨運車廂。

*...a long **truck** loaded with bricks* ……一列長長的裝滿磚頭的貨車

 在美式英語裏，敞篷貨運車廂稱作 freight car 或 flatcar。

*The train, carrying loaded containers on **flatcars**, was 1.2 miles long.* 這列火車用敞車拉着裝滿貨物的集裝箱，有1.2英里長。

*...the nation's third-largest railroad **freight car** maker* ……該國的第三大鐵路敞篷貨車製造商

在英式英語裏，wagon 表示（封閉的）貨運車廂。

*The pesticides ended up at several sites, almost half of them in railway **wagons** at Bajza station.* 這些殺蟲劑最後運到了好幾個地點，幾乎有一半留在了巴伊扎車站的鐵路貨車裏。

 在美式英語裏，貨運車廂通常稱作 boxcar。

*A long train of **boxcars**, its whistle hooting mournfully, rolled into town from the west.* 一列長長的棚車鳴着悲哀的汽笛，從西面駛入城內。

truck 還表示貨車。

☞ 見 lorry – truck

---

carry – take

1 carry 和 take

carry 和 take 通常用於表示提、抬、拿、搬運。carry 有搬運的人或物相當重的意味。

*He picked up his suitcase and **carried** it into the bedroom.* 他提起他的旅行箱，將它搬進了臥室。

*My father **carried** us on his shoulders.* 我父親把我們舉在肩膀上。

*She gave me some books to **take** home.* 她給了我數本書帶回家。

2 運送

也可以用 be carrying 表示輪船、火車或貨車裝運某種貨物。

同樣，可以用 be carrying 表示飛機、輪船、火車或巴士裝載乘客。

*We passed tankers **carrying** crude oil.* 我們經過了一些裝載原油的油輪。

*The aircraft was **carrying** 145 passengers and crew.* 這架飛機當時載有145名乘客和機組人員。

take 的用法與此類似，但只有說明了運送目的地時才能這麼用。例如，可以說 The ship **was taking** crude oil **to Rotterdam**.（該船正在把原油運往鹿特丹。），但不能僅僅說 ~~The ship was taking crude oil.~~。

*This is the first of several aircraft to **take** British aid **to the area**.* 這是把英國的援助物質送往該地區的好幾架飛機中的第一架。

可以用 take 表示小型車輛把某人送往某處。

The taxi took him back to the station. 計程車把他帶回了車站。

> **⚠ 注意**
>
> 不能用 carry 表示小型車輛把某人送往某處。

---

case

1 in case

in case 或 just in case 表示萬一、以防。

*I've got the key **in case** we want to go inside.* 萬一我們要進去的話，我身上有鑰匙。
*We tend not to go too far from the office, **just in case** there should be a bomb scare that would prevent us getting back.* 我們一般不會走得離辦公室太遠，以防萬一有炸彈恐嚇而回不來。

> **⚠ 注意**
>
> in case 或 just in case 後面用一般時態或 should，不要用 will 或 shall。
> 不要用 in case 或 just in case 表示由於、如果。例如，不要說 ~~I will go in case he asks me.~~，而要說 I will go **if** he asks me.（如果他請我，我會去的。）。
> *He qualifies this year **if** he gets through his exams.* 他如果通過了考試，今年就可取得資格。

2 in that case

in that case 和 in which case 表示既然如此、假如那樣的話。

*'The bar is closed,' the waiter said. '**In that case**,' McFee said, 'allow me to invite you back to my flat for a drink.'* "酒吧關門了，"服務員說。"既然如此，"麥克菲說，"那就允許我邀請你回到我的住所去喝一杯。"
*I greatly enjoy these meetings unless I have to make a speech, **in which case** I'm in a state of dreadful anxiety.* 我很喜歡出席這些會議，除非我必須發言，如果是那樣的話，我會陷入極度焦慮之中。

3 in this respect

in this case 不用於指事物的某個方面。例如，不要說 ~~Most of my friends lost their jobs, but I was very lucky in this case.~~，而要說 Most of my friends lost their jobs, but I was very lucky **in this respect**.（我的大部份朋友都失去了工作，但在方面我很幸運。）。

*The children are not unintelligent – in fact, they seem quite normal **in this respect**.*
這些孩子並非缺乏才智 —— 事實上，他們在這方面似乎很正常。

*But most of all, there is that intangible thing, the value of the brand. **In this respect**, Manchester United, the most famous football club in the world, is unique.* 但最重要的是，有那個無形的東西，即品牌的價值。在這方面，曼徹斯特聯隊 —— 世界上最著名的足球俱樂部 —— 是獨一無二的。

cast

cast a glance 表示瞥一眼、掃一眼。

*Carmody **casts** an uneasy glance at Howard.* 卡莫迪不安地瞥了霍華德一眼。
*Out came Napoleon, **casting** haughty glances from side to side.* 拿破崙走了出來，傲慢的目光從一邊掃向另一邊。

> **！注意**
>
> 動詞 cast 有很多其他的詞義。注意，不論用於哪個詞義，其過去式和過去分詞都是 cast，不是 casted。
>
> *He **cast** a quick glance at his friend.* 他迅速瞥了一眼他的朋友。
> *He **cast** his mind back over the day.* 他回憶起了那一天。
> *He **had cast** doubt on our traditional beliefs.* 他對我們的傳統信仰表示了懷疑。
> *Will **had cast** his vote for the President.* 威爾投票支持總統。

casualty

☞ 見 victim – casualty

cause

1 用作名詞

cause 表示原因、緣由。

*Nobody knew the **cause of** the explosion.* 誰也不知道爆炸的原因。
*He thought he had discovered the **cause of** her sadness.* 他認為他發現了她悲傷的原因。

cause 後面總是用 of，不用 for。

不要把 cause 與 because of 或 due to 連用。例如，不要說 ~~The cause of the fire was probably due to a dropped cigarette.~~，而要說 The cause of the fire **was** probably a dropped cigarette.（火災的原因可能是一個亂扔的煙頭。）。

*The report said the main cause of the disaster **was** the failure to secure doors properly.* 報告稱，災難的主要原因是未能妥善關好艙門。
*The cause of the symptoms **appears to be** inability to digest gluten.* 這些症狀似乎是不能消化麵筋引起的。

2 用作動詞

cause 表示引起、導致。

*We are trying to find out what **causes** an earthquake.* 我們正試圖找出導致地震的原因。

*Any acute infection can **cause** headaches.* 任何急性感染都可能引起頭痛。

可以説 something **causes someone to do** something。

*A blow to the head had **caused him to lose** consciousness.* 對頭部的重擊使他失去了知覺。

*The experience **had caused her to be** distrustful of people.* 這次經歷使她不信任別人。

不要説 something ~~causes that someone does~~ something。

---

certain – sure

1 沒有疑問

certain 或 sure 表示確信的、確定無疑的。

*He felt **certain** that she would disapprove.* 他確信她會不贊同。
*I'm **sure** she's right.* 我確定她是對的。

2 絕對真實

certain 表示肯定的、必定的。

*It is **certain** that he did not ask for the original of the portrait.* 可以肯定的是，他沒有要求得到肖像的真跡。
*It seemed **certain** that they would succeed.* 看來他們肯定會取得成功。

> **！ 注意**
> 不要用 it is sure that… 表示某事肯定為真或必定發生。

3 be certain to 和 be sure to

可以用 **be certain to do** something 或 **be sure to do** something 代替 be certain that someone or something will do something。

*I'm waiting for Cynthia. **She's certain to be** late.* 我在等辛西婭。她肯定要遲到了。
*The growth in demand **is certain to drive up** the price.* 需求的增長肯定會使價格上漲。
*These fears **are sure to go away** as the baby gets older.* 隨着嬰兒的逐漸長大，這些恐懼肯定會消失的。
*The telephone stopped ringing. '**It's sure to ring** again,' Halle said.* 電話鈴聲停了下來。"鈴聲肯定還會響的，"哈利説。

常用 someone **can be certain of** doing something 或 someone **can be sure of** doing something 代替 it is certain that someone will be able to do something。

*I chose this hospital so **I could be certain of** having the best care possible.* 我選擇了這家醫院，這樣我就能肯定得到最好的護理。

*You **can always be sure of** controlling one thing – the strength with which you hit the ball.* 有一樣東西你肯定永遠可以控制 —— 你擊球的力量。

4 強調

certain 或 sure 前面不要用 very 或 extremely 這類詞。如果想強調某人沒有疑問或某事肯定為真，要用 absolutely 和 completely 這樣的詞。

*We are not yet **absolutely certain** that this report is true.* 我們還不能絕對確定這份報告是真實的。

*Whether it was directed at Eddie or me, I couldn't be **completely certain**.* 這到底針對的是埃迪還是我，我不能完全確定。

*Can you be **absolutely sure** that a murder has been committed?* 你能絕對肯定發生了一起謀殺案嗎？

*She felt **completely sure** that she was pregnant.* 她覺得完全肯定自己懷孕了。

5 否定結構

sure 比 certain 更常用於否定結構。

*'Are you going to the party tonight?' –'I'm not **sure**. Are you?'* "你今晚要去參加聚會嗎？" —— "我不能確定。你呢？"

---

certainly

1 強調和同意

certainly 用於對陳述進行強調，常用於表示當然、肯定、的確。

*It **certainly** looks wonderful, doesn't it?* 這當然看起來好極了，不是嗎？

*Ellie was **certainly** a student at the university but I'm not sure about her brother.* 埃莉的確是這所大學的學生，但我不確定她弟弟是不是。

> **！注意**
> 不要混淆 certainly 和 surely。surely 用於表示異議或驚訝。
> ***Surely** you care about what happens to her.* 想必你擔心她會出甚麼事吧。

 英式英語和美式英語使用 certainly 對疑問句或陳述句作出肯定的回應。

*'Do you see this as a good result?' – 'Oh, **certainly**.'* "你認為這是一個好的結果嗎？" —— "哦，當然。"

美式英語中 surely 也這麼用。

*'Can I have a drink?' – 'Why, **surely**.'* "我能喝一杯嗎？" —— "喲，當然可以。"

2 在句子中的位置

certainly 通常用於修飾動詞。

如果沒有助動詞，certainly 放在動詞前面，除非動詞是 be。

*It **certainly gave** some of her visitors a fright.* 這肯定讓她的一些來訪者嚇了一跳。

如果動詞是 be，certainly 可放在其前面或後面，但通常放在前面。

*That **certainly isn't** true.* 那當然不是真的。

如果有助動詞，通常把 certainly 放在助動詞後面。

He'd certainly proved his point. 他當然已經證明了他的觀點。

如果有一個以上助動詞，通常把 certainly 放在第一個助動詞之後。

certainly 也可放在第一個助動詞之前。

*He **will certainly be able** to offer you advice.* 他一定能給你提出忠告。
*The roadway **certainly could be widened**.* 這條道路肯定能夠拓寬。

如果用了助動詞而沒有主要動詞，要把 certainly 放在助動詞前面。

*'I don't know whether I've succeeded or not.' –'Oh, you **certainly have**.'* "我不知道我是否成功了。"——"哦，你當然已經成功了。"

也可把 certainly 置於句首。

Certainly *it was not the act of a sane man.* 當然這不是一個神志健全者的行為。

3 almost certainly

可用 almost certainly 表示不完全肯定。

*She will **almost certainly** be left with some brain damage.* 她幾乎肯定會受到腦部損傷。

> **! 注意**
>
> 不要把 nearly 放在 certainly 前面。

☞ 關於表示可能性的分級詞彙列表，見 Adverbs and adverbials

chair – armchair

1 chair

chair 表示椅子。坐在非常簡單的椅子上，可以用 sit **on** 表示。

*Anne was sitting **on an upright chair**.* 安正坐在一把直背椅上。
*Sit **on this chair**, please.* 請坐在這張椅上。

坐在舒適的椅子上，通常用 sit in 表示。

*He leaned back **in his chair** and looked out of the window.* 他坐在椅子裏向後靠了靠，朝窗外看去。

2 armchair

armchair 表示單人沙發。始終要說 sit **in** an armchair。

*He was sitting quietly **in** his **armchair**, smoking a pipe and reading the paper.* 他靜靜地坐在沙發裏，一邊抽着煙斗一邊在看報。

chair – chairperson – chairman – chairwoman

1 chair 和 chairperson

chair 或有時用 chairperson 表示（會議或機構的）主席。這兩個詞可指男性或女性。

*This is Ruth Michaels, **chairperson** of the Women Returners Network.* 這位是露絲‧麥可斯，女性重返職場網路組織主席。
*You should address your remarks to the **chair**.* 你應該把話向主席説。

2 chairman

chairman 表示（會議或辯論的）男主席、男主持人。

*The vicar, full of apologies, took his seat as **chairman**.* 牧師滿懷歉意，在主席位上坐了下來。

機構的男主席常常稱作 chairman。

*Sir John Hill, **chairman** of the Atomic Energy Authority, gave the opening speech.* 原子能機構主席約翰‧希爾爵士致開幕詞。

3 chairwoman

在過去，chairman 既可指男性也可指女性，但現在不常用於指女性。女主席有時稱作 chairwoman。

*Margaret Downes is this year's **chairwoman** of the Irish Institute.* 瑪格麗特‧唐斯是本年度愛爾蘭協會的主席。
*Siobhan is a BBC radio journalist, and **chairwoman** of The Scottish Ballet.* 西沃恩是一名英國廣播公司電台記者和蘇格蘭芭蕾舞團女主席。

---

chance

1 chance

chance 表示機會、可能（性）。可以説 there is **a chance that something will happen** 或 **a chance of something happening**。

*There is **a chance that I will have to stay longer**.* 有可能我不得不停留更長時間。
*If we play well there is **a chance of winning 5-0**.* 如果我們打得好，就有機會以5比0獲勝。

a good chance 表示很有可能。

*There was **a good chance** that I would be discovered.* 很有可能我會被發現。
*We've got **a good chance** of winning.* 我們獲勝的可能性很大。

little chance 表示不大可能。no chance 表示沒有可能。

*There's **little chance** that the situation will improve.* 形勢改善的可能性很小。
*There's **no chance** of going home.* 沒有回家的可能。

have **the chance to do** something 表示有機會做某事。

*You will be given **the chance to ask** questions.* 你將得到提問的機會。
*Visitors have **the chance to win** a camera.* 參觀者有機會贏得一部相機。

2 by chance

by chance 表示偶然地、意外地。

*Many years later he met her **by chance** at a dinner party.* 很多年以後，他在一次晚宴上偶然遇到了她。

3 luck

by chance 並不表示偶然發生的是好事還是壞事。如果偶然發生的是好事，要用 luck，不用 chance。

*I couldn't believe my **luck**.* 我簡直不敢相信自己的好運氣。
*Good **luck**!* 祝你好運！

---

charge

☞ 見 accuse – charge

---

cheap – cheaply

1 cheap 作形容詞

cheap 表示便宜的、廉價的。

*...**cheap** red wine* ……廉價的紅葡萄酒
*...**cheap** plastic buckets* ……便宜的塑膠桶
*A solid fuel cooker is **cheap** to run.* 固體燃料爐灶用起來花費不大。

2 cheap 作副詞

在談話中，cheap 也可作副詞，但僅與表示購買、出售或租賃的動詞連用。

*I thought you got it very **cheap**.* 我以為你買得非常便宜。
*You can hire boots pretty **cheap**.* 你可以很便宜地租到靴子。

3 cheaply

與其他動詞連用的副詞是 cheaply。

*You can play golf comparatively **cheaply**.* 打高爾夫球相對比較便宜。
*In fact you can travel just as **cheaply** by British Airways.* 實際上，乘坐英國航空公司出行可以同樣便宜。

4 low

不能用 cheap 描述工資、花費或報酬之類的事物。要用 low。

*If your family has a **low** income, you can apply for a student grant.* 如果你的家庭收入較低，你可以申請助學金。
*...tasty meals at a fairly **low** cost* ……價格相當低的美味食物

---

check

☞ 見 cheque – check, bill – check

---

checkroom

☞ 見 cloakroom – checkroom

---

cheerful

☞ 見 glad – happy – cheerful

cheers

1 飲酒前

飲酒前人們常常互相説 cheers，表示乾杯。

*I took a chair, poured myself a small drink and said '**Cheers**!'* 我入座後給自己倒了一小杯酒，然後説 "乾杯！"

***Cheers**, Helen. Drink up.* 祝你健康，海倫。乾杯。

2 感謝某人

英國人有時説 cheers 代替 thank you 或 goodbye 。

*'Here you are.' – 'Oh, **cheers**. Thanks.'* "給你。" —— "哦，再會。謝謝。"

*'Thanks for ringing.' –' OK, **cheers**.' – 'Bye bye.' – '**Cheers**.'* "謝謝你打電話來。" —— "再見。" —— "再見。"

---

chef – chief

1 chef

chef /ʃef/ 表示（旅館或餐廳的）廚師、廚師長。

*Her recipe was passed on to the **chef**.* 她的食譜傳給了廚師。

*He works as a **chef** in a large Paris hotel.* 他在巴黎一家大酒店做廚師。

2 chief

chief /tʃiːf/ 表示（團體或組織的）首領、主管。

*The police **chief** has resigned.* 警察局長辭職了。

*I spoke to Jim Stretton, **chief** of UK operations.* 我對英國的運營主管占•斯特雷頓説過了。

---

chemist – pharmacist

1 chemist

在英式英語裏，chemist 表示藥劑師。

*...the pills the **chemist** had given him* ……藥劑師給他的藥片

2 pharmacist

 在美式英語裏，藥劑師通常稱作 pharmacist。

*The boy was eighteen, the son of the **pharmacist** at the Amity Pharmacy.* 男孩18歲，是阿米蒂藥店藥劑師的兒子。

3 chemist 的另一個詞義

在英式英語和美式英語裏，chemist 還表示化學家、化學研究人員。

*...a research **chemist*** ……化學研究人員

chemist's – drugstore – pharmacy

1 chemist's

在英國，chemist's 或 chemist 表示藥店、藥房，在這裏可以買到藥品、化粧品以及一些生活用品。

*She bought a couple of bottles of vitamin tablets at the **chemist's**.* 她在藥店買了數瓶維生素片。

*He bought the perfume at the **chemist** in St James's Arcade.* 他在聖詹姆斯購物街的藥店買了香水。

2 drugstore

 在美國，可以買到藥品和化粧品的藥店稱作 drugstore。在某些美國的藥店裏，也可買到便餐和小吃。

3 pharmacy

pharmacy 表示藥店、超市或其他商店內的藥品部、配藥處。

*Check in the **pharmacy** section of the drugstore.* 到藥店的配藥處去查一下。

在英國，藥店常常用 pharmacy 表示。

---

cheque – check

1 cheque

在英式英語裏，cheque 是支票的意思。

*Ellen gave the landlady a **cheque** for £80.* 埃倫給了女房東一張80英鎊的支票。

2 check

 在美式英語裏，這個詞拼寫成 check。

*They sent me a **check** for $520.* 他們寄給我一張520美元的支票。

在美式英語裏，check 還表示餐廳的賬單。

*He waved to a waiter and got the **check**.* 他向服務員招手，拿到了賬單。

在英式英語裏，餐廳的賬單稱作 bill。

---

chief

☞ 見 chef – chief

---

childish – childlike

1 childish

childish 表示孩子氣的、幼稚的。

*We were shocked by Josephine's selfish and **childish** behaviour.* 我們對約瑟芬自私和幼稚的行為感到震驚。

*Don't be so **childish**.* 別這麼孩子氣。

2 childlike

childlike 表示孩子般的。

*Her voice was fresh and **childlike**.* 她的嗓音清新，如兒童一般。

*'That's amazing!' he cried with **childlike** enthusiasm.* "太了不起了！"他以孩子般的熱情叫道。

---

chips

 在英式英語裏，chips 表示炸薯條。在美式英語裏，炸薯條稱作 fries 或 French / french fries。

*We had fish and **chips** for dinner.* 我們晚餐吃了魚和炸薯條。

*They went to a restaurant near the Capitol for a steak and **fries**.* 他們去國會山附近的一家餐廳吃牛排和炸薯條。

 在美式英語裏，chips 或 potato chips 表示炸薯片、炸薯片。在英式英語裏，炸薯片稱為 crisps。

*She ate a large bag of **potato chips**.* 她吃了一大包炸薯片。

*I bought a packet of **crisps** and a drink.* 我買了一包炸薯片和一杯飲料。

用別的食物做的薄片通常把那個食物的名稱放在前面。

*There was a bowl of tortilla **chips** and salsa on the table.* 桌子上有一碗墨西哥玉米片和辣調味汁。

---

choose

choose 表示選擇、挑選。

*Why did he **choose** these particular places?* 他為甚麼要選擇這些特別的地方？

choose 的過去式是 chose，不是 choosed ，過去分詞是 chosen。

*I **chose** a yellow dress.* 我選了一條黃色的連衣裙。

*Miles Davis **was chosen** as the principal soloist on both works.* 邁爾斯‧大衛斯被選中擔任這兩部作品的獨奏。

1 pick 和 select

pick 和 select 的意思與 choose 非常接近。select 比 choose 或 pick 更正式，通常不用在談話中。

*Next time let's **pick** somebody who can fight.* 下一次我們要挑一個會打架的。

*They **select** books that seem to them important.* 他們挑選那些他們認為重要的書。

2 appoint

appoint 表示任命。

*It made sense to **appoint** a banker to this job.* 任命一位銀行家擔任這個工作是明智的。

*The Prime Minister **has appointed** a civilian as defence minister.* 首相任命了一位平

民擔任國防部長。

3 choose to

choose to do something 表示選擇做某事。

*Some women **choose to manage** on their own.* 有些婦女選擇獨自應付。
*The majority of people do not **choose to be** a single parent.* 大多數人不會選擇做單身父母。
*The way we **choose to bring up** children is vitally important.* 我們選擇撫養孩子的方式極端重要。

不要説 ~~pick to do~~ something 或 ~~select to do~~ something。

---

chord – cord

這兩個詞都讀作 /kɔːd/。

1 chord

chord 表示和弦。

*He played some random **chords**.* 他隨機演奏了數段和弦。

2 cord

cord 表示結實的粗繩。a cord 表示一根粗繩子。

*She tied a **cord** around her box.* 她在她的箱子上綁了一根粗繩。

cord 也表示電源線、軟線。

Christian name

☞ 見 first name – Christian name – forename – given name

---

church

church 表示（基督教的）教堂。

*The **church** has two entrances.* 這個教堂有兩個入口。
*She goes to St Clement's **Church**, Oxford.* 她去的是牛津的聖克萊門特教堂。

談論教堂內的宗教儀式時，church 直接用在介詞後面，不用限定詞。例如，用 go **to church** 表示去教堂做禮拜。

*None of the children goes **to church** regularly.* 這些孩子沒有一個定期去教堂。
*People had heard what had happened **at church**.* 人們聽説了發生在教堂的事情。
*Will we see you **in church** tomorrow?* 我們明天能在教堂做禮拜時看見你嗎？
*I saw him **after church** one morning.* 一天早上在做完禮拜後，我看見了他。

mosque 表示清真寺。synagogue 表示猶太會堂。談論清真寺或猶太會堂內的宗教儀式時，通常用介詞後接限定詞，但有時省略限定詞。

*He goes **to the mosque** to worship.* 他到清真寺去做禮拜。
*We went for morning prayers **at the synagogue**.* 他到猶太會堂做晨間禱告。
***After synagogue**, we had lunch together.* 在猶太會堂做完禮拜後，我們一起吃了午飯。

cinema

☞ 見 film

---

class – form – grade – year

1 class

class 表示班級。

*If **classes** were smaller, children would learn more.* 如果班級規模小一點，孩子會學得更多。

*I had forty students in my **class**.* 我班上有40名學生。

2 form

在某些英國的學校以及某些美國的私立學校，form 用於代替 class 表示班級。form 尤其與數字連用，指一個特定的班級或年齡組。

*I teach the fifth **form**.* 我教五年級。

*She's in **Form** 5.* 她在第5班。

3 year

在英式英語裏，year 表示年級。

*'Which **year** are you in?' – 'I'm in the fifth **year**, and Krish is in the third **year**.'* "你們在哪個年級？"——"我在 5 年級，克里斯在 3 年級。"

4 grade

 美國學校裏的 grade 相當於英國學校裏的 form 或 year。

*A boy in the second **grade** won first prize.* 二年級的一個男孩獲得了一等獎。

---

classic – classical

1 classic 用作形容詞

classic 表示典型的。

*This statement was a **classic** illustration of British politeness.* 這句話是對英式禮貌的典型說明。

*It is a **classic** example of the principle of less is more.* 這是"少即多"原則的一個典型例子。

classic 也用於描述電影或書籍，表示經典的。

*This is one of the **classic** works of Hollywood cinema.* 這是好萊塢的經典電影作品之一。

*We discussed Brenan's **classic** analysis of Spanish history.* 我們討論了布里南對西班牙歷史的經典分析。

2 classic 用作名詞

classic 表示經典名著。

*We had all the standard **classics** at home.* 我們在家裏有所有的權威經典名著。

classics 表示研究古希臘和羅馬文明的古典學，尤指語言、文學和哲學。

*She got a first class degree in **Classics**.* 她擁有一級優等古典學學位。

3　classical

classical music 表示古典音樂。

*I spend a lot of time reading and listening to **classical** music.* 我花了很多時間閱讀和聆聽古典音樂。

*He is an accomplished **classical** pianist.* 他是一名有造詣的古典鋼琴家。

classical 也用於表示古希臘羅馬文明的。

*We studied **classical** mythology.* 我們研究了古希臘羅馬神話。

*Truffles have been eaten since **classical** times.* 松露自從古希臘羅馬時代起就一直被食用。

Grammar Finder 語法講解

Clauses 分句

分句（clause）指含有動詞的一組詞。一個簡單句含有一個分句。

I waited. 我等待着。

She married a young engineer. 她嫁給了一個年輕的工程師。

1　主句

一個並列句（compound sentence）含有兩個或多個主句（main clause）—— 即描述兩個同等重要的不同動作或情況的分句。複合句中的分句用 and、but 和 or 之類的並列連詞連接。

*He met Jane at the station **and** they went shopping.* 他在車站遇到簡，然後他們去購物。

*I wanted to go **but** I felt too ill.* 我本來想去的，但我感覺很不舒服。

*You can come now **or** you can meet us there later.* 你可以現在來，或者過一會在那裏跟我們見面。

第二個分句的主語如果與第一個分句相同就可以省略。

I wrote to him but received no reply. 我寫了信給他，但沒有得到回音。

2　從句

一個複合句（complex sentence）包含一個從句（subordinate clause）和至少一個主句。

從句為主句添加資料，由 because、if、whereas、that 之類的從屬連詞（subordinating conjunction）或 *wh-*詞引導。

從句可置於主句之前、之後或之內。

***When he stopped**, no one said anything.* 他停下來的時候，誰也沒説甚麼。

*They were going by car **because it was more comfortable**.* 他們坐汽車去，因為更舒適。

*I said **that I should like to come**.* 我説過我願意來的。

*My brother, **who lives in New York**, is visiting us next week.* 我的弟弟住在紐約，他下週要來看我們。

☞ 見 Subordinate clauses, Relative clauses

☞ 關於用在引述動詞之後的 *that-*從句和 *wh-*從句的進一步説明，見 Reporting

3 限定分句

<u>限定分句</u>（finite clause）始終表示某事發生的時間；限定分句有時態。

*I **went** there last year.* 我去年去過那裏。
***Did** you see him?* 你見到他了嗎？

4 非限定分句

<u>非限定分句</u>（non-finite clause）是基於分詞或不定式的從句。非限定分句不表示某事發生的時間；限定分句沒有時態。

*Quite often **while talking to you** he would stand on one foot.* 在和你説話的時候，他常常單腿站立。
*He walked about **feeling very important indeed**.* 他走來走去，自我感覺非常了不起。
*I wanted **to talk to her**.* 我想和她談一談。

☞ 見 *-ing* forms, *-ed* participles

---

client

☞ 見 customer – client

---

cloakroom – checkroom

cloakroom 表示衣帽間，尤指娛樂場所的衣帽間。

在美式英語裏，衣帽間有時稱作 checkroom。

在英式英語裏，cloakroom 也是廁所的文雅説法。

☞ 見 toilet

在美式英語裏，checkroom 也表示行李寄存處，尤指火車站的行李寄存處。

---

close – closed – shut

1 close 或 shut

close /kləʊz/ 表示關上、關閉。

*He opened the door and **closed** it behind him.* 他打開門，然後關上了身後的門。

關門等也可以用 shut。兩者的意義沒有區別。shut 的過去式和 *-ed*分詞是 shut。

*I **shut** the door quietly.* 我輕輕把門關上。

closed 和 shut 都可用在繫動詞後面作形容詞。

*All the other downstairs rooms are dark and the shutters are **closed**.* 所有其他樓下的房間都是黑的，百葉窗都關上了。

*The windows were all **shut**.* 窗全都關上了。

close 或 shut 都可用於表示暫停工作或暫停營業。

*Many libraries **close** on Saturdays at 1 p.m.* 很多圖書館星期六下午1時關門。

*What time do the shops **shut**?* 商店甚麼時候關門？

2 close 或只能用 closed

只有 closed 能用在名詞前面。可以説 a **closed** window（一扇關着的窗），但不能説 a shut window。

*He listened to her voice coming faintly through the **closed** door.* 他聽着她的聲音隱約透過緊閉的門傳出來。

可以用 closed 表示道路、邊境或機場的關閉。

*The border **was closed** without notice around midnight.* 午夜時分，沒有預先通知邊境就關閉了。

不能用 shut 表示道路、邊境或機場的關閉。

> **！注意**
>
> 不要混淆動詞 close 和形容詞 close /kləʊs/。形容詞 close 表示靠近的、接近的。

☞ 見 near – close

closet

☞ 見 cupboard – wardrobe – closet

clothes – clothing – cloth

1 clothes

clothes /kləʊðz/ 表示衣服。

I took off all my clothes. 我脱下了所有衣服。

> **！注意**
>
> clothes 沒有單數形式。在正式英語裏，可以用 a garment、a piece of clothing 或 an article of clothing 表示一件衣服。但在日常談話裏，通常會説出所指那件衣服的名稱。

2 clothing

clothing /'kləʊðɪŋ/ 指衣服、服裝，常常用於表示特定類型的服裝，比如 winter clothing（冬裝）或 warm clothing（暖和的服裝）。clothing 是不可數名詞。不要説 ~~clothings~~ 或 ~~a clothing~~。

*Wear protective **clothing**.* 穿上保護服。
*Some locals offered food and **clothing** to the refugees.* 一些當地人向難民提供了食品和衣服。

3 cloth

cloth /klɒθ/ 是羊毛或棉花等織成的布，用於製作衣服等東西。

*I cut up strips of cotton **cloth**.* 我把棉布條剪碎。
*The women wove **cloth** for a living.* 這些婦女以織布為生。

cloth 這樣用時，是不可數名詞。

a **cloth** 是用於清洗或除塵的一塊抹布。cloth 的複數形式是 cloths，不是 clothes。

*Clean with a soft **cloth** dipped in warm soapy water.* 用柔軟的抹布蘸上溫肥皂水進行清潔。
*Don't leave damp **cloths** in a cupboard.* 不要把潮濕的抹布留在碗櫃裏。

---

coach

☞ 見 bus – coach

---

coast

☞ 見 beach – shore – coast

---

coat

coat 表示外套、大衣。

*She was wearing a heavy tweed **coat**.* 她穿着一件加厚粗花呢大衣。
*Get your **coats** on.* 穿上你們的外套。

coat 僅用於表示外套。室內穿的針織衫稱作 cardigans、jumpers 或 sweater。

---

coffee

☞ 見 cafe – coffee

---

cold

如果想強調天氣非常冷，可以用 freezing，特別是指冬天有冰或霜凍的時候。

*…a **freezing** January afternoon* ……1 月份的一個滴水成冰的下午

在夏天，如果溫度低於平均水準，可以用 cool 表示。一般來説，cold 意味着比 cool 更低的溫度，而 cool 可以表示涼爽的。

*This is the **coldest** winter I can remember.* 這是我記憶中最冷的冬天。
*A **cool** breeze swept off the sea; it was pleasant out there.* 一陣涼爽的微風從海上吹來；外面很愜意。

也可以用 chilly 表示寒冷的、冷颼颼的。

*It was decidedly pleasant out here, even on a **chilly** winter's day.* 這裏絕對是令人愉快的，即使在一個寒冷的冬日。

collaborate – co-operate

1 collaborate

collaborate 表示合作。例如，兩個作家可以 **collaborate** to produce a single piece of writing（合寫一部作品）。

*Anthony and I **are collaborating** on a paper for the conference.* 安東尼和我正在為會議合寫一篇論文。
*The film was directed by Carl Jones, who **collaborated** with Rudy de Luca in writing it.* 電影由卡爾·鍾斯導演，他和魯迪·德·盧卡合作撰寫了劇本。

2 co-operate

co-operate 表示合作、協作、配合。

*...an example of the way in which human beings can **co-operate** for the common good* ……人類為了共同利益可以攜手合作的一個例子

co-operate 表示提供協助。

*The editors agreed to **co-operate**.* 編輯們同意協助。
*I couldn't get the RAF to **co-operate**.* 我無法得到英國皇家空軍的協助。

 有時用 cooperate 這個拼法，而美式英語則首選這個拼寫。

*They are willing to **cooperate** in the training of medical personnel.* 在醫療人員的培訓方面他們願意提供協助。

---

college

college 表示學院、大學。

*Computer Studies is one of the courses offered at the local technical **college**.* 電腦研究是這所地方技術學院開設的諸多課程之一。
*She got a diploma from the Royal **College** of Music.* 她從皇家音樂學院獲得了文憑。

college 直接用在介詞後面表示在上大學。例如可以說 at college。

*He hardly knew Andrew **at college**.* 他在大學期間幾乎不認識安德魯。
*He says you need the money **for college**.* 他說你上大學需要這筆錢。
*What do you plan to do **after college**?* 你大學畢業後打算做甚麼？

 在美式英語裏，通常說 in college，不說 at college。

☞ 見 school – university

---

colour

在描寫某物的顏色時，通常不用 colour 這個詞。例如，不要說 ~~He wore a green colour tie.~~，而要說 He wore a **green** tie.（他戴着一條綠色領帶。）。

*She had **blonde** hair and **green** eyes.* 她有金色的頭髮和綠色的眼睛。
*She was wearing a **bright yellow** hat.* 她戴着一頂鮮黃色的帽子。

但是，有時 colour 這個詞用於詢問某物的顏色，或間接描述一種顏色。

***What colour** was the bird?* 那隻鳥甚麼顏色？

*The paint was **the colour of grass**.* 那種油漆是草綠色。

> **！注意**
>
> 這類句子中用 be，不用 have 。不要説 ~~What colour has the bird?~~ 或 ~~The paint has the colour of grass.~~ 。
>
> 使用不尋常的顏色詞時，也可以用 colour。例如，可以説 a bluish-green colour（藍綠色）。
>
> *The plastic is treated with heat until it turns **a milky white colour**.* 塑膠經加熱處理，直至變成乳白色。
>
> *There was the sea, **a glittering blue-green colour**.* 大海就在那邊，一片閃閃發光的藍綠色。
>
> 另外也可以説，bluish-green in colour（藍綠色的）。
>
> *The leaves are rough and **grey-green in colour**.* 葉子很粗糙，顏色呈灰綠色的。
>
> 顏色的名稱還可以加上尾碼 -coloured。
>
> *He bought me a cheap **gold-coloured** bracelet.* 他買了一隻廉價金色手鐲給我。
>
> *He selected one of his most expensive **cream-coloured** suits.* 他從他最貴的米色西裝中挑了一件。

 colour 和 -coloured 在美式英語裏的拼寫是 color 和 -colored。

---

come

1 come

come 表示來、過來。

***Come** and look.* 來看一下。

*Eleanor had **come** to visit her.* 埃莉諾來拜訪過她了。

*You must **come** and see me about it.* 關於這件事，你一定要來看我。

come 的過去式是 came，-ed分詞是 come。

*The children **came** along the beach towards me.* 孩子們沿着海灘向我走來。

*A ship had just **come** in from Turkey.* 一艘船剛從土耳其回來。

2 come 或 go ？

表示去、離開要用 go，不用 come 。也可用 go 描述既不是來也不是去的移動。

here 與 come 連用，there 與 go 連用。

*Alfredo, **come** over **here**.* 阿爾弗雷多，到這邊來。

*I still **go there** all the time.* 我仍然一直去那裏。

邀請某人陪自己去某處，通常用 come，不用 go 。

*Will you **come** with me to the hospital?* 你願意和我一起去醫院嗎？

***Come** and meet Roger.* 過來見一見羅傑。

在某些情況下，come 或 go 可用於間接表示説話者是否去提及的地方。例如，如果説 Are you **going** to John's party?（你要去參加約翰的聚會嗎？），説話者並不表示自己是否去參加聚會。但是，如果説 Are you **coming** to John's party?（你要來參加約翰的聚會嗎？），説話者的意思是自己肯定會到那裏去。

3 come and

come and 加另一個動詞用於表示探望某人或為了做某事走向某人。

Come and see me next time you're in London. 下次你到倫敦時來看我。

She would come and hold his hand. 她會走過來握住他的手。

在非正式美式英語裏，這類句子中的 and 可以省略。

He has not had the courage to come look us in the eye. 他沒有勇氣過來正視我們。

4 用作 become 解

come 有時用作 become 解。

One of my buttons came undone. 我的一粒鈕釦鬆開了。

Remember that some dreams came true. 記住，有些夢想是會成真的。

☞ 見 become

---

come from

come from 表示出生於、來自。

'Where do you come from?' – 'India.' "你是甚麼地方的人？"——"印度。"

I come from Zambia. 我來自尚比亞。

> **！注意**
>
> 這類句子中不要用進行時形式。例如，不要説 ~~Where are you coming from?~~ 或 ~~I am coming from Zambia.~~。

---

come with

☞ 見 accompany

---

comic – comical – funny

1 comical

comical 表示滑稽的、可笑的。

There is something slightly comical about him. 他身上略微有點滑稽的地方。

2 comic

comic 表示令人發笑的、喜劇性的。

He is a great comic actor. 他是一個偉大的喜劇演員。

The novel is both comic and tragic. 這部小説既引人發笑又令人悲傷。

> **！注意**
>
> 不要用 comical 表示令人發笑的。例如，不要説 ~~He is a great comical actor.~~。

3 funny

funny 表示有趣的、好笑的。

*Let me tell you a **funny** story.* 讓我來給你説一個有趣的故事。
*Farid was smart and good-looking, and he could be **funny** when he wanted to.* 法里德既聰明又帥氣，而且如果他願意的話也可以很風趣。

---

comment – commentary

1 comment

comment 表示評論。

*People in the town started making rude **comments**.* 鎮上的人開始發表無禮的評論。
*It is unnecessary for me to add any **comment**.* 我不必加上任何評論。

2 commentary

commentary 表示廣播或電視裏的實況解説、現場報導。

*We gathered round the radio to listen to the **commentary**.* 我們圍攏在收音機四周收聽實況解説。
*The programme will include live **commentary** on the Cheltenham Gold Cup.* 節目將包括對卓定咸金盃的實況直播。

---

comment – mention – remark

1 comment

comment on 表示對……發表評論。

*Mr Cook has not **commented on** these reports.* 庫克先生還沒有對這些報導發表評論。
*I was wondering whether you had any **comments**.* 我不知道你是否作出過任何評論。

2 mention

mention 表示提及、提到。

*He **mentioned** that he might go to New York.* 他提到説，他可能會去紐約。

3 remark

remark on something 或 make a **remark** about something 表示對某事物發表意見，常常指隨意地議論。

*Visitors **remark** on how well the children look.* 來訪者對孩子們的表現評頭論足。
*Martin made a rude **remark** about her t-shirt.* 馬丁對她的T恤衫説了一句無禮的話。

---

committee

☞ 關於集合名詞的説明，見 Nouns

common

common 表示常見的、普遍的。

*His name was Hansen, a **common** name in Norway.* 他名叫漢森，一個在挪威很常見的名字。

*These days, it is **common** to see adults returning to study.* 如今，成年人重返校園學習是很常見的。

common 的比較級和最高級形式通常是 more common 和 most common。在名詞前面有時用 commonest 代替 more common。

*Job sharing has become **more common**.* 工作分擔已變得越來越普遍。

*The disease is **most common** in adults over 40.* 這種病最常見於40歲以上的成年人。

*Stress is one of the **commonest** causes of insomnia.* 精神壓力是最常見的失眠原因之一。

> **！注意**
>
> common 後面不要用 *that-*從句。例如，不要説 ~~It is quite common that motorists fall asleep while driving.~~，而要説 It is quite common **for motorists to fall asleep** while driving.（司機開車時打瞌睡是很常見的）。
>
> *It is common **for a child to become** deaf after even a moderate ear infection.* 即使患了輕度耳朵感染，兒童也常常會失聰。

---

company

☞ 關於集合名詞的説明，見 Nouns

Grammar Finder 語法講解

Comparative and superlative adjectives 比較級和最高級形容詞

1 比較級形容詞	**10** 複合形容詞
2 最高級形容詞	**11** 使用比較級
3 構成比較級和最高級形容詞	**12** 比較級與 than 連用
4 兩個音節	**13** 比較級的連用
5 三個或三個以上音節	**14** 使用最高級
6 不規則形式	**15** 表示群體或地點
7 little	**16** of all
8 ill	**17** 與序數詞連用
9 顏色形容詞	**18** 用 less 和 least 進行比較

1 比較級形容詞

比較級形容詞（comparative adjective）用於表示某事物比另一事物或比過去具有更多某種屬性。形容詞的比較級由形容詞加 -er 構成，比如 smaller；或者通過在形容詞前面加 more 構成，比如 more interesting。

*...the battle for **safer** and **healthier** working environments* ……為爭取更安全和更健康的工作環境而進行的鬥爭

*Diesel engines are **more efficient** than petrol engines.* 柴油發動機的效率比汽油發動機高。

2 最高級形容詞

最高級形容詞用於表示某事物的特質比所有同類事物，或任何特定的群體或地點裏的事物多。最高級形容詞（superlative adjective）由形容詞詞尾加 -est 構成，比如 smallest；或者通過在形容詞前面加 most 構成，比如 most interesting。最高級前面通常用the。

*The cathedral is the **oldest** building in the city.* 大教堂是城裏最古老的建築。

*A house is the **most suitable** type of accommodation for a large family.* 對於一個大家庭來說，一間屋是最合適的住所類型。

> ⚠ **注意**
>
> 在談話中，人們常常使用最高級而不是比較級來僅僅比較兩個事物。例如，某人在比較火車和公共汽車的時候可能會説 The train is quickest. 而不是 The train is quicker.。
>
> 然而，在正式的書面語中不應該這樣使用最高級。

3 構成比較級和最高級形容詞

選擇加 -er 和 -est 還是使用 more 和 most 通常取決於形容詞的音節數量。

單音節形容詞通常在詞尾加 -er 和 -est。

tall – taller – tallest
quick – quicker – quickest

如果形容詞以單個母音字母和單個輔音字母結尾，則雙寫輔音字母（輔音字母 w 除外）。

big – bigger – biggest
fat – fatter – fattest

如果形容詞以 e 結尾，要去掉 e。

rare – rarer – rarest
wide – wider – widest

dry 的比較級通常是 drier，最高級是 driest。但是，對於其他以 y 結尾的單音節形容詞（如 shy、sly 和 spry），加 -er 和 -est 時不把 y 改成 i。

4 兩個音節

以 y 結尾的雙音節形容詞，比如 angry、dirty 和 silly，也加 -er 和 -est。先要把 y 改成 i。

dirty – dirtier – dirtiest

happy – happier – happiest
easy – easier – easiest

其他雙音節形容詞通常用 more 和 most 構成比較級和最高級。但是，clever 和 quiet 的比較級和最高級通過添加 -er 和 -est 構成。

有些雙音節形容詞有兩種比較級和最高級。

*I can think of many **pleasanter** subjects.* 我能想到很多有趣的話題。
*It was **more pleasant** here than in the lecture room.* 這裏要比演講廳更舒適。
*Exposure to sunlight is one of the **commonest** causes of skin cancer.* 暴露在陽光下是導致皮膚癌的最常見原因之一。
*…five hundred of the **most common** words* …… 500 個最常用的詞

下列常見形容詞有兩種比較級和最高級：

angry	friendly	remote	stupid
costly	gentle	risky	subtle
cruel	narrow	shallow	

bitter 的最高級有 bitterest 以及 most bitter 兩個形式。tender 的最高級有 tenderest 以及 most tender 兩個形式。

5 三個或三個以上音節的形容詞

有三個或三個以上音節的形容詞通常用 more 和 most 構成比較級和最高級。

dangerous – more dangerous – most dangerous
ridiculous – more ridiculous – most ridiculous

但是，這條規則不適用於以 un- 開頭的三音節形容詞，比如 unhappy 和 unlucky。這些形容詞的比較級和最高級通過添加 -er 和 -est 以及使用 more 和 most 構成。

*He felt crosser and **unhappier** than ever.* 他覺得比以往更惱火、更不快樂了。
*He may be **more unhappy** seeing you occasionally.* 他偶爾見到你也許會更不高興。

6 不規則形式

少數常見形容詞有不規則的比較級和最高級形式。

good – better – best
bad – worse – worst
far – farther/further – farthest/furthest
old – older/elder – oldest/eldest

☞ 見 farther – further, elder – eldest – older – oldest

7 little

人們通常不用 little 的比較級或最高級。為了進行比較，通常用 smaller 和 smallest。

☞ 見 little

8 ill

ill 沒有比較級或最高級形式。如果想進行比較，可用 worse。

*Each day Katherine felt a little **worse**.* 凱薩琳感覺一天比一天糟糕。

☞ 見 ill

9 顏色形容詞

通常只有屬性形容詞才有比較級和最高級，但是少量基本顏色形容詞也有這些形式。

*His face was **redder** than usual.* 他的臉比平時更紅。

*...some of the **greenest** scenery in America* ……美國的一些最綠意盎然的風景

10 複合形容詞

複合形容詞的比較級和最高級通常在形容詞前加 more 和 most 構成。

nerve-racking – more nerve-racking – most nerve-racking

有些複合形容詞以其第一部份的單個形容詞或副詞作為比較級和最高級。這類複合詞的比較級和最高級有時用這些單個詞的形式構成，而不是 more 和 most。

good-looking – better-looking – best-looking
well-known – better-known – best-known

下列複合形容詞採用單個詞的形式構成比較級或最高級：

good-looking	long-standing	well-behaved	well-off
high-paid	low-paid	well-dressed	
long-lasting	short-lived	well-known	

11 使用比較級

比較級可以用在名詞之前或繫動詞之後。

*Their demands for a **bigger** defence budget were refused.* 他們增加國防預算的要求遭到了拒絕。

*To the **brighter** child, they will be challenging.* 對於更聰明的孩子來說，它們會有挑戰性。

*Be **more careful** next time.* 下次要更小心點。

*His breath became **quieter**.* 他的呼吸變得安靜些了。

比較級通常用在名詞短語中所有其他形容詞之前。

*Some of the **better** English actors have gone to live in Hollywood.* 一些更好的英國演員已經去荷里活定居了。

12 比較級與 than 連用

比較級常常後接 than 加名詞短語或分句，具體說明比較中涉及的另一個事物。

*My brother is younger **than me**.* 我弟弟比我小。

*I was a better writer **than he was**.* 我比他寫得好。

*I would have done a better job **than he did**.* 我本可以比他做得更好。

13 比較級的連用

表示一種屬性或事物的量與另一種屬性或事物的量有關聯，可用兩個前面加 the 的比較級。

***The larger** the organization, **the less** opportunity there is for decision.* 機構越大，作決策的機會就越小。

***The earlier** you detect a problem, **the easier** it is to cure.* 你越早發現問題，就越容易解決。

注意，比較級形容詞或副詞可用於這種結構，也可用 more、less 和 fewer。

14 最高級的使用

最高級可用在名詞前面，或用在繫動詞後面。

*He was the **cleverest** man I ever knew.* 他是我認識的人中最聰明的。
*Now we come to the **most important** thing.* 現在我們要來談一談最重要的事情。
*He was the **youngest**.* 他年齡最小。

最高級一般位於名詞短語中所有其他形容詞之前。

*These are the **highest** monthly figures on record.* 這些是有記錄以來的最高每月數據。

通常最高級前面用 the。但是，如果比較涉及的不是一組事物，繫動詞後面的 the 可省略。在談話或非正式書面語中，即使比較的是一組事物，有時也可省略 the。

*Beef is **nicest** slightly underdone.* 略微帶點生的牛肉味道最好。
*Wool and cotton blankets are generally **cheapest**.* 毛毯和棉毯一般是最便宜的。

> **!** **注意**
>
> 如果最高級後面的結構表示比較的是甚麼樣的一組事物，則不能省略 the。例如，不能説 ~~Amanda was youngest of our group.~~。必須説 Amanda was **the** youngest of our group.（艾曼達是我們小組裏年紀最輕的）。
>
> 可用物主限定詞和名詞加 's 代替最高級前面的 the。
> *...**the school's** most famous headmaster* ……該校最著名的校長
> *...**my** newest assistant* ……我的最新助手

15 表示群體或地點

如果很清楚比較的是甚麼，可單獨使用最高級。但是，如果需要表示涉及的群體或地點，要用：

▶ 通常以 of 開頭表示群體的介詞短語，或以 in 開頭表示地點的介詞短語

*Henry was the biggest **of them**.* 亨利是他們中年齡最大的。
*These cakes are probably the best **in the world**.* 這些蛋糕可能是全世界最好的。

▶ 關係從句

*The visiting room was the worst **I had seen**.* 這間探訪室是我見過的最差的。
*That's the most convincing answer **that you've given me**.* 這是你給我的最有説服力的回答。

▶ 以 -ible 或 -able 結尾的形容詞

*...the longest **possible** gap* ……長得不能再長的缺口
*...the most beautiful scenery **imaginable*** ……能想像到的最美麗的風景

16 of all

如果想強調某物具有的屬性比同類或同組事物多，可在最高級形容詞後面用 of all。

*The third requirement is the most important **of all**.* 第三個要求是所有要求中最重要的。
*It's unlikely that we have discovered the oldest fossils **of all**.* 我們不大可能發現了最最古老的化石。

17 與序數詞連用

序數詞（如 second）可與最高級連用，表示某事物具有的屬性幾乎比同類或同組中所有其他事物都多。例如，如果説一座山是 the second highest mountain in the world ，意思是除了最高的那座山以外，這是世界上第二高的山。

*At one time, he owned the **second biggest** company in the United States.* 他一度擁有美國第二大公司。

*Lyon is France's **third largest** city.* 里昂是法國第三大城市。

18 用 less 和 least 進行比較

如果想表示某事物具有的屬性沒有別的事物或其自身過去多，可在形容詞前面用 less。

☞ 見 less

*The cliffs here were **less high**.* 這裏的懸崖沒那麼高。

*As the days went by, Sita became **less anxious**.* 隨着日子一天天過去，西塔變得不那麼焦慮了。

如果想表示某事物具有的屬性少於別的事物或某個群體或地方中的事物，可在形容詞前面用 least。

*Mr Wilson is probably the **least popular** teacher in this school.* 威爾森先生也許是這所學校裏最不受歡迎的老師。

Grammar Finder 語法講解

Comparative and superlative adverbs 比較級和最高級副詞

<u>比較級和最高級副詞</u>（comparative and superlative adverbs）用於比較某事在不同場合發生或完成的方式。

比較級和最高級副詞也用於比較不同的人或物完成某事的方式。

1 構成比較級和最高級副詞

副詞的比較級通常由副詞前加 more 構成。

*He began to speak **more quickly**.* 他開始説得更快了。

*The people needed business skills so that they could manage themselves **more effectively**.* 這些人需要商業技能，以便能夠更有效地管理自己。

副詞的最高級通常由副詞前加 most 構成。

*You are likely to have bills that can **most easily** be paid by post.* 你可能會有通過郵寄最容易支付的賬單。

*The country **most severely** affected was Holland.* 受影響最嚴重的國家是荷蘭。

2 單個詞的形式

一些很常見的副詞有單個詞構成的比較級和最高級，而不是用 more 和 most 構成。

well 的比較級和最高級是形式 better 和 best。

*Over the year, I got to know him **better**.* 過去的一年來我對他更了解了。

*Why don't you do what you do **best**?* 你為甚麼不做到最好？

badly 的比較級和最高級形式通常是 worse 和 worst。

*Most students performed **worse** in the second exam.* 大部份學生在第二次考試中表現更差。

*Those in the poorest groups are **worst** hit.* 最貧困群體中的那些人受到的打擊最大。

但是，badly 有一個特殊的詞義，其比較級和最高級是 more badly 和 most badly。

☞ 見 bad – badly

與形容詞同形的副詞，其比較級和最高級和形容詞的一樣。下列單詞不論作副詞或形容詞，都用相同的比較級和最高級形式：

close	fast	low	straight
deep	hard	near	tight
early	long	quick	wide
far	loud	slow	

*They worked **harder**, and they were more honest.* 他們工作更努力了，而且他們更誠實了。

*George sang **loudest**.* 喬治唱得聲音最大。

副詞 late 的比較級形式是 later，副詞 soon 的比較級形式是 sooner。

3 the 與最高級連用

可以用 the 加單個詞的最高級副詞，但這種用法不常見。

*The old people work **the hardest**.* 老年人工作最努力。

*Sports in general are about who can run **the fastest**.* 體育運動通常是看誰跑得最快。

---

compare

1 compare

compare 表示比較。

*It's interesting to **compare** the two products.* 比較這兩個產品是很有趣的。

compare 作此解時，後面可用 with 或 to。例如，可以說 It's interesting to compare this product **with** the old one.（把這個產品與老產品進行比較是很有趣的。）或 It's interesting to compare this product **to** the old one.。

*The study **compared** Russian children **with** those in Britain.* 這項研究把俄羅斯的兒童與英國的兒童作了比較。

*I haven't got anything to **compare** it **to**.* 我沒有任何東西可與之相比。

2 be compared to

如果 one thing **is compared to** 或 **can be compared to** another thing，這表示一物可比作另一物。

*As a writer he **is compared** frequently **to** Dickens.* 作為一個作家，他經常被比作狄更斯。

*A computer virus **can be compared to** a biological virus.* 電腦病毒可比作生物病毒。
compare 這樣用時，後面必須用 to，不要用 with。

complain

1 complain about

complain about 表示抱怨。

*Mothers **complained about** the lack of play space.* 母親們抱怨缺少遊玩的空間。
*She never **complains about** the weather.* 她從不抱怨天氣。

> **！ 注意**
>
> complain 後面不要用 over 或 on。例如，不要説 ~~Mothers complained over the lack of play space.~~ 或 ~~She never complains on the weather.~~。

2 complain of

complain of a pain 表示訴説疼痛。

*He **complained of** a headache.* 他説自己頭痛。
*Many patients **complain of** a lack of energy.* 很多病人投訴乏力。

complement – compliment

這兩個詞都可作動詞或名詞。作動詞時的讀音是 /ˈkɒmplɪment/，作名詞時的讀音是 /ˈkɒmplɪmənt/。

1 complement

動詞 complement 表示補充、補足。

*Nutmeg, parsley and cider all **complement** the flavour of these beans well.* 肉豆蔻、西芹和蘋果汁都能很好地補充豆子的滋味。
*Current advances in hardware development nicely **complement** British software skills.* 目前硬體開發的進展與英國的軟體技術相輔相成。

2 compliment

動詞 compliment 表示稱讚、讚美。

*They **complimented** me on the way I looked.* 他們稱讚了我的外貌。
*She is to **be complimented** for handling the situation so well.* 她把情況處理得這麼好，應該受到讚揚。

名詞 compliment 表示稱讚、讚美。

*She took his acceptance as a great **compliment**.* 她把他的被接納看作很大的讚賞。

可以説 pay someone a compliment。

*He knew that he had just been **paid** a great **compliment**.* 他知道他剛才被大大恭維了一番。

Grammar Finder 語法講解

Complements 補語

<u>補語</u>（complement）是位於 be 等繫動詞後面的形容詞或名詞短語，進一步説明句子的主語或賓語。

*The children seemed **frightened**.* 孩子們似乎嚇壞了。
*He is **a geologist**.* 他是地質學家。

也有一些描述分句賓語的補語：見以下關於<u>賓語補語</u>（object complement）的小節。

1 形容詞作補語

<u>形容詞</u>（adjective）或<u>形容詞短語</u>（adjective phrase）可用在下列繫動詞之後作補語：

appear	find	look	smell
be	get	pass	sound
become	go	prove	stay
come	grow	remain	taste
feel	keep	seem	turn

*We were **very happy**.* 我們非常高興。
*The other child looked **a bit neglected**.* 另一個孩子看起來有點受到了冷落。
*Their hall was **larger than his whole flat**.* 他們的大廳比他整個住宅單位還要大。
*She looked **worried**.* 她看上去很擔心。
*It smells **nice**.* 這很好聞。

> **❗ 注意**
>
> 繫動詞後面不要用副詞。例如，要説 We felt very happy.（我們感到非常高興。），而不要説 ~~We felt very happily.~~。
>
> come、go 和 turn 與有限的數個形容詞連用。

☞ 見 become

2 名詞短語作補語

<u>名詞短語</u>（noun phrase）可用在下列繫動詞之後做補語：

be	feel	prove	sound
become	form	remain	
comprise	look	represent	
constitute	make	seem	

*He always seemed **a controlled sort of man**.* 他似乎總是那種冷靜克制的男人。
*He'll make **a good president**.* 他會成為一個好總統的。
*I feel **a bit of a fraud**.* 我覺得自己有點像個騙子。

> **❗ 注意**
>
> 注意，説明某人的工作時，要用 a 或 an。不能光用名詞。例如，要説 She's **a** journalist.（她是個記者。），不要説 ~~She's journalist.~~

3 代詞作補語

代詞（pronoun）有時作補語，用於談論身份或描述某事物。

*It's **me** again.* 又是我。
*This one is **yours**.* 這個是你的。
*You're **someone who does what she wants**.* 你是對她言聽計從的人。

4 與補語連用的其他動詞

少數指動作和過程的動詞可後接補語。例如，可以說 He returned unharmed.（他安然無恙地回來了。）而不是 He returned. He had not been harmed.（他回來了。他沒有受到傷害。）。

下列動詞可以像這樣與補語連用：

arrive	escape	return	survive
be born	grow up	sit	watch
die	hang	stand	
emerge	lie	stare	

*George **stood motionless** for at least a minute.* 喬治一動不動地站了至少一分鐘。
*I used to **lie awake** watching the rain drip through the roof.* 我過去常常躺着不睡，看着雨水從屋頂上滴下來。
*He **died young**.* 他年輕時就死了。

很多具有否定義的形容詞也像這樣用作補語，特別是那些有前綴 *un-* 的形容詞，比如 unannounced、unhurt 和 untouched。

*She often arrived **unannounced** at our front door.* 她常常事先不打招呼就來到我們家大門前。
*The man's car was hit by a lorry but he escaped **unhurt**.* 那人的汽車被一輛貨車撞了，但他卻毫髮無傷。

5 賓語補語

有些及物動詞用作某個詞義時，其賓語後面帶補語。這個補語描述的是賓語，常常稱作賓語補語（object complement）。下列及物動詞與作賓語補語的形容詞連用：

believe	declare	label	rate
call	eat	leave	reckon
certify	find	make	render
colour	hold	presume	serve
consider	judge	pronounce	term
count	keep	prove	think

*Willie's jokes made her **uneasy**.* 威利的笑話讓她感到不自在。
*He had proved them all **wrong**.* 他證明他們全都錯了。
*The journal Nature called this book **dangerous**.* 《自然》期刊稱這本書很危險。
*They held him **responsible** for the brutal treatment they had endured.* 他們認為他應對他們遭受的殘酷虐待負責。

有些動詞與有限的數個賓語補語連用：

to burn someone alive	to open something wide	to plane something flat/smooth	to shoot someone dead
to drive someone crazy/mad	to paint something red, blue, etc	to rub something dry/smooth	to squash something flat
to get someone drunk/pregnant	to pat something dry	to scare someone stiff	to sweep something clean
to keep someone awake	to pick something clean	to send someone mad	to turn something white, black, etc
to knock someone unconscious		to set someone free	to wipe something clean/dry

*She **painted** her eyelids deep blue.* 她把自己的眼瞼畫成了深藍色。
*Feelings of insecurity **kept** him **awake** at night.* 不安全感使他徹夜難眠。
*He **wiped** the bottle **dry** with a towel.* 他用毛巾把瓶子擦乾。

下列及物動詞與作賓語補語的名詞短語連用：

appoint	crown	judge	prove
believe	declare	label	reckon
brand	designate	make	term
bring up	elect	nominate	think
call	find	presume	
consider	hold	proclaim	

*They **brought** him up **a Christian**.* 他們把他作為基督徒撫養大。
*They **consider** him **an embarrassment**.* 他們認為他是個令人難堪的人。
*His supporters **elected** him **president** in June.* 他的支持者們在6月選他當了校長。
*In 1910 Asquith **made** him **a junior minister**.* 1910年，阿斯奎斯任命他為副部長。

下列及物動詞與作賓語補語的名字連用：

call	dub	nickname
christen	name	

*Everyone **called** her **Molly**.* 大家都叫她莫利。

complete

complete 通常作形容詞。在用作某些詞義時，其前面可用 more 和 very 這樣的詞。

1 用作 as great as possible 解

complete 通常用於表示完全的、十足的。

*You need a **complete** change of diet.* 你需要徹底改變飲食。
*They were in **complete** agreement.* 他們的意見完全一致。

complete 作此解時，其前面不用 more 或 very 這樣的詞。

2 用於談論內容

complete 也用於表示完整的、全部的。

*I have a **complete** medical kit.* 我有一個完整的醫療箱。

*...a **complete** set of all her novels* ……她所有小說的全集

如果兩個東西不完整，但其中一個的內容比另一個多，可以說 **more complete** than。

*For a **more complete** picture of David's progress we must depend on his own assessment.* 要想更全面地了解大衛的進展，我們必須依靠他自己的評估。

同樣，如果某物不完整但含有的內容比其同類物多，可以說 the **most complete**。

*...the **most complete** skeleton so far unearthed from that period* ……到目前為止出土的那個時期最完整的骨骼

3 用作 thorough 解

complete 有時表示徹底的。complete 作此解時，其前面可用 very 和 more 這樣的詞。

*She followed her mother's **very complete** instructions on how to organize a funeral.* 她遵照她母親非常詳盡的指示來組織一個葬禮。

*You ought to have a **more complete** check-up if you are really thinking of going abroad.* 如果你真的在考慮出國，你應該接受更徹底的體檢。

4 用作 finished 解

complete 也用於表示完成的。

*It'll be two years before the process is **complete**.* 兩年後這個進程才能完成。

*...blocks of luxury flats, **complete** but half-empty* ……一棟棟豪華住宅大廈，已完工但只有一半單位住了人

complete 作此解時，前面不要用 more 或 very 之類的詞。

---

completely

☞ 關於表示範圍的分級詞彙列表，見 Adverbs and adverbials

---

compliment

☞ 見 complement – compliment

---

composed

☞ 見 comprise

---

comprehensible – comprehensive

1 comprehensible

comprehensible 表示可理解的。

*The object is to make our research readable and **comprehensible**.* 目的是要使我們的研究報告易讀易懂。

*...language **comprehensible** only to the legal mind* ……只有那些有法律頭腦的人才

理解的語言

2 comprehensive

comprehensive 表示無所不包的、全面的。

*...a **comprehensive** list of all the items in stock* ……一份所有存貨的完整清單
*Linda received **comprehensive** training after joining the firm.* 琳達加入公司後接受了全面的培訓。

---

comprehension – understanding

1 comprehension

comprehension 和 understanding 都可用於表示理解。

*He noted Bond's apparent lack of **comprehension**.* 他注意到邦顯然沒有理解。
*The problems of solar navigation seem beyond **comprehension**.* 太陽導航的問題似乎令人費解。
*A very narrow subject would have become too highly technical for general **understanding**.* 一個非常狹窄的學科過於專業，一般人會無法理解。

2 understanding

understanding 表示理解、懂得。

*The past decade has seen huge advances in our general **understanding** of how the ear works.* 過去的十年目睹了我們對人耳工作原理的總體理解取得了巨大進步。
*The job requires an **understanding** of Spanish.* 這項工作需要懂西班牙語。

不能用 comprehension 表示這個意思。

understanding 還有另一個詞義，即諒解、體諒。

*What we need is greater **understanding** between management and workers.* 我們需要的是管理層和員工之間更多的諒解。

---

comprehensive

☞ 見 comprehensible – comprehensive

---

comprise

1 comprise

comprise 表示包含、包括。
*The village's facilities **comprised** one public toilet and two telephones.* 該村的設施包括一個公共廁所和兩部電話機。

2 be composed of 和 consist of

也可以用 be composed of 或 consist of 表示包含、由……組成。兩者的意義沒有區別。

*The body **is composed of** many kinds of cells, such as muscle, bone, nerve, and fat.* 人體由很多種細胞組成，比如肌肉、骨骼、神經和脂肪。

*The committee **consists of** scientists and engineers.* 委員會由科學家和工程師組成。

> **！注意**
>
> consist of 不能用被動式。例如，不要説 ~~The committee is consisted of scientists and engineers.~~。

3 constitute

constitute 與剛提到的動詞用法正好相反。constitute 表示構成、組成。

*Volunteers **constitute** more than 95% of The Center's work force.* 志願者佔該中心工作人員的95%以上。

4 make up

make up 既可用主動式也可用被動式。其主動式的意義和 constitute 相同。

*Women **made up** two-fifths of the audience.* 女性佔觀眾的五分之二。

其被動式後接 of，意思與 be composed of 相同。

*All substances **are made up of** molecules.* 所有物質均由分子構成。
*Nearly half the Congress **is made up of** lawyers.* 國會中約有一半人是律師。

> **！注意**
>
> 這些動詞都不能用進行時形式。例如，不要説 ~~The committee is consisting of scientists and engineers.~~。

concentrate

concentrate on something 表示把注意力集中在某物上。

***Concentrate on** your driving.* 集中注意力開車。
*He believed governments should **concentrate** more **on** education.* 他認為各國政府應把注意力更多地集中在教育上。

be concentrating on something 表示正專注於某物。

*They **are concentrating on** saving lives.* 他們正專注於拯救生命。
*One area Dr Gupta **will be concentrating on** is tourism.* 格普塔博士將着力關注的一個領域是旅遊。

> **！注意**
>
> 不要説 someone ~~is concentrated on~~ something。

concerned

1 用於繫動詞之後

形容詞 concerned 通常用在 be 等繫動詞之後。

be concerned about 表示為……擔憂。

He **was concerned about** the level of unemployment. 他擔心的是失業水準。

I**'ve been concerned about** you lately. 我最近一直為你感到擔憂。

be concerned with 表示涉及、與……有關。

This chapter **is concerned with** recent changes. 這一章講述的是最近的變化。

> **!** **注意**
>
> 不要用 be concerned about 表示涉及、與……有關。
> 例如，不要說 ~~This chapter is concerned about recent changes.~~。

---

2 用於名詞之後

如果 concerned 直接用在名詞後面，其含義有所不同，表示有關的、牽涉到的。

We've spoken to **the lecturers concerned**. 我們已經跟有關的講師談過了。

Some of **the chemicals concerned** can cause cancer. 牽涉到的化學品中有些可能會致癌。

concerned 常常作此解用在代詞 all、everyone 和 everybody 後面。

It was a perfect arrangement for **all concerned**. 對所有相關的人來說，這是一個理想的安排。

This was a relief to **everyone concerned**. 這讓每個有關的人都鬆了一口氣。

---

concerto – concert

1 concerto

concerto /kən'tʃeətəʊ/ 表示協奏曲。

...Beethoven's Violin **Concerto** ……貝多芬的小提琴協奏曲

2 concert

注意，音樂會不用 concerto 表示，而要用 concert /'kɒnsət/。

She had gone to the **concert** that evening. 她那天晚上去聽了音樂會。

---

confidant – confident

1 confidant

confidant /'kɒnfɪdænt/ 是名詞，表示知己、心腹。confidante 這個拼寫用於女性。

...colonel House, a friend and **confidant** of President Woodrow Wilson ……豪斯上校，伍德羅·威爾遜總統的一個朋友和知己

She became her father's only **confidante**. 她成了她父親唯一的知己。

2 confident

confident /'kɒnfɪdənt/ 是形容詞，表示有信心的、堅信的。

He was **confident** that the problem with the guidance mechanism could be fixed. 他堅信，問題是可以解決的。

*I feel **confident** about the future of British music.* 我對英國音樂的未來充滿信心。

confident 可表示自信的。

*... a witty, young and **confident** lawyer* ……一個機智、自信的年輕律師
*His manner is more **confident** these days.* 如今他的態度更自信了。

conform

conform 表示順從、遵從。

*You must be prepared to **conform**.* 你必須做好順從的準備。

conform 也用於表示合乎、符合，後面接 to 或 with。

*Such a change would not **conform to** the present wishes of the great majority of people.* 這樣一種改變將不符合大多數人目前的願望。
*Every home should have a fire extinguisher which **conforms with** British Standards.* 每一個家庭都應該備有一具符合英國標準的滅火器。

Grammar Finder 語法講解

Conjunctions 連詞

連詞（conjunction）是連接兩個分句、片語或單詞的詞。有兩種連詞：並列連詞（coordinating conjunction）和從屬連詞（subordinating conjunction）。

1 並列連詞

並列連詞（coordinating conjunction）連接分句、片語或同一語法類型的詞，比如兩個主句或兩個形容詞。

並列連詞有：

and	nor	then
but	or	yet

*Anna had to go into town **and** she wanted to go to Bride Street.* 安娜要進城去一次，她想去布賴德街。
*I asked if I could borrow her bicycle **but** she refused.* 我問能不能借她的單車，但她拒絕了。
*Her manner was hurried **yet** polite.* 她的舉止匆忙，然而很有禮貌。

nor、then 和 yet 可用在 and 後面。nor 和 then 可用在 but 後面。

*Eric moaned something **and then** lay still.* 艾瑞克呻吟了一下，然後就躺着不動了。
*It is a simple game **and yet** interesting enough to be played with skill.* 這是一個簡單的遊戲，然而玩起來需要技巧，很有趣。
*Institutions of learning are not taxed **but nor** are they much respected.* 教育機構不用納税，但也並不很受人尊敬。

並列連詞用於連接具有相同主語的分句時，第二個分句中通常不重複主語。

*She was born in Budapest **and** raised in Manhattan.* 她在布達佩斯出生，在曼哈頓

長大。

*He didn't yell **or** scream.* 他沒有叫喊或尖叫。

*When she saw Morris she went pale, **then** blushed.* 她看見莫里斯時，她臉色變得蒼白，然後又變紅了。

☞ 見 and, but, nor, or

2 從屬連詞

從屬連詞（subordinating conjunction）用於引導從句（subordinate clause）。

從屬連詞可引導句子中的第一個分句。

*He only kept thinking about it **because** there was nothing else to think about.* 他只是不斷地思考這件事，因為也沒有別的東西可想了。

***When** the jar was full, he turned the water off.* 罐裝滿以後，他把水關掉了。

***Although** she was eighteen, her mother didn't like her to stay out late.* 雖然她18歲了，但她母親不喜歡她在外面留很晚。

以下是一些最常見的從屬連詞：

although	despite	though	when
as	if	unless	whenever
because	in spite of	whereas	while

☞ 見 Subordinate clauses

---

conscious – consciousness – conscience – conscientious

1 conscious

conscious 是形容詞，表示意識到的。

*She became **conscious of** Rudolph looking at her.* 她開始意識到魯道夫在看她。

*I was **conscious** that he had changed his tactics.* 我意識到他已經改變策略了。

conscious 描述人時，表示清醒的。

*The patient was fully **conscious** during the operation.* 病人在手術過程中是完全清醒的。

2 consciousness

consciousness 是名詞，表示知覺、意識。

*Doubts were starting to enter into my **consciousness**.* 懷疑正開始進入我的意識。

lose consciousness 表示失去知覺。regain consciousness 或 recover consciousness 表示恢復知覺。這些是相當正式的表達式。

*He fell down and **lost consciousness**.* 他摔倒在地，失去了知覺。

*He began to **regain consciousness** just as Kate was leaving.* 就在凱特快要離開的時候，他開始恢復知覺。

*She died in hospital without **recovering consciousness**.* 她沒有恢復知覺就死在了醫院裏。

在比較非正式的英語裏，可以用 pass out 代替 lose consciousness，用 come round 代

替 regain/recover consciousness。

*He felt sick and dizzy, then **passed out**.* 他感到不適及頭暈，然後就暈了過去。
*When I **came round**, I was on the kitchen floor.* 我蘇醒過來時在廚房的地板上。

3 conscience

conscience 是名詞，表示良心。

*My **conscience** told me to vote against the others.* 我的良心告訴我要投票反對另外那些人。
*Their **consciences** were troubled by stories of famine and war.* 饑荒和戰爭的報導使他們的良心感到不安。

4 conscientious

conscientious 是形容詞，表示認真的、勤勉的。

*We are generally very **conscientious** about our work.* 我們通常對工作都非常認真。
*She seemed a **conscientious**, serious young woman.* 她似乎是一個認真嚴肅的年輕女人。

---

consider

consider 表示考慮。

*He had no time to **consider** the matter.* 他當時沒有時間考慮這件事。
*The government is being asked to **consider** a plan to change the voting system.* 人們正要求政府考慮一個改變投票系統的計劃。

be considering doing something 表示正在考慮做某事。

*They **were considering opening** an office on the West Side of the city.* 他們正考慮在城市的西面設立一個辦事處。
*He **was considering taking** the bedside table downstairs.* 他在考慮把牀頭桌搬到樓下去。

> **！注意**
> 不要説 someone ~~is considering to do~~ something。

---

considerably

☞ 關於表示程度的分級詞彙列表，見 Adverbs and adverbials

---

consist of

☞ 見 comprise

---

constant – continual – continuous

constant、continual 和 continuous 都可表示連續的、持續的。

1 constant

constant 表示持續不斷的、一直存在的。

*He was in **constant** pain.* 他一直處在疼痛之中。

*I'm getting tired of Eva's **constant** criticism.* 我開始對伊娃沒完沒了的批評感到厭倦了。

2 continual 和 continuous

continual 通常用於表示（在一個階段）頻繁發生的。continuous 則表示連續不斷的。例如，如果説 There was continual rain.，意思是頻頻下雨。如果説 There was continuous rain.，意思是雨下個不停。continual 只能用在名詞前面，不能用在動詞後面。continuous 可用在名詞前面或繫動詞後面。

*There have been **continual** demands to cut costs.* 不斷有削減成本的要求。

*He still smoked despite the **continual** warnings of his nurse.* 儘管他的護士一再警告他，他仍在吸煙。

*There was a **continuous** background noise.* 有一個連續不斷的背景噪音。

*Breathing should be slow and **continuous**.* 呼吸應該緩慢而連續。

如果描述令人不快的事情連續發生或存在，最好用 continual，而不是 continuous。

*Life is a **continual** struggle.* 生活是一場持續不斷的鬥爭。

*She was in **continual** pain.* 她處在持續疼痛之中。

3 continual 或 continuous

如果描述令人不快的事情連續發生或存在，最好用 continual，而不是 continuous。

*Life is a **continual** struggle.* 生活是一場持續不斷的鬥爭。

*It was sad to see her the victim of **continual** pain.* 看到她一直受疼痛折磨，真令人傷心。

---

constantly

☞ 關於表示頻率的詞彙清單，見 Adverbs and adverbials

---

constitute

☞ 見 comprise

---

consult

consult 表示請教、諮詢。

*If your baby is losing weight, you should **consult** your doctor promptly.* 如果你的寶寶體重在下降，應該立即諮詢醫生。

*She wished to **consult** him about her future.* 她希望就她自己的未來向他請教。

*If you are renting from a private landlord, you should **consult** a solicitor to find out your exact position.* 如果你向私人房東租房子，你應該向律師諮詢，以弄清楚自己的確切地位。

 有些説美式英語的人用 consult with 代替 consult。

*The Americans would have to **consult with** their allies about any military action in*

Europe. 美國人不得不與盟國商議在歐洲的任何軍事行動。

*They **consult with** companies to improve worker satisfaction and productivity.* 為了提高員工的滿意度和生產力,他們向公司諮詢。

---

content

content 可作名詞、形容詞或動詞。名詞讀作 /'kɒntent/,形容詞或動詞讀作 /kən'tent/。

1 用作複數名詞

contents /'kɒntents/ 表示所容納的東西。

*She emptied out the **contents** of the bag.* 她清空了包裹的東西。

> **！注意**
>
> contents 是複數名詞。不要説 ~~a content~~。
> 文件或光碟等的 contents 指的是其內容。
> *He couldn't remember the **contents** of the note.* 他不記得字條的內容了。

2 用作不可數名詞

演講、文章、網站或電視節目等的 content 指的是其思想內容。

*I was disturbed by the **content** of some of the speeches.* 我對演講裏的一些內容感到不安。

*The website **content** includes issues of the newsletter.* 網站的內容包括簡報上的問題。

3 用作形容詞

be **content** /kən'tent/ **to do** something 或 be **content with** something 表示樂意做或甘願接受某事。

*A few teachers were **content to pay** the fines.* 有數個老師甘願支付罰款。

*Not **content with** running one business, Sally Green has bought another.* 由於不滿足於經營一家企業,莎莉•格蓮又購買了一家。

content 表示滿足的、滿意的。content 作此解時用在繫動詞後面,不用在名詞前面。

*He says his daughter is quite **content**.* 他説他女兒很滿意。

*I feel more **content** singing than at any other time.* 我比任何時候都對唱歌感到滿意。

4 contented

也可用 contented /kən'tentɪd/ 表示滿足的、滿意的。

contented 可用在名詞之前或繫動詞之後。

*The firm has a loyal and **contented** labour force.* 該公司有一支忠誠知足的勞動力隊伍。

*For ten years they lived like this and were perfectly **contented**.* 就這樣他們心滿意足地生活了10年。

5 content 用作動詞

content /kən'tent/ oneself with 表示滿足於、對……感到滿足。

*Most manufacturers **content themselves with** updating existing models.* 大多數製造商滿足於更新現有的型號。

---

continent

1 continent

continent 表示大陸。

continent 通常由數個國家組成。非洲和亞洲都是大陸。

*They travelled across the South American **continent**.* 他們穿越了南美大陸。

2 the Continent

the Continent 指的是歐洲大陸，尤指中歐和南歐。

*On **the Continent**, the tradition has been quite different.* 在歐洲大陸，傳統就完全不同了。

*Sea traffic between the United Kingdom and **the Continent** was halted.* 英國和歐洲大陸之間的海上交通中斷了。

---

continual

☞ 見 constant – continual – continuous

---

continually

☞ 關於表示頻率的詞彙清單，見 Adverbs and adverbials

---

continuous

☞ 見 constant – continual – continuous

Grammar Finder 語法講解

Contractions 縮略式

1 基本形式

縮略式（contraction）指的是主語和助動詞或助動詞和 not 結合成一個詞的縮略形式。

I'm *getting desperate.* 我正在變得絕望。
*She **wouldn't** believe me.* 她不肯相信我。

寫下某人的話或用口語體寫作時（比如在給朋友寫的信中），可用縮略式。

如果 be 作主要動詞以及助動詞，可用縮略式。have 作主要動詞時通常不用縮略式。

下表列出了人稱代詞以及 be、have、will、shall 和 would 的縮略式。

be – 一般現在時		
I am	**I'm**	/aɪm/
you are	**you're**	/jɔː/, /jʊə/
he is	**he's**	/hiːz/
she is	**she's**	/ʃiːz/
it is	**it's**	/ɪts/
we are	**we're**	/wɪə/
they are	**they're**	/ðeə/
還有：加 's 的名字、單數名詞和 *wh-*詞 there's, here's, that's		

have – 一般現在時		
I have	**I've**	/aɪv/
you have	**you've**	/juːv/
he has	**he's**	/hiːz/
she has	**she's**	/ʃiːz/
it has	**it's**	/ɪts/
we have	**we've**	/wiːv/
they have	**they've**	/ðeɪv/
還有：加 's 的名字、單數名詞和 *wh-*詞 there's, there've（不常見）, that's		

have – 一般過去時		
I had	**I'd**	/aɪd/
you had	**you'd**	/juːd/
he had	**he'd**	/hiːd/
she had	**she'd**	/ʃiːd/
it had	**it'd**	/ɪtəd/
we had	**we'd**	/wiːd/
they had	**they'd**	/ðeɪd/
還有：there'd, who'd		

will / shall		
I shall/will	**I'll**	/aɪl/
you will	**you'll**	/juːl/
he will	**he'll**	/hiːl/
she will	**she'll**	/ʃiːl/
it will	**it'll**	/ɪtəl/
we will	**we'll**	/wiːl/
they will	**they'll**	/ðeɪl/
還有：加 'll 的名字和名詞（在口語中） there'll, who'll, what'll, that'll		

would		
I would	**I'd**	/aɪd/
you would	**you'd**	/juːd/
he would	**he'd**	/hiːd/
she would	**she'd**	/ʃiːd/
it would	**it'd**	/ɪtəd/
we would	**we'd**	/wiːd/
they would	**they'd**	/ðeɪd/
還有：there'd, who'd, that'd		

！ 注意

上述縮略式都不能用在句末，必須使用完整形式。例如，要説 I said I would（我説過我願意），而不要説 I said I'd。

2　否定縮略式

下表列出了 be、do、have、情態詞以及半情態詞與 not 連用的縮略式。

be		
are not	**aren't**	/ɑːnt/
is not	**isn't**	/ɪznt/
was not	**wasn't**	/wɒznt/
were not	**weren't**	/wɜːnt/
do		
do not	**don't**	/dəʊnt/
does not	**doesn't**	/dʌznt/
did not	**didn't**	/dɪdnt/
have		
have	**haven't**	/hævnt/
has	**hasn't**	/hæznt/
情態詞		
cannot	**can't**	/kɑːnt/
could not	**couldn't**	/kʊdnt/
might not	**mightn't**	/maɪtnt/
must not	**mustn't**	/mʌsnt/
ought not	**oughtn't**	/ɔːtnt/
shall not	**shan't**	/ʃɑːnt/
should not	**shouldn't**	/ʃʊːdnt/
will not	**won't**	/wəʊnt/
would not	**wouldn't**	/wʊdnt/
半情態詞		
dare not	**daren't**	/deənt/
need not	**needn't**	/niːdnt/

！注意

標準英語中沒有 am not 的縮略式。在談話和非正式書面語中，用 I'm not。但是，aren't I? 用於疑問句和附加疑問句。

***Aren't** I brave?* 我不勇敢嗎？
*I'm right, **aren't I**?* 我是對的，不是嗎？

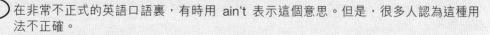

在非常不正式的英語口語裏，有時用 ain't 表示這個意思。但是，很多人認為這種用法不正確。

> *I certainly **ain't** going to retire.* 我當然還不打算退休。
>
> 在標準英語中，代詞後接情態詞或 have 的否定縮略式要比縮略式後接 not 更常見。例如，I won't、I wouldn't 和 I haven't 要比 I'll not、I'd not 和 I've not 更常見。
>
> 但是，就 be 來説，兩種縮略式一樣常用。例如，you're not 和 he's not 與 you aren't 和 he isn't 同樣常用。
>
> ***You aren't*** *responsible.* 你不負責任。
> ***You're not*** *responsible.* 你不負責任。

3 情態詞和 have

助動詞 have 在 could、might、must、should 和 would 後面通常不完整發音。在書面語中，縮略式 could've、might've、must've、should've 及 would've 偶爾用於轉述談話。

*I **must've** fallen asleep.* 我肯定是睡着了。
*You **should've** come to see us.* 你本應該來看我們的。

---

contrary

1 on the contrary

on the contrary 表示正好相反、恰恰相反。

*'You'll get tired of it.' –'**On the contrary**. I'll enjoy it.'* "你會厭倦它的。" —— "恰恰相反，我會喜歡它的。"

on the contrary 也用於引出一個與剛才所作否定陳述相反的肯定陳述。

*There was nothing ugly about her dress: **on the contrary**, it was rather elegant.* 她的衣服沒甚麼難看的；相反，還相當優雅呢。

2 on the other hand

不要用 on the contrary 引出與前面的描述形成對照的一個情況。例如，不要説 ~~I don't like living in the centre of the town. On the contrary, it's useful when you want to buy something.~~，而要説 I don't like living in the centre of the town. **On the other hand**, it's useful when you want to buy something.（我不喜歡住在市中心。但另一方面，如果想買點甚麼就很方便。）。

*It's certainly hard work. But, **on the other hand**, the salary is good.* 這當然是艱苦的工作。但從另一方面來説，薪水不錯。

---

control

control 可作動詞或名詞。

1 用作動詞

control 表示控制、統治。

*The Australian government at that time **controlled** the island.* 澳洲政府當時統治着該島。

*His family **had controlled** the company tor more than a century.* 他的家族控制公司已有一個多世紀。

control 作動詞時後面不接介詞。

2 用作名詞

control 也用作名詞，表示控制力、控制權。

*Mr Ronson gave up **control of** the company.* 龍森先生放棄了對公司的控制權。
*The first aim of his government would be to establish **control over** the area.* 他的政府的第一個目標是實現對該地區的控制。

3 另一詞義

control 可用作名詞，表示入境檢查處。

*I went through passport **control** into the departure lounge.* 我通過了護照檢查處進入了候機廳。

不要用 control 作動詞表示審查或檢查。例如，不要説 ~~My luggage was controlled.~~，而要説 My luggage **was checked**. 或 My luggage **was inspected**.（我的行李受到了檢查。）。

*I had to wait while the baggage **was being checked**.* 我不得不等待行李被檢查。
*The guard took his ID card and **inspected** it.* 保安把他的身份證拿過去檢查。

---

convince – persuade

1 convince

convince 表示使相信、使確信。

*These experiences **convinced** me of the drug's harmful effects.* 這些經歷使我相信毒品的害處。
*It took them a few days to **convince** me that it was possible.* 他們花了數天時間才説服我相信那是可能的。

有些人把 convince 與 to-不定式連用，表示説服別人。

*Lyon did his best to **convince** me to settle in Tennessee.* 里昂不遺餘力説服我定居在田納西州。
*I hope you will help me **convince** my father to leave.* 我希望你能幫助我説服我父親離開。

2 persuade

convince 的這種用法一般被視為不正確。應該用 persuade。

*Marsha was trying to **persuade** Posy to change her mind.* 瑪莎正試圖説服波茜改變主意。
*They had no difficulty in **persuading** him to launch a new paper.* 他們毫不費力就説服他發行一份新報紙。

---

convinced

convinced 表示相信的、確信的。

*I am **convinced** of your loyalty.* 我相信你的忠誠。

*He was **convinced** that her mother was innocent.* 他確信她母親是無辜的。

在 convinced 前面不要用 very 或 extremely 之類的詞。如果想強調對某事毫無疑問，convinced 前面要用 fully 或 totally 這樣的詞。

*To be **fully convinced** that reading is important, they have to find books they like.* 他們完全相信閱讀是很重要的，所以他們必須找到自己喜歡的書籍。

*I am **totally convinced** it was an accident.* 我完全相信這是個意外。

*We are **absolutely convinced** that this is the right thing to do.* 我們絕對相信這樣做是對的。

*Some people were **firmly convinced** that a non-human intelligence was attempting to make contact.* 有些人堅信，一個非人類的智慧體正企圖和我們接觸。

> **❗ 注意**
>
> convinced 後面不用 to-不定式。例如，不要説 He is convinced to have failed. 而要説 He is **convinced that he has** failed.（他確信自己已經失敗。）。

---

cook

1 cook

cook 表示烹調、燒、煮。

*Lucas was in the kitchen, **cooking** dinner.* 盧卡斯在廚房裏做晚飯。

*We **cooked** the pie in the oven.* 我們用烤箱做了餡餅。

cook 僅用於表示燒煮食物，不表示準備飲料。

cook 也可作名詞。

☞ 見 cooker – cook

2 make

make 可用於表示準備飯菜或飲料。

*I **made** his breakfast.* 我為他做了早餐。

*I'll **make** you a coffee.* 我來給你煮一杯咖啡。

3 prepare

prepare 有兩種用法。一是表示準備食物，即把食物洗乾淨或切好備用。

***Prepare** the vegetables, cut into small chunks and add to the chicken.* 準備好蔬菜，切成小塊，然後加到雞肉內。

用 prepare 表示準備飯菜或飲料時，意思和 make 相同（見上文）。這是相當正式的用法。

*Many elderly people are unable to **prepare** meals on their own.* 很多上了年紀的人無法自己做飯。

4 get

get a meal 表示準備好或做好飯菜。也可以説 **get** a meal **ready**。**get** a drink 則表示調製或倒一杯飲料。

*I'll **get** the dinner **ready**.* 我要準備晚餐了。
*I was downstairs **getting** the drinks.* 我在樓下倒飲料。

5 fix

在美式英語裏，**fix** a meal 或 drink 的意思是 **make** a meal 或 drink（見上文）。

*Sarah **fixed** some food for us.* 莎拉為我們弄了點吃的。
*Manfred **fixed** himself a drink.* 曼弗雷德為自己倒了杯飲料。

6 烹調的類型

有很多動詞表示不同類型的烹調方法。

bake 或 roast 表示在烤箱內烘烤。烤麵包和蛋糕用 bake，烤肉用 roast。烤馬鈴薯用 roast，表示把馬鈴薯塗上油放入烤箱內烤。在火上烤大片的肉或家禽也可用 roast。

*Dave **baked** a cake for my birthday.* 戴夫為我的生日烘了一個蛋糕。
*We **roasted** a whole chicken.* 我們烤了整隻雞。

烤好的肉或馬鈴薯要用 roast 表示，不用 roasted 。

*We had a traditional **roast** beef dinner.* 我們吃了一頓傳統的烤牛肉晚餐。

grill 或 toast 表示用高溫烘烤。烤肉或蔬菜用 grill，但烤麵包片要用 toast。

說美式英語的人通常用 broil，而不是 grill 。

***Grill** the meat for 20 minutes each side.* 把肉每面烤20分鐘。
***Toast** the bread lightly on both sides.* 把麵包兩側略微烤一下。
*I'll **broil** the lobster.* 我來烤龍蝦。

boil 表示用水煮。

*I still need to **boil** the potatoes.* 我還需要把馬鈴薯煮一下。

fry 表示用油煎、油炸。

***Fry** the onions until they are brown.* 把洋蔥煎至棕色。

---

cooker – cook

1 cooker

cooker 表示金屬爐灶。

*The food was warming in a saucepan on the **cooker**.* 食物在爐灶上的長柄燉鍋內加熱。

在美式英語裏，這種爐灶稱作 range。

*Can you cook fried chicken on an electric **range**?* 能用電爐灶炸雞嗎？

2 cook

cook 的意思是廚師。

*They had a butler, a **cook**, and a maid.* 他們有一個管家、一個廚師和一個女僕。

cook 也可與形容詞連用，表示某人的烹調能力。

例如，可以說某人是 a good cook 或 a bad cook。

*Abigail is **an excellent cook**.* 阿比蓋爾是個出色的廚師。

> **！注意**
>
> 不要把廚師稱作 cooker。例如，不要説 ~~Abigail is an excellent cooker.~~。

co-operate

☞ 見 collaborate – co-operate

cord

☞ 見 chord – cord

corn

 在美式英語裏，corn 表示玉米。玉米粒也叫 corn。

*Serve with grilled **corn** or french fries.* 搭配烤玉米或炸薯條一起上菜。

在英式英語裏，玉米通常稱作 sweetcorn（甜玉米）。

*We had fish with peas and **sweetcorn**.* 我們吃了豌豆和甜玉米燒魚。

在英式英語裏，corn 指的是生長在特定區域內的任何穀物，比如 wheat（小麥）、barley（大麥）或 maize（玉米）。

*We drove past fields of **corn**.* 我們開車經過穀物田。

 美式英語使用者用 grain 表示穀物。

***Grain** harvests were delayed.* 穀物的收割延遲了。

corner

corner 表示角落。通常説 in a corner（在角落裏）。

*Put the television set **in the corner**.* 把電視機放在角落裏。

*Flowers were growing **in one corner** of the garden.* 花園的一角種着一些花。

corner 還表示街道的拐角處。前面要用 on。

*There is a hotel **on the corner** of Main and Brisbane Streets.* 在主街和布里斯本街的拐角處有一家旅館。

*We can't have police officers **on every corner**.* 我們不可能在每一個街角都派遣警察駐守。

cost

☞ 見 price – cost

cot – crib – camp bed

1 cot 和 crib

在英式英語裏，cot 表示嬰兒牀。四周有防止嬰兒摔落的護欄。在美式英語裏，這種牀稱作 crib。

*Put your baby's **cot** beside your bed.* 把嬰兒牀放在你的牀旁邊。
*I asked for a **crib** to put the baby in.* 我要了一張嬰兒牀把寶寶放進去。

2 cot 和 camp bed

在美式英語裏，cot 是帆布做的摺疊牀，供成年人睡覺用。在英式英語裏，這樣的牀稱作 camp bed（摺疊牀）。

*His bodyguards slept on the **cots**.* 他的保鏢們睡在摺疊牀上。
*I had to sleep on a **camp bed** in the living room.* 我不得不睡在起居室裏的一張摺疊牀上。

could

☞ 見 can – could – be able to

council – counsel

1 council

council /'kaʊnsəl/ 是名詞，表示鎮、市或郡的政務委員會。

*...Wiltshire County **Council*** ⋯⋯威爾特郡政務委員會

其他某些理事會或委員會也可用 council 表示。

*...the Arts **Council*** ⋯⋯藝術委員會
*...the British **Council** of Churches* ⋯⋯英國教會理事會

2 counsel

counsel /'kaʊnsəl/ 通常用作動詞，表示為某人提供諮詢意見。

*Part of her work is to **counsel** families when problems arise.* 她的一部份工作為出現問題的家庭提供諮詢。

someone's **counsel** 表示（為某人提供案件建議和出庭的）律師。

*Singleton's **counsel** said after the trial that he would appeal.* 庭審結束後辛格爾頓的律師説他會上訴。

country

1 country

country 表示國家。

*Indonesia is the fifth most populous **country** in the world.* 印尼是世界上第五個人口最多的國家。

*Does this system apply in other European **countries**?* 這個系統適用於其他歐洲國家嗎？

2 the country

the country 表示鄉下、鄉村。

*We live in **the country**.* 我們住在鄉下。

*Many people moved away from **the country** to the towns.* 很多人離開鄉村搬到了城鎮。

> **！注意**
>
> country 表示鄉下時，唯一可用的限定詞是 the。
>
> 例如，不要説 ~~I like living in Paris, but my parents prefer to live in a country.~~，而要説 I like living in Paris, but my parents prefer to live in **the country**.（我喜歡住在巴黎，但我父母更喜歡住在鄉下。）。

3 countryside

鄉下、鄉村也可用 the countryside 表示。

*I've always wanted to live in **the countryside**.* 我一直想住在鄉村。

如果用在形容詞後面，countryside 可不加 the。

*We are surrounded by **beautiful countryside**.* 我們的周圍是美麗的鄉村。

---

couple

☞ 見 pair – couple

---

course

course 表示一門課程。可以説 take a course 或 do a course in a subject，表示修讀某一門學科的課程。

*The department also offers a **course in** Opera Studies.* 該系還開設一門歌劇研究課程。

*She **took** a **course in** Latin.* 她選了一門拉丁語課程。

> **！注意**
>
> 不要説 ~~take a course of a subject~~。
>
> 在英式英語裏，修讀一門課程的人稱作 the people **on** the course。
>
> *There were about 200 people **on** the **course**.* 修讀這門課的人大約有200人。

 在美式英語裏，上某門課程的人也稱作 the people in the course。

*How many are there **in** the **course** as a whole?* 選課的人一共有多少？

---

craft

craft 表示編織、雕刻、製陶等手藝活動，craft 作此解時，其複數形式為 crafts。

*It's a pity to see the old **crafts** dying out.* 看到這門古老的手藝日漸式微,令人感到可惜。

craft 也可指船隻。craft 作此解時,其複數形式為 craft。

*There were eight destroyers and fifty smaller **craft**.* 有8艘驅逐艦和50條較小的艦艇。

credible – credulous – creditable

1 credible

credible 表示可信的。

*His latest statements are hardly **credible**.* 他最近的聲明令人難以置信。
*This is not **credible** to anyone who has studied the facts.* 對於任何研究過事實的人來說,這都是不可信的。

credible 最常用於否定句。

2 credulous

credulous 表示輕信的、易受騙上當的。

***Credulous** women bought the mandrake root to promote conception.* 輕信的婦女購買了曼德拉草根來促進受孕。

3 creditable

creditable 表示令人稱道的、可圈可點的。

*He polled a **creditable** 44.8 percent.* 他獲得了相當不錯的44.8%的選票。
*Their performance was even less **creditable**.* 他們的表現甚至更乏善可陳。

crib

☞ 見 cot – crib – camp bed

crime

crime 表示罪行。通常用 **commit** a crime 表示犯罪。

*A **crime has been committed**.* 罪行已經犯下。
*The police had no evidence of him **having committed** any **crime**.* 警方沒有證據表明他犯有任何罪行。

> **!** 注意
> 不要用 ~~do a crime~~ 或 ~~make a crime~~ 表示犯罪。

crisps

☞ 見 chips

criterion

criterion 表示（判斷或評價某物的）標準。

*The most important **criterion** for entry is that applicants must design their own work.* 最重要的入圍標準是，申請人必須設計自己的作品。

criterion 的複數是 criteria。

*The Commission did not apply the same **criteria** to advertising.* 委員會沒有把相同的準則運用於廣告業。

---

critic – critical

1 critic

critic /ˈkrɪtɪk/ 是名詞，表示在報紙或電視上對圖書、電影、音樂或藝術發表評論的評論家。

*What did the New York **critics** have to say about the production?* 紐約的評論家對這部作品有甚麼要説的？
*Most **critics** gave the play a good review.* 大多數評論家給這部戲以好評。

2 critical

critical 是形容詞，有好幾個詞義。

critical 表示批評的。critical 作此解時，僅用在名詞前面。

*I was planning a serious **critical** study of Shakespeare.* 當時我正計劃對莎士比亞作一番認真的評論性研究。

critical 可表示挑剔的、吹毛求疵的。critical 作此解時，可用在名詞前面或繫動詞後面。

*She apologized for her **critical** remarks.* 她為自己吹毛求疵的言論道歉。
*His report is highly **critical of** the judge.* 他的報導對裁判非常苛刻。

critical 或 in a **critical condition** 表示病情危重的。

*Ten of the victims are said to be in a **critical condition** in hospital.* 據説其中10位受害者在醫院內，病情十分危重。

---

cry – weep

1 cry

cry 可作動詞或名詞。動詞 cry 的其他形式為 cries、crying、cried。

名詞 cry 的複數形式是 cries。

cry 表示哭泣。

*Helen began to **cry**.* 海倫哭了起來。
*Feed the baby as often as it **cries**.* 寶寶一哭就要餵食。
*If the baby **cried** at night, Nick would comfort him.* 如果寶寶在晚上啼哭，尼克會安慰他。
*We heard what sounded like a little girl **crying**.* 我們聽見好像是一個小女孩在哭泣的聲音。

在談話中，可以說 have a **cry**（哭一場）。

*She felt a lot better after a good **cry**.* 大哭一場後她感覺好多了。

2 weep

weep 的意思和 cry 相同。weep 是一個老式的詞，現在僅用於敘事中。weep 的過去式和過去分詞是 wept，不是 weeped。

*The girl **was weeping** as she kissed him goodbye.* 女孩跟他吻別時哭了。

*James **wept** when he heard the news.* 詹姆士聽到這消息時流淚了。

3 cry 的另一個詞義

在敘事中，動詞 cry 表示喊叫。

*'Come on!' he **cried**.* "加油！"他喊道。

*He **cried** out angrily, 'Get out of my house!'* 他憤怒地大聲叫道，"從我家裏滾出去！"

名詞 cry 表示叫喊聲。

*When she saw him she uttered a **cry** of surprise.* 她看到他時發出一聲驚呼。

*We heard **cries** of 'Help! Please help me!' coming from the river.* 我們聽見河裏傳來"救命！請救救我！"的叫喊聲。

---

cup – glass – mug

1 cup

cup 表示杯子，通常有柄。杯子不端在手裏時，通常放在茶托（saucer）上。

*John put his **cup** and saucer on the coffee table.* 約翰把他的杯碟放到咖啡茶几上。

cup 在烹飪中也表示一杯的量。

*Mix four **cups** of flour with a pinch of salt.* 將4杯麵粉和一小撮鹽混合。

2 glass

glass 表示玻璃杯。

*I put down my **glass** and stood up.* 我放下玻璃杯站了起來。

*He poured Ellen a **glass** of juice.* 他為埃倫倒了一杯果汁。

3 mug

mug 表示馬克杯，用於裝熱的飲料。

*He spooned instant coffee into two of the **mugs**.* 他用調羹在其中兩個馬克杯裏放了即溶咖啡。

4 容器和內容物

cup、glass 和 mug 都可用於表示容器和內容物。

*I dropped the **cup** and it broke.* 我把杯子掉在地上摔碎了。

*Drink eight **glasses** of water a day.* 每天喝8杯水。

cupboard – wardrobe – closet

1 cupboard

cupboard 表示碗櫃。

*The kitchen **cupboard** is stocked with tins of soup.* 廚房的碗櫃裏裝滿了罐頭湯。

 在美式英語裏，cupboards 表示（門背後有擱板的）儲藏櫃，大多見於廚房內。

*She was in the kitchen, opening **cupboards**, moving boxes and cans to see what lay behind.* 她在廚房裏翻箱倒櫃，把瓶瓶罐罐搬來搬去，看看背後藏着甚麼東西。

2 wardrobe

wardrobe 表示衣櫃、衣櫥。

*I hung my dress up in the **wardrobe**.* 我把我的連衣裙掛在了衣櫃裏。

3 closet

wardrobe 有時指壁櫥，而不是一件獨立的傢具。在美式英語裏，壁櫥稱作 closet。

*There's an iron in the **closet**.* 壁櫥內有一個熨斗。

---

curb – kerb

1 curb

curb 可作名詞或動詞。

動詞 curb 表示控制、限制。

*...proposals to **curb** the powers of the Home Secretary* ……限制內政大臣權利的提案

*You must **curb** your extravagant tastes.* 你必須控制你的奢侈嗜好。

名詞 curb 表示控制、限制。

*This requires a **curb** on public spending.* 這需要控制公共開支。

*Another year of wage **curbs** is inevitable.* 又一年的工資限制是不可避免的。

2 kerb

 curb 在美式英語裏也是名詞 kerb 的另一個拼寫。兩者的讀音沒有區別。kerb 表示路緣、路邊。

*The taxi pulled into the **kerb**.* 計程車開到路邊停了下來。

*I pulled up at the **curb**.* 我在路邊停了車。

---

curiosity

下列單詞都可用於表示好奇的：

curious	interested	prying
inquisitive	nosy	

1 curious

curious 是一個中性詞，既沒有褒義也沒有貶義。

*Steve was intensely **curious** about the world I came from.* 史提夫對我來自的世界極為好奇。

2 interested

interested 表示感興趣時，通常有稱讚的意味。

*She put on a good show of looking **interested**.* 她表現出一副很感興趣的樣子。

3 nosy 和 prying

nosy 和 prying 用於表示貶義。

*'Who is the girl you came in with?' – 'Don't be so **nosy**.'* "和你一起進來的那個女孩是誰？" ── "別這麼好管閒事。"

*Computer-based records can easily be protected from **prying** eyes by simple systems of codes.* 用簡單的密碼系統就可以保護電腦記錄不受窺探。

prying 通常與 eyes 連用。

4 inquisitive

inquisitive 有時用於表示貶義，但也可以是中性的，或者甚至是褒義的。

*Mr Courtney was surprised. 'A ring, you say?' He tried not to sound **inquisitive**.* 考特尼先生吃了一驚。"你說一枚戒指？"他試圖不流露出好奇的口吻。

*Up close, he was a man with **inquisitive** sparkling eyes and a fresh, very down-to-earth smile.* 走近細看，他是個長着一雙好奇、閃閃發光眼睛的人，臉上帶着清新樸實的微笑。

---

currant – current

這兩個詞的讀音都是 /ˈkʌrənt/。

1 currant

currant 是名詞，表示無核小葡萄乾。

*…dried fruits such as **currants**, raisins and dried apricots* ……無核小葡萄乾、葡萄乾和杏乾之類的乾果

2 current 用作名詞

current 可作名詞或形容詞。

名詞 current 表示（江、河、湖、或海中的）水流。

*The child had been swept out to sea by the **current**.* 孩子被水流捲入了大海。

current 也表示氣流、電流。

*I felt a **current** of cool air blowing in my face.* 我感到一陣涼風吹在我的臉上。

*There was a powerful electric **current** running through the wires.* 有一股強大的電流通過這些電線。

3 current 用作形容詞

形容詞 current 表示當前的、目前的。

*Our **current** methods of production are far too expensive.* 我們目前的生產方法太花錢了。

---

custom

☞ 見 habit – custom

---

customer – client

1 customer

customer 是購物的人,尤指商店顧客。

*She's one of our regular **customers**.* 她是我們的老顧客之一。

2 client

client 表示(從專業人員或機構接受服務的)客戶、委託人、當事人。

*A solicitor and his **client** were sitting at the next table.* 一個律師和他的當事人坐在鄰桌旁。

---

cut

cut 表示切、割、剪。cut 的過去式和過去分詞是 cut,不是 cutted。

*She **cut** the cake and gave me a piece.* 她切開蛋糕給了我一塊。

*...the shiny crumpled pictures which she'd carefully **cut** out of the Sears catalogue* ……她從西爾斯商品目錄中仔細剪下來的皺巴巴的閃亮圖片

Dd

dare

1 用作不及物動詞

dare 表示敢、膽敢、有膽量。dare 可單獨使用或者與 *to*-不定式或不帶 to 的不定式連用。

*I went to see him as often as I **dared**.* 我只要有膽量就去看他。
*It's remarkable that she **dared to** be so honest.* 她膽敢這麼誠實，這是很了不起的。

dare 作此解時，常常用於否定句和疑問句。

daren't do something 表示不敢做某事。
*I **daren't** ring Jeremy again.* 我不敢再次打電話給傑里米。

 美式英語不使用縮略式 daren't，而用完整形式 dare not。

*I **dare not** leave you here alone.* 我不敢把你一個人留在這裏。

> **！ 注意**
>
> daren't 和 dare not 的後面必須使用不帶 to 的不定式。例如，不要説 ~~I daren't to ring Jeremy again.~~。
>
> 談論過去情況時，可用 **did not dare** do something 或 **didn't dare** do something。在 did not dare 和 didn't dare 後面可用 *to*-不定式或不帶 to 的不定式。
>
> *She **did not dare** leave the path.* 她不敢離開那條小路。
> *I **didn't dare to** speak or move.* 我不敢説也不敢動。
>
> 在正式的書面語裏，可以説 **dare not** do something。dare not 後面始終接不帶 to 的不定式。
>
> *He **dared not** show that he was afraid.* 他不敢表示出害怕的樣子。
>
> 在其他類型的否定句中，dare 後面可用 *to*-不定式或不帶 to 的不定式。
>
> *No one **dares** disturb him.* 誰也不敢打擾他。
> *No other manager **dared to** compete.* 沒有其他經理敢於競爭。
>
> 在 *yes / no*-疑問句中，可把 dare 的原形放在主語前面，而不使用助動詞或情態詞。在主語後面，用不帶 to 的不定式。
>
> ***Dare** she go in?* 她敢進去嗎？
>
> 在 *wh*-疑問句中，dare 前面用 would 等情態詞。在 dare 後面用 *to*-不定式或不帶 to 的不定式。
>
> *Who **will dare to** tell him?* 誰敢告訴他？
> *What bank **would dare** offer such terms?* 哪一間銀行敢開出這樣的條款？

2 用作及物動詞

dare someone to do something 表示激某人做某事。

*I **dare** you to swim across the lake.* 我諒你也不敢游到湖對面去。
*She glared at Simon, **daring** him to disagree.* 她眼睛瞪着西門，看他有沒有種不同意。

3 I dare say

I dare say 或 I daresay 用於表示（我想）很可能、大概。

*It's worth a few pounds, **I dare say**, but no more.* 這東西大概值兩三英鎊，但不會再多了。
*Well, **I daresay** you've spent all your money by now.* 嗯，我料想你現在已經花光了所有的錢。

> **！ 注意**
> I dare say 是一個固定短語。例如，不要說 ~~You dare say~~ 或 ~~I dare to say~~。

---

data

data 表示資料，通常是可分析的確實數據。

*Such tasks require the worker to process a large amount of **data**.* 這樣的任務需要工人處理大量資料。
*This will make the **data** easier to collect.* 這將使資料更容易收集。

data 通常被視為不可數名詞，與動詞的單數形式連用。

*2010 is the latest year for which data **is** available.* 2010年是有資料的最近一年。
*The latest data **shows** that lending fell by 10% in May.* 最新的資料表明，5月份貸款下降了10%。

人們通常說 this data，而不說 these data。

*Processing **this data** only takes a moment.* 處理這些資料只需要一點點時間。

在某些正式和科技文章中，data 與動詞的複數形式連用，而 these data 用於代替 this data。

*The economic data **are** inconclusive.* 經濟資料是不確定的。
*To cope with **these data**, hospitals bought large mainframe computers.* 為了處理這些資料，醫院購買了大型主機電腦。

在其他類型的書面語和談話中，人們通常把 data 用作不可數名詞。

---

day

1 day

day 表示（一星期中的）一天。

*The attack occurred six **days** ago.* 攻擊發生在六天前。
*Can you go any **day** of the week? What about Monday?* 這星期你隨便哪天都能去嗎？星期一怎麼樣？

day 也用於表示白天。day 作此解時,可以作可數名詞或不可數名詞。

The **days** were dry and the nights were cold. 白天很乾燥,夜晚很寒冷。

How many meetings do you have on a typical working **day**? 在一個典型的工作日你有多少會議要開?

The festivities went on all **day**. 慶祝活動持續了一整天。

2 today

today 表示今天。

I hope you're feeling better **today**. 我希望你今天感覺好一點了。

I want to get to New York **today**. 我想今天去紐約。

> **！注意**
>
> 不要用 this day 指今天。例如,不要説 ~~I want to get to New York this day.~~。

3 the other day

the other day 表示前不久的一天。

We had lunch **the other day** at our favourite restaurant. 不久前的一天,我們在我們最喜歡的餐廳吃了午飯。

The other day, I got a phone call from Jack. 數天前我接到了傑克的電話。

4 指特定的一天

如果想表示特定的一天,通常用以 on 開頭的介詞短語。

We didn't catch any fish **on the first day**. 我們第一天沒抓到魚。

On the day after the race you should try to rest. 賽跑結束後的那一天你應該想辦法休息一下。

如果已經在談論事件發生的某一天,可以説 that day。

Then I took a bath, my second **that day**. 然後我洗了個澡,是那一天我的第二個澡。

Later **that day** Amanda drove to Leeds. 那天晚些時候,阿曼達開車去了里茲。

也可以説 the day before 或 the previous day(前一天)。

Kate had met him **the day before**. 凱特前一天見過他。

My mobile had been stolen **the previous day**. 我的手機前一天被偷了。

也可以用 the next day 或 the following day 表示(過去的)第二天。

The next day the revolution broke out. 第二天爆發了革命。

We were due to meet Hamish **the following day**. 我們定於第二天和哈米什見面。

如果已經在談論將來的某一天,可以用 the following day 或 the day after 表示(將來的)第二天。

The board will meet tomorrow evening and the team will be named **the following day**. 董事會明天晚上將舉行會議,球隊名單將在第二天確定。

I could come **the day after**. 我第二天能來。

5 every day

every day 表示每天。

*She went running **every day** in the summer.* 夏天她每天去跑步。
*Eat at least five portions of fruit and vegetables **every day**.* 每天至少吃五份水果和蔬菜。

> **！注意**
>
> 不要混淆 every day 和形容詞 everyday。

☞ 見 everyday – every day

6 these days 和 nowadays

these days 或 nowadays 表示現在、如今、目前，用於談論現在發生的事情，與過去發生的事情形成對比。

***These days**, more women become managers.* 如今更多的女性成了經理。
*Why don't we ever see Jim **nowadays**?* 為甚麼現在我們一直看不到占？

7 one day

one day 表示總有一天、有一天。

*Maybe he'll be Prime Minister **one day**.* 也許有一天他會成為首相。
*I'll come back **one day**, I promise.* 總有一天我會回來的，我保證。

在敘事中，作者描述完一個情形，然後用 one day 引出一系列事件中的第一件。

***One day** a man called Carl came in to pay his electricity bill.* 有一天，一個名叫卡爾的人進來付電費賬單。

☞ 見參考部份 Days and dates

---

dead

1 用作形容詞

dead 通常作形容詞，表示死去的、死亡的。

*They covered the body of the **dead** woman.* 他們蓋住了女人的屍體。
*He was shot **dead** in a gunfight.* 他在一場槍戰中被打死了。

也可以用 dead 描述動物或植物。

*A **dead** sheep was lying on the road.* 一隻死羊躺在路上。
*Ada threw away the **dead** flowers.* 艾達把枯死的花扔掉了。

> **！注意**
>
> 不要混淆 dead 和 died。died 是動詞 die 的過去式和 -ed分詞。不要把 died 用作形容詞。
> *My dad **died** last year.* 我爸爸去年去世了。

2 用作名詞

死去的一群人可以用 the dead 表示。

*Among **the dead** was a five-year-old girl.* 死者中有一個5歲的女孩。

deal

1 a great deal 和 a good deal

a great deal 或 a good deal 表示大量、很多。a great deal 比 a good deal 更常用。

*There was **a great deal of concern** about energy shortages.* 對能源短缺有很大的擔憂。

*She drank **a good deal of coffee** with him in his office.* 她在他辦公室和他一起喝了大量的咖啡。

> **！注意**
>
> 這些表達式只能與不可數名詞連用。例如，可以説 a great deal of money（一大筆錢），但不能説 a great deal of apples。
>
> do something **a great deal** 或 **a good deal** 表示花大量的時間做某事。
>
> *They talked **a great deal**.* 他們談了很長時間。

☞ 關於表示程度的分級詞彙列表，見 Adverbs and adverbials

2 deal with

deal with 表示處理、應付。

*They learned to **deal with** any sort of emergency.* 他們學會了處理各種緊急情況。

deal 的過去式和 -ed 分詞是 dealt /delt/。

*When they **had dealt with** the fire, another crisis arose.* 他們對付完火災之後，又產生了一個危機。

*Any queries **will be dealt with** immediately.* 任何詢問都會立刻得到處理。

deal with 可用於描述書籍、演講或電影的主題。

*Chapter 2 **deals with** contemporary Paris.* 第二章論述當代巴黎。

*The film **deals with** a strange encounter between two soldiers.* 這部電影描述了兩個士兵之間的奇怪遭遇。

definitely

☞ 見 surely – definitely – certainly – naturally

delay – cancel – postpone – put off

1 delay

delay 表示推遲、拖延。

*The government **delayed** granting passports to them until a week before their* *departure.* 政府拖延到了他們啟程前一週才給他們發放護照。

*Try and persuade them to **delay** some of the changes.* 要設法說服他們推遲其中的某些變動。

飛機、火車、輪船或公共汽車的延誤可用 be delayed 表示。

*The coach **was delayed** for about five hours.* 長途大巴延誤了大約5小時。

*The flight **has been delayed** one hour, due to weather conditions.* 由於天氣原因，航班延誤了1小時。

2 cancel

cancel 表示（正式決定）取消。

*The Russian foreign minister **has cancelled** his trip to Washington.* 俄羅斯外交部長取消了他的華盛頓之行。

*Over 80 flights **were cancelled** because of bad weather.* 因天氣惡劣，80多個航班被取消了。

3 postpone 和 put off

postpone 或 put off 表示推遲。postpone 比 put off 更正式。

*The crew did not know that the invasion **had been postponed**.* 船員不知道已延後入侵。

*This is not a decision that can **be put off** much longer.* 這不是一個可以再推遲的決定。

*The Association **has put** the event **off** until October.* 協會已把比賽推遲到了10月。

---

demand

demand 可作名詞也可作動詞。

1 用作可數名詞

demand 表示（堅定的）要求。

*There have been **demands** for better services.* 服務曾被要求改進。

2 用作不可數名詞

demand 表示（對產品或服務的）需求。

***Demand** for organic food rose by 10% last year.* 對有機食品的需求去年上升了10%。

3 用作動詞

demand 表示（強烈）要求。

*They **are demanding** higher wages.* 他們要求更高的工資。

*I **demand** to see a doctor.* 我要求見醫生。

*She **had been demanding** that he visit her.* 她一直在要求他去探望她。

> **！注意**
>
> 如果 demand 用作動詞，後面不用 for。例如，不要說 ~~They are demanding for higher wages.~~。

deny

1 否認某事

deny 表示否認。

*The accused women **denied** all the charges brought against them.* 那個女被告否認對她的所有指控。

*He **denied** that he was involved.* 他否認與己有關。

*Gabriel **denied** doing anything illegal.* 加百列否認做過任何違法的事。

> **！ 注意**
>
> deny 後面必須接賓語、*that-*從句或 *-ing*形式。例如，可以説 He accused her of stealing, but she **denied it**.（他指控她偷竊，但是她否認了。）。不要説 ~~He accused her of stealing but she denied.~~。
>
> 對不是指責性的普通問題作否定回答，不要用 deny 表示。例如，不要説 ~~I asked him if the train had left, and he denied it.~~，而要説 I asked him if the train had left, and he **said no**.（我問他火車是否已經開走了，他説沒有。）。
>
> *She asked if you'd been in and I **said no**.* 她問你是否在裏面，而我説不在。

2 拒絕給予

deny someone something 表示不允許某人得到某物。

*His ex-wife **denied** him access to his children.* 他的前妻不讓他接觸自己的孩子。

*Don't **deny** yourself pleasure.* 不要有樂不享。

> **！ 注意**
>
> 但是，如果某人拒絕做某事，不要用 deny，而要用 refuse。
>
> *Three employees were dismissed for **refusing to join** a union.* 三名員工因拒絕加入工會而被辭退了。
>
> *We asked them to play a game with us, but they **refused**.* 我們請他們一起玩遊戲，但他們拒絕了。

---

depend

1 depend on

depend on 或 depend upon 表示依靠、依賴。

*At college Julie seemed to **depend on** Simon more and more.* 在大學裏，茱莉似乎越來越依賴西門。

*Uruguay's economy **has depended** heavily **on** its banking sector.* 烏拉圭的經濟嚴重依賴銀行業。

*The factories **depend upon** natural resources.* 這些工廠依靠自然資源。

depend on 還表示隨⋯⋯而定、取決於。

*The success of the meeting **depends** largely **on** whether the chairperson is efficient.* 會議的成功在很大程度上取決於主席是否能幹。

*The cooking time **depends on** the size of the potato.* 烹飪時間隨馬鈴薯的大小而定。

> **! 注意**
>
> depend 從不用作形容詞。例如，不要説 be depend on，而要説 be **dependent** on。
>
> *The local economy **is dependent on** oil and gas extraction.* 當地的經濟依賴石油和天然氣開採。

---

2 depending on

depending on 表示根據、取決於。

*There are, **depending on** the individual, a lot of different approaches.* 根據個人的情況，有很多不同的方法。

*They cost £20 or £25 **depending on** the size.* 根據大小，它們的售價為20或25英鎊。

3 it depends

有時人們用 It depends. 來回答問題，而不是 yes 或 no。然後他們通常會解釋影響情況的是甚麼別的東西。

*'What time will you arrive?' – '**It depends**. If I come by train, I'll arrive at 5 o'clock. If I come by bus, I'll be a bit later.'* "你甚麼時候到達？"——"那要看情況。如果我坐火車來，我5時到。如果坐公共汽車來，我會晚一點。"

---

describe

動詞 describe 可與直接賓語或 wh-從句連用。

1 與直接賓語連用

describe 表示描述、描寫、形容。

*Can you **describe your son**?* 你能描述一下你兒子嗎？

describe可與直接賓語和間接賓語連用。直接賓語放在前面。

*He **described the murderer** in detail **to the police officer**.* 他向警察詳細描述了兇手的特徵。

*She **described the feeling to me**.* 她向我描述了那種感覺。

2 與 wh-從句連用

describe 可用在各種 wh-從句前面。

*The man **described what he had seen**.* 那名男子描述了他看到的情況。

*He **described how he escaped** from prison.* 他描述了自己是如何從監獄逃跑的。

describe 可與間接賓語和 wh-從句連用。間接賓語放在前面。

*I can't **describe to you what it was like**.* 我無法向你形容它是甚麼樣的。

*I **described to him what had happened** in Patricia's house.* 我向他描述了在派翠西亞家裏發生的事情。

> **⚠ 注意**
>
> describe 與間接賓語連用時，間接賓語前面必須用 to。例如，不要說 ~~She described me the feeling.~~ 或 ~~I can't describe you what it was like.~~。

desert – dessert

1 desert 作名詞

名詞 desert /'dezət/ 表示沙漠。

*They crossed the Sahara **Desert**.* 他們穿過了撒哈拉沙漠。

2 desert 作動詞

動詞 desert /dɪ'zɜːt/ 表示離棄、離開。

*Poor farmers **are deserting** their fields and coming here looking for jobs.* 貧窮的農民正捨棄他們的田地，來到這裏尋找工作。

desert someone 表示遺棄、拋棄某人。

*All our friends **have deserted** us.* 所有的朋友都拋棄了我們。

3 dessert

dessert /dɪ'zɜːt/ 表示餐後甜點。

*For **dessert** there was ice cream.* 餐後甜點有冰淇淋。

despite

☞ 見 in spite of – despite

dessert

☞ 見 desert – dessert

destroy – spoil – ruin

1 destroy

destroy 表示破壞、毀壞。

*Several apartment buildings **were destroyed** by the fire.* 好幾座住宅大廈被大火燒毀了。

*I **destroyed** the letter as soon as I had read it.* 我一讀完信就把它銷毀了。

2 spoil 和 ruin

如果要表示某人或某物使一次經歷變得不愉快，不要用 destroy，而要用 spoil 或 ruin。

*The evening **had been spoiled** by their argument.* 那個夜晚被他們的爭論搞砸了。

*The weather **had** completely **ruined** their day.* 天氣完全斷送了他們美好的一天。

detail – details

1 detail

detail 表示細節。

*I can still remember every single **detail** of that night.* 我仍然記得那晚的每一個細節。
*He described it down to the smallest **detail**.* 他連最小的細節都描寫到了。

2 details

details 表示詳情。

*You can get **details** of nursery schools from the local authority.* 有關幼稚園的詳情可向地方當局了解。
*Further **details** are available online.* 更多的詳情可上網查詢。

> **!** 注意
>
> 不要説 ~~obtain detail of something~~。

Grammar Finder 語法講解

Determiners 限定詞

限定詞（determiner）用在名詞前面，表示談論的是具體的事物還是某個類型的事物。有兩種限定詞：定指限定詞（definite determiner）和不定指限定詞（indefinite determiner）。

1 定指限定詞

定指限定詞（definite determiner）用於説話雙方都知道的人或物。定指限定詞有：

▶ 定冠詞（the definite article）：the

***The** man began to run towards **the** boy.* 那個男人開始奔向男孩。

▶ 指示詞（demonstrative）：this, that, these, those

*How much is it for **that** big box?* 那個大箱要多少錢？
*Young people don't like **these** operas.* 年輕人不喜歡這些歌劇。

▶ 物主限定詞（possessive determiner）：my, your, his, her, its, our, their

*I waited a long time to park **my** car.* 為了泊車我等了很長時間。
***Her** face was very red.* 她的臉很紅。

☞ 見 Possessive determiners

2 不定指限定詞

不定指限定詞（indefinite determiner）用於第一次提及人或物，或泛泛地談論人或物。不定指限定詞有：

a	both	less	no
a few	each	little	other
a little	either	many	several
all	enough	more	some
an	every	most	
another	few	much	
any	fewer	neither	

*There was **a** man in the lift.* 電梯裏有一名男子。
*You can stop at **any** time you like.* 你甚麼時候想停就能停。
*There were **several** reasons for this.* 這有數個原因。

☞ 見 Quantity

3 相關的代詞

大多數限定詞也用作代詞。

__This__ is a very complex issue. 這是一個非常複雜的問題。
*Have you got **any** that I could borrow?* 你有甚麼可以借給我的嗎？
*There is **enough** for all of us.* 我們每個人都有足夠的東西。

但是，the、a、an、every、no、other 以及所有格限定詞不能用作代詞。要用 one 作代詞代替 a 或 an、用 each 代替 every、用 none 代替 no 以及用 others 代替 other。

*Have you got **one**?* 你已經有一個了嗎？
__Each__ has a separate box and number. 每一個都有單獨的箱子和號碼。
*There are **none** left.* 甚麼都沒有留下。
*Some stretches of road are more dangerous than **others**.* 有些路段比其他的更危險。

---

die

die 表示死亡。be dying 表示快要死了。die 的其他形式為 dies、dying、died。

*Blake **died** in January, aged 76.* 布萊克在1月份去世，享年76歲。
*The elm trees **are** all **dying**.* 榆樹都快要死了。

可用 die of 或 die from 表示死於某種疾病或損傷。

*An old woman **dying of** cancer was taken into hospital.* 一位因癌症奄奄一息的老太太被送進了醫院。
*Simon Martin **died from** brain injuries caused by blows to the head.* 西門·馬丁死於頭部受到打擊造成的腦損傷。

在這類句子裏，die 後面不要用除 of 或 from 以外的任何介詞。

表示死於飢餓或乾渴，或者表示自然死亡，要用 die of，不要用 die from。

*Millions of children **are dying of** hunger.* 數以百萬計的兒童因飢餓瀕臨死亡邊緣。

☞ 見 dead

difference – distinction

1 difference

difference 表示區別、差異。

*Is there much **difference** between British and European law?* 英國和歐洲大陸的法律有很大差異嗎?

*There are many **differences** between computers and humans.* 電腦和人類之間有許多差異。

make a difference 表示產生影響,通常指積極的影響。

make no difference 表示沒有影響。

*The training certainly **made a difference** to staff performance.* 培訓肯定改善了員工表現。

*The story about her past **made no difference** to his feelings for her.* 她有過一段情史的説法並沒有影響到他對她的感情。

2 distinction

指出兩個東西的區別,不能説 make a difference between two things,而要説 **make a distinction** 或 **draw a distinction** between two things。

*It is important to **make a distinction** between claimants who are over retirement age and those who are not.* 重要的是要區分超過和不到退休年齡的權利主張人。

*He **draws a distinction** between art and culture.* 他區分了藝術和文化。

---

different

1 different

different from 表示與⋯⋯不同的。

*The meeting was **different from** any that had gone before.* 這次見面跟以前的任何一次見面都不一樣。

*Health is **different from** physical fitness.* 健康不同於身體健壯。

很多英國人用 different to。different to 和 different from 的意思相同。

*My methods are totally **different to** his.* 我的方法和他的完全不同。

> **⚠ 注意**
>
> 有些人反對這種用法。在談話和非正式書面語裏,可用 different from 或 different to,但是在正式的書面語裏,最好用 different from。
>
> 🇺🇸 在美式英語裏,可以用 different than。這種用法在英式英語裏常常被視為不正確,但如果比較涉及的是分句,有時這是最簡單的可能用法。
>
> *I am no **different than** I was 50 years ago.* 我和50年前沒有甚麼分別。

2 very different

very different from 表示與⋯⋯大不一樣。

*The firm is now **very different from** the way it was ten years ago.* 公司現在和10年前有了很大的不同。

> **！注意**
>
> 不要説 ~~one thing is much different from another~~。
>
> 如果兩個東西很相似，可以説 one thing is **not very different from** the other 或 **not much different from** the other。
>
> *I discovered that things were **not very different from** what I had seen in New York.* 我發現，情況和我在紐約看到過的沒有多大區別。
> *The new model is **not much different from** the old one.* 新型號和舊的沒甚麼大的不同。

3 no different

如果兩個東西很相似，可以説 one thing is **no different from** the other。

*He was **no different from** any other child his age.* 他和同齡的孩子沒有甚麼不同。

> **！注意**
>
> 不要説 ~~one thing is not different from another~~。

---

difficulty

1 difficulty

difficulty 表示困難。

*There are a lot of **difficulties** that have to be overcome.* 有很多困難必須克服。
*The main **difficulty** is a shortage of time.* 主要困難是時間不夠。

2 have difficulty

have difficulty doing something 或 **have difficulty in doing** something 表示做某事有困難。

*I often **have difficulty sleeping**.* 我常常睡不着覺。
*She **had** great **difficulty in learning** to read and write.* 她在學習閱讀和書寫方面有很大困難。

> **！注意**
>
> 不要説 someone ~~has difficulty to do~~ something。

---

dinner – lunch

1 dinner

人們通常把一天中的正餐稱作 dinner。有些人在中午吃正餐，其他人在晚上吃正餐。

*We had roast beef and potatoes for **dinner**.* 我們正餐吃了烤牛肉和馬鈴薯。
*I haven't had **dinner** yet.* 我還沒吃晚餐。

2 lunch

把晚餐稱作 dinner 的人通常把午餐叫作 lunch。

*I had soup and a sandwich for **lunch**.* 我午餐喝了湯和吃了一份三文治。
*I'm going out to **lunch**.* 我要出去吃午飯。

> **！注意**
>
> dinner 或 lunch 前通常不用 a。例如，不要說 ~~I haven't had a dinner yet.~~。

☞ 見主題條目 Meals

---

directly – direct

1 directly 和 direct：給予、接收和交際

directly 表示直接地。

*We deal **directly** with our suppliers.* 我們直接和供應商進行交易。
*Plants get their energy **directly** from the sun.* 植物直接從太陽獲得能量。
*I shall be writing to you **directly** in the next few days.* 在接下來的數天我會直接給你寫信。

要表示直接從某人那裏收到某物，可以用 receive something **direct** from someone 代替 receive something directly from someone。

*Other money comes **direct** from industry.* 其他的錢直接來自工業。

同樣，要表示直接給某人寫信，可以用 write **direct** to someone 代替 write directly to someone。

*I should have written **direct** to the manager.* 我本應該直接寫信給經理。

2 directly 和 direct：移動

go **directly** to a place 表示直接去一個地方。

*I spent a few days in New York, then went **directly** to my apartment in Cardiff-by-the-Sea.* 我在紐約逗留了數天，然後直接去了我在濱海加的夫的住宅。

也可以說 go **direct** to a place。

*Why hadn't he gone **direct** to his office?* 為甚麼他沒有直接去他的辦公室？

> **！注意**
>
> 如果要表示坐飛機、火車或巴士直達某地，不要用 directly，而要用 direct。
>
> *You can't go to Manchester **direct**. You have to change trains at Birmingham.* 你不能直達曼徹斯特，必須在伯明翰換火車。

3 directly：看某物

要表示直視某人或某物，可以說 look **directly** at a person or thing。

*She turned her head and looked **directly** at them.* 她轉過頭去，直直地看着他們。

> **! 注意**
> direct 不用於 "直視某人或某物" 這個意思。

4 directly：位置

directly above, below, opposite, or in front of something 表示在某物的正上方、正下方、正對面或正前方。

*The sun was almost **directly** overhead.* 太陽幾乎在頭頂正上方。

*I took a seat **directly** opposite the governor.* 我在正對着州長的一個座位上坐下。

> **! 注意**
> direct 不用於表示 "在某物的正上方、正下方、正對面或正前方" 這個意思。

5 directly：表示某事發生的時間

directly after 表示緊接着就、……之後就。

***Directly after** the meeting, a senior cabinet minister spoke to the BBC.* 會議剛一結束，一名資深內閣部長就對英國廣播公司發表了講話。

在英式英語裏（而不是美式英語），directly 也用作連詞，表示緊接着就、……之後就。

***Directly** he heard the door close, he picked up the telephone.* 他一聽到門關上馬上就拿起了電話。

> **! 注意**
> direct 不用於 "表示緊接着就、……之後就" 這個意思。

disabled – handicapped

disabled 表示有殘疾的。

*There are many practical problems encountered by **disabled** people in the workplace.* 殘疾人士在工作場所會遇到很多實際問題。

有些人用 handicapped 表示有殘疾的，但很多人覺得這種用法冒犯人。

指稱殘疾人最善解人意的方法是把他們稱作 people with disabilities 或 people with special needs。

*Those who will gain the most are **people with disabilities** and their carers.* 獲益最多的是殘疾人士和他們的護理者。

*Employers should pay for the training of **young people with special needs**.* 僱主應該為身體有殘疾的年輕人支付培訓費用。

disagree

disagree with 表示不同意。

*I **disagree** completely **with** John Taylor.* 我完全不同意約翰・泰勒。
*I **disagree with** much of what he says.* 我不同意他説的很多話。

表示不同意某人、某個陳述或某個想法時，只能用介詞 with。

可以説 **disagree with** someone **about** something。

*I **disagreed with** them **about** how we should spend the money.* 關於我們應該如何花那筆錢，我和他們意見不一致。

表示兩個或多個人對某事意見不一致，也可以説 **disagree about** something。

*He and I **disagree about** it.* 我和他對此意見有分歧。
*Historians **disagree about** the date of his birth.* 歷史學家對他的出生日期看法不一致。

disappear

disappear 表示消失、不見。

*I saw the car **disappear** round the corner.* 我看見那輛車消失在拐角處。
*She **disappeared** down the corridor.* 她在走廊那頭消失了。
*Tools **disappeared** and were never found.* 工具不見了，再也找不到了。

> **！ 注意**
>
> 不要把 disappeared 用作形容詞。如果某物消失不見了，不要説 something ~~is disappeared~~，而要説 something **has disappeared**。
>
> *He discovered that a pint of milk **had disappeared** from the fridge.* 他發現冰箱裏少了一品脱牛奶。
> *By the time the examiners got to work, most of the records **had disappeared**.* 等到調查員開始工作的時候，大部份記錄已經不見了。

disc – disk

1 disc 或 disk：扁平的圓盤

在英式英語裏，disc 表示扁平的圓盤。

*A traffic warden pointed out that I had no tax **disc** on the windscreen.* 一位交通監督員指出我的擋風玻璃上沒有納稅證。

 在美式英語裏，這個詞拼寫成 disk。

2 compact disc

在英式英語和美式英語裏，儲存音樂的雷射唱片稱作 compact disc，常常用縮寫 CD。

*The soundtrack will be released on **compact disc** this summer.* 影片的配樂將在今年夏天以雷射唱片發行。

3 disk：電腦磁片

在英式英語和美式英語裏，disk 表示（電腦）磁片。

*The **disk** is then slotted into a desktop PC.* 然後磁片被插入一台桌上電腦。
*The image data may be stored on your hard **disk**.* 圖像資料可以儲存在你的硬碟上。

discover

☞ 見 find

discuss

discuss 表示討論。

*She could not **discuss** his school work with him.* 她不能和他討論他的功課。
*We need to **discuss** what to do.* 我們需要討論該做甚麼。
*We **discussed** whether to call the police.* 我們討論了是否要打電話給警察。

> **！注意**
>
> discuss 始終後接直接賓語、wh-從句 或 whether-從句。
> 例如，不要説 ~~I discussed with him.~~ 或 ~~They discussed.~~。

discussion – argument

1 discussion

discussion 表示討論。

*After the lecture there was a lively **discussion**.* 講座結束後進行了熱烈的討論。

討論某事可以説 have a discussion **about** something 或 a discussion **on** something。

*We had long **discussions about** our future plans.* 我們對未來的計劃作了長時間的討論。
*We're having a **discussion on** nuclear power.* 我們正在討論核電。

2 argument

不要用 discussion 表示人們的爭論，特別是爭吵。爭論或爭吵通常稱作 argument。

*We had a terrible **argument**, and now she won't talk to me.* 我們大吵了一頓，所以現在她不和我説話了。
*I said no, and we got into a big **argument** over it.* 我説不，於是我們為此大吵了一番。

disease

☞ 見 illness – disease

disk

☞ 見 disc – disk

dislike – not like

dislike 表示不喜歡、討厭。

*From what I know of him I **dislike** him intensely.* 據我對他的了解，我非常討厭他。
*She **disliked** the theatre.* 她不喜歡戲劇。

在談話和不太正式的書面語中，通常不用 dislike，而要把否定詞與 like 連用。

*She **doesn't like** tennis.* 她不喜歡網球。
*I've **never liked** him.* 我從來沒有喜歡過他。

可以説 someone **dislikes doing** something 或 **doesn't like doing** something。

*Many people **dislike following** orders.* 很多人不喜歡服從命令。
*I **don't like working** in a team.* 我不喜歡在團隊中工作。

也可以説 someone **doesn't like to do** something。

*He **doesn't like to be** beaten.* 他不喜歡被打敗。

> **!** 注意
>
> 但是，不要説 someone ~~dislikes to do~~ something。

---

dispose of – get rid of

1 dispose of

dispose of 表示清除、處理掉。

*Hundreds of used computers had to be **disposed of**.* 數以百計的舊電腦必須處理掉。
*This is the safest means of **disposing of** nuclear waste.* 這是處理核廢料最安全的方法。

> **!** 注意
>
> dispose 後面必須用 of。不要説 someone ~~disposes something~~。

2 get rid of

Dispose 是一個相當正式的詞。在談話和不太正式書面語中，通常用 get rid of。

*Now let's **get rid of** all this stuff.* 現在我們來把這些東西全處理掉吧。
*There was a lot of rubbish to **be got rid of**.* 有大量垃圾需要清除。

---

distance

☞ 見參考部份 Measurements

---

distinction

☞ 見 difference – distinction

disturb – disturbed

1 disturb

disturb 表示打擾、干擾。

*If she's asleep, don't **disturb** her.* 如果她睡着了，不要打擾她。

*Sorry to **disturb** you, but can I use your telephone?* 對不起打擾你一下，可以借用你的電話嗎？

2 disturbed

形容詞 disturbed 的意義與此不同，表示心理失常的、精神紊亂的。disturbed 作此解時，要放在名詞前面。

*They help emotionally **disturbed youngsters**.* 他們幫助情緒失常的年輕人。

be disturbed 表示心煩意亂的、不安的。disturbed 作此解時，要放在繫動詞之後。

*He **was disturbed** by the news of the attack.* 他對進攻的消息感到不安。

---

do

do 是英語中最常用的動詞之一，其別的形式為 does、doing、did、done。do 可作助動詞或主要動詞。

1 用作助動詞

☞ 關於 do 用作助動詞的一般說明，見 Auxiliary verbs；關於疑問句中 do 用作助動詞的說明，見 Questions；關於疑問句中 do 用作助動詞的說明，見 Question tags；關於否定句中 do 用作助動詞的說明，見 Imperatives

☞ 關於否定句中 do 用作助動詞的說明，見 not

do 作為助動詞還有兩個特殊用法：

2 用於強調

do 可用於強調一個陳述。do、does 和 did 這些形式都可以這樣用。

*I **do feel** sorry for Roger.* 我真的為羅傑感到難過。

*I wanted to go over to the Ramsey's. Later that day, I **did drive by**.* 我想去拉姆齊家。那天晚些時候，我的確開車經過了他家。

催促某人做某事或接受某物時，do 可用在祈使式前面。

***Do help** yourself to a biscuit.* 快自己拿一塊餅乾吃。

***Do be careful**.* 一定要小心。

3 用於聚焦於動作

do 也可作助動詞，用來聚焦於一個動作。

do 這樣用時，要把 what 放在句首，後接名詞或名詞短語加助動詞 do。在 do 的後面用 is 或 was 及 *to*-不定式或不帶 to 的不定式。

例如，可以用 **What Carolyn did was to open** a bookshop.（卡洛琳所做的就是開了一家書店。）或 **What Carolyn did was open** a bookshop. 代替 Carolyn opened a bookshop.。

What Stephen did was to interview *a lot of teachers.* 史提芬做的就是採訪了許多老師。

What it does is draw out *all the vitamins from the body.* 它的作用是把所有的維生素從體內排出。

如果想強調只做了一件事情，可用 all 代替 what。

All he did was shake *hands and wish me luck.* 他只是同我握握手，祝我好運。
All she ever does is make *jam.* 她一天到晚總是做果醬。

4 用作主要動詞

do 可用作主要動詞，表示某人執行了一個動作、活動或任務。

*We **did** quite a lot of work yesterday.* 我們昨天做了很多工作。

do 常常與指家務工作的 -ing名詞連用，以及與泛指工作的名詞連用。

*He **does** all the shopping and I **do the cooking**.* 他負責買東西，而我負責做飯。
*Have you **done your homework** yet?* 你的家課做好了嗎？
*The man who **did the job** had ten years' training.* 做這個工作的那個男人受過10年的訓練。

 在談話中，do 常常用於代替更具體的動詞。例如，do one's teeth 表示刷牙。

*Do I need to **do my hair**?* 我需要做頭髮嗎？
*She had **done her breakfast dishes**.* 她洗好了她的早餐盤子。

> **！注意**
>
> 一般不用 do 談論創造或建造某物。要用 make。
>
> *I like **making** cakes.* 我喜歡做蛋糕。
> ***Jenny makes*** *all her own clothes.* 珍妮穿的衣服都是她自己做的。

☞ 見 make

5 重複使用 do

在疑問句和否定句中，do 常常用兩次。第一次用作助動詞構成疑問句或否定的動詞短語，然後再用作主要動詞。主要動詞總是以不帶 to 的不定式出現。

*What **did** she **do** all day when she wasn't working?* 她不工作的時候整天在做甚麼？
*If this exercise hurts your back **do not do** it.* 如果這個運動對你的背部有傷害，那就不要做。

---

doubt

doubt 可作名詞或動詞。

1 doubt 用作名詞

doubt 表示懷疑。

*I had moments of **doubt**.* 我有過懷疑的時刻。
*The report raises **doubts** about current methods.* 報告對當前的方法提出了疑問。

2 no doubt

have **no doubts about** something 表示對某事沒有懷疑。

*Francesca had **no doubts about** the outcome of the trial.* 法蘭西斯卡對審判的結果毫不懷疑。

there is no doubt 表示毫無疑問。

***There's no doubt that** it's going to be difficult.* 毫無疑問這件事會很棘手。

there is no doubt 後面必須使用 *that*-從句。不要用 *if*-從句或 *whether*-從句。

no doubt 可加在陳述句中，表示假設某事為真，儘管不能完全肯定。

*As Jennifer has **no doubt** told you, we are leaving tomorrow.* 珍妮佛必定告訴你了。我們將在明天離開。

*The contract for this will **no doubt** be widely advertised.* 這項合同毫無疑問將被廣泛宣傳。

☞ 關於表示可能性的分級詞彙列表，見 Adverbs and adverbials

3 doubt 用作動詞

doubt 表示懷疑。

*I **doubt** whether it would work.* 我懷疑這是否行得通。
*I **doubt** if Alan will meet her.* 我懷疑艾倫是否會見她。

I doubt it 可用於表示説話者認為某事不太可能。

*'Do your family know you're here?' – '**I doubt it**.'* "你的家人知道你在這裏嗎？"—— "我表示懷疑。"

> **！注意**
>
> 不要説 ~~I doubt so~~。

---

downwards
☞ 見 -ward – -wards

---

dozen

1 dozen

a dozen 表示一打、十二個。

*We need a loaf of bread and **a dozen** eggs.* 我們需要一條麵包和一打雞蛋。
*When he got there he found more than **a dozen** men having dinner.* 他到達那裏時，他發現十多個男人在吃晚飯。

> **❗ 注意**
>
> dozen 前面要用 a，不能只用 dozen。
>
> 可在 dozen 前面加一個數位，表示較大的數目。例如，48 things 可用 **four dozen** things 表示。
>
> *On the trolley were **two dozen** cups and saucers.* 小推車上有兩打杯碟。
> *They ordered **three dozen** cookies for a party.* 他們為聚會訂購了三打曲奇餅乾。
>
> 數位後面用 dozen 的單數形式。不要説 ~~two dozens cups and saucers~~。
> dozen 後面也不要用 of。不要説 ~~two dozen of cups and saucers~~。

２ dozens

 在談話中，可用 dozens 強調談論的是很大的數量。如果用在名詞前面，dozens 要後接 of。

*She's borrowed **dozens of** books.* 她借了數十本書。
*There had been **dozens of** attempts at reform.* 已經有過數十次改革的嘗試。

---

dream

dream 可用作名詞或動詞。動詞的過去式和 -ed 分詞是 dreamed /driːmd/ 或 dreamt /dremt/。

 在美式英語裏，dreamed 更常見。

１ 用作名詞

dream 表示夢。

*In his **dream** he was sitting in a theatre watching a play.* 他夢見自己坐在戲院裏看戲。

做夢用 **have** a dream 表示。

*The other night I **had a** strange **dream**.* 那天晚上我做了一個奇怪的夢。
*Sam **has** bad **dreams** every night.* 山姆每晚都做惡夢。

通常不説 ~~dream a dream~~。

dream 還表示夢想。

*My **dream** is to have a house in the country.* 我的夢想是擁有一套鄉間別墅。
*His **dream** of becoming a pilot had come true.* 他實現了當飛行員的夢想。

２ 用作動詞

dream 表示做夢、夢見。

*I **dreamed** Marnie was in trouble.* 我夢見馬尼有麻煩了。
*Daniel **dreamt that** he was back in Minneapolis.* 丹尼爾夢見自己回到了明尼阿波利斯。

也可以説 dream about 或 dream of，表示夢見、夢到。

*Last night I **dreamed about** you.* 昨晚我夢見你了。
*I **dreamt of** him every night.* 我每天晚上都夢到他。

要表示夢想得到某物或夢想做某事，可以說 **dream of having** something 或 **dream of doing** something。

*He **dreamt of having** a car.* 他夢想有一輛車。
*I've always **dreamed of becoming** a writer.* 我一直夢想成為一個作家。

> **！注意**
>
> 不要説 ~~dream to have~~ something 或 ~~dream to do~~ something。

dress

1 dress 和 get dressed

dress 表示穿上衣服。這種用法主要見於敘事。

*When he had shaved and **dressed**, he went down to the kitchen.* 他刮了鬍子，穿好衣服，然後下樓到廚房去了。

在談話和不太正式的書面語中，通常不用 dress，而用 get dressed。

*Please hurry up and **get dressed**, Morris.* 請快點穿好衣服，莫里斯。
*I **got dressed** and went downstairs.* 我穿好衣服走到了樓下。

dress 可表示某人的通常衣着。

*She's over 40, but she still **dresses** like a teenager.* 她40多歲了，但她還是穿得像個十多歲的少年。
*I really must try to make him change the way he **dresses**.* 我真的一定要設法使他改變衣着方式。

2 dressed in

如果想描述某人在特定場合穿的衣服，可以說 be **dressed in** something。

*He was **dressed in** a black suit.* 他身穿一套黑色西裝。

如果某人穿了同一種顏色的衣服，可以說 be dressed in 加顏色詞。

*All the girls were **dressed in** white.* 所有的女孩都穿着白衣服。

3 dress up

dress up 表示穿着盛裝、穿着正裝。例如，去參加婚禮或接受工作面試時，人們會 dress up。

*You don't need to **dress up** for dinner.* 你不必為晚宴穿上正式服裝。

可以說 be **dressed up**。

*You're all **dressed up**. Are you going somewhere?* 你穿着盛裝。你這是準備去哪裏啊？

dress up as someone 表示穿得像某人。

*My daughter **dressed up as** a princess for the party.* 我女兒為參加聚會裝扮成了一個公主。

> **！ 注意**
>
> dress up 僅用於表示某人穿着不同尋常的衣服。如果某人經常穿漂亮的衣服，不要説 ~~dress up well~~，而要説 dress well。
>
> *They all had enough money to **dress well** and buy each other drinks.* 他們都有足夠的錢穿好衣服，以及為對方買酒喝。
>
> *We are told by advertisers and fashion experts that we must **dress well** and use cosmetics.* 廣告商和時尚專家告訴我們應該衣着考究並且使用化粧品。

drink

drink 可作動詞或名詞。

1 用作及物動詞

drink 表示喝、飲。drink 的過去式是 drank。

*You should **drink** water at every meal.* 每一餐都應該喝水。
*I **drank** some of my tea.* 我喝了一點茶。

-ed分詞是 drunk。

*He was aware that he **had drunk** too much coffee.* 他意識到自己喝了太多的咖啡。

2 用作不及物動詞

drink 不帶賓語時通常表示喝酒。

*You shouldn't **drink** and drive.* 喝酒不開車。

someone drinks 表示某人酗酒。

*Her mother **drank**, you know.* 她母親酗酒，這你是知道的。

someone **does not drink** 表示某人不會喝酒。

*She **doesn't** smoke or **drink**.* 她不吸煙也不喝酒。

3 用作可數名詞

drink 表示喝的一份液體。

*I asked her for a **drink** of water.* 我問她要一杯水喝。
*Lynne brought me a hot **drink**.* 林恩給我拿來一杯熱飲料。

have a drink 表示喝酒，通常指和其他人一起喝。

*I'm going to **have a drink** with some friends this evening.* 我今天晚上要和數個朋友喝一杯。

drinks 通常指酒精飲料。

*The **drinks** were served in the sitting room.* 客廳裏準備了酒。

4 用作不可數名詞

drink 表示酒。

*There was plenty of food and **drink** at the party.* 聚會上有充足的食物和酒。

drugstore

☞ 見 chemist's – drugstore – pharmacy

---

during

1 during 和 in

during 或 in 用於表示在……期間。

*We often get storms **during** the winter.* 我們這裏冬天常常有暴風雪。
*This music was popular **in** the 1960s.* 這種音樂在20世紀60年代很流行。

在這類句子中，幾乎總是可以用 in 代替 during。兩者的意義幾乎沒有差別。用 during 時，通常強調某事是持續或重複的。

☞ 見 in

也可用 during 表示某事在一個活動進行期間發生。

*I met a lot of celebrities **during** my years as a journalist.* 在我擔任記者的那些年裏，我遇見過很多名人。
***During** her visit, the Queen will also open the new hospital.* 在訪問期間，女王還將為那所新醫院揭幕。

在這類句子中，有時可用 in，但意義並不一定相同。例如，這句話 What did you do **during** the war? 的意思是 What did you do while the war was taking place?（戰爭期間你做了甚麼？），但是 What did you do **in** the war? 的意思是 What part did you play in the war?（你在戰爭中做了甚麼？）。

2 單個事件

during 和 in 都可用於表示單個事件發生在一段時間內的某個時刻。

*He died **during** the night.* 他在夜間去世。
*His father had died **in** the night.* 他父親在夜裏去世了。
*She left Bengal **during** the spring of 1740.* 她在1740年的春季離開了孟加拉。
*Mr Tyrie left Hong Kong **in** June.* 泰瑞先生6月份離開了香港。

在這類句子中，in 更常見。如果使用 during，通常是在強調對某事發生的確切時間沒有把握。

> **！注意**
>
> 不要用 during 表示持續的時間。例如，不要説 ~~I went to Wales during two weeks.~~，而要説 I went to Wales **for** two weeks.（我到威爾斯去了兩個星期。）。

☞ 見 for

---

duty

☞ 見 obligation – duty

Ee

each

1 each

each 用在可數名詞的單數形式前面，表示每一、每個。把群體成員作為個體看待時，要用 each 而不是 every。

Each applicant *has five choices.* 每個申請人都有五個選擇。
They interviewed ***each candidate****.* 他們對每個候選人進行了面試。
Each country *is divided into several districts.* 每個國家都被分成了數個區。

2 each of

有時可用 each of 代替 each。例如，可以用 **Each of** the soldiers was given a new uniform.（這些士兵每個人都得到了一套新制服。）代替 Each soldier was given a new uniform.。each of 後接限定詞加可數名詞的複數形式。

Each of these phrases *has a different meaning.* 這些短語各有不同的含義。
They inspected ***each of her appliances*** *carefully.* 他們對她的每一種電器作了仔細檢查。

each of 也可用在複數代詞前面。

They were all just sitting there, ***each of them*** *thinking private thoughts.* 他們都只是坐在那裏，每個人都在想自己的心事。
Each of these *would be a big advance in its own right.* 這些東西中，每一個單獨看都會是一個巨大的進步。

each of 用在複數名詞或代詞前面時，名詞或代詞後面用動詞的單數形式。

Each of these cases ***was*** *carefully locked.* 這些箱子每一個都仔細地上了鎖。
Each of us ***looks*** *over the passenger lists.* 我們每個人都翻閱了乘客名單。

> **！注意**
>
> 複數名詞或代詞前面絕對不能沒有 of 單用 each。例如，不要説 ~~Each cases was carefully locked.~~。
>
> each 前面不要用 almost、nearly 或 not 之類的詞。例如，不要説 ~~Almost each house in the street is for sale.~~，而要説 Almost **every** house in the street is for sale.（這條街上幾乎每間屋都供出售。）
>
> *They show great skills in* ***nearly every*** *aspect of school life.* 他們在學校生活的各個方面都表現出了高超的技巧。
> ***Not every*** *lecturer wants to do research.* 並非每一個講師都想做研究。
>
> each 或 each of 不能用於否定句。例如，不要説 ~~Each boy did not enjoy football.~~ 或 ~~Each of the boys did not enjoy football.~~，而要説 **None of** the boys enjoyed football.（這些男孩一個都不喜歡足球。）

> **None of** them are actually African. 他們中沒有一個是真正的非洲人。
> **None of** these suggestions is very helpful. 這些建議沒有一個是有用的。

☞ 見 none

3 返指 each

通常用 he、she、him 或 her 之類的單數代詞返指含有 each 的表達式。

Each boy said what **he** thought had happened. 每個男孩說了他所認為發生的事情。

但是，如果返指的是 each person 或 each student 這些不表明具體性別的表達式，通常用 they 的一個形式。

Each resident has **their** own bathroom. 每個居民都有自己的衛生間。

each other – one another

1 用法

each other 或 one another 表示相互、彼此。假如 Simon 喜歡 Louise，而 Louise 也喜歡 Simon，就可以說 Simon and Louise like each other 或 like **one another**（西門和路易絲彼此喜歡）。

each other 和 one another 有時稱作<u>相互代詞</u>（reciprocal pronoun）。

each other 和 one another 通常作動詞的直接或間接賓語。

We help **each other** a lot. 我們互相給對方很多幫助。
They sent **one another** gifts from time to time. 他們時而互贈禮物。

也可用這兩個短語作介詞的賓語。

Pierre and Thierry were jealous of **each other**. 皮埃爾和蒂埃里互相妒忌。
They didn't dare to look at **one another**. 他們不敢互相對視。

2 所有格

可在 each other 和 one another 後面加 's 構成所有格。

I hope that you all enjoy **each other's** company. 我希望你們都彼此喜歡在一起。
Apes spend a great deal of time grooming **one another's** fur. 猿猴花大量的時間梳理彼此的毛髮。

3 區別

each other 和 one another 之間幾乎沒有詞義上的區別。

one another 相當正式，很多人根本不用。有些人在談論兩個人或物時更喜歡用 each other，談論兩個以上的人或物時更傾向於用 one another。但是，大多數人不作這種區分。

easily

☞ 見 easy – easily

east

1 east

east 表示東、東方。

*A strong wind was blowing from the **east**.* 從東面吹來了一陣強風。

an east wind 表示東風。

*It has turned bitterly cold, with a cruel **east** wind.* 天氣變得寒冷刺骨，颳着凜冽的東風。

east 表示（某地的）東部。

*She lives in a small flat in the **east** of Glasgow.* 她住在格拉斯哥東部的一個小單位裏。

*The plane travelled on to the **east** of the continent.* 飛機繼續飛到了大陸的東部。

east 用在某些國家和地區的名稱中。

*He comes from **East Timor**.* 他來自東帝汶。

*They travelled around **East Africa**.* 他們走遍了非洲東部。

☞ 見參考部份 Capital letters

2 eastern

但是，指一個國家的東部通常不用 east part，而要用 **eastern** part。

*Most of the parks are in the **eastern** part of the city.* 大部份公園在城市的東部。

同樣，不要説 ~~east Europe~~ 或 ~~east England~~，而要説 **eastern** Europe（東歐）或 **eastern** England（英格蘭東部）。

*They discussed the economies of Central and **Eastern** Europe.* 他們討論了中歐和東歐的經濟。

*He took a flight from Dijon in **eastern** France.* 他乘坐了從法國東部第戎起飛的航班。

---

eastwards

☞ 見 -ward – -wards

---

easy – easily

1 easy

easy 表示容易的、不費力的。

*Both sides had secured **easy** victories earlier in the day.* 雙方在當天早些時候都輕鬆獲得了勝利。

*The task was not **easy**.* 這個任務不容易。

easy 的比較級和最高級形式是 easier 和 easiest。

*This is much **easier** than it sounds.* 這比聽起來容易得多。

*This was the **easiest** stage.* 這是最容易的階段。

可以説 **it is easy to do** something（做某事很容易。）。例如，可以用 **It is easy to ride** a camel.（騎駱駝很容易。）代替 Riding a camel is easy.。也可以説 A camel **is**

easy to ride.。

It is always very easy to be cynical about politics. 對政治持懷疑態度總是很容易的。

The house is easy to keep clean. 這間房子很容易保持清潔。

2 easily

easy 不是副詞,除了在 go easy、take it easy 和 easier said than done 這些表達式中。如果想表示做某事沒有困難,可以說 it is done **easily**。

Put things in a place where you can find them quickly and easily. 把東西放在毫不費力一下子就能找到的地方。

Belgium easily beat Mexico 3-0. 比利時隊以3比0輕鬆擊敗了墨西哥隊。

easily 的比較級和最高級形式是 more easily 和 most easily。

Milk is digested more easily when it is skimmed. 脫脂牛奶更容易消化。

This is the format that is most easily understood by customers. 這是客戶最容易理解的格式。

---

economic

☞ 見 economics

---

economical

☞ 見 economics

---

economics

1 economics

economics 是名詞,通常指經濟學。

Paula has a degree in economics. 寶拉持有經濟學學位。

economics 作此解時,是不可數名詞,要和動詞的單數形式連用。

Economics is a science. 經濟學是一門科學。

如果想表示與經濟學有關的事物,可把 economics 用在另一個名詞前面。

He has an economics degree. 他有經濟學學位。

I teach in the economics department. 我在經濟學系任教。

> **! 注意**
>
> 不要說 ~~economic degree~~ 或 ~~economic department~~。
> 要表示一個行業或項目的經濟狀況,可用 economics。
>
> *This decision will change the economics of the project*. 這個決定將改變專案的經濟狀況。
>
> economics 作此解時,是複數名詞,要與動詞的複數形式連用。
>
> *The economics of the airline industry are dramatically affected by rising energy costs*. 航空業的經濟情況受到了能源價格上漲的巨大影響。

2 economy

economy 也是名詞，表示經濟。

*New England's **economy** is still largely based on manufacturing.* 新英格蘭的經濟仍然主要基於製造業。

*Unofficial strikes were damaging the British **economy**.* 非官方的罷工正在破壞英國經濟。

economy 還表示節約、節省。

*His home was small for reasons of **economy**.* 為了省錢，他的家很小。

3 economies

make **economies** 表示精打細算。

*It might be necessary to make a few **economies**.* 精打細算也許是必要的。

*They will **make economies** by hiring fewer part-time workers.* 他們將通過減少僱用兼職工人來節約開支。

> **！注意**
>
> 但是，不能用 economies 表示某人的積蓄或存款。要用 savings。
>
> *She spent all her **savings**.* 她花光了所有積蓄。
> *He opened a **savings** account.* 他開了一個儲蓄賬戶。

4 economic

economic 是形容詞，表示經濟的。economic 作此解時，只能用在名詞前面，不能用在繫動詞後面。

*The chancellor proposed radical **economic** reforms.* 總理提出進行激進的經濟改革。
*What has gone wrong with the **economic** system during the last ten years?* 在過去10年中經濟制度出了甚麼問題？

economic 可表示有經濟效益的、有利可圖的。economic 作此解時，可用在名詞前面或繫動詞後面。

*It is difficult to provide an **economic** public transport service.* 很難提供一個能贏利的公共交通服務。
*We have to keep fares high enough to make it **economic** for the service to continue.* 為了使這項服務持續有利可圖，我們必須保持高票價。

5 economical

economical 也是形容詞，表示省錢的、節約的、經濟型的。

*We bought a small, **economical** car.* 我們買了一輛小的經濟型汽車。
*This system was extremely **economical** because it ran on half-price electricity.* 這個系統非常省錢，因為用的電是半價的。

---

economies

☞ 見 economics

economy

☞ 見 economics

Grammar Finder 語法講解

-ed participles *-ed*分詞

1 基本用法

動詞的 *-ed*分詞用於完成時形式、被動式並在某些情況下用作形容詞。*-ed*分詞也稱為 *-ed*形式，尤其是在用作形容詞的時候。

*Advances have **continued**, though productivity has **fallen**.* 增長在繼續，儘管生產率下降了。

*Jobs are still being **lost**.* 工作職位仍然在減少。

*We cannot refuse to teach children the **required** subjects.* 我們不能拒絕給孩子們上必修課。

☞ 見 Verb forms

*-ed*分詞通常和動詞的過去式相同，不規則動詞除外。

☞ 見參考部份 Irregular verbs

2 引導分句

在書面語裏，*-ed*分詞可用於引導一個分句，帶被動義。例如，可以用 Saddened by their betrayal, she resigned.（他們的背叛令她傷心，因此她辭職了。）代替 She was saddened by their betrayal and resigned.。主句可指 *-ed*分詞分句中所提及情況的後果，或僅指隨後的相關事件。

***Stunned by the sudden assault**, the enemy were overwhelmed.* 敵人被這突如其來的襲擊嚇呆了，因此被打得潰不成軍。

***Arrested as a spy and sentenced to death**, he spent three months in prison.* 他作為間諜被捕並被判處死刑，在監獄裏度過了3個月。

其他可選的結構有 having been、after having been 或 after being 後接 *-ed*分詞。

***Having been left fatherless in early childhood** he was brought up by his uncle.* 他幼年喪父，由他叔叔撫養長大。

***After being left for an hour in the waiting room**, we were led to the consultant's office.* 被留在等候室一個小時以後，我們被帶到了主任醫師的辦公室。

*-ed*分詞可用於從屬連詞引導的分句，在主語和主句相同的時候不用主語或助動詞。

*Dogs, **when threatened**, make themselves smaller and whimper like puppies.* 狗在受到威脅時，會把自己縮小，像幼犬一樣嗚咽。

***Although now recognised as an important habitat for birds**, the area has been cut in half since 1962.* 雖然該地區現在被認為是鳥類的重要棲息地，但是自從1962年以來面積已縮小了一半。

3 在名詞後面

以 *-ed*分詞開頭的分句可用在名詞、those 或不定代詞後面，通過説明發生的事情來指稱或描述某人。

*...a successful method of bringing up children **rejected by their natural parents***
……一個撫養遭親生父母遺棄的孩子的成功方法

*Many of those **questioned in the poll** agreed with the party's policy on defence.*
在民意調查中接受詢問的人中，有很多人同意該黨的國防政策。

*It doesn't have to be someone **appointed by the government**.* 不一定是政府任命的一個人。

educate

☞ 見 bring up – raise – educate

effect

☞ 見 affect – effect

effective – efficient

1 effective

effective 表示有效的。

*We need **effective** street lighting.* 我們需要有效的街道照明。

*Simple antibiotics are **effective** against this virus.* 簡單的抗生素能有效對抗這種病毒。

*She was very **effective** in getting people to communicate.* 她很擅長促進人與人的交流。

2 efficient

efficient 表示有效率的、高效的。

*You need a highly **efficient** production manager if you want to reduce costs.* 如果你想降低成本，你需要一位辦事效率很高的生產經理。

*Engines and cars can be made more **efficient**.* 發動機和汽車的效率可以進一步提高。

> **！注意**
>
> effective 和 efficient 常被混淆，但它們的詞義略有不同。effective 表示做事有效果；efficient 表示做事效率高。
>
> *Doing research at the library can be **effective**, but using the internet is often more **efficient**.* 在圖書館做研究可以是有效的，但利用互聯網通常效率更高。

efficient

☞ 見 effective – efficient

effort

make an effort 表示努力。

*Schmitt **made one more effort** to escape.* 施密特再次試圖逃跑。
*Little **effort has been made** to investigate this claim.* 幾乎沒花甚麼功夫來調查這個主張。

> **!** **注意**
> 不要説 someone ~~does an effort~~。

---

either

1 用作限定詞

either 用在可數名詞的單數形式前面，表示（兩者中）任一的。

*Many children don't resemble **either parent**.* 很多孩子不像父母親任何一方。
*In **either case**, Robert would never succeed.* 兩種情況不管發生哪一種，羅伯都不會成功。

2 either of

either of 可與複數名詞連用代替 either。例如，可以用 **Either of** the answers is correct.（兩個答案都是正確的。）代替 Either answer is correct.。兩者的意義沒有區別。

*You could hear everything that was said in **either of the rooms**.* 這兩個房間裏説的一切你都聽得見。
*They didn't want **either of their children** to know about this.* 他們不想讓他們兩個孩子中的任何一個知道這件事。

either of 用在複數代詞前面。

*I don't know **either of them** very well.* 他們兩個人我都不太熟悉。
*He was better dressed than **either of us**.* 他穿得比我們兩個人都好。

> **!** **注意**
> 複數名詞或代詞前面不能沒有 of 單用 either。例如，不要説 ~~He was better dressed than either us.~~。
> 有些人在 either of 和名詞短語後面用動詞的複數形式。例如，用 I don't think either of you **are** wrong.（我認為你們兩個人都沒有錯。）代替 I don't think either of you is wrong.。
> *I'm surprised either of you **are** here.* 我很驚訝你們兩個都在這裏。
> 這種用法在談話和不太正式的書面語中是可以接受的，但在正式的書面語裏，either of 後面一定要用動詞的單數形式。
> *Either of these interpretations **is** possible.* 這兩種解釋都是可能的。

3 用於否定句

either 或 either of 可用在否定句中，強調該陳述對兩個人或物都適用。例如，談論兩個人時，可以用 I don't like **either of** them.（他們兩個人我一個都不喜歡。）代替 I don't like them.。

*She could not see **either** man.* 那兩個男子她一個也看不見。
*There was no sound from **either of** the rooms.* 兩個房間都沒有傳出聲音。
*'Which one do you want – the red one or the blue one?' –'I don't want **either**.'* "你想要哪一個 —— 紅的還是藍的？" —— "我兩個都不要。"

4 用作 each 解

either side 或 either end 表示兩邊或兩端。

*There were trees on **either side** of the road.* 路的兩旁都有樹。
*There are toilets at **either end** of the train.* 火車的兩端都有洗手間。

5 用作副詞

一個否定句接着另一個否定句時，可把 either 放在第二個否定句的句末。

*I can't play tennis and I can't play golf **either**.* 我不會打網球，我也不會打高爾夫球。
*'I haven't got that address.' – 'No, I haven't got it **either**.'* "我還沒取得那個地址。" —— "是的，我也沒有。"

☞ 見 neither, nor

---

either...or

1 用於肯定陳述

either...or 表示要麼……要麼、不是……就是。either 放在第一個選擇前面，or 放在第二個選擇前面。

*Recruits are interviewed by **either** Mrs Darby **or** Mr Beaufort.* 新員工不是接受達比太太就是接受博福特先生的面試。
*He must have thought that I was **either** stupid **or** rude.* 他一定以為我不是笨蛋就是粗人。
*I was expecting you **either** today **or** tomorrow.* 我原來預計你要麼今天要麼明天來。
*People **either** leave or are promoted.* 人們要麼離去要麼得到晉升。
***Either** she goes **or** I go.* 不是她走，就是我走。

2 用於否定陳述

either 和 or 用在否定句中，強調一個陳述適用於兩個事物或性質。例如，可以用 I haven't been to **either** Paris **or** Rome.（我既沒去過巴黎也沒去過羅馬。）代替 I haven't been to Paris or Rome.。

*He was not the choice of **either** Dexter **or** the team manager.* 他既不是德克斯特也不是球隊主教練中意的人選。
*Dr Li, you're not being **either** truthful **or** fair.* 李博士，你既不誠實也不公平。

☞ 見 neither...nor

elderly

☞ 見 old

---

electric – electrical – electronic

1 electric

electric 用在名詞前面，表示電動的。

*The boat runs on an **electric** motor.* 這條船以電動機作動力。
*I switched on the **electric** fire.* 我打開了電爐的開關。

2 electrical

electrical 寬泛地表示用電的、發電的，一般用在 equipment、appliance 和 component 之類的名詞前面。

*They sell **electrical** appliances such as dishwashers and washing machines.* 他們出售諸如洗碗機和洗衣機等電器。
*We are waiting for a shipment of **electrical** equipment.* 我們正在等待一批裝運的電氣設備。

electrical 也用於談論與發電或電器有關的人或機構。

*Jan is an **electrical** engineer.* 簡是個電氣工程師。
*They work in the **electrical** engineering industry.* 他們在電氣工程行業工作。

3 electronic

electronic 表示電子的。

*Mobile phones, laptops and other **electronic** devices must be switched off.* 手機、筆記型電腦和其他電子設備必須關閉。
*They use **electronic** surveillance systems.* 他們使用電子監控系統。

---

elevator

☞ 見 lift – elevator

Grammar Finder 語法講解

Ellipsis 省略

1	用於代替動詞短語	**6**	dare 和 need
2	be	**7**	would rather
3	have 用作主要動詞	**8**	had better
4	have 用作助動詞	**9**	用於會話
5	*to-*不定式分句	**10**	用於並列分句

1 用於代替動詞短語

省略（ellipsis）指在上下文清楚的情況下省略詞語。在很多情況下，可用助動詞代替整個動詞短語，或代替動詞短語及其賓語。例如，可用 John won't like it but Rachel will.（約翰不喜歡它，但瑞秋會喜歡的。）代替 John won't like it but Rachel will like it.。

*They would stop it if they **could**.* 他們有能力的話會阻止它的。

*I never went to Stratford, although I probably **should have**.* 我從來沒去過斯特拉特福，儘管我也許應該去。

*This topic should have attracted more attention from philosophers than it **has**.* 這個題目本來應該比現在吸引哲學家更關注。

在這些例子中，完整句會聽上去不自然。

如果助動詞已經出現在第一個動詞短語裏，或者動詞短語是一般現在時或一般過去時，則要用 do、does 或 did：

*Do farmers deserve a ministry all to themselves? I think they **do**.* 農民是否應該有一個完全屬於他們的部？我認為他們應該有。

*I think we want it more than they **do**.* 我認為我們比他們更想得到它。

*He went shopping yesterday; at least, I think he **did**.* 他昨天去購物了。至少我認為他是去了。

2 be

但是，不要用助動詞 do 代替繫動詞 be。只要用 be 的一個形式就可以。如果 be 在第一個動詞短語裏用作助動詞，也用 be 的一個形式：

*'I think you're right.' – 'I'm sure I **am**.'* "我認為你是對的。" ── "我肯定我是對的。"

*'He was driving too fast.' – 'Yes, I know he **was**.'* "他當時車開得太快。" ── "是的，我知道他在開快車。"

如果第二個動詞短語含有情態詞，通常把 be 放在情態詞後面。

*'He thought that the condition was quite serious.' – 'Well, it **might be**.'* "他以為情況相當嚴重。" ── "哦，也許是吧。"

be 有時用在第二個分句中的情態詞後面，與另外一個繫動詞形成對照，比如 seem、look 或 sound。

*'It **looks** like tea to me.' – 'Yes, it **could be**.'* "我覺得這看上去像是茶葉。" ── "是啊，可能是的。"

用於被動式時，情態詞後面常常要保留 be，但並非總是如此。

*He argued that if tissues could be marketed, then anything **could be**.* 他爭辯說，如果人體組織可以出售，那麼任何東西都可以。

3 have 用作主要動詞

have 用作主要動詞時。比如表示所屬關係，可用 have 或 do 的一個形式來返指。

🇺🇸 美國人通常用 do 的一個形式。

*She probably has a temperature – she certainly looks as if she **has**.* 她很可能發燒了 ── 她看上去完全像是發燒了。

*The Earth has a greater diameter than the Moon **does**.* 地球的直徑比月球大。

注意，在第二個例子中，than 後面不需要用任何動詞。可以只說 The Earth has a

greater diameter than the Moon. (地球的直徑比月球大。）。

4 have 用作助動詞

如果 have 在第一個動詞短語中以完成時形式用作助動詞，要在第二個動詞短語中重複使用 have，並省略主要動詞：

*'Have you visited Rome? I **have**.'* "你去過羅馬嗎？我去過。"

如果助動詞用於代替完成時被動式，通常不加 been。例如，可以説 Have you been interviewed yet? I **have**. (你接受面試了嗎？我面試完了。)。

但是，如果 have 用在情態詞後面，been 不能省略。

*I'm sure it was repeated in the media. It **must have been**.* 我肯定這個在媒體上已經報導過了。一定是這樣的。

*They were not working as hard as they **should have been**.* 他們沒有盡力努力工作。

5 to-不定式分句

如果動作或狀態已經提及，在動詞後面可以只用 to 代替完整的 to-不定式分句。

*Don't tell me if you don't want **to**.* 如果你不想説就不要告訴我。

*At last he agreed to do what I asked him **to**.* 最後他同意做我要他做的事情。

6 dare 和 need

dare 和 need 後面的動詞可以省略，但僅限於否定式。

*'I don't mind telling you what I know.' – 'You **needn't**. I'm not asking you to'.* "我不介意告訴你我所知道的。"——"不必了。我沒要求你告訴我。"

*'You must tell her the truth.' – 'But, Neill, I **daren't**.'* "你必須把真相告訴她。"——"但是，尼爾，我不敢。"

說美式英語的人不用縮略式 daren't，而用 don't dare 或 dare not。

*I hear her screaming and I **don't dare** open the door.* 我聽見她在尖叫，我不敢開門。

7 would rather

同樣，只有用在否定分句或 if-從句中，would rather 後面的動詞才可以省略。

*It's just that I**'d rather not**.* 我只是不情願。

*We could go to your place, if you**'d rather**.* 我們可以去你那裏，如果你願意的話。

8 had better

即使在肯定句中，had better 後面的動詞有時也可省略。

*'I can't tell you.' – 'You**'d better**.'* "我不能告訴你。"——"你應該告訴我。"

但是，通常不省略be。

*'He'll be out of town by nightfall.' – 'He**'d better be**.'* "他到傍晚時就不在城裏了。"——"他最好這樣。"

9 用於會話

在會話中，省略常常見於回答和提問。

☞ 見主題條目 Agreeing and disagreeing, Reactions, Replies 和語法條目 Questions

10 用於並列分句

兩個並列分句中的第二個分句常常省略一些詞，比如在 and 或 or 後面。

☞ 見 and

else

1 與 someone、somewhere 及 anything 連用

else 可用在 someone、somewhere 或 anything 之類的詞後面，表示別的、其他的。

*She had borrowed **someone else's** hat.* 她借了別人的帽子。
*Let's go **somewhere else**.* 我們到別的地方去吧。
*I had **nothing else** to do.* 我沒有別的事情可做。

2 與 wh-詞連用

else 可用在大多數 wh-詞後面。例如，可以問 **What else** did they do?，意思是 "他們還做了甚麼？"。

***What else** do I need to do?* 我還需要做甚麼？
***Who else** was there?* 還有誰在那裏？
***Why else** would he be so angry?* 否則為甚麼他會這麼生氣？
***Where else** could they live in such comfort?* 還有甚麼別的地方能讓他們生活如此舒適？
***How else** was I to explain what had happened?* 我還應該怎樣解釋發生的事情？

which 後面不要用 else。

3 or else

or else 是連詞，意義與 or 類似，用於引導兩個可能性中的第二個。

*She is either very brave **or else** she must be very stupid.* 她要麼非常勇敢，要麼就一定是非常愚蠢。
*It's likely that someone gave her a lift, **or else** that she took a taxi.* 很可能有人讓她搭了便車，要不就是她坐了計程車。

也可用 or else 表示否則、要不然。

*We need to hurry **or else** we'll be late.* 我們必須快點，否則會遲到了。

embarrassed

☞ 見 ashamed – embarrassed

emigration – immigration – migration

1 emigrate, emigration, emigrant

emigrate 表示移居國外。

*He received permission to **emigrate** to Canada.* 他獲得了移民加拿大的許可。
*He **had emigrated** from Germany in the early 1920's.* 他在20世紀20年代初從德國移居到了國外。

移居國外的人稱作　emigrant。移居國外的行為叫作 emigration。但是，這數個詞不如 immigrant 和 immigration 常用。

2 immigrate, immigration, immigrant

immigrate 表示永久移民國外。

*They **immigrated** to Israel.* 他們移民到了以色列。

但是，更常說 **emigrate from** a country（從一個國家移民），而不是 **immigrate to** a country（移民到一個國家）。

移民稱作 immigrant。

*The company employs several **immigrants**.* 公司僱用了好幾個移民。

從國外來的移民行為叫作 immigration。

*The government has changed its **immigration** policy.* 政府改變了移民政策。

3 migrate, migration, migrant

migrate 表示（暫時）移居、遷移，通常指為了尋找工作而移居到城市或外國。

*The only solution people can see is to **migrate**.* 人們能看到的唯一出路就是遷移。
*Millions have **migrated** to the cities.* 數百萬人移居到了城市。

移居或遷移過程稱為 migration。

*New jobs are encouraging **migration** from the cities of the north.* 新的工作崗位正在鼓勵人們從北方城市遷移出來。

移居、遷移的人稱作 migrant 或 migrant worker。

*She was a **migrant** looking for a place to live.* 她是一個正在尋找住處的移居者。
*In South America there are three million **migrant workers**.* 在南美洲有三百萬流動工人。

---

employ – use

1 employ

employ 表示僱用。

*The company **employs** 7.5 million people.* 這家公司僱用了750萬人。
*He **was employed** as a research assistant.* 他受僱擔任助理研究員。

employ 可表示使用、採用。比如可以說 a particular method or technique **is employed**（使用了一種特定的方法或技術）。

*A number of ingenious techniques **are employed**.* 採用了一些新穎巧妙的技術。
*The methods **employed** are varied, depending on the material in question.* 根據所用的材料，採用的方法是多種多樣的。

表示使用機器、工具或武器，也可以用 employ。

*Similar technology **could be employed** in the major cities.* 類似的技術可以在大城市採納。
*What matters most is how the tools **are employed**.* 最重要的是如何使用工具。

2 use

但是，用於談論方法或工具等時，employ 是一個正式的詞。通常用 use。

*This method **has been** extensively **used** in the United States.* 這個方法已在美國廣泛使用。

*These weapons **are used** in training sessions.* 這些武器被用在了培訓課程中。

enable

☞ 見 allow – permit – let – enable

end

1 end

end 表示結束、終止。

*The current agreement **ends** on November 24.* 現有的協議在11月24日終止。

*He wanted to **end** their friendship.* 他想結束他們的友誼。

2 end with

end with 表示以……結束。

*He **ended with** the question: 'When will we learn?'* 他最後問道："我們甚麼時候能知道？"

*The concert **ended with** a Bach sonata.* 音樂會以巴赫的一首奏鳴曲結束。

3 end by

end by doing something 表示以做某事結束。

*I **ended by saying** that further instructions would be given to him later.* 我最後說，以後會給他進一步的指示。

*The letter **ends by requesting** a deadline.* 信的結尾要求得到截止日期。

4 end up

end up 表示最終、結果、到頭來，通常指意外的結果。可以說 **end up** in a particular place、**end up** with something 或 **end up** doing something。

*A lot of computer hardware **ends up** in landfill sites.* 很多電腦硬體最終進了垃圾堆填區。

*She was afraid to close the window and **ended up** with a cold.* 她害怕關窗，結果得了感冒。

*We missed our train, and we **ended up** taking a taxi.* 我們誤了火車，結果坐了計程車。

endure

☞ 見 bear, Britain – British – Briton

enjoy

1 enjoy

enjoy 表示享受。

*I **enjoyed** the holiday enormously.* 我的假期過得非常愉快。

2 與反身代詞連用

enjoy oneself 表示過得愉快。

*I'**ve enjoyed myself** very much.* 我過得非常快樂。

人們常常對要去參加聚會或舞會等社交活動的人說 Enjoy yourself.。

***Enjoy yourself** on Wednesday.* 希望你星期三玩得高興。

3 與 -ing形式連用

enjoy doing something 或 **enjoy being** something 表示喜歡做某事或喜歡處在某個環境中。

*I used to **enjoy going** for long walks.* 我過去喜歡長距離散步。
*They **enjoyed being** in a large group.* 他們喜歡在一個大群體中。

> **!** 注意
>
> 不要說 ~~enjoy to do~~ 或 ~~enjoy to be~~ something。

4 用作祈使式

enjoy 一般僅用作及物動詞或反身動詞。不要說 ~~I enjoyed~~。但是，可以說 Enjoy !，表示 Enjoy yourself !（玩得開心！）或 Enjoy your meal !（用餐愉快！）。

*Here's your pizza. **Enjoy**!* 這是你的意大利薄餅。好好享用！

---

enough

1 用在形容詞和副詞後面

enough 用在形容詞或副詞後面，表示足夠的。

*It's **big enough**.* 這夠大了。
*We have a **long enough** list.* 我們的名單夠長的了。
*The student isn't trying **hard enough**.* 這個學生還不夠努力。

如果想表示某人或某物對誰是可以接受的，要加上以 for 開頭的介詞短語。

*That's **good enough for me**.* 這對我來說夠好的了。
*Is the soup **hot enough for you**?* 你覺得湯夠熱嗎？

如果某人具有做某事所需的足夠性質，enough 後面要加上 to-不定式。

*The children are **old enough to travel to school on their own**.* 孩子們已經夠大，可以獨自上學了。

enough 後面也可用 to-不定式，表示某人達到某個條件所以能夠完成某事。如果想清楚地表明談論的是誰，可加上以 for 開頭的介詞短語。

例如，可以說 The boat was **close enough to touch**. （這條小船近得伸手就能摸到。）或 The boat was **close enough for me to touch it**. （這條小船近得我伸手就能摸到。）。

*The bananas are **ripe enough to eat**.* 香蕉已熟得可以吃了。

*The music was just loud **enough for us to hear it**.* 音樂聲大到正好可以讓我們聽見。

> **!** 注意
>
> 如果要表示使某物成為可能所需的東西，enough 後面不能用 *that-* 從句。例如，不要説 ~~The bananas are ripe enough that we can eat them.~~。
>
> enough 有時用在形容詞後面，用來確認或強調某人或某物具有特定性質。
>
> *It's a **common enough** dilemma.* 這是一個再常見不過的困境了。
>
> 在作出這種陳述時，常要加上第二個與此形成對照的陳述。
>
> *She's **likeable enough**, but very ordinary.* 她足以討人喜歡，但很平庸。

2 用作限定詞

enough 用在可數名詞的複數形式前面，表示足夠的、充足的。

*They need to make sure there are **enough bedrooms** for the family.* 他們需要確保這個家庭有足夠的臥室。

*Do we have **enough chairs**?* 我們有足夠的椅子嗎？

enough 也可用在不可數名詞前面，表示足夠的、充足的。

*We had **enough room** to store all the information.* 我們有足夠空間儲存所有資料。

*He hasn't had **enough exercise**.* 他鍛煉不夠。

3 enough of

不要把 enough 直接放在以限定詞開頭的名詞短語前面或代詞前面，而要用 enough of。

*All parents worry about whether their child is getting **enough of the right foods**.* 所有父母都擔心他們的孩子是否得到了足夠的合適食物。

*They haven't had **enough of it**.* 他們得到的還不夠。

如果 enough of 用在複數名詞或代詞前面，動詞要用複數形式。

*Eventually enough of these shapes **were** collected.* 最終這種形狀收集夠了。

*There **were** enough of them to fill a large box.* 這些東西足夠裝滿一個大箱子了。

如果 enough of 用在單數名詞、不可數名詞或單數代詞前面，動詞要用單數形式。

***Is** there enough of a market for this product?* 這個產品有沒有足夠大的市場？

*There **is** enough of it for everybody.* 這個東西足夠分給每個人。

4 用作代詞

enough 可單獨用作代詞。

*I've got **enough** to worry about.* 我要操心的事已經夠多的了。

***Enough** has been said about this already.* 對此已經説得夠多的了。

5 not enough

不要把 enough 或 enough 加名詞用作否定句的主語。

例如，不要説 ~~Enough people didn't come.~~，而要説 Not enough people came.（來的人不夠多。）。

Not enough has been done to help them. 給他們的幫助還不夠。
Not enough attention is paid to young people. 對年輕人的關注不夠。

6 修飾副詞

可以把 nearly、almost、just、hardly 和 quite 這樣的副詞用在 enough 前面。

At present there is **just enough** to feed them. 目前正好有足夠供他們吃的東西。
There was **hardly enough** time to have lunch. 幾乎沒有足夠的時間吃午飯。

這些副詞也可用在由形容詞加 enough 構成的表達式前面。

We are all **nearly young enough** to be mistaken for students. 我們都年輕得幾乎足以被誤認為是學生。
She is **just old enough** to work. 她已經足夠大，可以工作了。

7 與句子狀語連用

enough 可用在 interestingly 或 strangely 等句子狀語之後，表示非常、很、十分。

Interestingly enough, there were some questions that Brian couldn't answer. 十分有趣的是，有一些問題布萊恩回答不了。
I find myself **strangely enough** in agreement with Jamal for a change. 我發現自己真夠奇怪的，為了改變一下竟然同意了賈瑪爾的看法。

---

ensure

☞ 見 assure – ensure – insure

---

entirely

☞ 關於表示範圍的分級詞彙列表，見 Adverbs and adverbials

---

equally

equally 用在形容詞前面，表示同樣地。

He was a superb pianist. Irene was **equally brilliant**. 他是個傑出的鋼琴家。艾琳也同樣出色。

> **！ 注意**
>
> 不要把 equally 用在 as 前面進行比較。例如，不要説 ~~He is equally as tall as his brother.~~，而要説 He is **just as tall as** his brother.（他剛好和他哥哥一樣高。）。
>
> Severe sunburn is **just as dangerous as** a heat burn. 嚴重的曬傷和熱灼傷一樣危險。
> He was **just as shocked as** I was. 他和我一樣大為震驚。

☞ 見 as...as

equipment

equipment 表示設備、器材。

*We need some new kitchen **equipment**.* 我們需要一些新的廚房設備。
*They fix tractors and other farm **equipment**.* 他們修理拖拉機和其他農機具。

equipment 是不可數名詞。不要説 ~~equipments~~ 或 ~~an equipment~~。

一件設備可用 a piece of equipment 表示。

*This radio is an important **piece of equipment**.* 這台收音機是一件重要設備。
*The leader carried a number of **pieces of equipment** with him.* 領隊身上帶了好幾件設備。

---

error

☞ 見 mistake

---

especially – specially

1 especially

especially 表示特別、尤其、格外。

*He was kind to his staff, **especially** those who were sick or in trouble.* 他善待自己的員工,尤其是那些生病或遇到麻煩的員工。
*Double ovens are a good idea, **especially** if you are cooking several meals at once.* 雙爐是一個好主意,特別是同時做數樣飯菜的時候。
*These changes are **especially** important to small businesses.* 這些變化對小企業尤其重要。

如果 especially 與句子的主語有關,要直接放在主語後面。

*Young babies, **especially**, are vulnerable to colds.* 嬰兒特別容易患感冒。

especially 也可用在形容詞前面,對一個特點或性質進行強調。

*I found her laugh **especially** annoying.* 我發現她笑起來特別討厭。

2 specially

specially 表示專門地。

*They'd come down **specially** to see us.* 他們會特地來看我們。
*She wore a **specially** designed costume.* 她穿專門設計的服裝。
*The school is **specially** for children whose schooling has been disrupted by illness.* 這所學校專門面向那些因病輟學的兒童。

---

even

1 位置

even 表示甚至、連。even 放在陳述中表示驚訝的部份之前。

***Even Anthony** enjoyed it.* 連安東尼也喜歡它。
*She liked him **even when she was arguing with him**.* 甚至在和他爭吵時她也喜歡

他。

*I shall give the details to no one, not **even to you**.* 我不會把細節告訴任何人，就算是你。

但是，even 通常放在助動詞或情態詞之後，而不放在其前面。

*You **didn't even enjoy** it very much.* 你甚至不很喜歡它。

*I **couldn't even see** the shore.* 我甚至連海岸都看不見。

*They **may even give** you a lift in their van.* 他們甚至可能會讓你搭他們的小貨車。

2 與比較級連用

even 可用在比較級前面，強調某人或某物具有的性質比以前更多。例如，可以說 The weather was bad yesterday, but it is **even worse** today.（昨天天氣很壞，但今天甚至更糟。）。

*He became **even more suspicious** of me.* 他甚至變得更懷疑我了。

even 也可用在比較級前面，強調某人或某物具有的性質比其他人或物更多。例如，可以說 The train is slow, but the bus is **even slower**.（火車很慢，但公共汽車還要慢。）。

*Barbara had something **even worse** to tell me.* 芭芭拉還有更糟糕的事要告訴我。

*The second task was **even more difficult**.* 第二個任務甚至更困難。

3 even if 和 even though

even if 和 even though 用於引導從句。even if 表示即使、即便。

***Even if** you disagree with her, she's worth listening to.* 即使你不同意她，她的觀點也值得聽一聽。

*I hope I can come back, **even if** it's only for a few weeks.* 我希望我能回來，即使只有數週時間。

even though 和 although（儘管、雖然）的意義類似，但語氣更強。

*He went to work **even though** he was unwell.* 儘管感到不舒服，他也照常去上班。

*I was always afraid of him, **even though** he was kind to me.* 我一直都怕他，儘管他對我很好。

> **！ 注意**
>
> 如果一個句子用 even if 或 even though 開頭，不要把 yet 或 but 放在主句前面。例如，不要說 ~~Even if you disagree with her, yet she's worth listening to.~~。
>
> 但是，主句中可用 still。這種用法很常見。
>
> ***Even though** the news is six months old, staff are **still** in shock.* 儘管消息是六個月前的，但工作人員仍然感到震驚。
>
> *But even if they do change the system, they **still** face an economic crisis.* 但即使他們真的改變體制，他們仍然面臨經濟危機。

---

evening

evening 表示晚上、傍晚。

1　今天

今天晚上用 this evening 表示。

*Come and have dinner with me **this evening**.* 今天晚上來和我一起吃晚飯。

*I came here **this evening** because I wanted to be on my own.* 我今晚來這裏是因為我想一個人獨處。

昨天晚上用 yesterday evening 表示，但 last night 更常用。

*'So you saw me in King Street **yesterday evening**?' – 'Yes.'* "這麼説你昨天晚上在國王街看到我了？" —— "是的。"

*I met your husband **last night**.* 我昨天夜裏遇到了你丈夫。

*I've been thinking about what we said **last night**.* 我一直在思考我們昨天晚上説的話。

明天晚上用 tomorrow evening 或 tomorrow night 表示。

*Gerald's giving a little party **tomorrow evening**.* 吉羅德明天晚上要舉行一個小型聚會。

*Will you be home in time for dinner **tomorrow night**?* 你明天晚上來得及回家吃晚飯嗎？

2　過去的個別事件

如果想表示某事發生在過去的某一天晚上，用 on。

*She telephoned Ida **on Tuesday evening**.* 她星期二晚上給艾達打了電話。

***On the evening after the party**, Dirk went to see Erik.* 聚會後的那天晚上，德克去看埃里克了。

在描寫某一天所發生的事情時，可以説 that evening（那天晚上）或 in the evening（在晚上）。

***That evening** the children asked me to watch television with them.* 那天晚上孩子們要我和他們一起看電視。

*He came back **in the evening**.* 他是晚上回來的。

如果談論的是過去某一天之前的晚上，可用 the previous evening（前一天晚上）或 the evening before 表示。

*Douglas had spent **the previous evening** at a hotel.* 道格拉斯前一天晚上是在一家酒店度過的。

*Freya opened the gift Beth had given her **the evening before**.* 弗雷亞打開了貝思前一天晚上給她的禮物。

如果想表示第二天晚上，可用 the following evening。

*Mopani arrived at their house **the following evening**.* 莫帕尼第二天晚上到達了他們家。

*I told Patricia that I would take her for dinner **the following evening**.* 我對派翠西亞説，第二天晚上我會帶她去吃晚餐。

3　談論將來

如果想表示某事將在某個特定的晚上發生，用 on。

*The winning project will be announced **on Monday evening**.* 獲獎專案將於星期一晚上公佈。

*I wIll write to her **on Sunday evening**.* 我將在星期天晚上給她寫信。

如果已經在談論未來的某一天,可以説 in the evening。

*The school sports day will be on June 22 with prizegiving **in the evening**.* 學校的運動日將在6月22日舉行,當晚進行頒獎。

4 定期事件

如果某事定期在每天晚上發生,可用 in the evening 或 in the evenings。

***In the evening** I like to iron my clothes as this is one less job for the morning.* 晚上我喜歡熨燙衣服,這樣早上就少了一項工作。

*And what do you do in the **evenings**?* 那麼你在晚上通常做甚麼?

 在美式英語裏,evenings 前不需要加 in 或 on。

*I like to go out **evenings** with friends.* 我喜歡晚上和朋友出去。

如果想表示某事定期在每星期的某個晚上發生,可用 on 後接星期時加 evenings。

*He plays chess **on Monday evenings**.* 他每星期一晚上下象棋。
*We would all gather there **on Friday evenings**.* 我們每個星期五晚上都在那裏聚會。

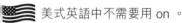 美式英語中不需要用 on。

***Friday evenings** he visited with his father.* 每星期五晚上他都去和父親閒聊。

5 確切時間

如果提到了一個確切時間,而你想清楚地表明談論的是晚上而不是上午,可加上 in the evening。

*He arrived about six **in the evening**.* 他是晚上6時左右到達的。

☞ 見主題條目 Time

---

eventually – finally

> **！注意**
>
> 不要用 eventually 表示也許、或許。要用 possibly 或 perhaps。
> ***Perhaps** he'll call later.* 也許他過一段時間會打電話來。

1 eventually 或 finally

eventually 表示最終、終於。eventually 用於強調遇到了許多問題。如果想強調花費的時間,則用 finally。

***Eventually** they got to the hospital.* 他們最終到達了醫院。
*I found Victoria Avenue **eventually**.* 我終於找到了維多利亞大道。
*When John **finally** arrived, he said he'd lost his way.* 約翰最後總算來到時,他説他迷路了。

2 finally

也可用 finally 表示最後。

*The sky turned red, then purple, and **finally** black.* 天空變成了紅色，然後變紫，最後變黑。

不要用 eventually 表達這個意思，除非想強調幾經延遲或波折後某事終於發生。

也可用 finally 引出最後一點、問最後一個問題或提起最後一個項目。

***Finally**, Carol, can you tell us why you want this job?* 最後，卡羅爾，你能告訴我你為甚麼想要這份工作嗎？

*Combine the flour and the cheese, and **finally**, add the milk.* 把麵粉和芝士混在一起，最後，加入牛奶。

不要用 eventually 表達這個意思。

---

ever

1 ever

ever 用於否定句、疑問句和比較句，表示曾經、在任何時候、從來。

*Neither of us had **ever** skied.* 我們兩個人都從來沒有滑過雪。
*I don't think I'll **ever** be homesick here.* 我認為我在這裏的時候是不會想家的。
*Have you **ever** played football?* 你以前踢過足球嗎？
*I'm happier than I've **ever** been.* 我現在比甚麼時候都高興。

2 yet

不要把 ever 用在疑問句或否定句中詢問預期的事件是否已經發生，或說明事件至今尚未發生。例如，不要說 ~~Has the taxi arrived ever?~~ 或 ~~The taxi has not arrived ever.~~。要用 yet 這個詞。

*Have you had your lunch **yet**?* 你吃過午飯了嗎？
*It isn't dark **yet**.* 天還沒黑。

☞ 見 yet

3 always

在肯定句中，不要用 ever 表示某情況從未發生過改變。例如，不要說 ~~I've ever been happy here.~~，而要用 always。

*She was **always** in a hurry.* 她總是匆匆忙忙的。
*Talking to Harold **always** cheered her up.* 和哈羅德說話總是能使她高興起來。

☞ 見 always

4 still

不要用 ever 表示某事仍然在繼續發生。例如，不要說 ~~When we left, it was ever raining.~~，而要用 still。

*Unemployment is **still** falling.* 失業率還在下降。
*I'm **still** a student.* 我還是個學生。

☞ 見 still

5 ever since

ever since 表示自從、從此以後、從那時到現在。

*'How long have you lived here?' –' **Ever since** I was married.'* "你在這裏住了多久了？" —— "自從我結婚以後。"

*We have been good friends **ever since**.* 從此以後我們一直是好朋友。

every

1 every

every 用在可數名詞的單數形式之前，表示每一、每個。

*She spoke to **every person** at the party.* 她在聚會上和每個人都說了話。

*I agree with **every word** Peter says.* 我同意彼得說的每一句話。

*This new wealth can be seen in **every village**.* 這種新的財富現象可以在每個村子看到。

2 every 和 all

every 和 all 常常可表達同樣的意思。例如，這句話 **Every** student should attend.（每個學生都應該出席。）和 **All** students should attend.（所有學生都應該出席。）意思相同。

但是，every 後接名詞的單數形式，而 all 後接複數形式。

***Every child** is entitled to free education.* 每個孩子都有權享受免費教育。

***All children** love to build and explore.* 所有孩子都喜歡建造和探索。

☞ 見 all

3 each

有時用 each 代替 every 或 all。在把群體成員作為個體看待時，要用 each。

***Each customer** has the choice of thirty colours.* 每個顧客有30種顏色可以選擇。

***Each meal** will be served in a different room.* 每頓飯將在不同的房間內提供。

☞ 見 each

4 返指every

通常用 he、she、him 或 her 這樣的單數代詞返指以 every 開頭的表達式。

***Every businesswoman** would have a secretary if **she** could.* 如果可能的話，每個女企業家都願意有一個秘書。

但是，如果返指的是 every student 或 every inhabitant 之類不表明具體性別的表達式，通常用 they 或 them。

***Every employee** knew exactly what **their** job was.* 每一個員工都確切地知道自己的工作是甚麼。

5 與時間表達式連用

every 表示每……的。

*They met **every day**.* 他們每天見面。

***Every Monday** there is a staff meeting.* 每星期一有一次員工會議。

every 和 all 在和時間表達式連用時的意義不一樣。例如，every morning 表示每天上午；all morning 則表示整個上午。

*He goes running **every day**. 他每天去跑步。*
*I was busy **all day**. 我忙了一整天。*

6 every other

every other 表示每隔……的。

*We only save enough money to take a real vacation **every other** year. 我們存下的錢只夠每隔一年去度一次真正的假期。*
*It seemed easier to shave **every second** day. 每隔一天刮一次鬍子似乎更容易些。*

---

everybody

☞ 見 everyone – everybody

---

everyday – every day

1 everyday

everyday 是形容詞，表示日常的、平常的。

*...the **everyday** problems of living in the city ……在城市裏生活的日常問題*
*Computers are a part of **everyday** life for most people. 電腦是大多數人日常生活的一部份。*

2 every day

every day 是狀語短語，表示每天。

*Shanti asked the same question **every day**. 尚蒂每天都問同樣的問題。*

---

everyone – everybody

1 everyone 和 everybody

通常用 everyone 或 everybody 指一個群體中的所有人。

*The police had ordered **everyone** out of the office. 警察命令所有人離開辦公室。*
*There wasn't enough room for **everybody**. 沒有足夠空間給每個人。*

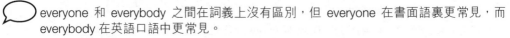

everyone 和 everybody 之間在詞義上沒有區別，但 everyone 在書面語裏更常見，而 everybody 在英語口語中更常見。

everyone 和 everybody 也可用於泛指人。

***Everyone** has the right to freedom of expression. 每個人都有言論自由的權利。*
***Everybody** has to die some day. 每個人都總有一天會死去。*

everyone 或 everybody 後面的動詞用單數形式。

*Everyone **wants** to find out what is going on. 每個人都想知道發生了甚麼事。*
*Everybody **is** selling the same product. 每個人都在出售同樣的產品。*

2 返指

返指 everyone 或 everybody 時，通常用 they、them 或 their。

*Will **everyone** please carry on as best **they** can.* 請各位繼續力盡所能。
*Everybody** had to bring **their** own paper.* 每個人都必須帶上自己的紙。

3 every one

不要混淆 everyone 和 every one。every one 用於強調所説的是每一個人或物。

*He read **every one** of her novels.* 他讀了她的每一部小説。
*She thought about her friends. **Every one** had tried to help her.* 她想了想她的朋友。
他們每個人都曾試圖幫助她。

evidence

evidence 表示證據。

*We saw **evidence** everywhere that a real effort was being made to promote tourism.*
無論在何處，我們都能看到人們在真正努力促進旅遊的證據。
*There was no **evidence** of problems between them.* 沒有證據表明他們之間有問題。

evidence 是不可數名詞。不要説 ~~evidences~~ 或 ~~an evidence~~。

但是，可以説 a piece of evidence（一項證據）。

*The finding is the latest **piece of evidence** that vaccines can help prevent cancer.*
這個發現是疫苗可以輔助預防癌症的最新證據。
*It was one of the strongest **pieces of evidence** in the Crown's case.* 這是克朗一案
中最強有力的證據之一。

exam – examination

exam 或 examination 表示（正式的）考試。exam 最常用。examination 比較正式，主
要用於英語書面語。

*I was told the **exam** was difficult.* 我被告知説考試很難。
*All students must take a three-hour written **examination**.* 所有學生都必須參加一個歷
時三小時的筆試。

take 或 sit an exam 表示參加考試。

*Many children want to **take** these exams.* 很多孩子想參加這些考試。
*After the third term we**'ll be sitting** the exam.* 第三個學期後，我們將要參加考試。

 説美式英語的人通常用 take 代替 sit。

在談話中，也可以説 do an exam。

*I **did** my exams last week.* 上星期我參加了考試。

pass an exam 表示通過了考試。

*If you want a good job, you'll have to **pass** your exams.* 如果你想要一份好工作，你
就要通過考試。

> **！注意**
>
> **pass** an exam 始終表示通過了考試，不表示參加考試。
>
> **fail** an exam 表示沒有通過考試。
>
> *He **failed** the entrance exam.* 他未通過入學考試。
>
> *I passed the written part but then **failed** the oral section hopelessly.* 我通過了筆試部份，但後來口試部份卻考得一塌糊塗。
>
> 也可用 **pass in** 或 **fail in** a particular subject 表示通過了或沒有通過某個科目的考試。
>
> *I've been told that I'll probably **pass in** English and French.* 有人告訴我，我可能會通過英語和法語考試。
>
> *I **failed in** a few other subjects.* 我有另外數個科目不及格。

example

1 example

example of 表示……的範例、……的例子。

*It's a very fine **example of** traditional architecture.* 這是傳統建築的一個優秀範例。
*This is yet another **example of** poor management.* 這又是一個管理不善的例子。

give an example 表示舉例。

*Could you **give** me an example?* 你能給我舉個例子嗎？
*Let me **give** you an example of the sort of thing that happens.* 我來給你舉一個那種常見事情的例子。

> **！注意**
>
> 不要說 ~~say an example~~。

2 for example

for example 表示例如、舉例來說。

*Switzerland, **for example**, has four official languages.* 舉例來說，瑞士有四種官方語言。
*There must be some discipline in the home. **For example**, I do not allow my daughter to play with my computer.* 家裏必須有一些紀律。例如，我不允許女兒玩我的電腦。

> **！注意**
>
> 不要說 ~~by example~~。

except

except 表示除……之外、除了。

1 與名詞短語連用

except 通常用在名詞短語前面。

*Anything, **except water**, is likely to block a sink.* 任何東西，除了水，都有可能堵塞洗滌槽。

*All the boys **except Peter** started to laugh.* 除了彼得，所有的男孩都笑了起來。

except 可用在 me、him 或 her 這樣的賓格人稱代詞前面，或用在 himself 或 herself 之類的反身代詞前面。

*There's nobody **except me**.* 除了我沒有別人。

*Pedro didn't trust anyone **except himself**.* 佩德羅除了自己誰也不相信。

> **！注意**
>
> 不要把 except 用在主格人稱代詞前面。例如，不要說 ~~There's nobody here except I~~。
>
> 不要混淆 except 和 besides 或 unless。提及陳述中不涉及的事物時，用 except。besides 表示 in addition to（除了……還）。
>
> *What languages do you know **besides** Arabic and English?* 除了阿拉伯語和英語，你還懂哪些語言？

☞ 見 beside – besides

> **！注意**
>
> unless 表示除非、如果不。
>
> *I won't speak to you **unless** you apologize.* 我不會和你說話，除非你道歉。
>
> ☞ 見 unless

2 與動詞連用

except 可用在 *to*-不定式前面。

*I never wanted anything **except to be an actor**.* 除了做演員，我從來沒有想過要任何東西。

*She seldom goes out **except to go to church**.* 除了去教會，她很少外出。

在 do 後面，except 可用在不帶 to 的不定式之前。

*There was little I could **do except wait**.* 除了等待，我幾乎無事可做。

3 與限定分句連用

except 可用在限定分句前面，但僅限於以 when、while、where、what 或 that 引導的分句。

*I knew nothing about Judith **except what her dad told me**.* 我對茱迪斯一無所知，除了她父親告訴我的以外。

*I can't remember what we ate, **except that it was delicious**.* 我不記得我們吃的是甚麼，除了它是美味可口以外。

> **！ 注意**
> 不要把 except 直接用在限定動詞前面。例如，不要説 ~~I can't remember what we ate, except it was delicious.~~ 。

4 except for

except for 可用在名詞短語前面，表示除……之外。

*The classroom was silent, **except for the sound of pens on paper**.* 除了筆寫在紙上發出的聲音以外，教室裏很安靜。
*The room was very cold and, **except for Mao**, entirely empty.* 房間裏非常冷，並且除了毛以外空無一人。

☞ 見 accept – except

excited – exciting

1 excited

excited 表示興奮的、激動的。

*He was so **excited** he could hardly sleep.* 他興奮得幾乎睡不着覺。
*There were hundreds of **excited** children waiting for us.* 有數以百計興奮的孩子在等着我們。

be **excited about** something 表示對某事感到興奮（或激動）。

*I'm very **excited about** the possibility of joining the team.* 我對加入球隊的可能性非常興奮。

be excited about doing something 表示對做某事感到興奮（或激動）。

*Kendra was especially **excited about seeing** him after so many years.* 在這麼多年後見到他，肯德拉感到特別激動。

不要用 be ~~excited to do~~ something 表示期待做某事。

2 exciting

不要混淆 excited 和 exciting。 exciting 表示令人興奮、使人激動的。

*The film was a bit scary, and very **exciting**.* 這部電影有點嚇人，令人非常興奮。
*It did not seem a very **exciting** idea.* 這似乎不是一個令人非常興奮的想法。

excursion

☞ 見 journey – trip – voyage – excursion

excuse

excuse 可作名詞或動詞。作名詞時，其發音是 /ɪkˈskjuːs/。
作動詞時，其讀音是 /ɪkˈskjuːz/。

1 用作名詞

excuse 表示藉口、理由。

*They are trying to find **excuses** for their failures.* 他們正試圖為他們的失敗尋找藉口。
*There is no **excuse** for this happening in a new building.* 這事竟發生在一幢新建築物裏，實在沒有道理。

make an excuse 表示找藉口。

*I **made** an **excuse** and left the meeting early.* 我找了個藉口，提前離開了會場。
*You don't have to **make** any **excuses** to me.* 你不必對我作任何辯解。

> **！注意**
> 不要說 ~~say an excuse~~。

2 用作動詞

be excused from 表示得以免除。

*She **is usually excused** from her duties during the school holidays.* 在學校放假期間，她通常可免去值班。
*You can apply to **be excused** payment if your earnings are low.* 你如果收入很低，可以申請免除付款。

在談話中，可用 excuse oneself 或 excuse me 禮貌地表示自己要離開。

*Now I must **excuse** myself.* 不好意思，我一定要走了。
*You'll have to **excuse** me; I ought to be saying goodnight.* 失陪了，我該向各位道晚安了。

excuse 還表示寬恕、原諒。

*Such delays cannot **be excused**.* 這樣的延誤是不可原諒的。
*Please **excuse** my bad handwriting.* 請原諒我的字寫得不好。

3 forgive

forgive 的用法與此相似。但是，forgive 通常表示已經和某人生過氣或者爭吵過。
excuse 不能這樣用。

*I **forgave** him everything.* 我原諒了他所做的一切。

4 excuse me

人們常常用 Excuse me 表示對不起、不好意思。例如，想打斷某人、引起某人的注意或者從某人身邊走過時，可以說 Excuse me。

Excuse me, but are you Mr Hess? 對不起，你是赫斯先生嗎？

☞ 見主題條目 Apologizing

5 apologize

但是，表示道歉時，不要用 excuse oneself，而要用 apologize。如果想對所做的事情表示道歉，可以說 Sorry、I'm sorry 或 I apologize。

*She **apologized** for being so unkind.* 她為如此不友善而道歉。
*'You're late.' – **Sorry**.* "你遲到了。" —— "對不起。"

☞ 見 apologize

---

exhausted – exhausting – exhaustive

1 exhausted

exhausted 表示筋疲力盡。

*At the end of the day I felt **exhausted**.* 在一天結束時，我感到筋疲力盡。
*All three men were hot, dirty and **exhausted**.* 三個男人都是又熱、又髒而且筋疲力盡。

不要把 rather 或 very 等詞可用在 exhausted 前面。但是，可以用 completely、absolutely 或 utterly 之類的詞。

*'And how are you feeling?' – 'Exhausted. **Completely exhausted**.'* "你感覺怎麼樣？" —— "累。完全累垮了。"
*The guest speaker looked **absolutely exhausted**.* 特邀演講者看起來疲憊不堪。

2 exhausting

exhausting 表示累人的、令人疲倦的。

*It's a difficult and **exhausting** job.* 這是一個困難而令人疲憊的工作。
*Carrying bags is **exhausting**.* 提旅行袋令人很累。

3 exhaustive

exhaustive 表示詳盡的、透徹的。

*He studied the problem in **exhaustive** detail.* 他詳盡無遺地研究了這個問題。
*For a more **exhaustive** treatment you should read Margaret Boden's book.* 為了了解更透徹的論述，你應該讀一讀瑪格麗特・博登的書。

---

exist

exist 表示存在。

*It is clear that a serious problem **exists**.* 很明顯存在一個嚴重的問題。
*They walked through my office as if I didn't **exist**.* 他們穿過我的辦公室，好像我根本不存在似的。

exist 作此解時，不要用進行時形式。例如，不要說 ~~It is clear that a serious problem is existing.~~。

exist 也用於表示（在逆境中）生存、存活。

*How can we **exist** out here?* 我們怎樣才能在這裏生存下去？
*The whole band **exist** on a diet of chocolate and crisps.* 整個樂隊靠吃巧克力和薯片生存。

exist 作此解時，可用進行時形式。

*People **were existing** on a hundred grams of bread a day.* 人們靠着每天100克麵包艱難度日。

expect

1 expect

expect 表示料想、預計、期待。

I **expect** *you'll be glad when I leave*. 我料想，在我離開的時候你會很高興的。
They **expect** *that about 1,500 people will attend*. 他們預計大約1,500人將出席。

expect 後面有時可用 *to*-不定式代替 *that*-從句。例如，可以用 I **expect Johnson to come** to the meeting. 代替 I expect Johnson will come to the meeting.。 但是，兩者意義並不完全相同。 後一句話 I expect Johnson will come to the meeting. 表示 "我預計詹森會來參加會議。"，而前一句話 I expect Johnson to come to the meeting. 表示 "我期待詹森來參加會議。"。

Nobody **expected the strike to succeed**. 沒人指望罷工會成功。
The talks are expected to last *two or three days*. 預計會談將持續兩三天。

要表示不指望某事會發生，通常用 **do not expect something will** happen 或 **do not expect something to** happen，而不是 ~~expect something will not happen~~。

I **don't expect it will** *be necessary*. 我預計這沒有必要。
I **did not expect to be** *acknowledged*. 我沒預料到會受到答謝。

expect 還表示認為、相信。

I **expect** *they've gone*. 我想他們已經走了。

通常説 do not **expect** something is true，而不説 ~~expect something is not true~~。

I **don't expect** *you have much time for shopping*. 我認為你沒有很多時間去購物。

如果某人問某事是不是真的，可以回答説 I expect so（我想是的）。

'Will Joe be here at Christmas?' – '**I expect so**.' "喬會在聖誕節來這裏嗎？" —— "我想是的。"

> **! 注意**
>
> 不要説 ~~I expect it~~。
> **be expecting** someone or something 表示期待某人會來或某事會發生。
> They **were expecting** *Wendy and the children*. 他們在等溫蒂和孩子們過來。
> Rodin **was expecting** *an important letter from France*. 羅丁在等待從法國寄來的一封重要信件。
> We **are expecting** *rain*. 我們期待着下雨。
> 當 expect 這樣用時，後面不要用介詞。

---

2 wait for

不要把 expect 混淆為 wait for。wait for 表示等待、等候。

He sat on the bench and **waited for** *Miguel*. 他坐在長凳上等候米格爾。
Stop **waiting for** *things to happen. Make them happen*. 別再等待事情的發生。要促使事情發生。

☞ 見 wait

3 look forward to

look forward to 表示盼望、期待。

*I'll bet you're **looking forward to** your holidays.* 我敢說你在盼望你的假期。
*I always **looked forward to** seeing her.* 我總是盼望着見到她。

☞ 見 look forward to

expensive

expensive 表示昂貴的。

*I get very nervous because I'm using a lot of **expensive** equipment.* 我變得很緊張，因為我在使用很多昂貴的設備。
*It was more **expensive** than the other magazines.* 這本雜誌比其他雜誌要貴。

表示某物的價格高不能用 expensive，要用 high。

*The price is much too **high**.* 價格實在太高了。
*This must result in consumers paying **higher** prices.* 這必然導致消費者支付更高的價格。

experience – experiment

1 experience

experience 表示經驗。

*Do you have any teaching **experience**?* 你有教學經驗嗎？
*I've had no **experience** of running a business.* 我沒有經營企業的經驗。

an **experience** 表示經歷。

*Moving house can be a stressful **experience**.* 搬家有時是令人心力交瘁的經歷。

可以說 **have** an experience。

*I **had** a strange experience last night.* 我昨晚有過一個奇怪的經歷。

> **!** 注意
> 不要說 ~~make an experience~~。

2 experiment

不要用 experience 表示科學實驗。要用 experiment。

*Laboratory **experiments** show that Vitamin D may slow cancer growth.* 實驗室的試驗表明，維生素 D 可能減緩腫瘤的生長。
*Try it out in an **experiment**.* 做個實驗試一試。

通常用 **do**、**conduct** 或 **carry out** an experiment 表示做實驗。

*We decided to **do** an experiment.* 我們決定做一個實驗。
*Several experiments **were conducted** at the University of Zurich.* 在蘇黎世大學進行了數個實驗。

> **!** 注意
>
> 不要説 ~~make an experiment~~。

explain

explain 表示解釋、説明。

*The head teacher should be able to **explain** the school's teaching policy.* 校長應該能夠解釋學校的教學政策。

explain something **to** someone 表示向某人解釋某事。

*Let me **explain to** you about Jackie.* 讓我向你解釋一下傑基的情況。
*We **explained** everything **to** the police.* 我們向警察解釋了一切。

> **!** 注意
>
> 這類句子中必須使用 to。例如，不要説 ~~Let me explain you about Jackie.~~。explain 可與 *that*-從句連用，表示解釋的內容。
>
> *I **explained** that I was trying to write a book.* 我解釋説我在試着寫一本書。

explode – blow up

1 explode

explode 表示爆炸。

*A bomb **had exploded** in the next street.* 一顆炸彈在隔壁一條街上爆炸了。

可以説 **explode** a bomb，表示引爆一個炸彈。

*They **exploded** a nuclear device.* 他們引爆了一個核裝置。

2 blow up

但是，如果要表示某人用炸彈炸毀一個建築物，不要用 explode，而要説 **blow** the building **up**。

*He was going to **blow** the place **up**.* 他想要炸毀那個地方。

Ff

fabric

fabric 表示織物、布。

*A piece of white **fabric** was thrown out of the window.* 一塊白布被扔出窗外。
*They sell silks and other soft **fabrics**.* 他們出售絲綢和其他柔軟的織物。

不要用 fabric 表示工廠。

工廠通常稱作 factory。

☞ 見 factory – works – mill – plant

fact

1 fact

fact 表示事實、真相。

*It may help you to know the full **facts** of the case.* 這可以説明你了解案件的全部真相。
*The report is several pages long and full of **facts** and figures.* 這份報告有好幾頁長，充滿了事實和數字。

> **!** 注意
> 不要説 ~~true facts~~ 或 ~~These facts are true~~。

2 the fact that

可用以 the fact that 開頭的分句來談論一個整體情況。

*He tried to hide **the fact that he was disappointed**.* 他試圖隱瞞他感到失望這一事實。
***The fact that the centre is overcrowded** is the main thing that people complain about.* 中心過於擁擠，這是人們抱怨的主要問題。

> **!** 注意
> 在這樣的分句中必須使用 that。例如，不要説 ~~He tried to hide the fact he was disappointed.~~。

3 in fact

in fact 表示確切地説、準確地説，用於補充細節。

*They've been having financial problems. **In fact**, they may have to close down.* 他們一直有財務問題。説白了，他們可能不得不停業。

factory – works – mill – plant

1 factory

factory 表示（室內的）工廠、製造廠。

*I work in a cheese **factory**.* 我在一家芝士廠工作。
*He visited several **factories** which produce domestic electrical goods.* 他參觀了好
幾家生產家用電器的工廠。

2 works

works 也表示工廠，可以由若干建築物組成，還可能包括戶外設備和機械。

*There used to be an iron **works** here.* 這裏過去有一個煉鐵廠。

works 後面可用動詞的單數或複數形式。

*The sewage works **was** closed down.* 污水處理廠被關閉了。
*Engineering works **are** planned for this district.* 正在為這個地區規劃機器製造廠。

3 mill

mill 表示（製造特定材料的）工廠。

*He worked at a cotton **mill**.* 他在一家棉紡廠工作。

4 plant

chemical **plant** 表示化工廠。

*There was an explosion at a chemical **plant**.* 一家化工廠發生了爆炸。

plant 也可表示發電廠。

*They discussed the re-opening of the nuclear **plant**.* 他們討論了核電廠的重新啟用。

---

fair – fairly

1 fair

fair 表示公平的、公正的、合理的。

*It wouldn't be **fair** to disturb the children's education at this stage.* 在這個階段干擾
孩子們的教育是不合理的。
*Do you feel they're paying their **fair** share?* 你覺得他們支付的是公平份額嗎？

2 fairly

不要把 fair 用作副詞，除了在 play fair 這個表達式中。 如果想表示公平地、合理地，
要用 fairly。

*We want it to be **fairly** distributed.* 我們希望它能得到公平分配。
*He had not explained things **fairly**.* 他沒有公正地解釋事情。

fairly 還有一個完全不同的詞義，表示相當地。

*The information was **fairly** accurate.* 這項資料相當精確。
*I wrote the first part **fairly** quickly.* 我相當快地寫完了第一部份。

> ### ⚠ 注意
>
> 不要把 fairly 用在比較級形式前面。例如，不要説 ~~The train is fairly quicker than the bus.~~。在談話和不太正式的書面語中，可説 The train is **a bit** quicker than the bus.（火車比公共汽車略快一點。）。
>
> *Golf 's **a bit** more expensive.* 高爾夫更貴一點。
>
> *I began to understand her **a bit** better.* 我開始對她了解得稍微多一點了。
>
> 在比較正式的書面語中，可用 rather 或 somewhat。
>
> *In short, the problems now look **rather** worse than they did a year ago.* 總之，問題現在看起來比一年前更嚴重了。
>
> *The results were **somewhat** lower than expected.* 結果比預期稍微低了一些。
>
> 很多其他的詞和表達式可用於表示程度。

☞ 關於表示程度的分級詞彙列表，見 Adverbs and adverbials

fair – fare

這兩個詞都讀作 /feə/。

1 fair

fair 可作形容詞或名詞。形容詞 fair 表示合理的、公平的、公正的。

☞ 見 fair – fairly

fair 用於形容人或人的頭髮表示（頭髮）淺色的、金色的。

*My daughter has three children, and they're all **fair**.* 我女兒有三個孩子，他們都長着一頭金髮。

名詞 fair 表示（在公園或野外舉辦的）遊樂會。

*We took the children to the **fair**.* 我們帶孩子們去遊樂場了。

2 fare

fare 表示票價、車費、旅費、路費。

*Coach **fares** are cheaper than rail **fares**.* 經濟艙票價比火車票價便宜。

*Airline officials say they must raise **fares** in order to cover rising costs.* 航空公司的官員説，他們必須提高票價以彌補成本上升。

fall

fall 可作動詞或名詞。

1 用作動詞

fall 表示掉下、落下。fall 的過去式是 fell，-ed分詞是 fallen。

*The cup **fell** from her hand and broke.* 杯子從她手裏掉下去摔破了。

*Several napkins had **fallen** to the floor.* 數條餐巾紙掉到了地上。

下雨或下雪可用 fall 表示。

*Rain was beginning to **fall**.* 開始下雨了。

fall 表示摔倒、跌倒。

*She **fell** and hurt her leg.* 她摔倒弄傷了腿。

在談話中，通常不用 fall 表示摔倒，而要用 fall down 或 fall over。

*He **fell down** in the mud.* 他摔倒在爛泥裏。

*He **fell over** backwards and lay completely still.* 他向後摔倒，然後躺着一動不動。

也可用 fall down 或 fall over 表示高的東西倒下。

*The pile of books **fell down** and scattered all over the floor.* 這堆書倒了下來，散落在地板上。

*A tree **fell over** in the storm.* 一棵樹在暴風雨中倒下了。

⚠ 注意

fall 是不及物動詞。不能説 fall something。例如，不要説 ~~She screamed and fell the tray.~~，而要説 She screamed and **dropped** the tray.（她尖叫一聲，手上的托盤掉到地上。）。

*He bumped into a chair and **dropped** his plate.* 他撞到一張椅子，自己的盤子碰跌在地上。

*Careful! Don't **drop** it!* 小心！別把它掉了！

同樣，不能用 fall a person 表示把人撞倒。例如，不要説 ~~He bumped into the girl and fell her.~~ 而要説 He bumped into the girl and **knocked** her **down**.（他撞到女孩身上，把她撞倒了。）或 He bumped into the girl and **knocked** her **over**.。

*I nearly **knocked down** a person at the bus stop.* 我在公共汽車站差點撞倒一個人。

*I got **knocked over** by a car when I was six.* 我 6 歲時曾被一輛汽車撞倒。

---

2 用作名詞

fall 也可作名詞，表示摔倒、跌倒。

*He **had** a bad **fall** and was taken to hospital.* 他重重地跌了一跤，被送往醫院。

在美式英語裏，fall 表示秋季、秋天。

*In the **fall**, I love going to Vermont.* 在秋天，我喜歡去佛蒙特。

英國人用 autumn 指秋天。

☞ 見 autumn

---

familiar

1 familiar

familiar 表示熟悉的。

*There was something **familiar** about him.* 他身上有一點眼熟的東西。
*Gradually I began to recognize **familiar** faces.* 漸漸地我開始認出熟悉的面孔。

2 familiar to

familiar to 表示為⋯⋯所熟悉的。

*His name is **familiar to** millions of people.* 他的名字是數以百萬計的人們熟悉的。
*This problem will be **familiar to** many parents.* 這將是一個很多家長熟悉的問題。

3 familiar with

familiar with 表示熟悉⋯⋯的。

*I am of course **familiar with** your work.* 我當然熟悉你的工作。
*These are statements which I am sure you are **familiar with**.* 這些表述我肯定你非常熟悉。

---

far

1 距離

how far 用於詢問距離有多遠。

***How far** is it to Seattle?* 到西雅圖有多遠？
*He asked us **how far** we had come.* 他問我們從多遠的地方來到這裏。

但是，不要用 far 描述距離。例如，表示某物離某處有10公里遠，不要說 ~~something is 10 kilometres far from a place~~。要說 something is 10 kilometres **from** 或 **away from** a place。

*The hotel is just fifty metres **from** the ocean.* 旅館離海洋只有50米遠。
*I was about five miles **away from** some hills.* 我離一些小山大約有5英里。

far 用在疑問句和否定句中表示很遠的。例如，**not far** to a place 表示離某處不遠。

*Do tell us more about it, Lee. Is it **far**?* 一定要給我們多介紹一點情況，李。那地方遠嗎？
*It **isn't far** now.* 現在已經不遠了。
*I **don't** live **far** from here.* 我住在離這裏不遠的地方。

在肯定句中，far 不能這樣用。例如，不要說 ~~a place is far~~。表示某地很遠，要用 far away 或 a long way away。

He is far away in Australia. 他遠在澳洲。
That's up in the Cairngorms, which is quite a long way away. 那遠在凱恩戈姆山脈，離這裏距離相當遙遠。

☞ 見 away

在現代英語裏，far 不用在名詞前面。例如，不要說 ~~far hills~~，而要用 distant、faraway 或 far-off。

*The bedroom has views of the **distant** mountains.* 從這間臥室看得見遠處的山景。
*I heard the **faraway** sound of a waterfall.* 我聽到遠處傳來的瀑布聲。
*She dreamed of travelling to **far-off** places.* 她夢想去遙遠的地方旅行。

2 程度或範圍

far 也用於疑問句和否定句，談論某事發生的程度或範圍。

*How **far** have you got in developing this?* 你們這個開發到甚麼程度了？
*Prices will not come down very **far**.* 價格不會大幅度下降。
*None of us would trust them very **far**.* 我們中誰也不會過於相信他們。

3 用作強化詞

far 可用在比較級前面，表示某物具有的性質比別的事物多得多。例如，**far bigger** than 表示比……大得多。

*This is a **far better** picture than the other one.* 這幅畫比另一幅好得多。
*The situation was **far more dangerous** than Woodward realized.* 情況遠比伍德沃德意識到的更危險。

far more 用在名詞前面表示多得多。

*He had to process **far more** information than before.* 他不得不處理比以前多得多的資料。
*Professional training was provided in **far more** forms than in Europe.* 提供了比歐洲多得多的專業培訓形式。

也可在 too 前面使用 far。例如，far too big 表示過大。

*I was **far too polite**.* 我太過於禮貌了。
*It is **far too early** to judge.* 現在判斷還為時過早。

可以把 far 用在 too much 或 too many 前面。例如，far too much 表示過多。

*Teachers are being given **far too much** new information.* 為教師提供了過多的新資料。
*Every middle-class child gets **far too many** toys.* 每一個中產階級的孩子都擁有過多的玩具。

在非正式英語裏，可用 way 代替 far 作強化詞。

*It's **way too early** to say who will win.* 要説誰將獲勝還為時太早。
*You talk **way too much**.* 你話説得實在太多了。
*I communicate **way better** with music than with words.* 我用音樂比用語言交流起來強得多。

---

fare

☞ 見 fair – fare

---

fault

☞ 見 blame – fault

---

favourite

favourite 表示最喜歡的。

*What is your **favourite** television programme?* 你最喜歡的電視節目是甚麼？
*Her **favourite** writer is Hans Christian Andersen.* 她最喜歡的作家是漢斯・克利斯蒂安・安徒生。

most 不能與 favourite 連用。例如，不要説 ~~This is my most favourite book.~~，而要説 This is my **favourite** book.（這是我最喜歡的書。）。

 favourite 在美式英語裏的拼寫是 favorite。

---

feel

feel 是一個常用動詞，有好幾個詞義。其過去式和 -ed分詞是 felt。

1 感知

can feel 表示感覺到。

*I **can feel** the heat of the sun on my face.* 我感覺到陽光曬在臉上的熱量。
*I wonder if insects **can feel** pain.* 我想知道昆蟲是否能感到疼痛。

> **！注意**
>
> 在這類句子中通常用 can。例如，可以説 I **can feel** a pain in my foot.（我感到腳痛。），而不要説 ~~I feel a pain in my foot.~~。也不要用進行時形式。不要説 ~~I am feeling a pain in my foot.~~。
>
> 如果想表示某人過去感到某物，可用 felt 或 could feel。
>
> *They **felt** the wind on their faces.* 他們感覺到風吹在臉上。
> *Through several layers of clothes I **could feel** his muscles.* 透過好幾層衣服，我能感覺到他的肌肉。
>
> 但是，如果想表示某人突然感覺到某物，則必須用 felt。
>
> *He **felt** a sting on his elbow.* 他感到肘部被螫了一下。
>
> felt 或 could feel 後面可用 -ing形式，表示感覺到某事正在不斷發生。
>
> *He **could feel** the sweat **pouring** down his face.* 他感到汗水正從他臉上淌下來。
>
> 不帶 to 的不定式可用在 felt 後面，表示某人感覺到了一個動作。
>
> *She **felt** the boat **move**.* 她感到船動了一下。

2 觸摸

feel 表示觸摸。

*The doctor **felt** her pulse.* 醫生摸了她的脈搏。

3 手感

feel 可表示某物摸上去的感覺。

*The blanket **felt** soft.* 這條毯子摸上去很柔軟。
*How does it **feel**? Warm or cold?* 感覺怎麼樣？熱的還是冷的？
*It looks and **feels** like a normal fabric.* 這看上去和摸起來都像是普通織物。

> **！注意**
>
> 在上述情況下，feel 不能用進行時形式。例如，不要説 ~~The blanket was feeling soft.~~。

4 情緒和感覺

feel 可與形容詞連用，表示正在經歷某種情緒或感覺。feel 表達這個意思時，可用一般時態或進行時形式。

*I **feel** lonely.* 我感到孤獨。
*I'm **feeling** terrible.* 我感覺糟透了。
*She **felt** happy.* 她感到很高興。
*I **was feeling** hungry.* 我覺得餓了。

feel 也可與名詞短語連用，表示經歷某種情緒或感覺。feel 和名詞短語連用時，用一般時態。

*She **felt** a sudden desire to scream.* 她突然感到想要尖叫。

> **❗ 注意**
>
> 使用 feel 表示經歷某種情緒或感覺時，不要用反身代詞。例如，不要説 I~~ felt myself uncomfortable.~~，而要説 I **felt** uncomfortable.（我感覺不舒服。）。

5 feel like

feel like 表示感覺像。

*If you want to **feel like** a star, travel like a star.* 如果你希望有明星的感覺，那就像明星那樣出行。
*I **feel like** a mouse being chased by a cat.* 我覺得自己像一隻被貓追趕的老鼠。

feel like doing something 表示想做某事。

*Whenever I **felt like talking**, they were ready to listen.* 每當我想説話的時候，他們都樂意傾聽。
*Are there days when you **don't feel like writing**?* 有你不想寫作的日子嗎？

在這類句子中，有時可用名詞短語代替 *-ing*形式。

例如，可以用I **feel like** a walk.（我想去散步。）代替 I feel like going for a walk.。
*I **feel like** a cup of coffee.* 我想要一杯咖啡。

> **❗ 注意**
>
> 不要説 ~~feel like to do~~ something。

---

female – feminine

1 female

female 表示女性的、雌性的。female 可作形容詞談論人或動物。

*There has been a rise in the number of **female** employees.* 女員工人數出現了上升。
*A **female** toad may lay 20,000 eggs each season.* 雌蟾蜍每個季節可能產2萬粒卵。

female 也可用作名詞談論動物。

*The male fertilizes the **female's** eggs.* 雄性使雌性的卵子受精。
*He saw a family of lions – a big male, a beautiful **female**, and two cubs.* 他看到一個

獅子家庭 —— 一頭大雄獅、一頭漂亮的母獅和兩隻幼獅。

在科學文本中，female 有時用作名詞指婦女或女孩。

*The condition affects both males and **females**.* 這種病症會侵襲男性和女性。

人們有時用 female 一詞來談論年輕女性，以避免使用 woman 或 girl。

*He asked if a white **female** of a certain age had checked into the hotel.* 他問是否有一個有一定年齡的白人女性在酒店入住。

2 feminine

feminine 表示女子氣的、有女性氣質的。

*The bedroom has a light, **feminine** look.* 這間睡房有一種淡淡的女性特質。

*She is a calm, reasonable and deeply **feminine** woman.* 她是一個平靜、理性、非常有女人味的女子。

不要用 feminine 談論動物。

---

fetch

☞ 見 bring – take – fetch

---

few – a few

1 用在名詞前面

few 和 a few 都可用在名詞前面，但意義不同。a few 只是表示數個、一些、少數。

*I'm having a dinner party for **a few** close friends.* 我打算為數個親密的朋友舉行一次晚宴。

*Here are **a few** ideas that might help you.* 這裏有一些想法也許可以幫助你。

只用 few 時，則是在強調很少、幾乎沒有。因此，如果說 I have **a few** friends.，意思是 "我有數個朋友。"。但是，如果說 I have **few** friends.，意思是 "我很少朋友。"。

*There were **few** resources available.* 幾乎沒有可以獲得的資源。

2 用作代詞

few 和 a few 都可以像這樣用作代詞。

*Doctors work an average of 90 hours a week, while **a few** work up to 120 hours.* 醫生們平均每週工作90小時，而有數個工作時間長達120小時。

*Many were invited but **few** came.* 很多人受到了邀請，但來的人卻寥寥無幾。

3 not many

在談話和不太正式的書面語中，人們通常不單用 few，而是用 not many。例如，人們通常用 I **haven't got many** friends.（我沒有多少朋友。）或 I **don't have many** friends.（我朋友不多。）代替 I have few friends.。

*They **haven't got many** books.* 他們的書不多。

*I **don't have many** visitors.* 我沒有很多訪客。

> **！ 注意**
>
> 不要用 few 或 a few 談論少量的東西。
> 例如，不要説 ~~Would you like a few more milk in your tea?~~，而要説 Would you like **a little** more milk in your tea?（你想在茶裏再加一點牛奶嗎？）。

☞ 見 little – a little

---

fewer

☞ 見 less

---

film

film 表示電影。

*The **film** is based on a true story.* 這部電影是根據一個真實故事改編的。
*Do you want to watch a **film** tonight?* 你今晚想看電影嗎？

在美式英語裏，電影稱作 movie。

*His last book was made into a **movie**.* 他的最後一本書被拍成了電影。

在英國，電影院通常稱作 cinema。在美國，電影院用 movie theater 或 movie house 表示；如果很清楚指的是電影院而不是劇院，有時就用 theater。

表示去看電影，英國人説 go to the **cinema**，而美式英語中用 go to the **movies**。

*Everyone has gone to the **cinema**.* 每個人都去看電影了。
*Some friends and I were driving home from the **movies**.* 我和一些朋友正開車從電影院回家。

---

finally

☞ 見 eventually – finally

---

find

1 尋找的結果

find 表示找到。

find 的過去式和 -ed分詞是 found。

*I eventually **found** what I was looking for.* 我最終找到了我在尋找的東西。
***Have** you **found** your keys yet?* 你已經找到你的鑰匙了嗎？

> **！ 注意**
>
> find 作此解時，後面不要用 out。例如，不要説 ~~I eventually found out what I was looking for.~~。

2 discover

discover 有時用於代替 find，是一個相當正式的詞。

*The bodies of the family **were discovered** by police officers on Tuesday.* 那一家人的屍體星期二被警察發現了。

cannot find 表示找不到（正在找的東西）。

*I think I'm lost – I **can't find** the bridge.* 我覺得我是迷路了 —— 我找不到那座橋了。

但是，不要説 ~~cannot discover~~ something。

3 發現某物

find 或 discover 可用於表示發現某個物體。

*Look what I**'ve found**!* 看看我發現了甚麼！

*A bomb could **be discovered** and that would ruin everything.* 可能會發現一顆炸彈，而這會毀了一切。

come across 的意思與此類似。

*They **came across** the bones of an animal.* 他們發現了一具動物的骨骼。

4 獲得資料

find、find out 或 discover 可表示發覺、認識到。

*Researchers **found** that there was little difference between the two groups.* 研究人員發現兩組之間沒甚麼差別。

*It was such a relief to **find out** that the boy was safe.* 發覺男孩安然無恙，真讓人大大鬆了一口氣。

*He **has** since **discovered** that his statement was wrong.* 此後他發覺他的説法是錯誤的。

在以 when、before 或 as soon as 開頭的從句中，可省略 find out 後面的賓語。但 find 或 discover 後面的賓語不能省略。

*When Dad **finds out**, he'll be really angry.* 如果爸爸發現了，他會很生氣的。

*You want it to end before anyone **finds out**.* 你希望在別人發覺以前就把它結束掉。

*As soon as I **found out**, I jumped into the car.* 我一經發現就馬上跳進了汽車。

find out 或 discover 可表示查明、查出。

***Have** you **found out** who killed my husband?* 你們已經查出是誰殺了我的丈夫嗎？

*Police **discovered** that he was hiding out in London.* 警方查明他正藏匿在倫敦。

也可以用 find out 表示查到、獲知（容易獲取的事實）。

*I **found out** the train times.* 我查到了火車班次。

> **！ 注意**
>
> 不能用 discover 表示查到（容易獲取的事實）。

5 find 的另一個詞義

可以用 find 後接 it 加形容詞，表示對某事的看法。

例如，覺得做某事有困難，可以説 **find it difficult to do** something。覺得某事很好

笑，可以用 find it funny 表示。

*I **find it difficult to talk** to the other parents.* 我發覺很難和其他的父母交談。
*'Was the exam hard?' – 'No, I **found it** quite **easy**.'* "考試難嗎？" —— "不難，我覺得相當容易。"

> ### ⚠ 注意
>
> 這類句子中必須使用 it。例如，不要説 ~~I find difficult to talk to other parents~~.。
> 也可用 find 後接一個名詞短語加一個形容詞或加兩個名詞短語，以表示對某事的看法。
>
> *I **found his behaviour extremely rude**.* 我覺得他的行為非常粗魯。
> *I'm sure you'll **find him a good worker**.* 我敢肯定你會發現他是一個好工人的。

fine – finely

fine 通常作形容詞，但在談話中也可用作副詞。fine 有三個主要詞義。

1 用作 very good 解

fine 表示很好的、出色的。

*He gave a **fine** performance.* 他作了出色的表演。
*From the top there is a **fine** view.* 從頂部看出去景色很好。

fine 這樣用時，可把 very 或 extremely 之類的詞用在其前面。

*He's intelligent and he'd do a **very fine** job.* 他很聰明，他會做得很好。
*This is an **unusually fine** piece of work.* 這是一件特別好的作品。

fine 不能作副詞表達這個意思，但在 -ed 分詞前面可用副詞 finely。

*This is a **finely** crafted story.* 這是一個精心編織的故事。

2 用作 satisfactory 解

也可用 fine 表示令人滿意的、可以接受的。

*'Do you want more milk?' – 'No, this is **fine**.'* "你還要牛奶嗎？" —— "不，可以了。"

fine 可表示身體好的。

*'How are you?' – '**Fine**, thanks.'* "你好嗎？" —— "很好，謝謝。"

如果 fine 表示令人滿意的，前面不要用 very，但可以用 just。

*Everything is **just fine**.* 一切都很好。
*'Is she settling down in England?' – 'Oh, she's **just fine**.'* "她在英格蘭安頓下來了嗎？" —— "噢，她沒問題。"

在談話中，fine 可用作副詞，表示不錯、很好。

*We got on **fine**.* 我們相處得很不錯。
*I was doing **fine**.* 我做得很好。

> **!** 注意
>
> 這類句子中不要用 finely。例如，不要説 ~~We got on finely.~~。

3 用作 small 或 narrow 解

也可用 fine 表示纖細的、細小的。

*She has long, **fine** hair.* 她有纖細的長髮。

fine 表達這個意思時，前面可用 very 等詞。

*These pins are **very fine** and won't split the wood.* 這些釘很細，不會使木頭開裂的。

finely 可作副詞表達這個意思。

*Put the mixture in the bowl and add a cup of **finely** chopped onions.* 把混合物放入碗裏，加一杯切細的洋葱。

---

finish

finish 表示結束。

*The concert **finished** at midnight.* 音樂會在午夜結束。

finish 可表示完成。

*Have you **finished** the ironing yet?* 你熨燙好了嗎？
*When he **had finished**, he closed the file.* 他讀完後合上了資料夾。

可用 **finish doing** something 表示做完某事。

*Jonathan **finished studying** three years ago.* 喬納森三年前完成了學業。
*I'**ve finished reading** your book.* 我讀完了你的書。

> **!** 注意
>
> 不要説 ~~finish to do~~ something。

---

first – firstly

1 first 用作形容詞

形容詞 first 表示第一個。

*She lost 16 pounds in the **first** month of her diet.* 她節食的第一個月瘦了16磅。
*Yuri Gagarin was the **first** man in space.* 尤里・加加林是進入太空的第一人。

first 前面可用 very 表示強調。

*The **very first** thing I do when I get home is have a cup of tea.* 我回家後做的第一件事就是喝一杯茶。

2 first 用作副詞

副詞 first 表示首先。

*Rani spoke **first**.* 拉尼首先説話。

*When people get their newspaper, which page do they read **first**?* 人們拿到報紙時先看哪一版？

> **!** 注意
>
> 不要用 firstly 表達這個意思。例如，不要説 ~~Rani spoke firstly.~~。

3 first 和 firstly 用作句子狀語

first 或 firstly 可用於列舉，表示第一、首先。

***First**, mix the eggs and flour.* 首先，把雞蛋和麵粉混合在一起。

*There are two reasons why I'm angry. **Firstly** you're late, and secondly, you've forgotten your homework.* 有兩個原因讓我很生氣。第一，你遲到了；第二，你忘了做家課。

要強調第一，可用 first of all。

*I have made a commitment, **first of all** to myself, and secondly to my family.* 我作了一個承諾，首先是對自己，其次是對家人。

***First of all**, I'd like to thank you all for coming.* 首先，我要感謝你們大家的到來。

> **!** 注意
>
> 不要説 ~~firstly of all~~。

4 at first

at first 表示最初、起初。

***At first** I was reluctant.* 最初我是不情願的。

***At first** I thought that the shop was empty, then from behind one of the counters a man appeared.* 起初我以為商店裏沒人，然後從一個櫃枱後面出現了一個男人。

> **!** 注意
>
> 這類句子中不要用 firstly。

---

first floor

☞ 見 ground floor – first floor

---

first name – Christian name – forename – given name

1 first name

first name 表示（姓名中的）名。英語的名位於姓之前。

*At some point in the conversation Brian began calling Philip by his **first name**.* 在談話中的某一時刻，布萊恩開始對菲力浦直呼其名。

2 Christian name

在英式英語裏，人們有時用 Christian name（教名）代替 first name。這種用法相當過時。

*Do all your students call you by your **Christian name**?* 你的學生都用教名稱呼你嗎？

🏴 美式英語裏不用 Christian name 這個説法。

3 forename

在正式表格上，通常要求填表人填寫 surname（姓）以及 first name（名）或 forename（名）。forename 僅用於書面語。

4 given name

🏴 在美式英語裏，given name 有時用來代替 first name 或 forename。

☞ 見主題條目 Addressing someone

---

fit – suit

1 fit

fit 表示（衣服）合身。

*That dress **fits** you perfectly.* 那條連衣裙你穿得非常合身。
*He was wearing pyjamas which did not **fit** him.* 他穿着不合身的睡衣。

🏴 在英式英語裏，fit 的過去式是 fitted。在美式英語裏，過去式是 fit。

*The boots **fitted** him snugly.* 這雙靴子他穿非常合腳。
*The pants **fit** him well and were very comfortable.* 褲子很合他的身，很舒服。

2 suit

不要用 fit 表示衣服與某人很相配，而要用 suit。

*You look great in that dress, it really **suits** you.* 你穿那件連衣裙很好看，真的很配你。

---

flat – apartment

1 flat

在英式英語裏，flat 表示一套單位，通常在一棟大廈的同一樓層上。

🏴 *She lived in a tiny furnished **flat** near Sloane Square.* 她住在斯隆廣場附近一套連傢具的小單位裏。

2 apartment

🏴 在美式英語裏，住宅單位通常稱作 apartment。

*It is a six-story building with 20 luxury two- and three-bedroom **apartments**.* 這是一幢六層大樓，有20套豪華的兩房和三房單位。

3 block of flats

在英式英語裏，住宅大廈通常稱作 block of flats。

*The building was pulled down to make way for a **block of flats**.* 為了騰出地方建一幢住宅大廈，這座建築物被拆除了。

4 apartment block 和 apartment building

 在美式英語裏，有時也在英式英語裏，住宅大廈稱作 apartment building 或 apartment block。

*He lives on the ninth story of an **apartment block** on Charlesgate East.* 他住在東查理斯門一住宅大廈的第九層。

*Several **apartment buildings** were destroyed in the fire.* 好幾棟住宅大廈被大火燒毀了。

floor – ground

1 floor

floor 表示地板。

*The book fell to the **floor**.* 書掉到了地板上。

floor 也表示樓層、樓面。

*I went up the stairs to the third **floor**.* 我走上樓梯到了三樓。

在某一層樓用 on 表示。

*My office is **on the second floor**.* 我的辦公室在二樓。

> **！注意**
>
> 要表示在某一層樓，不能用 in。

☞ 見 ground floor – first floor

2 ground

一般不用 floor 指地面。要用 ground。

*He set down his backpack on the **ground**.* 他把背包放在地上。
*The **ground** was very wet and muddy.* 地上非常潮濕和泥濘。

但是，森林的地面有時稱作 forest floor，海底有時稱為 sea floor 或 ocean floor。

*The **forest floor** is not rich in vegetation.* 這片森林的地表上沒有茂密的植物。
*Some species are mainly found on the **sea floor**.* 一些物種主要見於海底。

foot

1 身體的一部份

foot 表示足、腳。

*He kept on running despite the pain in his **foot**.* 腳雖然痛，他仍然繼續奔跑。

foot 作此解時，其複數為 feet。

*She's got very small **feet**.* 她的腳很小。

on foot 表示步行。

*The city should be explored on **foot**.* 這座城市應該步行來探索。

2 量度

foot 也是長度單位，表示英尺。1英尺等於12英寸或30.48厘米。

foot 作此解時，其複數通常是 feet。

*We were only a few **feet** away from the edge of the cliff.* 我們在離懸崖邊只有數英尺遠的地方。

*The planes flew at 65,000 **feet**.* 這些飛機在65,000英尺的高空飛行。

但是，在 high、tall 和 long 等詞前面 foot 可作為複數。

*She's five **foot** eight inches tall.* 她身高5英尺8英寸。

在另一個名詞前面始終要用 foot 作為複數。例如，要表示一個20英尺寬的缺口，可用 a twenty **foot** gap。不要説 ~~a twenty feet gap~~。

*The prison was enclosed by a forty **foot** wall.* 監獄四周是一道40英尺高的圍牆。

---

football

1 football

 在英國，football 表示足球。在美國，足球用 soccer 表示。

*We met a group of Italian **football** fans.* 我們碰到了一群意大利足球迷。
*There was a lot of pressure on the US **soccer** team.* 美國足球隊有很大的壓力。

2 American football

 在北美，football 表示欖球。在英國，欖球稱作 American football（美式足球）。

*This year's national college **football** championship was won by Princeton.* 今年的全國大學生欖球錦標賽的冠軍是普林斯頓隊。
*He was an **American football** star.* 他是一位美式足球明星。

3 match

 在英國，football match 表示足球比賽。在美國，足球比賽用 football game 表示。

*We watched the **match** between Arsenal and Manchester United.* 我們觀看了阿仙奴和曼徹斯特聯隊的比賽。
*Are you going to watch the football **game** Monday night?* 你星期一晚上要去看足球賽嗎？

---

for

for 表示為、給。

*He left a note **for** her on the table.* 他在桌子上給她留了一張便條。

*She held out the flowers and said, 'They're **for** you.'* 她拿出花説道，"這是給你的。"

*I am doing everything I can **for** you.* 我正在為你竭盡全力。

for 用在名詞短語或 -ing形式前面，表示目的。

*Some planes are **for internal use**, others **for international flights**.* 有些飛機供國內使用，其他的用於國際航班。

*The mug had been used **for mixing** flour and water.* 這個馬克杯用來混合麵粉和水。

for 用在名詞短語前面，表示原因。

*We stopped **for lunch** by the roadside.* 我們停下來在路邊吃午飯。

*I went to the store **for a newspaper**.* 我去商店買一份報紙。

> **！注意**
>
> 表示原因時，不要把 for 與 -ing形式連用。
> 例如，不要説 He went to the city for finding work.，而要説 He went to the city **to find** work.（他去城裏找工作。）或 He went to the city **in order to find** work.。
>
> *People would stroll down the path **to admire** the garden.* 人們常沿着小道信步閒逛，以欣賞這座花園。
> *He had to hurry **in order to reach** the next place on his schedule.* 為了到達他日程表上的下一個地方，他不得不趕快。

---

1 持續

for 用於表示動作的持續時間。

*I'm staying with Bob **for** a few days.* 我要和鮑伯住數天。

也可用 for 表示狀態的持續時間。

*I have known you **for** a long time.* 我認識你已有很長時間了。
*He has been missing **for** three weeks.* 他已經失蹤三個星期了。

> **！注意**
>
> for 表示狀態的持續時間時，必須用完成時形式。例如，不要説 I am living here for five years.，而必須説 I **have lived** here for five years.（我已經在這裏住了五年。）。

---

2 since

不要混淆 for 和 since。since 表示自從、從……以來。

*Exam results have improved rapidly **since** 1999.* 從1999年以來，考試成績有了迅速提高。

*I've known her **since** she was twelve.* 我從她12歲起就認識她了。

☞ 見 since

3 作 because 解

在敘事中，for 有時用作 because 解。這種用法相當過時，不使用在談話中。

*This is where he spent his free time, **for** he had nowhere else to go.* 這就是他度過空餘時間的地方，因為他沒有別的地方可去。

☞ 見 because

---

forename

☞ 見 first name – Christian name – forename – given name

---

forget

1 forget

forget 的過去式是 forgot，-ed分詞是 forgotten。

forget 或 forget about 表示忘記。

*Alan, having **forgotten** his fear, became more confident.* 艾倫忘記了恐懼，變得更自信。

*Tim **forgot about** his problems for a few hours.* 有數小時添忘記了自己的問題。

have forgotten something 表示想不起某事。

*I **have forgotten** where it is.* 我忘記它在哪裏了。

*...a Grand Duke whose name I **have forgotten*** ……一個我忘了名字的大公

forget something 可表示忘記帶上某物。

*Sorry to disturb you – I **forgot** my key.* 很抱歉打擾你 —— 我忘了鑰匙。

> **！ 注意**
>
> 不要用動詞 forget 表示把東西留在某處。要用動詞 leave。
>
> *I **left** my bag on the bus.* 我把袋留在公共汽車上了。

2 forget to

forget to do something 表示忘記做某事。

*She **forgot to lock** her door one day and two men got in.* 有一天她忘記了鎖門，結果闖進來兩個男人。

*Don't **forget to call** Dad.* 別忘了給爸爸打電話。

> **！ 注意**
>
> 不要用 -ing形式。例如，不要説 ~~She forgot locking her door.~~。

---

form

☞ 見 class – form – grade – year

---

fortnight

在英式英語裏，兩個星期常常稱作 fortnight。

*I went to Rothesay for a **fortnight**.* 我到羅思賽去了兩個星期。
*He borrowed it a **fortnight** ago.* 他是在兩星期之前借去的。

 美式英語中通常不用這個詞。

forward – forwards
☞ 見 -ward – -wards

free – freely

1 沒有控制

形容詞 free 表示自由的。

*We believe in **free** speech.* 我們信奉言論自由。
*The elections were **free** and fair.* 選舉是自由和公正的。

不要用 free 作副詞表示這個意思。要用 freely。

*We are all friends here and I can talk **freely**.* 我們這裏都是朋友，我可以暢所欲言。

2 免費

free 表示免費的。

*The coffee was **free**.* 咖啡是免費的。
*Many children are entitled to **free** school meals.* 許多兒童有權享受免費午餐。

表達這個意思的副詞是 free，不是 freely。例如，可以説 Pensioners can travel **free** on the buses.（領養老金的人可以免費乘坐公共汽車。）。不要説 ~~Pensioners can travel freely on the buses~~.。

*Children can get into the museum **free**.* 兒童可以免費進入博物館參觀。

3 放開

free 表示鬆開的、鬆脱的。不要用 freely 表示這個意思。

*She tugged to get it **free**.* 她用力把它拉開了。
*I shook my jacket **free** and hurried off.* 我把外套抖掉，匆匆離去了。

4 空暇

free 可表示有空的、空間的。free time 表示空餘時間。

*They spend most of their **free time** reading.* 他們把大部份空餘時間花了在閱讀上。
*Are you **free** on Tuesday?* 你星期二有空嗎？

frequently
☞ 關於表示頻率的分級詞彙清單，見 Adverbs and adverbials

friend

1 friend

friend 表示朋友。好朋友用 good friend 或 close friend 表示。

*He's a **good friend** of mine.* 他是我的一個好朋友。
*A **close friend** told me about it.* 一個親密的朋友告訴了我這件事。

old friend 表示老朋友。

*I went back to my hometown and visited some **old friends**.* 我回到我的家鄉，拜訪了一些老朋友。

2 be friends with

be **friends with** 表示與⋯⋯是朋友。

*You used to be good **friends with** him, didn't you?* 你以前和他是好朋友，不是嗎？
*I also became **friends with** Melanie.* 我也和梅拉尼成了朋友。

---

friendly

friendly 表示友好的、友善的。

*The staff are very **friendly** and helpful.* 員工們都非常友好而且樂於助人。

be **friendly to** 或 **towards** someone 表示對某人友好。

*The women had been **friendly to** Lyn.* 這些婦女對林恩很友好。
*Your father is not as **friendly towards** me as he used to be.* 你父親對我沒有像以前那麼友善了。

be **friendly with** someone 表示與某人友好相處。

*I became **friendly with** some of my neighbours.* 我和我的一些鄰居關係變得融洽了。

friendly 從不作副詞。例如，不要說 ~~He behaved friendly.~~，而要說 He behaved **in a friendly way**.（他表現得很友好。）。

*We talked to them **in a friendly way**.* 我們友好地對他們說話。
*She looked up at Boris, smiling at him **in such a friendly way**.* 她抬頭看着伯里斯，非常友好地對着他微笑。

> **！ 注意**
>
> 不要混淆 friendly 和 sympathetic。sympathetic 表示同情的。
>
> *When I told him how I felt, he was very **sympathetic**.* 當我告訴他我的感受時，他非常同情我。

---

fries

☞ 見 chips

frighten – frightened

1 frighten

frighten 表示使害怕、使驚恐。

*Rats and mice don't **frighten** me.* 大小老鼠都嚇不到我。

frighten 幾乎總是作及物動詞。不要説 ~~someone frightens~~。如果想表示某人感到害怕，要説 be frightened。

Miriam was too frightened to tell her family what had happened. 米里亞姆嚇得不敢告訴家人發生了甚麼事。
*He told the children not to **be frightened**.* 他告訴孩子們不要害怕。

☞ 見 afraid – frightened

2 frightening

不要混淆 frightened 和 frightening。frightening 表示可怕的、令人恐懼的。

*It was a very **frightening** experience.* 這是一次非常可怕的經歷。
*It is **frightening** to think what damage could be done.* 一想到可能造成的破壞就令人恐懼。

---

from

1 來源或起源

from 用於表示出自、從、自。

*Smoke was rising **from** the fire.* 煙從火中升起。
*Get the leaflet **from** a post office.* 到郵局去拿小冊子。
*The houses were built **from** local stone.* 這些房子是用當地的石頭建造的。

談論某人發出的信件或郵件時，可用 from。

*He got an email **from** Linda.* 他收到琳達的一封電郵。

come from 表示出生於、來自。

*I **come from** Scotland.* 我來自蘇格蘭。

☞ 見 come from

> **！ 注意**
>
> 不要用 from 表示書籍、戲劇或音樂的作者。例如，不要説 ~~Have you seen any plays from Ibsen?~~，而要説 Have you seen any plays **by** Ibsen?（你看過易卜生的戲劇嗎？）。
>
> *We listened to some pieces **by** Mozart.* 我們聽了一些莫札特的作品。

2 距離

可用 from 談論兩地之間的距離。例如，one place is fifty kilometres **from** another place 表示一個地方離另一個地方有50公里遠。

*How far is the hotel **from** here?* 酒店離這裏有多遠？

3 時間

from表示（時間）從……起。

*Breakfast is available **from** 6 a.m.* 早餐從上午6時起供應。
*We had no rain **from** March to October.* 從3月到10月我們沒有下過雨。

> **！ 注意**
>
> 不要用 from 表示從過去某一時刻持續到現在的狀態。例如，不要説 ~~I have lived here from 1984.~~，而要説 I have lived here **since** 1984.（我自從1984年起就住在這裏了。）。
>
> *He has been chairman **since** 1998.* 他從1998年起擔任主席。

☞ 見 since

---

front

1 front

front 表示（建築物的）正面、前面。

*There is a large garden at the **front** of the house.* 屋前面有一個大花園。
*I knocked on the **front** door.* 我敲了敲前門。

2 in front of

in front of 表示在……前面。

*A crowd had assembled **in front of** the court.* 一群人聚集在法院門口。
*People were waiting **in front of** the art gallery.* 人們在美術館前面等着。

> **！ 注意**
>
> 在這類句子中，front 前面不要用 the。例如，不要説 ~~People were waiting in the front of the art gallery.~~。

3 opposite

opposite 表示在……對面。不要用 in front of 表達這個意思，而要用 opposite。

*The hotel is **opposite** a railway station.* 旅館在火車站對面。
***Opposite** is St Paul's Church.* 對面是聖保羅教堂。
*There was a banner on the building **opposite**.* 對面的建築物上有一面旗幟。

 説美式英語的人通常用 across from，而不是 opposite。

*Stinson has rented a home **across from** his parents.* 斯廷森在他父母對面租了一套房子。

---

frontier

☞ 見 border – frontier – boundary

fruit

fruit 通常作不可數名詞，表示水果。

*You should eat plenty of fresh **fruit** and vegetables.* 你應該多吃新鮮水果和蔬菜。
*They import **fruit** from Australia.* 他們從澳洲進口水果。

☞ 關於不可數名詞的説明，見 Nouns

可以用 a **fruit** 表示一個水果。

*Each **fruit** contains many juicy seeds.* 每個水果都含有許多多汁的種子。

但是，這種用法不常見。通常用 a **piece of fruit** 表示一個水果。

*Try to eat five **pieces of fruit** a day.* 試試每天吃五個水果。

不要用 fruit 的複數形式指一些水果。要把 fruit 用作不可數名詞。例如，可以説 I'm going to the market to buy some **fruit**.（我要去市場買一些水果），而不要説 ~~I'm going to the market to buy some fruits~~.。

*There was a bowl with some **fruit** in it.* 有一個裏面放了點水果的碗。
*They gave me **fruit**, cake and wine.* 我們給了我水果、蛋糕和酒。

full

full of 表示充滿的。

*They had a large garden **full of** pear and apple trees.* 他們有一個長滿了梨樹和蘋果樹的大花園。
*His office was **full of** people.* 他的辦公室裏擠滿了人。

> **！注意**
>
> 在這類句子中，full 後面不能用除 of 以外的任何介詞。

fun – funny

1 fun

fun 表示樂趣。

*It's **fun** working for him.* 在他手下做事很開心。

have **fun** 表示過得愉快。

*We had great **fun** at the party.* 我們在聚會上玩得很開心。
*She wanted a bit more **fun** out of life.* 她希望多一點生活樂趣。

> **❗ 注意**
>
> fun 是不可數名詞. 不要説 ~~have funs~~ 或 ~~have a great fun~~。
>
> 如果想表示某事非常有趣,可以説 it is **great fun** 或 **a lot of fun**。
>
> *The game was **great fun**.* 這個遊戲非常好玩。
>
> 在談話和非正式書面語中,fun 可用作形容詞。在正式的書面語裏,fun 不能這樣用。
>
> *It was a **fun** evening.* 這是一個有趣的夜晚。
>
> *She's a really **fun** person to be around.* 有她在身邊讓人覺得樂趣無窮。

2 funny

funny 表示好笑的、滑稽的。

*She told **funny** stories.* 她説了數個好笑的故事。

*Wayne could be very **funny** when he wanted to.* 如果韋恩願意的話,他可以變得很逗人。

funny 也表示奇怪的、怪異的。

*The **funny** thing is, we went to Arthur's house just yesterday.* 奇怪的是,我們昨天剛去了亞瑟家。

*Have you noticed anything **funny** about this plane?* 你注意到這架飛機有甚麼反常的地方嗎?

furniture

furniture 表示傢具。

*She arranged the **furniture**.* 她佈置好了傢具。

*All the **furniture** is made of wood.* 所有傢具都是木製的。

furniture 是不可數名詞。不要説 ~~a furniture~~ 或 ~~furnitures~~。一件傢具可用 a **piece of furniture** 表示。

*Each **piece of furniture** matched the style of the house.* 每一件傢具都和屋的風格相匹配。

☞ 關於不可數名詞的説明,見 Nouns

Grammar Finder 語法講解

Future time 將來時間

☞ 關於將來形式的説明，見 Verb forms

1 談論將來

談論將來事件的方法有很多。對將來作預測時，可用 will 或 shall。shall 不如 will 常見，通常僅與 I 或 we 連用。

☞ 見 shall – will

*The weather tomorrow **will be** warm and sunny.* 明天天氣將會暖和晴朗。

*I'm sure you **will enjoy** your visit to the zoo.* 我肯定你們會喜歡參觀動物園的。

*He's been really good company. I **shall miss** him when he leaves.* 他一直是個非常好的同伴。他離開後我會想念他的。

也可用將來進行時形式談論正常過程中發生的事情。

*You**'ll be starting** school soon, I suppose.* 你很快就要開始上學了，我猜想。

*Once the holiday season is over, they**'ll be cutting down** on staff.* 一旦休假期結束，他們就要裁員了。

在談話和非正式書面語中可以用 be bound to，表示某事肯定會發生。

*Marion**'s bound to be** back soon.* 馬里恩一定會很快回來的。

*The party**'s bound to be cancelled** now.* 現在聚會肯定要取消了。

有時也用 be sure to 和 be certain to。

*She**'s sure to find out** sooner or later.* 她肯定遲早會發現真相的。

*He**'s certain to be** elected.* 他一定會當選的。

be going to 用於談論説話者認為不久就要發生的事件。

*It**'s going to rain**.* 馬上要下雨了。

*I**'m going to be** late.* 我要遲到了。

be about to 用於談論説話者認為即將發生的事件。

*Another 385 people **are about to lose** their jobs.* 另外385人即將失去工作。

*She seemed to sense that something terrible **was about to happen**.* 她似乎覺察到有可怕的事情即將發生。

*I **was just about to serve** dinner when there was a knock on the door.* 我剛要端上晚飯，這時傳來了敲門聲。

也可用 be on the point of 表示即將發生的事件，後面用 -ing形式。

*She **was on the point of bursting** into tears.* 她眼淚快要奪眶而出了。

*You may remember that I **was on the point of asking** you something else when we were interrupted by Doctor Gupta.* 你可能還記得，我剛要問你別的事情我們就被格普塔醫生打斷了。

2 意圖和計劃

談論自己的意圖時，可用 will 或 be going to。will 更常用於在説話的那一刻作出決定。如果之前已經作出決定，更常用 be going to 表示。談論別人的意圖時，用 be going to。

I'll call you tonight. 今晚我會打電話給你。
I'm going to stay at home. 我準備留在家裏。
They*'re going to have* a party. 他們打算舉行一個聚會。

> **！ 注意**
>
> 人們傾向於避免把 be going to 和動詞 go 一起使用。例如，人們可能會説 I'm going away next week.（我下星期要離開。）而不説 ~~I'm going to go away next week.~~。

☞ 見主題條目 Intentions

也可用現在進行時談論將來的計劃或安排。

I'm meeting Bill next week. 我下週要和比爾見面。
They*'re getting married* in June. 他們6月份要結婚了。

有時也用將來進行時。

I'll be seeing them when I've finished with you. 我處理完你的事情以後就去見他們。

be due to 用於書面語和比較正式的口語，表示一個事件預定在將來的某個時間要發生。

He *is due to start* working as a waiter soon. 他很快就要開始做餐廳服務員了。
The centre*'s due to be completed* in 1996. 該中心定於1996年竣工。

一般現在時用於談論計劃中很快要發生的事件，或按照時間表定期發生的事件。

My flight *leaves* in half an hour. 我的航班半小時後出發。
Our next lesson *is* on Thursday. 我們下節課是在星期四。

在新聞報導中，*to*-不定式分句用在 be 後面，表示某事按計劃要發生。

The Prime Minister *is to visit* Hungary and the Czech Republic in the autumn. 首相將在秋天訪問匈牙利和捷克共和國。
A national energy efficiency centre *is to be set up* in Milton Keynes. 一個國家能源效率中心將在米爾頓凱恩斯建立。

3 使用將來完成時

如果想談論在將來某個時間之前要發生的事情，可用將來完成時。

By the time we arrive, the party *will* already *have started*. 在我們到達時，聚會將已經開始了。
By 2002, he *will have worked* for twelve years. 到2002年，他將工作滿12年了。

4 從句中的動詞形式

在某些從句中，可用一般現在時指將來事件。例如，在條件從句和時間從句中，通常用一般現在時或現在完成時談論將來。

If he comes, I'll let you know. 如果他來，我會告訴你的。
Please start *when you are ready*. 請你準備好以後就開始。
We won't start *until everyone arrives*. 直到所有人都到齊了我們才開始。
I'll let you know *when I have arranged everything*. 我安排好一切以後會告訴你的。

一般現在時也可用於以 in case 開頭的原因從句。

*It would be better if you could arrive back here a day early, **just in case there are some last minute changes**.* 如果你能提早一天回到這裏那就更好了，以防最後一刻發生一些變化。

☞ 見 if

☞ 見 Subordinate clauses

主句中指將來時，限制性關係從句中要用一般現在時，不用 will。

*Any decision **that you make** will need her approval.* 你作出的任何決定都需要得到她的批准。

*Give my love to any friends **you meet**.* 代我向你遇到的所有朋友問好。

*The next job **I do** is not going to be so time-consuming.* 我做的下一份工作不會這麼耗費時間。

但是，如果需要明確表示指的是將來，或者關係從句指的是更晚的時間，關係從句中要用 will。

*Thousands of dollars can be spent on something **that will be worn for only a few minutes**.* 數千美元可能花在只穿數分鐘的東西上。

*The only people **who will be questioned** are those who have knowledge that is dangerous to our cause.* 唯一應該受到質疑的是那些掌握了對我們的事業有危害知識的人。

*They go to a good school so that they will meet people **who will be useful to them later on**.* 他們上了一間好學校，這樣他們將遇到以後會對自己有用的人。

在間接疑問句和類似的分句中，如果所指的將來事件與轉述或已知的內容差不多同時發生，可用一般現在時。

*I'll telephone you. If I say it's Hugh, you'll know **who it is**.* 我會打電話給你。如果我說是曉，你就知道是誰了。

但是，如果將來事件在轉述之後發生，間接疑問句中用 will。

*I'll tell you **what I will do**.* 我會告訴你我將做甚麼。

在動詞 hope 後面的 *that*-從句中，常常用一般現在時表示將來。

*I hope you **enjoy** your holiday.* 我希望你假期過得愉快。

☞ 見 hope

☞ 關於其他 *that*-從句中時態的説明，見 Reporting

Gg

---

gain – earn

1 gain

gain 表示（逐漸）獲得。

*After a nervous start, the speaker began to **gain** confidence.* 演講者一開始有點緊張，隨後便開始有了信心。

*This gives you a chance to **gain** experience.* 這給你一個獲得經驗的機會。

2 earn

earn 表示賺得、賺取。

*She **earns** $200 a week.* 她每週賺200美元。

> **！注意**
> 不要説 She gains $200 a week.。

---

garbage

☞ 見 rubbish

---

gas – petrol

1 gas

在英式英語和美式英語裏，煤氣用 gas 表示。

在美式英語裏，用作汽車燃料的汽油也稱 gas 或 gasoline。

*I'm sorry I'm late. I had to stop for **gas**.* 對不起我遲到了。我不得不停車加油。

2 petrol

在英式英語裏，汽油用 petrol 表示。

***Petrol** only costs 90p per gallon there.* 汽油在那裏每加侖只賣 90 便士。

---

gaze – stare

1 gaze

gaze 表示凝視，常常由於某物漂亮或引人注目。

*The little girl **gazed** in wonder at the bright lights.* 小女孩驚奇地凝視着明亮的燈光。

2 stare

stare 表示盯着，常常由於某物或某人很奇怪或令人震驚。

*He **stared** at the scar on her face.* 他盯看她臉上的傷疤。

---

generally – mainly

1 generally

generally 的意思是通常、普遍地、大體上。

*Paperback books are **generally** cheapest.* 平裝書通常最便宜。
*His answer was **generally** correct.* 他的回答大體上是對的。

2 mainly

不要用 generally 表示主要地、大部份地，要用 mainly。

*The bedroom is **mainly** blue.* 這間臥室主要是藍色的。
*The people in the audience were **mainly** from Senegal or Mali.* 觀眾大部份來自塞內加爾或馬里。

---

gently – politely

1 gently

gently 表示溫柔地、輕輕地。

*I shook her **gently** and she opened her eyes.* 我輕輕搖了搖她，然後她睜開了眼睛。

2 politely

不要用 gently 表示有禮貌地，要用 politely。

*He thanked me **politely**.* 他禮貌地謝了我。

---

get

get 是一個很常用的動詞，有好幾個不同的詞義，其過去式是 got。在英式英語裏，其 -ed 分詞也是 got。美國人也用 got 作 -ed 分詞，但表達下列 1-5 個詞義時通常用 gotten。

☞ 見 gotten

1 作 become 解

get 常常用作 become 解。

*The sun shone and I **got** very hot.* 陽光閃耀，我感覺很熱。
*I **was getting** quite hungry.* 我開始覺得很餓。

☞ 見 become

2 用於構成被動式

在英語口語和非正式書面語中，常常用 get 代替 be 構成被動式。

*My husband **got** fired from his job.* 我丈夫被解僱了。
*Our car **gets** cleaned about once every two months.* 我們的汽車大約每兩個月清洗一次。

在正式英語裏，不要用 get 構成被動式。

3 用於描述移動

描述涉及到困難的移動時，可用 get 代替 go。

*They had to **get** across the field without being seen.* 他們不得不穿過田野而不被人看到。

*I don't think we can **get** over that wall.* 我認為我們翻不過那道牆。

get 也用在 in、into、on 和 out 之前，談論進入或離開車輛和建築物。

*I **got into** my car and drove into town.* 我上了我的車，然後驅車進城。

*I **got out** of there as fast as possible.* 我盡快離開了那裏。

☞ 見 go into – get into – get on, go out – get out – get off

4 get to

get to 表示到達。

*When we **got to** the top of the hill we had a rest.* 到達山頂後我們休息了一下。

get to 也用在動詞前面談論某人逐漸開始具有的態度、感情或知識。

*I **got to** hate the sound of his voice.* 我漸漸開始討厭他那副嗓音。

*I **got to** know the town really well.* 我逐漸開始真正了解這個小鎮。

☞ 見 get to – grow to

5 get 的及物用法

get 表示得到、獲得。

*He's trying to **get** a new job.* 他正在設法找一份新工作。

*I **got** the bike for Christmas.* 我在聖誕節得到了這輛自行車。

6 have got

got 也用於 have got 這個表達式。

☞ 見 have got

---

get to – grow to

get to 或 grow to 用在另一個動詞前面，表示逐漸開始（具有某種態度或感情）。grow to 比 get to 更正式。

*I **got to** like the idea after a while.* 不久我就喜歡上了這個主意。

*I **grew to** dislike working for him.* 我漸漸開始不喜歡為他工作了。

get to 也用於表示逐漸開始（知道或意識到）。

*I **got to** understand it more as I grew older.* 隨着年歲的增長，我慢慢對此有了更多的理解。

*You'll enjoy college when you **get to** know a few people.* 你逐漸結識數個人之後，會享受大學生活的。

get to do something 表示有機會做某事。

*They **get to** stay in nice hotels.* 他們得以住進了不錯的酒店。

*We don't **get to** see each other very often.* 我們沒有機會經常見面。

get up

☞ 見 rise – raise

---

give

1 形式和詞序

give 是一個很常用的動詞,有好幾個詞義。其過去式是 gave,-ed分詞是 given。

give 通常帶間接賓語。give 用於某些詞義時,間接賓語必須置於直接賓語之前。用於另外一些詞義時,間接賓語放在直接賓語之前或之後都可以。

2 身體動作

give 常常用於描述身體動作。用 give 表達這個意義時,間接賓語要放在直接賓語前面。例如,要説 He gave the ball a kick. (他對球踢了一腳。),而不要説 ~~He gave a kick to the ball.~~。

He gave the door a push. 他推了一下門。
Ana gave Bal's hand a squeeze. 安娜捏了一下巴爾的手。

3 表情和手勢

give 也用於描寫表情和手勢。give 這樣用時,間接賓語位於直接賓語之前。

He gave her a kind smile. 他給了她一個和藹的微笑。
As he passed me, he gave me a wink. 他經過我身邊時,他給我使了一個眼色。

4 效果

也可用 give 描述某人或某物產生的效果。同樣,間接賓語要放在直接賓語前面。

I thought I'd give you a surprise. 我本以為我會讓你大吃一驚的。
That noise gives me a headache. 那個噪音讓我頭痛。

5 物品

give 可用於表示把某物給某人。give 這樣用時,間接賓語可放在直接賓語之前或之後。如果直接賓語在前,間接賓語前要用 to。

She gave Ravinder the keys. 她把鑰匙交給了拉文德。
He gave the letter to the teacher. 他把信給了老師。

但是,如果直接賓語是 it 或 them 之類的代詞,而間接賓語不是代詞,則必須把直接賓語前置。要説 He **gave it to his father**. (他把它交給了父親。),而不要説 ~~He gave his father it.~~。

He poured some milk and gave it to Joseph. 他倒了一點牛奶給約瑟夫。

6 信息

也可以用 give 表示提供、發出、傳遞資料、勸告、警告或命令等。give 這樣用時,間接賓語放在直接賓語之前或之後都可以。

Her secretary gave the caller the message. 她的秘書把口信給了致電人。
He gave a strict warning to them not to look at the sun. 他嚴格警告他們不要看太陽。
The captain gave an order to his team. 隊長給隊伍下了一個命令。

given name

☞ 見 first name – Christian name – forename – given name

glad – happy – cheerful

1 glad

glad 表示高興的、樂意的。

*I'm so **glad** that you passed the exam.* 我很高興你通過了考試。

*She seemed **glad** of the chance to leave early.* 她似乎很高興有機會早點離開。

2 happy

也可以用 happy 表示高興的。

*She was **happy** that his sister was coming.* 她很高興他妹妹要來。

要表示生活幸福的，可用 happy。

*She always seemed such a **happy** woman.* 她似乎總是這樣一個幸福的女人。

> **！ 注意**
>
> 不要用 glad 表達這個意思，也不要把 glad 用在名詞前面。例如，不要説 ~~She always seemed such a glad woman.~~。

3 cheerful

cheerful 表示快樂的、樂呵呵的。

*The men stayed **cheerful** and determined even when things got difficult.* 甚至在情況變得困難時，這些人仍然保持樂觀堅定。

glasses

glasses 表示眼鏡。

*He took off his **glasses**.* 他摘下了眼鏡。

*Who is that girl with red hair and **glasses**?* 那個紅頭髮戴眼鏡的女孩是誰？

glasses 是複數名詞。不要説 ~~a glasses~~，而要説 a pair of glasses（一副眼鏡）。

*Li has a new **pair of glasses**.* 李有一副新眼鏡。

glasses 後面用動詞的複數形式，而 a pair of glasses 後面則用單數形式。

*Your glasses **are** on the table.* 你的眼鏡在桌上。

*A pair of glasses **costs** a lot of money.* 一副眼鏡要花很多錢。

go

go 的過去式是 went，-ed分詞是 gone。

*I **went** to Paris to visit friends.* 我去巴黎探望朋友。

*Dad **has gone** to work already.* 爸爸已經去上班了。

1 描述移動

通常用動詞 go 描述移動。

☞ 關於用 come 代替 go 的情況，見 come。

2 離開

go 有時用於表示離開。

*'I must **go**,' she said.* "我一定要走了，"她説。
*Our train **went** at 2.25.* 我們的火車2時25分出發了。

3 have gone 和 have been

如果某人去了某地並仍然在那裏，可以用 have gone 表示。

*He **has gone** to Argentina.* 他到阿根廷去了。
*She**'d gone** to Tokyo to start a new job.* 她已經去東京開始一份新工作。

 如果某人去了某地後回來了，通常用 have been 表示。美式英語有時用 have gone。

*I**'ve** never **gone** to Italy.* 我從來沒去過意大利。
*I**'ve been** to his house many times.* 我去過他家很多次。

4 談論活動

go 可與 -ing形式連用談論活動。

*Let's **go shopping**!* 我們去購物吧。
*They **go running** together once a week.* 他們每星期一次一起去跑步。

也可用 go 和 for 連用加名詞短語談論活動。

*Would you like to **go for a swim**?* 你想去游泳嗎？
*We're **going for a bike ride**.* 我們打算去踏單車兜風。
*He **went for a walk**.* 他去散步了。

> **!** 注意
> 不要用 go 接 *to*-不定式談論活動。例如，不要説 ~~He went to walk.~~。

5 go and

go and do something 表示去做某事。

*I'll **go and** see him in the morning.* 我上午要去看他。
*I **went and** fetched a glass from the kitchen.* 我到廚房去拿了一個玻璃杯。

6 be going to

be going to happen 表示某事馬上會發生，或打算讓某事發生。

*She told him she **was going to** leave her job.* 她告訴他，她打算辭掉工作。
*I**'m not going to** let anyone hurt you.* 我不會讓任何人傷害你。

☞ 見 Future time

7 用作 become 解

go 有時用作 become 解。

*The water **had gone** cold.* 水變涼了。
*I'm **going** bald.* 我開始禿頭了。

☞ 見 become

go into – get into – get on

1 go into

通常用 go into 或 go in 表示進入建築物或房間。

*I **went into** the church.* 我進入了教堂。
*She took him to the kitchen, switching on the light as she **went in**.* 她把他帶到廚房，在進去的時候開了燈。

2 enter

在正式英語裏，也可以用 enter。

*Nervously he **entered** the classroom.* 他提心吊膽地走進了教室。

3 get into

進入小汽車或其他小型車輛，可用 get into 或 get in 表示。

*I saw him **get into** a taxi.* 我看見他上了一輛計程車。
*He unlocked the van, **got in** and drove away.* 他打開客貨車的門，上車開走了。

也可用 get into 表示進入電梯、小船或小飛機。

4 get on 和 board

登上公共汽車、火車、大飛機或輪船，可用 get on 或 board 表示。

*The bus stopped and several more people **got on**.* 公共汽車停下來，又上去了數個人。
*Rina **boarded** a train for Kyoto.* 里納登上了一列開往京都的火車。

> **❗ 注意**
> 不能用 go into 或 enter 表示進入車輛。

5 困難地進入

困難地進入建築物或房間，用 get into 或 get in 表示。

*Someone had **got into** his office and stolen some papers.* 有人闖入他的辦公室，偷走了一些文件。
*It cost $10 to **get in**.* 入場費10美元。

good – well

1 good

good 表示好的、愉快的、合意的。其比較級形式是 better，最高級形式是 best。

*Your French is **better** than mine.* 你法語比我說得好。
*This is the **best** cake I've ever eaten.* 這是我吃過的最好吃的蛋糕。

2 well

good 從不用作副詞。如果想表示很好地、出色地或徹底地，要用 well，不用 good。

*She speaks English **well**.* 她英語説得很好。
*I don't know him very **well**.* 我對他不是很了解。

☞ 見 well

well 的比較級形式是 better，最高級形式是 best。

*I changed seats so I could see **better**.* 我換了座位，這樣我就看得更清楚了。
*Use the method that works **best** for you.* 使用最適合你的方法。

☞ 見 better

go on

go on doing something 表示繼續做某事。

*I just **went on eating** like I hadn't heard anything.* 我只是一直吃下去，就好像甚麼都沒聽到一樣。
*Asif **went on working** until he had finished.* 阿西夫一直工作下去直到完成。

go on to do something 表示接着做某事、接下來做某事。

*She **went on to talk** about her plans for the future.* 她接下去談了她未來的計劃。
*He later **went on to** form a successful computer company.* 後來他接着組建了一家成功的電腦公司。

go out – get out – get off

1 go out

離開建築物或房間，通常用 go out of 或 go out 表示。

*He threw down his napkin and **went out** of the room.* 他扔下餐巾紙，走出了房間。
*I **went out** into the garden.* 我走到外面的花園裏。

2 get out

從汽車上下來，用 get out of 或 get out 表示。

*We **got out** of the taxi at the station.* 我們在車站下了計程車。
*I **got out** and examined the right rear wheel.* 我下車檢查了右後輪。

下電梯、飛機或小船也用 get out of 表示。

3 get off

從公共汽車或火車上下來，可用 get off 表示。

*When the train stopped, he **got off**.* 火車停下後，他下了車。
Get off at the next stop.* 在下一站下車。

下飛機也可以用 **get off** a plane 表示。

> **! 注意**
> 不能用 go out 表示下車。

4 困難地離開

困難地離開建築物房間，用 get out of 或 get out 表示。

*I managed to **get out** through a window.* 我設法從一扇窗戶逃了出去。

---

gotten

 在美式英語裏，get 的 -ed分詞通常是 gotten，表示獲得、收到、變成或導致。

*He had **gotten** his boots out of the closet.* 他從壁櫥裏拿出了自己的靴子。
*He has **gotten** something in his eye.* 他把一樣東西弄進了眼睛裏。
*He had **gotten** very successful since she last saw him.* 自從她上次見到他以後，他取得了很大的成功。
*I had **gotten** quite a lot of work done that morning.* 我那天早上做了不少工作。

gotten 也用於很多短語動詞和短語。

*He must have **gotten up** at dawn.* 他一定是在黎明時起的牀。
*We should have **gotten rid of** him.* 我們早就應該擺脱掉他了。

> **!** 注意
>
> 不要用 have gotten 表示擁有。例如，不要説 ~~I have gotten a headache.~~ 或 ~~He has gotten two sisters.~~。
> 在英式英語裏，get 的 -ed分詞是 got，不是 gotten。

---

government

☞ 關於集合名詞的説明，見 Nouns。

---

go with

☞ 見 accompany

---

grade

☞ 見 class – form – grade – year

---

great

☞ 見 big – large – great

---

greatly

☞ 關於表示程度的分級詞彙列表，見 Adverbs and adverbials

---

grill

☞ 見 cook

ground floor – first floor

在英式英語裏，一樓底層稱為 ground floor。二樓稱作 first floor，三樓稱作 second floor，以此類推。

 在美式英語裏，一樓稱作 first floor，二樓是 second floor，以此類推。

---

grow

1 grow

grow 表示生長、成長。grow 的過去式是 grew，-ed分詞是 grown。

*The doctor will check that the baby is **growing** normally.* 醫生將確認嬰兒的正常生長。
*The plant **grew** to a height of over 1 metre.* 這棵植物長到超過1米的高度。
*Has he **grown** any taller?* 他長高點了嗎？

2 grow up

grow up 表示長大成人。

*He **grew up** in Cambridge.* 他在劍橋長大。
*They **grew up** at a time when there was no television.* 他們長大的時候沒有電視。

> **!** 注意
>
> 不要混淆動詞 grow up 和 bring up。**bring up** a child 表示撫養孩子。不要說 ~~grow up a child~~。
>
> *We thought the village was the perfect place to **bring up** a family.* 我們認為，那個村子是撫養家庭的完美之地。

☞ 見 bring up – raise – educate

3 用作 become 解

grow 也用作 become 解。

*He**'s growing** old.* 他年紀大了。
*The sky **grew** dark.* 天空變暗了。

☞ 見 become

4 grow to

grow to 表示逐漸開始（感覺到或想到）。

*After a few months, I **grew to** hate my job.* 數個月後，我開始討厭我的工作。

☞ 見 get to – grow to

---

guess

1 guess

guess 表示猜測、猜想。

*By this time they**'d guessed** that something was seriously wrong.* 到這個時候，他們

猜測一定出現了嚴重的錯誤。

guess 也表示猜中、猜對。

*I **guessed** what was going to happen at the end of the film.* 我猜到了電影的結尾會發生甚麼。

2 I guess

在談話中，可以説 I guess，表示我想、我認為。

*I **guess** he got stuck in traffic.* 我想他是遇到堵車了。

*'What's that?' –'Some sort of blackbird, **I guess**.'* "那是甚麼？"——"是一種烏鶇，我認為。"

談話中可以用 I guess so.，作為非正式的肯定回答。不要説 ~~I guess it.~~。

*'Can you find some information for me?' – '**I guess so**.'* "你能為我找到一些資料嗎？"——"我想可以。"

*'Does that answer your question?' – Yeah, '**I guess so**.'* "這是否解答了你的問題？"——"是的，我想是的。"

談話中可以用 I guess not，作為非正式的否定回答，或對否定問題的肯定回答。

*'So no one actually saw him arriving?' – 'No, **I guess not**.'* "那麼誰也沒有真正看見他到達？"——"是的，我想沒有。"

---

gymnasium

gymnasium 是一個正式的詞，表示體育館、健身房。在正常的英語口語和書面語裏，用 gym 更常見。

*I go to the **gym** twice a week.* 我一週去兩次健身房。

> **！注意**
>
> 不要用 gymnasium 表示英國或美國的中學。在英國，這種學校通稱 secondary school。在美國則用 high school。

☞ 見 high school

Hh

habit – custom

1 habit

habit 表示習慣。

*He had a nervous **habit** of biting his nails.* 他有一個神經質地咬指甲的習慣。
*Try to get out of the **habit** of adding unnecessary salt in cooking.* 要改掉在烹飪時添加多餘食鹽的習慣。

2 custom

custom 表示習俗、慣例。

*It is the **custom** to take chocolates or fruit when visiting a patient in hospital.* 去醫院探望病人時帶上巧克力或水果乃是慣例。
*My wife likes all the old English **customs**.* 我妻子喜歡所有古老的英國習俗。

hair

hair 可作可數名詞或不可數名詞。

1 用作可數名詞

hair 表示長在身上的毛髮、頭髮。數根毛髮可用 hairs 表示。

*These tiny needles are far thinner than a human **hair**.* 這些針比人的頭髮還要細得多。
*There were black **hairs** on the back of his hands.* 他的手背上有黑毛。

2 用作不可數名詞

但是，不能用 hairs 指所有的頭髮，要用 hair。

*I washed my hands and combed my **hair**.* 我洗了手，梳了頭。
*Brigitte was a young woman with long blonde **hair**.* 碧姬是一個有着金色長髮的年輕女子。

half – half of

1 用在名詞短語前面

half 或 half of 表示（數量或物體的）一半。

half 或 half of 用在以限定詞開頭的名詞短語前面。half 更常用。

*He had finished about **half his drink**.* 他大約喝完了一半的飲料。
*She is allowed to keep **half of her tips**.* 她被允許保留一半小費。
*She'd known me **half her life**.* 她認識我有半輩子了。
*For **half of his adult life** he has lived in Tokyo.* 他成年生活有一半時間都住在東京。

> **！注意**
> 不要説 ~~the half of~~。

在 metre、kilogram 或 hour 這樣的量度詞前面，始終要用 half，不用 half of。

*They were nearly **half a mile** away.* 他們幾乎遠在半英里之外。

*The fault was fixed in **half an hour**.* 故障在半小時內就被修復了。

*They had been friends for about **half a century**.* 他們已經做了近半個世紀的朋友。

代詞前要用 half of，不用 half。

*The waitress brought the drink, and Ellen drank **half of it** immediately.* 女服務員端上了酒，埃倫一下子就喝掉了一半。

*More than **half of them** have gone back to their home towns.* 他們中超過一半的人回到了家鄉。

half of 後面不要用 they 或 we，要用 them 或 us。

***Half of them** have had no education at all.* 他們中的一半人沒有受過任何教育。

*If production goes down by half, **half of us** lose our jobs.* 如果生產下降一半，我們中的一半人會失去工作。

如果 half 或 half of 用在單數名詞或代詞前，該名詞或代詞後面用動詞的單數形式。

*Half her property **belongs** to him.* 她的一半財產屬於他。

*Half of it **was** destroyed in a fire.* 其中一半是毀於一場火災。

如果 half 或 half of 用在複數名詞或代詞前，該名詞或代詞後則用動詞的複數形式。

*Half my friends **have** children.* 我一半的朋友有了孩子。

*Half of them **were** still married.* 他們中的一半人仍然有婚姻關係。

2 用作代詞

half 可作代詞。

*Roughly **half** are French and roughly **half** are from North America.* 大約一半是法國人，大約另一半來自北美。

*Half of the money is for you, **half** is for me.* 一半的錢是給你的，一半是我的。

3 用作名詞

也可用 half 作名詞，談論某事物的特定部份。

*The house was built in **the first half** of the eighteenth century.* 這座房子建在18世紀上半葉。

*Philip rented an apartment in **the top half** of a two-storey house.* 菲力浦在一棟兩層高的大樓頂層租了一套單位。

---

hand

hand 表示手。

不能用 the hand 指某個人的手，要説 his hand 或 her hand。

自己的手稱作 my hand。

*The young man held a letter in **his hand**.* 那個年輕男子手裏拿着一封信。

*Louise was shading her eyes with **her hand**.* 路易絲用手遮擋着眼睛。

*I raised **my hand**.* 我抬起了手。

*The guards put **their hands** on his shoulders and led him quickly away.* 保安們把手放在他的肩上，然後迅速把他帶走了。

但是，如果説某人對另外一個人的手做了甚麼，通常用 the。

*I grabbed Carlos by **the hand**.* 我一把抓住卡洛斯的手。

*Ahmed took his wife by **the hand**.* 艾哈邁德牽着他妻子的手。

---

happen

1 happen

happen 表示發生。

*Then a strange thing **happened**.* 然後發生了一件奇怪的事情。

*There'll be an investigation into what **happened** and why.* 將對發生的事情以及發生的原因展開調查。

> **!** 注意
>
> happen 沒有被動式。例如，不要説 ~~Then a strange thing was happened.~~。

2 take place, occur

happen 通常用在 something、thing、what 或 this 這樣的模糊詞語後面。在含義更明確的詞語後面，通常用 take place 或 occur。

*The incident **had taken place** many years ago.* 這個事件發生在很多年以前。

*Mrs Brogan was in the house when the explosion **occurred**.* 爆炸發生時布羅根先生在屋裏。

計劃中的事件發生不能用 happen 表示。要用 take place。

*The first meeting of the committee **took place** on 9 January.* 委員會的第一次會議在1月9日舉行。

*The election will **take place** in June.* 選舉將在6月舉行。

3 happen to

happen to 表示發生在……身上。

*I wonder what**'s happened to** Jeremy?* 我想知道傑里米出了甚麼事？

*If anything **happens to** the car, you'll have to pay for it.* 如果汽車出了甚麼事，你就要賠償。

在這類句子中，happen 後面不要用除了 to 以外的任何介詞。

happen 用在 *to*-不定式之前，表示某事物碰巧發生或存在。例如，可以用 The two people he wanted to speak to **happened to live** in the same street.（他想與之説話的那兩個人碰巧住在同一條街上。）代替 The two people he wanted to speak to lived in the same street.（他想與之説話的那兩個人住在同一條街上。）。

*I just **happened to be** in the wrong place at the wrong time.* 我只是碰巧在錯誤的時

間出現在了錯誤的地方。

*If you **happen to see** Jane, ask her to call me.* 如果你碰巧見到簡，請她打電話給我。

happen to be 常常用於以 there 開頭的句子。例如 ，可以用 **There happened to be** a post office in the next street. （下一條街上碰巧有一個郵局。） 代替 A post office happened to be in the next street. 。

There happened to be *a policeman on the corner, so I asked him the way.* 拐角處正好有一位警察，我便向他問了路。

> **！ 注意**
>
> 這類句子中必須用 there。例如，不要說 ~~Happened to be a post office in the next street.~~ 。

hard – hardly

1 hard

hard 可作形容詞，表示艱難的、艱苦的。

*Coping with three babies is very **hard** work.* 應付三個嬰孩是很辛苦的工作。

hard 也可作副詞。例如，work hard 表示努力工作。

*Many elderly people have worked **hard** all their lives.* 很多老年人辛勤工作了一生。

2 hardly

hardly 是副詞，與 hard 的詞義完全不同。hardly 表示幾乎不。例如，**hardly** speak 幾乎不說話；**hardly** surprising 不足為奇。

*I **hardly** knew him.* 我幾乎不認識他。

*Nick **hardly** slept because he was so worried.* 尼克幾乎沒睡，因為他非常擔心。

與 hardly 連用的助動詞或情態詞要前置。例如，要說 I **can hardly** see. （我幾乎看不見。），而不要說 ~~I hardly can see.~~ 。

*Two years before, the wall **had hardly** existed.* 兩年前，那面牆幾乎不存在。

*She **can hardly** wait to begin.* 她急不及待要開始。

*We **could hardly** move.* 我們幾乎不能動。

> **！ 注意**
>
> not 不能與 hardly 連用。例如，不要說 ~~I did not hardly know him.~~ ，而要說 I **hardly** knew him. （我幾乎不認識他。）。
>
> hardly 有時用在較長結構中，表示剛剛……就。
>
> *The local police had **hardly** finished their search when the detectives arrived.* 當地警察剛結束搜索偵探們就到了。
>
> 這種結構中要用 when，不用 than。例如，不要說 ~~The local police had hardly finished their search than the detectives arrived.~~ 。在敘事中，hardly 有時放在句首，後接 had 或動詞 be 加主語。

> ***Hardly had he*** *uttered the words when he began laughing.* 他剛一說出這些話,他就笑了起來。

3 hardly ever

hardly ever 表示幾乎從不、很少。

*I **hardly ever** spoke to them.* 我很少跟他們說話。
*Tim **hardly ever** met her friends.* 添幾乎沒有見過她的朋友。

☞ 關於表示頻率的分級詞彙清單,見 Adverbs and adverbials;見 Broad negatives

---

have

have 是英語裏最常用的動詞之一,其用法多種多樣。

have 的其他形式有 has、having 和 had。

1 用作助動詞

have 常作助動詞。

*They **have** just bought a new car.* 他們剛買了一輛新汽車。
*She **has** never been to Rome.* 她從未到過羅馬。
***Having** been warned beforehand, I knew how to react.* 我事先已經得到警告,所以我知道如何作出反應。

☞ 見 Auxiliary verbs, Verb forms

have、has 和 had 位於代詞或名詞後面時通常不完整發音。寫下某人說的話時,在代詞後面通常把have、has 和 had 寫作 've、's 和 'd。在名詞後面也可把 has 寫成 's。

***I've** changed my mind.* 我改變主意了。
***She's** become a teacher.* 她成了一名教師。
*I do wish **you'd** met Guy.* 我真的希望你已經見到了蓋伊。
***Ralph's** told you often enough.* 拉夫對你說的次數夠多的了。

☞ 見 Contractions

2 have to

have to 常常表示不得不、只好。

*I **have to** speak to your father.* 我不得不和你父親談一下。
*He **had to** sit down because he felt dizzy.* 因為感到頭暈,他只好坐下來。

☞ 見 must

3 動作和活動

have 常常用在名詞短語前面,表示做、從事、進行

*Did you **have** a look at the shop when you were there?* 你在那兒的時候有沒有去店裏看一看?
*I'm going to **have** a bath.* 我要去洗個澡。

☞ 見 have – take

4 使某事完成

have 也可表示使、要、讓、叫。have 這樣用時，後接名詞短語和 -ed分詞。

*We've just **had the house decorated**.* 我們剛剛請人裝修好了房子。
*They **had him killed**.* 他們叫人把他殺了。

5 所屬關係

have 常常用於表示所屬關係。

*He **had** a small hotel.* 他有一家小旅館。
*You **have** beautiful eyes.* 你有一雙漂亮的眼睛。
***Do** you **have** any brothers or sisters?* 你有兄弟姐妹嗎？

在談話和不太正式的書面語中，可用 have got 代替 have 表示所屬關係。

*She**'s got** two sisters.* 她有兩個妹妹。
***Have** you **got** any information about bus times, please?* 請問你有沒有巴士的行車時間表？

☞ 見 have got

6 使用一般時態

在下列任何一種情況下都不要用進行時形式：

▶ 不要用進行時形式談論所屬關係。例如，不要說 ~~I am having a collection of old coins.~~，而要說 I **have** a collection of old coins.（我收藏了一些古錢幣。）或 I**'ve got** a collection of old coins.。

*We **haven't got** a car.* 我們沒有汽車。

▶ 不要用進行時形式談論親屬關係。不要說 ~~I am having three sisters.~~ 或 ~~I am having a lot of friends.~~。

*They **have** one daughter.* 他們有一個女兒。
*I**'ve got** loads of friends.* 我有許多朋友。

▶ 不要用進行時形式表示某人或某物具有某種特徵。例如，不要說 ~~He is having a beard.~~。

*He **has** nice eyes.* 他的眼睛很漂亮。
*He **had** beautiful manners.* 他舉止優美。
*The door**'s got** a lock on it.* 門上有把鎖。

▶ 不要用進行時形式表示病痛。例如，不要說 ~~She is having a bad cold.~~。

*He **had** a headache.* 他頭痛。
*Sam**'s got** measles.* 山姆得了麻疹。

▶ 不要用進行時形式表示某人有多少時間做某事。例如，不要說 ~~He is having plenty of time to get to the airport.~~。

*I **haven't got** time to go to the library.* 我沒有時間去圖書館。
*He **had** only a short time to live.* 他只能活很短的一段時間了。
*I hope I**'ll have** time to finish it.* 我希望我有時間來完成它。

7 使用進行時形式

以下是 have 要使用進行時形式的一些情況：

▶ 進行時形式用於表示活動正在發生。例如，可以説 He **is having** a bath at the moment.（他此刻正在洗澡。），而不要説 ~~He has a bath at the moment.~~。

*The children **are having** a party.* 孩子們正在舉行聚會。
*I **was having** a chat with an old friend.* 我在和一個老朋友聊天。

▶ 進行時形式用於表示活動將在未來的某個時刻發生。例如，可以説 **I'm having** lunch with Barbara tomorrow.（我明天和芭芭拉一起共晉午餐。）。

*We**'re having** a party tonight.* 今晚我們有個聚會。
*She**'s having** a baby next month.* 她下個月生孩子。

▶ 也可用進行時形式談論持續或重複的動作、事件或經歷。例如，可以説 I **am having** driving lessons.（我在上駕駛課。）。

*I **was** already **having** problems.* 我那時已經碰到問題了。
*Neither of us **was having** any luck.* 我們兩個都不走運。
*You**'re having** a very busy time.* 你現在忙得要命。

have – take

have 和 take 一般都可接名詞作賓語，表示執行一個動作或參與一項活動。對於有些名詞來説，使用 have 或 take 沒有詞義上的區別。例如，可以説 **Have** a look at this.（看看這個。）或 **Take** a look at this.。同樣，可以説 We **have** our holidays in August.（我們在八月份度假。）或 We **take** our holidays in August.。

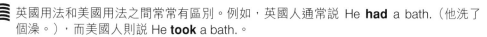 英國用法和美國用法之間常常有區別。例如，英國人通常説 He **had** a bath.（他洗了個澡。），而美國人則説 He **took** a bath.。

*I'm going to **have** a bath.* 我要去洗個澡。
*I **took** a bath, my second that day.* 我洗了個澡，那一天我的第二個澡。

談論某些活動時，美式英語中常常用 take。例如，美國人説 He **took** a walk.（他去散了步。）或 She **took** a nap.（她小睡了片刻。）。而英國人則説 He **went for** a walk. 或 She **had** a nap.。

*Brody decided to **take** a walk.* 布羅迪決定去散步。
*I went out on the verandah and **took** a nap.* 我走到外面的陽台上小睡了片刻。
*After dinner we **went for** a ride.* 晚飯後我們去開車兜風。
*She's **going for** a swim.* 她打算去游泳。

have got

1 形式和基本用法

have got 常常用在談話和不太正式的書面語中，與 have 同義。

*I **have got** three children.* 我有三個孩子。
*You **have got** a problem.* 你有一個問題。

have got、has got 和 had got 通常不完整發音。記錄下某人説的話時，通常寫 've got、's got 或 'd got。

*I**'ve got** her address.* 我有她的地址。

He's got a beard now. 他現在有鬍鬚了。
They'd got a special grant from the Institute. 他們從協會得到了特別補助金。

 have got 不用於正式的書面英語，在美式英語中不如在英式英語中常用。用於表達下列詞義的 *-ed* 分詞在英式英語和美式英語中都是 got（不是 gotten）。

不能用 have got 表達 have 的所有詞義。談論情況或狀態時可以用，但談論事件或動作時不可以用。

例如，可以説 **I've got** a new car（我有一輛新汽車），但不可以説 ~~I've got a bath every morning~~。

have got 通常用於現在時。將來或過去形式中通常不用 have got，而要用 have。

*Will you **have** time to eat before you go?* 你走之前來得及吃飯嗎？
*I **had** a cold and couldn't decide whether to go to work.* 我感冒了，還拿不定主意是否去上班。

2 所屬關係

have got 最常用於談論所屬關係、親屬關係以及性質或特徵。

I've got a very small house. 我有一套很小的屋。
She's got two sisters. 她有兩個妹妹。
He's got a lovely smile. 他的笑容很可愛。
It's a nice town. It's got a beautiful cathedral. 這是一個漂亮的城鎮，鎮上有一個美麗的大教堂。

3 疾病

have got 常常用於談論疾病。

Sammy's got measles. 山姆得了麻疹。
I've got an awful headache. 我頭痛得要命。

4 可獲得性

have got 也用於談論某物的可獲得性。

Come in and have a chat when you've got time. 有空過來聊聊天。
I think we've got an enormous amount to offer. 我認為我們有大量的東西可以提供。

5 將來事件

have got 可與名詞短語連用，來提及説話者要參與的一個將來事件。

I've got a date. 我有一個約會。
I've got an appointment at the dentist's. 我約好了要去看牙醫。

have got 可與名詞短語和 *-ing* 形式連用，來提及説話者安排好或影響到説話者的一個事件。

I've got two directors flying out first class. 我安排了兩位董事飛頭等艙。
I've got some more people coming. 還有更多的人要到我這裏來。

have got 與名詞短語和 *to-* 不定式連用，表示必須做（工作）。

I've got some work to do. 我有一些工作要做。
She's got the house to clean. 她必須打掃屋子。

6 否定句

在否定句中，not 位於 have 和 got 之間，幾乎總是縮寫成 n't。

*He **hasn't got** a moustache.* 他沒有八字鬍。
*I **haven't got** much money.* 我沒有多少錢。

 美國人並不總是用這種形式。他們常常會用助動詞 do，後接 not 和 have。not 通常縮寫成 n't。

*I **don't have** a boyfriend.* 我沒有男朋友。
*I'm bored. I **don't have** anything to do.* 我很無聊。我無事可做。

7 疑問句

在疑問句裏，主語放在 have 和 got 之間。

***Have** you **got** enough money for a taxi?* 你有足夠的錢坐計程車嗎？
*I'd like a drink. What **have** you **got**?* 我想喝一杯。你有甚麼酒？

 美國人並不總是用這種形式。他們常常會用助動詞 do，後接主語和 have。某些英國人也用 do 和 have。

***Do** you **have** her address?* 你有她的地址嗎？
*What kind of cakes **do** you **have**?* 你有甚麼樣的蛋糕？

---

have got to

☞ 見 must

---

have to

☞ 見 must

---

he – she – they

1 he

he、him、his 和 himself 有時用於返指不定代詞或 person、child 或 student 之類的詞。

*If anybody complained about this, **he** was told that things would soon get back to normal.* 如果有人對此抱怨，他就被告知情況很快就會恢復正常。
*It won't hurt a child to have **his** meals at a different time.* 在另一個時間進餐是不會傷害到孩子的。

很多人反對這種用法，因為這表明所指的人是男性。

2 he or she

有時可用 he or she、him or her、his or her 或者 himself or herself。

*A parent may feel that **he or she** has nothing to give a child.* 父母可能會覺得自己沒有甚麼可給孩子的。
*Anyone can call **himself or herself** a psychologist, even if untrained and unqualified.* 任何人都可以自稱心理學家，即使沒有受過訓練或沒有資格。

很多人避免使用這些表達式，因為覺得它們既囉嗦又不自然，特別是當同一句話中用了一個以上這樣的詞時。

在書面語裏，有些人用 s/he 表示 he or she。

3 they

大多數人使用 they、them 和 their。

*Everyone thinks **they** know what the problems of living with a teenager are.* 每個人都認為自己知道和一個十多歲的少年生活在一起的問題是甚麼。

*Often when we touch someone we are demonstrating our love for **them**.* 通常當我們觸碰某人的時候，我們是在示愛。

*Don't hope to change anyone or **their** attitudes.* 不要希望改變任何人或他們的態度。

這種用法過去被視為不正確，但現在是英語口語和書面語中最常見的形式，在正式和非正式的書面語裏都能用。

要避免上述所有用法常常是做得到的。有時可用複數實現這一點。例如，可以用 **All** the students have **their** own rooms.（所有學生都有他們自己的房間。）代替 Every student has his own room.（每個學生都有他自己的房間。）；可以用 **People** who go inside must take off **their** shoes.（入內的人都必須脫鞋。）代替 Anyone who goes inside must take off his shoes.（入內的每一個人都必須脫掉他的鞋子。）。

---

headache

headache 表示頭痛。

*I told Derek I had **a headache**.* 我告訴德里克我頭痛。

headache 是可數名詞。不要說 ~~have headache~~。

---

headline

☞ 見 title – headline

---

heap – stack – pile

1 heap

heap 通常指雜亂的一堆，常常是小山丘的形狀。

*The building collapsed into a **heap** of rubble.* 建築物倒塌成了一片廢墟。

2 stack

stack 通常指整齊的一堆，常常由疊在一起的扁平物體組成。

*...a neat **stack** of dishes* ……整齊的一堆盤子

*Eric came out of his room with a small **stack** of CDs in his hands.* 埃里克走出自己的房間，手裏拿着一小疊鐳射唱片。

3 pile

pile 是整齊的或不整齊的一堆。

*...a neat **pile** of clothes* ……整齊的一堆衣服

*He reached over to a **pile** of newspapers and magazines.* 他把手伸向一堆報紙和雜誌。

hear

1 hear 用於現在時

hear 表示聽到、聽見。

*I **can hear** a car.* 我聽見一輛汽車。

> **！ 注意**
>
> 這類句子中通常用 can。例如，可以説 I **can hear** a radio.（我聽到一台收音機在響。）。不要説 ~~I hear a radio.~~，也不要用進行時形式。不要説 ~~I am hearing a radio.~~。
>
> hear 的過去式和 -ed分詞是 heard /hɜːd/。如果想表示過去聽見，可用 heard 或 could hear。
>
> *She **heard** no further sounds.* 她沒有聽到更多的聲音。
>
> *I **could hear** music in the distance.* 我聽到了遠處的音樂。

2 hear 用於過去時

但是，如果想表示突然聽到某物，必須使用 heard。

*I **heard** a shout.* 我聽到一聲喊叫。

heard 或 could hear 後面可用 -ing形式，表示聽到正在進行的某事。

*He **heard** Hajime **shouting** and **laughing**.* 他聽到肇在大喊大笑。

*I **could hear** him **crying**.* 我聽見他在哭。

heard 後面可用不帶 to 的不定式，表示聽到一個完整的事件或動作。

*I **heard** him **open** the door.* 我聽見他開了門。

*I **heard** Amy **cry out** in fright.* 我聽到艾美害怕得大叫起來。

> **！ 注意**
>
> 這類句子中必須使用不帶 to 的不定式。例如，不要説 ~~I heard him to open the door.~~。

help

1 help 作及物動詞

help 表示幫助。help 作此解時，可後接不定式，可帶 to 也可不帶 to。例如，可以説 I **helped him to move** the desk.（我幫助他搬書桌。）或 I **helped him move** the desk.。兩者的意義沒有區別。

*We must try to **help students to have** confidence in their ability.* 我們必須努力幫助學生對自己的能力建立起信心。

*Something went wrong with his machine so I **helped him fix** it.* 他的機器出了點故

障，所以我幫他修理。

2 help 作不及物動詞

help 也可用作不及物動詞，後接 *to-* 或不帶 to 的不定式。要表示幫助別人做某事，可用 **help do** something 或 **help to do** something。

*I used to **help cook** the meals for the children.* 我過去經常幫忙為孩子們做飯。
*The taxi driver **helped to carry** the bags into the hotel.* 計程車司機幫助把行李搬入酒店。

要表示某物有助於做某事，可用 help 接 *to-* 或不帶 to 的動詞不定式。

*The money **helped pay** the rent.* 這筆錢幫助支付了租金。
*This policy **helped to improve** the competitiveness of American exports.* 這一政策有助於提高美國出口產品的競爭力。

> **！注意**
>
> help 後面不要用 *-ing* 形式。例如，不要說 ~~I helped moving the desk.~~ 或 ~~I helped him moving the desk.~~。

3 cannot help

cannot help doing something 表示忍不住做某事、情不自禁做某事。

*I **couldn't help teasing** him a little.* 我忍不住逗了他一下。

> **！注意**
>
> cannot help 後面不要用 *to-*不定式。例如，不要說 ~~I couldn't help to tease him a little.~~。

---

her

her 可作動詞或介詞的賓語，指已經提及或身份已知的婦女、女孩或雌性動物。

*They gave **her** the job.* 他們給了她那份工作。
*I knew your mother. I was at school with **her**.* 我認識你母親。我和她是同學。

☞ 見 Pronouns

> **！注意**
>
> 如果所指的人和主語為同一人，不要用 her 作句子的間接賓語。要用 herself。
>
> *Rose bought **herself** a sandwich for lunch.* 羅斯為她自己買了一塊三文治作午餐。

here

1 here

here 表示（在）這裏。

*I'm glad you'll still be **here** next year.* 我很高興你明年還在這裏。
*We're allowed to come **here** at any time.* 我們得到允許可以在任何時間來這裏。

> **！注意**
>
> to 從不用在 here 的前面。例如，不要説 ~~We're allowed to come to here at any time.~~ 。

2 here is 和 here are

如果想把注意力引向某物或介紹某物，可在句首用 here is 或 here are。單數名詞短語前面用 here is，複數名詞短語前面用 here are。

***Here's** your coffee.* 這是你的咖啡。
***Here are** the addresses to which you should apply.* 這些是你應該申請的位址。

---

here – hear

這兩個詞都讀作 /hɪə/。

1 here

here 表示（在）這裏。

*Come **here**!* 過來！
*She left **here** at eight o'clock.* 她8時離開了這裏。

☞ 見 here

2 hear

hear 表示聽見。

*Did you **hear** that noise?* 你聽見那個響聲了嗎？

☞ 見 hear

---

high – tall

1 high

high 表示（物體）高的。

*...the **high** mountains of northern Japan* ……日本北部的高山
*...the **high** walls of the prison* ……監獄的高牆

2 tall

tall 表示（比通常）高的、細高的。例如，tall tree 高高的大樹，tall chimney 高高的煙囱。

*Insects buzzed in the **tall** grass.* 昆蟲在高高的草叢裏嗡嗡作響。

*We saw several birds, including a **tall** heron standing on one leg.* 我們看見了數隻鳥，包括一隻單腿站立的高挑的蒼鷺。

談論人身材高，始終要用 tall。

*Andreas was a **tall** handsome man.* 安德烈亞斯是個高大英俊的男人。
*She was a young woman, fairly **tall** and slim.* 她是個年輕女子，身材相當高挑苗條。

3 high 的另一個詞義

high 也表示離地面遠的、在高處的。例如，high window 高處的窗戶，high shelf 高處的擱板。

*It was a large room with a **high** ceiling.* 這是一個天花板很高的大房間。

---

high school

 在美國，有時也在英國，high school 表示中學。 在英國，中學通稱為 secondary school。

---

him

him 可作動詞或介詞的賓語，指已經提及或身份不詳的男人、男孩或雄性動物。

*He asked if you'd call **him** when you got in.* 他問你到達後是否能給他打個電話。
*There's no need for **him** to worry.* 他沒有必要擔心。

☞ 見 Pronouns

> **!** **注意**
> 如果所指的人和主語為同一人，不要用 him 作句子的間接賓語。要用 himself。
> *He poured **himself** a drink.* 他為自己倒了一杯酒。

---

hire – rent – let

1 hire 和 rent

 hire 或 rent 表示（短期）租借、租用。hire 在英式英語裏更常用，rent 在美式英語裏更常見。

*We **hired** a car from a local car agency and drove across the island.* 我們向當地的一家汽車租賃代理公司租了一輛車，然後開車橫跨海島。
*He **rented** a car for the weekend.* 他租了一輛車週末用。

長期租用某物，要用 rent 表示。通常不用 hire。

*A month's deposit may be required before you can **rent** the house.* 在租房以前你可能需要支付一個月的押金。

2 hire out

hire out 表示出租、把……租出去。

*Companies **hiring out** boats do well in the summer months.* 出租船隻的公司在夏季

的數個月裏生意很好。

3 rent out

rent out 也表示出租、把……租出去。

*They had to **rent out** the upstairs room.* 他們只好把樓上的房間租出去。

4 let 和 let out

let 或 let out 表示出租、把……租出去。let 的過去式和 *-ed*分詞是 let。

*The cottage **was let** to an actor from London.* 這套小別墅租給了一位來自倫敦的演員。
*I couldn't sell the house, so I **let** it **out**.* 我不能出售這套房子，所以把它租了出去。

 這種用法在英式英語中比在美式英語中更常見。美式英語通常用 rent 和 rent out。

*The house was **rented** to a farmer.* 屋子租給了一位農民。
*He repaired the boat and **rented** it **out** for $150.* 他修好了船，以150美元租了出去。

---

holiday – vacation

1 holiday

在英式英語裏，holiday 或 holidays 表示（工作機構或學校的）假期。

*The school had undergone repairs during the **holiday**.* 學校在放假期間進行了修繕。
*One day after the Christmas **holidays** I rang her up.* 在聖誕假期過後的某一天，我給她打了電話。

休假用 holiday 表示。

*He thought that Vita needed a **holiday**.* 他認為維塔需要休假一次。
*I went to Marrakesh for a **holiday**.* 我去馬拉喀什度了一次假。

每年一次的度假用 holidays 表示。

*Where are you going for your **holidays**?* 你打算到哪裏度假？

> **! 注意**
> 通常 holiday 或 holidays 前面要用限定詞或所有格。例如，不要說 ~~I went to Marrakesh for holidays.~~。
> on holiday 表示在度假。

*Remember to turn off the gas when you go **on holiday**.* 外出度假時記住要關掉煤氣。

 在美式英語裏，holiday 表示公共假日，常常是為了紀念重要的事件。

在英式英語裏，公共假日稱作 bank holiday 或 public holiday。

 美國人用 the holidays 表示年末包括聖誕節和新年的一段時間；有時11月末的感恩節也包括在內。

*Now that **the holidays** are over, we should take down our Christmas tree.* 既然假期已經過去，我們應該把聖誕樹拆掉了。

2 vacation

 美式英語中通常用 vacation 表示假期或休假。

*Harold used to take a **vacation** at that time.* 哈羅德過去常在那個時候休假。

---

home

home 表示家,最常用於指某人的住宅,但也可用於指家鄉、故鄉、故國。

*His father often worked away from **home**.* 他父親常常遠離家鄉工作。
*Dublin will always be **home** to me.* 都柏林將永遠是我的家。

不要用 the home 指某個人的家,要用 his home、her home 或單用 home。

*Victoria is selling **her home** in Ireland.* 維多利亞在出售她在愛爾蘭的房子。
*Their children have left **home**.* 他們的孩子都離開家了。

> **!** 注意
>
> 絕不能把 to 直接放在 home 前面。例如,不要説 ~~We went to home.~~,而要説 We went **home**.(我們回家了。)。
> *Come **home** with me.* 和我一起回家吧。
> *The police officer escorted her **home**.* 警察護送她回了家。

 英國人用 stay at home 表示留在家裏不外出,美國人則用 stay home。

*Oh, we'll just have to **stay at home** for the weekend.* 哦,我們只好留在家裏度週末了。
*What was Cindy supposed to do? **Stay home** all day and dust the house?* 辛蒂應該做些甚麼?整天留在家裏打掃房子的灰塵嗎?

---

homework – housework

1 homework

homework 表示家課。做家課要説 do homework,不要説 ~~make homework~~。

*Have you done your English **homework**?* 你的英語家課做了嗎?

2 housework

housework 表示家務。

*She relied on him to do most of the **housework**.* 她依靠他去做大部份家務。

> **!** 注意
>
> homework 和 housework 都是不可數名詞。不要説 ~~a homework~~ 或 ~~houseworks~~。

☞ 關於不可數名詞的説明,見 Nouns

---

hood

☞ 見 bonnet – hood

hope

1 基本詞義

hope 表示希望。

*She **hoped** she would have a career in the music industry.* 她希望她能在音樂行業謀職。

*I sat down, **hoping** to remain unnoticed.* 我坐了下來，希望不被人注意到。

2 I hope

I hope 常常用於表達祝願。hope 後面可用將來形式或一般現在時。例如，可以説 **I hope you'll enjoy** the film.（希望你喜歡這部電影。）或 **I hope you enjoy** the film.。

*I **hope you'll enjoy** your stay in Roehampton.* 我希望你在羅漢普頓過得愉快。

*I **hope you get** well very soon.* 我希望你早日康復。

hope someone is going to do something 通常表示要求或提醒某人做可能不願意做的事情。

*I **hope you're going to clean up** this mess.* 我希望你去清理這個爛攤子。

*Next time I come **I hope you're going to be** a lot more entertaining.* 我下次來的時候，我希望你會變得更令人愉快。

3 I hope so

如果某人説某事是真的或將要發生，或者詢問某事是否為真或將要發生，可用 I hope so 回應，表示希望如此。

*'I will see you in the church.' – '**I hope so**.'* "我會在教堂見到你。" —— "希望如此。"

*'You'll be home at six?' – '**I hope so**.'* "你會在六時回家嗎？" —— "希望如此。"

> **！注意**
>
> 不要説 ~~I hope it~~。

4 I hope not

同樣，可用 I hope not 表示希望某事不是真的或不會發生。

*'You haven't lost the ticket, have you?' – '**I hope not**.'* "你沒有把票弄丢，對嗎？" —— "我希望沒有。"

> **！注意**
>
> 不要説 ~~I don't hope so.~~。

---

hospital

hospital 表示醫院。

在英式英語裏，如果想表示某人在醫院而不提及哪一家醫院，用 in hospital。

*I used to visit him **in hospital**.* 我過去經常去醫院探望他。

*She had to go **into hospital** for an operation.* 她不得不入院動手術。

 美式英語中不説 in hospital，而説 in the hospital。

*She broke her back and spent some time **in the hospital**.* 她摔斷了背，在醫院住了一段時間。

在英式英語和美式英語中，如果想表示某事發生在特定的醫院，通常用 at the hospital。

*I was working **at the hospital**.* 我當時在那間醫院工作。

house

house 表示屋、住宅。

*She has moved to a smaller **house**.* 她搬到了一個更小的屋。

通常不説 ~~I am going to my house.~~ 或 ~~She was in her house.~~，而要説 I am going **home**.（我在回家。）或 She was at **home**.（她在家。）。

*Brody arrived **home** a little before five.* 布羅迪差不多5時的時候回到了家。
*I'll finish the work at **home**.* 我會在家裏完成工作。

☞ 見 home

housework

☞ 見 homework – housework

how

1 做事的方式

how 用在疑問句和解釋中，表示如何、怎樣。

***How** do you spell his name?* 他的名字怎麼拼寫？
*Tell me **how** to get there.* 告訴我怎麼去那裏。
*This is **how** I make a vegetable curry.* 我就是這樣做咖喱燴蔬菜的。

> **⚠ 注意**
>
> 不要用 how 表示像……一樣。例如，不要説 ~~He walks to work every day, how his father did.~~，而要用 like、as 或 the way。

☞ 見 like – as – the way

2 詢問某人的健康

how 與 be 連用詢問某人的健康。

***How** are you?* 你好嗎？
***How** is she? All right?* 她怎麼樣？沒事吧？

> **！注意**
>
> 不要用 how 詢問某人是甚麼樣的人。例如，要某人描述其老闆時，不要説 ~~How is your boss?~~，而要説 **What** is your boss **like**?（你的老闆怎麼樣？）。
>
> ***What**'s his mother **like**?* 她母親是怎樣的一個人？

3 詢問印象

how 與 be 連用詢問某人是否喜歡某物。

***How** was your trip?* 你的旅行怎麼樣？
***How** was the smoked trout?* 熏鱒魚怎麼樣？

> **！注意**
>
> 不要用 how 要求對某事或某處進行描述。例如，How is Birmingham?（伯明翰怎麼樣？）這句話不是在問伯明翰是個甚麼樣的地方，而是問對方是否喜歡在那裏生活或工作。如果要某人描述伯明翰，可説 **What** is Birmingham **like**?（伯明翰是甚麼樣的一個地方？）。
>
> ***What** is Fiji **like**?* 斐濟是甚麼樣的一個地方？
>
> 不要説 ~~How do you think of Birmingham?~~，而要説 **What do you think of** Birmingham?（你覺得伯明翰怎麼樣？）。
>
> ***What do you think of** his writing style?* 你認為他的寫作風格怎麼樣？
> ***What did you think of** Tokyo?* 你以前覺得東京怎麼樣？

4 評論性質

人們常常把 how 與形容詞連用，對某人剛説過的話進行評論。

*'She has a house there as well.' – '**How** nice!'* "她在那裏也有一間屋。" —— "真好啊！"
*'To my surprise, I found her waiting for me at the station.' – '**How** kind!'* "出乎我意料的是，我發現她在車站等我。" —— "她人真好！"

☞ 關於對某人剛説過的話進行評論的其他方法，見主題條目 Reactions

---

however

however 表示但是、可是、然而。

*Some of the food crops failed. **However**, the cotton did quite well.* 有些糧食作物歉收。然而棉花長勢很好。
*Losing at games doesn't matter to some women. Most men, **however**, can't stand it.* 對有些女人來説，輸掉比賽沒甚麼要緊。然而，大部份男人會受不了。

however 也表示不管怎樣、無論如何。

*You can do it **however** you want.* 你可以想怎麼做就怎麼做。
***However** we add that up, it does not make a dozen.* 不管我們怎麼加，結果都加不到一打。
***However** we prepare for retirement there are undeniably risks.* 不管我們如何準備退

休，不可否認的是風險總是存在。

> ### ❗ 注意
>
> 不能把 however 用作連詞。例如，不要説 ~~John always cooks dinner, however I usually wash up afterwards.~~。可以用 however 開始一個新的句子或分句。例如，John always cooks dinner. However, I usually wash up afterwards. （晚飯總是約翰做。然而，我通常晚飯之後洗刷餐具。）。或者可以用 but 或 although 這樣的連詞。例如，John always cooks dinner, although I usually wash up afterwards. （晚飯總是約翰做，儘管我通常晚飯之後洗刷餐具。）。

how much

how much 用於詢問價格。例如，**How much** is that T-shirt? （那件T恤衫多少錢？） *'I like that dress' – 'how much is it?'* "我喜歡那件連衣裙 —— 要多少錢？"

> ### ❗ 注意
>
> 不要説 ~~How much is the price of that T-shirt?~~。
>
> 詢問某物的價格時，只能用 how much 加 be。詢問其他數額的錢時，不能用這個結構。例如，不要説 ~~How much is his income?~~，而要説 What is his income? （他的收入是多少？）、What does he earn? （他賺多少？）或 How much does he earn? （他賺多少錢？）。
>
> 同樣，不要説 ~~How much is the temperature outside?~~ 或 ~~How much is the population of Tokyo?~~，而要説 **What** is the temperature outside? （外面的溫度是多少？）或 **What** is the population of Tokyo? （東京的人口有多少？）。
>
> ***What*** *is the basic rate of income tax?* 所得税的基本税率是多少？
> ***What*** *is the lowest temperature it's possible to reach?* 可能達到的最低溫度是多少？

hundred

a hundred 或 one hundred 表示一百、100。

☞ 見參考部份 Numbers and fractions

一百樣東西可以用 a hundred things 或 one hundred things 表示。

*She must have had **a hundred** pairs of shoes at least.* 她肯定至少有100雙鞋子。
*The group claimed the support of over **one hundred** MPs.* 該團體聲稱得到了一百多名議員的支持。

> ### ❗ 注意
>
> 不要説 ~~hundred things~~。
> 前面有另一個數字時，hundred 不要加 -s。
>
> *There are more than **two hundred** languages spoken in Nigeria.* 尼日利亞使用的語言有二百多種。

對於大於100的數位，大多數人在讀出數位的第二部份之前加 and，但是説美式英語的人有時省略 and。

例如，在英式英語裏，370 是 three hundred and seventy，而在美式英語裏有時是 three hundred seventy。

*He got **nine hundred and eighty-three** votes.* 他獲得了983張選票。
*Eduardo won **a hundred fifty** dollars.* 愛德華多贏得了150美元。

---

hurt

hurt 可作動詞或形容詞。

1 用作動詞

hurt 表示使（意外）受傷。

hurt 的過去式和 *-ed*分詞是 hurt。

*The boy fell down and **hur**t himself.* 那個男孩摔倒受了傷。
*How did you **hurt** your finger?* 你怎麼把手指弄傷的？

身體的某個部位痛，可用 hurt 表示。

*My leg was beginning to **hurt**.* 我的腿開始痛起來。

 在美式英語裏，人感到疼痛也可以用 hurt 表示。

*When that anesthetic wears off, you're going to **hurt** a bit.* 那個麻醉藥慢慢消退後，你會感到一點疼痛。

有些英國人也這樣用 hurt，但這種用法在英式英語裏並不被普遍接受。

2 用作形容詞

hurt可作形容詞，表示（人）受傷的。

*He was **hurt** in a serious accident.* 他在一場嚴重的意外中受了傷。
*Luckily no-one was **hurt** but both vehicles were badly damaged.* 幸運的是，沒有人受傷，但兩輛車受損嚴重。

如果某人嚴重受傷，不要用 very hurt 表示，而要説 badly hurt 或 seriously hurt。

*The soldier was **badly hurt**.* 那個士兵受了重傷。
*Last year 5,000 children were **seriously hurt** in car accidents.* 去年，5,000 名兒童在車禍中嚴重受傷。

在英式英語裏，名詞前面通常不用 hurt。例如，不要説 ~~a hurt soldier~~，而要説 an **injured** soldier（一個受傷的士兵）。

---

hyphen

☞ 見參考部份 Punctuation, Spelling

Ii

I

I 表示我。I 作動詞的主語，始終用大寫。

I will be leaving soon. 我很快就要走了。
I like your dress. 我喜歡你的連衣裙。

也可以把 I 和另一個人或其他人用在一起作為動詞的主語。先提及另一個人。要説 My friend **and I**（我和我的朋友），而不是 ~~I and my friend~~。

My mother and I stood beside the road and waited. 我和我母親站在路邊等待。
My brothers and I go to the same school. 我和我的兄弟們上同一間學校。

> **！ 注意**
>
> 不要把 I 用在 is 後面。要説 It's me.（是我。），而不是 ~~It's I~~。

☞ 見 me

if

1 可能的情況

if 用於引導條件從句，在從句中提及可能的情況。

If you get tired, have a rest. 累了你就休息一下。
If the machine stops working, call this number. 如果機器停止運轉，打這個電話。

if 可用於提及將來的可能情況。條件從句中用一般現在時形式，不要用將來形式。

If all **goes** well, we will arrive by lunchtime. 如果一切順利，我們會在吃午飯的時候到達。
If you **make** a mistake, you will have to start again. 如果出錯的話，只能從頭再來

有時 if 用在條件從句裏表示某人做某事。條件從句中通常用一般現在時。

If you **turn** to page 15, you will see a list of questions. 翻到第15頁，你可以看到一串問題。

可以用 if 提及過去有時存在的情況。條件從句中通常用一般過去時。

They ate outside **if** it **was** sunny. 如果是晴天，他們就在戶外吃飯。
If we **had** enough money, we used to go to the cinema. 如果錢夠的話，我們過去常常去看電影。

也可用 if 提及過去原本可能發生但實際上未發生的事情。條件從句中用過去完成時，不要用一般過去時。

If he **had known** the truth, he would have run away. 如果他知道真相的話，他早就跑掉了。
If they **had not met**, this book would never have been written. 如果他們沒見過面，

這本書根本不可能寫出來。

2 不太可能的情況

if 也可用於條件從句提及不存在的情況或不太可能發生的事件。條件從句中用一般過去時，不要用現在時。

*They would find it difficult to get a job **if** they **left** the farm.* 他們如果離開農場的話很難找到工作。

***If** she **wanted** to, she could be a dancer.* 如果她願意，她可以成為舞蹈演員。

在正式的書面語裏，如果條件從句的主語是 I、he、she、it、there 或單數名詞，從句中要用 were 代替 was。

*If a problem **were** to arise, she would be able to resolve it.* 如果出現問題，她有能力解決。

*Employees would be more productive if better resources **were** provided.* 如果提供更好的資源，員工的生產力會更高。

在談話或非正式書面語中，人們通常用 was（除了在 If I were you 這個表達式裏）。

*If I **was** a painter, I'd paint this garden.* 如果我是個漆工，我會給這個花園上色。

*We would prefer it if the test **was** a bit easier.* 如果考試稍微容易一點，我們還是喜歡的。

有時 was 也用在正式的書面語裏，但很多人認為不正確。

3 用於間接疑問句

if 也用於間接疑問句。

*I asked her **if** I could help her.* 我問她我是否能幫她。

*I wonder **if** you understand what I mean.* 不知道你是否明白我的意思。

☞ 見 Reporting

---

ill – sick

1 ill 和 sick

ill 和 sick 都用於表示生病的、不健康的。繫動詞後面用 ill 或 sick 都可以。

*Manjit is **ill** and can't come to school.* 曼吉特生病了，不能來上學。

*Your uncle is very **sick**.* 你叔叔病得很厲害。

名詞前面通常用 sick，而不是 ill。

*She was at home looking after her **sick** baby.* 她在家照料生病的寶寶。

但是，如果同時用了 seriously、chronically 或 terminally 之類的副詞，ill 常常用在名詞前面。

*This ward is for **terminally ill** patients.* 這是晚期病人住的病房。

> ### ❗ 注意
>
> ill 的比較級形式通常是 worse。
>
> *The next day I felt **worse**.* 第二天我感到病得更厲害了。

2 be sick

be sick 是嘔吐的意思。

*Cristina ate so much that she **was sick**.* 克莉絲蒂娜吃得太多吐了。

☞ 見 sick

> **！注意**
>
> 不要用 ill 或 sick 表示某人受了傷，要用 injured 或 hurt。
>
> *Two people were **injured** and taken to hospital after the car crash.* 車禍中兩人受傷送進了醫院。
>
> ☞ 見 hurt

illness – disease

1 illness

illness 表示疾病，病程可長可短，病情可輕可重。

*The doctor thought that Bae's **illness** was caused by stress.* 醫生認為裴的病是由壓力引起的。

形容詞 long 和 short 可用在 illness 前面，但不能用在 disease 前面。

*He died last month after a **long illness**.* 他久病後上個月去世了。

2 disease

disease 表示疾病，常指傳染病。

*Glaucoma is an eye **disease**.* 青光眼是眼部疾病。

*Children should be immunised against dangerous **diseases**.* 兒童應該接種預防危險疾病的疫苗。

也可用 disease 表示動植物的疾病，但不用 illness。

*Scrapie is a **disease** that affects sheep.* 癢病是羊罹患的一種病。

*The trees were killed by Dutch Elm **disease**.* 這些樹因患有荷蘭榆樹病而死了。

imagine

imagine 表示想像、設想。

*It is difficult to **imagine** such a huge building.* 很難想像如此巨大的建築物。

*Try to **imagine** you're on a beautiful beach.* 設想你身處一個美麗的海灘。

imagine 後面可用 -ing形式。

*It is hard to **imagine** anyone **being** so cruel.* 很難想像有人會如此殘忍。

*She could not **imagine living** with Daniel.* 她無法想像和丹尼爾一起生活。

> **⚠ 注意**
>
> imagine 後面不要用 *to*-不定式。例如，不要説 ~~She could not imagine to live with Daniel.~~。
>
> imagine 可表示認為、以為。
>
> I **imagine** it would be difficult to make money from a business like that. 我想，要從這樣的企業賺錢會很難。
>
> I **imagine** that he finds his work very satisfying. 我認為他覺得他的工作非常令人滿足。
>
> 如果某人詢問某事是否為真，可以用 I imagine so. 或 I would imagine so. 作肯定回答。
>
> 'Could he get through that window?' – '**I imagine so**.' "他能鑽過那扇窗嗎？" —— "我覺得可以。"
>
> 'Was that why she left?' – '**I would imagine so**.' "那就是她為甚麼離開的原因？" —— "我想是的。"
>
> 不要説 ~~I imagine it~~。
>
> 要表示我認為某事不是真的，通常説 I **don't imagine something is** true，而不説 ~~I imagine something is not true~~。
>
> I **don't imagine we'll have** a problem, anyway. 不管怎麼説，我想我們不會遇到問題。

immediately

immediately 表示立刻、馬上。

We have to leave **immediately**. It's very urgent. 我們必須馬上離開。這是緊急情況。
Rishi read the letter, and **immediately** started to cry. 莉希讀了信以後立刻哭了起來。

immediately after 表示……之後立即。

He had to go out **immediately after** lunch. 午飯後他不得不立刻出去。
She left for the airport **immediately after** I spoke to her. 我和她説了以後她馬上趕去機場。

immediately above 表示在……正上方。

還可以同樣方式把 immediately 與其他介詞連用，比如 under、opposite 和 behind。

There is a window **immediately above** the door. 門的正上方有一扇窗。
The man **immediately behind** me in the photograph is my father. 照片中緊挨在我身後的是我父親。

immigrant

☞ 見 emigration – immigration – migration

immigration

☞ 見 emigration – immigration – migration

Grammar Finder 語法講解

The imperative 祈使式

動詞的祈使式（imperative）用於要某人做或不做某事。祈使句通常沒有主語。

1 形式

動詞的祈使式與原形相同。

Come here. 過來。
Take two tablets every four hours. 每隔四個小時服兩片。

對於否定祈使式（negative imperative），用 don't 加動詞原形。在正式英語裏，用 do not 加動詞原形。

Don't touch that wire! 別碰那根電線！
Don't be afraid of them. 不要怕他們。
Do not forget to leave the key on the desk. 不要忘記把鑰匙放在桌上。

2 強調和禮貌

祈使式通常位於句首。但是，可以把 always 或 never 放在前面進行強調。

Always check that you have enough money first. 一定要首先確定你有足夠的錢。
Never believe what he tells you. 千萬別相信他對你説的話。

也可用 do 進行強調。

Do be careful! 一定要小心！

可在句首或句末加上 please，以表示更禮貌。

Please don't do that. 請不要那麼做。
Follow me, please. 請跟我來。

有時在祈使句後面加上附加疑問句，使其聽上去更像是請求，或者表示不耐煩或憤怒。

Post that letter for me, will you? 替我寄那封信，好嗎？
Hurry up, can't you? 快點，你行不行？

☞ 見主題條目 Requests, orders, and instructions

如果想表明在和誰説話，或者想進行強調或表達憤怒，有時使用主語 you。

You get in the car this minute! 你給我馬上上車！

！注意

祈使式常常會聽起來比較粗魯或唐突。

☞ 見主題條目 Advising someone, Invitations, Requests, orders, and instructions, Suggestions, Warning someone

---

3 條件式用法

有時，如果祈使式後接 and 或 or，其意義類似於以 If you... 開頭的條件從句。例如，*Take that piece away, and the whole lot falls down.*（把那一塊拿走的話，整個就會倒下來的。）意思是 If you take that piece away, the whole lot falls down.。Go away or I'll call the police.（走開，否則我要叫警察了。）意思是 If you don't go away, I'll call the police.。

Say *that again,* ***and*** *I'll leave.* 你再説一遍那個，我就走了。
Hurry up, or *you'll be late for school.* 趕快，不然上學要遲到了。

important

important 表示重要的、重大的。

*This is the most **important** part of the job.* 這是這個工作最重要的部份。
*It is **important** to study for your exams.* 複習迎考是重要的。

> **!** 注意
>
> 不要用 important 表示數量很大的。要用 considerable、substantial 或 large。
>
> *He was paid a **substantial** sum of money for the information.* 他因那份情報獲得了一大筆錢。
> *A **considerable** amount of rain had fallen.* 下了大量的雨。

in

1 用於説明某物的所在

in 作介詞，表示在⋯⋯裏。

*Carlos was **in** the bath.* 卡洛斯在洗澡。
*I wanted to play **in** the park.* 我想到公園裏玩。
***In** New York we saw the Statue of Liberty.* 我們在紐約參觀了自由女神像。

in 有時與最高級連用。

*The Ueno Zoo is the oldest zoo **in** Japan.* 上野動物園是日本歷史最悠久的動物園。
*His company is one of the biggest **in** the world.* 他的公司是世界上最大的公司之一。

2 用於説明某物的去向

in 作副詞，表示進入。

*Someone knocked at the door, and Hana called 'Come **in**!'.* 有人敲門，哈娜説道，
"進來！"
*She opened her bag and put her phone **in**.* 她打開袋把手機放了進去。

in 有時作介詞，表示 into。

*She threw both letters **in** the fire.* 她把兩封信都扔進了火裏。

☞ 見 into

3 與時間表達式連用

in 常常與時間表達式連用。

in 表示在⋯⋯之內。

*He learned to drive **in six months**.* 他在6個月內學會了開車。

*The food was all eaten **in a few minutes**.* 食物數分鐘就吃完了。

in 也表示在……之後。

***In another hour** it will be dark.* 再過一小時天就黑了。

in 表示在……期間。

***In 1872**, there was a terrible fire in Chicago.* 1872年芝加哥發生了一場可怕的大火。

*Her birthday is **in April**.* 她的生日在4月。

*We plan to go camping **in the summer**.* 我們打算夏天去野營。

in 與 the 連用表示每天上午、下午或晚上。

*I often go swimming **in the morning**.* 我早上常常去游泳。

*Dad used to sit there **in the evening** and listen to the radio.* 爸爸以前晚上常常坐在那兒聽收音機。

☞ 見 morning, afternoon, evening

不要用 in the night 表示在每天晚上。要用 at night。

*There were no lights in the street **at night**.* 夜裏街上沒有燈。

☞ 見 night

> **！注意**
>
> 在具體的某一天或星期日子，不能用 in，要用 on。
> ***On Tuesday** they went shopping.* 星期二他們去購物。
> *Ali was born **on April 10th**.* 阿里出生在4月10日。
> 美式英語中有時省略 on。
> *I'm going to a party **Wednesday**.* 星期三我要去參加聚會。
> 表示持續一段時間，不能用 in。要用 for。
> *I have known you **for a long time**.* 我認識你已經很久了。
> *I worked for the same company **for ten years**.* 我在同一家公司工作了10年。

☞ 見 for

4 作 wearing 解

in 有時用於表示某人的衣着。

*The bar was full of men **in** baseball caps.* 酒吧裏全是戴着棒球帽的男人。

☞ 見 wear

> **！注意**
>
> 不要用 in 談論某人説某種語言的能力。
> 例如，不要説 ~~She speaks in Russian.~~，而要説 She speaks Russian.（她會説俄語。）。

☞ 見 speak – talk

in case

☞ 見 case

---

indicate – show

1 談論證據和結果

談論證據或研究結果時，indicate 和 show 的用法相似，表示顯示、表明。

*Evidence **indicates** that the experiments were unsuccessful.* 證據表明實驗沒有成功。

*Research **shows** that doctors are working harder.* 研究顯示，醫生的工作更辛苦了。

2 談論物體

表示給某人看一個物體，用 show。show 作此解時，始終要帶間接賓語。

可以説 **show** someone something 或 **show** something to someone（給某人看某物）。

*I **showed Ayeisha** what I had written.* 我給艾莎看了我寫的東西。

***Show** your drawing **to the teacher**.* 把你的圖畫給老師看一下。

indicate 通常不表達這個意義。

---

indoors – indoor

1 indoors

indoors 是副詞。go indoors 表示進入室內。

*It started to rain, so we went **indoors**.* 開始下雨了，於是我們走進室內。

indoors 表示在室內。

*The children were playing **indoors**.* 孩子們在室內玩耍。

2 indoor

indoor 是形容詞，用在名詞前面，表示室內的。

*The hotel has an **indoor** swimming pool.* 旅館有一個室內游泳池。

*We'll think of some **indoor** games to play if it's wet.* 如果外面下雨的話，我們要想出一些室內遊戲來玩玩。

---

industrious – industrial

1 industrious

industrious 表示勤奮的、勤勞的。

*He was **industrious** and always trying to improve himself.* 他很勤奮，一直想完善自己。

*Michael was an intelligent, **industrious** man.* 邁克爾是個聰明勤奮的人。

2 industrial

不要用 industrious 表示工業的。要用 industrial。

*They have increased their **industrial** production in recent years.* 近年來他們擴大了工業生產。

*The company is located in an **industrial** zone to the east of the city.* 公司位於城市東面的一個工業區內。

Grammar Finder 語法講解

Infinitives 不定式

1 *to-* 和不帶 to 的不定式

有兩種不定式。一種稱作 *to-*不定式（*to-*infinitive），由 to 加動詞原形組成。

*I wanted **to escape** from here.* 我想逃離這裏。

*I asked Don **to go** with me.* 我叫唐和我一起去。

另一種有時稱作不帶 to 的不定式（infinitive without to）或原形不定式（bare infinitive），其形式和動詞原形相同，其用法在本條目內解釋。

*They helped me **get** settled here.* 他們幫助我在這裏安頓下來。

2 用於其他動詞之後

不帶 to 的不定式用於談論某人看到、聽到或注意到的一個完成了的動作。

*She heard him **fall** down the stairs.* 她聽見他從樓梯上摔了下去。

*The teachers here just don't want to let anybody **speak**.* 這裏的老師就是不想讓任何人說話。

不帶 to 的不定式以這種方式用在下列動詞的賓語後面：

feel	hear	listen to	notice	see	watch

*I **felt her touch** my hand.* 我感到她碰了我的手。

*Chandler did not **notice him enter**.* 錢德勒沒有注意到他進來。

這些動詞的賓語後面也可接 *-ing*形式。

☞ 見 *-ing*形式

3 have、let 和 make

have、let 和 make 的賓語後面可使用不帶 to 的不定式，表示讓或迫使某人做某事。

*Have the children **work in pairs**.* 叫孩子們兩個兩個一起做。

*Don't let Tim **go** by himself!* 不要讓添一個人去！

*They made me **write** all the details down again.* 他們迫使我再次寫下了所有的細節。

4 know

🇺🇸 在英式英語裏，否定句、一般過去時分句或完成時分句中 know 的賓語後面可用不帶 to 的不定式，但是美式英語用 *to-*不定式。

*I never knew him **go jogging** before breakfast.* 我從來不知道他吃早餐前會慢跑。

*Have you ever known him **buy** someone a coffee?* 你聽說過他給別人買過一杯咖啡
嗎？
*I've never known him **to be** unkind.* 我從沒聽說他是刻薄的人。

5 help

不帶 to 的不定式也可與 help 連用。如果認為沒有必要提及被幫助的人，可以省略賓語。

*John **helped the old lady carry** the bags upstairs.* 約翰幫助老太太把包裹提到樓上。
*We stayed and **helped clear up**.* 我們留下來幫忙打掃。

help 也可與 *to*-不定式連用。

☞ 見 help

> **⚠ 注意**
>
> 以上提及的動詞用在被動句中時，後面不要用不帶 to 的不定式。要用 *to*-不定
> 式。
>
> *I resent **being made to feel** guilty.* 我討厭被人弄得心裏愧疚。
> *These people need to **be helped to liberate** themselves.* 這些人需要得到說
> 明來釋放他們自己。

6 用於情態詞之後

不帶 to 的不定式可用在除 ought 以外的所有情態詞後面。

*I must **go**.* 我一定要走了。
*Can you **see** him?* 你能看見他嗎？

☞ 見 Modals

在表達式 had better 和 would rather 之後可用不帶 to 的不定式。

*I had better **go**.* 我還是走的好。
*Would you rather **do** it yourself?* 你願意自己動手嗎？

dare 和 need 的後面有時用不帶 to 的不定式。

*I daren't **leave** before six.* 我不敢在6時以前離開。
*Need you **pay** him right now?* 你需要立刻付錢給他嗎？

☞ 見 dare, need

7 其他用法

不帶 to 的不定式可用在 Why 後面，表示不值得採取某個行動。

*Why **wait** until then?* 為甚麼要等到那個時候？

不帶 to 的不定式可用在 Why not 後面，表示某人應該做甚麼。

*Why not **come** with us?* 為甚麼不和我們一起來？

不帶 to 的不定式可用在 be 後面，解釋某人或某物做或應該做甚麼。主語必須是以 all
或 what 開頭的分句。

***All he did** was **open** the door.* 他所做的只是開了門。
***What it does** is **cool** the engine.* 它的作用是給引擎降溫。

> **！注意**
>
> 介詞後面不能用不帶 to 的不定式，但可以用 -ing形式。

☞ 見 -ing forms

inform

☞ 見 tell

information – news

1 information

information 表示資料、消息、情報、資料。

*You can get more **information** about our products on our website.* 你可以在我們的網站上獲取關於我們產品的更多資料。

> **！注意**
>
> information 是不可數名詞。不要説 ~~an information~~ 或 ~~informations~~。可以説 **a piece of information**（一項資料）。
>
> *I found out an interesting **piece of information**.* 我發現了一則有趣消息。
>
> 給某人資料用 give 表示。
>
> *She **gave** me some useful information.* 她給了我一些有用資料。
>
> 要用 give，不要用 tell。不要説 ~~She told me some useful information.~~。
> 某方面的資料用 about 或 on 表示。
>
> *We don't have any information **about** him.* 我們沒有他的任何消息。
> *I'm looking for information **on** the history of the town.* 我在尋找關於該鎮歷史的資料。

2 news

不要用 information 表示新聞。要用 news。

*Our town was in the **news** when it was visited by the Pope.* 教皇來訪時我們鎮上了新聞。

*The story was on the **news** this evening.* 那則報導今晚上了新聞。

☞ 見 news

Grammar Finder 語法講解

-ing forms *-ing*形式

1 形式		**7** 獨立的 *-ing*分句	
2 進行時形式		**8** 主動義	
3 用於動詞之後		**9** 被動義	
4 *-ing*形式 和 *to*-不定式的選擇		**10** 用於名詞之後	
5 用於動詞賓語之後		**11** 用作名詞	
6 連詞後面的 *-ing*形式		**12** 其他用法	

1 形式

*-ing*形式有時稱作現在分詞（present participle)。大多數 *-ing*形式由動詞原形加 *-ing* 構成。例如，asking、eating 和 passing。有時拼寫有變化，如 dying、making 和 putting。

☞ 見參考部份 Verb forms（formation of）

☞ 關於 *-ing*形式在 It was difficult saying goodbye 這類句子中的用法，見 it

2 進行時形式

*-ing*形式的一個常見用法是作為進行時動詞形式的一部份。

*He **was sleeping** in the other room.* 他當時正睡在另一個房間。
*Cathy **has been looking** at the results.* 凱西一直在看結果。

☞ 見 Verb forms, The progressive form

3 用於動詞之後

談論某人與某個動作有關的行為時，或談論某人對於做某事的態度時，常常用動詞後接以 *-ing*形式開頭的分句（即 *-ing*分句）。下列動詞可後接 *-ing*分句：

admit	describe	imagine	resent
adore	detest	involve	resist
avoid	dislike	keep	risk
chance	dread	mind	stop
commence	enjoy	miss	suggest
consider	escape	postpone	
delay	fancy	practise	
deny	finish	recall	

*He **avoided mentioning the incident**.* 他避免了提及那個事件。
*They **enjoy working together**.* 他們喜歡一起工作。
*You must **keep trying**.* 你必須不斷嘗試。

 need、require 和 want 可後接含被動義的 *-ing*形式。例如，something **needs doing** 表示該做某事了。在美式英語裏，這些結構不太常見，通常用被動的 *to*-不定式。

*It **needs dusting**.* 這東西需要除塵。

*The beans **want picking***. 豆子應該採摘了。
*The room **needs to be cleaned***. 房間需要打掃了。

deserve 和 merit 有時也這麼用。

4 -*ing*形式和 *to*-不定式的選擇

在某些動詞後面，-*ing*分句或 *to*-不定式分句都可以使用，而意義沒有大的變化。

*It **started raining** soon after we set off*. 我們出發後不久便下起了雨。
*Then it **started to rain***. 然後下起了雨。

下面是一些可後接 -*ing*分句或 *to*-不定式分句的常用動詞：

begin	continue	intend	omit
bother	deserve	like	prefer
cease	hate	love	start

在動詞 go on、regret、remember 和 try 後面，-*ing*形式與 *to*-不定式有不同的意義。

☞ 見 go on, regret – be sorry, remember – remind, try – attempt

5 用於動詞賓語之後

有些動詞，特別是感官動詞，與賓語和 -*ing*分句連用。-*ing*分句表示賓語所指的人或物在做甚麼。

*I **saw him looking at me***. 我看見他看着我。
*He **was caught stealing***. 他偷東西時當場被捕。

下列動詞一般與賓語和 -*ing*分句連用：

bring	keep	picture	show
catch	leave	prevent	spot
feel	listen to	save	watch
find	notice	see	
have	observe	send	
hear	photograph	set	

這些動詞中有的也可與賓語和不帶 to 的不定式連用。

☞ 見 Infinitives

6 連詞後的 -*ing*形式

某些從屬連詞後面可用 -*ing*形式，而不用主語或助動詞。這種用法僅限於當從句的主語和主句的相同或主語不確定時。

*I didn't read the book **before going to see the film***. 在看電影前我沒有讀過那本書。
***When buying a new car**, it is best to seek expert advice*. 購買新車時最好聽一聽專家的意見。

☞ 見 Subordinate clauses

7 獨立的 -*ing*分句

在描述由同一人大約在同一時間所做的兩個動作時，可在主句前使用 -*ing*分句。如果很清楚主語是誰，也可把 -*ing*分句放在主句之後。

Walking down Newbury Street, *they spotted the same man again.* 他們在沿着紐伯里街往前走的時候，又看見了同一個男子。

He looked at me, ***suddenly realising that he was talking to a stranger***. 他看了看我，突然意識到是在和陌生人説話。

如果想表示某人做完一件事情後緊接着做了另一件事，可在主句前的 *-ing*分句中提及第一件事。

Leaping out of bed, *he ran downstairs and answered the phone.* 他從牀上一躍而起，奔下樓梯去接電話。

> **!** 注意
>
> 如果 *-ing*分句的主語和主句的主語不一致，主句前面不能用 *-ing*分句。如果説 Driving home later that night, the streets were deserted. ，意思是説街道在開車。

8 主動義

用 *-ing*形式引導的分句具有主動義。

'You could play me a tune,' said Simon, ***sitting*** *down.* "你可以給我彈一首曲，"西門邊説邊坐下。

Glancing *at my clock, I saw that it was midnight.* 我看了一眼鐘，發現已經到半夜了。

有時也使用以 having 開頭的組合，特別是在書面語裏。例如，可以這樣寫 John, having already eaten, left early.（約翰吃過了飯，早早地離開了。），以代替 John, who had already eaten, left early.。

Ash, ***having forgotten*** *his fear, was becoming bored.* 艾許忘記了恐懼，開始感到厭煩起來了。

Having beaten *Rangers the previous week, Aberdeen were confident about their match with Celtic.* 亞伯丁隊上週擊敗流浪隊後，對和塞爾特人隊的比賽充滿了信心。

9 被動義

以 having been 加 *-ed*分詞開頭的 *-ing*分句有被動義。

Having been born and brought up *in Spain, she presumed that she was of Spanish nationality.* 她在西班牙出生和成長，所以她推定自己有西班牙國籍。

在書面語裏，如果想提及與主句中陳述的事實相關或者是其原因的事實或情況，可以使用含主語加 *-ing*形式的分句。

Bats are long-lived creatures, ***some having a life-expectancy of around twenty years***. 蝙蝠是長壽動物，有的預期壽命達到了20年左右。

Ashton being dead, *the whole affair must now be explained to Colonel Browne.* 阿斯頓已死，現在整個事情肯定會向布朗上校解釋清楚。

The subject having been opened, *he had to go on with it.* 話題既然已經打開，他就只好繼續下去了。

這樣做的時機是 *-ing*分句的主語和主句的主語密切相關，或者 *-ing*形式是 being 或 having。

有時 with 加在這類分句的開頭。

*The old man stood up **with tears running down his face***. 老人淚流滿面地站了起來。

當兩個主語沒有密切關係，而且 *-ing*形式不是 being 或 having 時，始終要用 with。

***With the weather conditions improving**, they had plenty of chances to take the boat out*. 隨着天氣條件的改善，他們有充分的機會把船開出去。

*Our correspondent said it resembled a city at war, **with helicopters patrolling overhead***. 我們的通訊記者說，頭頂上一架架直升機在巡邏，整個城市好像在打仗。

10 用於名詞之後

*-ing*分句可用在名詞、those 或不定代詞後面，通過說明所做的事情來指稱或描述某人。

She is now a British citizen working for the Medical Research Council. 現在她是英國公民，服務於醫學研究委員會。

It is a rare sight that greets those crossing Malawi's southwest border. 那是一個跨越馬拉維西南邊境的人很少見到的景象。

Anyone following this advice could find themselves in trouble. 聽從這個意見的人可能會陷入困境。

*-ing*分句的功能與關係從句類似。

11 用作名詞

*-ing*形式可以像名詞一樣使用。*-ing*形式這樣用時，有時稱作<u>動名詞</u>（gerund 或 verbal noun），可作主語、賓語或分句的補語。

*Does slow **talking** indicate slow mental development?* 遲開始說話是否意味着智力發展慢？

*Most men regarded **shopping** as boring*. 大多數男人認為購物很無聊。

*His hobby was **collecting** old coins*. 他的愛好是收集古錢幣。

*-ing*形式可用在包括 to 在內的介詞後面。

*They get pleasure **from taking** it home and **showing** it to their parents*. 他們樂於把它帶回家給父母看。

如果 *-ing*形式前面不用限定詞，*-ing*形式可帶直接賓語。如果用了限定詞，則用 of 引導賓語。

*This interview was recorded during **the making of Karel Reisz's film***. 這個訪談是在卡雷爾‧雷茲的電影攝製期間錄製的。

如果指的是一種常見的活動，比如一種工作或愛好，動詞賓語可放在 *-ing*形式前面構成複合名詞。

*He regarded **film-making** as the most glamorous job on earth*. 他認為拍電影是世界上最迷人的工作。

*As a child, his interests were drawing and **stamp collecting***. 小時候他的興趣是畫畫和集郵。

注意，賓語用單數形式。例如，要說 stamp collecting（集郵），而不是 ~~stamps collecting~~。

*-ing*形式可與所有格連用。這種用法相當正式。

***Your being** in the English department means that you must have chosen English as your main subject*. 你在英文系意味着你一定選擇了英語作為主修科目。

*'I think my **mother's being** American had considerable advantage,'* says Lady Astor's son. "我認為我母親是美國人有很大的優勢，"阿斯特夫人的兒子説。

也可以類似方式把 -ing形式與代詞或名詞連用。這種用法不太正式。

*What do you think about **him being** elected again?* 你對他再次當選怎麼看？

少數以 -ing 結尾的名詞與動詞無關，特別是指休閒活動的名詞。這些名詞由其他名詞構成，或者比相關的動詞常用得多。

ballooning	hang-gliding	power-boating	skydiving
caravanning	pot-holing	skateboarding	tobogganing

*Camping and **caravanning** are increasingly attractive.* 野營和露營車旅遊越來越吸引人了。

***Skateboarding** has come back into fashion.* 滑板運動又流行起來了。

12 其他用法

少數 -ing形式用作從屬連詞：

assuming	presuming	supposing
considering	providing	

*The payments would gradually increase to £1,298, **assuming** interest rates stayed the same.* 假定利率保持不變，支付額將逐漸增加到1,298英鎊。

***Supposing** you won, what would you do with the money?* 假如你贏，你怎麼處理這筆錢？

少數 -ing形式用作介詞或用在複合介詞中：

according to	considering	excluding	owing to
barring	depending on	following	regarding
concerning	excepting	including	

*The property tax would be set **according to** the capital value of the home.* 物業稅將根據房屋的資本價值調整。

*There seems no reason why, **barring** injury, Carson should not win.* 除非受傷，卡森似乎沒有理由不能獲勝。

*We had already ended the party just after midnight, **following** complaints from neighbours.* 接到鄰居的抱怨以後，我們剛過午夜就停止了聚會。

in front of

☞ 見 front

injured

☞ 見 hurt

inside

1 用作介詞

inside 表示在……的裏面。

*They heard loud music coming from **inside** the building.* 他們聽到建築物內傳出響亮的音樂。

*Jaya wondered what was **inside** the box.* 加亞想知道盒裏是甚麼。

> **! 注意**
> 不要用 ~~inside of~~ something 表示在某物的裏面。

2 用作副詞

inside 也可作副詞。

*Marta opened the door and invited him **inside**.* 瑪塔開門請他進去。

*He gave me a package with something soft **inside**.* 他給我一個包裹,裏面有一種軟軟的東西。

---

insist

insist on doing something 表示堅持做某事。

*He **insisted on paying** for the meal.* 他堅持要付飯錢。

*Akito always **insists on sitting** in the front seat of the car.* 阿吉托總是堅持坐汽車的前座。

> **! 注意**
> 不要説 ~~insist to do~~ something。

---

in spite of – despite

1 in spite of

in spite of 表示儘管、不管。拼寫是 in spite of,不是 ~~inspite of~~。

*The air was clear and fresh, **in spite of** all the traffic.* 雖然往來車輛很多,但空氣仍然清新。

***In spite of** his ill health, my father was always cheerful.* 我父親儘管健康不佳,但一直高高興興的。

> **❗ 注意**
>
> 不要用 in spite of 表示某事不會受任何情況的影響。例如，不要説 ~~Everyone can take part, in spite of their ability.~~，而要説 Everyone can take part **regardless of** their ability.（不論能力如何，每個人都可以參加。）或 Everyone can take part **whatever** their ability.。
>
> *If she is determined to do something, she will do it **regardless of** what her parents say.* 如果她下決心做一件事，她會不管父母親怎麼説堅決去做的。
>
> *The gardens look beautiful **whatever** the time of year.* 這些花園在一年的任何時候都很漂亮。
>
> 不能用 in spite of 作連詞。例如，不要説 ~~In spite of we objected, they took our phones away.~~，而要説 **Although** we objected, they took our phones away.（儘管我們表示反對，他們還是拿走了我們的手機。）。
>
> *Maria kept her coat on, **although** it was warm in the room.* 雖然屋內很熱，但瑪利亞沒有脱下外套。

2 despite

despite 和 in spite of 的詞義相同。不要説 ~~despite of~~。

***Despite** the difference in their ages, they were close friends.* 雖然他們年齡相差很大，但他們是親密的朋友。

*The school is going to be closed **despite** protests from local people.* 儘管遭到當地人的反對，學校仍將關閉。

---

instead – instead of

1 instead

instead 是副詞，表示反而、卻。

*Hema did not answer. **Instead** she looked out of the taxi window.* 赫瑪沒有回答，而是向計程車窗外看去。

*I felt like crying, but I managed to smile **instead**.* 我想要哭，但卻勉強笑了笑。

2 instead of

instead of 是介詞，表示代替、而不是。

*Why not use your bike to get to work **instead of** your car?* 你為甚麼不踏單車而是開車上班呢？

*You can have rice **instead of** potatoes.* 你可以吃米飯而不吃馬鈴薯。

可以説 someone does something **instead of doing** something else，表示某人做某事而不做另外的事。

*You could always go camping **instead of staying** in a hotel.* 不想留在旅館的話，你隨時可以去野營。

*Why don't you help, **instead of standing** there and watching?* 為甚麼你不來幫忙反而袖手旁觀呢？

> **！注意**
> 不要説 ~~instead to do~~ something。

insure

☞ 見 assure – ensure – insure

intention

1 intention to 和 intention of

intention to do something 或 **intention of doing** something 表示做某事的意圖。

*He declared **his intention to apply** for the job.* 他表明有意申請那份工作。
*They announced their **intention of starting** a new business.* 他們宣佈了開設新企業的意向。

可以説 **it is** someone's **intention to do** something。

It had been her intention to go for a walk. 她一直有出去散步的打算。
It was not my intention to offend anyone. 我無意冒犯任何人。

> **！注意**
> 不要説 ~~it is someone's intention of doing~~ something。

2 with the intention

可以説 someone does something **with the intention of doing** something else，表示某人的意圖是做第二件事。

*He had come **with the intention of talking** to Paco.* 他來的目的是和帕科談話。

> **！注意**
> 不要説 someone does something ~~with the intention to do~~ something else。

3 no intention

可以説 someone **has no intention of doing** something，表示某人無意做某事。

*She **had no intention of telling** him what really happened.* 她不打算告訴他發生的真實情況。

> **！注意**
> 不要説 someone ~~has no intention to do~~ something。

interested – interesting

1 interested

be **interested in** 表示對……感興趣的。

*I am very **interested in** politics.* 我對政治很感興趣。
*Kanako seemed genuinely **interested in** him and his work.* 加奈似乎真的對他和他的工作感興趣。

> **！ 注意**
>
> interested 後面不要用除了 in 以外的任何介詞。
>
> 如果想表示對於做某事感興趣，可用 be **interested in doing** something。
>
> *I was **interested in visiting** different parts of the world.* 我喜歡到世界各地遊覽。
> *We're only **interested in finding out** the facts.* 我們只對查明真相感興趣。
> 不要說 be interested to do something。

2 interesting

不要混淆 interested 和 interesting。interesting 表示有趣的、令人感興趣的。

*I've met some very **interesting** people.* 我遇到了一些非常有趣的人。
*There are some **interesting** old buildings in the village.* 村子裏有一些有趣的老房子。

> **！ 注意**
>
> 不要用 interesting 描述賺很多錢的事情。例如，an interesting job 表示有趣的工作，不表示薪水高的工作。薪水高的工作用 well-paid 表示。
>
> *People with university degrees usually end up with **well-paid** jobs.* 擁有大學學位的人通常總能找到報酬優厚的工作。
> *Looking after children is not usually very **well-paid**.* 照料兒童的工作通常沒有高薪。

into

介詞 into 通常與移動動詞連用，表示進入、到……裏面。

*I went **into** the yard.* 我走進院子。
*He poured tea **into** the cup.* 他把茶倒入杯子。

在動詞 put、throw、drop 或 fall 後面，可用 into 或 in，而意義相同。

*Chen put the letter **into** his pocket.* 陳把信放入口袋。
*She put the key **in** her purse.* 她把鑰匙放入了手袋。
*He fell **into** a pond.* 他掉進了一個池塘。
*One of the boys fell **in** the river.* 其中一個男孩跌下了河。

here 和 there 前面要用 in，不用 into。

*Come **in** here.* 進來。
*Put your bags **in** there.* 把袋放在那裏。

---

invite

invite someone **to** a party or a meal 表示邀請某人參加聚會或吃飯。

*The Lees **invited** me **to** dinner.* 李家夫婦請我們吃飯。
*He **invited** her **to** a party.* 他邀請她參加聚會。

> **！注意**
>
> 不要説 He invited her a party.。必須使用 to。
>
> 也可説 **invite** someone **for** a meal（請某人吃飯）。
>
> *My new neighbors **invited** me **for** lunch on Sunday.* 我的新鄰居星期天請我
> 吃午飯。
>
> **invite** someone **to do** something 表示邀請某人做喜歡的事。
>
> *He **invited** Axel **to come** to the concert with him.* 他邀請阿克塞爾和他一起
> 去聽音樂會。
>
> *I **invited** my friends **to stay** one weekend.* 我請朋友過來住一個週末。
>
> 不要説 invite someone for doing something。

Grammar Finder 語法講解

Inversion 倒裝

倒裝（inversion）是通過把動詞短語的一部份或全部放到主語前，來改變句子的正常
詞序。通常助動詞放在主語前，動詞短語的其餘部份放在主語後。如果沒有使用其他
助動詞，就用 do 的一個形式，除非動詞是 be。

1 在疑問句中

疑問句中一般用倒裝。

***Are you** ready?* 你準備好了嗎？
***Can John** swim?* 約翰會不會游泳？
***Did he** go to the fair?* 他去展銷會了嗎？
*Why **did you** fire him?* 你為甚麼解僱他？
*How many **are there**?* 有多少？

期待某人確認你所説的話時，或者想對剛説過的話表達吃驚、興趣、懷疑或憤怒等反
應時，不需要用倒裝。

***You've** been having trouble?* 你碰到麻煩了？
***She's** not going to do it?* 她不打算做嗎？
*'She's gone home.' – '**She's** gone back to Montrose?'* "她回家了。" —— "她回到
了蒙路斯？"

> ### ！注意
>
> 以 *wh-* 詞開頭的疑問句必須使用倒裝，除非 *wh-* 詞是主語。例如，必須説 What did she think?（她是怎麼想的？），而不説 ~~What she thought?~~ 如果 *wh-* 詞是主語，則沒有必要倒裝。例如，可以説 Who was at the party?（誰參加了聚會？）。
>
> 間接疑問句不用倒裝。例如，不要説 ~~She asked what was I doing.~~，而要説 She asked what I was doing.（她問我在做甚麼。）。

☞ 見 Reporting

2 地點狀語之後

在地點或場景的描寫中，如果地點狀語位於句首，要用倒裝。這種結構主要見於書面語。

*On the ceiling **hung dustpans and brushes**.* 天花板上懸掛着畚箕和刷子。
*Beyond them **lay the fields**.* 那一頭是田野。
*Behind the desk **was a middle-aged woman**.* 桌子後面是一個中年婦女。

在口語中，here 和 there 後面用倒裝，以引起對某物的注意。

*Here's **the money**. Go and buy yourself a watch.* 這是錢，去給自己買隻手錶。
*Here **comes the cloud of smoke**.* 冒出了黑壓壓的煙。
*There's **another one**!* 那又是一個！

> ### ！注意
>
> 如果主語是人稱代詞，則不要用倒裝。
>
> *Here he **comes**.* 他來了。
> *There **she is**.* 她在那兒。

3 否定狀語之後

如果廣義否定副詞或其他否定狀語位於句首表示強調，要用倒裝。這種結構用於正式的口語和書面語。

*Never **have I** experienced such pain.* 我從來沒有經受過這麼劇烈的疼痛。
*Seldom **have enterprise and personal responsibility** been more needed.* 幾乎沒有比這需要更多進取心和個人責任心的時候了。
*Rarely **has so much time** been wasted by so many people.* 這麼多人浪費了這麼多時間，真是罕見。

在正式的口語和書面語裏，以 only 開頭的狀語後面也要用倒裝。

*Only then **would I** ponder the contradictions inherent in my own personality.* 只有在那個時候我才會思考自己個性中固有的矛盾。

☞ 見 only

4 位於 neither 和 nor 之後

在説明前一個否定陳述也適用於另一個人或群體時，neither 和 nor 後面也要用倒裝。

*'I can't remember.' – 'Neither **can I**.'* "我不記得了。" —— "我也是。"

*Research assistants don't know how to do it, and nor **do qualified tutors***. 助理研究員不知道怎麼辦，資深的導師也不知道。

5 so 之後

在説明前一個陳述也適用於另一個人或群體時，so 後面用倒裝。

*'I've been to Australia twice.' – 'So **have I**.'* "我去過澳洲兩次。"——"我也是。"
*'I hate it when people are late.' –'So **do I**.'* "我討厭別人遲到。"——"我也是。"
*'Skating's just a matter of practice.' – 'Yes, so **is skiing**.'* "溜冰只是個熟練問題。"——"對，滑雪也是。"
*Jeff went to jail. So **did his son***. 傑夫進了監獄。他兒子也進去了。

如果 so 用於表示吃驚或強調某人應該做某事，則不用倒裝。

*'It's on the table behind you.' – 'So **it is**!'* "它在你身後的桌子上。"——"的確是啊！"
*'I feel very guilty about it.' – 'So **you should**.'* "我為此感到非常內疚。"——"你應該的。"

6 其他用法

在不以連詞引導的條件從句中，要用倒裝。這種結構很正式。

***Had the two teams drawn**, victory would have gone to Todd.* 如果兩隊打成了平手，勝利會屬於陶德隊。

倒裝可用在 as 後面的比較中。

*The piece was well and confidently played, as **was Peter Maxwell Davies 'Revelation and Fall'**.* 這首樂曲演奏得揮灑自如，彼得・馬克斯韋爾・戴維斯的《啟示和衰敗》也一樣。
*Their father, George Churchill, also made jewellery, as **did their grandfather**.* 和他們的祖父一樣，他們的父親喬治・邱吉爾也做過珠寶首飾。

倒裝常常用在引語後面。

☞ 見 Reporting

---

involved

1 用於繫動詞之後

形容詞 involved 通常用在 be 或 get 之類的繫動詞後面。

involved in 表示參與。

*He doesn't think sportsmen should get **involved in** politics.* 他認為運動員不應該過問政治。
*Many different companies are **involved in** producing these aircraft.* 很多不同的公司參與了這些飛機的生產。

2 用於名詞之後

the people **involved** in something 表示涉及到或參與某事的人。

*It is difficult to make a decision when there are so many people **involved**.* 牽涉到的

人那麼多，很難作出決定。

*The play was a great success and we'd like to thank everyone **involved**.* 那部戲很成功，我們希望對所有參與其中的人表示感謝。

提及某事的重要方面時，也可把 involved 直接放在名詞之後。

*There is quite a lot of work **involved**.* 涉及的工作量相當大。

*She had no real understanding of the problems **involved**.* 她並不真正理解牽涉到的問題。

irritated

☞ 見 nervous – anxious – irritated – annoyed

it

1 指物

it 用於指物體、動物或其他剛提及的事物。

*He brought a tray with drinks on **it**.* 他端來一個盤子，上面放了數杯飲品。

*The horse was so tired **it** could hardly walk.* 馬累得幾乎走不動了。

*The noise went on for hours, then **it** suddenly stopped.* 吵鬧聲持續了數小時，然後突然停了下來。

> **！注意**
>
> 如果句子的主語後接關係從句，主要動詞前不用 it。例如，不要説 ~~The town where I work, it is near London.~~，而要説 The town where I work **is** near London.（我工作的那個鎮在倫敦附近。）。

2 指情況

也可用 it 指一個情況、事實或體驗。

*I like **it** here.* 我喜歡這裏。

*She was frightened, but tried not to show **it**.* 她受到了驚嚇，但不想表現出來。

> **！注意**
>
> 在 like 之類的動詞後面，常常用 -ing 形式或 to-不定式表示觀點。此時，-ing 形式或不定式前面不要用 it。
>
> 例如，不要説 ~~I like it, walking in the park.~~ 而要説 I like walking in the park.（我喜歡在公園裏散步。）。
>
> 不要説 ~~I prefer it, to make my own bread.~~，而要説 I prefer to make my own bread.（我寧願自己做麵包。）。

3 與繫動詞連用

it 常常作 be 這樣的繫動詞的主語。

可用 it 作 be 的主語，説明時間、星期或日期。

It's seven o'clock. 現在7時。
It's Sunday morning. 這是星期天早上。

也可用 it 作繫動詞的主語，描述天氣或光線。

It was a windy day. 那天風很大。
It's getting dark. 天越來越黑了。

4 描述體驗

it 可與繫動詞加形容詞連用，描述一個體驗。形容詞後面用 -ing形式或 to-不定式。
例如，人們通常説 **It was** nice walking by the lake.（在湖邊散步很不錯。）來代替
Walking by the lake was nice. 。

It's lovely **hearing your voice again**. 再次聽到你的聲音真好。
It was sad **to see her in so much pain**. 看到她痛得那麼厲害心裏很難過。

it 可與繫動詞加形容詞連用，描述身處一個特定地方的體驗。形容詞後面用指代那個
地方的短語。

It's very quiet **here**. 這裏非常安靜。
It was warm **in the restaurant**. 餐廳內很暖和。

5 對情況進行評論

it 可與形容詞或名詞短語連用，對整個情況進行評論。

形容詞或名詞短語後面用 that-從句。

It is lucky **that he didn't hear you**. 幸虧他沒有聽見你。
It's a pity **you can't stay longer**. 很遺憾你不能多逗留一點時間。

形容詞後面有時可用 wh-從句代替 that-從句。

It's funny **how people change**. 很奇怪人們的變化真大。
It's amazing **what you can discover in the library**. 令人驚奇的是，在圖書館能發現
那麼多東西。

> **！ 注意**
>
> 不要把 it 與繫動詞和名詞短語連用表示某事物存在或在場。例如，不要説 ~~It's
> a lot of traffic on this road tonight.~~，而要説 **There's** a lot of traffic on this
> road tonight.（今天晚上這條路上交通量很大。）。
>
> ***There's*** a teacher at my school called Miss Large. 我的學校裏有個老師名
> 叫拉奇小姐。
> ***There was*** no space for me to park my car. 我沒地方停車。

☞ 見 there

---

its – it's

1 its

its 是所有格限定詞，表示某物屬於或與事物、地點、動物或小孩有關的。
*The chair fell over on **its** side.* 椅子側翻了。

*A bird was building **its** nest.* 一隻鳥在築巢。
*The baby dropped **its** toy and started to cry.* 寶寶掉了玩具，然後哭了起來。

2 it's

it's 是 it is 或 it has 的縮略式。

***It's** just like riding a bike.* 這就像踏單車。
***It's** been nice talking to you.* 和你交談很愉快。

Jj

---

jam

☞ 見 marmalade – jam – jelly

---

job

☞ 見 work

---

joke

make 或 **crack** a joke 表示開玩笑。

*She would **make** jokes about her appearance.* 她會拿她的外貌開玩笑。

*We stayed up for hours, laughing and **cracking** jokes.* 我們連續數個小時不睡，邊大笑邊説笑話。

名詞 joke 表示玩笑、笑話。

joke 作此解時，可用 tell a joke 表示説笑話。

***Tell** Uncle Henry the joke you **told** us.* 把你給我們説過的那個笑話説給亨利叔叔聽。

名詞 joke 也表示取笑、捉弄。joke 作此解時，可用 **play** a joke **on** someone 表示和某人開玩笑。

*They're **playing** a joke **on** you.* 他們在開你的玩笑。

> **！ 注意**
> 不能説 ~~say a joke~~ 或 ~~do a joke~~。

---

journal

journal 表示專業雜誌、期刊。很多雜誌的名稱中都有 Journal 這個詞。

*...the British Medical **Journal*** ……《英國醫學雜誌》

*All our results are published in scientific **journals**.* 我們所有的研究結果都發表在科學期刊上。

journal 也表示（記載事件或進度的）日記、日誌。

*My doctor told me to keep a **journal** of everything I ate.* 我的醫生要我把吃的每樣東西都記在日記裏。

> **！ 注意**
> 報紙不能稱作 journal。

journey – trip – voyage – excursion

1 journey

journey 表示旅行。

*There is a direct train from London Paddington to Penzance. The **journey** takes around 5 hours.* 有從倫敦帕丁頓車站到彭贊斯的直達列車。行程需要約 5 小時。
*This service will save thousands of long-distance lorry **journeys** on Britain's roads.* 這項服務將免去長途貨車數以千次在英國公路上的旅程。

2 trip

trip 表示（去某地通常短暫停留後回來的）旅行、出遊。

*Lucy is away on a business **trip** to Milan.* 露西出差去了米蘭。
*They went on a day **trip** to the seaside.* 他們去海邊一日遊。

3 voyage

voyage 表示（坐船或航天器的）長途旅行、航行。

*The ship's **voyage** is over.* 這艘船的旅程已經結束。
*...the **voyage** to the moon in 1972* ……1972年去月球的旅行

4 excursion

excursion 表示（作為遊客或為了做某件事情而進行的）短途旅行。

*The tourist office organizes **excursions** to the palace.* 旅遊辦公室組織遊覽王宮。

5 與 journey、trip、voyage 和 excursion 連用的動詞

journey 與 make 或 go on 連用。

*He **made** the long journey to India.* 他長途旅行到了印度。

trip 與 take 或 go on 連用。

*We **took** a bus trip to Manchester.* 我們坐巴士去曼徹斯特旅行了一次。

voyage 與 make 連用。

*The ship **made** the 4,000-kilometre voyage across the Atlantic.* 這艘船完成了橫渡大西洋的4,000公里航行。

excursion 與 go on 連用。

*Students **went on** an excursion to the Natural History Museum.* 學生們去遊覽了自然歷史博物館。

> **!** 注意
> 上述任何詞都不能與 do 連用。例如，不要説 ~~We did a bus trip.~~。

---

just

just 表示剛剛、剛才。英國人通常把 just 用於現在完成時。例如，**I've just** arrived.（我剛到。）。

*I've **just** bought a new house.* 我剛買了一間新屋。

美國人通常用一般過去時。他們會説 I **just** arrived.（我剛到。），而不是 I've just arrived。

*His wife **just** died.* 他的妻子剛去世。
*I **just** broke the pink bowl.* 我剛剛把那個粉紅色的碗打破了。

有些英國人也用一般過去時，但是在英國這種用法通常被視為不正確。

> **！ 注意**
>
> 不要把 just 與 partly 之類的副詞連用表示 not completely（不完全地、部份地）。
> 例如，不要説 ~~The job is just partly done.~~，而要説 The job is **only partly** done.（工作只完成了一部份。）。
>
> *He was **only partially** successful.* 他只取得了部份成功。
> *The bus was **only half** full.* 公共汽車上只坐了一半的人。

---

just now

☞ 見 now

Kk

keep

1 用作及物動詞

keep 表示把（某物或某人）留在某處。

keep 的過去式和 -ed分詞是 kept。

*Where do you **keep** your keys?* 你把鑰匙放在哪裏了？
*The doctors **kept** her in hospital for another week.* 那些醫生讓她在醫院又住了一個星期。

keep 可表示使（某人或某物）保持在某種狀態。

*The fire **kept** them warm.* 爐火使他們保持暖和。
*They **had been kept** awake by birds.* 他們被鳥吵得睡不着覺。

2 用作不及物動詞

keep 表示保持在某種狀態。

*They've got to hunt for food to **keep** alive.* 他們不得不依靠獵食來維持生存。

3 與 -ing形式連用

keep 可與 -ing形式連用表示兩種意思。

一種是表示重複很多次。

*The phone **keeps ringing**.* 電話鈴響個不停。
*My mother **keeps asking** questions.* 我母親不停地問問題。

第二種是表示持續發生。

*I turned back after a while, but he **kept walking**.* 我過了一會掉頭回去了，但他一直向前走。
*The fire is still burning. I think it'll **keep going** all night.* 火還在燃燒，我認為會持續一整夜的。

為了強調，可以用 keep on 代替 keep。

*Did he give up or **keep on trying**?* 他放棄了還是繼續努力？

> **！注意**
> 不要説 ~~keeps to do~~ something。

kerb

☞ 見 curb – kerb

kind

kind 表示類別、類型、種類。kind 是可數名詞。在 all 和 many 這樣的詞後面，要用 kinds，不用 kind。

*It will give you an opportunity to meet all **kinds** of people.* 那將給你一個與各種各樣的人見面的機會。

*The trees were filled with many **kinds** of birds.* 樹上滿是各種各樣的鳥。

kinds of 後面可用名詞的單數或複數形式。例如，可以説 I like most kinds of **cars**.（我喜歡大多數種類的汽車。）或 I like most kinds of **car**.。單數形式更正式。

*People have been working hard to produce the kinds of **courses** that we need.* 人們一直在努力為我們開設我們所需要的各種課程。

*There will be two kinds of **certificate**.* 將會有兩種證書。

kind of 後面要用名詞的單數形式。

*I'm not the kind of **person** to get married.* 我不是那種要結婚的人。

*She makes the same kind of **point** in another essay.* 她在另一篇文章裏表達了同一種觀點。

 在談話中，these 和 those 常常與 kind 連用。例如，人們會説 I don't like these kind of films.（我不喜歡這種電影。）或 I don't like those kind of films.（我不喜歡那種電影。）。這種用法通常被視為不正確，最好避免使用。而應該説 I don't like **this kind of film**. 或 I don't like **that kind of film**.。

*There are problems with **this kind of explanation**.* 這種解釋是有問題的。

*How will we answer **that kind of question**?* 我們將如何回答那樣的問題？

在比較正式的英語裏，也可以説 I don't like films **of this kind**.（我不喜歡這一類電影。）。

*This is the best way of interpreting data **of this kind**.* 這是解讀這類資料的最佳方式。

也可把 like this、like that 或 like these 用在名詞後面。例如，可以説 films **like this**（這樣的電影）代替 this kind of film。

*I hope we see many more enterprises **like this**.* 我希望我們能看到更多這樣的企業。

*I'd read a few books **like that**.* 我會讀兩三本那樣的書。

*Companies **like these** represent an important part of our economy.* 這樣的公司代表了我國經濟的重要組成部份。

sort 的用法與 kind 類似。

☞ 見 sort

也可用 kind of 來模糊或不確定地描述某事。

☞ 見 sort of – kind of

---

know

1 awareness of facts

know 表示知道。know 的過去式是 knew，-ed 分詞是 known。

*I **knew** that she had recently graduated from law school.* 我知道她最近剛從法學院畢業。

*I **should have known** that something was seriously wrong.* 我本應該知道出了很嚴重的問題。

> **！注意**
>
> know 不能用進行時形式。例如，不要説 ~~I am knowing that this is true.~~，而要説 I **know** that this is true. （我知道這是真的。）。

2 I know

如果某人告訴你一個你已經知道的事實，或某人説了一件事而你表示同意，你可以説 I know。

*'That's not their fault, Peter.' –'Yes, I **know**.'* "這不是他們的錯，彼得。" —— "是，我知道。"

*'This pizza is great.' – 'I **know**.'* "這個意大利薄餅好極了。" —— "我知道。"

在美式英語裏，這種情況下也可以説 I know it。但是，這常表示説話者感到生氣或惱火。

*'The speed limit here is 35.' – 'Yeah, I **know it**.'* "這裏的限速是35。" —— "沒錯，我早就知道了。"

3 let...know

let someone **know** something 表示（獲得資料後）告訴某人。

*I'll find out about the car and **let** you **know** what's happened.* 我來弄清楚這輛車的情況，然後告訴你發生了甚麼事。

***Let** me **know** if she calls.* 如果她打來電話，請告訴我。

4 認識和熟悉

know 表示認識、熟悉。

*Do you **know** David?* 你認識大衛嗎？

*He **knew** London well.* 他很熟悉倫敦。

*Do you **know** the poem Kubla Khan?* 你知道《忽必烈》這首詩嗎？

5 get to know

get to know 表示逐漸認識或熟悉。

*I **got to know** some of the staff quite well.* 我慢慢對其中一些員工有了很好的了解。

*I really wanted to **get to know** America.* 我真的很想了解美國。

> **！注意**
>
> 沒有 get to 的話，就不能用 know 表示逐漸熟悉。

6 know how to

know how to do something 表示具備做某事的必要知識、知道如何做某事。

*No one **knew how to** repair it.* 沒有人知道怎樣修理它。

*Do you **know how to** drive?* 你會開汽車嗎？

不要説 someone ~~knows to~~ do something。

lack

Lack 可作名詞或動詞。

1 用作名詞

lack of 表示缺少、缺乏。

*I hated the **lack of** privacy in the hostel.* 我討厭青年旅社缺乏私隱。

2 用作動詞

lack 表示缺少、缺乏。

*Often new mothers **lack** confidence in their ability to look after their newborn baby properly.* 初為人母的婦女常常對自己正確照料新生兒的能力缺乏信心

*Our little car **lacked** the power to pass other cars.* 我們的小型汽車沒有超越其他車的動力。

> **！注意**
>
> 不要説 someone or something ~~lacks of a quality~~。
> lack 不能用被動式。例如，不要説 ~~Resources are lacked in this school.~~，而要説 This school **lacks** resources.（這所學校缺乏資源。）。

lady

☞ 見 woman – lady

landscape

☞ 見 scene – sight – view – landscape – scenery

large

☞ 見 big – large – great

last – lastly

last 可作形容詞或副詞。

1 last用作形容詞

last 表示最後的。

*He missed the **last** bus.* 他錯過了最後一班公共汽車。
*They met for the **last** time just before the war.* 他們就在戰爭爆發前見了最後一面。
*He was the **last** person to see Rebecca alive.* 他是最後一個看到麗貝卡還活着的人。

可在 last 前面用 very 進行強調。

*Those were his **very last** words.* 那就是他最後的遺言。
*I changed my mind at the **very last** minute.* 我在最後一刻改變了主意。

latest 有時也這麼用。

2 last 用作副詞

last 表示最後。

*They **last** saw their homeland nine years ago.* 他們最後一次看到祖國是在9年前。
*It's a long time since we met **last**.* 從我們上次見面以來已經有很長一段時間。

如果要表示某事最後發生，可把 last 放在句末。

*He added the milk **last**.* 他最後加入了牛奶。
*Mr Ross was meant to have gone first, but in fact went **last**.* 羅斯先生本來想第一個走，但其實是最後一個走的。

3 lastly

也可把 lastly 放在句首表示最後。

*They wash their hands, arms and faces, and **lastly**, they wash their feet.* 他們洗手掌、手臂和臉，最後他們洗腳。

但是，last 和 lastly 的用法不盡相同。通常 last 用於説明一個事件是一系列類似事件中的最後一個。而 lastly 用於談論不同事件中的最後一個。

例如，George phoned his aunt last.（喬治最後給他姨媽打了電話。）這句話通常表示喬治已經給數個人打了電話，而最後才打給他姨媽。但如果説 **Lastly** George phoned his aunt.（最後，喬治給他姨媽打了電話。），這句話的意思是喬治做了數件事情，而他做的最後一件事情是給他姨媽打電話。

lastly 的使用範圍寬泛得多，可用於引出討論中的最後一點、提出最後一個問題、發出最後一個指示或提及列表中的最後一項。

***Lastly**, I would like to thank Mr. Mark Collins for his advice, assistance and patience.* 最後，我要感謝馬克 • 柯林斯先生的建議、幫助和耐心。
***Lastly** I would like to ask about your future plans.* 最後我想問一下你未來的計劃。

4 at last

at last 和 at long last 表示終於、最終。這兩個表達式通常位於句首或句末。

*The journey had taken a long time, but they had arrived **at last**.* 旅途花了很長時間，但他們終於到了。
***At long last** I've found a woman who really loves me.* 最後我總算找到了一個真正愛我的女人。

5 last 與時間表達式連用

last 用在 week 或 month 這樣的詞前面表示某事發生的時間。例如，可以説 last month（上個月）。

*Wolfgang and I had lunch with her **last month**.* 沃夫岡和我上個月與她吃過午餐。
*The group held its first meeting **last week**.* 那個小組上星期舉行了第一次會議。

> **！注意**
>
> 不要説 ~~the last month~~ 或 ~~the last week~~。
>
> last 也可用在節日、季節、月份或星期日子之前。
>
> ***Last Christmas*** *we received more than a hundred cards.* 去年聖誕節我們收到了一百多張賀卡。
>
> *She died* ***last summer****.* 她去年夏天死了。
>
> *I bought these shoes* ***last Saturday****.* 我上星期六買的這雙鞋子。
>
> 但是，不要説 ~~last morning~~ 或 ~~last afternoon~~，而要説 yesterday morning（昨天上午）或 yesterday afternoon（昨天下午）。
>
> *It's warmer this morning than it was* ***yesterday morning****.* 今天早上比昨天早上暖和。
>
> ***Yesterday afternoon*** *I had lunch with Cameron.* 昨天下午我和卡梅倫共晉午餐。
>
> 不要説 ~~last evening~~，而要説 yesterday evening（昨天晚上）或 last night。
>
> ***Yesterday evening*** *another British soldier was killed.* 昨天晚上另一名英國士兵被殺。
>
> *I've been thinking about what we said* ***last night****.* 我一直在思考我們昨天晚上説的話。

6 previous 和 before

描述過去發生的某事時，如果想指一個更早的時間，可用 previous 或 before，而不用 last。例如，在談論2005年發生的事件時想提及2004年發生的事情，可以説 the previous year（前一年）或 the year before。

We had had an argument ***the previous night****.* 我們前一天晚上發生過爭執。

He had done some work on the farmhouse ***the previous summer****.* 他前一個夏天對農舍做了一些改造工作。

The two women had met in Bonn ***the weekend before****.* 這兩個女人前一個週末已在波恩碰過面。

7 before last

before last 可指最近一段時間之前的那段時間。例如，the year before last 的意思是 the year before last year（前年）。

We went camping ***the summer before last****.* 前年夏天我們去露營了。

I have not slept since ***the night before last****.* 我從前一天晚上開始一直沒有睡覺。

8 the last

也可用 last 指現在之前的任何時間。例如，現在是7月23日，如果想指7月2號到現在的這段時間，可用 the last three weeks（過去的三個星期）表示。注意，必須使用 the。如果想表示某事在這段時間內發生，可以説 in the last three weeks（在過去的三週內）或 during the last three weeks。

He had asked himself that question at least a thousand times ***in the last eight days****.* 在過去的八天裏，他問自己那個問題至少有一千次。

*All this has happened **during the last few years**.* 這一切都已經發生在了過去數年裏。

> **！注意**
>
> 注意這些例子中的詞序。不要説 ~~the eight last days~~ 或 ~~the few last years~~。
> in the last 或 during the last 不能單獨與 years 或 days 之類的複數名詞連用。
> 例如，不要説 ~~Many changes have been made in the last years.~~。要用數
> 量詞或數字。例如，可以説 Many changes have been made **in the last few**
> **years**.（在過去的數年裏已經作出了很多改變。）。或者用 recent 代替，例
> 如，可以説 Many changes have been made **in recent years**.（最近數年來已
> 經作出了很多改變。）。

late – lately

1 late

late 可作形容詞或副詞。

late 表示遲到。

*I was ten minutes **late** for my appointment.* 我比約定遲到了10分鐘。

也可以用 arrive **late** 表示遲到。

*Etta arrived **late**.* 埃塔遲到了。

不要説 ~~arrive lately~~。

2 lately

lately 表示最近、近來。

*As you know, I've **lately** become interested in psychology.* 正如你所知道的，我近來
對心理學產生了興趣。

*Have you talked to Marianne **lately**?* 你最近有沒有和瑪麗安娜説過話？

later

☞ 見 after – afterwards – later

latter – former

the latter 表示後者，只能用來指已經提及的兩個人或物中的第二個。

*Given the choice between working for someone else and working for the family
business, she'd prefer **the latter**.* 如果要在為別人和為家族企業工作之間選擇，她會
傾向於後者。

the former 表示前者，用於談論已經提及的兩者中的第一個。

*These two firms are in direct competition, with **the former** trying to cut costs and
increase profits.* 這兩家公司在直接競爭，前者試圖削減成本和增加利潤。

談論三個或三個以上的人或物時，不要用 the latter 或 the former。要用含 the last 或

the first 的表達式。

*The company has three branches, in Birmingham, Plymouth, and Greenock. **The last** of these will close next year.* 公司有三個分支機構,分別在伯明翰、普利茅斯和格林諾克。其中最後一個將在明年關閉。

如果第一次提到事物,不要用 the former 或 the latter,而要用 the first 或 the second。

*There will be two matches next week. **The first** will be in Brighton, and **the second** in London.* 下星期有兩場比賽。第一場在布萊頓,第二場在倫敦。

---

lay – lie

1 lay

lay 是及物動詞,也是另一個動詞 lie 的過去式。

to **lay** something somewhere 表示把某物仔細或整齊地放在某處。
***Lay** a sheet of newspaper on the floor.* 在地板上放一張報紙。

lay 的其他形式是 lays、laying、laid。

*Michael **laid** the box on the table gently.* 邁克爾把盒輕輕地放在桌上。
*'I couldn't get a taxi,' she said, **laying** her hand on Nick's sleeve.* "我叫不到計程車," 她説,一邊把手放在尼克的袖子上。

2 lie

lie 是不及物動詞,有兩個不同的詞義。

lie 表示躺着、平躺。

*She would **lie** on the floor, listening to music.* 她常常躺在地板上聽音樂。

lie 這樣用時,其他形式是 lies、lying、lay、lain。其 -ed分詞 lain 則很少使用。

*The baby was **lying** on the table.* 嬰兒正躺在桌上。
*I **lay** in bed listening to the rain.* 我躺在牀上,聽着雨聲。

lie 還表示撒謊。這樣用時,其他形式是 lies、lying、lied。

*Why did he **lie** to me?* 他為甚麼要對我撒謊?
*Robert was sure that Thomas **was lying**.* 羅伯確信湯瑪斯在撒謊。
*He **had lied** about where he had been that night.* 關於那天晚上他的去向他説了謊。

---

learn

1 知識和技能

learn 表示學習。

learn 的過去式和 -ed分詞可以是 learned,也可以是 learnt。但是,learnt 在美式英語裏很少使用。

*We first **learned** to ski at les Rousses.* 我們最初是在萊斯魯塞學會了滑雪。
*He **had** never **learnt** to read and write.* 他從未學會讀書和寫字。

2 teach

不要説 ~~learn someone something~~ 或 ~~learn someone how to do something~~。應該用

teach 這個詞。

*My sister **taught** me how to read.* 我姐姐教我讀書識字。

☞ 見 teach

3 從經驗中學習

learn 可表示學會、學到。

*Industry and commerce **have learned** a lot in the last few years.* 工商業界在過去的數年裏已經學到了很多。

可用 learn...from... 表示從⋯⋯學到⋯⋯。

*They **had learned** a lot **from** their earlier mistakes.* 他們從以前犯的錯誤中學到了很多。

> **!** **注意**
> 這樣的句子中不要用除了 from 以外的任何介詞。

4 信息

learn 也可用於表示獲悉、得知。在 learn 的後面用 of 加名詞短語,或使用 *that*-從句。

*He **had learned of his father's death** in Australia.* 他在澳洲獲悉了父親去世的消息。
*She **learned that her grandmother had been a nurse**.* 她得知她的祖母是一名護士。

lend

☞ 見 borrow – lend

less

1 用在名詞前面

less 用在不可數名詞前面,表示較少的、較小的。

*A shower uses **less** water than a bath.* 淋浴比浸浴用的水少。
*His work gets **less** attention than it deserves.* 他的工作未得到應有的關注。

less 有時用在複數名詞前面。

*This proposal will mean **less** jobs.* 該提議將意味着減少工作崗位。
***Less** people are going to university than usual.* 上大學的人比平常少了。

有些人認為這是錯誤的用法。他們認為複數名詞前應該用 fewer,而不是 less。

*There are **fewer** trees here.* 這裏的樹木更少。
*The new technology allows products to be made with **fewer** components than before.* 新技術使產品能用比以前更少的元件製造。

但是,在談話中 fewer 聽上去比較正式。作為 less 或 fewer 的替代,複數名詞前可用 not as many 或 not so many。這些表達式在口語和書面語中都是可以接受的。

*There are **not as many** cottages as there were.* 現在鄉間別墅沒有以前多了。
*There are**n't so many** trees there.* 那裏沒有那麼多的樹木。

在 not as many 和 not so many 後面要用 as，不要用 than。

2 less than 和 fewer than

less than 用在名詞短語前面，表示少於、不到。

*It's hard to find a house in Beverly Hills for **less than** a million dollars.* 在比華利山很難找到低於100萬美元的屋。

*I travelled **less than** 3,000 miles.* 我旅行了不到3,000英里。

less than 有時用在指若干人或物的名詞短語前面。

*The whole of Switzerland has **less than** six million inhabitants.* 整個瑞士的居民不到600萬。

*The country's army consisted of **less than** a hundred soldiers.* 該國的軍隊由不到100名士兵組成。

有些人認為這種用法是錯誤的。他們認為在指人或物的名詞短語前面應該用 fewer than，而不是 less than。

*He had never been in a class with **fewer than** forty children.* 他從來沒留過在少於40個孩子的班級。

*In 1900 there were **fewer than** one thousand university teachers.* 1900年，大學教師的數量不到1,000人。

less than 可以用在談話中，但在正式的書面語裏應該用 fewer than。

但是，如果隨後的名詞短語指的是若干人或物，只能用 fewer than。名詞短語指數量時，不要用 fewer than。例如，不要說 ~~I travelled fewer than 3,000 miles~~。

3 less用在形容詞之前

less 可用在形容詞前面，表示較少。

*After I spoke to her, I felt **less** worried.* 我和她說過話以後，感覺沒有那麼擔心了。

*Most of the other plays were **less** successful.* 其他的戲劇大部份並不怎麼成功。

！注意

形容詞的比較級形式前面不要用 less。例如，不要說 ~~It is less colder than it was yesterday.~~，而要說 It is **less cold** than it was yesterday.（今天沒有昨天冷。）。

---

4 not as...as

在談話和非正式書面語中，人們通常不把 less 用在形容詞前面。例如，人們不說 ~~It is less cold than it was yesterday.~~，而說 It is **not as cold as** it was yesterday.（今天沒有昨天那麼冷。）。

*The region is **not as pretty as** the Dordogne.* 這個地區不如多爾多涅那樣漂亮。

有時也用 not so，但不太常見。

*The officers here are **not so young as** the lieutenants.* 這裏的軍官沒有那些中尉那麼年輕。

not as 和 not so 後面用 as，不用 than。

let

let 表示讓、允許。其賓語後面用不帶 to 的不定式。

*The farmer **lets** me **live** in a caravan behind his barn.* 那位農民讓我住在他穀倉後面的大篷車裏。

*Her Dad never **lets** her **have** ice-cream.* 她爸爸從不讓她吃冰淇淋。

*They sit back and **let** everyone else **do** the work.* 他們在一旁閒着，而讓別人做工作。

！ 注意

let 後面不要用 *to-*不定式或 *-ing*形式。例如，不要説 ~~He lets me to use his telephone.~~ 或 ~~He lets me using his telephone.~~。

let 的過去式和 *-ed*分詞是 let。

*He **let** Jack lead the way.* 他讓傑克在前面帶路。

*She **had let** him borrow her pen.* 她讓他借用她的鋼筆。

let 沒有被動式。例如，不要説 ~~He was let go.~~ 或 ~~He was let to go.~~。如果想使用被動式，要用別的動詞，比如 allow 或 permit。

*He **had been allowed** to enter Italy as a political refugee.* 他被允許作為政治難民進入意大利。

*Laurent **was** only **permitted to** leave his room at mealtimes.* 勞倫只被允許在用餐時離開他的房間。

---

1 let...know

let someone **know** something 表示把某事告訴某人。

*I'll find out about the meeting and **let** you **know** when it is.* 我來弄清楚會議的情況，然後告訴你開會的時間。

*If the pain gets worse, **let** your doctor **know** immediately.* 如果疼痛加重，應立即告訴你的醫生。

2 let me

提出為某人做某事時，人們常常用 let me。

***Let me** show you.* 讓我來做給你看。

***Let me** help you carry your bags.* 我來幫你拿行李袋。

☞ 見主題條目 Offers

---

let's – let us

1 let's

let's 用於提出建議。let's 是 let us 的縮寫，後接 *to-*不定式 或不帶 to 的不定式。

***Let's go** outside.* 我們到外面去吧。

***Let's decide** what we want.* 讓我們來決定我們想要甚麼吧。

表達這個意思時，完整形式 let us 僅用在正式英語裏。

***Let us** postpone the matter.* 讓我們把這件事推遲一下。

建議不要做某事時，用 let's not 表示。

Let's not *talk about that.* 我們不要談論那件事了。

Let's not *waste time.* 我們別浪費時間了。

2　let us

談論允許做某事時，要用 let us。

*They wouldn't **let us** leave.* 他們不讓我們離開。

*His mum **let us** stay there for free.* 他媽媽讓我們免費住在那裏。

代表自己或他人提出請求時，可用 let us。在這類句子中，不要把 let us 縮寫成 let's。

Let us *know what progress has been made.* 讓我們知道已經取得了甚麼進展。

---

lettuce

☞　見 salad – lettuce

---

library – bookshop

1　library

library 表示圖書館。

*You can borrow the book from your local **library**.* 你可以從你當地的圖書館借到這本書。

library 也表示私人藏書或書房。

*I once stayed in one of his houses and saw his **library**.* 我曾經在他的其中一間屋住過，看到過他的書房。

2　bookshop

 書店不能用 library 表示。在英國，書店稱為 bookshop。在美國，書店稱作 bookstore。

*I went into the **bookshop** to buy a present for my son.* 我走進書店給兒子買份禮物。

*My wife works in a **bookstore**.* 我妻子在一家書店工作。

---

lie

☞　見 lay – lie

---

lift – elevator

1　lift

在英式英語裏，lift 表示（升降）電梯。

*I took the **lift** to the eighth floor.* 我坐電梯到了8樓。

2　elevator

 在美式英語裏，電梯稱為 elevator。

like

1 like

like 表示喜歡。

*She's a nice girl, I **like** her.* 她是個好女孩,我喜歡她。
*Very few people **liked** the idea.* 很少有人喜歡過這個想法。

> ### ▌ 注意
>
> 不要用 like 的進行時形式。例如,不要說 ~~I am liking peanuts.~~,而要說 I **like** peanuts.(我喜歡吃花生。)。
>
> like 可用在 -ing形式之前,表示喜歡一種活動。
>
> *I **like** reading.* 我喜歡看書。
> *I just don't **like** being in crowds.* 我不喜歡身處人群之中。
>
> 可以加上 very much 進行強調。
>
> *I **like** him **very much**.* 我很喜歡他。
> *I **like** swimming **very much**.* 我很喜歡游泳。
>
> very much 必須放在賓語而不是 like 後面。例如,不要說 ~~I like very much swimming.~~。
>
> 如果某人問你是否喜歡某物,可以回答說 Yes, I **do**.(是的,我喜歡。),不要說 ~~Yes, I like.~~。
>
> *'Do you like walking?' – 'Yes I **do**, I love it.'* "你喜歡步行嗎?" —— "是的,我很喜歡。"
>
> 不要把 like 直接用在以 when 或 if 開頭的分句前面。例如,不要說 ~~I like when I can go home early.~~,而要說 I **like it** when I can go home early.(我能早點回家的話,我很喜歡。)。
>
> *The guests don't **like it** when they can't use the pool.* 如果客人們不能使用游泳池,他們就會不樂意。
> *I'd **like it** if we were friends again.* 如果我們再做朋友那就好了。

2 would like

為某人提供某物時,可說 Would you like...?。

***Would you like** some coffee?* 想喝點咖啡嗎?

> ### ▌ 注意
>
> 不要說 ~~Do you like some coffee?~~。
>
> 邀請某人做某事時,要用 Would you like... 後接 *to*-不定式。
>
> ***Would you like to meet** him?* 你想和他見面嗎?
>
> Would you like... 後面不要用 -ing形式。例如,不要說 ~~Would you like meeting him?~~。

☞ 見主題條目 Invitations

在商店或咖啡館裏要求某物時，可以説 I'd like...。

I'd like some apples, please. 請給我來點蘋果。

☞ 見主題條目 Requests, orders, and instructions

相當禮貌地要求某人做某事時，可用 I'd like you to...。

I'd like you to tell them where I am. 我想請你告訴他們我在哪裏。

☞ 見主題條目 Requests, orders, and instructions

like – as – the way

1 用作連詞

在把一個人的行為或外貌與另一人相比時，like、as 或 the way 可用作連詞。連詞後面分句中的動詞通常用 do。

例如，可以説 He walked to work every day, **like** his father had done.、He walked to work every day, **as** his father had done. 或 He walked to work every day, **the way** his father had done.（他像他父親一樣，每天步行去上班。）。

*I never behave **like** she does.* 我的表現從來沒有像她那樣。

*They were people who spoke and thought **as** he did.* 他們是些跟他一樣説話和思考的人。

*Start lending things, **the way** people did in the war.* 開始出借東西吧，就像人們在戰時做的那樣。

2 用作介詞

like 和 as 可作介詞，但含義通常不一樣。例如，do something **like** a particular kind of person 表示像某種人一樣做某事。

*We worked **like** slaves.* 我們像奴隸一樣工作。

而 do something **as** a particular kind of person 表示作為某種人做某事。

*Over the summer she worked **as** a waitress.* 整個夏天她都在做女服務員。

*I can only speak **as** a married man without children.* 我只能作為一個沒有孩子的已婚男子來發言。

likely

1 用作形容詞

likely 通常作形容詞。例如，可以説 something is **likely to** happen（某事很可能會發生）。

*These services are **likely to be** available to us all before long.* 這些服務可能我們不久便會享受到。

也可以説 **it is likely that** something will happen。

It is likely that his symptoms will disappear without treatment. 很可能他的症狀無需治療就會消失。

*If this is your first baby, **it's** far more **likely that** you'll get to the hospital too early.* 如果這是你的第一個孩子,你更有可能會過早去醫院。

2 用作副詞

在談話和非正式書面語中,likely 有時作副詞,前面用 most、more than 或 very,或者用於短語 more likely than not。不能把 likely 單獨用作副詞。

*Profits will **most likely** have risen by about $25 million.* 利潤最有可能將會上升了大約2,500萬美元。

***More than likely**, the cause of her illness is stress.* 很有可能她生病的原因是壓力。

***More likely than not** they would kill him if they found out who he really was.* 他們要是發現他究竟是誰,很可能就會殺了他。

listen to

listen to 表示聽。

*I do my ironing while **listening to** the radio.* 我一邊燙衣服一邊聽收音機。
***Listen** carefully to what he says.* 仔細聽他說些甚麼。
*They wouldn't **listen to** me.* 他們不會聽我的。

> **⚠ 注意**
>
> listen 不是及物動詞。不要說 ~~listen a sound~~ 或 ~~listen a person~~。
> 表示聽了音樂演出,通常不說 listened to the music 或 listened to the performer,而要用 heard。
>
> *That was the first time I ever **heard** Jimi Hendrix.* 那是我第一次聽到吉米·亨德里克斯的演奏。

☞ 見 hear

> **⚠ 注意**
>
> 不要混淆 listen to 和 hear。hear 表示聽到,而 listen to 表示聽。例如,人們會說 Suddenly I **heard** a noise.(突然,我聽到了一個響聲。),而不說 ~~Suddenly I listened to a noise.~~。

little – a little

1 little 用作形容詞

little 通常作形容詞,用於談論某物的體積,表示小的。

*He took a **little** black book from his pocket.* 他從口袋裏掏出一本黑色小書。

☞ 見 small – little

2 a little 用作副詞

a little 通常作副詞。用在動詞後面,或者用在形容詞或另一個副詞前面,表示一點點、略微。

*They get paid for it. Not much. Just **a little**.* 他們為此得到了報酬。不多，只有一點點。
*The local football team is doing **a little** better.* 當地足球隊的表現略微好一些。
*The celebrations began **a little** earlier than expected.* 慶祝活動比預期開始得略早一點。

> **！ 注意**
>
> 形容詞位於名詞前面時，形容詞前不要用 a little。
> 例如，不要説 ~~It was a little better result.~~，而要説 It was a **slightly** better result.
> （這是一個略微好一點的結果。）或 It was a **somewhat** better result.。

☞ 關於表示程度的分級詞彙列表，見 Adverbs and adverbials

3 用在名詞前面

little 和 a little 也用在名詞前面談論數量。這樣用時，它們的含義不同。

a little 表示少量、有一點。而 little 強調的是極少、幾乎沒有。

因此，假如你説 I have **a little** money，意思是你有一點錢。但是，如果你説 I have **little** money，意思是你沒甚麼錢。

*I had made **a little** progress.* 我取得了一點點進步。
*It is clear that **little** progress was made.* 很顯然，幾乎沒有取得甚麼進展。

4 用作代詞

little 和 a little 可以用類似方式作代詞。

*Beat in the eggs, **a little** at a time.* 把雞蛋打進去，一次打一點。
***Little** has changed.* 幾乎沒有甚麼變化。

5 not much

在談話和不太正式的書面語中，人們通常不用 little，而用 not much。例如，人們用 I **haven't got much** money.（我沒有多少錢。）或 I **don't have much** money. 代替 I have little money.。

*I **haven't got much** appetite.* 我沒有甚麼胃口。
*We **don't have much** time.* 我們沒有多少時間。

> **！ 注意**
>
> 不要用 little 或 a little 談論少量的人或物。例如，不要説 ~~She has a little hens.~~，
> 而要説 She has **a few** hens.（她有數隻母雞。）。同樣，不要説 ~~Little people attended his lectures.~~，而要説 **Few** people attended his lectures.（來聽他的講座的人寥寥無幾。）或 **Not many** people attended his lectures.（沒有多少人來聽他的講座。）。

☞ 見 few – a few

live

live 表示住、居住。

*I have some friends who **live** in Nairobi.* 我有一些朋友住在奈洛比。

*I **live** in a house just down the road from you.* 我就住在你那條路那邊的一間屋裏。

如果想表示某地是某人的家，不要用 live 的進行時形式。只有表示某人剛搬到某地或暫住在某地時，才能用進行時形式。

*Her husband had been released from prison and **was** now **living** at the house.* 她丈夫已從監獄釋放，現在正住在那間屋裏。

*Remember that you **are living** in someone else's home.* 請記住你是住在別人家裏。

*We had to leave Ziatur, the town where we **had been living**.* 我們不得不離開了齊亞特，那個我們居住了一段時間的小鎮。

如果想表示在一個地方居住了多久，要用 for 或 since。例如，可以説 I have been living here **for** four years.（我在這裏已經住了4年了。）、I have been living here **since** 2007.（我自從2007年起就住在這裏。）或 I have lived here **since** 2007.。不要説 ~~I am living here for four years.~~ 或 ~~I am living here since 2007.~~。

*He has been living in France now **for** almost two years.* 他已在法國生活了差不多兩年了。

*She has lived there **since** she was six.* 她從6歲起就住在那裏。

☞ 見 for, since

---

long

1 用於談論長度

long 用於談論某物的長度。

*The pool is ninety feet **long** by twenty feet wide.* 這個游泳池長90英尺，寬20英尺。
*How **long** is that side of the triangle?* 三角形的那一條邊有多長？

2 談論距離

a long way 可用於談論兩地之間很遠的距離。例如，可以説 It's **a long way** from here to Birmingham.（從這裏到伯明翰的距離很遠。）。

*I'm **a long way** from London.* 我離倫敦很遠。

> ### ❗ 注意
> 不要説 ~~It's long from here to Birmingham.~~ 或 ~~I'm long from London.~~。
> 在否定句中，要用 far。例如，可以説 It's **not far** from here to Birmingham.。（這兒離伯明翰不遠。）。
>
> *We rented a villa **not far** from the beach.* 我們在離海灘不遠的地方租了一幢別墅。
>
> far 也可用於疑問句。例如，可以説 How **far** is it from here to Birmingham?。（從這裏到伯明翰有多遠？）
> *How **far** is Tokyo from here?* 東京離這裏有多遠？
> long 不能用在這樣的否定句和疑問句裏。
> 談論旅行的範圍時，要用 as far as，而不是 as long as。例如，可以説 We walked **as far as** the church.（我們一直走到了教堂。）。
> *We went with Harold **as far as** Bologna.* 我們和哈羅德一起一直到了波隆那。

3 用於談論時間

在否定句或疑問句裏，可用 long 作副詞，表示很長時間。

*Wilkins hasn't been with us **long**.* 威爾金斯和我們在一起的時間不長。
*Are you staying **long**?* 你逗留的時間長嗎？

也可把 long 用在 too 之後或 enough 之前，表示很長時間。

*He's been here **too long**.* 他在這裏已經太久了。
*You've been here **long enough** to know what we're like.* 你在這裏逗留的時間已經夠長，知道我們是甚麼樣的人了。

但是，不要在任何其他類型的肯定句中用 long 表達這個意思。要用 a long time。

*We may be here **a long time**.* 我們可能要在這裏逗留很長時間。
*It may seem **a long time** to wait.* 這似乎是一個漫長的等待。

long 的比較級 longer 和 最高級 longest 可用在任何類型的肯定句中表達這個意思。

*Reform in Europe always takes **longer** than expected.* 歐洲的改革總是需要比預期更長的時間。
*The study found that people who walk a lot live **longest**.* 研究發現，走路多的人活得最長。

☞ 關於表示持續時間的分級詞彙列表，見 Adverbs and adverbials

4 no longer

no longer 表示不再。

*The factory **no longer** builds cars.* 這家工廠不再生產汽車了。
*I noticed that he wasn't sitting by the door **any longer**.* 我注意到他已經不再坐在門邊了。

---

look

1 look at

look at 表示看、對……看。

*Lang **looked at** his watch.* 蘭看了看手錶。
*She **looked at** the people around her.* 她朝周圍的人看去。

look 作此解時，必須後接 at。例如，不要説 ~~Lang looked his watch.~~。

> **！注意**
> 不要混淆 look 和 see 或 watch。

☞ 見 see – look at – watch

如果想説明在看某人或某物時表現出特定的感情，可用副詞而不是形容詞表示。例如，可以説 She looked **sadly** at her husband（她悲傷地看着丈夫），而不要説 ~~She looked sad at her husband.~~。

*Jack looked **uncertainly** at Ralph.* 傑克遲疑地望着拉夫。
*He looked **adoringly** at Keiko.* 他含情脈脈地看着垣內。

2 look and see

如果想用眼睛發現某事是否為真，可用 see 或 look and see 表示。

*Have a look at your wife's face to **see** if she's blushing.* 看一下你妻子的臉，看看她是不是臉紅了。

*Now let's **look and see** whether that's true or not.* 現在讓我們來看看那是不是真的。

> **！注意**
>
> 不要説 ~~look if something is true~~。
> 即使説的不是使用眼睛，也可用 see 表示弄清某事。例如，可以説 I'll **see** if Li is in her office.（我來看看李是否在她辦公室裏。），然後通過打電話過去弄清楚她是否在辦公室。
>
> *I'll just **see** if he's at home.* 我來看看他在不在家。
> *I'll **see** if I can borrow a car for the weekend.* 我來看看能不能借輛車週末用。

3 用作 seem 解

look 也可表示看上去、顯得。look 這樣用時，後面用形容詞，不用副詞。例如，可説 She looked **sad**.（她看上去很傷心。）。不要説 ~~She looked sadly.~~。

*You look **very pale**.* 你看上去臉色非常蒼白。

*The place looked **a bit dirty**.* 這地方看起來有點髒。

> **！注意**
>
> look 作 seem 解僅用於談論某物的外觀。

---

look after – look for

1 look after

look after 表示照顧、照料。

*She will **look after** the children during their holidays.* 假期中她會照顧孩子的。

*You can borrow my laptop as long as you **look after** it.* 你可以借我的筆記型電腦，只要你看管好它。

2 look for

look for 表示尋找。

*Were you **looking for** me?* 你在找我嗎？

*He **looked for** his shoes under the bed.* 他在牀底下尋找他的鞋子。

---

look forward to

1 與名詞連用

look forward to 表示期待。

*I'**m** really **looking forward to** his visit.* 我真的非常期待他到訪。

*Is there any particular thing you **are looking forward to** next year?* 你明年有甚麼特別期待的事情嗎？

> **！注意**
>
> 這個表達式不能不用 to。例如，不要説 I'm really looking forward his visit.，也不要説 someone is looking forwards to something。

2 與 *-ing* 形式連用

look forward to 後面可用 *-ing* 形式。

*I **was** so much **looking forward to talking** to you.* 我非常期待和你談話。
*I **look forward to seeing** you in Washington.* 我盼望在華盛頓見到你。

> **！注意**
>
> look forward to 後面不要用不定式。例如，不要説 ~~He's looking forward to go home.~~。
> I look forward to... 不同於 I'm looking forward to...。
> 在正式英語裏，人們用 I look forward to...，而在不太正式的英語裏，人們通常用 I'm looking forward to...。
>
> *I **look forward to** receiving your report this afternoon.* 我期待今天下午收到你的報告。
> *I'm really **looking forward to** seeing you, Carol.* 我真的很盼望見到你，卡羅爾。

loose – lose

1 loose

loose /luːs/ 是形容詞，表示鬆的、寬鬆的。

*The handle is **loose**.* 把手鬆了。
*Mary wore **loose** clothes.* 瑪麗穿着寬鬆的衣服。

2 lose

lose /luːz/ 是動詞，表示失去、遺失。

*I don't want to **lose** my job.* 我不想失去我的工作。
*If you **lose** your credit card, let the company know immediately.* 如果你遺失了信用卡，要馬上讓公司知道。

lose 的其他形式是 loses、losing、lost。

*They were willing to risk **losing** their jobs.* 他們願意冒失去工作的危險。
*He **had lost** his passport.* 他遺失了自己的護照。

lorry – truck

1 lorry

在英式英語裏，lorry 表示貨車。

*The **lorries** were carrying 42 tonnes of sand.* 這些貨車裝載着42噸沙子。

2 truck

 在美式英語裏，貨車稱作 truck。在英式英語裏，小型的敞篷貨車有時稱作 truck。

*A blue **truck** drove up and delivered some boxes.* 一輛藍色貨車開過來，運來了一些箱子。

---

lose

☞ 見 loose – lose

---

lot

1 a lot of 和 lots of

a lot of 用在名詞前，表示很多、大量。

*We have quite **a lot of** newspapers.* 我們有相當多的報紙。
*There's **a lot of** research to be done.* 還有大量研究有待進行。

💬 在談話中，lots of 也可這樣用。

***Lots of** people thought it was funny.* 很多人覺得這很有趣。
*You've got **lots of** time.* 你有大量的時間。

a lot of 或 lots of 用在複數可數名詞前面時，要與動詞的複數形式連用。

*A lot of people **come** to our classes.* 很多人來上我們的課程。
*Lots of people **think** writing is based on ideas, but it's much more than that.* 許多人認為寫作是基於想法，但實際遠不止這些。

a lot of 或 lots of 用在不可數名詞前面時，要與動詞的單數形式連用。

*A lot of money **is** spent on marketing.* 大量的錢花在了行銷上。
*There **is** lots of money to be made in advertising.* 廣告業可以賺很多錢。

2 a lot 和 lots

a lot 可指大量的東西。

*I'd learnt **a lot**.* 我學到了很多。
*I feel that we have **a lot** to offer.* 我覺得我們有很多東西可以提供。

a lot 作副詞，表示在很大程度上或經常。

*You like Ralph **a lot**, don't you?* 你非常喜歡拉夫，是不是？
*They talk **a lot** about equality.* 他們大談平等。

☞ 關於表示程度的分級詞彙列表，見 Adverbs and adverbials

a lot 也用在比較級前面。例如，如果想強調兩物之間的年份差異，可以說 one thing is

a lot older than the other。

*The weather's **a lot warmer** there.* 那裏的天氣暖和得多。

*I've known people who were in **a lot more serious** trouble than you.* 我知道有些人面對的麻煩比你的嚴重多了。

a lot 也可與 more 連用，強調兩個數量之間的區別。

*He earns **a lot more** money than she does.* 他賺的錢比她多得多。

 在談話中，可用 lots 表達同樣的意思。

*She meets **lots more** people than I do.* 她見的人比我多得多。

loudly

☞ 見 aloud – loudly

love

動詞 love 通常表示愛。

*She **loved** her husband deeply.* 她深愛自己的丈夫。
*He **had loved** his aunt very much.* 他非常愛他的姑媽。
*He **loved** his country above all else.* 他愛祖國勝過一切。

如果想表示喜歡，通常用 like，不用 love。

*I **like** reading.* 我喜歡看書
*We **liked** him very much.* 我們很喜歡他。

在談話和不太正式的書面語中，人們有時 love 表示非常喜歡。

*I **love** your dress.* 我很喜歡你的連衣裙。
*I **love** reading his plays.* 我非常喜歡讀他的劇本。

 love 通常用一般形式而不用進行時形式。例如，可以說 I love you（我愛你），而不說 ~~I'm loving you.~~。但是，在非正式英語口語中，love 有時用進行時形式。

*I**'m loving** your new hairdo!* 我很喜歡你的新髮式！

lucky – happy

1 lucky

lucky 表示幸運的、運氣好的。

*You're a **lucky** girl to have so many friends.* 你是個幸運的女孩，有那麼多的朋友。
*The **lucky** winners were given £5,000 each.* 幸運的獲勝者每人得到了5,000英鎊。

2 happy

不要用 lucky 表示幸福的、快樂的。要用 happy。

*Sarah's such a **happy** person – she's always laughing.* 莎拉是個快樂的人 —— 她總是笑呵呵的。
*Barbara felt tremendously **happy** when she heard the news.* 芭芭拉聽到消息時高興極了。

luggage – baggage

在英式英語中，這兩個詞都指旅行時攜帶的行李。luggage 比 baggage 更常用。

 在美式英語裏，luggage 指空的行李箱，baggage 指裝有東西的行李箱。

*There has been a decline in sales of hand-sized **luggage**.* 手提行李箱的銷售量出現了下降。

*The passengers went through immigration control and collected their **baggage**.* 旅客通過了出入境管制，領取了自己的行李。

這兩個詞都是不可數名詞。不要説 ~~luggages~~ 或 ~~a baggage~~。

lunch

☞ 見 dinner – lunch

Mm

machinery

machinery 可用於泛指機器、機械。

*The company makes tractors and other farm **machinery**.* 該公司製造拖拉機和其他農用機械。

*If you are taking this medication, you should not drive a car or operate **machinery**.* 如果你正在服用這種藥物，你就不應該駕車或操作機器。

machinery 是不可數名詞。不要說 ~~machineries~~ 或 ~~a machinery~~。可以說 a **piece of machinery**（一台機器）。

*He was called out to fix a **piece of machinery** that had broken down.* 他被叫出去修理一台出了故障的機器。

☞ 關於不可數名詞的說明，見 Nouns

mad

1 mad

在談話和非正式書面語中，人們常常用 mad 來描述愚蠢的行為或想法。

*Camping in winter was a **mad** idea.* 冬季露營是個愚蠢的想法。
*You would be **mad** to refuse such a great offer.* 你如果拒絕這麼好的提議那就太傻了。

 在談話中，mad 有時用於表示生氣、發火。be **mad at** someone 表示生某人的氣。

*When she told him she wouldn't go, he got **mad**.* 她對他說她不願意去的時候，他發火了。
*My parents were **mad at** me for waking them up so early.* 父母親對我很生氣，因為我這麼早就叫醒他們了。

2 mad about

mad about something 表示對已經發生的事情生氣。

*He's really **mad about** being lied to.* 他因有人對他撒謊感到非常氣憤。

在談話中，可以用 be **mad about** an activity 表示對某個活動很入迷。

*Her daughter is **mad about** dancing.* 她女兒對跳舞着了迷。
*The whole family is **mad about** football.* 全家人都對足球很狂熱。

3 精神疾病

不要用 mad 表示某人有精神病，而要用短語 mentally ill。

*She spent time in hospital when she was **mentally ill**.* 她精神病發作的時候曾住過醫院。
*The drug is used to treat **mentally ill** patients.* 這種藥物用於治療精神病患者。

made from – made of – made out of

made 是動詞 make 的過去式和 -ed分詞。

☞ 見 make

made from、made out of 或 made of 可用於表示用某物製成的，此時原物已完全改變。

*They sailed on a raft **made from** bamboo.* 他們乘坐在一張竹筏上行駛。
*The plates were **made out of** solid gold.* 這些盤子是用純金製作的。
*Her dress was **made of** a light, floaty material.* 她的連衣裙是用一種輕薄飄逸的料子製作的。

通常用 made out of 表示某物以一種不尋常的或令人驚訝的方式製成。

*She was wearing a hat **made out of** plastic bags.* 她戴着一頂用塑膠袋製成的帽子。

而 made of 或 made out of 用於提及製成品的材料。不要用 made from。

*My cabin was **made of** logs.* 我的小屋是用圓木造的。

magazine – shop

1 magazine

magazine 表示（每週或每月出版的）雜誌。

*Her face was on the cover of every **magazine**.* 她的面孔登上了所有雜誌的封面。
*Tanya read a **magazine** while she waited.* 譚雅在等待的時候讀了一本雜誌。

2 shop

不要用 magazine 表示商店。要用 shop 或 store。

*There is a row of **shops** on the High Street.* 主要商業街上有一排商店。

mail

☞ 見 post – mail

majority

1 majority

majority 表示大多數。

***The majority of** students in the class will go on to study at college.* 班上的大部份學生將進入大學深造。
*In **the majority** of cases, the illness can be treated successfully.* 在大多數情況下，這種疾病可以治癒。

如果 the majority 不跟 of，後面可用動詞的單數或複數形式。

*The majority **is** still undecided about which way to vote.* 大多數人尚未決定投票給哪一方。
*The majority **were** in favour of the proposal.* 大多數人贊成這個提議。

但是，如果 the majority of 後接複數名詞或代詞，後面的動詞必須用複數形式。

*The majority of cars on the road **have** only one person in them.* 道路上的大多數汽車內只有一個人。

2 most of

不要用 the majority 談論某物的量或部份。例如，不要說 ~~The majority of the forest has been cut down.~~，而要說 Most of the forest has been cut down.（大部份森林已經被砍伐。）。

***Most of** the food was good.* 大部份食物都很好。
*Katya did **most of** the work.* 卡提亞做了大部份的工作。

☞ 見 most

---

make

make 是一個很常用的動詞，其用法多種多樣。make 的過去式和 *-ed* 分詞是 made。

1 執行一個動作

make 常常用於表示執行一個動作。例如，提出建議可以用 make a suggestion 表示；作出承諾可以用 make a promise 表示。

*I think that I **made** the wrong decision.* 我認為我作了錯誤的決定。
*He **made** a short speech.* 他作了簡短的講話。

下列常用名詞可按這種方式與 make 連用：

arrangement	enquiry	point	suggestion
choice	journey	promise	tour
comment	mistake	remark	trip
decision	noise	sound	visit
effort	plan	speech	

泛指而不是特指行動時，不要用 make。要用 do。假如你不確定該採取甚麼行動，不要說 ~~I don't know what to make.~~，而要說 I don't know what to **do**.（我不知道該做甚麼。）。

*What are you going to **do** at the weekend?* 你這個週末打算做甚麼？
*You've **done** a lot to help us.* 你為我們幫了很大的忙。

2 製作物品或東西

make 表示製作、做。

*Asha **makes** all her own clothes.* 阿莎穿的衣服都是她自己做的。
*They **make** furniture out of recycled plastic.* 他們用再生塑膠製作傢具。

做飯或準備飲料也可以用 make。

*I **made** some breakfast.* 我做了點早餐。

☞ 見 cook

make 用於談論製作時，可帶間接賓語。可以說 **make** someone something 或 **make** something for someone。

*I'll **make** you a drink.* 我來給你弄一杯喝的。
*She **made** a copy **for** her colleague.* 她為她的同事做了一份副本。

3 使某人做某事

make someone do something 表示迫使某人做某事。

*You've got to **make him listen**.* 你必須讓他聽。
*Mom **made us clean up** the mess.* 媽媽讓我們把亂糟糟的東西收拾乾淨。

> **!** 注意
>
> 在這樣的主動句裏，make 後面不要用 *to*-不定式。例如，不要説 ~~You've got to make him to listen.~~。
>
> 但是，被動句裏必須使用 *to*-不定式。
>
> *They **were made to pay*** for the damage. 他們只好賠償了損失。
> *One woman **was made to wait*** more than an hour. 一個女人被迫等了一個多小時。

4 用作 be 解

make 有時用來代替 be，説明某人在特定工作或職位中有多麼優秀。例如，可以説 He will **make** a good prime minister. （他會成為一位好首相。）代替 He will be a good prime minister.。

*You'll **make** a great teacher.* 你會成為一名優秀教師的。
*They **made** a good team.* 他們成了一個很好的團隊。

☞ 見 brand – make

make up
☞ 見 comprise

male – masculine

1 male

male 表示男性的、雄性的。male 可作形容詞談論人或動物。

*A **male** nurse came to take my temperature.* 一位男護士過來給我量體溫。
***Male** dogs tend to be more aggressive.* 公狗往往更有攻擊性。

male 也可作名詞指動物。

*They protect their territory from other **males**.* 它們保護領地不讓其他雄性進入。

在科學文本中，male 有時用作名詞指男人或男孩。

*The condition affects both **males** and females.* 這種病症會影響男女兩性。

人們有時用 male 一詞來談論男人，以避免使用 man 或 boy。

*I looked in through the window and saw only **males**.* 我向窗裏望去，只看見了男人。
*The police are looking for a tall white **male** in his mid-twenties.* 警察正在尋找一名25歲左右高大的白人男子。

2 masculine

masculine 表示男子氣的、陽剛的。

*He was tall, strong, and very **masculine**.* 他身材高大強壯，很有男子氣概。
*They painted the room in dark, **masculine** colours.* 他們把房間漆成了暗淡的男性色彩。

> **!** 注意
> 不要用 masculine 談論動物。

man

1 man

man 表示男人、男子。man 的複數是 men。

*Larry was a handsome **man** of about 50.* 拉里是一個50歲左右的英俊男子。
*Two **men** got on the bus.* 兩個男人上了公共汽車。

man有時用於泛指人。例如，可以説 **Man** is destroying the environment.（人類在破壞環境。）代替 Human beings are destroying the environment.。man 作此解時，前面不要用 the。

***Man** is always searching for new knowledge.* 人類一直在尋找新的知識。
*Massage is one of the oldest forms of treatment known to **man**.* 按摩是人類已知的最古老的治療方式之一。

men 有時用來指視作個體的所有人。

*All **men** are born equal.* 人人生而平等。
*Darwin concluded that **men** were descended from apes.* 達爾文得出的結論是，人是猿的後裔。

2 mankind

mankind 指整個人類。

*His only desire is to help **mankind**.* 他的唯一願望就是幫助人類。

有些人不喜歡用 man、men 和 mankind 指包括男女兩性的所有人，因為他們認為這暗示男人比女人更重要。可用 people 代替。

*All **people** are born equal.* 人人生而平等。

manage – arrange

1 manage

manage to do something 表示成功地做了某事。

*Manuel **managed to finish** the work on time.* 曼紐設法按時完成了工作。
*How did you **manage to convince** her?* 你是怎樣説服她的？

> **!** 注意
> manage 後面要用 *to-*不定式，不用 *-ing*形式。例如，不要説 How did you manage convincing her?。

2 arrange

manage 後面不要用 *that*-從句。例如，不要用 ~~manage that something is done~~ 表示安排做某事，而要説 arrange for something to be done。

*He **had arranged for** me **to be met at the airport**.* 他安排人到機場接我。

不要用 ~~manage that someone does something~~ 表示安排某人做某事，而要説 arrange for someone to do something。

*I **had arranged for** a photographer **to take** pictures of the team.* 我已經安排好一位攝影師為運動隊拍照。

mankind

☞ 見 man

manufacture – factory

1 manufacture

manufacture 表示（使用機器的）製造、生產，是不可數名詞。

*The chemical is used in the **manufacture** of plastics.* 這種化學製品用於生產塑膠。

2 factory

不要用 manufacture 指工廠。要用 factory。

*She works at the chocolate **factory**.* 她在巧克力工廠工作。

☞ 見 factory – works – mill – plant

many

1 many 用於複數名詞之前

many 直接用在名詞的複數形式之前，表示很多、許多。

***Many** young people worry about their weight.* 很多年輕人擔心自己的體重。
*Her music is popular in **many** countries.* 她的音樂在許多國家流行。

在肯定陳述句裏，many 略微有點正式，常常用 a lot of 代替。

***A lot of** people agree with this view.* 很多人同意這個觀點。

☞ 見 lot

在疑問句和否定陳述句裏，通常用 many，而不用 a lot of。

*Do **many** people in your country speak English?* 在你們國家説英語的人多嗎？
*There are not **many** books in the library.* 這家圖書館的書不多。

2 many of

為了表示一個群體中的很多人或物，可把 many of 用在複數代詞前面，或者用在以 the、these、those 開頭的複數名詞短語或 my、their 之類的所有格前面。

***Many of them** were forced to leave their homes.* 他們中的許多人被迫離鄉背井。
***Many of the plants** had been killed by cold weather.* 其中很多植物都被寒冷的天氣

凍死了。

Many of his books *are still available.* 他的許多書仍然可以買到。

3 many 用作代詞

many 有時用作代詞，表示很多人或物。這種用法相當正式。

Many *have asked themselves whether this was the right thing to do.* 很多人在捫心自問，這是否是應該做的事情。

> **⚠ 注意**
>
> 不要把 many 或 many of 用在不可數名詞前表示大量的。要用 much 或 much of。

☞ 見 much

4 many more

many 可與 more 連用，對兩組人或物的大小差異進行強調。

*I have **many more** friends here than I did in my home town.* 我在這裏的朋友比在家鄉多得多。

*We have had **many more** problems recently than before.* 最近我們的問題比以前多得多。

---

marmalade – jam – jelly

1 marmalade

marmalade 表示果醬。在英國，人們將其塗抹在麵包或吐司上作為早餐的一部份。

*I love toast with orange **marmalade**.* 我喜歡塗香橙果醬的吐司麵包。

2 jam 和 jelly

英語的 marmalade 僅指用香橙、檸檬、酸橙或葡萄柚做的果醬，不表示用其他水果如黑莓、草莓或杏子製成的類似果醬。後一種果醬在英式英語裏稱作 jam，在美式英語裏稱作 jam 或 jelly。

*I bought a jar of raspberry **jam**.* 我買了一罐覆盆子果醬。
*She made us **jelly** sandwiches.* 她為我們做了果醬三文治。

---

marriage – wedding

1 marriage

marriage 表示婚姻、婚姻關係。

*I wasn't interested in **marriage** or children.* 我對婚姻或孩子都不感興趣。
*They have a very happy **marriage**.* 他們有非常美滿的婚姻。

marriage 也可表示結婚。

*Her family did not approve of her **marriage** to David.* 她的家人不贊成她和大衛結婚。

2 wedding

通常不用 marriage 表示婚禮。要用 wedding。

*He was not invited to the **wedding**.* 他沒有被邀請參加婚禮。

married – marry

1 married to

be **married to** someone 表示與某人成婚。

*Her daughter was **married to** a Frenchman.* 她的女兒嫁給了一個法國人。

2 marry

marry 表示和⋯⋯結婚、嫁、娶。

*I wanted to **marry** him.* 我想和他結婚。

> **!** **注意**
> marry 後面不要用 to。不要説 ~~I wanted to marry to him.~~。

3 get married

marry 後面通常要接賓語。例如，某人結婚或兩個人結婚不能光用 marry，而要説 get married。

*Lisa and Kunal are **getting married** next month.* 麗莎和庫南下個月結婚。

*My parents want me to **get married** and settle down.* 我父母想讓我結婚並安定下來。

marry 有時不接賓語，但這是文雅或過時的用法。

*Jane swore that she would never **marry**.* 簡發誓永遠不結婚。

masculine

☞ 見 male – masculine

match

match 表示（與⋯⋯）相配。

*The cushions **match** the carpet.* 坐墊和地毯很搭配。

*He sometimes wore socks which did not **match**.* 他有時會穿不匹配的襪子。

> **!** **注意**
> match 不能與 to 連用。例如，不要説 ~~The cushions match to the carpet.~~。

mathematics – maths – math

mathematics 表示數學。作為一門在學校教的學科，mathematics 在英式英語裏通常稱為 maths，在美式英語裏則稱為 math。

Maths is my best subject at school. 我在上學時讀得最好的科目是數學。
*Julio teaches **math** at a middle school.* 胡利奧在一間中學教數學。

> **！注意**
>
> mathematics、maths 和 math 是不可數名詞，與單數動詞連用。例如，不要
> 説 ~~Maths are my best subject.~~。
> 指數學學科而不是學校教的數學課時，要用 mathematics。
> *According to the laws of **mathematics**, this is not possible.* 根據數學定律，
> 這是不可能的。

matter

1 談論問題

the matter 用在 what、something、anything 或 nothing 後面談論問題或困難。the
matter 的用法和形容詞 wrong 相同。

例如，可以説 Is something **the matter**?（有甚麼問題嗎？）代替 Is something wrong?。

*What's **the matter**?* 怎麼了？
*There's something **the matter** with your eyes.* 你的眼睛出了點毛病。

> **！注意**
>
> 在其他類型的句子中，不要用 the matter 表達這個意思。例如，不要説 ~~The~~
> ~~matter is that we don't know where she is.~~，而要説 **The problem** is that we
> don't know where she is.（問題是我們不知道她在哪裏。）或 **The trouble** is
> that we don't know where she is.。
>
> ***The problem** is that she can't cook.* 問題是她不會做飯。
> ***The trouble** is there isn't enough money.* 問題是沒有足夠的錢。

2 It doesn't matter

某人向你道歉時，你可以回應説 It doesn't matter.（沒關係。）。不要説 ~~No matter.~~。

*'I've only got dried milk.' – '**It doesn't matter**.'* "我只有奶粉。" —— "沒關係。"

☞ 見主題條目 Apologizing

3 no matter

no matter 用於 no matter what 和 no matter how 這樣的表達式，表示不論、不管。

*He does what he wants, **no matter what** I say.* 他想做甚麼就做甚麼，不管我説甚麼。
*Call me when you get home, **no matter how** late it is.* 你回家後要打電話給我，無論
有多晚。

不要用 no matter 提及使主體陳述顯得有點意外的事物。例如，不要説 ~~No matter the~~
~~rain, we carried on playing.~~，而要説 **In spite of** the rain, we carried on playing.（儘
管在下雨，我們仍然繼續比賽。）或 **Despite** the rain, we carried on playing.。

***In spite of** his ill health, my father was always cheerful.* 我父親雖然身體不好，但總

是高高興興的。

☞ 見 in spite of – despite

4 用作可數名詞

matter 表示（需要處理的）事情、情況。

*I wanted to talk to you about a personal **matter**.* 我想和你談一件私事。
*This is a **matter** for the police.* 這是警方的事。

指剛討論到的情況時，可用複數形式 matters。

*There is only one applicant for the job, which makes **matters** easier.* 求職者只有一名，這就使事情變得容易了。
*His attitude did not help **matters**.* 他的態度無濟於事。

> **！注意**
>
> matters 作此解時，前面不要加 the。例如，不要説 His attitude did not help the matters.。

may

☞ 見 might – may

☞ 關於表示可能性的分級詞彙列表，見 Adverbs and adverbials

me

1 me

me 可作動詞或介詞的賓語，表示我。

*Sara told **me** about her new job.* 莎拉對我説了她的新工作。
*He looked at **me** curiously.* 他好奇地看着我。

> **！注意**
>
> 在標準英語中，如果 I 是主語，me 不用作句子的間接賓語。例如，不要説 I got me a drink.，而要説 I got **myself** a drink.（我給自己弄了一杯飲料。）。
> *I poured **myself** a cup of tea.* 我給自己倒了一杯茶。
> *I had set **myself** a time limit of two hours.* 我給自己定了兩個小時的時間限制。

在談話中，人們有時用 me 作句子主語的一部份。

***Me and my dad** argue a lot.* 我和爸爸經常吵架。
***Me and Marcus** are leaving.* 我和馬吉斯要走了。

在正式或書面英語裏，不要用 me 作句子主語的一部份。要用 I。

***My sister and I** were very disappointed with the service.* 我妹妹和我對服務非常失望。
***Brad and I** got engaged last year.* 布拉德和我去年訂了婚。

2 it's me

如果有人問你 Who is it?，可以説 It's me 或光説 Me。

*'Who is it?' – '**It's me**, Frank.'* "誰？" —— "是我，法蘭克。"

---

mean

動詞 mean 的過去式和 *-ed*分詞是 meant /ment/。

mean 表示意思是、表示……的意思。

*What does 'imperialism' **mean**?* "帝國主義" 是甚麼意思？
*'Pandemonium' **means** 'the place of all devils'.* pandemonium 的意思是 "鬼地方"。

> ### ! 注意
>
> 在這樣的疑問句中，必須使用助動詞 does。例如，不要説 ~~What means imperialism?~~。
>
> mean 可與 *-ing*形式連用，表示意味着。
>
> *Healthy living **means being** physically and mentally healthy.* 健康的生活就是身心健康。
> *I've got to do the right thing, even if it **means taking** a risk.* 我必須做正確的事情，即使這意味着冒險。
>
> someone **means** 表示某人指的是、某人的意思是説。
>
> *That friend of Sami's was there. Do you know the one I **mean**?* 薩米的那個朋友在那裏。你知道我指的是哪一個嗎？
> *I thought you **meant** that you wanted some more to eat.* 我以為你的意思是再想要些吃的。
>
> 不要用 mean 談論人們的想法或看法。例如，不要説 ~~Most people mean he should resign.~~，而要説 Most people **think** he should resign.（大多數人認為他應該辭職。）。
>
> *I **think** a woman has as much right to work as a man.* 我認為婦女和男子一樣有權工作。
> *Most scientists **believe** that climate change is caused by human activity.* 大多數科學家認為，氣候變化是由人類活動引起的。

 在談話中，可以用 I mean 來解釋或更正剛説過的話。

*So what happens now? With your job, **I mean**.* 那現在是甚麼情況？你的工作，我的意思是。
*I don't want to go. **I mean**, I want to, but I can't.* 我不想去。我的意思是，我想去，但不能去。

---

meaning – intention – opinion

1 meaning

meaning 表示意義、意思。

*The word 'guide' is used with various **meanings**.* guide 這個詞用於各種不同的意義。
*This gesture has the same **meaning** throughout Italy.* 這個手勢在整個意大利有同樣的意思。

某人說話的用意也可用 meaning 表示。

*The **meaning** of his remark was clear.* 他這句話的含義是清楚的。

2 intention

不要用 meaning 指意圖。例如，不要說 ~~His meaning was to leave without paying.~~，而要說 His **intention** was to leave without paying.（他打算不付錢就走。）。

*Their **intention** is to finish the work by Friday.* 他們的意圖是最遲在星期五完成這項工作。

3 opinion

不要用 meaning 指某人對某事的看法。例如，不要說 ~~I think he should go. What's your meaning?~~，而要說 I think he should go. What's your opinion?（我認為他應該去。你的看法呢？）

*My **opinion** is that this is completely the wrong thing to do.* 我的意見是，這樣做是完全錯誤的。

media

media 是名詞，也是另一個名詞 medium 的複數形式。

1 the media

the media 表示大眾傳媒、媒體。

*She refused to talk to **the media**.* 她拒絕向媒體講話。

通常認為 the media 與動詞的複數形式連用是正確的，但人們常常用單數形式。

*The media **are** very powerful in influencing opinions.* 大眾傳媒對輿論有強大的影響力。
*The media **was** full of stories about the singer and her husband.* 媒體上充滿了關於這位歌手和她丈夫的故事。

在談話和不太正式的書面語中，可以用單數或複數形式，但在正式的書面語裏，應該用複數形式。

2 medium

medium 表示傳播媒介、手段。medium 的複數可以是 mediums，也可以是 media。

*She is an artist who uses various **mediums** including photography and sculpture.* 她是一位藝術家，運用包括攝影和雕塑在內的各種媒介。
*They advertise through a range of different **media** – radio, billboards, and the internet.* 他們通過各種不同的傳播媒介刊登廣告 —— 廣播、看板以及互聯網。

meet

meet 通常作動詞，其過去式和 -ed分詞是 met。

meet 表示遇到、遇見。

*I **met** a Swedish girl on the train.* 我在火車上遇到一個瑞典女孩。

*I **have** never **met** his wife before.* 我以前從來沒有遇見過他的妻子。

打算和某人見面，可以用 meet、meet with 或 meet up with someone 表示。

*This is an opportunity for parents to **meet** their child's teachers.* 這是一個讓家長和孩子的老師見面的機會。

*She's **meeting up with** some of her friends on Saturday to go shopping.* 她打算星期六和數個朋友見面，一起去購物。

meet with 在美式英語裏尤其常見。

*We can **meet with** the professor Monday night.* 我們可以在星期一晚上和教授見面。

memory

☞ 見 souvenir – memory

mention

☞ 見 comment – mention – remark

merry-go-round

☞ 見 roundabout

might – may

might 和 may 主要用於談論可能性，也可用於提出要求、請求許可或提出建議。might 和 may 用作同義詞時，may 比 might 更正式。might 和 may 稱作情態詞（modal）。

☞ 見 Modals

 在談話中，常常用否定形式 mightn't 代替 might not。

mayn't 這個形式要少見得多。人們通常用完整的形式 may not。

*He **mightn't** have time to see you.* 他可能沒有時間見你。

*It **may not** be as hard as you think.* 這可能沒有你想像的那麼難。

1 現在和將來的可能性

might 或 may 可用於表示某事可能為真或某事將要發生。

*I **might** see you at the party.* 我可能會在聚會上見到你。

*This **may** be why she enjoys her work.* 這可能就是為甚麼她喜歡她的工作的原因。

could 也可以這樣用，但僅用於肯定句中。

*Don't eat it. It **could** be poisonous.* 不要吃。這可能有毒。

☞ 見 can – could – be able to

可以用 might well 或 may well 表示某事很可能是真的。

*You **might well** be right.* 你很可能是對的。

*I think that **may well** be the last time we see him.* 我認為這很可能是我們最後一次看到他。

might not 或 may not 用於表示某事可能不是真的。

He **might not** like spicy food. 他可能不喜歡辛辣的食物。
That **may not** be the reason she left. 那可能不是她離開的原因。

> **!** 注意
>
> 不要用 might not 或 may not 表示某事不可能是真的。要用 could not、cannot 或 can't。
>
> She **could not** have known what happened unless she was there. 除非她在那裏，否則她不可能知道發生了甚麼。
> He **cannot** be younger than me. 他不可能比我年輕。
> You **can't** talk to the dead. 你不可能和死人說話。
>
> 不要用 may 詢問某事是否可能。例如，不要說 ~~May he be right?~~，而要說 **Might** he be right?（也許他是對的？）或更常說 **Could** he be right?（他會不會是對的？）。
>
> **Might** we have got the date wrong? 也許我們把日期弄錯了？
> **Could** this be true? 這會是真的嗎？
>
> 不要說 ~~What may happen?~~。通常說 What **is likely to** happen?（可能會發生甚麼？）。
>
> What **are likely to** be the effects of these changes? 這些變化的影響可能會有哪些？

2 過去的可能性

might 或 may 與 have to 連用，表示某事過去可能發生過，但不知道是否真的發生過。

Jorge didn't play well. He **might have** been feeling tired. 豪爾赫沒有打好比賽。他可能是感到累了。
I **may have** been a little unfair to you. 我可能是對你有點不太公平。

could have 也可以這麼用。

It **could have** been one of the staff that stole the money. 可能是一個員工偷了錢。

> **!** 注意
>
> 但是，如果想表示某事未發生但有發生的可能性，只能用 might have 或 could have。不要用 may have。例如，可以說 If he hadn't fallen, he **might have** won the race.（如果他沒有摔倒，他可能贏得了賽跑。）。不要說 ~~If he hadn't hurt his ankle, he may have won the race.~~。
>
> A lot of men died who **might have** been saved. 很多原本可能得救的人死去了。
>
> might not 或 may not 與 have 連用，表示某事可能沒有發生或不是真的。
>
> They **might not have** got your message. 他們可能沒有收到你的消息。
> Her parents **may not have** realized what she was doing. 她父母可能沒有意識到她在做甚麼。

> 不要用 might not have 或 may not have 表示某事不可能發生或不可能是真的。要用 could not have，或者在英式英語裏用 cannot have。
>
> They **could not have** guessed what was going to happen. 他們不可能猜到將要發生甚麼事情。
> The measurement **can't have** been wrong. 測量不可能是錯的。

3 請求和允許

在正式英語裏，may 和 might 有時用於提出要求、請求或給予許可。

Might I ask a question? 我可以提個問題嗎？
*You **may** leave the table.* 你可以離席了。

☞ 見主題條目 Requests, orders, and instructions
☞ 見主題條目 Permission

4 建議

might 常常用於禮貌地提出建議。

*You **might** like to read this and see what you think.* 你也許願意讀一讀這個，然後看看你是怎麼想的。
*I think it **might** be better to switch off your phones.* 我想關掉你們的手機可能更好一點。

☞ 見主題條目 Suggestions

---

migrate – migration – migrant

☞ 見 emigration – immigration – migration

---

mill

☞ 見 factory – works – mill – plant

---

million

a million 或 one million 表示100萬、1,000,000。

*Profits for 2010 were over $100 **million**.* 2010年的利潤超過了1億美元。

> **！** 注意
>
> 如果 million 前面有數字，後面不要加 -s。
> 例如，不要説 ~~five millions dollars~~，而要説 five **million** dollars（5百萬美元）。
> *Over five **million** people visit the country every year.* 每年500多萬人遊覽該國。

☞ 見參考部份 Numbers and fractions

---

mind

mind 可作名詞或動詞。

1 用作名詞

mind 表示頭腦、思維。

*Psychology is the study of the human **mind**.* 心理學是研究人類思維的。
*I did a crossword puzzle to occupy my **mind**.* 我做了一個填字遊戲來佔據我的頭腦。

2 make up one's mind

make up one's mind 表示作出決定。而 **make up one's mind to** do something 表示決定做某事。

*I couldn't **make up my mind** whether to stay or go.* 我拿不定主意去還是不去。
*She **made up her mind** to look for a new job.* 她打定主意要找個新工作。

> **!** 注意
>
> 這個表達式後面要用 *to*-不定式。例如,不要說 ~~She made up her mind looking for a new job.~~。

3 用作動詞

可以用 **don't mind doing** something 表示不介意做某事。

*I **don't mind walking**.* 我不在乎步行。

> **!** 注意
>
> 這個表達式後面要用 *-ing*形式。例如,不要說 ~~I don't mind to walk.~~。
> 可以用 I don't mind 表示我不介意、我無所謂。
>
> *It was raining, but **we didn't mind**.* 正在下雨,但我們不介意。
> *'Would you rather go out or stay in?' –'**I don't mind**.'* "你願意出去還是留在家裏?"——"我無所謂。"
>
> 不能用 ~~I don't mind it~~ 表達這個意思。
> 如果想禮貌地請某人做某事,可以用 Would you mind 後接 *-ing*形式。
>
> ***Would you mind turning** your music down a little?* 你不介意把你的音樂聲音調低點吧?
> *He asked us if we **would mind waiting** outside.* 他問我們是否介意在外面等着。

---

mistake

1 mistake 和 error

mistake 表示錯誤。犯錯誤用 make a mistake 表示。

*He **made** a terrible **mistake**.* 他犯了一個可怕的錯誤。
*We **made** the **mistake** of leaving our bedroom window open.* 我們犯了沒關臥室窗戶的錯誤。

在比較正式的英語裏,可以用 error 表達同樣的意思。犯錯誤也可用 **make** an error 表示。

*The letter contained several spelling **errors***. 信中含有好幾處拼寫錯誤。

*He **made** a serious **error** in sending the man to prison*. 他犯了一個嚴重的錯誤，把那個人關進了監獄。

> **！ 注意**
>
> 不要說 do a mistake 或 an error。例如，不要說 ~~He did a terrible mistake.~~。可以說 by mistake（錯誤地），或者在比較正式的英語裏用 in error。不要說 ~~in mistake~~ 或 ~~by error~~。
>
> *I went into the wrong room **by mistake***. 我走錯房間了。
>
> *She was given another student's report **in error***. 有人錯給了她另一個學生的成績報告單。

2 fault

不要用 mistake 或 error 指（機器或系統的）故障。要用 fault。

*The machine has developed a **fault***. 機器出現了一個故障。

*I tried to call him on the phone, but there was some sort of **fault** on the line*. 我試過給他打電話，但電話線有點故障。

Grammar Finder 語法講解

Modals 情態詞

1 詞序和形式

<u>情態詞</u>（modal）是助動詞的一種，用於談論比如事件的可能性或必要性，提出請求、提議或建議；也可用於使所說的話更有禮貌。

下面這些是情態詞：

can	may	need	will
could	might	shall	would
dare	must	should	

情態詞始終要後接動詞原形（即不帶 to 的不定式），除非動詞已經提及。

*I **must leave** fairly soon*. 我得早早地離開。

*Things **might have been** so different*. 情況原本會大不相同。

*People **may be watching***. 人們可能會注視的。

☞ 見 Ellipsis

情態詞 dare 和 need 也可作主要動詞。在句子 He doesn't dare climb the tree. 中，dare 是主要動詞，但在句子 He dare not climb the tree. 中，dare 是情態詞。

☞ 見 dare, need

情態詞只有一個形式。現在時的第三人稱單數沒有 -s形式，也沒有 -ing 或 -ed形式。

*There's nothing **I can** do about it*. 我對此無能為力。

*I'm sure **he can** do it.* 我相信他能做到。

2 縮略形式

shall、will 和 would 通常不完整發音。寫下某人説的話或以口語體寫作時，通常把代詞後面的 shall 和 will 縮略成 'll，把 would 縮略成 'd。

☞ 見 Contractions

***I'll** see you tomorrow.* 我們明天見。

*Patricia said **she'd** love to stay.* 派翠西亞説她願意留下來。

也可把名詞後面的 will 縮略成 'll。

*My **car'll** be outside.* 我的汽車將停在外面。

❗ 注意

shall、will 和 would 位於句末時從不縮略。

*Paul said he'd come, and I hope he **will**.* 保羅説他會來，而我也希望他會。

在疑問句中，也要用 shall、will 和 would 的完整形式。

***Shall** I open the door for you?* 要我為你開門嗎？

***Will** you hurry up!* 請你快點！

***Would** you like an apple?* 你想吃個蘋果嗎？

記住，'d 也是助動詞 had 的縮略形式。

***I'd** heard it many times.* 我聽過很多次了。

助動詞 have 位於could、might、must、should 和 would 後面時通常不完整發音。在書面語中，縮略式 could've、might've、must've、should've 以及 would've 偶爾用於轉述談話。

*I **must've** fallen asleep.* 我一定是睡着了。

*You **should've** come to see us.* 你早就應該來看看我們了。

情態詞後面的 not 通常不完整發音。通常在情態詞後面用 n't 描寫某人所説的內容。

☞ 關於由多個單詞構成的情態詞的説明，見 Contractions, Phrasal modals

　　關於情態詞用法的進一步説明，見各個詞的相應用法條目

☞ 見主題條目 Advising someone, Invitations, Offers, Opinions, Permission, Suggestions

☞ 關於用 will 談論將來的説明，見 The Future；關於用 would 談論過去的説明，見 The Past

Grammar Finder 語法講解

Modifiers 修飾語

修飾語（modifier）是位於名詞前的詞或片語，為名詞所指的事物添加資料。修飾語可以是：

▶ 形容詞

*This is the **main** bedroom.* 這是主臥室。
*After the crossroads look out for the **large white** building.* 過了十字路口留心注意那幢白色大樓。

☞ 見 Adjectives

▶ 名詞

*…the **music** industry* ……音樂產業
*…**tennis** lessons* ……網球課

☞ 見 Noun modifiers

▶ 地名

*…a **London** hotel* ……倫敦的一家旅館
*…**arctic** explorers* ……北極探險者

☞ 見主題條目 Places

▶ 地點和方向副詞

*…the **downstairs** television room* ……樓下的電視房
*The **overhead** light went on.* 頭頂上的燈亮了。

☞ 見主題條目 Places

▶ 時間

*Colin was usually able to catch the **six thirty-five** train from Euston.* 科林通常趕得上6時35分從尤斯頓開出的那班火車。
*Every morning she would set off right after the **eight o'clock** news.* 每天早晨她一聽完8時的新聞後就出發。

☞ 見主題條目 Time

---

moment

1 moment

moment 表示片刻、瞬間。

*She hesitated for only a **moment**.* 她只猶豫了片刻。
*A few **moments** later he heard footsteps.* 過了一會兒他聽見了腳步聲。

2 the moment

the moment 常常用作連詞,表示一……就。

***The moment** I heard the news, I rushed over to her house.* 我一聽到消息,就衝到她家去了。

用 the moment 以這種方式談論將來,後面要用一般現在時,不要用將來形式。

*The moment he **arrives**, ask him to come and see me.* 他一到就叫他來見我。

3 at the moment

at the moment 表示此刻、目前。

*I'm very busy **at the moment**.* 我此刻非常忙。

> **❗ 注意**
>
> 不要説 ~~I'm very busy in the moment.~~ 或 ~~I'm very busy in this moment.~~。

4 in a moment

in a moment 表示馬上、很快。

*Wait there – I'll be back **in a moment**.* 在那裏等着 —— 我馬上就回來。

money

money 表示錢,是不可數名詞。不要説 ~~moneys~~ 或 ~~a money~~。

*I spent all my **money** on clothes.* 我把錢全花在衣服上了。
*They don't have much **money**.* 他們沒有多少錢。

☞ 關於不可數名詞的説明,見 Nouns

money 後面用動詞的單數形式。

*My money **has** all gone.* 我的錢全沒了。
*Money **isn't** the most important thing.* 金錢不是最重要的東西。

more

1 談論更多的數量

more 或 more of 用於談論更多的人或物,或更大量的某物。

more 用在前面沒有 the、a 之類限定詞或者 my、our 之類所有格的名詞之前。

*There are **more people** going to university than ever before.* 讀大學的人比以往任何時候都多。
*They were offered **more food** than they needed.* 給他們提供的食物超過了他們的需要。

more of 用在 us 或 it 之類的代詞前面,或用在前面有限定詞或所有格的名詞之前。

*There are **more of them** looking for work now.* 他們中更多的人現在正在找工作。
*I've read **more of his novels** than anybody else's.* 我讀過的他的小説比其他任何人的都多。

2 談論額外的數量

也可用 more 或 more of 談論額外數量的人或物,或談論某物的額外數量。

***More police officers** will be brought in.* 更多的警察將被召來。
*We need **more information**.* 我們需要更多資料。
***More of the land** is needed to grow crops.* 需要更多的土地來種植莊稼。
*I ate some **more of her cookies**.* 我又吃了一些她的餅乾。

3 與修飾語連用

在 more 和 more 前面可以使用 some 和 any 之類的詞以及 a lot 之類的表達式。

*We need to buy **some more** milk.* 我們需要再買一些牛奶。

*I don't want to take up **any more of** your time.* 我不想佔用你更多的時間。
*She plans to invite **a lot more** people.* 她打算邀請更多的人。

下列詞和表達式後接複數形式時，可用在 more 和 more of 前面：

any	many	some	a great many
far	no	a few	a lot
lots	several	a good many	

下列詞和表達式後接不可數名詞或單數代詞時，可用在 more 和 more of 前面：

any	much	some	a great deal
far	no	a bit	a little
lots	rather	a good deal	a lot

> **⚠ 注意**
>
> 如果 more 或 more of 後接不可數名詞或單數代詞，其前面不能用 many、several、a few、a good many 或 a great many。
>
> 例如，不要説 ~~I need a few more money.~~，而要説 I need **a bit more** money.（我需要再多一點錢。）或 I need **a little more** money.。

4 more than

如果想表示一個群體中的人或物的數量大於某個數值，數值前可用 more than。

*Police arrested **more than 70** people.* 警察逮捕了70多個人。
*He had been awake for **more than forty-eight** hours.* 他醒着的時間超過了48小時。

more than 用在數位加複數名詞前面時，後面用動詞的複數形式。

*More than 100 people **were** injured.* 有100多人受了傷。
*More than a thousand cars **pass** over this bridge every day.* 每天有1,000多輛汽車通過這座橋。

5 用於比較級

more 也用在形容詞和副詞前面構成比較級。

*My children are **more important** than my job.* 我的孩子們比我的工作重要。
*Next time, I will choose **more carefully**.* 下一次我會更仔細地選擇。

☞ 見 Comparative and superlative adjectives, Comparative and superlative adverbs

---

morning

morning 表示上午、早晨。

☞ 見主題條目 Time

1 今天

今天上午用 this morning 表示。

*His plane left **this morning**.* 他的飛機今天早上飛走了。
*'When did the letter come?' – '**This morning**.'* "信是甚麼時候到的？" —— "今天上午。"

昨天上午用 yesterday morning 表示。

*They held a meeting **yesterday morning***. 他們昨天上午開了一個會。

明天上午或次日上午用 tomorrow morning 或 in the morning 表示。

*I've got to go to work **tomorrow morning***. 我明天早上得去上班。
*Phone him **in the morning***. 上午給他打電話。

2 過去的單個事件

如果某事發生在過去某一天的上午，要用 on 並提及那個上午。例如，on Monday morning（在星期一上午）。

*We left after breakfast **on Sunday morning***. 我們星期天早上吃完早餐後離開了。
***On the morning of the exam**, she felt sick*. 在考試的那天上午，她感覺噁心。

如果某事發生在描述中的過去某一天的早上，可以用 that morning 或 in the morning。

*I was late because **that morning** I had missed my train*. 我遲到了，因為那天早晨我沒趕上火車。
*There had already been a meeting **in the morning***. 上午已經開過一次會了。

如果某事發生在過去某一天之前的上午，可用 the previous morning。

*I remembered what she had told me **the previous morning***. 我記得她前一天上午告訴我的東西。

如果某事發生過去某一天之後的上午。可用 the next morning、in the morning、next morning 或 the following morning。

***The next morning** I got up early*. 第二天早晨我很早起了牀。
***In the morning** we decided to go out for a walk*. 早上我們決定出去散步。
***Next morning** we drove over to Grandma's*. 第二天上午我們開車去了外婆家。
*The ship was due to sail **the following morning***. 船定於第二天早晨啟航。

在敘事中，如果想表示某事發生在過去的某個上午，可用 one morning。

***One morning**, I was walking to school when I met Dan*. 一天早上，我步行去學校的時候遇到了丹。
*He woke up **one morning** and found she was gone*. 一天早晨他醒來發現她不見了。

3 談論將來

如果想表示某事將在未來一個特定的上午發生，要用 on 並提及那個上午。例如，on Monday morning（在星期一上午）。

*They're coming to see me **on Friday morning***. 他們星期五上午要來看我。
*He will probably feel very nervous **on the morning of the wedding***. 在舉行婚禮的那天早晨他可能會很緊張。

如果某事將在描述中的未來一個特定的上午發生，可用 in the morning。

*Our plane leaves at 4 pm on Saturday, so we will have time to pack our bags **in the morning***. 我們的飛機是星期六下午4時起飛，所以我們將有時間在早上收拾行李。

如果某事將在未來某一天之後的上午發生，可用 the following morning。

*I will finish the report on Tuesday evening and send out copies **the following morning***. 我將在星期二晚上完成報告，第二天早上發出副本。

4 定期事件

如果某事定期在每天上午發生，可用 in the morning 或 in the mornings。

*Chris usually went swimming **in the morning**.* 克里斯通常上午去游泳。
*The museum is only open **in the mornings**.* 博物館只在上午開放。

如果某事每星期一次在某個上午發生，可用 on 後接星期日子加 mornings。

*The post office is closed **on Wednesday mornings**.* 郵局每星期三上午關門。
*She did her grocery shopping **on Saturday mornings**.* 她每星期六早上去購買雜貨。

 在美式英語裏，可用 mornings 表示每天上午，不用 on。

***Mornings**, she went for a walk if the weather was fine.* 每天早上，如果天氣好的話
她去散步。

5 確切時間

in the morning 可與一天中的某個時間連用，以清楚地表明談論的是上午而不是下午

*They sometimes had meetings at seven **in the morning**.* 他們有時早上7時開會。
*We didn't get to bed until four **in the morning**.* 我們直到凌晨4時才上牀睡覺。

---

most

1 用作 the majority 或 the largest part 解

most 或 most of 用於表示一組人或物中的大多數，或某物的最大部份。

most 用在前面沒有 the、a 之類限定詞或者 my、our 之類所有格的複數名詞之前。

***Most people** agree that stealing is wrong.* 大多數人認為偷竊是不對的。
*In **most schools**, sports are compulsory.* 在大多數學校，體育是必修課。

most of 用在 us 或 it 之類的代詞前面，或用在前面有限定詞或所有格的名詞之前。

***Most of them** enjoy music.* 他們中的大多數人喜歡音樂。
*He used to spend **most of his time** in the library.* 從前他的大部份時間是在圖書館裏
度過的。

> **！ 注意**
>
> most 這樣用時，前面不要用限定詞。例如，不要説 ~~The most of them enjoy music~~。
> 不要用 the most part 表示某物的大部份。例如，不要説 ~~She had eaten the most part of the pizza.~~，而要説 She had eaten **most of** the pizza.（她吃掉了一大半意大利薄餅。）。

2 用於構成最高級

most 用在形容詞和副詞前構成最高級。

*It was the **most interesting** film I'd seen for a long time.* 這是我很長一段時間看到的
最有趣的電影。
*These are foods the body can digest **most easily**.* 這些是人體最容易消化的食物。

☞ 見 Comparative and superlative adjectives, Comparative and superlative adverbs

movie

☞ 見 film

much

1 very much

very much 表示非常、很。

*I enjoyed it **very much**.* 我非常喜歡它。

如果 very much 與及物動詞連用，通常置於賓語之後。

不要直接用在動詞之後。例如，不要說 ~~I enjoyed very much the party.~~，而要說 I enjoyed the party **very much**.（我非常喜歡這次聚會。）。

> **！ 注意**
>
> 在肯定句中，不能單獨使用 much。例如，不要說 ~~I enjoyed it much.~~ 或 ~~We much agree.~~，而要說 I enjoyed it **very much**.（我非常喜歡它。）或 We **very much** agree.（我們完全同意。）。
>
> 在否定句中，可以不帶 very 單獨使用 much。
>
> *I didn't like him **much**.* 我不太喜歡他。
> *The situation is not likely to change **much**.* 情況不見得會有大的變化。

2 much 作 often 解

much 在否定句和疑問句中也可作 often 解。

*She doesn't talk about them **much**.* 她不大談論他們。
*Does he come here **much**?* 他常來這裏嗎？

> **！ 注意**
>
> 肯定句中不能用 much 作 often 解。例如，不要說 ~~He comes here much.~~。
> 很多其他的詞和表達式可用於表示程度。

☞ 關於表示程度的分級詞彙列表，見 Adverbs and adverbials

3 與比較級連用

much 或 very much 常常用在比較級形容詞和副詞前面。例如，如果想強調兩個事物之間在體積上的差別，可用 much bigger 或 very much bigger 表示大得多。

*She was **much older** than me.* 她年紀比我大得多。
*Now I can work **much more quickly**.* 現在我的工作速度快多了。

much more 和 very much more 可用在名詞前面，強調兩個數量之間的差別。

*She needs **much more time** to finish the job.* 她需要多得多的時間來完成這項工作。
*We had **much more fun** than we expected.* 我們得到的樂趣比預期多得多。

4 much too

much too 用在形容詞前面，表示"太……（以至於不能）"。

*The bedrooms were **much too cold**.* 這些臥室實在太冷了。
*The price is **much too high** for me.* 這個價格對我太高了。

> **！注意**
>
> 在這類句子中，much 要放在 too 之前，而不是 too 之後。例如，不要説 ~~The bedrooms were too much cold.~~。

5 用作限定詞

much 用在不可數名詞前面，表示很多、大量。much 通常像這樣用在否定句和疑問句中，或者 too、so 或 as 之後。

*I don't think there is **much risk** involved.* 我認為沒有太多的風險。
*Is this going to make **much difference**?* 這會產生很大區別嗎？
*The President has **too much power**.* 總統的權力太大。
*My only ambition is to make **as much money** as possible.* 我唯一的志向就是盡可能多賺錢。

在肯定句中，a lot of 通常用於代替 much，特別是在談話和不太正式的書面語中。

*There is **a lot of risk** involved in what he's doing.* 他所做的事情涉及很大的風險。

☞ 見 lot

much 有時用在比較正式的書面語中，特別是用在 discussion、debate 或 attention 之類的抽象名詞前。

***Much emphasis** has been placed on equality of opportunity in education.* 特別強調了教育機會的均等。

6 much of

在 it、this 或 that 前面要用 much of，不用 much。

*We saw a film but I don't remember **much of it**.* 我們看了一場電影，但我沒記住多少。
***Much of this** is already possible.* 這其中很多已成為可能。

在以 the 或 a 等限定詞開頭的名詞短語前面，或者以 my 或 his 之類的所有格開頭的名詞短語前面，也用 much of。

***Much of the food** was vegetarian.* 食物很多都是素的。
*Carla spends **much of her time** helping other people.* 卡拉花了許多時間幫助其他人。

在肯定句中，通常用 a lot of 代替 much of，尤其在談話和不太正式的書面語中。

*She spends **a lot of her free time** reading.* 她把很多閒置時間花在了閱讀上。

☞ 見 lot

7 用作代詞

much 可用作代詞，表示大量、很多。

*There wasn't **much** to do.* 要做的事情不多。
***Much** has been learned about how the brain works.* 對大腦的工作原理已經知道了

很多。

> **！注意**
>
> 在肯定句中，much 通常不用作賓格人稱代詞。要用 a lot 。例如，不要説 He knows much about butterflies. ，而要説 He knows **a lot** about butterflies.（他對蝴蝶了解得很多。）。
>
> *She talks **a lot** about music.* 她大談音樂。
> *I've learned **a lot** from him.* 我從他那裏學到了很多。

☞ 見 lot

8 how much

how much 用於詢問某物的價格。

*I like that dress – **how much** is it?* 我喜歡那件連衣裙 —— 要多少錢？

☞ 見 how much

> **！注意**
>
> 不要用 much 或 much of 與複數可數名詞連用描述大量的人或物。要用 many 或 many of。

☞ 見 many

---

must

must 通常用於表示某事是必要的，也可用於表示相信某事為真。must 稱作<u>情態詞</u>（modal）。

☞ 見 Modals

1 must、have to、have got to 和 need to

表達式 have to、have got to 和 need to 有時可用作 must 的同義詞。

must 的否定形式是 must not 或 mustn't。have to 和 have got to 的否定形式是 don't have to 和 haven't got to。need to 的否定形式是 need not、needn't 或 don't need to。但是，這些否定形式的意義並不相同。這一點在以下"否定的必要性"一節中闡述。

2 現在的必要性

must、have to、have got to 和 need to 都可以用來表示做某事的必要性。

*I **must** go now.* 我現在必須走了。
*You **have to** find a solution.* 你必須找到一個解決辦法。
*We**'ve got to** get up early tomorrow.* 我們明天必須早起。
*A few things **need to** be done before we can leave.* 需要做數件事情我們才能離開。

must 後面要用不帶 to 的不定式。不要用 *to*-不定式。例如，不要説 I must to go now.。

 如果某人不得不定期做某事，比如作為工作或職責，要説 **have to do** something。不要用 must。

*She **has to** do all the cooking and cleaning.* 她不得不做所有的烹飪和清潔工作。

*We always **have to** write to our grandparents to thank them for our birthday gifts.* 我們總得寫信給祖父母，感謝他們送給我們的生日禮物。

如果某人在特定場合不得不做某事，要説 **have got to** do something，或者在正式英語和美式英語裏，用 **have to** do something。

*I**'ve got to** go and see the headmaster.* 我要去見校長。

*We **have to** take all these boxes upstairs.* 我們必須把所有這些箱子都搬到樓上去。

在正式英語裏，must 用於表示某人必須按照規則或法律做某事。

*You **must** submit your application by the end of this month.* 你必須在本月底提交申請。

3 過去的必要性

如果想表示某事在過去是必要的，要用 had to。不要用 must。

*She couldn't stay because she **had to** go to work.* 她不能留下來，因為她要去上班。

*We **had to** sit in silence.* 我們只好安靜地等待。

4 將來的必要性

如果想表示某事在將來是必要的，要用 will have to。

*He**'ll have to** go to hospital.* 他將不得不去醫院。

*We **will have to** finish this tomorrow.* 我們明天必須完成這個。

5 否定的必要性

must not 或 mustn't 用於表示一定不要做某事。

*You **must not** be late.* 你一定不要遲到。

*We **mustn't** forget the tickets.* 我們不能忘了票。

如果想表示不必做某事，可用 don't have to、haven't got to、needn't 或 don't need to。

*You **don't have to** eat everything on your plate.* 你不必把你盤中的食物吃光。

*I **haven't got to** work tomorrow, so I can sleep late.* 我明天不必上班，所以我可以睡到很晚。

*You **don't need to** explain.* 你不必解釋。

> **!** 注意
>
> 不能用 must not、mustn't 或 have not to 表示不必要。例如，不要用 ~~You mustn't explain.~~ 表示你不必解釋。
>
> 表示在過去的特定場合不必要做某事，要用 didn't have to 或 didn't need to。
>
> *Fortunately, she **didn't have to** choose.* 幸運的是，她不必選擇。
>
> *I **didn't need to** say anything at all.* 我甚麼都不必説。

☞ 見 need

6 強烈的信念

must 用於表示因特定的事實或情況堅信某事為真。

*There **must** be some mistake.* 一定是出了差錯。

*Oh, you **must** be Gloria's husband.* 哦，你一定是格洛麗亞的丈夫。

have to 和 have got to 也可這麼用，但如果主語是 you 則不能用。

*There **has to** be way out.* 肯定有出路。

*Money **has got to** be the reason.* 錢一定是原因。

可以用 must + be + -ing形式，表示相信某事正在發生。

*He isn't in his office. He **must be working** at home.* 他不在辦公室。他肯定是在家裏工作。

*You **must be getting** tired.* 你肯定有點累了。

> **❗ 注意**
>
> must 不能與不定式連用表示相信某事正在發生。
>
> 例如，不要説 ~~He isn't in his office. He must work at home.~~。
>
> 相信某事不可能是真的，要用cannot 或 can't 表示。不要用 must 或 have to 加 not。
>
> *The two statements **cannot** both be correct.* 兩個陳述不可能都是對的。
>
> *You **can't** have forgotten me.* 你不可能已經忘了我。

☞ 見 can – could – be able to

Nn

---

named

☞ 見 called – named

---

nation

nation 表示國家。

*These policies require cooperation between the world's industrialized **nations**.* 這些政策要求世界各工業化國家之間展開合作。

也可用 nation 表示國民。

*He asked the **nation** to be patient.* 他請求國民保持耐心。

nation 還可指民族。

*We studied the traditions and culture of the Great Sioux **Nation**.* 我們研究了大蘇民族的傳統和文化。

> **! 注意**
>
> 不要用 nation 指一個地方。例如，不要説 ~~What nation do you come from?~~。要用 country，不用 nation。
>
> *There are over a hundred edible species growing in this **country**.* 這個國家生長着100多種可食用物種。
>
> *Have you any plans to leave the **country** in the next few days?* 你有沒有在未來數天內出國的計劃？

---

nationality

nationality 用於表示國籍。例如，可以説 Someone has Belgian **nationality**.（某人有比利時國籍。）。

*He's got British **nationality**.* 他有英國國籍。

*They have the right to claim Hungarian **nationality**.* 他們有權要求匈牙利國籍。

> **! 注意**
>
> 不要用 nationality 談論事物。例如，不要説 something ~~has Swedish nationality~~，而要説 something **comes from** Sweden（某物產自瑞典）或 something **was made in** Sweden（某物是瑞典製造的）。
>
> *The best vanilla **comes from** Mexico.* 最好的香草來自墨西哥。
>
> *All of the trucks that Ford sold in Europe were **made in** Britain.* 福特公司在歐洲銷售的所有貨車都是在英國製造的。

nature

1 nature

nature 表示大自然。

*I am interested in science and learning about **nature's** secrets.* 我對科學感興趣，正在了解大自然的秘密。

*We must consider the ecological balance of **nature**.* 我們必須考慮大自然的生態平衡。

nature 作此解時，前面不要用 the。

2 the country

不要用 nature 指農村、鄉下。要用 the country 或 the countryside。

*We live in **the country**.* 我們住在農村。

*We missed **the English countryside**.* 我們懷念英國的鄉村。

---

near – close

1 談論短的距離

near、near to 或 close to 表示離……近的。close 作此解時，其讀音是 /kləʊs/。

*I live in Reinfeld, which is **near** Lubeck.* 我住在賴因費爾德，離盧貝克很近。

*I stood very **near to** them.* 我站在離他們很近的地方。

*They owned a cottage **close to** the sea.* 他們在緊靠海邊的地方擁有一套小別墅。

near 和 close 表達這個意義時，不能直接用在名詞前面。要代之以 nearby。

*He was taken to a **nearby** hospital.* 他被送到了附近的一家醫院。

*He threw the bag into some **nearby** bushes.* 他把袋子扔到了附近的某個灌木叢裏。

但是，最高級形式 nearest 可直接用在名詞前面。

*They hurried to the **nearest** exit.* 他們急忙跑到最近的出口。

2 作 almost 解

near 可直接用在名詞前面，表示幾乎。

*The country is in a state of **near chaos**.* 國家處於近乎混亂的狀態。

*We drove to the station in **near silence**.* 我們幾乎一言不發地開車到了車站。

near 也可直接用在有形容詞修飾的名詞前面，表示幾乎。

*It was a **near fatal accident**.* 這幾乎是一場致命的事故。

*The Government faces a **near impossible dilemma**.* 政府面臨着一個難以置信的困境。

near、near to 或 close 可直接用在名詞前面，表示幾乎、快要。

*Her father was angry, her mother **near tears**.* 她父親很生氣，她母親幾乎要哭出來了。

*When she saw him again, he was **near to death**.* 當她再次看到他的時候，他快要死了。

*She was **close to tears**.* 她快要哭出來了。

3　談論朋友和親戚

可用 **close** friend 表示密友。

*His father was a **close** friend of Peter Thorneycroft.* 他父親是彼得・霍尼戈夫的密友。

不要把某人稱為 ~~near friend~~。

近親屬可用 **close** relative 表示。

*She had no very **close relatives**.* 她沒有非常近的親屬。

也可説 **near** relative，但這不太常見。

> **!** 注意
>
> 不要混淆形容詞 close 和 動詞 close /kləʊz/。動詞 close 表示關閉。

☞　見 close – closed – shut

---

nearly

☞　見 almost – nearly

---

necessary

1　與不定式連用

It is necessary to do... 表示有必要做……。

*It is **necessary to act** fast.* 有必要迅速行動。

*It is **necessary to examine** the patient carefully.* 有必要對病人做仔細檢查。

2　與 for 連用

可以説 It is necessary for someone to do something。

*It was necessary **for me** to keep active and not think about Sally.* 我有必要保持積極的心態，不去想莎莉。

*It is necessary **for management and staff** to work together positively.* 管理層和員工有必要樂觀地一起共事。

> **!** 注意
>
> 如果在這類句子中使用 necessary，則主語必須是 it。例如，不要説 ~~She was necessary to make several calls.~~，而要説 **It was necessary for her** to make several calls.（她有必要打數個電話。）。但是，在談話和不太正式的書面語中，人們一般會説 **She had to** make several calls.（她不得不打數個電話。）。

☞　見 must

如果説 one thing is **necessary for** another，這表示只有第一件事情發生或存在，第二件事情才能發生或存在。

*Total rest is **necessary for** the muscle to repair itself.* 要讓肌肉修復，完全休息是必要的。

need

need 的否定式是 need not 和 do not need。也可用縮略式 needn't 和 don't need。但是，不能把所有這些形式用於 need 的所有詞義。這一點解釋如下。

1 用作及物動詞

need 表示需要。

*These animals **need** food throughout the winter.* 這些動物整個冬天都需要食物。
*He desperately **needed** money.* 他迫切需要錢。

need 表達這個意思時，否定式是 do not need。

*You **do not need** special tools for this job.* 做這項工作不需要特殊的工具。
*I don't **need** any help, thank you.* 我不需要任何說明，謝謝你。
*I **didn't need** any further encouragement.* 我不需要任何進一步的鼓勵。

> **！ 注意**
>
> need 不能用進行時形式。例如，不要說 ~~We are needing some milk.~~，而要說 We **need** some milk.（我們需要一些牛奶。）。

2 用作不及物動詞或情態詞

need to do something 表示有必要做某事。

*You'll **need to work** hard to pass this exam.* 你需要努力才能通過這次考試。
*For an answer to these problems we **need to look** elsewhere.* 為了得到這些問題的答案，我們需要到別處查找。

☞ 見 Modals

這類句子中必須用 to。例如，不要說 ~~You'll need work hard to pass this exam.~~。

3 疑問句和否定句

在否定陳述句中，通常用 do not need to。例如，可以說 He **doesn't need to** go.（他沒必要去。）。也可用 need not 作為否定形式。例如，可以說 He **needn't** go.（他沒必要去。）。然而，這種用法不太常見，而且比較正式。不要說 ~~He doesn't need go.~~ 或 ~~He needn't to go.~~。

*You **don't need to shout**.* 你沒有必要大喊大叫。
*You **needn't talk** about it unless you want to.* 你不想談就不必談論這件事。

在疑問句中，幾乎總是用 do 和 need to。通常只在數個固定短語中才單獨使用 need，比如 Need I say more?（還需要我多說嗎？）和 Need I remind you?（需要我提醒你嗎？）。

***Do** you **need to** go?* 你需要走嗎？
***Need I remind** you that you owe the company money?* 你還欠公司的錢，這需要我提醒你嗎？

4 must not

don't need to 或 need not do something 表示沒必要做某事。如果想表示不能、不應該，不要用 need，而要用 must not 或 mustn't。

*You **must not** accept it.* 你不應該接受它。

☞ 見 must

5 談論過去

如果想表示某人在過去的某個時候不必做某事，可以用 didn't need to 或didn't have to。不要用 needn't。

*I **didn't need to** say anything at all.* 我甚麼都不需要說。
*Fortunately, she **didn't have to** choose.* 幸運的是，她不必選擇。

但是，在引述結構中可以用 needn't。

*They knew they **needn't** worry about me.* 他們知道他們不必為我擔心。

如果某人做了某事，而你想說這沒有必要，可以用 **needn't have** done something。

*I was wondering whether you were eating properly, but I **needn't have** worried, need I?* 我在想你吃的東西是否足夠，但其實我不必擔心的，對不對？

6 need 與 -ing形式連用

need 可與 -ing形式連用，表示需要對某物做某事。例如，可以說 The cooker **needs cleaning**.（這個鍋子需要清洗了。），而不說 The cooker needs to be cleaned.。

*The plan **needs improving**.* 計劃需要改進。
*We made a list of things that **needed doing**.* 我們列出了需要做的事情。

---

neither

1 neither 和 neither of

neither 或 neither of 用來對兩個人或物作出否定陳述。neither 用在可數名詞的單數形式前面。neither of 用在複數代詞前，或者用在以 the、these、those 或所有格開頭的複數名詞短語前面。

例如，可以說 **Neither child** was hurt.（兩個孩子都沒有受傷。）或 **Neither of the children** was hurt.。這兩句話的意思沒有區別。

Neither man spoke or moved. 兩個男人沒有說話也沒有動。
Neither of them spoke for several moments. 他們兩個人有好幾分鐘都不說話。

> **！注意**
>
> 複數形式前面的 neither 不能沒有 of。例如，不要說 ~~Neither the children was hurt.~~。neither 後面也不要用 not。例如，不要說 ~~Neither of the children wasn't hurt.~~。
>
> 人們有時在 neither of +名詞短語後面使用動詞的複數形式。例如，Neither of the children **were** hurt.（兩個孩子都沒有受傷。）。
>
> *Neither of them **are** students.* 他們兩個人都不是學生。
> *Neither of them **were** listening.* 他們兩個人都不在聽。
>
> 這種用法在談話和不太正式的書面語中是可以接受的。但在正式的書面語裏，neither of 後面一定要用動詞的單數形式。

2 neither 用於回答

作出一個否定陳述後，可用 neither 表示該陳述也適用於另一個人或物。把 neither 放在句首，後接助動詞、情態詞或 be，然後是主語。也可以同樣的方式用 nor 表達同樣的意思。

*'I didn't invite them.' – '**Neither did I**.'* "我沒有邀請他們。"——"我也沒有。"
*If your printer does not work, **neither will your fax or copier**.* 如果你的印表機不工作，傳真機或影印機也不會工作。
*Douglas can't do it, and **nor can Gavin**.* 道格拉斯不會做這個，加文也不會。

---

neither...nor

在書面語和正式的講話中，neither 和 nor 用於連接兩個詞或表達式，以便對兩個人、事物、性質或行為作出否定的陳述。neither 放在第一個詞或表達式前面，nor 放在第二個詞或表達式前面。

例如，可以用 **Neither** the President **nor** the Vice-President came.（總統和副總統都沒有來。）代替 The President did not come and the Vice-President did not come.（總統沒有來，副總統也沒有來。）。

***Neither he nor Melanie** owe me an apology.* 他和梅拉尼都不欠我一個道歉。
*He **neither drinks nor smokes**.* 他既不喝酒也不抽煙。

在談話和不太正式的書面語中，人們有時在 neither 後面用 or。例如，人們會說 He neither drinks or smokes.（他既不喝酒也不抽煙。）。但是在正式的書面語裏，一定要用 nor。

始終要把 neither 直接放在用 nor 連接的兩個詞或表達式中的第一個前面。不要放在句子中更前面的位置。例如，不要說 ~~She neither ate meat nor fish.~~，而要說 She ate **neither meat nor fish**.（她既不吃肉也不吃魚。）。

 在談話中，人們通常不用 neither 和 nor。通常會說 The President didn't come and **neither did** the Vice-President.（總統沒有來，副總統也沒有來。），而不說 Neither the President nor the Vice-President came.。

*Margaret didn't talk about her mother and **neither did** Rosa.* 瑪格麗特沒有談論她的母親，羅莎也沒有。
*I won't give up, and **neither will** my colleagues.* 我不會放棄的，我的同事也不會。

 通常說 She **didn't** eat meat **or** fish.，而不說 She ate neither meat nor fish.。通常說 She **doesn't** smoke **or** drink.，而不說 She neither smokes nor drinks.。

*Karin's from abroad and **hasn't any relatives or friends** here.* 卡林來自國外，在這裏沒有任何親戚或朋友。
*You **can't run or climb** in shoes like that.* 你穿這樣的鞋子不能奔跑也不能攀爬。

---

nervous – anxious – irritated – annoyed

1 nervous

nervous 表示緊張的。
*My daughter is **nervous** about starting school.* 我女兒對開學很緊張。

2 anxious

不要用 nervous 表示擔心的、焦急的，而要用 anxious。

*It's time to be going home – your mother will be **anxious**.* 是回家的時候了 —— 你母親會擔心的。

*I had to deal with calls from **anxious** relatives.* 我不得不處理焦急的親戚打來的電話。

☞ 見 anxious

3 irritated 和 annoyed

不要用 nervous 表示惱怒的、惱火的。要用 irritated 或 annoyed。

*Perhaps they were **irritated** by the sound of crying.* 也許他們被哭聲激怒了。

*I was **annoyed** by his questions.* 我被他的問題弄得很惱火。

---

never

1 用法

never 表示從不、永不。

*She **never** asked him to lend her any money.* 她從來沒有要他借給她錢。

*I will **never** give up.* 我永遠不會放棄。

> **！ 注意**
>
> never 前面不要用 do。例如，不要說 ~~He does never write to me.~~，而要說 He **never writes** to me.（他從不給我寫信。）。
>
> *He **never complains**.* 他從不抱怨。
>
> *He **never speaks** to you, does he?* 他從來不和你說話，對嗎？
>
> 通常 never 不和別的否定詞連用。例如，不要說 ~~I haven't never been there.~~ 或 ~~They never said nothing.~~，而要說 I have **never** been there.（我從未去過那裏。）或 They **never** said **anything**.（他們從不說甚麼。）。
>
> *It was an experience I will **never** forget.* 這是一個我永遠不會忘記的經歷。
>
> *I've **never** seen **anything** like it.* 我從沒見過像這樣的東西。
>
> 同樣，如果分句的主語是 nothing 或 no one 之類的否定詞，不要用 never，而要用 ever。例如，要說 Nothing will **ever** happen.（甚麼也不會發生。），不要說 ~~Nothing will never happen.~~。
>
> ***Nothing ever** changes.* 甚麼都一成不變。
>
> ***No one** will **ever** know.* 永遠也不會有人知道。

2 在句中的位置

如果沒有使用助動詞或情態詞，never 要放在動詞前面，除非動詞是 be。

*He **never allowed** himself to lose control.* 他從不讓自己失去控制。

*They **never take** risks.* 他們從來不冒險。

▶ 如果動詞是 be，通常把 never 放在 be 的後面。

*The road by the river **was never** quiet.* 河邊的那條道路從來不安靜。

▶ 如果用的是助動詞或情態詞，never 要放在其後面。

*I **have never known** a year quite like this.* 我從來沒有見過這樣的一年。
*My husband says he **will never retire**.* 我丈夫説他永遠不會退休。

▶ 如果用了一個以上的助動詞或情態詞，never 放在第一個助動詞或情態詞後面。

*He said he **had never been arrested**.* 他説他從未被逮捕過。
*The answer to this question **might never be known**.* 這個問題的答案也許永遠不會為人所知。

▶ 如果單獨使用助動詞，never 要放在其前面。

*I do not want to marry you. I **never** did. I **never** will.* 我不想和你結婚。我從來沒有想過。我也永遠不會。

▶ 在敘事中，never 有時前置進行強調，後接助動詞和句子主語。

***Never had Dixon** been so glad to see Margaret.* 狄克遜從來沒有這麼高興見到瑪格麗特。
***Never had two hours** gone so slowly.* 兩個小時從來沒有過得如此之慢。

3 never 與祈使式連用

never 可與祈使式連用，代替 do not，強調在任何時候都不能做某事。

***Never attempt** to do this without a safety net.* 千萬不要在沒有安全網的情況下嘗試做這個。
***Never use** your credit card as personal identification.* 絕對不要把信用卡用作身份證明。

---

news

news 表示消息。

*I've got some good **news** for you.* 我有一些好消息要告訴你。
*Sabine was at home when she heard **news** of the disaster.* 薩拜因在家的時候聽到了災難發生的消息。

☞ 見 information – news

news 還表示（電視、廣播或報紙上的）新聞。

*They continued to broadcast up-to-date **news** and pictures of these events.* 他們繼續播放這些事件的最新新聞和圖片。

news 看上去像複數名詞，但實際上是不可數名詞，後面要用動詞的單數形式。

*The news **is** likely to be bad.* 很可能是壞消息。
*I was still in the office when the news **was** brought to me.* 消息傳給我的時候，我還在辦公室。

這個消息用 this news 表示，不用 these news。

*I had been waiting at home for **this news**.* 我一直在家等這個消息。

> **! 注意**
>
> 不要説 ~~a news~~。可用 some news、a bit of news 或 a piece of news 表示一些消息或一則消息。
>
> *I've got **some good news** for you.* 我有一些好消息要告訴你。
> *I've had **a bit of bad news**.* 我有一個壞消息。
> *A respectful silence greeted **this piece of news**.* 對這個消息的反應是肅靜。
>
> 電視上或報紙上的一則新聞用 a news item 或 an item of news 表示。
>
> *This was **a small news item** in The Times last Friday.* 這是上星期五《泰晤士報》上的一則小新聞。
> ***An item of news** in the Sunday paper caught my attention.* 星期日報紙上的一則新聞引起了我的注意。

---

next

next 通常表示然後、接下去,也可用於表示其次、下一個。

1 談論將來

next 用在 week、month 或 year 之類的詞前面,表示某事在將來發生的時間。例如,現在是星期三而某事將在下星期一發生,就可以用 next week(下星期)。

*I'm getting married **next month**.* 我下個月結婚。
*I don't know where I will be **next year**.* 我不知道我明年會在哪裏。

> **! 注意**
>
> next 前面不要用 the 或介詞。例如,不要説 ~~the next week~~ 或 ~~in the next week~~。
>
> 在 weekend 以及季節、月份或星期的名稱前也可單用 next。
>
> *You must come and see us **next weekend**.* 你必須下一個週末來看我們。
> *He'll be seventy-five **next April**.* 他明年4月有75歲了。
> *Let's have lunch together **next Wednesday**.* 我們下星期三一起吃午飯吧。
>
> 不要用 next day 表示明天,要用 tomorrow。同樣,不要用 next morning、next afternoon、next evening 或 next night 表示明天上午、明天下午、明天傍晚或明天晚上,而要説 tomorrow morning、tomorrow afternoon、tomorrow evening 或 tomorrow night。
>
> *Can we meet **tomorrow** at five?* 我們明天5時可以見面嗎?
> *I'm going down there **tomorrow morning**.* 我明天上午到那裏去。
>
> 通常不用 next 指同一個星期中的一天。例如,現在是星期一,而你打算四天後打電話給某人,不要説 ~~I will ring you next Friday.~~,而要説 I will ring you **on Friday**.(我星期五會給你打電話。)。
>
> *He's going camping **on Friday**.* 他星期五要去露營。
>
> 如果想明確説明談論的是同一個星期裏的一天,可用 this。

*The film opens **this Thursday** at various cinemas in London.* 這部電影本週四在倫敦的各家影院上映。

同樣，可用 this weekend 表示本週末。

*I might be able to go skiing **this weekend**.* 這個週末我也許可以去滑雪。

可用 the next 指從現在往後算的任何一段時間。例如，現在是7月2日，而你想表示某事將在現在和7月23日之間發生，可說 in the next three weeks 或 during the next three weeks（在接下來的三週內）。

*Mr MacGregor will make the announcement **in the next two weeks**.* 麥格雷戈先生將在未來兩週內發佈通告。

*Plans will be finalized **during the next few months**.* 計劃將在接下來的數個月內敲定。

2 談論過去

在談論過去的時候，如果想表示某事在所描述事件之後的一天發生，可用 the next day 或 the following day。

*I telephoned **the next day** and made a complaint.* 我第二天打電話去進行了投訴。
***The following day** I went to speak at a conference in Scotland.* 次日我去蘇格蘭的一個大會上發了言。

next、the next 和 the following 也可置於 morning 前面。

***Next morning** he began to work.* 第二天早晨他開始工作。
***The next morning**, a letter arrived for me.* 第二天早晨，來了一封我的信。
***The following morning** he checked out of the hotel.* 次日早晨，他結賬離開了旅館。

但是，在 afternoon、evening 或星期日子前面通常只用 the following。

*I arrived at the village **the following afternoon**.* 我第二天下午到達了村子。
*He was supposed to start **the following Friday**.* 他應該在接下來的那個週五開始。

3 談論實際位置

next to 表示在……旁邊。

*She sat **next to** him.* 她坐在他旁邊。
*There was a lamp **next to** the bed.* 牀的旁邊有一盞燈。

the next room 表示隔壁的房間。

*I can hear my husband talking in **the next room**.* 我聽到我丈夫在隔壁房間說話。

同樣，劇院或公共汽車中的 the next seat 表示隔壁的座位、鄰座。

*The girl in **the next seat** was looking at him with interest.* 坐在鄰座的那個女孩饒有興趣地看着他。

next 可以像這樣與其他數個名詞連用，比如 desk、bed 或 compartment。

> ### ! 注意
> 但是，不能用 next 表示某物是距離最近的一個。
> 例如，不要說 ~~They took him to the next hospital.~~，而要說 They took him to **the nearest hospital**.（他們把他送到了最近的醫院。）。

> **The nearest town** is Brompton. 最近的城鎮是布朗普頓。
> **The nearest beach** is 15 minutes' walk away. 最近的海灘步行15分鐘就到了。

4　談論清單或系列

next 可表示清單或系列中的下一項。

*Let's go on to the **next** item on the agenda.* 讓我們進入下一項議程。

在英式英語裏，the **next** thing **but one** 表示再下一項、下下個。

*The **next** entry **but one** is another recipe.* 下下個是另外一份食譜。

---

night

1　night 和 at night

night 表示夜晚、晚上。如果某事經常在夜裏發生，可用 at night 表示。

*The doors were kept closed **at night**.* 門在晚上一直關着。

*I used to lie awake **at night**, listening to the rain.* 我過去常常夜不能寐，聽着雨聲。

☞ 見主題條目 Time

a night 指一個夜晚，而 the night 通常指特定的夜晚。

*He went to a hotel and spent **the night** there.* 他去了一家旅館，在那裏過了夜。

*I got a phone call in the middle of **the night**.* 我在半夜接到一個電話。

2　昨天晚上

如果某事在昨天夜裏發生，可用 in the night、during the night 或 last night 表示。

*I didn't hear Sheila **in the night**.* 我夜裏沒有聽見希拉的聲音。

*I had the strangest dream **last night**.* 我昨天晚上做了個非常奇怪的夢。

last night 也可用於昨天晚上存在的情況。

*I didn't manage to sleep much **last night**.* 我昨晚沒睡多少。

last night 也用於表示昨天傍晚。

*I met your husband **last night**.* 我昨天傍晚遇到了你丈夫。

如果談論的是過去的某一天，而你想表示某事在前一天夜裏發生，可用 in the night、during the night 或 the previous night。

*His father had died **in the night**.* 他的父親在頭天夜裏去世了。

*This was the hotel where they had stayed **the previous night**.* 這是他們前一天晚上住的那家酒店。

3　確切時間

如果想清楚地表明談論的是上半夜而不是下半夜的特定時間，可加上 at night。

*This took place at eleven o'clock **at night** on our second day.* 這件事發生在我們第二天晚上的11時。

但是，如果談論的是午夜以後的時間，而你想明確說明談的不是下午，可用 in the morning。

*It was five o'clock **in the morning**.* 那是早晨5時。

no

1 用作回答

no 可用作否定回答。

*'Is he down there already?' – '**No**, he's not there.'* "他已經到下面去了嗎？"——"不，他還沒有。"

*'Did you come alone?' – '**No**. John's here with me.'* "你一個人來的嗎？"——"不，約翰和我一起來的。"

no 是對否定疑問句的否定回答。假如你是西班牙人，某人對你説 You aren't Italian, are you?（你不是意大利人，對嗎？），你要説 No，不要説 Yes。

*'You don't like pasta, do you?' – '**No**.'* "你不喜歡意大利麵，對嗎？"——"是的。"

*'It won't take you more than ten minutes, will it?' – '**No**.'* "這不會花費你超過10分鐘的時間，對嗎？"——"不會。"

2 not any

no 用在名詞前面表示 not any（沒有任何）。例如，可以説 She has **no friends**.（她一個朋友也沒有。）代替 She doesn't have any friends.。

*I have **no complaints**.* 我沒有任何抱怨。

*My children are hungry. We have **no food**.* 我的孩子們在捱餓。我們沒有任何食物。

3 與比較級連用

no 用在比較級形容詞前代替 not。例如，可用 She is **no taller** than her sister.（她不比她妹妹高。）代替 She isn't taller than her sister.。

*The woman was **no older** than Kate.* 這個女人並不比凱特年齡大。

*We collected shells that were **no bigger** than a fingernail.* 我們收集了不比指甲蓋大的貝殼。

但是，不能把 no 和比較級一起用在名詞前面。例如，不要説 ~~a no older woman~~ 或 ~~a no bigger shell~~。

4 與 different 連用

no 用在 different 前面代替 not。

*The local people say Kilkenny is **no different** from other towns.* 當地人説基爾肯尼和其他城鎮沒有甚麼不同。

5 not allowed

no 常常用於告示，表示禁止做某事。no 後接 -ing形式或名詞。

***No** smoking.* 禁止吸煙。

***No** entry.* 禁止入內。

***No** vehicles beyond this point.* 車輛不得越過此處。

---

nobody

☞ 見 no one

noise

☞ 見 sound – noise

---

none

1 none of

none of 用在複數名詞短語前面，對某一群體中的所有人或物作出否定的陳述。

None of these suggestions *is very helpful.* 這些建議沒有一個是中用的。
None of the others *looked at her.* 其他人一個都沒有看她。

none of 用在含有不可數名詞的名詞短語前面，對某物的所有部份作出否定的陳述。

None of the furniture *was out of place.* 沒有一件傢具放錯了地方。

none of 可用在單數或複數代詞前面。

None of this *seems to have affected him.* 這一切似乎都沒有影響到他。
We had ***none of these*** *at home.* 這些東西我們家裏一樣也沒有。

none of 後面不要用 we 或 they，要用 us 或 them。

None of us *had written our reports.* 我們誰也沒有寫完報告。
None of them *had learned anything that day.* 那一天他們誰也沒有學到任何東西。

如果 none of 用在複數名詞或代詞前面，後面的動詞可用複數或單數形式。單數形式更正式。

None of his books ***have*** *been published in England.* 他的書沒有一本是在英格蘭出版的。
None of them ***is*** *real.* 這些全都不是真的。

如果 none of 位於不可數名詞或單數代詞前面，後面的動詞要用單數形式。

None of the wheat ***was*** *ruined.* 小麥一點也沒有受損。
Yet none of this ***has*** *seriously affected business.* 然而，這一點也沒有對生意造成嚴重影響。

2 用作代詞

none 可單獨用作代詞。

There were ***none*** *left.* 一個也沒有剩下。
He asked for some proof. I told him that I had ***none***. 他要求得到一些證據。我告訴他我甚麼也沒有。

> ### ⚠ 注意
>
> none of 或 none 後面通常不用其他否定詞。例如，不要説 ~~None of them weren't ready.~~，而要説 None of them **were** ready.（他們一個都沒準備好。）。同樣，在已經含有否定詞的句子中，不要把 none of 或 none 用作賓語。例如，不要説 ~~I didn't want none of them.~~，而要説 I didn't want **any** of them.（這些我一個都不要。）。
>
> none of 或 none 僅用於談論三個或三個以上的人或物。如果想談論兩個人或物，用 neither of 或 neither。

☞ 見 neither

---

no one

no one 或 nobody 表示沒有一個人。在英式英語裏，no one 也可寫成 no-one。nobody 始終寫成一個詞。

no one 和 nobody 的詞義沒有區別。但是，nobody 在英語口語裏更常用，no one 在英語書面語裏更常見。

no one 或 nobody 的後面用動詞的單數形式。

*Everyone wants to be a hero, but **no one** wants to die.* 人人都想做英雄，但誰也不想死。
*Nobody **knows** where he is.* 沒有人知道他在哪裏。

> **❗ 注意**
>
> no one 或 nobody 後面通常不用任何其他否定詞。例如，不要説 ~~No one didn't come.~~，而要説 No one **came**.（一個人也沒來。）。同樣，在已經含有否定詞的句子中，不要把 no one 或 nobody 用作賓語。例如，不要説 ~~We didn't see no one.~~，而要説 We didn't see **anyone**.（我們沒看見任何人。）或 We didn't see **anybody**.。
>
> *You mustn't tell **anyone**.* 你不能告訴任何人。
> *He didn't trust **anybody**.* 他不相信任何人。
>
> no one 或 nobody 後面不要用 of。例如，不要説 ~~No one of the children could speak French.~~，而要説 **None of** the children could speak French.（這些孩子一個都不會説法語。）。
>
> ***None of** the women will talk to me.* 這些女人一個也不願意和我説話。
> *It was something **none of** us could possibly have guessed.* 那是一件我們誰也不可能猜到的事情。

☞ 見 none

---

nor

1 neither...nor

nor 可與 neither 連用，表示既不……也不。

***Neither** Maria **nor** Juan was there.* 瑪利亞和胡安都不在那裏。
*He spoke **neither** English **nor** French.* 他既不説英語也不説法語。

☞ 見 neither...nor

2 用於連接分句

nor 還可用於連接否定分句。nor 放在第二個分句的開頭，後接助動詞、情態詞或 be，再接主語，然後有主要動詞的話再加上主要動詞。

*The officer didn't believe me, **nor did the girls** when I told them.* 警察不相信我，而

當我告訴那些女孩們的時候，她們也不相信我。

*We cannot give personal replies, **nor can we guarantee** to answer letters.* 我們不能給予個別答覆，我們也不能保證回信。

3 nor 用於回答

可用 nor 來回應否定陳述句，表示剛說過的話也適用於另一個人或物。neither 也可以同樣的方式表達同樣的意義。

*'I don't like him.' – '**Nor** do I.'* "我不喜歡他。" —— "我也不喜歡。"

*'I can't stand much more of this.' – '**Neither** can I.'* "我承受不了太多這樣的事。" —— "我也受不了。"

normally

☞ 關於表示頻率的詞，見 Adverbs and adverbials

north – northern

1 north

north 表示北、北方。

*The land to the **north** and east was very flat.* 北面和東面的土地非常平坦。

*There is a possibility of colder weather and winds from the **north**.* 有可能出現更冷的天氣和來自北方的大風。

north wind 表示北風。

*The **north** wind was blowing straight into her face.* 北風直接吹到她的臉上。

north 表示（某地的）北部。

*The violence started in the **north** of the country.* 暴力活動始於該國的北部。

*The best asparagus comes from the Calvados region in the **north** of France.* 最好的蘆筍產自法國北部的卡爾瓦多斯地區。

north 可用於某些國名、州名和地區名。

*They have hopes for business in **North Korea**.* 他們對在北韓做生意抱有希望。

*They crossed the mountains of **North Carolina**.* 他們越過了北卡羅來納州的山脈。

*We are worried about possible ecological damage in **North America**.* 我們為北美地區可能發生的生態破壞感到擔心。

2 northern

但是，通常不用 north part 表示國家或地區的北部。要用 **northern** part。

*Hausa is a language spoken in the **northern** regions of West Africa.* 豪薩語是西非北部地方使用的語言。

*We travelled to the **northern** tip of Caithness.* 我們行進到了凱斯內斯的北端。

同樣，不要說 ~~north Europe~~ 或 ~~north England~~，而要說 **northern** Europe（北歐）或 **northern** England（英格蘭北部）。

*Preston had flown over **northern** Canada.* 普勒斯頓飛過了加拿大北部。

northwards

☞ 見 -ward – -wards

---

not

not 與動詞連用構成否定句。

1 not 的位置

如果有助動詞或情態詞，not 放在第一個助動詞或情態詞後面。

*They **are not seen** as major problems.* 它們沒有被視為主要問題。
*They **might not even notice**.* 他們可能甚至不會注意到。
*Adrina realised that she **had not been listening** to him.* 阿德瑞娜意識到自己不在聽他。

如果沒有其他助動詞，則用 do 作助動詞。not 後面用動詞原形。

*The girl **did not answer**.* 女孩沒有回答。
*He **does not speak** English very well.* 他英語說得不是很好。

在談話中，如果 not 用在 be、have、do 或情態詞後面，通常不完整發音。寫下某人說的話時，通常把 not 寫成 n't，然後加到前面的動詞上。在某些情況下，動詞也要改變形式。

☞ 見 Contractions

如果想用 not 構成動詞的否定式，幾乎總是要用助動詞。例如，不要說 ~~I not liked it.~~ 或 ~~I liked not it.~~，而要說 I **didn't like** it.（我不喜歡它。）。

這條規則有兩個例外。如果 not 與 be 連用，不要用助動詞。只要把 not 放在 be 後面。

*I**'m not** sure about this.* 我對此不太確定。
*The program **was not** a success.* 這個節目沒有成功。

如果 have 是主要動詞，有時沒有助動詞就能加 not，但僅限於縮略形式 hasn't、haven't 和 hadn't。

*You **haven't** any choice.* 你沒有任何選擇。
*The sky **hadn't** a cloud in it.* 天空中一朵雲也沒有。

但是，更常用的形式是 doesn't have、don't have 和 didn't have。

*This question **doesn't have** a proper answer.* 這個問題沒有合適的答案。
*We **don't have** any direct control of the prices.* 我們不能直接控制價格。
*I **didn't have** a cheque book.* 我沒有支票本。

> **❗ 注意**
>
> 用 not 使所說的話變成否定時，通常不再用另一個否定詞，如 nothing、never 或 none。例如，不要說 ~~I don't know nothing about it.~~，而要說 I don't know **anything** about it.（對此我一無所知。）。

2 not really

在 not 後面加上 really 可以使否定陳述變得更有禮或語氣更弱。

*It **doesn't really** matter.* 這件事其實無關緊要。
*I **don't really** want to be part of it.* 我其實不想牽涉其中。

可以用 Not really 回答某些問題。

☞ 見主題條目 Replies

3 not very

使用 not 和形容詞構成否定陳述時，可把 very 放在形容詞前面減弱語氣。

*I'm **not very interested** in the subject.* 我對這個題目不太感興趣。
*That's **not a very good** arrangement.* 那不是一個很好的安排。

> **！注意**
>
> 雖然可以説 not very good，但不要把 not 用在其他表示 very good 的詞前面。
> 例如，不要説 ~~not excellent~~ 或 ~~not marvellous~~。

4 與 *to*-不定式連用

not 可與 *to*-不定式連用。要把 not 放在 to 之前，而不是之後。

*The Prime Minister has asked us **not to discuss** the issue publicly any more.* 首相要求我們不要再公開討論這個問題。
*I decided **not to go** in.* 我決定不進去。

5 not 用於對照

not 可用於連接兩個詞或表達式，使兩個情況形成對照。

*So they went by plane, **not** by car.* 所以他們坐飛機去了，而不是坐汽車。
*He is now an adult, **not** a child.* 他現在是成年人了，不是孩子。

通過改變詞或表達式的順序可以形成類似的對照。此時要把 not 放在第一個詞或表達式前面，而在第二個詞或表達式前用 but。

*This story is **not** about the past, **but** about the future.* 這個故事講的不是過去，而是未來。
*He was caught, **not** by the police, **but** by a man who recognised him.* 他被抓住了，不是被警察，而是被一個認出他的男子。

6 與句子狀語連用

not 可與 surprisingly 及 unexpectedly 連用，對陳述作出否定的評論。

*Laura, **not surprisingly**, disliked discussing the subject.* 一點都不奇怪，蘿拉不喜歡討論這個話題。
*The great man had died, **not unexpectedly** and very quietly, in the night.* 那個偉人在夜裏死了，沒有出乎意料，走得非常平靜。

7 not all

not 有時與 all 和以 every- 開頭的詞連用，構成句子的主語。例如，可以説 **Not all** snakes are poisonous.（並非所有的蛇都有毒。）代替 Some snakes are not poisonous.。

Not all *the houses have central heating.* 不是所有屋都有中央供暖系統。
Not everyone *agrees with me.* 不是人人都同意我的意見。

8 not only

not only 常常與 but 或 but also 連用，連接兩個詞或短語。

☞ 見 not only

9 not 用於簡短回答

not 可用在簡短回答的末尾，以表達自己的觀點。例如，可以說 I hope not、Probably not 或 Certainly not。

*'Will it happen again?' – '**I hope not**.'* "它會再次發生嗎？"——"我希望不會。"
'I hope she won't die.' –'Die? ***Certainly not**!'* "我希望她不會死。"——"死？當然不會！"

---

note – bill

1 note

在英式英語裏，note 表示紙幣、鈔票。

*He handed me a ten pound **note**.* 他遞給我一張10英鎊的鈔票。

2 bill

美國的紙幣稱作 bill，不是 note。

*He took out a five dollar **bill**.* 他拿出一張5美元的鈔票。

---

nothing

1 nothing

nothing 表示沒有一樣東西、沒有一點。nothing 與動詞的單數形式連用。

*Nothing **is** happening.* 甚麼也沒發生。
*Nothing **has** been discussed.* 甚麼也沒有討論過。

> ### ❗ 注意
>
> nothing 後面通常不再用 not 之類的其他否定詞。例如，不要說 ~~Nothing didn't happen.~~，而要說 Nothing happened.（甚麼也沒有發生。）同樣，在已經含有否定詞的句子中，不要把 nothing 用作賓語。例如，不要說 ~~I couldn't hear nothing.~~，而要說 I couldn't hear **anything**.（我甚麼都聽不見。）。
>
> *I did not say **anything**.* 我甚麼都沒說。
> *He never seemed to do **anything** at all.* 他好像從來就甚麼事都不做。

2 nothing but

nothing but 用在名詞短語或不帶 to 的不定式前面，表示 only。

例如，可以說 In the fridge there was **nothing but** a piece of cheese.（冰箱裏只有一

塊芝士）代替 In the fridge there was only a piece of cheese。

*For a few months I thought of **nothing but** Jeremy.* 有數個月的時間我只想到傑里米。

*He did **nothing but** complain.* 他除了抱怨甚麼也不做。

---

not only

1 與 but 或 but also 連用

not only 用於連接兩個表示事物、動作或情況的詞或短語。not only 放在第一個詞或短語之前，but 或 but also 放在第二個詞或短語之前。後者通常比前者更令人吃驚、更有趣或更重要。

*The government radio **not only** reported the demonstration, but announced it in advance.* 政府電台不僅報導了此次示威遊行，而且還提前宣佈了這件事。

*We asked **not only** what the children had learnt **but also** how they had learnt it.* 我們不但問了孩子們學了甚麼，而且問了他們是如何學的。

2 與代詞連用

連接以動詞開頭的短語時，可省略 but 或 but also，而代之以一個人稱代詞。例如, 可以說 Margaret not only came to the party, **she** brought her aunt as well.（瑪格麗特不僅自己來參加聚會，而且還帶來了她的姨媽。）代替 Margaret not only came to the party but brought her aunt as well.。

*Her interest in this work **not only** continued, it increased.* 她對這項工作的興趣不僅持續不減，而且還增加了。

3 把 not only 放在句首

為了表示強調，可把 not only 放在句首，後接助動詞或 be，然後是主語和主要動詞。

***Not only did they send** home large amounts, but they also saved money.* 他們不但給家裏寄大筆的錢，而且自己還存了錢。

***Not only do they rarely go** on school trips, they rarely, if ever, leave Brooklyn.* 他們不僅很少參加學校組織的旅遊，而且很少離開布魯克林。

連接主語不同的兩個分句時，not only 必須前置。

*Not only were **the local people** old, but **the women** still dressed in long black dresses.* 不僅當地人年齡很大，而且婦女仍然穿着長長的黑衣。

*Not only were **many of the roads** closed, **many bridges** had also been blown up.* 不僅很多道路被封閉，許多橋樑也被炸毀了。

Grammar Finder 語法講解

Noun modifiers 名詞修飾語

名詞修飾語（noun modifier）是用在另一個名詞前的名詞，對某人或某物提供更具體的資料。名詞修飾語幾乎總是用單數。

*...the **car** door* ⋯⋯汽車車門

...a **football** player ……一名足球運動員

...a **surprise** announcement ……一個令人驚訝的通知

少數複數名詞用作修飾語時仍然保持複數。

☞ 關於複數名詞的進一步說明，見 Nouns

名詞修飾語在英語中很常見，可用來表示名詞之間的廣泛關係。例如，可以表示：

▶ 某物用甚麼東西製成，比如 cotton socks（棉襪）

▶ 在特定地方生產甚麼，比如 a glass factory（一家玻璃廠）

▶ 某人做甚麼事情，比如 a football player（一名足球運動員）

▶ 某物在甚麼地方，比如 my bedroom curtains（我臥室裏的窗簾）和 Brighton Technical College（布萊頓技術學院）

▶ 某事發生的時間，比如 the morning mist（晨霧）和 her childhood experiences （她童年的經歷）

▶ 某物的性質或大小，比如 a surprise attack（一次突然襲擊）和 a pocket chess-set（一副袖珍象棋）

多個名詞修飾語可以一起使用。

...**car body repair** kits ……汽車車身修理工具箱

...a **family dinner** party ……一個家庭晚宴

...a **Careers Information** Officer ……一位提供職業資訊的主任

形容詞可放在名詞修飾語前面。

...a **long** car journey ……一次長途汽車旅行

...a **new red** silk handkerchief ……一塊新的紅色絲綢手帕

...**complex** business deals ……複雜的商業交易

Grammar Finder 語法講解

Nouns 名詞

1 可數名詞		**7** 集合名詞
2 不可數名詞		**8** 專有名詞
3 可數名詞		**9** 複合名詞
4 物質名詞		**10** 抽象名詞和具體名詞
5 單數名詞		**11** 後接介詞的名詞
6 複數名詞		

名詞（noun）用於指稱人或物。名詞可分為八個主要語法類型：可數名詞、不可數名詞、可變名詞、物質名詞、單數名詞、複數名詞、集合名詞以及專有名詞。

1 可數名詞

表示可數事物的名詞稱作<u>可數名詞</u>（countable noun），有單數和複數兩種形式。複數形式通常以 s 結尾。

☞ 關於如何構成複數形式的完整説明，見參考部份 Plural forms of nouns

可數名詞的單數形式前通常加限定詞，如 a、another、every 或 the。

*They left **the house** to go for **a walk** after tea.* 他們吃完茶點之後走出家門去散步。

如果單數形式用作動詞的主語，動詞要用單數形式。

*My son **likes** playing football.* 我兒子喜歡踢足球。
*The address on the letter **was** wrong.* 信上的地址是錯的。

可數名詞的複數形式前可用也可不用限定詞。如果泛指一類事物，不要用限定詞。

*Does the hotel have large **rooms**?* 這家酒店有沒有大房間？

如果特指某一類事物，則要用 the 或 my 之類的限定詞。

***The rooms** at Watermouth are all like this.* 在德文郡的房間都是這樣的。

談論事物的數量時，可用 many 或 several 之類的限定詞。

*The house had **many rooms** and a terrace with a view of Etna.* 這房子有很多房間，還有一個看得見埃特納火山的露台。

如果複數形式用作動詞的主語，動詞用複數形式。

*These cakes **are** delicious.* 這些蛋糕美味可口。

數詞後可接可數名詞。

*...**one** table* ⋯⋯一張桌子
*...**two** cats* ⋯⋯兩隻貓
*...**three** hundred pounds* ⋯⋯三百磅

2 不可數名詞

指物質、性質、感情和活動類型而不是指個別的物體或事件的名詞稱作<u>不可數名詞</u>（uncountable noun）。這種名詞只有一個形式。

*I needed **help** with my **homework**.* 我做家課需要人幫助。
*The children had **fun** playing with the puppets.* 孩子們玩木偶玩得很開心。

> **！注意**
>
> 有些名詞在英語裏不可數，但在其他語言裏是可數名詞或複數名詞。
>
> | | | | |
> |---|---|---|---|
> | advice | furniture | knowledge | money |
> | baggage | homework | luggage | news |
> | equipment | information | machinery | traffic |
>
> 不可數名詞不能和 a 或 an 連用。指特定或已知的事物時，要和 the 或 his、our 之類的所有格限定詞連用。
>
> *I liked **the music**, but the words were boring.* 我喜歡這音樂，但歌詞很無聊。
>
> *Eva clambered over the side of the boat into **the water**.* 伊娃吃力地爬過船沿進入了水裏。

*She admired **his intelligence**.* 她讚賞他的智慧。

如果不可數名詞用作動詞的主語，動詞要用單數形式。

*Electricity **is** dangerous.* 電很危險。
*Food **was** expensive in those days.* 在那些日子裏食物很貴。

不可數名詞不用在數詞後面。借助 some、a piece of 這樣的詞或短語，用不可數名詞來表達某物的量是可能的。

☞ 見 Quantity

I want some privacy. 我想要一些私隱。
I took the two pieces of paper out of my pocket. 我從口袋裏拿出了那兩張紙。

> ! 注意
>
> 有些不可數名詞以 -ics 或 -s 結尾，因此看上去像是複數可數名詞。
>
> ***Mathematics** is too difficult for me.* 數學對我來説太難了。
> ***Measles** is in most cases a harmless illness.* 在大多數情況下麻疹是一種無害的疾病。
>
> 這些名詞通常指：
>
> ▶ 學科和活動
>
> | | | | |
> |---|---|---|---|
> | acoustics | classics | gymnastics | obstetrics |
> | aerobics | economics | linguistics | physics |
> | aerodynamics | electronics | logistics | politics |
> | aeronautics | ethics | mathematics | statistics |
> | athletics | genetics | mechanics | thermodynamics |
>
> ▶ 遊戲
>
> | | | | |
> |---|---|---|---|
> | billiards | cards | darts | skittles |
> | bowls | checkers | draughts | tiddlywinks |
>
> ▶ 疾病
>
> | | | |
> |---|---|---|
> | diabetes | mumps | rickets |
> | measles | rabies | shingles |

3 可變名詞

可變名詞（variable noun）結合了可數和不可數名詞的特點。用來指某物的一個或多個實例時（比如 an injustice 一個不公正行為、injustices 種種不公），或指一類事物中的個體時（比如 a cake 一個蛋糕、cakes 數個蛋糕），它們像可數名詞。否則它們像是不可數名詞，用來泛指某物。

*He has been in **prison** for ten years.* 他坐了10年牢。
*Staff were called in from **a prison** nearby to help stop the violence.* 從附近的一個監獄叫來了工作人員幫助制止暴力。

*... the problems of British **prisons*** ……英國監獄的問題

*They ate all their chicken and nearly all the stewed **apple**.* 他們吃完了所有的雞肉和幾乎所有的燉蘋果。

*She brought in a tray on which were toast, butter, **an apple**, and some jam.* 她拿進來一個托盤，上面有烤麵包、牛油、一個蘋果和一些果醬。

*There was a bowl of red **apples** on the table.* 桌子上有一碗紅蘋果。

4 物質名詞

<u>物質名詞</u>（mass noun）是這樣一類名詞，在指物質時像不可數名詞，比如 detergent（洗滌劑），而在指物質的種類或品牌時像可數名詞，比如 a strong detergent（一種強力洗滌劑）、more detergents（更多牌子的洗滌劑）。

*I passed a shop where **perfume** is sold.* 我經過了一家出售香水的商店。

*I found an interesting new **perfume** last week.* 我上週發現了一款有趣的新香水。

*Department stores are finding that French **perfumes** are selling slowly.* 百貨商店目前發現法國香水賣不動。

*The chicken is filled with **cheese** and spinach.* 雞腔內填了芝士和菠菜。

*I was looking for **a cheese** that was soft and creamy.* 我在尋找一種鬆軟、含豐富奶油的芝士。

*There are plenty of delicious **cheeses** made in the area.* 這個地區出產很多種美味的芝士。

5 單數名詞

有些名詞以及某些名詞的特定詞義僅用單數形式。<u>單數名詞</u>（singular noun）總是與限定詞連用，後接單數動詞。

***The sun** was shining.* 陽光燦爛。

*He's always thinking about the past and worrying about **the future**.* 他總是想着過去，擔心未來。

*There was **a note** of satisfaction in his voice.* 他的聲音裏帶有一種滿足的語氣。

6 複數名詞

有些名詞只有複數形式。例如，貨物只能用 goods 表示，不能用 a good。

另外一些名詞用於表達特定含義時只有複數形式。這些名詞後接複數動詞。

*Take care of your **clothes**.* 當心你的衣服。

*The weather **conditions** were the same.* 天氣條件是一樣的。

> **！ 注意**
>
> 複數名詞通常不用在數詞後面。例如，不要説 ~~two clothes~~ 或 ~~two goods~~。
> 有些複數名詞指有兩個相連部份的單個物件，是人們的衣着或飾物和使用的工具。這些複數名詞有：
>
> ▶ 人們穿戴的物品
>
> | | | | |
> |---|---|---|---|
> | glasses | pants | gymnastics | obstetrics |
> | jeans | pyjamas | linguistics | physics |
> | knickers | shorts | logistics | politics |
> | leggings | tights | mathematics | statistics |
> | panties | trousers | mechanics | thermodynamics |

▶ 人們使用的物品

binoculars	pliers	scissors	tweezers
pincers	scales	shears	

談論一件物品時，這些詞前面用 some。

*I wish I had brought **some scissors**.* 早知道我帶把剪刀來就好了。

也可用 a pair of 談論一件物品，用 two pairs of、three pairs of 等等談論一件以上的物品。

*I went out to buy **a pair of scissors**.* 我出去買一把剪刀。

*Liza gave me **three pairs of jeans**.* 莉莎給了我三條牛仔褲。

很多複數名詞用在其他名詞前面時要去掉詞尾的 -s 和 -es。

*...my **trouser** pocket* ……我的褲子口袋

*...**pyjama** trousers* ……睡褲

但是，有些複數名詞用在其他名詞前面時形式保持不變。

arms	clothes	jeans
binoculars	glasses	sunglasses

*...a **glasses** case* ……眼鏡盒

*...**clothes** pegs* ……晾衣夾

7 集合名詞

有些名詞指一群人或事物。這樣的名詞稱作集合名詞（collective noun）。

army	enemy	group	staff
audience	family	herd	team
committee	flock	navy	
company	gang	press	
crew	government	public	

 這些名詞的單數形式可與單數或複數動詞形式連用，這取決於群體是被看作一個還是多個事物。在英式英語裏，複數形式更常見。而在美式英語裏，幾乎總是首選動詞的單數形式。

*Our **family isn't** poor any more.* 我們的家庭已不再貧困。

*My **family are** perfectly normal.* 我的一家完全正常。

返指集合名詞時，如果用了單數動詞，通常用單數代詞或限定詞。如果用了複數動詞，則用複數代詞或限定詞。

*The government **has** said it would wish to do this only if there was no alternative.* 政府已表示，在無可選擇的情況下才會這樣做。

*The government **have** made up **their** minds that **they**'re going to win.* 政府已經下定決心要取勝。

但是，即使用了單數動詞，有時也用複數代詞和限定詞來返指集合名詞。這種用法主要見於不同的分句。

*The team **was** not always successful but **their** success often exceeded expectations.* 這支球隊並不總能獲勝，但他們的成功往往超出預期。

*His family **was** waiting in the next room, but **they** had not yet heard the news.* 他的家人在隔壁等候，但他們尚未聽到這個消息。

 在英式英語裏，組織和團體的名稱也用作集合名詞，比如足球隊。但是在美式英語裏，這些名稱通常被視為單數。

*~~**Liverpool is** leading 1–0.~~* 利物浦隊以1比0領先。
***Liverpool are** winning.* 利物浦隊馬上要贏了。
***Sears is** struggling to attract shoppers.* 西爾斯百貨正努力吸引顧客。

> **！注意**
>
> 雖然集合名詞的單數形式後面可以用複數動詞，但這些單數形式的用法與複數可數名詞並不完全相同。數詞不能用在這些詞的前面。例如，不能說 ~~Three crew were killed.~~，而必須說 Three of the crew were killed.（三名機組人員被殺害了。）或 Three members of the crew were killed.。
>
> 列在上面的大多數集合名詞有正常的複數形式，指一個以上的群體。但是，press（指報界或記者）和 public（指公眾）沒有複數形式。

8 專有名詞

人名、地名、組織名、機構名、船名、雜誌名稱、書名、劇本名、畫作名以及其他一些獨一無二事物的名稱都是專有名詞（proper noun），專有名詞的首字母要大寫，有時與限定詞連用，但一般沒有複數。

☞ 見主題條目 Names and titles, Places

...Mozart ⋯⋯《莫札特》
...Romeo and Juliet ⋯⋯《羅密歐與茱麗葉》
...the President of the United States ⋯⋯美國總統
...the United Nations ⋯⋯聯合國
...the Seine ⋯⋯塞納河

9 複合名詞

複合名詞（compound noun）由兩個或多個片語成。有的分開書寫，有的在詞與詞之間用連字號，還有的在前兩個詞之間用連字號。

*His luggage came sliding towards him on the **conveyor belt**.* 他的行李在傳送帶上向他滑過來。

*There are many **cross-references** to help you find what you want.* 有很多互見條目幫助你找到你想要的東西。

*It can be cleaned with a drop of **washing-up liquid**.* 這可以用一滴洗潔精來清洗。

有些複合名詞有多種書寫方式。COBUILD詞典有關於每個複合名詞應該如何書寫的具體説明。

☞ 關於以 *ing* 結尾的複合名詞，見 *-ing* forms

☞ 關於複合名詞的複數，見參考部份 Plural forms of nouns

10 抽象名詞和具體名詞

抽象名詞（abstract noun）指的是性質、想法或體驗，而不是看得見摸得着的東西。

*...a boy or girl with **intelligence*** ……一個聰明的男孩或女孩
*We found Alan weeping with **relief** and **joy**.* 我們發現艾倫因欣慰和喜悦哭了起來。
*I am stimulated by **conflict**.* 我受到衝突的刺激。

抽象名詞常常是可變名詞。用來指某物的一個實例時，它們像可數名詞。否則它們像是不可數名詞，用來泛指某物。

☞ 見前述 variable nouns

*The island had been successful in previous **conflicts**.* 這個島在前數次衝突中取得了勝利。

具體名詞（concrete noun）指的是看得見摸得着的東西。
指物體、動物和人的名詞通常是可數名詞。

*...a broad **road** lined with tall **trees*** ……兩邊有高大樹木的寬闊道路

少數指一組物體的名詞是不可數名詞，比如 furniture（傢具）和 equipment（設備）。

☞ 見前述 uncountable nouns

指物質的名詞通常不可數。

*There is not enough **water**.* 沒有足夠的水。

但是，如果指的是物質的特定種類或品牌時，物質名詞的用法像可數名詞。

☞ 見前述 mass nouns

11 後接介詞的名詞

有些名詞，尤其是抽象名詞，常常後接介詞短語，表示其涉及的物件。某個名詞後面使用甚麼介詞常常是固定的。

*I demanded **access to** a telephone.* 我要求使用電話。
*...his **authority over** them* ……他對他們的權威
*...the **solution to** our energy problem* ……我們的能源問題的解決方案

▶下列名詞一般或經常後接 to：

access	antidote	immunity	resistance
addiction	approach	incitement	return
adherence	aversion	introduction	sequel
affront	contribution	preface	solution
allegiance	damage	prelude	susceptibility
allergy	devotion	recourse	threat
allusion	disloyalty	reference	vulnerability
alternative	exception	relevance	witness
answer	fidelity	reply	

▶下列名詞一般或經常後接for：

admiration	cure	disrespect	recipe	substitute
appetite	demand	hunger	regard	sympathy
aptitude	desire	love	remedy	synonym
bid	disdain	need	respect	taste
craving	dislike	provision	responsibility	thirst
credit	disregard	quest	room	

▶下列名詞一般或經常後接 on 或 upon：

assault	constraint	embargo	restriction
attack	crackdown	hold	stance
ban	curb	insistence	tax
comment	dependence	reflection	
concentration	effect	reliance	

▶ 下列名詞一般或經常後接 with：

affinity	dealings	familiarity	intersection
collusion	dissatisfaction	identification	sympathy

▶下列名詞一般或經常後接 with 或 between：

collision	contrast	intimacy	quarrel
collision	correspondence	link	relationship
connection	encounter	parity	

其他很多名詞通常或經常後接特定的介詞。下表列出了每個名詞後接甚麼介詞。

authority over	excerpt from	insurance against	safeguard against
control over	foray into	quotation from	
departure from	freedom from	reaction against	
escape from	grudge against	relapse into	

正如上表所示，通常情況下，意義相近的詞一般後接相同的介詞。

例如，appetite、craving、desire、hunger 以及 thirst 都後接for。而 acceleration、decline、fall、drop 和 rise 都後接 in。

---

now

1 now

now 通常用於把現在和過去進行對比。

*She gradually built up energy and is **now** back to normal.* 她逐漸增強了體力，現在已恢復正常。

*He knew **now** that he could rely completely on Paul.* 現在他知道可以完全依靠保羅。

***Now** he felt safe.* 現在他感到安全了。

2 right now 和 just now

在談話和不太正式的書面語中，right now 或 just now 表示此刻、眼下，用於説明當前的情況，儘管將來可能會發生變化。

*The new car market is in chaos **right now***. 目前新車市場一片混亂。
*I'm awfully busy **just now***. 我現在忙得不可開交。

right now 也用於強調某事正在發生。

*The crisis is occurring **right now***. 危機此刻正在發生。

just now 表示剛才、剛剛。

*Did you feel the ship move **just now***? 你剛才感覺船移動了嗎？
*I told you a lie **just now***. 我剛才對你説了個謊。

now 或 right now 表示立刻、馬上。

*He wants you to come and see him **now**, in his room*. 他要你馬上去他的房間看他。
*I guess we'd better do it **right now***. 我想我們最好立刻就做。

> **！注意**
> 正式的書面語裏不要用 right now 或 just now。

nowhere

nowhere 表示沒有任何地方、無處。

*There's **nowhere** for either of us to go*. 我們兩個人都沒有地方可去。
*There was **nowhere** to hide*. 沒地方可以躲藏。

nowhere 有時放在句首表示強調，後接 be 或助動詞，再加句子的主語。

***Nowhere is language** a more serious issue than in Hawaii*. 沒有甚麼地方的語言問題比夏威夷更嚴重的了。
***Nowhere have I** seen this written down*. 我甚麼地方都沒看到有這個東西的記錄。

> **！注意**
> 通常 nowhere 不與另一個否定詞連用。例如，不要説 ~~I couldn't find her nowhere.~~，而要説 I couldn't find her **anywhere**.（我到處都找不到她。）。
> *I changed my mind and decided not to go **anywhere***. 我改變了主意，決定甚麼地方都不去。

number

1 a number of

a number of 表示好幾個、一些，後面用動詞的複數形式。

***A number of** key questions remain unanswered*. 一些關鍵問題仍未得到解答。
*An increasing **number of** women are learning self-defence*. 越來越多婦女在學習自衛術。

2 the number of

the number of 表示⋯⋯的數量，後面用動詞的單數形式。

*In the last 30 years, **the number of** electricity consumers has risen by 50 per cent.* 在過去的30年裏，電力用戶的數量增加了50%。

在上述兩種情況中，number 可與 large 或 small 連用。

*His private papers included **a large number of** unpaid bills.* 他的私人文件包含了大量未支付的賬單。

*The problem affects a relatively **small number of** people.* 這個問題影響到的人相對較少。

但是，在這類句子中 number 不要與 big 或 little 連用。

object

object 可作名詞或動詞。作名詞時讀作 /ˈɒbdʒekt/，作動詞時讀作 /əbˈdʒekt/。

1 用作名詞

名詞 object 表示東西、物體。

I looked at the shabby, black object he was carrying. 我看了一眼他拿着的那個破舊的黑色物體。

The statue was an object of great beauty. 這座雕像是一個非常漂亮的東西。

object 也表示目標、目的。

My object was to publish a new book on Shakespeare. 我的目標是出版一本關於莎士比亞的新書。

The object, of course, is to persuade people to remain at their jobs. 當然，目的是説服人們留在自己的工作崗位上。

2 用作動詞

object to something 表示反對某事。

*Residents can **object to** these developments if they wish.* 居民如果願意的話，可以反對這些開發專案。

*Many people **objected to** the film.* 很多人反對這部電影。

object to doing something 表示反對做某事。

*I **object to paying** for services that should be free.* 我反對為應該免費的服務付費。

*This group did not **object to returning**.* 這個小組不反對回去。

object to 後面用 -ing形式，不用不定式。

如果所指的事情很清楚，object 後面可不用 to。

*The men **objected** and the women supported their protest.* 男人們反對他們的抗議，而女人們支持。

*Other workers will still have the right to **object**.* 其他工人將仍然有權反對。

如果想表示某人反對或不贊同某事的理由，object 後面可用 *that*-從句。例如，可以説 They wanted me to do some extra work, but I **objected that** I had too much to do already.（他們想要我做一些額外的工作，但我反對説我已經有太多的事情要做。）。這是相當正式的用法。

*The others quite rightly **object that he is holding back the work**.* 其他人理所當然地反對，説他在耽誤工作。

Grammar Finder 語法講解

Objects 賓語

1 直接賓語

動詞或分句的賓語（object）是名詞短語，指動作涉及的人或物，但不是動作的執行者。賓語位於動詞的後面，有時稱為直接賓語（direct object）。

*He closed **the door**.* 他關上了門。
*It was dark by the time they reached **their house**.* 他們到家的時候，天已經黑了。
*Some of the women noticed **me**.* 其中一些女人注意到了我。

2 間接賓語

有些動詞帶兩個賓語。例如，在句子 I gave John the book.（我把書給了約翰。）中，the book 是直接賓語，而 John 是間接賓語（indirect object）。間接賓語（indirect object）通常指從一個動作中受益或由此而獲得某物的人。

間接賓語（indirect object）可放在直接賓語前，或放在直接賓語後的介詞短語內。

*Dad gave **me** a car.* 爸爸給了我一輛汽車。
*He handed his room key to **the receptionist**.* 他把房間鑰匙交給了接待員。

☞ 見 Verbs

3 介詞賓語

介詞也有賓語。介詞後面的名詞短語有時稱作介詞賓語（prepositional object）。

*I climbed up **the tree**.* 我爬上了樹。
*Miss Burns looked calmly at **Marianne**.* 伯恩斯小姐平靜地看着瑪麗安娜。
*Woodward finished the second page and passed it to **the editor**.* 伍德沃德寫完了第二頁，然後交給了編輯。

☞ 見 Prepositions

---

obligation – duty

1 obligation 和 duty

obligation 或 **duty to do** something 表示做某事的義務或責任。obligation 和 duty 這樣用時，兩者的詞義相同。

*When teachers assign homework, students usually feel an **obligation to do** it.* 教師佈置家課時，學生通常覺得有義務去做。
*Perhaps it was his **duty to tell** the police what he had seen.* 也許他的責任是把所看到的一切告訴警察。

2 duties

duties 表示（工作上的）職責。

*She has been given a reasonable time to learn her **duties**.* 給了她相當多的時間來了解她的職責。

They also have to carry out many administrative **duties**. 他們還必須履行很多行政職責。

> **!** **注意**
>
> 不要用 obligations 表示（工作上的）職責。

obtain

1 obtain

obtain 表示獲得、得到。

I made another attempt to **obtain** *employment.* 我又進行了一次就業嘗試。
He **had obtained** *the papers during his visits to Berlin.* 他在數次訪問柏林期間獲得了那些文件。

2 get

obtain 是一個正式的詞，通常不用在談話中。談話中要用 get。

I **got** *a job at the factory.* 我在工廠得到了一份工作。
He had been having trouble **getting** *a hotel room.* 他入住旅館客房一直有麻煩。

在書面語裏，obtain 常常用被動式。

All the above items **can be obtained** *from most supermarkets.* 所有上述物品可以從大多數超市買到。
You need to know where this kind of information **can be obtained**. 你需要知道哪裏可以獲得這種資料。

> **!** **注意**
>
> get 通常不用被動式。例如，不要説 ~~Maps can be got from the Tourist Office.~~，而要説 Maps **can be obtained** from the Tourist Office. （地圖可以從旅遊諮詢處獲取。），或者在談話中説 **You can get** maps from the Tourist Office. （你可以從旅遊諮詢處得到地圖。）。

occasion – opportunity – chance

1 occasion

occasion 表示場合。

I remember the **occasion** *very well.* 我清楚地記得那個場合。
There are **occasions** *when you must refuse.* 有些時候你必須拒絕。

某事發生的特定場合常常用 on 表示。

I think it would be better if I went alone **on this occasion**. 我覺得這次我一個人去會更好。
I met him only **on one occasion**. 我只在一個場合見過他。

occasion 也表示重大的事件、儀式或慶典。

*It was a wonderful end to an unforgettable **occasion***. 這是一件令人難忘的大事的精彩結局。

*They have fixed the date for the big **occasion***. 他們已經確定了盛會的日期。

2 opportunity 和 chance

不要用 occasion 表示機會、時機。要用 opportunity 或 chance。

*I am very grateful to have had the **opportunity** of working with Paul*. 我很感激有了和保羅共事的機會。

*She put the phone down before I had a **chance** to reply*. 我還沒來得及回答她就掛斷了電話。

☞ 見 chance

occasionally

☞ 關於表示頻率的詞彙，見 Adverbs and adverbials

occur

occur 表示發生。

*The accident **occurred** at 8:40 a.m.* 事故發生在早上8時40分。

*Mistakes are bound to **occur***. 錯誤必定會發生。

但是，occur 僅用於談論非計劃中的事件。

occur 是一個相當正式的詞。在談話和不太正式的書面語中，通常用 happen。

*You might have noticed what **happened** on Tuesday*. 你可能已經注意到星期二發生了甚麼事。

*A curious thing **has happened***. 發生了一件稀奇古怪的事。

☞ 見 happen

! **注意**

計劃中的事件的發生不能用 occur 或 happen 表示。要用 take place。

*The first meeting of this committee **took place** on 9 January*. 委員會的第一次會議在1月9日舉行。

*These lessons **took place** twice a week*. 這些課程每週上兩次。

不要用 occur to 表示某人受到某個事件的影響。例如，不要説 ~~I wonder what's occurred to Jane.~~，而要説 I wonder what**'s happened to** Jane. （不知簡出了甚麼事。）。

*She no longer cared what **happened to** her*. 她不再關心發生在她身上的事情。

*It couldn't **have happened to** a nicer man*. 只有好人才能交此好運。

---

of

1 所屬和其他關係

of 用於表示所屬關係。也可用於表示人或物之間的其他關係。

*It was the home **of a schoolteacher**.* 這是一位老師的家。
*She was the sister **of the Duke of Urbino**.* 她是厄比諾公爵的妹妹。
*At the top **of the hill** Jackson paused for breath.* 在山頂上傑克遜停下來喘氣。

of 也可用在 mine、his 或 theirs 之類的所有格代詞前面，表示某人是與一個特定的人相關的一群人或物中的一員。例如，可以說 He is a friend **of mine**. （他是我的一個朋友。）代替 He is one of my friends.。

*He's **a very good friend of ours**.* 他是我們的一個好朋友。
*I talked to **a colleague of yours** recently.* 我最近和你的一個同事說過話。

可以像這樣把 of 用在其他所有格前面。

*He's **a friend of my mother's**.* 他是我母親的一個朋友。
*She was **a cousin of Lorna Cook's**.* 她是羅娜·谷克的一個表妹。

 有時省略 's，特別是在美式英語裏。

*He's **a close friend of the President**.* 他是總統的密友。

> ### ⓘ 注意
>
> 不要把 of 用在 me、him 或 them 之類的人稱代詞前面。例如，不要説 ~~the sister of me~~，而要用所有格限定詞（possessive determiner），比如 my、his 或 their。
>
> ***My** sister visited us last week.* 我妹妹上星期來看我們。
> *He had **his** hands in **his** pockets.* 他雙手插在口袋裏。
> *Consider the future of **our** society.* 考慮一下我們社會的未來。

☞ 見 Possessive determiners

在短的名詞短語前面通常不用 of，而要用 's 或一撇。例如，可用 **my friend's** car（我朋友的汽車）代替 the car of my friend。

*I can hear **Raoul's** voice.* 我聽得見拉烏爾的聲音。
*This is **Mr Duffield's** sister.* 這是達菲爾德先生的妹妹。
*We watched **the President's** speech.* 我們觀看了總統的講話。
*The notice is in all **our colleagues'** offices.* 通知在我們所有同事的辦公室裏。

☞ 見 's

2 描述

有時可用 of 加名詞短語來描述某物，而不用形容詞加分級副詞。例如，可以説 of great interest 代替 very interesting。這是相當正式的用法。

*It will be **of great interest** to you.* 這會使你非常感興趣。
*The result is **of little importance**.* 結果無關緊要。

用形容詞評論一個動作時，可把 of 加代詞放在形容詞後面。代詞指的是執行了動作的那個人。

例如，可以説 That was **stupid of you**. （你那樣做真蠢。）。

*It was **brave of them**.* 他們那樣很勇敢。
*I'm sorry, that was **silly of me**.* 對不起，我那樣做真傻。

3 藝術作品

不要用 of 表示書或樂曲的作者。要用 by。

*Have you read the latest book **by** Hilda Offen?* 你有沒有看過希爾達·奧芬的新書？
*We'll hear some pieces **by** Mozart.* 我們將聽到莫札特的一些作品。

同樣，用 by 表示畫的作者。而 a picture **of** someone 表示繪有某人的一幅畫。

*We saw the famous painting **by** Rubens, The Straw Hat.* 我們看到了魯本斯的名畫《草帽》。
*The museum owns a 16th century painting **of** Henry VIII.* 博物館擁有一幅16世紀亨利八世的畫像。

4 地點

可用 of 表示首都、州府或省會。

*We went to Ulan Bator, the capital **of** Mongolia.* 我們去了蒙古的首都烏蘭巴托。

但是，不要用 of 表示某個國家或地區的城鎮或村莊。要用 in。

*He lives in a small town **in** Southern Ecuador.* 他住在厄瓜多爾南部的一個小鎮。
*My favourite town **in** Shropshire is Ludlow.* 什羅普郡的城鎮中我最喜歡的是勒德洛。

最高級後面也要用 in，而不是 of。例如，可以說 the tallest building **in** Europe（歐洲的最高建築），而不要說 ~~the tallest building of Europe~~。

*These are the biggest lizards **in** the world.* 這些是世界上最大的蜥蜴。

☞ 見 Comparative and superlative adjectives

---

offer – give – invite

1 offer

offer 表示（主動）提供、給予。

*He **offered** me a chocolate. I shook my head.* 他給我一塊巧克力。我搖搖頭。

2 give

把某物給了某人，不要用 offer，而要用 give。

*She **gave** Minnie the keys.* 她把鑰匙給了明妮。
*He **gave** me a red jewellery box.* 他給了我一個紅色的首飾盒。

3 offer to

offer to do something 表示主動提出願意做某事。

*He **offered to take** her home in a taxi.* 他提出用計程車送她回家。
*I **offered to answer** any questions.* 我表示願意回答任何問題。

4 invite

邀請某人做某事，不要用 offer，而要用 invite。

*I **was invited** to attend future meetings.* 我受到邀請參加今後的會議。
*She **invited** me to come for dinner.* 她邀請我去吃飯。

often

often 表示常常、經常。

1 在句中的位置

▶ 如果沒有助動詞，可把 often 放在動詞前面，除非動詞是 be。如果動詞是 be，則把 often 放在其後面。

*We **often get** very cold winters here.* 我們這裏的冬天常常很冷。
*They **were often** hungry.* 他們經常捱餓。

▶ 如果有助動詞，often 放在其後面。

*She **has often written** about human rights.* 她經常撰寫關於人權的著述。

▶ 如果有一個以上助動詞，often放在第一個助動詞後面。

*The idea **had often been discussed**.* 這個想法經常受到討論。

▶ 如果句子比較短，可把 often 放在句末。

*He's in London **often**.* 他常常在倫敦。

▶ 在書面語裏，often 有時放在長句的句首。

***Often** in the evening the little girl would be sitting at my knee while I held the baby.* 經常到了晚上，我抱着嬰兒的時候小女孩會坐在我的腿旁邊。

> **！ 注意**
>
> 不要用 often 談論在短時間內多次發生的事情。例如，不要説 ~~I often phoned her yesterday.~~，而要説 I phoned her **several times** yesterday.（我昨天打了好幾次電話給她。）或 I **kept phoning** her yesterday.（我昨天一直在給她打電話。）。
>
> *That fear was expressed **several times** last week.* 那種恐懼在上週表現出了好幾次。
> *Rather than correct her, I **kept trying** to change the subject.* 我一直試圖改變話題，而不是糾正她。

☞ 關於表示頻率的分級詞彙清單，見 Adverbs and adverbials

2 often 的其他用法

詢問某事發生的次數，可用 how often... 表示。

***How often** do you need to weigh the baby?* 需要多長時間稱一下嬰兒的體重？
***How often** have you done this programme?* 你們多久做一次這個節目？

often 也可用於表示往往、時常。

*People **often** asked me why I didn't ride more during the trip.* 人們時常問我在旅行期間為甚麼不多騎馬。
*Older people **often** catch this disease.* 老年人往往會患這種病。

old

1 old

old 最常用於描述人或物的年齡。例如，可以説 someone is forty years **old**（某人40歲）。

*Legally, witnesses must **be** at least **fourteen years old**.* 在法律上，證人必須至少年滿14歲。

*They found bits of bone which **are three-and-a-half million years old**.* 他們發現了有350萬年歷史的碎骨。

也可換一種方式用 old 描述某人，比如 a **forty-year-old** man。不要説 ~~a forty-years-old man~~。

*She married **a sixty-year-old man**.* 她嫁給了一個60歲的男人。

*Sue lives with **her five-year-old son** John in the West Country.* 蘇和她的5歲兒子約翰住在英格蘭西南部。

也可以説 a man of forty（一個40歲的男子）。但是，不要説 ~~a man of forty years old~~。

*Maya is **a tall, strong woman of thirty**.* 瑪雅是個高大強壯的30歲女人。

*Actually, he looks good for **a man of 62**.* 實際上，對於一個62歲的男人來説，他看上去很不錯。

☞ 見主題條目 Age

2 詢問年齡

how old... 用於詢問人或物的年齡。

*'**How old** are you?' – 'I'll be eight next year.'* "你多大年紀？" —— "我明年8歲。"

*'**How old** is the Taj Mahal?' – 'It was built in about 1640, I think.'* "泰姬陵的歷史有多長？" —— "它建於1640年，我認為。"

3 old 的另一個詞義

也可用 old 表示年老的、年紀大的。

*She was a very **old** lady.* 她是個年齡非常大的老太太。

*He was very thin and he looked really **old**.* 他很瘦，看上去很蒼老。

4 elderly

old 的這種用法有時會聽上去比較粗魯。elderly 是個更禮貌的詞。

*I look after my **elderly** mother.* 我照顧我年邁的母親。

*Like many **elderly** people, Mrs Carstairs could remember voices better than faces.* 和許多上了年紀的人一樣，卡斯泰爾斯太太更能記住人的聲音而不是面孔。

老年人可以稱為 the elderly。

*This is one of the many organizations which help **the elderly**.* 這是許多為老年人提供幫助的組織之一。

5 老朋友

old friend 是老朋友，但不一定是老年人。

*Some of us took the opportunity to visit **old** friends.* 我們中的一些人借機拜訪了老朋友。

6 old 用於描述物體

old 用於描述建築物或其他物體，表示古老的、年代久的。

*The museum is a massive **old** building.* 博物館是一座巨大的老建築。
*The drawers were full of **old** clothes.* 抽屜裏裝滿了舊衣服。

7 former

old 有時也可表示 former（以前的、從前的），例如，**old** teacher 指以前的老師，不一定是老教師。

*Jane returned to her **old** boyfriend.* 簡回到了她前男友的身邊。
*I still like to visit my **old** school.* 我仍然想去看一看我的母校。

---

on

1 用於表示某物所處的地點

on 通常作介詞，表示在……上。

*When I came back, she was sitting **on** the stairs.* 我回來的時候，她正坐在樓梯上。
*There was a photograph of a beautiful girl **on** Deepak's desk.* 迪派克的辦公桌上有一張漂亮女孩的照片。

也可在其他方面用 on 説明某人或某物所處的地點。例如，用 on 提及某人工作或生活的區域，比如農場、建築工地或住宅區。

*He briefly worked **on** a building site in Seoul.* 他曾在首爾的一個建築工地上短時間工作過。

也可用 on 提及事物存在或發生的島嶼。

*She lives **on** a Caribbean island.* 她住在加勒比海的一個島上。

☞ 關於表示某物在甚麼地方的常用方法，見 in 和 at

2 用於表示某物去了哪裏

可用 on 表示某人或某物倒在或放在甚麼地方。

*He fell **on** the floor.* 他倒在地板上。
*I put a hand **on** his shoulder.* 我把一隻手放到他的肩上。

onto 的用法與此類似。

☞ 見 onto

get on 表示登上公共汽車、火車或輪船。

*George **got on** the bus with us.* 喬治和我們一起上了公共汽車。

☞ 見 go into – get into – get on

3 用於談論時間

某事發生在某一天可用 on 表示。

*She came to see the play **on** the following Friday.* 她在之後的星期五過來看了戲。
*Caro was born **on** April 10th.* 卡羅生於4月10日。

☞ 見參考部份 Days and dates

有時也可用 on 表示在……後立即。例如，**on** someone's arrival 表示某人剛一到達就。

*'It's so unfair,' Clarissa said **on** her return.* "這太不公平，"克拉麗莎一回來就説。

4 用作副詞

on 有時作副詞，通常表示某事繼續發生或接着做下去。

*She walked **on**, silently thinking.* 她繼續走下去，默默地思考着。
*I flew **on** to California.* 我接着飛到了加州。

---

once

1 作 only one time 解

once 表示一次。

*I've been out with him **once**, that's all.* 我和他出去過一次，僅此而已。
*I have never forgotten her, though I saw her only **once**.* 我從來沒有忘記她，雖然我只見過她一次。

once 表達這個意思時，通常位於句末。

2 用於過去

once 也用於表示曾經。

*I **once** investigated this story and I don't think it's true.* 我曾調查過這個故事，我不認為這是真的。
*'**Once** I saw a shooting star here,' Jeffrey says.* "我曾經在這裏看到過一顆流星，"傑弗里説。

once 表達這個意思時，通常位於動詞前面或句首。

once 還用於表示從前、一度。

*These walls were **once** brightly coloured.* 這些牆壁一度塗有鮮豔的顏色。
*She was a teacher **once**.* 她從前做過老師。

once 表達這個意思時，通常位於 be 或助動詞之後，或位於句末。

> **! 注意**
>
> 不要用 once 表示將來的某一天。要用 one day 表示有朝一日，或 sometime 表示日後、改天。
>
> ***One day**, you'll be very glad we stopped you.* 總有一天，你會為我們阻止了你感到高興的。
> *I'll give you a ring **sometime**.* 我改天會給你打電話的。

3 at once

at once 表示立即、馬上。

*She stopped playing **at once**.* 她立刻停止了玩耍。
*I knew **at once** that something was wrong.* 我馬上就知道有點不對頭。

one

1 用於代替名詞短語

如果意思清楚，可用 one 代替以 a 開頭的名詞短語。例如，可以用 If you want a drink, I'll get you **one**.（如果你想喝一杯，我去拿給你。）代替 If you want a drink, I'll get you a drink.。

*Although she wasn't a rich customer, she looked and acted like **one**.* 雖然她不是一個有錢的顧客，但她的外貌和舉止很像。

*The cupboards were empty except for **one** at the top of the bookshelves.* 除了書架頂部的一個櫃子以外，其他都是空的。

> **！注意**
>
> 在這種句子中不能用 one 的複數形式。例如，不要說 ~~If you like grapes, I'll get you ones.~~，而要說 If you like grapes, I'll get you **some**.（如果你喜歡葡萄，我去給你拿一點。）。
>
> *The shelves contained Daisy's books, mostly novels but **some** on history and philosophy too.* 架子上有戴西的書，大部份是小說，但也有一些歷史和哲學方面的書籍。
>
> *We need more helicopters. There are **some**, but we need more.* 我們需要更多的直升機。已經有了一些，但我們需要更多。

2 用於代替名詞

如果可數名詞位於形容詞之後，可用 one 或 ones 代替。例如，可以用 I've had this car a long time, and I'm thinking of getting **a new one**.（這輛車我已經買了很久了，我正考慮買輛新的。）代替 I've had this car a long time, and I'm thinking of getting a new car.。

***I** got this trumpet for thirty pounds. It's quite **a good one**.* 我花30英鎊買了這把小號。是一把相當不錯的小號。

*This idea has become **a very popular one**.* 這個想法變得非常受歡迎。

*We made money from buying old houses and building **new ones**.* 我們通過購買舊屋和建造新房賺錢。

也可以用 one 或 ones 代替關係從句或介詞短語前的可數名詞。

*Of all the subjects, science was **the one I loved best**.* 在所有的科目中，科學是我的最愛。

*Could I see that map again – **the one with lines across it**?* 我能再看一下地圖 —— 那幅畫了線的地圖嗎？

如果單數可數名詞緊跟在除 a 以外的任何限定詞後面，可用 one 代替。例如，可以說 I bought these masks when I was in Africa. **That one** came from Kenya.（我在非洲買了這些面具。那一具是肯雅的。），而不是說 I bought these masks when I was in Africa. That mask came from Kenya.。

*We need to buy a new car. **This one's** too small.* 我們需要買一輛新車。這輛太小了。

*He took the glasses and wrapped **each one** carefully.* 他接過了玻璃杯，仔細地把每

一個包好。

*She had a bowl of soup, then went back for **another one**.* 她喝了一碗湯，然後又回去要了一碗。

> **! 注意**
>
> 不要把 the one 用在 of 加人名前面。例如，不要説 ~~This is my mug. That's the one of Jane.~~，而要説 This is my mug. That's **Jane's**.（這是我的馬克杯。那個是簡的。）。
>
> *He has a northern accent like **Brian's**.* 他有像布萊恩那樣的北方口音。

☞ 見 one – you – we – they

---

one – you – we – they

1 one

one 有時作非人稱代詞，表示情況一般或應該如此。

***One** doesn't talk about politics at parties.* 人們一般在聚會上不談政治。

也可用所有格限定詞 one's 和反身代詞 oneself。

*Naturally, one wants only the best for **one's** children.* 當然了，人們只想讓自己的孩子得到最好的。

*We all understood the fear of making a fool of **oneself**.* 我們都理解對於出洋相的懼怕。

one、one's 和 oneself 相當正式。下面是其他一些可以表示情況一般或應該如此的方法：

2 you

可以用 you、your、yours 和 yourself，就像我們在本書中通常做的那樣。

*There are things that have to be done and **you** do them and **you** never talk about them.* 有些事情必須要做，而做了以後也從來不説。

*Ignoring **your** neighbours is rude.* 忽視鄰居是不禮貌的。

3 we

可用 we、us、our、ours 和 ourselves 表示某事一般由包括自己在內的一群人完成。

***We** say things in the heat of an argument that **we** don't really mean.* 在爭論最激烈的時候，我們會説言不由衷的話。

*There are things **we** can all do to make **ourselves** and **our** children happier.* 有些使我們自己和孩子更快樂的事情我們都能夠做。

4 they

they 有時可泛指人，或指一群身份未明確説明的人。

***They** found the body in the river.* 他們在河裏發現了屍體。

在提及一種説法或重複一條流言時，有些人用 they。

***They say** that the camera never lies – but it doesn't always show the full picture.* 常

言道，相機從不會説謊 —— 但並不總是顯示完整的畫面。

*He made a fortune, **they say**.* 他發了一筆財，據説。

they、them、their、theirs 和 themselves 也用於指代 everyone 和anyone、person、child 以及 student 這樣的詞。

☞ 見 he – she – they

5 people

可以用 people。這也是相當常見的用法。

***People** shouldn't leave jobs unfinished.* 人們做工作不應該半途而廢。
*I don't think **people** should make promises they don't mean to keep.* 我認為人們不應該作出不打算履行的承諾。

6 被動式

有時可用被動動詞來代替使用這些詞和主動動詞。在正式的書面語裏，這種用法相當常見。

*If there is increasing pain, medical advice **should be taken**.* 如果疼痛加劇，應該徵詢醫生意見。
*Bookings **must be made** before the end of December.* 必須在12月底之前預訂。

---

one another

☞ 見 each other – one another

---

only

only 可作形容詞或副詞。

1 用作形容詞

only 用在名詞或 one 前面，表示唯一的、僅有的。在 only 前面用 the 或所有格。

*Grace was **the only survivor**.* 格雷絲是唯一的倖存者。
*I was **the only one** listening.* 我是唯一在聽的人。
*'Have you a spare one?' – 'No, it's **my only copy** unfortunately.'* "你有多餘的嗎？" —— "沒有，我剛好只有這一份。"

only 作此解時，後面必須使用名詞或one。例如，不能説 He was the only to escape. 如果不想用更具體的名詞，可用 person 或 thing。例如，可以説 He was **the only person** to escape. （他是唯一逃脱的人。）。

*He was **the only person** allowed to issue documents of that sort.* 他是唯一被允許頒佈那種文件的人。
*It was **the only thing** they could do.* 這是他們唯一能做的事。

如果用了另一個形容詞或數詞，要把 only 放在其前面。

***The only English city** he enjoyed working in was Manchester.* 他唯一喜歡在那兒工作的英國城市是曼徹斯特。
*So I probably have **the only three copies** of the album in existence.* 因此我很可能擁有該專輯唯一存世的三張唱片。

only 通常不用在 an 後面。有一個常見的例外：an only child 表示獨生子女。

*As **an only child** she is accustomed to adult company.* 作為獨生女，她習慣於成年人的陪伴。

2 用作副詞

only 用作副詞，表示僅僅、只。

▶ 如果 only 適用於分句的主語，則放在主語前面。

***Only his close friends** knew how much he worried about his daughters.* 只有他親近的朋友才知道他多麼擔心他的女兒們。

*We believe that **only a completely different approach** will be effective.* 我們相信，只有一個完全不同的方法才會有效。

▶ 如果動詞是 be，only 要放在其後面。

*There **is only** one train that goes from Denmark to Sweden by night.* 晚上從丹麥到瑞典只有一班火車。

▶ 如果動詞不是 be，only 也不適用於主語，則通常把 only 放在動詞前面或第一個助動詞後面，而不管其適用於那一個。

例如，通常說I **only** see my brother at weekends.（我只在週末見我的弟弟。），而不是 I see my brother only at weekends.。

*Drivers **only** find serious traffic jams **in the city centre**.* 駕車人只在市中心發現有嚴重的交通擠塞。

*We could **only** choose **two of them**.* 我們只能選擇其中兩個。

*New technology will **only** be introduced **by agreement** with the unions.* 只有在與工會達成協議後新技術才會引進。

3 用於強調

但是，如果想清楚說明或表示強調，要把 only 直接放在所適用的單詞、短語或分句的前面。

*He played **only classical music**.* 他只演奏古典音樂。

*You may borrow **only one item** at a time.* 你一次只可以借一件。

*We film **only when something interesting is found**.* 我們只在發現有趣的東西時才拍攝。

為了進一步強調，可把 only 放在所適用的詞或短語後面。

*We insisted on being interviewed by **women journalists only**.* 我們堅持只接受女記者的採訪。

*This strategy was used **once only**.* 這種策略僅僅使用過一次。

在書面語和正式的口語中，可把 only 放在句首，後接所適用的詞、短語或分句，然後用助動詞或 be，再接主句的主語。

***Only here** was it safe to prepare and handle hot drinks.* 只有在這裏配製和拿熱飲料才是安全的。

***Only then** did Ginny realize that she still hadn't phoned her mother.* 只有在那個時候金妮才意識到她還沒打電話給媽媽。

另一個強調的方法是把 It is only… 或 It was only… 加上所要強調的詞或短語用在開

頭。句子的其他部份放在 *that*-從句內。

It was only much later *that I realized what had happened.* 直到很久以後我才意識到發生了甚麼。

It was only when he started to take photographs *that he was stopped.* 只是當他開始拍照的時候,他才受到了制止。

4 not only

not only 與 but 或 but also 連用,作為一種連接詞或片語的方式。

☞ 見 not only

---

onto

通常用介詞 onto 表示某人或某物倒在或放在甚麼地方。

*He fell down **onto** the floor.* 他摔倒在地板上。

*Place the bread **onto** a large piece of clean white cloth.* 把麵包放在一大塊乾淨的白布上。

很多動詞後面既可用 onto 也可用 on,而意思不變。

*I fell with a crash **onto** the road.* 我嘩啦一聲倒在了路上。

*He fell **on** the floor with a thud.* 他砰的一聲跌倒在地板上。

*She poured some shampoo **onto** my hair.* 她在我頭髮上倒了一些洗髮液。

*Carlo poured ketchup **on** the beans.* 卡洛把番茄醬倒在豆上。

但是,在表示攀爬和提升的動詞後面應該用 onto,而不是 on。

*She climbed up **onto** his knee.* 她爬到了他的膝蓋上。

*The little boy was helped **onto** the piano stool.* 小男孩被抱上了鋼琴凳。

hold **onto** something 表示緊緊抓住某物。在作 hold 解的動詞後面,onto 用作介詞,on 用作副詞。

*She had to hold **onto** the edge of the table.* 她不得不抓住桌子的邊緣。

*I couldn't put up my umbrella and hold **on** at the same time.* 我不能舉着傘,同時又抓着不放。

*We were both hanging **onto** the side of the boat.* 我們兩人都緊緊抓着船沿。

*He had to hang **on** to avoid being washed overboard.* 他必須緊緊抓住,以免從船上被捲到水裏。

onto 有時寫成兩個詞 on to。

*She sank **on to** a chair.* 她一屁股坐到椅子上。

---

open

open 可作動詞或形容詞。

1 用作動詞

open 表示打開。

*She **opened** the door with her key.* 她用鑰匙開了門。

*He **opened** the window and looked out.* 他打開窗向外看。

> **！注意**
>
> 用人作 open 的主語時，後面必須用賓語。
>
> 例如，不要説 ~~I went to the door and opened.~~，而要説 I went to the door and **opened it**.（我走到門口打開門。）。
>
> *I went to the front door, **opened it**, and looked out.* 我走到前門，打開向外看去。

2 用作形容詞

open 表示（門或窗）開着的。

*The door was **open**.* 門開着。
*He was sitting by the **open** window of the office.* 他坐在辦公室敞開的窗戶旁邊。

> **！注意**
>
> 不要用 opened 表示門或窗開着的狀態。opened 是動詞 open 的過去式或 -ed 分詞，僅用於描述開門或開窗的動作。
>
> *The front door **was opened**, then suddenly shut again.* 前門打開了，然後又突然關上了。

3 用在其他動詞後面

open 可用在其他位置動詞或移動動詞後面。

*The doors of the ninth-floor rooms **hung open**.* 九樓房間的門敞開着。
*Bernard **pushed** the door fully **open**.* 伯納德把門完全推開了。
*He noticed the way the drawer **slid open**.* 他注意到了抽屜滑開的方式。

open 是數個能像這樣用在位置動詞或移動動詞後面的詞之一。其他的詞有 closed、shut、free、loose、straight 以及 upright。這些詞有時被視為副詞，有時被視作形容詞。

> **！注意**
>
> 不要用 open 作動詞或形容詞談論電器設備。例如，不要用 open 表示打開電器的開關，要用 put on、switch on 或 turn on。
>
> *Do you mind if I **put** the light **on**?* 你介意我開燈嗎？
> *I went across and **switched on** the TV.* 我走過去打開了電視。
> *I **turned on** the radio as I did every morning.* 我像每天早晨一樣打開了收音機。

opinion

opinion 表示看法、意見。

*We would like to have your **opinion**.* 我們想聽聽你的意見。
*The students wanted to express their **opinions**.* 學生們想表達他們的看法。

如果想表示説明的是誰的意見，可用 in my opinion、in Sarah's opinion 或 in the opinion of the voters... 這樣的表達式。

In my opinion, *there are four key problems that have to be addressed.* 在我看來，有四個關鍵問題必須解決。

In Lee's opinion, *the protests were 'unnecessary'.* 按李的意見，抗議是"不必要的"。

In the opinion of the Court of Appeal *the sentence was too severe.* 上訴法院認為判決過於嚴厲。

☞ 見 according to

在正式的口語或書面語裏，人們有時説 It is my opinion that... （我的看法是⋯⋯）或 It is our opinion that... （我們的看法是⋯⋯）。

It is my opinion that *high school students should have the vote.* 我的看法是，高中生應該有投票權。

> **！注意**
>
> 不要説 ~~To my opinion...~~ 或 ~~According to my opinion...~~。

☞ 見 point of view – view – opinion

---

opposite

opposite 可作介詞、名詞或形容詞。

1 用作介詞

opposite 表示（建築物或房間）在⋯⋯的對面。

*The hotel is **opposite** a railway station.* 這家旅館在一個火車站對面。
*The bathroom was located **opposite** my room.* 衛生間位於我房間的對面。

opposite 表示（人）與⋯⋯面對面。

*Lynn was sitting **opposite** him.* 林恩坐在他的對面。
*He drank half his coffee, still staring at the Englishman **opposite** him.* 他喝了一半咖啡，眼睛仍然盯着他對面的英國人。

 在上述兩個情況中，美式英語通常用 across from 而不是 opposite。

*Stinson has rented a home **across from** his parents.* 斯廷森租了他父母家對面的一間屋。
*He took a seat on one side of the table, and Judy sat **across from** him.* 他在桌子的一側坐下，而茱迪坐在他對面。

2 用作名詞

如果兩個人或物在某個方面完全不同，可以説 one is **the opposite of** the other。

The opposite of *right is wrong.* 與正確相對的是錯誤。
*He was **the exact opposite of** Ariel, of course.* 當然，他和阿里爾截然相反。

如果對比很清楚，the opposite 後面可不用 of。

*Well, whatever he says you can be sure he's thinking **the opposite**.* 好了，不管他説甚麼，你可以確定他想的完全是另一套。

*They believe the statement because **the opposite** is unimaginable.* 他們相信這個説法，因為反過來是不可想像的。

> ⚠ **注意**
>
> 不能用 one thing or person is opposite another 來表示區別。

3 用作形容詞

opposite 可作形容詞，用在名詞前面或後面都可以，但意思不同。

opposite 用在名詞前面表示對面的。

*I was moved to a room on the **opposite** side of the corridor.* 我被轉移到了走廊對面的一個房間裏。

*On the **opposite** side of the room a telephone rang.* 在房間的另一頭一架電話機響了。

opposite 也可用在名詞前面表示相反的。

*Holmes took the **opposite** point of view.* 霍姆斯持相反的觀點。

*Too much pressure would produce overheating, whereas too little would produce the **opposite** result.* 壓力太大會導致過熱，太小的話則會產生相反的結果。

opposite 用在名詞後面表示對面的。

*The elderly woman **opposite** glanced up at the window.* 對面的那位老太太抬頭掃了一眼窗戶。

*In one of the new houses **opposite**, a party was in progress.* 在對面的其中一幢新房子裏，一個聚會正在進行。

如果要表達“（街）對面的屋”，可以説 the house on **the opposite** side of the street 或 the house **opposite**。不要説 ~~the opposite house~~。

4 opposed

不要混淆 opposite 和 opposed。be **opposed to** something 表示反對某事。

*I am **opposed to** capital punishment.* 我反對死刑。

---

or

1 基本用法

or 表示或、或者、還是，用於連接單詞、短語或分句。

*Would you like some coffee **or** tea, Dr Floyd?* 你想要咖啡還是茶，佛洛德博士？

*It is better to delay planting if the ground is very wet **or** frosty.* 如果地面非常潮濕或有霜凍，最好延遲栽種。

*Do you want to go to the beach **or** spend time at home?* 你想去海灘還是在家裏打發時間？

2 與否定詞連用

否定詞後面用 or 代替 and。例如，要説 I do not like coffee **or** tea. (我不喜歡喝咖啡或茶。) ，而不要説 ~~I do not like coffee and tea.~~。

*The situation is **not** fair on the children **or** their parents.* 這種情況對兒童或其父母是不公平的。

*It is not poisonous and will **not** harm any animals **or** birds.* 它無毒，不會傷害任何動物或鳥類。

*The house is **not** large **or** glamorous.* 屋既不大也不迷人。

3 動詞的一致

用 or 連接兩個或兩個以上的名詞時，複數可數名詞後面要用複數動詞，單數可數或不可數名詞後面要用單數動詞。

*Even minor changes or developments **were** reported in the press.* 即使是微小的變化或進展也在媒體上作了報導。

*If your son or daughter **is** failing at school, it is no use being angry.* 如果你的兒子或女兒在學校考試不及格，生氣是沒有用的。

4 either...or

either 與 or 連用表示或者……或者、要麼……要麼。either 用在第一個選擇前，or 用在第二個選擇前。

*Replace it with a broadband access device, **either** rented **or** costing around $500.* 用寬頻接入設備代替，既可以租用，也可以花大約500美元購買。

☞ 見 either...or

neither 後面通常用 nor。

*He speaks **neither** English **nor** German.* 他既不會説英語也不會説德語。

☞ 見 neither...nor

5 連接兩個以上的項目

連接兩個以上項目時，通常只把 or 放在最後一個項目前。在其他每一個項目後用逗號。在 or 前面的逗號常常省略。

*Flights leave from Heathrow, Manchester, Gatwick, **or** Glasgow.* 航班從希思洛、曼徹斯特、格域或格拉斯哥發出。

*Students are asked to take another course in English, science **or** mathematics.* 學生被要求選修英語、自然科學或數學等作另一門課程。

6 用 or 引導句子

一般 or 不用在句首，但轉述某人所説或所想時，有時可用在句首。

*I may go home and have a steak. **Or** I may have some spaghetti.* 我可能回家吃一塊牛排。或者有可能吃一些意大利麵。

7 用於更正

可以用 or 來更正自己所犯的錯誤，或表示想出了一個更好的表述方式。

*We were considered by the others to be mad, **or** at least very strange.* 我們被別人看作是瘋瘋癲癲的，或至少是非常奇怪的。

oral

☞ 見 aural – oral

ordinary

☞ 見 usual – usually

or else

☞ 見 else

other

1 the other

談論兩個人或物時，如果已經提到了其中一個，第二個可用 the other 或 the other one 表示。

*They had two little daughters, one a baby, **the other** a girl of twelve.* 他們有兩個小女兒，一個在繈褓中，另一個12歲。

*He blew out one of the candles and moved **the other one**.* 他吹滅了一支蠟燭，移走了另一支。

2 the others

談論數個人或物時，如果已經提到了其中一個或數個，其餘的數個通常可用 the others 表示。

*Jack and **the others** paid no attention.* 傑克和其他人沒有加以注意。

*First, concentrate only on the important tasks, then move on to **the others**.* 首先，把注意力只集中在最重要的任務上，然後再轉向其他任務。

3 others

談論特定類型中的某些人或物時，可用 others 表示這個類型中別的人或物。

*Some players are better than **others** in these weather conditions.* 有些運動員在這種天氣條件下比別的運動員表現得更好。

*The couple had one biological child and adopted three **others**.* 這對夫婦有一個親生孩子，另外三個是領養的。

> **！注意**
>
> 在這類句子中，不要把 the 與 others 連用。例如，不要說 ~~Some players are better than the others.~~。

4 another

談論特定類型的人或物時，可用 another 或 another one 表示這個類型中的另外一個。

*I saw one girl whispering to **another**.* 我看見一個女孩在對另一個竊竊私語。

*There was something wrong with the car he had hired and he had to hire **another** *one*. 他租來的汽車出了點毛病，他只好另外再租一輛。

☞ 見 another

5 用在名詞前面

the other、other 和 another 可按同樣方式用在可數名詞之前。

The other girls *followed, thinking there may be some news for them too*. 其他女孩跟在後面，心想可能也有一些消息給她們。

The roof was covered with straw and **other materials**. 屋頂上蓋着稻草和其他材料。

He opened **another shop** *last month*. 他上個月又開了一家店。

ought to

☞ 見 should – ought to

out

1 out of

go out of 或 get out of 表示從……出來、離開……。

She rushed **out of** *the house*. 她從房子裏衝了出來。

He got **out of** *the car*. 他下了車。

She's just got **out of** *bed*. 她剛起牀。

在談話和不太正式的書面語裏，這類句子中可用 out 不帶 of。

'Come on, get **out** *the car,' she said*. "快，下車吧，"她説。

> **！注意**
>
> 有些人認為這種用法不正確。在正式英語裏，必須使用 out of。

☞ 關於 go out 和 get out 的進一步説明，見 go out – get out – get off

out 後面通常不用 from。但是在 behind 或 under 等其他一些介詞前，可用 from。

He came **out from behind** *the table*. 他從桌子後面出來了。

2 out 用作副詞

out 可用作副詞，表示在外、向外。

I ran **out** *and slammed the door*. 我跑出去，砰的一聲關上了門。

Why don't we go **out** *into the garden?* 我們為甚麼不到外面的花園裏呢？

someone is **out** 表示某人不在家。

He came when I was **out**. 我不在家的時候他來了。

outdoors – outdoor

1 outdoors

outdoors 是副詞，表示在戶外、在室外。

He spent a lot of his time **outdoors**. 他花了很多時間在戶外。

*School classes were held **outdoors**.* 學校課程是在戶外舉行的。

通常不用 go outdoors 表示到室外去，要用 go outside。

☞ 見 outside

2 outdoor

outdoor 是形容詞，用在名詞前面，表示在戶外的、在室外的。

*There is also an **outdoor** play area.* 還有一個室外活動區。

*If you enjoy **outdoor** activities, this is the trip for you.* 如果你喜歡戶外活動，這個旅行最適合你。

---

outside

outside 可作介詞或副詞。

1 用作介詞

outside 表示在……的外面。

*I parked **outside** the hotel.* 我把車停在了旅館外面。

*There are queues for jobs **outside** the main offices.* 在主辦公樓外面有人為找工作排起了隊。

> **！注意**
> 不要説 someone ~~is outside of~~ a building。

2 用作副詞

也可以説 someone or something is **outside**（某人或某物在外面）或 something is happening **outside**（某事正在外面發生）。

*The shouting **outside** grew louder.* 外面的喊叫聲越來越大。

*Please could you come and fetch me in 20 minutes? I'll be waiting **outside**.* 請你20分鐘後來接我好嗎？我會在外面等候。

go **outside** 表示到外面去，但離得不遠。

*When they went **outside**, snow was falling.* 他們走到外面去的時候正在下雪。

*Go **outside** and play for a bit.* 去外面玩一會。

如果出去後要到一定距離的地方，不要説 go outside。要説 go out。

*When it got dark he went **out**.* 天黑時他出去了。

*I have to go **out**. I'll be back late tonight.* 我得出去。我今晚會晚一點回來。

也可以説 someone is **outside** 表示某人在過道或走廊等離房間不遠的地方。

*I'd better wait **outside** in the corridor.* 我最好在外面的走廊裏等待。

3 outside 的另一個詞義

outside 也可表示不在國內。outside 這樣用時，"附近"不是其意義的一部份。**outside** a country 可表示離國家很近也可表示離得很遠。

*You'll know this if you have lived **outside** Britain.* 如果你在英國以外的地方住過，你

會理解這一點的。

---

over

over 是介詞,有數種不同的用法。

1 位置

over 表示在……上方、在……上面。

*I had reached the little bridge **over** the stream.* 我到達了溪流上的小橋。
*His name is on the monument **over** the west door.* 他的名字在西門上方的紀念碑上。

2 移動

go **over** something 表示跨越某物。

*Sayeed climbed **over** the fence.* 賽義德爬過了籬笆。
*The sea was rough on the way back **over** the Channel.* 在越過英吉利海峽回來的途中,海面波濤洶湧。

3 年齡

over 表示超過某個年齡。

*She was well **over** fifty.* 她已經50多歲了。

4 時間

over 表示在一段時間內。

*He'd had flu **over** Christmas.* 他在聖誕節期間患了流感。
*There have been many changes **over** the last few years.* 在過去數年間發生了許多變化。

over a meal 表示在進餐時。

*It's often easier to discuss difficult ideas **over** lunch.* 邊吃午飯邊討論困難的想法常常比較容易。

☞ 見 above – over

---

overseas

overseas 可作副詞或形容詞。

1 用作副詞

overseas 表示向海外、向國外。

*Roughly 4 million Americans travel **overseas** each year.* 每年大約有400萬美國人去海外旅行。

2 用作形容詞

overseas 用在名詞前面,表示海外的、國外的。overseas 的詞義與 foreign 類似,但更正式。主要用於談論貿易、金融以及旅行。

*We organize major programmes of **overseas** aid.* 我們組織重大的外援計劃。
*I met him on a recent **overseas** visit.* 我在最近的一次海外訪問時見到了他。

> **!　注意**
> 不要把 overseas 用在 be 後面表達這個意思。如果説 someone is overseas，
> 意思不是某人是外國人，而是某人正在國外。

own

1　用在所有格之後

own 可用在所有格後面，表示自己的，用於加強語氣。

*These people have total confidence in **their own** ability.* 這些人對自己的能力充滿信心。
*Now **the nuclear industry's own** experts support these claims.* 現在核工業部門自己的專家都支持這些主張。

2　own 與數詞連用

如果還用了數位，要把數位放在 own 後面。例如，可以説 She had given the same advice to her **own three** children.（她把同樣的忠告給了她自己的三個孩子。），而不要説 ~~She had given the same advice to her three own children.~~。

*She was younger than my **own two** daughters.* 她比我自己的兩個女兒年輕。

3　of your own

own 後面不要用 an。例如，不要説 ~~I've got an own place.~~，而要説 I've got **my own** place.（我有自己的地方。）或 I've got a place of my own.。

*By this time Laura had got **her own** radio.* 到這個時候，蘿拉有了自己的收音機。
*It's a clear lemonade with little flavour **of its own**.* 這是一杯本身甚麼味道的清澈的檸檬汁飲料。

4　強調 own

可把 very 放在 own 前面進行強調。

*We heard the prison's **very own** pop group.* 我們聽了監獄自己的流行樂隊。
*Accountants have a language of their **very own**.* 會計人員有他們自己的用語。

5　own 不與名詞連用

如果很清楚談論的是甚麼，可不用名詞而單獨使用 own。但是，own 前面始終要有所有格。

*These people's ideas were the same as **their own**.* 這些人的想法和他們自己的一樣。
*I was given no clothes other than **my own** to wear.* 除了我自己的衣服，沒有給我其他衣服穿。

6　on your own

on one's own 表示獨自、單獨。

*She lived **on her own**.* 她獨自生活。
do something **on one's own** 表示獨立做某事。
*We can't solve this problem **on our own**.* 我們無法獨立解決問題。

Pp

package

☞ 見 parcel – package – packet

packet

☞ 見 parcel – package – packet

pair – couple

1 a pair of

a pair of 表示一對、一副、一雙。

*Someone has dropped **a pair of** gloves.* 有人掉了一副手套。
*He bought **a pair of** hiking boots.* 他買了一雙徒步旅行靴。

a pair of 這樣用時，動詞可用單數或複數形式.

*He wore a pair of shoes that **were** given to him by his mother.* 他穿了一雙母親送給他的鞋子。
*A pair of shoes **was** stolen.* 一雙鞋子被偷掉了。

a pair of 也可表示褲子、眼鏡或剪刀等，這些東西有兩個形狀和大小相同的主要部份。

*She has a new **pair of** glasses.* 她有一副新眼鏡。
*Do you have **a pair of** scissors I could use?* 你有一把我可以用的剪刀嗎？

a pair of 這樣用時，動詞用單數形式。

*Who **does** this pair of jeans belong to?* 這條牛仔褲是誰的？
*A good pair of binoculars **is** essential for watching birds.* 一個好的雙筒望遠鏡是觀鳥必不可少的。

2 a couple of

在談話和非正式書面語中，可用 a couple of 指兩個人或物。

*I asked **a couple of** friends to help me.* 我請了兩個朋友來幫助我。
*We played **a couple of** games of tennis.* 我們打了兩場網球比賽。

a couple of 後面的動詞用複數形式。

*A couple of guys **were** standing by the car.* 兩個男人正站在汽車旁邊。
*On the table **were** a couple of mobile phones.* 桌上有兩部手機。

> **⚠ 注意**
> 正式的書面語裏不要用 a couple of。

3 couple 指兩個人

couple 指夫婦或情侶。

*In Venice we met a South African **couple**.* 我們在威尼斯遇到一對南非夫婦。
*Married **couples** will get tax benefits.* 已婚夫婦將獲得税收優惠。

couple 後面通常用動詞的複數形式。

*A couple **were** sitting together on the bench.* 一對情侶一起坐在長椅上。

pants – shorts

在英式英語裏，pants 表示內褲。

男裝內褲有時稱為 underpants，女裝內褲有時稱作 panties 或 knickers。

 在美式英語裏，男裝內褲通常稱作 shorts 或 underpants，女裝內褲通常稱作 panties。

 在美式英語裏，pants 指褲子。

*He wore brown corduroy **pants** and a white cotton shirt.* 他穿着棕色燈芯絨褲子和白色棉襯衫。

在英式英語和美式英語裏，shorts 也表示短褲。

*I usually wear **shorts** and a T-shirt when I play tennis.* 打網球的時候，我通常穿短褲和T恤衫。

pants 和 shorts 都是複數名詞。後面用動詞的複數形式。

*The pants **were** white with a lace trim.* 這是一條有蕾絲花邊的白色內褲。
*His grey shorts **were** far too big.* 他的灰色短褲實在太大了。

> **！注意**
>
> 不要説 ~~a pants~~ 或 ~~a shorts~~。可以説 a pair of pants（一條內褲）或 a pair of shorts（一條短褲）。
>
> *It doesn't take long to choose **a pair of pants**.* 挑選一條內褲不需要很長時間。
>
> *He is wearing **a pair of shorts** and a T-shirt.* 他穿着一條短褲和T恤衫。
>
> a pair of pants 或 a pair of shorts 後面用動詞的單數形式。
>
> *Why **is** this pair of pants on the floor?* 為甚麼這條內褲在地板上？

paper

paper 表示紙。

*Bring a pencil and some **paper**.* 帶一支鉛筆和一些紙。

papers 表示文件。

*This filing cabinet is where we keep important **papers**.* 這個文件櫃是我們存放重要文件的地方。

不要用 a paper 表示一張紙。要用 a **sheet of paper**；如果是比較小的一張紙，則用

a **piece of paper**。

*He wrote his name at the top of a blank **sheet of paper**.* 他在一大張白紙的頂端寫下了他的名字。

*The floor was covered in little **pieces of paper**.* 地板上滿是小紙片。

報紙常常稱作 paper。

*Dad was reading the daily **paper**.* 爸爸在看日報。

*His picture was in the **papers**.* 他的照片登了在報紙上。

---

parcel – package – packet

1 parcel 和 package

parcel 或 package 表示包裹。在英式英語裏，兩者的詞義幾乎完全相同，但 parcel 的形狀通常比 package 更規整。

*Charities sent **parcels** of food and clothes to the refugees.* 慈善機構給難民寄去食品和衣服包裹。

*I am taking this **package** to the post office.* 我正要把這個包裹送到郵局去。

在美式英語裏，通常用 package 而不是 parcel。

2 packet

在英式英語裏，packet 表示（裝有貨品的）小盒、小袋、小包。

*There was an empty cereal **packet** on the table.* 桌子上有一個空的麥片盒。

*Cook the pasta according to the instructions on the **packet**.* 根據包裝上的說明煮意大利麵。

在美式英語裏，這樣的容器通常稱作 package 或 pack。

a packet of 或 **a package of something** 既可表示容器連同裏面的東西，也可僅僅指裏面的東西。

*The shelf was stacked with **packages of** rice and dried peas.* 架子上堆滿了一包包的大米和乾豌豆。

*He ate a whole **a packet of** biscuits.* 他吃掉了整整一包餅乾。

---

pardon

可以用 I beg your pardon. 表示道歉。

*'You're sitting in my seat.' – 'Oh, **I beg your pardon**.'* "你坐在了我的座位上。" —— "哦，對不起。"

有些美國人說 Pardon me。

*'**Pardon me!**' said a man who had bumped into her.* "對不起！" 撞到她身上的一個男人說。

沒聽清或沒理解某人的話時，英國人有時說 Pardon?。

'His name is Hardeep.' – 'Pardon?' – 'I said,'his name is Hardeep.' "他的名字叫哈迪普。" —— "你説甚麼？" —— "我説他的名字叫哈迪普。"

☞ 見主題條目 Apologizing

parking – car park

 不要用 parking 這個詞指停車場。在英式英語裏，停車場用 car park 表示，在美式英語裏用 parking lot。

*We parked in the **car park** next to the theatre.* 我們把車泊在劇院隔壁的停車場。
*The high school **parking lot** was filled with cars.* 那所高中的停車場泊滿了汽車。

在美式英語裏，多層停車場稱作 parking garage；在英式英語裏稱作 multi-storey car park。
parking 僅用於指停放車輛這個動作，或車輛停放的狀態。

***Parking** in the city centre is very difficult.* 在市中心泊車非常難。
*He put a 'No **Parking**' sign on the gates.* 他在大門上放了一塊 "禁止泊車" 的標誌。

part

▉ part of

part of 或 a part of 表示……的一部份。part of 或 a part of 用在單數可數名詞或不可數名詞前面。

*I've told her **part of** the story, but not all of it.* 我把一部份情況告訴了他，但不是全部。
*Using the internet is **a part of** everyday life for most people.* 對於大多數人來説，使用互聯網是日常生活的一部份。

▉ some of 和 many of

不要把part of 或a part of 用在複數名詞短語前面。例如，不要説 ~~Part of the students have no books.~~，而要説 **Some of** the students have no books. （其中一些學生沒有書。）。

***Some of** the players looked very tired.* 一些球員看起來非常疲倦。
***Some of** us have finished.* 我們中的一些人已經完成了。

不要説 ~~A large part of the houses have flat roofs.~~，而要説 **Many of** the houses have flat roofs. （其中很多屋有平屋頂。）。

***Many of** the old people remember the war.* 許多老年人仍然記得那場戰爭。

☞ 見 some, many

partly

☞ 關於表示範圍的分級詞彙列表，見 Adverbs and adverbials

party

party 表示聚會、派對。舉辦聚會用 have、give 或 throw a party 表示。

We **are having** a party on Saturday. 星期六我們有個聚會。
They **gave** a party to celebrate their daughter's graduation. 他們開了個派對來慶祝他們女兒的畢業。
We **threw** her a huge birthday party. 我們為她舉辦了一個盛大的生日聚會。

> **！注意**
>
> 不能用動詞 make。例如，不要說 ~~We are making a party.~~。

---

pass

動詞 pass 表達好幾個不同的詞義。

1 移動

pass 表示經過、路過、走過。

We **passed** the New Hotel. 我們路過了 "新酒店"。
They stood aside to let him **pass**. 他們站到一邊讓他過去。

pass 表示傳遞。

She **passed me** her glass. 她把玻璃杯遞給了我。
I **passed** the picture **to Lia** so she could see it. 我把照片遞給了利亞，這樣她就能看到了。

2 時間

pass time 表示打發時間。

They **passed** the time until dinner talking and playing cards. 他們通過閒聊和玩紙牌把晚餐前的時間打發了。

☞ 見 spend – pass

3 測試和考試

pass 表示通過（考試）。

I **passed** my driving test on my first attempt. 我第一次嘗試就通過了駕照考試。
If you **pass**, you can go to college. 如果你通過了，你可以去上大學。

☞ 見 exam – examination

> **！注意**
>
> 不要用 pass 表示參加考試，而不提結果。要用 take 表示。
> I **m taking** my driving test next week. 我下週參加駕照考試。
> Where did she **take** her degree? 她在哪裏取得學位？

Grammar Finder 語法講解

The passive 被動式

1 形式和用法

被動式（passive）指的是以受動作影響的人或物作主語的動詞短語。例如，He was helped by his brother.（他得到了他哥哥的幫助。）含有一個被動動詞。對主動（active）動詞短語來説，主語是執行動作的人或物，比如 His brother helped him.（他哥哥幫助了他。）。

如果對受動作影響而不是執行動作的人或物感興趣，或者不知道動作的執行者是誰，就可用被動式。使用被動式的時候，不一定必須提及動作的執行者，比如 He was helped.（他得到了幫助。）。

被動動詞短語由 be 的一個時態後接主要動詞的 -ed分詞構成。

例如，如果想用 eat 的一般過去時的被動式，就用 be 的一般過去時（was 或 were）加上 eat 的 -ed分詞（eaten）。

不定式也可以有被動式，比如 to be eaten，以及被動-ing形式，比如 being eaten。

☞ 見 Verb forms

幾乎所有的及物動詞（可帶賓語的動詞）都可用被動式。

*The room **has been cleaned**.* 房間已打掃乾淨。
*Some very interesting work **is being done** on this.* 對此正在做一些非常有趣的工作。
*The name of the winner **will be announced** tomorrow.* 獲勝者的名字將在明天宣佈。

> **！ 注意**
>
> 少數及物動詞很少或從不用被動式：
>
> | | | |
> |---|---|---|
> | elude | get | race |
> | escape | have | resemble |
> | flee | let | suit |
>
> 很多由不及物動詞加介詞構成的短語動詞也可用被動式。
>
> *In some households, the man **was referred to** as the master.* 在某些家庭裏，男子被稱為主人。
> *Sanders asked if these people could **be relied on** to keep quiet.* 桑德斯問能不能指望這些人保持安靜。
>
> 注意，介詞仍然要放在動詞後面，但不後接名詞短語，因為其適用的名詞短語用作了主語。

2 by 和 with

在被動句裏，如果想提及執行動作的人或物，要用介詞 by。

*He had been poisoned **by his girlfriend**.* 他被他女朋友毒死了。
*He was brought up **by an aunt**.* 他是由一位姨媽帶大的。

如果想提及用來執行動作人或物，要用介詞 with。

*A circle was drawn in the dirt **with a stick**.* 用棍子在泥土裏畫了一個圓圈。

*Moisture must be drawn out first **with salt**.* 首先必須用鹽把濕氣吸出來。

3 賓語補語

有些動詞的賓語後面可以帶補語。補語是描述賓語的形容詞或名詞短語。

☞ 見 Complements

這些動詞用被動式時，補語要直接放在動詞後面。

*In August he **was elected Vice President of the Senate**.* 8月份他當選為參議院副議長。

*These days, if a person talks about ghosts, they **are considered ignorant or mad**.* 如果現在還有人談論鬼，會被看作無知或者發瘋。

4 get

 在談話中，get 有時用來代替 be 構成被動式。

*Our car **gets cleaned** about once every two months.* 我們的汽車大約每兩個月清洗一次。

*My husband **got fined** in Germany for crossing the road.* 我丈夫在德國因橫穿馬路被罰款。

5 用於引述結構

☞ 關於引述動詞被動式用法的說明，見 Reporting

---

past

past 可作名詞或形容詞，表示過去。

*He never discussed his **past**.* 他從不談論自己的過去。

*I've spent most of the **past** eight years looking after children.* 過去8年中的大部份時間我都是在照顧孩子。

1 表達時間

在英式英語裏，用 past 表示時間。

*It's ten **past** five.* 現在是5時10分。

*I slept until quarter **past** ten.* 我一直睡到10時15分。

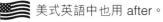 美式英語中也用 after。

*It's ten **after** five.* 現在是5時10分。

*I arrived around a quarter **after** twelve.* 我到達的時候大約是12時15分。

☞ 關於表達時間的其他方法，見主題條目 Time

2 走近某物

past 也用作介詞或副詞，表示（走近後）經過。

*He walked **past** the school.* 他走過學校。

*People ran **past** laughing.* 人們笑着跑了過去。

3 passed

不要把 past 用作動詞 pass 的過去式或 *-ed*分詞。要用 passed。

*As she **passed** the library door, the telephone began to ring.* 她走過圖書館的門時，電話響了起來。

*A new law **was passed** by Parliament.* 一項新法律被議會通過了。

Grammar Finder 語法講解

The past 過去時

☞ 關於過去形式的說明，見 Verb forms

1 談論過去

<u>一般過去時</u>（past simple）用於表示過去發生的事件。

*She **opened** the door.* 她打開了門。
*One other factor **influenced** him.* 另外一個因素影響了他。

為了確切説明某事發生的時間，或者為了説明某事在一段時間內發生或在過去定期發生，就有必要使用其他的詞和表達式。

*The Prime Minister **flew** to New York **yesterday**.* 首相昨天飛往紐約。
*He **thought for a few minutes**.* 他思考了數分鐘。
*They **went** for picnics **most weekends**.* 大多數週末他們都去野餐。

如果想談論某事在一個事件發生時已經發生了一段時間或繼續發生下去，可用<u>過去進行時</u>（past progressive）。

*We **were driving** towards the racetrack when a policeman stepped in front of our car to ask for identification.* 我們正開車向賽車場駛去，這時一個警察走到車前要我們出示身份證明。
*While they **were approaching** the convent, a couple of girls ran out of the gate.* 當他們接近修道院時，數個女孩跑出了大門。

也可用過去進行時談論過去暫時的狀態。

*Our team **were losing** 2–1 at the time.* 我們當時以2比1落後。
*We **were staying** with friends in Italy.* 我們當時正在意大利和朋友在一起。

2 定期事件

would 或 used to 可代替一般過去時談論過去定期發生的事情。

*We **would** normally **spend** the winter in Miami.* 我們通常在邁阿密過冬。
*She **used to get** quite cross with Lilly.* 她以前常常對莉莉發脾氣。

used to 也用於談論不復存在的情況。

*People **used to believe** that the earth was flat.* 過去人們認為地球是平的。

would 不這樣用。

3 完成形式

如果關注的是在過去某個時間發生的事情對現在的影響，可用<u>現在完成時</u>（present

perfect）。

I'm afraid I've forgotten my book, so I don't know. 對不起我忘了我的書，所以我不知道。

Have you heard from Jill recently? How is she? 你最近有沒有收到吉爾的音訊？她情況怎麼樣？

現在完成時也可用於談論始於過去到現在仍在繼續的情況。

I have known him for years. 我認識他已經好幾年了。

He has been here since six o'clock. 從6時以來他一直在這裏。

如果想強調最近的一個事件持續發生了一段時間，可用<u>現在完成進行時</u>（present perfect progressive）。

She's been crying. 她一直在哭。

I've been working hard all day. 我整天都在辛苦工作。

在回顧過去一個時間點的時候，如果關注的是更早發生的某事的影響，可用<u>過去完成時</u>（past perfect）。

I apologized because I had left my wallet at home. 我道了歉，因為我把錢包留在家裏了。

The fence between the two properties had been removed. 這兩塊地產之間的柵欄被移走了。

<u>過去完成進行時</u>（past perfect progressive）用於談論過去早些時候開始並持續了一段時間或仍在繼續的情況或事件。

I was about twenty. I had been studying French for a couple of years. 我當時大約20歲，已經學了數年法語。

He had been working there for ten years when the trouble started. 他在那裏連續工作10年以後出現了麻煩。

4 過去將來

如果想談論過去某一時刻將要發生的某事，可用 would、was/were going to 或過去進行時。

He thought to himself how wonderful it would taste. 他心想這味道會有多麼美妙。

Her daughter was going to do the cooking. 她女兒馬上要去做飯。

Mike was taking his test the week after. 邁克一週後要參加考試。

---

pay

動詞 pay 的過去式和 -ed分詞是 paid。

pay for 表示付款給、付……的款。
You should be paid for the work you do. 你應該得到工作報酬。
Roberto paid for the tickets. 羅伯托付了票款。

> **！注意**
>
> 在這類句子中，pay 後面必須使用 for。例如，不要説 ~~Roberto paid the tickets.~~。

不要説 ~~pay someone a drink~~ 或 ~~pay someone a meal~~，而要説 buy someone a drink（為某人買一杯飲料）或 buy someone a meal（為某人買一頓飯）。

*The boss **bought** us all a drink to celebrate.* 老闆給我們每人買了一杯酒慶祝一下。

*Come on, I'll **buy** you lunch.* 來吧，我請你吃午餐。

也可以説 take someone out for a meal（帶某人出去吃飯）。

*My aunt **took me out for** dinner on my birthday.* 我的姑媽在我生日那天帶我出去吃晚飯。

people – person

1 people

people 是複數名詞，後面用動詞的複數形式。
people 最常用於表示特定的有男有女的一群人。

*The **people** at my work mostly wear suits.* 我工作單位的人大多數穿西裝。
*Two hundred **people** were killed in the fire.* 兩百個人在火災中喪生。

people 常用於指一國人民、民族。

*The British **people** elect a new government every four or five years.* 英國人民每隔四年或五年選舉一個新政府。

2 peoples

指數個國家的人民或民族時，可用複數形式 peoples。

*They all belong to the ancient group of Indo-European **peoples**.* 他們都屬於那一組古老的印歐民族。

3 people 的另一個用法

people 也可用於泛指人們。

*I don't think **people** should drive so fast.* 我認為人們開車不應該這麼快。
*She always tried to help **people**.* 她總是設法幫助別人。

☞ 見 one – you – we – they

4 person

person 是可數名詞，表示一個人。

*There was far too much food for one **person**.* 這些食物供一個人吃實在太多了。
*Chen is a good **person** to ask if you have a computer problem.* 如果你有電腦問題，向陳請教就對了。

person 的複數通常是 people，但在正式英語裏有時也用 persons。

*No unauthorized **persons** may enter the building.* 未經授權的人一律不可以進入大樓。

percentage – per cent

percentage 表示百分比、百分率，書寫時用數位後接 per cent 或符號 %。因此舉例來説，如果一個村子裏住有1,000個人，其中250人是兒童，那麼就可以説 **25 per cent** 或 **25%** of the people in the village are children（村子裏25%的人是兒童）。

*What is the **percentage** of nitrogen in air?* 空氣中氮佔多少百分比？
*He won 28.3 **per cent** of the vote.* 他贏得了28.3% 的選票。

per cent 有時寫成一個詞，尤其是在美式英語裏。

*Remember that 90 **percent** of most food is water.* 記住，大部份食物中90%是水。

percentage 也用於表示（整體中的）所佔比例。例如，可以説 a large percentage（很大比例）或 a small percentage（很小比例）。

*The illness affects only **a tiny percentage** of babies.* 這種疾病只影響極小比例的嬰兒。

像這樣把 percentage 用在名詞的複數形式前面時，後面的動詞用複數形式。

*A large percentage of the students **do** not speak English at home.* 很大比例的學生在家不説英語。

percentage 用在單數形式或不可數名詞前面時，後面的動詞用單數形式。

*Only a small percentage of the money **is** given to charity.* 只有很小比例的錢捐給了慈善機構。

*A high percentage of their income **was** spent on rent.* 他們收入中的很大比例花在了房租上。

permission

permission 表示允許、許可。

*My parents gave me **permission** to go.* 我的父母允許我走了。
*You can't do it without **permission**.* 未經許可你不能做這件事。

permission 是不可數名詞。不要説 ~~permissions~~ 或 ~~a permission~~。

要求並獲得許可，用 **get** permission 表示，或者在比較正式的英語裏用 **obtain** permission。

*She **got** permission to leave early.* 她獲准提早離開。
*The school has **obtained** permission to build a new science block.* 學校已獲准建造一座新的科學大樓。

> **！注意**
>
> 不要用 take。例如，不要説 ~~She took permission to leave early.~~。
>
> 得到允許，用 **have** 或 **have got** permission 表示。
>
> *Students don't **have** permission to leave the school grounds at lunchtime.* 在午餐時間學生不允許離開學校場地。
>
> *You can only copy these documents if you**'ve got** permission.* 你只有在獲得許可後才能複製這些文件。

permit

☞ 見 allow – permit – let – enable

---

person

☞ 見 people – person

---

persuade

☞ 見 convince – persuade

---

petrol

☞ 見 gas – petrol

---

pharmacist

☞ 見 chemist – pharmacist

---

pharmacy

☞ 見 chemist's – drugstore – pharmacy

---

phone

phone 表示打電話給……。

*I need to **phone** my mother.* 我需要打電話給母親。

*Luis **phoned** us to say he had arrived.* 路易士打電話告訴我們他到了。

給一個地方打電話也可以用 phone。

*He **phoned** work to tell them he was ill.* 他打電話到公司告訴他們他生病了。

*I'll **phone** the cinema and find out what time the film starts.* 我會打電話給電影院，查一下電影甚麼時候開始。

> **❗ 注意**
>
> 不要把 to 用在 phone 後面。例如，不要說 ~~I need to phone to my mother.~~。

Grammar Finder 語法講解

Phrasal modals 情態短語

情態短語（phrasal modal）是和另一個動詞構成單個動詞短語的短語，並和情態動詞一樣對該動詞的意義產生影響。

有些情態短語以 be 或 have 開頭，例如 be able to、be bound to、be going to、have got to 和 have to。這些短語中的第一個詞根據主語和時態改變形式，就像 be 和 have

通常的方式那樣變化。例如，可以説 We have to leave tonight.（我們今晚不得不離開。）和 They had to leave last night.（他們昨晚不得不離開。）。其他情態短語不以這種方式變化。例如，可以説 I would rather go by bus.（我寧坐公共汽車去。）和 He would rather go by bus.（他寧願坐公共汽車去。）。

情態短語有：

be able to	have to	would sooner
had best	be liable to	be supposed to
had better	be meant to	be sure to
be bound to	ought to	be unable to
be going to	would rather	used to
have got to	would just as soon	would do well to

*It **was supposed to** last for a year and actually lasted eight.* 這本應該持續一年，實際上延續了8年。

*She **is able to** sit up in a wheelchair.* 她能夠在輪椅上坐起來了。

*He **used to** shout at people.* 他過去常常對別人大吼大叫。

Grammar Finder 語法講解

Phrasal verbs 短語動詞

1 短語動詞

短語動詞（phrasal verb）由動詞+副詞、動詞+介詞或動詞+副詞+介詞組合而成，表達單一意義。

其中的副詞或介詞有時稱作小品詞（particle）。短語動詞擴展了動詞的一般意義或創造出一個新的意義。

*The pain gradually **wore off**.* 疼痛逐漸消失了。
*I had to **look after** the kids.* 我不得不照顧孩子。
*They **broke out of** prison.* 他們逃出了監獄。
*Kevin tried to **talk** her **out of** it.* 凱文試圖説服她不要做那件事。

2 賓語的位置

▶ 由及物動詞加副詞組成的短語動詞，其動詞的賓語通常可放在副詞的前面或後面。

*Don't give **the story** away, silly!* 不要把內情洩露出去，傻瓜！
*I wouldn't want to give away **any secrets**.* 我不想透露任何秘密。

▶ 但是，如果動詞賓語是代詞，代詞必須放在副詞前面。

*He cleaned **it** up.* 他把它弄乾淨了。
*I answered **him** back and took my chances.* 我和他頂嘴，碰碰運氣。

▶ 由及物動詞加介詞組成的短語動詞，其動詞的賓語要放在動詞後面，介詞賓語則放在介詞的後面。

*They agreed to let **him** into **their little secret**.* 他們同意讓他知道他們的小秘密。
*The farmer threatened to set **his dogs** on them.* 農夫威脅要放狗出來咬他們。

> ▶ 如果短語動詞中的動詞和介詞作為一個及物單元，賓語要放在動詞和介詞後面。

*I love looking after **the children**.* 我喜歡照顧孩子。
*Elaine wouldn't let him provide for **her**.* 伊蓮不願意讓他供養她。
*…friends who stuck by **me** during the difficult times* ……在困難時期對我不離不棄的朋友們

> ▶ 由及物動詞+副詞+介詞組成的短語動詞，其動詞的賓語通常放在副詞前面，而不是後面。

*Multinational companies can play **individual markets** off against each other.* 跨國公司能夠讓各個市場之間互相爭鬥。
*I'll take **you** up on that generous invitation.* 我會接受你的盛情邀請。

> ▶ 如果短語動詞中的動詞+副詞+介詞作為一個及物單元，其賓語要放在這數個詞的後面。

*They had to put up with **their son's bad behaviour**.* 他們不得不忍受兒子的不良行為。
*He was looking forward to **life after retirement**.* 他盼望着退休後的生活。
*Look out for **the symptoms of flu**.* 注意流感的症狀。

3 被動式

可使用被動式的及物短語動詞，其動詞和介詞或副詞不能分開。

*She died a year later, and I **was taken in** by her only relative.* 一年後她死了，於是我被她唯一的親戚收留了。
*I **was dropped off** in front of my house.* 我被送到家門口下了車。
*The factory **was closed down** last year.* 工廠去年關閉了。

---

pick

☞ 見 choose

---

pile

☞ 見 heap – stack – pile

---

place

1 用於描寫

對建築物、房間、城鎮或一片地進行描寫時，可把 place 用在形容詞之後。例如，可以說 Paris is a nice **place**.（巴黎是個不錯的地方。）代替 Paris is nice.（巴黎很不錯。）。

*I love this village – it's a beautiful **place**.* 我喜愛這條村 —— 這是個美麗的地方。
*Their new house is a really comfortable **place**.* 他們的新屋真的是一個舒適的地方。

2 說明某物的所在

可用 the place where... 表示某物的所在。例如，可以說 This is **the place where** I parked my car.（這就是我泊車的地方。）。

*He reached **the place where** I was standing.* 他到達了我站着的地方。
*This is **the place where** we leave our school bags.* 這是我們放書包的地方。

> **❗ 注意**
>
> a place where 後面不要用 to-不定式。例如，不要説 ~~I'm looking for a place where to park my car.~~，而要説 I'm looking for **a place to park** my car.（我在尋找一個泊車的地方。）或 I'm looking for **a place where I can park** my car.。也可以説 I'm looking for **somewhere to park** my car.（我想找個地方泊我的車。）。
>
> *He was looking for **a place to hide**.* 他在尋找一個藏身地方。
> *Is there **a place where you can go** swimming?* 有沒有可以去游泳的地方？
> *We had to find **somewhere to live**.* 我們必須找個住的地方。

3 anywhere

在英式英語裏，疑問句或否定句中通常不把 place 放在 any 後面。例如，不要説 ~~She never goes to any place alone.~~，而要説 She never goes **anywhere** alone.（她從不獨自去任何地方。）

*I decided not to go **anywhere** in the summer holidays.* 我決定暑假期間甚麼地方也不去。
*Is there a spare seat **anywhere**?* 哪裏有一個空座位啊？

 在美式英語裏，anyplace 有時用於代替 anywhere。

*He doesn't stay **anyplace** for very long.* 他不會在任何地方停留很長時間。

4 there

不要用 that place 指剛才提到的地方。例如，不要説 ~~I threw my bag on the ground and left it in that place.~~，而要説 I threw my bag on the ground and left it **there.**（我把袋子扔在地上，然後就留在那兒了。）。

*I moved to London and soon found a job **there**.* 我搬到了倫敦，很快就在那裏找到了工作。
*I must go home. Bill is **there** on his own.* 我必須回家了。比爾一個人在家裏。

5 room

不能把 place 用作不可數名詞指空間。要用 room 或 space。談論封閉區域內的空間時，更可能使用 room。

*There's not enough **room** in the car for all of us.* 車子容不下我們所有人。
*We need plenty of **space** for the children to play.* 我們需要充足的空間供孩子們玩耍。

---

play

1 孩子的遊戲

play 表示玩、玩耍。

*The kids went off to **play** in the park.* 孩子們去公園玩了。

2 運動和遊戲

play a sport or game 表示定期參加體育運動或遊戲。

*Raja and I **play** tennis at least once a week.* 拉亞和我每週至少打一次網球。
*Do you **play** chess?* 你下國際象棋嗎？

play in a game, match, or competition 則表示在特定場合參加遊戲、比賽或競賽。

*He hopes to **play in** England's match against France next week.* 他希望能參加下週英格蘭對陣法國的比賽。

3 雷射唱片和 DVD 光碟

播放雷射唱片和 DVD 光碟可用 play 表示。

*She **played** me a tape of the interview.* 她給我放了面試的錄音磁帶。
*She **plays** her CDs too loudly.* 她播放雷射唱片時音量太響了。

放電影或電視節目不能用 play。要用 show。

*The teacher **showed** us a film about tigers.* 老師給我們放了一部關於老虎的電影。
*Many news programmes **showed** the clip.* 很多新聞節目播放了那個視頻片段。

4 樂器

演奏樂器用 play 表示。

*There is a piano in the hall, but nobody ever **plays** it.* 大廳裏有一部鋼琴，但從來沒人彈奏它。

如果想表示某人會演奏某種樂器，play 後面可加也可不加 the。例如，可以說 She **plays the piano**.（她會彈鋼琴。）或 She **plays piano**.。

*Uncle Rudi **played the cello**.* 魯迪叔叔拉大提琴。
*He wanted to learn to **play guitar**.* 他想學彈結他。

---

point

1 point

point 是（表達想法、觀點或事實的）一點。

*That's a very good **point**.* 那一點說得很好。
*I want to make a quick **point** about safety.* 我想很快談一下安全問題。

point 也表示某物的一個側面或細節，或某人性格中的一點。

*The two books have many **points** in common.* 這兩本書有許多共同點。
*One of his best **points** is his confidence.* 他最大的優點之一是他的自信。

2 the point

the point 表示要點、關鍵點。

***The point** is that everyone is welcome to join.* 關鍵是歡迎每個人加入。
*I'll come straight to **the point**. You didn't get the job.* 我就直說吧。你沒有得到那份工作。

the point of doing something 表示做某事的意義、目的。

*What was **the point of asking** him when you knew he'd say no?* 你早知道他會説不，去問他還有甚麼意義呢？

*I don't see **the point of learning** all this boring stuff.* 我看不出學習這種無聊的東西有甚麼用處。

3 no point

there is no point in doing something 表示做某事毫無意義。

There's no point in talking *to you if you won't listen.* 如果你不願意聽的話，對你説話沒有絲毫意義。

There was not much point in thinking *about it.* 考慮這件事沒有多大意思。

> **! 注意**
>
> 不要説 ~~there is no point to do~~ something 或 ~~it is no point in doing~~ something。

4 full stop

 位於句末的句號（.）不能稱作 point。在英式英語裏，句號稱為 full stop，在美式英語裏，句號稱作 period。

☞ 見參考部份 Punctuation, Numbers and fractions

---

point of view – view – opinion

1 point of view

point of view 表示考慮問題的角度、視角。

*From a practical **point of view** it is quite easy.* 從實用的角度來看，這是相當容易的。

*The movie was very successful from a commercial **point of view**.* 從商業角度看，這部電影很成功。

point of view 可表示（某人對某事的）總的觀點。

*We understand your **point of view**.* 我們理解你的觀點。

*I tried to see things from Frank's **point of view**.* 我試圖從法蘭克的觀點看事情。

2 view 和 opinion

不要用 point of view 表示某人對特定問題的看法。要用 view 或 opinion。

*Leo's **view** is that there is not enough evidence.* 利奧的看法是，沒有足夠的證據。

*If you want my honest **opinion**, I don't think it will work.* 如果你想聽我説實話，我認為這行不通。

view 最常用複數。

*We are happy to listen to your **views**.* 我們很樂意聽聽你們的意見。

*He was sent to jail for his political **views**.* 他因其政治觀點被送進了監獄。

在 opinions 或 views 後面用 on 或 about，表示對某事的看法。

*He always asked for her opinions **on** his work.* 他總是問她對他工作的意見。

*I have strong views **about** education.* 我對教育有強烈的看法。

可以用 in my opinion 或 in his view 之類的表達式，表示未必是事實的個人看法。

*He's not doing a very good job **in my opinion**.* 在我看來，他做得不好。
*These changes, **in his view**, would be very damaging.* 這些變化，在他看來，將是非常有害的。

police

the police 表示警察部門、警方。

*He called **the police** to report a robbery.* 他向警方報告了搶劫案。
*Contact **the police** if you see anything suspicious.* 如果看到可疑情況，要通知警方。

police 是複數名詞，後面接動詞的複數形式。

*The police **were** called to the scene of the crime.* 警察被召到犯罪現場。

> **!** 注意
> 不能用 police 表示一名警察，通常要用 police officer，也可以說 policeman 或 policewoman。
> *A **police officer** stood outside the building.* 一個警察站在樓外。

politics – policy – political

1 politics

名詞 politics 通常指政治活動。

*She is interested in a career in **politics**.* 她對政治生涯感興趣。
*Her parents never discussed **politics**.* 她的父母從不談論政治。

politics 這樣用時，後面的動詞可用單數或複數形式。單數形式更常見。

***Politics is** sometimes about compromise.* 政治有時就是妥協。
*American **politics are** very interesting.* 美國政治是非常有趣的。

politics 可表示政治觀點。politics 這樣用時，後面的動詞用複數形式。

*I think his **politics are** quite conservative.* 我認為他的政治觀點相當保守。

politics 也可指政治學。politics 這樣用時，後面的動詞必須使用單數形式。

***Politics is** often studied together with Economics.* 政治學常常與經濟學一起研究。

2 policy

沒有 politic 這個名詞。政策要用 policy 這個詞表示。

*He criticized the government's education **policy**.* 他批評了政府的教育政策。

3 political

不能用 politic 作形容詞表示政治的、政治上的，要用 political。

*The government is facing a **political** crisis.* 政府正面臨一場政治危機。
*Do you belong to a **political** party?* 你有沒有加入哪個政黨？

position – post – job

1 position 和 post

在正式英語裏，可用 position 或 post 指某人的工作。登廣告招聘或應聘工作時，通常用 position 或 post。

*We are looking for someone to fill a senior management **position**.* 我們正在找人填補一個高級管理職位。

*I am writing to apply for the **post** of clerical assistant.* 我寫信是要申請文書助理職位。

2 job

在談話中，不要用 position 或 post，要用 job。

*He's afraid of losing his **job**.* 他害怕丟掉自己的工作。

*She's got a really interesting **job**.* 她有一份非常有趣的工作。

Grammar Finder 語法講解

Possessive determiners 物主限定詞

1 物主限定詞

物主限定詞（possessive determiner）表示某物的歸屬或與何者有關。
物主限定詞有：

	單數	複數
第一人稱	my	our
第二人稱	your	
第三人稱	his its	their

物主限定詞的選擇依事物所有者的身份而定。假如想談論一支屬於女人的鋼筆，可以說 her pen（她的鋼筆）；但如果鋼筆屬於一個男人，則說 his pen（他的鋼筆）。

*Come round to **my house** this evening.* 今天晚上到我家來吧。

*Sir Thomas More built **his house** there.* 湯瑪斯·摩爾爵士在那裏造了自己的屋。

*I stayed at **her house** last week.* 上星期我住在她家裏。

*Sometimes I would sleep in **their house** all night.* 有時我會整晚都睡在他們的屋裏。

不論限定詞後面的名詞是單數還是複數，也不論是指人還是指物，都用同樣的限定詞。

*I just went on writing in **my notebook**.* 我只是繼續在我的筆記本裏寫下去。

***My parents** don't trust me.* 我的父母不信任我。

> **！注意**
> 用了物主限定詞後不能再用另一個限定詞。例如，不要說 ~~I took off the my shoes.~~，而要說 I took off my shoes.（我脫下了鞋子。）。

2 the 代替所有格

如果有明顯的歸屬意義，有時可用限定詞 the，特別是在描述某人對別人身體某個部位所做的動作時。

*She patted him on **the head**.* 她拍了拍他的頭。

*He took his daughters by **the hand** and led them away.* 他拉住女兒們的手，把她們帶走了。

也可用 the 指自己的一件所有物。例如，可以説 I'll go and get **the** car.（我去取汽車。）代替 I'll go and get my car.（我去取我的汽車。）。

*I went back to **the** house.* 我回到了家。

*The noise from **the** washing-machine is getting worse.* 洗衣機發出的噪音越來越厲害。

但是，如果指的是某人的衣着或飾物，則不能像這樣使用 the。例如，要説 My watch is slow.（我的手錶慢了。），而不要説 ~~The watch is slow.~~。談論叔叔或妹妹等親屬時，一般不用 the 表示所屬關係。但是，人們常用 **the** children 或 **the** kids 指自己的孩子。

*When **the children** had gone to bed I said, I'm going out for a while.* 孩子們去睡覺後，我説，"我要出去一會。"。

物主限定詞更常用於表示某物屬於一個人而不是一個物體。例如，在談論房門的時候，人們通常會説 the door 而不是 its door。

possibility – opportunity

1 possibility

possibility 表示可能（性）。

*There was a **possibility** that they had taken the wrong road.* 有可能他們走錯了路。

*We must accept the **possibility** that we might be wrong.* 我們也許錯了，我們必須接受這種可能性。

no possibility 表示沒有可能。

*There was now **no possibility** of success.* 現在已沒有成功的可能。

*There is **no possibility** that he did that accidentally.* 他不可能是不小心做了那件事。

the **possibility of doing** something 表示做某事的可能性。

*He talked about the **possibility of getting** married.* 他談了結婚的可能性。

> **！ 注意**
>
> 不要説 ~~He talked about the possibility to get married.~~。

2 opportunity

不要用 have ~~the possibility to do~~ **something** 表示有機會做某事，而要説 have the **opportunity to do** 或 the **opportunity of doing something**。

*You will have **the opportunity to** study several different subjects in your first year.* 在第一年你將有機會學習數個不同的科目。

*Sadly, I never had **the opportunity of** meeting him.* 很遺憾，我從來沒有機會和他見面。

possible – possibly

1 possible

possible 是形容詞，表示可能的。

*It is **possible** for us to measure the amount of rain.* 我們是可以測量降雨量的。

*Some improvement may be **possible**.* 作出一些改進是有可能的。

possible 常常用於 as soon as possible（盡快）和 as much as possible（盡量）這樣的表達式。

*I like to know **as much as possible** about my patients.* 我想盡可能多地了解我的病人。

*He sat **as far** away from me **as possible**.* 他坐在盡可能遠離我的地方。

> **！ 注意**
>
> 不要説 ~~as soon as possibly~~。
>
> possible 還用於表示某事可能是真的或正確的。
>
> *It is **possible** that he made a mistake.* 他可能犯了一個錯誤。
>
> *That's one **possible** answer.* 那是一個可能的答案。

2 possibly

possibly 是副詞，表示可能、也許、或許。

*Television is **possibly** to blame for this.* 或許電視應該為此負責。

*She is always cheerful, which is **possibly** why people like her.* 她總是高高興興的，這可能就是為甚麼人們喜歡她的原因。

☞ 關於表示可能性的詞彙列表，見 Adverbs and adverbials

也可用 possibly 非常禮貌地請求某人做某事。例如，可以説 **Could you possibly** carry this for me?（麻煩你能幫我搬這個嗎？）。

***Could you possibly** meet me there tomorrow at ten?* 你明天10時可以和我在那裏見面嗎？

☞ 見主題條目 Requests, orders, and instructions

post – mail

1 post 和 mail 作名詞

在英式英語裏，郵遞系統通常稱為 post，而在美式英語裏則稱作 mail。英式英語裏有時也用 mail，比如 Royal Mail（皇家郵政）。

*Winners will be notified by **post**.* 獲勝者將收到郵寄通知。
*Your reply must have been lost in the **mail**.* 你的答覆肯定是在郵寄過程中丟失了。

 英國人通常用 post 表示郵件。美國人則用 mail 表示。英式英語裏有時也用 mail，特別是用在 junk mail（垃圾郵件）和 direct mail（直接郵件）這樣的短語中。

*Has the **post** arrived yet?* 郵件已經到了嗎？
*I would never open someone else's **mail**.* 我決不會打開別人的郵件。

英式英語和美式英語都用 mail 表示電郵。

*I switched on my laptop to check my **mail**.* 我打開我的筆記型電腦檢查我的電郵。
*Did you get that **mail** I sent you this morning?* 你收到我今天早上發送給你的那份電郵了嗎？

在英式英語和美式英語裏，post 表示（發表在網站上的）帖子。

*I read his latest **post** on his blog.* 我在他的博客上讀了他的最新帖子。

2 postage

不要用 post 或 mail 指郵費。在英式英語和美式英語裏，郵費稱作 postage。

*Send £1.50 extra for **postage** and packing.* 請額外支付1.5英鎊的郵寄和包裝費用。

3 post 和 mail 作動詞

 英國人用 post 表示郵寄（信件或包裹）。美國人通常用 mail。

*The letter had already **been posted**.* 信已經寄出去了。
*She **mailed** the picture to a friend.* 她把這張照片寄給了一個朋友。

在英式英語和美式英語裏都可以用 mail 表示發送（電郵）。

*I'll **mail** it to you as an attachment.* 我會把它作為附件發送給你。
*He **mailed** to cancel the meeting.* 他發電郵取消了會議。

英式英語和美式英語都可以説 **post**（something）**on** the internet 或 on a website，表示在網上發帖。

*She regularly **posts on** a music blog.* 她經常在一個音樂博客上發帖。
*I **posted the photo on** my Facebook page.* 我把照片貼在了我的臉書網頁上。

---

postpone

☞ 見 delay – cancel – postpone – put off, pore – pour

---

power – strength

1 power

power 表示權力。

*People in positions of **power**, such as teachers, must act responsibly.* 在權力位置上的人，比如教師，必須負責任地行事。
*He believes the President has too much **power**.* 他認為總統的權力太大。

2 strength

不要用 power 指某人的體力或力氣。要用 strength。

*It took me some time to recover my **strength** after the illness.* 病癒後我過了一些時間才恢復了體力。

*This sport requires a lot of physical **strength**.* 這項運動需要大量的體力。

practically

☞ 關於表示範圍的詞彙列表，見 Adverbs and adverbials

practice – practise

在英式英語裏，practice 是名詞，practise 是動詞。

1 用作不可數名詞

practice 表示練習、訓練。

*Your skiing will get better with **practice**.* 通過練習，你的滑雪技能會提高的。
*He has to do a lot of music **practice**.* 他必須進行大量的音樂訓練。

2 用作可數名詞

practice 表示習慣做法、慣例、習俗。

*Our usual **practice** is to keep a written record of all meetings.* 我們通常的做法是保留所有會議的書面記錄。
*The ancient **practice** of yoga is still popular today.* 古老的瑜伽練習今天仍然很流行。

3 用作動詞

practise 表示練習、訓練、實行。

*I **had been practising** the piece for months.* 數個月來我一直在練習這支樂曲。
*His family **practised** traditional Judaism.* 他的家庭遵循傳統的猶太生活方式。

在美式英語裏，一般不用 practise 這個拼寫。動詞和名詞的拼寫都是 practice。

*I **practiced** throwing and catching the ball every day.* 我每天練習投球和接球。

prefer

prefer...to... 表示比起……更喜歡……。

*I **prefer** art to sports.* 比起體育，我更喜歡藝術。
*She **preferred** cooking at home **to** eating in restaurants.* 她更願意在家做飯，而不是到餐廳吃飯。

> **！注意**
>
> 這類句子中不要用 to 以外的任何介詞。例如，不要說 I prefer art than sports。

prefer 這個詞相當正式。在普通的談話中，常用 like...better 和 would rather... 代替。例如，可以說 I **like** football **better** than tennis.（我喜歡足球勝過網球。）代替 I

prefer football to tennis. ；可以説 I'**d rather** have an apple.（我寧願要一個蘋果。）
代替 I'd prefer an apple. 。

Grammar Finder 語法講解

Prepositions 介詞

1 後接名詞短語

介詞（preposition）是諸如 at、in、on 或 with 這樣的詞，通常後接名詞短語構成介詞
短語（prepositional phrase）。介詞後面的名詞短語有時稱作介詞賓語（prepositional
object）。

介詞常常用於表示地點和時間的短語。

*She waited **at** the bus stop **for** twenty minutes.* 她在公共汽車站等了20分鐘。
*Tell me if you're coming **to** my party **on** Saturday.* 告訴我你是否來參加我星期六的
聚會。
*They arrived **at** York **in** the morning.* 他們早上到達了約克。

☞ 見主題條目 Places, Time

介詞也用在名詞、形容詞和動詞後面，引導進一步説明事物、性質或動作的短語。

☞ 見 Nouns, Adjectives, Verbs

2 不後接名詞短語

在有些情況下，介詞後面不接名詞短語。與其有關的名詞短語出現在句子的前面。這
些情況是：

▶ 疑問句和間接疑問句

***What** will you talk **about**?* 你會談些甚麼呢？
*She doesn't know **what** we were talking **about**.* 她不知道我們在談論甚麼。

☞ 見 Questions, Reporting

▶ 關係從句

*This was the job **which** I'd been training **for**.* 這是我接受培訓要從事的工作。

☞ 見 Relative clauses

▶ 被動結構

***Those findings** have already been referred **to**.* 那些發現已經被提到了。

☞ 見 The passive

▶ 位於補語和 *to-*不定式之後

***She's** very difficult to get on **with**.* 她這個人很難相處。
***The whole thing** was just too awful to think **about**.* 整個事情可怕得不可想像。

3 複合介詞賓語

介詞後面有時可加上另一個介詞短語或 *wh-*從句。

*I had taken his bag **from under the kitchen table***. 我把他的袋從餐桌底下拿了出來。

*I walked across the room **to where she was sitting***. 我穿過房間走到她坐着的地方。

*We discussed the question **of who should be the new chairperson***. 我們討論了新主席應該由誰擔任的問題。

4 介詞和副詞

有些用作介詞的詞也用作意義相近的副詞，也就是後面沒有名詞短語。

*I looked **underneath the bed**, but the box had gone.* 我看了看牀底下，但箱子已經沒有了。

*Always put a sheet of paper **underneath**.* 始終在底下墊一張紙。

*The door was **opposite the window**.* 門在窗的對面。

*The kitchen was **opposite**, across a little landing.* 廚房在對面，在一個小樓梯平台的那一頭。

下列詞語可用作介詞或意義相近的副詞：

aboard	behind	inside	round
about	below	near	since
above	beneath	off	through
across	beside	on	throughout
after	beyond	on board	under
against	by	opposite	underneath
along	down	outside	up
alongside	in	over	within
before	in between	past	

present

present 用在名詞前面表示現在的、目前的。

*When did you start working in your **present** job?* 你甚麼時候開始做你目前這個工作的？

*The **present** system has many faults.* 目前的系統有很多缺陷。

present 也可以用在名詞前面表示現任的。

*The **present** director of the company is a woman.* 公司的現任經理是個女人。

*Who is the **present** team captain?* 誰是現任隊長？

present 用在 be 後面時有不同的詞義。be present 表示在場。

*Several reporters were **present at** the event.* 數名記者在活動現場。

*He was not **present at** the birth of his child.* 他的孩子出生時他不在場。

> **! 注意**
>
> 這類句子中不要用除了 at 以外的任何介詞。例如，不要說 ~~Several reporters were present in the event.~~。
>
> 如果很清楚談論的是甚麼事件，可直接說 someone **is present**。
>
> *The Prime Minister and his wife **were present**.* 首相和他的妻子在場。
>
> 也可把 present 直接用在名詞後面表達這個意思。
>
> *There was a photographer **present**.* 有一個攝影師在場。
>
> *He should not have said that with so many children **present**.* 有這麼多孩子在場，他本不應該說那話的。

Grammar Finder 語法講解

The present 現在時

☞ 關於現在時形式的說明，見 Verb forms

一般現在時（present simple）通常用於談論現存的長期情況、目前發生的經常性或習慣性動作以及一般真理。

*My dad **works** in Saudi Arabia.* 我爸爸在沙烏地阿拉伯工作。

*I **wake** up early and **eat** my breakfast in bed.* 我很早醒來，在牀上吃了早餐。

*Water **boils** at 100 degrees Celsius.* 水的沸點是100攝氏度。

現在進行時（present progressive）用於談論被視作暫時性的事物或目前正在發生的事情。

*I'm **working** in London at the moment.* 我目前在倫敦工作。

*Wait a moment. **I'm listening** to the news.* 等一下。我在聽新聞。

> **! 注意**
>
> 有數個動詞不能用現在進行時，即使談論的是現在時刻。

☞ 見 The progressive form

現在時態有時用來談論將來事件。

☞ 關於現在完成時的用法說明，見 The Future, The Past

---

press

☞ 關於集合名詞的說明，見 Nouns

---

previous

☞ 見 last – lastly

price – cost

1 price 和 cost

price 或 cost 表示價格、價錢。

*The **price** of oil doubled in a few months.* 油價在數個月內上升一倍。
*They are worried about the rising **cost** of food.* 他們擔心食品價格的上漲。

也可用 cost 表示費用。

*The **cost** of raising a child is very high.* 養育孩子的費用非常高。
*The building was recently restored at a **cost** of £500,000.* 這座建築最近耗資50萬英鎊進行了修復。

> **！注意**
> price 不能這麼用。例如，不要說 ~~The price of raising a child is very high.~~。

2 costs

複數名詞 costs 表示（經營企業等的）成本。

*We need to cut our **costs** in order to make a profit.* 我們需要削減成本以獲得利潤。
*Stores have had to raise their prices to cover increased **costs**.* 商店不得不提高價格以彌補上漲的成本。

3 cost 用作動詞

cost 作動詞表示價格為……、花費。

*The dress **costs $200**.* 這條連衣裙的價格是200美元。
*How much do these new phones **cost**?* 這些新電話機要多少錢？

cost 可接兩個賓語，表示在某個特定場合花了某人多少錢。cost 的過去式和 -ed分詞是cost。

*A two-day stay there **cost me $125**.* 在那裏停留兩天花了我125美元。
*How much did that haircut **cost you**?* 理這個髮花了你多少錢？

> **！注意**
> 在這樣的句子中，cost 後面不要用 to。例如，不要說 ~~How much did that haircut cost to you?~~。

price – prize

1 price

price /praɪs/ 表示價格、價錢。

*The **price** of a cup of coffee is almost five dollars.* 一杯咖啡的價格幾乎要5美元。
*The **price** is shown on the label.* 價格顯示在了標籤上。

☞ 見 price – cost

2 prize

prize /praɪz/ 表示獎、獎勵。

*He won a **prize** in a painting competition.* 他在一次繪畫比賽中得了獎。
*She was awarded the Nobel **Prize** for Peace.* 她獲頒諾貝爾和平獎。

---

principal – principle

1 principal

principal 可作形容詞或名詞。形容詞 principal 表示最重要的、主要的。

*His **principal** interest in life was money.* 他生活中的主要興趣是錢。
*The **principal** character in the film was played by John Hurt.* 電影的主角由約翰·赫特扮演。

principal 也表示校長。

*The teacher sent me to the **principal's** office.* 老師派我去校長辦公室。
*Lodge was **Principal** of Birmingham University.* 洛奇是伯明翰大學校長。

2 principle

principle 始終用作名詞，表示原則、準則。

*She did not eat meat because it was against her **principles**.* 她不吃肉，因為這違背自己的原則。
*We follow the **principle** that everyone should be treated equally.* 我們遵循的原則是每個人都應該受到平等對待。

---

prison

1 用作可數名詞

prison 表示監獄。

*The **prison** housed almost 500 inmates.* 這座監獄容納了接近500名犯人。
*The castle was used as a **prison** at one time.* 這座城堡一度被用作監獄。

2 用作不可數名詞

不帶冠詞的 prison 表示（作為懲罰手段的）坐牢。例如，可以説 **in prison**（在坐牢）、be sent **to prison**（被送進監獄）或 be released **from prison**（被釋放出獄）。

*They were threatened with **prison** if they did not pay.* 他們受到威脅説，如果他們不付錢會被送進監獄。
*It can be hard to find work after coming out of **prison**.* 出獄後可能很難找到工作。

> **！ 注意**
> prison 前面不要用 the，除非指的是特定的監獄。

prize

☞ 見 price – prize

probably

probably 表示很可能、大概、也許。

▶ 對於由助動詞加主要動詞組成的動詞短語，probably 放在助動詞後面。例如，要説 He **will probably come** soon. （他可能很快就會過來。），而不要説 ~~He probably will come~~ soon. 。

He**'s probably left** by now. 他到這時候大概已經離開了。
Chaucer **was probably born** here. 喬叟可能出生在這裏。

▶ 如果用了一個以上助動詞，probably 要放在第一個助動詞之後。

Next year I **will probably be looking for** a job. 明年我很可能會找份工作。
They**'ve probably been asked** to leave. 他們很可能已經被要求離開。

▶ 如果沒有助動詞，要把 probably 放在動詞前面，除非動詞是 be。

He **probably misses** the children. 他很可能想念孩子們了。
She **probably feels** sorry for you. 她很可能為你感到難過。

▶ 如果動詞是 be，則把 probably 放在其後面。

You**'re probably** right. 你也許是對的。
He **is probably** a businessman. 他也許是個商人。

▶ 在否定句裏，如果用了縮略式，比如 won't 或 can't，要把 probably 放在縮略式之前。

They **probably won't help**. 他們可能不會提供幫助。
They **probably don't want** you to go. 他們可能不想讓你去。

▶ 也可把 probably 放在句首。

Probably it was just my imagination. 或許這只是我的想像。
Hundreds of people were killed, and **probably** thousands more injured. 死亡的有數百人，受傷的更可能多達數千人。

> **！注意**
> 不要把 probably 放在句末。例如，不要説 ~~They won't help probably.~~ 。

☞ 關於表示可能性的分級詞彙列表，見 Adverbs and adverbials

problem

名詞 problem 有兩個常見詞義。

1 令人不滿的情況

problem 表示（需要處理的）問題。

They discussed the **problem** of bullying in schools. 他們討論了學校裏的欺凌問題。

可以説 have a problem 或 problems，表示有問題。

*We **have a problem** with our car.* 我們的汽車出了問題。

*They are **having** financial **problems** at the moment.* 他們目前遇到了財務問題。

也可以説 **have problems doing** something，表示做某事有問題。

*Many people are **having problems paying** their rent.* 很多人付房租成了問題。

*The company **has problems finding** suitably qualified staff.* 公司要找到合格的員工很成問題。

> **! 注意**
>
> 不能説 ~~have problems to do~~ something。例如，不要説 ~~Many people are having problems to pay their rent.~~。

2 reason

解釋出現某個情況的原因時，不能把 problem 與 why 連用。

例如，不要説 ~~The problem why he couldn't come is that he is ill.~~，而要説 The **reason** why he couldn't come is that he is ill.（他不能來的原因是他生病了。）。

*The **reason** why the project failed is lack of money.* 項目失敗的原因是缺錢。

☞ 見 reason

---

produce – product

1 produce 用作動詞

produce 通常作動詞，讀作 /prəˈdjuːs/。

produce 表示產生、引起。

*His comments **produced** an angry response.* 他的評論引起了憤怒的反響。

*The talks failed to **produce** an agreement.* 會談未能達成協議。

produce 還表示生產。

*The factory **produces** goods for export.* 這家工廠生產出口貨物。

*They use all the available land to **produce** crops.* 他們利用一切可利用的土地來生產莊稼。

2 produce 用作名詞

produce 讀作 /ˈprɒdjuːs/，表示農產品。

*She has a market stall selling organic **produce**.* 她有一個出售有機農產品的市場攤位。

3 product

（大量生產和銷售的）產品稱作 products。

*Manufacturers spend huge sums of money advertising their **products**.* 製造商花費巨資給自己的產品刊登廣告。

professor – teacher

1 professor

在英國的大學裏，professor 表示教授，是一個系科內最資深的老師。

***Professor** Cole is giving a lecture today.* 科爾教授今天要做一個講座。
*She was **professor** of English at Strathclyde University.* 她是斯特拉斯克萊德大學的英語教授。

在美國或加拿大的大學或學院裏，professor 也表示教授，但未必是系科內最資深的老師。

*He's a physics **professor** at Harvard.* 他是哈佛大學的物理學教授。
*My **professor** allowed me to retake the test.* 我的教授允許我重新考試。

2 teacher

不要用 professor 指老師，要用 teacher。

*I'm a qualified French **teacher**.* 我是一個合格的法語老師。
*The **teacher** set us some homework.* 老師給我們分配了一些家課。

---

programme – program

programme 表示計劃、方案。

*The company has begun a major new research **programme**.* 公司開始了一項新的重大研究計劃。

這個詞在美式英語裏的拼寫是 program。

*There has been a lot of criticism of the nuclear power **program**.* 對核電計劃已經有很多批評。

programme 也表示（電視或廣播）節目。

*I watched a **programme** on education.* 我看了一個關於教育的節目。

在美式英語裏，這個詞的拼寫也是 program。

*This is mom's favorite TV **program**.* 這是媽媽最喜歡看的電視節目。

電腦程式稱作 program。這個詞在英式英語和美式英語裏的拼寫都是 program。

*It's important to have an anti-virus **program** on your computer.* 電腦上裝一個防毒程式是很重要的。
*There must be a bug in the **program**.* 程式中肯定有一個錯誤。

---

progress

progress 表示進步、進展。

*Many things are now possible due to technological **progress**.* 由於技術的進步，很多事情現在都能做到了。
*His doctors are very pleased with his **progress**.* 他的醫生們對他的康復進展很滿意。

progress 是不可數名詞。不要說 ~~progresses~~ 或 ~~a progress~~。

可用 make progress 表示取得進展。

She **is making good progress** with her studies. 她的研究進展良好。

We haven't solved the problem yet, but we **are making progress**. 我們還沒有解決問題，但我們正在取得進展。

> ! **注意**
> 不要用 do。例如，不要説 ~~She is doing good progress.~~。

Grammar Finder 語法講解

The progressive form 進行時形式

1 進行時形式

進行時形式（progressive form）由動詞 be 的一個形式加 -ing 分詞組成。

進行時形式用於談論在某個時間點上的暫時情況。

☞ 見 Verb forms

可使用進行時形式的動詞有時稱作動態動詞（dynamic verb）。

The industry **has been developing** rapidly. 該產業一直在迅速發展。

He'**ll be working** abroad next week. 他下週要去國外工作。

2 狀態動詞

有一些動詞通常不使用進行時形式。這類動詞有時稱作狀態動詞（stative verb）。

下表列出的動詞表達常見義或本義時通常不使用進行時形式。

admire	despise	include	owe	seem
adore	detest	interest	own	sound
appear	dislike	involve	please	stop
astonish	envy	keep	possess	suppose
be	exist	know	prefer	surprise
believe	fit	lack	reach	survive
belong to	forget	last	realize	suspect
concern	hate	like	recognize	understand
consist of	have	look like	remember	want
contain	hear	love	resemble	wish
deserve	imagine	matter	satisfy	
desire	impress	mean	see	

Do you **like** football? 你喜歡足球嗎？

I **want** to come with you. 我想和你一起去。

Where do you **keep** your keys? 你把鑰匙放在哪裏了？

Then I **heard** a noise. 然後我聽到了一個響聲。

一般來説，上述句子不能用下列方式表述，比如 Are you liking football?、I'm wanting to come with you、Where are you keeping your keys? 或Then I was hearing a noise.。

但是，這些動詞中的少數有時也可用現在進行時和過去進行時形式，特別是在非正式英語口語裏。如果想強調一個狀態是新的或暫時的，或者想聚焦於此時此刻，這些動詞可用進行時形式。

*Rachel **is loving** one benefit of the job – the new clothes.* 瑞秋喜歡這份工作的一個好處—— 新衣服。
*I**'m liking** grapes these days too.* 這些天我還喜歡葡萄呢。
*I**'m wanting** the film to be deliberately old-fashioned.* 我希望這部電影特意做成老式的。

有些人認為這種用法不正確，通常避免用在正式文本裏。

下面列出的動詞傳統上被認為是狀態動詞，但有時可用現在進行時或過去進行時形式。

forget	imagine	love	want
guess	lack	remember	

在正式和非正式文本中，某些狀態動詞可用現在完成進行時或過去完成進行時。

*I**'ve been wanting** to speak to you about this for some time.* 一段時間以來我一直想跟你談談這一點。
*John **has been keeping** birds for about three years now.* 約翰養鳥到現在已經有大約三年了。
*Then she heard it. The sound she **had been hearing** in her head for weeks.* 然後她聽見了那個聲音。那個好幾個星期以來她一直在頭腦裏聽到的聲音。

3 be

be 作主要動詞時通常不用進行時形式。但是，描述某人在特定時刻的表現時，可用進行時形式。

*You**'re being** naughty.* 你在調皮搗蛋。

4 have

不能用 have 的進行時形式談論所屬關係。但是，可用進行時形式表示某人正在做某事。

*We **were** just **having** a philosophical discussion.* 我們剛才在討論哲學。

☞ 見 have

5 其他動詞

有些動詞表達非常具體的詞義時不使用進行時形式。例如，smell 表示"嗅、聞"時，有時可使用進行時形式；但表示"有……氣味"時，則不用進行時形式。

*She **was smelling** her bunch of flowers.* 她在聞她的一束花。
*The air **smelled** sweet.* 空氣中有香甜的味道。

下列動詞表達括弧內的詞義時通常不用進行時形式：

depend（取決於）	taste（有……味道）
feel（認為）	think（認為）
measure（有……長度）	weigh（有……重量）
smell（有……氣味）	

Grammar Finder 語法講解

Pronouns 代詞

1 代詞

代詞（pronoun）是諸如 it、this 和 nobody 這樣的詞，在句子裏的用法類似於含有名詞的名詞短語。有些代詞的使用目的是為了避免重複名詞。例如，我們一般不會説 My mother said my mother would phone me this evening.（我母親説我母親今天晚上會打電話給我。）。一般會説 My mother said **she** would phone me this evening.（我母親説她今天晚上會給我打電話。）。

> **！ 注意**
>
> 代詞用於代替含有名詞的名詞短語，而不是和名詞短語一起使用。例如，不要説 ~~My mother she wants to see you.~~，而要説 My mother wants to see you.（我母親想見你。）或 She wants to see you.（她想見你。）。
> 本條目對人稱代詞（personal pronoun）、所有格代詞（possessive pronoun）、反身代詞（reflexive pronoun）和不定代詞（indefinite pronoun）作了説明。

☞ 關於指示代詞的説明，見 this – that；關於相互代詞的説明，見 each other – one another

☞ 見 *Wh*-words
　　many 和 some 這類用於指人或物數量的詞也可用作代詞。

☞ 關於代詞的用法，見 Quantity
　　one 可用於代替名詞短語，但也可用於代替名詞短語中的名詞。

☞ 見 one

2 人稱代詞

人稱代詞（personal pronoun）用於表示已經提及的某物或某人，或用來指説話者或受話人。有兩類人稱代詞：主格人稱代詞（subject pronoun）和賓格人稱代詞（object pronoun）。
主格人稱代詞（subject pronoun）用作動詞的主語。主格人稱代詞有：

	單數	複數
第一人稱	I	we
第二人稱	you	

第三人稱	he she it	they

*I do the cleaning; **he** does the cooking; **we** share the washing-up.* 我做清潔；他做飯；我們分擔洗碗。

*My father is huge – **he** is almost two metres tall.* 我父親人很高大 —— 他差不多有兩米高。

賓格人稱代詞（object pronoun）用作動詞的直接或間接賓語，或用於介詞之後。賓格人稱代詞有：

	單數	複數
第一人稱	me	us
第二人稱	you	
第三人稱	him her it	them

*The nurse washed **me** with cold water.* 護士用冷水給我清洗。

*I'm going to read **him** some of my poems.* 我準備給他朗誦我自己寫的一些詩。

如果所指的同一人是主語，賓格人稱代詞不能用作動詞的間接賓語，而要用反身代詞（reflexive pronoun）。

*He cooked **himself** an omelette.* 他為自己做了一個煎蛋餅。

在現代英語中，it's 後面用 me，不用 I。

*'Who is it?' – 'It's **me**.'* "誰？" —— "是我。"

☞ 見 me

we 和 us 可包括也可不包括談話的對方。例如，可以說 We must meet more often.（我們應該更多地見面。）意思是我和談話的對方應該更多地見面。也可以說 We don't meet very often now.（我們現在不常見面了。），意思是我和別人不常見面。

you 和 they 可用於泛指人們。

*If **you** want to be a doctor, **you** have to have good communication skills.* 如果你想成為一名醫生，你必須有良好的溝通技巧。

***They** say she's very clever.* 他們說她很聰明。

☞ 見 one – you – we – they

they 和 them 有時用於返指表示人的不定代詞。

☞ 見 he – she – they

在表示時間、日期、天氣或情況的一般性陳述中，it 用作非人稱代詞。

☞ 見 it

3 所有格代詞

所有格代詞（possessive pronoun）表示所提到的人或物屬於誰或與誰有關。所有格代詞有：

	單數	複數
第一人稱	mine	ours
第二人稱	yours	
第三人稱	his hers	theirs

*Is that coffee **yours** or **mine**?* 那杯咖啡是你的還是我的？
*It was his fault, not **theirs**.* 這是他的過錯，不是他們的。
*'What's your name?' – 'Frank.' – '**Mine**'s Laura.'* "你叫甚麼名字？" —— "法蘭克。" —— "我叫蘿拉。"

> **! 注意**
>
> 沒有所有格代詞 its。
> 所有格代詞有時會與物主限定詞（possessive determiner）相混淆，兩者在形式上很相似。

☞ 見 Possessive determiners

所有格代詞可用在 of 之後。

☞ 見 of

*He was an old friend **of mine**.* 他是我的一個老朋友。

4 反身代詞

反身代詞（reflexive pronoun）用作動詞或介詞的賓語，這時受動作影響的人或物與執行動作的人或物相同。反身代詞有：

	單數	複數
第一人稱	myself	ourselves
第二人稱	yourself	yourselves
第三人稱	himself herself itself	themselves

*She stretched **herself** out on the sofa.* 她伸開四肢躺在沙發上。
*The men formed **themselves** into a line.* 人們排成了一行。

☞ 關於反身代詞這種用法的進一步説明，見 Verbs

反身代詞可用在名詞或代詞後面進行強調。

*I **myself** have never read the book.* 我自己從來沒讀過這本書。
*The town **itself** was so small that it didn't have a bank.* 這個鎮本身很小，連一家銀行也沒有。

反身代詞也用在句末對主語進行強調。

*I find it a bit odd **myself**.* 我自己也發現這有點怪。

反身代詞還用在句末表示某人獨立完成了某事。

*Did you make those **yourself**?* 那些是你自己做的嗎？

反身代詞用在 by 後面置於句末，也可表示某人獨立做了某事，或表示某人獨自一人。

*Did you put those shelves up all **by yourself**?* 那些架子都是你自己裝上去的嗎？
*He went off to sit **by himself**.* 他走開去一個人坐着。

5 不定代詞

<u>不定代詞</u>（indefinite pronoun）用於不確切地指人或物。不定代詞有：

anybody	everybody	nobody	somebody
anyone	everyone	no one	someone
anything	everything	nothing	something

***Everyone** knows that.* 每個人都知道那個。
*Jane said **nothing** for a moment.* 簡一時間甚麼也沒説。
*Is **anybody** there?* 那裏有人嗎？

不定代詞始終與單數動詞連用。

***Is** anyone here?* 這裏有人嗎？
*Everything **was** ready.* 一切準備就緒。

但是，複數代詞 they、them 或 themselves 常常用於返指表示人的不定代詞。

☞ 見 he – she – they

形容詞可直接用在不定代詞之後。

*Choose **someone quiet**.* 選一個安靜點的人。
*There is **nothing extraordinary** about this.* 這沒有甚麼非同尋常的地方。

---

proper

形容詞 proper 有數個不同的詞義。

1 用作 real 解

proper 用在名詞前面進行強調，表示真正的、名副其實的。

*It's important to have a **proper** breakfast in the morning, not just a cup of tea.* 早晨吃一頓像樣的早餐是很重要的，而不只是喝一杯茶。
*He's never had a **proper** job.* 他從來沒有做過一份正經的工作。

2 用作 correct 解

proper 也可用在名詞前面表示正確的、合適的。

*Everything was in its **proper** place.* 每樣東西都放在了合適的位置。
*The **proper** word is 'lying', not 'laying'.* 正確的詞是 "lying"，而不是 "laying"。

> **! 注意**
>
> 不要用 proper 表示某物屬於自己，而要用 own。例如，不要説 I've got my proper car.，而要説 I've got my **own** car.（我有自己的汽車。）

protest

protest 可作動詞或名詞，但讀音不同。

1 用作動詞

動詞 protest /prə'test/ 表示抗議。可以說 **protest about** 或 **against** something。

*Women's groups **protested about** the way women were portrayed in commercials.* 婦女團體抗議商業廣告中描寫女性的方式。
*Students marched in the streets to **protest against** the arrests.* 學生們在街上遊行，抗議這些逮捕行動。

 在美式英語裏，protest 可用作及物動詞。可以說 someone **protests** something。

*Environmental campaigners **protested** the decision.* 環保運動人士抗議這個決定。

protest 也可用作引述動詞。表示堅持認為、堅稱。

*They **protested** that they had nothing to do with the incident.* 他們堅稱自己與此事件無關。
*'You're wrong,' I **protested**.* "你錯了，"我斷言道。

2 用作名詞

名詞 protest 讀作 /'prəutest/，表示抗議行為。

*They joined in the **protests** against the government's proposals.* 他們加入了反對政府提議的抗議活動。
*We wrote a letter of **protest** to the newspaper.* 我們給報紙寫了一封抗議信。

---

prove – test

1 prove

prove 表示證明、證實。

*He was able to **prove** that he was an American.* 他證明了自己是美國人。
*Tests **proved** that the bullet was not fired from a police weapon.* 實驗證明，子彈不是從警察的武器中發射出來的。

2 test

不能用 prove 表示檢驗、驗證。要用 test。

*I will **test** you on your knowledge of French.* 我要測驗你的法語知識。
*A number of new techniques **were tested**.* 對一些新的技術進行了測試。

---

provide

1 provide with

provide 表示提供。可以用 **provide** someone **with** something 表示為某人提供某物。

*They **provided** him **with** money to buy new clothes.* 他們給他提供錢去購買新衣服。
*We can **provide** you **with** information that may help you to find a job.* 我們可以為你提供可能說明你找到工作的資料。

> **！注意**
>
> 這類句子中必須用 with。例如，不要説 ~~They provided him money to buy new clothes.~~。

2 provide for

也可以説 **provide** something **for** someone。

*The animals **provide** food **for** their young.* 動物為幼崽提供食物。

*The hospital **provides** care **for** thousands of sick children.* 醫院為數以千計的患病兒童提供護理。

> **！注意**
>
> 這類句子中不要用 for 以外的任何介詞。例如，不要説 ~~The animals provide food to their young.~~。
>
> **provide for** someone 表示為某人提供生活所需。
>
> *Parents are expected to **provide for** their children.* 父母親理應供養孩子。
>
> *If he dies, will the family **be provided for**?* 如果他死了，他的家人會得到供養嗎？
>
> 這類句子中必須使用 for。例如，不要説 ~~Parents are expected to provide their children.~~。

---

pub – bar

1 pub

在英國，pub 表示酒吧。

*John was in the **pub** last night and he bought me a drink.* 約翰昨晚在酒吧裏，他給我買了一杯。

在正式英語裏，酒吧也可稱為 public house。

*The Green Man is often seen as a name or sign on **public houses**.* 我們常常看到 "綠巨人" 作為酒吧的名稱或標誌。

2 bar

在美式英語裏，酒吧通常稱作 bar。

*After work they went to a **bar** downtown.* 下班後，他們去了市中心的一家酒吧。

在英式英語裏，有時也用 bar 這個詞，特指大樓內的酒吧間，或者用於 wine bar（主要供應葡萄酒的酒吧）和 cocktail bar（雞尾酒酒吧）這樣的表達式。

*I'll meet you in the hotel **bar** in 20 minutes.* 我20分鐘後在旅館酒吧和你見面。

☞ 見 bar

public

☞ 關於集合名詞的說明，見 Nouns

---

public house

☞ 見 pub – bar

---

pupil

☞ 見 student

---

purse

在英式英語裏，purse 表示女裝錢包。

*I always have my phone, **purse**, and keys in my handbag.* 我的手袋裏總是放着手機、錢包和鑰匙。

 在美式英語裏，女裝錢包稱為 change purse、coin purse、pocketbook 或 wallet。

*Eva searched her **change purse** and found fifty cents.* 伊娃在錢包裏翻尋，找到了 50美分。

wallet 這個詞也用在英式英語裏，但僅限於指男裝錢包。

*Dad opened his **wallet** and gave me a ten pound note.* 爸爸打開錢包，給了我一張 10英鎊的鈔票。

 在美式英語裏，purse 表示女用手提袋。

*She reached in her **purse** for her diary.* 她把手伸進手提包拿她的記事簿。

---

put off

☞ 見 delay – cancel – postpone – put off

---

put up with

☞ 見 bear

quality

quality 表示品質。

*The **quality** of the photograph was poor.* 照片的品質很差。

*Over the years they have received many awards for the high **quality** of their products.* 多年來，他們因自己產品的高品質獲得了許多獎項。

某物的品質好和品質差可用 of good quality 和 of poor quality 表示。

*The treatment and care provided were also **of poor quality**.* 提供的治療和護理品質也很差。

*Television ensures that films **of high quality** are shown to large audiences.* 電視確保了高品質的電影能播放給大量觀眾看。

名詞前面也可用 good quality 和 high quality 這樣的表達式。

*I've got some **good quality** paper.* 我有一些優質的紙。

*Teaching is backed up by the **highest quality** research.* 教學受到了最高品質研究的支撐。

名詞前面還可單獨用 quality，表示高品質。

*They publish **quality** fiction.* 他們出版高品質的小説。

*The employers don't want **quality** work any more.* 僱主們不再想要高品質的工作了。

Grammar Finder 語法講解

Quantity 數量

1 數字		**13** 與所有單數名詞短語連用	
2 不定指限定詞		**14** 與所有不可數名詞短語連用	
3 與單數名詞連用		**15** 與所有可數名詞短語連用	
4 與複數和不可數名詞連用		**16** 代詞用法	
5 與複數可數名詞連用		**17** 份數	
6 與不可數名詞連用		**18** 數量詞與抽象名詞連用	
7 與各類名詞連用		**19** 單位詞	
8 用在限定詞前面的詞		**20** 量度名詞	
9 數量詞		**21** 容器	
10 與特定或一般的名詞短語連用		**22** -ful	
11 與特定的不可數名詞連用		**23** 可數名詞	
12 與特定的複數名詞短語連用			

1 　數字

數量常常用數字表示。

☞ 見參考部份 Numbers and fractions, Measurements

2 不定指限定詞

some、any、all、every 和 much 等<u>不定指限定詞</u>（indefinite determiner）可用於談論數量。

*There is **some** chocolate cake over there.* 那邊有一點巧克力蛋糕。
*He spoke **many** different languages.* 他會說許多種不同的語言。
***Most** farmers are still using the old methods.* 大多數農民仍然在使用老方法。

3 與單數名詞連用

下列不定指限定詞僅可用在單數可數名詞之前：

a	another	either	neither
an	each	every	

*Could I have **another cup** of coffee?* 我能再來一杯咖啡嗎？
*I agree with **every word** Peter says.* 我同意彼得說的每一個字。

4 與複數和不可數名詞連用

下列不定指限定詞僅可與名詞的複數形式和不可數名詞連用：

all	enough	more	most

*He has **more books** than I do.* 他的書比我多。
*It had **enough room** to store all the information.* 它有足夠空間儲存所有資料。

5 與複數可數名詞連用

下列不定指限定詞僅可與名詞的複數形式連用：

a few	fewer	many	several
few	fewest	other	

*The town has **few monuments**.* 鎮上沒甚麼紀念碑。
*He wrote **many novels**.* 他寫了很多小說。

6 不可數名詞連用

much、little 和 a little 僅可與不可數名詞連用。

*Do you watch **much television**?* 你看電視多嗎？
*We've made **little progress**.* 我們沒有取得甚麼進展。

> **！注意**
> 在肯定句中，much 的使用有一些限制。

☞ 見 much

有些人認為 less 和 least 只應該與不可數名詞連用，而不能與名詞的複數形式連用。

☞ 見 less

7 與各類名詞連用

any、no 和 some 可與各類名詞連用。

*Cars can be rented at almost **any US airport**.* 幾乎在任何美國機場都能租到汽車。
*He had **no money**.* 他沒有錢。
*They've had **some experience** of teaching.* 他們有過一些教學經驗。

any 一般不用於肯定句。

☞ 見 any

8 用在限定詞前面的詞

少數用於表示數量的詞可置於 the、these 和 my 之類的定指限定詞前面。這些詞稱為前置限定詞（predeterminer）。

all	double	twice
both	half	

***All the boys** started to laugh.* 所有的男孩都大笑起來。
*I invited **both the boys**.* 兩個男孩我都邀請了。
*She paid **double the sum** they asked for.* 她付了他們所要求的雙倍金額。

half 也可置於 a 或 an 的前面。

*I read for **half an hour**.* 我看了半小時書。

what 是前置限定詞，只能用在 a 或 an 之前。

***What a lovely day**!* 多麼好的天氣啊！
***What an awful thing to do**.* 做這樣的事情真糟糕。

☞ 見 all, both, half – half of

9 數量詞+ of

也可用 several、most 或 a number 這樣的詞或短語加 of 與下列名詞短語連用表示數量。

*I am sure **both of** you agree with me.* 我相信你們兩個都同意我的意見。
*I make **a lot of** mistakes.* 我犯了很多錯誤。
*In Tunis there are **a number of** art galleries.* 突尼斯有好幾個美術館。

數量詞+ of 作動詞的主語時，如果其後的名詞短語是單數或不可數，動詞要用單數形式；如果其後的名詞短語是複數，動詞要用複數形式。

*Some of the information **has** already been analysed.* 一些資料已經得到分析。
*Some of my best friends **are** policemen.* 我的一些最好的朋友是警察。

10 與特定或一般的名詞短語連用

數量詞+ of 常常用於表示某一特定的量、群體或事物的一部份。of 後面的名詞短語以 the、these 或 my 等定指限定詞開頭，或由 us、them 或 these 等代詞構成。

*Nearly **all of the increase** has been caused by inflation.* 幾乎所有的上漲都是由通貨膨脹引起的。
***Very few of my classes** were interesting.* 我選的課中很少是有趣的。
***Several of them** died.* 他們中的數個人死了。

有時數量詞+ of 用於表示某類事物的一部份。of 後面的名詞短語是單數可數名詞，前面加上 a、an 或 another 等不定指限定詞。

*It took him **the whole of an evening** to get her to agree.* 他花了整整一晚上才取得了她的同意。

數量詞+ of 常常僅用於表示所談論的一類事物的數量。在這種情況下，of 後面的名詞短語是一般的複數或不可數名詞短語，不加限定詞。

*I would like to ask you **a couple of questions**.* 我想問你數個問題。
*There's **a great deal of money** involved.* 涉及到了大量的金錢。

11 與特定的不可數名詞連用

下列數量詞+ of 與特定的不可數名詞短語連用：

all of	little of	none of	the remainder of
any of	more of	part of	the rest of
enough of	most of	some of	the whole of
less of	much of	a little of	

***Most of my hair** had to be cut off.* 我的大部份頭髮不得不被剪掉了。
*Ken and Tony did **much of the work**.* 肯和東尼做了大量的工作。

12 與特定的複數名詞短語連用

下列數量詞+ of 與特定的複數名詞短語連用：

*Start by looking through their papers for **either of the two documents**.* 先從他們的文件中翻找那兩份中的任意一份。
***Few of these organizations** survive for long.* 這些組織中極少有能維持長久的。

13 與所有單數名詞短語連用

下列數量詞+ of 與特定和一般的單數名詞短語連用：

all of	part of	a little of
any of	plenty of	a lot of
enough of	some of	a quantity of
less of	traces of	a trace of
little of	an abundance of	the majority of
lots of	an amount of	the remainder of
more of	a bit of	the rest of
most of	a good deal of	the whole of
much of	a great deal of	
none of	a little bit of	

***Part of the farm** lay close to the river bank.* 農場的一部份靠近河岸。
***Much of the day** was taken up with classes.* 這一天的大部份時間用來上課。
*Meetings are quarterly and take up **most of a day**.* 會議每季度舉行，差不多要開一天。

14 與所有不可數名詞短語連用

下列數量詞+ of 與特定和不特定的不可數名詞短語連用：

heaps of	quantities of	a bit of	a lot of
loads of	tons of	a little bit of	the majority of
lots of	an abundance of	a good deal of	a quantity of
masses of	an amount of	a great deal of	a trace of

*These creatures spend **a great deal of their time** on the ground.* 這些動物大部份時間都留在地面上。

***A lot of the energy** that is wasted in negotiations could be directed into industry.* 浪費在談判中的大量精力可以投入到製造業中去。

*There had been **plenty of action** that day.* 那一天有大量的行動。

*There was **a good deal of smoke**.* 有大量的煙。

15 與所有複數名詞短語連用

下列數量詞+ of 與特定和不特定的複數名詞短語連用：

heaps of	numbers of	an abundance of	a minority of
loads of	plenty of	a couple of	the majority of
lots of	quantities of	a lot of	a number of
masses of	tons of	a majority of	a quantity of

*I picked up **a couple of the pamphlets**.* 我拿起了數本小冊子。

***A lot of them** were middle-aged ladies.* 他們中的許多人是中年婦女。

*They had **loads of things to say to each other**.* 他們互相有許許多多話要説。

numbers of 和 quantities of 的前面常常加 large 和 small 這樣的形容詞。

*The report contained **large numbers of** inaccuracies.* 這份報告包含了大量錯誤。

*Chemical batteries are used to store **relatively small quantities of** electricity.* 化學電池用於儲存相對少的電能。

> **❗ 注意**
>
> heaps of、loads of、lots of、masses of 和 tons of 僅用在談話中。
>
> 如果這些數量詞+ of 與不可數名詞或單數名詞短語連用作動詞的主語，動詞用單數，即使數量詞聽上去是複數。
>
> ***Masses of evidence has** been accumulated.* 已經積累了大量的證據。
>
> ***Lots of it isn't** relevant, of course.* 當然，大部份是不相干的。

16 代詞用法

如果所指明確，本條目中以上列出的大部份詞和表達式都可用作代詞。

***Many** are shareholders in companies.* 很多人是公司的股東。

***A few** crossed over the bridge.* 一些人過了橋。

但是，a、an、every、no 和 other 不用作代詞。

17 份數

a fifth（五分之一）和 two-thirds（三分之二）之類的份數（fraction）可以像 all of 和 some of 一樣與 of 連用。

☞ 見參考部份 Numbers and fractions

18 數量詞+ of 與抽象名詞連用

下列數量詞+ of 僅用於或主要用於表示性質或情感：

an element of	a measure of	a touch of
a hint of	a modicum of	

*There was **an element of danger** in using the two runways together.* 兩條跑道一起使用存在一個危險因素。

*I must admit to **a tiny touch of envy** when I heard about his success.* 我必須承認，當聽説他成功的時候我有一點點妒忌。

a trace of 也常常用於指情感。

*She spoke without **a trace of embarrassment** about the problems that she had had.* 她談了自己遇到的問題，沒有一絲尷尬。

19 單位詞

piece 或 group 之類的單位詞（partitive）+ of +名詞可用來表示某物的一定數量。單位詞都是可數名詞，常常表示總量或群體的形狀或性質。

有些單位詞與 of 加不可數名詞連用。

*Who owns this **bit of land**?* 誰是這塊地的主人？

*...**portions of mashed potato*** ……好幾份薯蓉

有些單位詞與 of 加複數名詞連用。

*...a huge **heap of stones*** ……一大堆石頭

*It was evaluated by an independent **team of inspectors**.* 它是由一個獨立的檢查組評估的。

☞ 關於單位詞與不可數名詞連用的進一步説明，見主題條目 Pieces and amounts

使用單數單位詞作主語時，如果其後的名詞是不可數名詞，動詞要用單數形式。

*A **piece of paper** is lifeless.* 一張紙是沒有生命的。

如果其後的名詞是複數可數名詞，動詞要用複數形式或單數形式。複數動詞形式更常用。

*The second **group of animals were** brought up in a stimulating environment.* 第二組動物是在一個有刺激的環境中養大的。

*Each small **group of workers is** responsible for their own production targets.* 每個小組的工人負責自己的生產目標。

使用複數單位詞時，動詞用複數形式。

*Two **pieces of metal were** being rubbed together.* 兩塊金屬在互相摩擦。

20 量度名詞

指量度單位的名詞常常用作單位詞。

*He owns only five hundred **square metres of** land.* 他只擁有500平方米的土地。

*I drink a **pint of** milk a day.* 我一天喝一品脫牛奶。

☞ 見參考部份 Measurements

21 容器

如果想表示容器中的東西或者容器及其內容物時，容器名稱可用作單位詞。

*I drank a **bottle of** water.* 我喝了一瓶水。

*I went to buy a **bag of** chips.* 我去買了一袋薯片。

22 -ful

可把 -ful 加到指容器的單位詞上。

*He brought me a **bagful of** sweets.* 他給我帶來了一包糖。

*Pour a **bucketful of** cold water on the ash.* 在灰上澆一桶冷水。

如果想把以 -ful 結尾的名詞變成複數，通常在詞尾加 -s，比如 bucketfuls。但是，有些人把 -s 放在 -ful 前面，比如 bucketsful。

*She ladled three **spoonfuls of** sugar into my tea.* 她用長柄勺舀了三匙糖放到我的茶裏。

*…two **teaspoonsful of** milk* ……兩茶匙牛奶

也可在某些表示身體部位的詞後面加 -ful 構成單位詞。最常見的這類單位詞是 armful、fistful、handful 和 mouthful。

*Eleanor was holding an **armful of** roses.* 埃莉諾捧着一抱玫瑰花。

*He took another **mouthful of** juice.* 他又喝了一口果汁。

23 可數名詞

有時可用通常不可數的名詞作可數名詞，而不用單位詞和 of。例如，two teas（兩杯茶）的意思與 two cups of tea 相同，而 two sugars（兩匙糖）的意思與 two spoonfuls of sugar 一樣。

*I asked for two **coffees** with milk.* 我要了兩杯牛奶咖啡。

☞ 見 Nouns

Grammar Finder 語法講解

Questions 疑問句

1 *yes* / *no*-疑問句	**6** *wh*-疑問句
2 be	**7** *wh*-詞作主語
3 have	**8** *wh*-詞作賓語或副詞
4 否定的 *yes* / *no*-疑問句	**9** 用作回答的疑問句
5 對 *yes* / *no*-疑問句的回答	**10** 間接提問的方法

有兩種主要類型的疑問句：*yes* / *no*-疑問句和 *wh*-疑問句。

1 *yes / no*-疑問句

能用 yes 或 no 回答的疑問句稱作 *yes / no*-疑問句。

'Are you ready?' – *'**Yes**.'* "你準備好了嗎？"——"準備好了。"
'Have you read this magazine?' – *'**No**.'* "你讀過這本雜誌嗎？"——"沒有。"

yes / no-疑問句通過改變主語和動詞短語的順序構成。

如果動詞短語由主要動詞加一個或多個助動詞（auxiliary verb）構成，要把第一個助動詞放在句首、主語之前。動詞短語的其餘部份放在主語之後。

Will you *have finished by lunchtime?* 吃午飯的時候你可以完成嗎？
Has he *been working?* 他一直在工作嗎？

如果用的是一般時態（一般現在時或一般過去時），在主語前面用助動詞 do 的適當形式。主要動詞的原形放在主語之後。

Do the British take *sport seriously?* 英國人重視體育運動嗎？
Does David do *this sort of thing often?* 大衛經常做這種事情嗎？
Did you meet *George in France?* 你在法國遇到喬治了嗎？

2 be

但是，如果主要動詞是 be，要把 be 的一個形式放在句首，後接主語。不要用 do。

Are you *okay?* 你沒事吧？
Was it *lonely without us?* 沒有我們是不是很孤獨？

3 have

可以使用 Have you got...? 或 Do you have...? 這樣的結構。

☞ 見 have got

如果 have 用作主要動詞，人們已不再用 Have you...? 這種結構。

> **!** **注意**
>
> 如果想提出一個 *yes / no*-疑問句，通常不使用陳述句的正常詞序。但是，如果想表示驚訝或核對某事是否為真，則可以用陳述句的正常詞序。
>
> *You've flown this machine before?* 你已經駕駛過這種飛行器了？
> *You've got two thousand already?* 你已經有2,000個了？

4 否定的 *yes / no*-疑問句

如果認為答案會是或應該是 Yes.，可用否定的 *yes / no*-疑問句。例如，如果你認為你上週末看見過黛芬妮，可以說 Didn't we see Daphne last weekend?（我們上週末沒看見黛芬妮嗎？）。如果你認為談話的對方應該有一支鋼筆，可以說 Haven't you got a pen?（你沒有鋼筆嗎？）。

'Wasn't he French?' –*'**Yes**.'* "他不是法國人嗎？"——"他是的。"
'Didn't you say you'd done it?' –*'**Yes**.'* "你不是說你這樣做了嗎？"——"是的，說過。"

5 對 *yes / no*-疑問句的回答

回答 *yes / no*-疑問句時，可以只說 Yes. 或 No.，也可以在 yes 或 no 後面用主語和助動詞。例如，如果有人問你 Have you finished?（你結束了嗎？）這樣一個問題，你可以回答説 Yes, I have. 或 No, I haven't.。要使用疑問句裏的助動詞。但是，如果主要動詞是 be，在回答中則仍然用 be 這種形式。

'Did you enjoy the film?' – ***'Yes I did.'*** "你喜歡這部電影嗎？" —— "是的，我喜歡。"
'Have you met him yet?' – ***'No I haven't.'*** "你已經見到他了嗎？" —— "我還沒有。"
'Were you late?' – 'Yes I was.' "你遲到了嗎？" —— "是的，我遲到了。"

6 *wh-*疑問句

*wh-*疑問句用於詢問動作所涉及的人或物的身份，或詢問動作的所處情況。*wh-*疑問句以 *wh-*詞開頭。

*wh-*詞有：

▶ 副詞 how、when、where 和 why

▶ 代詞 who、whom、what、which 和 whose

▶ 限定詞 what、which 和 whose

whom 僅用作動詞或介詞的賓語，不作主語。

☞ 見 who – whom

7 *wh-*詞作主語

如果 *wh-*詞作疑問句的主語，*wh-*詞要前置，後接動詞短語。句子的詞序和普通陳述句一樣。

What happened*? 發生了甚麼事？*
Who could have done *it? 誰會做出這種事？*

疑問句的形式和 *wh-*詞作為主語的一部份時相同。

Which men *had been ill? 哪些男人生病了？*

8 *wh-*詞作賓語或副詞

如果 *wh-*詞作動詞或介詞的賓語，或作副詞，*wh-*詞要前置。句子其餘部份的構造和 *yes / no-*疑問句相同，即主語放在動詞短語中第一個助動詞的後面，助動詞 do 用於一般時態。

Which *do you like best? 你最喜歡哪一個？*
When *would you be coming down? 你甚麼時候大學畢業？*

疑問句的形式和 *wh-*詞作為賓語的一部份時相同。

Which graph *are you going to use? 你要用哪一張圖表？*

如果有介詞，通常位於句末。

What are they looking ***for****? 他們在找甚麼？*
Which country do you come ***from****? 你來自哪個國家？*

但是，如果用的是 at what time 或 in what way 這樣的短語，介詞置於句首。

In what way *are they different? 他們在甚麼方面不一樣？*

如果用了 whom，介詞一定要前置。whom 僅用於正式的口語和書面語。

With whom *were you talking? 你剛才在和誰説話？*

9 用作回答的疑問句

如果用提問的方式來回應某人所説的話，常可以只用 *wh*-詞，而不是整個句子，因為要表達的意思很清楚。

'There's someone coming.' – *'**Who**?'* "有人來了。" —— "誰？"
'Maria! We won't discuss that here.' – *'**Why not**?'* "瑪利亞！我們在這裏不討論那個。" —— "為甚麼不？"

10 間接提問的方法

向某人詢問情況時，用 Could you tell me...? 或 Do you know...? 這樣的表達式更禮貌。

Could you tell me *how far it is to the bank?* 你能告訴我到銀行有多遠嗎？
Do you know *where Jane is?* 你知道簡在哪裏嗎？

注意，疑問句的第二部份是間接疑問句的形式。

☞ 見 Reporting

人們有時用 May I ask...? 和 Might I ask...? 這樣的表達式來間接提問一個問題。但是，最好不要這樣提問，因為聽上去可能有敵意或挑釁性。

May I ask *what your name is?* 我可以問一下你叫甚麼名字嗎？
Might I inquire *if you are the owner?* 我可以問一下你是店主嗎？

Grammar Finder 語法講解

Question tags 附加疑問句

附加疑問句（question tag）是附加在陳述句末尾使其變成 *yes / no-*疑問句的一個短語。通常用於期望別人同意自己的陳述。例如，如果你説 It's cold, **isn't it**?，你期望別人會説 Yes。如果你説 It isn't very warm, **is it**?，你期望別人會説 No。

附加疑問句的構成是用陳述句中的同一個助動詞或be的形式後接人稱代詞。代詞指的是陳述句的主語。

You've *never been to Spain,* ***have you***? 你從未去過西班牙，對嗎？
David's school is *quite nice,* ***isn't it***? 大衛的學校相當不錯，對不對？

如果陳述句用的是一般態態（即不含助動詞或 be），附加疑問句中用動詞 do。

You ***like*** *it here,* ***don't you***? 你喜歡這裏，不是嗎？
He ***won***, ***didn't he***? 他贏了，不是嗎？

通常在肯定的陳述後面用否定的附加疑問句，在否定的陳述後面用肯定的附加疑問句。但是，想核實自己猜對了某事或表示興趣、驚訝或憤怒時，在肯定的陳述後面可用肯定的附加疑問句。

You've *been to North America before,* ***have you***? 你以前去過北美洲，是麼？
Oh, ***he wants*** *us to make films as well,* ***does he***? 哦，他還想要我們拍電影，是嗎？

如果針對含 hardly、rarely 或 seldom 之類廣義否定詞的陳述句使用附加疑問句，附加部份通常用肯定形式，這與其他否定詞的用法一樣。

She's ***hardly*** *the right person for the job,* ***is she***? 她幾乎不是這份工作的合適人選，

對嗎？

*You **seldom** see that sort of thing these days, **do you**?* 如今很少看到那種事情了，對嗎？

如果作出的是關於自己的陳述，而你想核實談話的對方是否有同樣的看法或感受，可在陳述後面用含 you 的附加疑問句。

*I **think** this is the best thing, **don't you**?* 我認為這是最好的東西，你説呢？
*I **love** tea, **don't you**?* 我愛喝茶，你不喜歡喝嗎？

☞ 見主題條目 Agreeing and disagreeing, Invitations, Requests, orders, and instructions, Suggestions

---

quiet – quite

1 quiet

quiet 是形容詞，表示輕聲的、聲音很小的。

*Bal said in a **quiet** voice, 'I have resigned.'* 巴爾輕聲説道，"我已經辭職了。"
*The airlines have invested a lot of money in new, **quieter** aircraft.* 各航空公司對更靜的新飛機投入了大量的資金。

可用 quiet 描述一個地方，表示安靜的。

*It was very **quiet** there; you could just hear the wind moving in the trees.* 那兒很安靜，你只能聽到樹林中的風聲。

2 quite

不要混淆 quiet /ˈkwaɪət/ 和 quite /kwaɪt/。quite 是副詞，表示相當、很、頗。

☞ 見 quite

---

quite

1 作 to some extent 解

quite 用在形容詞或副詞前面，表示相當、頗。quite 的語氣不如 very 和 extremely 強。

*He was **quite** young.* 他相當年輕。
*The end of the story can be told **quite** quickly.* 故事的結局可以説得相當快。

 quite 的這種用法在美式英語裏不如在英式英語裏常見。

説美式英語的人傾向於用 fairly。

*This example is **fairly** typical.* 這個例子相當典型。

quite 也可用在 a、形容詞和名詞前面。例如，可以説 It was **quite a cold day**.（這是相當冷的一天。）代替 It was quite cold.（天氣相當冷。）。

*It's **quite a good job**.* 這是一個相當不錯的工作。
*She was **quite a talented girl**.* 她是一個頗有才華的女孩。

> **! 注意**
>
> 在這類句子中，quite 要放在 a 前面，而不是後面。例如，不要說 ~~It was a quite cold day.~~。
>
> 不要把 quite 用在比較級形容詞或副詞前面。例如，不要說 ~~The train is quite quicker than the bus.~~，而要用 a bit、a little 或 slightly。
>
> *I ought to do something **a bit more ambitious**.* 我應當做點更有抱負的事情。
>
> *He arrived **a little earlier** than he expected.* 他比他預期的要早一點到達。
>
> *The risk of epidemics may be **slightly higher** in crowded urban areas.* 發生流行病的危險在人口密集的城市地區可能略大一些。

☞ 關於表示程度和範圍的分級詞彙列表，見 Adverbs and adverbials

2 作 very much 或 completely 解

quite 可用於表達另一個不同的詞義。quite 用在形容詞、副詞或動詞前面進行強調，表示非常、完全、很。

*You're **quite** right.* 你說得很對。
*I saw the driver **quite** clearly.* 我清清楚楚地看見了司機。
*I **quite** understand.* 我完全理解。

☞ 關於用來強調動詞的副詞一覽表，見 Adverbs and adverbials

Rr

raise

☞ 見 rise – raise

rarely

☞ 關於表示頻率的分級詞彙清單，見 Adverbs and adverbials

rather

1 用作程度副詞

rather 表示有點、相當、頗。

*It's a **rather** sad story.* 這是一個相當悲慘的故事。

如果 like 作介詞，rather 可用在 like 前面。

*This animal looks and behaves **rather like** a squirrel.* 這個動物的外形和行為有點像松鼠。

*She imagined a life **rather like** that of the Kennedys.* 她想像了一種有點類似於甘迺迪家族那樣的生活。

rather 表達這個詞義主要用於書面語。在談話中一般用 a bit。

*I'm **a bit** confused* 我有點糊塗了。

*It tastes **a bit** like a tomato.* 這東西味道有點像番茄。

好幾個詞和表達式可用於表示更大或更小的程度。

☞ 關於表示程度的分級詞彙列表，見 Adverbs and adverbials

rather 也用於減弱跟在其後的詞或表達式的語氣。例如，如果某人請你做某事，你可以說 I'm rather busy.（我有點忙。）。你的意思是自己很忙，但是 rather 一詞使你的回答顯得更有禮貌。

*I'm **rather** puzzled by this question.* 我對這個問題有些迷惑不解。

*He did it **rather** badly.* 他做得有點糟糕。

 rather 表達上述詞義時，在英式英語裏比在美式英語裏更常見。

2 would rather

would rather do something 表示寧願做某事。在口語中，would rather 通常縮略成 'd rather。如果要寫下某人說的話，通常寫成 'd rather。

*I'll order tea. Or perhaps you**'d rather have** coffee.* 我想點茶。也許你更願意喝咖啡。

*'What was all that about?' – 'I'm sorry, I**'d rather not say**.'* "那到底是怎麼一回事？" —— "對不起，我還是不說的好。"

在這類句子中，would rather 後面要用不帶 to 的不定式。

也可用 would rather 後接一個分句，表示更願意某事發生或完成。分句中用一般過去時。

Would *you rather she* **came** *to see me?* 你願不願意她來看我？

*'May I go on?' –' I'**d rather** you* **didn't**.*' "我可以繼續下去嗎？" —— "我倒希望你不要。"

3 rather than

rather than 用於連接同一類型的詞語或表達式，表示而不是。

I have used familiar English names **rather than** *scientific Latin ones.* 我用的是熟悉的英文名稱，而不是拉丁學名。

It made him frightened **rather than** *angry.* 這使他感到恐懼而不是憤怒。

4 糾正錯誤

也可用 rather 更正自己犯的錯誤，或者在想出更好的一個詞時用於替換剛用的那個詞。

There'd been a message, or **rather** *a series of messages, on Dalziel's answering machine.* 達爾齊爾的電話答錄機上有一個口信，或者説是數個口信。

He explained what the Crux is, or **rather**, *what it was.* 他解釋了南十字星座是甚麼，或更確切地説，過去是甚麼。

---

reach

☞ 見 arrive – reach

---

read

1 閱讀

read /riːd/ 表示閱讀。

Why don't you **read** *your letter?* 你為甚麼不讀你的信？

read 的過去式和-ed分詞是 read /red/。

I **read** *through the whole paper.* 我通讀了論文。

Have *you* **read** *that article I gave you?* 你讀了我給你的那篇文章嗎？

2 朗讀

read 表示朗讀。read 這樣用時，有兩個賓語。如果間接賓語是代詞，通常放在直接賓語的前面。

I'm going to read **him** *some of my poems.* 我準備給他朗讀一些我自己寫的詩。

I read **her** *the two pages dealing with plants.* 我給她讀了關於植物的那兩頁。

如果間接賓語不是代詞，則通常放在直接賓語之後。此時間接賓語前面要加 to。

Read books **to your baby** *– this helps to develop language and listening skills.* 給你的寶寶讀書 —— 這有助於提高語言和聽力技能。

如果直接賓語是代詞，間接賓語也要放在直接賓語之後。

*You will have to read it **to him**.* 你必須把這個讀給他聽。

也可省略直接賓語。

*I'll go up and **read to Sam** for five minutes.* 我會上樓去給山姆讀5分鐘書。

ready

1 用在動詞之後

ready 指人時,表示做好準備的。

*Are you **ready** now? I'll take you back home.* 你準備好了嗎?我來帶你回家。
*We were getting **ready** for bed.* 我們正準備上牀睡覺。

ready 指物時,表示準備好的。

*Lunch is **ready**.* 午飯準備好了。
*Go and get the boat **ready**.* 去把船準備好。

> **⚠ 注意**
>
> ready 表達這兩個詞義時不能用在名詞前面。

2 用在名詞前面

ready 可用在名詞前面,表示現成的。

*Many supermarket **ready** meals contain high levels of salt.* 很多超市的成品飯菜內鹽的含量很高。
*I have no **ready** explanation for this fact.* 我對這個事實沒有現成的解釋。

ready money 表示現金、現錢。

*He had 3,000 in **ready** cash.* 他有3,000英鎊現金。

realize

☞ 見 understand – realize

really

really 可用在談話和不太正式的書面語中,對正在説的事情進行強調。

really 通常位於動詞前面,或位於形容詞或副詞前面。

*I **really** enjoyed that.* 我真的很喜歡它。
*It was r**eally** good.* 這確實很好。
*He did it **really** carefully.* 他非常仔細地做了這件事。

really 放在助動詞前面或後面都可以。例如,可以説 He **really is** coming. 或 He **is really** coming.(他真的要來了。)。兩者的意義沒有區別。

*We **really are** expecting it to be a best-seller.* 我們真的希望它成為一本暢銷書。
*It **would really** be too much trouble.* 這真的是太麻煩了。

> **⚠ 注意**
>
> really 通常不用在正式的書面語中。通常用 very 或 extremely 代替。

 可以説 Really? 表示對某人説的話感到吃驚。

'I think he likes you.' – 'Really? He hardly spoke to me all day.' "我認為他喜歡你。" ——"真的嗎？他幾乎一整天都不和我説話。"

---

reason

reason for something 表示某事的理由、原因。

*I asked the **reason for** the decision.* 我問作出這個決定的理由。
*The **reason for** this relationship is clear.* 這個關係的原因很清楚。

> **⚠ 注意**
>
> 在這類句子中，reason 後面不要用除了 for 以外的任何介詞。
>
> 可以説 **reason for doing** something（做某事的原因）。
>
> *One of his **reasons for coming** to England was to make money.* 他到英國來的原因之一是賺錢。
>
> 也可以説 reason why（為甚麼……的原因）。
>
> *There are several **reasons why we can't do that**.* 有數個原因為甚麼我們不能那樣做。
>
> 但是，如果是在具體説明原因，不要用 why，而要用 *that*-從句。
>
> *The r**eason that they liked the restaurant** was its relaxed atmosphere.* 他們喜歡這家餐廳的原因是其輕鬆的氛圍。
>
> *The **reason I'm calling you** is that I know Larry talked with you earlier.* 我打電話給你的原因是我知道拉里之前跟你説過話。
>
> 注意，這些句子中的第二個從句也是 *that*-從句。有些人使用以 because 開頭的從句代替 *that*-從句。
>
> *The reason they are not like other boys is **because** they have been brought up differently.* 他們不像其他男孩的原因是他們受到的家教不同。
>
> because 的這種用法在英語口語和非正式英語裏相當常見。但是，有些人認為這是錯誤的，在正式英語裏應該避免使用。

---

receipt – recipe

1 receipt

receipt /rɪˈsiːt/ 表示收據、收條。

*We've got **receipts** for each thing we've bought.* 我們買的每件東西都有收據。

2 recipe

不要用 receipt 表示烹調方法。要用 recipe /ˈresəpi/。

*This is an old Polish **recipe** for beetroot soup.* 這是甜菜根湯的一種古老的波蘭做法。

---

receive

receive 表示收到。get 也表示收到。在正式的書面語中用 receive，而在談話和不太正式的書面語中用 get。

例如，在商務信函中可能會這樣寫 I **received** a letter from Mr Jones.（鍾斯先生的來函收悉。），但在談話和不太正式的書面語中，可能會這麼說或寫 I **got** a letter from Mr Jones.（我收到了鍾斯先生的一封信。）。

*The police **received** a call from the house at about 4.50 a.m.* 警察在早晨大約4時50分接獲了從那所房子打來的電話。
*I **got** a call from my father.* 我接到了父親打來的電話。

可以用 receive 或 get 表示得到薪水、工資或養老金。

*His mother **received** no pension or compensation.* 他的母親沒有得到養老金或補償。
*He **was getting** a very low salary.* 他當時賺的薪水很低。

也可以用 receive 或 get 表示得到幫助或指點。

*She **has received** help from friends.* 她從朋友那裏得到了幫助。
***Get** advice from your local health department.* 向當地的衛生部門獲取建議。

---

recognize – realize

1 recognize

recognize 表示認出、識別。

*She didn't **recognize** me at first.* 她一開始未能認出我。
*Doctors are trained to **recognize** the symptoms of depression.* 醫生接受培訓來識別抑鬱症的症狀。

recognize 表示認識到、承認。

*Governments are beginning to **recognize** the problem.* 各國政府開始認識到這個問題。
*We **recognize** this as a genuine need.* 我們承認這是一個真正的需求。

2 realize

不要用 recognize 表示意識到一個事實。要用 realize。

*I **realized** Martha was right.* 我意識到瑪莎是對的。
*She **realized** that she was going to be late.* 她意識到自己要遲到了。

---

recommend

recommend 表示推薦、介紹。

*I asked my friends to **recommend** a doctor who is good with children.* 我請我的朋友們推薦一位擅長治療兒童疾病的醫生。
*We strongly **recommend** the publications listed on the back page of this leaflet.* 我們強烈推薦這本小冊子背面所列的出版物。

可以説 **recommend** someone or something **for**...。

*Nell was **recommended for** a job as a cleaner.* 內爾被推薦去做清潔工。

*I **recommend** running **for** strengthening your leg muscles.* 我推薦通過跑步來加強你的腿部肌肉。

recommend a particular action 表示建議採取某個行動。

*They **recommended** a merger of the two biggest supermarket groups.* 他們建議把兩家最大的超市集團合併起來。

*The doctor may **recommend** limiting the amount of fat in your diet.* 醫生可能會建議你限制飲食中的脂肪量。

也可以説 recommend **that someone does**或recommend **that someone should do** something。

*Waugh was examined by a doctor who **recommended that he see** an orthopaedic surgeon.* 沃接受了一位醫生的檢查,後者建議他去看矯形外科醫生。

*It is strongly **recommended that you should attend** this course if possible.* 強烈建議你應該盡可能去聽這門課程。

也可以説 recommend **someone to do** something。

*Although they have eight children, they do not **recommend other couples to have** families of this size.* 雖然他們有8個孩子,但他們並不建議其他夫婦也擁有如此規模的家庭。

有些人認為這種用法不正確,他們説應該用 Although they have eight children, they do not **recommend that other couples should have** families of this size。

> **!** 注意
>
> 不能在 recommend someone 後面加表示行動的名詞。例如,不要説 ~~I recommend you a visit to Paris.~~,而要説 I **recommend a visit** to Paris. (我建議去巴黎一遊。)、I **recommend visiting** Paris. 或 I **recommend that you visit** Paris. (我建議你去巴黎一遊。)。

---

recover

recover 表示恢復健康、康復。

*It was several weeks before he fully **recovered**.* 他過了好幾個星期才完全康復。

recover 是一個相當正式的詞。在談話和不太正式的書面語中,通常用 get better。

*He soon **got better** after a few days in bed.* 在牀上躺了數天後,他身體很快就好轉了。

☞ 見 better

可以用 **recover from** an illness 表示病癒。

*How long do people take to **recover from** an infection of this kind?* 人們從這種感染中恢復需要多長時間?

> **！注意**
> 不要説 ~~get better from~~ an illness。

regret – be sorry

1 後悔和抱歉

regret 和 be sorry 都用於表示對某事感到後悔、遺憾或抱歉。regret 比 be sorry 更正式。

可以説 **regret** 或 **be sorry about** something。

*I immediately **regretted** my decision.* 我立刻對我的決定後悔了。

*Astrid **was sorry about** leaving abruptly.* 艾絲翠為自己突然離開表示抱歉。

也可以説 **regret** 或 **be sorry** that something has happened。

*Pisarev **regretted** that no real changes had occurred.* 皮薩列夫感到遺憾的是，沒有發生真正的變化。

*He **was sorry** he had agreed to stay.* 他後悔同意留下來。

也可以説 **regret doing** something。

*None of the women I spoke to **regretted making** this change.* 我談過話的女人中沒有一個後悔作出了這個改動。

> **！注意**
> 不要説 ~~be sorry doing~~ something。

2 道歉

向某人道歉時，可以説 be sorry about **something**。

*I'**m sorry about** the mess – I'll clean up.* 對不起弄得這麼亂 —— 我會收拾乾淨的。

也可用 **someone is** sorry about something 來轉述某人的歉意。

*She **was very sorry about** all the trouble she'd caused.* 她對自己造成的麻煩感到非常抱歉。

> **！注意**
> 不要説 be ~~sorry for~~ something。
> 在談話中，不要用 regret something 表示道歉。regret 僅用於正式的信函和聲明。
> *London Transport **regrets** any inconvenience caused by these delays.* 倫敦交通局對這些延誤所造成的不便表示歉意。

☞ 見主題條目 Apologizing

3 傳遞壞消息

把壞消息傳給某人時，可以用 I'**m sorry to** tell you... （我很抱歉告訴你⋯⋯）開頭。

在正式的信函中，可以說 I **regret to** inform you... （我遺憾地通知你……）。

I**'m very sorry to** tell you this, but she's dead. 我很抱歉告訴你這個，但是她已經死了。

I **regret to** inform you that your application has not been successful. 我很遺憾地通知你，你的申請沒有成功。

relation – relative – relationship

這些詞用於指稱人或人與人之間的關係。

1 relation 和 relative

relation 和 relative 表示親屬、親戚。

I said that I was a **relation** of her first husband. 我說我是她第一個丈夫的親戚。
I'm going to visit some **relatives**. 我要去探望一些親戚。

relations 表示關係、聯繫。

Relations between the two men had not improved. 這兩個男人之間的關係沒有改善。
Britain has close **relations** with the US. 英國和美國關係密切。

2 relationship

relationship 可表示兩個人或群體之間的關係。

The old **relationship** between the friends was quickly re-established. 這數個朋友之間的老關係很快重新建立起來了。

Senor Zapatero has shown that he is keen to have a close **relationship** with Britain. 薩派特羅先生已表明他渴望與英國建立密切的關係。

relationship 還表示兩個人之間的親密關係，尤指性關係或浪漫關係。

When the **relationship** ended two months ago, he was very upset. 當這種親密關係在兩個月前結束時，他很難過。

Grammar Finder 語法講解

Relative clauses 關係從句

1 關係代詞	**8** 指物
2 限制性關係從句	**9** 指情況
3 指人	**10** 介詞與關係代詞連用
4 指物	**11** of whom 和 of which
5 不用關係代詞	**12** whose 用於關係從句
6 非限制性關係從句	**13** when、where 和 why
7 指人	**14** 指將來

關係從句（relative clause）是為主句中提及的人或物提供更多資料的從句。關係從句直接放在表示所談論的人或物的名詞後面。

*The man **who came into the room** was short and thin.* 進入房間的那個男人又矮又瘦。

*Opposite is St. Paul's Church, **where you can hear some lovely music**.* 對面是聖保羅教堂，在那裏你可以聽到一些優美的音樂。

1 關係代詞

很多關係從句以<u>關係代詞</u>（relative pronoun）開頭。關係代詞有：

that which who whom

關係代詞通常充當關係從句中動詞的主語或賓語。

*...a girl **who wanted** to go to college* ……想上大學的一個女孩
*There was so much **that** she wanted to **ask**.* 她想要問的東西太多了。

有兩種關係從句：<u>限制性關係從句</u>（defining relative clause）和<u>非限制性關係從句</u>（non-defining relative clause）。

2 限制性關係從句

<u>限制性關係從句</u>（defining relative clause）提供有助於確定所談論的人或物的資料。例如，在句子The woman who owned the shop was away 中，限制性關係從句 who owned the shop 確定了所談論的是哪一個女人。

*The man **who you met yesterday** was my brother.* 你昨天見到的那個人是我的哥哥。

*The car **which crashed into me** belonged to Paul.* 撞到我身上的那輛車屬於保羅。

限制性關係從句有時稱為 identifying relative clause。

3 指人

在限制性關係從句中指一個人或一群人時，要用 who 或 that 作限制性從句的主語。

*We met the people **who** live in the cottage.* 我們遇見了住在小屋裏的那些人。
*He was the man **that** bought my house.* 他就是購買了我的屋的那個人。

用 who、that 或 whom 作限制性從句的賓語。

*...someone **who** I haven't seen for a long time* ……一個我很長時間沒見到的人
*...a woman **that** I dislike* ……我討厭的一個女人
*...distant relatives **whom** he had never seen* ……他從未見過的遠房親戚

whom 是一個正式的詞。

☞ 見 who – whom

4 指物

指一個或一組事物時，要用 which 或 that 作限制性從句的主語或賓語。

*...pasta **which** came from Milan* ……來自米蘭的意大利麵製品
*There are a lot of things **that** are wrong.* 有很多事情都是錯的。
*...shells **which** my sister has collected* ……我妹妹收集的貝殼
*The thing **that** I really liked about it was its size.* 我真正喜歡的是它的尺寸。

一般來説，在這類限制性關係從句中，美式英語裏更常用 that，但兩個形式都見於英語和美語兩種變體。

5 不使用關係代詞

並非一定要用關係代詞作限制性關係從句中動詞的賓語。例如,可以用 a woman I dislike 代替 a woman that I dislike。

*The woman **you met yesterday** lives next door.* 你昨天遇到的那個女人就住在隔壁。
The car I wanted to buy was not for sale. 我想買的那輛車是非賣品。

但是,如果關係代詞是限制性關係從句中動詞的主語,關係代詞不能省略。

*The man **who did this** was a criminal.* 做了這件事的人是個罪犯。

> **!** 注意
>
> 關係從句中的關係代詞充當從句的主語或賓語。
> 這意味着不應該加上另一個代詞作主語或賓語。
> 例如,可以説 There are a lot of people that want to be rich. (有很多人想發財。)。不要説 ~~There are a lot of people that they want to be rich.~~。
> 同樣,可以説 This is the book which I bought yesterday. (這是我昨天買的那本書。)。不要説 ~~This is the book which I bought it yesterday.~~。即使不用關係代詞,比如在 This is the book I bought yesterday. 這個句子中,也不要加上另一個代詞。

6 非限制性關係從句

非限制性關係從句(non-defining relative clause)用於進一步説明而不是確定某人或某物。例如,在 I'm writing to my mother, who's in hospital. (我正在給我母親寫信,她住院了。)這個句子裏,關係從句 who's in hospital 進一步説明了my mother,而不用於表示指的是哪一位母親。

*He was waving to the girl, **who was running along the platform**.* 他向女孩揮手,她正沿着月台奔跑。
*He walked down to Broadway, the main street of the town, **which ran parallel to the river**.* 他向前走到了百老匯,這是城市的主要街道,與河流平行。

注意,非限制性關係從句前面要用逗號。

7 指人

非限制從句指一個人或一群人時,要用 who 作從句的主語,用 who 或 whom 作從句的賓語。

*Heath Robinson, **who** died in 1944, was a graphic artist and cartoonist.* 希斯·羅賓遜死於1944年,是一位平面藝術家和漫畫家。
*I was in the same group as Janice, **who** I like a lot.* 我和珍妮絲在同一組,我很喜歡她。
*She was engaged to a sailor, **whom** she had met at Dartmouth.* 她和一個水手訂婚了,她是在達特茅斯遇到他的。

8 指物

非限制從句指一個或一組事物時,要用 which 作主語或賓語。

*I am teaching at the local college, **which** is just over the road.* 我在當地的大學教書,就在路的那邊。

*He had a lot of money, **which** he mainly spent on cars.* 他錢很多，主要用在了汽車上。

> ### ⚠ 注意
>
> 非限制性關係從句不能以 that 開頭。例如，不要說 ~~She sold her car, that she had bought the year before.~~，而必須說 She sold her car, **which** she had bought the year before.（她賣掉了自己的汽車，車是她前一年買的。）。非限制從句不能省略關係代詞。例如，不能說 ~~She sold her car, she had bought the year before.~~。

9 指情況

以 which 開頭的非限制性關係從句，可用於評論主句描述的整個情況。

*I never met Brendan again, **which** was a pity.* 我再也沒有見過布倫丹，這是一個遺憾。

*Small computers need only small amounts of power, **which** means that they will run on small batteries.* 小型電腦只需要少量電力，這意味着它們可以依靠小電池運行。

10 介詞與關係代詞連用

在兩類關係從句中，關係代詞都可作介詞的賓語。

在談話中，介詞通常位於句末，後面不用名詞短語。

*I wanted to do the job **which** I'd been trained **for**.* 我想做我受過培訓的工作。

*…the world **that** you are interacting **with*** ……你與之互動的世界

限制性關係從句中常常不用關係代詞。

*…the pages she was looking **at*** ……她正在看的那數頁

*I'd be wary of anything Matt is involved **with**.* 我會提防任何馬特參與的事情。

在正式英語裏，介詞位於關係代詞 whom 或 which 的前面。

*I have at last met John Parr's tenant, **about whom** I have heard so much.* 我終於見到了約翰·帕爾的房客，關於此人我已經聽到了很多。

*He was asking questions **to which** there were no answers.* 他正在提出一些沒有答案的問題。

> ### ⚠ 注意
>
> 如果關係從句中的動詞是以介詞結尾的<u>短語動詞</u>（phrasal verb），不能把介詞移到從句句首。例如，不能說 ~~all the things with which I have had to put up.~~。必須說 all the things I've had to put up with.（所有我不得不忍受的事情。）。
>
> *…the delegates she had been **looking after*** ……她一直在照顧的代表
>
> *Everyone I **came across** seemed to know about it.* 我遇到的每一個人似乎都知道這個。
>
> 非限制關係從句能夠用介詞+ which +名詞引導。
>
> 這種情況唯一常用的表達式是 in which case、by which time 和 at which point。

> *It may be that your circumstances are different, **in which case** we can ensure that you have taken the right action.* 可能你的經濟狀況有所不同，在這種情況下，我們可以確保你採取了正確的行動。
>
> *Leave the mixture to cool down for two hours, **by which time** the spices should have flavoured the vinegar.* 讓混合物冷卻兩個小時，在這段時間內香料應該為醋提了味。

11 of whom 和 of which

some、many 和 most 之類的詞可放在 of whom 或 of which 之前，位於非限制性關係從句的句首。這麼做的目的是為剛提到的群體中的一部份提供資料。

*We were greeted by the teachers, **most of whom** were middle-aged.* 我們受到了老師們的迎接，其中大部份是中年人。

*It is a language shared by several cultures, **each of which** uses it differently.* 這是一個由數種文化共用的語言，其中每種文化使用語言的方式都不相同。

數字可放在 of whom 或 of which 之前，或放在這些短語之後。第二種做法更正式。

*They act mostly on suggestions from present members (**four of whom** are women).* 他們主要根據現有成員的建議行事（其中4位是女性）。

*Altogether 1,888 people were prosecuted, **of whom 1,628** were convicted.* 總共有1,888人被起訴，其中1,628人被判有罪。

12 whose 用於關係從句

如果想談論屬於或與一個人、事物或群體有關的事，可用以 whose +名詞開頭的限制性或非限制性關係從句。

*…workers **whose bargaining power** is weak* ……議價能力弱的工人

According to Cookson, whose book is published on Thursday, most disasters are avoidable. 據庫克森所説 —— 其著作在星期四出版 —— 大多數災難都是可以避免的。

有些人認為，用 whose 表示某物屬於或與某物有關是不正確的。

☞ 見 whose

13 when、where 和 why

在某些名詞後面，when、where 和 why 可用在限制性關係從句中。when 用在 time 和其他表示時間的詞後面，where 用在 place 或表示地點的詞後面，why 用在 reason 後面。

*This is one of **those occasions when** I regret not being able to drive.* 這是我後悔不會開車的場合之一。

*That was **the room where** I did my homework.* 這是我做家課的房間。

*There are **several reasons why** we can't do that.* 我們為甚麼不能那樣做的理由有好數個。

when 和 where 可用在時間和地點表達式後面的非限制性關係從句中。

*This happened in 1977, **when** I was still a baby.* 這件事發生在1977年，當時我還是個嬰兒。

*She has just come back from a holiday in Crete, **where** Alex and I went last year.* 她剛剛從克里特島度假回來，而我和艾力士是去年去的。

14 指將來

在限制性關係從句裏，有時用一般現在時指將來，有時用 will。

☞ 見 The Future

---

relax

relax 表示放鬆。

*Make the room dark, get into bed, close your eyes, and **relax**.* 把房間弄暗，躺到牀上，閉上眼睛，然後放鬆。

*Some people can't even **relax** when they are at home.* 有些人即使在家裏也不能放鬆。

relax 不是反身動詞。不要説 ~~relax oneself~~。

---

relieve – relief

1 relieve

relieve /rɪˈliːv/ 是動詞，表示緩解、減輕。

*Anxiety may **be relieved** by talking to a friend.* 同朋友談話可以減輕焦慮。

*The passengers in the plane swallow to **relieve** the pressure on their eardrums.* 飛機上的乘客通過吞嚥來減輕對耳鼓膜的壓力。

relieve someone **of**… 表示為某人解除……。

*The news **relieved** him **of** some of his embarrassment.* 這個消息為他解除了數分難堪。

常常用被動式結構 be relieved，表示感到寬慰、鬆了一口氣。

*I **was relieved** when Hannah finally arrived.* 漢娜最終到達時，我鬆了一口氣。

be relieved 常常後接 to-不定式。

*He **was relieved** to find he'd suffered no more than a few scratches.* 他欣慰地發現自己只受到了一點擦傷。

2 relief

relief /rɪˈliːf/ 是名詞，表示寬慰。

*I breathed a sigh of **relief**.* 我如釋重負地歎了口氣。

*To my **relief**, he found the suggestion acceptable.* 令我欣慰的是，他認為這項建議可以接受。

relief 也表示救濟（品）。

*We are providing **relief** to vulnerable refugees, especially those who are sick.* 我們正在為虛弱的難民提供救濟，尤其是那些生病的。

remain – stay

remain 和 stay 常常用作同義詞，表示保持。remain 比 stay 更正式。

*Oliver **remained** silent.* 奧利弗保持沉默。
*I **stayed** awake all night.* 我一整夜都沒睡着。

remain 或 stay 表示留下。

*I was allowed to **remain** at home.* 我被允許留在家裏。
*Fewer women these days **stay** at home to look after their children.* 如今留在家裏照料孩子的婦女更少了。

要表示某物仍然存在，可用 remain，但不能用 stay。

*Even today parts of the old wall **remain**.* 即使到了今天，部份老牆依然存在。
*The wider problem **remains**.* 更廣泛的問題仍然存在。

stay 表示逗留、暫住。

*How long can you **stay** in Brussels?* 你能在布魯塞爾逗留多久？
*She **was staying** in the same hotel as I was.* 她那時跟我住在同一家旅館。

> **! 注意**
> 不能用 remain 表達這個意義。

---

remark

☞ 見 comment – mention – remark

---

remember – remind

1 remember

remember 表示記得。

*I **remember** the look on Gary's face as he walked out the door.* 我記得加里走出門外時臉上的表情。
*He **remembered** the man well.* 他清楚地記得那個男人。

remember 後面可用 -ing形式或 to-不定式，但意思不一樣。remember doing something 表示記得做過某事。

*I **remember asking** one of my sons about this.* 我記得向我的一個兒子問過這個。

而 **remember to do something** 表示記住要做某事。

*He **remembered to turn** the gas off.* 他記住要把煤氣關掉。

2 remind

不要用 remember 表示提醒。要用 remind。

☞ 見 remind

remind

remind someone **of**... 表示提醒某人……。

*She **reminded** him **of** two appointments.* 她提醒他有兩個約會。
*You do not need to **remind** people **of** their mistakes.* 你不需要向人們提起他們犯的錯誤。

也可以説 **remind** someone **that**...。

*I **reminded** him **that** we had a wedding to go to on Saturday.* 我提醒他，我們星期六要參加一個婚禮。

remind someone **to do** something 表示提醒某人做某事。

*She **reminded** me **to wear** the visitor's badge at all times.* 她提醒我要隨時配戴訪客證章。
***Remind** me **to speak** to you about Davis.* 提醒我要跟你談談戴維斯。

> **!** 注意
>
> 不要説 ~~remind someone of doing~~ something。
> **remind** someone **of**... 表示使某人想起……、使某人聯想到……。
> *Your son **reminds** me **of** you at his age.* 你兒子讓我想起你在他那個年齡的事。
> 這樣的句子裏必須使用 of。

---

remove – move

1 remove

remove 表示拿走、搬開。

*The waiter came over to **remove** the plates.* 服務員過來收走了菜盤子。
*He **removed** his hand from the man's collar.* 他的手放開了那個男人的衣領。

2 move

不要用 remove 表示搬家。要用 move。

*Send me your new address if you **move**.* 如果你搬家的話，把你的新地址寄給我。
*Last year my parents **moved** from Marseille to Paris.* 去年我父母從馬賽搬到了巴黎。

在英式英語裏, 也可以説move house。

*We have just **moved house** and are planning to paint some of the rooms.* 我們剛搬家，正打算給一些房間刷塗料。

---

rent

☞ 見 hire – rent – let

Grammar Finder 語法講解

Reporting 轉述

1	直接引語	**14**	引述動詞用過去時
2	引述結構	**15**	指將來
3	引述動詞	**16**	間接引語分句中的情態詞
4	引述動詞與否定詞連用	**17**	引述動詞用過去時
5	間接引語分句	**18**	能力
6	*that*-從句	**19**	可能性
7	提及受話者	**20**	允許
8	使用被動式	**21**	將來
9	*to*-不定式分句	**22**	can, may, will
10	*-ing*分句	**23**	義務
11	間接疑問句	**24**	禁止
12	引述動詞的時態	**25**	用引述動詞表示禮貌
13	間接引語分句中的動詞時態		

1 直接引語

轉述某人所説話語的一個方法是重複原話。這樣做時，可用引述動詞（reporting verb），
比如 say。

I said, 'Where are we?' 我説，"我們在哪裏？"
'I don't know much about music,' Judy said. "我不太懂音樂，"茱迪説。

上述這樣的句子稱作直接引語（direct speech）或引語結構（quote structure）。直
接引語更多地用在敘事而不是談話中。

☞ 見參考部份 Punctuation
在敘事中，可把引述動詞放在引語後面。主語常常置於動詞之後。

*'I see,' **said John**.* "我明白了，"約翰説。

> **！注意**
>
> 但是，如果主語是代詞，必須置於動詞之前。
> *'Hi there!' **he said**.* "喂，你們好！"他説。

談話中一般使用引述動詞 say。在非常輕鬆隨意的場合，人們有時用 go 或 be like 來
引用某人所説的話。

*...and he **went** 'What's the matter with you?'* ……然後他説"你怎麼了？"
I'm like 'What happened?' and he's like ' I reversed into a lamp-post.' 我説"出了甚
麼事？"然後他説"我倒車撞到路燈杆上了。"

在敘事中，可以用 ask、explain 或 suggest 之類的引述動詞表示某人作出的是甚麼樣
的陳述。

*'What have you been up to?' he **asked**.* "你最近在忙甚麼？"他問道。

'It's a disease of the blood,' **explained** *Kowalski.* "這是一種血液病，"科瓦爾斯基解釋説。

'Perhaps,' he **suggested**, *'it was just an impulse.'* "也許，"他提出説，"這只是一時衝動。"

也可用 add、begin、continue 和 reply 之類的動詞，表示一個陳述相對於另一個陳述的發生時間。

'I want it to be a surprise,' I **added**. "我想讓它成為一個驚喜，"我補充説。

'Anyway,' she **continued**, *' it's quite out of the question.'* "不管怎麼説，"她繼續説，"這是完全不可能的。"

She **replied**, *'My first thought was to protect him.'* 她答道，"我首先想到的是要保護他。"

在敘事中，如果想表示説話的方式，可用 shout、wail 或 scream 之類的引述動詞。

'Jump!' **shouted** *the oldest woman.* "跳！"年紀最大的女人喊道。

'Get out of there,' I **screamed**. "從這裏滾出去，"我尖叫道。

下列動詞表示説話的方式：

babble	growl	roar	storm
bellow	hiss	scream	thunder
call	howl	shout	wail
chant	lisp	shriek	whine
chorus	mumble	sing	whisper
cry	murmur	splutter	yell
drawl	mutter	squeal	
exclaim	purr	stammer	

可以用 smile、grin 或 frown 等動詞表示某人説話時臉上的表情。

'I'm awfully sorry.' – 'Not at all,' I **smiled**. "我十分抱歉。" ── "沒關係，"我微笑着説。

'You're late,' he **frowned**. "你遲到了，"他皺着眉頭説。

2 引述結構

在談話中，一般用自己的語言在引述結構（reporting structure）裏表達別人所説的意思，而不是直接引用原話。引述結構也用於轉述他人的思想。

She said it was quite an expensive one. 她説那是個相當昂貴的東西。

They thought that he should have been locked up. 他們認為他早就應該被關起來了。

引述結構也常常用在書面語裏。

引述結構由兩個部份組成：引述分句（reporting clause）和間接引語分句（reported clause）。

3 引述動詞

引述分句（reporting clause）含有引述動詞（reporting verb），通常前置。

I **told him** *that nothing was going to happen to me.* 我告訴他，甚麼也不會發生到我頭上。

I **asked** *what was going on.* 我問發生了甚麼事。

意義和用法最廣泛的引述動詞是 say。如果只是轉述某人說的話而不想表明對該陳述的任何看法。可用 say。

*He **said** that you knew his family.* 他說你認識他的家人。
*They **said** the prison was surrounded by police.* 他們說監獄被警察包圍了。

☞ 關於 say 的用法以及與其他表示 "說" 的動詞之間的區別，見 say

可以用 answer、explain 和 suggest 之類的引述動詞表示某人所作的是甚麼樣的陳述。

*She **explained** that her friend had been arrested.* 她解釋說她的朋友被捕了。
*I **suggested** that it was time to leave.* 我提議說該離開了。

也可用 claim 或 admit 之類的引述動詞，表示自己對某人所說的話的看法。例如，使用 claim 這個引述動詞，就表明你認為某人可能說的不是實話。如果用了 admit 這個引述動詞，就表明你認為某人說的是實話。

*He **claims** he knows more about the business now.* 他聲稱對該業務更了解了。
*She **admitted** she was very much in love with you once.* 她承認她曾經非常愛你。

4 引述動詞與否定詞連用

對於少數引述動詞，通常將引述分句而不是間接引語分句變成否定。例如，人們通常說 I don't think Mary is at home. （我認為瑪麗不在家。）而不是 I think Mary is not at home.。

*I **don't think** I will be able to afford it.* 我認為我買不起它。
*I **don't believe** we can enforce a total ban.* 我認為我們不能實施全面禁止。

下列引述動詞常常以這種方式與否定詞連用：

believe	feel	propose	think
expect	imagine	suppose	

5 間接引語分句

引述結構的第二部份是間接引語分句（reported clause）。

*She said **that she had been to Belgium**.* 她說她去過比利時。
*The man in the shop told me **how much it would cost**.* 店裏的那個人把它的價格告訴了我。

有好幾種間接引語分句。具體使用哪一種取決於轉述的是陳述、命令、建議還是疑問。

6 *that*-從句

以連詞 that 開頭的間接引語分句用在引述動詞後面轉述一個陳述或某人的思想。

*He said **that the police had directed him to the wrong room**.* 他說警察給他引錯了房間。
*He thought **that Vita needed a holiday**.* 他認為維塔需要一個假期。

以下是一些常用在 *that*-從句前面的引述動詞：

accept	concede	hint	realize
admit	conclude	hope	recommend
agree	confess	imagine	remark
allege	decide	imply	remember
announce	declare	insist	reply
answer	deny	joke	report
argue	discover	know	reveal
assert	emphasize	mention	say
assume	expect	notice	stress
believe	explain	observe	suggest
claim	feel	point out	swear
comment	guarantee	predict	think
complain	guess	promise	warn

that-從句中的 that 常常省略。

*They **said** I had to see a doctor first.* 他們說我必須先去看醫生。

*I **think** there's something wrong.* 我覺得甚麼地方出了問題。

但是，有些動詞後面幾乎總是要用 that，比如 answer、argue、complain、explain、recommend 以及 reply。

*He **answered that** the price would be three pounds.* 他答覆說，價格是3英鎊。

that-從句可以包含情態詞，尤其是在某人建議他人應該做甚麼的情況下。

*He proposes that the Government **should** hold an enquiry.* 他建議政府應該進行調查。

7 提及受話者

在某些表示說話的引述動詞之後，必須把受話者作為直接賓語。tell 是這些動詞中最常見的一個。

*He **told me** that he was a farmer.* 他告訴我他是一個農夫。

*I **informed her** that I could not come.* 我通知了她我不能來。

下列動詞必須以受話者作為直接賓語：

assure	inform	persuade	remind
convince	notify	reassure	tell

在 promise、remind 和 warn 後面也可選取受話者作為賓語。

*I **promised** that I would try to phone her.* 我答應會給她打電話。

*I **reminded Myra** I'd be home at seven.* 我提醒米拉我7時到家。

對於其他很多引述動詞來說，如果想提及受話者，可用在以 to 開頭的介詞短語中。

*I explained **to her** that I had to go home.* 我向她解釋說我必須回家。

*I mentioned **to Tom** that I was thinking of resigning.* 我向湯姆提起過我正在考慮辭職。

如果提及受話者，下列動詞需要加介詞 to：

admit	confess	mention	suggest
announce	explain	reply	swear
boast	hint	report	whisper
complain	lie	reveal	

8 使用被動式

tell 和 inform 之類的動詞可用被動式，以受話者作主語。

She was told *that there were no tickets left.* 她被告知沒有票了。

其他引述動詞有時也使用被動式，目的是避免說明轉述的是誰的看法或陳述，或者為了說明這是一個公認的看法。被動式的這種用法比較正式。可用 it 作主語加 *that*-從句，也可用通常的主語加 *to*-不定式分句。

It is now believed *that foreign languages are most easily taught to young children.*
現在人們認為，教小孩子學外語最容易。

He is said *to have died a natural death.* 據說他是自然死亡。

9 *to*-不定式分句

在 tell、ask 或 advise 這樣的引述動詞後面用 *to*-不定式分句，轉述命令、請求或勸告。將要執行動作的受話者用作引述動詞的賓語。

Johnson *told her to wake him up.* 詹森讓她叫醒他。
He *ordered me to fetch the books.* 他命令我去拿書。
He *asked her to marry him.* 他向她求婚。

以下是一些後接賓語、用在 *to*-不定式分句之前的常見引述動詞：

advise	dare	instruct	remind
ask	direct	invite	request
beg	encourage	nag	tell
challenge	forbid	order	urge
command	implore	persuade	warn

下列表示說話、思想或發現的動詞，如果後接 *to*-不定式，始終或通常用被動式。

allege	discover	learn	say
assume	estimate	prove	see
believe	feel	reckon	think
claim	find	report	understand
consider	know	rumour	

這些動詞後面的 *to*-不定式最常見的是 be 或 have。

The house *was believed to be haunted.* 大家認為這所房子鬧鬼。

Over a third of the population *was estimated to have no access to the health service.* 據估計，超過三分之一的人口沒有機會享受醫療保健服務。

某些不帶賓語的引述動詞後面也可用 *to*-不定式。此處的説話者也是動作的執行者。

agree	demand	propose	volunteer
ask	guarantee	refuse	vow
beg	offer	swear	
consent	promise	threaten	

*They **offered to show me the way***. 他們主動給我帶路。
*He **threatened to arrest me***. 他威脅要逮捕我。

轉述説話者打算執行的動作時，有時既可用 *to*-不定式，也可用 *that*-從句。

*I promised **to come back***. 我答應回來。
*She promised **that she would not leave hospital until she was better***. 她答應在身體好一點以前不會出院。

如果提及了受話者，不要用 *to*-不定式。

*I promised **her** I would send her the money*. 我答應她我會把錢寄給她的。
*I swore **to him** that I would not tell anyone*. 我向他發誓説，我不會告訴任何人。

claim 和 pretend 也可用於這兩個結構。例如，這句話 He claimed to be a genius. 的意思等於 He claimed **that** he was a genius.（他自稱是個天才。）。

*He claimed **to have witnessed the accident***. 他聲稱自己目擊了事故的發生。
*He pretended **that he had found the money in the cupboard***. 他假裝是在碗櫃裏找到錢的。

好幾個表示意圖、願望或決定的動詞，比如 intend、want 和 decide，可與 *to*-不定式分句連用。

10 *-ing*分句

轉述做某事的建議時，可以用 suggest、advise、propose 或 recommend 這些引述動詞之一，後接 *-ing*分句。

*Barbara **suggested going to another coffee house***. 芭芭拉建議去另一家咖啡館。
*The committee **recommended abandoning the original plan***. 委員會建議放棄原來的計劃。

注意，只有在提議採取涉及説話者自己的行動時，propose 才能後接 *-ing*分句。

*Daniel **proposed moving to New York***. 丹尼爾提議搬到紐約去。

11 間接疑問句

轉述疑問句時，用引述動詞 ask。如果需要或想要的話，可以把受話者用作直接賓語。

*He **asked** if I had a message for Cartwright*. 他問我是否有口信給卡特萊特。
*I **asked her** if she wanted them*. 我問她是否想要這些東西。

inquire 和 enquire 也作 ask 解，但是這兩個詞相當正式。不能把受話者作為這些動詞的賓語。

轉述 yes / no 疑問句時，用 *if*-從句或 *whether*-從句。特別是如果有可能性供選擇時，用 *whether*-從句。

*She asked him **if his parents spoke French***. 她問他，他父母是否會説法語。
*I was asked **whether I wanted to stay at a hotel or at his home***. 他問我是想住在

賓館還是在他家。

以 wh-詞開頭的間接引語分句用於轉述 wh-疑問句。

*He asked **where I was going**.* 他問我去哪裏。
*She enquired **why I was so late**.* 她問我為甚麼這麼晚。

> ### ！ 注意
>
> 間接疑問句中的詞序與陳述句而不是疑問句相同。例如，可以説 She asked me what I had been doing.（她問我在做甚麼。），而不要説 ~~She asked me what had I been doing.~~。
>
> 書寫間接疑問句時不要用問號。
>
> 如果間接疑問句中的 wh-詞是介詞的賓語，介詞要置於句末，後面沒有名詞。
>
> *She asked **what** they were looking **for**.* 她問他們在找甚麼東西。
> *He asked **what** we lived **on**.* 他問我們以甚麼為生。
>
> 其他表示對不確定事物想法的動詞可用在以 wh-詞、if 或 whether 開頭的分句之前。
>
> *She doesn't **know** what we were talking about.* 她不知道我們在談論甚麼。
> *They couldn't **see** how they would manage without her.* 他們不明白沒有了她該怎麼辦。
>
> 以 wh-詞或 whether 開頭的 to-不定式分句，可用於表示某人不確定是否要做的一個動作。
>
> *I asked him **what to do**.* 我問他怎麼辦。
> *I've been wondering **whether to retire**.* 我一直在想是否要退休了。

12 引述動詞的時態

轉述過去説的話時，引述動詞通常用過去時。

*She **said** you threw away her sweets.* 她説你扔掉了她的糖果。
*Brody **asked** what happened.* 布羅迪問發生了甚麼事。

但是，特別是在轉述仍然真實的事情時，引述動詞可用現在時。

*She **says** she wants to see you this afternoon.* 她説她想今天下午見你。
*My doctor **says** it's nothing to worry about.* 我的醫生説沒甚麼可擔心的。

13 間接引語分句中的動詞時態

如果引述動詞用了現在時，在間接引語分句中可用與普通的直接引語相同的時態。例如，一個女人説He hasn't arrived yet.（他還沒有到。），這句話可以轉述為 She says he hasn't arrived yet.（她説他還沒有到。）。

*He knows he**'s being watched**.* 他知道自己正受到監視。
*He says he **has** never **seen** a shark.* 他説他從未看見過鯊魚。
*He says he **was** very worried.* 他説他非常擔心。

14 引述動詞用過去時

如果引述動詞用的是過去時，間接引語分句內的動詞時態通常要與説話時的情況相適合。

如果間接引語分句中描述的事件或情況發生在陳述之前，要用過去完成時。如果不需要把事件與陳述時間相聯繫，有時可用一般過去時代替。

*Minnie said she **had given** it to Ben.* 明妮説她把它交給了賓。

*A journalist said he **saw** the couple at the airport.* 一名記者説他在機場看到了那對夫婦。

如果事件或情況是最近發生的或與現在的情況有關，也可用現在完成時。

*He said there **has been** a 56 per cent rise in bankruptcies in the past 12 months.* 他説，在過去的12個月內破產數量上升了56%。

轉述過去的習慣性動作或已經不存在的情況時，可用 used to。

*He said he **used to go** canoeing on rivers and lakes.* 他説他過去常常到河流和湖泊上划獨木舟。

如果間接引語分句中描述的事件或情況在提及時正在發生，可用一般過去時或過去進行時。

*Dad explained that he **had** no money.* 爸爸解釋説他沒有錢。

*She added that she **was working** too hard.* 她補充説她工作太辛苦了。

間接引語分句中的動詞通常用過去時，即使轉述的情況仍然存在。例如，可以説 I told him I was eighteen.（我告訴過他我18歲。），即使説話者現在仍然是18歲，因為説話時關注的是過去的情況。

*He said he **was** English.* 他説過他是英國人。

*I said I **liked** sleeping on the ground.* 我説我喜歡睡在地上。

但是，有時用現在時強調情況仍然存在或提及一個在一群人中經常發生的情況。

*I told him that I **don't go out** very often.* 我告訴他，我不經常出去。

*A social worker explained that some children **live** in three or four different foster homes in one year.* 一個社會工作者解釋説，有些孩子一年內生活在三四個不同的寄養家庭。

15 指將來

如果事件或情況在轉述時尚未發生或現在仍未發生，通常用情態詞（modal）。見以下 "間接引語分句中的情態詞" 一節。

但是，如果事件大約和陳述或想法同時發生，則在間接疑問句和類似的表示將來事件的 *wh-*從句中用現在時。

*I'll telephone you. If I say it's Hugh, you'll know **who it is**.* 我會給你打電話的。如果我説是休，你就知道是誰了。

如果將來事件在陳述後發生，在間接疑問句內用 will。

*I'll tell you what I **will** do.* 我會告訴你我要做甚麼。

16 間接引語分句中的情態詞

如果引述分句內的動詞是現在時，那麼就像普通直接引語那樣使用情態詞。

*Helen says I **can** share her flat.* 海倫説我可以合住在她的住宅單位裏。

*I think some of the sheep **may** die this year.* 我覺得其中一些羊今年可能會死掉。

*I don't believe he **will** come.* 我不相信他會來。

*I believe that I **could** live very comfortably here.* 我相信我能在這裏生活得很舒服。

關於情態詞的用法説明，見相關的各個用法條目。

17 引述動詞用過去時

如果引述分句裏的動詞是過去時或含有 could 或 would 作為助動詞，通常間接引語分句中要按以下説明的方式使用 could、might 或 would，而不是用 can、may 或 will。

18 能力

如果想轉述對某人做事能力的肯定（或懷疑），通常用 could。

*They believed that war **could** be avoided.* 他們相信戰爭可以避免。
*Nell would not admit that she **could** not cope.* 內爾不肯承認她無法應付。

19 可能性

如果想轉述關於可能性的陳述，通常用 might。

*They told me it **might** flood here.* 他們告訴我這裏可能會被水淹。
*He said you **might** need money.* 他説你可能需要錢。

如果可能性很大，就用 must。

*I told her she **must** be mistaken.* 我告訴她説她肯定錯了。

20 允許

如果想轉述給予或請求許可的陳述，通常用 could。在比較正式的英語裏用 might。

*I told him he **couldn't** have it.* 我對他説了他不能得到它。
*Madeleine asked if she **might** borrow a pen and some paper.* 馬德琳問她是否可以借一支筆和一些紙。

21 將來

如果想轉述預測、承諾或期待，或者轉述對將來的疑問，通常用 would。

*She said they **would** all miss us.* 她説他們都會想念我們的。
*He insisted that reforms **would** save the system, not destroy it.* 他堅持認為，改革將挽救而不是破壞體制。

22 can、may、will 和 shall

如果想強調情況現在或將來仍然存在，而引述動詞用的是過去時，間接引語分句中可用 can、may、will 和 shall。

*He claimed that childhood problems **may** cause psychological distress in later life.* 他聲稱，童年的問題可能會在以後的生活中導致心理痛苦。
*A spokesman said that the board **will** meet tomorrow.* 一位發言人説，董事會將在明天開會。

23 義務

如果想轉述過去的義務，可以用 must，但是 had to 這個表達式更常見。

*He said he really **had to** go back inside.* 他説他真的應該回到裏面去。
*Sita told him that he **must** be especially kind to the little girl.* 西塔告訴他，他必須特別善待那個小女孩。

如果被轉述的情況仍然存在於現在或將來，可用 have to、has to 或 must。

*He said the Government **must** come clean on the issue.* 他説在這個問題上政府必須和盤托出。

*A spokesman said that all bomb threats **have to** be taken seriously.* 一位發言人説，所有炸彈威脅都必須認真對待。

如果想轉述一個表示道德上正確的陳述或想法，可用 ought to 或 should。

*He knew he **ought to** help.* 他知道他應該提供幫助。
*I felt I **should** consult my family.* 我覺得我應該和家人商量。

24 禁止

如果想轉述一個禁止某事的陳述，通常用 mustn't。

*He said they **mustn't** get us into trouble.* 他説他們不應該讓我們陷入麻煩。

25 用引述動詞表示禮貌

引述動詞常常用於禮貌地表達某種看法。例如，如果想反駁某人或説出可能會不受某人歡迎的話語，可通過使用 think 或 believe 這樣的引述動詞來避免聽上去粗魯無禮。

*I **think** it's time we stopped.* 我想我們該停下來了。
*I **don't think** that will be necessary.* 我認為那是不必要的。
*I **believe** you ought to leave now.* 我認為你現在應該離開了。

---

request

request 可作名詞或動詞。

1 用作名詞

make a **request** 表示提出要求、請求。

*My friend made a polite **request**.* 我的朋友提出了一個禮貌的要求。
*The Minister had granted the **request**.* 部長批准了請求。

make a **request for** something 表示要求某物。

He agreed to my request for help. 他同意了我的求助。

2 用作動詞

request 表示要求、請求。

*The President **requested** an emergency meeting of the United Nations.* 總統請求聯合國召開緊急會議。
*The pilot **had requested** permission to land immediately at the airport.* 飛行員曾要求允許立即降落在機場。

> **！ 注意**
>
> request 作動詞時，後面不要用 for。例如，不要説 ~~The President requested for an emergency meeting~~.。
>
> 在談話和不太正式的書面語中，通常用 ask for 代替 request。
>
> *I'm not afraid to **ask for help** and support when needed.* 我不害怕在需要的時候尋求説明和支持。

☞ 見 ask

require

require 表示需要、想要。

*Is there anything you **require**?* 你有甚麼需要的嗎？
*We cannot guarantee that any particular item will be available when you **require** it.* 我們不能保證你能得到任何想要的東西。

require 是一個正式的詞。在談話或不太正式的書面語中，通常不用 require，而要用 need 或 want。

*I won't **need** that book any more.* 我已不再需要那本書了。
*All they **want** is a holiday.* 他們所需要的只是休假。

用 require 的被動式表示必須先獲得某物才能做某事。

*Parliamentary approval would **be required** for any scheme.* 任何計劃都需要得到議會批准。
*An increase in funds may **be required**.* 可能需要增加資金。

be required to do something 表示必須做某事，比如基於規則或法律。

*All the boys **were required to** study religion.* 所有男孩都被要求學習宗教。

---

research

research 表示研究。做研究用 do、conduct 或 carry out research 表示。

*I had come to India to **do** some **research** into Anglo-Indian literature.* 我來印度是對英印文學做點研究。

某人正在做的研究可以用 their **research** 或 their **researches** 表示。通常 researches 僅用在 my、his 或 Gordon's 之類的所有格形式後面。

*Soon after, Faraday began **his researches** into electricity.* 不久之後，法拉第便開始了對電的研究。

> **!** 注意
> 不要說 ~~a research~~。

---

responsible

1 responsible for

be responsible for doing something 表示負責做某事。

*The children were **responsible for** cleaning their own rooms.* 孩子們負責打掃自己的房間。

> **!** 注意
> 不要說 be ~~responsible to do~~ something。
> 對壞事負有責任可用 responsible for 表示。
> *They were charged with being **responsible for** the death of two policemen.*

> 他們被指控要對兩名警察的死亡負上責任。
>
> 在這樣的句子中，responsible 後面不要用除了 for 以外的任何介詞。

2 用於名詞之後

responsible 也可用在名詞後面。the person **responsible** 表示要對某事負上責任的人。

*I hope the police find the man **responsible**.* 我希望警方找到那個應承擔責任的人。
*The company **responsible** refused to say what happened.* 負有責任的公司拒不說出發生了甚麼。

3 用在名詞前面

但是，如果 responsible 用在名詞前面，其意義完全不同。a responsible person 表示有責任心的人。

Responsible *adults wouldn't leave poisons lying around for their children to play with.* 有責任心的成年人不會把毒藥到處亂放讓他們的孩子玩弄。

responsible 形容行為時，表示負責的、盡責的。

*I thought it was a very **responsible** decision.* 我以為這是一個非常負責的決定。

---

rest

如果談論的是不可數的事物，rest 後面用單數動詞。

*The rest of the **food was** delicious.* 其餘的食物很美味。

如果談論好幾個人或物，動詞用複數。

*The rest of the **boys were** delighted.* 其餘的男孩都很高興。

---

result – effect

1 result

result 表示結果。

*The **result** of this announcement was that the share price of the company rose by 10 per cent.* 這個公告的結果是，公司的股價上漲了10個百分點。
*I nearly missed the flight as a **result** of getting stuck in traffic.* 由於被堵在路上，我差一點錯過了航班。
*I cut my own hair – often with disastrous **results**.* 我自己剪頭髮 —— 結果常常是災難性的。

2 effect

不能用 result 表示影響或效果。要用 effect。

*Diet has a significant **effect** on your health.* 飲食對你的健康有顯著的影響。

return

1 返回

return 表示回來、返回。

*I **returned** to my hotel.* 我回到了我住的旅館。
*Mr Platt **returned** from Canada in 1995.* 普拉特先生1955年從加拿大回來了。

> **⚠ 注意**
>
> 不要説 ~~return back~~ to a place。
>
> return 是一個相當正式的詞。在談話和不太正式的書面語中,通常用 go back、come back 或 get back。
>
> *I **went back** to the kitchen and poured my coffee.* 我回到廚房,為自己倒了咖啡。
> *I have just **come back** from a trip to Seattle.* 我剛從西雅圖之行回來。
> *I've got to **get back** to London.* 我必須回到倫敦去。
>
> return 也作名詞,表示返回。
>
> *The book was published only after his **return** to Russia in 1917.* 這本書只是在他1917年返回俄羅斯後才出版。
>
> 在書面語裏,如果想説明某事在某人回來後立即發生,可使用以 on 開頭的短語。例如,可以説 **On his return** to London, he was offered a job.(他一回到倫敦有人就僱用他。)。
>
> *On her **return** she wrote the last paragraph of her autobiography.* 她回來後馬上寫下了自傳的最後一段。

2 歸還或放回某物

return 表示歸還、放回。

*He borrowed my best suit and didn't **return** it.* 他借走了我最好的一套衣服沒有還。
*We **returned** the books to the shelf.* 我們把書放回到書架上。

> **⚠ 注意**
>
> 不要説 ~~return something back~~。

3 bring back

不要用 return 表示恢復以前的做法或方法。要用 bring back 或 reintroduce。

*He thought they should **bring back** hanging as a punishment for murderers.* 他認為他們應該恢復絞刑作為對殺人犯的懲罰。
*They **reintroduced** a scheme to provide housing for refugees.* 他們再次提出了一個為難民提供住屋的方案。

☞ 見 critic – critical – critique

ride

1 ride

ride 表示乘、騎。

*Every morning he used to **ride** his horse across the fields.* 以前他每天早晨都會策馬穿過田野。

*I learned how to **ride** a bike when I was seven.* 我7歲的時候學會了踏單車。

ride 的過去式是 rode，-ed分詞是 ridden。

*He usually **rode** to work on a motorbike.* 他通常踏電單車上班。

*He was the best horse I **have** ever **ridden**.* 這是我騎過的最好的馬。

2 ride on

也可以用 ride on 表示乘、騎。

*She **rode** around the campus **on** a bicycle.* 她踏着單車在校園裏轉悠。

3 drive

不要用 ride 表示駕駛汽車、貨車或火車，而要用 drive。

*It was her turn to **drive** the car.* 輪到她來開車了。

*Pierre has never learned to **drive**.* 皮爾從來沒有學會開車。

但是，如果你是乘客，可以説 ride in。

*We **rode** back **in** a taxi.* 我們坐計程車回來。

*He prefers travelling on the train to **riding in** a limousine.* 他更喜歡坐火車旅行而不是乘坐豪華轎車。

---

ring – call

1 ring

在英式英語裏，ring 表示給……打電話。ring 的過去式是 rang。

*I **rang** Aunt Jane this evening.* 我今天晚上給簡阿姨打了電話。

-ed分詞是 rung。

***Have** you **rung** Dad yet?* 你給爸爸打過電話了嗎？

給一個地方打電話也可以用 ring。

*You must **ring** the hospital.* 你必須給醫院打電話。

在談話中，人們常常用 ring up 代替 ring。兩者的意義沒有區別。

*He **had rung up** Emily and told her all about it.* 他打電話給艾蜜莉，把一切都告訴了她。

> **！注意**
>
> ring 或 ring up 後面不要用 to。

2 call

美式英語中通常不用 ring 表示打電話。美國人用 call 這個詞。英國人也用 call。

*He promised to **call** me soon.* 他答應很快給我打電話。

☞ 見 call

---

rise – raise

rise 和 raise 通常作動詞。

1 rise

rise 是不及物動詞，表示上升、升起。

*Thick columns of smoke **rise** from the chimneys.* 煙囪裏升起濃厚的煙柱。

rise 的其他形式是 rises、rising、rose、risen。

*A few birds **rose** noisily into the air.* 數隻鳥吱吱喳喳地飛向空中。
*The sun **had risen** behind them.* 太陽在他們背後升起了。

rise 用於數量，表示增加、上漲。

*Commission rates are expected to **rise**.* 佣金率預計將上升。
*Prices **rose** by more than 10%.* 價格漲幅超過了10%。

rise 用於人，表示起立、站起來。rise 的這種用法主要出現在敘事中。

*Dr Willoughby **rose** to greet them.* 威洛比博士站起身來迎接他們。

在談話和不太正式的書面語中，不要用 rise 表示起立，而要用 stand up。

*I put down my glass and **stood up**.* 我放下玻璃杯站了起來。

也可用 rise 表示起牀。這種用法也主要出現在敘事中，特別是在作者提及某人起牀的時間時。

*They **had risen** at dawn.* 他們在黎明時起牀了。

在談話和不太正式的書面語中，不要用 rise 表示起牀，而要用 get up。

*Mike decided it was time to **get up**.* 邁克決定是時候起牀了。

2 raise

raise 是及物動詞，表示抬起、舉起。

*He **raised** the cup to his lips.* 他把杯子舉到唇邊。
*She **raised** her eyebrows in surprise.* 她驚訝地豎起了眉毛。

3 用作名詞

rise 和 raise 也可作名詞。rise 表示上漲、增加。

*The price **rises** are expected to continue.* 價格預計還將繼續上漲。
*There has been a **rise** in crime.* 犯罪率出現了上升。

在英式英語裏，rise 還表示加薪。

*He asked his boss for a **rise**.* 他向老闆要求加薪。

 在美式英語裏，有時也在英式英語裏，人們用 raise 表示加薪。

*She got a 5% **raise**.* 她得到了5%的加薪。

---

risk

risk 可作名詞或動詞。

1 用作名詞

risk 表示風險、危險。

*There is very little **risk** of infection.* 感染的風險非常小。

*The law allows police to stop people if they believe there is a serious **risk** of violence.* 如果警察認為存在嚴重的暴力危險，法律允許他們攔住別人。

2 用作動詞

risk 表示冒……風險，後接 *-ing*形式。

*He **risked breaking** his leg when he jumped.* 他冒着摔斷腿的危險跳了下去。

也可以用 **risk doing** something 表示冒險做某事。

*If you have an expensive rug, don't **risk washing** it yourself.* 如果你有一張昂貴的地毯，不要冒險自己去洗。

> **！ 注意**
>
> 不要説 ~~risk to do~~ something。

---

rob – steal

1 rob

動詞 rob 常常用在敍事和報紙報導中。

rob someone of something 表示搶走某人的某物。

*Pirates boarded the ships and **robbed the crew of** money and valuables.* 海盜登上船隻，搶走了船員的錢和貴重物品。

*The two men **were robbed of** more than £700.* 這兩個男人被搶走了700多英鎊。

遭到搶劫可以用 be robbed 表示。

*He **was robbed** on his way home.* 他在回家的路上遭到了搶劫。

搶劫一個地方也可用 rob 表示。

*He told the police he **robbed** the bank to buy a car.* 他告訴警察，他搶銀行是為了買一輛車。

2 steal

不要用 rob 表示偷盜、盜竊。要用 steal。

*His first offence was **stealing** a car.* 他的第一次犯罪是盜竊汽車。

☞ 見 steal

robber

☞ 見 thief – robber – burglar

---

role – roll

這兩個詞都讀作 /rəʊl/。

1 role

role 表示作用、地位。

*What is the **role** of the university in modern society?* 在現代社會中，大學的作用是甚麼？

*He had played a major **role** in the formation of the United Nations.* 他在聯合國的組建中發揮過重大作用。

role 還表示角色。

*She played the leading **role** in The Winter's Tale.* 她在《冬天的故事》中扮演主角。

2 roll

roll 表示小麵包條。

*The soup is served with a **roll** and butter.* 這道湯配上了塗了牛油的小麵包條。

a **roll** of 表示一卷。

*I bought a **roll** of wallpaper.* 我買了一卷牆紙。

---

rotary

☞ 見 roundabout

---

round

☞ 見 around – round – about

---

roundabout

在英式英語裏，roundabout 表示交通環島。

*Take the second exit at the **roundabout** onto the A140.* 在環島處下第二個出口進入 A140 公路。

 在美式英語裏，交通環島稱作 traffic circle 或 rotary。

*The **traffic circle** has successfully slowed down vehicle traffic.* 交通環島成功減緩了車輛的通行速度。

在英式英語裏，roundabout 還表示旋轉木馬。

*Children were playing happily on the **roundabout**, slide and swings.* 孩子們在高興地玩着旋轉木馬、滑梯和鞦韆。

在美式英語裏，旋轉木馬稱為 merry-go-round。

rubbish

在英式英語裏，rubbish 表示垃圾，包括廢棄的食物。

*Illegal dumping of household **rubbish** was very common.* 非法傾倒家庭垃圾是很常見的。

 在美式英語裏，廢棄的食物稱作 garbage，其他廢棄物則稱作 trash。

*There were rotting piles of **garbage** everywhere.* 到處都是一堆堆腐爛的食物垃圾。
*They dumped their **trash** on the street.* 他們把垃圾傾倒在了街上。

Ss

's

1 用於構成所有格

單數名詞指人或動物時，後面加 's 構成所有格。

*I heard **Elena's** voice.* 我聽到了埃琳娜的聲音。
*They asked the **boy's** name.* 他們問男孩的名字。
*Everyone admired the **princess's** dress.* 每個人都羨慕公主的服裝。
*She patted the **horse's** nose.* 她拍了拍馬的鼻子。

複數名詞以 s 結尾時，後面加一撇（'）構成所有格。

*I try to remember my **friends'** birthdays.* 我想辦法記住我朋友們的生日。
*He borrowed his **parents'** car.* 他借了他父母的車。

複數名詞不以 s 結尾時，後面加 's 構成所有格。

*She campaigned for **women's** rights.* 她為婦女的權利奔走遊說。
*The **children's** toys go in this box.* 孩子們的玩具要放在這個盒裏。

以 s 結尾的名字通常加 's 構成所有格。

*We went to **Carlos's** house.* 我們去了卡洛斯家。
*I'm in **Mrs Jones's** class.* 我在鍾斯夫人的班上。

在正式的書面語裏，以 s 結尾的名字有時通過加一撇（'）構成所有格。

*This is a statue of **Prince Charles'** grandfather, King George VI.* 這是一尊查理斯王子的祖父、英皇佐治六世的雕像。

指物的名詞後面通常不加 's。例如，不要説 ~~the building's front~~，而要説 the front **of the building**（建築物的正面）。

*We live at the bottom **of the hill**.* 我們住在山腳。
*She'll be back at the end **of August**.* 她將在8月底回來。

2 代詞

下列代詞後面可加 's：

another	everybody	no-one	somebody
anybody	everyone	one	someone
anyone	nobody	other	

*Sometimes it helps to talk about **one's** problems.* 有時，談論自己的問題是有用的。
*One of the boys was riding on the back of the **other's** bike.* 其中一個男孩乘坐在另一輛自行車的後座上。

其他代詞的所有格形式，比如 my、your 和 her，稱作<u>物主限定詞</u>（possessive determiner）。

☞ 見 Possessive determiners

3 所有格的其他用法

在英式英語裏，人名後面可加上 's 表示其居住的屋。例如，這句話 I met him at **Lisa's**. 的意思是 I met him at Lisa's house.（我在麗莎家遇到了他。）。

*She was invited to a party at **Ravi's**.* 她被邀請參加在拉維家舉行的聚會。

英國人也用以 's 結尾的詞表示提供服務的商店或場所。例如，butcher's（肉店）、dentist's（牙科診所）、hairdresser's（理髮店）。

*There's a **newsagent's** on the corner of the street.* 在街的拐角處有一個報刊亭。
*I went to the **doctor's** because I kept getting headaches.* 我去了醫生診所，因為我一直頭痛。

可用 be 加一個以 's 結尾的較短的名詞短語，表示某物歸某人所有。

假如有人問 Whose is this coat?（這件外套是誰的？），可以回答 It**'s my mother's**.（是我母親的。）。

*One of the cars **was his wife's**.* 其中一輛汽車是她妻子的。
*Why are you wearing that ring? It**'s Tara's**.* 你為甚麼戴着那枚戒指？那是塔拉的。

> **！ 注意**
>
> 在正式的書面語中不要用這種結構，而要用 belong to。如果名詞短語比較長，也可用 belong to。例如，要説 It **belongs to** the man next door.（這屬於隔壁的那個男人的。），不要説 ~~It is the man next door's.~~
>
> *The painting **belongs to** someone I knew at university.* 這幅畫屬於我在上大學時認識的一個人。

4 's的其他用法

除了用於所有格，'s 還有其他三種用法：

▶ 可用作 is 的縮略式，特別是在代詞後面。

He's a novelist. 他是個小説家。
It's fantastic. 這太棒了。
There's nothing to worry about. 沒甚麼可擔心的。

▶ has 為助動詞時，可用作 has 的縮略式。

He's got a problem. 他遇到了一個麻煩。
She's gone home. 她回家了。

▶ 可用在 let 後面作 us 的縮略式。

Let's go outside. 我們到外面去吧。
Let's not argue. 我們別爭了。

☞ 見 let's – let us

---

safe – secure

1 safe

safe /seɪf/ 作形容詞有兩個主要詞義。

safe 表示安全的、平安的。

*We're **safe** now. They've gone.* 我們現在安全了。他們已經走了。
*Thank goodness the children are **safe**.* 謝天謝地孩子們平安無事。

> **!** 注意
>
> safe 用於描述人時，從不用在名詞前面。例如，不要說 ~~the safe children~~。
> 可以說 safe from，表示沒有……的危險、免於……的傷害。
>
> *They want to keep their families **safe from** crime.* 他們想讓自己的家庭遠離犯罪的危險。
> *She realised with relief that she was **safe from** him now.* 她寬慰地意識到，她現在已不會受到他的傷害了。
>
> 也可以用 safe 表示某物是安全的、無危險的。
>
> *Is the water **safe** to drink?* 這水能安全飲用嗎？
> *You should always keep your passport in a **safe** place.* 你總應該把護照放在安全地方。

2 secure

secure 表示安全的、受保護的。

*The hotel has 24-hour **secure** parking.* 這間酒店設有24小時安全停車場。
*A **secure** password should contain a mixture of numbers, symbols, and letters.* 一個安全的密碼應該包括數位、符號和字母的組合。

也可用 secure 表示安心的、有保障的。

*To enjoy life you have to be financially **secure**.* 要享受生活就必須有財務保障。
*The new job offered him a more **secure** future.* 新工作給他提供了一個更安心的未來。

salad – lettuce

1 salad

salad 表示沙拉、涼拌菜。

*For lunch she had a **salad** of tomato, onion and cucumber.* 她午飯吃了番茄、洋葱和黃瓜沙拉。
*I made some potato **salad** for the picnic.* 我為野餐做了一些馬鈴薯沙拉。

2 lettuce

沙拉通常包括一種稱為lettuce /ˈletɪs/（生菜）的蔬菜綠葉。不要把這種蔬菜稱作 salad。

*Tear the **lettuce** into small pieces and mix it with the dressing.* 把生菜撕成小塊，然後與調味醬拌合。

salary – wages

salary 和 wages 都用於指工資、薪水。

1 salary

支付給教師等專業人士的工資通常叫 salary。雖然 salary 按月支付，但指的是年薪。

*She earns a high **salary** as an accountant.* 作為一名會計，她拿的薪水很高。

*My **salary** is paid into my bank account at the end of the month.* 我的工資在月底打入我的銀行賬戶。

2 wages

每週領取的工資稱作 wages。

*On Friday afternoon the men are paid their **wages**.* 星期五下午這些人領到工資。

*He was working shifts at the factory and earning good **wages**.* 他在工廠輪班工作，賺相當不錯的薪水。

3 wage

可用 wage 泛指工資收入。

*It is hard to bring up children on a low **wage**.* 靠低工資很難撫養孩子。

*The government introduced a legal minimum **wage**.* 政府推出了法定最低工資。

時薪、週薪或月薪也可用 wage 表示。

*Her **hourly wage** had gone up from £5.10 to £5.70.* 她的每小時工資從5.1英鎊漲到了5.7英鎊。

*The suit cost £40, more than twice the average **weekly wage** at that time.* 這套西裝售價40英鎊，超過當時平均週薪的兩倍。

sale

1 sale

sale 表示銷售、出售。

*They introduced stricter controls on the **sale** of weapons.* 他們對武器銷售採取了更嚴格的控制。

*Our agency can help you with the **sale** of your house.* 我們的代理可以代你出售你的屋。

sale 還表示減價出售。

*The shoe shop is having a **sale**.* 這家鞋店正在減價銷售。

*I got this jacket for only £25 in the **sale**.* 我只花了25英鎊在打折的時候買到了這件外套。

2 for sale

for sale 或 up for sale 表示被（物品的所有者）出售。

*I asked whether the car was **for sale**.* 我問這輛車是否出售。

*Their house is **up for sale**.* 他們的屋供出售。

3 on sale

on sale 表示（產品）有售、發售。

*There were no English newspapers **on sale**.* 沒有英文報紙出售。

*Their new album is now **on sale**.* 他們的新專輯現在已經發售。

 在美式英語裏，on sale 表示減價出售。

On sale. *Slacks marked down from $39.95 to $20.00.* 減價出售。休閒褲從 39.95 美元降到 20 美元。
*I usually buy whichever brand of toothpaste is **on sale**.* 我通常哪個牌子的牙膏降價我就買哪個。

salute – greet

1 salute

salute 表示（軍人）向……敬禮。
*The men **saluted** the General.* 士兵們向將軍敬禮。

2 greet

不要用 salute 表示迎接。要用 greet。
*He **greeted** his mother with a hug.* 他以擁抱來迎接母親。
*He hurried to **greet** his guests.* 他急忙去迎接客人。

same – similar

same 幾乎總是與 the 連用。

1 the same

the same 用於表示相同的、一樣的。
*All the streets look **the same** in the fog.* 在迷霧中所有的街道看起來都一樣。
*Essentially, all computers are **the same**.* 本質上，所有的電腦都是相同的。

2 the same as

the same as 用於表示甲與乙相同。
*He was not **the same as** the other boys.* 他和其他男孩不一樣。
*The next day was **the same as** the one before.* 第二天和前一天一樣。

！注意

在這類句子中，the same 後面不要用除了 as 以外的任何介詞。例如，不要説 ~~He was not the same like the other boys.~~。
在the same 和 as 之間可以加一個名詞。例如，可以説 She goes to **the same school as** her sister.（她和她姐姐上同一間學校。）。
*Her dress was **the same colour as** her eyes.* 她的衣服顏色和她的眼睛一樣。
*I'm in **the same type of job as** you.* 我和你做的是同一類工作。

也可以用 the same as 比較行為。例如，可以説 She did **the same as** her sister did.（她和她姐姐做的一樣。），或只需説 She did **the same as** her sister.。

> *He said exactly **the same as** you did.* 他説的跟你一模一樣。
>
> *They've got to earn a living, **the same as** anybody else.* 他們必須謀生，就像其他任何人一樣。

3 副詞與 the same 連用

下列副詞常常用在 the same 之前：

exactly	almost	virtually
nearly	practically	

*The next time I saw him he looked **exactly the same**.* 我再次見到他時，他看起來完全一樣。

*Their policies are **practically the same as** those of the previous government.* 他們的政策與前一屆政府幾乎是一樣的。

4 similar

similar 表示相似的、類似的。

*The two friends look remarkably **similar**.* 這兩個朋友看起來非常相似。

*Our ideas are basically very **similar**.* 我們的想法基本上是非常相似的。

similar to 表示與……相似的。

*It is **similar to** her last book.* 這類似於她的最後一本書。

*My dress is **similar to** that, only longer.* 我的連衣裙與那件很像，只是長一點。

把人或物與剛提到的其他人或物進行比較時，similar 可用在名詞前面。

*Many of my friends have had a **similar** experience.* 我的很多朋友有過類似的經歷。

*Put them in a jar, bowl, or other **similar** container.* 把它們放入一個罐子、碗或其他類似的容器。

5 副詞與 similar 連用

下列副詞常常用在 similar 之前：

broadly	rather	roughly	surprisingly
quite	remarkably	strikingly	very

*Their proposals were **rather similar**.* 他們的提議很相似。

*My problems are **very similar to** yours.* 我的問題和你的非常相似。

---

savings

☞ 見 economics

---

say

1 say

say 表示説，其過去式和 -ed 分詞是 said /sed/。

直接引用某人的話時，可用 say。

*'I feel so happy,' she **said**.* "我非常開心，" 她説。
*'The problem,' he **said**, 'is that Mr Sanchez is very upset.'* "問題是，" 他説，"桑切斯先生很生氣。"

在書面語裏，可用很多其他的動詞代替 say 來引用別人的話。

☞ 見 Reporting

 在英語口語裏，通常用 say。

*He **said** to me, 'What shall we do?'* 他對我説，"我們該做甚麼呢？"

> **❗ 注意**
>
> 在口語中，在引用別人説的話之前先要提到説話者以及 say。例如，在英語口語中，不要説 ~~What shall we do? he said to me.~~。
>
> 可在 said 後面用 it 指別人説的話。
>
> *You could have **said it** a bit more politely.* 你原本可以説得更禮貌一點。
> *I just **said it** for something to say.* 我只是沒話找話説了這個。
>
> 如果泛指某人表達的意思而不是實際説的話，要用 so，不用 it。例如，要説 I disagree with him and I **said so.**（我不同意他，而且我也這麼説了。），而不要説 ~~I disagree with him and I said it.~~。
>
> *If you wanted more to eat, why didn't you **say so** earlier?* 如果你想要多吃點，你為甚麼不早説？
> *I know she liked it because she **said so**.* 我知道她喜歡它，因為她這麼説了。
>
> 可用 say 加 *that-*從句轉述某人説的話，而不直接引用。
>
> *She **said** she hadn't slept very well.* 她説她沒有睡好。
> *They **said** that smoking wasn't permitted anywhere in the building.* 他們説，樓內任何地方都不准吸煙。
>
> say 不能和間接賓語連用。例如，不要説 ~~She said me that Mr Rai had left.~~，而要説 She **said** that Mr Rai had left.（她説拉伊先生已經離開了。）或 She **told me** that Mr Rai had left.（她告訴我拉伊先生已經離開了。）。

2 tell

如果除説話者外還提及了受話者，通常用 tell，而不是 say。tell 的過去式和 *-ed*分詞是 told。例如，可説 I **told** him that his mother had arrived.（我告訴他，他的母親已經到了。）代替 I said to him that his mother had arrived.。

*'I have no intention of resigning,' he **told** the press.* "我沒有辭職的打算，" 他告訴新聞媒體。
*She **told** me to sit down.* 她叫我坐下。

☞ 見 tell

説故事、撒謊或説笑話可用 tell 表示。

*You're **telling** lies now.* 你在説謊。
*Dad **told** jokes and stories.* 爸爸説了笑話和故事。

> **！ 注意**
>
> 不要用 say 表示説故事、撒謊或説笑話。例如，不要説 ~~You're saying lies now.~~。

3 ask

問問題不能用 say 表示，而要用 ask。

*Luka **asked** me a lot of questions about my job.* 盧卡問了我許多關於我工作的問題。
*I **asked** what time it was.* 我問他甚麼時間了。

☞ 見 ask

4 give

發出命令或指示不能用 say 表示，而要用 give。

*Who **gave** the order for the men to shoot?* 誰下令讓士兵開槍的？
*She **had given** clear instructions about what to do while she was away.* 她明確指示了在她離開期間應該做甚麼。

5 call

如果想表示某人以特定的方式形容別人，可用 say 後接 *that-*從句。例如，可以説 He **said** that I was a liar.（他説我是個説謊的人。）。

也可以説 someone **calls someone something**。例如，可以説 He **called** me a liar.（他説我是個説謊的人。）。

*She **called** me lazy and selfish.* 她説我懶惰自私。

☞ 見 call

6 talk about

不要用 say 表示某人談論的內容。例如，不要説 ~~He said about his business.~~，而要説 He **talked about** his business.（他談了他的生意。）。

*Lucy **talked about** her childhood and her family.* 露西談到了她的童年以及她的家庭。

---

scarce – scarcely

scarce 和 scarcely 都是相當正式的詞，兩者的意義完全不同。

1 scarce

scarce 是形容詞，表示缺乏的、稀缺的。

*Good quality land is **scarce**.* 品質好的土地是稀缺的。
*The desert is a place where water is **scarce**.* 沙漠是一個缺水的地方。

2 rare

不要用 scarce 表示罕見的、珍稀的。要用 rare。

*This flower is so **rare** that few botanists have ever seen it.* 這種花非常罕見，幾乎沒有植物學家看見過它。

*Deepak's hobby is collecting **rare** books.* 迪派克的愛好是收藏珍本圖書。

3 scarcely

scarcely 是副詞，意思與 hardly 相同，表示幾乎不。

*The smell was so bad I could **scarcely** bear it.* 味道非常難聞，我幾乎受不了了。

*The woman was **scarcely** able to walk.* 這個女人幾乎無法行走。

> **！注意**
>
> 不要把 not 與 scarcely 連用。例如，不要說 ~~I do not scarcely have enough money to live.~~，而要說 I scarcely have enough money to live.（我幾乎沒有足夠的錢生存。）。
>
> 如果助動詞或情態詞與 scarcely 連用，助動詞或情態詞要放在前面。例如，要說 I **could scarcely** stand.（我幾乎無法站立。），而不要說 ~~I scarcely could stand.~~。
>
> *I **can scarcely** remember what we ate.* 我依稀記得我們吃的是甚麼。
>
> *He **could scarcely** be blamed for his reaction.* 他作出這樣的反應幾乎無可指責。
>
> scarcely 有時用於強調一件事緊接着另一件事發生。
>
> *We had **scarcely** arrived when it was time to leave again.* 我們剛剛到達就又要離開了。
>
> 這類句子中要用 when，而不是 than。例如，不要說 ~~We had scarcely arrived than it was time to leave again.~~。
>
> 在文雅的文本中，scarcely 有時放在句首，後接 had 或動詞 be 加主語。
>
> ***Scarcely had she** put down the receiver when the phone rang again.* 她剛把電話放下，電話鈴又響了。
>
> ***Scarcely were the words** spoken when he began to regret them.* 話剛說出口他就開始後悔了。

☞ 見 Broad negatives

---

scene – sight – view – landscape – scenery

1 scene

名詞 scene 有好幾個詞義。

scene 可指（戲劇、電影或小説中的）場景。

*Do you know the balcony **scene** from Romeo and Juliet?* 你知道《羅密歐與茱麗葉》中的陽台場景嗎？

*It was like a **scene** from a Victorian novel.* 這就像是維多利亞時代小説中的一個場景。

事故或犯罪現場也可用 scene 表示。

*They were only a few miles from the **scene** of the crime.* 他們距離犯罪現場只有數英里遠。

可以用 scene 描述某種景象。

*I entered the room to be greeted by a **scene** of domestic tranquillity.* 我走進房間時，迎面而來的是一幅安寧的家庭生活場景。

*The sun rose over a **scene** of terrible destruction.* 太陽升起來，照着一幕可怕的毀滅景象。

2 sight

sight 表示（人或物的）樣子、模樣。

*A volcano erupting is a spectacular **sight**.* 火山爆發是一個壯觀的景象。

*With his ragged clothes and thin face, he was a pitiful **sight**.* 他衣着破爛，臉龐瘦削，看起來樣子很可憐。

可以用複數形式 sights 表示景點。

*Did you have time to see the **sights** while you were in Moscow?* 你在莫斯科的時候有沒有時間去觀光？

*A guide offered to show us the **sights**.* 一個嚮導提出帶我們參觀景點。

還有其他一些常用來表示景色的名詞：

3 view

view 用於表示從窗戶或高處看到的景色。

*Her bedroom window looked out on to a superb **view** of London.* 從她的臥室窗戶向外可以看到倫敦的壯觀景色。

*From the top of the hill there is a fine **view**.* 從山頂上看景色很美。

4 landscape

landscape 表示旅行時看到的周圍景象。不管景象吸引人與否都可用這個詞。

*The **landscape** around here is very flat.* 這裏附近的景色非常單調。

*The train passed through the industrial **landscape** of eastern Massachusetts.* 火車穿過了麻塞諸塞州東部的工業景觀。

5 scenery

scenery 指的是在鄉村見到的風景。

*We stopped on the way to admire the **scenery**.* 我們在中途停下來欣賞風景。

*I think Scotland has the most beautiful **scenery** in the world.* 我認為蘇格蘭有世界上最美麗的風景。

> **！ 注意**
> scenery 是不可數名詞。不要説 ~~sceneries~~ 或 ~~a scenery~~。

---

school – university

1 用作可數名詞

在英式英語和美式英語中，school 是小孩子接受教育的學校，university 是學生攻讀學位的大學。

*The village had a church and a **school**.* 村裏有一個教堂和一間學校。
*Heidelberg is a very old **university**.* 海德堡是一間非常古老的大學。

2 用作不可數名詞 s

 在美式英語裏，school（不加 a 或 the）既指一般的學校，也指大學。如果某人在上學，美國人説 in school。

*All the children were **in school**.* 所有的孩子都在上學。
*She is doing well **in school**.* 她在學校表現得很好。

 如果美式英語使用者問一個成年人 Where did you go to school?（你在哪裏上大學？），意思就是 What college or university did you study in?（你上的是哪一間大學？）

在英式英語裏，school 僅指兒童上的學校。如果某人在上學，英國人説 at school。如果某人在上大學，英國人説 at university。

*I was **at school** with Joty, but I haven't seen her since I was 16.* 我和喬蒂過去在一個學校讀書，但我從16歲以後就沒看見過她。
*She is studying medicine **at university**.* 她在大學攻讀醫學。

☞ 見 student

---

scissors

scissors 表示剪刀。

scissors 是複數名詞。不要説 ~~a scissors~~，而要説 some scissors 或 a pair of scissors（一把剪刀）。

*I need **some scissors** to get this label off.* 我需要一把剪刀把這個標籤剪掉。
*She took **a pair of scissors** and cut his hair.* 她拿了一把剪刀為他剪頭髮。

---

search

search 可作動詞或名詞。

1 用作動詞

search 表示搜查、搜索。

*Police **searched** the building and found weapons.* 警察搜查大樓並發現了一些武器。
*He stood with his arms outstretched while the guard **searched** him.* 他雙臂張開站着，讓警衛搜查他。

> **!** **注意**
> 不要用 search 表示尋找。可以説 search for，但通常用 look for。
> *He's **looking for** his keys.* 他在找他的鑰匙。

2 用作名詞

search 表示搜查、搜索。

*I found the keys after a long **search**.* 經過長時間的搜尋以後，我找到了鑰匙。

*The **search** for survivors of the earthquake continues.* 對地震倖存者的搜救仍在繼續。

---

see

動詞 see 表達好幾個不同的詞義，其過去式是 saw，-ed分詞是 seen。

1 用眼睛看

can see 表示看得見。

*I **can see** a light in her window.* 我看得見她窗戶內的一盞燈。

> ### ！注意
> 這類句子中通常用 can。例如，可以説 I **can see** the sea.（我看得見大海。）。不要説 ~~I see the sea.~~。也不要用進行時形式。不要説 ~~I am seeing the sea.~~。表示過去看得見，通常用 could see。
>
> *He **could see** Amir's face in the mirror.* 他在鏡子裏看得到阿米爾的臉。
> 表示看見了，要用 saw。
> *We suddenly **saw** a ship through a gap in the fog.* 透過濃霧的間隙，我們突然看到一條船。
>
> 不要混淆 see 和 look at 或 watch。

☞ 見 see – look at – watch

2 與某人見面

see 常常表示拜訪、會見。

*You should **see** a doctor.* 你應該去看醫生。

如果兩個人定期見面，比如由於相愛，可以説 They **are seeing** each other.（他們在交往。）。see 作此解時，通常用進行時形式。

*How long have Daniel and Ayeisha **been seeing** each other?* 丹尼爾和艾莎在一起有多久了？

3 理解

see 常作 understand 解。

*I don't **see** why she was so angry.* 我不明白她為甚麼這麼憤怒。
*The situation could be complicated, if you **see** what I mean.* 情況可能是複雜的，如果你明白我意思的話。

人們常常用 I see 表示我明白了。

*'He doesn't have any children.' – '**I see**.'* "他沒有孩子。" —— "我明白了。"

see 作 understand 解時，可與 can 或 could 連用。

*I **can see** why they're worried.* 我能理解他們為甚麼會擔心。
*I **could see** his point.* 我能領會他的意思。

> **！注意**
>
> see 作 understand 解時，不能用進行時形式。例如，不要説 ~~I am seeing why they're worried.~~。

see – look at – watch

1 see

see 表示看到、看見。

*We **saw** black smoke coming from the building.* 我們看到大樓內冒出黑色的濃煙。
*I waved, but nobody **saw** me.* 我揮了揮手，但沒有人看到我。

☞ 見 see

2 look at

look at 表示看着、朝……看。

*He **looked at** the food on his plate.* 他看着自己盤子裏的食物。
*People **looked at** her in astonishment.* 人們驚訝地看着她。

☞ 見 look

3 watch

watch 表示注視、觀看。

*We **watched** the sunset.* 我們觀看日落。
*They just stood and **watched** while she carried all the bags inside.* 他們只是站在那裏，看着她把所有的袋子搬進來。

4 娛樂和體育

see 和 watch 都用於談論娛樂或體育。

看戲或看電影可用 see 表示。

*I **saw** that movie when I was a child.* 我在小時候看過那部電影。
*We **saw** him in Hamlet.* 我們看了他在《哈姆雷特》中的表演。

看戲或看電影不要用 look at 表示。例如，不要説 ~~I looked at that movie~~。

看電視用 **watch** television 表示。看某個電視節目可用 watch 或 see 表示。

*He spends hours **watching** television.* 他花了好幾個小時看電視。
*He **watched** a rugby match on television.* 他在電視上看了一場欖球比賽。
*I **saw** his speech on the news.* 我在新聞裏看到了他的演講。

同樣，watch 可表示觀看足球之類的體育運動，但觀看某場比賽也可以用 watch 或 see。

*More people **are watching** cricket than ever before.* 看板球的人比以前更多了。
*Did you **watch** the game last night?* 你看了昨晚的比賽了嗎？
*Millions of people **saw** the World Cup Final.* 數百萬人觀看了世界盃決賽。

seem

seem 表示似乎、好像。

1 與形容詞連用

seem 通常後接形容詞。如果某人給人以快樂的印象,可以說 They **seem** happy.(他們似乎很快樂。),也可以說 They **seem to be** happy.。兩者的意義沒有區別。

*Even minor problems **seem** important.* 甚至次要問題也顯得很重要。
*You **seem to be** very interested.* 你似乎很感興趣。

如果形容詞是 alone 或 alive 這類不可分級形容詞,通常用 seem to be。例如,要說 He **seemed to be** alone.(他似乎獨自一人。),而不要說 He seemed alone.。

*She **seemed to be** asleep.* 她好像睡着了。

要表示某人或某物給誰留下某種印象,用 seem 後接形容詞加介詞 to。

*He always **seemed old to me**.* 他總是給我很老的感覺。
*This idea **seems ridiculous to most people**.* 這個想法在大多數人看來很可笑。

2 與名詞短語連用

seem 或 seem to be 後面可用名詞短語代替形容詞。

例如,可以用 She **seemed a nice person**.(她看起來是個不錯的人。)或 She **seemed to be a nice person**. 代替 She seemed nice.。在談話和不太正式的書面語中,人們常常說 She **seemed like a nice person**.(她看起來是個不錯的人。)。

*It **seemed a long time** before the food came.* 似乎過了很長時間才送來了食物。
*She **seems to be a very good boss**.* 她似乎是一個很好的老闆。
*It **seemed like a good idea**.* 這似乎是個好主意。

> **! 注意**
>
> seem 後面不要用 as。例如,不要說 It seemed as a good idea.。
> 如果名詞短語含有 the 或 a 等限定詞而不是形容詞,則必須用 seem to be。
> 例如,要說 He **seemed to be the owner** of the car.(他似乎是這輛車的車主。),而不能說 He seemed the owner of the car.。
>
> *At first the seal **seemed to be a rock**.* 起初那隻海豹看上去像一塊岩石。
> *What **seems to be the trouble**?* 哪裏不舒服?

3 與動詞連用

除了 to be,seem 後面還可以用其他 *to*-不定式。例如,可以說 He **seemed to need** help.(他似乎需要幫助。),也可以說 **It seemed that he needed** help. 或 **It seemed as though he needed** help.。

*The experiments **seem to prove** that sugar is bad for you.* 這些試驗似乎證明,糖對人有害。
*It **seemed** to me **that she was** right.* 在我看來她是對的。
*It **seemed as though the war had ended**.* 好像戰爭已經結束了。

seldom

seldom 是一個正式或文雅的用詞，表示難得、很少。

1 在句中的位置

▶ 如果沒有助動詞，seldom 通常位於動詞前面，除非動詞是 be。

*He **seldom laughed**.* 他很少大笑。
*It **seldom rains** there.* 那裏很少下雨。

▶ seldom位於be之後。

*She **was seldom** late for work.* 她上班很少遲到。

▶ 如果有助動詞，seldom 位於助動詞之後。

*These birds **are seldom seen**.* 這些鳥很少見。
*They **can seldom agree** on anything.* 他們很少能有一致的看法。

▶ 如果有一個以上助動詞，seldom 位於第一個助動詞之後。

*I **have seldom been** asked such difficult questions.* 我很少被問到過這麼難的問題。

▶ 在文雅的文本中，seldom 有時位於句首，後接助動詞和主語。

***Seldom did he** ask me questions about our finances.* 他難得問我關於我們財務情況的問題。
***Seldom can there** have been such a happy couple.* 很少能有這樣一對幸福的夫婦。

2 hardly ever

seldom 一般不用於談話。通常用 hardly ever 代替。

*It **hardly ever** rains there.* 那裏幾乎不下雨。
*I've **hardly ever** been asked anything like that.* 我幾乎從來沒有被問到那樣的事情。

☞ 關於表示頻率的分級詞彙清單，見 Adverbs and adverbials

---

select

☞ 見 choose

---

send – sent

send

send 和 sent 是同一個動詞的不同形式。由於兩者的讀音相似，有時會混淆。send /send/ 是原形，表示發送、寄。

*They **send** me a card every year for my birthday.* 他們每年給我寄生日賀卡。
*I always re-read my emails before I **send** them.* 我在發出電郵以前總是再看一遍。

sent /sent/ 是 send 的過去式和 -ed分詞。

*I **sent** you a text – didn't you get it?* 我給你發了文本 —— 你沒有收到嗎？
*He **had sent** some flowers to Elena.* 他給埃琳娜送去了一些花。

sensible – sensitive

1 sensible

sensible 描述人時表示理智的、明智的。

*She was a **sensible** girl and did not panic.* 她是一個理智的女孩，沒有慌張。

2 sensitive

sensitive 有兩個詞義。

sensitive 表示敏感的、容易生氣的。

*He is quite **sensitive** about his weight.* 他對自己的體重很敏感。

*A **sensitive** child can get very upset by people arguing.* 一個敏感的孩子會對人們的爭吵感到非常難過。

sensitive 表示善解人意的。

*It would not be very **sensitive** to ask him about his divorce.* 問他離婚的事情是不近人情的。

*His experiences helped him become less selfish and more **sensitive**.* 他的經歷幫助他變得不那麼自私並且更善解人意。

Grammar Finder 語法講解

Sentence connectors 句子連接詞

1 位置

句子連接詞（sentence connector）是表示分句或句子之間聯繫的詞和短語。句子連接詞通常置於句首，或放在主語或第一個助動詞後面。

*Many species have survived. The effect on wild flowers, **however**, has been enormous.* 很多物種存活了下來。然而對野生花卉的影響是巨大的。

*He has seen it all before and **consequently** knows what will happen next.* 他以前看到過這一切，因此知道接下來會發生甚麼。

2 添加信息

有些句子連接詞用於表示添加另外一點或一項資料。

| also | at the same time | furthermore | on top of that |
| as well | besides | moreover | too |

*His first book was published in 1932, and it was followed by a series of novels. He **also** wrote a book on British cathedrals.* 他的第一本書出版於1932年，接下來是一系列小說。他還寫了一本關於英國大教堂的書。

*It is difficult to find good quality materials. Smaller organizations, **moreover**, cannot afford them.* 很難找到品質好的材料。此外，較小的機構也負擔不起。

☞ 見 also – too – as well

3 列出類似情況

其他句子連接詞用於表示舉出同一要點的另一個例子，或者表示同一論點用於兩種情況。

again	token	in the same way	similarly
by the same	equally	likewise	

*This is an immensely difficult subject. But, **by the same token**, it is a highly important one.* 這是一個極其困難的課題。但是，基於同樣的原因，也是一個非常重要的課題。
*I still clearly remember the time and place where I first saw a shooting star. **Similarly**, I remember the first occasion when I saw a peacock spread its tail.* 我仍然清楚地記得第一次看見流星的時間和地點。同樣，我也記得第一次看見孔雀開屏的情景。

4 對照

另外一組句子連接詞用於表示進行對比或提供選擇。

all the same	even so	nonetheless	still
alternatively	however	on the contrary	then again
by contrast	instead	on the other hand	though
conversely	nevertheless	rather	

*They were too good to allow us to score, but **all the same** they didn't play that well.* 他們表現得很好，我們無法得分。但儘管如此，他們打得也沒有那麼出色。
*I would not have been surprised if she had cried. **Instead**, she sank back in her chair, helpless with laughter.* 如果她哭了，我也不會驚訝。相反，她向後躺倒在椅子上，不由自主地大笑起來。
*He always had good manners. He was very quiet, **though**.* 他總是彬彬有禮。不過，他非常寡言少語。

☞ 關於 though 的位置的説明，見 although – though

5 表示結果

有些句子連接詞用於表示接下去要提到的情況是剛提及的那個情況的結果。

accordingly	consequently	so	therefore
as a result	hence	thereby	thus

*Sales are still lower than a year ago. **Consequently** stocks have grown.* 銷售仍低於一年前。因此，庫存增加了。
*The room is modern and simply furnished, and **thus** easy to clean.* 房間很新潮，陳設簡單，因而很容易打掃。

so 始終置於句首。

*His father had been a Member of Parliament. **So**, Sir Charles Baring's own life was dominated by public service.* 他父親做過國會議員。因此，公職在查理斯・巴林爵士自己的生活中佔了首要地位。

6 表示順序

時間狀語常常用於連接兩個句子，表示一個事件發生在另一個事件之後。

afterwards	finally	next	suddenly
at last	immediately	presently	then
at once	instantly	since	within minutes
before long	last	soon	within the hour
eventually	later	soon after	
ever since	later on	subsequently	

*Philip and Simon had lunch together in the campus restaurant. **Afterwards**, Simon went back to his office.* 菲力浦和西門一起在學校餐廳吃了午飯。然後西門回到了他的辦公室。

☞ 見 after – afterwards – later, eventually – finally, last – lastly, soon

有些時間狀語用於表示一個事件已經或將要發生在另一個事件之前。

beforehand	first	meanwhile
earlier	in the meantime	previously

*Then he went out to the island to meet the directors. Arrangements had been made **beforehand**, of course.* 然後他出來到島上去和董事見面。當然，事先已做好了安排。

☞ 見 first – firstly

少數狀語用於表示一個事件與另一個事件同時發生。
at the same time meanwhile simultaneously throughout

*Ask the doctor to come as soon as possible. **Meanwhile**, give first-aid treatment.* 叫醫生盡快過來。與此同時，進行急救處理。

shadow – shade

1 shadow

shadow 表示陰影、影子。

*The tree cast a **shadow** over the garden.* 樹給花園投下了一層陰影。

in shadow 表示在陰影裏。

*The whole valley is **in shadow**.* 整個山谷處在陰影當中。

2 shade

the shade 表示（太陽照不到的）背陰處、蔭涼處。

*They sat in **the shade** and read.* 他們坐在背陰處看書。

*I moved my chair into **the shade**.* 我把椅子搬到蔭涼處。

shall – will

1 shall 和 will

shall 和 will 用於構成陳述句和疑問句的將來時。

代詞後面的 shall 和 will 通常不完整發音。寫下某人説的話時，代詞後面通常用縮略式 'll，而不是 shall 或 will。

He'll come back. 他會回來的。
'They'll be late,' he said. "他們要遲到了，"他説。

 shall 和 will 的否定形式是 shall not 和 will not。在口語中，這些形式通常縮寫成 shan't /ʃɑːnt/ 和 won't /wəʊnt/。shan't 比較老式，很少用在美式英語裏。

I shan't ever do it again. 我再也不會這麼做了。
You won't need a coat. 你用不着外套。

過去認為正確的用法是在 I 或 we 後面用 shall，而在其他代詞或名詞短語後面用 will。但現在大多數人把 will 用在 I 和 we 後面，而這並不被視為不正確，儘管有時 I shall 和 we shall 仍然在使用。

I hope some day I will meet you. 我希望有一天我會遇見你。
We will be able to help. 我們將能夠提供幫助。
I shall be out of the office on Monday. 我星期一要離開辦公室。

有一些特殊情況要用shall 而不是 will：

2 建議

可用以 Shall we...? 開頭的疑問句提出建議。

Shall we go out for dinner? 我們出去吃晚飯好嗎？

也可用以 Let's... 開頭和 ...shall we? 結尾的句子提出建議。

Let's have a cup of tea, *shall we*? 我們來喝杯茶，好嗎？

3 徵求意見

徵求建議或意見時，可用 shall I 或 shall we。

What *shall I* give them for dinner? 晚飯我給他們吃些甚麼呢？
Where *shall we* meet? 我們在甚麼地方見面？

4 提議

主動提出做某事時，可用 Shall I...?。

Shall I shut the door? 我要不要把門關上？

will 也有一些特殊用法：

5 請求

will 可用於提出請求。

Will you take these upstairs for me, please? 請你替我把這些拿到樓上去好嗎？
Don't tell anyone, *will you*? 不要告訴任何人，好嗎？

☞ 見主題條目 Requests, orders, and instructions

6 邀請

也可用 will you 或否定式 won't you 作出邀請。won't you 非常正式和禮貌。

Will you *stay to lunch?* 請留下來吃午飯，好嗎？
Won't you *sit down, Sir?* 您請坐，先生。

☞ 見主題條目 Invitations

7 能力

will 有時用於表示有能力做某事。

*This **will get rid of** your headache.* 這可以治你的頭痛。
*The car **won't start**.* 汽車發動不起來。

> **❗ 注意**
>
> shall 或 will 一般不用在以 when、before 或 as soon as 這些詞語開頭的分句中，而要用一般現在時。例如，不要説 ~~I'll call as soon as I shall get home.~~，而要説 I'll call as soon as I **get** home.（我一到家就給你打電話。）。

---

shave

shave 表示刮臉、剃鬚。

*He **shaved** and dressed, and went downstairs.* 他刮了臉穿好衣服，然後走下樓去。

> **❗ 注意**
>
> shave 通常不用作反身動詞。一般不説 ~~shave oneself~~。

 在談話中，通常説 have a shave，而不説 someone shaves。

*I can't remember when I last **had a shave**.* 我不記得我上次刮鬍子是甚麼時候了。

shave 也可用作及物動詞，表示剃……上的毛髮。

*Marta had a shower and **shaved her legs**.* 瑪塔洗了個澡，刮了腿毛。
***He was starting to go bald, so he decided to shave** his head.* 他開始變禿，所以他決定把頭剃光。

---

sheep – lamb

1 sheep

sheep 表示（綿）羊。sheep 的複數是 sheep。

*The farmer has six hundred **sheep**.* 這個農場主有 600 隻羊。
*A flock of **sheep** was grazing on the hill.* 一群羊在山坡上吃草。

2 lamb

lamb 表示羔羊、小羊。

*The field was full of little **lambs**.* 田裏到處都是小羔羊。

羔羊肉稱作 lamb。lamb 作此解時為不可數名詞。

*For dinner, we had **lamb** and potatoes.* 晚餐我們吃了羔羊肉和馬鈴薯。

成年羊的肉稱作 mutton，但在英國和美國這種羊肉不如羔羊肉常見。羊肉不能用 sheep 表示。

ship

☞ 見 boat – ship

shop – store

在英式英語裏，商店通常稱作 shop。

*Are there any **shops** near here?* 這附近有商店嗎？

在美式英語裏，商店通常稱為 store，而 shop 僅指只有一種貨物的小店。

*Mom has gone to the **store**.* 媽媽到商店去了。

*I got it from a little **antiques shop** in Princeton.* 我是在普林斯頓一家小古董店買到這個的。

在英式英語裏，很大的商店有時稱為 store。

They've opened a new store on the outskirts of town. 他們在城郊新開了一家自己動手做的大商店。

在英式英語和美式英語裏，有出售不同種類貨物部門的大型商店稱作 department store（百貨商店）。

*She works in the furnishings department of a large **department store**.* 她在一家大型百貨商店的傢具部門工作。

1 shop 用作動詞

shop 也可用作動詞，表示去商店購物。

*I usually **shop** on Saturdays.* 我通常在週六購物。

2 shopping

通常用 go shopping 而不是 shop 表示去購物。

*They **went shopping** after lunch.* 午飯後他們去買東西。

do the shopping 或 do one's shopping 表示去商店採購日常用品。

*Who's going to **do the shopping**?* 誰去買東西？

*She went to the next town to **do her shopping**.* 她到下一個城鎮去採購日常用品。

shopping 可單獨使用，表示去商店購物這個行為。

*I don't like **shopping**.* 我不喜歡購物。

shopping 也可指剛從商店購買來的東西。

*She put her **shopping** away in the kitchen.* 她把買回來的東西放在廚房裏。

shopping 是不可數名詞。不要說 ~~a shopping~~ 或 ~~shoppings~~。

shore

☞ 見 beach – shore – coast

---

short – shortly – briefly

1 short

short 是形容詞，通常用於表示短暫的。

*Let's take a **short** break.* 我們休息一會兒吧。
*She made a **short** speech.* 她作了一個簡短的講話。

2 shortly

shortly 是副詞，表示立刻、馬上。這種用法略微有點老式。

*They should be returning **shortly**.* 他們應該很快就會回來的。

shortly 表示（之後）不久。

*She died **shortly** afterwards.* 她不久之後就去世了。
*Very **shortly** after I started my job, I got promoted.* 開始工作後不久，我就得到了晉升。

3 briefly

不要用 shortly 表示簡短地。例如，不要說 ~~She told them shortly what had happened.~~。要用 briefly。

*She told them **briefly** what had happened.* 她把發生的事情簡要地告訴了他們。

---

shorts

☞ 見 pants – shorts

---

should – ought to

1 期待

should 或 ought to 用於表示期待某事發生。

*We **should** be there by dinner time.* 晚飯前我們應該到達那裏了。
*It **ought to** get easier with practice.* 多多練習後應該會容易一點的。

should 或 ought to + have + -ed 分詞表示期待某事已經發生。

*You **should have** heard by now that I'm O.K.* 這時候你應該已經聽說我沒事了吧。
*It's ten o'clock, so they **ought to have** reached the station.* 現在是10時，所以他們應該已經到達車站了。

也可用 should 或 ought to + have +-ed 分詞表示某事本來應該發生。

*Bags which **should have** gone to Rome were sent to New York.* 本該運到羅馬的行李被送到了紐約。
*The project **ought to have** finished by now.* 該項目這時本來應該已經完成了。

> **！注意**
>
> 這類句子中必須用 have 加 -ed分詞。例如，不要説 ~~The project ought to finish by now.~~。

2 理所應當

should 或 ought to 用於表示某事是理所應當的。

*Crimes **should** be punished.* 犯罪應該受到懲罰。
*I **ought to** call the police.* 我應當報警。

3 提出勸告

給某人勸告時，可用 you should 或 you ought to。

*I think **you should** go see your doctor.* 我認為你應該去看醫生。
*I think **you ought to** try a different approach.* 我認為你應該嘗試一個不同的方法。

4 否定形式

should 和 ought to 的否定式是 should not 和 ought not to。

*This **should not** be allowed to continue.* 不應該允許這個繼續下去了。
*They **ought not to** have said anything.* 他們本不應該説甚麼的。

not 通常不完整發音。寫下某人説的話時，用 shouldn't 或 oughtn't to。

*You **shouldn't** dress like that, Andrew.* 你不應該穿成那樣，安德魯。
*They **oughtn't to** mention it.* 他們不應該提到它。

 ought 的否定式在美式英語裏可以省略 to。

*You **oughtn't** answer the door without your shirt on.* 你不應該不穿襯衫就去應門。

---

shout

1 shout

shout 表示喊叫、呼喊。

*I can hear you – there's no need to **shout**.* 我聽得見你 —— 沒有必要大喊大叫。
*'Stop it!' he **shouted**.* "住手！"他喊道。

2 shout to

shout to someone 表示朝……喊叫。

*'What are you doing down there?' he **shouted to** Robin.* "你在下面做甚麼？"他朝羅賓喊道。
*People waved and **shouted to** us as our train passed.* 我們的火車經過時，人們向我們揮手喊叫。

3 shout at

不要用 shout to 表示對某人大吼大叫，比如生氣時。要用 shout at。

*The captain **shouted at** him, 'Get in! Get in!'* 船長對他吼叫道，"進來！進來！"
*Dad **shouted at** us for making a mess.* 因為我們把東西弄得一團糟，爸爸對着我們

大吼大叫。

shout to 或 shout at 後面可用 to-不定式。**shout to** 或 **shout at** someone **to do** something 表示喊叫着要某人做某事。

*A neighbour **shouted to** us from a window **to stop** the noise.* 一個鄰居從視窗衝着我們喊叫,要我們停止吵鬧。
*She **shouted at** him **to go away**.* 她大聲叫他走開。

---

show

☞ 見 indicate – show

---

shut

☞ 見 close – closed – shut

---

sick

1 sick

sick 表示有病的、生病的。

*She was at home looking after her **sick** baby.* 她在家照顧生病的嬰孩。
*He looked **sick**.* 他看上去病了。

☞ 見 ill – sick

2 be sick

在英式英語裏,be sick 通常表示嘔吐。

*I think I'm going to **be sick**.* 我想我要吐了。

 在美式英語裏,be sick 表示生病。

*I **was sick** last week and couldn't go to work.* 我上星期病了,不能去上班。

> **!** 注意
> be sick 作 be ill 解時不能用進行時形式。George is being sick. 的意思是喬治在嘔吐。

3 vomit 和 throw up

vomit 表示嘔吐,是一個相當正式的詞。

*She had a pain in her stomach and began to **vomit**.* 她肚子痛,然後開始嘔吐。

 在談話中,有些人用 throw up 代替 be sick。

*I think I'm going to **throw up**.* 我覺得自己要吐了。

4 feel sick

在英式英語裏,feel sick 表示想要嘔吐、感到噁心。

*Being on a boat always makes me **feel sick**.* 坐在船上總是讓我感到噁心。

在美式英語裏，feel sick 表示感覺身體不適。

*Maya **felt sick** and was sent home from school.* 瑪雅感覺不舒服，被從學校送回了家。

sight

☞ 見 scene – sight – view – landscape – scenery

similar

☞ 見 same – similar

since

1 since

since 表示自從、從……以來。

*Exam results have improved **since** 2001.* 考試成績自2001年以來有了提高。
*I've been wearing glasses **since** I was three.* 我從三歲就開始戴眼鏡了。

> **！注意**
>
> 這類含 since 的句子中要用完成時態。不要説 Exam results improved since 2001. 或 I am wearing glasses since I was three.。
>
> 也可用 since 表示某事在多久前發生。since 這樣用時，要用一般時態。例如，可以説 It's five years **since** I last saw him.（我最後一次見到他已經有5年了。）代替 I last saw him five years ago.。
>
> *It's three months **since** Kathy left.* 凱西離開已經有三個月了。
> *It's years **since** I heard that song.* 我已經有許多年沒聽到那首歌了。

2 for

如果想表示某事持續了多久，要用 for，不用 since。

*We've been married **for** seven years.* 我們結婚七年了。
*I've known Adeel **for** ages.* 我認識阿迪爾已經好多年了。

☞ 見 for

3 during 和 over

可用 during 或 over 表示某事發生了多長時間。

*A lot of rain has fallen **during** the past two days.* 過去兩天下了很多雨。
*Things have become worse **over** the past few months.* 在過去數個月裏事情變得更糟了。

☞ 見 during, over

4 from…to

可把 from 和 to 用在一起，表示某事從何時開始到何時結束。

*Mr Ito was headmaster **from** 1998 to 2007.* 伊藤先生從1998年到2007年擔任校長。可用 till 或 until 代替 to。

*The noise continued **from** nine in the morning till 5 p.m.* 喧鬧聲從上午9時持續到了下午5時。

> **❗ 注意**
>
> 不要把 since 和 to 用在一起。例如，不要説 ~~He was headmaster since 1998 to 2007.~~。

5 用作 because 解

since 也可作 because 解。

*Aircraft noise is a problem here **since** we're close to Heathrow Airport.* 飛機噪音是這裏的一個問題，因為我們離希思洛機場很近。

☞ 見 because

sit

1 描述動作

sit 或 sit down 表示坐下。sit 的過去式和 -ed分詞是 sat。

提及某人坐的地方時，通常用 sit 而不是 sit down。

*A woman came and **sat next to her**.* 一個女人走過來在她身邊坐下。
***Sit on this chair**, please.* 請坐在這張椅上。

如果不提及坐的地方，可用 sit down。

*She **sat down** and poured herself a cup of tea.* 她坐下來給自己倒了一杯茶。

2 説明某人在何處

be sitting 表示在某處坐着。
在標準英語裏，不要用 be sat 表示坐在某處。

*They **are sitting** at their desks.* 他們坐在自己的辦公桌旁。
*She **was sitting** on the edge of the bed.* 她坐在牀沿上。

size

☞ 見參考部份 Measurements

skilful – skilled

1 skilful

skilful 表示嫻熟的、熟練的。

*They are a great team with a lot of **skilful** players.* 他們是一支優秀的球隊，有很多技藝精湛的運動員。

*As an artist, he was very **skilful** with a pencil.* 作為一個藝術家，他很擅長使用鉛筆。

在美式英語裏，skilful 拼寫成 skillful。

2 skilled

skilled 用在名詞前面，表示（因受過專門訓練而）技術熟練的。

*It takes four years to train a **skilled** engineer.* 一個技術熟練的工程師要經過四年的培養。

*We need more **skilled** workers in this country.* 在這個國家我們需要更多的熟練工人。

skilled 也可用在名詞前面，表示需要專門技術的、技術性的。

*He was only interested in highly-paid, **skilled** work.* 他只對高收入的技術工作感興趣。

*Weaving was a very **skilled** job, requiring a five-year apprenticeship.* 編織是一項技巧性很高的工作，需要 5 年的學徒期。

sleep – asleep

1 sleep

sleep 可作名詞或動詞。動詞的過去式和 *-ed*分詞是 slept。

名詞 sleep 表示睡眠。

*I haven't been getting enough **sleep** recently.* 我最近睡眠不足。

動詞 sleep 表示睡覺、入睡。

*He was so excited he could hardly **sleep**.* 他興奮得幾乎睡不着覺。

*I **had not slept** for three days.* 我三天沒睡覺了。

2 asleep

如果某人睡着了，可以用進行時形式 be sleeping 表示，但 be asleep 更常見。例如，不要說 ~~He sleeps~~。

*She **was asleep** when we walked in.* 我們走進去的時候她睡着了。

*I thought someone had been in the house while I **was sleeping**.* 我覺得在我睡着的時候有人來過我家。

如果想說明某人睡了多長時間，或表示某人通常在哪裏或如何睡覺的，要用 sleep 而不是 asleep。

*She **slept** for almost ten hours.* 她睡了將近 10 個小時。

*Where does the baby **sleep**?* 寶寶睡在哪裏？

> **！注意**
>
> asleep 僅用在動詞之後，不要用在名詞前面。例如，不要說 ~~an asleep child~~。要說 sleeping。
>
> *I glanced down at the **sleeping** figure.* 我低頭看了一眼那個熟睡的身影。
> *She was carrying a **sleeping** baby.* 她抱着一個熟睡的嬰兒。
>
> 不要說 ~~very asleep~~ 或 ~~completely asleep~~。要說 sound asleep 或 fast asleep。
>
> *The baby is still **sound asleep**.* 嬰兒仍然在熟睡。
> *You were **fast asleep** when I left.* 我離開的時候你在熟睡。

3 go to sleep

go to sleep 表示入睡、睡着。

*Both the children **had gone to sleep**.* 兩個孩子都睡着了。
***Go to sleep** and stop worrying about it.* 去睡吧，別擔心。

4 fall asleep

fall asleep 表示很快或意外入睡。

*The moment my head touched the pillow I **fell asleep**.* 我頭一碰到枕頭就睡着了。
*Marco **fell asleep** watching TV.* 馬可在看電視的時候睡着了。

5 get to sleep

get to sleep 表示設法入睡，比如由於噪音或擔憂。

*Could you turn that radio down – I'm trying to **get to sleep**.* 你能不能把收音機的音量調低一些 —— 我想睡覺。
*I didn't **get to sleep** until four in the morning.* 我直到早上 4 時才睡着。

6 go back to sleep

go back to sleep 表示醒來後重新入睡。

*She rolled over and **went back to sleep**.* 她翻了個身又睡着了。
***Go back to sleep**, it's only five a.m.* 繼續睡吧，現在才早上 5 時。

7 send someone to sleep

send someone to sleep 表示使某人入睡。

*I brought him a hot drink, hoping it would **send** him **to sleep**.* 我給他拿來一杯熱飲料，希望他喝了能入睡。
*I tried to read the books but they **sent** me to **sleep**.* 我想看那數本書，卻反而讓我睡着了。

---

slightly

☞ 關於表示程度的分級詞彙列表，見 Adverbs and adverbials

---

small – little

small 和 little 都用於表示小的。但這兩個詞的用法有一些重要的區別。

1 在句中的位置

small 可用在名詞前面，或 be 等動詞後面。

*They escaped in **small boats**.* 他們乘坐小船逃跑了。
*She **is small** for her age.* 以她的年齡來説，她的個子比較小。

little 通常僅用在名詞前面。可以説 a little town（一個小鎮），但不能説 ~~The town is little.~~。

*She bought a **little table** with a glass top.* 她買了一張有玻璃面的小桌子。
*I picked up a **little piece** of rock.* 我撿起一塊小石頭。

2 與分級副詞連用

quite 和 rather 等詞可用在 small 前面。

Quite small *changes in climate can have enormous effects.* 很小的氣候變化可以產生巨大的影響。

*She cut me a **rather small** piece of cake.* 她給我切了一塊相當小的蛋糕。

little 前面不能用這些詞。

small 前面可用 very 和 too。

*The trees are full of **very small** birds.* 樹上滿是非常小的鳥。

*They are living in houses which are **too small**.* 他們住在過小的屋裏。

little 作形容詞時，前面通常不用 very 或 too，除了談論小孩子。例如，不要説 ~~I have a very little car.~~，但可以説 She was a very little girl.（她是一個年齡非常小的女孩。）。

3 比較級和最高級

small 的比較級和最高級形是式 smaller 和 smallest。

*His apartment is **smaller** than his other place.* 他的住宅單位比他的另一個住所要小。

*She rented the **smallest** car she could.* 她租了她能租到的最小的汽車。

比較級形式 littler 和最高級形式 littlest 主要用於英語口語，以及談論小孩子。

*The **littler** kids had been sent to bed.* 小孩子被送到牀上睡覺了。

*You used to be the **littlest** boy in the school.* 你以前是學校裏最小的男孩。

4 與其他形容詞連用

little 前面可用其他形容詞。

*They gave me a **funny little** hat.* 他們給了我一頂古怪的小帽子。

*She was a **pretty little** girl.* 她是個漂亮的小女孩。

> **！ 注意**
> small 前面通常不用其他形容詞。

smell

smell 可作名詞或動詞。動詞的過去式和 *-ed* 分詞是 smelled，但在英式英語裏也用 smelt。

1 用作名詞

smell 表示氣味。

*I love the **smell** of fresh bread.* 我喜歡聞新鮮麵包的香味。

*What's that **smell**?* 那是甚麼氣味？

2 用作不及物動詞

smell 表示發出異味、發臭。

*The fridge is beginning to **smell**.* 冰箱開始有異味了。

*His feet **smell**.* 他的腳臭。

smell of 表示有⋯⋯的氣味。

*The house **smelled of** flowers.* 這間屋有花的味道。
*Her breath **smelt of** coffee.* 她的呼吸中有咖啡的味道。

> **⚠ 注意**
>
> 這類句子中必須使用 of。不要説 ~~The house smelled freshly baked bread~~.。
> 可以説 smell like，表示聞起來像。
>
> *The house **smelt like** a hospital ward.* 這間屋聞起來像是病房似的。
> *I love this shampoo – it **smells like** lemons.* 我喜歡這種洗髮水 —— 聞上去像檸檬的味道。
>
> smell 也可與形容詞連用，表示有好聞或難聞的氣味。
>
> *What is it? It **smells delicious**.* 這是甚麼？味道很好聞。
> *The room **smelled damp**.* 房間散發出濕漉漉的氣味。
>
> smell 後面不能用副詞。例如，不要説 ~~It smells deliciously~~.。

3 用作及物動詞

can smell 表示聞到、嗅到。

*I **could smell** the dinner cooking in the kitchen.* 我聞到廚房裏做晚餐的味道。
***Can** you **smell** the ocean?* 你能聞到海洋的氣味嗎？

> **⚠ 注意**
>
> 這類句子中通常用 can 或 could。例如，通常説 I can smell gas.（我聞到了煤氣味。）而不是 ~~I smell gas.~~。不要用進行時形式。不要説 ~~I am smelling gas.~~。

---

so

so 有好幾種不同的用法。

1 返指

so 可用在 do 後面返指已經提到的動作。

例如，可以説 He crossed the street. As he **did so**, he whistled.（他穿過了街道。過街時，他吹着口哨。）代替 He crossed the street. As he crossed the street, he whistled.。

*He went to close the door, falling over as he **did so**.* 他去關門時摔了一跤。
*A signal which should have turned red failed to **do so**.* 一個應該變紅的信號燈沒有變。

so 可用在 if 後面構成條件從句。例如，可以説 Are you hungry? **If so**, we can eat.（你餓了嗎？餓的話，我們可以吃了。）代替 Are you hungry? If you are hungry, we can eat.。

*Do you enjoy romantic films? **If so**, you will love this movie.* 你喜歡浪漫電影嗎？喜歡

的話，你會愛看這部電影的。

*Have you finished? **If so**, put your pen down.* 你們做完了嗎？如果做完了，請放下筆。

so 常常用在 think 或 expect 之類的引述動詞後面，尤其是在回覆某人說的話時。例如，如果某人說 Is Alice at home?（愛麗斯在家嗎？），可以回覆說 I **think so**.（我想是的。），意思是 I think Alice is at home.（我認為愛麗斯在家。）。

*'Are you all right?' – 'I **think so**.'* "你沒事吧？"——"我想是的。"
*'Will he be angry?' – 'I **don't expect so**.'* "他會生氣嗎？"——"我想不會。"
*'Is it for sale?' – 'I **believe so**.'* "這個東西賣嗎？"——"我想是的。"

最常與 so 連用的引述動詞有 believe、expect、hope、say、suppose、tell 以及 think。

☞ 見 believe, expect, hope, say, suppose, tell, think

so 也以同樣的方式用在 I'm afraid 後面。

*'Do you think you could lose?' – '**I'm afraid so**.'* "你覺得你會輸嗎？"——"恐怕會的。"

☞ 見 afraid – frightened

也可用 so 表示剛說到的一個人或物的情況也適用於另一個。把 so 放在句首，後接 be、have、助動詞或情態詞，然後是句子的主語。

*His shoes are brightly polished; **so is his briefcase**.* 他的鞋擦得很亮；他的公事包也是。

*Yasmin laughed, and **so did I**.* 亞斯明笑了，我也是。

*'You look upset.' – '**So would you** if you'd done as badly as I have.'* "你看起來很難過。"——"如果你做得和我一樣糟糕，你也會的。"

2 用於強調

可用 so 來強調形容詞。例如，可以說 It's **so cold** today.（今天真冷啊。）。

*I've been **so busy**.* 我太忙了。

*These games are **so boring**.* 這些遊戲太無聊了。

但是，如果形容詞位於名詞前面，要用 such，不用 so。例如，要說 It's **such a cold day** today.（今天真是寒冷的一天。）。

*She was **so nice**.* 她人真好。

*She was **such a nice girl**.* 她是一位非常好的女孩子。

*The children seemed **so happy**.* 孩子們看起來非常快樂。

*She seemed **such a happy woman**.* 她似乎是一個非常幸福的女人。

☞ 見 such

如果形容詞位於 the、this、that、these、those 或所有格之後，不要用 so 或 such。例如，不要說 ~~It was our first visit to this so old town.~~，而要說 It was our first visit to **this very old town**.（這是我們第一次遊覽這個非常古老的小鎮。）。

*He had recovered from **his very serious illness**.* 他從重病中恢復過來了。

*I hope that **these very unfortunate people** will not be forgotten.* 我希望這些不幸的人們不會被遺忘。

也可用 so 對副詞進行強調。

*I sleep **so well**.* 我睡得很好。
*Time seems to have passed **so quickly**.* 時間似乎很快就過去了。

3 so...that 用於提及結果

so 用在形容詞前面，在形容詞後面用 *that*-從句，表示如此……以致……。

*The crowd was **so** large **that it overflowed the auditorium**.* 人太多了，禮堂容納不下。
*We were **so** angry **we asked to see the manager**.* 我們氣得要求見經理。

! 注意

第二個分句中不要用 so。例如，不要説 ~~We were so angry so we asked to see the manager.~~。

so 也可按同樣方式用在副詞前面。

*He dressed **so** quickly **that he put his boots on the wrong feet**.* 他穿得太快，結果把靴子穿錯了腳。
*She had fallen down **so** often **that she was covered in mud**.* 她連續摔跤，弄得渾身是泥。

在含有形容詞的名詞短語前面可以用 such 代替在形容詞前面使用 so。例如，可以説 It was **such an old car** that we decided to sell it.（這輛車太舊了，我們決定賣掉它。）代替 The car was so old that we decided to sell it.。

*The change was **so gradual** that nobody noticed it.* 變化非常緩慢，因此沒人注意到。
*This can be **such a gradual process** that you are not aware of it.* 這可能是一個非常緩慢的漸進過程，因此你不會意識到。

可以用 so、and so 或 so that 引出一個剛提到的情況的結果。

*He speaks very little English, **so** I talked to him through an interpreter.* 他只會説一點點英語，所以我通過傳譯員跟他談話。
*There was no answer **and so I** asked again.* 沒人回答，所以我又問了一遍。
*My suitcase had been damaged, **so that** the lid would not close.* 我的手提箱已經損壞，所以蓋子關不上了。

---

4 目的從句中的 so that

so that 也可用於表示為了特定目的做某事。

*He has to earn money **so that** he can pay his rent.* 他必須賺錢以便能支付房租。

---

so – very – too

so、very 和 too 都可用於加強形容詞、副詞或 much、many 等這些詞的語氣。

1 very

very 只是一個強化詞，沒有其他詞義。

*The room was **very** small.* 房間非常小。
*We finished **very** quickly.* 我們很快就完成了。

☞ 見 very

2 so

so 可以表明説話者的情感，比如愉快、驚訝或失望。

*Juan makes me **so** angry!* 胡安使我太生氣了！
*Oh, thank you **so** much!* 哦，太感謝你了！

so 也可前指由 that 引導的結果從句。

*The traffic was moving **so** slowly that he arrived three hours late.* 來往車輛非常緩慢，因此他來晚了3個小時。

3 too

too 表示太、過於。

*The soup is **too salty**.* 湯太鹹了。
***She wears too** much make-up.* 她粧化得太濃。

too 可與 *to*-不定式或 for 連用，表示太……以致不能……。

*He was **too** late to save her.* 他想救她，但為時已晚。
*The water was **too** cold for swimming.* 水太冷，不能游泳。

☞ 見 too

---

soccer
☞ 見 football

---

social – sociable

1 social

形容詞 social 用在名詞前面，通常表示社會的。

*We collect statistics on crime and other **social** problems.* 我們收集關於犯罪和其他社會問題的統計資料。
*They discussed the government's **social** and economic policy.* 他們討論了政府的社會和經濟政策。

social 也表示社交的、交際的。

*We've met at **social** and business functions.* 我們在社交和商業聚會上見過面。
***Social** networking sites such as Facebook and Twitter became incredibly popular.* 諸如臉書和推特這樣的社交網站變得極受人歡迎。

2 sociable

不要用 social 表示好交際的、合群的。要用 sociable。

*Kaito was an outgoing, **sociable** man.* 海東是個性格外向、喜歡交際的人。
*She's very **sociable** and has lots of friends.* 她很擅於交際，有很多朋友。

society

1 用作不可數名詞

society 表示人類社會。

*Women must have equal status in **society**.* 婦女在社會上必須有平等地位。
*The whole structure of **society** is changing.* 整個社會結構正在改變。

society 作此解時,前面不要用 a 或 the。

2 用作可數名詞

society 表示(一個國家的)社會。

*We live in a multi-cultural **society**.* 我們生活在一個多元文化的社會。
*Industrial **societies** became increasingly complex.* 工業社會變得越來越複雜了。

society 也指學會、協會、社團。

*The gardens are owned by the Royal Horticultural **Society**.* 這些花園由英國皇家園藝學會擁有。
*He was a member of the National **Society** of Film Critics.* 他是國家影評人協會會員。

---

some

1 用作限定詞

some 用在名詞的複數形式前面,表示一些。

***Some children** were playing in the yard.* 一些孩子在院子裏玩。
*I have **some important things** to tell them.* 我有一些重要事情要告訴他們。

some 也可用在不可數名詞前面,表示某物的一定數量。

*She had a piece of pie and **some coffee**.* 她吃了一塊餡餅,喝了一點咖啡。
*I have **some information** that might help.* 我有一些資料,可能會有助說明。

如果 some 用在名詞的複數形式前面,動詞要用複數形式。

*Some cars **were** damaged.* 一些車輛被毀。
*Here **are** some suggestions.* 這裏有一些建議。

如果 some 用在不可數名詞前面,動詞要用單數形式。

*Some action **is** necessary.* 有些行動是必要的。
*There**'s** some cheese in the fridge.* 冰箱裏有一些芝士。

> **! 注意**
>
> 不要把 some 用作否定句賓語的一部份。例如,不要說 ~~I don't have some money.~~,而要說 I don't have **any** money.(我一點錢都沒有。)。
>
> *I hadn't had **any** breakfast.* 我沒吃早餐。
> *It won't do **any** good.* 它沒有任何好處。

2 用作數量詞

some of 用在以 the、these、those 或所有格開頭的複數名詞短語前面,表示屬於特定群體的一些人或物。

Some of the smaller companies *have gone out of business.* 一些小公司停業了。
Some of these people *have young children.* 這些人中有些有小孩。
We read ***some of Edgar Allen Poe's stories****.* 我們讀了數本埃德加•愛倫•坡的小説。

some of 用在以 the、this、that 或所有格開頭的單數名詞短語之前,表示某物的一部份。

We did ***some of the journey*** *by bus.* 我們在部份旅程中坐了巴士。
He had lost ***some of his money****.* 他遺失了一些錢。

some of 可以像這樣用在複數或單數代詞前面。

Some of these *are mine.* 其中一些是我的。
Some of it *is very interesting.* 其中有些非常有趣。

some of 後面不能用 we 或 they。要用 us 或 them。

Some of us *found it difficult.* 我們中的一些人發現這很難。
Some of them *went for a walk.* 他們中的一些人去散步了。

3 用作代詞

some 本身可作複數或單數代詞。

Some activities are very dangerous and ***some*** *are not so dangerous.* 有些活動非常危險,而有些則不那麼危險。
'You'll need some graph paper.' – 'Yeah, I've got ***some*** *at home.'* "你會需要一些方格紙。" —— "是的,我家裏有一些。"

4 用於疑問句

在疑問句裏,可用 some 或 any 作賓語的一部份。要求某人確認某事為真時,用 some。例如,如果你認為某人想問你一些問題,可以説 Do you have **some** questions?(你有問題想問嗎?)。但是如果不知道某人是否想問問題,可説 Do you have **any** questions?(你有問題嗎?)。

Sorry – have I missed out ***some*** *names?*(對不起 —— 我是不是漏掉了一些名字?)
Were you in ***any*** *danger?* 你當時有危險嗎?

5 持續時間

some 可與 time 或 hours、months 之類的詞連用,表示某事持續相當長的時間。

You will be unable to drive for ***some time*** *after the operation.* 手術過後有一段時間你不能開車。
I did not meet her again for ***some years****.* 我有好些年沒有再見到她。

不要用 some 指相當短的時間。要説 a short time,或在 hours、months 這樣的詞前面使用 a few。

Her mother died only ***a short time*** *later.* 她母親不久後就死了。
You'll be feeling better in ***a few days****.* 你過數天就會感覺好一點的。

someone – somebody

1 用於陳述句

someone 或 somebody 表示某人、有人。

*Carlos sent **someone** to see me.* 卡洛斯派了一個人來見我。
*There was an accident and **somebody** got hurt.* 發生了一宗事故，有人受了傷。

someone 和 somebody 之間在詞義上沒有區別，但是 somebody 在英語口語裏更常見，而 someone 更常用在英語書面語中。

> **！注意**
>
> someone 或 somebody 通常不用作否定句賓語的一部份。例如，不要説 I don't know someone who lives in York.，而要説 I don't know **anyone** who lives in York.（住在約克的人我一個都不認識。）。
>
> *There wasn't **anyone** there.* 那裏一個人也沒有。
> *There wasn't much room for **anybody** else.* 沒有多少空間留給任何人。

2 用於疑問句

在疑問句裏，someone、somebody、anyone 或 anybody 都可用作賓語的一部份。如果預期答覆是 yes，用 someone 或 somebody。

例如，如果你認為我遇到過某人，你可以問 Did you meet **someone**?（你是不是遇到了某人？）。如果不知道我是否遇到過某人，則可以問 Did you meet **anyone**?（你遇到甚麼人了嗎？）。

*Marit, did you have **someone** in your room last night?* 瑪麗特，昨晚你的房間裏是不是有個人？
*Was there **anyone** you knew at the party?* 聚會上有你認識的人嗎？

> **！注意**
>
> 在名詞的複數形式前面，someone 或 somebody 不能與 of 連用。例如，不要説 Someone of my friends is an artist.，而要説 **One of** my friends is an artist.（我的一個朋友是藝術家。）。
>
> ***One of his classmates** won a national poetry competition.* 他的一個同班同學贏得了全國詩歌大賽。
> *'Where have you been?' **one of them** asked.* "你到哪裏去了？"其中一個人問道。

3 some people

someone 和 somebody 沒有複數形式。如果想指一些人，可用 some people。

***Some people** tried to escape through a window.* 有些人試圖從窗戶逃走。
*This behaviour may be annoying to **some people**.* 這種行為可能會使某些人感到惱火。

someplace

☞ 見 somewhere

something

1 用於陳述句

something 表示某物、某事。

*I saw **something** in the shadows.* 我在陰影中看見一樣東西。
*There's **something** strange about her.* 她身上有種怪怪的東西。

> **！注意**
>
> something 通常不用作否定句賓語的一部份。例如，不要説 ~~We haven't had something to eat.~~，而要説 We haven't had **anything** to eat. （我們還沒吃過任何東西。）。
>
> *I did not say **anything**.* 我甚麼都沒説。
> *He never seemed to do **anything** at all.* 他好像從來甚麼事情都不做。

2 用於疑問句

在疑問句中，something 或 anything 可用作賓語的一部份。如果預期答覆是 yes，可用 something。例如，如果你認為我找到了某物，你可以問 Did you find **something**？（你是不是找到了某物？）。如果不知道我是否找到了某物，則可以問 Did you find **anything**？（你找到甚麼了嗎？）。

*Has **something** happened?* 是不是發生了甚麼事？
*Did you buy **anything**?* 你買東西了嗎？

sometimes – sometime

1 sometimes

sometimes 用於表示有時、不時。

*The bus was **sometimes** completely full.* 那輛公共汽車有時會客滿。
***Sometimes** I wish I was back in Africa.* 有時我希望自己回到了非洲。

☞ 關於表示頻率的分級詞彙清單，見 Adverbs and adverbials

2 sometime

不要混淆 sometimes 和 sometime。sometime 表示（在過去或將來的）某個時間。

*Can I come and see you **sometime**?* 我可以改天來見你嗎？

sometime 常常書寫成 some time。

*He **died some** time last year.* 他在去年的某個時候死了。

somewhat

☞ 見 fair – fairly

somewhere

somewhere 表示在某處。

*They live **somewhere** near Brighton.* 他們住在靠近布萊頓的一個地方。
*I'm not going home yet. I have to go **somewhere** else first.* 我還不準備回家。我要先去別的地方。

> ### ⚠ 注意
>
> somewhere 通常不用於否定句。例如，不要説 I can't find my hat somewhere.，而要説 I can't find my hat **anywhere**.（我到處都找不到我的帽。）。
>
> *I decided not to go **anywhere** at the weekend.* 我決定週末不去任何地方。
> *I haven't got **anywhere** to sit.* 我沒有坐的地方。
>
> 在疑問句裏，可以用 somewhere 或 anywhere。如果預期答覆是 yes，通常用 somewhere。例如，如果你認為我今年夏天要去度假，你可以問 Are you going **somewhere** this summer?（你是不是今年夏天要去哪裏？）。如果不知道我是否會去度假，則可以問 Are you going **anywhere** this summer?（你今年夏天要到哪裏去？）。
>
> *Are you taking a trip **somewhere**?* 你是不是要去某個地方旅行？
> *Is there a spare seat **anywhere**?* 哪裏有空座位？

 有些美國人用 someplace 代替 somewhere。

*She had seen it **someplace** before.* 她以前在甚麼地方看到過這個。
*Why don't you boys sit **someplace** else?* 你們這些男孩子為甚麼不去坐在別的地方？

someplace 有時寫成 some place。

*Why don't we go **some place** quieter?* 我們為甚麼不去一個安靜點的地方？

---

soon

1 談論將來

soon 表示（從現在起）很快、不久。

*Dinner will be ready **soon**.* 晚餐很快就好了。
*He may very **soon** be leaving the team.* 他可能不久就會離開球隊。

2 談論過去

soon 表示（某事發生後）很快、不久。

*The mistake was very **soon** corrected.* 錯誤很快得到了糾正。
*The situation **soon** changed.* 情況很快發生了變化。

3 在句子中的位置

▶ soon 常常放在句首或句末。

***Soon** unemployment will start rising.* 很快失業率將會上升。
*I will see you **soon**.* 我馬上就要見到你了。

▶ 也可把 soon 放在動詞短語中的第一個助動詞後面。例如，可以説 We will soon be home.（我們很快就到家了。），而不要説 ~~We soon will be home.~~。

*It **will soon be** Christmas.* 聖誕節很快就要到了。
*The show **was soon being watched** by more than 16 million viewers.* 節目的觀眾很快就超過了 1,600 萬。

▶ 如果沒有助動詞，soon 放在動詞前面，除非動詞是 be。

*I **soon forgot** about our conversation.* 我很快就忘了我們的談話。
*I **soon discovered** that this was not true.* 我很快就發現這不是真的。

如果動詞是 be，要把 soon 放在其後面。

*She **was soon** asleep.* 她很快就睡着了。

4 how soon

how soon 用於表示多快、多久。

***How soon** do I have to make a decision?* 多快我必須作出決定？
***How soon** are you returning to Paris?* 你多久以後回巴黎？

5 as soon as

as soon as 表示一……就……。

***As soon as** she got out of bed, the telephone stopped ringing.* 她剛從牀上起來，電話鈴就不響了。
***As soon as** we get the tickets, we'll send them to you.* 我們一拿到票就給你送過去。

sorry

sorry 或 I'm sorry 用作道歉。

*'You're giving me a headache with that noise.' – '**Sorry**.'* "你的那個吵鬧聲讓我頭痛。" —— "對不起。"
***I'm sorry** I'm so late.* 對不起我遲到了。

> **!** 注意
> sorry 是形容詞，不是動詞。不要説 ~~I sorry~~。

☞ 見主題條目 Apologizing
☞ 見 regret – be sorry

sort

sort 用作名詞，表示種類、類別。sort 是可數名詞。在 all 和 several 之類的詞後面，要用 sorts。

*There are all **sorts** of reasons why this is true.* 有各種各樣的理由説明這是真的。
*They sell several **sorts** of potatoes.* 他們出售好幾種馬鈴薯。

sorts of 後面既可用名詞的單數形式，也可用複數形式。例如，可以説 They sell most sorts of **shoes**.（他們出售大多數種類的鞋。），或者 They sell most sorts of **shoe**.。單數形式更正式。

*There were five different sorts of **biscuits**.* 有5種不同類別的餅乾。
*They attract two main sorts of **investor**.* 他們吸引兩大類投資者。

sort of 後面用名詞的單數形式。

*I know you're interested in this sort of **thing**.* 我知道你對這種事情感興趣。
*'What sort of **car** did she get?' – 'A sports car.'* "她得到了甚麼樣的汽車？"——
"一輛跑車。"

在談話中，these 和 those 常常與 sort 連用。例如，人們會說 I don't like these sort of jobs.（我不喜歡這種工作。）或 I don't like those sort of jobs.（我不喜歡那種工作。）。這種用法通常被認為是錯誤的。應該説 I don't like **this sort of job**. 或 I don't like **that sort of job**.。

*They never fly in **this sort of weather**.* 他們在這種天氣下從來不起飛。
*I've had **that sort of experience** before.* 我以前有過那種經歷。

在比較正式的英語裏，也可以説 I don't like jobs **of this sort**.（我不喜歡這類工作。）。

*A device **of that sort** costs a lot of money.* 那種裝置要花很多錢。

名詞後面也可用 like this、like that 或 like these。例如，可以説 weather **like this**（像這樣的天氣）代替 this sort of weather（這種天氣）。

*I don't know why people say things **like that**.* 我不知道人們為甚麼説這樣的話。
*Cafes **like thes**e are found in every town in Britain.* 像這樣的咖啡館在英國的每個鎮上都有。

kind 的用法與 sort 相同。

☞ 見 kind

也可用 sort of 來模糊或不確定地描述某物，表示有點、有幾分。

☞ 見 sort of – kind of

---

sort of – kind of

在談話和不太正式的書面語中，人們把 sort of 或 kind of 用在名詞前面，表示某物可以被描述成一個特定的事物。

*It's a **sort of** dictionary of dictionaries.* 那可以説是一本詞典中的詞典。
*I'm a **kind of** anarchist, I suppose.* 我想，我多少是個無政府主義者吧。

sort of 或 kind of 也用在形容詞、動詞和其他詞類前，表示有點、有幾分，或不表示甚麼具體的意義。

*I felt **kind of** sorry for him.* 我有點為他感到惋惜。
*I've **sort of** heard of him, but I don't know who he is.* 我對他略有所聞，但不知道他是誰。

---

sound

1 sound

描述聽到的聲音時，可把 sound 作動詞用在形容詞短語前面。

*The helicopter **sounded worryingly close**.* 直升機聽起來離很近，令人擔憂。

*The piano **sounds really beautiful**.* 這部鋼琴的聲音真的很漂亮。

sound 也可用在形容詞短語前面，描述某人説話時給人留下的印象。

*Jose **sounded a little disappointed**.* 何塞聽起來有點失望。
*I don't know where she comes from, but she **sounds foreign**.* 我不知道她來自哪裏，但她聽起來像是外國人。

也可用 sound 描述對剛聽到或讀到的某人或某物的印象。

*'They have a little house in the mountains.' – 'That **sounds nice**.'* "他們在山裏有一間小屋。" —— "聽起來不錯。"
*The instructions **sound a bit complicated**.* 指令聽起來有點複雜。

> **！ 注意**
>
> 不要用進行時形式。例如，不要説 ~~That is sounding nice.~~。
> sound 後面要接形容詞，不接副詞。不要説 ~~That sounds nicely.~~。

2 sound like

可以用 sound like 加名詞短語，表示某物的聲音聽起來像另一個聲音。

*The bird's call **sounds like a whistle**.* 這隻鳥的叫聲聽起來像吹口哨。
*Her footsteps **sounded like pistol shots**.* 她的腳步聲聽起來像手槍射擊。

也可用 sound like 加名詞短語，表示某人説話的聲音聽起來像另外一個人。

*He **sounded like a little boy being silly**.* 他聽起來像一個傻小子。
*Stop telling me what to do – you **sound** just **like my mother**.* 不要對我指手畫腳 —— 你的口氣就像我媽媽一樣。

sound like 加名詞短語可用於表示通過聲音可以辨認出聽到的是甚麼。

*They were playing a piece that **sounded like Mozart**.* 他們在演奏一首聽起來像是莫札特的曲子。
*Someone left a message – it **sounded like your husband**.* 有人留了個口信 —— 聽起來像是你丈夫。

也可用 sound like 加名詞短語表示對某人剛向你描述的事情的看法。

*That **sounds like a lovely idea**.* 那聽起來是個好主意。
*It **sounds like something we should seriously consider**.* 這聽起來像是我們應該認真考慮的東西。

---

sound – noise

1 用作可數名詞

sound 表示聲音。noise 表示噪音或意外的聲響。

*A sudden **noise** made Bela jump.* 突然的聲響使貝拉跳了起來。
*The birds were making screeching **noises**.* 那些鳥在發出尖叫聲。

2 用作不可數名詞

sound 和 noise 都可以作不可數名詞。

sound 泛指聲音。

*The aircraft could go faster than the speed of **sound**.* 這架飛機的速度可以超過音速。

> **！注意**
>
> sound 用作此解時，不要説 the sound。
>
> much 或 a lot of 這類表達式不能與 sound 連用。例如，不要説 ~~There was a lot of sound.~~，而要説 There was **a lot of noise**.（噪音很大。）。
>
> *Is that the wind making **all that noise**?* 是不是風在發出那麼大的噪音？
>
> *Try not to make **so much noise**.* 盡量不要發出那麼大的聲音。

south

1 south

south /saʊθ/ 表示南、南方。

*From the hilltop you can see the city to the **south**.* 在山頂上可以看到南面的城市。
*To the **south**, an hour's drive away, was the coast.* 在南面，一個小時車程遠的地方是海岸。

south wind 表示南風。

*A warm **south** wind was blowing.* 正吹着溫暖的南風。

south 表示（某地的）南部。

*Antibes is in the **south** of France.* 昂蒂布在法國的南部。

south 是某些國名、州名和地區名稱的一部份。

*I am from the Republic of **South Korea**.* 我來自南韓。
*She is a senator from **South Carolina**.* 她是一位來自南卡羅來納州的參議員。

2 southern

通常不用 south part 表示一個國家或地區的南部，要用 southern /'sʌðən/ part。

*The island is near the **southern** tip of South America.* 該島位於南美洲的南端附近。
*The **southern** part of England is more heavily populated.* 英格蘭南部的人口更稠密。

不要説 ~~south England~~ 或 ~~south Europe~~。要説 **southern** England（英格蘭南部）或 **southern** Europe（南歐）。

*Granada is one of the great cities of **southern** Spain.* 格拉納達是西班牙南部的大城市之一。

southwards – southward

☞ 見 -ward – -wards

souvenir – memory

1 souvenir

souvenir /suːvəˈnɪə/ 表示紀念品。

*He kept the spoon as a **souvenir** of his journey.* 他保存了一把調羹作為旅行的紀念品。

*They bought some **souvenirs** from the shop at the airport.* 他們在機場的商店買了一些紀念品。

2 memory

不要用 souvenir 來談論記憶中的事情，要用 memory。

*One of my earliest **memories** is my first day at school.* 我最早的記憶之一是我上學的第一天。

*She had no **memory** of what had happened.* 她不記得發生過甚麼事了。

memory 表示記憶力。

*He's got a really good **memory** for names.* 他對名字的記憶力非常好。

*Meeting him as a child really stands out in my **memory**.* 小時候遇見過他這件事我仍然記憶猶新。

---

speak – say – tell

1 speak

speak 表示説話。speak 的過去式是 spoke，-ed分詞是 spoken。

*They **spoke** very enthusiastically about their trip.* 他們熱情洋溢地談了他們的旅行。

*I've **spoken** to Raja and he agrees with me.* 我對拉賈説過了，而他同意我的看法。

2 say

不要用 speak 轉述某人説的話。例如，不要説 He spoke that the doctor had arrived.，而要説 He **said** that the doctor had arrived.（他説醫生到了。）。

*I **said** that I would like to teach English.* 我説我想教英語。

*He **said** it was an accident.* 他説那是個意外。

3 tell

如果不但提及所説的話而且提及談話的對方，要用 tell。

*He **told** me that he was a farmer.* 他告訴我他是一個農夫。

*I **told** her what the doctor had said.* 我把醫生説的話告訴了她。

☞ 見 say, tell

4 talk

☞ 見 speak – talk

---

speak – talk

speak 和 talk 的詞義非常接近，但在用法上有所不同。

1 speaking 和 talking

通常用 be speaking 表示某人正在說話。

*Please be quiet when I **am speaking**.* 我在說話的時候請保持安靜。
*He **was speaking** so quickly I found it hard to understand.* 他說得非常快，我感到很難聽懂。

但是，如果兩個或兩個以上的人在交談，通常用 be talking 表示，而不用 be speaking。

*I think she was listening to us while we **were talking**.* 我認為她當時在聽我們說話。
*They sat in the kitchen drinking and **talking**.* 他們坐在廚房裏喝酒聊天。

2 與 to 和 with 連用

可以用 speak to 或 talk to someone 表示和某人交談。

*I saw you **speaking to** him just now.* 我看見你剛才在跟他說話。
*I enjoyed **talking to** Ana.* 我喜歡和安娜交談。

也可以說 **speak with** 或 **talk with** someone。這種用法在美式英語裏特別常見。

*He **spoke with** his friends and told them what had happened.* 他和他的朋友們談了，並把所發生的事告訴了他們。
*I **talked with** his mother many times.* 我和他母親談過多次。

打電話時詢問是否可以和某人說話用 speak to。不用 talk to。

*Hello. Could I **speak to** Sue, please?* 喂。我可以請蘇聽電話嗎？

3 與 about 連用

speak about 表示向一群人談論某事，比如在一個講座上。

*I **spoke about** my experiences at University.* 我談了我在大學的經歷。
*She **spoke** for twenty minutes **about** the political situation.* 她對政治形勢談了20分鐘。

在談話中，可用 be talking about 指某人正在說的內容。

*You know the book I'**m talking about**.* 你知道我說的那本書。
*I think he **was talking about** behaviour in the classroom.* 我想他是在談論教室裏的行為。

可用 **what** someone **is talking about** 泛指某人正在說的話。

*'I saw you at the concert.' – '**What are** you **talking about**? I wasn't there!'* "我在音樂會上看到你了。"——"你在說甚麼？我不在那裏！"

如果兩個或兩個以上的人在討論某事，可用 be talking about something 表示。不要說 be speaking about something。

*The men **were talking about** some medical problem.* 這些男人正在談論某個醫學問題。
*Everybody **will be talking about** it at school tomorrow.* 明天學校裏人人都會談論這件事。

4 語言

（會）說一種語言用 speak 或 can speak 表示。

*They **spoke** fluent English.* 他們説流利的英語。
*How many languages **can** you **speak**?* 你能説多少種語言？

不要説 talk a language。

> **!** **注意**
>
> 談論某人説某種語言的能力時，不要用 in，也不要用進行時形式。例如，不能用 ~~She speaks in Dutch.~~ 或 ~~She is speaking Dutch.~~ 表示她會説荷蘭語。
> 如果聽見一些人在談話，可以用 Those people **are speaking in** Dutch.（那些人在説荷蘭語。）或 Those people **are talking in** Dutch. 那些人在用荷蘭語交談。）。
>
> *She heard them **talking in** French.* 她聽見他們在用法語交談。
> *They **are speaking in** Arabic.* 他們在説阿拉伯語。

spend – pass

1 spend

花費一段時間做某事可用 spend 表示。

*We **spent the evening** talking about art.* 我們整個晚上都在談論藝術。
*I was planning to **spend all day** writing.* 我正打算一天到晚寫作。

> **!** **注意**
>
> 不要説 spend...in doing、on doing 或 to do something。例如，不要説 ~~We spent the evening in talking about art.~~。
> spend 後接一段時間表示度過那段時間。
>
> *He **spent most of his time** in the library.* 他大部份時間是在圖書館裏度過的。
> *We found a hotel where we could **spend the night**.* 我們找到了一家可以過夜的旅館。
>
> 和某人一起度過一段時間也可用 spend 表示。
>
> *I **spent an evening** with David.* 我和大衛共度了一晚。

2 pass

通常不説 pass time doing something。例如，不要説 ~~We passed the evening talking about art.~~。

但是，可以用 pass the time 表示打發時間。

*He had brought a book along **to pass the time**.* 他帶了一本書來打發時間。
***To pass the time** they played games.* 他們玩遊戲消磨時間。

3 have

表示時間過得愉快，不能用 pass 或 spend，而要用 have。

*The kids are **having a good time** on the beach.* 孩子們在海灘上玩得很開心。

*We **had a wonderful time** visiting our friends.* 我們去拜訪朋友，過得非常愉快。

spite

☞ 見 in spite of – despite

spoil

☞ 見 destroy – spoil – ruin

spring

spring 表示春天、春季。

如果想表示某事在每年春天發生，可用 in spring 或 in the spring。

***In spring** birds nest here.* 春天鳥類在這裏築巢。
*Their garden is full of flowers **in the spring**.* 他們的花園在春天開滿鮮花。

> **! 注意**
> 不要説 ~~in the springs~~ 或 ~~in springs~~。

☞ 見參考部份 Days and dates

stack

☞ 見 heap – stack – pile

staff

staff 表示（全體）工作人員、職員。

*She was invited to join the **staff** of the BBC.* 她應邀去英國廣播公司任職。
*The police questioned all the hospital **staff**.* 警方詢問了醫院所有的工作人員。

在英式英語裏，staff 後面可用動詞的複數或單數形式。複數形式更常見。

*The staff **are** very helpful.* 工作人員非常幫忙。
*The teaching staff **is** well-qualified and experienced.* 師資隊伍是合資格和有經驗的。

 在美式英語裏，staff 通常後接單數形式。

*The hotel staff **was** friendly.* 酒店的員工很友好。
*Our staff **gets** bigger every year.* 我們的員工隊伍每年都在擴大。

☞ 關於集合名詞的説明，見 Nouns

> **! 注意**
> 不能用 ~~a staff~~ 表示一個職員，要用 a member of staff。
>
> *There are ten students to every **member of staff**.* 每十名學生有一名教師。
> *All **members of staff** are expected to attend meetings.* 所有員工都被要求出席會議。

stand

stand 通常作動詞，其過去式和和 -ed分詞是 stood。

1 說明某人的所在

stand 表示站立、站着。在標準英語裏，不能用 be stood 表示某人站在某處。

*Why **is** he **standing** in the middle of the road?* 他為甚麼站在路中央？
*She **was standing** at the bus stop.* 她站在巴士站旁。

2 說明某人的去向

stand 也用於表示移動到另一個地方站立。

*They **stood** to one side so that she could pass.* 他們站到一邊讓她過去。
*Come and **stand** next to me.* 過來站在我旁邊。

3 stand up

stand 有時用於表示站起來、起立。

*Everyone **stood** and applauded.* 每個人都站起來鼓掌。

但是，通常用 stand up 表示起立。

*The children are supposed to **stand up** when the teacher comes into the room.* 老師進入教室時，孩子們應該起立。
*I put down my glass and **stood up**.* 我放下玻璃杯站了起來。

---

stare

☞ 見 gaze – stare

---

start – begin

1 與名詞短語連用

start 或 begin 表示開始。兩者的詞義沒有區別。

*My father **started** work when he was fourteen.* 我父親14歲時開始工作。
*We'll **begin** the meeting as soon as he arrives.* 他一到我們就開始開會。

begin 的過去式是 began，-ed分詞是 begun。

*The teacher opened the book and **began** the lesson.* 老師打開書開始上課。
*The company **has begun** research on a new product.* 公司已開始研製一個新產品。

2 與其他動詞連用

start 和 begin 後面可用 to-不定式或 -ing形式。

*Rafael **started to run**.* 拉斐爾開始奔跑。
*He **started laughing**.* 他開始大笑。
*I **was beginning to feel** better.* 我開始覺得好一點了。
*We **began talking** about our experiences.* 我們開始談論自己的經歷。

> **!** 注意
>
> starting 或 beginning 後面不能用 -ing形式。例如，不要説 ~~I'm beginning understanding more.~~，而必須説 I'm beginning to understand more.（我開始了解得更多了。）。

3 用作不及物動詞

start 和 begin 可作不及物動詞，表示（某事從一個特定時間）開始。

*The show **starts** at 7.* 表演7時開始。

*My career as a journalist was about to **begin**.* 我的記者生涯即將開始。

4 start 的特殊用法

start 有一些特殊詞義。這些詞義不能用 begin 表達。

start 用於表示開動、發動。

*She **started** her car and drove off.* 她發動汽車，然後開車離去。

*He couldn't get the engine **started**.* 他沒法發動引擎。

start 用於表示開辦、創辦。

*He borrowed money to **start** a restaurant.* 他借錢開了一家餐廳。

*Now is a good time to **start** your own business.* 現在是你創業的好時機。

---

stationary – stationery

stationary 和 stationery 都讀作 /'steɪʃənəri/。但是，它們的詞義完全不同。

1 stationary

stationary 是形容詞，表示靜止的。

*There was a **stationary** car in the middle of the street.* 在街的中央有一輛靜止不動的汽車。

*Only use the handbrake when your vehicle is **stationary**.* 只有在車輛靜止的時候才使用手刹車。

2 stationery

stationery 是名詞，表示文具。

*They sell books and **stationery**.* 他們出售書和文具。

*Get some envelopes from the office **stationery** cupboard.* 去到辦公室的文具櫃拿些信封。

---

statistics – statistical

1 statistics

statistics 表示統計資料。

*According to official **statistics**, 39 million Americans had no health insurance.* 根據官方統計資料，3,900萬美國人沒有醫療保險。

*The government will publish new unemployment **statistics** this week.* 本週政府將公佈新的失業統計數字。

statistics 作此解時是複數名詞。與動詞的複數形式連用。

*The statistics **are** taken from United Nations sources.* 這些統計數字源自聯合國。
*Statistics **don't** necessarily prove anything.* 統計資料不一定能證明甚麼。

statistics 還表示統計學。

*She is a Professor of **Statistics**.* 她是統計學教授。

statistics 作此解時是不可數名詞，與動詞的單數形式連用。.

*Statistics **has** never been taught here before.* 以前這裏從來不教統計學。

2 statistical

不能用 statistic 作形容詞表示統計的、統計學的。要用 statistical。

***Statistical** techniques are used to analyse the data.* 運用了統計技術來分析這些資料。
*The report contains a lot of **statistical** information.* 報告包含了大量統計資料。

---

stay

☞ 見 remain – stay

---

steal

steal表示偷竊、盜竊。

*He tried to **steal** a car from the car park.* 他企圖從停車場盜竊一輛汽車。
*She was accused of **stealing** a necklace.* 她被指控偷了一條項鏈。

steal的過去式是 stole，-ed分詞是 stolen。

*Armed raiders **stole** millions of dollars.* 武裝搶劫犯盜走了數百萬美元。
*My phone **was stolen** from my bag.* 我的手機從我的包裏被偷走了。

> **！注意**
>
> 談論被偷的物品時，用 steal 或 take。如果動詞的賓語是人或建築物，要用 rob。
> *I **had stolen my father's money**.* 我偷了我父親的錢。
> *I know who **took my watch**.* 我知道誰拿了我的手錶。
> *They **robbed him** and took his laptop.* 他們打劫他，搶走了他的筆記型電腦。
> *The gang were accused of **robbing a bank**.* 這夥人被指控搶劫銀行。

☞ 見 rob – steal

---

still

still 最常用於表示仍然、仍舊、還。

1 在句子中的位置

> ▶ 通常 still 放在動詞短語中第一個助動詞的後面。例如，可説 He **was still** waiting.
>   （他還在等待。），而不要説 He still was waiting.。

He **could still** get into serious trouble. 他仍然可能陷入嚴重的麻煩。
I**'ve still** got $10 left. 我還剩下10美元。

> ▶ 如果沒有助動詞，still 放在動詞的前面，除非動詞是 be。

She **still lives** in London. 她仍然住在倫敦。
I **still need** more money. 我仍然需要更多錢。

> ▶ 如果動詞是 be，still 放在 be 的後面。

She **was still** beautiful. 她仍然很漂亮。
There **is still** a chance the plan could fail. 計劃仍然有失敗的可能。

> ▶ 在談話中，still 有時放在句末。

We have a lot to do **still**. 我們還有很多工作要做。

不能把 still 用在句首表示這個意義。例如，不要説 Still we have a lot to do.。

2 與 even if 連用

still 常用在以 even if 或 even though 開頭的句子裏。

Even if they change the system, they've **still** got a problem to solve. 即使他們改變
系統，他們仍然還有一個問題需要解決。

☞ 見 even

3 用於否定句

still 可用於否定句表示強調。still放在句中的第一個助動詞之前。

I **still don't** understand. 我還是不懂。
I **still don't** know her name. 我仍然不知道她的名字。

不能在否定句中用 still 僅僅表示某事到目前為止還未發生。要用 yet。yet 位於 not 後
面或句末。

I haven't **yet** met his wife. 我還沒見過他的妻子。
It isn't dark **yet**. 天還沒有黑。

☞ 見 yet

---

sting – bite

1 sting

sting 通常作動詞，其過去式和 -ed分詞是 stung。

sting 表示叮、蜇。

Bees do not normally **sting** without being provoked. 蜜蜂不被激怒通常不會蜇人。
Felipe had been **stung** by a wasp. 費利佩被一隻黃蜂蜇了。

2 bite

不要用 sting 表示蚊子或螞蟻叮人，要用 bite。bite 的過去式和 -ed分詞是 bit 和 bitten。

*A mosquito landed on my arm and **bit** me.* 一隻蚊落在我的手臂上咬了我。
*An ant had **bitten** her on the foot.* 一隻螞蟻咬了她的腿。

蛇咬人也用 bite 表示。

*In Britain you are very unlikely to get **bitten** by a snake.* 在英國，被蛇咬的可能性很小。

stop

通常動詞 stop 用於表示停止、停下。stop 後面可用 *-ing*形式或 *to-*不定式，但意義不同。

1 stop doing

stop doing something 表示停止做某事。

*We all **stopped talking**.* 我們都停止了説話。
*He couldn't **stop crying**.* 他哭個不停。

2 stop to do

stop to do something 表示停止正在做的事以便做另一件事。例如，可以説 She **stopped to admire** the view.（她停下來欣賞風景。）。

*The man recognized him and **stopped to speak** to him.* 那個男人認出了他，然後停下來和他説話。
***I stopped to tie** my shoelace.* 我停下來繫鞋帶。

3 stop somebody doing something

可以用 **stop**...**doing** something 或 **stop**...**from doing** something 表示阻止⋯⋯做某事。

*They tried to **stop me coming**.* 他們試圖阻止我過來。
*How do you **stop a tap dripping**?* 如何使水龍頭不滴水？
*Nothing was going to **stop Elena from being a writer**.* 沒有甚麼能夠阻止埃琳娜成為一名作家。

> **！ 注意**
>
> 不要説 stop...to do something。例如，不要説 ~~How do you stop a tap to drip?~~。

store

☞ 見 shop – store

storey – floor

1 storey

storey 或 floor 表示樓層。如果想表示一幢建築物的樓層數量，通常用 storeys。

*They live in a house with **four storeys**.* 他們住在一幢四層樓的屋裏。
*The school is a **single-storey** building.* 該學校是一個單層建築物。

 storey 在美式英語裏的拼寫是 story。story 的複數是 stories。

*The hospital is a **six-story** building.* 該醫院是一個六層建築物。
*The hotel towers are each 30 **stories** high.* 這些酒店高塔每座都是30層樓高。

2 floor

如果談論的是建築物的特定樓層，通常用 floor，而不用 storey。不要用 storey 表示在某一樓層，而要用 floor。

*My office is on the second **floor**.* 我的辦公室在二樓。
*She rents a ground **floor** apartment.* 她租了一套底層單位。

---

story – storey

1 story

story 表示（虛構的）故事，其複數是 stories。

*Tell me a **story**.* 給我説個故事。
*Her **stories** about the boy wizard have sold millions of copies.* 她關於男孩巫師的故事賣出了數百萬冊。

真實的故事也可稱作 story。

*We sold the **story** of the expedition to the Daily Express.* 我們把探險故事賣給了《每日快報》。

 在美式英語裏，story 還表示樓層。

*The house was four **stories** high.* 這間屋有四層樓高。

2 storey

在英式英語裏，樓層叫做 storey。

*The house was three **storeys** high.* 這間屋有三層樓高。

☞ 見 storey – floor

---

strange – unusual

1 strange

strange 表示奇怪的。

*The **strange** thing was that she didn't remember anything about the evening.* 奇怪的是，她對那晚的事一點都不記得了。
*It was **strange** to hear her voice again.* 再次聽到她的聲音感到挺怪的。

2 unusual

如果想表示不常見的、罕見的，要用 unusual，而不是 strange。

*He had an **unusual** name.* 他有一個罕見的名字。
*It is **unusual** for such a small hotel to have a restaurant.* 這樣的一家小旅館有餐廳，

這是不尋常的。

---

stranger

stranger 表示陌生人。

*A **stranger** appeared.* 一個陌生人出現了。
*Antonio was a **stranger** to all of us.* 安東尼奧對我們所有人來説都是生人。

> **！注意**
>
> 不要用 stranger 指外國人。可以用 foreigner，但這個詞可能聽起來不太禮貌。比較好的説法是比如 someone **from abroad** 或 a person **from overseas**。
>
> *We have some **visitors from abroad** coming this week.* 我們有一些外國訪客這個星期要來。
> *Most universities have many postgraduate **students from overseas**.* 大多數大學都有很多來自海外的研究生。

---

street – road – lane

1 street

street 表示街道、大街，通常兩側有屋。

*The two men walked slowly down the **street**.* 兩個男人沿着大街慢慢走過去。
*They went into the cafe across the **street**.* 他們走進街對面的咖啡館。

2 road

road 是一個非常籠統的詞，表示（城鎮內或城鎮之間的）鋪面道路。road 幾乎可用在任何使用 street 的語境中。例如，可以説 They walked down the **street**.（他們沿着街道走去。）或 They walked down the **road**.。也可用 road 指鄉村的鋪面道路。

*The **road** to the airport was blocked.* 通往機場的道路被封鎖了。
*They drove up a steep, twisting **mountain road**.* 他們開上了一條蜿蜒陡峭的山路。

3 lane

lane 表示通常在鄉間的小路。

*There's a cottage at the end of the **lane**.* 在小路的盡頭有一間小屋。
*He rode his horse down a muddy **lane**.* 他騎着馬沿着泥濘的小路前行。

lane 也表示（高速公路等的）車道。

*She accelerated into the fast **lane**.* 她加速駛入了快車道。
*Are taxis allowed to use the bus **lane**?* 計程車允許使用公共汽車專用車道嗎？

---

strongly

談論人們的感情和態度時，strongly 表示強烈地。例如，strongly object to something 表示強烈反對某事。

*I feel very **strongly** that we have a duty to help.* 我非常強烈地感覺到我們有義務幫助。

*Supporters of Green parties are usually **strongly** against nuclear power.* 綠色政黨的支持者通常強烈反對核能。

可以說 strongly advise 或 strongly recommend，表示強烈建議或推薦。

*I **strongly advise** you to get someone to help you.* 我強烈建議你找人來幫助你。
*I would **strongly recommend** a Vitamin B supplement.* 我強烈推薦補充維生素B。

！注意

不要用 strongly 表示緊緊地、牢牢地。要用 tightly 或 firmly。

*He gripped the railing **tightly** in his right hand.* 他用右手緊緊抓住欄杆。
*He held her arm **firmly**.* 他緊緊地抓着她的手臂。

不要說 ~~work strongly~~。要說 work **hard**。

*He had worked **hard** all his life.* 他辛勤工作了一輩子。

---

student

1 student

在英式英語裏，student 通常指大學生。

*The doctor was accompanied by a medical **student**.* 醫生由一個醫科大學生陪着。
*They met when they were **students** at Edinburgh University.* 他們是在愛丁堡大學做學生時相遇的。

在美式英語裏，任何在學校讀書的人都可稱作 student。在英式英語裏，中小學學生有時也稱作 student。

*She teaches math to high school **students**.* 她教高中學生數學。
*Not enough secondary school **students** are learning a foreign language.* 學習外語的中學生不夠多。

2 schoolchildren

在英式英語裏，上中小學的孩子一般稱作 schoolchildren、schoolboys 或 schoolgirls。

*Each year the museum is visited by thousands of **schoolchildren**.* 每年有數以千計的中小學生參觀這個博物館。
*A group of **schoolgirls** were walking along the road.* 一群女學生正沿着道路行走。

3 pupils

在英國，在特定的中小學上學的孩子通常稱作 pupil。

*The school has more than 1,300 **pupils**.* 學校有1,300多名學生。
*Some **pupils**' behaviour was causing concern.* 一些學生的行為令人擔憂。

Grammar Finder 語法講解

The subjunctive 虛擬式

虛擬式（subjunctive）是一個通常被視為正式或老式的結構，在英語裏不太常見。使用虛擬式需要用動詞原形代替現在或過去時態，或代替 should 加動詞原形。

1 whether 和 though

虛擬式可在以 whether 開頭的條件從句或含有 though 的分句中代替現在時。

*The change must be welcomed, if only because it will come **whether it be** welcomed or not.* 這種變化必須受到歡迎，只是因為不管受不受歡迎它都會發生。

*The church absorbs these monuments, large **though they be**, in its own immense scope.* 雖然這些紀念碑體積很大，但教堂以其自身巨大的空間容納了它們。

2 that

提出建議或發出命令時，虛擬式可用於 *that*-從句。

*Someone suggested **that they break** into small groups.* 有人建議他們分成小組。

*It was his doctor who suggested **that he change** his job.* 是他的醫生建議他換一份工作的。

*He ordered **that the books be burnt**.* 他命令把書燒毀。

3 were 的虛擬用法

在書面語以及有時在談話中，were 用於代替條件從句中的 was，表示一種不存在或不太可能的情況。were 的這種用法也是一種虛擬用法。

***If I were** you I'd see a doctor.* 如果我是你，我會去看醫生。

*He would be persecuted **if he were** sent back.* 如果他被遣返，他將受到迫害。

***If I were** asked to define my condition, I'd say 'bored'.* 如果要我描述我的狀況，我會說「無聊」。

☞ 見 were

在以 as though 和 as if 開頭的分句中，were 也常常用來代替 was。

*You talk **as though he were** already condemned.* 你說話的口氣好像他已經被判死刑似的。

*Margaret looked at me **as if I were** crazy.* 瑪格麗特看着我，好像我瘋了一樣。

Grammar Finder 語法講解

Subordinate clauses 從句

1	從句	**6**	地點從句
2	狀語從句的位置	**7**	目的從句
3	讓步從句	**8**	原因從句
4	條件從句	**9**	結果從句
5	方式從句	**10**	時間從句

從句（subordinate clause）是一種為主句補充資料或使主句資料完整的分句。大多數從句以 because、if 或 that 之類的從屬連詞（subordinating conjunction）開頭。

很多從句是狀語從句（adverbial clause）。這些從句對事件的所處環境進行説明。不同類型的狀語從句在下面詳細論述。

☞ 關於其他類型的從句，見 Relative clauses, Reporting；見 -ing forms, -ed participles

1 狀語從句的位置

狀語從句通常緊接在主句後面。

*Her father died **when she was young**.* 她父親在她年幼時去世了。

*They were going by car **because it was more comfortable**.* 他們打算坐汽車去，因為更舒適。

但是，如果想把注意力引向狀語從句，大多數類型的狀語從句都可以放在主句前面。

***When the city is dark**, we can move around easily.* 當城裏黑下來以後，我們可以輕易四處走動。

***Although crocodiles are inactive for long periods**, on occasion they can run very fast indeed.* 雖然鱷魚長時間不活動，但有時的確可以跑得很快。

狀語從句偶爾也可放在另一個從句的中間，尤其是關係從句。

*They made claims which, **when you analyse them**, are not supported by facts.* 他們提出的指控，如果分析一下的話，沒有得到事實的支援。

2 讓步從句

讓步從句（concessive clause）包含一個與主句形成對照的事實。以下是用於引導讓步從句的主要連詞：

although	though	while
even though	whereas	whilst

*I used to read a lot **although I don't get much time for books now**.* 我過去常常讀很多書，儘管現在我沒有多少時間看書。

***While I did well in class**, I was a poor performer at games.* 雖然我在課堂上表現很好，但在玩遊戲時表現很差。

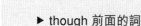 whilst 是一個正式的詞。美式英語裏只用 while，完全不用 whilst。

▶ though 前面的詞

在正式英語裏，補語可放在 though 前面進行強調。

例如，可以説 Ill though he was, he insisted on coming to the meeting.（雖然他生病了，但他堅持要來參加會議。）代替 Though he was ill, he insisted on coming to the meeting.。

***Astute businessman though he was**, Philip was capable of making mistakes.* 儘管菲力浦是精明的商人，但他也會犯錯誤。

*I had to accept the fact, **improbable though it was**.* 我不得不接受這個事實，雖然它未必是真的。

如果補語是形容詞，可用 as 代替 though。

Stupid as it sounds, *I was so in love with her that I believed her.* 儘管聽起來很愚蠢，但我如此愛她結果相信了她。

也可在 though 前面用 hard 或 bravely 等副詞。

We couldn't understand him, ***hard though we tried***. 我們不能理解他，儘管我們努力了。

▶ much as

談論強烈的感情或願望時，可用 much as 代替 although 和 very much。例如，可以説 Much as I like Venice, I couldn't live there.（雖然我很喜歡威尼斯，但我不能住在那裏。）代替 Although I like Venice very much, I couldn't live there.。

Much as he admired her, *he had no wish to marry her.* 雖然他很欣賞她，但他不想娶她。

3 條件從句

條件從句（conditional clause）用於談論可能的情況。主句中描述的事件取決於從句中描述的條件。條件從句通常以 if 或 unless 開頭。

☞ 見 if, unless

使用條件從句時，主句中常用情態詞（modal）。如果談論的是不存在的情況，則主句中始終要用情態詞。

If you weren't here, she ***would*** *get rid of me in no time.* 如果你不在這裏，她會立即把我打發走的。

If anybody had asked me, I ***could*** *have told them what happened.* 假如有人問過我，我會告訴他們發生了甚麼事的。

▶ 倒裝

在正式的口語和書面語裏，可用倒裝（inversion）代替 if 或 unless，也就是可以把動詞放在主語前面。例如，可以説 Had I been there, I would have stopped them.（如果當時我在那裏，我會阻止他們的。）代替 If I'd been there, I would have stopped them.。

Should ministers demand an enquiry, *we would accept it.* 如果部長們要求調查，我們會接受的。

▶ 祈使式

人們有時用祈使句後接 and 或 or 代替條件從句。例如，可以説 Keep quiet and you won't get hurt.（保持安靜的話，你就不會受到傷害。）代替 If you keep quiet, you won't get hurt.。

☞ 見主題條目 Advising someone, Warning someone

▶ 不常用的連詞

可用 provided、providing、as long as 或 only if 引導條件從句，表示主句所指情況的必要條件。

Ordering is quick and easy ***provided you have access to the internet***. 下訂單很快也很容易，條件是你可以連接互聯網。

As long as you write clearly *you don't have to learn any new typing skills.* 只要你書寫清楚，你不必學習新的打字技巧。

如果使用 only if，主句中的主語和動詞要倒裝。

*Only if these methods are followed correctly **will the results** be accurate*. 只有正確採用了這些方法，結果才能準確無誤。

為了表示一個情況不會受另一個可能情況的影響，用 even if。

Even if you've never studied English before, *you can take this course*. 即使你以前從來沒有學過英語，你也可以學習這門課程。

*I would have married her **even if she had been poor***. 即便她身無分文，我也會娶她的。

為了表示一個情況不會受任何其他可能情況的影響，用 whether 和 or。

*Some children always have a huge appetite, **whether they're well or sick, calm or worried***. 有些孩子總是有旺盛的食慾，無論他們身體健康還是有病，也不論他們心情平靜還是擔憂發愁。

為了表示一個情況不會受兩個相反可能性中任何一個的影響，可用 whether or not。

*A parent should talk over the child's problems with the teacher, **whether or not these problems are connected with school***. 家長應該和老師商量孩子的問題，不管這些問題是否與學校有關。

*He will have to pay the bill **whether he likes it or not***. 不管他喜不喜歡，他都必須付賬。

4 方式從句

方式從句（manner clause）描述某人的行為舉止或某事的完成方式。

下列連詞用於引導方式從句：

as	as though	the way
as if	like	

*I don't understand why he behaves **as he does***. 我不明白他為甚麼會有如此表現。

*Is she often rude and cross **like she's been this last month**?* 她是否經常像她上個月那樣粗魯和脾氣暴躁？

*Joyce looked at her **the way a lot of girls did***. 喬伊絲像很多女孩那樣看着她。

☞ 見 like – as – the way

as if 和 as though 用於表示似乎、好像、彷彿。注意，從句中用過去時態。

*Presidents can't dispose of companies **as if people didn't exist***. 總裁不能無視人的存在來處置公司。

*She treats him **as though he was her own son***. 她對待他就好像自己的兒子一樣。

在正式或文雅的英語裏，were 有時用來代替 was。

*He spoke **as though his father were already dead***. 他說起話來就好像他父親已經死了。

5 地點從句

地點從句（place clause）表示某物的處所或位置。地點從句通常以 where 開頭。

*He said he was happy **where he was***. 他說他在所處的地方很快樂。

*He left it **where it lay***. 他把它放在了原處。

wherever 用於表示無論甚麼地方。

*Flowers grew **wherever there was enough light**.* 有足夠光線的地方花就能生長。
***Wherever I looked**, I found patterns.* 無論我看甚麼地方，我都發現有圖案。

everywhere 可用於代替 wherever。

***Everywhere I went**, people were angry or suspicious.* 我無論走到哪裏，人們不是憤怒就是懷疑。

 在非正式的情況下，説美式英語的人也用 everyplace 代替 everywhere。

***Everyplace** her body touched the seat began to itch.* 她身體與座位接觸的每一個部位都開始發癢。

6 目的從句

<u>目的從句</u>（purpose clause）表示做某事的目的。最常見的目的從句是 *to-*不定式分句。

*All information in this brochure has been checked as carefully as possible **to ensure that it is accurate**.* 這本手冊中所有資料已經盡可能仔細檢查過，以確保準確無誤。
*Carol had brought the subject up simply **to annoy Sandra**.* 卡羅爾提起了那個話題，只是想惹惱桑德拉。

在正式的書面語和口語裏，常用in order後接 *to-*不定式分句來代替簡單的 *to-*不定式分句。

*They bought more land **in order to extend the church**.* 他們購買了更多土地以便擴建教堂。

也可用 so as 後接 *to-*不定式分句。

*We put up a screen **so as to let in the fresh air and keep out the flies**.* 我們裝了一道紗窗，以便讓新鮮空氣透進來，並把蒼蠅擋在外面。

⚠ 注意

表示否定的目的時，不能把 not 與簡單 *to-*不定式分句連用。例如，不能説 He ~~slammed on his brakes to not hit it.~~，而必須使用 to avoid 後接 *-ing*形式，或使用 in order 或 so as 後接 not 加 *to-*不定式。

*He had to hang on **to avoid being washed overboard**.* 他必須緊緊抓住，以免從船上跌入水中。
*I would have to give myself something to do **in order not to be bored**.* 為了避免無聊，我必須給自己一點事情做做。
*They went on foot, **so as not to be heard**.* 他們步行前往，以免被人聽見。

其他目的從句由 so、so that 或 in order that 引導。在這些目的從句中通常用情態詞。

*She said she wanted to be ready at six **so she could be out by eight**.* 她説她想在 6 時準備好，以便她 8 時能出去。
*I have drawn a diagram **so that my explanation will be clearer**.* 我畫了一個示意圖，這樣我的解釋會更清晰。
*Many people have to learn English **in order that they can study a particular subject**.* 很多人必須學習英語，目的是為了能研究某一學科。

---

7 原因從句

原因從句（reason clause）解釋某事發生或完成的原因，通常由 because、since 或 as 引導。

*I couldn't feel angry **because I liked him too much**.* 我沒辦法生氣，因為我太喜歡他了。

*I didn't know that she had been married, **since she seldom talked about herself**.* 我不知道她已經結婚了，因為她很少談論自己。

可用 in case 或 just in case 表示以防（萬一）。在原因從句中用一般現在時。

*I'll take my phone with me **just in case you need to contact me**.* 我會帶上我的手機，以防萬一你需要聯繫我。

談論某人過去做某事的原因時，原因從句中用一般過去時。

*Sam took a coat with him **in case it rained**.* 山姆帶了一件外套以防下雨。

8 結果從句

結果從句（result clause）表示事件或情況的結果，由連詞 so that 或 so 引導。結果從句始終位於主句之後。

*He persuaded Nichols to turn it into a film **so that he could play the lead**.* 他說服了尼克爾斯把它拍成電影，這樣他就可以演主角。

*The young do not have the money to save and the old are spending their savings, **so it is mainly the middle-aged who are saving money**.* 年輕人沒有錢可以存起來，而老年人在花費自己的積蓄，因此主要是中年人在存錢。

如果主句中用了 so 或 such，that-從句（有或沒有 that）也可用作結果從句。

*They were **so** surprised **they didn't try to stop him**.* 他們太吃驚了，以至於沒有試圖去阻止他。

*These birds have **such** small wings **that they cannot fly even if they try**.* 這些鳥的翅膀太小了，牠們即使想飛也飛不起來。

☞ 見 so

9 時間從句

時間從句（time clause）表示一個事件發生的時間。下列連詞用於引導時間從句：

after	once	till	whilst
as	since	until	
as soon as	the minute	when	
before	the moment	while	

*We arrived **as they were leaving**.* 我們到達時他們正要離開。
***When the jar was full**, he turned the water off.* 罐滿了以後，他把水關掉了。

關於上述詞語用法的進一步說明，見每一個詞的相關條目。

▶ 時間從句中的時態

談論過去或現在的時候，時間從句中動詞時態的用法就像在主句中的一樣。但是，如果時間從句指的是將來，則用一般現在時，不要用 will。

*As soon as I **get** back, I'm going to call my lawyer.* 我一回來就會打電話給我的律師。

*He wants to see you before he **dies**.* 他想在去世前見你一面。

如果時間從句中提及的事件發生在主句所指的事件之前，時間從句中用現在完成時，不要用 will have。

*We won't be getting married until we**'ve saved** enough money.* 我們存了足夠的錢才會結婚。

*Let me know as soon as you **have finished the report**.* 你一寫完報告就告訴我。

轉述關於這種事件的陳述或想法時，時間從句中用一般過去時或過去完成時。

*I knew he would come back as soon as I **was** gone.* 我知道我一走他就會回來的。

*He argued that violence would continue until political oppression **had ended**.* 他認為，暴力將持續到政治壓迫結束。

☞ 關於含 since 的時間從句中時態的用法説明，見 since

▶ 省略主語

如果主句和時間從句的主語相同，時間從句的主語有時省略，而分詞用作動詞。這種用法在正式英語裏尤其常見。

*I read the book **before going to see the film**.* 我看電影之前先讀了原作。

*The car was stolen **while parked in a London street**.* 汽車停在倫敦一條街上時被偷。

when、while、once、until 或 till 可用在名詞短語、形容詞詞組或狀語前面。

***While in Venice**, we went to the theatre every night.* 在威尼斯的時候，我們每天晚上都去看戲。

*Steam or boil them **until just tender**.* 把它們蒸或煮到稍微有點爛。

▶ 經常發生的事情

如果想表示某事始終在特定情況下發生，可用 when 開頭的分句；或者為了強調，可使用 whenever、every time 或 each time。

***When he talks about his work**, he sounds so enthusiastic.* 在談論工作的時候，他聽起來充滿熱情。

***Whenever she had a cold**, she ate only fruit.* 每當她患上感冒，她只吃水果。

***Every time I go to that class** I panic.* 我每次去那個班都會驚慌。

*He flinched **each time she spoke to him**.* 每次她和他説話，他都會退縮、迴避。

---

subway – underground – metro

1 subway

subway 表示地下行人道。

*You feel worried if you walk through a **subway**.* 在地下行人道裏行走你會感到擔心。

 在美國的一些城市裏，the subway 指的是地鐵。在別的城市裏，地鐵用 the metro 表示。

*I don't ride the **subway** at night.* 我晚上不坐地鐵。

*You can take the **metro** to the Smithsonian museums.* 你可以坐地鐵去史密森博物館。

2 underground

有些説英式英語的人也用 subway 指英國的地鐵。但是倫敦和格拉斯哥的地鐵通常稱作 the underground。倫敦的地鐵也叫 the tube。

*He crossed London by **underground**.* 他乘坐地鐵穿越倫敦。
*You can take **the tube** to Green Park and then walk.* 你可以坐地鐵到格林公園，然後步行。

---

such

1 返指

such a thing or person 是指像剛描述過、提到過或經歷過的那樣的人或物。

*We could not believe **such a thing**.* 我們不能相信這樣的事。

> ### ! 注意
>
> 不要用 such 談論在場的某物，也不要用於談論自己所處的位置。假如你羨慕別人的手錶，不要説 ~~I'd like such a watch.~~，而要説 I'd like a watch **like that**.（我也想要一隻那樣的手錶。）。對於自己居住的城鎮不能説 ~~There's not much to do in such a town.~~，而要説 There's not much to do in a town **like this**.（在這樣一個鎮上沒有太多的事情可做。）。
>
> *We have chairs **like these** at home.* 我們在家裏有這樣的椅子。
> *It's hard living alone in a place **like this**.* 一個人很難獨居在這樣一個地方。

2 such as

such as 用在兩個名詞短語之間，表示舉例。

*They played games **such as** bingo.* 他們玩了賓果之類的遊戲。
*Mammals **such as** dogs and elephants give birth to live young.* 哺乳類動物如狗和大象是胎生的。

第一個名詞短語有時放在 such 和 as 之間。這種用法更常見於正式或文雅的英語。

*We talked about **such** subjects **as** the weather.* 我們談論了諸如天氣之類的話題。
*She spent a lot of time buying **such** things **as** clothes and linen.* 她花了很多時間購買衣服和亞麻織品之類的東西。

3 such 用於強調

such 有時用於強調名詞短語中的形容詞。例如，可以説 He's **such a nice man**.（他真是個大好人。）代替 He's a nice man.（他是個好人。）。

*She seemed **such a happy woman**.* 她似乎是一個非常幸福的女人。
*It was **such hard work**.* 這是非常艱苦的工作。

> ### ! 注意
>
> 如果名詞短語是單數和可數，要用 a。例如，不要説 ~~She seemed such happy woman.~~。也不要説 ~~She seemed a such happy woman.~~。

在談話中，為了更強調，有些人會用 ever such 代替 such。

*I think that's **ever such a nice photo**.* 我認為那是一張極好的照片。

書面語中不要用 ever such。

可用 such 指剛描述過或提及的人或物，以強調某人的特點或某物的特質。例如，可以說 I was surprised to see her driving **such an old car**.（看到她開這麼一輛舊車，我很驚訝。）代替 It was a very old car. I was surprised to see her driving it.（這是一輛很舊的車。我很驚訝看到她開着它。）。

*I was impressed to meet **such a famous actress**.* 遇到這樣一個著名女演員給我留下了深刻的印象。

*You really shouldn't tell **such obvious lies**.* 你真的不應該説如此明顯的謊話。

4 such...that：提及一個結果

也可把 such 用在名詞短語前面，表示由於人或物具有異常大程度的特點或特質而導致某事發生。名詞短語後面用 *that*-從句。

*This can be **such a gradual process that** you are not aware of it happening.* 這個過程可能會極其緩慢，以至於我們感覺不到它的發生。

*Sometimes the children are **such hard work that** she's relieved when the day is over.* 有時候，照料孩子的工作非常艱苦，到一天結束的時候她覺得是一種解脱。

---

suggest

suggest 表示建議、提議。

*Your doctor will probably **suggest** time off work.* 你的醫生可能會建議不上班休息。

*We have to **suggest** a list of possible topics for next term's seminars.* 我們必須為下學期的研討課建議一份可能的題目清單。

> **！注意**
>
> suggest 通常不直接後接指人的名詞或代詞。通常前面必須加介詞 to。不要説 ~~suggest someone something~~，而要説 suggest something to someone（向某人建議某事）。
>
> *Laura first **suggested this idea to me**.* 勞拉首先向我建議了這個想法。
>
> 不要用 ~~suggest someone to do something~~ 表示建議某人做某事。要説 suggest that someone does something。
>
> *I **suggest that he writes her a letter**.* 我建議他給她寫一封信。
>
> *I'm not **suggesting we leave her here**.* 我不是説要把她留在這裏。
>
> 在這類句子中，*that*-從句中也可用不帶 to 的不定式。這是相當正式的用法。
>
> *He **suggested she talk** to a psychologist.* 他建議她和一個心理學家談一談。
>
> 有時用情態詞 might 和 should。這是正式的用法。
>
> *He **suggested we might go** there straight after dinner.* 他建議我們可以晚飯後立刻就去那裏。

*His wife **suggested that he should start** a school.* 他妻子建議他應該開辦一間學校。

不要混淆 suggest 和 advise。suggest 表示提出……供考慮，而 advise 表示勸告。

*I **advised him to leave** as soon as possible* 我勸他盡快離開。

☞ 見主題條目 Advising someone, Suggestions

suitcase

☞ 見 bag

summer

summer 表示夏天、夏季。

如果想表示某事在每年夏天發生，可用 in summer 或 in the summer。

*The room is stifling hot **in summer** and freezing in winter.* 這個房間夏天悶熱，冬天冰冷。

*The town is full of tourists **in the summer**.* 該鎮在夏天到處都是遊客。

> **!** 注意
>
> 不要説 ~~in the summers~~ 或 ~~in summers~~。

supper

有些人用 supper 指晚餐。另一些人用 supper 指晚上臨睡前吃的夜宵。

*Jane invited us to have **supper** at her house.* 簡邀請我們去她家吃晚飯。

*She usually has a piece of fruit for **supper**.* 她通常吃一片水果當夜宵。

☞ 見主題條目 Meals

support

support 表示支持。

*Parents **support** the headteacher and approve of what she is trying to do.* 父母們支持校長，贊同她想要做的事情。

*Most voters did not **support** the war.* 大多數選民不支持戰爭。

support a sports team 表示支持一個運動隊。

*He **has supported** Arsenal all his life.* 他一生都支持阿仙奴隊。

support someone 表示供養某人。

He has three children to support. 他有三個孩子要養活。

> **! 注意**
>
> 不要把 support 用在下列任何方面：
>
> 不要用 support 表示忍受、忍耐。要用 bear、put up with 或 tolerate。
>
> *It was painful of course but I **bore** it.* 這當然很痛，但我忍住了。
>
> *You have to **put up with** small inconveniences.* 你要忍受小小的不便。
>
> 不要用 support 表示容忍、容許。要用 put up with 或 tolerate。
>
> *I've **put up with** his bad behaviour for too long.* 我對他的惡劣行為已經容忍了太久。
>
> *We will not **tolerate** bullying in this school.* 在這個學校內我們不容許恃強凌
>
> 也可以用 won't stand for 表示不容許。
>
> *I **won't stand for** any disobedience.* 我不容許任何不服從。
>
> 不要用 can't support 表示受不了，而要説 can't bear 或 can't stand。
>
> *I **can't bear** this music.* 我受不了這種音樂。
>
> *She **can't stand** being kept waiting.* 她不能忍受久等。

☞ 見 bear

---

suppose

1 suppose

suppose 表示設想、以為。

*I **suppose** it was difficult.* 我想那是很難的。

*I **suppose** he left fairly recently.* 我猜想他是前不久才離開的。

2 don't suppose

通常説 don't suppose that something is... 而不是 suppose it is not...。

*I **don't suppose** anyone cares much whether he stays or goes.* 我認為沒有人關心他的去留。

*I **don't suppose** you've ever seen anything like this before!* 我想你從來沒有見過這樣的東西！

可以用 I don't suppose 作為一種非常禮貌的詢問或建議方式。

*I **don't suppose** you'd like to come out for a drink?* 我想您是否願意出去喝一杯？

3 I suppose so

可以用 I suppose so 作為同意或説 yes 的方式，但含有不太肯定或不太熱情的意思。

*'It was good, wasn't it?' – '**I suppose so**.'* "這很好，不是嗎？" —— "我想是的。"
*'Shall we go?' – '**I suppose so**.'* "我們要不要走？" —— "我想要吧。"

> **! 注意**
>
> 不要説 ~~I suppose it~~。

4　I suppose not.

同樣，可以説 I suppose not.，表示同意一個否定陳述或疑問，也含有不太肯定的意味。

*'It doesn't often happen.' – 'No, **I suppose not**.'* "這並不經常發生。"——"是的，我想不經常發生。"

*'You don't want this, do you?' – '**I suppose not**.'* "你不要這個，對嗎？"——"我想是的。"

5　suppose 用作連詞

suppose 可用作連詞，表示假如、假設。

***Suppose** we don't tell anyone, and somebody finds out about it.* 假如你不告訴任何人，而有人又發現了它。

***Suppose** you had a million dollars, what would you do?* 假設你有一百萬美元，你會做甚麼？

supposing 也可這麼用。

***Supposing** something should go wrong, what would you do then?* 假如出了甚麼差錯，那你會怎麼辦？

***Supposing** he's right, it could be very serious.* 假設他是對的，那就會很嚴重。

6　be supposed to

be supposed to 表示（按照規則、指示或習俗）應當。

*You **are supposed to** report it to the police as soon as possible.* 你應當盡快將此事報告警方。

*I**'m not supposed to** talk to you about this.* 我不該對你談這件事。

be supposed to 表示被普遍認為。

*The house **was supposed to** be haunted by a ghost.* 人們認為這屋子鬧鬼。

*She **was supposed to** be a very good actor.* 她被普遍看作一個非常好的演員。

> **！ 注意**
>
> 不要説 be suppose to。例如，不要説 ~~The house is suppose to be haunted.~~。

---

sure

☞ 見 certain – sure

---

surely – definitely – certainly – naturally

1　surely

反對一個説法時，可用 surely 進行強調，表示想必、當然。

*'I can have it ready for next week.' – '**Surely** you can get it done sooner than that?'* "我下星期可以準備好。"——"想必你可以完成得更早一點？"

*Their lawyers claim that they have not broken any rules, but **surely** this is not good practice.* 他們的律師聲稱，他們沒有違反任何規則，但這的確是不好的做法。

2 definitely 和 certainly

不要用 surely 表示肯定、一定，要用 definitely。

*They were **definitely** not happy.* 他們肯定不高興。
*The call **definitely** came from your phone.* 這個電話一定是從你的電話機打出來的。

在英式英語裏，不要用 surely 表示同意一個説法或確認某事為真。要用 certainly。

*Ellie was **certainly** a student at the university but I'm not sure about her brother.* 埃莉確實是這所大學的學生，但我不確定她哥哥是不是。
*'You like him, don't you?' – 'I **certainly** do.'* "你喜歡他，是不是？"——"那當然了。"

 在美式英語裏，surely 和 certainly 都用於對請求和陳述表示同意。

*'It is still a difficult world for women.' – 'Oh, **certainly**.'* "這個世界對女性來説仍然很艱難。"——"哦，一點沒錯。"
***Surely**, yes, I agree with that.* 當然，是的，我同意這一點。

不要用 surely 強調某事將來一定會發生。要用 definitely 或 certainly。

*The conference will **definitely** be postponed.* 討論會肯定會被推遲。
*If nothing is done, there will **certainly** be problems.* 如果甚麼都不做，肯定會有問題。

3 naturally

不要用 surely 表示自然而然地、理所當然地。要用 naturally。

*His sister was crying, so **naturally** Sam was upset.* 他妹妹在哭，所以山姆自然就很難過。
***Naturally**, some of the information will be irrelevant.* 當然了，有些信息是無關緊要的。

---

surgery

1 用作不可數名詞

在英式英語和美式英語裏，surgery 表示（外科）手術。

*He underwent **surgery** to repair a torn knee ligament.* 他接受了手術來修復膝蓋韌帶撕裂。
*She may have to have more **surgery** on her wrist.* 她可能不得不接受對手腕進行更多的外科手術。

2 用作可數名詞

surgery 可指一次手術。這個詞義在美式英語裏比在英式英語裏用得更多。

*He has had five knee **surgeries**.* 他經歷了五次膝蓋手術。
*She was told she would have to have another **surgery**.* 她被告知她還必須做一次手術。

在英式英語裏，surgery 表示（醫生或牙醫的）診所。

*I called the **surgery** to make an appointment.* 我打電話給診所作了預約。

在美式英語裏，這樣的診所稱作 office。

*Dr Patel's **office** was just across the street.* 帕特爾醫生的診所就在馬路對面。

surprise

surprise 可作動詞或名詞。

1 用作動詞

surprise 表示使吃驚、使驚奇。

*What you say **surprises** me.* 你説的話讓我吃驚。
*Her decision to resign **had surprised** everybody.* 她的辭職決定讓所有人都感到意外。

surprise 不能用進行時形式。例如，不要説 ~~What you say is surprising me.~~。

2 用作名詞

surprise 表示驚奇、驚訝。

*The result came as a **surprise** to everyone.* 這個結果讓所有人大吃一驚。
*It was a great **surprise** to find out I had won.* 發現我獲勝了是一個巨大的驚喜。

在敍事中，有時使用 to my surprise 和 to her surprise 之類的表達式，表示某人對某事感到吃驚。

***To her surprise** he said no.* 令她驚訝的是，他説不行。

> **！ 注意**
> 在這些表達式裏，不要用除 to 以外的任何介詞。例如，不要説 ~~For her surprise he said no.~~。

3 surprised

surprised 是形容詞。surprised to see 或 surprised to hear 表示吃驚地看到或聽到。

*I was **surprised to see** her return so soon.* 我很驚訝地看到她這麼快就回來了。
*You won't be **surprised to learn** that I disagreed with this.* 你得知我不同意這個，你是不會感到吃驚的。

> **！ 注意**
> 不要説 be surprised at seeing 或 surprised at hearing。不要説 be surprise to see 或 hear。例如，不要説 ~~I was surprised at seeing her return.~~ 或 ~~I was surprise to see her return.~~。

sweetcorn

☞ 見 corn

sweets – candy

sweets

在英式英語裏，sweets 表示糖果。

*She did not allow her children to eat too many **sweets**.* 她不允許她的孩子們吃太多的糖果。

 在美式英語裏，糖果稱作 candy。candy 是不可數名詞。

*You eat too much **candy**. It's bad for your teeth.* 你吃太多糖果，這對你的牙齒不好。

Tt

take

take 是最常用的英語動詞之一，有很多不同的用法。take 的其他形式是 take、taking、took、taken。

1 動作和活動

take 最常見的用法是與表示動作的名詞連用。

*She **took** a shower.* 她洗了個淋浴。
*He liked **taking** long walks in the country.* 他喜歡在鄉間長距離散步。

☞ 見 have – take

2 移動物體

take 表示帶、帶去、帶走。

*Don't forget to **take** your umbrella.* 別忘了帶雨傘。
*He has to **take** the boxes to the office every morning.* 他每天早上必須把這些盒帶到辦公室去。

☞ 見 carry – take

> **! 注意**
>
> 不要混淆 take 和 bring 或 fetch。

☞ 見 bring – take – fetch

3 考試和測試

參加考試或測試可用 take 表示。

*Have you **taken** your driving test yet?* 你已經參加駕駛執照考試了嗎？
*She **took** her degree last year.* 她去年考取了學位。

4 時間

花費時間可用 take 表示。

*How long will it **take**?* 需要多長時間？
*It may **take** them several weeks to get back.* 他們可能需要數週的時間才能返回。

take place

takes place 表示（事件）發生。

*The wedding **took place** on the stage of the Sydney Opera House.* 婚禮在悉尼歌劇院的舞台上舉行。
*Elections will **take place** in November.* 選舉將在11月舉行。

happen 和 occur 的詞義與此類似，但僅用於表示無計劃事件的發生。take place 表示有計劃事件，也可表示無計劃事件的發生。

*The talks **will take place** in Vienna.* 會談將在維也納舉行。

*The accident **took place** on Saturday morning.* 事故發生在星期六上午。

> **❗ 注意**
>
> take place 是不及物動詞。不要説 ~~be taken place~~。

talk

talk 可作動詞或名詞。

1 用作動詞

talk 表示談話、説話。

*Nancy's throat was so sore that she could not **talk**.* 南希的嗓子痛得沒法説話。

不要用 talk 轉述某人説的話。例如，不要説 ~~He talked that the taxi had arrived.~~，而要説 He **said** that the taxi had arrived.（他説計程車來了。）。

*I **said** that I would like to teach English.* 我説我想教英語。

如果提及談話的對方，要用 tell。

*He **told** me that Sheldon would be arriving in a few days.* 他告訴我，謝爾登將在數天內到達。

☞ 見 say, tell

不要混淆 talk 和 speak。

☞ 見 speak – talk

2 用作可數名詞

give a talk 表示發表講話。

*Colin Blakemore came here and **gave** a **talk** a couple of years ago.* 科林・布萊克莫爾數年前來這裏做過一個演講。

3 用作不可數名詞

talk about something 表示關於某事的議論。

*There was a lot of **talk about** me getting married.* 很多人在議論我結婚的事情。

4 用作複數名詞

talks 表示（正式的）會談。舉行會談用 **hold talks** 表示。

*Government officials **held talks** with union leaders yesterday.* 政府官員昨天和工會領導人舉行了會談。

tall

☞ 見 high – tall

tea

1 飲料

tea 表示茶。很多人喝茶時加牛奶，有些人加糖。

*She poured herself another cup of **tea**.* 她又給自己倒了一杯茶。

*Brian went into the kitchen to make a fresh pot of **tea**.* 布萊恩走進廚房去新泡一壺茶。

2 meals

tea 也是兩種不同餐食的名稱。

在英國，有些人用 tea 表示午後茶點，通常包括三文治和蛋糕，同時有茶喝。午後茶點有時稱作 afternoon tea。

*I'll make sandwiches for **tea**.* 我要為午後茶點準備三文治。

有些英國人用 tea 指晚飯。

*At five o'clock he comes home for his **tea**.* 他五時回家吃晚飯。

☞ 見主題條目 Meals

---

teach

1 教一個科目

teach a subject 表示教一個科目。teach 的過去式和 *-ed* 分詞是 taught。

*I **taught** history for many years.* 我教了多年的歷史。

*English **will be taught** in primary schools.* 小學裏將開設英語課。

teach 作此解時，常常有間接賓語。間接賓語可置於直接賓語之前或之後。如果位於直接賓語之後，前面要用 to。

*That's the man that taught **us Geography** at school.* 這是在學校裏教我們地理的那個男人。

*I found a job teaching **English to a group of adults** in Paris.* 我找到了一份在巴黎教一群成年人學英語的工作。

2 教一項技能

teach someone **to do** something 表示教某人做某事。

*He **taught** me **to sing** a song.* 他教我唱一首歌。

*His dad **had taught** him **to drive**.* 他的父親教會了他開車。

teach 像這樣與 *to*-不定式連用時，必須有直接賓語。例如，不要説 His dad had taught to drive。

有時可用 *-ing* 形式代替使用 *to*-不定式。例如，可以説 I taught them **skiing**。（我教他們滑雪。）代替 I taught them to ski。還可以説 I taught them **how to ski**。

*She taught them **singing**.* 她教他們唱歌。

*My mother taught me **how to cook**.* 我母親教我做飯。

team

☞ 關於集合名詞的説明，見 Nouns

---

tell

tell 是一個常用動詞，有很多不同用法，其過去式和 -ed分詞是 told。

1 信息

tell 表示告訴。通常用 that-從句或 wh-從句表達告訴的內容。

*Tell Dad **the electrician has come**.* 告訴爸爸電工來了。
*I told her **what the doctor had said**.* 我把醫生説的話告訴了她。

有時可用名詞短語作 tell 的直接賓語來表達告訴的內容。如果直接賓語不是代詞，要把間接賓語放在前面。

*She told **him the news**.* 她把消息告訴了他。
*I never told **her a thing**.* 我從來沒告訴過她任何事情。

如果直接賓語是代詞，通常放在前面。間接賓語前面用 to。

*I've never told **this to anyone else** in my whole life.* 我一生中從來沒把這件事告訴別人。

返指已經提及的信息時，可在 tell 後面用 so。例如，可以説 I didn't agree with him and I **told him so**.（我不同意他，而且我也對他這麼説了。），而不要説 I didn't agree with him and I told him it.。

*She knows that I might be late. I have **told her so**.* 她知道我可能會遲到。我已經告訴過她了。
*'Then how do you know she's well?' – 'She **told me so**.'* "那你怎麼知道她身體很好？"——"她告訴我的。"

2 故事、笑話和謊言

説故事和笑話用 tell 表示。

*She **told** me the story of her life.* 她告訴了我她的生活經歷。
*He's extremely funny when he **tells a joke**.* 他在説笑話時非常有趣。

也可以説 make 或 crack a joke。

☞ 見 joke

tell a lie 表示撒謊。

*We **told** a lot of lies.* 我們説了很多謊話。

如果説的是實話，可用 tell the truth 表示。

*We knew that he was **telling the truth**.* 我們知道他説的是實話。
*I wondered why I **hadn't told** Mary the truth.* 我當時在想為甚麼我沒有把真相告訴瑪麗。

用 tell 表示説故事、説笑話或説謊時，間接賓語放在直接賓語的後面或前面都可以。

*His friend **told me this story**.* 他的朋友告訴了我這個故事。
*Many hours had passed when Karen finished **telling her story to Kim**.* 等到卡倫對金説完自己的故事時，好幾個小時過去了。

3 命令

tell someone **to do** something 表示命令或指示某人做某事。tell 作此解時，後接賓語和 to-不定式。

Tell Martha to come to my office. 叫馬莎到我辦公室來。
They **told us to put on** our seat-belts. 他們叫我們繫上安全帶。

> **！ 注意**
>
> tell 這樣用時不能沒有賓語。例如，不要說 ~~They told to put on our seat-belts.~~。

4 認識到真相

can tell 表示能夠判斷。

I **can usually tell** when someone's lying to me. 如果有人對我撒謊，我通常能判斷出來。
I **couldn't tell** what they were thinking. 我看不出來他們在想甚麼。

tell 作此解時，通常要和 can、could 或 be able to 連用。

5 inform

inform 的詞義和 tell 相同，但更正式，用法略有不同。可以說 **inform** someone **of** something 或 **inform** someone **that**...。

The public is **informed of** the financial benefits that are available. 公眾獲知了可以得到的經濟收益。
It was his duty to **inform** the king **that** his country was in danger. 他有責任告訴國王，他的國家正處在危險之中。

在談話和不太正式的書面語中，通常用 tell。

---

temperature
☞ 見參考部份 Measurements

---

terrible – terribly

1 terrible

形容詞 terrible 有兩種用法。在談話和不太正式的書面語中，可用於表示非常討厭的、糟糕的。

I know this has been a **terrible** shock to you. 我知道這對你來說是個巨大打擊。
His eyesight was **terrible**. 他的視力很糟糕。

在書面語或談話中，可用 terrible 表示可怕的、厲害的。

That was a **terrible** air crash last week. 那是上星期發生的一次可怕空難。

2 terribly

副詞 terribly 有時用於強調某事多麼可怕或厲害。

My son has suffered **terribly**. He has lost his best friend. 我的兒子承受了巨大的痛

苦。他失去了他最好的朋友。

*The wound bled **terribly**.* 傷口出血非常厲害。

但是，terribly 更常見的用法是用作比 very 或 very much 語氣更強的詞。

*I'm **terribly** sorry.* 我十分抱歉。

*We all miss him **terribly** and are desperate for him to come home.* 我們都非常想念他，渴望他回家。

*It's a **terribly** dull place.* 這是一個極其沉悶的地方。

> **！注意**
> 在正式的書面語裏，terribly 不能這樣用。

test

test 表示（了解對某一學科掌握程度的）測試、測驗。動詞可用 take 或 do。

*All candidates will be required to **take** an English language **test**.* 所有候選人都將被要求參加英語語言測試。

*We **did** another **test**.* 我們又參加了一次測試。

test 也表示（了解做事能力的）考查、考試。動詞用 take。

*She**'s not yet taken** her driving **test**.* 她還沒參加駕駛考試。

> **！注意**
> make 不能與 test 連用。例如，不要説 ~~She's not yet made her driving test.~~。
> **pass** a test 表示通過測試或考試。
> *I **passed** my driving test in Holland.* 我在荷蘭通過了駕駛考試。
> **pass** a test 始終表示通過了測試或考試，意義不同於 **take** 或 **do** a test。
> **fail** a test 表示測試或考試未通過。
> *I think I've **failed** the test.* 我想我測試沒有及格。

☞ 見 exam – examination

than

1 than 與比較級連用

than 主要用在比較級形容詞和副詞後面。

*I am happier **than I have ever been**.* 我比以前任何時候都更快樂。

*They had to work harder **than expected**.* 他們不得不比預期更努力工作。

如果在 than 後面單獨使用人稱代詞，必須是 me 或 him 這樣的賓格人稱代詞。

*My brother is younger than **me**.* 我弟弟比我小。

*Lamin was shorter than **her**.* 拉敏比她矮。

但是，如果代詞是分句的主語，則用主格人稱代詞。

*They knew my past much better than **she did**.* 他們比她更了解我的過去。
*He's taller than **I am**.* 他比我高。

2 than ever

than 後面也可用 ever 或 ever before。例如，如果要強調某物比以往任何時候都大，可以説 bigger **than ever** 或 bigger **than ever before**。

*Bill worked harder **than ever**.* 比爾比以往任何時候都更努力工作。
*He was now managing a bigger team **than ever before**.* 他現在管理一個比以前任何時候都要大的團隊。

> **！ 注意**
>
> 使用 not as 或 not so 進行比較時，不能用 than。例如，不要説 ~~He is not as tall than his sister.~~，而要説 He is not as tall **as** his sister.（他沒有他姐姐高。）。

☞ 見 as ...as
☞ 見 Comparative and superlative adjectives, Comparative and superlative adverbs

3 more than

more than 用於表示一個群體中的人或物數量大於一個特定數量。

*We live in a city of **more than** a million people.* 我們生活在一個人口超過一百萬的城市。
*There are **more than** two hundred and fifty species of shark.* 有超過 250 種鯊魚。

☞ 見 more

more than 也可用在某些形容詞前面，作為一種強調手段。

例如，可以説 If you can come, I shall be **more than** pleased.（如果你能來，我會非常高興。）代替 If you can come, I shall be very pleased.。這種用法相當正式。

*I am **more than satisfied** with my achievements in Australia.* 我對自己在澳洲取得的成績十分滿意。
*You would be **more than welcome**.* 你會大受歡迎的。

4 rather than

rather than 表示而不是、而非。

*The company's offices are in London **rather than** in Nottingham.* 公司的辦公室在倫敦而不是諾定咸。
*She was angry **rather than** afraid.* 她在生氣而非害怕。

☞ 見 rather

---

thank

1 thank you

thank 主要用於 Thank you 和 Thanks 這兩個表達式。

***Thank you** very much! The flowers are so pretty!* 謝謝你！花真漂亮！

Thanks *a lot, Suzie. You've been great.* 多謝，蘇西。你表現真棒。

> **❗ 注意**
>
> 不要説 ~~Thanks you.~~ 或 ~~Thanks you a lot.~~。

☞ 見主題條目 Thanking someone

2 thank 用作動詞

thank 也作動詞，表示感謝。

*She smiled at him, **thanked** him, and drove off.* 她對他微笑，向他表示感謝，然後開車走了。

可説 **thank** someone **for** something，表示因某事感謝某人。

*I **thanked** Jenny **for** her time, patience and sense of humour.* 我感謝珍妮付出的時間、耐心以及幽默感。

*He **thanked** me **for** what I had done.* 他感謝我為他做的一切。

也可説 **thank** someone **for doing** something，表示感謝某人做了某事。

*He **thanked** the audience **for** coming.* 他感謝觀眾的到來。

*He **thanked** me **for** bringing the sandwiches.* 他感謝我帶來了三文治。

> **❗ 注意**
>
> 不要用 to。例如，不要説 ~~He thanked me to bring the sandwiches.~~。

---

that

that 有三個主要用法：

1 用於返指

that 能夠以各種方式返指已經提及或已知的事物。that 這樣用時，其讀音始終是 /ðæt/。

*I was so proud of **that** car!* 我為那輛車感到非常驕傲！

*How about natural gas? Is **that** an alternative?* 天然氣怎麼樣？那是不是一種替代品？

☞ 見 that – those

2 用於 *that*-從句

that 用在一種稱作 *that*-從句的特殊分句的句首。在 *that*-從句裏，that 通常讀作 /ðət/。

*He said **that he was sorry**.* 他説他很抱歉。

*Mrs Kaul announced **that the lecture would now begin**.* 考爾夫人宣佈講座現在開始。

☞ 見 *That*-clauses, Reporting

3 用於關係從句

that 也用在另一種稱作限制性關係從句的句首。在限制性關係從句裏，that 通常讀作 /ðət/。

*I reached the gate **that** opened onto the lake.* 我走到那扇臨湖而開的大門前。

☞ 見 Relative clauses

Grammar Finder 語法講解

That-clauses That-從句

*that-*從句是以 that 開頭的分句，用於表示一個事實或想法。

1 轉述

*that-*從句一般用於轉述已說過的話。

*She said **that she'd been married for about two months**.* 她說她已經結婚約兩個月了。

*Sir Peter recently announced **that he is to retire at the end of the year**.* 彼得爵士最近宣佈他計劃在年底退休。

☞ 見 Reporting

2 用在形容詞之後

*that-*從句可用在表示感情或信念的形容詞後面，說明這些感情或信念與甚麼事實有關。

*She was **sure that he meant it**.* 她確信他是當真的。

*He was **frightened that something terrible might be said**.* 他非常害怕有人會說出可怕的事情。

下列形容詞常常後面跟 *that-*從句：

afraid	determined	horrified	scared
amazed	disappointed	insistent	shocked
angry	disgusted	jealous	sorry
annoyed	dismayed	keen	sure
anxious	doubtful	lucky	surprised
ashamed	eager	nervous	suspicious
astonished	envious	optimistic	terrified
astounded	fearful	pessimistic	thankful
aware	fortunate	pleased	unaware
certain	frightened	positive	uncertain
concerned	furious	proud	unconvinced
confident	glad	puzzled	unhappy
conscious	grateful	relieved	unlucky
convinced	happy	sad	upset
definite	hopeful	satisfied	worried

*that-*從句可用在 it is 加形容詞的結構後面，對一個情況或事實進行評論。

*It is **extraordinary that we have never met**.* 非常離奇的是，我們素未謀面。

☞ 見 it

3 用在名詞之後

assumption、feeling 和 rumour 之類表示某人所説或所想的名詞可後接 *that*-從句。

*Our strategy has been based on **the assumption that the killer is just one man***. 我們的策略是基於這樣的假設,即兇手只是一名男子。

*I had **a feeling that no-one thought I was good enough***. 我有一種感覺,沒有人認為我已經足夠好了。

*There is no truth in **the rumour that he is resigning***. 他要辭職的傳言毫無真實性。

下列名詞常常後接 *that*-從句:

accusation	criticism	impression	remark
admission	decision	information	reminder
advice	declaration	insistence	report
agreement	demand	judgement	request
allegation	denial	knowledge	rule
announcement	excuse	message	rumour
argument	expectation	news	saying
assertion	explanation	notion	sense
assumption	fear	observation	statement
assurance	feeling	opinion	suggestion
belief	generalization	point	superstition
charge	guarantee	prediction	theory
claim	guess	principle	thought
comment	hint	promise	threat
concept	hope	proposal	view
conclusion	hypothesis	question	warning
contention	idea	realization	wish
conviction	illusion	recognition	

4 用在 be 之後

that-從句在 be 後面可用作補語。

*Our hope is **that this time all parties will co-operate***. 我們希望這一次各方能夠合作。

*The important thing is **that we love each other***. 重要的是我們彼此相愛。

5 省略that

在上述所有情況中,有時可省略 that,尤其是在英語口語裏。

*He knew **the attempt was hopeless***. 他知道那個嘗試是沒有希望的。

*She is sure **Henry doesn't mind***. 她確信亨利不會介意。

*I have the feeling **I've read this book already***. 我有一種感覺我已經讀過這本書了。

6 the fact that

在非常正式的英語裏,*that*-從句有時用作句子的主語。

***That people can achieve goodness** is evident through all of history*. 人們可以實現

善，這在整個歷史上都是顯而易見的。

但是，如果主要動詞是引述動詞或 be，更常見的做法是把 it 作主語，*that*-從句則後置。

*It cannot be denied **that this view is justified**.* 不可否認的是，這種觀點是有道理的。

在其他情況下，通常使用由 the fact 加 *that*-從句組成的結構作主語。

The fact that he is always late *should make you question how reliable he is.* 他總是遲到，這一點應該讓你質疑他的可靠性。

以 the fact that 開頭的結構也用作介詞和動詞的賓語，這些介詞和動詞不能後接簡單的 *that*-從句。

*We expect acknowledgement of **the fact that we were treated badly**.* 我們期望有人承認我們受到了不公正的對待。

*We overlooked **the fact that the children's emotional development had been affected**.* 我們忽略了一個事實，即這些兒童的情緒發展受到了影響。

---

that – those

指人、物或時間段時，that 或 those 的用法不同。兩者都可作限定詞或代詞。在這種用法中，that 讀作 /ðæt/。those 是 that 的複數形式。

1 返指

that 或 those 可用來指已經提及或已知的人、物或事件。

*I knew **that** meeting would be difficult.* 我知道那次會議會很艱難。

*'Did you see him?' – 'No.' –'**That**'s a pity.'* "你看見他了嗎？" —— "沒有。" —— "真可惜。"

*Not all crimes are committed for **those** reasons.* 並非所有的犯罪都是出於那些原因。

*There are still a few problems with the software, but we're working hard to remove **those**.* 軟件還存在一些問題，但我們正在努力消除這些問題。

2 看得見的事物

也可用 that 或 those 表示看得見但不在附近的人或物。

*Look at **that** bird!* 看那隻鳥！

*Don't be afraid of **those** people.* 不要害怕那些人。

3 that 指人

但是，通常不用 that 作代詞指人。只有在指認某人或詢問某人的身份時才使用 that。

*'Who's the woman in the red dress?' – '**That**'s my wife.'* "穿紅衣服的那個女人是誰？" —— "是我妻子。"

*Who's **that**?* 那人是誰？

☞ 見主題條目 Telephoning

4 說明某事發生的時間

在描述一個事件的過程中，可把 that 與 day、morning 或 afternoon 這樣的詞連用，說明在同一天發生了另一件事情。

*There were no classes **that day***. 那天不上課。
*Paula had been shopping **that morning***. 葆拉那天上午一直在購物。

that 也可與 week、month 或 year 連用，表示某事發生在同一週、同一個月或同一年。

*There was a lot of extra work to do **that week***. 那個星期有很多額外的工作要做。
*Later **that month** they attended another party at Maidenhead*. 那個月的晚些時候，他們在梅登黑德參加了另一個聚會。

5 this 和 these

this 和 these 的用法與 that 和 those 類似。

☞ 見 this – that

the

1 基本用法

the 稱作定冠詞（definite article），用在名詞短語的開頭，表示已經提及或已知的人或物。

*A man and a woman were walking on **the beach**. **The man** wore shorts, a T-shirt, and sandals*. 一男一女正走在沙灘上。男的穿着短褲、T恤衫和涼鞋。
***The woman** wore a bright dress*. 那個女人穿着一件鮮豔的連衣裙。

如果需要說明談論的是哪一個人或物，可加上一個介詞短語或關係從句。

*I've no idea about **the geography of Scotland***. 我對蘇格蘭的地理情況一無所知。
*That is a different man to **the man that I knew***. 那個男人和我認識的不是同一個人。

the 與單數名詞連用，指一個獨一無二的事物。

*They all sat in **the sun***. 他們都坐在太陽底下。
***The sky** was a brilliant blue*. 天空是明亮的藍色。

2 人或物的類別

如果想泛指一類事物，the 可與可數名詞的單數形式連用。

***The computer** allows us to deal with a lot of data very quickly*. 電腦使我們能夠迅速處理大量的資料。
*My father's favourite flower is **the rose***. 我父親最喜歡的花是玫瑰。

> **！ 注意**
>
> 也可用複數形式泛指一類事物。此時不要用 the。
>
> *It is then that **computers** will have their most important social effects*. 到那個時候，電腦才會產生最重要的社會影響。
> ***Roses** need to be watered frequently*. 玫瑰需要經常澆水。
>
> 用於泛指時，the 不能與不可數名詞連用。
>
> 例如，泛泛地談論污染時，要說 **Pollution** is a serious problem.（污染是一個嚴重的問題。）。不要說 ~~The pollution is a serious problem.~~。
>
> *We continue to fight **crime***. 我們繼續和犯罪作鬥爭。

*People are afraid to talk about **disease** and **death**.* 人們害怕談論疾病和死亡。

the 可以與 rich、poor、young、old 或 unemployed 這樣的詞連用,表示一類人。

*Only **the rich** could afford his firm's products.* 只有富人才買得起他公司的產品。

*They were discussing the problem of **the unemployed**.* 他們正在討論失業者的問題。

在這種用法中,這些詞的後面不要加 -s 或 -es 。例如,不要説 ~~the problem of the unemployeds~~ 。

3 國籍

the 可與某些國籍形容詞連用,表示居住在或來自某個國家的人。

*They depend on the support of **the French**.* 他們依靠法國人的支持。

☞ 見參考部份 Nationality words

4 系統和服務

the 與單數可數名詞連用,指一個系統或服務。

*I don't like using **the phone**.* 我不喜歡使用電話。
*How long does it take on **the train**?* 坐火車要多長時間?

5 公共機構

在介詞和 church、college、home、hospital、prison、school 或 university 這樣的詞之間通常不用 the。

*Will we see you **in church** tomorrow?* 我們明天會在教堂見到你嗎?
*I was **at school** with her.* 我和她以前是同學。

☞ 見 church, college, home, hospital, prison, school – university

6 三餐

三餐的名稱前面通常不用 the。

*I open the mail immediately after **breakfast**.* 我吃完早餐後立刻打開了郵件。
*I haven't had **dinner** yet.* 我還沒吃晚飯。

☞ 見主題條目 Meals

7 用於代替所有格

有時用 the 代替所有格限定詞,特別是在談論對人體的某一部位做動作時。

*She touched him on **the hand**.* 她摸了摸他的手。
*He took her by **the arm** and began pulling her away.* 他抓住她的手臂,開始把她拖走。

☞ 見 Possessive determiners

8 與最高級和比較級連用

最高級形容詞前面通常用 the。

*We saw **the smallest** church in England.* 我們看見了英國最小的教堂。

最高級副詞前面通常不用 the。

*They use the language they know **best**.* 他們使用自己最了解的語言。

比較級形容詞或副詞前面通常不用 the。

*The model will probably be **smaller**.* 這個型號可能會更小。

*I wish we could get it done **quicker**.* 我希望我們能更快地將它完成。

但是，這種用法有數個例外。

☞ 見 Comparative and superlative adjectives, Comparative and superlative adverbs

their

☞ 見 there

them

1 指複數名詞

them 可作動詞或介詞的賓語，指已經提到或身份已知的一些人或物。

*Those children are now getting ready for school; some of **them** are only four years old.* 那些孩子正在為上學做準備，其中有些只有4歲大。

*She gathered the last few apples and put **them** into a bag.* 她採摘了最後數個蘋果，然後把它們放進袋子裏。

> **! 注意**
>
> 如果所指的同一些人作主語，不能用them作句子的賓語。要用themselves。
>
> *Your children should be old enough now to dress **themselves**.* 你的孩子年齡應該已經夠大，會自己穿衣服了。

2 作 him or her 解

可用 them 代替 him or her，表示性別不明的一個人。

*If anyone phones, tell **them** I'm out.* 如果有人打電話來，就告訴他我出去了。

☞ 見 he – she – they

there

there 有兩個主要用法。一是用在 be 這樣的動詞前面，二是用作指地點的副詞。

1 用於 be 之前

there 用在 be 之前表示某物存在或發生，或表示某物位於特定的地方。there 這樣用時，通常讀作 /ðe/ 或 /ðə/。在緩慢或仔細的說話中，there 讀作 /ðeə/。

***There** must **be** a reason.* 肯定是有原因的。

***There was** a new cushion on one of the sofas.* 其中一張長沙發上有一個新靠墊。

在 there 後面，單數名詞短語前用 be 的單數形式，複數名詞短語前用複數形式。

There is *a fire on the fourth floor.* 四樓發生了火災。

There are *several problems with this method.* 這個方法有一些問題。

💬 在談話中，有些人把 there's 用在複數名詞短語前面。

例如，他們會説 There's several problems with this method.（這種方法存在好幾個問題。）。這種用法通常被認為是不正確的，不應該用在正式的口語或書面語裏。

❗ 注意

不要把 there is 或 there are 與 since 連用表示某事多久以前發生。

例如，不要説 ~~There are four days since she arrived in London.~~，而要説 **It's** four days since she arrived in London.（她來倫敦已經4天了。）或 She arrived in London four days **ago**.（她4天前到達了倫敦。）。

It's *three months since you were here last.* 自從你上次到這裏已經三個月了。

Her husband died four years **ago**. 她的丈夫4年前去世了。

---

2 用作副詞

在另一個主要用法中，there 表示剛提及的一個地點。there 這樣用時，其讀音始終是 /ðeə/。

I must get home. Bill's **there** *on his own.* 我必須回家了。比爾一個人在家裏。

Come into the kitchen. I spend most of my time **there** *now.* 到廚房裏來。現在我大部份時間都花在那裏。

❗ 注意

there 前面不要用 to。例如，不要説 ~~I like going to there.~~，而要説 I like going **there**.（我喜歡去那裏。）。

My family live in India. I still go **there** *often.* 我的家人住在印度。我仍然經常去那裏。

同樣，也不要用 there 引導從句。例如，不要説 ~~I went back to the park, there my sister was waiting.~~，而要説 I went back to the park, **where** my sister was waiting.（我回到了公園，我妹妹在那裏等我。）。

The accident took place in Oxford, **where** *he and his wife lived.* 事故發生在牛津，是他和他妻子居住的地方。

---

3 their

不要混淆 there 和 their，後者的讀音也是 /ðeə/。their 用於表示他們的、她們的、它們的。

I looked at **their** *faces.* 我看着他們的臉。

What would they do when they lost **their** *jobs?* 他們失業時會怎麼做？

---

these

☞ 見 this – these

they

they 可作動詞的主語，表示他們、她們、它們。

*All universities have chancellors. **They** are always rather senior people.* 所有大學都有名譽校長。他們總是些相當資深的人士。

*The women had not expected a visitor and **they** were in their everyday clothes.* 那些女人並沒有預料到會來客人，所以她們都穿着日常的衣服。

☞ 見 Pronouns

> **❗ 注意**
>
> 如果句子的主語後接關係從句，主要動詞前面不能用 they。例如，不要説 ~~The people who live next door, they keep chickens.~~，而要説 The people who live next door keep chickens.（住在隔壁的那些人養雞。）。
>
> *Two children who were rescued from a fire are now in hospital.* 從火災中救出的兩個孩子現在在醫院裏。
>
> *The girls who had been following him suddenly stopped.* 一直跟隨着他的那數個女孩突然停了下來。
>
> they 可泛指人們或身份未明確説明的一群人。
>
> ***They** say that former nurses make the worst patients.* 人們説，以前做過護士的病人最難伺候。
>
> *Mercury is the stuff **they** put in thermometers.* 水銀是放入溫度計的東西。

☞ 見 one – you – we – they

也可用 they 代替 he or she，表示性別不明的一個人。

*I was going to stay with a friend, but **they** were ill.* 我打算和一個朋友住在一起，但是其生病了。

☞ 見 he – she – they

> **❗ 注意**
>
> 不要把 they 與 are 連用表示某處有一些東西。例如，不要説 ~~They are two bottles of juice in the fridge.~~，而要説 **There are** two bottles of juice in the fridge.（冰箱裏有兩瓶果汁。）。
>
> ***There are** always plenty of jobs to be done.* 總是有大量工作要做。

☞ 見 there

---

thief – robber – burglar

thief 表示小偷、賊。robber 常指使用暴力或以暴力相威脅的盜賊、搶劫犯。

*They caught the armed **robber** who raided a supermarket.* 他們抓住了那個搶劫一間超市的持械劫匪。

burglar 表示入室盜賊。

*The average **burglar** spends just two minutes inside your house.* 入室盜賊在你的家

裏平均只停留兩分鐘。

think

動詞 think 有好幾種不同用法，其過去式和 -ed分詞是 thought。

1 與 *that*-從句連用

對某事發表意見或提及自己作出的決定時，think 可與 *that*-從句連用。

*I **think you should go**.* 我認為你應該去。
*I **thought I'd wait**.* 我覺得我可以等。

 think 這樣用時，通常用一般時態，但是在談話中，可用進行時形式，尤其是如果想強調自己的看法或決定可能會改變時。

*I have too many books. I**'m thinking** I might sell some of them.* 我的書太多。我在考慮我可能會賣掉一些。

通常説**don't think** something **is**…，而不説 think something is not…。

*I **don't think** this will work.* 我認為這行不通。
*I **don't think** there is any doubt about that.* 我認為對此沒有任何疑問。

2 I think so

如果某人問你情況是否如此，你可以説 I think so.，表示你認為情況很可能如此。不要説 ~~I think it.~~。

*'Do you think my mother will be all right?' – '**I think so**.'* "你覺得我媽媽會沒事嗎？" —— "我想是的。"

如果想表示情況不是如此，通常説 I don't think so。

*'I have another friend, Barbara Robson. Do you know her?' –'**I don't think so**.'* "我還有一個朋友，芭芭拉•羅布森。你認識她嗎？" —— "我覺得不認識。"
*'Are you going to be sick?' – '**I don't think so**.'* "你要生病了嗎？" —— "我想不會。"

3 使用進行時形式

be thinking 表示正在思考。think 表達這個意思時，常用進行時形式。

*I'll fix us both a sandwich while I**'m thinking**.* 我一邊思考一邊可以為我們兩個做一份三文治。
*You **have been thinking**, haven't you?* 你一直在思考，對嗎？

談論某人在特定時刻的想法時，也可用進行時形式。

*That's what I **was thinking**.* 剛才我就是這麼想的。
*It's very difficult to guess what the other people **are thinking**.* 很難猜測其他人在想甚麼。

可以説 be thinking about 或 be thinking of 表示正在想、正在思考。

*I spent hours **thinking about** the letter.* 我一連數小時都在思考那封信。
*She **was thinking of** her husband.* 她在思念她丈夫。

如果正在考慮做某事，可以説 **be thinking of doing** something。

*I **was thinking of leaving** home.* 我在考慮離開家。

> **！注意**
>
> 不要説 ~~I was thinking to leave home.~~。

---

this – that

this 和 that 是限定詞或代詞。this 的複數是 these，that 的複數是 those。

☞ 見 this – these, that – those

本條目論述這些詞在用法上的異同。

1 返指

this、these、that 和 those 都用於返指已經提及的人、物或事件。this 和 these 比 that 和 those 更常用。

*New machines are more expensive and **this** is something one has to consider.* 新機器更貴，而這是我們必須考慮的一點。

*So, for all **these** reasons, my advice is to be very, very careful.* 因此，出於所有這些原因，我的勸告是要非常、非常小心。

句子中使用同一個名詞第二次提到某事時，可用 that 或 those。

*I know that what I say to a **person** is seldom what **that person** hears.* 我知道，我對一個人説的東西很少是那個人所聽到的。

*Students suggest **books** for the library, and normally we're quite happy to get **those books**.* 學生向圖書館推薦圖書，而通常我們會很樂意購入那些書的。

通常用 that 而不是 this 指某人剛作出的陳述。

*'She was terribly afraid of offending anyone.' – '**That**'s right.'* "她非常害怕得罪別人。"——"沒錯。"

*'**That**'s a good point,' he said in response to my question.* "這一點説得很好，"他説道，作為對我問題的答覆。

2 現在和過去

this 或 that 可用於談論事件或情況。

this 用於指繼續存在的情況或繼續發生的事件。

*'My God,' I said, '**This** is awful.'* "我的天哪，"我説。"這太糟糕了。"

***This** whole business has gone on too long.* 整個這件事拖得太久了。

that 可用於指最近發生的事件或情況。

*I knew **that** meeting would be difficult.* 我早就知道那次會面會很艱難。

***That** was a terrible air crash last week.* 那是上星期發生的一次可怕的空難。

3 近旁

可用 this 或 these 指靠得很近的人或物。

例如，可用 this 指手裏拿着的物體或面前桌子上的某物。

*'What is **this**?' she said, picking up the parcel on my desk.* "這是甚麼？"她説，拿起了我桌上的包裹。

*Wait a minute. I just have to sort **these** books out.* 等一下，我必須把這些書整理好。

that 或 those 用來指可以看到或聽到的人或物，但離得不是很近，因而比如不能用手摸到。

*Look at **that** bird!* 看那隻鳥！

*Can you move **those** boots off there?* 你能把那雙靴子從那裏拿走嗎？

比較一近一遠兩個東西時，可用 this 指近的那一個，用 that 指遠的那一個。

***This** one's nice but I don't like **that** one much.* 這個不錯，但我不太喜歡那個。

this – these

this 和 these 指人、物、情況、事件或時間段時有不同的用法。兩者都可作限定詞或代詞。

these 是 this 的複數形式。

1 返指

this 或 these 可用於指剛提到的人、物、情況或事件。

*He's from the Institute of English Language in Bangkok. **This** institute has been set up to serve language teachers in the area.* 他來自曼谷的英語語言學院。這所學院是為這個地區的語言教師服務而設立的。

*Tax increases may be needed next year to do **this**.* 為了做這件事，明年可能還需要增稅。

***These** particular students are extremely bright.* 這些特殊的學生極其聰明。

不要用 this 作代詞指剛提到的人。要用 he 或 she。

***He** was known to everyone as Eddie.* 大家都叫他埃迪。

*'Bye,' Mary said as **she** drove away.* "再見，" 瑪麗邊説邊駕車離開。

在談話中，即使在第一次提到人或物時，很多人也把 this 和 these 用作限定詞。

*Then **this** guy came to the door of the class and he said, 'Mary, you're wanted out here in the hall.'* 然後這傢伙來到教室門口，他説，"瑪麗，有人在外面大廳裏找你。"

*At school we had to wear **these** awful white cotton hats.* 在學校裏，我們不得不戴這些難看的白色棉帽子。

2 近旁

this 或 these 可用於指靠得很近的人或物。例如，如果你手裏拿着一本書，就可以用 this book 指這本書。

*The colonel handed him the bag. '**This** is for you,' he said.* 上校把袋遞給他。"這是給你的，" 他説。

*Get **these** kids out of here.* 把這些孩子從這裏趕走。

this 通常不用作代詞指人，僅用於確認或詢問某人的身份。例如，在介紹某人時用 this。注意，介紹的人不止一個時，要用 this，不用 these。

***This** is Bernadette, Mr Zapp.* 這是伯納黛特，扎普先生。

This is my brother Andrew and his wife Claire. 這是我弟弟安德魯和他的妻子克萊爾。

打電話時也用 this 説明自己是誰。

*Sally? **This** is Martin Brody.* 莎莉？我是馬丁·布羅迪。

3　目前情況

可用 this 指現存在的情況或正在發生的事件。

*You know a lot about **this** situation.* 你非常了解這個情況。

4　時間表達式中的 this 和 these

this 以下列方式用在時間表達式中：

與 morning、afternoon 或 evening 連用，指今天上午、下午或晚上。

*I was here **this afternoon**. Have you forgotten?* 今天下午我在這裏。你忘了嗎？

但是，不要説 this day，而要説 today。

*I had a letter **today** from my solicitor.* 今天我收到我律師的一封來信。

同樣，也不要説 this night。昨天夜裏用 last night 表示。今天夜裏用 tonight 表示。

*We left our bedroom window open **last night**.* 昨天夜裏我們讓臥室的窗戶開着。

*I think I'll go to bed early **tonight**.* 我想今晚我要早點睡覺。

this week、month 或 year 表示本週、本月或今年。

*They're talking about going on strike **this week**.* 他們在談論本週舉行罷工的事。

this 通常與 weekend、星期日子、月份或季節名稱連用，表示即將來臨的週末、星期日子、月份或季節。

*Come down there with me **this weekend**.* 這個週末和我一起去那裏。

*Let's fix a time. **This Sunday**. Four o'clock.* 我們確定一個時間吧。這個星期天。四時。

但是，this 與這些詞連用也可表示剛過去的那個週末、星期日子、月份或季節。

***This summer** they spent £15 million on emergency shelters for the homeless.* 今年夏天他們花了1,500萬英鎊為無家可歸者提供緊急避難所。

these days 表示 at the present time（如今、目前）。

*The prices **these days** are absolutely ridiculous.* 如今的物價簡直高得荒唐。

5　that 和 those

that 和 those 的用法與 this 和 these 類似。

☞　關於兩者的區別，見 this – that

---

those

☞　見 that – those

---

though

☞　見 although – though

thousand

a thousand 或 one thousand 表示一千、1,000。

既可説 **a thousand** things，也可説 **one thousand** things。

*We'll give you **a thousand** dollars for the story.* 我們會付給你一千美元購買這個故事。

*There was a ship about **one thousand** yards off shore.* 離岸大約 1,000 碼遠的地方有一艘船。

> **❗ 注意**
>
> 不要説 thousand things。
>
> thousand 前面有另一個數位時形式不變。例如，不要説 ~~five thousands~~，而要説 five **thousand**。
>
> *I'll pay you seven **thousand** dollars.* 我會付你七千美元。
> *We have five **thousand** acres.* 我們有五千英畝。

☞ 見參考部份 Numbers and fractions

---

till

☞ 見 until – till

---

time

☞ 關於表達時間的方法以及用於談論時間的介詞和副詞，見主題條目 Time

1 time

time 表示時間。

*It seemed like a long period of **time**.* 這似乎是一段很長的時間。
*More **time** passed.* 又過了一些時間。

通常不用 time 説明某事花了或持續了多長時間。

例如，不要説 ~~The course took two years' time.~~ 或 ~~Each song lasts ten minutes' time.~~，而要説 The course took **two years**.（這個進程花了兩年時間。）或 Each song lasts **ten minutes**.（每一首歌長10分鐘。）。

*The whole process probably takes **twenty-five years**.* 整個過程大概需要二十五年。
*The tour lasts **4 hours**.* 參觀持續 4 小時。

但是，説明某事將在多久以後發生時，可以用 time。例如，可以説 We are getting married **in two years' time**.（我們兩年後結婚。）。

*The exchange ends officially **in a month's time**.* 交易將在一個月後正式結束。
***In a few days' time**, she may change her mind.* 數天之後她也許會改變主意的。

time 通常作不可數名詞，因此不要與 a 連用。例如，不要説 ~~I haven't got a time to go shopping.~~，而要説 I haven't got **time** to go shopping.（我沒有時間去購物。）。

*I didn't know if we'd have **time** for tea.* 我不知道我們會不會有時間喝茶。

2 a...time

但是，可以用 a +形容詞 + time 表示某事花費或持續多長時間。例如，可以説 a long time 或 a short time。

*The proposal would take quite **a long time** to discuss in detail.* 詳細討論這個建議要花相當長的時間。

*After **a short time** one of them said 'It's all right, we're all friends here.'* 過了一會兒，其中一個人説道，"好吧，我們這裏都是朋友。"

這些表達式也可用作狀語短語，可加也可不加 for。

*He's going to have to wait **a very long time**.* 他將不得不等待很長的時間。

*They worked together **for a short time**.* 他們在一起工作了很短的一段時間。

*You've only been in the firm **quite a short time**.* 你在公司裏只留了很短的時間。

time 可用於 have a good time 之類的表達式，表示過得愉快、玩得開心。

*Downstairs, Aneesa **was having a wonderful time**.* 安妮莎在樓下玩得非常開心。

***Did** you **have a good time** in Edinburgh?* 你在愛丁堡過得愉快嗎？

這類句子中必須使用 a。例如，不要説 Aneesa was having wonderful time.。

3 作 occasion 解

time 與 the 或 that 連用加上後置修飾語，表示某事發生的場合。

*By **the time the waiter brought their coffee**, she was almost asleep.* 等服務員把咖啡端來時，她幾乎已經睡着了。

*Do you remember **that time when Adrian phoned up**?* 你還記得艾德里安打來電話的那一次嗎？

time 作此解時，前面可用 first 或 last 這樣的詞。

*It was **the first time** she spoke.* 這是她第一次説話。

*When was **the last time** I saw you?* 我最後一次見你是甚麼時候？

the first time 和 the next time 之類的表達式常常作狀語短語。

***The next time** he would offer to pay.* 下一次他會主動付款的。

***The second time** I hired a specialist firm.* 第二次我聘請了一家專業公司。

next time（不加 the）也用作狀語。

*You'll see a difference **next time**.* 下一次你會看到區別的。

***Next time** you will do everything right.* 下一次你會把一切做得很好。

4 on time

on time 表示準時。

*He turned up **on time** for guard duty.* 他準時過來執勤站崗。

*Their planes usually arrive **on time**.* 他們的飛機通常準點到達。

5 in time

不要混淆 on time 和 in time。in time 表示及時、來得及。

*We're just **in time**.* 我們正好來得及。

*He returned to his hotel **in time** for a late supper.* 他及時返回旅館吃了一頓晚進的晚餐。

in time 也表示按時。

*I can't do it **in time**.* 我不能及時完成。

in time 還有另外一個意思，表示最終、遲早。

***In time** the costs will decrease.* 成本最終會下降。

***In time** I came to see how important this was.* 最終我逐漸明白了這有多麼重要。

---

title – headline

1 title

title 表示（圖書、劇本、畫作或音樂的）題目、標題或名字。

*He wrote a book with the **title** The Castle.* 他寫了一本題為《城堡》的書。

*Walk under Ladders is the **title** of her new play.* 《在梯子下行走》是她的新劇本的名字。

2 headline

不要把報紙的大字標題稱作 title。要用 headline。

*All the **headlines** are about the Ridley affair.* 所有的大字標題都是關於里德利事件。

---

to

to 作介詞，有多種不同的用法，通常讀作 /tə/。但是，如果後接以元音音素開頭的詞，to 讀作 /tu/，如果位於句末，則讀作 /tu:/。

1 目的地

to 用於提及某人前往的地方。

*I'm going with her **to Australia**.* 我要和她一起去澳洲。

*The children have gone **to school**.* 孩子們已上學去了。

*I made my way back **to my seat**.* 我回到了自己的座位上去。

不要把 to 用在 here 或 there 的前面。例如，不要說 ~~We go to there every year.~~，而要說 We go **there** every year.（我們每年都去那裏。）。

*Before I came **here**, there were a few offers from other clubs.* 我來這裏之前，還有其他俱樂部提供的一些工作機會。

*His mother was from New Orleans and he went **there** every summer.* 他母親來自新奧爾良，他每年夏天都去那裏。

同樣，home 前面不要用 to。

*I want to go **home**.* 我想回家。

*I'll pick the parcels up on my way **home**.* 我將在回家的路上去領取包裹。

2 方向

to 可用於表示某人打算到達的地點。

*We're sailing **to Europe**.* 我們正在向歐洲航行。

*We used to go through Yugoslavia on our way **to Greece**.* 我們過去常常在前往希臘的途中經過南斯拉夫。

但是，不要用 to 表示某人或某物移動的大致方向。例如，不要説 ~~The boat was drifting to the shore.~~，而要説 The boat was drifting **towards** the shore.（小船正漂向海岸。）。

*He saw his mother running **towards him**.* 他看見他媽媽向他跑來。
*We turned to fly back **towards Heathrow**.* 我們轉而朝希思洛機場飛回去。

toward 有時用來代替 towards。

*They walked along the pathway **toward the house**.* 他們沿着小路向那間屋走去。

也可以説 look **towards** 或 **toward** something（朝某物看）。

*She glanced **towards the mirror**.* 她朝鏡子瞥了一眼。
*He stood looking **toward the back of the restaurant**.* 他站在那裏朝着餐廳的後面看去。

3 位置

to 可用來表示某物的位置。例如，to someone's left 表示在某人的左邊。

*My father was in the middle, with me **to his left** carrying the umbrella.* 我父親在中間，我舉着傘在他左邊。
***To the west** lies Gloucester.* 格洛斯特位於西邊。

也可用 to 表示某物繫在或連接在某處，或表示接觸到某物。

*I locked my bike **to a fence**.* 我把我的自行車鎖在了柵欄上。
*He clutched the parcel **to his chest**.* 他把包裹緊緊抱在胸前。

4 時間

有時 to 的用法和 until 類似。

*Breakfast was from **9 to 10**.* 早餐從9時到10時。
*Only ten shopping days **to Christmas**.* 離聖誕節只有10天時間買東西了。

5 間接賓語

如果間接賓語位於直接賓語之後，要把 to 放在某些動詞的間接賓語前面。

*He showed the letter **to Barbara**.* 他把信拿給芭芭拉看。

☞ 關於雙及物動詞的説明，見 Verbs

6 用於不定式

to 用於引導一種稱作 *to*-不定式分句的特殊分句。

*He was doing this **to make me more relaxed**.* 他這樣做是為了讓我更放鬆。
*She began **to cry**.* 她哭了起來。

☞ 見 Infinitives

> **!** 注意
>
> 不要把 to 和 too 或 two 混淆。後兩者都讀作 /tuː/。
>
> too 用於表示剛説過的話同樣適用於另一個人或物。
>
> *I'm on your side. Mike is **too**.* 我站在你一邊。麥克也是。
>
> too 也表示太、過於。
>
> *Eggs shouldn't be kept in the fridge, it's **too** cold.* 雞蛋不應該保存在冰箱的冷藏格裏，太冷了。

☞ 見 too

> **❗ 注意**
>
> two 表示二、兩個。
>
> The **two** boys glanced at each other. 這兩個男孩互相瞥了一眼。

today

today 的意思是今天。

How are you feeling **today**? 你今天感覺怎麼樣？
Today is Thursday. 今天是星期四。

today 不能用在 morning、afternoon 或 evening 前面，而要用 this。

His plane left **this morning**. 他的飛機今天早晨飛走了。
Can I take it with me **this afternoon**? 今天下午我能帶上這個嗎？
Come and have dinner with me **this evening**. 今天晚上來和我一起吃晚飯。

toilet

1 toilet

toilet 表示抽水馬桶、坐便器。

英國人也用 toilet 或 bathroom 指（帶有抽水馬桶的）衛生間、洗手間。如果衛生間在家裏，他們也可能用 lavatory、loo 或 WC 表示。lavatory 和 WC 這兩個詞相當過時，也很正式。loo 僅用於談話中。家裏樓下的衛生間有時稱作 cloakroom。

Annette ran and locked herself in the **toilet**. 安妮特跑開把自己鎖進了洗手間。
On the ground floor there is a large living room, a kitchen, a dining room and a **cloakroom**. 底層有一個大客廳、一個廚房和一個衛生間。
Can I use your **loo**? 我可以用你的廁所間嗎？

 在美式英語裏，衛生間稱作 bathroom。也可用 washroom。

She had gone in to use the **bathroom**. 她進去使用衛生間。

2 conveniences

在英式英語裏，公共廁所稱作 public toilet，但也可能看到 public convenience、WC 或 toilet 這樣的標誌。也可用 the ladies（女廁所）和 the gents（男廁所）。

Where are the nearest **public toilets**? 最近的公共廁所在哪裏？
She made a quick visit to **the ladies** to re-apply lipstick. 她很快去了下女廁所，重新抹了口紅。

 在美式英語裏，公共廁所可稱作 restroom、comfort station 或 washroom。也可用 the ladies' room（女廁所）和 the men's room（男廁所）。

He walked into the men's **restroom** and looked at himself in the mirror. 他走進男廁所，看着鏡子裏的自己。

tolerate

☞ 見 bear

---

too

too 可作副詞或分級副詞。

1 用作副詞

too 作副詞表示剛說過的話同樣適用於或包括另一個人或物。

*Of course, you're a teacher **too**, aren't you?* 當然你也是老師，不是嗎？

*Hey, where are you from? Brooklyn? Me **too**!* 嘿，你來自哪裏？布魯克林？我也是。

☞ 見 also – too – as well

2 用作分級副詞

too 用在形容詞或副詞前面，表示太、過於。

*By then he was far **too tall** for his little bed.* 到那個時候，他的個頭已遠遠超過了他的小牀。

*I realized my mistake **too late**.* 我認識到錯誤已太晚了

too 前面不要用 very。例如，不要說 ~~The hat was very too small for her.~~，而要說 The hat was **much** too small for her.（這頂帽子對她來說實在太小了。）或 The hat was **far** too small for her.。

*That may seem **much too expensive**.* 那似乎太貴了。

rather、slightly 或 a bit 可用在 too 前面。

*The dress was **rather too small** for her.* 這件連衣裙她穿太小了。

*His hair had grown **slightly too long** over his ears.* 他的頭髮在耳朵上面留得略微長了一點。

*I'm afraid the price may just be **a bit too high**.* 恐怕價格可能有點太高了。

> **！注意**
>
> too 前面不要用 fairly、quite 或 pretty。
>
> 名詞前面一般不用 too 加形容詞。例如，不要說 ~~These are too big boots.~~，而要說 These boots **are too big**.（這雙靴子太大。）。
>
> 但是，在正式或文雅的英語裏，名詞前面有時用 too 加形容詞。形容詞後面用 a 或 an。例如，可以說 This is **too complex a problem** to be dealt with here.（這個問題過於複雜，無法在此處理。），而不要說 ~~This is a too complex problem to be dealt with here.~~。
>
> *That's **too easy an answer**.* 那個答案太容易了。
>
> *Somehow, Vadim seems **too nice a man** for the job.* 不知甚麼緣故，瓦迪姆似乎是這項工作很不錯的人選。

3 用作強化詞

有些人把 too 用在 kind 這樣的詞前面，表示非常感激。這種用法相當正式。

*You're **too kind**.* 你真是太好了。

但是，通常不把 too 用在形容詞或副詞前面僅僅表示強調。例如，不要説 ~~I am too pleased with my new car.~~。要用 very 這個詞。

*She was upset and **very angry**.* 她非常難過，非常生氣。
*Think **very carefully**.* 要仔細思考一下。

☞ 見 very

4 too much 和 too many

too much 可與不可數名詞連用，表示太多。

*They said I was earning **too much money**.* 他們説我賺的錢太多。

也可以説 too little，表示太少。

*There would be **too little moisture** for the plants to grow.* 供植物生長的水分可能會太少。

too many 可與可數名詞連用，表示過多、太多。

*I was making **too many mistakes**.* 我當時犯的錯誤太多了。

也可以説 too few，表示過少、太少。

***Too few people** nowadays are interested in literature.* 如今對文學感興趣的人太少。

much too much 或 far too much 可與不可數名詞連用，表示實在太多。

*This would leave **much too much power** in the hands of the judges.* 這會在法官手中留下太多太多的權力。

*These people are getting **far too much attention**.* 這些人得到的關注實在太多了。

far too many 可與可數名詞連用，表示實在太多。

*Every middle-class child gets **far too many toys**.* 每一個中產階級的孩子得到的玩具實在太多。

> **！注意**
>
> 不要把 too much 或 much too much 用在沒有後接名詞的形容詞前面。例如，不要説 ~~It's too much hot to play football.~~，而要説 It's **too hot** to play football.（天氣太熱了，不能踢足球。）或 It's **much too hot** to play football.。

---

toward – towards

☞ 見條目 to 中關於方向的部份

---

traffic

traffic 表示交通、車流。

*In many areas rush-hour **traffic** lasted until 11am.* 在許多地區，交通高峰持續到上午11時。

traffic 是不可數名詞。不要説 ~~traffics~~ 或 ~~a traffic~~。

traffic circle

☞ 見 roundabout

---

transport – transportation

1 transport

在英式英語裏，交通工具一般稱作 transport。

*It's easier to travel if you have your own **transport**.* 如果你有自己的交通工具，旅行起來就方便多了。

*You can get to the museum by public **transport**.* 你可以通過公共交通到達博物館。

transport 是不可數名詞。不要把單獨一種交通工具稱作 ~~a transport~~。

英國人有時也用 transport 指運輸、運送。

*The goods were ready for **transport** and distribution.* 貨物已經準備好發運和配送。

*High **transport** costs make foreign goods too expensive.* 高昂的運輸成本使外國商品變得太貴。

2 transportation

 美式英語中通常用 transportation 指交通工具以及運輸和運送。

*Do you two children have **transportation** home?* 你們兩個孩子有交通工具嗎？

*Long-distance **transportation** will increase the price of the product.* 長距離運輸會提高產品的價格。

---

trash

☞ 見 rubbish

---

travel

travel 可作動詞或名詞。在英式英語裏，該動詞的其他形式為 travels、travelling、travelled；在美式英語裏則是 travels、traveling、traveled。

1 用作動詞

travel 表示前往、出行。

*I **travelled** to work by train.* 我坐火車去上班。

travel 表示旅行，尤指到國外旅行。

*They brought news from faraway places in which they **travelled**.* 他們從遊歷過的遙遠地方帶回了消息。

*You have to have a passport to **travel** abroad.* 去國外旅行必須持有護照。

2 用作名詞

travel 表示旅行、出行。travel 作此解時，是不可數名詞。

*They arrived after four days of hard **travel**.* 經過四天的艱苦旅行他們到達了。

*Air **travel** is so easy these days.* 如今乘飛機旅行非常容易。

*We used to dream about space **travel**.* 我們過去常常夢想太空旅行。

3 travels

travels 表示到不同地方的旅行，尤指長途旅行。

*Stasya told us all about her **travels**.* 斯塔斯亞跟我們説了她全部的旅行經歷。
*It is a collection of rare plants and trees collected during lengthy **travels** in the Far East.* 這是在漫長的遠東旅行期間收集到的稀有植物和樹木。

> **！ 注意**
>
> 不要用 ~~a travel~~ 表示一次旅行。要用 journey、trip 或 voyage。

☞ 見 journey – trip – voyage – excursion

trip

☞ 見 journey – trip – voyage – excursion

trouble

1 用作不可數名詞

trouble 最常用作不可數名詞，表示麻煩、困難。

*The weather was causing more **trouble** than the enemy.* 天氣正在比敵人帶來更大的麻煩。
*This would save everyone a lot of **trouble**.* 這可以給大家免去許多麻煩。

可以説 **have trouble doing** something（做某事有困難）。

*Did you **have any trouble finding** your way here?* 你找到來這裏的路有困難嗎？

> **！ 注意**
>
> 不要説 ~~Did you have any trouble to find your way here?~~。

2 troubles

troubles 表示生活中的麻煩、煩惱。

*It helps me forget my **troubles** and relax.* 這有助於我忘掉煩惱，放鬆下來。

> **！ 注意**
>
> 通常不用 a trouble 表示單個的問題。

3 the trouble

the trouble 表示（事情的某個方面引起的）問題。

*It's getting a bit expensive now, that's **the trouble**.* 現在變得有點貴了，這就是麻煩所在。
***The trouble** is there's a shortage of suitable property.* 問題是缺少合適的地產。

trousers

trousers 表示長褲、褲子，是複數名詞，與動詞的複數形式連用。

*His trousers **were** covered in mud.* 他的褲子上沾滿了泥。

不要用 ~~a trousers~~ 表示一條褲子，要説 some trousers 或 a pair of trousers。

*It's time I bought myself **some new trousers**.* 是時候我給自己買一條新褲子了。

*Umar was dressed in **a pair of black trousers**.* 奧馬爾穿着一條黑褲子。

通常 a pair of trousers 與動詞的單數形式連用。

*There **was** a pair of trousers in his carrier-bag.* 他的購物袋裏有一條褲子。

trouser 這個形式常常用在另一個名詞前面。

*The waiter took a handkerchief from his **trouser pocket**.* 服務員從褲子口袋裏掏出一塊手帕。

*Hamo was rolling up his **trouser leg**.* 哈莫在捲起自己的褲邊。

 在美式英語裏，更常用於表示長褲的詞是 pants 或 slacks。

truck

☞ 見 carriage – car – truck – wagon, lorry – truck

true – come true

1 true

true 表示真的、真實的。

*The story about the murder is **true**.* 關於那個謀殺案的敘述是真的。

*Unfortunately it was **true** about Sylvie.* 遺憾的是，關於西爾維的事情是真的。

2 come true

come true 表示（夢想、願望或預言）實現、成真。

*Remember that some dreams **come true**.* 記住，有些夢想是會實現的。

*The worst of the predictions might **come true**.* 最壞的預言可能會成真。

> **！注意**
> 不要説 ~~become true~~。

trunk

☞ 見 boot – trunk

try – attempt

這兩個詞都可作動詞和名詞。try 的其他形式是 tries、trying 和 tried。

1 try 用作動詞

try to do something 表示努力做某事。

*My sister **tried to cheer me up**.* 我姐姐努力想讓我高興起來。
*He **was trying** his best **to understand**.* 他在盡最大努力理解。

也可説 **try and do** something。兩者的意義沒有區別，但 try and do 用在談話和不太正式的書面語中。在正式英語裏，要用 try to do。

***Try and see** how many of these questions you can answer.* 爭取一下，看看這些問題中有多少你能回答。
*Please **try and help** me to cope with this.* 請想辦法幫我解決這個。
*We must **try and understand**.* 我們必須試着去理解。

> **！注意**
> 只有在 try 的原形後面才能使用 and，也就是用作祈使式或不定式，或用在情態詞後面。例如，不能説 ~~I was trying and help her.~~ 或 ~~I was trying and helping her.~~。
> **try doing** something 表示嘗試做某事。
>
> *He **tried changing** the subject.* 他試着改變話題。
> *Have you ever **tried painting**?* 你嘗試過繪畫嗎？

2 attempt 用作動詞

attempt to do something 表示努力做某事。attempt 比 try 更正式。

*Some of the crowd **attempted to break** through the police lines.* 人群中有些人試圖衝破警察的警戒線。
*Rescue workers **attempted to cut** him from the crashed vehicle.* 救援人員努力把他從撞毀的車中切割出來。

> **！注意**
> 不要説 ~~The crowd attempted and break through.~~ 或 ~~The crowd attempted breaking through.~~。

3 try 和 attempt 用作名詞

try 或 attempt 可表示試圖、嘗試。try 一般僅用在談話和不太正式的書面語中。在正式英語裏，通常用 attempt。

*After a few **tries** they gave up.* 試了數次以後，他們放棄了。
*The young birds manage to fly several kilometres at their first **attempt**.* 幼鳥們首次嘗試就成功地飛了好幾公里。

have a try at something 或 **give** something **a try** 表示試一試某事。

*You**'ve had a good try at** it.* 你對此作了一次很好的嘗試。
*'I'll go and see him in the morning.' – 'Yes, **give** it **a try**.'* "我想上午去看他。" ——"好的，試試看吧。"

可以説 **make an attempt to do** something（嘗試做某事）。

*He **made an attempt to call** Courtney; she wasn't in.* 他試着給考特尼打電話；她不在家。

*Two recent reports **made an attempt to assess** the success of the project.* 最近的兩篇報告試圖對項目的成效進行評估。

type

type 是名詞，用於談論（人或物的）一類、類型。type 是可數名詞。在 all 和 many 這樣的詞後面要用 types，而不是type。

*There were hundreds of ships of every size and **type**.* 有數百艘各種大小和類型的船隻。

*We work in hospitals of **all types**.* 我們在各種各樣的醫院工作。

*Elderly people need **many types** of public service.* 老年人需要許多類型的公共服務。

types of 後面既可用名詞的複數也可用單數。可以説 He eats most types of **vegetables**.（他吃大多數種類的蔬菜。）或 He eats most types of **vegetable**.。單數形式更正式。

*How many types of **people** live in these households?* 有多少類型的人生活在這些家庭中？

*This only happens with certain types of **school**.* 這僅僅發生在某些類型的學校裏。

如果 types of 前面用了數詞，後面應該用單數形式。

*There are three types of **muscle** in the body.* 人體內有三種肌肉。

*They run two types of **playgroup**.* 他們開辦兩種幼兒遊戲組。

type of 後面用名詞的單數形式。

*He was an unusual type of **actor**.* 他是一個與眾不同的演員。

*This type of **problem** is common in families.* 這類問題在家庭中很常見。

在談話中，these 和 those 常常與 type 連用。例如，人們會説 These type of books are boring.（這些類型的書很無聊。）或 Those type of books are boring.（那些類型的書很無聊。）。

這種用法一般被認為不正確，應該避免在書面語裏使用。反之應該説 **This type of book** is boring.（這種書很無聊。）或 **That type of book** is boring.（那種書很無聊。）。

*This type of person** has very little happiness.* 這類人幾乎沒有甚麼幸福感。

*I could not be happy in **that type of household**.* 在那種家庭裏我快樂不起來。

Uu

---

under – below – beneath

1 under

under 幾乎總是作介詞，表示在……下面、在……底下。

*There's a cupboard **under** the stairs.* 樓梯下有一個碗櫃。

*A path runs **under** the trees.* 一條小路在樹底下通過。

2 underneath

underneath 可作介詞，其詞義與 under 類似。

*We sat at a table **underneath** some olive trees.* 我們坐在數棵橄欖樹下的一張桌旁。

underneath 也可作副詞。

*Let's pull up the carpet and see what's **underneath**.* 讓我們把地毯拉起來，看看底下是甚麼。

3 below

below 可作介詞，一般用於表示在低得多的下面。

*There's a tunnel 100 metres **below** the surface.* 地面下100米有一條隧道。

below 也可作副詞。

*They stood at the top of the mountain and looked at the valley **below**.* 他們站在山頂上俯瞰下面的山谷。

4 beneath

beneath 可作介詞，其詞義與 under 或 below 類似。beneath 更正式。

*He could feel the soft ground **beneath** his feet.* 他感覺得到腳底下鬆軟的地面。

beneath 也可作副詞。

*He stared out of the window at the courtyard **beneath**.* 他凝視着窗戶外下面的庭院。

---

understand – realize

1 understand

understand 表示理解、懂。

*His lecture was confusing; no one could **understand** the terminology.* 他的演講很混亂；沒有人聽得懂那些名詞術語。

*Her accent was hard to **understand**.* 她的口音很難聽懂。

understand 表示知道、獲悉。

*I **understand** he's been married before.* 我知道他以前結過婚。

*There was no definite evidence, I **understand**.* 據我所知，沒有確切的證據。

2 realize

不要用 understand 表示意識到某事。例如，不要説 ~~Until he stopped working he hadn't understood how late it was.~~，而要説 Until he stopped working he **hadn't realized** how late it was.（直到停止工作，他才意識到已經有多晚了。）。

*As soon as I saw him, I **realized** that I'd seen him before.* 我一見到他，我就意識到以前看見過他。

understanding

☞ 見 comprehension – understanding

university

☞ 見 school – university

unless

unless 通常用於表示只有當⋯⋯，説明只有在特定情況下某事才會發生或為真。例如，可以用 I will **not** go to France **unless** the firm pays my expenses.（我不會去法國，除非公司支付費用。）代替 I will go to France only if the firm pays my expenses.（只有公司支付費用我才會去法國。）。談論將來的時候，unless 後面用一般現在時。

*We cannot understand disease **unless** we **understand** the person who has the disease.* 只有了解患病的人，我們才能理解疾病。

談論過去的情況時，unless 後面用一般過去時。

*She wouldn't go with him **unless** I **came** too.* 她不願意和他一起去，除非我也去。

> ### ❗ 注意
>
> unless 後面不要用將來形式。例如，不要説 ~~I will not go to France unless the firm will pay my expenses.~~。
>
> 也可用 unless 表示除非、如果不，指某事不會發生或為真的唯一情況。例如，可以用 We will carry on selling the furniture **unless** we are told to stop.（我們將繼續出售傢具，除非有人叫我們停止。）代替 If we are not told to stop, we will carry on selling the furniture.（如果沒人叫我們停止，我們將繼續出售傢具。）。
>
> *The mail will go by air **unless** it is quicker by other means.* 郵件將通過航空發送，除非通過其他方式速度更快。
>
> *We might as well stop **unless** you've got something else you want to talk about.* 如果你沒有別的事情要談，我們不妨停下來。
>
> 不要用 unless 表示如果特定的情況不存在某事會發生或為真。例如，如果你得了感冒，不要説 ~~I would go to the party unless I had this cold.~~，而要説 I would go to the party **if I didn't have** this cold.（如果我沒有患這個感冒，我會去參加聚會的。）。

> *She'd be pretty **if she didn't wear** so much make-up.* 如果她不化那麼濃的粧，她會很漂亮的。

until – till

until 和 till 可作介詞或連詞。兩者的詞義沒有區別。till 更常用於談話，不用於正式的書面語。

1 用作介詞

until 或 till 表示直到⋯⋯為止。

*He continued to teach **until** his death in 1960.* 他繼續教書，直到1960年去世。

*I said I'd work **till** 4 p.m.* 我説我要工作到下午4時。

如果想強調某事直到某個時間才停止，可用 up until、up till 或 up to。

***Up until** 1950 coal provided over 90% of our energy needs.* 直到1950年，煤炭為我們提供了超過90%的能源需求。

*Eleanor had not **up till** then taken part in the discussion.* 埃莉諾到那時為止沒有參加討論。

***Up to** now they've had very little money.* 到目前為止，他們有的錢很少。

在否定句中，可用 until 或 till 表示直到⋯⋯才⋯⋯。

*Details will not be available **until** January.* 直到1月份才可能獲得細節。

*We didn't get back **till** two.* 我們直到二時才回來。

2 與 after 連用

until 或 till 能和以 after 開頭的短語連用。

*He decided to wait **until after Christmas** to propose to Gertrude.* 他決定等到聖誕節後向格特魯德求婚。

*We didn't get home **till after midnight**.* 我們直到午夜過後才回到家。

> **!** 注意
>
> 不要用 until 或 till 表示某事將在某個時間前發生。例如，不要説 ~~The work will be finished until four o'clock.~~，而要説 The work will be finished **by** four o'clock.（到4時工作即將完成。）。
>
> ***By** 8.05 the groups were ready.* 到8時05分，各個小組都準備好了。
>
> *Total sales reached 1 million **by** 2010.* 到 2010年，總銷售額達到了100萬。

3 與 from 連用

from 常與 until 或 till 連用，表示從⋯⋯直到⋯⋯。

*The ticket office will be open **from** 10.00 am **until** 1.00 pm.* 售票處將從上午10時開放到下午1時。

*They worked **from** dawn **till** dusk.* 他們從黎明工作到黃昏。

在這類句子中，可用 to 代替 until 或 till。有些美國人也用 through。

*Open daily 1000-1700 **from** 23rd March **to** 3rd November.* 從3月23日到11月3日每天10時到17時開放。

*I was in college **from** 1985 **through** 1990.* 從1985年到1990年我在上大學。

> **!** 注意
>
> until 或 till 只能用於談論時間。不要用這些詞談論位置，例如，不要説 ~~She walked until the post office.~~，而要説 She walked **as far as** the post office. （她一直步行到了郵局。）。
>
> *They drove **as far as** the Cantabrian mountains.* 他們開車一直開到了坎塔布連山脈。

4 用作連詞

until 或 till 後面可用從句代替名詞短語。從句中常常用一般現在時。

*They concentrate on one language **until** they **go** to university.* 他們在上大學之前專心學習一門語言。

*Stay here with me **till** help **comes**.* 和我一起留在這裏直到援助到來。

從句中也可用現在完成時。

*I'll wait here **until** you **have had** your breakfast.* 我會在這裏等，直到你吃完早餐。

談論過去的事件時，從句中用一般過去時或過去完成時。

*The plan remained secret **until** it **was exposed** by the press.* 該計劃一直處於保密狀態，直到被報界揭露。

*He continued watching **until** I **had driven off** in my car.* 他一直注視着，直到我開車離去。

> **!** 注意
>
> 從句中不要用將來時態。例如，不要説 ~~Stay here with me till help will come.~~ 或 ~~I'll wait here until you will have had your breakfast.~~。

---

up

1 up

up 可作介詞，通常表示向高處。

*I carried my suitcase **up** the stairs behind her.* 我跟在她後面把手提箱搬上樓。

*The heat goes straight **up** the chimney.* 熱量直接沿着煙囱向上升。

up 也可作副詞，常常用在短語動詞裏表示向上。

*The coffee was sent **up** from the kitchen below.* 咖啡是從下面的廚房送上來的。

*Bill put **up** his hand.* 比爾舉起了手。

up 也用作副詞，表示在上面、在高處。

*He was **up** in his bedroom.* 他在樓上的臥室裏。

*They live in a house **up** in the hills.* 他們住在山上的屋裏。

2 up to

向上走可用 go **up to** 表示。

*I went **up to** the top floor.* 我走到了頂樓。

也可以用 go **up to** 表示向北走。

*I thought of going **up to** New York.* 我在考慮北上紐約。
*Why did you come **up to** Edinburgh?* 你為甚麼上愛丁堡來？

英國人有時用 up to 代替 to，沒有甚麼特別的原因。

*The other day I went **up to** the supermarket.* 那天我去了超市。
*We all went **up to** the pub.* 我們都去了小酒吧。

---

upwards – upward

☞ 見 -ward – -wards

---

us

us 可作動詞或介詞的賓語，表示我們。

*Why didn't you tell **us**?* 你為甚麼不告訴我們？
*There wasn't room for **us** all.* 沒有容納我們所有人的空間。

> ❗ 注意
>
> 在標準英語中，如果 we 作主語，則不要用 us 作句子的賓語。
> 例如，不要説 ~~We bought us some drinks.~~，而要説 We bought **ourselves** some drinks.（我們給自己買了數杯飲品。）。
>
> *After the meeting we introduced **ourselves**.* 會議結束後，我們作了自我介紹。

---

used to

1 主要意義

used to /juːs tuː, juːs tə/ 表示過去常常。

*She **used to** go swimming every day.* 她以前每天去游泳。
*I **used to** be afraid of you.* 我過去一向害怕你。

2 used to 用於否定結構

在談話中，可以説 didn't use to。

*The house **didn't use to** be so clean.* 這間屋以前沒有那麼乾淨。

> ❗ 注意
>
> 很多人使用 didn't used to 這個形式代替 didn't use to。但是，有些人認為這種用法不正確。
>
> *They **didn't used to** mind what we did.* 他們過去不介意我們做甚麼。

> 也可以説 never used to。
>
> *Where I lived before, we **never used to** have posters on the walls.* 在我以前住的地方，牆上從來沒有海報。
>
> *Snooker and darts **never used to** be shown on television.* 桌球和擲飛鏢遊戲過去從不在電視上播放。
>
> 也可以説 used not to。這是相當正式的用法。
>
> *It **used not to** be taxable, but now it will be subject to tax.* 這個在過去不用納税，但現在要納税了。
>
> 在標準英語裏，不要説 ~~usedn't to~~。

3 used to 用於疑問句

把 did 放在主語前面後接 use to 可構成 *yes / no*-疑問句。

***Did you use to** do that, when you were a kid?* 你小時候經常做這個嗎？

> #### ⚠️ 注意
>
> 很多人在疑問句裏用 used to 代替 use to。但是，有些人認為這種用法不正確。
>
> ***Did you used to** live here?* 你以前住在這裏嗎？
>
> used to 也可用於 *wh*-疑問句。如果 *wh*-詞是句子的主語或主語的一部份，可把 used to 放在其後，不用助動詞。
>
> ***What used to** annoy you most about him?* 你過去最討厭他甚麼？
>
> 如果 *wh*-詞是句子的賓語或賓語的一部份，其後要用助動詞 do，然後接主語加 used to。
>
> ***What did you used to** do on Sundays?* 你以前星期天都做些甚麼？

4 熟悉

used to 還有另一個詞義，表示習慣於。表達這個意義時，used to 前面用動詞 be 或 get，後接名詞或 -ing形式。

*It doesn't frighten them. They**'re used to it**.* 這嚇不了他們。他們已經習慣了。

*I**'m used to getting up** early.* 我習慣於早起。

*It's very noisy here, but you'll **get used to it**.* 這裏很吵，但你會習慣的。

☞ 見 accustomed to

---

usual – usually

1 usual

usual 表示通常的、慣常的、平常的。

*They are not taking the **usual** amount of exercise.* 他們做的運動量沒有平時多。

*He sat in his **usual** chair.* 他坐在他平常坐的椅子上。

> ### ❗ 注意
>
> usual 通常置於 the 或 my、his 等所有格之後，不要用在 a 後面。例如，不要説 ~~They are not taking a usual amount of exercise.~~。
>
> 可以説 it is **usual for**...**to do** something。
>
> *It is **usual for** staff **to meet** regularly.* 員工通常定期見面。
>
> *It was quite **usual for** the horses **to wander** short distances.* 馬匹在短距離內遊蕩是很平常的。
>
> 不要用 that。例如，不要説 ~~It is usual that staff meet regularly.~~。

2 ordinary

不要用 usual 表示普通的。例如，不要説 ~~I haven't got any chocolate biscuits, only usual ones.~~，而要説 I haven't got any chocolate biscuits, only **ordinary** ones.（我沒有巧克力餅乾，只有普通的。）。

*These children should be educated in an **ordinary** school.* 這些孩子應該在普通學校接受教育。
*It was furnished with **ordinary** office furniture.* 它配有普通的辦公室傢具。

3 usually

副詞 usually 表示通常。

*She **usually** found it easy to go to sleep at night.* 她通常發現晚上很容易入睡。
*We **usually** eat in the kitchen.* 我們一般在廚房裏吃飯。

4 as usual

as usual 表示像往常一樣、照例。

*Nina was late, **as usual**.* 尼娜遲到了，像往常一樣。
*She wore, **as usual**, her black dress.* 她像往常一樣穿着黑衣服。

> ### ❗ 注意
>
> 不要説 ~~as usually~~。

Vv

---

vacation
☞ 見 holiday – vacation

Grammar Finder 語法講解

Verb forms 動詞形式
☞ 見參考部份 Verb forms（formation of）

1 用法

不同的動詞形式（verb form）用於大致表示所指的時間。一般形式（simple form）用於指情況、習慣動作以及完成的單個動作。

*I **like** him very much.* 我非常喜歡他。

*He always **gives** both points of view.* 他總是把兩種觀點都表達出來。

*He **walked** out of the kitchen.* 他走出了廚房。

進行時形式（the progressive）用於談論在特定時間點的暫時情況。

*Inflation **is rising**.* 通貨膨脹正在加劇。

*We believed we **were fighting** for a good cause.* 我們當時相信我們在為正義的事業而戰。

有些動詞通常不用進行時形式。

☞ 見 The Progressive form

完成時形式（perfect form）用於把一個動作或情況與現在或過去的一個時刻聯繫起來。

*Football **has become** international.* 足球已成為國際體育運動。

*She did not know how long she **had been lying** there.* 她不知道自己在那裏躺了多久。

如果分句的主語是受動作影響的人或物，要用被動式（the passive）。被動式由 be 的一個適當形式加主要動詞的 *-ed* 分詞構成。

*The earth **is baked** by the sun into a hard, brittle layer.* 泥土被太陽烤成了硬脆的一層。

*They **had been taught** to be critical.* 他們被教導要有批判精神。

☞ 見 The passive

☞ 關於動詞形式用法的進一步説明，見 The Future, The Past, The Present

有時用在從句中的動詞形式是意料之外的：

☞ 見 The Future, Reporting, Subordinate clauses

2 現在和過去時態

以下數頁上的表格列出了動詞的現在和過去形式。

動詞形式	
主動式	**被動式**
一般現在時	
原形	**be** 的一般現在時 + *-ed*分詞
*I **want** a breath of air.* 我要呼吸一點新鮮空氣。（第三人稱單數） *-s*形式 *Flora **laughs** again.* 弗洛拉又笑了起來。	*It **is boiled** before use.* 使用以前先煮沸。
現在進行時	
be 的一般現在時 + *-ing*形式 *Things **are changing**.* 事情正在發生變化。	**be** 的現在進行時 + *-ed*分詞 *My advice **is being ignored**.* 我的勸告遭到了忽視。
現在完成時	
have 的一般現在時 + *-ed*分詞 *I **have seen** this before.* 我以前看到過這個。	**be** 的現在完成時 + *-ed*分詞 *You **have been warned**.* 你被警告過了。
現在完成進行時	
be 的現在完成時 + *-ing*形式 *Howard **has been working** hard.* 霍華德一直在努力工作。	**be** 的現在完成進行時 + *-ed*分詞（不常見）
一般過去時	
過去形式 *I **resented** his attitude.* 我討厭他的態度。	**be** 的一般過去時 + *-ed*分詞 *He **was murdered**.* 他被謀殺了。
過去進行時	
be 的一般過去時 + *-ing*形式 *I **was sitting** on the rug.* 我正坐在小地毯上。	**be** 的過去進行時 + *-ed*分詞 *We **were being watched**.* 我們正被人注視着。
過去完成時	
had + *-ed*分詞 *Everyone **had liked** her.* 每個人都喜歡她。	**be** 的過去完成時 + *-ed*分詞 *Raymond **had been rejected**.* 雷蒙被拒絕了。

過去完成進行時	
had been + -ing形式	**be** 的過去完成進行時 + -ed分詞
Miss Gulliver **had been lying**. 格烈佛小姐一直在説謊。	（不常見）

3 將來形式

英語中表示將來的方式有好幾種。最常見的方式是使用情態詞 will 或 shall。

☞ 見 shall – will

用 will 和 shall 談論將來的動詞短語有時稱作將來形式（future form）。

下表列出的是各種將來形式。

主動式	被動式
將來時	
will 或 **shall** + 原形 *They* **will arrive** *tomorrow*. 他們將在明天到達。	**will be** 或 **shall be** + -ed分詞 *More land* **will be destroyed**. 更多土地將遭到破壞。
將來進行時	
will be 或 **shall be** + -ing形式 *I* **shall be leaving** *soon*. 我很快就要走了。	**will be being** 或 **shall be being** + -ed分詞 （不常見）
將來完成時	
will have 或 **shall have** + -ed分詞 *They* **will have forgotten** *you*. 他們會把你忘記的。	**will have been** 或 **shall have been** + -ed分詞 *By the end of the year, ten projects* **will have been approved**. 到年底時，10個項目將會得到批准。
將來完成進行時	
will have been 或 **shall have been** + -ing形式 *By March, I* **will have been doing** *this job for six years*. 到3月份，我做這份工作就滿6年了。	**will have been being** 或 **shall have been being** + -ed分詞 （非常罕見）

☞ 見 The Future

Grammar Finder 語法講解

Verbs 動詞

1 動詞形式		**8** 作格動詞	
2 動詞形式的使用		**9** 相互動詞	
3 不及物動詞		**10** 帶賓語或介詞短語的動詞	
4 及物動詞		**11** 帶兩個賓語的動詞（雙及物動詞）	
5 反身動詞		**12** 繫動詞	
6 虛化動詞		**13** 複合動詞	
7 及物或不及物		**14** 其他動詞	

動詞（verb）是與主語連用說明人或物做了甚麼、是甚麼以及發生了甚麼的詞。本條目論述動詞的不同形式，然後說明動詞的不同類別。

1 動詞形式

規則動詞（regular verb）有下列形式：

▶ 原形，比如 walk

▶ -s形式，比如 walks

▶ -ing形式，比如 walking

▶ 過去式，比如 walked

就規則動詞來說，過去式用於過去時態，也用作 -ed分詞。但是，很多<u>不規則動詞</u>（irregular verb）有兩個過去形式：

▶ 過去時形式，比如 stole

▶ -ed分詞形式，比如 stolen

☞ 見參考部份 Irregular verbs
☞ 關於常用不規則動詞 be、have 和 do 的形式，見 Auxiliary Verbs

加上 -s、-ing 和 -ed詞尾時，有時拼寫會有變化，如參考部份第853頁的表格所示。

2 動詞形式的使用

動詞原形用於一般現在時、祈使式和不定式，以及用在情態詞之後。

*I **hate** him.* 我恨他。
***Go** away.* 走開。
*He asked me to **send** it to him.* 他要我把它寄給他。
*He asked if he could **take** a picture.* 他問他是否可以拍一張照片。

-s形式用於一般現在時的第三人稱單數。

*She **likes** you.* 她喜歡你。

-ing形式用於進行時、-ing形容詞、動名詞以及某些非限定分句。

☞ 見 -ing forms

*The attacks are **getting** worse.* 疾病發作越來越嚴重了。

*...the **increasing** complexity of industrial societies* ⋯⋯工業社會日益增加的複雜性
*She preferred **swimming** to tennis.* 她喜歡游泳，不太喜歡網球。
*'So you're quite recovered now?' she said, **smiling** at me.* "那麼你現在完全康復
了？"她微笑着對我說。

過去式用於一般過去時和用作規則動詞的 *-ed*分詞。

*I **walked** down the garden with him.* 我和他一起沿着花園走去。
*She had **walked** out without speaking.* 她一言不發地走了出去。

*-ed*分詞用於完成時、被動式、*-ed*形容詞以及某些非限定分句。

☞ 見 *-ed*分詞

*Two countries have **refused** to sign the document.* 兩個國家拒絕簽署文件。
*It was **stolen** weeks ago.* 它在數週前被盜了。
*He became quite **annoyed**.* 他變得很惱火。
*The cargo, **purchased** all over Europe, included ten thousand rifles.* 這批貨物購自
歐洲各地，包括1萬支步槍。

☞ 見 Verb forms

3 不及物動詞

有些動詞不帶賓語。這些動詞稱作不及物動詞（intransitive verb）。

不及物動詞常常描述除主語外不涉及任何人或物的動作或事件。

*Her whole body **ached**.* 她全身疼痛。
*The gate **squeaked**.* 大門吱嘎作響。

有些不及物動詞始終或通常要接介詞。

*I'm **relying on** Bill.* 我現在依靠比爾。
*The land **belongs to** a rich family.* 這塊地屬於一個富裕的家庭。

下面是一些最常用的不及物動詞：

amount to	depend on	object to	resort to
apologize for	hint at	pay for	sympathize with
aspire to	hope for	qualify for	wait for
believe in	insist on	refer to	
belong to	lead to	relate to	
consist of	listen to	rely on	

在本書的很多單詞條目中，讀者可以找到關於某個動詞後面用甚麼介詞的說明。

4 及物動詞

有些動詞描述的事件除了涉及主語，還必定涉及其他人或物。這些動詞稱作及物動詞
（transitive verb）。及物動詞帶賓語（object），即位於動詞後面的名詞短語。

*He **closed the door**.* 他關上了門。
*Some of the women **noticed me**.* 其中一些婦女注意到了我。

有些及物動詞的賓語後面總是或通常接特定的介詞。

*The police **accused** him **of** murder.* 警方指控他犯有謀殺罪。
*The judge **based** her decision **on** constitutional rights.* 法官依據憲法權利作出了裁
決。

*He managed to **prevent** the bottle **from** falling.* 他沒有讓瓶子掉下去。

下面是一些最常用的及物動詞：

accuse of	entitle to	regard as	swap for
attribute to	mistake for	remind of	trust with
base on	owe to	return to	view as
dedicate to	pelt with	rob of	
deprive of	prevent from	subject to	

有些及物動詞表達特定詞義時，其賓語後面有補語，比如 They make me angry.（他們讓我生氣。）。

☞ 見 Complements

大多數及物動詞可用被動式。但是，少數動詞很少或從不用被動式，比如 have、get 和 let 等。

☞ 見 The passive

5 反身動詞

反身動詞（reflexive verb）是及物動詞，一般或經常與作為其賓語的 myself、himself 或 themselves 等反身代詞（reflexive pronoun）連用。下列動詞常作反身動詞：

amuse	distance	express	prepare
apply	dry	help	restrict
blame	enjoy	hurt	strain
compose	excel	introduce	teach
cut	exert	kill	

*Sam **amused himself** by throwing branches into the fire.* 山姆把樹枝扔進火堆裏自娛自樂。

*'Can I borrow a pencil?' – 'Yes, **help yourself**.'* "我能借一支鉛筆嗎？"——"行，自己拿吧。"

動詞 busy、content 和 pride 必須與反身代詞連用。

*He **had busied himself** in the laboratory.* 他在實驗室裏忙碌着。

*He **prides himself** on his tidiness.* 他為自己的整潔感到自豪。

> **！ 注意**
>
> 談論通常對自己做的動作時，反身代詞在英語裏用得不如某些其他語言多。反身代詞僅用於強調某人在自己做動作。
>
> *She **washed** very quickly and rushed downstairs.* 她很快洗了個澡，然後衝下樓去。
>
> *Children were encouraged to **wash themselves**.* 孩子們受到鼓勵自己動手洗漱。

6　虛化動詞

一些非常常用的動詞可與一個表示動作的賓語連用，僅僅說明動作的發生。這些動詞稱作<u>虛化動詞</u>（delexical verb）。最常用的虛化動詞有：

do	have	take
give	make	

作虛化動詞賓語的名詞通常是單數可數名詞，儘管有時可以是複數。

*We **were having a joke**.* 我們在開玩笑。
*She **gave an amused laugh**.* 她發出開心的笑聲。
*They **took regular walks*** along the beach.* 他們經常沿着海灘散步。

在少數情況下，虛化動詞後面用不可數名詞。

*We **have made progress*** in both science and art.* 我們在科學和藝術兩方面都取得了進步。
*A nurse **is taking care** of him.* 一個護士在照顧他。

☞ 關於與虛化動詞連用的名詞，見 do, give, have – take, make

7　及物或不及物

很多動詞表達一個詞義時用作及物動詞，表達另一個詞義時則用作不及物動詞。

*She **runs a hotel**.* 她經營一家旅館。
*The hare **runs*** at enormous speed.* 那隻野兔以極快的速度奔跑。

由於賓語已知或已經提及，動詞常常可以作不及物用。

*I don't own a car. I can't **drive**.* 我沒有自己的車。我不會開車。
*Both dresses are beautiful. I can't **choose**.* 兩件連衣裙都很漂亮。我無法選擇。
*Come and **eat**.* 過來吃點東西。

泛泛而談時，即使幾乎總是後接直接賓語的動詞偶爾也可作不及物使用。

*Some people **build*** while others **destroy**.* 有些人建設而另一些人破壞。
*She was anxious to **please**.* 她急於討好。

8　作格動詞

<u>作格動詞</u>（ergative verb）既可用作及物動詞把注意力集中在動作的執行者身上，又可作不及物動詞把注意力集中在受動作影響的事物身上。

*When I **opened the door**, there was Laverne.* 我打開門時，拉維恩就在那裏。
*Suddenly **the door opened**.* 門突然開了。
*The driver **stopped the car**.* 司機把車停了下來。
***The big car stopped**.* 大汽車停住了。
*He slammed the door with such force that **a window broke**.* 他砰一聲使勁把門關上，結果把一扇窗震碎了。
*They threw stones and **broke the windows of buses**.* 他們投擲石塊，砸碎了公共汽車的窗戶。

很多作格動詞表示變化或移動：

age	darken	improve	spoil
alter	decrease	increase	spread
balance	diminish	move	stand
begin	disperse	open	start
bend	dissolve	quicken	steady
bleach	double	rest	stick
break	drop	ripen	stop
bruise	drown	rock	stretch
burn	dry	rot	swing
burst	empty	shake	tear
change	end	shatter	thicken
close	fade	shrink	turn
continue	fill	shut	vary
cool	finish	slow	widen
crack	freeze	snap	worsen
crash	grow	spin	
crumble	heal	split	

*I **shattered the glass**.* 我打碎了玻璃。
***Wine bottles had shattered** all over the pavement.* 酒瓶在人行道上碎了一地。

與烹飪有關的動詞通常是作格動詞。

bake	cook	melt	thaw
boil	freeze	simmer	
brown	marinate	steam	

*While the water **boiled**, I put the shopping away.* 在燒水的時候，我把買回來的東西收了起來。
*Residents have been advised to **boil their tap water** or drink bottled water.* 居民們得到通知要煮沸自來水，或飲用瓶裝水。

指駕駛或控制車輛的動詞也是作格動詞。

anchor	halt	sink	swerve
back	reverse	start	
capsize	sail	stop	

*The boys **reversed their car** and set off down the road.* 男孩們調轉車頭，順着大路出發了。
***The jeep reversed** at full speed.* 吉普車全速後退。

下列動詞作為格動詞時僅與一個或兩個名詞連用：

▶ **catch** (an article of clothing)

▶ **fire** (a gun, rifle, pistol)

▶ **play** (music)

- ▶ **ring** (a bell, the alarm)

- ▶ **show** (an emotion such as fear, anger)

- ▶ **sound** (a horn, the alarm)

*She always **plays her music** too loudly.* 她總是把音樂聲放得太響。
***Music was playing** in the background.* 背景中播放着音樂。

下列作格動詞作不及物用時通常後面帶狀語：

clean	handle	polish	stain
freeze	mark	sell	wash

*I like my new car. It **handles beautifully**.* 我喜歡我的新車。它的操控性能完美。
*Wool **washes well** if you treat it carefully.* 如果小心處理的話，羊毛織物很容易洗滌。

9 相互動詞

相互動詞（reciprocal verb）描述的動作或過程涉及兩個或多個人相互做同一件事、相互有關係或共同參與一個動作或事件。

相互動詞有兩個基本模式：

- ▶ 可與複數主語（即由複數名詞短語組成的主語）連用。相互動詞與這種複數主語連用時，表示所涉及到的人、群體或事物在發生相互影響。例如，兩個人爭吵、聊天或見面可用 two people **argue**、**have a chat** 或 **meet** 表示。

*Their children **are always arguing**.* 他們的孩子總是在吵架。
*He came out and we **hugged**.* 他出來後我們擁抱了。
*Their eyes **met**.* 他們的目光相遇。

- ▶ 可與表示參與者之一的主語以及表示另一參與者的賓語、介詞賓語或狀語連用，比如 She agreed with her sister.（她同意了妹妹。）、I had a chat with him.（我和他聊了天。）以及 I met him at university.（我是在上大學時遇到的。）。

*He **argued with his father**.* 他和父親爭辯。
*I **hugged him**.* 我擁抱了他。
*His eyes **met hers**.* 他和她雙目相遇。

為了強調參與者同樣參與了動作，動詞短語後面可用 each other 或 one another。

*We embraced **each other**.* 我們互相擁抱。
*It was the first time they had touched **one another**.* 這是他們第一次互相觸碰。

下列相互動詞可後接 each other 或 one another：

cuddle	embrace	hug	match
date	engage	kiss	meet
divorce	fight	marry	touch

對於有些動詞來說，在 each other 和 one another 前面需要用介詞，通常是 with。

*You've got to be able to communicate **with each other**.* 你們必須能夠互相溝通。
*Third World countries are competing **with one another** for a restricted market.* 第三世界國家在競相爭奪一個受限制的市場。

下列相互動詞可與複數主語連用，或可後接 with：

agree	communicate	dance	mate
alternate	compete	differ	merge
argue	conflict	disagree	mix
bicker	connect	draw	negotiate
chat	consult	engage	quarrel
clash	contend	fight	row
coincide	contrast	flirt	speak
collaborate	converse	gossip	struggle
collide	co-operate	integrate	talk
combine	correspond	joke	wrangle

*Her parents never **argued**.* 她的父母從不吵架。
*He is always **arguing with his girlfriend**.* 他總是在和女友吵架。
*Owen and his boss are still **negotiating**.* 歐文和他老闆還在談判。
*They are **negotiating with union leaders**.* 他們在和工會領導人談判。

在 compete 和 fight 後面也可用 against，在 correspond 和 talk 後面也可用 to。在 part 和 separate 後面用 from，在 relate 後面用 to。

engage 和 fight 既可作及物用，也可與介詞連用。

10 與賓語或介詞短語連用的動詞

少數動詞既可接賓語也可接介詞短語。例如，既可以說 He tugged her sleeve.（他用力拉她的衣袖。），也可以說 He tugged at her sleeve.。

在單獨使用動詞和動詞後接介詞之間通常沒有甚麼意義上的區別。

*Her arm **brushed my cheek**.* 她的手臂拂過我的臉頰。
*Something **brushed against the back of my neck**.* 有一樣東西拂過我的脖子後面。
*We **climbed the mountain**.* 我們登了那座山。
*I **climbed up the tree**.* 我爬上了樹。

下列動詞可接賓語或與介詞短語連用：

boo (at)	fight (against)	jeer (at)	rule (over)
brush (against)	fight (with)	juggle (with)	sip (at)
check (on)	gain (in)	mock (at)	sniff (at)
distinguish	gnaw (at)	mourn (for)	tug (at)
(between)	hiss (at)	nibble (at)	twiddle (with)
enter (for)	infiltrate (into)	play (against)	

11 帶兩個賓語的動詞

有些動詞可以帶兩個賓語：<u>直接賓語</u>（direct object）和<u>間接賓語</u>（indirect object）。這些動詞稱為<u>雙及物動詞</u>（ditransitive verb）。間接賓語通常指動作的受益人或結果得到某物的人。如果間接賓語是很短的名詞短語，比如代詞，或者是 the 加名詞，常常要把它放在直接賓語前面。

*I gave **him** the money.* 我把錢給了他。

*Sheila showed **the boy** her new bike*. 希拉把自己的新單車給男孩看。
*I taught **myself** French*. 我自學了法語。

! 注意

如果間接賓語位於直接賓語之前，間接賓語前通常不用介詞。例如，不要説 ~~I gave to him the money~~.。

可以把間接賓語放入位於直接賓語後面的介詞短語內，而不是放在直接賓語前面。

*He handed his passport **to the policeman***. 他把自己的護照交給警察。

間接賓語很長或者想強調間接賓語時，一般使用這種介詞結構。

*I've given the key **to the woman who lives in the house next door to the garage***. 我把鑰匙給了住在車庫隔壁屋裏的女人。
*I bought that **for you***. 那是我給你買的。

如果直接賓語是人稱代詞而間接賓語不是，則必須使用介詞。例如，不要説 ~~He bought his wife it~~.。

*He got a glass from the cupboard, filled it and gave **it to Atkinson***. 他從碗櫥裏拿出一個玻璃杯，斟滿後給了阿特金森。
*Then Stephen bought **it for his wife***. 然後史提芬給他妻子買了這個。

如果直接賓語和間接賓語都是人稱代詞，在書面語中應該用介詞。在談話中也常常使用介詞。

*He gave **it to me***. 他把它交給了我。
*Save **it for me***. 為我留着它。

但是，有些人在談話中不使用介詞。有時直接賓語位於間接賓語之後，有時間接賓語位於直接賓語之後。例如，有人會説 My mother bought me it. （我母親為我買了這個。），或者在英式英語裏説 My mother bought it me.。

下列動詞要用 to 引導間接賓語。

accord	feed	mail	rent
advance	forward	offer	repay
award	give	owe	sell
bequeath	grant	pass	send
bring	hand	pay	serve
deal	lease	post	show
deliver	leave	present	supply
donate	lend	quote	teach
export	loan	read	

*I lent my car **to a friend** for the weekend*. 我把汽車借給一個朋友週末使用。
*We picked up shells and showed them **to each other***. 我們撿起貝殼並互相傳給大家看。

有時可用 to 引導 tell 的間接賓語。

☞ 見 tell

下列動詞要用 for 引導間接賓語。

book	design	knit	prepare
build	fetch	make	reserve
buy	find	mix	save
cash	fix	order	secure
collect	get	paint	set
cook	guarantee	pick	spare
cut	keep	pour	win

*They booked a place **for me**.* 他們為我預訂了一個座位。

*She painted a picture **for her father**.* 她為父親畫了一幅畫。

根據所要表達的意思，下列動詞可用 to 或 for 引導間接賓語。

bring	play	take
leave	sing	write

*Mr Schell wrote a letter the other day **to the New York Times**.* 謝爾先生數天前給《紐約時報》寫了一封信。

*Once, I wrote a play **for the children**.* 有一次，我給孩子們寫了一個劇本。

對於少數雙及物動詞，間接賓語幾乎總是位於直接賓語前面，而不是由 to 或 for 引導。

allow	cause	draw	promise
ask	charge	envy	refuse
begrudge	cost	forgive	
bet	deny	grudge	

*The radio cost **me** three quid.* 這個收音機花了我三鎊。

*The man had promised **him** a job.* 那人答應給他一份工作。

在被動句裏，直接賓語或間接賓語都可作主語。例如，既可以說 The books will be sent to you next week.（這些書將在下週寄給你。），也可以說 You will be sent the books next week.。

***A seat** had been booked for him on the 6 o'clock flight.* 已經給他預定好了6時航班上的一個座位。

I was given two free tickets. 別人給了我兩張免費的票。

列在上面的大多數雙及物動詞可以僅帶直接賓語，而詞義不變。

*He left **a note**.* 他留了一張字條。

*She fetched **a jug** from the kitchen.* 她從廚房拿來一個罐。

少數動詞可與直接賓語連用，直接賓語指動作的受益人或得到某物的人。

ask	feed	pay
envy	forgive	teach

*I **fed the baby** when she awoke.* 寶寶醒來時我給她餵了東西吃。

*I **forgive you**.* 我原諒你。

12 繫動詞

繫動詞（linking verb）是後接補語（complement）而不是賓語的動詞。補語可以是形容詞或名詞短語，為主語提供進一步的說明。繫動詞有：

appear	feel	measure	smell
be	form	pass	sound
become	get	prove	stay
come	go	rank	taste
comprise	grow	remain	total
constitute	keep	represent	turn
equal	look	seem	weigh

*I **am** proud of these people.* 我為這些人感到驕傲。
*She **was getting** too old to play tennis.* 她年紀太大，打不到網球了。

☞ 關於哪些繫動詞與哪一種補語連用的說明，見 Complements

有些繫動詞常常後接 be 加形容詞，而不是直接用形容詞。

appear	get	look	seem
come	grow	prove	

*Mary was breathing quietly and **seemed to be asleep**.* 瑪麗平靜地呼吸着，好像是睡着了。
*The task **proved to be very interesting**.* 這個任務證明是非常有趣的。

13 複合動詞

複合動詞（compound verb）由兩個詞組成，通常用連字符連接。

*It may soon become economically attractive to **mass-produce** hepatitis vaccines.* 大規模生產肝炎疫苗可能很快會變得在經濟上有利可圖。
*Somebody **had short-changed** him.* 有人少給了他零錢。
*Send it to the laundry. Don't **dry-clean** it.* 把它送到洗衣店去。不要乾洗。

表示時態和數的時候，只有複合動詞的第二部份發生變化。

dry-clean – dry-cleans – dry-cleaning – dry-cleaned
force-feed – force-feeds – force-feeding – force-fed

14 其他動詞

☞ 關於後接間接引語分句的動詞，見 Reporting；關於後接 -ing形式或不定式的動詞，見 -ing forms, Infinitives；見 Phrasal verbs

---

very

1 基本用法

very 用於對形容詞或副詞進行強調。

*She is a **very tall** woman.* 她是一個很高的女人。
*That's **very nice** of you.* 你真是太好了。

*Think **very carefully**.* 要仔細思考一下。

2 與 -ed 詞連用

very 可用於強調以 -ed 結尾的形容詞，特別是當這些形容詞表示一種精神狀態或情緒狀態時。例如，可以説 I was **very bored**. （我很無聊。）或 She was **very frightened**. （她非常害怕。）。

*He seemed **very interested** in everything.* 他似乎對一切都很感興趣。

*Joe must have been **very worried** about her.* 喬肯定為她非常擔心。

但是，如果 -ed 詞是被動結構的一部份，則不能用 very 強調。例如，不要説 ~~He was very liked.~~，而要説 He was **well liked**. （他很討人喜歡。）。同樣，不要説 ~~She was very admired.~~，而要説 She was **very much admired**. （她非常受人讚賞。）或 She was **greatly admired**.。

*Argentina were **well beaten** by Italy in the first round.* 在首輪比賽中，阿根廷隊被意大利隊打得一敗塗地。

*I was **greatly influenced** by his work.* 我受到他的工作的極大影響。

*He is **very much resented** by his colleagues.* 他遭到同事的極度怨恨。

不能用 ~~very awake~~ 表示完全清醒，而要説 wide awake 或 fully awake。

*He **was wide** awake by the time we reached the hotel.* 在我們到達旅館的時候，他完全清醒了。

*He was not **fully awake**.* 他還沒有完全醒過來。

不要用 ~~very asleep~~ 表示熟睡，而要説 sound asleep 或 fast asleep。

*Chris is still **sound asleep** on the sofa.* 克里斯還在沙發上熟睡。

*Charlotte had been **fast asleep** when he left her.* 當他離開夏洛特的時候，她已經熟睡了。

不要用 ~~very apart~~ 表示兩個物體相距很遠，而要用 far apart。

*His two hands were **far apart**.* 他的雙手離得很遠。

也不要用 very 與已經描述極度性質的形容詞連用。

例如，不要説 ~~very enormous~~。下面是這類形容詞一覽表：

absurd	essential	massive	unique
awful	excellent	perfect	wonderful
brilliant	furious	splendid	
enormous	huge	terrible	

3 比較級和最高級

very 不能與比較級連用。例如，不要説 ~~Tom was very quicker than I was.~~，而要説 Tom was **much quicker** than I was. （湯姆比我快多了。）或 Tom was **far quicker** than I was.。

*It was **much colder** than before.* 比以前冷多了。

*This is a **far better** picture than the other one.* 這張照片比另一張好多了。

☞ 見 far

very 可用在 best、worst 或任何以 -est 結尾的最高級前面。

*It's one of Shaw's **very best** plays.* 這是蕭伯納最好的劇本之一。

*We must deal with the **very worst** crimes.* 我們必須對付非常嚴重的罪行。

*They use the **very latest** technology.* 他們運用最新的技術。

但是，very 不能與 the most 開頭的最高級連用。要用 much、by far 或 far and away。

*He is **much the most likely** winner.* 他最有可能取勝。

*The last exam was **by far the most difficult**.* 最後一次考試絕對是最難的。

*This is **far and away the most important** point.* 這無疑是最重要的一點。

4 與 first、next 和 last 連用

very 可用在 first、next 或 last 前面，強調某物是同類中的第一個、下一個或最後一個。

*I was their **very first** guest.* 我是他們的第一個客人。

*We left the **very next** day.* 我們就在第二天離開了。

*Those were his **very last** words.* 那是他最後的遺言。

> **⚠ 注意**
>
> 不要用 very 表示某人或某物由於有異常特質而導致某事發生，例如，不要説 ~~He looked very funny that we couldn't help laughing.~~，而要説 He looked **so** funny that we couldn't help laughing. （他看起來非常滑稽，我們都忍不住笑了出來。）。
>
> *We were **so** angry we asked to see the manager.* 我們氣得要求見經理。
>
> *He had shouted **so** hard that his throat was sore.* 他大叫得那麼厲害，結果喉嚨痛了。

☞ 見 so

5 介詞

不要把 very 用在 ahead of、above 或 behind 之類的介詞前面。要用 well 或 far。

*Figures are **well above** average.* 數字遠高於平均水平。

*David was following not **far behind** us.* 大衛在我們身後不遠處跟着。

6 介詞短語

不要把 very 用在介詞短語之前。例如，不要説 ~~He was very in love with Kate.~~，而要用 very much 或 greatly。

*The findings were **very much in line with** previous research.* 這些研究結果與先前的研究非常吻合。

*I was **greatly in awe of** Jane at first.* 我一開始對簡非常敬畏。

---

very much

☞ 見 much

---

vest

在英式英語裏，vest 表示汗衫。

*She wore a woollen **vest** under her blouse.* 她在襯衫下面穿着一件羊毛汗衫。

在美式英語裏，汗衫稱作 undershirt。

*When it's cold I always wear an **undershirt**.* 天冷的時候我總是穿一件貼身汗衫。

 在美式英語裏，vest 表示背心、馬甲。在英式英語裏，背心稱作 waistcoat。

*Under his jacket he wore a navy blue **vest** with black buttons.* 在外套下面他穿一件有黑色鈕扣的海軍藍背心。

*The men wore evening suits and **waistcoats**.* 男人們穿着夜禮服和西裝背心。

在英式英語和美式英語裏，vest 表示用於特定目的的背心、馬甲。

*The police officers had to wear bulletproof **vests**.* 警察不得不穿上防彈背心。

*Cyclists should always wear a helmet and a reflective **vest**.* 騎自行車的人應該時刻戴着頭盔和穿好反光背心。

victim – casualty

1 victim

victim 表示受害者、受難者。

*They offered financial aid for flood **victims**.* 他們為水災災民提供經濟援助。
*We have been the **victims** of a terrible crime.* 我們成了一起嚴重犯罪事件的受害者。

2 casualty

通常不用 victim 表示戰爭或事故中的傷亡者。要用 casualty。

*There were heavy **casualties** on both sides.* 雙方都傷亡慘重。
*The **casualties** were taken to the nearest hospital.* 傷亡人員被送往就近的醫院。

visit

1 用作動詞

visit 表示訪問、參觀。

*He had arranged to **visit** a number of museums in Paris.* 他安排好去參觀巴黎的一些博物館。
*She'**ll visit** four cities on her trip.* 她在旅途中將遊覽四個城市。

visit someone 表示探望某人。

*She **visited** some of her relatives for a few days.* 她花了數天時間探望了她的數位親戚。
*When my dad was in hospital, I **visited** him every day.* 我父親住院時，我每天都去探望他。

也可用 visit 表示找醫生或律師等專業人士看病或諮詢。

*He persuaded me to **visit** a doctor.* 他説服我去看醫生。
*You might need to **visit** a solicitor before thinking seriously about divorce.* 在你正式考慮離婚之前，你也許需要先去諮詢一位律師。

 有些美國人用 visit with 代替 visit。

She wanted to visit with her family for a few weeks. 她想到子女家作客住上數個星期。

 但是，在美式英語裏，visit with 通常表示與（熟人）閒談。

*You and I could **visit with** each other undisturbed.* 你我可以不受干擾地聊天。

2 用作名詞

visit 也作名詞。可以說 **make** a visit to a place 或 **pay** a visit to someone。

*He **made** a **visit** to the prison that day.* 他那天參觀了監獄。

*It was after nine o'clock, too late to **pay** a **visit** to Sally.* 已經過了9時，去探望莎莉太晚了。

> **注意**
>
> 不要說 ~~do a visit~~。

---

voyage

☞ 見 journey – trip – voyage – excursion

Ww

wages

☞ 見 salary – wages

wagon

☞ 見 carriage – car – truck – wagon

waist – waste

這兩個詞都讀作 /weɪst/。

1 waist

waist 是名詞，表示腰部。

*She tied a belt around her **waist**.* 她在腰上紮了一根皮帶。
*He was naked from the **waist** up.* 他赤裸着上半身。

2 waste 用作動詞

waste 最常用作動詞，表示浪費。

*You**'re wasting** time asking him to help – he won't.* 你求他幫忙那是在浪費時間 ——
他不會幫你的。
*We **wasted** money on a computer that didn't work.* 我們把錢浪費在了一台不工作的
電腦上。

3 waste 用作名詞

也可以說 **a waste of** time, money, or energy。

*I'll never do that again. It's **a waste of** time.* 我再也不會這樣做了。這是浪費時間。
*It's **a waste of** money buying a new washing machine when we could repair the old
one.* 如果我們可以修理舊洗衣機，買一台新的就是浪費錢。

waste 也指廢棄物、廢物、廢料。

*The river was full of industrial **waste**.* 河裏充滿了工業廢棄物。
*Your kidneys help to remove **waste** from your body.* 腎臟協助把廢物排出體外。

waistcoat

☞ 見 vest

wait

1 wait

動詞 wait 表示等待。

*Please **wait** here until he is ready to see you.* 請在這裏等候，直到他準備好見你。
*She **had been waiting** to buy some stamps.* 她一直在等着買一些郵票。

2 wait for

可以説 **wait for** something or someone。

*I stayed at home, **waiting for** her call.* 我留在家裏等她的電話。
*If he's late, I'll **wait for** him.* 如果他遲到，我會等他。

也可以説 **wait for**...**to do** something。

*She **waited for** me **to say something**.* 她等待着我説點甚麼。
*I **waited for** Dad **to come home**.* 我等着爸爸回家。

> **!** 注意
>
> wait 從不用作及物動詞。例如，不要説 ~~I was waiting her call.~~。必須使用 wait for。

☞ 見 await

---

wake – waken
☞ 見 awake

---

wallet

wallet 表示錢包、皮夾，尤指男裝的。

 在美式英語裏，男裝錢包有時稱作 billfold，女裝錢包有時稱作 pocketbook。放錢的小包稱作 change purse 或 coin purse。

在英式英語裏，女裝錢包通常稱作 purse。

☞ 見 purse

---

want

1 基本用法

want 表示要、想要。

*Do you **want** a cup of coffee?* 你想喝一杯咖啡嗎？
*All they **want** is some sleep.* 他們要的只是一些睡眠。

 在非正式談話中，人們有時用 want 的現在進行時和過去進行時形式。

*I think someone **is wanting** to speak to you.* 我認為有人想和你説話。
*They **were** all **wanting** to be on the team.* 他們都想加入球隊。

> **！注意**
>
> 在正式的口語或書面語裏，不要用 want 的現在進行時或過去進行時形式。
> 但是在正式和非正式的英語裏，want 都可用現在完成進行時、過去現在完成
> 進行時以及將來進行時。
>
> John **had been wanting** to resign for months. 數個月來約翰一直想辭職。
> These new phones are getting very popular – soon everyone **will be wanting**
> one. 這些新手機正變得非常受歡迎 —— 很快人人都會想要一部了。

2 與 *to*-不定式連用

可以説 **want to do** something。

They **wanted to go** shopping. 他們想去購物。
I **want to ask** you a favour, Sara. 我想請你幫個忙，莎拉。

> **！注意**
>
> 不要説 ~~want to not do something~~ 或 ~~want not to do something~~。要説 **don't
> want to do** something。
>
> I **don't want to discuss** this. 我不想討論這個。
> He **didn't want to come**. 他不想來。
>
> 有時 don't want 後面可單獨用 to 代替 *to*-不定式分句。例如，通常會説 I was
> asked to go, but I **didn't want to**.（有人要我去，但我不想去。）代替 I was
> asked to go, but I didn't want to go.。不要説 ~~I was asked to go, but I didn't
> want it.~~ 或 ~~I was asked to go, but I didn't want.~~。
>
> I could do it faster, but I just **don't want to**. 我可以做得更快，但我不想。
> He should not be forced to eat it if he **doesn't want to**. 如果他不想吃，不
> 應該強迫他。
>
> 可以説 **want** someone **to do** something。
>
> I **want** him **to learn** to read. 我想讓他識字。
> The little girl **wanted** me **to come** and play with her. 那個小女孩要我來和她
> 一起玩。
>
> want 後面不要用 *that*-從句。例如，不要説 ~~I want that he should learn to
> read.~~。

3 請求

一般不用 want 提出請求。例如，在商店裏説 I want a box of matches, please.（麻煩
你，我要買一盒火柴。），這是不禮貌的。應該説 Could I have a box of matches,
please?（給我拿一盒火柴，好嗎？），或者只是説 A box of matches, please.（請拿
一盒火柴給我。）。

☞ 見主題條目 Requests, orders, and instructions

4 want 的另一個詞義

在英式英語裏，want 還有另一個詞義用在談話和不太正式的書面語中，表示需要。用

法是在 want 後面加 -ing形式。

*We've got a few jobs that **want doing** in the garden.* 花園裏有數項工作需要我們做。
*The windows **wanted cleaning**.* 窗需要清洗。

> **！ 注意**
>
> 這類句子中不要用 *to*-不定式。例如，不要説 ~~We've got a few jobs that want to be done in the garden.~~。

5 be about to

不要用 want to 表示某人馬上要做某事。要用 be about to 這個表達式。例如，不要説 ~~I was just wanting to leave when the phone rang.~~，而要説 I **was just about to** leave when the phone rang. （我剛要離開的時候電話鈴響了。）。

*Her father **is about to** retire soon.* 她父親很快要退休了。
*I can't talk now, because I**'m just about to go** to work.* 我現在不能談，因我正要去上班。

-ward – -wards

1 副詞中的-wards

-wards 是後綴，構成表示方向的副詞。例如，backwards 向後、northwards 向北。

*Ryan walked **forwards** a couple of steps.* 萊恩向前走了兩三步。
*I looked out the window and could see **eastwards** as far as the distant horizon.* 我向窗外望去，向東可以一直看到遠處的地平線。
*She stretched **upwards** to the cupboard above the sink.* 她把手向上伸到洗滌槽上方的櫥櫃。

下面是一些以 -wards 結尾的常用副詞：

backwards	forwards	northwards	southwards
downwards	homewards	onwards	upwards
eastwards	inwards	outwards	westwards

但是，可以靈活地把 -wards 加到其他名詞上去表示方向。例如，skywards 向天空、seawards 向大海。

2 副詞中的 -ward

 在美式英語裏，有時也在英式英語裏，-ward 用於代替 -wards 構成方向副詞。例如，美國人通常説 He looked **upward**.（他抬頭向上看。），而不説 He looked upwards.。

*I began to climb **upward** over the steepest ground.* 我開始在最陡峭的地面上向上攀登。
*They marched **westward**.* 他們向西前進。

3 形容詞中的 -ward

在英式英語和美式英語裏，-ward 用於構成表示方向的形容詞。例如，可以説 a **backward**

glance（向後的一瞥）以及 a **homeward** journey（回家的旅程）。這些形容詞通常用在名詞前面。

*There were plans for the **eastward** expansion of London.* 有過一些倫敦東擴的計劃。
*His announcement was followed by silence and **downward** glances.* 他宣佈過後，大家默不作聲，低頭向下。
*She arrived in London and started preparing for her **onward** journey to Paris.* 她到達了倫敦，開始為接下來前往巴黎的旅行做準備。

> **！注意**
>
> afterwards 和 afterward 始終作副詞，不作形容詞。在美式英語裏，afterward 更常用。
>
> *They got married not long **afterwards**.* 不久以後他們就結婚了。
> *I left soon **afterward**.* 我不久之後就離開了。

☞ 見 after – afterwards – later

> **！注意**
>
> towards 和 toward 永遠都是介詞，不是形容詞或副詞。
>
> *He saw his mother running **towards** him.* 他看見他母親向他跑來。
> *She glanced **toward the door**.* 她向門口瞥了一眼。

☞ 見 to

wardrobe
☞ 見 cupboard – wardrobe – closet

wash

1 用作及物動詞

wash 表示洗，通常使用肥皂或洗滌劑。

*He got a job **washing** dishes in a pizza parlour.* 他找到了一份在一間意大利薄餅店洗碗的工作。
*She **washes** and irons their clothes.* 她為他們洗燙衣服。

可以用 wash 表示洗身體的一部份。

*First **wash** your hands.* 先洗一下手。
*She combed her hair and **washed** her face.* 她梳頭洗臉。

2 不帶賓語

不帶賓語的 wash 表示洗身體的一部份，尤指手和臉。這是正式或文雅的用法。在談話和不太正式的書面語中，通常説 have a wash。

*She rose early and **washed**.* 她很早就起來梳洗。
*He went upstairs to **have a wash**.* 他上樓去洗手洗臉。

3 wash up

 在美式英語裏，wash up 表示清洗身體部位，尤其是洗手洗臉。

*I'll just go **wash up** before dinner.* 吃晚飯之前我要去洗手洗臉。
在英式英語裏，wash up 表示洗餐具。
*I cooked, so you can **wash up**.* 我做了飯，所以你可以洗碗了。

---

washroom

☞ 見 toilet

---

waste

☞ 見 waist – waste

---

way

1 way

way 表示方法、方式、辦法。可以説 a **way of doing** 或 **to do** something。兩者的意義沒有區別。

*This is the most effective **way of helping** the unemployed.* 這是幫助失業者的最有效的方法。
*What is the best **way to help** a child with reading problems?* 幫助有閲讀障礙的孩子的最好方法是甚麼？

> **！注意**
>
> 如果 way 與所有格連用，後面必須使用 of 加 -ing形式。
>
> *I have to fit in with **her way of doing** things.* 我必須配合她做事的方式。
> *They are part of **the author's way of telling** his story.* 它們是作者説故事方式的一部份。
>
> 不要用 to-不定式。例如，不要説 ~~I have to fit in with her way to do things.~~。

2 means

説明某事的完成或實現方式時，way of 後面通常不用名詞。例如，不能把某個交通工具稱作 a way of transport。要用 means 這個詞。

*The main **means of transport** on the island was the donkey.* 島上的主要交通工具是驢子。
*Drums can be used as a **means of communication**.* 鼓可以用作通訊工具。

3 用於描述方式

可以説 do something **in a...way**。

*The play was performed **in a very interesting way**.* 這部戲演得非常有趣。
*She smiled **in a friendly way**.* 她友好地微微一笑。

通常説 this way 或 that way，而省略 in。

*Let's do it **this way**.* 我們按這個方法去做吧。

*It's easier to do it **that way**.* 那樣做更容易些。

如果用了 the 或所有格，也可省略 in。

*We don't look at things **the same way**.* 我們看待事物的方式不同。

*I'm going to handle this **my way**.* 我會以自己的方式方法處理此事。

4 與關係從句連用

如果 the way 後接限制性關係從句，這個從句既可以是 *that-*從句，也可以是以 in which 開頭的從句。例如，可以説 **the way** she told the story（她説故事的方式）、**the way that** she told the story 或 **the way in which** she told the story，而意義沒有區別。

*It's **the way** they used to do it.* 他們以前常常那樣做。

*I was shocked by **the way in which** they treated their animals.* 我對他們對待動物的方式感到震驚。

---

we

we 表示我們。we 作動詞的主語。

***We** could hear the birds singing.* 我們聽到鳥在歌唱。

***We** both sat down.* 我們兩個人都坐了下來。

we 可包括談話的對方。

*If you like, **we** could have dinner together.* 如果你願意，我們可以一起吃晚餐。

> **！ 注意**
>
> 不要説 ~~you and we~~ 或 ~~we and you~~。要説 We must go.（我們必須走了。），而不是 ~~You and we must go.~~。
> we 也可用於泛指人們。
>
> ***We** need to stop polluting the planet.* 我們必須停止污染地球。
> *Nowadays **we** like to think of ourselves as rational and scientific.* 如今我們喜歡把自己看作理性和有系統的人。

☞ 見 one – you – we – they

---

wear

1 wear

wear 表示穿着、戴着、塗抹着。可以説 **wear** clothes, shoes, a hat, gloves, jewellery, make-up, or a pair of glasses。wear 的過去式是 wore，*-ed*分詞是 worn。

*She was small and **wore** glasses.* 她個子矮小並且戴着眼鏡。

*I**'ve worn** this dress so many times.* 我穿這件衣服的次數太多了。

2 dressed in

也可以説 dressed in，表示穿着某種衣服。

*All the men were **dressed in** grey suits.* 所有男人都穿着灰色西裝。

但是，不能説dressed in a hat, shoes, gloves, jewellery, make-up, or glasses。

☞ 見 dress

3 in

可用 in 提及某人穿戴的衣服、鞋子、帽子或手套。in 通常直接放在名詞短語之後。

*With her was a small girl **in a blue T-shirt**.* 和她在一起的是一個身穿藍色T恤衫的小女孩。

*The bar was full of men **in baseball caps**.* 酒吧裏擠滿了戴棒球帽的男人。

in 可用作狀語短語的一部份。

*I saw you walking along **in your old jeans**.* 我看見你穿着舊牛仔褲向前走。

*She stood at the top of the stairs **in her pyjamas**.* 她身穿睡衣站在樓梯頂上。

in 有時用來表示 wearing only（只穿着）。例如，George was **in** his underpants 意思是 George was wearing only his underpants.（喬治只穿着內褲。）。

*He was standing in the hall **in his swimming shorts**.* 他只穿着游泳短褲站在大廳裏。

*She opened the door **in her dressing gown**.* 她穿着晨衣開了門。

---

weather – whether

1 weather

weather 表示天氣。

*The **weather** was good for the time of year.* 就一年中這個時候來説，天氣很好。

*The trip was cancelled because of bad **weather** conditions.* 因為惡劣的天氣條件，旅行被取消了。

> **!** 注意
>
> weather 是不可數名詞，不能與 a 連用。例如，不要説 ~~We are expecting a bad weather.~~，而要説 We are expecting **bad weather**.（我們預計會有壞天氣。）。
>
> *They completed the climb despite **appalling weather**.* 儘管天氣惡劣，但他們完成了攀登。
>
> *The wedding took place in **perfect May weather**.* 婚禮在完美的五月天氣中舉行。
>
> 向某人描述天氣時，不要説，比如 ~~It's lovely weather.~~，而要説 The weather **is lovely**.（天氣很好。）。
>
> *The weather **was awful**. It hardly ever stopped raining.* 天氣很糟糕。雨幾乎下個不停。

2 whether

不要混淆 weather 和 whether。whether 用於談論兩個或多個選擇。

*I don't know **whether** to go out or stay at home.* 我不知道是出去還是留在家裏。

*She asked **whether** I wanted more coffee.* 她問我是否再想要些咖啡。

☞ 見 whether

wedding

☞ 見 marriage – wedding

week

week 表示星期、週。一週通常被看作從星期一開始，但有時被看作從星期天開始。

*She will be back next **week**.* 她下星期回來。
*It will take several **weeks** to repair the damage.* 修復損壞的地方需要好幾個星期。

in the week 或 during the week 表示在工作日期間。

***In the week**, we get up at seven.* 除週末外，我們七時起牀。
*I never have time to cook **during the week**.* 我在工作日沒時間做飯。

☞ 見 last – lastly, next, this – that
☞ 見參考部份 Days and dates

weekday

weekday 表示（除星期六或星期天以外的）工作日、平日。weekday 是歐洲、北美和澳洲大部份人上班或上學的日子。

*She spent every **weekday** at meetings.* 她每個工作日都在開會。
*You don't need to reserve a table if you come on a **weekday**.* 你如果平日來就不需要訂桌。

可以說 on weekdays。

*I visited them **on weekdays** for lunch.* 我平日去他們那裏吃午飯。
*We have to get up early **on weekdays**.* 我們在工作日必須很早起牀。

 美式英語中有時省略 on。

***Weekdays** after six, I'd go fetch him for dinner.* 平日每天 6 時過後，我會去接他吃晚飯。

weekend

1 weekend

weekend 表示週末，包括星期六和星期天，有時星期五晚上也被視為週末的一部份。weekend 是歐洲、北美和澳洲大部份人不用上班或上學的日子。

*I spent the **weekend** at home.* 我在家裏度過了週末。
*Did you have a good **weekend**?* 你週末過得好嗎？

2 定期事件

英國人說 at weekends。

*The beach gets very crowded **at weekends**.* 海灘在週末變得非常擁擠。

 美國人通常說 weekends 或 on weekends。

*He often studies evenings and **weekends**.* 他常常在晚上和週末學習。
***On weekends** I usually sleep late.* 週末我通常睡得很晚。

3 單個事件

可以說 **during**…weekend。

*Will you be visiting relatives **during the holiday weekend**?* 週末假期你會去探望親戚嗎？

在工作日說 the weekend 或 this weekend，既可指上個週末，也可指本週末。the weekend 前面可用 at、during 或 over。this weekend 前面不要用任何介詞。

*Her new film came out **at the weekend**.* 她的新電影在週末上映了。
*I'll call you **over the weekend**.* 週末我會打電話給你。
*My birthday was **this weekend**.* 我的生日是這個週末。
*We might be able to go skiing **this weekend**.* 這個週末我們也許能去滑雪。

---

weep

☞ 見 cry – weep

---

welcome

welcome 可作動詞、名詞或形容詞，也可用作問候。

1 用作動詞

welcome 表示歡迎、迎接。

*He went to the door to **welcome** his visitor.* 他走到門口迎接客人。

2 用作名詞

welcome 可作名詞，表示迎接的方式。例如，可以說 a warm welcome 熱烈歡迎。

*He was given **a warm welcome** by the President himself.* 他受到總統本人的熱烈歡迎。
*We always get **a friendly welcome** from the hotel staff.* 我們總是受到酒店員工的友好歡迎。

3 you're welcome

有人感謝你時，作為回應，你可以說 You're welcome.。

*'Thanks for the coffee.' – '**You're welcome**.'* "謝謝你的咖啡。" ── "不客氣。"

☞ 見主題條目 Thanking someone

可以說 someone **is welcome to do something** 或 **is welcome to something**，表示很樂意讓某人做某事或得到某物。

*She **is welcome to stay** with us while she finds a place to live.* 在她尋找住處的時候，她可以儘管和我們住在一起。
*We don't have a bath, only a shower, but you**'re welcome to it**.* 我們沒有浴缸，只有淋浴器，但你可以隨便用。

在不同語境中以及使用不同的語調，可以說 someone **is welcome to something**，表示某人可以得到某物，因為說話者自己不想要它並樂得擺脫掉它。

*If he wants my job, he**'s welcome to it**!* 如果他想得到我的工作，他想要就拿去吧！

4 用作問候

可以説 welcome，表示歡迎某人到來。

***Welcome** to Beijing.* 歡迎來到北京。
***Welcome** home, Marta.* 歡迎回家，瑪塔。

---

well

1 用在陳述前

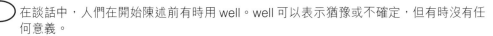

在談話中，人們在開始陳述前有時用 well。well 可以表示猶豫或不確定，但有時沒有任何意義。

*'Is that right?' – '**Well**, I think so.'* "那樣對嗎？" —— "嗯，我想是吧。"

在談話中，人們也用 well 來糾正剛説過的話。

*We walked along in silence; **well**, not really silence, because she was humming.* 我們默默地向前走；噢，不是一言不發，因為她在哼着曲子。
*It took me years, **well** months at least, to realise that he'd lied to me.* 我花了數年，噢，至少有好幾個月，才意識到他對我撒了謊。

2 用作副詞

well 常用作副詞。

well 表示好、出色地。

*He handled it **well**.* 他把這件事處理得很好。
*The strategy has worked very **well** in the past.* 這個策略過去一直很奏效。

well 可用於強調被動結構中的某些 *-ed* 分詞。

*You seem to be **well liked** at work.* 他似乎在工作中很受人喜歡。

當 well 像這樣與 *-ed* 分詞構成複合形容詞用在名詞前面時，複合形容詞通常有連字符。

*She was seen having dinner with a **well-known** actor.* 她被人看見和一個著名男演員共進晚餐。
*This is a very **well-established** custom.* 這似乎是一個根深蒂固的習俗。

如果複合形容詞位於動詞之後，則不要用連字符。

*The author is **well known** in his native country of Scotland.* 作者在他的祖國蘇格蘭是眾所周知的。
*Their routine of a morning walk was **well established**.* 他們在早晨的例行散步已根深蒂固。

well 也可用在某些介詞前面，比如 ahead of 和 behind。

*The candidate is **well ahead of** his rivals in the opinion polls.* 該候選人在民意調查中遠遠領先於對手。
*The border now lay **well behind** them.* 邊界現在已在他們身後很遠的地方。

well 作副詞時，其比較級和最高級形式是 better 和 best。

*People are **better** housed than ever before.* 人們的住屋條件比以往任何時候都好。
*What works **best** is a balanced, sensible diet.* 效果最好的是平衡、合理的飲食。

3 用作形容詞

well 也作形容詞，表示健康的。

*She looked **well**.* 她看起來很健康。
*'How are you?' – 'I'm very **well**, thank you.'* "你好嗎？" ── "我很好，謝謝你。"

 大多數英國人不在名詞前面使用 well。例如，他們會説 He's **well**.（他很健康。），而不説 He's a well man.。但是，美國人和蘇格蘭人有時在名詞前面用 well。

well 作形容詞時沒有比較級形式。但是，可以用 better 表示病人的健康有了改善。better 這樣用時，意思是 less ill（病情好轉的）。

*He seems **better** today.* 今天他似乎好些了。

better 常用於表示完全康復。

*I hope you'll be **better** soon.* 我希望你很快就會康復。
*Her cold was **better**.* 她的感冒痊癒了。

☞ 見 better

4 as well

as well 表示也、還。

*Fresh fruit is healthier than tinned fruit. And it tastes nicer **as well**.* 新鮮水果比罐頭水果更健康，味道也更好。
*The woman laughed, and Jayah giggled **as well**.* 女人笑出了聲，傑亞也咯咯笑了起來。

☞ 見 also – too – as well

---

were

1 用於談論過去

were 是 be 的過去式的複數形式和第二人稱單數形式。

*They **were** only fifty miles from the coast.* 他們離海岸只有50英里。
*You **were** about twelve at the time.* 你當時大約12歲。

2 用於條件從句

在條件從句中，were 有特殊的用法。條件從句用於提及不存在的情況或不太可能發生的事件時，如果從句的主語是 I、he、she、it、there 或單數名詞，有時用 were 代替 was，特別是在正式的書面語中。

*If I **were** in his circumstances, I would do the same.* 如果我處在他的情況下，我也會這麼做的。
*If the law **were changed, it would not benefit women**.* 如果法律被修改，那將不會使婦女受益。

在談話和不太正式的書面語中，人們通常用 was。

*If I **was** an architect, I'd re-design this house.* 如果我是個建築師，我會重新設計這間屋。
*If the business **was** properly run this wouldn't happen.* 如果企業經營妥善，這是不會發生的。

在這種從句中，現在人們認為 was 或 were 都是正確的用法，即便在正式的書面語裏也可以使用。

固定短語 If I were you 幾乎總是含有 were，即使在非正式英語裏。不要説 ~~If I was you~~。

If I were you, *I'd start looking for a new job.* 如果我是你的話，我會開始尋找新的工作。

> **!** **注意**
>
> 不要混淆 were /wə/ 和 where /weə/。where 用於陳述或詢問地點或位置。
>
> *Where is the nearest train station?* 最近的火車站在哪裏？

☞ 見 where

---

west

1 west

west 表示西、西面。

*The village is fifty miles to the **west** of Oxford.* 村子在牛津以西50英里的地方。
*We watched the sun set behind the hills in the **west**.* 我們看着太陽落到西面的丘陵後面。

west wind 表示西風。

*A warm **west** wind was blowing.* 吹着溫暖的西風。

west 表示（某地的）西部。

*They live in a remote rural area in the **west** of Ireland.* 他們住在愛爾蘭西部一個偏遠的農村地區。

west 用在某些州和地區的名稱中。

*He was a coal miner from **West Virginia**.* 他是來自西維吉尼亞州的一個煤礦工人。
*Benin is a country in **West Africa**.* 貝寧是一個西非國家。

2 western

通常不用 west part 表示一個國家或地區的西部。要用 **western** part。

*There will be rain in northern and **western** parts of the United Kingdom.* 英國的北部和西部將會有雨。

同樣，不要説 ~~west Europe~~ 或 ~~west France~~，而要説 **western** Europe（西歐）或 **western** France（法國西部）。

*They were studying the history of **western** Europe.* 他們在研究西歐的歷史。
*She was born in **western** Australia.* 她出生在澳洲西部。

Western 表示（美國、加拿大、西歐等）西方國家的。

*The US and other **Western** governments criticized the move.* 美國和其他西方國家政府批評了這個舉動。
*He discussed the problems of **Western** society.* 他討論了西方社會的問題。

westwards – westward

☞ 見 -ward – -wards

Grammar Finder 語法講解

Wh-words *wh*-詞

wh-詞是除 how 以外全部以 wh 開頭的一組副詞、代詞和限定詞。*wh*-詞有：

▶ 副詞 how、when、where 和 why

▶ 代詞 who、whom、what、which 和 whose

▶ 限定詞 what、which 和 whose

wh-詞用於疑問句。

Why *are you smiling?* 你為甚麼在微笑？

☞ 見 Questions

wh-詞也用於間接疑問句。

*He asked me **where** I was going.* 他問我到哪裏去。

☞ 見 Reporting

除了 how 和 what 以外，*wh*-詞可用於引導關係從句。

*...nurses **who** have trained for two years* ……受過兩年培訓的護士

that 也用於引導關係從句，儘管不用於疑問句和間接疑問句。

☞ 關於使用*wh*-詞引導作主語和介詞賓語的從句，見 Relative clauses, *Wh*-clauses
關於如何使用 *wh*-詞，見用法條目中各個 *wh*-詞的説明。

---

what

1 詢問信息

what 用於詢問信息，可作代詞或限定詞。

代詞 what 可作動詞的主語、賓語或補語，也可作介詞的賓語。

What *happened to the crew?* 機組人員出了甚麼事？
What *is your name?* 你叫甚麼名字？

what 作動詞的賓語時，後接助動詞和主語，然後接主要動詞。what 作介詞的賓語時，介詞通常置於疑問句句末。

What *did she say then?* 然後她説了甚麼？
What *did he die of?* 他是怎麼死的？

2 用作限定詞

what 用作限定詞時，通常構成動詞賓語的一部份。

What books *can I read on the subject?* 關於這個題目我能讀些甚麼書？

What car *do you drive?* 你開甚麼車？

！ 注意

如果疑問句涉及從有限數量的人或物中進行選擇，不要用 what。例如，如果某人弄傷了手指，不要問 ~~What finger have you hurt?~~，而要問 **Which** finger have you hurt?（你哪個手指受傷了？）

*When you get your daily paper, **which page** do you read first?* 你拿到日報會先看哪一版？

Which department *do you want?* 你想要哪一個部門？

詢問時間時用 what。

What time *is it?* 現在是甚麼時間？
What time *does their flight get in?* 他們的航班甚麼時候到？

---

3 用於間接引語分句

what 常常用於間接引語分句。

*I asked her **what had happened**.* 我問她發生了甚麼事。
*I find it difficult to understand **what people are saying**.* 我發現很難理解人們在説甚麼。

☞ 見 Reporting

4 what...for

詢問某事的目的時，what 與 for 連用。what 放在疑問句的開頭，for 放在末尾。例如，**What** is this tool **for**?（這個工具是做甚麼用的？）意思是 What is the purpose of this tool? 。

What *are those lights **for**?* 那些燈是做甚麼用的？

在談話中，what 也可與 for 連用來詢問做某事的原因。例如，可以説 **What** are you looking at me **for**?（你為甚麼看着我？）。這意思是 Why are you looking at me?

What *are you asking him **for**?* 你為何要問他？

5 what if

what if 表示如果……怎麼辦。例如，**What if** the bus doesn't come?（如果公共汽車不來怎麼辦？）意思是 What shall we do if the bus doesn't come?。

What if *it's really bad weather?* 如果天氣真的非常惡劣怎麼辦？
What if *this doesn't work out?* 如果這不管用，那怎麼辦？

6 what about

what about 用於提醒或把注意力引向某事，what about 後接名詞短語。

What about *the other names on the list?* 那麼名單上的其他名字呢？
What about *your breakfast?* 你的早餐怎麼樣？

> **！ 注意**
>
> 使用以 what about 開頭的疑問句問某人一個問題時，常期待對方會採取某種
> 行動，而不是回答問題。
> ***What about*** *this bag – aren't you taking it?* 這個袋怎麼辦 —— 你要帶着它
> 嗎？

7　用於關係從句

what 有時用在一種特殊的關係從句的開頭。這種從句稱為**名詞性關係從句**（nominal
relative clause），起名詞短語的作用，可用作動詞的主語、賓語或補語，或用作介詞
的賓語。在名詞性關係從句裏，what 意為 the thing which 或 the things which。

What he said *was perfectly true.* 他所説的完全是真的。
*They did not like **what he wrote**.* 他們不喜歡她寫的東西。
*I am **what is known as a light sleeper**.* 我是那種所謂睡不沉的人。
*That is a very good account of **what happened**.* 這很好地描述了所發生的事情。

人們常常在 is 或 was 前面用名詞性關係從句，以把注意力集中到馬上要提及的事情
上。

What I need *is a lawyer.* 我需要的是一個律師。
What impressed me most *was their sincerity.* 給我印象最深的是他們的誠意。

一種與此類似的從句由 what 後接主語和 do 構成。在這樣的從句後面，要用 be 加 *to*-不
定式或不帶 to 的不定式結構。例如，可以説 **What I did** was to write to George
immediately.（我所做的就是立刻給喬治寫信。）代替 I wrote to George immediately.
（我立刻給喬治寫了信。）。

What Stefan did *was to interview a lot of people.* 史提芬所做的就是面試了很多人。
What you need to do *is choose five companies to invest in.* 你需要做的就是選擇五
間公司進行投資。

> **！ 注意**
>
> 在限制性或非限制性關係從句中不要用 what。例如，不要説 ~~The man what
> you met is my brother.~~ 或 ~~The book what you lent me is very good.~~。要
> 用 who、which 或 that，或者甚麼關係代詞都不用。例如，可以説 The man
> who you met is my brother.（你遇到的那個人是我弟弟。）或 The man you
> met is my brother.。

☞ 見 Relative clauses

8　用作 whatever 解

what 可用作 whatever 的同義詞，兩者都可作代詞和限定詞。

*Do **what** you like.* 做你喜歡做的。
*They shared **what food** they had.* 他們有甚麼食物都拿來分享。

☞ 見 whatever

9　用於感歎句

what 常常用於感歎句。

What a great idea! 多麼好的主意啊！
What nonsense! 一派胡言！

☞ 見主題條目 Reactions

---

whatever

whatever 可作代詞、限定詞或副詞。

1 用作代詞或限定詞

whatever 作代詞或限定詞表示任何……的事物。

*I read **whatever** I could find about the course.* 我讀了我能找到的關於這個課程的所有數據。

*You can buy **whatever** ingredients you need from the market.* 你需要的任何配料都可以在市場上買到。

也可用 whatever 表示無論甚麼。

***Whatever** happens, I'll be back by five.* 不管出現甚麼情況，我都會在5時回來。

***Whatever type** of garden you have, you can have fun growing your own vegetables.* 不管你擁有甚麼類型的花園，你都可以從自己種植蔬菜中得到樂趣。

2 用作副詞

whatever 可用在 nothing 或以 no 開頭的名詞短語後面，表示強調。

*He knew **nothing whatever** about it.* 他對此一無所知。

*There is **no scientific evidence whatever** to support this view.* 沒有任何科學證據能支持這一看法。

3 用於疑問句

whatever 有時用於疑問句，表示驚訝。

***Whatever** is the matter?* 這到底是怎麼回事？

***Whatever** do you want to go up there for?* 你究竟想去那裏做甚麼？

但是，很多人認為這種形式不正確，最好分寫成 what ever 兩個詞。

***What ever** does it mean?* 這到底是甚麼意思？

4 用作非正式回答

在非正式談話中，人們有時用 whatever 作為回答，表示無所謂或沒有看法。這種用法可能會聽起來比較粗魯。

'Shall we get a pizza tonight?' – 'Whatever. I don't mind.' "我們今晚吃意大利薄餅怎麼樣？"——"隨便，我無所謂。"

'You really should try to be more organized with your schoolwork.' – 'Yeah, whatever.' "你做功課真的應該更有條理一些。"——"好啊，隨便。"

---

when

1 用於疑問句

when 表示甚麼時候。

When did you arrive? 你甚麼時候到的？

'They're getting married.' – '**When**?' – Next month.' "他們要結婚了。" —— "甚麼時候？" —— "下個月。"

2 用於時間從句

when 用於時間從句，表示當⋯⋯時。

He left school **when he was sixteen**. 他16歲時離開了學校。

When I have free time, I always spend it fishing. 我空閒時總是釣魚。

如果談論的是將來，時間從句中用一般現在時，而不是將來形式。例如，可以説 Stop when you **feel** tired.（感覺累了就停下。），而不要説 ~~Stop when you will feel tired.~~。

When you **get** to the hotel, go to reception and give your name. 你到達酒店後，去接待處報上你的名字。

I'll come when I **finish** work. 我工作做完後會來的。

3 when、as 和 while

如果想表示某事正在發生的時候出現了另一個事件，可先説正在發生的事情，然後加上以 when 開頭的分句。

I was just going out **when there was a knock at the door**. 我正要出去，這時傳來了敲門聲。

We were at our desks working **when we heard the explosion**. 我們正在辦公桌旁工作，這時我們聽到了爆炸聲。

也可用 as 或 while 表示某事正在發生的時候出現了另一個事件。

使用這兩個詞時，要在主句中描述事件，在以 as 或 while 開頭的從句中説明正在發生的事情。

As I was out walking one day, I saw a very unusual bird. 有一天我外出散步時，看到了一隻非常罕見的鳥。

While I was standing at the bus stop, Raul came by. 我正站在公共汽車站旁，勞爾走了過去。

如果想表示兩個事件繼續在同一時間發生，通常用 while。

What were you thinking about **while he was talking to you**? 他在和你説話的時候，你在想甚麼？

I don't like music playing **while I am working**. 我不喜歡在工作時播放音樂。

4 與 why 連用

when 還有另一個與時間無關的用法。以 why 開頭的疑問句可加入以 when 引導的分句，作為表達驚訝或不同意的方式。when-從句表示驚訝或不同意的原因。

Why should I help him **when he refused to help me**? 既然他拒絕幫助我，我為甚麼要幫助他？

Why worry her **when there's nothing she can do about it**? 她對此已無能為力，那為甚麼還要去煩擾她？

whenever

1 用於時間從句

whenever 用於時間從句，表示每當。

Whenever she lost a game, *she used to cry.* 每次她輸掉比賽，她以前都會哭。

*She always comes to see me **whenever she is in the area**.* 每當她在這個地區，她都會來看我。

如果談論的是將來，時間從句中可用一般現在時，而不用將來形式。

*You can talk to me whenever you **feel** depressed.* 每當你感到鬱悶時，你可以跟我説。

every time 和 each time 的用法與 whenever 類似。

Every time I want to catch that bus *it's late.* 每次我要趕那班公共汽車，它都會遲到。

*He frowned **each time she spoke**.* 每次她説話，他都皺着眉頭。

2 與 possible 連用

whenever 可與 possible 連用代替時間從句。例如，可以簡單地説 She met him **whenever possible**.（她一有可能就和他見面。），而不是 She met him whenever it was possible for her to meet him.。

*I avoided arguments **whenever possible**.* 只要有可能，我都會避免爭論。

*It is better to tell the truth **whenever possible**.* 盡可能實話實説比較好。

---

where

1 用於疑問句

where 用於疑問句，詢問地點或位置。

Where's *Dad?* 爸爸在哪裏？

Where *does she live?* 她住在哪裏？

where 也可用於詢問出處或去向。

Where *are you going?* 你到哪裏去？

Where *does all this anger come from?* 這一切怒氣都是從何而來？

2 用於地點從句

where 用於地點從句，表示某人或某物所處的地點或位置。

*He said he was happy **where he was**.* 他説他在所處的地方很快樂。

*He dropped the ball and left it **where it lay**.* 他把球扔下就隨它去了。

地點從句通常位於主句後面。但是在敘事中，地點從句可以前置。

Where the house had once stood, *there was an empty space.* 屋曾經座落的地方現在是一片空地。

Where the sun touched the water *it shone like gold.* 陽光接觸到水面的地方金光閃閃。

3 用於間接引語分句

where 常常用於間接引語分句。

*I think I know **where we are***. 我想我知道我們在哪裏。
*I asked someone **where the nearest hotel was***. 我向一個人打聽最近的旅館在哪裏。

☞ 見 Reporting

4 用於關係從句

where 常常用於非限制性關係從句。

*He comes from Canterbury, **where the famous cathedral is***. 他來自坎特伯雷，那個有著名大教堂的地方。
*She went into the art room, **where the brushes and paint had been set out***. 她走進美術室，畫筆和顏料已經擺放在了那裏。

where 也可用在限制性關係從句中，放在 place 以及 room 或 street 這樣的詞後面。

*Will you show me **the place where you work***? 你能帶我去看看你工作的地方嗎？
***The room where I did my homework** was too noisy*. 我做家課的房間太吵了。

where 也可用在限制性分句中，放在 situation 和 stage 之類的詞後面。

*We have **a situation where people feel afraid of going out***. 我們面臨的情況是人們害怕外出。
*I've reached **the point where I'm ready to retire***. 我已經到了準備退休的階段了。

☞ 見 Relative clauses

5 與 possible 和 necessary 連用

where 有時用在 possible 和 necessary 之類的形容詞前面。這時 where 的含義與 when 或 whenever 類似。

***Where possible**, friends will be put in the same class*. 在可能的情況下，朋友會編在同一班。
*Help must be given **where necessary***. 只要有必要，就必須給予幫助。

---

wherever

1 用於地點從句

wherever 用在地點從句中，表示在各處。

*These plants grow **wherever there is enough light***. 凡是有足夠光線的地方，這些植物都能生長。
***Wherever I looked**, I saw broken glass*. 無論我看甚麼地方，看到的都是碎玻璃。

也可用 wherever 表示無論何處。

***Wherever** it is, I can't find it*. 不管它在哪裏，我就是找不到。

2 與 possible 連用

wherever 有時用在 possible 和 practicable 之類的形容詞前面。此時，wherever 的含義與 when 或 whenever 類似。

*Experts agree that, **wherever possible**, children should enjoy learning*. 專家們一致

認為，只要有可能，孩子們應該享受學習。

3 用於疑問句

wherever 有時用於疑問句，表示驚訝。

***Wherever** did you get that idea?* 你怎麼會有這種想法的？
***Wherever** have you been?* 你究竟到哪裏去了？

但是，很多人認為這種形式不正確，最好分寫成 where ever 兩個詞。

***Where ever** did you get that hat?* 你究竟是從哪裏弄到那頂帽子的？

---

whether

whether 用於間接引語分句和條件從句。

1 用於間接引語分句

以 whether 開頭的分句可用在 know、ask 或 wonder 之類的引述動詞後面。whether 用於談論兩個或多個選擇。whether 放在第一個選擇前面，or 放在第二個選擇前面。

*I don't know **whether he's in or out**.* 我不知道他在不在家。
*I was asked **whether I wanted to stay at a hotel or at his home**.* 我被問到是想住在旅館還是他家。

如果是兩個相反的選擇，不需要兩者都提及。例如，可以簡單地說 I don't know **whether he's in**.（我不知道他是否在家。）代替 I don't know whether he's in or out.。

*Lucy wondered **whether Rita had been happy**.* 露西心裏在想麗塔是否快樂。
*I asked Professor Gupta **whether he agreed**.* 我問格普塔教授是否同意。

2 whether...or not

也可用 or not 提及第二個選擇。or not 既可放在句末，也可直接放在 whether 後面。

*I didn't know **whether** to believe him **or not**.* 我不知道是否應該相信他。
*She didn't ask **whether or not** we wanted to come.* 她沒問我們是否想來。

3 if

if 可用於代替 whether，特別是如果第二個選擇沒有提及時。

*I asked her **if I could help her**.* 我問她我是否能幫助她。
*I rang up to see **if I could get seats**.* 我打電話去問是否能訂到座位。

4 轉述不確定

如果某人對於做某事或如何響應某個情況不確定，可使用由 whether 和 to-不定式構成的分句來轉述。

*I've been wondering **whether to look for another job**.* 我一直在考慮要不要另找工作。
*He didn't know **whether to feel glad or sorry that she was leaving**.* 他不知道該為她的離去感到高興還是難過。

5 用於條件從句

可把含有 whether 和 or not 的分句加入一個句子，表示不管是否。

*He's going to buy a house **whether he gets married or not**.* 他無論是否結婚都打算買一間屋。

6 weather

不要混淆 whether 和 weather，兩者的讀音相同。weather 表示天氣。

*The wet **weather** lasted all weekend.* 潮濕的天氣持續了整個週末。

☞ 見 weather – whether

---

which

which 可作限定詞或代詞。

1 詢問信息

which 可用於詢問信息，表示哪一個。以 which 開頭或由代詞 which 構成的名詞短語可作動詞的主語、賓語或補語，也可作介詞的賓語。

***Which type of oil** is best?* 哪一種油最好？
***Which** is her room?* 哪一個是她的房間？

> **！注意**
>
> 如果名詞短語是動詞或介詞的賓語，助動詞置於賓語之後，後接主語和主要動詞。如果名詞短語是介詞的賓語，介詞通常位於句末。
>
> ***Which hotel** did you want?* 你想要哪一家旅館？
> ***Which station** did you come from?* 你從哪一個車站來？

2 用於間接引語分句

which 常常用在間接引語分句中。

*Do you remember **which country he played for**?* 你還記得他代表哪個國家比賽嗎？
*I don't know **which to believe**.* 我不知道應該相信哪一個。

☞ 見 Reporting

3 用於關係從句

which 可作關係代詞，用於限制性和非限制性關係從句。

在關係從句裏，which 永遠指物，從不指人。

*We heard about the awful conditions **which exist in some prisons**.* 我們獲知了某些監獄中存在的惡劣情況。
*I'm teaching at the local college, **which is just over the road**.* 我在當地的大學教書，就在路的那邊。

在關係從句中，family、committee 或 group 之類的集合名詞後面用 which 或 who 都可以。which 後面用單數動詞，who 後面通常用複數動詞。

*He is on the committee **which makes** decisions about planning.* 他擔任規劃決策委員會委員。
*They are a separate ethnic group **who have** their own language.* 他們是一個有自己語言的獨立族群。

> **!** 注意
>
> 如果 which 作非限制從句的主語，後面不要再用另一個代詞。例如，不要說 ~~He stared at the painting, which it was completely ruined.~~，而要說 He stared at the painting, **which** was completely ruined.（他盯着那幅已經完全毀壞的畫。）。

☞ 見 Relative clauses

while

1 用於時間從句

while 表示在⋯⋯期間、與⋯⋯同時。

*He stayed with me **while he was looking for a new house**.* 他在找新屋的時候和我住在一起。

***While I was out** she was trying to reach me on the phone.* 我出去的時候，她試圖通過電話找到我。

2 while 用於讓步從句

while 還有另一個與時間無關的特殊用法，表示然而、儘管。

*Miguel loved sports **while Julio preferred to read a book**.* 米格爾喜歡體育，而胡里奧更喜歡讀書。

***While I have some sympathy for these people**, I think they went too far.* 雖然我對這些人有點同情，但我認為他們做得太過份了。

3 a while

a while 表示一會。

*After **a while**, my eyes got used to the darkness.* 過了一會，我的眼睛適應了黑暗。
*Let's just sit down for **a while**.* 我們坐一會吧。

who – whom

who 和 whom 是代詞。

1 詢問信息

who 用於詢問某人的身份，可作動詞的主語、賓語或補語，也可作介詞的賓語。

***Who** invited you?* 是誰邀請你的？
***Who** are you?* 你是誰？

> **!** 注意
>
> who 作動詞或介詞的賓語時，後面接助動詞和主語，然後是主要動詞。如果 who 作介詞的賓語，介詞必須置於句末。不要把介詞放在 who 前面。
>
> ***Who** are you going to invite?* 你想邀請誰？
> ***Who** did you dance with?* 你和誰跳了舞？

> whom 是一個正式的詞，有時用來代替 who。whom 只能作動詞或介詞的賓語。
>
> ***Whom*** *shall we call?* 我們應該給誰打電話？
> *By **whom** are they elected?* 他們是誰選舉出來的？
>
> whom 作介詞的賓語時，介詞必須置於 whom 的前面，不能用在句末。例如，不要説 ~~Whom are they elected by?~~。

2 用於間接引語分句

who 常常用在間接引語分句裏。

*She didn't know **who I was**.* 她不知道我是誰。
*We have to find out **who did this**.* 我們必須弄清楚這是誰做的。

☞ 見 Reporting

3 用於關係從句

who 和 whom 都用於限制性和非限制性關係從句。

*He's the man **who I saw last night**.* 他是我昨天晚上見到的那個人。
*Joe, **who was always early**, was there already.* 喬總是來得很早，他已經在那裏了。
*The writer was Philip Pullman, **for whom I have great respect**.* 作者是菲利普‧普曼，我對他非常尊敬。

在關係從句裏，who 或 which 都可用在 family、committee 或 group 之類的集合名詞後面。who 後面通常用複數動詞，而 which 後面則用單數動詞。

*It is important to have a family **who love** you.* 有愛你的家人很重要。
*He is a member of a group **which does** a lot of charitable work.* 他是一個做很多慈善工作的團體成員。

> ### ❗ 注意
>
> who 作非限制從句的主語時，後面不能再用別的代詞。
> 例如，不要説 ~~He told his mother, who she was very shocked.~~，而要説 He told his mother, **who** was very shocked.（他告訴了他的母親，她感到非常震驚。）。

---

whoever

1 用於陳述句

whoever 表示無論是誰、任何人。

*You can have **whoever you like** to visit you.* 無論你想要甚麼人來拜訪你都可以。
*Whoever is the last to leave** should lock the door.* 不管誰最後離開都應該把門鎖好。

whoever 也用於指身份不明的人。

*Whoever answered the telephone** was a very charming woman.* 不知道是誰接的電話，反正是一位非常迷人的女性。

whoever 還用於表示某人的身份不會對情況產生影響。

Whoever you vote for, *prices will go on rising.* 不管你投誰的票，物價都會繼續上漲。

2 用於疑問句

whoever 有時用於提問，表示驚訝。

Whoever *could that be, calling so late?* 那究竟會是誰，這麼晚打來電話？

但是，很多人認為這種形式不正確，最好分寫成 who ever 兩個詞。

Who ever *told you that?* 到底是誰告訴你的？

---

whole

1 the whole of 和 whole

the whole of 表示整個、全部。

*We were there for **the whole of July**.* 我們整個7月份都在那裏。
*I felt pain throughout **the whole of my body**.* 我感到渾身疼痛。

以 the 開頭的名詞短語前面不需要用 the whole of，在 the 後面用 whole 即可。例如，可以説 **The whole house** was on fire.（整間屋都着火了。）代替 The whole of the house was on fire.。

*I spent **the whole day** in the library.* 我在圖書館裏花了一整天。
*They're the best team in **the whole world**.* 他們是世界上最好的球隊。

在 this、that 或所有格後面，whole 的用法與此類似。

*I just want to say how sorry I am about **this whole business**.* 我只是想説我對整件事情非常抱歉。
*I've never seen anything like this in **my whole life**.* 我一生中從未見過這樣的事。

whole 用在 a 後面進行強調。

*We worked on the project for **a whole year**.* 這個項目我們做了整整一年。
*I drank **a whole pot** of coffee, and I still felt tired.* 我喝了一整壺咖啡，但我仍然覺得很累。

whole 也可像這樣用在名詞的複數形式前面。

*There were **whole paragraphs** in the article that I didn't understand.* 這篇文章中有整段整段的地方我都不理解。

> **！注意**
>
> 在複數前面，whole 的詞義與 all 不同。這句話 **All** the buildings have been destroyed. 的意思是所有的建築物都被摧毀了。而這句話 **Whole** buildings have been destroyed.（整棟整棟的建築物被摧毀了。）的意思是有些建築物被完全摧毀了。

2 as a whole

as a whole 用在名詞後面，表示整體上、作為整體。

*Is this true just of some classes, or of the school **as a whole**?* 這種情況只發生在某些班級，還是整間學校都是如此？

*In the country **as a whole**, average house prices went up by 19%.* 在全國範圍內，樓價平均上漲了19%。

3 on the whole

on the whole可加入一個陳述，表示總的來説、整體而言。

*I didn't enjoy the food because **on the whole** I don't really like fish.* 我不喜歡這個食物，因為總的來説我不太喜歡吃魚。

***On the whole** it's not a good idea to ask him questions.* 總的來説，向他提問不是一個好主意。

---

whom

☞ 見 who – whom

whose

1 用於關係從句

含 whose /huːz/ 的名詞短語可用在關係從句的開頭，表示某物屬於誰或何物或者與誰或何物有關。whose 可用在限制性和非限制從句中。

含 whose 的名詞短語可用作動詞的主語或賓語，或用作介詞的賓語。

*It is a story **whose purpose** is to entertain.* 這是一個以娛樂為目的的故事。

*This was one of the students **whose work** I had seen.* 這是我見過其作業的學生之一。

如果 whose 作介詞的賓語，介詞可放在句首或句末。

*You should consider the people **in whose home** you are staying.* 你應該體諒你居住的那個家庭的人。

*It was an article **whose subject** I have never heard **of**.* 這是一篇其主題我從未聽説過的文章。

2 用於疑問句

詢問某物屬於誰或與誰有關時，可用 whose 提問。whose 可作限定詞或代詞。

***Whose fault** is it?* 這是誰的錯？

***Whose** is this?* 這是誰的？

3 用於間接引語分句

whose 也用於間接引語分句。

*It would be interesting to know **whose idea it was**.* 知道這是誰的主意將會是很有趣的。

*Do you know **whose fault it is**?* 你知道這是誰的錯嗎？

☞ 見 Reporting

> **！注意**
>
> 不要混淆 whose 和 who's。後者的讀音也是 /huːz/。寫下某人説的話時,可把 who is 或 who has 寫成 who's。不要寫成 whose。
>
> *'Edward drove me here.' – 'Who's Edward?'* "愛德華開車送我來的。"——"誰是愛德華?"
>
> *Who's left these boots here?* 誰把這雙靴留在這裏了?

---

why

1 用於疑問句

why 用於詢問某事的原因,表示為甚麼。

'I had to say no.' – 'Why?' "我只好説不。"——"為甚麼?"
Why did you do it, Marta? 你為甚麼要這樣做,瑪塔?

2 用於不期待回答時

why 有時用在不期待回答的疑問句中。例如,可以使用以 Why don't 開頭的疑問句提出建議。

Why don't we all go? 我們何不都一起去呢?
Why don't you write to her yourself? 你何不自己給她寫信呢?

可以使用以 Why should 開頭的疑問句,強調沒有理由做某事。

Why should he be angry with you? 他怎麼會生你的氣?
'Will you say sorry?' – 'No, why should I?' "你會説對不起嗎?"——"不會,我為甚麼要説?"

可以使用以 Why shouldn't 開頭的疑問句,強調沒有理由不做某事。

Why shouldn't he go to college? 為甚麼他不應該上大學?

why 後接不帶 to 的不定式,可表示某個行為毫無意義。

Why tell the police? It won't do any good. 為甚麼要告訴警察?這不會有任何好處。

3 用於間接引語分句

why 常常用於間接引語分句。

He wondered why she had come. 他想為甚麼她來了。
You never really told me why you don't like him. 你從來沒有真正告訴過我,你為甚麼不喜歡她。

如果意思清楚,why 可代替間接引語分句單獨使用。

例如,可以説 She doesn't like him, I don't know **why**.(她不喜歡他,我不知道為甚麼。)代替 She doesn't like him. I don't know why she doesn't like him.(她不喜歡他。我不知道她為甚麼不喜歡他。)。

They refuse to come – I don't know why. 他們拒絕過來——我不知道為甚麼。
He's certainly cheerful, though I can't think why. 他當然很快活,儘管我想不出來為甚麼。

4 用於關係從句

why 有時和 reason 一起用於關係從句。

*That is one reason **why they were such a successful team**.* 這就是為甚麼他們是如此成功的團隊的一個原因。

☞ 見 reason

---

wide – broad

wide 或 broad 表示寬的、寬闊的，可用於形容街道或河流等。

*They live on a **wide**, tree-lined street.* 他們住在一條兩旁有樹的寬闊大街上。
*The streets of this town are **broad**.* 這個鎮上的街道很寬。

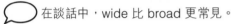 在談話中，wide 比 broad 更常見。

*The river was so **wide** I couldn't jump over it.* 河太寬，我跳不過去。

談論物體時，通常用 wide 而不用 broad。

*In the centre of the room was a **wide** bed.* 房間的中央是一張寬大的牀。
*The men came out through a **wide** doorway.* 這些男人從一個寬闊的門道出來了。

如果談論的是人的身體部位，通常用 broad 而不是 wide。

*He was tall, with **broad** shoulders.* 他個子很高，肩膀很寬。
*She gave me a **broad** smile.* 她給了我一個大大的微笑。

---

widow – widower

1 widow

widow 表示寡婦、遺孀。
*I had been a **widow** for five years.* 我守寡已經有5年了。

可把死了丈夫的妻子稱作 his widow（他的遺孀）。

*His property had been left to **his widow**.* 他的財產留給了他的遺孀。
*He visited the **widow of** an old school friend.* 他去探望了一個老同學的遺孀。

2 widower

widower 表示鰥夫。
*He's a **widower** in his late forties.* 他是個年近50的鰥夫。

死了妻子的丈夫可稱作 her widower（她的鰥夫）。

*Ten years later **her widower** remarried.* 10年後她的鰥夫再婚了。
*The ceremony was attended by the **widower of** the Pulitzer Prize-winning author Carol Shields.* 出席儀式的有普立茲獎獲獎作家卡羅爾·希爾茲的鰥夫。

---

will

☞ 見 shall – will

win – defeat – beat

1 win

win 表示贏得、在⋯⋯中獲勝。win 的過去式和 -ed分詞是 won /wʌn/。

*We **won** the game easily.* 我們輕鬆贏得了比賽。
*The party **had won** a great victory.* 該黨取得了巨大勝利。

2 defeat 和 beat

不要説 win an enemy 或 opponent。在戰爭或戰鬥中一方擊敗另一方，可用 defeat 表示。

*The French **defeated** the English troops.* 法國人打敗了英國軍隊。

在比賽或競賽中一方戰勝另一方，可用 defeat 或 beat 表示。

*He **defeated** his rival in the semi-finals and went on to win the tournament.* 他在半決賽中擊敗了對手，並進而贏得了錦標賽。
*She **beat** him at chess.* 她下國際象棋贏了他。

---

wind

wind 可作名詞或動詞。

1 用作名詞

wind /wɪnd/ 表示風。

*An icy **wind** brought clouds of snow.* 一陣寒風帶來了一團團雪霧。
*Leaves were being blown along by the **wind**.* 樹葉被風吹了起來。

2 用作動詞

動詞 wind /waɪnd/ 的詞義與此完全不同，表示彎曲前進。

*The river **winds** through miles of beautiful countryside.* 這條河蜿蜒流過數英里美麗的鄉村。

這個動詞的過去式和 -ed分詞是 wound，讀作 /waʊnd/。

*The road **wound** across the desolate plain.* 道路蜿蜒穿過荒涼的平原。

wind /waɪnd/ 也可表示纏繞。例如，**wind** a wire around a stick 把線繞在棍上。

*She started to **wind** the bandage around her arm.* 她開始在她手臂上纏上繃帶。
*He had a long scarf **wound** round his neck.* 他的脖子上圍了一條長圍巾。

wind /waɪnd/ 還表示給（鐘錶）上發條。

*I hadn't **wound** my watch so I didn't know the time.* 我沒有給我的手錶上發條，所以我不知道時間。

3 wound

wound 也可讀作 /wuːnd/。此時 wound 用作名詞或動詞，而意義完全不同。wound 表示（武器所致的）傷口、創傷。

*They treated a soldier with a leg **wound**.* 他們治療了一個腿部受傷的士兵。

動詞 wound 表示（用武器）使受傷。

*Her father was badly **wounded** in the war.* 她父親在戰爭中受了重傷。

winter

winter 表示冬天、冬季。

*A lot of plants and wild animals died during the harsh **winter**.* 許多植物和野生動物死於嚴酷的冬季。

*It was a dark **winter's** night.* 那是一個黑暗的冬夜。

如果想表示某事在每年冬天發生，可用 in winter 或 in the winter。

*The park closes earlier **in winter**.* 公園在冬季關閉得更早。

***In the winter** the path can be icy.* 在冬天，這條小路有時會結冰。

！ 注意

不要說 ~~in the winters~~ 或 ~~in winters~~。

☞ 見參考部份 Days and dates

---

wish

wish 可作名詞或動詞。

1 用作名詞

wish 表示願望，常指對很難獲取的事物的希望。

*She told me of her **wish** to have a baby.* 她告訴我她希望有一個孩子。

*They are motivated by a **wish** for more freedom.* 他們被獲得更多自由的願望所驅使。

2 用作動詞

動詞 wish 通常後接 *that*-從句，表示但願。

*I **wish** I lived nearer London.* 要是我能住得離倫敦近一點就好了。

*We never have enough time and we **wish** we had more.* 我們從來沒有足夠的時間，但願我們有更多的時間。

！ 注意

that-從句中用過去時，不用現在時。例如，不要說 ~~I wish I have more friends.~~，而要說 I wish I **had** more friends.（但願我有更多的朋友。）。不要說 ~~I wish I have sold my car.~~，而要說 I wish I **had sold** my car.（要是我把車賣掉了就好了。）。

*I **wish** I **could** help you, but I can't.* 我要是能幫助你就好了，可我幫不了你。

*I envy you. I **wish** I **was going** away too.* 我羨慕你。但願我也能外出度假。

無論談論的是過去還是現在，*that*-從句中都用同樣的時態。例如，可以說 She wished she **lived** in Tuscany.（她想要是住在托斯卡納就好了。）以及 She wishes she **lived** in Tuscany.。

*The woman wished she **could** help them.* 這個女人心想要是自己能幫助他們就好了。

*He wished he **had phoned** for a taxi.* 他真希望自己打電話叫了一輛計程車。

如果 *that*-從句的主語是 I 或 he 這樣的單數代詞，或者是單數名詞短語，後面用 was 或 were 都可以。were 的這種用法相當正式，特別是在英式英語裏。

*Sometimes, I wish I **was** back in Africa.* 有時我真希望自己回到了非洲。
*My sister occasionally wished that she **were** a boy.* 我妹妹有時心想自己要是男孩就好了。

☞ 見 were

could 也可用於 *that*-從句。

*I wish I **could** paint.* 要是我會畫畫就好了。
*He wished he **could** believe her.* 他真希望自己能夠相信她。

wish 後面的分句中可用 would，表示希望某事發生，但因沒有發生而感到生氣或擔心。

*I wish he **would** hurry up!* 我真希望他能快點！
*I wish someone **would** explain it to me.* 我倒是希望有人能給我解釋一下。

可説 I **wish** you **would** do something，表示自己希望某人做某事，但因沒有做而感到生氣或失望。

*I wish you **would** leave me alone.* 我可不希望你來打擾我。
*I wish you **would** find out the facts before you start accusing people.* 我倒是希望你在開始責備別人以前先把事實弄清楚。

> **！ 注意**
>
> 不能用 wish 與 *that*-從句僅僅表示對將來的希望。例如，不要説 ~~I wish you'll have a nice time in Finland.~~，而要説 I **hope you'll have** a nice time in Finland.（我希望你在芬蘭過得愉快。）或 I **hope you have** a nice time in Finland.。
>
> *I **hope I'll see** you before you go.* 我希望在你離開前見你一面。
> *I **hope you enjoy** the play.* 我希望你喜歡這部戲。
>
> 但是，有時可以用 wish 作及物動詞加兩個賓語，表示對將來的願望。
>
> *May I **wish you luck** in writing your book.* 祝你在寫書時有好運。
> *He **wished the newly wed couple every possible happiness**.* 他祝願新婚夫婦幸福美滿、事事如意。

with

1 基本用法

with 表示和……在一起。

*I stayed **with her** until she fell asleep.* 我一直陪着她直到她睡着。
*The dictionaries go on that shelf **with the other reference books**.* 詞典應該和其他參考書一起放在那個架子上。

with 表示用、使用。

*Clean the floor **with a mop**.* 用拖把清潔地板。

*He pushed back his hair **with his hand***. 他用手把頭髮向後推了推。

2 用於提及對手

with 可用在 fight 或 argue 之類的動詞後面，比如表示兩個人在打架。

*He was always fighting **with his brother***. 他總是在和他弟弟打架。
*Judy was arguing **with Brian***. 茱迪在和布萊恩爭吵。

同樣，with 可用在 fight 或 argument 之類的名詞後面。

*I had a disagreement **with my friend***. 我和我的朋友有分歧。
*She won a legal battle **with her employer***. 她打贏了和僱主的法律戰。

3 用於描寫

with 可直接用在名詞短語後面，形容某人或某物的外表特徵。

*He was an old man **with a beard***. 他是一個留着鬍子的老人。
*They lived in a house **with white walls and a red roof***. 他們住在一棟白牆紅頂的屋裏。

也可這樣使用 with 來確定某人或某物的身份。例如，可以把某人説成 the tall man **with** red hair（那個紅頭髮的高個子男人）。

*Who's that girl **with the gold earrings**?* 那個戴金耳環的女孩是誰？
*Our house is the one **with the blue shutters***. 我們的屋是有藍色百葉窗的那間。

通常不用 with 表示某人的穿着。要用 in。

*I noticed a smart woman **in a green dress***. 我注意到一個身穿綠色連衣裙的時髦女人。
*The office was full of men **in suits***. 辦公室裏滿是穿西裝的男人。

☞ 見 wear

---

woman – lady

1 用作名詞

woman /'wʊmən/ 通常指（成年）女人、婦女。

*His mother was a tall, dark-haired **woman***. 她母親是個高個子黑頭髮的女人。

woman 的複數是 women /'wɪmɪn/。

*There were men and **women** working in the fields.* 田裏有男男女女在工作。

可以用 lady 作為對婦女的禮貌稱呼，尤其是在該女性在場的情況下。

*We had a visit from an American **lady***. 我們接受了一位美國女士的來訪。
*There is a **lady** here who wants to speak to you.* 這裏有一位女士想和你説話。

> ## ! 注意
>
> 稱呼年紀大的婦女為 old lady 或 elderly lady 幾乎總是比較妥當的，而不要説 old woman。
>
> *I helped an **old lady** to carry her shopping.* 我幫一位老太太拿買回來的東西。

> *She is an **elderly lady** living on her own.* 她是一個獨自生活的老太太。
>
> 對一群婦女説話時，可以用 ladies 稱呼她們，而不是 women。
>
> ***Ladies**, could I have your attention, please?* 女士們，請各位注意。
> *Good evening, **ladies** and gentlemen.* 晚上好，女士們、先生們。

2 woman 和 women 用作修飾語

woman is 有時用在其他名詞前面。

*She said that she would prefer to see a **woman doctor**.* 她説她寧願給女醫生看病。

複數名詞前用 women，而不是 woman。

***Women drivers** can get cheaper car insurance.* 女司機可以買到更便宜的汽車保險。

> **!** 注意
>
> 一般來説，可直接把女醫生、女作家等稱為 doctor 或 writer。只有在有必要清楚説明指的是女性時，才使用 woman doctor、woman writer 等。

☞ 見 female – feminine

---

wonder

1 基本用法

動詞 wonder 通常表示想知道、想弄明白。

*I have been **wondering** about her strange behaviour.* 我一直對她奇怪的行為感到不解。

2 與 wh-從句連用

wonder 常常與 wh-從句連用。

*I **wonder what she looks like**.* 我想知道她長成甚麼樣子。
*I **wonder which hotel it was**.* 我心想這是哪一間賓館。

3 與 if 和 whether 連用

wonder 也可與 if 或 whether 連用，表示想知道是否如此。

*He **wondered if she remembered him**.* 他想着她是否仍然記得他。
*He was beginning to **wonder whether it had really happened**.* 他開始琢磨這是否真的發生了。

> **!** 注意
>
> 這類句子中不要用 *that*-從句。例如，不要説 ~~He wondered that she remembered him.~~。
>
> wonder 有時與 if 連用，表示發出邀請。

☞ 見主題條目 Invitations

wood

1 wood

wood 表示木頭、木材、木料。

*He made a shelf out of a piece of **wood**.* 他用一塊木頭做了一塊擱板。
*The **wood** of the window frames was all rotten.* 木窗框都爛掉了。

> **！注意**
>
> 不能用 ~~a wood~~ 表示一塊木頭。.

2 wooden

通常不把 wood 用在名詞前面表示木制的。要用 wooden。

*She kept their toys in a **wooden** box.* 她把他們的玩具放在一個木盒裏。
*They were all sitting at a long **wooden** table.* 他們都坐在一張長木桌旁。

---

work

work 可作動詞或名詞。

1 用作動詞

work 表示工作。

*You need to save money for when you stop **working**.* 你需要為你不再工作的時候存錢。
*I **work** in a hotel.* 我在一家旅館工作。

work 可與 as 連用表示做某種工作。

*Maria **works as** a nurse.* 瑪利亞的工作是護士。

> **！注意**
>
> work 的 *-ing* 形式用於談論臨時性的工作，但一般形式用於談論固定工作。例如，I'm working in London. 意思是我目前在倫敦工作，這表明我可能很快會離開倫敦；而 I work in London. 意思是我在倫敦工作，這表明倫敦是我的固定工作地點。
>
> *He **was working** as a truck driver because his business venture had failed.* 他在當貨車司機，因為他的生意失敗了。

2 用作名詞

have **work** 表示有工作做。

*There are many people who can't find **work**.* 有許多人找不到工作。
*The website has information on many different types of **work**.* 該網站有很多不同種類的工作信息。

如果某人有工作，可以說 be **in work**。

*Fewer and fewer people are **in work**.* 有工作的人越來越少。

如果某人失業，可以說 be **out of work**。

*Her father had been **out of work** for six months.* 她父親已經失業6個月了。

work 也用於表示工作地點。

*He drives to **work** by car.* 他開車上班。
*I can't leave **work** till five.* 我5時才能下班。

---

worse

worse 是 bad 的比較級形式，也是 badly 通常的比較級形式。

☞ 見 bad – badly

---

worst

worst 是 bad 的最高級形式，也是 badly 通常的最高級形式。

☞ 見 bad – badly

---

worth

worth 可作介詞或名詞。

1 用作介詞

worth 表示值⋯⋯錢。

*His yacht is **worth** $1.7 million.* 他的遊艇價值170萬英鎊。
*They own a two-bedroom house **worth** £350,000.* 他們擁有一套價值35萬英鎊含兩個臥室的屋。

> **！注意**
> worth 不是動詞。不要說 His yacht worths $1.7 million.。

2 用作名詞

worth 用在 pounds 或 dollars 這樣的詞後面作名詞，表示價值。

*I can't believe we're arguing over fifty pence **worth** of chocolate.* 我無法相信我們是在為價值50便士的巧克力爭論。
*Twelve million pounds **worth** of gold and jewels were stolen.* 價值1,200萬英鎊的黃金和珠寶被盜。

不要用 worth 談論某人財產的價值。例如，不要說 The worth of his house has greatly increased.，而要說 The **value** of his house has greatly increased.（他的房屋已經大大增值。）。

*What will happen to the **value** of my car?* 我汽車的價值會發生甚麼變化？
*The **value** of the land is now over £1 million.* 那塊地的價值現已超過了100萬英鎊。

would

1 形式和讀音

would 是情態詞，有多種不同的用法。

如果 would 位於代詞之後，通常不完整發音。寫下某人說的話時，通常把 would 寫成 'd，然後加到代詞後面。例如，可以寫 **I'd** like that 代替 I would like that。

would 的否定式是 would not。not 通常不完整發音。

寫下某人說的話時，通常寫成 wouldn't。例如，可以寫 He **wouldn't** do that. 代替 He **would not** do that.。

2 談論過去

would 可用於談論過去定期發生但現在已不發生的事情。

*We **would** normally spend the winter in Miami.* 我們過去通常在邁阿密過冬。
*She **would** often hear him singing.* 她以前常常聽見他在唱歌。

used to 的意思與此類似。

*She **used to** visit them every Sunday.* 她以前每個星期天都去拜訪他們。
*In the afternoons, I **used to** read.* 我以前總是下午看書。

但是，used to 還可用於談論過去存在但現在已不存在的狀態和情況。would 不能這樣用。例如，可以說 She **used to** work there.（她以前在那裏工作。）。不要說 ~~She would work there.~~。

*I **used to** be quite overweight.* 我以前很胖。

would have 用於談論過去可能發生然而實際上未發生的動作和事件。

*It **would have** been unfair if we had won.* 如果我們獲勝的話，那會是不公平的。
*I **would have** said yes, but Julia persuaded me to stay at home.* 我本來會同意的，但朱莉婭說服我留在家裏。

如果 would not 用於談論過去發生的事情，意思則是某人拒絕做某事。

*They just **would not** believe what we told them.* 他們就是不相信我們對他們說的話。
*I asked him to come with me, but he **wouldn't**.* 我叫他跟我來，但他不願意。

would 有時用在敘事中談論某人對將來的想法。

*He thought to himself how wonderful it **would** taste.* 他心想這將是多麼美妙的滋味。
***Would** he ever be successful?* 有一天他會成功嗎？

3 用於條件句

談論自己知道不存在的情況時，would 可用於條件句。在主句中用 would，條件從句中用一般過去時、過去進行時或 could。

*If I **had** enough money, I **would** buy the car.* 如果我有足夠的錢，我就會去買那輛車。
*If he **was coming**, he **would** call.* 如果他要來，他會打電話的。
*I **would** work if I **could**.* 如果我有能力的話，我會工作的。

> **！注意**
>
> 在這類句子裏，條件從句中不要用 would。例如，不要説 ~~If I would have enough money, I would buy the car.~~。
>
> 談論過去的事情時，條件句中用 would have，表示有可能發生但實際上沒有發生的事件。在這種句子裏，條件從句中用過去完成時，主句中用 would have。
>
> *If he **had realized**, he **would have** told someone.* 如果他意識到了的話，他會告訴別人的。
>
> *If she **had not been wearing her seat belt**, she **would have** been killed.* 如果她沒有一直繫着安全帶，她可能就沒命了。

4 用於間接引語分句

would 也用於間接引語分句。

*He asked if I **would** answer some questions.* 他問我是否願意回答一些問題。
*I felt confident that everything **would** be all right.* 我確信一切都會好起來的。

☞ 見 Reporting

5 請求、命令和指示

would 可用於提出請求。

***Would** you do something for me?* 你願意為我做點甚麼嗎？
***Would** someone carry this?* 誰來搬這個東西？

也可用 would 發出命令或指示。

*Pour me a cup of coffee, **would** you?* 給我倒一杯咖啡，好嗎？
***Would** you sit down, please?* 請你坐下，好嗎？

☞ 見主題條目 Requests, orders, and instructions

6 提議和邀請

主動給某人提供某物或發出邀請時，可以説 Would you...?。

***Would you** like a drink?* 你想喝一杯嗎？
***Would anyone** care for some ice cream?* 有人想來點冰淇淋嗎？

☞ 見主題條目 Offers, Invitations

write

1 write 和 write down

write 或 write down 表示寫、寫下。write 的過去式是 wrote，*-ed*分詞是 written。

*I **wrote** down what the boy said.* 我寫下了這個男孩説的話。
*Her name **was written** on the back of the photograph.* 她的名字寫在了照片的背面。

2 寫信

write a letter to someone 表示給某人寫信。write 這樣用時，帶兩個賓語。如果間接賓語是代詞，通常置於直接賓語前面。

*We wrote **them** a little note to say thanks.* 我們給他們寫了一個便條表示感謝。
*I wrote **him** a very nice letter.* 我給他寫了一封非常親切的信。

如果間接賓語不是代詞,則通常放在直接賓語之後,間接賓語前面用 to。

*I wrote a letter **to my sister** asking her to come.* 我給我妹妹寫了一封信讓她來。
*She wrote a note **to the teacher**.* 她寫了一張便條給老師。

也可省略直接賓語。用 **write to** someone 表示給某人寫信。

*She **wrote to** me last summer.* 她去年夏天給我寫了信。
*I **wrote to** the manager and complained.* 我寫信給經理進行投訴。

 美式英語中常常省略 to。

*If there is anything you want, **write** me.* 要是你需要甚麼東西,請來信。
*She **wrote** me that she was feeling much better.* 她給我寫信說她感覺好多了。

在信的開頭可以寫 I am writing...,來引出話題。

*Dear Sir, I **am writing** to enquire about job opportunities in your organization.* 親愛的先生,我寫信是要詢問在你們機構中的工作機會。

> **!** 注意
> 不要把 I write... 放在信的開頭。例如,不要寫 ~~I write to enquire about job opportunities.~~。

Yy

---

yard

名詞 yard 有兩個主要詞義。

1 量度單位

yard 是英制長度單位，表示碼。1碼等於36英寸或大約91.4厘米。

*Jack was standing about ten **yards** away.* 傑克大約站在10碼之外。

在英國，使用越來越普遍的長度單位是米，而不是碼。

☞ 見參考部份 Measurements

2 院子

 在英式英語和美式英語裏，yard 都表示院子。

在英式英語裏，yard 是屋後面有硬質地面的一小塊場地，通常有圍牆。在美式英語裏，yard 是在房子任何一側的場地，通常上面長有草。在英式英語裏，比較大的院子稱作 garden（花園）或 back garden（後花園）。

---

year

year 表示（日曆）年。

*We had an election last **year**.* 我們去年進行了選舉。

year 也指任何12個月的時間段。

*The school has been empty for ten **years**.* 學校已經丟空了10年。

year 可用於指年齡。

*She is now **seventy-four years old**.* 她現在74歲了。

*My house is **about 300 years old**.* 我的屋大約有300年歷史。

> **！注意**
>
> year 用於談論年齡時，後面必須使用 old。例如，不要説 ~~She is now seventy-four years.~~。

☞ 見主題條目 Age

☞ 見 old

---

yes

yes 用於表示同意某人、説某事是真的或接受某物。

*'We need to talk.' –**Yes**, you're right.'* "我們需要談一談。" —— "是的，你説得對。"

*'Is that true?' – '**Yes**.'* "那是真的嗎？" —— "是真的。"
*'Tea?' – '**Yes**, thanks.'* "茶？" —— "好的，謝謝。"

> **！注意**
>
> 某人提出一個否定疑問句時，如果想給予肯定的答覆，必須説 yes。例如，如果某人問 Aren't you going out this evening?（你今晚不出去嗎？），可以回答説 **Yes**, I am.（不，我要出去。），而不要説 ~~No, I am.~~同樣，如果有人問 Haven't you met John?（你沒有見過約翰嗎？），可以回答 **Yes**, I have.（不，我見過。）。
>
> *'Haven't you got any clothes with you?' –'**Yes**, in that suitcase.'* "你身邊沒帶衣服嗎？" —— "帶了，在那個手提箱裏。"
> *'Didn't you buy him a present?' – '**Yes**, I did.'* "你沒有給他買禮物嗎？" —— "不，我買了。"
>
> 同樣，如果想反對一個否定陳述，要説 yes。例如，如果某人説 He doesn't want to come.（他不想來。），可以響應説 **Yes**, he does.（不，他想來的。）。不要説 ~~No, he does.~~。
> *'That isn't true.' – 'Oh **yes**, it is.'* "那不是真的。" —— "哦不，是真的。"

yesterday

yesterday 表示昨天。

*It was hot **yesterday**.* 昨天很熱。
*We spent **yesterday** in Glasgow.* 我們昨天在格拉斯哥過的。

昨天上午和昨天下午用 yesterday morning 和 yesterday afternoon 表示。

***Yesterday morning** I went for a run.* 昨天早上我去跑步了。
*Heavy rain fell here **yesterday afternoon**.* 昨天下午這裏下了大雨。

也可以説 yesterday evening（昨天晚上），但 last night 更常用。

*I met your husband **last night**.* 我昨晚遇到你丈夫了。
*I've been thinking about what you said **last night**.* 昨晚我一直在思考你所説的話。

也可用 last night 表示昨天夜裏。

*We left our bedroom window open **last night**.* 昨天夜裏我們讓臥室的窗戶開着。

> **！注意**
>
> 不要説 ~~yesterday night~~。

yet

1 用於否定句

yet 用於否定句，表示尚、還。在談話和不太正式的書面語中，通常把 yet 放在句末。

*It isn't dark **yet**.* 天還沒有黑。

*I haven't decided **yet**.* 我還沒有決定。

在正式的書面語裏，yet 可直接放在 not 後面。

*Computer technology has **not yet** reached its peak.* 電腦技術尚未達到頂峰。
*They have **not yet** set a date for the election.* 他們尚未確定選舉日期。

2 have yet to

可以用 something **has yet to happen** 代替 has not yet happened。人們常常使用這個結構表示不指望某事發生。

*I **have yet to meet** a man I can trust.* 我還沒遇見過一個我能信任的人。
*Whether it will be a success **has yet to be seen**.* 它是否會取得成功還有待觀察。

3 用於疑問句

yet 常常用在疑問句裏，詢問某事是否已經發生。yet 要放在句末。

*Have you done that **yet**?* 那件事你做了嗎？
*Have you had your lunch **yet**?* 你吃過午飯了嗎？

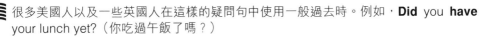 很多美國人以及一些英國人在這樣的疑問句中使用一般過去時。例如，**Did** you **have** your lunch yet?（你吃過午飯了嗎？）

4 already

不要混淆 yet 和 already。already 用在疑問句的句末，對某事早於預期發生表示驚訝。

*Is he there **already**?* 他已經在那兒了嗎？
*You mean you've been there **already**?* 你的意思是你已經去過那裏了嗎？

☞ 見 already

5 still

不要用 yet 表示仍然、還是。例如，不要説 ~~I am yet waiting for my luggage~~.。要用 still。

*He **still** doesn't understand.* 他還是不懂。
*Brian's toe is **still** badly swollen.* 布萊恩的腳趾仍然腫得很厲害。

☞ 見 still

6 just yet

just yet 用於否定句，表示並非馬上。

*It is too risky to announce an increase in our charges **just yet**.* 我們現在就宣佈增加收費風險仍然太大。
*I'm not ready to retire **just yet**.* 我還不準備馬上退休呢。

---

you

you 表示你、你們。

you 可作動詞的主語或賓語，或作介詞的賓語。

*Have **you** got any money?* 你身上有錢嗎？
*I have nothing to give **you**.* 我沒有甚麼可以給你。

*I want to come with **you***. 我想和你一起去。

如果想明確説明是在對不止一個人説話，可用 you two、you all、both of you 或 you guys 之類的短語。這些短語可作動詞的主語或賓語，或作介詞的賓語。you guys 是非正式用語。

*As **you all** know, this is a challenge*. 你們大家都知道，這是一個挑戰。

***You guys** have helped me so much!* 你們各位給了我那麼多的幫助！

*I'd like to invite **both of you** for dinner on Saturday*. 我想邀請你們兩位星期六吃晚餐。

*I need to talk to **you two***. 我需要和你們兩個人談談。

you guys 和 you two 可用作呼語。

*Hey! **You guys**! Come over here!* 嘿！你們！過來！

*Don't stay up late, **you two***. 不要熬夜，你們兩個。

☞ 見主題條目 Addressing someone

you 也可用於泛指人們，而不是指特定的一個人或群體。

☞ 見 one – you – we – they

your – you're

1 your

your /jə/ 或 /jɔː/ 用於表示你的、你們的。

*Can I borrow **your** pen?* 我能借用你的筆嗎？

*Where's **your** father?* 你父親在哪裏？

2 you're

you are 有時也讀作 /jɔː/。寫下某人説的話時，可把 you are 寫成 you're。不要寫成 your。

***You're** quite right*. 你説得很對。

***You're** not an expert*. 你不是專家。

yourself – yourselves

如果 you 作動詞的主語並且指一個人，要用 yourself 作句子中動詞或介詞的賓語來指同一個人。

*Are you feeding **yourself** properly?* 你吃得好嗎？

*You're making a fool of **yourself***. 你在出洋相。

如果 you 指一個以上的人，則用 yourselves 作動詞或介詞的賓語。

*I hope you both behaved **yourselves***. 我希望你們兩個都規規矩矩的。

*Are you looking after **yourselves**?* 你們在自己照顧自己嗎？

yourself 和 yourselves 常常用於祈使結構。

*Control **yourself***. 要控制自己。

*Please help **yourselves** to another drink*. 請不要客氣，再喝一杯。

yourself 和 yourselves 也可用於強調句子的主語。

*You don't even know it **yourself**.* 你連自己都不知道這個。

*You must sort this out **yourselves**.* 你們必須自己去解決這個問題。

do something **yourself** 表示你獨立做某事。

*Did you write this **yourself**?* 這是你自己寫的嗎？

you 泛指人們時，其反身形式是 yourself，而不是 yourselves。

*If you find **yourself** in debt you must start dealing with it immediately.* 如果你發現自己欠了債，必須馬上着手處理。

Zz

zero

zero 表示數字 0、零。

*Visibility dropped to **zero**.* 能見度降到了零。

*Participants rated the products on a scale of **zero** to five.* 參與者對產品按0到5的等級進行打分。

 在談話中，英國人常常用 nought 或 oh 代替 zero。

*How good was the hotel, on a scale of **nought** to ten?* 按0到10的等級，這家賓館有多好？

*You arrive at Palma at **oh** two thirty-five.* 你在2時35分到達帕爾馬。

 在談話和書面語裏，美國人通常用 zero。

*The group is for infants between **zero** and three.* 這個小組針對的是零到三歲的嬰兒。

☞ 見參考部份 Numbers and fractions

Topics section 主題部份

第一節：主題範圍

Age 年齡

1 詢問年齡	**4** 相似的年齡
2 準確的年齡	**5** 某事發生時某人的年齡
3 大概的年齡	**6** 表示某物的年齡

1 詢問年齡

如果想詢問某人或某物的年齡，可以用 how old 加動詞 be。

*'**How old are** you?' – 'Thirteen.'* "你多大了？"——"13歲。"
*'**How old is** he?' – 'About sixty-five.'* "他多大歲數了？"——"大約65歲。"
*'**How old's** your house?' – 'I think it was built about 1950.'* "你那間屋的屋齡有多長了？"——"我認為它大約建於1950年。"

有好幾種方法可以表示某人或某物的年齡。可以表示準確的年齡，也可以表示大概的年齡。

2 準確的年齡

如果想說明某人的年齡有多大，可用動詞 be 後接數字。

*I **was nineteen**, and he **was twenty-one**.* 我當時19歲，他21歲。
*I'**m only 63**.* 我只有63歲。

如果想加強語氣，可在數字後面加上 years old。

*She **is twenty-five years old**.* 她25歲。

也可把 years of age 放在數字後面，但這種用法比較正式，更多地見於英語書面語。

*He **is 28 years of age**.* 他28歲。

> **！注意**
>
> 不要用 have 談論年齡。例如，不要說 ~~He has thirteen years.~~，而要說 He **is thirteen**.（他13歲。）或 He **is thirteen years old**.。

可以用 of 或 aged 表示某人的準確年齡，或者在美式英語裏，在指人的名詞後面用 age 加數字。

*...a man **of thirty*** ……一個30歲的男子
*...two little boys **aged nine and eleven*** ……年齡分別為9歲和11歲的兩個小男孩

*They have twin daughters, **age 18**.* 他們有一對雙胞胎女兒，年齡18歲。

也可在名詞前面加複合形容詞表示某人的年齡。例如，可以説 a **five-year-old** boy（一個5歲的男孩）。注意，指時間段的名詞（比如 year）始終要用單數，即使位於數字後面。複合形容詞通常有連字符。

*...a **twenty-two-year-old** student* ……一個22歲的學生
*...a **five-month-old** baby* ……一個5個月大的嬰兒

也可用複合名詞指人，比如 ten-year-old（10歲的人）。

*All the **six-year-olds** are taught by one teacher.* 所有六歲的孩子都由一個老師教。
*...Melvin Kalkhoven, a tall, thin **thirty-five-year-old*** ……梅爾文・卡爾霍文，一個瘦高個子，年齡35歲

3 **大概的年齡**

如果不確定或不想説明某人的準確年齡，可用動詞 be 後接 about、almost、nearly、over 或 under，然後加上數字。

*I think he's **about 60**.* 我想他大約60歲。
*He must be **nearly thirty**.* 他一定接近40歲了。
*She was only **a little over forty years old**.* 她只有40歲多一點。
*There weren't enough people who were **under 25**.* 25歲以下的人數不夠。

也可用數字加後綴 -ish 表示大概的年齡。

*The nurse was **fiftyish**.* 這位護士50歲左右。

也可用 above the age of 或 below the age of 後接數位。這種用法比較正式。

*55 percent of them were **below the age of twenty-one**.* 他們中55%的人年齡在21歲以下。

可以説 He's in his twenties. 或 She's in her twenties.，表示某人的年齡在20到29歲之間。同樣也可用 thirties、forties 等等。年齡在13到19歲之間的人可用 in their teens 表示。

注意，在這些結構中要用 in 和所有格限定詞。

*He was **in his sixties**.* 他60多歲了。
*... when I was **in my teens*** ……在我十多歲的時候

表示大概年齡的另一個方法是在以零結尾的數字後面用 something。

*A table of **thirty-something** guys...* 一桌30來歲的小夥子……
*She was **twenty-something**.* 她20來歲。

可以用 early、mid-、middle 或 late 表示某人的年齡位於某個年齡段的開頭、中間或者後半段。

*Jane is only **in her early forties**.* 簡只有40歲出頭。
*She was **in her mid-twenties**.* 她25歲左右的樣子。
*He was then **in his late seventies**.* 他當時將近80歲了。

上述結構大部份都可用在 man 或 woman 之類的名詞後面，表示某人的大概年齡。

*They provide help for **ladies over 65**.* 他們為65歲以上的女士提供幫助。
*She had four **children under the age of five**.* 她有4個不滿5歲的孩子。
*...a **woman in her early thirties*** ……一個30歲出頭的女人

不要把 about、almost 或 nearly 直接放在名詞後面。例如，不要說 ~~He is a man about 60.~~，而要說 He is a man **of** about 60.（他是一個大約60歲的男人。）。

在英式英語裏，可以使用由 over 或 under 加數位的複數形式組成的複合名詞，表示一群人的年齡在某個特定的數字以上或以下。在美式英語裏，這種用法可以理解但並不使用。

*The **over-sixties** do not want to be turned out of their homes.* 60歲以上的人不希望被趕出家門。

*Schooling for the **under-fives** should be expanded.* 應該擴大5歲以下兒童的學校教育。

4 相似的年齡

如果想表示某人的年齡與另一人的年齡相仿，可用動詞 be 後接 my age、his own age 以及 her parents' age 之類的表達式。

*I wasn't allowed to do that when I **was her age**.* 我在她那個年齡的時候，還不讓我做那個。

*He guessed the policeman **was about his own age**.* 他猜測那名警察和他自己年齡相仿。

在說明所談的一個人的年齡時，這些表達式可用在指那個人的名詞後面，或用在名詞加 of 後面。

*I know a bit more literature than **most girls my age**.* 我對文學的了解比大多數和我同齡的女孩略多一點。

*It's easy to make friends because you're with **people of your own age**.* 交朋友很容易，因為你和同齡人在一起。

5 某事發生時某人的年齡

有好幾個方法可以表示某事發生時某人的年齡。

可用以 when 開頭的分句。

*I left school **when I was thirteen**.* 我在13歲時輟了學。

*Even **when I was a child** I was frightened of her.* 甚至當我還是個孩子的時候，我就害怕她。

可用 at the age of 或 at，後接表示年齡的數字。

*She had finished college **at the age of 20**.* 她20歲大學畢業。

*All they want to do is leave school **at sixteen** and get a job.* 他們只想在16歲離開學校，然後找一份工作。

也可用 aged 後接數位。這種用法主要見於書面語，尤其是在談論某人的死亡時。

*Her husband died three days ago, **aged only forty-five**.* 她的丈夫3天前去世了，享年只有45歲。

as 與 a girl 或 a young man 之類的名詞短語連用，表示某人在年輕時做了某事。這種結構主要見於書面語。

*She suffered from bronchitis **as a child**.* 她小時候患過支氣管炎。

***As teenagers** we used to stroll round London during lunchtime.* 在10多歲的時候，我們午飯期間常常在倫敦閒逛。

如果想表示某人在某個年齡之前做某事，可以説 before the age of... 或 by the age of...。

*He maintained that children are not ready to read **before the age of six**.* 他堅持認為，6歲以前的兒童還沒有做好閲讀的準備。

*It set out the things he wanted to achieve **by the age of 31**.* 這描述了他到31歲時想實現的事情。

如果想表示某人在某個年齡之後做某事，可以説 after the age of...。

***After the age of five**, your child will be at school full time.* 你的孩子5歲以後將全日在校。

6 表示事物的年齡

如果想表示某物的年齡，可用動詞 be 後接數詞加 years old。

*Most of the coral is some **2 million years old**.* 這塊珊瑚礁大部份有約2百萬年歷史。
*The house **was about thirty years old**.* 這間屋的屋齡大約有30年。

> **！注意**
>
> 用 be 加數字可以表示人的年齡，但不能表示事物的年齡。例如，不要説 ~~The house was about thirty.~~。
>
> 表示某物年齡的通常方法是在指物的名詞前面用複合形容詞。例如，可以説 a **thirty-year-old** house（一間30年的屋）。和表示人的年齡的複合形容詞一樣，名詞 year 始終用單數，形容詞通常有連字符。
>
> *...a rattling, **ten-year-old** car* ……一輛咯吱作響、開了10年的汽車
> *...a violation of a **six-year-old** agreement* ……對為期6年之協議的違反
>
> 也可在指物的名詞後面用數字，特別是大數字，再加 years old。
>
> *They found rocks **200 million years old**.* 他們發現了有兩億年歷史的岩石。
>
> 可用指某物存在或製造的歷史時期的形容詞，來表示某物的大概年齡。
>
> *...a splendid **Victorian** building* ……一座華麗的維多利亞式建築
> *...a **medieval** castle* ……一個中世紀的城堡
>
> 可使用由序數詞加 century 構成的修飾語，來表示某物存在或製造於的那個世紀。
>
> *...a **sixth-century** church* ……一座六世紀的教堂
> *...life in **fifth-century** Athens* ……五世紀雅典的生活

Meals 餐食

1 breakfast	**6**	for 和 to
2 dinner, lunch	**7**	have
3 tea 和 supper	**8**	make
4 更正式的用詞	**9**	a 與餐食連用
5 at 和 over	**10**	用餐時間

表示餐食的詞及其用法分別解釋如下。其中有些詞，不同的人用來指不同的餐食。

1 breakfast

breakfast 表示早餐。

*I always have cereal for **breakfast**.* 我早餐總是吃麥片。

2 dinner、lunch 和 luncheon

對於大多數人來説，dinner 表示晚飯。但是在某些地區，dinner 表示午飯。這些地區的人把晚飯稱作 tea 或 supper，這取決於他們來自哪裏。

把晚飯稱作 dinner 的人通常用 lunch 表示午飯。

*We went out for **dinner** on Tuesday night.* 我們星期二晚上出去吃飯了。

*Workers started at 9am and finished at 5pm with an hour for **lunch**.* 工人們上午9時開始下午5時結束，有1個小時午餐時間。

3 tea 和 supper

tea 可以指午後茶點，通常包括三文治和蛋糕，同時有茶喝。afternoon tea 這個表達式常常用於旅館和餐廳。

*I invited him for **tea** that afternoon.* 我那天下午請他吃茶點。

*Traditional **afternoon tea** is served.* 端上了傳統的午後茶點。

tea 也可表示晚餐。

*Katie had some friends round for **tea** after school.* 凱蒂請了一些朋友放學後到她家裏吃晚飯。

 在美式英語裏，tea 不用於談論餐食。

有些人把晚飯稱作 supper。其他人用 supper 表示夜宵。

*We had eaten a light **supper** at six.* 我們在 6 時吃了一頓簡便的晚餐。

*I had some toast for **supper**, then went to bed.* 我吃了一點烤麵包作為夜宵，然後去睡覺了。

4 更正式的用詞

可用 midday meal 表示午餐。同樣，可用 evening meal 表示晚餐。但是，在談話中這些詞一般不用來指在家吃的餐食，只用來指別人提供的餐食，比如在學校或賓館。

5 at 和 over

可用介詞 at 表示在吃飯時做某事。

*He had told her **at** lunch that he couldn't take her to the game tomorrow.* 吃午飯時他告訴她，明天不能帶她去看比賽了。

*Isaac sat next to me **at** dinner.* 晚飯時艾薩克坐在我旁邊。

但是，如果談論的是需要花一些時間的事件，特別是説明人們邊吃飯邊討論某事，則通常用 over。

*It's often easier to discuss difficult ideas **over** lunch.* 吃午飯時討論困難的想法通常更容易。

*He said he wanted to reread it **over** lunch.* 他説他想吃午飯時再讀一遍。

6 for 和 to

可用 for 表示早餐、午飯等吃的是甚麼。

*They had hard-boiled eggs **for** breakfast.* 他們早餐吃的是煮得老的雞蛋。
*What's **for** dinner?* 晚飯吃甚麼？

邀請某人一起進餐，比如在家裏，可用介詞 for 或 to 表示。

*Why don't you join me and the girls **for** lunch, Mr Jordache?* 你何不加入我和姐妹們一起吃午飯呢，約達西先生？
*Stanley invited me **to** lunch on Sunday.* 斯坦利邀請我星期天吃午飯。

7　have

常常用 have 表示某人進餐。例如，可以説 have breakfast 或 have one's breakfast。

*When we've **had breakfast**, you can phone for a taxi.* 我們吃完早餐後，你可以打電話叫一輛計程車。
*That Tuesday, Lo **had her dinner** in her room.* 那個星期二，羅在她自己房間裏吃晚飯。

> **！注意**
>
> 不要説 ~~have a breakfast~~ 或 ~~have the breakfast~~。

8　make

準備餐食可用 make 表示。例如，可以説 make breakfast、make the breakfast 或 make one's breakfast，表示做早餐。

*I'll go and **make dinner**.* 我去做晚飯。
*He **makes the breakfast** every morning.* 他每天早上做早餐。
*She **had been making her lunch** when he arrived.* 在他到達時，她已經在做午餐了。

> **！注意**
>
> 不要説 ~~make a breakfast~~。

9　a 與餐食連用

指餐食的詞可用作不可數名詞或可數名詞，但是通常不與 a 連用。例如，不要説 ~~I had a lunch with Deborah.~~ 或 ~~I had a dinner early.~~，而要説 I had **lunch** with Deborah.（我和德博拉一起吃了午飯。）或 I had **dinner** early.（我很早就吃了晚飯。）。但是，如果是在描述餐食，則可以用 a。

*They had **a quiet dinner** together.* 他們一起靜靜地吃晚飯。
*He was a big man and needed **a big breakfast**.* 他是個大個子，需要豐盛的早餐。

10　用餐時間

如果想提及一天中的進餐時間，可使用表示某一餐的詞加上 time 組成的複合名詞。複合名詞可用連字符或分開書寫。

*I shall be back by **dinner-time**.* 我到吃晚飯的時候回來。
*It was almost **lunch time**.* 快到吃午飯的時間了。

 也可以使用 dinnertime、lunchtime、suppertime 和 teatime 這些形式。美式英語更傾

向於用這些詞。breakfast time 從不寫成一個詞。

*He had a great deal to do before **lunchtime**.* 他在午飯前有大量事情要做。

Money 貨幣

1 書面表示錢的數量	**5** 表達速度
2 口頭表示錢的數量	**6** 用價值表達數量
3 詢問和表述某物的花費	**7** 美國的貨幣
4 紙幣和硬幣	**8** 其他貨幣

英國的貨幣由 pound（英鎊）和 penny（便士）組成。1英鎊合100便士。

1 書面表示錢的數量

用數字書寫錢的數量時，數字前面用英鎊的符號£。例如，200英鎊寫成£200。million（百萬）有時縮寫成 m，billion（10億）縮寫成 bn。提到人們的工資時，有時用 k 和 K 作為1,000的縮寫。

*About **£20m** was invested in the effort.* 在這個活動中投入了大約2千萬英鎊。
*...revenues of **£6bn*** ……60億英鎊的收入
*...Market Manager, **£30K** + bonus + car* ……市場部經理，年薪3萬英鎊+獎金+汽車

如果錢的數量中只有便士，則在數字後面用字母 p。例如，50便士寫成50p。
如果錢的數量中既有英鎊又有便士，就用英鎊的符號，在英鎊和便士之間用句點隔開。便士後面不要寫 p。例如，2英鎊50便士寫成£2.50。

2 口頭表示錢的數量

如果錢的數量中只有便士，口頭表示時在數字後面說 pence 或字母 p（讀作 pea）。

如果錢的數量中既有英鎊又有便士，口頭表示時通常不說 pence。例如，2英鎊50便士說成 two pounds fifty。

> ### ！注意
>
> 在談話中，人們有時說 pound 而不是 pounds。例如，人們會說 I get ten **pound** a week.（我每週得到10英鎊。）。但是，很多人認為這種用法不正確，所以應該說 pounds。
>
> 如果所指清楚，pounds 和 pence 這兩個詞常常省略。
>
> *At the moment they're paying £2 for their meal, and it costs us **three**.* 目前他們支付2英鎊餐費，而我們要花3英鎊。
>
> *'I've come to pay an account.' – 'All right then, fine, that's **four seventy-eight sixty** then, please.'* "我是來付賬的。" —— "那好吧，好，請付478英鎊60便士。"

在非正式的口語裏，常常用 quid 代替 pound 或 pounds。

*'How much did you have to pay?' – 'Eight **quid**.'* "你必須付多少錢？" —— "8鎊。"

3 詢問和表述某物的花費

詢問或表述某物的花費時，用動詞 be。用以 How much... 開頭的疑問句提問。

*How much **is** that?* 那個要多少錢？
*The cheapest **is** about eight pounds.* 最便宜的大約8英鎊。

也可用動詞 cost。這種用法略微有點正式。

*How much will it **cost**?* 這要花多少錢？
*They **cost** several hundred pounds.* 這些花去了好幾百英鎊。

可在 cost 後面加上代詞或其他名詞短語，表示購買東西的人。

*It would cost **me** around six hundred.* 這會花去我大約600鎊。

4 紙幣和硬幣

notes 表示紙幣。英國貨幣中有5、10、20和50英鎊的紙幣。

*You didn't have a five-pound **note**, did you?* 你沒有一張5英鎊的鈔票，對嗎？
*Several paid on the spot in **notes**.* 好幾個人當場付了現鈔。

> #### ❗ 注意
>
> 不要説 ~~a five-pounds note~~。
>
> coins 表示硬幣。英國貨幣中有 1、2、5、10、20 和 50 便士以及 1 和 2 英鎊的硬幣。
>
> *You should make sure that you have a ready supply of **coins** for making phone calls.* 你應該確保隨時有硬幣用於打電話。
>
> 如果想表示某一面值的硬幣，通常用 piece 這個詞。
>
> *That fifty pence **piece** has been there all day.* 那枚 50 便士硬幣已經在那裏一整天了。
> *The machine wouldn't take 10p **pieces**.* 這台機器不接受 10 便士的硬幣。
>
> 可用 change 表示隨身帶的零錢。
>
> *He rattled the loose **change** in his pocket.* 他把口袋裏的零錢弄得叮噹作響。

---

5 表達速度

如果想表達在單位時間內花錢或收錢的速度，可在數量後面用 a 或 per。per 更正式。

*He gets £180 **a week**.* 他每週賺180英鎊。
*Farmers spend more than half a billion pounds **per year** on pesticides.* 農民們每年在殺蟲劑上花費超過5億英鎊。

有時用 per annum 代替 per year。

*...staff earning less than £11,500 **per annum*** ……年收入低於11,500英鎊的員工

6 用價值表達數量

用 worth of 可表達具有某價值的某物數量。

*He owns some **20 million pounds worth of property** in Mayfair.* 他在梅費爾區擁有價值約2千萬英鎊的房產。

7 美國貨幣

 美國的貨幣由 dollar（美元）和 cent（美分）組成。1美元合100美分。

美國人用 bill 這個詞表示紙幣。紙幣面值有1、2、5、10、20、50和100美元。更大面值的紙幣僅在銀行之間使用。

*Ellen put a five-dollar **bill** and three ones on the counter.* 埃倫在櫃檯上放了一張5美元和三張1美元的紙幣。

硬幣面值有1、5、10、25和50美分，常常分別用 penny、nickel、dime、quarter 和 half-dollar 這些專門的詞來稱呼。

*I only had a dollar bill, a **quarter**, two **dimes** and a **nickel**, and three **pennies**.* 我只有一張1美元鈔票、一個25分硬幣、兩個10分硬幣、一個5分硬幣以及三個1分硬幣。

 在非正式的口語裏，常常用 buck 代替 dollar。

*I got 500 **bucks** for it.* 我為此拿到了500美元。

書寫錢的數量時，用符號 $ 表示美元，用 c 表示美分。

例如，兩百美元寫成 $200，五十美分寫成 50c，兩美元五十美分寫成 $2.50。

如果錢的數量中既有美元又有美分，口頭表示時通常不説 cent 這個詞。例如，2美元50美分説成 two dollars fifty 或者只説 two fifty。

8 其他貨幣

很多國家使用相同的貨幣單位。如果需要清楚地表示説的是哪一個國家的貨幣，可用國籍形容詞。

*…a contract worth 200 million **Canadian dollars*** ……一份價值2億加元的合同
*It cost me about thirteen hundred **Swiss francs**.* 它花了我大約13,000瑞士法郎。

注意，有些貨幣的某些單位是一樣的，某些是不同的。例如，英國用pound和-penny，但埃及使用 pound 和 piastre（皮阿斯特）。

談論匯率時，用一種單位的貨幣數量接 to the 再接另一種單位的貨幣數量。

*The rate of exchange while I was there was 1.10 euros **to the** pound.* 我在那裏的時候，匯率是1.10歐元兑1英鎊。

Names and titles 姓名和稱謂

1 姓名的類別		**8** 指稱一家人	
2 簡短形式		**9** 限定詞與姓名連用	
3 綽號		**10** 稱謂	
4 拼寫		**11** 親戚的稱謂	
5 姓名首字母		**12** of 前面的稱謂	
6 指稱某人		**13** 非常正式的稱謂	
7 指稱親屬			

本條目對姓名和稱謂作基本的説明，並解釋在口語和書面語中的使用方法。

人名或稱謂也可用於對人説話或寫信。

☞ 見主題條目 Addressing someone, Letter writing, Emailing

1 姓名的類別

說英語國家的人有父母親取的名（first name，也叫 given name）以及父親或母親的姓（surname，也叫 family name 或 last name）。

很多人還有中名（middle name），這也是由父母親取的。中名通常不用全稱，但有時用首字母，尤其是在美國。

...the assassination of John F. Kennedy ⋯⋯約翰・F・肯尼迪的遇刺

基督教徒使用 Christian name（教名）這個詞表示為孩子取的名。first name 或 forename 用於正式的表格。

☞ 見用法條目 first name – forename – given name – Christian name

在過去，已婚婦女總是改用夫姓。如今有些婦女婚後繼續使用自己的姓。

2 簡短形式

人們常常用某人名的非正式簡短形式，尤其在談話中。很多人名有傳統上的簡短形式。例如，James 簡稱為 Jim 或 Jimmy。

3 綽號

有時朋友間會因應對方某方面的特點而替他起別名，比如 Lofty（長腳，表示高個子）。這種名字叫作 nickname（綽號）。

4 拼寫

人名用大寫字母開頭。

...John Bacon ⋯⋯約翰・培根
...Jenny ⋯⋯珍妮
...Dr. Smith ⋯⋯史密斯醫生

在以 Mac、Mc 或 O 開頭的人名中，接在後面的字母常常要大寫。

*...Maggie **McDonald*** ⋯⋯瑪姬・麥克唐納
*... Mr Manus **O'Riordan*** ⋯⋯馬努斯・奧萊爾登先生

在英國，有些人的姓由兩個姓氏組成，用連字符連接或分開書寫。

*...John **Heath-Stubbs*** ⋯⋯約翰・希思・斯塔布斯
*...Ralph **Vaughan Williams*** ⋯⋯拉夫・沃恩・威廉斯

5 姓名首字母

姓名首字母指的是名、中名和姓氏或只是名和中名的第一個大寫字母。例如，如果某人的全名叫 Elizabeth Margaret White，她的姓名首字母就是 EMW；或者說她的姓是 White，姓名首字母是 EM。有時每個首字母後面加一小點：E.M.W.。

6 指稱某人

指稱某人時，如果談話的對方知道說的是誰，可直呼其名。

John *and I have discussed the situation.* 約翰和我一起討論了形勢。
*Have you seen **Sarah**?* 你看見莎拉了嗎？

如果說話者需要清楚說明所指的是誰，或對此人不太了解，則通常用全名。

*If **Matthew Davis** is unsatisfactory, I shall try **Sam Billings***. 如果馬修・戴維斯不夠好

的話，我可以試試山姆•比林斯。

如果想對於認識但不是朋友的人表示禮貌，可用稱謂加姓氏。人們有時也用這種更禮貌的方式指稱比自己年齡大得多的人。

Mr Nichols can see you now. 尼科爾斯先生現在可以見你。

We'd better not let **Mrs Townsend** know. 我們最好不要讓湯森太太知道。

本條目的後面有關於稱謂的說明。

在談話中，通常不用某人的稱謂加全名。但是，在廣播和正式的書面語中有時會用這種方式指稱人。

The machine was developed by **Professor Jonathan Allen** at the Massachusetts Institute of Technology. 這台機器是由麻省理工學院的喬納森•艾倫教授研發的。

一般來説，某人的姓名首字母和姓氏只用在書面語裏，而不用在談話中。但是，有些名人（特別是作家）是以他們的姓名首字母而不是名而為人所知，比如 T.S. Eliot（T.S. 艾略特）和 J.G. Ballard（J.G.巴拉德）。

著名作家、作曲家和藝術家可只用他們的姓來指稱。

...the works of **Shakespeare** ……莎士比亞的作品

7 指稱親屬

father、mum、grandpa 和 granny 這樣的名詞也用作名字。此時，這些名字要用大寫字母書寫。

Mum will be pleased. 媽媽會高興的。

You can stay with **Grandma** and **Grandpa**. 你可以和爺爺奶奶在一起。

8 指稱一家人

可用 the 加姓的複數形式來指稱有相同姓氏的一家人或夫婦。

...some friends of hers called **the Hochstadts** ……她的霍克施塔特家的數個朋友

9 限定詞與姓名連用

使用人名時，通常不加限定詞。但是，在正式或商務場合，如果不認識或沒有聽説過某人，可在名字前用 a 表示。

You don't know **a Mrs Burton-Cox**, do you? 你不認識一個叫伯頓•考克斯太太的人，對嗎？

為了核實某人真的是在説一個名人，或僅僅表示驚訝，可重讀 the /ðiː/。

You actually met **the George Harrison**? 你真的見過那個名星喬治•哈里森？

10 稱謂

一個人的稱謂表示其社會地位或從事的工作。

如上所述，可用稱謂加姓氏，或稱謂、名加姓氏。最常用的男性稱謂是 Mr（先生），已婚女性的稱謂是 Mrs（夫人），未婚女性的稱謂是 Miss（小姐）。Ms /məz/ 或 /mɪz/（女士）可用於已婚或未婚女子。下列稱謂也可用在姓氏或名加姓氏前：

Ambassador	Constable	Nurse
Archbishop	Councillor	Police Constable
Archdeacon	Doctor	President
Baron	Father	Professor
Baroness	Governor	Rabbi
Bishop	Imam	Representative
Canon	Inspector	Senator
Cardinal	Judge	Superintendent
Congressman	Justice	

*I was interviewed by **Inspector Flint**.* 我接受了弗林特巡官的面談。

*...representatives of **President Anatolijs Gorbunovs** of Latvia* ……拉脱維亞總統阿納托利伊斯·戈爾布諾夫斯的代表

Captain（上尉）和 Sergeant（中士）之類的軍銜也用在某人的姓氏之前，或用在名加姓氏之前。

***General Haven-Hurst** wanted to know what you planned to do.* 黑文-赫斯特將軍想知道你打算做甚麼。

*...his nephew and heir, **Colonel Richard Airey*** ……他的姪子和繼承人，理查德·艾雷上校

11 親戚的稱謂

在現代英語裏，通常用在名字前稱呼親戚的唯一數個詞是 Uncle、Aunt、Auntie、Great Uncle 以及 Great Aunt。這些詞用在名的前面。祖母和外祖母或祖父和外祖父都在世的人可以這樣來區分他們。

...aunt Jane ……簡姑媽

*She's named after my **granny Kathryn**.* 她取了和我外婆凱瑟琳一樣的名字。

Father 用作神父的稱謂，Brother 用作修道士的稱謂，Mother 或 Sister 用作修女的稱謂，但這些詞不用在親戚的名字前面。

***Mother Teresa** spent her life caring for the poor.* 德蘭修女一生都在照顧窮人。

***Sister Joseann** is from a large Catholic family.* 喬斯安修女來自一個天主教大家庭。

12 of 前面的稱謂

稱謂有時可後接 of，表示有那個稱謂的人有權管轄的地方、機構或機構的一部份。

...the President of the United States ……美國總統

...the Prince of Wales ……威爾斯親王

...the Bishop of Birmingham ……伯明翰主教

下列稱謂可用在 the 和 of 之間：

Archbishop	Duke	Marchioness	Prince
Bishop	Earl	Marquis	Princess
Chief Constable	Emperor	Mayor	Queen
Countess	Empress	Mayoress	
Dean	Governor	President	
Duchess	King	Prime Minister	

13 非常正式的稱謂

正式提及國王、女王、大使或法官等重要人物時，要使用由所有格限定詞加名詞構成的稱謂。例如，提及女王時可以說 Her Majesty the Queen（女王陛下）或 Her Majesty。所有格限定詞通常用大寫字母。

Her Majesty *must do an enormous amount of travelling each year.* 陛下每年都必須花大量時間外出訪問。

His Excellency *is occupied.* 閣下正忙着。

Pieces and amounts 物件和數量

1 物質	**4** 典型的對象和數量	
2 液體	**5** 量度和容器	
3 食物		

很多詞可以用在 of 和不可數名詞之前，表示一件東西或一定數量的東西。這裏列出的是其中最常用的。

1 物質

有些詞可用於指很多種類物質的一件或數量：

atom	fragment	piece	sliver
ball	heap	pile	speck
bit	hunk	pinch	splinter
block	lump	ring	stick
chunk	mass	roll	strip
crumb	molecule	scrap	trace
dab	mound	sheet	tuft
dash	mountain	shred	wad
dollop	patch	slab	wedge
flake	particle	slice	wodge

*She threw another **bit** of wood into the fire.* 她向爐火裏又扔了一片木頭。
*The soup was delicious, with **lumps** of chicken, and **chunks** of potato and cabbage.* 湯很可口，裏面有雞塊和大塊的馬鈴薯及捲心菜。

2 液體

有些詞用於指液體的量：

dash	globule	puddle	trickle
dribble	jet	splash	
drop	pool	spot	

*Rub a **drop** of vinegar into the spot where you were stung.* 在被螫的地方擦一滴醋。
*One fireman was kneeling down in a great **pool** of oil.* 一名消防員正跪在一大灘油裏。

3 食物

helping、portion 和 serving 用於談論進餐時得到的一份某種食物。

*He had two **helpings** of ice-cream.* 他吃了兩份冰淇淋。
*I chose a large **portion** of local salmon.* 我選了一大份本地三文魚。

可以用 a **morsel** of food 表示一小塊食物。

*He had a **morsel** of food caught between one tooth and another.* 他的兩顆牙齒之間嵌入了一小塊食物。

4 典型的對象和數量

下表列出了哪個詞通常用於指特定物品的一件或數量。如果列出的詞不止一個,其意義常常有很大的不同。如果對這些詞語之間的區別沒有把握,可以查閱 COBUILD 詞典。

bread	a loaf / slice of bread 一條 / 一片麵包
butter	a knob(英式英語)/ pat（美式英語）of butter 一小塊黃油
cake	a slice / piece of cake 一塊蛋糕
chocolate	a bar / piece / square of chocolate 一條 / 一塊 / 一方塊巧克力
cloth	a bolt / length / piece of cloth 一匹 / 一段 / 一塊布
coal	a lump of coal 一塊煤
corn	an ear / sheaf of corn 一穗 / 一捆玉米
dust	a speck / particle / cloud of dust 一點 / 一粒 / 一團灰塵
fog	a wisp / bank / patch of fog 一縷 / 一團 / 一小片霧
glass	a sliver / splinter / pane of glass 一長條玻璃 / 一片碎玻璃 / 一片窗玻璃
grass	a blade of grass 一片草葉
hair	a lock / strand /wisp / tuft / mop / shock of hair 一綹頭髮 / 一股頭髮 / 一束頭髮 / 一簇頭髮 / 一頭蓬亂的頭髮
hay	a bale of hay 一捆乾草
land	a piece / area of land 一塊 / 一片土地
light	a ray / beam / shaft of light 一束 / 一道光
medicine	a dose of medicine 一劑藥
money	a sum of money 一筆錢
paper	a piece / sheet / scrap of paper 一張 / 一大張 / 一小片紙
rice	a grain of rice 一粒米
rope	a coil / length / piece of rope 一卷 / 一段 / 一根繩子
salt	a grain / pinch of salt 一粒 / 一撮鹽
sand	a grain of sand 一粒沙子

smoke	a cloud / blanket / column / puff / wisp of smoke 一團 / 一片 / 一柱 / 一股 / 一縷煙
snow	a flake / blanket of snow 一片 / 一大片雪花
soap	a bar / cake of soap 一條 / 一塊肥皂
stone	a slab / block of stone 一塊厚厚的石頭 / 一大塊石頭
string	a ball / piece / length of string 一團 / 一根 / 一段線
sugar	a grain / lump of sugar 一粒 / 一塊糖
sweat	a bead / drop / trickle of sweat 一顆汗珠 / 一滴汗 / 一串汗水
thread	a reel / strand of thread 一卷 / 一根線
wheat	a grain / sheaf of wheat 一顆 / 一捆小麥
wire	a strand/piece / length of wire 一股 / 一根 / 一段電線
wool	a ball of wool 一團羊毛

5 量度和容器

要表示某物的量，也可用 pound 或 metre 之類的量度名詞，或使用 bottle 和 box 之類表示容器的名詞。

☞ 見參考部份 Measurements

Places 地點

1 詢問某人的家	**8** 介詞與部份和區域連用
2 地名	**9** 副詞表示位置
3 修飾語的用法	**10** 副詞表示方向或目的地
4 狀語	**11** 用在名詞之後
5 介詞表示位置	**12** 用作修飾語
6 介詞表示目的地和方向	**13** 不定地點副詞
7 用在名詞之後	

1 詢問某人的家

如果想知道某人的家在哪裏，可以説 Where do you live?（你住在哪裏？）或 Whereabouts do you live?（你具體住在哪裏？）。如果大致知道某人住在哪裏而想了解更確切的信息，用 whereabouts。

'Where do you live?' – 'I have a little studio flat, in Chiswick.' "你住在哪裏？" —— "我有一個一房單位，在奇西克。"

*'I actually live near Chester.' – '**Whereabouts**?'* "實際上我住在切斯特附近。" —— "具體在哪裏？"

如果想知道某人早年在哪裏生活，可以説 What part of the country are you from?（你來自甚麼地區？），也可説 Where do you come from?（你來自哪裏？）或 Where are you from?，特別是如果説話者認為這個人早年生活在其他國家的話。

'Where do you come from?' – 'India.' "你來自哪裏？" —— "印度。"

2 地名

Italy（意大利）和 Amsterdam（阿姆斯特丹）之類的地名是一種專有名詞，書寫時用大寫字母。

下表說明了不同之類地名的表達方式。用星號標出的地名不太常用。

大陸	專有名詞	Africa 非洲
		Asia 亞洲
地區	the + 專有名詞	the Arctic 北極地區
		the Midlands 英格蘭中部地區
	形容詞 + 專有名詞	Eastern Europe 東歐
		North London 倫敦北部
	the + North, South, East, West	the East 東方
		the South of France 法國南部
洋、海、沙漠	the + 修飾語 + Ocean, Sea, Desert	the Indian Ocean 印度洋
		the Gobi Desert 戈壁沙漠
	the + 專有名詞	the Pacific 太平洋
		the Sahara 撒哈拉沙漠
國家	專有名詞	France 法國
		Italy 意大利
	*the + 國家類型	the United States 美國
		the United Kingdom 英國
		the Netherlands 荷蘭
郡和州	專有名詞	Surrey 薩里
		California 加州
	*專有名詞 + County（美國）	Butler County 巴特勒縣
島嶼	專有名詞	Malta 馬爾他
	專有名詞 + Island	Easter Island 復活島
群島	the Isle of + 專有名詞	the Isle of Wight 懷特島
	the + 修飾語 + Islands / Isles	the Channel Islands 海峽群島
		the Scilly Isles 錫利群島
	the + 複數專有名詞	the Bahamas 巴哈馬群島
山	Mount + 專有名詞	Mount Everest 珠穆朗瑪峰
	專有名詞	Everest 珠穆朗瑪峰
山脈	*the + 專有名詞	the Matterhorn 馬特洪峰
	the + 複數專有名詞	the Andes 安第斯山脈
	the + 修飾語 + Mountains	the Rocky Mountains 洛磯山脈

河流	the + River + 專有名詞	the River Thames 泰晤士河
	the + 專有名詞	the Thames 泰晤士河
	*the + 專有名詞 + River（非英式英語）	the Colorado River 科羅拉多河
湖泊	Lake + 專有名詞	Lake Michigan 密歇根湖
海角	Cape + 專有名詞	Cape Horn 合恩角
	*the + Cape + 專有名詞	the Cape of Good Hope 好望角
其他自然地名	the + 修飾語 +地點名詞	the Grand Canyon 大峽谷
		the Bering Strait 白令海峽
	修飾語 + 地點名詞	Sherwood Forest 舍伍德森林
		Beachy Head 比奇角
	the + 地點名詞 + of +專有名詞	the Gulf of Mexico 墨西哥灣
		the Bay of Biscay 比斯開灣
城鎮	專有名詞	London 倫敦
建築和構築物	專有名詞 + 地點名詞	Durham Cathedral 達勒姆大教堂
		London Zoo 倫敦動物園
	the + 修飾語 + 地點名詞	the Severn Bridge 塞汶河大橋
		the Tate Gallery 泰特畫廊
	the + 地點名詞 + of +專有名詞 / 名詞	the Church of St. Mary 聖瑪麗教堂
		the Museum of Modern Art 現代藝術博物館
電影院、劇院	the + 專有名詞	the Odeon 歐迪昂影院
	酒吧和賓館	the Bull 布爾劇院
火車站	專有名詞	Paddington 帕丁頓（車站）
	專有名詞 + station	Paddington Station 帕丁頓車站
街道	修飾語 + Road, Street, Drive, etc	Downing Street 唐寧街
	*the + 專有名詞	the Strand 斯特蘭德街
	*the + 修飾語 + Street 或 Road	the High Street 大街

大多數地名與單數動詞形式連用。即使看起來像複數名詞的地名也是如此。例如，The United States（美國）和 The Netherlands（荷蘭）與單數動詞形式連用。

*Canada still **has** large natural forests.* 加拿大仍然有巨大的天然林。

*Milan **is** the most interesting city in the world.* 米蘭是世界上最有趣的城市。

*…when the United States **was** prospering* ……當美國繁榮的時候

但是，群島或山脈的名稱通常與複數動詞形式連用。

*…one of the tiny Comoro Islands that **lie** in the Indian Ocean midway between Madagascar and Tanzania* ……位於馬達加斯加和坦桑尼亞之間印度洋科摩羅群島中

的小島之一

*The Andes **split** the country down the middle.* 安第斯山脈把該國在中間一分為二。

國名或首都名常常用於代表該國的政府。

***Britain** and **France** jointly suggested a plan.* 英國和法國聯合提出了一個計劃。

***Washington** had put a great deal of pressure on **Berlin**.* 華盛頓對柏林施加了巨大的壓力。

有時也可用地名指稱住在那裏的人。即使談論一群人也可用單數動詞形式。

*Europe **was** sick of war.* 歐洲厭倦了戰爭。

*Poland **needs** additional imports.* 波蘭需要更多的進口商品。

☞ 見參考部份 Nationality words

地名也可用於指稱發生在那裏的著名事件，比如戰役或災難。

*After **Waterloo**, trade and industry surged again.* 滑鐵盧戰役以後，貿易和工業再次激增。

*..the effect of **Chernobyl** on British agriculture* ⋯⋯切爾諾貝爾事故對英國農業的影響

３ 修飾語的用法

地名可作修飾語表示某物在某處，或者表示某物來自某處或具有某處的特點。

*...a **London** hotel* ⋯⋯倫敦的一間旅館

*She has a **Midlands** accent.* 她有英格蘭中部地區口音。

４ 狀語

很多狀語用於談論地點。

☞ 關於這些副詞和狀語在句中的位置，見語法條目 Adverbs and adverbials

５ 介詞表示位置

用於表示位置的介詞主要有 at、in 和 on。

*Sometimes we went to concerts **at** the Albert Hall.* 我們有時去阿爾伯特音樂廳聽音樂會。

*I am back **in** Rome.* 我回到了羅馬。

*We sat **on** the floor.* 我們坐在地板上。

☞ 見用法條目 at, in, on

☞ 關於 by 和 near 在用法上的區別，見 by

下表列出了表示位置的全部介詞：

aboard	astride	down	outside
about	at	in	over
above	away from	in between	past
across	before	in front of	through
against	behind	inside	throughout
ahead of	below	near	under
all over	beneath	near to	underneath
along	beside	next to	up
alongside	between	off	upon
amidst	beyond	on	with
(美式英語 amid)	by	on top of	within
among	close by	opposite	
around	close to	out of	

6 介詞表示目的地和方向

用於表示目的地的介詞主要是 to。

*I went **to** the door.* 我走到門口。

*She went **to** Australia in 1970.* 她1970年去了澳洲。

at 通常不用於表示目的地,而用於表示朝甚麼方向看,或使物體朝甚麼方向移動。

*They were staring **at** a garage roof.* 他們盯着車庫的屋頂。

*Supporters threw petals **at** his car.* 支持者向他的汽車拋灑花瓣。

☞ 見用法條目 into, onto

下表列出了表示某物朝哪裏去的所有介詞:

aboard	below	inside	round
about	beneath	into	(美式英語 around)
across	beside	near	through
ahead of	between	near to	to
all over	beyond	off	towards
along	by	on	(美式英語 toward)
alongside	down	onto	under
around	from	out of	underneath
at	in	outside	up
away from	in between	over	
behind	in front of	past	

從上述列表可以看出,很多介詞既可表示位置又可表示方向。

*The bank is just **across** the High Street.* 銀行就在大街對面。

*I walked **across** the room.* 我穿過房間。

*We live in the house **over** the road.* 我們住在路那一頭的那間屋。

*I stole his keys and escaped **over** the wall.* 我偷了他的鑰匙,翻牆逃走了。

7 用在名詞之後

介詞短語用在名詞之後表示該名詞所指的人或物的位置。

*The table **in the kitchen** had a tablecloth over it.* 廚房裏的桌子上面有一塊桌布。
*The driver **behind me** began shouting.* 我後面的司機開始大叫。

8 介詞與部份和區域連用

如果想明確表示一個物體離另一個物體的哪個部份最近，或準確説出物體在一個區域的哪個部份，可用 at、by、in、near 或 on。to 和 towards（美式英語用 toward）通常表示方向，也可用於比較近似地表示位置。

at、near 和 towards 與下列名詞連用：

back	centre	foot	side
base	edge	front	top
bottom	end	rear	

*She waited **at the bottom** of the stairs.* 她在樓梯底下等着。
*The old building of University College is **near the top** of the street.* 倫敦大學學院的舊大樓在街道的盡頭附近。
*He was sitting **towards the rear**.* 他坐在靠近後部的地方。

to 也可與 rear 和 side 連用。

*Some troops were moved **to the rear**.* 一些部隊被調動到了後方。
*There was one sprinkler in front of the statue and one **to the side** of it.* 雕像的前面有一個噴嘴，側面也有一個。

on 或 to 與 left 和 right 連用，in 與 middle 連用。也可用 on 代替 at 與 edge 連用。

*The church is on the left and the town hall and police station are **on the right**.* 教堂在左邊，市政廳和警察局在右邊。
***To the left** were the kitchens and staff quarters.* 左邊是廚房和員工宿舍。
*My mother stood **in the middle** of the road, watching.* 我母親站在路中央注視着。
*He lives **on the edge** of Sefton Park.* 他住在塞夫頓公園邊上。

to 或 in 與下列名詞連用：

east	north-west	(美式英語	west
north	(美式英語	southeast)	
north-east	northwest)	south-west	
(美式英語	south	(美式英語	
northeast)	south-east	southwest)	

***To the south-west** lay the city.* 城市位於西南方。
*The National Liberation Front forces were still active **in the north**.* 全國解放陣線的武裝力量仍然活躍在北部。

at 或 by 與下列名詞連用：

bedside	kerbside	poolside	roadside
dockside	(美式英語	quayside	seaside
fireside	curbside)	ringside	waterside
graveside	lakeside	riverside	

*She stood crying **at the graveside**.* 她站在墳墓旁哭泣。

*We found him sitting **by the fireside**.* 我們發現他坐在火爐邊。

the 通常與前面三個表格中的名詞連用。

*I ran up the stairs. Wendy was standing **at the top**.* 我跑上樓梯。溫迪正站在樓梯頂部。

***To the north** are the main gardens.* 北面是主花園。

但是，也可以把所有格限定詞與上述第一個表格中的名詞（back、base 等）連用，以及與 left、right 和 bedside 連用。

*We reached another cliff face, with trees and bushes growing **at its base**.* 我們到達了另一處崖面，底下生長着樹木和灌木叢。

*There was a gate **on our left** leading into a field.* 我們的左方有一扇通往田野的大門。

*I was **at his bedside** when he died.* 他死的時候，我在他的牀邊。

in front of 和 on top of 是固定短語，不用限定詞。

*She stood **in front of** the mirror.* 她站在鏡前。

*I fell **on top of** him.* 我倒在了他身上。

9　副詞表示位置

有很多表示位置的副詞，其中很多表示某物在已經提到的地點、物體或人的附近。

*Seagulls were circling **overhead**.* 海鷗在頭頂上盤旋。

***Nearby**, there is another restaurant.* 附近還有一家餐廳。

*This information is summarized **below**.* 這一信息總結如下。

下表列出了表示位置的主要副詞：

aboard	downstairs	outside
about	downstream	over
above	downwind	overhead
abroad	here	overseas
ahead	in	round
aloft	in between	(美式英語 around)
alongside	indoors	there
ashore	inland	throughout
away	inside	underfoot
behind	near	underground
below	nearby	underneath
beneath	next door	underwater
beside	off	up
beyond	offshore	upstairs
close by	opposite	upstream
close to	out of doors	upwind
down	outdoors	

少數位置副詞用於表示某物存在的區域有多大：

globally	locally	nationally	widely
internationally	regionally	universally	worldwide

*Everything we used was bought **locally**.* 我們所用的一切都是在當地購買的。

*Western culture was not **universally** accepted.* 西方文化沒有被普遍接受。

與其他大多數位置副詞不同，這些副詞（除了 worldwide）不能用在 be 後面說明某物的位置。

副詞 deep、far、high 和 low 既表示位置也表示距離，通常後接另一個表示位置的副詞或短語。或以其他方式被修飾或限定。

*Many of the eggs remain buried **deep among the sand grains**.* 其中很多蛋仍然深埋在沙粒中。

*One plane, flying **very low**, swept back and forth.* 一架飛機飛得很低，在空中來回掠過。

deep down、far away、high up 和 low down 常常用於代替單獨使用的副詞。

*The window was **high up**, miles above the rocks.* 窗戶非常高，在岩石上方好幾英里處。

*Sita scraped a shallow cavity **low down** in the wall.* 希塔在在牆腳下部挖出了一個淺坑。

10 副詞表示方向或目的地

還有很多表示方向或目的地的副詞。

*They went **downstairs** hand in hand.* 他們手拉手下了樓。

*Go **north** from Leicester Square up Wardour Street.* 從萊斯特廣場沿着華都街向北走。

*She walked **away**.* 她走開了。

這些副詞主要有：

aboard	forwards	outside
abroad	heavenward	overseas
ahead	here	right
along	home	round
anti-clockwise	homeward	(美式英語 around)
(美式英語	in	sideways
counterclockwise)	indoors	skyward
around	inland	south
ashore	inside	southwards
back	inwards	there
backwards	left	underground
clockwise	near	up
close	next door	upstairs
down	north	uptown
downstairs	northwards	upwards
downtown	on	west
downwards	onward	westwards
east	out of doors	
eastwards	outdoors	

注意，美式英語裏一般使用這些副詞以 -ward 結尾的形式，而英國人使用以 -wards 結

尾的形式。

*You move **forward** and **backward** by leaning slightly in those directions.* 你朝這些方向微微傾斜着向前和向後移動。

*We were drifting **backwards** and **forwards**.* 我們在來回漂流。

☞ 見用法條目 -ward – -wards

11 用在名詞之後

地點副詞可用在名詞後面提供更多的信息。

*The stream runs through the sand to the ocean **beyond**.* 小河穿過沙地流向遠處的大海。

*My suitcase had become damaged on the journey **home**.* 我的手提箱在回家的旅途中損壞了。

12 用作修飾語

有些地點副詞可用在名詞前面作修飾語。

*Gradually the **underground** caverns fill up with deposits.* 久而久之，地下洞穴填滿了沉積物。

*There will be some variations in your heart rate as you encounter **uphill** stretches or increase your pace on **downhill** sections.* 在你遇到上坡路段或者在下坡路段加快步伐時，你的心率會發生一些變化。

下列地點副詞可用作修飾語：

anti-clockwise	downstairs	outside	uphill
(美式英語	eastward	overhead	upstairs
counterclockwise)	inland	overseas	westward
backward	inside	southward	
clockwise	nearby	underground	
downhill	northward	underwater	

13 不定地點副詞

有四個表示位置和方向的不定地點副詞：anywhere、everywhere、nowhere 和 somewhere。

在非正式美式英語裏，也可用 someplace 和 anyplace 以及 no place 和 every place。

*No-one can find Howard or Barbara **anywhere**.* 所有地方都找遍了，沒人能找到霍華德或芭芭拉。

*There were bicycles **everywhere**.* 到處都是單車。

*I thought I'd seen you **somewhere**.* 我還以為我在哪裏見過你。

*I suggested they stay **someplace** else.* 我建議他們留在別的地方。

☞ 見用法條目 somewhere

nowhere 使句子變成否定。

*I was to go **nowhere** without an escort.* 沒有人護送我甚麼地方都不能去。

在書面語裏，nowhere 可放在句首進行強調。動詞的主語放在助動詞或 be 的一個形式之後。

Nowhere have I *seen any serious mention of this.* 我哪兒也沒看到有人認真地談起此事。

Nowhere are they overwhelmingly numerous. 它們在任何地方都沒有多到令人咋舌的地步。

to-不定式分句可用在 anywhere、somewhere 或 nowhere 後面，表示想在一個地方做甚麼。

*I couldn't find **anywhere to put it**.* 我找不到任何地方放這個東西。
*We mentioned that we were looking for **somewhere to live**.* 我們提到我們在尋找住的地方。
*There was **nowhere for us to go**.* 我們無處可去。

也可把關係從句放在這些副詞後面。通常不用關係代詞。

*I could go **anywhere I wanted**.* 我想去甚麼地方就可以去。
***Everywhere I went**, people were angry or suspicious.* 凡是我所到之處，人們不是憤怒就是懷疑。

else 可用在這些不定地點副詞後面，表示不同的或另外的地方。

*We could hold the meeting **somewhere else**.* 我們可以到別的地方去開會。
*More people die in bed than **anywhere else**.* 死在牀上的人比死在其他任何地方的都多。

elsewhere 可用於代替 somewhere else 或 in other places。

*It was obvious that he would rather be **elsewhere**.* 很明顯，他寧願在別處。
***Elsewhere** in the tropics, rainfall is variable.* 在其他熱帶地區，降雨量是變化不定的。

Time 時間

1	時鐘時間	**5**	表示時間的副詞
2	表示時間的介詞	**6**	時間作修飾語
3	大概的時間	**7**	名詞後面的時間狀語
4	一天的時段		

☞ 關於表示星期和更長時間段的説明，見參考部份 Days and dates
☞ 關於時間從句的説明，見語法條目 Subordinate clauses

1 時鐘時間

如果想知道説話時的時間，可以用 What time is it? (現在能告訴我時間嗎？) 或 What's the time? 提問。

*'**What time is it**?' – 'Three minutes past five.'* "能告訴我時間嗎？" ── "5時03分。"
*'**What's the time** now?' – 'Twenty past.'* "能告訴我現在的時間嗎？" ── "5時過了20分。"

詢問事件的發生時間時，通常用 when。

*'**When** did you come?' – 'Just after lunch.'* "你甚麼時候來的？" ── "剛吃過午飯。"

也可用 what time。

*'**What time** did you get back to London?' – 'Ten o'clock.'* "你甚麼時候回到倫敦

的？"—— "10時。"

*'**What time** do they shut?' – 'Half past five.'* "他們甚麽時候關門？"—— "5時半。"

可以說 It's… 來告訴某人時間。

It's ten to eleven now. 現在是11時差10分。

下一頁的表格列出了表示時間的不同方法。

	four o'clock four 4.00	four in the morning 4 a.m.		`04:00`
		four in the afternoon 4 p.m.		`16:00`
	nine o'clock nine 9.00	nine in the morning 9 a.m.		`09:00`
		nine in the evening nine at night 9 p.m.		`21:00`
	twelve o'clock twelve 12.00	twelve in the morning 12 a.m. midday (British) noon		`12:00`
		twelve at night 12 p.m. midnight		`00:00`
		a quarter past twelve quarter past twelve		`12:15`
		twelve fifteen 12.15		`00:15`
		twenty-five past two twenty-five minutes past two		`02:25`
		two twenty five 2.25		`14:25`
		half past eleven half eleven (British)		`11:30`
		eleven-thirty 11.30		`23:30`
		a quarter to one quarter to one		`12:45`
		twelve forty-five 12.45		`00:45`

| | ten to eight
ten minutes to eight
seven-fifty
7.50 | 07:50

19:50 |

注意下列數點：

▶ 某些數位鐘和時間表上用的是24小時制。例如，下午5時表示為17.00。

 在美國，24小時制不太常見，時刻表上用的是帶 a.m. 和 p.m. 的12小時制。

▶ o'clock 只能用於表示整點時間，而不是整點之間的時間。

例如，可以説 five o'clock（5時），不要説 ~~ten past five o'clock~~ 或 ~~a quarter past five o'clock~~。

*Come round at **five o'clock**.* 5時過來。
*I must leave by **eight o'clock**.* 我8時前必須離開。

注意，使用 o'clock 時，人們通常把數字寫成單詞（比如 five），而不用數字（比如5）。

表示整點時間時，並非一定要用 o'clock。人們常常只用數字。

*I used to get up every morning at **six**.* 我以前每天早上六時起牀。

▶ 表示整點之間的時間時，可用 past 和 to。整點過後30分鐘或30分鐘以內的時間，可用 past 加上數字表示。離整點不到30分鐘的時間，可用 to 加上數字表示。

*It's **twenty past seven**.* 現在是7時20分。
*He returned to the house at **half past four**.* 他在4時半回到了那間屋。
*He got to the station at **five to eleven**.* 他在11時差5分到達了車站。

在這些表達式中一般不用 minute 這個詞。

 説美式英語的人常常用 after 代替 past、用 of 代替 to。

*It was **twenty after eight**.* 那時候是8時20分。
*At **a quarter of eight**, he called Mrs. Curry.* 在8時差一刻，他給柯里太太打了電話。

▶ minute 這個詞僅用於表示介於5分鐘之間的時間，或者用於表示想説的是精確的時間。

*It was twenty-four **minutes** past ten.* 那時候是10時24分。
*We left Grosvenor Crescent at five **minutes** to ten.* 我們在10時差5分離開了格羅夫納新月。

▶ 如果很清楚談的是甚麼時間，past 或 to 後面不必加上小時數。

*'What time is it?' – 'It's **eighteen minutes past**.'* "能告訴我時間嗎？"——"過了18分鐘。"
*It's **quarter past**.* 現在是過了一刻鐘。
*'What time's break?' – '**Twenty-five to**.'* "甚麼時候休息？"——"離休息還有25分鐘。"

▶ 表達時間時，也可先説小時數然後説分鐘數。例如，可以把7.35説成 seven thirty-five。

如果分鐘數不到10，很多人把分鐘數前面的0説成 oh。例如，7.05可説成 seven oh five 或 seven five。

像這樣書寫時間時，要在小時數後面加句點。有些人，特別是美國人，則用冒號代替。

*At **6.30** each morning, the partners meet to review the situation.* 每天早上6時30分，合夥人都會碰頭審視局勢。
*The door closes at **11: 15**.* 11時15分關門。

▶ 如果需要的話，可加上介詞短語來清楚地表明時間。注意，可以說 in the morning、in the afternoon 和 in the evening，但要說 at night，而不是 ~~in the night~~。

*It was about four o'clock **in the afternoon**.* 那時大約是下午4時。
*They worked from seven **in the morning** until five **at night**.* 他們從早上7時工作到晚上5時。

☞ 見用法條目 afternoon, evening, morning, night

也可加上 a.m. 表示午夜至中午的時間，或 p.m. 表示中午至午夜的時間。在英式英語裏，這些縮略形式通常不用在談話中。

*The doors will be opened at **10 a.m.*** 大門將在上午10時打開。
*We will be arriving back in London at **10.30 p.m.*** 我們將在晚上10時30分回到倫敦。

> **❗ 注意**
> a.m. 或 p.m. 不能與 o'clock 連用。

2 表示時間的介詞

表示某事發生時間的最常用介詞是 at。

*The taxi arrived **at 7.30**.* 計程車在7時30分到達了。
*They'd arranged to leave **at four o'clock**.* 他們安排好了在4時鐘離開。
*I'll be back **at four**.* 我4時回來。

其他介詞以下列方式表示某事發生的時間：

▶ after 用於表示某事發生在特定的時間之後。

*It's a very quiet place with little to do **after ten at night**.* 這是一個非常安靜的地方，晚上10時以後就幾乎無事可做了。

▶ before 用於表示某事發生在特定的時間之前。

*I was woken **before six** by the rain hammering against my bedroom window.* 我6時不到就被敲打在臥室窗戶上的雨水聲吵醒了。

▶ by 用於表示某事在特定的時間或之前發生。

*I have to get back to town **by four o'clock**.* 我必須4時前回到城裏。

▶ until 用於表示某事發生到……為止。在談話中，till 常常用來代替 until。

*I work **until three**.* 我工作到3時。
*I didn't get home **till five**.* 我直到5時才回到家。

▶ since 用於表示某事自從……之後一直發生。

*He had been up **since 4 a.m.*** 他清晨4時起來後就一直沒睡。

關於這些詞的其他用法，見各個詞的用法條目。

3 大概的時間

時間前面用 about 或 around 表示大概的時間。

*We were woken up at **about** four o'clock in the morning.* 我們在凌晨4時左右被吵醒了。

*The device, which exploded at **around** midnight on Wednesday, severely damaged the fourthfloor bar.* 該裝置在星期三午夜時份爆炸，嚴重毀壞了四樓的酒吧。

有時省略 at。

*He left **about ten o'clock**.* 他大約在10時離開了。

在談話中，人們有時在時間後面加上 -ish 表示大概的時間。

*Shall I call you about **nine-ish**?* 我要不要在約莫9時給你打電話？

可用 just after 或 just before 表示某事剛過或不到某個時間就發生了。也可用 shortly after 或 shortly before。

*We drove into Jerusalem **just after** nine o'clock.* 我們剛過9時開車進入了耶路撒冷。
*He came home **just before** six o'clock and lay down for a nap.* 他就在6時之前回到了家，躺下小睡了一會。
***Shortly after** nine, her husband appeared.* 9時剛過，她丈夫出現了。

表示時間時，在英式英語裏也可用 just gone，或 just after。

*It was **just gone** half past twelve.* 剛過12時半。
*It was **just after** 9pm on a cold October night.* 那是十月份一個寒冷的夜晚，剛過九時。

4 一天的時段

一天的主要時段如下：

morning	afternoon	evening	night

介詞 in 或 on 可與表示時段的詞連用。這些詞前面也可用 last、next、this、tomorrow 和 yesterday 構成狀語短語。

*I'll ring the agent **in the morning**.* 我會在上午給經紀人打電話。
***On Saturday morning** all flights were cancelled to and from Glasgow.* 星期六早上，所有進出格拉斯哥的航班都被取消了。
*I spoke to him **this morning**.* 我今天早晨和他説過話。
*He is going to fly to Amiens **tomorrow morning**.* 他明天早上飛往亞眠。

關於這些詞的用法以及甚麼介詞與其連用的詳細説明，見每個詞的用法條目。

☞ 見用法條目 last – lastly, next, this – that

還有好幾個表示日出或日落時份的詞語：

dawn	first light	dusk	sunset
daybreak	sunrise	nightfall	twilight

用 at 與這些詞連用，表示某事在所指的時間段發生。

***At dawn** we landed in Tunisia.* 黎明時份，我們在突尼西亞降落。
*Draw the curtains **at sunset**.* 日落時拉上窗簾。

5 表示時間的副詞

下面兩個表格中列出的副詞和狀語用於表示某事在過去發生。注意，所有這些狀語都可放在動詞短語中的第一個助動詞之後。

下列狀語可用於過去時和現在完成時：

in the past	lately	recently
just	previously	

*It wasn't very successful **in the past**.* 這在過去不是很成功。
*Her husband had **recently** died in an accident.* 她丈夫最近在一次意外中喪生了。

下列狀語可用於過去時，但一般不用於現在完成時：

at one time	earlier on	once	sometime
earlier	formerly	originally	then

*The cardboard folder had been blue **originally** but now the colour had faded to a light grey.* 這個紙板文件夾原來是藍色的，但現在顏色褪成了淺灰色。
*The world was different **then**.* 那個時候的世界是不一樣的。

如果 before 僅僅表示過去存在的情況，則不用於現在完成時。但是，before 可與現在完成時連用，表示這不是某事第一次發生。

*I'm sure I've read that **before**.* 我確定以前讀到過那個。

 already 在美式英語和英式英語中用於不同的時態。

☞ 見用法條目 already

下列狀語用於指將來：

afterwards	in a minute	later on	sometime
at once	in a moment	one day	soon
before long	in future	one of these days	sooner or later
eventually	in the future	shortly	within minutes
immediately	later	some day	within the hour

*We'll be free **soon**.* 我們很快就會自由了。
*I'll remember **in a minute**.* 我馬上就能想起來。
***In future** when you visit us you must let us know in advance.* 以後你來探望我們時，必須提前先讓我們知道。

這些狀語通常放在句末或句首。

 momentarily 可用在美式英語裏指將來，但不用於英式英語。

☞ 見用法條目 momentarily

下列狀語用於把現在與過去或將來作對比，或表示談論的是現在的一個暫時情況：

at the moment	just now	presently
at present	now	right now
currently	nowadays	these days

*Biology is their great passion **at the moment**.* 生物學是他們目前的最愛。

*Well, we must be going **now**.* 好了，我們現在一定要走了。

這些狀語通常放在句末或句首。

注意，today 主要用於報紙和廣播，表示歷史上的現在以及説話的當天。

*...the kind of open society which most of us in the Western world enjoy **today*** ⋯⋯我們大多數人今天在西方世界享受的那種開放社會

☞ 見用法條目 now

注意，already 可用來指過去的情況，也可用來指現在的情況。

*I'm **already** late.* 我已經遲到了。

☞ 見用法條目 already

6 時間作修飾語

時鐘時間和一天的時段可用作修飾語。

*Every morning he would set off right after the **eight o'clock** news.* 每天早上8時新聞一過他就馬上出發。

*He was usually able to catch the **six thirty-five** train from Euston.* 他通常趕得上6時35分從尤斯頓開出 的火車。

*But now the sun was already dispersing the **morning** mists.* 但這時太陽已經在驅散清晨的薄霧。

人們常常用發車時間來指稱火車或公共汽車。例如，用 the six-eighteen 表示6時18分開的火車。

*He knew Alan caught **the seven-thirty-two** most days.* 他知道艾倫大多數日子都能趕上7時32分的火車。

談論特定的一天時，各時段的所有格形式也可用作修飾語。

*It was Jim Griffiths, who knew nothing **of the morning's** happenings.* 對早上發生的事情一無所知的是占・格里菲斯。

談論一個活動的持續時間時，也可用這些形式。

*He still had **an afternoon's** work to get done.* 他還有一下午的工作要做。

7 名詞後面的時間狀語

時間狀語可用在名詞後面來進一步説明事件或時間段。

*I'm afraid the meeting **this afternoon** tired me badly.* 恐怕今天下午的會議把我累壞了。

*No admissions are permitted in the hour **before closing time**.* 結束前的一小時內不准入內。

Transport 交通工具

1 介詞

談論使用交通工具出行時，by 可與大多數交通工具連用。

*Most visitors to these parts choose to travel **by bicycle**.* 大多數到訪這些地方的遊客都選擇騎自行車出遊。

*I never go **by car**.* 我從來不坐汽車去。

*It is cheaper to travel to London **by coach**.* 坐長途大巴去倫敦更便宜。

❗ 注意

by 後面不要用限定詞。例如，不要説 ~~I never go by a car.~~。同樣，對車輛作更具體的説明時，也不要用 by。例如，不要説 ~~I came by Tom's car.~~，而要説 I came **in** Tom's car.（我坐湯姆的車來的。）。

如果想強調某人步行去某處，通常説 on foot。

*They'd have to go **on foot**.* 他們將不得不步行前去。

談論使用汽車、計程車、救護車、貨車、小船或小飛機出行時，也可用 in。同樣，可用 in 或 into 表示登上這些交通工具，用 out of 表示從這些交通工具上下來。

*I always go back **in a taxi**.* 我總是坐計程車回去。
*She and Oliver were put **into a lorry**.* 她和奧利弗被裝進一輛貨車。
*I saw that he was already **out of the car**.* 我看見他已經下了車。

但是，談論公共汽車、長途巴士、飛機、火車和輪船等其他交通工具時，通常用 on、onto 和 off。

*…your trip **on planes, ships and cross-channel ferries*** ……你乘坐飛機、輪船和英吉利海峽渡輪的旅行
*He got **onto the bus** and we waved until it drove out of sight.* 他上了公共汽車，我們揮手直到汽車駛出視線。
*Sheila looked very pretty as she stepped **off the train**.* 希拉走下火車時看起來很漂亮。

也可把 aboard 或 on board 與這些交通工具連用，尤其是飛機和輪船。

*He fled the country **aboard a US Air Force plane**.* 他搭乘一架美國空軍的飛機逃離了這個國家。
*He hauled the fish **on board his boat**.* 他把魚拖到了船上。

---

2 動詞

通常用動詞 get 後接介詞，表示某人進入或離開一種交通工具。

*Then I stood up to **get off** the bus.* 然後我站起身準備下車。
*They **got on** the wrong train.* 他們乘錯了火車。

動詞 board、embark 和 disembark 用在正式英語裏。

board 表示登上公共汽車、火車、飛機或輪船。

*He was the first to **board** the plane.* 他第一個登上了飛機。

也可用 embark on 表示登上輪船，用 disembark from 表示從輪船上下來。

*Even before they **embarked on** the ferry at Southampton she was bored.* 甚至在他們在南安普頓登上渡輪之前，她就感到厭倦了。
*They **disembarked from** the QE2 after their trip.* 旅行結束時他們下了伊麗莎白女王二號。

可用 take 代替 go by 表示乘坐公共交通工具。例如，可以説 take a bus（坐公共汽車）代替 go by bus。

*We then **took a boat** downriver.* 然後我們乘船順流而下。
*'I could **take a taxi**,' I said.* "我可以坐計程車," 我説。

第二節:溝通技巧

Addressing someone 稱呼某人

1 呼語的位置	**6** 稱呼一群人
2 呼語的書寫	**7** 表示不喜歡的呼語
3 稱呼不認識的人	**8** 表示喜愛的呼語
4 稱呼認識的人	**9** 其他呼語
5 稱呼親戚	

我們和別人談話時,有時用他們的名字。如果他們有頭銜,有時可用頭銜稱呼。有時用一個表示對他們的感覺的詞,比如,darling(親愛的)或 idiot(白癡)。用來稱呼人的詞叫作呼語(vocative)。

1 呼語的位置

呼語通常用在句末。

*I told you he was okay, **Phil**.* 我對你説過他沒事,菲爾。
*Where are you staying, **Mr Swallow**?* 你現在住哪裏,斯華魯先生?

如果想引起某人的注意,可把呼語放在句首。

***John**, how long have you been at the university?* 約翰,你在大學有多久了?
***Dad**, why have you got that suit on?* 爸爸,你為甚麼穿那套衣服?

呼語也可放在分句之間或分句中的第一組詞之後。人們這麼做的目的常常是為了強調所説內容的重要性。

*I regret to inform you, **Mrs West**, that your husband is dead.* 我很遺憾地通知你,韋斯特太太,你的丈夫死了。
*Don't you think, **John**, it would be wiser to wait?* 約翰,你不認為等待是更明智的嗎?

2 呼語的書寫

記錄口語時,要用逗號把呼語和前面或後面的詞分開。

*Don't leave me, **Jenny**.* 不要離開我,珍妮。
***Professor Schilling**, do you think that there are dangers associated with this policy?*
希林教授,你認為是否存在與此政策相關的危險?

3 稱呼不認識的人

在英式英語裏,如果想對不認識的人説話,比如在街上或商店裏,通常不用呼語。如果需要引起他們的注意,可説 Excuse me。

☞ 見主題條目 Apologizing

> **！注意**
>
> 在現代英式英語中，Mr、Mrs、Miss 和 Ms 這些稱謂僅用在姓名前面，不能單獨用來稱呼不認識的人。同樣，不要用 gentleman 或 lady 來稱呼。
> 在英式英語裏，使用表示職業的詞稱呼別人（比如用 officer 稱呼警察）通常被視為已經過時。但是，這種用法在美式英語裏很常見。在英式英語和美式英語裏，doctor 和 nurse 可用作呼語。
> *Is he all right, **doctor**?* 他沒事吧，醫生？
> 有些人用 you 來稱呼不知道名字的人，但這種用法非常不禮貌。

4 稱呼認識的人

如果知道談話對方的姓，可用稱謂（通常是 Mr、Mrs、Miss 或 Ms）加姓來稱呼他們。

*Thank you, **Ms Jones**.* 謝謝你，鍾斯先生。
*Goodbye, **Dr Kirk**.* 再見，科克先生。

表示身份的頭銜可不加姓氏單獨使用。

*I'm sure you have nothing to worry about, **Professor**.* 我確信你沒有甚麼可擔心的，教授。
*Is that clear, **Sergeant**?* 明白了嗎，中士？

Mr 和 Madam 有時用在 President、Chairman、Chairwoman 和 Chairperson 這些頭銜前面。

No, Mr President. 不，總統先生。

☞ 見主題條目 Names and titles

> **！注意**
>
> 人們通常不用名和姓來稱呼別人。例如，不要説 ~~Thank you, Henry Smith.~~，而要説 Thank you, Henry.（謝謝你，亨利。）或 Thank you, Mr Smith.（謝謝你，史密斯先生。）。
> 如果是熟人，可以直呼其名。但是，在普通的談話過程中人們通常不這麼説，除非想指明談話的對象。
> *What do you think, **John**?* 你覺得怎麼樣，約翰？
> *Shut up, **Simon**!* 閉嘴，西門！
> 人名的非正式簡短形式，比如 Jenny 和 Mike 有時用作呼語。但是，除非能確定對方不反對，否則不應該用這樣的形式。

5 稱呼親戚

人們通常用表示親屬關係的名詞來稱呼父母和祖父母。

*Someone's got to do it, **mum**.* 總得有人去做，媽媽。
*Sorry, **Grandma**.* 對不起，祖母。

以下列出的是用來稱呼父母和祖父母的最常用名詞：

母親：

在英式英語裏，可用 Mum、Mummy、Mother

在美式英語裏，可用 Mom、Mommy，特別是小孩可用 Mama 或 Momma

父親：

在英式英語裏，可用 Dad、Daddy、Father

在美式英語裏，可用 Dad、Daddy，有時可用 Pop

（外）祖母：

在英式英語裏，可用 Gran、Granny、Grandma、Nan、Nanna

在美式英語裏，可用 Granny 或 Grandma

（外）祖父：

在英式英語裏，可用 Grandad 或 Grandpa

在美式英語裏，可用 Grandad 或 Grandpa

Aunt和Uncle 也可用作呼語，通常置於名之前。

*This is Ginny, **Aunt Bernice**.* 伯尼斯姑媽，這是金妮。

*Goodbye, **Uncle Harry**.* 再見，哈里叔叔。

> **!** 注意
>
> daughter、brother 和 cousin 等其他表示親屬關係的名詞不用作呼語。

6 稱呼一群人

如果想正式地稱呼一群人，比如在會議上，可説 ladies and gentlemen（如果不是男女混合的群體，可用 ladies 或 gentlemen）。

*Good evening, **ladies and gentlemen**.* 晚上好，女士們、先生們。

如果想非正式地稱呼一群人，可以用 everyone 或 everybody，不必使用任何呼語。也可用 guys 非正式地稱呼一群人，而不論這些人是男還是女。

*I'm so terribly sorry, **everybody**.* 我十分抱歉，各位。

*Hi **guys**, how are you doing?* 嗨夥計們，你們都好嗎？

如果想稱呼一群兒童或年輕人，可以用 kids。如果不是男女混合的群體，則可用 boys 或 girls。

*Come and meet our guest, **kids**.* 過來見見我們的客人，孩子們。

*Give Mr Hooper a chance, **boys**.* 給胡珀先生一個機會，小夥子們。

children 作為呼語是正式的用法。

7 表示不喜歡的呼語

人們用名詞以及名詞和形容詞的組合作為呼語，表示不喜歡、鄙視或不耐煩。這些呼語前面通常用 you。

*Shut your big mouth, **you stupid idiot**.* 閉上你的大嘴，你這個愚蠢的白癡。

*Give it to me, **you silly girl**.* 把它給我，你這個傻女孩。

8 表示喜愛的呼語

表示喜愛的呼語通常單獨使用。

*Goodbye, **darling**.* 再見，親愛的。

*Come on, **love**.* 加把勁，親愛的。

> **！注意**
>
> 有些人在表示喜愛的呼語前面使用 my 或人名，但這種用法通常聽起來有點過時或幽默。
>
> *We've got to go, **my dear**.* 我們必須走了，我親愛的。
>
> *Oh **Harold darling**, why did he die?* 噢，親愛的哈羅德，為甚麼他死了？

9 sir、madam 和 ma'am

商店的服務人員或為公眾提供服務的人有時禮貌地用 sir 稱呼男顧客或客戶，用 madam 稱呼女顧客或客戶。

 在美式英語裏，可用縮略形式 ma'am。

*Are you ready to order, **sir**?* 準備好點菜了嗎，先生？
*'Thank you very much.' – 'You're welcome, **madam**.'* "非常感謝。" —— "不客氣，夫人。"

 在英式英語裏，sir 或 madam 一般僅用於稱呼顧客或客戶。但是，在美式英語裏，有些人用 sir 和 ma'am 禮貌地稱呼不知道名字的陌生人。

*What does your father do, **sir**?* 你父親是做甚麼的，先生？
*Do you need assistance getting that to your car, **ma'am**?* 需要幫忙把那個搬到你的汽車去嗎，夫人？

Advising someone 勸告某人

1 一般的勸告

勸告某人的方式有很多。

在談話或非正式的書面語中，比如給朋友寫的信裏，可用 I would 或 I'd。

I would *try to talk to him about how you feel.* 我會想辦法和他談談你的感受。
I'd *buy tins of one vegetable rather than mixtures.* 我會買單種蔬菜的罐頭而不是混合蔬菜罐頭。

人們常常用 if I were you 來加強這些表達式的語氣。

***If I were you**, I'd just take the black one.* 我要是你的話，我會拿那個黑的。
*I should let it go **if I were you**.* 如果我是你，我會放棄的。

也可說 You ought to... 或 You should...。為了使語氣聽起來比較緩和，人們常常先說 I think。

You should *explain this to him at the outset.* 你應該一開始就向他解釋這一點。
I think maybe you ought to *try a different approach.* 我想，也許你應該嘗試另一種方法。

要對某人說哪種做法或選擇可能最有成效，可以用非正式的表達式 Your best bet is... 或 ...is your best bet。

*Well, **your best bet is** to book online.* 嗯，最好的辦法是在網上預訂。

*I think Boston's going to **be your best bet***. 我認為你最好還是去波士頓。

2 堅決的勸告

如果想語氣堅決地提出勸告,尤其是如果説話者處於權威地位,可以用 You'd better...。這種方法也可用來友好地勸説某人做會使他們受益的事。

You'd better *write it down*. 你最好把它寫下來。
*Perhaps **you'd better** listen to him*. 也許你應該聽他的。
***I think you'd better** sit down*. 我認為你最好坐下來。

和熟人説話時,可用祈使式。

Make sure *you note that down*. 請務必把它記下來。
Take no notice *of him*. 別理睬他。

人們有時加上 and 後接從勸告會帶來的好結果,或加上 or 後接不好的後果。這些結構的意義和條件句相似。

*Stay with me **and you'll be okay***. 和我在一起,你會沒事的。
*Now hold onto the chain, **or you'll hurt yourself***. 現在抓住鏈條,否則你會傷到自己的。

and 和 or 也用於威脅。在這種用法中,and 和 or 都後接不好的後果。

*Just try – **and you'll have a real fight on your hands***. 你敢試試 —— 後果自負。
*Drop that gun! Drop it **or I'll kill you**!* 放下那支槍!放下,不然我殺了你!

祈使式也被專家用於提出勸説:見本條目後面的專業勸告。

3 嚴肅的勸告

比較正式和嚴肅地提出勸告的方法是用 I advise you to...。

*'What shall I do about it?' – **'I advise you to** consult a doctor, Mrs Smedley.'* "我該怎麼辦?"——"我勸你去看醫生,斯梅德利太太。"
***I strongly advise you to** get professional help*. 我強烈建議你尋求專業幫助。

語氣非常強烈的勸告方式是説 You must...。

You must *tell the pupils what it is you want to do, so that they feel involved*. 你必須告訴學生甚麼是你想做的事,這樣他們才會有參與感。
You must *maintain control of the vehicle at all times*. 你必須時刻保持對車輛的控制。

也可用 You've got to... 或 You have to... 表達相同的意義。

*If somebody makes a mistake **you've got to** say so*. 如果有人犯了錯誤,你必須如實説出來。
You have to *put all these things behind you*. 你必須把這些事情全都拋諸腦後。

4 專業的勸告

還有其他一些提出勸告的方法,主要用於書籍、文章和廣播。

一個常見的方法是使用祈使式。

Clean *one room at a time*. 一次打掃一個房間。
*If you don't have a freezer, **keep** bread in a bread-bin*. 如果你沒有冰箱,要把麵包放在麵包桶裏保存。

另一個主要用於書面語和廣播的勸告方法是使用 It's a good idea to...。

It's a good idea to *spread your savings between several building societies.* 把你的存款分別放在數個建房互助協會是個好辦法。

It's a good idea to *get a local estate agent to come and value your house.* 找一個當地房地產經紀來為你的屋估價，這是個好主意。

另外還可用 My advice is... 或 My advice would be...。同樣，這種表達式主要由專業人士或專家使用，他們有據以提出忠告的知識。

My advice *is to look at all the options before you buy.* 我的忠告是，在購買之前要考慮所有選項。

My advice would always be: *find out where local people eat, and go there.* 我的一貫勸告是：搞清楚當地人在哪裏吃飯，然後去那裏。

表達式 a word of advice 有時用於引出一句忠告。

A word of advice *– start taking your children to the dentist as soon as they get teeth.* 一句忠告 —— 你的孩子一出牙就馬上開始帶他們去看牙醫。

☞ 關於如何勸某人不要做某事的説明，見主題條目 Suggestions, Warning someone

Agreeing and disagreeing 同意和不同意

1 請求同意	**5** 表示不知道或不確定
2 表示同意	**6** 表示不同意
3 堅決同意	**7** 強烈不同意
4 部份同意	

1 請求同意

可用附加疑問句來詢問某人是否同意你對某人或某事的看法。這樣做的時候，通常期待對方會同意。

That's an extremely interesting point, ***isn't it***? 那是非常有趣的一點，是不是？
It was really good, ***wasn't it***, Andy? 這的確很好，是不是，安迪？

人們有時用了附加疑問句後繼續説下去，因為他們認為不必得到答覆。也可用附加疑問句來詢問某人是否同意某事是事實。

Property in France is quite expensive, ***isn't it***? 房地產在法國是相當昂貴的，對不對？
You don't have a television, ***do you***? 你沒有電視機，對吧？

也可用否定的 *yes / no-*疑問句或用疑問語氣説一個陳述句，表示希望某人同意。

So there's no way you could go back to work? 所以你沒有辦法回去工作了？
He's got a scholarship? 他獲得了獎學金？

附加疑問句 don't you? 可用在表示喜好或好壞的分句之後。代詞 you 要重讀。

I adore it, ***don't you***? 我非常喜歡它，你不喜歡嗎？
I think this is one of the best things, ***don't you***? 我認為這是最好的東西之一，你呢？

在正式的場合，人們有時用 Don't you agree...? 和 Would you agree...? 這類表達式。

Don't you agree *with me that it is rather an impossible thing to do after all this time?* 經過這麼久以後，這是相當不可能做到的事情。難道你不和我一樣認為嗎？
Would you agree *with that analysis?* 你會同意那個分析嗎？

2 表示同意

如果想表示同意某人或某事，最簡單的方法是説 yes。人們常常會接着再説一些話，尤其是在比較正式的討論中。

*'That was probably the border.' – '**Yes**.'* "那也許是邊境。" —— "是的。"
*'It's quite a nice school, isn't it?' – '**Yes**, it's well decorated and there's a nice atmosphere there.'* "這間學校相當好，是不是？" —— "對，裝修得很好，氛圍也不錯。"

可在 yes 後面加上一個合適的附加語，比如 I do 或 it is。這個附加語常常後接附加疑問句。

*'That's fantastic!' – 'Yes, **it is, isn't it**?'* "太棒了！" —— "是啊，的確很棒。"
*'I was really rude to you at that party.' – 'Yes, **you were**. But I deserved it.'* "在那次聚會上我對你實在太無禮了。" —— "是的，你很無禮。但我罪有應得。"

也可只在 Yes 後面用附加疑問句，或單獨使用附加疑問句。此時不期待得到回答。

*'He's a completely changed man.' – 'Yes, **isn't he**?'* "他完全變了一個人。" —— "是的，完全變了。"
*'What a lovely evening!' – '**Isn't it**?'* "多麼美好的一個晚上！" —— "是啊。"

> **！ 注意**
>
> 如果想對否定陳述表示同意，要説 No，不要説 Yes。

*'I don't think it's as good now.' – '**No**, it isn't really.'* "我認為現在這個沒那麼好了。" —— "對，的確如此。"
*'That's not very healthy, is it?' – '**No**.'* "那個不是很健康，對嗎？" —— "對。"

也可用 That's right.、That's true. 或 True. 這類表達式表示同意某事是事實。如果認為某個觀點很好，可説 That's true. 或 True.。

*'Most teenagers are perfectly all right.' – '**That's right**, yes.'* "大多數青少年完全沒有問題。" —— "沒錯，是的。"
*'You don't have to be poor to be lonely.' – '**That's true**.'* "不一定非得貧窮才會感到孤獨。" —— "沒錯。"
*'They're a long way away.' – '**True**.'* "他們離得很遠。" —— "沒錯。"

在討論中贊同別人所説的話時，人們有時會説 sure。

*'You can earn some money as well.' – '**Sure**, you can make quite a bit.'* "你還能賺到一些錢。" —— "是的，能賺不少錢。"

I agree. 是相當正式的表達式。

*'It's a catastrophe.' – '**I agree**.'* "這是一場災難。" —— "我同意。"

某人作出一個表示喜好或想法的陳述後，你可用 So do I. 或 I do too. 表示同意。

*'I find that amazing.' – '**So do I**.'* "我覺得那真令人驚奇。" —— "我也是。"
*'I like basketball.' – '**Yes, I do too**.'* "我喜歡籃球。" —— "我也喜歡。"

如果想表示同意某人的否定意見，可以説 Nor do I.、Neither do I. 或 I don't either.。

*'I don't like him.' – '**Nor do I**.'* "我不喜歡他。" —— "我也不喜歡。"
*'Oh, I don't mind where I go as long as it's sunny.' – 'No, **I don't either**.'* "哦，只要

是晴天，我去哪裏都無所謂。"——"是的，我也無所謂。"

3　堅決同意

可以用下述例子中的表達式表示堅決同意。其中大多數都聽起來比較正式。而 Absolutely. 和 Exactly. 則不太正式。

*'I thought June Barry's performance was the best.' – '**Absolutely**. I thought she was wonderful.'* "我覺得瓊•巴里的表演是最好的。"——"絕對沒錯。我認為她棒極了。"
*'It's good exercise and it's good fun.' – '**Exactly**.'* "這是很好的鍛煉，也很好玩。" —— "一點也不錯。"
*'They earn far too much money.' – 'Yes, **I couldn't agree more**.'* "他們賺的錢實在太多了。"——"是的，我完全同意。"
*'We reckon that this is what he would have wanted us to do.' – '**I think you're absolutely right**.'* "我們覺得這是他原本要我們做的事。"——"我認為你完全正確。"

含有 quite 的表達式用於英式英語，但不用於美式英語。

*'I must do something, though.' – 'Yes, **I quite agree**.'* "可是我必須做點甚麼。"—— "是的，我完全同意。"
*'The public showed that by the way they voted.' – '**That's quite true**.'* "公眾通過他們投票的方式表明了那一點。"——"的確是這樣。"

4　部份同意

如果不完全同意或勉強同意某人，可用 I suppose so. 作為響應。

*I must get a job.' – Yes, **I suppose so**.'* "我必須找一份工作。"——"對，我想也是。"
*We need to tell Simon.' – **I suppose so**.'* "我們需要告訴西門。"——"我想是吧。"

如果響應的是否定的陳述，可以說 I suppose not.。

*'Some of these places haven't changed a bit.' – '**I suppose not**.'* "這些地方有的一點都沒變。"——"我也覺得沒變。"

☞ 見用法條目 suppose

5　表示不知道某事

如果了解的情況不足以對一個陳述表示同意或不同意，可以說 I don't know.。

*'He was the first Australian Prime Minister, wasn't he?' – 'Perhaps. **I don't know**.'* "他是第一個澳洲總理，對嗎？"——"也許是吧。我不知道。"

如果對某個事實不確定，可以說 I'm not sure.。

*'He was world champion one year, wasn't he?' – '**I'm not sure**.'* "他有一年獲得了世界冠軍，是不是？"——"我不太清楚。"

6　表示不同意

人們通常會使用一些緩和語氣的表達式來禮貌地表示不同意，而不是簡單地表示完全不同意。I don't think so. 和 Not really. 是其中最常用的。

*'You'll change your mind one day.' – '**Well, I don't think so**. But I won't argue with you.'* "總有一天你會改變想法的。"——"唔，我不這麼認為。但我不想和你爭論。"
*'It was a lot of money in those days.' – '**Well, not really**.'* "當年這可是一大筆錢。"—— "嗯，不見得吧。"

也可使用下列表達式。

'You'll need bolts', he said. – '**Actually, no**,' I said. "你需要螺栓，"他説。——"其實不需要，"我説。

'I know he loves you.' – '**I don't know about that**.' "我知道他愛你。"——"這我可不知道。"

'It's all over now, anyway.' – '**No, I'm afraid I can't agree with you there**.' "反正這一切都過去了。"——"不，恐怕在這一點上我不能同意你。"

人們常常先説 Yes. 或 I see what you mean.，表示部份同意，然後再用 but 引出一個不同意見。

'It's a very clever film.' – '**Yes, perhaps, but** I didn't like it.' "這部電影拍得很巧妙。"——"也許是吧，但我不喜歡。"

'They ruined the whole thing.' – '**I see what you mean, but** they didn't know.' "他們把整件事都破壞了。"——"我明白你的意思，但他們不知道。"

7 強烈不同意

下列例證中表示不同意的表達式語氣更強。為了避免冒犯別人，使用這些表達式的時候應該非常小心。

'That's very funny.' – '**No, it isn't**.' "那很滑稽可笑。"——"不，不可笑。"

'You were the one who wanted to buy it.' –'I'm sorry, but **you're wrong**.' "你是想買那個東西的人。"——"對不起，但是你搞錯了。"

下列例證中表示不同意的表達式更正式。

'University education does divide families in a way.' – '**I can't go along with that**.' "大學教育在某種程度上的確把家庭分成三六九等。"——"我不能同意這個看法。"

'There would be less of the guilt which characterized societies of earlier generations.' –'Well, I think **I would take issue with that**.' "那種成為前兩三代人社會特徵的負罪感會少一些。"——"嗯，我覺得在這一點上我不敢苟同。"

在正式場合，人們有時用 With respect... 來更有禮貌地表達不同意見。

'We ought to be asking the teachers some tough questions.' –'**With respect**, Mr Graveson, you should be asking pupils some questions as well, shouldn't you?' "我們應該向老師提出一些棘手的問題。"——"恕我直言，格雷夫森先生，你也應該問學生一些問題，對不對？"

人們在生氣時表達不同意見，會使用非常強烈和不禮貌的詞語和表達式。

'He's absolutely right.' – 'Oh, **come off it**! He doesn't know what he's talking about.' "他絕對正確。"——"哦，行了吧！他不知道自己在説甚麼。"

'They'll be killed.' – '**Nonsense**.' "他們會被殺掉的。"——"胡説八道。"

'He wants it, and I suppose he has a right to it.' – '**Rubbish**.' "他想要它，我想他也有權得到它。"——"廢話。"

'He said you plotted to get him removed.' – '**That's ridiculous**!' "他説你密謀把他除掉。"——"這太荒唐了！"

'He's very good at his job, isn't he?' – '**You must be joking**! He's absolutely useless!' "他很擅長他的工作，不是嗎？"——"你一定是在開玩笑！他完全是個廢物！"

對於熟悉的人，可以隨意和輕鬆地使用這類表達式。

 注意，在美式英語裏，rubbish 這個詞不能這麼用。

Apologizing 道歉

1	説對不起	**5**	正式道歉
2	打斷、走近或離開某人	**6**	公告上的道歉
3	做了尷尬的事	**7**	接受道歉
4	説錯話		

1 説對不起

表示和接受道歉的方式有好幾種。讓某人生氣或在某些方面給某人帶來了麻煩，我們會道歉。

最常見的道歉方式是説 Sorry. 或 I'm sorry.。説 I'm sorry. 時，可加上 very、so、terribly 和 extremely 之類的副詞以加強語氣。

*'Stop that, please. You're giving me a headache.' – '**Sorry**.'* "請不要那麼做了。你讓我頭痛死了。" —— "對不起。"
***Sorry** I'm late.* 對不起我遲到了。
***I'm sorry** about this morning.* 我對今天早上的事感到抱歉。
***I'm sorry** if I've distressed you by asking all this.* 如果我問的這一切讓你感到了難過，我很抱歉。
***I'm very sorry**, but these are vital.* 我非常抱歉，但這些是至關重要的。
***I'm terribly sorry** – we shouldn't have left.* 萬分抱歉 —— 我們本不應該離開的。

為意外做了某事道歉時，比如踩到了某人的腳，有些人會説 I beg your pardon. 而不是 Sorry.。這種用法已經相當過時。

*She bumped into someone behind her. **I beg your pardon**,' she said.* 她撞到了後面的一個人。"請原諒，" 她説。

 在上述情況下，美式英語使用者通常會説 Excuse me.。

2 打斷、走近或離開某人

在打擾或打斷某人，或者想從某人身邊經過時，可用 Excuse me. 禮貌地表示歉意。這也是想和陌生人説話時使用的表達式。

***Excuse me** for disturbing you at home.* 對不起，到你家裏來打擾了。
***Excuse me** butting in.* 請原諒我插嘴。
***Excuse me**, but is there a fairly cheap restaurant near here?* 不好意思，請問這附近有比較便宜的餐廳嗎？
***Excuse me**, do you mind if I move your bag slightly?* 對不起，我把你的袋稍微移一移可以嗎？

 有些説美式英語的人使用 Pardon me. 這個表達式。

***Pardon me**, Sergeant, I wonder if you'd do me a favour?* 對不起，警官，不知你能不能幫我個忙？

打擾或打斷某人時，也可説 I'm sorry to disturb you. 或 I'm sorry to interrupt.。

***I'm sorry to disturb you again** but we need some more details.* 我很抱歉再次打擾你，但我們需要一些更多的細節。
***Sorry to interrupt**, but I've some forms to fill in.* 對不起打擾一下，我有數份表格要

填寫。

如果需要短時間離開某人去做某事，也可説 Excuse me.。

Excuse me. I have to make a telephone call. 對不起。我必須打一個電話。
Will you excuse me *a second?* 抱歉，我可以失陪一會嗎？

3 做了尷尬的事

做了略微有點尷尬或不禮貌的事以後，比如打飽嗝、打嗝不止或打噴嚏，可用 Excuse me. 或 I beg your pardon. 表示歉意。

4 説錯話

説錯話或用錯詞以後，可以説 I beg your pardon. 表示道歉。也可説 sorry.。

It is treated in a sentence as a noun – **I beg your pardon** *– as an adjective.* 這個詞在句子中用作名詞 —— 對不起 —— 是用作形容詞。
It's in the southeast, **sorry**, *southwest corner of the USA.* 它位於美國的東南角，對不起，西南角。

5 正式道歉

如果想正式道歉，可以直接説 I apologize.。

I apologize *for my late arrival.* 抱歉我遲到了。
How silly of me. **I do apologize**. 我真傻。我很抱歉。
I really must apologize *for bothering you with this.* 為這事打擾你，我深表歉意。

Please accept my apologies. 是另外一種正式的道歉表述，主要用在書面語裏。

Please accept my apologies *for this unfortunate incident.* 請接受我為這次不幸的事件而作出的道歉。

為了使語氣不過於直率，forgive 可用在 forgive me 和 forgive my ignorance 這種禮貌的表達式裏，以溫和的方式為説了可能顯得有點無禮或愚蠢的話道歉。

Look, **forgive me**, *but I thought we were going to talk about my book.* 喂，原諒我，我還以為我們要討論我的書。
Forgive my ignorance, *but who is Jennifer Lopez?* 請原諒我的無知，但珍妮弗·洛佩茲是誰？

6 公告上的道歉

公告和正式通告中常常用 regret 這個詞。

London Transport **regrets** *any inconvenience caused by these repairs.* 倫敦交通局對這些維修所造成的不便表示歉意。
The notice said: 'Dr. Beamish has a cold and **regrets** *he cannot meet his classes today.'* 通知上説：“比密西博士得了感冒，很抱歉今天不能來上課。”

7 接受道歉

接受道歉時，通常用 That's okay.、That's all right.、Forget it.、Don't worry about it. 或 It doesn't matter. 之類簡短的固定表達式。

I'm sorry about this, sir.' – **That's all right**. *Don't let it happen again.'* “對此我很抱歉，先生。”——“沒關係。下次別出這樣的事。”
'I apologize for my outburst just now.' – **Forget it**.' “我為剛才發脾氣向你道歉。”——

"別放在心上。"

She spilt his drink and said, 'I'm sorry.' '***Don't worry about it***,' he said, 'no harm done.' 她把他的酒打翻了，於是説"對不起"。"別擔心，"他説，"沒事。"

'I'm sorry to ring at this late hour.' – 'I'm still up. ***It doesn't matter***.' "對不起這麼晚了給你打電話。"——"我還沒睡。沒關係。"

用於道歉的某些詞和表達式也用於要求某人重複剛説過的話。

☞ 見主題條目 Asking for repetition

Asking for repetition 要求重複

沒有聽清楚或沒有聽明白某人説的話時，可要求對方重複。如果覺得對方説的話令人驚訝或不禮貌，也可要求重複。

1 非正式要求

在非正式場合，通常用 Sorry?、I'm sorry? 或 Pardon? 之類簡短的固定表達式來要求某人重複所説的話。

'Have you seen my book anywhere?' – '***Sorry?***' – 'Seen my book?' "你有沒有在哪裏看到我的書？"——"你説甚麼？"——"看見我的書了嗎？"

'Well, what about it?' – '***I'm sorry?***' – 'What about it?' "這個怎麼樣？"——"你説甚麼？"——"這個怎麼樣？"

'How old is she?' – '***Pardon?***' – 'I said how old is she?' "她多大年紀了？"——"甚麼？"——"我説她多大年紀了？"

有些人會説 Come again?。

'It's on Monday.' – '***Come again?***' – 'Monday.' "是在星期一。"——"再説一遍？"——"星期一。"

 在美式英語裏，Excuse me? 也這麼用。有些人會説 Pardon me?。

'You do see him once in a while, don't you?' – '***Excuse me?***' – 'I thought you saw him sometimes.' "你確實偶爾會見到他，對不對？"——"對不起？"——"我覺得你有時會見到他。"

有些人用 What?、You what? 或 Eh? 來要求某人重複。但這些表達式是不禮貌的。

'Do you want another coffee?' – '***What?***' – 'Do you want another coffee?' "你想再來一杯咖啡嗎？"——"甚麼？"——"你想再來一杯咖啡嗎？"

可用 wh-詞來核對某人所説的部份內容。

'Can I speak to Nikki, please?' – '***Who?***' – 'Nikki.' "請尼基聽電話好嗎？"——"誰？"——"尼基。"

'We've got a special offer in April for Majorca.' – 'For ***where?***' – 'Majorca.' "我們四月份有一個去馬略卡的特價旅行團。"——"去哪裏？"——"馬略卡。"

'I don't like the tinkling.' – 'The ***what?***' – 'The tinkling.' "我不喜歡這個叮噹聲。"——"這個甚麼？"——"這個叮噹聲。"

如果你認為聽到了某人説的話但不確定或感到驚訝，可以用疑問語調重複對方説的話或一部份內容。

'I just told her that rain's good for her complexion.' – '***Rain?***' "我只是告訴她，雨對

她的氣色有好處。"──"雨？"

*'I have a message for you?' – '**A message?**'* "我有你的一個口信。"──"口信？"

要求某人重複剛才告訴你但你已經忘記的話時，可在疑問句的末尾加上 again。

*What's his name **again?*** 再問一遍，他叫甚麼名字？

*Where are we going **again?*** 我們要去哪兒？請再說一遍。

2　正式要求

與不熟悉的人說話時，可使用較長的表達式，比如 Sorry, what did you say?、I'm sorry, I didn't quite catch that.、I'm sorry, I didn't hear what you said.、I'm sorry, would you mind repeating that again? 以及 Would you repeat that, please?。

*'What about tomorrow at three?' – '**Sorry, what did you say?**' – 'I said, What about meeting tomorrow at three?'* "明天三時怎麼樣？"──"對不起，你說甚麼？"──"我說，明天三時見面怎麼樣？"

***Would you repeat that, I didn't quite catch it**.* 你能再重複一遍嗎，我沒有聽清楚。

有時也用 Beg your pardon? 和 I beg your pardon?，但這兩個表達式相當正式並且已經過時。

*'Did he listen to you?' – '**Beg your pardon?**' – 'Did he listen to you?'* "他有沒有聽你的？"──"請再說一遍？"──"他有沒有聽你的？"

*'Did they have a dog?' – '**I beg your pardon?**' – 'I said did they have a dog?'* "他們有狗嗎？"──"請再說一遍？"──"我說他們有沒有狗？"

I beg your pardon?（但不是 Beg your pardon?）也用於表示你覺得某人的話令人驚訝或唐突無禮。beg 這個詞要重讀。

*'Where the devil did you get her?' – '**I beg your pardon?**'* "你究竟是在哪個鬼地方找到她的？"──"有你這麼說話的嗎？"

 說美式英語的人也用 Excuse me. 表達這個意思，但重要的是，為了把意思表達清楚，excuse 的第二個音節要特別重讀。

Complimenting and congratulating someone 稱讚和祝賀某人

1　衣服和外表	4　成就
2　餐食	5　接受稱讚和祝賀
3　技能	

1　衣服和外表

如果和某人很熟悉，或者在非正式場合與某人交談，可用 That's a nice coat.（那件外套很好看。）、What a lovely dress.（多漂亮的連衣裙啊。）或 I like your jacket.（我喜歡你的外套。）之類的表達式來稱讚他們的衣服或外表。

That's a beautiful dress. 那條連衣裙很漂亮。

What a pretty dress. 多漂亮的連衣裙啊。

I like your haircut. 我喜歡你的髮型。

I love your shoes. Are they new? 我喜歡你的鞋子。是新的嗎？

也可以用 You look nice.（你看起來很不錯。）或 You're looking very smart today.（你今天看起來真瀟灑。）之類的表達式。

如果想表示強調，可用 great 或 terrific 這樣的形容詞。

*You're looking very **glamorous**.* 你看起來非常迷人。

*You look **terrific**.* 你看起來棒極了。

也可通過説某人的衣着得體來稱讚其外表。

I love you in that dress, it really suits you. 我喜歡你穿那件連衣裙，真的很適合你。

2　餐食

可在進餐時説 This is delicious. 或在餐後説 That was delicious. 這樣的話，來稱讚某人做的餐食。

***This is delicious**, Ginny.* 這味道好極了，金妮。

*He took a bite of meat, chewed it, savoured it, and said, '**Fantastic!**'* 他咬了一口肉，咀嚼品嚐後説道，"好極了！"

*Mm, **that was lovely**.* 嗯，很好吃。

3　技能

可用感歎句來稱讚某人熟練地或很好地做某事。

What a marvellous memory you've got! 你的記憶力多麽神奇啊！

*Oh, that's true. Yes, **what a good answer!*** 哦，那是真的。是的，多麽好的答案啊！

*'Look – there's a boat.' – 'Oh yes – **well spotted!**'* "看，有一條船。"——"哦，是的——眼力真好！"

老師可以説 Good. 來表揚學生回答正確。

*'What sort of soil do they prefer?' – 'Acid soil.' – '**Good.**'* "它們喜歡甚麼樣的土壤？"——"酸性土壤。"——"很好。"

4　成就

可以用 congratulations 來祝賀某人取得某項成就。

*Well, **congratulations**, Fernando. You've done it.* 嗯，祝賀你，費爾南多。你做到了。

***Congratulations** to all three winners.* 祝賀所有三個獲獎者。

如果有好事發生在某人身上，也可説 Congratulations.。

*'**Congratulations**,' the doctor said. 'You have a son.'* "恭喜，"醫生説。"你生了個兒子。"

☞ 見主題條目 Reactions

還有數個更正式的祝賀方式。

***I must congratulate you** on your new job.* 我要祝賀你找到了新的工作。

***Let me offer you my congratulations** on your success.* 請允許我對你的成功表示祝賀。

***Let me be the first to congratulate you** on a wise decision, Mr Dorf.* 讓我來第一個祝賀你作了一個明智的決定，多爾夫先生。

***May I congratulate you** again on your excellent performance.* 為你出色的表演再次表示祝賀。

可用 Well done. 來非正式地祝賀某人。

*'You did very well today. **Well done**.'* "你今天表現得很好。做得好！"

5 接受稱讚和祝賀

可以用數個不同的表達式來接受稱讚。

Oh, thanks! 哦，謝謝！
It's very nice of you to say so. 你能這麼說真是太好了。
I'm glad you think so. 我很高興你這麼想。

也可通過說一樣東西擁有了多久、如何得到的或在哪裏得到的來響應。

*'That's a nice top.' – 'Haven't you seen this before? **I've had it for years**.'* "這件上裝很好看。"——"你以前沒看見過嗎？我已經穿了好多年了。"
*'That's a nice piece of jewellery.' – 'Yeah, **my husband bought it for me**.'* "這是一件漂亮的首飾。"——"是啊，我丈夫買給我的。"

如果某人稱讚你的技能，可以說些謙虛的話作為響應，暗示所做的事並不難或不需要很多技巧。

*Oh, **there's nothing to it**.* 哦，再簡單不過了。
*'Terrific job.' – 'Well, **I don't know about that**'.* "做得太好了。"——"唔，我可不知道。"

對於別人的稱讚，通常可說 Thanks. 或 Thank you.。

*'Congratulations on publication.' – '**Thanks** very much.'* "恭喜大作出版。"——"非常感謝。"
*'Congratulations to both of you.' – '**Thank you**.'* "祝賀你們兩位。"——"謝謝你。"

Criticizing someone 批評某人

1 溫和的批評

除非對受批評的人很熟悉，人們一般不表達強烈的批評。

如果想批評某人事情做得不好，可以說 That's not very good. 或 I think that's not quite right. 這樣的話。

*What answer have you got? Oh dear. Thirty-three. **That's not very good**.* 你的答案是甚麼？哎呀，33。那不太好。
I think your answer's wrong. 我認為你的答案錯了。

2 較強烈的批評

如果想批評某人做了錯事或蠢事，可用以 Why did you...? 或 Why didn't you...? 開頭的疑問句。這種疑問句可用於表示極大的憤怒或苦惱，或者僅僅表示惱怒。

***Why did you** lie to me?* 你為甚麼對我撒謊？
***Why did you** do it?* 為甚麼你要這麼做？
***Why didn't you** tell me?* 你為甚麼不告訴我？

也可以直截了當地說 You shouldn't have... 或 You should have...。

***You shouldn't have** given him money.* 你不應該給他錢的。
***You should have** asked me.* 你本來應該問我的。

在非常強烈地感覺到有人考慮不周時，有些人會說 How could you?。

How could you? *You knew I didn't want anyone to know!* 你怎麼可以這樣呢？你知道我不想讓任何人知道的！

How could you be so stupid? 你怎麼會這麼愚蠢？

Emailing 寫電郵

電郵的語氣常常相當隨意或者中性，但仍然有規則應該遵循，在互相不太熟悉的人之間也需要保持一定程度的禮貌。

如果是第一次和某人溝通，電郵中應當使用比較正式的語言。即使是在給一個已經建立關係的人寫電郵，正式的文體也應該是合適的。

應該首先選擇較正式文體的情況舉例如下：

▶ 對方年齡比你大很多

▶ 對方在公司裏的職位比你高

▶ 對方來自這樣一個國家或文化，其公司內不同年齡或職位的人之間的關係比你所在的國家或文化更正式。

一旦建立了關係，如果覺得合適的話就可以用非正式文體。留意所收到的電郵的文體也是很有幫助的。如果連絡人用的是非正式文體，那麼你在回覆時就可以使用相同的文體。寫給同事和熟人的電郵往往不太正式，但仍然應該保持禮貌。如果對應該用哪種文體沒有把握，那就用正式文體。

1 關鍵要點

重要的是要清晰、簡潔、禮貌地表達電郵的內容。遵循下列建議就可以做到這一點。

▶ 記住，工作繁忙的人會收到大量的信件。為此，應該避免發送很長的電郵。要設法把要點迅速清楚地告訴對方。

▶ 確保第一句話清晰簡潔地說明電郵的主題。

▶ 段落應該短小。這會使內容更容易理解。兩個段落之間要空一行。

▶ 如果電郵很長，可考慮為要點編號、使用粗黑點或使用標題。讀者在回覆某個要點時會發現這種做法很有用。

▶ 仔細書寫電郵。快速草率寫成的電郵會顯得不友好和無禮。

▶ 縮略式（I'm、he's、can't、we'd 等）在電郵中是可以接受的。

2 主題行

主題行必須清楚地說明電郵的要點。例如，在給某公司寫電郵詢問關於一個產品的信息時，可在主題行裏寫上產品的名稱並說明需要這方面的信息：

Subject: Balance bike (ref: N765) information required 主題：請提供平衡學步車（編號N765）的資料

以下是更多的主題行例子：

Subject: Meeting Room changed to 307 主題：會議室改為307
Subject: Lunch (Fri 9 Oct) cancelled 主題：午餐（10月9日星期五）取消
Subject: Feb sales figures 主題：二月份銷售資料

Subject: Reminder: conference agenda due 主題：會議日程提交到期

3 稱呼語

正式的電郵類似於正式的信件，可使用同樣的稱呼語。

如果決定使用正式的稱呼語 Dear Mr Sanchez 或 Dear Ms Sanchez，記住要確保使用稱謂（比如 Mr、Miss、Mrs、Ms、Dr 等）加姓氏，而不是名。

Dear Mr Sanchez 親愛的桑切斯先生
Dear Mrs O'Neill 親愛的奧尼爾夫人
Dear Miss Lee 親愛的李小姐
Dear Dr Armstrong 親愛的阿姆斯壯博士

在不太正式的電郵中，可以更隨意些。如果發送者只用了自己的名，回覆時用他們的名是可以接受的。和同事或商務連絡人定期溝通時，可用 Hello 或 Hi 開頭。

Hello James. 哈囉，詹姆斯。
Hi Akiko. 嗨，明子。
Hello. 哈囉。
Hi. 嗨。

4 電郵的結尾

常常有一個短句銜接電郵的主要部份和道別部份。當然，寫甚麼短句取決於電郵的目的，但以下是一些經常使用的短句：

I hope to hear from you soon. 我希望不久能收到你的郵件。
I look forward to hearing from you. 我期待着收到你的郵件。
Thanks again for this. 對此再次表示感謝。
Many thanks in advance. 提前表示感謝。

Thank you for taking the time to answer my questions. 謝謝你抽出時間來回答我的問題。

I hope this helps. 我希望這能幫得上忙。
Please get in touch if you have any more queries. 如果還有甚麼疑問，請和我們聯繫。
Let me know what you think. 讓我知道你是怎麼想的。

電郵的結尾用道別短語是有禮貌的。使用甚麼樣的道別短語沒有固定的規則。下列短語是最常用的：

Many thanks. 多謝。
Thank you. 謝謝你。
Thanks again. 再次感謝。
Thanks. 謝謝。
Best. 一切順利。
Regards. 問好。
Best regards. 謹致問候。
Kind regards. 謹致問候。
Warm regards. 親切的問候。
Best wishes. 祝好。
With best wishes. 祝好。

5 附件

附件是與電郵一起發送的文檔。可用下列表達式來提及附件。

Please find attached... 請查收附件……
I am attaching... 我附上了……
I'm sending you a copy of... 我給你發送了一份……
I attach... 我附上了……

6 處理技術問題

電郵或附件偶爾會未能成功發送給預期的接受者。下面這些表達式可用來核對某人是否收到了電郵，或要求再次發送附件。

Did you get my last email, sent on ...? 你有沒有收到我於……發出的上一封電郵？
I'm afraid I can't open the attachment. 很抱歉，我打不開附件。
The attachment doesn't seem to have come through. Could you possibly re-send it? 附件似乎沒有傳送成功。你能不能再發一遍？

Greetings and goodbyes 問候與告別

1	問候	**4**	答覆問候
2	非正式問候	**5**	在特殊日子的問候
3	正式的問候	**6**	告別

本條目論述和某人見面時的問候方式以及告別方式。

☞ 見主題條目 Introducing yourself and other people, Telephoning

1 問候

問候某人的通常方式是説 Hello。可加上 How are you? 或另一個評論或提問。

Hello *there, Richard, how are you today?* 哈囉，理察，你今天怎麼樣？
Hello*, Lucy. Had a good day?* 哈囉，露西，今天過得好嗎？

注意，How do you do? 這個問候語僅在人們第一次見面時使用。

☞ 見主題條目 Introducing yourself and other people

2 非正式問候

問候某人的非正式方式是説 Hi 或 Hiya。在美式英語裏，hey 有時也這麼用。

*'****Hi****,' said Brody. 'Come in.'* "嗨，" 布羅迪説。 "進來。"
*'****Hey****! How are ya?'* "嗨，你好嗎？"

如果與某人在一個地方不期而遇，可以説 Fancy seeing you here.。

'Well, I never, Mr Delfont! ***Fancy seeing you here!****'* "德爾方特先生！我萬萬想不到在這裏見到你！"

3 正式的問候

正式問候某人時，所用的問候語取決於當時的時間段。在中午時份以前説 Good morning.。從中午時份到6時或在冬天到天黑以前，通常説 Good afternoon.。6時以後或天黑以後，可説 Good evening.。

Good morning, *everyone.* 大家早上好。

Good evening. *I'd like a table for four, please.* 晚上好。我想要一張四個人的桌子。

在打正式電話的時候，或者介紹電視節目或其他事件時，人們常常用這些問候語。

'***Good afternoon***. *William Foux and Company.*' – '***Good afternoon***. *Could I speak to Mr Duff, please?*' "下午好。這裏是威廉和福克斯公司。"──"下午好。我可以請達夫先生聽電話嗎？"

Good evening. *I am Brian Smith and this is the second of a series of programmes about the University of Sussex.* 晚上好。我是布萊恩·史密斯，這是關於蘇塞克斯大學系列節目中的第二部。

省略 Good 可以使這些表達式變得不那麼正式。

Morning, *Alan.* 早上好，艾倫。

Afternoon, *Maria.* 下午好，瑪利亞。

> **! 注意**
>
> 晚上離開某人或去睡覺前才能說 Goodnight。不要用 Goodnight 問候某人。
> Good day 已經過時，並且在英式英語和美式英語中相當正式，儘管在澳洲英語中 g'day 這個簡短形式更常見。

---

 welcome 可用於問候剛到的人。這種用法在英式英語裏相當正式，但在美式英語裏很平常。

Welcome to *Peking.* 歡迎來到北京。

Welcome home, *Marsha.* 歡迎回家，馬莎。

Welcome back. 歡迎回來。

4 答覆問候

答覆問候的通常方式是使用同樣的詞或表達式。

'*Hello, Sydney.*' – '***Hello***, *Yakov! It's good to see you.*' "你好，悉尼。"──"你好，雅科夫！很高興見到你。"

'*Good afternoon, Superintendent. Please sit down.*' – '***Good afternoon***, *sir.*' "下午好，警官。請坐。"──"下午好，先生。"

如果對方還提了一個問題，可直接回答那個問題。

'*Hello, Barbara, did you have a good shopping trip?*' – '***Yes, thanks.***' "哈囉，芭芭拉，購物之行愉快嗎？"──"是的，謝謝。"

'*Good evening. May I help you?*' – '***Yes, I'd like a table for two, please.***' "晚上好。我能幫你嗎？"──"好的，我要一張兩個人的桌。"

如果某人對你說 How are you?，你可以說 Fine, thanks. 這樣來簡短地響應，除非對方是好朋友並且你知道他們會對你的生活細節和健康感興趣。禮貌的做法是加上一句 How are you? 或 And you?。

'*Hello John. How are you?*' – '*All right. And you?*' – '*Yeah, fine.*' "哈囉，約翰，你好嗎？"──"很好。你呢？"──"哦，很好。"

'*How are you?*' – '*Good. You?*' – '*So-so.*' "你好嗎？"──"很好。你呢？"──"還過得去吧。"

5 在特殊日子的問候

在聖誕節、復活節或生日之類特殊的場合，有一些獨特的表達式用於向別人祝福。

在聖誕節可以説 Happy Christmas! 或 Merry Christmas!。在新年時説 Happy New Year!。在復活節説 Happy Easter!。回應時可用相同的祝福語，或者用 And a happy Christmas to you too! 或 And you! 這樣的説法。

如果是某人過生日，可以説 Happy Birthday 或 Many happy returns。有人這樣對你説時，你用 Thank you 來回應。

6 告別

離別時可説 Goodbye.，或比較隨意地説 Bye.。

'**Goodbye**, Doctor. Thank you for your help,' Miss Saunders said. 'See you about seven. Bye.' "再見，醫生。謝謝你的幫助，" 桑德斯小姐説。"大約7時見。再見。"

Bye-bye 甚至更隨意，用於近親和好友之間以及對小孩子説話。

Bye-bye, darling; see you tomorrow. 再見，親愛的；明天見。

如果期待很快與對方再次見面，可以説 See you.、See you later.、See you soon.、See you around. 或 I'll be seeing you. 這樣的話。

Must go now. **See you tomorrow**. 必須走了。明天見。
See you in the morning, Pedro. 明天早上見，佩德羅。

有些人用 So long.。

'Well. **So long**.' He turned and walked back to the car. "好了，再見。" 他轉身走回汽車。

向朋友或親戚道別時可以説 Take care. 或 Look after yourself.。

'**Take care**.' – 'Bye-bye.' "保重。" —— "再見。"
'**Look after yourself**, Ginny.' – 'You, too, Dad.' "保重自己，金妮。" —— "你也是，爸爸。"

Cheers 和 Cheerio 用於非正式英式英語。

See you at six, then. **Cheers**! 那就6時見。回頭見！
I'll tell Marcus you called. **Cheerio**. 我會告訴馬庫斯你打過電話了。再見。

晚上道別時可以説Goodnight，或者比較隨意地説 Night。

'Well, I must be off.' –'**Goodnight**, Mrs Kendall.' "好了，我必須走了。" —— "晚安，肯德爾太太。"
'**Night**, Jim.' – '**Night**, Rita.' "晚安，占。" —— "晚安，麗塔。"

晚上睡覺前，對住在同一間屋裏的人也可説 Goodnight。

> **❗ 注意**
>
> 在現代英語裏，Good morning.、Good afternoon. 和 Good evening. 不用於道別。

 向認識但不是朋友的人道別時，很多説美式英語的人用 Have a nice day. 這個表達式。例如，某些商店和餐廳的員工對顧客這麼説。

'Have a nice day.' – *'Thank you.'* "祝你一天過得愉快。" —— "謝謝你。"

向不太熟悉的人道別時，可用 I look forward to seeing you again soon. 或 It was nice meeting you. 之類比較正式的表達式。

I look forward to seeing you *in Washington. Goodbye.* 我期待在華盛頓見到你。再見。

It was nice meeting you*, Dimitri. Hope you have a good trip back.* 很高興見到你，迪米特里。祝你回去的旅途愉快。

Intentions 意圖

1 普通的意圖	**4** 正式表達意圖
2 模糊的意圖	**5** 非自願的行為
3 明確的意圖	

1 普通的意圖

如果想表達意圖，特別是與馬上採取的行動有關的意圖，可以説 I'm going to...。

I'm going to *call my father.* 我要打電話給我父親。
I'm going to *have a bath.* 我打算洗個澡。

也可説 I think I'll...。

I think I'll *finish this later.* 我想我等一會再完成它。
I think I'll *go to sleep now.* 我想我要去睡覺了。

如果把自己的意圖視為固定的計劃或已經做出了必要的安排，可用現在進行時。

I'm taking *it back to the library soon.* 我打算很快把它還到圖書館。
I'm going *away.* 我要走了。

有時也用將來進行時。

I'll be waiting *outside.* 我會在外面等着。

也可用 I've decided to... 表示意圖。

I've decided to *clear this place out.* 我已經決定把這個地方騰空。
I've decided to *go away this weekend.* 我決定這個週末離開。

可以説 I'm not going to... 或 I've decided not to... 表示否定的意圖。

I'm not going to *make it easy for them.* 我不會讓他們輕易得手的。
I've decided not to *take it.* 我已決定不接受它了。

2 模糊的意圖

表達一個模糊的意圖，可以説 I'm thinking of...。

I'm thinking of *going to the theatre next week.* 我在考慮下個星期去看戲。
I'm thinking of *giving it up altogether.* 我在考慮完全放棄它。
I'm thinking of *writing a play.* 我在考慮寫一個劇本。

也可説 I might... 或 I may...。

I might *stay a day or two.* 我也許會住上一兩天。
I may *come back to Britain, I'm not sure.* 我也許會回到英國，我不能肯定。

如果覺得自己的意圖會使談話的對方吃驚，或不能確定對方是否會贊同，可説 I thought

I might... 。

I thought I might *buy a house next year.* 我想我可能明年會買一間屋。
I thought I might *invite him over to dinner one evening.* 我想我可能哪天晚上會請他吃頓晚飯。

可以用 I might not... 表達模糊的否定意圖。

I might not *go.* 我可能不去。

3 明確的意圖

I'll 用於表達明確的意圖，特別是在作出安排或向某人保證時。

I'll *do it this afternoon and call you back.* 我今天下午去做這件事，然後給你回電話。
I'll *explain its function in a minute.* 我過一會兒就來解釋它的功能。

可以用 I won't... 表示明確的否定意圖。

I won't *go.* 我不會去的。
I won't *let my family suffer.* 我不會讓我的家人受苦。

4 正式表達意圖

正式表達意圖的一個方法是説 I intend to... 。

I intend to *carry on with it.* 我打算把它進行下去。
I intend to *go into this in rather more detail this term.* 我打算本學期對此進行更詳細的研究。

I intend 偶爾也後接 -ing形式。

I intend retiring *to Florence.* 我打算到佛羅倫斯去退休。

有時也用 I have every intention of... 這個強調表達式，後接 -ing形式。談話的對方不相信你會做或不希望你做某事時，用這個表達式。

I have every intention of *buying it.* 我一心想把它買下來。

更正式的表達式有 My intention is to... 和 It is my intention to... 。

My intention is to *summarize previous research in this area.* 我的意圖是總結以前在這方面的研究。
It is still my intention to *resign if they choose to print the story.* 如果他們決定把報導印出來，我仍然打算辭職。

正式表達否定的意圖，可以説 I don't intend to... 。

I don't intend to *investigate that at this time.* 此刻我無意調查那件事。
I don't intend to *stay too long.* 我無意久留。

也可説 I have no intention of... ，後接 -ing形式。這個用法的語氣更強烈。

I have no intention of *retiring.* 我根本無意退休。
I've no intention of *marrying again.* 我完全沒有再婚的打算。

5 非自願的行為

be going to、might、may 和 will 也用於表述非自願的將來行為。

If you keep interrupting ***I'm going to*** *make a mistake.* 如果你總是打斷我，我會犯錯誤的。
I might not *be able to find it.* 我也許無法找到它。

*I **may*** *have to stay there for a while.* 我可能不得不在那裏逗留一會。
*If I don't have lunch, **I'll** faint.* 如果我不吃午飯，我會暈倒的。

Introducing yourself and other people 介紹自己和他人

1 自我介紹		**4** 較隨意的介紹	
2 介紹他人		**5** 對介紹的回應	
3 較正式的介紹			

1 自我介紹

第一次和不認識的人見面時，可作自我介紹。你可能需要説 Hello 或先説一句話。

'I'm Helmut,' said the boy. 'I'm Edmond Dorf,' I said. "我是赫爾穆特，"男孩説。"我是埃德蒙‧多爾夫，"我説。

I had better introduce myself. I am Doctor Marc Rodin. 我最好還是自我介紹一下。我是馬克‧羅丁醫生。

You must be Kirk. My name's Linda Macintosh. 你一定是柯克。我的名字是琳達‧麥金托什。

在正式場合，人們作自我介紹時有時説 How do you do?。

I'm Nigel Jessop. How do you do? 我是奈傑爾‧傑索普。你好。

2 介紹他人

為互相沒有見過面的人作介紹時，可以説 This is...。除非已經對其中的一個人説過要見的人是誰，否則要逐一介紹每個人。

This is Bernadette, Mr Zapp,' said O'Shea. "這是伯納黛特，扎普先生，"奧謝説。

根據場合的正式程度選擇每個人合適的名字形式。

☞ 見主題條目 Names and titles

注意，these 這個詞很少使用，儘管比如可以説 These are my children. 或 These are my parents.。介紹一對人時，可用一次 this 而不重複使用。

This is Mr Dixon and Miss Peel. 這是狄克遜先生和皮爾小姐。

介紹時可以只説人名，同時用手表示説的是誰。

3 較正式的介紹

如果需要表現得更正式，可先説 May I introduce my brother.、Let me introduce you to my brother. 或 I'd like to introduce my brother. 這樣的話。

By the way, may I introduce my wife? Karin – Mrs Stannard, an old friend. 順便説説，我來介紹一下我的妻子。卡林，這位是斯坦納德太太，一個老朋友。

Bill, I'd like to introduce Charlie Citrine. 比爾，我想給你介紹查理‧西特林。

也可説 I'd like you to meet...。

Officer O'Malley, I'd like you to meet Ted Peachum. 奧馬利警官，我想讓你見見特德‧皮查姆。

4 較隨意的介紹

比較隨意的介紹方式是說 You haven't met John Smith, have you?、You don't know John, do you? 或 I don't think you know John, do you? 這樣的話。

I don't think you know Ingrid.' – 'No. I don't think we've met. How do you do?' "我想你不認識英格烈。"——"是的，我想我們沒見過面。你好嗎？"

如果不能肯定是否需要介紹，可以說 Have you met...? 或 Do you two know each other? 這樣的話。

'Do you know my husband, Ken?' – 'Hello. I don't think I do.' "你認識我丈夫肯嗎？"——"哈囉。我想我不認識。"

如果相當確定被介紹的人以前見過面，可以說 You know John, don't you? 或 You've met John, haven't you? 這樣的話。

Hello, come in. You've met Paul. 哈囉，進來吧。你見過保羅了。

5 對介紹的回應

被介紹的兩個人都說 Hello。如果是非正式場合，可以說 Hi。在正式場合，可以說 How do you do?。

'Francis, this is Father Sebastian.' – 'Hello, Francis,' Father Sebastian said, offering his hand. "弗朗西斯，這是塞巴斯蒂安神父。"——"你好，弗朗西斯，"塞巴斯蒂安神父說道，伸出了自己的手。

How do you do? Elizabeth has spoken such a lot about you. 你好。伊麗莎白說了很多關於你的事。

人們有時說 Pleased to meet you. 或 Nice to meet you.。

Pleased to meet you, Doctor Floyd. 很高興見到你，佛洛伊德醫生。

It's so nice to meet you, Edna. Freda's told us so much about you. 見到你我太高興了，埃德娜。法妮黛常對我們提起你。

Invitations 邀請

1 禮貌的邀請	**5** 隨意的邀請
2 非正式邀請	**6** 間接邀請
3 勸說性的邀請	**7** 邀請別人向自己要某物
4 強有力的邀請	**8** 對邀請的響應

邀請某人做某事或去某個地方的方式有好幾種。

1 禮貌的邀請

禮貌地邀請某人做某事的通常方式是說 Would you like to...?。

Would you like to *come up here on Sunday?* 請你星期天上我們這裏來好嗎？

Would you like to *look at it, Ian?* 你想看一看這個嗎，伊恩？

另一個有禮貌的邀請形式是在祈使式中用 please。這種邀請形式主要由主管某情況的人使用。

Please *help yourselves to another drink.* 不要客氣，請再喝一杯。

Sit down, **please**. 請坐。

2 非正式邀請

在非正式場合，可使用不含 please 的祈使式。但是，只有在明確發出的是邀請而不是命令時才能這麼用。

Come and have *a drink, Max.* 來喝一杯，馬克斯。
Sit down, sit down. *I'll order tea.* 坐下，坐下。我來點茶。
Stay *as long as you like.* 你想逗留多久都可以。

3 勸説性的邀請

在祈使式前面加 do，可使邀請變得更有説服力或更堅決。這種形式尤用於對方似乎不情願接受邀請的情況。

Do *sit down.* 請務必坐下。
What you said just now about Seaford sounds intriguing. **Do** *tell me more.* 你剛才説到關於西福德的話很有意思。請務必再給我多談談。

如果想具有説服力，也可説 Wouldn't you like to…?。

Wouldn't you like to *come with me?* 你不想和我一起去嗎？

如果想使語氣非常有禮貌和有説服力，可以説 Won't you…?。

Won't you *take off your coat?* 你難道不想把外套脱掉嗎？
Won't you *sit down, Mary, and have a bite to eat?* 瑪麗，你何不坐下來吃點東西呢？

4 強有力的邀請

如果對被邀請的人很熟悉，並且想使邀請變得強有力，可以説 You must…、You have to… 或 You've got to…。這種形式的邀請用於要某人在將來而不是立刻做某事。

You must *come and stay.* 你一定要來住住。
You **have to** *come down to the office and see all the technology we have.* 你一定要到辦公室來看看我們所有的技術。

5 隨意的邀請

一種隨意而非語氣強烈地邀請某人做某事的方式是説 You can… 或 You could…。後面還可加上 if you like。

Well, when I get my flat, **you can** *come and stay with me.* 嗯，等我有了居所後，你可以過來和我一起住。
You can tell me about your project, **if you like**. 你可以跟我談談你的項目，如果你願意的話。

You're welcome to… 是另一個表示隨意邀請的方式，但更友好。

You're welcome to *live with us for as long as you like.* 歡迎你和我們住在一起，想住多久就住多久。
The cottage is about fifty miles away. But **you're very welcome to** *use it.* 小別墅約在50英里之外，但你可以隨意使用。

還有一個使邀請顯得比較隨意的方式是説 I was wondering if…。

I was wondering if *you'd like to come over next weekend.* 我在想你下個週末是否願意過來。
I was wondering if *you're free for lunch.* 我在想你是否有空一起吃午飯。

6 間接邀請

邀請可以間接發出。例如，可以用 I hope you'll... 來邀請某人在將來做某事。這種邀請形式尤用於不能肯定對方是否會接受邀請的情況。

I hope you'll be able to stay the night. We'll gladly put you up. 我希望你能留下來過夜。我們很樂意為你安排住處。

I hope, Kathy, *you'll* come and see me again. 我希望，凱西，你會再來看我。

也可用 How would you like to...? 或 Why don't you...? 來間接地邀請某人。

How would you like to come and work for me? 你願意到我手下來工作嗎？

Why don't you come to the States with us in November? 你何不11月跟我們一起到美國來呢？

也可使用以 How about 開頭的疑問句，後接 *ing* 形式或名詞。

Now, *how about* coming to stay with me, at my house? 喏，到我家來和我一起住怎麼樣？

How about some lunch? 吃點午飯怎麼樣？

也可使用以 You'll 開頭、以 won't you? 結尾的陳述句。這意味着期待對方接受邀請。

You'll bring Angela up for the wedding, *won't you?* 你把安格拉帶來參加婚禮，好嗎？

7 邀請別人向自己要某物

可説 Don't hesitate to... 來邀請別人向自己要某物。這是一種有禮貌且語氣很強的邀請形式，通常在不太熟悉的人之間使用，常常見於正式或商務信函中。

Should you have any further problems, please *do not hesitate to* telephone. 如果還有問題的話，請儘管打電話來。

When you want more, *don't hesitate to ask me*. 如果你還想要，請儘管問我。

8 對邀請的響應

如果想接受邀請，可以説 Thank you.，或者比較隨意一些就説 Thanks.。也可以用像 Yes, I'd love to. 或 I'd like that very much. 這樣的表達式。

'You could come and stay with us for a few days.' – '*Yes, I'd love to*.' "你可以過來和我們一起住數天。" —— "是的，我很願意。"

'Won't you join me and the girls for lunch, Mr Jordache?' – '*Thanks*, Larsen. *I'd like that very much*.' "喬達奇先生，你不想同我一起和女孩們共晉午餐嗎？" —— "謝謝你，拉森。我非常樂意。"

如果想拒絕拜訪某人或拒絕和某人一起去某處的邀請，可以説 I'm sorry, I can't.、I'm afraid I'm busy then. 或 I'd like to, but... 這樣的話。

'I was wondering if you'd like to come round on Sunday.' – '*I'm afraid I'm busy that day*.' "我在想你是否願意星期天過來。" —— "抱歉，我那天很忙。"

'Would you like to stay for dinner?' – '*I'd like to, but* I have to get back home.' "你願意留下來吃晚餐嗎？" —— "我願意，但我必須回家。"

也可説 No, thanks.、Thanks, but... 或 I'm all right, thanks. 來拒絕邀請。

'How about dinner?' – '*Thanks, but* I've eaten already.' "一起吃晚飯怎麼樣？" —— "謝謝，但我已經吃過了。"

*'Would you like to lie down?' – **No, I'm all right.*** "你想躺下嗎？" —— "不，我沒事。"

Letter writing 寫信

1 正式信函	**6** 地址和日期
2 地址和日期	**7** 非正式信函的開頭
3 正式信函的開頭	**8** 非正式信函的結尾
4 正式信函的結尾	**9** 信封的寫法
5 非正式信函	

寫信時使用的語言和信的格式取決於信的正式程度。

1 正式信函

書寫商務信函或求職信等正式信函時，要用正式的語言，如下例所示。

80 Green Road
Moseley
Birmingham
B13 9PL

29/4/12
The Personnel Manager
Cratex Ltd.
21 Fireside Road
Birmingham
B15 2RX

Dear Sir

I am writing in response to your advertisement for the position of Team Leader in *The Times* (28/4/12). Could you please send me an application form and details about the position. I have recently graduated from Southampton University in Mechanical Engineering.

I look forward to hearing from you soon.

Yours faithfully
James Laker
James Laker

2 地址和日期

發信人的地址寫在信紙的右上角。每一行的後面可以用逗號，最後一行的末尾可用句號，但標點符號並非必需。地址上方不要寫發信人的名字。

日期寫在地址下面。如果用的是印有抬頭的信箋，日期寫在收信人的地址上方或信紙的右側。日期有多種寫法，比如 29.4.04、29/4/04、29 April 2004 或 April 29th, 2004。

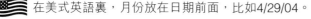 在美式英語裏，月份放在日期前面，比如4/29/04。

☞ 見參考部份 Day and dates

收信人姓名或職銜以及地址寫在信紙的左側，通常從日期的下面一行開始。

3 正式信函的開頭

正式信函以收信人的稱謂和姓氏開頭，比如 Dear Mr Jenkins、Dear Mrs Carstairs 或 Dear Miss Stephenson。

☞ 見主題條目 Names and titles

如果不知道收信的女士是否已婚，可用 Ms 這個稱謂。如果寫的是非常正式的信函，或者不知道對方的姓名，則可用 Dear Sir 或 Dear Madam 開頭。如果不能確定收信人的性別，最安全的寫法是用 Dear Sir or Madam。

 給公司寫信時，在英式英語裏用 Dear Sirs，在美式英語裏用 Gentlemen。在美式英語裏，如果沒有收信的名字或人，也可以像給人寫信一樣稱呼公司：Dear AT&T。

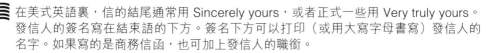 用正式的美國方式寫信的人在 Dear... 後面用冒號，比如 Dear Mr. Jones:。如果用的是英國方式，則可以用逗號或不用標點符號。

4 正式信函的結尾

如果信的開頭用了稱謂加姓氏（比如 Dear Mrs Carstairs），信的結尾要用 Yours sincerely。如果想隨意一些，可用 Yours 結尾。如果信的開頭用了 Dear Sir、Dear Madam 或 Dear Sirs，信的結尾則用 Yours faithfully。

在美式英語裏，信的結尾通常用 Sincerely yours，或者正式一些用 Very truly yours。發信人的簽名寫在結束語的下方。簽名下方可以打印（或用大寫字母書寫）發信人的名字。如果寫的是商務信函，也可加上發信人的職銜。

5 非正式信函

給朋友或親戚寫信時，要用非正式文體，如下例所示。

63 Pottery Row
Birmingham
B13 8AS
18/4/12

Dear Mario
How are you? Thanks for the letter telling me that you'll be coming over to England this summer. It'll be good to see you again. You must come and stay with me in Birmingham.
I'll be on holiday when you're here as the University will be closed, so we can have some days out together. Write or phone me to tell me when you want to come and stay.

All the best,
Dave

6 地址和日期

發信人的地址和日期，或只是地址，寫在信紙的右上角。不要把收信人的地址寫在信紙的頂端。

7 非正式信函的開頭

寫給朋友的非正式信函一般用 Dear 加名開頭，比如 Dear Louise。給親戚寫信時，則用親戚的稱謂，比如 Dear Dad、Dear Grandpa 或 Dear Grandma。

8 非正式信函的結尾

非正式信函的結尾方式多種多樣。寫給親密朋友或親戚的信可以用 Love 或 Lots of love 結尾。寫給不太熟悉的人的信可以用 Yours、Best wishes 或 All the best 結尾。

9 信封的寫法

下面的例子說明了如何在信封上書寫姓名和地址。在英式英語裏，有些人在每一行的末尾用逗號，在郡名或國名後面用句號。

> Miss S. Wilkins
> 13 Magpie Close
> Guildford
> Surrey
> GL4 2PX

通常寫上收信人的稱謂、首字母和姓氏。

也可寫收信人的稱謂、名和姓：Miss Sarah Wilkins。如果是非正式信函，可以只寫名和姓，或首字母加姓：Sarah Wilkins 或 S Wilkins。

如果收信人暫住在別人家裏或某處，先寫收信人的名字，然後在下一行寫 c/o 加上另一人的名字或地方的名字，如下例所示。c/o 代表 care of（由……轉交）。

> Mr JL Martin
> c/o Mrs P Roberts
> 28 Fish Street
> Cambridge
> CB2 8AS

 寄信到英國的一個地點時，應該把郵政編碼單獨寫成一行。美國的郵政編碼則不必單獨寫成一行。

Offers 主動提供

> 1　提供某物給某人
> 2　提供某物的其他方式
> 3　表示願意幫助或做某事
> 4　有把握的主動提供
> 5　不太有把握或不太堅決的主動提供
> 6　為顧客提供幫助
> 7　對好意的回應

1　提供某物給某人

主動提供某物給某人的方式有好幾種。

禮貌的方式是説 Would you like...?。

Would you like *another biscuit?* 你想不想再吃一塊餅乾？

I was just making myself some tea. ***Would you like*** *some?* 我剛好在泡茶。要不要來一點？

和非常熟悉的人交談則不必如此客氣，可用 Do you want...?。

Do you want *a biscuit?* 你想吃餅乾嗎？

Do you want *a coffee?* 你想喝杯咖啡嗎？

如果和對方很熟，而且想聽起來有説服力，可用祈使式 have。

Have *some more tea.* 再喝點茶。

Have *a chocolate biscuit.* 吃一塊巧克力餅乾。

也可只用一個名詞短語，用疑問語氣説出。

*'****Tea?****' – 'Yes, thanks.'* "茶？" —— "好的，謝謝。"

Ginger biscuit? 薑汁餅乾？

2　提供某物的其他方式

如果提供的東西不是馬上可得到，可以説 Can I get you something? 或 Let me get you something to eat. 這樣的話。

Can I get you *anything?* 要我給你弄點甚麼嗎？

Sit down and ***let me get you*** *a cup of tea or a drink or something.* 坐下，我來給你倒杯茶或弄點飲料甚麼的。

如果想讓別人拿需要的東西，可以説 Help yourself。

Help yourself *to sugar.* 請隨便加糖。

'Do you suppose I could have a drink?' – 'Of course. You know where everything is. ***Help yourself.****'* "你覺得我可以喝一杯嗎？" —— "當然了。你知道東西都放在哪裏。請自便。"

一種隨意而非語氣強烈地提供某物的方式是説 You can have... ，或者如果合適的話，就説 You can borrow...。

You can borrow *my pen if you like.* 如果你需要的話，可以借我的筆。

英國人可能會説 Fancy some coffee? 或 Fancy a biscuit?，表示非正式地主動提供某物。

3　表示願意幫助或做某事

如果想表示願意幫助別人或為別人做某事，可説 Shall I...?。不論是立刻還是在未來某個時間提供幫助，都可用這種疑問句。

Shall I fetch another doctor? 我要不要再請個醫生來？

'What's the name?' – *'Khulaifi. Shall I spell that for you?'* "叫甚麼名字？" —— "庫拉菲。要我給你拼寫出來嗎？"

4　有把握的主動提供

如果相當肯定某人當時就希望接受提供，可以說 Let me...。

Let me buy you a coffee. 我來給你買一杯咖啡吧。
Let me help. 讓我來幫忙。

如果想堅定但友好地主動提出做某事，可以說 I'll...。

Leave everything, I'll clean up. 甚麼也別動，我會收拾乾淨的。
Come on out with me. I'll buy you dinner. 和我一起出去吧。我請你吃晚飯。

5　不太有把握或不太堅決的主動提供

如果不能肯定對方是否想接受自己的主動提供，可以說 Do you want me to...? 或 Should I...?，如果想更有禮貌些，可說 Would you like me to...?。但是，這種用法可能聽起來好像自己不太情願似的。

Do you want me to check his records? 你想要我去查一下他的檔案嗎？
Should I go in? 我應該進去嗎？
Would you like me to drive you to the station? 要不要我開車送你去車站？

也可說 Do you want...? 或 Do you need...?，如果想更有禮貌些，可說 Would you like...?，後接表示動作的名詞。雖然沒有直接表示主動提出做某事，但是話裏已經隱含了那層意思。

Do you want a lift? 你想坐便車嗎？
Are you all right, Alan? Need any help? 你沒事吧，艾倫？需要幫助嗎？

彼此略微有點熟悉或剛見到的人之間，有時也用 Can I...?。

Can I give you a lift anywhere? 我可以開車送你到甚麼地方去嗎？

在不能肯定是否有必要主動提供時，另一種方式是在用了 I'll 或 I can 之後加上 if you want 或 if you like。

I'll drive you home *if you want*. 如果你願意，我開車送你回家。
I can show it to you now *if you like*. 如果你喜歡的話，我現在就可以展示給你看。

6　為顧客提供幫助

商店或公司員工在電話裏或當面禮貌地提出幫助顧客時，有時會說 Can I... 或 May I...。

Flight information, can I help you? 航班詢問處，我可以幫你嗎？
Morgan Brown, Janine speaking, how may I help you? 這裏是摩根・布朗公司，我是珍妮，有甚麼可以幫你的嗎？

7　對好意的回應

接受別人好意的通常方式是說 Yes, please.。也可說 Thank you.，或比較隨意地說 Thanks。

'Shall I read to you?' – *'Yes, please.'* "要我讀給你聽嗎？" —— "好的，請。"
'Have a cup of coffee.' – *'Thank you very much.'* "喝杯咖啡。" —— "非常感謝。"
'You can take the jeep.' – *'Thanks.'* "你可以坐吉普車。" —— "謝謝。"

如果想表示非常感激別人的好意，尤其是出乎意料的好意，可以説 Oh, thank you, that would be great. 或 That would be lovely. 這樣的話。也可用 That's very kind of you. 這種更正式的説法。

'Shall I run you a bath?' – *'Oh, yes, please!* **That would be lovely.** *'* "要我給你放洗澡水嗎？" —— "哦，好的，請！這太好了。"

'I'll have a word with him and see if he can help.' – **That's very kind of you.** *'* "我會跟他談談，看看他是否能幫忙。" —— "你真好。"

拒絕好意的通常方式是説 No, thank you.，或者比較隨意地説 No, thanks.。

'Would you like some coffee?' – *'***No, thank you.***'* "你想來點咖啡嗎？" —— "不，謝謝你。"

'Do you want a biscuit?' – *'***No, thanks.***'* "你想吃一塊餅乾嗎？" —— "不，謝謝。"

也可説 No, I'm fine, thank you.、I'm all right, thanks. 或 No, it's all right. 這樣的話。

'Is the sun bothering you? Shall I draw the curtains?' – *'***No, no, I'm fine, thank you.***'* "太陽光讓你感到討厭了嗎？我要不要拉上窗簾？" —— "不，不，我沒事，謝謝你。"

'Do you want a lift?' – *'***No, it's all right, thanks***, I don't mind walking.'* "你要坐便車嗎？" —— "不，沒事，謝謝。我不在乎走路。"

> **！注意**
>
> 不能用 Thank you. 來拒絕好意。

Opinions 看法

1	表示看法的類別	**7**	表示誠實
2	出言謹慎	**8**	表示陳述方式
3	表示肯定的程度	**9**	對看法明確歸類
4	表示某事顯而易見	**10**	對陳述明確歸類
5	強調真實性	**11**	把注意力引向所要説的話
6	表達個人意見		

人們常常使用一些表達式來表明對所説內容的態度。

如果想表示對所説內容的真實性有多大把握，可用情態詞（modal）。

☞ 見用法條目 can – could – be able to, might – may, must, shall – will, should

有很多副詞可用於表示對所説內容的態度。這些副詞有時稱作句子狀語（sentence adverbial），將在下面論述。大多數句子狀語通常放在句首，也可放在句末或句中。

1 表示看法的類別

很多句子狀語可用於表示對所説事實或事件的看法，比如是否認為某事令人吃驚或是好事還是壞事。下列副詞通常這麼用：

absurdly	luckily	significantly
astonishingly	mercifully	strangely
characteristically	miraculously	surprisingly
coincidentally	mysteriously	typically
conveniently	naturally	unbelievably
curiously	oddly	understandably
fortunately	of course	unexpectedly
happily	paradoxically	unfortunately
incredibly	predictably	unhappily
interestingly	remarkably	
ironically	sadly	

Luckily, *I had seen the play before so I knew what it was about.* 幸好我以前看過這齣戲，所以我知道説的是甚麼。

*It is **fortunately** not a bad bump, and Henry is only slightly hurt.* 幸好亨利撞得不厲害，只是受了點輕傷。

有少數副詞常常用在 enough 前面。

curiously	interestingly	strangely
funnily	oddly	

***Funnily enough**, lots of people seem to love bingo.* 説來也怪，許多人似乎喜歡玩賓果遊戲。

***Interestingly enough**, this proportion has not increased.* 有趣的是，這一比例沒有增加。

下列副詞可用於表示對某人行為的看法：

bravely	correctly	kindly	wrongly
carelessly	foolishly	rightly	
cleverly	generously	wisely	

*She **very kindly** arranged a beautiful lunch.* 她非常親切地安排了一頓愉快的午餐。

*Paul Gayner is **rightly** famed for his menu for vegetarians.* 保羅・蓋納理所當然地以其素食者菜單聞名。

***Foolishly**, we had said we would do the decorating.* 我們傻乎乎地説了由我們來做裝修。

這些副詞一般置於句子的主語或第一個助動詞之後。也可放在其他位置進行強調。

2 出言謹慎

下列狀語之一可用於表示所作的是一個總體、基本或大致的陳述：

all in all	estimate	fundamentally	on the whole
all things	basically	generally	overall
considered	broadly	in essence	ultimately
altogether	by and large	in general	
as a rule	essentially	on average	
at a rough	for the most part	on balance	

Basically, *the more craters a surface has, the older it is.* 基本上來説，表面上的凹坑越多就越古老。

*I think **on the whole** we did a good job.* 我認為我們總體上做得很好。

也可用 broadly speaking、generally speaking 和 roughly speaking 這些表達式。

*We are all, **broadly speaking**, in favour of the idea.* 大體上説，我們都贊成這個想法。

Roughly speaking, *the problem appears to be confined to the tropics.* 大致來説，這個問題似乎只限於熱帶地區。

下列狀語之一可用於表示所作的陳述並非完全真實或只是在某些方面真實：

almost	in effect	to all intents and	virtually
in a manner of	more or less	purposes	
speaking	practically	to some extent	
in a way	so to speak	up to a point	

*It was **almost** a relief when the race was over.* 賽跑結束的時候，這幾乎是一種解脱。
In a way *I liked her better than Mark.* 在某種程度上，我比馬克更喜歡她。
*Rats eat **practically** anything.* 老鼠幾乎甚麼都吃。

almost、practically 和 virtually 不用在句首，除非和以 all、any 或 every 之類的詞開頭的主語有關。

Practically all schools *make pupils take examinations.* 幾乎所有的學校都要學生參加考試。

3 表示肯定的程度

下列狀語之一可用於表示對所説內容的確定程度。這些詞按照最不肯定到最肯定的順序排列。

conceivably	hopefully	almost certainly	undoubtedly
possibly	probably	no doubt,	definitely, surely
perhaps, maybe	presumably	doubtless,	

*She is **probably** right.* 她可能是對的。
Perhaps *they looked in the wrong place.* 也許他們看錯了地方。
*He knew that if he didn't study, he would **surely** fail.* 他知道如果他不學習，他一定會失敗。

maybe 一般用在句首。

Maybe *you ought to try a different approach.* 或許你應該嘗試不同的方法。

definitely 幾乎從不用在句首。

*I'm **definitely** going to get in touch with these people.* 我肯定會跟這些人取得聯繫的。

可用 it seems that 或 it appears that 表示不了解某事或對某事沒有責任。

*I'm so sorry. **It seems that** we're fully booked tonight.* 對不起，看來我們今晚已經訂滿了。

It appears that *he followed my advice.* 看來他聽從了我的勸告。

也可用副詞 apparently。

Apparently *they had a row.* 顯然他們吵架了。

4 表示某事顯而易見

下列狀語可用於表示你認為自己所説的話明顯是正確的：

clearly	obviously	plainly
naturally	of course	

Obviously *I can't do the whole lot myself.* 顯然我一個人做不了這件事。
Price, **of course***, is a critical factor.* 價格當然是一個關鍵因素。

5 強調真實性

下列狀語可用於強調所作陳述的真實性：

actually	certainly	indeed	truly
believe me	honestly	really	

I was so bored I **actually** *fell asleep.* 我感覺非常無聊，竟然睡着了。
Believe me*, if you get robbed, the best thing to do is forget about it.* 相信我，如果你遭到了搶劫，最好的辦法就是把它忘了。
I don't mind, **honestly***.* 我確實一點也不介意。
I **really** *am sorry.* 我真的很抱歉。

只有在形容詞或副詞前面用了 very，才能把 indeed 用在句末。

I think she is a **very stupid person indeed***.* 我認為她真的是一個非常愚蠢的人。

☞ 見用法條目 indeed

可用 exactly、just 和 precisely 來強調陳述的正確性。

They'd always treated her **exactly** *as if she were their own daughter.* 他們確實一直把她當成親生女兒看待。
I know **just** *how you feel.* 我完全知道你的感受。
It is **precisely** *his originality that makes his work unpopular.* 正是他的獨創性使他的作品大受歡迎。

6 表達個人意見

如果想強調表達的是一種看法，可用下列狀語之一：

as far as I'm	for my money	in my opinion	personally
concerned	(非正式)	in my view	to my mind

The city itself is brilliant. **For my money***, it's better than Manchester.* 這個城市本身很了不起，依我看，要比曼徹斯特好。
In my opinion *it was probably a mistake.* 在我看來，這可能是一個錯誤。
There hasn't, **in my view***, been enough research done on mob violence.* 在我看來，對暴徒的暴行還沒有做足夠的研究。
Personally*, I don't think we should hire him.* 就我個人而言，我認為我們不應該僱用他。
She succeeded, **to my mind***, in living up to her legend.* 依我看，她成功實現了有關

她的傳奇。

As far as I'm concerned, it would be a moral duty. 就我而言，這將是一個道德義務。

7 表示誠實

可用 frankly 或 in all honesty 表示所作的陳述是誠實的。

Frankly, the more I hear about him, the less I like him. 坦率地説，關於他的情況我聽得越多，對他的好感就越少。

In all honesty, I would prefer to stay at home. 説實話，我寧願留在家裏。

另一種表達這個意思的方式是用 to be 後接 frank、honest 或 truthful。

I don't really know, **to be honest**. 老實説，我真的不知道。

To be perfectly honest, he was a tiny bit frightened of them. 實話實説，他有一點點害怕他們。

'How do you rate him as a photographer?' – 'Not particularly highly, **to be frank**.' "他這個攝影師，你對他有甚麼評價？"——"坦白説評價不是特別高。"

這些類型的狀語常常起某種警告或道歉的作用，表示接下來馬上要説一些很不禮貌或有爭議的話。

8 表示陳述方式

可用 to put it 後接副詞來把注意力引向所作陳述的特定方式。

To put it crudely, all unions have got the responsibility of looking after their members. 説白了，所有的工會都有責任照顧他們的會員。

Other social classes, **to put it simply**, are either not there or are only in process of formation. 簡而言之，其他社會階層要麼不存在，要麼還在形成的過程中。

可用 to put it mildly 或 to say the least 表示所作的是低調陳述。

Most students have, **to put it mildly**, concerns about the plans. 説得委婉一點，大部份學生都對該計劃感到擔憂。

The history of these decisions is, **to say the least**, worrying. 這些決策的歷史退一步説也是令人擔憂的。

9 對看法明確歸類

為了説明所持看法的堅決程度，I 可與表示看法或信念的動詞連用。如果只是説 I think 或 I reckon，這常常會有減弱陳述的語氣使其變得不太確定的效果。使用 I suppose常常意味着對所説的話不完全確信。如果用 I trust，意思則是堅信自己所説的話。下列動詞可以這樣用：

agree	guess	realize	trust
assume	hope	reckon	understand
believe	imagine	suppose	
fancy	presume	think	

A lot of that goes on, **I imagine**. 很多事情在進行中，我猜想。

He was, **I think**, in his early sixties when I first met him. 我覺得我第一次見到他時，他60歲出頭。

I reckon you're right. 我認為你是對的。

I suppose she might have done it, but I don't really see why. 我想她可能已經這麼做了，但我真的不知道為甚麼。

I'm 可與下列形容詞連用，表示強烈認為。

certain	convinced	positive	sure

I'm sure he'll win. 我肯定他會贏。

I'm convinced that it is the best way of teaching. 我確信這是最好的教學方式。

I'm quite certain they would have made a search and found him. 我有相當大的把握他們已經搜索並找到了他。

10 對陳述明確歸類

I 與下列動詞之一連用，可明確表示説的是甚麼樣的事情：

acknowledge	contend	predict	tell
admit	demand	promise	vow
assure	deny	propose	warn
claim	guarantee	submit	
concede	maintain	suggest	
confess	pledge	swear	

I admit there are problems about removing these safeguards. 我承認去掉這些防護裝置是有問題的。

It was all in order, *I assure you*. 一切都井井有條，我向你保證。

I guarantee you'll like my work. 我保證你會喜歡我的工作。

I can't deny 和 I don't deny 比 I deny 常用得多。

I can't deny that you're upsetting me. 我不能否認你讓我心煩意亂。

人們常常用 say，比如與情態詞連用，表示在仔細思考所説的話，或只是表達個人意見。

I must say I have a good deal of sympathy with Dr Pyke. 我必須説，我對帕克博士深表同情。

All I can say is that it's extraordinary how similar they are. 我所能説的就是，他們出奇地相似。

What I'm really saying is, I'm delighted they've got it. 實際上我想説的是，我很高興他們明白了。

I would even go so far as to say that we are on the brink of a revolution. 我甚至想説，我們正處在一場革命的邊緣。

Let me、May I 和 I would like 與不同的動詞連用，明確引出一個論點或問題。

Let me give you an example. 讓我給你舉一個例子。

May I make one other point. 請允許我再另外提出一點吧。

I would like to ask you one question. 我想問你一個問題。

11 把注意力引向所要説的話

可使用由 the、名詞（或形容詞加名詞）加 is 組成的結構，將要説的話分類以吸引讀者注意，並表示這些要説的話是你認為重要的部份。最常用於這種結構的名詞有：

answer	point	rule	tragedy
conclusion	problem	solution	trouble
fact	question	thing	truth

The fact is they were probably right. 事實上他們可能是對的。

The point is, why should we let these people do this to us? 關鍵是，我們為甚麼要讓這些人對我們這麼做？

The only trouble is it's rather noisy. 唯一的麻煩是它噪聲比較大。

Well, you see, **the thing is** she's gone away. 嗯，你看，問題是她已經離開了。

The crazy thing is, most of us were here with him on that day. 荒唐的是，我們大多數人那天都和他在一起。

注意，that 可用在 is 後面，除非後面的分句是疑問句。

The important thing is **that** she's eating normally. 重要的是她能正常進食。

The problem is **that** the demand for health care is unlimited. 問題是，對醫療保健的需求是無限的。

也可用以 what 開頭的分句作主語。

What's particularly impressive, though, is that they use electronics so well. 不過，特別令人印象深刻的是，他們把電子技術用得這麼好。

But **what's happening** is that each year our old machinery becomes less adequate. 但事情是這樣的，我們的舊機器一年比一年變得不敷使用。

☞ 見用法條目 what

Permission 許可

請求、准予和拒絕許可的方式有好幾種。

1 請求許可

如果想請求許可做某事，可用 Can I...? 或 Could I...?。（如果是代表一群人說話，可用 we 代替 I。）Could I...? 更有禮貌。

Can I light the fire? I'm cold. 我可以生火嗎？我很冷。

Could we put this fire on? 我們能不能把這個火點上？

Could I stay at your place for a bit, Rob? 我可以在你家裏逗留一會嗎，羅布？

為了更有禮貌，可加上 please。

David, can I look at your notes **please**? 大衛，請讓我看一下你的筆記好嗎？

Good afternoon. Could I speak to Mr Duff, **please**. 下午好。請問我可以和達夫先生通話嗎？

Could you ask for them to be taken out, **please**. 麻煩你叫人把它們搬出去。

也可在 Could I 或 May I 後面加上 perhaps 或 possibly 使請求變得非常禮貌。

Could I perhaps bring a friend with me? 我或許可以帶個朋友來吧？

May I possibly have a word with you? 我有沒有可能和你說句話？

可用 can't 或 couldn't 代替 can 或 could 表示更強烈地請求允許。如果認為可能得不到允許，可以這麼說。

Can't I *come?* 我不能來嗎？
Couldn't we *stay here?* 我們不可以留在這裏嗎？

2 間接方式

還有其他更間接的方式請求許可做某事。可以用 Would it be all right if I...? 這樣的表達式，而更隨意些的話可用 Is it okay if I...?。

Would it be all right if I *used your phone?* 我用一下你的電話好嗎？
Is it all right if I *go to the bathroom?* 我可以去一下洗手間嗎？
Is it okay if I *go home now?* 我現在回家行嗎？

在非常不拘禮節的場合，這些表達式往往可縮短，因此以形容詞開頭。這種用法聽起來更隨意，好像假定對方會准許似的。

Okay if I *smoke?* 我抽支煙行嗎？

一個更間接的方式是説 Would it be all right to...? 這樣的話，後接 *to-*不定式。

Would it be all right to *take this?* 可以拿這個嗎？

更禮貌的方式是説 Do you mind if I...? 或 Would you mind if I...?。

Do you mind if we *discuss this later?* 你介意我們以後再討論這個嗎？
Would you mind if I *just ask you some routine questions?* 你介意我問你數個常規問題嗎？

同樣，在非常不拘禮節的場合，這些表達式可縮短。

Mind if I *bring my bike in?* 介意我把我的自行車拿進來嗎？

也可説 I was wondering if I could... 或 I wonder if I could...。

I was wondering if I could *go home now.* 我在想我現在能不能回家。
I wonder if I could *have a few words with you.* 我在想我是否能和你説數句話。

在正式場合，在陳述完做某事的意圖後可加上 if I may。如果認為不一定有必要獲得許可但希望顯得有禮貌，可以這麼做。

I'll take a seat ***if I may***. 可以的話我想坐下了。

3 給某人許可

某人提出請求做某事的許可後，有很多詞和表達式可用於表示允許。

在非正式場合，可以説 OK. 或 All right.。

'Could I have a word with him?' – *'**OK**.'* "我可以和他説句話嗎？"——"好的。"
'I'll be back in a couple of minutes, okay?' – *'**All right**.'* "我數分鐘就回來，行嗎？"——"行。"

 sure 語氣略微有點強，主要用在美式英語中。

'Can I go with you?' – *'**Sure**.'* "我能和你一起去嗎？"——"當然。"

Of course.、Yes, do. 和 By all means. 更正式，語氣也更強。

'Could I make a telephone call?' – *'**Of course**.'* "我能打個電話嗎？"——"當然可以。"
'Do you mind if I look in your cupboard for extra blankets?' – *'**Yes, do**.'* "你介意我看看你的櫃櫥裏多餘的毯子嗎？"——"看吧。"
'May I come too?' – *'**By all means**.'* "我也可以來嗎？"——"沒問題。"

如果對給予許可不太肯定或不太熱心，可以說 I don't see why not。

'Can I take it with me this afternoon?' – 'I don't see why not.' "我今天下午可以帶着它嗎？"——"我看沒有甚麼不可以的。"

可以說 You can...，表示主動給某人做某事的許可。如果想更正式一些，可說 You may...。

You can go off duty now. 你現在可以下班了。
You may use my wardrobe. 你可以用我的衣櫃。

4 拒絕許可

拒絕許可最常用的方法是使用 Sorry.、I'm sorry. 或 I'm afraid not. 之類的表達式，然後作出解釋。

'I was wondering if I could borrow a book for the evening.' – 'Sorry, I haven't got any with me.' "我在想我是否能借一本書晚上看看。"——"對不起，我身邊沒帶書。"
'Could I see him – just for a few minutes?' – 'No, I'm sorry, you can't. He's very ill.' "我能見他嗎——就兩三分鐘？"——"不行，我很抱歉，不可以。他病得很重。"
'I wonder if I might see him.' – 'I'm afraid not, sir. Mr Wilt is in a meeting all afternoon.' "不知我是否可以見他。"——"恐怕不行，先生。威爾特先生整個下午都在開會。"

如果和對方很熟悉，則可以直接說 No. 或 No, you can't.，但這是不禮貌的。在非正式場合，人們有時使用更不禮貌、語氣更強烈的表達式來拒絕許可，比如 No way. 和 No chance.。

要表示不太希望某人做某事，可說 I'd rather you didn't.。在事實上無法阻止某人時，可以這麼說。

'May I go on?' – 'I'd rather you didn't.' "我可以繼續嗎？"——"你最好不要。"

在英式英語裏，在對方還沒提出要求時就表示拒絕許可，可說 You can't... 或 You mustn't...。

You can't go. 你不能走。
You mustn't open it until you get home. 你到家以前不能打開它。

 說美式英語的人通常不用 You mustn't...，而用 Don't...。英國人也用 Don't...。

Don't eat all the cookies. 不要把所有的曲奇全吃完。

也可用 You're not 加 -ing形式。這種用法較隨意，語氣也較強。

You're not putting that thing on my boat. 不准你把那個東西放到我的船上。

Reactions 反應

1 感歎句		**6** 表示高興
2 how		**7** 表示寬慰
3 what		**8** 表示氣惱
4 疑問句形式的感歎句		**9** 表示失望或難過
5 表示驚訝或興趣		**10** 表示同情

有好幾種方式表示對聽到和看到的事物的反應。

1 感歎句

我們常常用感歎句（exclamation）來表示對某事的反應。感歎句可以由一個詞、一組詞或一個句子組成。

Wonderful! 好極了！
Oh dear! 哎呀！
That's awful! 這太糟糕了！

在口語中，要用強調語氣說感歎句。書寫感歎句時，通常在句末用感嘆號（!）。

2 how

有時用 how 和 what 引導感歎句。how 一般與形容詞連用，後面不用別的詞。

*'They've got free hotels run by the state specially for tourists.' – '**How marvellous!**'*
"他們有國家專為旅客開設的免費旅館。" —— "多麼了不起！"
*'He's been late every day this week.' – '**How strange!**'* "這個星期他每天都遲到。"
—— "真奇怪！"

3 what

what用在名詞短語前面。

*'I'd have loved to have gone.' – '**What a shame!**'* "我本來很想去的。" —— "真可惜！"
*'...and then she died in poverty.' – 'Oh dear, **what a tragic story**.'* "……然後她在貧困中死去了。" —— "天哪，真是一個悲慘的故事。"
What a marvellous idea! 多麼絕妙的主意啊！
What rubbish! 真是胡扯！
What fun! 太好玩了！

> ### ! 注意
>
> 如果用的是單數可數名詞，必須使用 what 加 a（或 an）。例如，要說 **What an** extraordinary experience!（多麼不尋常的經歷啊！）。不要說 ~~What extraordinary experience!~~。
> 如果合適的話，可把 *to*-不定式放在名詞短語後面，比如 to say 或 to do。
>
> *'If music dies, we'll die.' – 'What an awful thing **to say**!'* "如果音樂死去，我們也會死去。" —— "說得太可怕了！"
> *What a terrible thing **to do**!* 那樣做太糟糕了！

4 疑問句形式的感歎句

可用以 Isn't that 開頭的疑問句形式的感歎句來表示反應。

*'University teachers seem far bolder here than they are over there.' – '**Isn't that interesting**.'* "這裏的大學老師似乎比那裏的大膽得多。" —— "真夠有趣的。"
*'It was a big week for me. I got a letter from Paris.' – '**Oh, isn't that nice!**'* "對我來說這是關鍵的一週。我收到了一封來自巴黎的信。" —— "哦，那太好了！"

少數常見感歎句的形式和肯定疑問句相同。

*Alan! **Am I glad to see you!*** 艾倫！見到你真高興！
*Well, **would you believe it**. They won.* 嘿，你信嗎，他們贏了。
*'How much?' – 'A hundred million.' – '**Are you crazy?**'* "多少錢？" —— "1億。" ——

"你瘋了嗎？"

5 表示驚訝或興趣

可以用 Really? 或 What? 表示驚訝或興趣。

'It only takes 35 minutes from my house.' – **Really?** *To Oxford Street?'* "離我家只有
35分鐘路程。" —— "真的嗎？到牛津街？"

'He's gone to borrow a gun.' – **What?'** "他去借一把槍。" —— "甚麼？"

my God 也用於表示驚訝或興趣。但是，和宗教人士在一起時不應該使用，因為他們可
能會受到冒犯。

My God, *what are you doing here?* 天哪！你在這裏做甚麼？

也可用簡短的附加疑問句形式的疑問句表示驚訝或興趣。

'He gets free meals.' – **Does he?'** "他獲得免費膳食。" —— "是嗎？"

'They're starting up a new arts centre there.' – **Are they?'** "他們要在那裏開設一個
新的藝術中心。" —— "是嗎？"

'I got the job.' – **Did you?** *Good for you.'* "我得到了那份工作。" —— "是嗎？這對
你是件好事。"

可用與剛聽到的事相反的簡短陳述句表示非常驚訝，儘管事實上你是相信這件事的。

'I just left him there and went home.' – **'You didn't!'** "我把他留在那裏後就回家
了。" —— "不會吧！"

也可通過重複剛說過的部份內容或核對自己已經聽懂來表示驚訝，甚至或許是惱怒。

'Could you please come to Ira's right now and help me out?' – **Now? Tonight?'** "
請你馬上到埃拉家來幫幫我好嗎？" —— "現在？今晚？"

'We haven't found your husband.' – **You haven't?'** "我們還沒有找到你的丈夫。" ——
"你們還沒找到？"

也可把 that's 或 how 與 strange 或 interesting 之類的形容詞連用來表示驚訝或興趣。

'Is it a special sort of brain?' – 'Probably.' – 'Well, **that's interesting**.' "這是一種特
殊的大腦嗎？" —— "有可能。" —— "嗯，這很有趣。"

'He said he hated the place.' – **How strange!** *I wonder why.'* "他說他討厭這個地
方。" —— "真奇怪！我想知道為甚麼。"

可以用 Strange.、Odd.、Funny.、Extraordinary. 或 Interesting. 表示對某事的反應。

'They invented the whole story?' – 'That's right.' – **Extraordinary**.' "他們編造了整個
故事？" —— "沒錯。" —— "不可思議。"

'They both say they saw it.' – 'Mmm. **Interesting**.' "他們兩個都說看到它了。" ——
"嗯，有意思。"

也可說 What a surprise!。

Tim! Why, **what a surprise!** 添！哎呀，真讓人吃驚！

'Felicity? How are you?' – 'Oh, Alan. **What a surprise to hear you!** *Where are you?'*
"菲莉絲迪！你好。" —— "哦，艾倫！聽到你真是驚喜！你在哪裏？"

在非正式場合，可以用 No!'、You're joking! 或 I don't believe it! 等表達式來表示某人
說的話非常令人驚訝。You're kidding! 比 You're joking! 更隨意。

'Gertrude's got a new boyfriend!' – **'No!** *Who is he?' – 'Tim Reede!' – 'You mean*

the guy who works in accounts? **You're joking!'** "格特魯德有了新的男朋友！"——
"不！他是誰？"——"添•瑞德！"——"你是説在會計部工作的那個傢伙？你在開
玩笑！"

You've never sold the house? **I don't believe it!** 你從來沒有賣掉這間屋？我不相信！

They'll be allowed to mess about with it.' – 'You're kidding!' "他們會被允許把這個
弄得亂七八糟。"——"你在開玩笑！"

在非常不正式的英語裏，有些人用 Bloody Hell! 這樣的表達式來表示驚訝。但是，這
可能會冒犯別人，應該避免使用。

有些人用 fancy 加 -ing形式開頭的表達式表示驚訝。

Fancy seeing *you here!* 想不到在這裏見到你！

Fancy choosing *that!* 居然選了那個！

6 表示高興

可説 That's great! 或 That's wonderful! 這樣的話，或只用形容詞，來表示對一個情況
或某人説的話感到高興。

*'I've arranged the flights.' – 'Oh, **that's great**.'* "我已經安排好了航班。"——"噢，
那太好了。"

*'We can give you an idea of what the prices are.' – '**Great**.'* "我們可以給你大致説一
下價格。"——"太好了。"

也可説 How marvellous! 或 How wonderful! 這樣的話。

*'I've just spent six months in Italy.' – '**How lovely!**'* "我剛在意大利逗留了6個月。"——
"多好啊！"

Oh, Robert, **how wonderful to see you**. 哦，羅伯，見到你真是太好了。

> **❗ 注意**
> 但是，不要説 ~~How great~~。

在正式場合，當別人告訴自己某事，可以説 I'm glad to hear it.、I'm pleased to hear
it. 或 I'm delighted to hear it.。

*'He took me home, so I was well looked after.' – '**I'm glad to hear it**.'* "他帶我回家
了，所以我受到很好的照顧。"——"聽你這麼説我很高興。"

這些表達式常常用於幽默地表示如果某事不是如此的話自己會感到生氣。

*'I have a great deal of respect for you.' – '**I'm delighted to hear it!**'* "我對你非常尊
重。"——"我很高興聽到這句話！"

也可説 That is good news. 或 That's wonderful news. 這樣的話來表示自己對某事感
到高興。

*'My contract's been extended for a year.' – '**That is good news**.'* "我的合同延長了
1年。"——"這是個好消息。"

7 表示寬慰

聽到某事時，可説 Oh good. 或 That's all right then. 這樣的話來表示寬慰。

*'I think he will understand.' – '**Oh good**.'* "我想他會明白的。"——"哦，好。"

*'They're all right?' – 'They're perfect.' – '**Good, that's all right then**.'* "他們沒事

吧？"——"他們好極了。"——"好，那就行。"

也可説 That's a relief. 或 What a relief!。

'He didn't seem to notice much.' – *'Well, **that's a relief**, I must say.'* "他似乎沒有太注意。"——"唔，這讓人鬆了一口氣，我必須説。"

'It's nothing like as bad as that.' – *'**What a relief!**'* "事情完全沒有那麼糟糕。"——"那就放心了！"

感到非常寬慰時，可以説 Thank God、Thank goodness.、Thank God for that. 或 Thank heavens for that.。

'He's arrived safely in Moscow.' – *'**Thank goodness**.'* "他安全抵達了莫斯科。"——"謝天謝地。"

Thank God you're safe! 感謝上帝你安全了！

在正式場合，應該説 I'm relieved to hear it. 這樣的話。

'Is that the truth?' – *'Yes.'* – *'**I am relieved to hear it!**'* "那是真的嗎？"——"是的。"——"我聽了很放心！"

'I certainly did not support Captain Shays.' – *'**I am relieved to hear you say that**.'* "我當然不支持謝斯船長。"——"聽到你這樣説我就放心了。"

 人們有時用聲音而不是詞語來表示寬慰。在書面語裏，通常用 phew（英式英語）或 whew（美式英語）這兩個詞表述。

Phew. I'm glad that's sorted out. 呵，我很高興那個東西搞定了。
Whew, what a relief! 謔，真讓人鬆了一口氣！

8 表示氣惱

可説 Oh no. 或 Bother. 表示氣惱。bother 略微有點過時。

'We're going to be late.' – *'**Oh no!**'* "我們要遲到了。"——"哎呀，不！"
Bother. I forgot to eat my sandwiches before I came here. 真見鬼，我來這裏之前忘了吃三文治。

人們常常用粗話來表示氣惱。damn 和 hell 是這樣用的溫和的粗話。但是，和不熟悉的人在一起時，連這些詞也不應該使用。像 fuck 和 shit 這樣的詞是語氣更強的粗話，應該避免使用，因為可能會冒犯別人。

Damn. It's nearly ten. I have to get down to the hospital. 該死，快10時了。我必須去醫院了。
'It's broken.' – *'**Oh, hell!**'* "破掉了。"——"噢，見鬼！"

 在粗話可能冒犯別人的情況下，為了避免使用，有些人在英式英語裏用 sugar 或 flipping 之類的詞，在美式英語裏用 darn、dang 或 shoot 等詞。

I can't **flipping** believe it. 我簡直無法相信這是真的。
Oh **shoot**, I don't have a can opener. 啊，討厭，我沒有開罐器。

也可説 What a nuisance! 或 That's a nuisance!。

He'd just gone. **What a nuisance!** 他剛剛走開。真討厭！

人們常常説 Great 或 Oh, that's marvellous 這樣的話，這是以一種挖苦的方式來表示氣惱。説這些話的方式通常清楚地表明，説話者是感到氣惱而不是高興。

'I phoned up about it and they said it's a mistake.' – *'**Marvellous**.'* "我為此打過電話

了，他們說是個錯誤。"——"真了不起。"

9 表示失望或難過

可說 Oh dear. 表示對某事感到失望或難過。

'We haven't got any results for you yet.' – *'**Oh dear**.'* "我們還沒有甚麼結果給你。"——"哎呀。"

***Oh dear**, I wonder what's happened.* 哎呀，我想知道發生了甚麼事。

也可說 That's a pity、That's a shame、What a pity 或 What a shame。

'They're going to demolish it.' – *'**That's a shame**. It's a nice place.'* "他們要把它拆了。"——"真可惜。那是個好地方。"

'Perhaps we might meet tomorrow?' – *'I have to leave Copenhagen tomorrow, I'm afraid. **What a pity!**'* "也許我們明天可以見個面？"——"抱歉，我明天必須離開哥本哈根。太遺憾了！"

人們常常只說 Pity.。

'Do you play the violin by any chance?' – *'No.'* – *'**Pity**. We could have tried some duets.'* "你也許會拉小提琴？"——"不會。"——"可惜了。本來我們可以試數個二重奏的。"

也可說 That's too bad.。

'We don't play that kind of music any more.' – *'**That's too bad**. David said you were terrific.'* "我們已經不再演奏那種音樂了。"——"太可惜了。大衛說你很棒。"

可說 Oh no! 表示巨大的失望或難過。

'Johnnie Frampton has had a nasty accident.' – *'**Oh no!** What happened?'* "約翰尼・弗蘭普頓出了嚴重事故。"——"哦，不！出甚麼事了？"

10 表示同情

聽到某人發生了不好的事情，可說 Oh dear. 表示同情。

'First of all, it was pouring with rain.' – *'**Oh dear**.'* "首先，當時在下傾盆大雨。"——"天哪。"

也可說 How awful. 或 How annoying. 這樣的話。

'He's ill.' – *'**How awful**. So you aren't coming home?'* "他生病了。"——"太糟糕了。那你不回家了？"

'We never did find the rest of it.' – *'Oh, **how dreadful!**'* "我們再也沒能找到其餘的。"——"唉，真糟糕！"

也可說 What a pity. 或 What a shame.。

'It took four hours, there and back.' – *'Oh, **what a shame**.'* "來回花了4個小時。"——"哦，太遺憾了。"

要更正式地表示同情，可說 I'm sorry to hear that.。

'I was ill on Monday.' – *'Oh, **I'm sorry to hear that**.'* "我星期一生病了。"——"唉，聽到這個消息我很難過。"

如果發生了很嚴重的事情，比如對方的親戚去世了，可說 I'm so sorry. 或不太正式地說 That's terrible.，來表示強烈的同情。

'You remember Gracie, my sister? She died last autumn.' – *'Oh, **I'm so sorry**.'* "你記

得格雷西，我的姐姐嗎？去年秋天她死了。"——"噢，我真難過。"

*'My wife's just been sacked.' –'**That's terrible**.'* "我妻子剛剛被解僱了。"——"這太糟糕了。"

如果某人未能做成某事，可以說 Bad luck. 或 Hard luck.，表示這不是對方的錯。如果還能嘗試一次，可以說 Better luck next time.。

*'I failed my driving test again.' –'Oh, **hard luck**.'* "我又沒通過駕駛執照考試。"——"哦，真倒霉。"

*Well, there we are, we lost this time, but **better luck next time**.* 好了，情況就是這樣，這次我們輸了，但希望下次運氣好一點。

Replies 回答

本條目論述如何回答用於詢問信息的 yes / no-疑問句和 wh-疑問句。

☞ 關於對人們所說進行回答的其他方式，見主題條目 Agreeing and disagreeing, Apologizing, Complimenting and congratulating someone, Greetings and goodbyes, Invitations, Offers, Requests, orders, and instructions, Suggestions, Thanking someone

1 回答 yes / no-疑問句

回答肯定的 yes/no-疑問句時，如果所指情況存在，可說 yes。如果所指情況不存在，則說 no。

*'Did you enjoy it?' – '**Yes**, it was very good.'* "你喜歡嗎？"——"是的，非常好。"
*'Have you decided what to do?' – 'Not yet, **no**.'* "你決定好要做甚麼了嗎？"——"沒，還沒決定。"

可加上一個合適的附加語，比如 I have 或 it isn't。有時先說附加語。

*'Are they very complicated?' – '**Yes, they are**. They have quite a number of elements.'* "它們很複雜嗎？"——"是的，非常複雜。它們含有相當數量的組件。"
*'Did you have a look at the shop when you were there?' – '**I didn't, no**.'* "你在那裏的時候有沒有去店裏看一看？"——"我沒有，沒去。"

 有些人，特別是愛爾蘭人和一些美國人，僅用附加語來回答，不用 yes 或 no。

*'You do believe me?' – '**I do**.'* "你真的相信我嗎？"——"是的。"

有些人在非正式說話時用 Yeah. /jeə/ 代替 Yes.。

*'Have you got one?' – '**Yeah**.'* "你得到一個了嗎？"——"有。"

人們有時發出 mm 的聲音來代替 Yes.。

*'Is it very expensive?' – '**Mm**, it's quite pricey.'* "很貴嗎？"——"唔，相當貴。"

有時可用程度副詞來回答疑問句。

*'Did she like it?' – 'Oh, **very much**, she said it was marvellous.'* "她喜歡嗎？"——"哦，非常喜歡，她說很精彩。"
*'Has he talked to you?' – '**A little. Not much**.'* "他對你說了嗎？"——"說了一點。不多。"

如果覺得回答 No. 不太精確，或者想更有禮貌，可以說 not really 或 not exactly 作為替代或補充。

'Right, is that any clearer now?' – *'**Not really**, no.'* "好，現在是不是清楚一點了？"
——"其實並沒有，沒有。"

'Have you thought at all about what you might do?' – *'No, **not really**.'* "你究竟有沒有考慮過你想做甚麼？"——"沒有，事實上沒有。"

'Has Davis suggested that?' – *'**Not exactly**, but I think he'd be glad to get away.'* "戴維斯那樣説了嗎？"——"這倒沒有，但我想他會很樂意離開。"

人們在提出問題的時候，常常並不只是想得到 yes 或 no 的回答，而是希望獲得某種詳細的信息。在回答這種疑問句時，人們有時不説 yes 或 no，而是直接提供信息，常常先説 well。

'Do you have any plans yourself for any more research in this area?' – *'**Well**, I hope to look more at mixed ability teaching.'* "在這個領域你自己有沒有計劃做進一步研究？"——"嗯，我希望多看看混合能力教學。"

2 回答否定的 *yes / no*-疑問句

如果説話者認為回答將是或應該是 yes，通常用否定的 *yes / no*-疑問句提問。

這種疑問句的回答方式就像肯定疑問句一樣，如果情況存在，應該用 yes 回答，如果情況不存在，則應該用 no 回答。假如有人問 Hasn't James phoned?（占士沒打電話來嗎？），如果還沒打電話就用 no 回答。

'Haven't they just had a conference or something?' – *'**Yes**, that's right.'* "他們難道沒剛開過一個甚麼會議嗎？"——"開了，沒錯。"

'Didn't you like it, then?' – *'**Not much**.'* "那你不喜歡它嗎？"——"不太喜歡。"

回答以疑問語氣説出的否定陳述句時，如果陳述為真，要用 No 回答。

'So you've never been guilty of physical violence?' – *'**No**.'* "那麼你從來沒有犯過暴力傷害罪嗎？"——"沒有。"

'You didn't mind me coming in?' – *'**No**, don't be daft.'* "你不介意我進來嗎？"——"無所謂，別傻了。"

回答以疑問語氣説出的肯定陳述句時，如果陳述為真，則用 Yes 回答。

'He liked it?' – *'**Yes**, he did.'* "他喜歡嗎？"——"是的，他喜歡。"

'You've heard me speak of Angela?' – *'**Oh, yes**.'* "你聽到我談起安格拉了嗎？"——"噢，是的。"

3 不肯定時的回答

如果不知道如何回答 *yes / no*-疑問句，可説 I don't know. 或 I'm not sure.。

'Did they print the list?' – *'**I don't know**.'* "他們打印清單了嗎？"——"我不知道。"

'Is there any chance of you getting away this summer?' – *'**I'm not sure**.'* "今年夏天你有機會外出度假嗎？"——"我不肯定。"

如果認為情況可能存在，可説 I think so.。

'Do you understand?' – *'**I think so**.'* "你懂了嗎？"——"我想是的。"

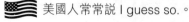 美國人常常説 I guess so.。

'Can we go inside?' – *'**I guess so**.'* "我們能進去嗎？"——"我覺得可以。"

如果是在猜測，也可説 I should think so.、I would think so.、I expect so. 或 I imagine so.。

'Will Sarah be going?' – '***I would think so***, yes.' "莎拉會去嗎？"——"我想是吧，會去的。"

'Did you say anything when I first came up to you?' – 'Well, ***I expect so***, but how on earth can I remember now?' "我一開始走向你的時候你說過甚麼了嗎？"——"唔，我想我説了，但我現在怎麼可能想得起來。"

如果對情況不太熱心或不太高興，可說 I suppose so.。

'Are you on speaking terms with them now?' – '***I suppose so***.' "你現在和他們可以展開對話嗎？"——"我想可以吧。"

如果認為情況可能不存在，可說 I don't think so.。

'Did you ever meet Mr Innes?' – 'No, ***I don't think so***.' "你見過英尼斯先生嗎？"——"不，我覺得沒有。"

如果是在猜測，也可說 I shouldn't think so.、I wouldn't think so. 或 I don't expect so.。

'Would Nick mind, do you think?' – 'No, ***I shouldn't think so***.' "你認為尼克會介意嗎？"——"不，我覺得不會。"

'Is my skull fractured?' – '***I shouldn't think so***.' "我的頭骨骨折了嗎？"——"我想不會吧。"

4 回答 *either / or*-疑問句

如果疑問句含有 or，可用表示情況的一個詞或一組詞回答。完整句只是用來強調，或希望使回答變得非常明確。

'Do you want to pay by cash or card?' – '***Cash***.' "你想用現金還是銀行卡支付？"——"現金。"

'Are they undergraduate courses or postgraduate courses?' – '***Mainly postgraduate***.' "這些是本科還是研究生課程？"——"大部份是研究生課程。"

'Are cultured pearls synthetic or are they real pearls?' – '***They are real pearls***, but a 'tiny piece of mother-of-pearl has been inserted in each oyster.' "養殖珍珠是人造的還是真正的珍珠？"——"它們是真正的珍珠，但每隻牡蠣內都插入了一小塊珍珠母。"

5 回答 *wh*-疑問句

回答 *wh*-疑問句時，人們通常用一個詞或一組詞代替完整的句子。

'How old are you?' – '***Thirteen***.' "你多大？"——"13。"
'How do you feel?' – '***Strange***.' "你感覺怎麼樣？"——"奇怪。"
'Where are we going?' – '***Up the coast***.' "我們去哪裏？"——"沿海岸北上。"
'Why did you leave?' – '***Because Michael lied to me***.' "你為甚麼離開了？"——"因為邁克爾對我撒了謊。"

但是，有時也用完整的句子，比如解釋某事的原因時。

'Why did you argue with your wife?' – '***She disapproved of what I'm doing***.' "你為甚麼和你的妻子爭吵？"——"她不贊成我做的事情。"

如果不知道答案，可說 I don't know. 或 I'm not sure.。

'What shall we do?' – '***I don't know***.' "我們該做甚麼？"——"我不知道。"
'How old were you then?' – '***I'm not sure***.' "那時候你多大？"——"我説不準。"

Requests, orders, and instructions 請求、命令和指示

make a **request**（提出要求）表示向某人要某物或請某人做某事。give someone an **order** 或 an **instruction** 表示給某人下達命令或指令。在特定情況下也可說 give someone **instructions**（向某人提供如何做某事的指示）。

☞ 關於如何請求允許做某事，見主題條目 Permission

在本條目的末尾有關於如何答覆請求或命令的說明。

1 要求得到某物

要求得到某物的最簡單的方式是説 Can I have...?（如果是代表一群人說話，可用 we 代替 I。）。為了更有禮貌，可加上 please。

Can I have some tomatoes? 我能要點番茄嗎？
Can we have something to wipe our hands on, please? 請問能給我們一些擦擦手的東西嗎？

用 could 更有禮貌。

Could I have another cup of coffee? 我能再要一杯咖啡嗎？

使用 may 提出的請求聽起來非常有禮貌和正式，而用 might 提出的請求則聽起來已經過時。

May we have something to eat? 我們可以吃點東西嗎？

如果認為有可能得不到所要求的東西，可用 can't 或 couldn't 代替 can 或 could 使請求聽起來更有説服力。

Can't we have some music? 我們不能聽一點音樂嗎？

以非正式和間接方式要求得到某物，可用 Have you got...?、You haven't got... 或 You don't have... 加上一個附加疑問句。

Have you got a piece of paper or something I could write it on? 你有一張紙或別的我可以把它寫上去的東西嗎？
You haven't got a spare pen, have you? 你沒有多枝筆，對嗎？

以間接方式要求認為可能得不到的東西，可說 Any chance of...?。這種用法非常不正式和隨意。

Any chance of a bit more cash in the New Year? 在新的一年現金有可能多一點嗎？

2 顧客的要求

如果想在商店、酒吧、咖啡館或賓館裏要求某物，可以只用名詞短語後接 please。

A packet of crisps, please. 請來一包薯片。
Two black coffees, please. 請來兩杯黑咖啡。

也可說 I'd like...。

As I'm here, doctor, I'd like a prescription for some aspirins. 既然我已經來了，醫

生，那就給我開一些阿士匹靈吧。

I'd like *a room, please. For one night.* 請給我一個房間。住一個晚上。

如果不能確定是否有某物，可説 Have you got...? 或 Do you have...?。

Have you got *any brochures on Holland?* 你有介紹荷蘭的小冊子嗎？

Do you have *any information on that?* 你有那方面的消息嗎？

在餐廳或酒吧可以説 I'll have...。在某人家裏被提供吃的或喝的東西時。也可這麼説。還可以説 I'd like...。

The waitress brought their drinks and said, 'Ready to order?' 'Yes,' said Ellen. ***'I'll have*** *the shrimp cocktail and the chicken.'* 女服務員給他們端來了飲料，問道，"可以點菜了嗎？""是的，"埃倫説。"我點雞尾蝦和雞。"

I'd like *some tea.* 我想來點茶。

3 請某人做某事

可説 Could you...? 或 Would you...? 來請某人做某事。這是相當有禮貌的説法。為了更有禮貌，可加上 please。

Could you *just switch the projector on behind you?* 你可以打開身後的投影機嗎？

Could you *tell me,* ***please****, what time the flight arrives?* 你能告訴我航班甚麼時候到達嗎？

Would you *tell her that Adrian phoned?* 請你告訴她艾德里安打過電話來好嗎？

Would you *take the call for him,* ***please****?* 請你替他接一下電話好嗎？

在 Could you 後面加上 perhaps 或 possibly 可使要求變得還要更禮貌。

Morris, ***could you possibly*** *take me to the station on your way to work this morning?* 莫里斯，你今天早晨上班時能不能順路送我去車站？

如果想表現得禮貌有加，可以説 Do you think you could...? 或 I wonder if you could...?。

Do you think you could *help me?* 你看你能幫助我嗎？

I wonder if you could *look after my garden for me while I'm away?* 不知在我外出時你能不能幫我打理一下花園？

也可用 Would you mind...? 後接 *-ing*形式。

Would you mind *fetching another chair?* 請你再去拿一張椅子好嗎？

Would you mind *waiting a moment?* 你介意等一會嗎？

在正式的信函和演講中，可用 I would be grateful if...、I would appreciate it if... 或 Would you kindly... 之類非常禮貌的表達式。

I would be grateful if *you could let me know.* 如果你能讓我知道，我會很感激的。

I would appreciate it if *you could deal with this issue promptly.* 如果你能立即處理這個問題，我將非常感謝。

Would you kindly *call to see us next Tuesday at eleven o'clock?* 請你下星期二11時來看我們好嗎？

注意，這些非常禮貌的表達式實際上有時用作間接要求某人做某事的方式。

在非正式場合，可以説 Can you...? 或 Will you...?。

Can you *give us a hand?* 你能幫我們一個忙嗎？

Can you *make me a copy of that?* 你能幫我把那個複印一份嗎？

Will you *post this for me on your way to work?* 你能在上班路上幫我把這個寄出去嗎？

Will you *turn on the light, please, Henry?* 請你開一下燈好嗎，亨利？

如果認為對方不大可能會答應要求，可用 You wouldn't...would you? 或 Youcouldn't...could you?。當意識到要求對方做的是困難或花功夫的事情時，也可用這些結構。

You wouldn't *sell it to me,* ***would you?*** 你不會把它賣給我的，對吧？

You couldn't *give me a lift,* ***could you?*** 你不會讓我搭便車的，對嗎？

也可用 I suppose you couldn't... 或 I don't suppose you would...。

I suppose you couldn't *just stay an hour or two longer?* 我猜想你不能再多留一兩個小時吧？

I don't suppose you'd *be prepared to stay in Edinburgh?* 我想你不準備留在愛丁堡吧？

人們有時用 Would you do me a favour? 和 I wonder if you could do me a favour 這樣的表達式，表示接下來他們會請你做某事。

'Oh, Bill, ***I wonder if you could do me a favour***.*' – 'Depends what it is.' – 'Could you ring me at this number about eleven on Sunday morning?'* "哦，比爾，不知道你能不能幫我一個忙。" —— "那要看甚麼忙了。" —— "你能在星期天上午大約11時用這個號碼給我打個電話嗎？"

*'****Do me a favour***, *Grace. Don't say anything about this to Sally.' – 'All right.'* "幫我一個忙，格雷絲。別對莎莉説這件事。" —— "好的。"

4 命令和指示

即使人們有權也常常請某人而不是命令某人做某事，因為這更有禮貌。下面論述的是直接命令某人做某事的方式。

在非正式場合，可以用祈使句。這是直接和強硬的命令方式。

Pass the salt. 把鹽遞一下。

Let me see it. 讓我看一下。

Don't touch that! 別碰那個東西！

Hurry up! 趕快！

Look out! There's a car coming. 小心！有車來了。

這樣的祈使句用在口語中不太禮貌，主要用於和很熟悉的人説話，或者在危險或緊急的情況中使用。

但是，祈使式經常用於邀請某人做某事，比如在 Come in. 和 Take a seat. 這樣的短語中。

☞ 見主題條目 Invitations

可以用 please 使命令變得有禮貌。

Go and get the file, ***please***. 請去拿文件來。

Wear rubber gloves, ***please***. 請戴上橡膠手套。

可以用附加疑問句 will you? 使命令聽起來不那麼強硬，而更像一個請求。

Come into the kitchen, ***will you?*** 到廚房裏來，好嗎？

Don't mention them, ***will you?*** 別提起他們，好嗎？

人們在生氣時，也用 will you? 來使命令更強硬。

見以下關於堅決命令的小節。

也可用附加語 won't you? 使命令變得更像請求，除非發出的是否定命令。

*See that she gets safely back, **won't you**?* 確保她安全回來，好嗎？

可以説 I would like you to... 或 I'd like you to... 作為一種間接和禮貌地命令某人做某事的方式，尤其是在有權下命令時。

*John, **I would like you to** get us the files.* 約翰，我想請你給我們把檔案拿來。
***I'd like you to** read this.* 我希望你讀一讀這個。
*I shall be away tomorrow, so **I'd like you to** chair the weekly meeting.* 我明天要外出，所以我想讓你主持每週的例會。

5 堅決的命令

命令某人做對其有利的事情或與對方友好時，可在祈使式前面用 do 表示強調。

***Do** be careful.* 一定要小心。
***Do** remember to tell William about the change of plan.* 一定要記住把計劃的變動告訴威廉。

可用 You must... 強調行為的重要性和必要性。

***You must** come at once.* 你必須馬上就來。
***You mustn't** tell anyone.* 你不能告訴任何人。

You have to... 或 You can't... 也可這麼用，而在美式英語裏這些形式是首選。

***You have to** come and register now.* 你必須現在來登記。
***You can't** tell anyone about this place.* 你不能把這個地方告訴任何人。

也可在祈使式前面用 you 對命令進行強調。但是，這種用法非常不正式，有時表示不耐煩。

***You** take it.* 你拿着它。
***You** get in the car.* 你到車上去。

有權力、生氣或不耐煩時，可用 Will you...? 直接強硬地發出命令。

***Will you** pack everything, please, Maria.* 請你把所有東西都打包，瑪利亞。
***Will you** stop yelling!* 別大喊大叫了！

生氣時，人們還會在祈使句後面用附加語 will you?。

*Just listen to me a minute, **will you**?* 先聽我説一下，好嗎？

在非常憤怒時，人們會説 Can't you...?。這種用法非常不禮貌。

*Really, **can't you** show a bit more consideration?* 真的嗎，難道你不能多表示一點體諒？
*Look, **can't you** shut up about it?* 聽着，你就不能閉嘴不談這個嗎？

祈使句後面用附加語 can't you? 也是一種不禮貌的用法，表示惱怒。

*Do it quietly, **can't you**?* 安靜地去做，不行嗎？

人們用 You will...（will 重讀）強調對方別無選擇只能執行命令。這是一種語氣非常強烈的命令形式，只能由具有不容置疑的權力的人使用。

***You will** go and get one of your parents immediately.* 你必須馬上去把你的父親或母親叫來。

You will *give me those now.* 你現在必須把那些東西給我。

6 告示和通知

在告示和通知中，有時用 no 加 -ing 形式表示否定命令。

No Smoking. 禁止吸煙。

must be 有時用於肯定命令。

*Children **must be** accompanied by an adult at all times.* 兒童必須隨時有成年人陪同。

7 關於如何做某事的指示

祈使句可用於指示如何做某事。這種用法並非不禮貌。

Turn right off Broadway into Caxton Street. 從百老匯向右轉進入卡克斯頓大街。
Fry the chopped onion and pepper in the oil. 把切碎的洋蔥和青椒放在油裏炸。

祈使句在書面指示中尤為常見。如果所指清楚，通常帶賓語的動詞在指示中常常沒有賓語。 例如，在食品包裝袋上可能會看到 Store in a dry place.（在乾燥處貯存。）， 而不是 Store this food in a dry place.。同樣，限定詞也常常省略。在食譜中可能會讀到 Peel and core apples.（去掉蘋果的皮和核。），而不是 Peel and core the apples.。

must be 用於表示應該用甚麼來做某事。should be 的用法與此相同，但語氣較輕。

*Mussels **must be** bought fresh and cooked on the same day.* 貽貝必須買新鮮的並且當天就燒煮。
*No cake **should be** stored before it is quite cold.* 蛋糕未充分冷卻前不能儲藏。

☞ 見主題條目 Advising someone

在談話和非正式書面語中，也可用 you 和一般現在時作出指示。

*First **you take** a few raisins and soak them overnight in water.* 先拿些葡萄乾放在水裏浸泡一夜。
*Note that in sentences like these **you use** an infinitive without to after would rather.* 注意，在這些句子裏，would rather 後面要用不帶 to 的不定式。

8 對要求和命令的回答

可說 OK.、All right. 或 Sure. 來比較隨意地答應某人的要求。

*'Do them as fast as you can.' – 'Yes, **OK**.'* "盡快去做這些事。"——"好的，行。"
*'Don't do that.' – '**All right**, I won't.'* "不要做那件事。"——"好的，我不做。"
*'Could you give me a lift?' – '**Sure**.'* "你能讓我坐便車嗎？"——"當然可以。"

如果想更有禮貌，可以說 Certainly。

*'Could you make out my bill, please?' – '**Certainly**, sir.'* "請你給我結賬好嗎？"——"當然可以，先生。"

拒絕某人的要求時，可說 I'm sorry, I'm afraid I can't. 這樣的話，或解釋為甚麼不能照辦。

*'Put it on the bill.' – '**I'm afraid I can't do that**.'* "把它加入賬單。"——"恐怕我不能這麼做。"
*'Could you phone me back later?' – '**No, I'm going out in five minutes**.'* "你能過些時候給我回電話嗎？"——"不行，5分鐘後我就要出去了。"

注意，只說 No 是不禮貌的。

Structuring your ideas 有條理地表述想法

話語標記是具有下列功能的一個詞或表達式：(1)表示說話者的態度，或者(2)使句子前後銜接。

1 聚焦於說話者的態度

有好幾個方法可以使說話者專注於對所說內容以及談話對象的態度上。

▶ 表達看法

要表示對所述事實或事件的反應或看法，一個方法是使用評論狀語（commenting adverbial）。評論狀語對句子的整個內容進行評論。

***Surprisingly**, I found myself enjoying the play.* 出乎意料的是，我居然很喜歡那部戲。

***Luckily**, I had seen the play before so I knew what it was about.* 幸運的是，我以前看過這部戲，因此我知道是怎麼一回事。

*It was, **fortunately**, not a bad accident, and Henry is only slightly hurt.* 幸運的是，這不是一個嚴重的事故，亨利只是受了點輕傷。

***Interestingly**, the solution adopted in these two countries was the same.* 有意思的是，這兩個國家採取的解決方案是一樣的。

下列狀語通常這麼用：

absurdly	interestingly	sadly
admittedly	ironically	significantly
alas	luckily	strangely
anyway	mercifully	surprisingly
astonishingly	miraculously	true
at least	mysteriously	typically
characteristically	naturally	unbelievably
coincidentally	oddly	understandably
conveniently	of course	unexpectedly
curiously	paradoxically	unfortunately
fortunately	please	unhappily
happily	predictably	unnecessarily
incredibly	remarkably	

at least 和 anyway 的用法之一，是表示對某一事實感到高興，儘管可能還有其他不盡如人意的事實。

***At least** we're agreed on something.* 至少我們對某件事情意見一致。

*I like a challenge **anyway**, so that's not a problem.* 我反正喜歡挑戰，所以那不是問題。

有一些評論狀語表示對所述內容的看法時，常後接 enough：

curiously	interestingly	strangely
funnily	oddly	

***Oddly enough**, she'd never been abroad.* 奇怪的是，她從未出過國。

***Funnily enough**, I was there last week.* 有趣的是，上個星期我就在那裏。

▶ 保持距離

好幾個評論狀語具有這樣的效果,即表示説話者對陳述的真實性不完全確認。

*Rats eat **practically** anything.* 老鼠幾乎甚麼都吃。

*It was **almost** a relief when the race was over.* 賽跑結束的時候幾乎是一種解脱。

*They are, **in effect**, prisoners in their own homes.* 他們實際上是關在自己家裏的囚犯。

***In a way** I liked her better than Mark.* 在某種程度上,我比馬克更喜歡她。

下列狀語可以這麼用:

almost	in effect	to all intents and	virtually
in a manner of	more or less	purposes	
speaking	practically	to some extent	
in a way	so to speak	up to a point	

注意,almost、practically 和 virtually 不用在句首。

▶ 表示動作執行者的特點

另一類評論狀語用於説明説話者認為動作執行者表現出的一個特點。這些評論狀語由可以描述人的形容詞構成,常常放在句子主語之後、動詞之前。

*The League of Friends **generously** provided about five thousand pounds.* 好友聯盟慷慨地提供了大約5,000英鎊。

*The doctor had **wisely** sent her straight to hospital.* 醫生明智地把她直接送去了醫院。

*She **very kindly** arranged a delicious lunch.* 她非常親切地安排了一頓美味的午餐。

***Foolishly**, we said we would do the decorating.* 愚蠢的是,我們説裝修由我們來做。

下列狀語可以這麼用:

bravely	correctly	helpfully	wisely
carelessly	foolishly	kindly	wrongly
cleverly	generously	rightly	

▶ 提及陳述的理由

如果説話者的陳述基於見到、聽到或讀到的某事,可用評論狀語來表示。例如,看到一個物品是用手工做的,説話者可能會説 It is obviously made by hand.(這顯然是手工做的。)。

*His friend was **obviously** impressed.* 他的朋友顯然得到了深刻的印象。

*Higgins **evidently** knew nothing about their efforts.* 希金斯顯然不知道他們作出的努力。

***Apparently** they had a row.* 顯而易見他們吵了一架。

下列這些常見的狀語可以這麼用:

apparently	evidently	obviously	unmistakably
clearly	manifestly	plainly	visibly

▶ 表示假設受話人同意

人們常常使用評論狀語來說服某人同意。這樣他們表明了他們假定自己所說的話是顯而易見的。

Obviously I can't do the whole lot myself. 顯然我一個人做不了所有事情。
Price, ***of course***, is an important factor. 價格當然是一個重要因素。

下列狀語常常這麼用：

clearly	obviously	plainly
naturally	of course	

▶ 表示真實性或可能性

有些狀語用於表示情況是否真實存在，或者是否似乎存在或可能存在。

*She seems confident, but **actually** she's quite shy.* 她似乎很自信，但實際上很害羞。
*They could, **conceivably**, be right.* 他們很可能是對的。
*Extra cash is **probably** the best present.* 額外的現金可能是最好的禮物。

下列狀語可以這麼用：

actually	in practice	possibly	apparently
certainly	in reality	presumably	ostensibly
conceivably	in theory	probably	potentially
definitely	maybe	really	seemingly
doubtless	no doubt	unofficially	supposedly
hopefully	officially	~	theoretically
in fact	perhaps	allegedly	undoubtedly

上表中的第二組狀語常常用在形容詞前面。

*We drove along **apparently empty** streets.* 我們驅車行駛在表面上空無一人的街道上。
*It would be **theoretically possible** to lay a cable from a satellite to Earth.* 架設一條從人造衛星到地球的電纜在理論上是可行的。

▶ 表示態度

如果說話者想清楚地表明對所說內容的態度，可使用評論狀語。

Frankly, the more I hear about him, the less I like him. 坦率地說，我對他了解越多，就越不喜歡他。
In my opinion it was probably a mistake. 在我看來這很可能是個錯誤。

下列這些常見的評論狀語可以這麼用：

as far as I'm concerned	in all honesty	in my view	personally
frankly	in fairness	in retrospect	seriously
honestly	in my opinion	on reflection	to my mind

▶ 使用不定式分句

另一個表示說話者在作出何種陳述的方法，是使用 to be 後接一個形容詞，或使用 to put it 後接一個副詞。

*I don't really know, **to be honest**.* 說實話，我真的不知道。
***To put it bluntly**, someone is lying.* 說白了，有人在撒謊。

2 連接句子

句子連接詞（sentence connector）用於表示一個句子和另一個句子之間存在甚麼樣的聯繫。

▶ 表示添加

在說話或寫作的過程中，可以用下列狀語之一引出相關的評論或額外的支撐信息：

also	at the same time	furthermore	on top of that
as well	besides	moreover	too

*I cannot apologize for his comments. **Besides**, I agree with them.* 我不能為他的評論道歉。再說了，我同意這些意見。
***Moreover**, new reserves continue to be discovered.* 此外，新的儲量不斷被發現。
*His first book was published in 1932, and it was followed by a series of novels. He **also** wrote a book on British poetry.* 他的第一本書出版於1932年，隨後是一系列小說。他還寫過一本關於英國詩歌的書。

▶ 表示類似的觀點

要表示所添加的事實與剛提到的事實說明同樣的觀點，可用下列狀語之一：

again	equally	likewise
by the same token	in the same way	similarly

*Every baby's face is different from every other's. **In the same way**, every baby's pattern of development is different.* 嬰兒的臉都不盡相同。同樣，每個嬰兒的發育模式也不相同。
*Never feed your rabbit raw potatoes that have gone green—they contain a poison. **Similarly**, never feed it rhubarb leaves.* 千萬不要用變綠的生馬鈴薯餵兔子 —— 它們含有一種毒素。同樣，也絕對不要餵大黃葉子。

▶ 對照和選擇

如果想添加與前一句形成對照或提出另一種觀點的句子，可用下列狀語之一：

all the same	even so	nonetheless	still
alternatively	however	on the contrary	then again
by contrast	instead	on the other hand	though
conversely	nevertheless	rather	yet

*I had forgotten that there was a rainy season in the winter months. It was, **however**, a fine, soft rain and the air was warm.* 我忘了在冬天有一個雨季。不過，下的是濛濛細雨，空氣也很溫暖。
*Her aim is to punish the criminal. **Nevertheless**, she is not convinced that imprisonment is always the answer.* 她的目的是懲罰罪犯。然而，她不確信監禁總是解決的辦法。
*Her children are very tiring. She never loses her temper with them **though**.* 她的孩子們很難帶。然而她從不對他們發脾氣。

▶ 原因

如果想説明提到的事實的存在是因為前面列舉的事實，可用下列副詞之一連接兩個陳述：

accordingly	consequently	so	therefore
as a result	hence	thereby	thus

*It isn't giving any detailed information. **Therefore** it isn't necessary.* 這沒有提供任何詳細信息。因此，這是沒有必要的。

*We want a diverse press and we haven't got it. I think **as a result** a lot of options are closed to us.* 我們希望有一個多元的新聞界，但我們沒有。所以我認為我們沒有多少選擇餘地。

▶ 把要點按順序排列

在正式的書面語和口語裏，人們常常想表示説和寫到了甚麼階段。通過使用下列句子連接詞可達到這個目的：

first	secondly	finally	then
firstly	third	in conclusion	to sum up
second	thirdly	lastly	

*What are the advantages of geothermal energy? **Firstly**, there's no fuel required, the energy already exists. **Secondly**, there's plenty of it.* 地熱能有甚麼優點？首先，不需要燃料，能源已經存在。第二，地熱能的量很大。

***Finally**, I want to say something about the heat pump.* 最後，我想説一説熱泵。

▶ 連接會話的各部份

在改變話題或開始談論話題的另一個方面時，人們有時希望避免唐突。可通過使用一組特殊的句子連接詞來實現這個目的。

下列狀語一般這麼用：

actually	incidentally	okay	well
anyhow	look	right	well now
anyway	now	so	well then
by the way	now then	then	you know

下面是一些説明句子連接詞用於改變會話話題的例子：

***Actually**, Dan, before I forget, she asked me to tell you about my new job.* 事實上，丹，趁我還沒忘記，她要我告訴你我的新工作。

***Well now**, we've got a very big task ahead of us.* 好吧，我們面前有一項非常大的任務。

下面的一些例子説明了句子連接詞用於開始談論同一話題的另一個方面：

*What do you sell there **anyway**?* 你在那裏究竟賣甚麼？

*This approach, **incidentally**, also has the advantage of being cheap.* 這個方法，順便説一句，還有廉價的優勢。

有些句子連接詞用在句首引出一個事實，且往往是對剛作出的陳述進行糾正的事實；

也可用在句末及其他位置對事實進行強調。

actually	as it happens	indeed
as a matter of fact	I mean	in fact

注意，在這裏 actually 用來為同一個話題添加信息，而在前一小節則用來表示改變話題。

Actually, *I do know why he wrote that letter.* 其實，我的確知道他為甚麼寫那封信。
I'm sure you're right. ***In fact***, *I know you're right.* 我相信你是對的。其實我知道你是對的。

Suggestions 建議

1	中性的建議	6	不太強烈的建議
2	強烈的建議	7	非常強烈的建議
3	不太強烈的建議	8	關於做甚麼最合適的建議
4	更正式的建議	9	對建議的響應
5	建議一起做某事		

1 中性的建議

有很多方法可以用來向某人建議一個做法。

可以説 You could...。

You could *phone her and ask.* 你可以打電話問她。
'Well, what shall we do?' – '***You could*** *try Ebury Street.'* "好吧，我們該怎麼辦？" —— "你可以試一試伊伯里街。"

也可用 How about...? 或 What about...?，後接 -ing形式。

How about *taking him outside to have a game?* 帶他到外面去玩遊戲怎麼樣？
What about *becoming an actor?* 做演員怎麼樣？

也可把 How about...? 或 What about...? 與名詞短語連用，來建議某人（通常和自己一起）喝一杯飲料或吃一點食物，或對一個安排提出建議。

How about *a pizza?* 來一個意大利薄餅怎麼樣？
What about *a drink?* 喝一杯怎麼樣？
'I'll explain when I see you.' – *'When will that be?'* – '***How about*** *after work?'* "見到你後我會向你解釋的。" —— "那要到甚麼時候？" —— "下班後怎麼樣？"

一個比較間接的建議方法是使用 Have you thought of...?，後接 -ing形式。

Have you thought of *asking what's wrong with Henry?* 你有沒有想到問一下亨利出了甚麼問題？

2 強烈的建議

一個有力的建議方式是説 Couldn't you...?、Can't you...? 或 Why not...?。

Couldn't you *get a job in one of the smaller colleges around here?* 你不能在這附近一個小一點的大學裏找一份工作嗎？
Can't you *just tell him?* 你不能直接告訴他嗎？

Why not write to her? 為甚麼不寫信給她？

也可用 Try... ，後接 -ing形式或名詞短語。

Try advertising in the local papers. 試試看在當地的報紙上刊登廣告。
Try a little methylated spirit. 用一點甲基化酒精試一試。

一個非常有力的建議方式是説 I suggest you... 。

I suggest you leave this to me. 我建議你把這個留給我處理。

如果想語氣溫和地提出有力的建議，可以用 Why don't you...? 。

Why don't you think about it and decide later? 你為甚麼不考慮一下過後再作決定？
Why don't you go to bed? 你為甚麼不去睡覺？

☞ 關於向某人有力地提出建議的其他方式，見主題條目 Advising someone

3 不太強烈的建議

如果不想提出強烈的建議，但又想不出更好的建議，則可以説 You might as well... 或 You may as well... 。

You might as well drive back by yourself. 你不妨自己開車回去。
You may as well go home and come back in the morning. 你還不如回家去，早上再回來。

4 更正式的建議

比較正式的建議方式是使用 You might like to... 和 It might be a good idea to... 這樣的表達式。

Alternatively, ***you might like to*** consider discussing your insurance problems with your bank manager. 要不，你也可以考慮和你的銀行經理討論你的保險問題。
You might consider moving to a smaller house. 你可以考慮搬入一間更小的屋。
You might want to have a separate heading for each point. 你不妨為每個要點加一個獨立的標題。
It might be a good idea to rest on alternate days between running. 跑步運動期間，隔天休息一次也許是個好主意。

5 建議一起做某事

有好幾種方法可以用來建議和某人一起做某事。

如果想提出一個自己認為對方會同意的有力建議，可説 Let's... 。

Come on, ***let's*** go. 快點，我們走吧。
Let's be practical. How can we help? 讓我們實際一點。我們如何提供幫助？

要使建議顯得有説服力而不是語氣強硬，可用附加語 shall we? 。

Let's discuss this later, ***shall we?*** 我們以後再討論這個，可以嗎？
Let's meet at my office at noon, ***shall we?*** 我們中午在我的辦公室見面，好不好？

否定的建議用 Let's not... 表示。

Let's not talk here. 我們不要在這裏談。
We have twenty-four hours. ***Let's not*** panic. 我們有24小時。不要慌張。
Let's not go jumping to conclusions. 我們不要匆忙下結論。

 在非正式口語中，説美式英語的人有時會用 Let's don't... 代替 Let's not... 。

Let's don't *talk about it.* 我們別談這個了。

提出有力建議的另一種方式是說 We'll...。

We'll *talk later, Paula.* 我們以後再談吧，葆拉。

*'What do you want to do with Ben's boat?' – '****We'll*** *leave it here till tomorrow.'* "你想拿賓的那條船怎麼辦？"——"我們把它留在這兒，明天再說。"

同樣，要使建議顯得有說服力而不是語氣強硬，可用附加語 shall we?。

We'll *leave somebody else to clear up the mess,* ***shall we?*** 我們讓別人來清理這個爛攤子，好嗎？

All right, we'll change things around a bit now, ***shall we?*** 好吧，我們現在來把東西稍微改變一下位置，行嗎？

提出建議的另一個有力方式是說 I suggest we...。

I suggest we *discuss this elsewhere.* 我建議我們到別的地方討論這個。

I suggest we *go to the hospital right away.* 我建議我們馬上去醫院。

另一種提出建議的方式是說 Shall we...?。通過改變說話的語調，可以加強或減弱這種建議的語氣。

Shall we *go and see a film?* 我們要不要去看一場電影？

Shall we *make a start?* 我們可以開始了嗎？

Shall we *sit down?* 我們坐下來好嗎？

6 不太強烈的建議

想提出語氣不太強烈的建議時，可說 We could...。如果該做甚麼的問題已經提出，可用這種建議方式。

I did ask you to have dinner with me. ***We could*** *discuss it then.* 我的確邀請過你和我一起吃晚飯。然後我們可以討論一下。

'I'm tired.' – 'Too tired for a walk, even? ***We could*** *go to see a movie instead.'* "我累了。"——"累得連路都走不動了？那我們去看場電影算了。"

也可用 I thought we... 或 I wonder if we... 加一個情態詞，來間接提出語氣不太強烈的建議。

I thought we might *have some lunch.* 我想我們可以吃點午餐了。

In the meantime, ***I wonder if we can*** *just turn our attention to something you mentioned a little earlier.* 與此同時，我想我們是否能把注意力轉到你早些時候提到的事情上來。

I wonder whether we could *have a little talk, after the meeting.* 不知道我們會議結束後是否可以談一談。

如果對自己的建議不太熱心，但又想不出更好的建議，則可說 We might as well...。

We might as well *go in.* 我們不妨進去。

We might as well *go home.* 我們不如回家吧。

7 非常強烈的建議

 如果想提出非常強有力的建議，同時又覺得建議非常重要，可說 We must...。在美式英語裏，We've got to... 或 We have to... 更常用於表達這個意義。

We must *be careful.* 我們必須小心謹慎。

We've got to go, now! 我們必須走了，現在！
We have to hurry. 我們必須快點。

8 關於做甚麼最合適的建議

建議做自己認為是明智的事情時，可說 We ought to... 或 We'd better...。為了減弱這種建議的語氣，人們常常先說 I think... 或 I suppose...，或者加上附加語 oughtn't we? 或hadn't we?。

We ought to tell Dad. 我們應該告訴爸爸。
Come on, *we'd better* try and find somebody. 快點，我們最好想辦法找一個人。
I think we'd better leave. 我想我們最好離開。
I suppose we'd better finish this later. 我想我們最好還是等一會再完成這件事。
We ought to order, oughtn't we? 我們應該點菜了，是不是？
We'd better get going, hadn't we? 我們該出發了，不是嗎？

也可用 I think we should...。

I think we should go back. 我想我們應該回去。
I think we should change the subject. 我認為我們應該換個話題。

 如果不能肯定別人會否毫無爭議地接受自己的建議，可說 Shouldn't we...? 或 Oughtn't we to...?。注意，在美式英語裏，Oughtn't we... 後接不帶 to 的不定式。

Shouldn't we have supper first? 我們不應該先吃晚飯嗎？
Shouldn't we be on our way? 難道我們不應該上路了嗎？
Oughtn't we to phone for the police? 難道我們不應該打電話叫警察嗎？

也可說 Don't you think we should...? 或 Don't you think we'd better...?。

Don't you think we'd better wait and see what he says? 難道你不認為我們應該等一等看他怎麼說嗎？

9 對建議的回應

對自己贊同的建議作出回應時，通常的方式是說 All right. 或 OK.。也可以說 Good idea. 或 That's a good idea. 這樣的話。

'Let's not do that. Let's play cards instead.' – '*That's all right with me*.' "我們不要做那個，我們來玩紙牌吧。"——"我沒意見。"
'Try up there.' – '*OK*.' "在上面試試。"——"好的。"
'Let's sit down for a while.' – '*Good idea*.' "我們坐一會吧。"——"好主意。"

可用 Yes, I could. 來響應以 You could. 開頭的建議。

'You could get a job over there.' – '*Oh yes, I could do that, couldn't I?*' "你可以在那裏找一份工作。"——"哦，是的，我能找得到，不是嗎？"

比較隨意的響應方式是說 Why not?。

'Shall we take a walk?' – '*Why not?*' "我們去散步好嗎？"——"為甚麼不呢？"
人們有時說 Fine. 或 That's fine by me. 來響應關於一起做某事的建議。如果對建議非常熱心，可說 Great.。

'What about Tuesday?' – '*Fine*.' "星期二怎麼樣？"——"好的。"

如果不贊同建議，可以說 I don't think that's a good idea.、No, I can't. 或 No, I couldn't.。

'You could ask her.' – '*I don't think that's a very good idea*.' "你可以問她。"——

"我覺得這不是個好主意。"

'Well, can you not make synthetic ones?' – *'**We can't, no**.'* "嗯,你就不能做一些人工合成的嗎?"——"我們不能做,不行。"

也可解釋不接受建議的理由。

'I'll ring her up when I go out to lunch.' – *'Why not do it here and save money?'* – *'**I like my calls private**.'* "我出去吃午飯時會給她打電話。"——"為甚麼不在這裏打,還可以省錢?"——"我喜歡私下打電話。"

Telephoning 打電話

在本條目的例子中,A 是接電話的人,B 是打電話的人。

1 接電話

接電話的方式有好幾種。大多數人用 Hello。

A: ***Hello***. 喂。
B: *Hello. It's me.* 喂,是我。

也可報出自己的名字,或者在上班時可報出單位或部門的名稱。可以用 Good morning. 或 Good afternoon. 代替 Hello.。

A: ***Parkfield Medical Centre***. 帕克菲爾德醫療中心。
B: *Hello. I'd like to make an appointment to see one of the doctors this morning please.* 喂。我想預約一位醫生今天上午看病。
A: *Hello.* ***Tony Parsons speaking***. 喂。我是東尼‧帕森斯。
B: *Oh, hello. It's Tom Roberts here.* 哦,你好。我是湯姆‧羅伯茨。
A: ***Good morning***. 早上好。
B: *Good morning. Who am I speaking to?* 早上好。請問是哪一位?
A: *Er,* ***my name is Alan Fentiman***. 呃,我的名字是艾倫‧芬特曼。

有些人接電話時會說 Yes?,尤其是在機構內部,但這可能會聽起來唐突無禮。

對方說 hello 時,如果能聽出是誰,可以說 hello 後接對方的名字。

A: *Hello.* 喂。
B: *Hello, Jim.* 喂,占。
A: ***Hello, Alex***, *how are you?* 喂,艾力士,你好嗎?

如果聽不出對方的聲音,則可以問是誰。如果是在家裏,可說 Sorry, who is it? 或 Who is this?。

A: *Hello.* 喂。
B: *Hello.* 喂。
A: ***Sorry, who is it?*** 對不起,你是誰?
B: *It's me, Terry.* 是我,特里。

如果自己認為知道來電話的人是誰,則可以說,比如 Is that James? 或 That's James, isn't it?。

A: *Hello.* 喂。
B: *Hello. Can I speak to John?* 喂。請約翰接一下電話。
A: *I'm afraid he's just gone out.* ***Is that Sarah?*** 對不起,他剛出去。你是莎拉嗎?
B: *Yes.* 是的。

如果是在上班時接到電話，而來電者要找另外一個人，可以問 Who' calling? 或 Who's speaking?。

B: *Hello, could I speak to Mrs George, please?* 喂，我能和喬治太太通電話嗎？
A: **Who's calling?** 是哪一位？
B: *The name is Pearce.* 我的名字是皮爾斯。
A: *Hold on a minute, please.* 請稍等。

如果來電者打錯了號碼，可對他說 I think you've got the wrong number 或 Sorry, wrong number 這樣的話。

A: *Hello.* 喂。
B: *Mrs Clough?* 是克拉夫太太嗎？
A: **No, you've got the wrong number.** 不是，你打錯號碼了。
B: *I'm sorry.* 對不起。

2 給某人打電話

給朋友或親戚打電話時，如果認為對方接聽時能認出自己的聲音，可以只說 Hello.。也可以加上對方的名字。

A: *Hello.* 喂。
B: **Hello!** *I just thought I'd better ring to let you know what time I'll be arriving.* 喂。我想我最好打電話讓你知道我甚麼時候到。
A: *Hello.* 喂。
B: **Hello, Alan**. 喂，艾倫。
A: *Hello, Mark, how are you?* 喂，馬克，你好嗎？
B: *Well, not so good.* 嗯，不太好。

說完 Hello 以後，朋友和親戚通常會互相問好。

打電話時如果需要說清楚自己是誰，可說 it's 或 this is 加上自己的名字。

A: *Hello.* 喂。
B: *Hello.* **It's Jenny**. 喂。我是珍妮。
A: *Hello.* 喂。
B: *Hello, Alan.* **This is Eila**. 喂，艾倫。我是埃拉。

也可說 It's...here。

A: *Hello.* 喂。
B: **It's Maggie Turner here**. 我是瑪吉·特納。

有時不需要報出自己的名字，比如在詢問一般的信息時。

A: *Citizen's Advice Bureau.* 公民諮詢局。
B: *Hello. I'd like some advice about a dispute with my neighbours.* 喂。我想聽聽如何處理我和鄰居糾紛的建議。

如果不能肯定接電話的人是誰，可說 Who am I speaking to?，或者比較隨意地說 Who's that?。

A: *Hello.* 喂。
B: *Hello.* **Who am I speaking to, please?** 喂。請問你是哪一位？
A: *Yes?* 喂？
B: *I want to speak to Mr Taylor.* 我想跟泰勒先生通電話。

A: *I'm afraid Mr Taylor's not in the office right now.* 抱歉，泰勒先生現在不在辦公室。
B: **Who's that?** 請問你是誰？

可用 Is that...? 來核對對方的姓名、機構或號碼是否正確，或者只是用疑問語氣説出名字或號碼。

A: *Hello.* 喂。
B: **Is that Mrs Thompson?** 是湯普森太太嗎？
A: *Er, yes it is.* 呃，是的。
B: *This is Kaj Mintti from Finland.* 我是芬蘭的卡伊·明蒂。
A: *Hello.* 喂。
B: *Hello?* **435 1916?** 喂？435 1916？
A: *Yes?* 你找誰？

 注意，美國人通常用 Is this...? 代替 Is that...?。

A: *Hello.* 喂。
B: *Hello.* **Is this the Casa Bianca restaurant?** *I want to speak with Anna. Anna di Pietro.* 喂。是卡薩·比安卡餐廳嗎？我想和安娜通電話，安娜·迪彼得羅。

3 要求和某人通話

如果接電話的人不是你想要找的人，就可以比如説 Can I speak to Paul, please? 或 Is Paul there?。

A: *Hello.* 喂。
B: **Can I speak to Sue, please?** 我可以和蘇通電話嗎？
A: *Hang on – I'm sorry, but she's not in at the moment.* 等一下 —— 對不起，她現在不在。
B: *Can I leave a message?* 我能留個口信嗎？
A: *Yes.* 可以。
B: *Would you tell her that Adrian phoned?* 請你告訴她艾德里安打過電話了，好嗎？

如果打的是商務電話，就可以比如説 Could I speak to Mr Green, please?，或者只説想要找的人的名字或部門名稱，後接 please。

A: *William Foux and Company.* 威廉和福克斯公司。
B: *Er, good afternoon.* **Could I speak to Mr Duff, please?** 呃，下午好。我可以請達夫先生聽電話嗎？
A: *Oh, I'm sorry, he's on another line at the moment. Can you hold?* 哦，對不起，他正在接另外一個電話。你能稍等一下嗎？
B: *No, it's all right. I'll ring later.* 不了，沒事的。我過一會再打吧。
A: *British Gas.* 英國天然氣公司。
B: **Customer services, please.** 請接客戶服務部。
A: *I'll put you through.* 我這就給你接通。

如果接電話的人正好是自己要找的人，對方有時會説 Speaking.。

A: *Personnel.* 人事部。
B: *Could I speak to Mr Wilson, please.* 請問可以和威爾遜先生通話嗎？
A: **Speaking.** 請説。
B: *Oh, right. I wanted to ask you a question about sick pay.* 哦，好。我想問你一個關於病假工資的問題。

4 結束通話

結束通話時可説 Goodbye.，或者比較隨意地説 Bye.。

A: I'm afraid I can't talk right now. 抱歉我現在不能説話。
B: OK, I'll phone back after lunch. 好吧，我午飯後再給你打電話。
*A: OK. **Goodbye**.* 好的。再見。
*B: **Goodbye**.* 再見。
A: I'll just check. Yes, it's here. 我來查一下。對，就在這裏。
*B: Oh, OK. Thanks. **Bye**.* 哦，好的。謝謝。再見。

人們有時也説 Speak to you soon.（以後再談。）或 Thanks for ringing.（謝謝來電。）。

Thanking someone 感謝某人

1 感謝的基本方式		**5** 感謝某人的禮物	
2 表示強烈感謝的方法		**6** 感謝某人的問候	
3 較正式的道謝方式		**7** 在信函或電郵中感謝某人	
4 感謝某人提供的東西		**8** 對感謝的回應	

1 感謝的基本方式

某人為你做了某事或給了你某物，你會表示感謝。可以説 Thank you.，或者比較隨意地説 Thanks。

*'I'll take over here.' – '**Thank you**.'* "我從這裏接下去。"——"謝謝你。"
*'Don't worry, Caroline. I've given you a marvellous reference.' – '**Thank you**. Mr Dillon.'*
"別擔心，卡羅琳。我給你寫了封極好的推薦信。"——"謝謝你，狄龍先生。"
*'There's your receipt.' – '**Thanks**.'* "這是你的收據。"——"謝謝。"
*'Would you tell her that Adrian phoned and that I'll phone at eight?' – 'OK.' – '**Thanks**.'*
"請你告訴她，艾德里安打過電話了，並且在8時我還會打電話來，好嗎？"——"好的。"——"謝謝。"

有些人，特別是説英式英語和澳洲英語的人，會用 Cheers. 表示隨意地感謝某人。

☞ 見用法條目 cheers

有些英國人還説 Ta /tɑː/。

*'You're pretty good at this.' – '**Cheers**, mate.'* "你很擅長這個。"——"謝謝，老兄。"
*'This is all the material you need.' – '**Ta**.'* "這是你需要的所有材料。"——"謝了。"

如果需要説明為甚麼感謝對方，可用 Thank you for... 或 Thanks for...。

Thank you for a delicious lunch. 謝謝你這頓美味的午餐。
Well, then, good-night, and **thanks for** the lift. 好了，晚安。謝謝你讓我搭便車。
Thanks for helping out. 多謝幫忙。

2 表示強烈感謝的方法

人們常常加上 very much 或 very much indeed 來加強感謝的語氣。

*'Here you are.' – '**Thank you very much**.'* "給你。"——"非常感謝。"
*'I'll ring you tomorrow morning.' – 'OK. **Thanks very much indeed**.'* "我明天早上給你打電話。"——"好的。真的非常感謝。"

> ### ⚠ 注意
> 可以説 Thanks a lot. ，但不可以説 ~~Thank you a lot.~~ 或 ~~Thanks lots.~~ 。

*'All right, then?' – 'Yes, **thanks a lot**.'* "那沒問題了吧？" —— "是的，多謝。"

如果想表示非常感激，可以説 That's very kind of you. 或 That's very good of you. 這樣的話。

*'Any night when you feel a need to talk, you will find me here.' – '**That's very kind of you**.'* "任何晚上你覺得需要找人談話，你都會在這裏找到我。" —— "你真是太好了。"

*'Would you give this to her?' – 'Sure. When I happen to see her.' – '**That's very good of you**, Nicole.'* "你能把這個給她嗎？" —— "當然啦，在我碰巧看到她的時候。" —— "你真是太好了，尼科爾。"

也可以使用 That's wonderful. 或 Great. 之類的表達式。

*'I'll see if she can be with you on Monday.' – '**That's wonderful!**'* "我來看看她星期一是否能和你在一起。" —— "那太好了！"

*'Do them as fast as you can.' – 'Yes. OK.' – '**Great**.'* "盡快去做這些事。" —— "好的，行。" —— "好極了。"

更強烈地表示感謝的方法如下所示。

*'All right, Sandra?' – '**Thank you so much**, Mr Atkinson; **you've been wonderful. I just can't thank you enough**.'* "可以了嗎，桑德拉？" —— "非常感謝，阿特金森先生，你太好了。我對你真是感激不盡。"

*'She's safe.' – '**I don't know how to thank you**.'* "她平安了。" —— "我不知道該怎樣感謝你。"

I can't tell you how grateful I am to you *for having listened to me.* 你願意聽我説，我説不出來我有多麼感激你。

3 較正式的道謝方式

比較正式地表示感謝時，人們有時會説 I wanted to thank you for… 或 I'd like to thank you for… ，特別是對剛做的事情或所給的東西表達謝意時。

I wanted to thank you for *the beautiful necklace.* 我想謝謝你為我買這麼漂亮的項鏈。

I want to thank you all for *coming.* 我要感謝你們大家的到來。

*We learned what you did for Ari and **I want to tell you how grateful I am**.* 我們了解到你為阿里所做的一切，我想告訴你我是多麼的感激。

I'd like to thank you for *your patience and your hard work.* 我要感謝你的耐心和努力工作。

要比較正式地表示感謝，也可説 I'm very grateful to you. 或 I really appreciate it. 這樣的話。

I'm grateful for *the information you've given me on Mark Edwards.* 我很感激你為我提供了關於馬克·愛德華茲的情況。

*Thank you for coming to hear me play. **I do appreciate it**.* 謝謝你來聽我演奏。我確實很感激。

4 感謝某人提供的東西

接受某人提供的東西時，可以說 Thank you. 或 Thanks.。

*'Have a cake.' – '**Thank you**.'* "吃一塊蛋糕。"——"謝謝你。"

拒絕某人提供的東西時，可以說 No, thank you. 或 No, thanks.。

*'There's one biscuit left. Do you want it?' – '**No, thanks**.'* "只剩下一塊餅乾了。你要嗎？"——"不，謝謝。"

> **❗ 注意**
>
> 拒絕某物時不能僅僅說 ~~Thank you.~~。

☞ 見主題條目 Offers

5 感謝某人的禮物

收到禮物時，可說 Thank you，或者說 It's lovely 之類的話。

*'Here's a little gift for your birthday.' – 'Oh, **thank you! It's lovely**.* "這是送給你的生日小禮物。"——"哦，謝謝你。真漂亮。"

作為一種禮貌地表示感激的方式，人們有時說 You shouldn't have.。

*'Here. This is for you.' – 'Joyce, **you shouldn't have**.'* "諾，這是送給你的。"——"喬伊斯，你不該破費。"

6 感謝某人的問候

某人問你或你的家人過得怎麼樣，或者詢問你週末或假日是否過得愉快時，也可響應說 Thank you. 或 Thanks.。

*'How are you?' – 'Fine, **thank you**.'* "你好嗎？"——"很好，謝謝你。"

*'Did you have a nice weekend?' – 'Lovely, **thank you**.'* "你的週末過得好嗎？"——"很好，謝謝你。"

7 在信函或電郵中感謝某人

在信函或電郵中感謝某人時，最常用的說法是 Thank you for...。在正式的商務信函中，可以說 I am grateful for...。

*Dear Madam, **Thank you for** your letter replying to our advertisement for an assistant cashier.* 尊敬的女士，感謝你來信應徵我們廣告招聘的一名助理出納。

I am grateful for your prompt reply to my request. 我很感謝你及時回覆我的請求。

如果是寫給朋友的信或電郵，可以說 Thanks for...。

***Thanks for** writing.* 謝謝你的來信。

8 對感謝的回應

在英國，如果某人感謝你遞給了他一樣東西或幫了一個小忙，不作回應是可以接受的。

但是美國人，特別是商店裏的僱員，常常會說 You're welcome. 或 No problem. 這樣的話。某人感謝你的幫助時，你可以響應說 That's all right.、Don't mention it. 或 That's OK.。

*'Thank you, Charles.' – '**That's all right**, David.'* "謝謝你，查爾斯。"——"沒甚

麼，大衛。"

'Thanks. This is really kind of you.' – **'*Don't mention it*.'** "謝謝。你真的太好了。" ——
"不必客氣。"

'Thanks. I really appreciate it.' – **'*That's okay*.'** "謝謝。我真的很感激。" —— "這
沒甚麼。"

如果想顯得禮貌和友好，可以説 It's a pleasure.、My pleasure. 或 Pleasure.。

'Thank you very much for talking to us about your research.' – **'*It's a pleasure*.'** "感
謝你給我們介紹了你的研究工作。" —— "不用謝。"

'Thank you for the walk and the conversation.' – **'*Pleasure*.'** "謝謝你陪我散步聊
天。" —— "不客氣。"

'Thanks for sorting it out.' – **'*My pleasure*.'** "謝謝你把問題解決了。" —— "不用謝。"

使用 Any time 則更隨意。

'You've been very helpful.' – *'No problem.* **Any time**.' "你幫了我的大忙。" —— "沒
問題。隨叫隨到。"

如果某人表示強烈感謝，可用下列表達式回應。

'He's immensely grateful for what you did for him.' – **'*It was no trouble*.'** "他非常感
激你為他做的一切。" —— "沒甚麼大不了的。"

'Thanks, Johnny. Thanks for your help.' – **'*It was nothing*.'** "謝謝，約翰尼。謝謝你
的幫助。" —— "沒甚麼。"

'I'm enormously grateful to you for telling me.' – **'*Not at all*.'** "非常感謝你告訴了我。"
—— "沒關係。"

Warning someone 警告某人

1	警告	**4**	較正式的警告
2	強烈的警告	**5**	產品和佈告上的警告
3	明確的警告	**6**	直接警告

1 警告

有好幾個方法可用來警告某人不要做某事。

在談話中，可以説 I wouldn't ... if I were you。

I wouldn't drink that **if I were you**. 如果我是你的話，我是不會喝那個東西的。

語氣較弱的警告方式是説 I don't think you should... 或 I don't think you ought to...。

I don't think you should try to make a decision when you are so tired. 我認為你不
應該在如此疲勞的情況下去作決定。

I don't think you ought to turn me down quite so quickly, before you know a bit
more about it. 我認為在你對此多了解一點以前，你不應該這麼快就拒絕我。

也可通過説明後果的方式來間接警告某人不要做某事。

You'll fall down and hurt yourself **if you**'re not careful. 如果你不小心的話，你會掉下
來傷了自己的。

也可説 Be careful not to... 或 Take care not to... ，來警告某人不要因意外或粗心而
做某事。

Be careful not to keep the flame in one place too long, or the metal will be distorted. 小心不要讓火焰在一個地方停留過長時間，否則金屬會變形的。

Well, **take care not to** get arrested. 好吧，小心不要被逮住。

2 強烈的警告

don't 用於強烈的警告。

Don't put more things in the washing machine than it will wash. 不要在洗衣機裏放過多的東西。

Don't open the door for anyone. 不要開門給任何人。

可用 whatever you do 來對 don't 進行強調。

Whatever you do don't overcrowd your greenhouse. 無論如何不能讓溫室過度擁擠。

Don't get in touch with your wife, **whatever you do**. 你無論如何不要和你妻子取得聯繫。

通過加上 or 和另一個分句，可提起不聽從警告的後果。

Don't say another word **or I'll leave**. 不要再多說一個字，不然我就走了。

3 明確的警告

在警告別人時，特別是讓別人對接下來的體驗有思想準備時，人們有時會說 I warn you 或 I'm warning you。

I warn you it's going to be expensive. 我警告你，這會很貴的。

I must warn you that I have advised my client not to say another word. 我必須警告你，我已經勸我的當事人不要再多說一個字。

It'll be very hot, **I'm warning you**. 天氣會很熱的，我警告你。

這些表達式也可用作威脅。

I'm warning you, if you do that again there'll be trouble. 我現在警告你，你再那麼做會有麻煩的。

4 較正式的警告

在較正式的警告中，never 可與祈使式連用。

Never put antique china into a dishwasher. 千萬不要把古董瓷器放入洗碗機。

Even if you are desperate to get married, **never** let it show. 即使你渴望結婚，也千萬不要表露出來。

beware of... 用於警告不要做某事，或者對可能有危險或不令人滿意的事情發出警告。

Beware of becoming too complacent. 謹防變得過於自滿。

I would beware of companies which depend on one product. 我會小心提防只依賴一個產品的公司。

a word of warning 這個表達式有時用於提出警告。在書籍和文章中也用 Warning 和 Caution。

A word of warning: Don't have your appliances connected by anyone who is not a specialist. 提醒一句：不要讓任何非專業人士連接你的電器。

Warning! Keep all these liquids away from children. 警告！不要讓兒童接觸這些液體。

Caution. *Keep the shoulders well down when doing this exercise.* 小心。做這個體操的時候要把肩膀放得低一些。

5 產品和佈告上的警告

warning 和 caution 也用在產品和佈告上。danger 和 beware of... 則用在佈告上。

Warning: *Smoking can seriously damage your health.* 警告：吸煙會嚴重損害健康。
CAUTION: *This helmet provides limited protection.* 注意：這個頭盔只提供有限的保護。
DANGER – RIVER. 危險 —— 河道。
Beware of *Falling Tiles.* 當心瓦片掉落。

6 直接警告

如果想對某人可能馬上要做的事發出警告，可説 Careful 或 Be careful，或者比較隨意地説 Watch it。

Careful! *You'll break it.* 小心！你會把它摔碎的！
'*He sat down on the bridge and dangled his legs.* '*Be careful*, *Tim.*' 他坐在橋上晃蕩着雙腿。"小心，添。"

Watch it! *There's a rotten floorboard somewhere just here.* 小心！就在這個地方有一塊地板爛了。

在英式英語裏，也可用 mind，後接表示對方可能會受其傷害的名詞，或後接表示對方必須對其小心的分句。

Mind *the pond.* 當心池塘。
Mind *you don't slip.* 當心別滑倒。

Watch 有時也這麼用，特別是與分句連用。

Watch *where you're putting your feet.* 當心腳下。

 其他警告表達式還有 Look out 和 Watch out。Look out 僅用於危險的緊急情況。Watch out 用於緊急情況以及馬上或可能會發生的情況，或者就像英式英語裏的 Mind... 一樣用在美式英語裏。

Look out. *There's someone coming.* 注意。有人來了。
Watch out *for that tree!* 小心那棵樹！
'*I think I'll just go for a little walk.*' – '*Watch out* – *it's a very large city to take a little walk in.*' "我想出去散散步。" "小心 —— 這樣一個非常大的城市可不是散步的地方。"

The Reference section 參考部份

Abbreviations 縮寫

縮寫（abbreviation）是單詞、複合詞或短語的縮短形式，通過省略一些字母或僅使用每個詞的第一個字母構成。例如，在重量表達式 25g 中，g 是 gram 的縮寫，而 BBC 是 British Broadcasting Corporation 的縮寫。有些縮寫比全稱更常用。

縮寫時必須遵循公認的方法，儘管某些詞可能有不止一個縮寫。例如，可以用 cont. 或 contd. 作為 continued 的縮寫。

一般來說，如果一個詞以大寫字母開頭，其縮寫也用大寫字母開頭。例如，Captain 這個稱謂用在姓名前面時要大寫，因此縮寫 Capt 也要用大寫字母書寫。

有五種基本的縮寫類型。

1 一個單詞的縮寫

前三種類型用於縮寫一個單詞。

▶ 第一類由單詞的首字母構成。這種縮寫的讀音通常與完整的詞一樣。

m = metre（米）

p. = page（頁）

F = Fahrenheit（華氏）

N = North（北方）

▶ 第二類由單詞的前數個字母構成。這種縮寫的讀音通常與完整的詞一樣。

cont. = continued（待續）

usu. = usually（通常）

vol. = volume（卷、冊）

Brit. = British（英國的）

Thurs. = Thursday（星期四）

▶ 第三類通過略去單詞中的數個字母構成。這種縮寫的讀音與完整的詞一樣。

asst. = assistant（助手）

dept. = department（部門）

km = kilometer（公里）

tbsp. = tablespoonful（一湯匙）

Sgt = sergeant（中士）

注意，headquarters 和 television 的縮寫方式屬於第三類，但要用大寫字母：HQ 和 TV。每個字母要分別讀出來。對於某些量度單位的縮寫，第二個字母要大寫。例如，kilowatt 或 kilowatts 的縮寫是 kW。

2 一個單詞以上的縮寫

第四類和第五類縮寫方法用於複合名詞或短語。

▶ 第四類由每個單詞的首字母構成。通常每個字母要分別讀出來，重音放在最後一個字母上。

MP = Member of Parliament（下議院議員）

CD = compact disc（激光唱片）

USA = United States of America（美利堅合眾國）

VIP = very important person（大人物）

rpm = revolutions per minute（每分鐘轉數）

這類縮寫前面用 a 還是 an 取決於第一個字母的發音。例如，要説 an MP，而不是 ~~a MP~~，因為 M 的讀音以元音音素 /em/ 開頭。

☞ 見用法條目 a – an

注意，複合名詞的縮寫通常由大寫字母構成，即使原來的複合名詞不大寫。但是，短語的縮寫通常用小寫字母。

少數這類縮寫也包含其中一個單詞的第二個字母，這個字母不用大寫。例如，Bachelor of Science 的縮寫是 BSc。

▶ 第五類縮寫由每個單詞的首字母構成一個新單詞。這類縮寫稱作 acronym（首字母縮寫詞）。首字母縮寫詞讀作一個單詞，而不是每個字母分開讀。

OPEC /'əʊpek/ = Organization of Petroleum-Exporting Countries（石油輸出國組織）

SARS /sɑːrz/ = severe acute respiratory syndrome（嚴重急性呼吸系統綜合症（非典型肺炎））

TEFL /'tefl/ = teaching English as a foreign language（作為外語的英語教學）

大多數首字母縮寫詞由大寫字母構成。小寫的首字母縮寫詞，比如 laser（激光 = light amplification by stimulated emission of radiation），則被視為普通的單詞。

3 帶句點的縮寫

前三類縮寫的末尾或第四類縮寫的每一個字母後面可加句點。但是，如今人們常常不加句點，特別是在大寫字母之間。

b. = born（出生）

Apr. = April（4月）

St. = Saint（聖人）

D.J. = disc jockey（流行音樂節目主持人）

在書面語裏，美國人比英國人更常在縮寫的末尾用句點。在美式英語裏，通常用在人名前的縮寫（Mr.、Mrs.、Ms. 和 Dr.）始終要用句點。

讀如單詞的縮寫在書寫時通常不加句點。

NATO /'neɪtəʊ/ = North Atlantic Treaty Organization（北大西洋公約組織）

AIDS /eɪdz/ = acquired immune deficiency syndrome（獲得性免疫缺損綜合症（愛滋病））

4 縮寫的複數

要把縮寫變成複數，通常在單數後面加一個小寫的 s。

hr	→	hrs
MP	→	MPs
UFO	→	UFOs

但是，p（= page）的複數是 pp。

表示量度單位的詞，其縮寫的單數和複數通常一樣。例如，millilitre 和 millilitres 的縮寫都是 ml。

Capital letters 大寫字母

1 必須大寫的字母

句子或直接引語的第一個詞必須以大寫字母開頭。

☞ 見參考部份 Punctuation

下列單詞和詞組也必須以大寫字母開頭。

▶ 人名、機構名、書名、電影和戲劇的名字（除了 of、the 和 and 這種簡短常見的詞）

*…Miss **Helen Perkins**, head of management development at **Price Waterhouse*** ……海倫・珀金斯小姐，普華永道管理發展部主任

***Troilus and Cressida** and **Coriolanus** are the greatest political plays that **Shakespeare** wrote.* 《特洛伊羅斯與克瑞西達》和《科利奧蘭納斯》是莎士比亞創作的最偉大的政治戲劇。

在書名、電影或戲劇名字的開頭，即使是簡短常見的詞也要用大寫字母。

*…his new book, **A** Future for Socialism* ……他的新書《社會主義的未來》

▶ 地名

*Dempster was born in **India** in 1941.* 登普斯特1941年在印度出生。
*The strongest wind was recorded at **Berry Head, Brixham, Devon**.* 據記載，最強勁的大風出現在德文郡布里克瑟姆的貝里海角。

▶ 星期、月份和節日的名稱

*The trial continues on **Monday**.* 審判在星期一繼續進行。
*It was mid-**December** and she was going home for **Christmas**.* 那是12月中旬，她馬上要回家過聖誕節。

▶ 表示某國人的名詞

*The **Germans** and the **French** move more of their freight by rail or water than the **British**.* 德國人和法國人通過鐵路或水路運送的貨物比英國人多。
*I had to interview two authors – one an **American**, one an **Indian**.* 我必須採訪兩位作者 —— 一個是美國人，一個是印度人。

▶ 用於表示藝術、音樂和文學作品的人名

*In those days you could buy a **Picasso** for £300.* 在那些日子裏，你可以花300英鎊買到一幅畢加索的畫。
*I listened to **Mozart**.* 我聽了莫札特的音樂。

▶ 某公司生產的產品名稱

*I bought a second-hand **Volkswagen***. 我買了一輛二手的大眾汽車。

*...cleansing powder which contains bleach (such as **Vim**)* ……含有漂白劑（如活力漂白劑）的去污粉

▶ 用在人名前的稱謂

*There has been no statement so far from **President** Bush.* 到目前為止，布殊總統尚未發表聲明。

*The tower was built by **King** Henry II in the 12th century.* 這座塔是由國王亨利二世在12世紀建造的。

▶ 表示國籍或地點的形容詞

*...a **French** poet* ……一個法國詩人

*...the **Californian** earthquake* ……加州地震

▶ 表示某物與某人有關或相似的形容詞

*...his favourite **Shakespearean** sonnet* ……他最喜歡的莎士比亞十四行詩

*...in **Victorian** times* ……在維多利亞時代

2   I

人稱代詞I始終要用大寫字母書寫。

***I** thought **I** was alone.* 我以為我是獨自一人。

> **!** 注意
>
> me、my、mine 和 myself 這數個詞書寫時不用大寫字母，除非位於句首。

3   可選擇大寫的字母

下列單詞的第一個字母可小寫也可大寫：

▶ 表示方向的詞，比如 North 和 South

*We shall be safe in the **north**.* 我們在北方將是安全的。

*The home-ownership rate in the **South East** of England is higher than in the **North**.* 英格蘭東南部的住屋擁有率高於北方。

▶ 表示十年期的詞

*It was very popular in the **seventies**.* 這在70年代很流行。

*Most of it was done in the **Seventies**.* 其中大部份是在70年代做的。

▶ 季節的名稱

*I planted it last **autumn**.* 我去年秋天種下了它。

*In the **Autumn** of 1948 Caroline returned to the United States.* 1948年秋季，卡羅琳回到了美國。

 注意，在美式英語裏，季節名稱要用小寫字母，除非是書名的一部份。

*Construction is expected to begin next **spring**.* 預計將在明年春天開始建造。

*...Rachel Carson's book Silent **Spring*** ……瑞秋‧卡森的著作《寂靜的春天》

▶ 稱謂（特別是指某一類人時）

*...the great **prime ministers** of the past* ……過去的偉大首相

...*one of the greatest **Prime Ministers** who ever held office* ……曾任職過的最偉大的首相之一

...*portraits of the **president*** ……總統的肖像

...*the brother of the **President*** ……總統的弟弟

Days and dates 日子和日期

1 一週七天		**9** 十年期和世紀	
2 特殊的日子		**10** 十年期或世紀的一部份	
3 月份		**11** 使用介詞	
4 年份的讀法		**12** 使用其他狀語短語	
5 AD 和 BC		**13** 不確定的日期	
6 日期的書寫		**14** 修飾名詞	
7 日期的讀法		**15** 定期事件	
8 季節			

☞ 關於如何表示某事發生的時間或一天中的時間段，見主題條目 Time

1 一週七天

下面是一星期七天的名稱：

Monday	Wednesday	Friday	Sunday
Tuesday	Thursday	Saturday	

表示星期日子的詞始終以大寫字母開頭，前面通常不用限定詞。

*I'll see you on **Monday**.* 我星期一見你。

但是，如果是泛指星期日子，前面可用 a。

*It is unlucky to cut your nails on **a Friday**.* 星期五剪指甲是不吉利的。

如果想表示某事在特定的星期日子發生，特別是在與同一星期的其他數天對照時，前面可用 the。

*He died on **the Friday** and was buried on **the Sunday**.* 他星期五去世，星期天下葬。

*We'll come and see you on **the Sunday**.* 我們這個星期天會來看你。

星期六和星期天常常稱作 the weekend，而其他數天則稱作 weekdays。

*I went down and fetched her back at **the weekend**.* 我週末下去把她帶了回來。

*The Tower is open 9.30 to 6.00 on **weekdays**.* （埃菲爾）鐵塔平日9時30分到6時開放。

*They are open **weekdays** and Saturday mornings.* 它們在平日和星期六上午開放。

人們用 during the week 表示在工作日期間，而不是在星期六或星期天。

*I never have time for breakfast **during the week**.* 我在工作日從來沒有時間吃早餐。

2 特殊的日子

一年中有數天有特殊的名稱，比如：Fourth of July 美國獨立紀念日（7月4日；不用於英國）

Labor Day 勞工節	（9月的第一個星期一；不用於英國）
Hallowe en 萬聖節前夕	（10月31日）
Guy Fawkes Night 蓋伊・福克斯之夜	（11月5日；不用於美國）
Thanksgiving 感恩節	（11月的第四個星期四；不用於英國）
Christmas Eve 聖誕節前夕	（12月24日）
Christmas Day 聖誕節	（12月25日）
Boxing Day 節禮日	（12月26日；不用於美國）
New Year's Eve 除夕	（12月31日）
New Year's Day 元旦	（1月1日）
Valentine's Day 情人節	（2月14日）
April Fool's Day 愚人節	（4月1日）
Good Friday 耶穌受難節	（日期不固定）
Easter Sunday 復活節日	（日期不固定）
Easter Monday 復活節後的星期一	（日期不固定；不用於美國）
May Day 五一勞動節	（5月1日）

3 月份

下面是一年中的月份：

January	April	July	October
February	May	August	November
March	June	September	December

月份始終要用大寫字母開頭，前面通常不用限定詞。

*I wanted to leave in **September**.* 我想在9月離開。

在日期中，月份可以用數字表示。January 用1表示、February 用2表示，以此類推。可用 early、mid 和 late 來表示一個月的上旬、中旬和下旬。

儘管可以用 the middle of，但 middle 不能這麼用。

*I should very much like to come to California in **late September** or **early October**.* 我非常想在9月底或10月初去加州。
*We must have five copies by **mid February**.* 到2月中旬我們必須有五份副本。
*By **the middle of June** the campaign already had more than 1,000 members.* 到6月中旬，競選班子已經有了超過1,000名成員。

4 年份的讀法

在說話的時候，2000年以前的年份分成兩部份讀。例如，1970讀成 nineteen seventy，1820讀成 eighteen twenty。

以00結尾的年份，第二部份讀作 hundred。例如，1900讀成 nineteen hundred。

以01到09結尾的年份有兩種讀法。例如，1901可以讀成 nineteen oh one 或 nineteen hundred and one。

2000到2009之間的年份讀作 two thousand (2000)、two thousand and eight (2008) 等。

2009以後的年份讀作 two thousand and ten (2010)、two thousand and eleven (2011) 等，或讀作 twenty ten (2010)、twenty eleven (2011) 等。

5 AD 和 BC

為了更具體說明，比如說明歷史日期，可在人們相信耶穌降生以後的年份數字前面或後面加上 AD：1650 AD、AD 1650、AD 1650-53、1650-53 AD。有些不願提及宗教的作者使用 CE，意思是公曆：1650 CE。

BC（意思是 Before Christ 基督降生前）可加在指耶穌被認為降生以前的年份數字之後：1500 BC、12-1500 BC。一個不涉及宗教的可替代縮寫是 BCE，意思是公曆前：800 BCE。

6 日期的書寫

書寫日期時，用數字表示月份中的某一天。書寫日期的方式有好幾種，比如4月20日可寫成：

20 April

20th April

April 20

April 20th

the twentieth of April

如果還想提供年份，則要最後說。

*I was born on **December 15th, 1933**.* 我出生於1933年12月15日。

日期可全部用數字書寫：

20/4/03

20.4.03

用數字書寫日期時，美國人把月放在日前面，因此上述日期可寫成4/20/03或4.20.03。

這種方法常常用於書寫信封以及表格上的日期。文章中的日期通常不全部用數字書寫。

7 日期的讀法

即使寫成基數詞，日子也要讀成序數詞。英式英語用戶通常在數字前加 the。例如，April 20 讀成 April the twentieth。

美式英語使用者通常說 April twentieth。

如果月份位於數字之後，可在月份前加 of。例如，20 April 讀成 the twentieth of April。

如果所指很清楚，月份可省略不說。

*So Monday will be **the seventeenth**.* 所以星期一將是17日。

*Valentine's Day is on **the fourteenth**.* 情人節在14日。

如果想告訴某人今天是何月何日，可用 it's。

'What's the date?' – *'**It's** the twelfth.'* "今天是甚麼日子？"——"今天是12日。"

8 季節

一年中有四個季節：

spring	summer	autumn	winter

在英式英語裏，季節有時用大寫字母開頭，但更經常用小寫。在美式英語裏則用小寫。

*I was supposed to go last **summer**.* 我本該去年夏天就去的。
*I think it's nice to get away in the **autumn**.* 我覺得在秋天去度假很不錯。

 在美式英語裏，通常用 fall 代替 autumn。

*They usually give a party in the **fall** and in the spring.* 他們通常在春季和秋季各舉辦一個聚會。

springtime、summertime 和 wintertime 也用來泛指一年中的特定時間。

> **❗ 注意**
> 注意，沒有 ~~autumntime~~ 這個詞。

☞ 見用法條目 spring, summer, autumn, winter

9 十年期和世紀

decade 表示十年期，century 表示世紀。通常認為十年期始於結尾是0的年份，止於結尾是9的年份。例如，從1960到1969這十年是 the 1960s。

*In **the 1950s**, synthetic hair was invented.* 20世紀50年代發明了人造毛髮。
*He wrote most of his poetry in **the 1840s**.* 他的大部份詩歌創作於19世紀40年代。

談論20世紀的10年期時，不一定要用世紀這個詞。例如，20世紀20年代可表達為 the 20s、the 20s、the twenties 或 the Twenties。

*…the depression of **the twenties and thirties*** ……20和30年代的蕭條
*Most of it was done in **the Seventies**.* 大多數是在70年代做的。

> **❗ 注意**
> 不能用上述方式表示世紀的第一個或第二個10年。相反，比如可以説 the early 1800s 或 the early nineteenth century（19世紀初期）。
> 有些人把21世紀的第一個10年稱作 the noughties。
> 很多人認為世紀始於結尾是兩個0的年份，止於結尾是兩個9的年份。序數詞用於表示世紀。公元一世紀從公元0年開始到公元99年結束，公元二世紀從公元100年開始到公元199年結束，以此類推。因此1800–1899 AD 是19世紀，而本世紀是21世紀（2000–2099 AD）。世紀也可用數字書寫：the 21st century。
>
> *This style of architecture was very popular in **the eighteenth century**.* 這種建築風格在18世紀非常流行。
> *That practice continued right through **the 19th century**.* 那種做法一直持續到了19世紀。

> 注意，有些人認為世紀始於結尾是01的年份，因此比如21世紀是從2001年到2100年。
>
> century 後面可以加 BC、AD、CE 或 BCE。
>
> *The great age of Greek sport was the fifth century **BC**.* 希臘體育運動的偉大時代是在公元前5世紀。
>
> 也可用世紀第一年的複數形式表示那個世紀。例如，18世紀可表達為 the 1700s 或 the seventeen hundreds。
>
> *The building goes back to **the 1600s**.* 這座建築可以追溯到17世紀。
>
> *…furniture in the style of **the early eighteen hundreds*** ……19世紀初期風格的傢具

10 十年期或世紀的一部份

可用 early、mid 和 late 具體表示十年期或世紀的一部份。注意，儘管可以用 the middle of，但 middle 不能這樣用。

*His most important writing was done in **the late 1920s** and **early 1930s**.* 他最重要的作品是在20世紀20年代末和30年代初創作的。

*…the wars of **the late nineteenth century*** ……19世紀末發生的戰爭

*In **the mid 1970s** forecasting techniques became more sophisticated.* 在20世紀70年代中期，預測技術變得更先進了。

*The next major upset came in **the middle of the nineteenth century**.* 下一個大逆轉出現在19世紀中葉。

11 使用介詞

提到事件發生的日子、日期或一年中的某個時間時，要用特定的介詞。

▶ at 用於：

宗教節日：at Christmas, at Easter

短的時間段：at the weekend, at the beginning of March

在美式英語裏，要說 on the weekend，而不是 at the weekend。

▶ in 用於：

月份：in July, in December

季節：in autumn, in the spring

長的時間段：in wartime, in the holidays

年份：in 1985, in the year 2000

十年期：in the thirties

世紀：in the nineteenth century

▶ on 用於：

日子：on Monday, on weekdays, on Christmas Day, on the weekend

在英式英語裏，要說 at the weekend，而不是 on the weekend。

日期：on the twentieth of July, on June 21st, on the twelfth

注意，有時美國人表達日子、日期的時候會省略 on。

*Can you come **Tuesday**?* 你星期二可以來嗎？

為了表示某事在特定時期的某個時間或在整個時期發生，可用 during 或 over。

*There were 1.4 million enquiries **during** 1988 and 1989 alone.* 僅在1988至1989年期間就有140萬次查詢。

*More than 1,800 government soldiers were killed in fighting **over** Christmas.* 聖誕節期間，有1,800多名政府軍士兵在戰鬥中陣亡。

12 使用其他狀語短語

可用副詞 today、tomorrow 和 yesterday 表示某事發生的時間。

*One of my children emailed me **today**.* 我的一個孩子今天給我發來了一份電郵。

也可使用由 last、this 或 next 之類的詞加上 week、year 或 month 等組成的名詞短語。這些時間表達式不能與介詞連用。

*They're coming **next week**.* 他們下星期來。

☞ 關於如何使用這些表達式的詳細説明，見用法條目 last – lastly, this – these, next

the week before last 表示上上星期。

*Eileen went to visit friends made on a camping trip **the year before last** in Spain.* 艾琳去探望了前年在西班牙露營旅行時結交的朋友。

*I saw her **the Tuesday before last**.* 我上上星期二看見過她。

a week ago last Tuesday 表示上上星期二。
the week after next 表示下下星期。

*I was appointed **a week ago** last Friday.* 我在上上星期五得到了任命。
*He wants us to go **the week after next**.* 他想讓我們下下星期去。

在英式英語裏，Thursday week 表示下下星期四。

*'When will it open?' – '**Monday week**.'* ＂甚麼時候開幕？＂——＂下下星期一。＂

 美式英語不用這個結構，而必須用 a week from Thursday。

*I'm leaving **a week from Wednesday**.* 我下下星期三出發。
three weeks on Thursday 表示三週後的星期四。
*England's first game takes place **five weeks on Sunday**.* 英格蘭隊的首場比賽將於五週後的星期天舉行。

13 不確定的日期

☞ 關於如何表示不確定日期的説明，見主題條目 Time

14 修飾名詞

如果想表示某事在特定的一天或時期發生，可在表示那一天或時期的名詞短語後面用 -'s。

*How many of you were at **Tuesday's** lecture?* 你們中有多少人聽了星期二的講座？
...**yesterday's** triumphs ⋯⋯昨天的勝利
...**next week's** game ⋯⋯下週的比賽
...one of **this century's** most controversial leaders ⋯⋯本世紀最具爭議的領袖之一

如果指的是一類事物，可把日子或一年中某個時期的名稱作為修飾語。

*Some of the people in the **Tuesday** class had already done a ten or twelve hour day.*
在星期二那個班上，有些人已經一天工作過10或12個小時了。
*I had **summer** clothes and **winter** clothes.* 我有夏裝和冬裝。
*Lee had spent the **Christmas** holidays at home.* 李在家裏度過了聖誕假期。

如果要表示某一天出現在甚麼季節，可用季節名稱作名詞修飾語。也可在 summer 和 winter 後面加 -'s。

*...a clear **spring** morning* ……一個春天的晴朗早晨
*...wet **winter** days* ……潮濕的冬日
*...a **summer's** day* ……一個夏日

15 定期事件

可用 every day、every week 等描述定期發生的某事，表示每天、每週等。

*I call my parents **every Sunday**.* 我每個星期天打電話給我父母。
***Every weekend** we went camping.* 每個週末我們都去野營。

也可用 daily 或 monthly 之類的副詞。這種用法比較正式，不太常見。

*It was suggested that we give each child an allowance **yearly** or **monthly** to cover all he or she spends.* 有人建議我們每年或每月給每個孩子一份涵蓋所有開銷的津貼。

如果想表示某事定期在一週中的某一天發生，可用 on 加那一天的複數形式代替 every 加那一天的單數形式。這種用法僅表示某事發生的時間，而不是強調這是一個有規律的事件。

*He went there **on Mondays and Fridays**.* 他每個週一和週五去那裏。

在美式英語裏，表達這個意思時 on 常常省略。

*My father came out to the farm **Saturdays** to help his father.* 我父親每個星期六出門到農場去幫助他父親。

可以說 every other day、every other week 等，表示每隔一天、每隔一週等。

*We wrote **every other day**.* 我們一天隔一天寫作。

不太常見的說法是 on alternate days、in alternate weeks 等。

*Just do some exercises **on alternate days** at first.* 開始的時候，只要一天隔一天做一些練習。

也可說 every two weeks、every three years 等，表示每兩週、每三年等。

*The World Cup is held **every four years**.* 世界盃每四年舉行一次。
*Take two tablets **every six hours**.* 每隔六小時服兩片。

也可用 once a week、once every six months 或 twice a year 表示每週一次、每6個月一次、每年兩次。

*The group met **once a week**.* 小組每週見一次面。
*...in areas where it only rains **once every five or ten years*** ……在每隔5年或10年只下一次雨的地區
*You only have a meal **three times a day**.* 你一天只吃三頓飯。

Irregular verbs 不規則動詞

不規則動詞（irregular verb）是過去式或 -ed 分詞不加 -ed 的動詞。

少數不規則動詞有規則的過去式，但有兩個 -ed分詞形式，其中的一個不規則。下表中較常用的形式列在了前面。

原形	過去式	-ed分詞
mow	mowed	mowed, mown
prove	proved	proved, proven
sew	sewed	sewed, sewn
show	showed	showed, shown
sow	sowed	sowed, sown
swell	swelled	swelled, swollen

有些不規則動詞有兩個過去式和兩個-ed分詞形式。在下表中更常用的形式列在了前面；注意，有些動詞沒有規則的形式，只有不規則的形式。

原形	過去式	-ed分詞
bid	bid, bade	bid, bidden
burn	burned, burnt	burned, burnt
bust	busted, bust	busted, bust
dream	dreamed, dreamt	dreamed, dreamt
dwell	dwelled, dwelt	dwelled, dwelt
hang	hanged, hung	hanged, hung
kneel	kneeled, knelt	kneeled, knelt
lean	leaned, leant	leaned, leant
leap	leaped, leapt	leaped, leapt
lie	lied, lay	lied, lain
light	lit, lighted	lit, lighted
smell	smelled, smelt	smelled, smelt
speed	sped, speeded	sped, speeded
spell	spelled, spelt	spelled, spelt
spill	spilled, spilt	spilled, spilt
spoil	spoiled, spoilt	spoiled, spoilt
weave	wove, weaved	woven, weaved
wet	wetted, wet	wetted, wet
wind	wound, winded	wound, winded

 注意，在美式英語裏，burnt、leant、learnt、smelt、spelt、spilt 及 spoil t 不用作動詞形式。與這些詞相關的動詞被視為是規則的。在美式英語裏，burnt 和 spilt 有時用作形容詞。

對於少數動詞而言，不同的形式用於表達不同的詞義。例如，動詞 hang 表達大部份詞義時，其過去式和 -ed分詞是 hung。但是，作 "絞死" 解時要用 hanged。

☞ 見用法條目 lay – lie, speed – speed up, wind

下表列出了具有不規則過去式和 -ed分詞的動詞。

原形	過去式	-ed分詞	原形	過去式	-ed分詞
arise	arose	arisen	fight	fought	fought
awake	awoke	awoken	find	found	found
bear	bore	born	flee	fled	fled
beat	beat	beaten	fling	flung	flung
become	became	become	fly	flew	flown
begin	began	begun	forbear	forbore	forborne
bend	bent	bent	forbid	forbade	forbidden
bet	bet	bet	forget	forgot	forgotten
bind	bound	bound	forgive	forgave	forgiven
bite	bit	bitten	forsake	forsook	forsaken
bleed	bled	bled	forswear	forswore	forsworn
blow	blew	blown	freeze	froze	frozen
break	broke	broken	get	got	got
breed	bred	bred	give	gave	given
bring	brought	brought	go	went	gone
build	built	built	grind	ground	ground
burst	burst	burst	grow	grew	grown
buy	bought	bought	hear	heard	heard
cast	cast	cast	hide	hid	hidden
catch	caught	caught	hit	hit	hit
choose	chose	chosen	hold	held	held
cling	clung	clung	hurt	hurt	hurt
come	came	come	keep	kept	kept
cost	cost	cost	know	knew	known
creep	crept	crept	lay	laid	laid
cut	cut	cut	lead	led	led
deal	dealt	dealt	leave	left	left
dig	dug	dug	lend	lent	lent
draw	drew	drawn	let	let	let
drink	drank	drunk	lose	lost	lost
drive	drove	driven	make	made	made
eat	ate	eaten	mean	meant	meant
fall	fell	fallen	meet	met	met
feed	fed	fed	pay	paid	paid

原形	過去式	-*ed*分詞	原形	過去式	-*ed*分詞
feel	felt	felt	plead	pled	pled
put	put	put	spin	spun	spun
quit	quit	quit	spread	spread	spread
read	read	read	spring	sprang	sprung
rend	rent	rent	stand	stood	stood
ride	rode	ridden	steal	stole	stolen
ring	rang	rung	stick	stuck	stuck
rise	rose	risen	sting	stung	stung
run	ran	run	stink	stank	stunk
saw	sawed	sawn	strew	strewed	strewn
say	said	said	stride	strode	stridden
see	saw	seen	strike	struck	struck
seek	sought	sought	string	strung	strung
sell	sold	sold	strive	strove	striven
send	sent	sent	swear	swore	sworn
set	set	set	sweep	swept	swept
shake	shook	shaken	swim	swam	swum
shed	shed	shed	swing	swung	swung
shine	shone	shone	take	took	taken
shoe	shod	shod	teach	taught	taught
shoot	shot	shot	tear	tore	torn
shrink	shrank	shrunk	tell	told	told
shut	shut	shut	think	thought	thought
sing	sang	sung	throw	threw	thrown
sink	sank	sunk	thrust	thrust	thrust
sit	sat	sat	tread	trod	trodden
slay	slew	slain	understand	understood	understood
sleep	slept	slept	wake	woke	woken
slide	slid	slid	wear	wore	worn
sling	slung	slung	weep	wept	wept
slink	slunk	slunk	win	won	won
speak	spoke	spoken	wring	wrung	wrung
spend	spent	spent	write	wrote	written

 注意，在美式英語裏，gotten 常代替 got 用作 get 的 -*ed*分詞。

☞ 見用法條目 gotten

Measurements 量度單位

1	公制和英制度量衡	8	距離和位置
2	規模大小	9	重量
3	圓形物體和區域的大小	10	溫度
4	用尺寸表示大小	11	速度、速率和比率
5	面積	12	用在名詞前後的量度單位
6	體積	13	抽象事物的大小
7	距離	14	of 前面的量度名詞

在量度名詞（measurement noun）前面使用數字或一般的限定詞，可以指稱大小、面積、體積、重量、距離、速度或溫度。

*...blocks of stone weighing up to a hundred **tons*** ……重達100噸的石塊
*They may travel as far as 70 **kilometres** in their search for fruit.* 在搜尋果實的過程中，它們可能要行進多達70公里。
*Reduce the temperature by a few **degrees**.* 把溫度降低兩三度。

1 公制和英制度量衡

英國使用兩種度量衡 —— 公制（metric system）和英制（imperial system）。現在大多數情況下都用公制，但英制仍然用於談論人的身高和體重、酒吧裏的酒類、路標上的距離以及板球、足球和賽馬等體育運動。

兩種度量衡都有各自的量度名詞，如下表所示，括號內是縮寫。

	公制	英制
尺寸/ 長度	millimetre (mm) 毫米 centimetre (cm) 厘米 metre (m) 米 kilometre (km) 公里，千米	inch (in or ”) 英寸 foot (ft or') 英尺 yard (yd) 碼 mile (m) 英里
面積	hectare (ha) 公頃	acre (a) 英畝
容量	millilitre (ml) 毫升 centilitre (cl) 厘升 litre (l) 升	fluid ounce (fl oz) 液盎司 pint (pt) 品脫 quart (q) 夸脫 gallon (gal) 加侖
重量	milligram (mg) 毫克 gram (g) 克 kilogram (kg) 公斤，千克 tonne (t) 公噸	ounce (oz) 盎司 pound (lb) 磅 stone (st) 英石 hundredweight (cwt) 英擔 ton (t) 噸

公制採用十進制。例如，something is **1.68 metres long** or **weighs 4.8 kilograms**（某物長1.68米或重4.8公斤）。而英制常常採用份數，比如 six and three-quarter inches（六又四分三英寸）或 one and a half tons of wheat（一又二分之一噸小麥）。有時用 kilo 代替 kilogram，用 metric ton 代替 tonne。

 在美國，除了在軍事、醫療和科學領域以外，一般不用公制。拼寫用 meter 和 liter，而不是 metre 和 litre。stone 和 hundredweight 這兩個術語很少使用。注意，美國的 pint、quart 和 gallon 比英國的略小。

2 規模大小

如果想表示某物的規模大小，通常用數詞+量度名詞+形容詞。動詞用 be。

*The water was **fifteen feet deep**.* 水深15英尺。
*One of the layers is **six metres thick**.* 其中的一層厚6米。

除了複數形式 feet，單數形式 foot 也可與數詞連用。

*The spears were about **six foot long**.* 這些矛長約6英尺。

用英尺和英寸表示規模大小時，如果用的是 foot 這個形式，inches 可以省略。例如，可以說 two foot six long（2英尺6英寸長）。但是，不要說 ~~two feet six~~ 或 ~~two foot six inches~~。

*I'm **five foot three**.* 我身高五英尺三。
*He's immensely tall, **six feet six inches**.* 他個子極高，有6英尺6英寸。

下列形容詞可用在量度名詞後面表示規模大小：

deep	long	thick
high	tall	wide

> **！注意**
>
> 不要用 narrow、shallow、low 或 thin 等形容詞。
> 描述某人的身高時，可用形容詞 tall，或省略不用。
>
> *She was **six feet tall**.* 她身高6英尺。
> *He was **six foot six**.* 他身高6英尺6英寸。

> **！注意**
>
> 不要用形容詞 high 描述人。描述嬰兒要用 long，不用 tall。
> 描述某物的寬度時，可用 across 代替 wide。
>
> *The squid was 21 metres long with eyes **40 centimetres across**.* 這條槍烏賊體長21米，眼睛寬40厘米。
>
> 表示規模大小時，下列介詞短語之一可用在量度名詞後面代替形容詞。
>
> | | | |
> |---|---|---|
> | in depth | in length | in width |
> | in height | in thickness | |

*They are thirty centimetres **in length**.* 它們的長度為30厘米。

*He was five feet seven inches **in height**.* 他身高5英尺7英寸。

詢問有關規模大小的問題時，可用 how 加前面列出的形容詞，也可用不太具體的形容詞 big。

***How tall** is he?* 他身高多少？
***How big** is it going to be?* 這會有多大？

3 圓形物體和區域的大小

如果談論的是圓形物體或區域的大小，可用 in circumference 或 in diameter 提供其周長或直徑。也可以説 have a **radius** of...，表示半徑為……。但是，不要説 ~~in radius~~。

*Some of the lakes are **ten or twenty kilometres in circumference**.* 其中一些湖的周長有10到20公里。
*They are about **nine inches in diameter**.* 它們的直徑大約9英寸。
*It had **a radius of fifteen kilometres**.* 它的半徑為15公里。

4 用尺寸表示大小

如果想完整描述物體或區域的大小，可以提供其尺寸，也就是長度和寬度，或者長寬高。這時，要用 and、by 或乘號 x（讀作 by）把數字隔開。動詞用 be 或 measure。可以用 long 和 wide 這樣的形容詞，也可省略不用。

*Each frame was **four metres tall and sixty-six centimetres wide**.* 每個框架高4米，寬66厘米。
*The island measures about **25 miles by 12 miles**.* 該島約長25英里，寬12英里。
*The box measures approximately **26 inches wide x 25 inches deep x 16 inches high**.* 這個箱子大約長26英寸，寬25英寸，高16英寸。

5 面積

面積常常用 square 加長度單位表示。例如，a square metre（1平方米）表示邊長為1米的正方形面積。

*He had cleared away about **three square inches**.* 他清除了大約三平方英寸。
*They are said to be as little as **300 sq cm**.* 它們據説只有300平方厘米那麼小。

如果談論的是正方形物體或區域，可提供邊長，後接 square 這個詞。

*Each family has only one room **eight or ten feet square**.* 每個家庭只有一個8英尺或10英尺見方的房間。
*...an area that is **25 km square*** ……一塊25平方公里的面積

談論大片的土地時，常常用 hectare 和 acre 這兩個詞。

*In 1975 there were **1,240 million hectares** under cultivation.* 1975年，有12.4億公頃土地得到耕種。
*His land covers **twenty acres**.* 他擁有的土地面積達20英畝。

6 體積

物體的體積就是其所佔或所包含空間的大小。

體積通常用 cubic 加長度單位表示。例如，可以説 10 cubic centimetres（10立方厘米）或 200 cubic feet（200立方英尺）。

*Its brain was close to **500 cubic centimetres (49 cubic inches)***. 它的大腦接近500立方厘米（49立方英寸）。

litre 和 gallon 之類的體積單位用於表示液體和氣體的量。

*Wine production is expected to reach **4.1 billion gallons** this year*. 今年葡萄酒的產量有望達到41億加侖。

*The amount of air being expelled is about **1,000 to 1,500 mls***. 被排出的空氣量大約是1,000到1,500毫升。

7 距離

從一物到另一物的距離可用數字和量度名詞加 from、away from 或 away 表示。

*The hotel is **60 yds from the beach***. 這個酒店離海灘有60碼。

*These offices were approximately **nine kilometres away from the city centre***. 這些辦公樓離市中心大約有9公里遠。

*She sat down about **a hundred metres away***. 她在約100米開外的地方坐了下來。

距離也可用到達某處所需的時間來表示。

*It is **half an hour from the Pinewood Studios** and **forty-five minutes from London***.
它離松林製片廠有半小時路程，離倫敦有45分鐘路程。

*They lived only **two or three days away from Juffure***. 他們住的地方離珠富雷只有兩到三天的路程。

說明行進的方式可以更精確地表示距離。

*It is less than **an hour's drive from here***. 離這裏不到1小時的車程。

*It's about **five minutes' walk from the bus stop***. 從巴士站步行大約5分鐘。

如果想知道到某處的距離，可用 how far 提問，通常與 from 或非人稱代詞 it 和 to 連用。

***How far** is Chester **from here**?* 切斯特離這裏有多遠？

***How far is it to** Charles City?* 到查爾斯城有多遠？

> **！ 注意**
>
> far 不用於表示距離。

☞ 見用法條目 far

8 距離和位置

如果要同時表示某物相對於另一處或另一物的距離和位置，距離可用在下列介詞之前：

above	beneath	off	under
across	beyond	out of	underneath
along	down	outside	up
behind	inside	over	
below	into	past	

*He guessed that he was about **ten miles above the surface***. 他猜測自己離地球表面大約有10英里。

*Maurice was only **a few yards behind him***. 莫里斯在他身後只有數碼遠的地方。

除了 across、into、over 和 past，上表中所有的詞都可用在距離後面作副詞。也可使用副詞 apart、in、inland、offshore、on 以及 out。

*These two fossils had been lying about **50 feet apart** in the sand.* 這兩塊化石埋在相距大約50英尺的沙裏。

*We were now **forty miles inland**.* 我們此時進入內陸有40英里了。

***A few metres further on** were other unmistakable traces of disaster.* 再過去兩三米就是其他確切無誤的災難痕跡。

距離也可放在 north of、to the east of 和 to the left 之類的短語前面。

*He was **some miles north of Ayr**.* 他在艾爾以北數英里遠的地方。

*It had exploded **100 yards to their right**.* 它在他們右側100碼的地方爆炸了。

9 重量

如果想説明一個物體或動物的重量，可用動詞 weigh。

*The statue **weighs** fifty or more kilos.* 這個雕像重50公斤或更多。

*The calf **weighs** 50 lbs.* 這頭小牛重50磅。

如果想説明人的重量，可用 weigh 或 be。在英國，通常用 stone 的單數形式。

*He weighs about nine and a half **stone**.* 他體重大約9英石半。

*You're about ten and a half **stone**.* 你體重大約10英石半。

如果用 stone 和 pound 表示重量，可省略 pound 這個詞。例如，可以説 someone weighs **twelve stone four**（某人重12英石4磅）。不要説 ~~two pounds heavy~~，但可以説 two pounds in weight（兩磅重）。

*I put on nearly a stone **in weight**.* 我的體重增加了幾乎一英石。

 在美國，所有的重量一般都用 pound 或 ton 表示。stone 則很少使用。

*Philip Swallow weighs about **140 pounds**.* 菲利普・斯華魯體重大約140磅。

 美國人在談論人的體重時常常省略 hundred 和 pounds。

*I bet he weighs **one seventy**, at least.* 我敢打賭他體重至少170磅。

詢問某物或某人的重量時，可用 how much 和 weigh。

***How much** does the whole thing **weigh**?* 整個東西的重量是多少？

也可用 how heavy。

***How heavy** are they?* 它們有多重？

10 溫度

溫度既可用攝氏度（℃）也可用華氏度（℉）表示。在日常語言中，溫度用公制術語 centigrade（攝氏）表示；而在科學語言中，則用術語 Celsius（攝氏）表示。兩者的測量標度完全相同。

*The temperature was still **23 degrees centigrade**.* 溫度仍然是攝氏23度。

*It was **95℃**, and felt much colder.* 溫度是95攝氏度，感覺冷多了。

如果測量標度已知，可以單用 degree。

*It's **72 degrees** down here and we've had a dry week.* 這裏的溫度是72度，我們度過了乾燥的一週。

 在寒冷的天氣，常常用 degrees below freezing 或 degrees below zero 表示零下多少

度。注意，在英國 below zero 通常表示攝氏零度以下，但在美國，below zero 表示華氏零度以下，而後者的溫度要低得多。

*…when the temperature is **fifteen degrees below freezing*** ⋯⋯當溫度為零下15度時

*It's amazingly cold: must be **twenty degrees below zero***. 冷得出奇：肯定有零下20度了。

11 速度、速率和比率

可用在單位時間內行進的距離來表示某物的速度。為此可用 kilometre 或 mile 這樣的名詞，後接 per、a 或 an，然後加上指時間長度的名詞。

*Wind speeds at the airport were **160 kilometres per hour***. 機場的風速為每小時160公里。

*He'd been driving at **10 miles an hour***. 他一直在以每小時10英里的速度開車。

書寫速度、速率或壓力時，量度單位的縮寫之間可用符號 / 代替 per。

*…a velocity of **160 km / sec*** ⋯⋯160公里 / 秒的速度

per、a 和 an 也用於談論其他速率和比率。

*…a heart rate of **70 beats per minute*** ⋯⋯每分鐘70次的心率

*He earns **thirty dollars an hour***. 他每小時賺30美元。

在不表示時間長度或量度單位的詞前面也可用 per。

*In Indonesia there are 18,100 people **per doctor***. 在印度尼西亞，每18,100人有一名醫生。

*I think we have more paper **per employee** in this department than in any other*. 我認為，我們這個部門每位員工擁有的紙張比任何部門都多。

per head 或 a head 常常用來代替 per person 或 a person。

*The average cereal consumption **per head** per year in the U.S.A. is 900 kg*. 美國每年人均穀物消費量是900公斤。

也可用 to the 來談論速率和比率。

*The exchange rate would soon be **$2 to the pound***. 匯率很快就會達到2美元兌1英鎊。

12 用在名詞前後的量度單位

說明大小、面積、體積、距離以及重量的表達式可用在名詞前作修飾語。

*…a **5 foot 9 inch** bed* ⋯⋯一張5英尺9英寸長的牀

***15 cm x 10 cm** posts would be ideal*. 15厘米×10厘米的帖子最合適。

*…a **2-litre** engine* ⋯⋯一台2升的發動機

long 和 high 這樣的形容詞可用可不用。

如果是僅僅由一個數字和量度名詞組成的表達式，常常要用連字符。

*…a **five-pound** bag of lentils* ⋯⋯一包5磅重的小扁豆

*We finished our **500-mile** journey at 4.30 p.m. on the 25th September*. 9月25日下午4時30分，我們結束了500英里的旅程。

! 注意

即使位於數字之前，量度名詞也是單數，不是複數。例如，不要說 ~~a ten-miles walk~~，而要說 a ten-mile walk（10英里的步行）。
但是，複數形式可用於田徑等體育運動，因為量度名詞實際上就是比賽的名稱。例如，the 100 metres record 意思是 the record for the 100 metres (race)（100米短跑記錄）。

*He won the 100 **metres** breaststroke.* 他在100米蛙泳比賽中獲勝。
量度表達式可用在名詞後面，這些表達式通常以形容詞或以 in 開頭的短語結尾。

*There were seven main bedrooms and a sitting-room **fifty feet long**.* 有七個主臥室和一個50英尺長的客廳。
*...a giant planet over **30,000 miles in diameter*** ……一個直徑超過3萬英里的巨型行星

也可用 covering、measuring 或 weighing 之類的 -ing形式表示某物的面積或重量。

*...a large park **covering 40,000 square feet*** ……一個佔地4萬平方英尺的大公園
*...a square area **measuring 900 metres on each side*** ……一個邊長900米的正方形區域
*...an iron bar **weighing fifteen pounds*** ……一根重15磅的鐵棒

也可用以 of 開頭的短語表示某物的面積或體積。

*...industrial units **of less than 15,000 sq ft*** ……面積小於15,000平方英尺的工業單位
*...vessels **of 100 litres*** ……100升的容器

13 抽象事物的大小

如果想表示面積、速度或增長等抽象事物有多大，可用 of。

*...speeds **of nearly 100 mph*** ……接近每小時100英里的速度
*..an average annual temperature **of 205°C*** ……年平均溫度205度
*...an increase **of 10 per cent*** ……10%的增長

有時也可用修飾語，比如在談論百分比或工資時。

*...a **71 per cent** increase in earnings* ……71%的收入增幅
*...his **£25,000-a-year** salary* ……他的25,000英鎊年薪

14 of 前面的量度名詞

量度名詞常常用在 of 前面，表示某物的長度、面積、體積或重量。

*...20 **yds of** nylon* ……20碼尼龍布

☞ 見語法條目 Quantity
☞ 見主題條目 Pieces and amounts

Nationality words 國籍詞

1 基本形式	5 國籍形容詞的連用
2 指個人	6 語言
3 指人民	7 城市、地區和州
4 國家作修飾語	

1 基本形式

談論來自某個國家的人和物時，可用以下三類詞之一：

▶ 表示國家的形容詞，比如 French wine（法國葡萄酒）中的 French

▶ 表示某國人的名詞，比如 Frenchman（法國人）

▶ 前面加 the 的名詞，指某國的全體人民，比如 the French（法國人民）

在很多情況下，表示某國人的名詞與形容詞相同，這個詞的複數則表示全體人民。舉例如下：

國家	形容詞	個人	人民
America	American	an American	the Americans
Australia	Australian	an Australian	the Australians
Belgium	Belgian	a Belgian	the Belgians
Canada	Canadian	a Canadian	the Canadians
Chile	Chilean	a Chilean	the Chileans
Germany	German	a German	the Germans
Greece	Greek	a Greek	the Greeks
India	Indian	an Indian	the Indians
Italy	Italian	an Italian	the Italians
Mexico	Mexican	a Mexican	the Mexicans
Norway	Norwegian	a Norwegian	the Norwegians
Pakistan	Pakistani	a Pakistani	the Pakistanis

所有以 -an 結尾的國籍形容詞都遵循這個模式。所有以 -ese 結尾的國籍形容詞也遵循這個模式，但是，這些詞的複數形式與單數形式相同。例如：

國家	形容詞	個人	人民
China	Chinese	a Chinese	the Chinese
Portugal	Portuguese	a Portuguese	the Portuguese
Vietnam	Vietnamese	a Vietnamese	the Vietnamese

事實上，以 -ese 結尾的形式一般不用於指個人。例如，人們往往會説 a Portuguese man（一個葡萄牙男人）或 a Portuguese woman（一個葡萄牙女人），而不是 a Portuguese。

Swiss 也遵循這個模式。

有一組國籍詞用指個人的複數形式指全體人民，但形容詞不一樣。舉例如下：

國家	形容詞	個人	人民
Denmar	Danish	a Dane	the Danes
Finland	Finnis	a Finn	the Finns
Iceland	Icelandic	an Icelander	the Icelanders
New Zealand	New Zealand	a New Zealander	the New Zealanders
Poland	Polish	a Pole	the Poles
Sweden	Swedish	a Swede	the Swedes
Turkey	Turkish	a Turk	the Turks

另一組國籍詞用特殊的形式指個人，但形容詞和指人民的詞則相同。舉例如下：

國家	形容詞	個人	人民
Britain	British	a Briton	the British
England	English	an Englishman	the English
		an Englishwoman	
France	French	a Frenchman	the French
		a Frenchwoman	
Holland	Dutch	a Dutchman	the Dutch
		a Dutchwoman	
Ireland	Irish	an Irishman	the Irish
		an Irishwoman	
Spain	Spanish	a Spaniard	the Spanish
Wales	Welsh	a Welshman	the Welsh
		a Welshwoman	

Briton 僅用於書面語，在英式英語裏並不常見，但在美式英語裏卻是表示英國人的標準用詞。

Scotland 的形容詞是 Scottish。蘇格蘭人用 Scot、Scotsman 或 Scotswoman 表示。通常用 the Scots 表示蘇格蘭人民。

2 指個人

可用國籍形容詞後接 man、gentleman、woman 或 lady 之類的名詞，來代替國籍詞指具有某一國籍的個人。

...an Indian gentleman ……一位印度紳士
...a French lady ……一位法國女士

在 be 後面人們通常用國籍形容詞而不是名詞。例如，人們往往會說 He's Polish.（他是波蘭人。），而不説 ~~He's a Pole.~~。

*Spike is **American**. You can tell from the accent.* 斯帕克是美國人。這你從口音上聽得出來。

3 指人民

談論一國人民的時候，即使所用的國籍詞不以 -s 結尾，動詞也要用複數形式。

*The British **are** worried about the prospect of cheap imports.* 英國人對廉價進口商品的前景感到擔心。

可單獨使用以 -s 結尾的複數名詞來指某個國家的全體人民。

*There is no way in which **Italians**, for example, can be prevented from entering Germany or France to seek jobs.* 舉例來説，沒有辦法阻止意大利人進入德國或法國尋找工作。

在複數名詞前面可用一般的限定詞、數詞或形容詞，表示某國的部份人民。

***Many Americans** assume that the British are stiff and formal.* 許多美國人想當然地認為英國人拘謹刻板。

*There were **four Germans** with Dougal.* 有4個德國人和杜格爾在一起。

> **！注意**
>
> 不以 -s 結尾的國籍詞不能這樣用。例如，不能説 ~~many French~~ 或 ~~four French~~。
>
> 也可用國家的名稱指該國的人民或官方代表。後面用動詞的單數形式。
>
> *…the fact that **Britain has** been excluded from these talks* ……英國已經被排除在這些會談之外這一事實

4 國家用作修飾語

如果沒有表示國家的形容詞，就可用國家的名稱作修飾語。

*…the **New Zealand** government* ……新西蘭政府

5 國籍形容詞的連用

如果想表示涉及兩個國家的事情，通常可在國籍形容詞之間加連字符。

*…He has dual **German-American** citizenship.* ……他有德國和美國雙重國籍。

*…the **Italian-Swiss** border* ……意大利與瑞士邊境

有少數特殊的形容詞僅用於這種組合，位於連字符之前。

Anglo- (England or Britain)（英格蘭或英國）

Euro- (Europe)（歐洲）

Franco- (France)（法國）

Indo- (India)（印度）

Italo- (Italy)（意大利）

Russo- (Russia)（俄羅斯）

Sino- (China)（中國）

*…**Anglo-American** trade relations* ……英美貿易關係

6 語言

很多國籍形容詞可用於表示該國現在或原來使用的語言。

*She speaks **French** so well.* 她法語説得真好。

*There's something written here in **Greek**.* 這裏有用希臘語寫的一些東西。

7 城市、地區和州

有一些名詞用於表示來自某個城市、地區或州的人。

*...a 23-year-old **New Yorker*** ⋯⋯一個23歲的紐約人
*Perhaps **Londoners** have simply got used to it.* 也許倫敦人只是已經習慣了這個。
*Their children are now like other **Californians**.* 他們的孩子現在和別的加州人一樣了。

同樣，有一些形容詞表示人或物來自或存在於特定的城市或州。

*...a **Glaswegian** accent* ⋯⋯格拉斯哥口音
*...a **Californian** beach* ⋯⋯加州海灘

Numbers and fractions 數詞和份數

1 數詞		**12** 序數詞作修飾語	
2 數字的表達		**13** 序數詞作代詞	
3 位置		**14** 份數	
4 一致		**15** 份數的一致	
5 數詞作代詞		**16** 份數作代詞	
6 複合形容詞中的數詞		**17** 小數	
7 one		**18** 百份數	
8 zero		**19** 約數	
9 羅馬數字		**20** 最小數	
10 序數詞		**21** 最大數	
11 書寫形式		**22** 表示數字範圍	

0	zero, nought, nothing, oh	14	fourteen
1	one	15	fifteen
2	two	16	sixteen
3	three	17	seventeen
4	four	18	eighteen
5	five	19	nineteen
6	six	20	twenty
7	seven	21	twenty-one
8	eight	22	twenty-two
9	nine	23	twenty-three
10	ten	24	twenty-four
11	eleven	25	twenty-five
12	twelve	26	twenty-six
13	thirteen	27	twenty-seven

28	twenty-eight		120	a hundred and twenty
29	twenty-nine		200	two hundred
30	thirty		1,000	a thousand
40	forty		1,001	a thousand and one
50	fifty		1,010	a thousand and ten
60	sixty		2,000	two thousand
70	seventy		10,000	ten thousand
80	eighty		100,000	a hundred thousand
90	ninety		1,000,000	a million
100	a hundred		2,000,000	two million
101	a hundred and one		1,000,000,000	a billion
110	a hundred and ten			

1 數詞

上表列出了數字的名稱。這些數字有時稱作基數（cardinal number）。從表中的數字可以看出如何構成所有其他的數字。

！ 注意

即使前面的數字大於1，hundred、thousand、million 或 billion 使用時也仍然保持單數。

...***six hundred*** *miles* ……六百英里

*Most of the coral is some **2 million** years old.* 大多數的珊瑚約有兩百萬年歷史了。

表示確切數字時，這些詞後面不要用 of。例如，不要説 ~~five hundred of people~~；而要説 five **hundred** people（500人）。

另見本條目後面關於約數的小節。

dozen 表示12個，用法與上述這些詞類似。

☞ 見用法條目 dozen

---

2 數字的表達

超過100的數詞一般直接用數字書寫。但是，如果想讀出來，或者用詞而不是數字寫下來，就要在最後兩位數字前面加 and。例如，203讀成或寫成 two hundred and three，2,840讀成或寫成 two thousand, eight hundred and forty。

Four hundred and eighteen *men were killed and **a hundred and seventeen** wounded.* 四百十八個人被殺，一百十七人受傷。

 在美式英語裏，and 通常省略。

...***one hundred fifty*** *dollars* ……150美元

如果想把1,000 到 1,000,000 之間的數字讀出來或寫下來，有多個方法可以使用。例如，數字1872用於指東西的量時，通常讀成或寫成 one thousand, eight hundred and seventy-two。

以00結尾的四位數也可讀成或寫成多少個 hundred。例如，1800可讀成或寫成 eighteen hundred。

如果數字1872用於確認某物，要讀成 one eight seven two。電話號碼始終要像這樣每個數字分開來讀。

 在英式英語裏，如果電話號碼含有重疊的兩個數字，讀的時候可用 double 這個詞。例如，1882讀成 one double eight two。在美式英語裏，常見的讀法是重複數字：one eight eight two。

如果提到1872年，通常説 eighteen seventy-two。

☞ 見參考部份 Days and dates

書寫大於 9999 的數字時，通常在倒數第四位、倒數第七位等數字後面加逗號，以此類推。這樣就把數字分成三個一組，比如15,000 或 1,982,000。對於 1,000 到 9,999 之間的數字，有時把逗號放在第一個數字後面，比如1,526。

3 位置

限定詞和數詞用在名詞前面時，限定詞要放在數詞前面。

*...**the three** young men* ……這3個年輕男子
***All three** candidates are coming to Blackpool later this week.* 三位候選人在本週晚些時候都要去黑潭。

數字和形容詞用在名詞前面時，通常要把數字放在形容詞之前。

*...**two small** children* ……兩個小孩
*...**fifteen hundred local** residents* ……1,500個當地居民
*...**three beautiful young** girls* ……三個年輕漂亮的女孩

但是，少數形容詞可放在數詞前面，比如 following 和 only。

☞ 見語法條目 Adjectives

4 一致

名詞前面使用除 one 以外的任何數詞時，名詞和動詞都要用複數。

*...a hundred **years*** ……100年
*Seven **soldiers were** wounded.* 7名士兵負了傷。
*There **were** ten **people** there, all men.* 那裏有10個人，全是男人。

但是，談論一筆錢或一段時間，或者表示距離、速度或重量時，動詞通常用單數。

*Three hundred pounds **is** a lot of money.* 三百英鎊是一大筆錢。
*Ten years **is** a long time.* 十年是一段很長的時間。
*90 miles an hour **is** much too fast.* 每小時90英里的速度實在太快了。

5 數詞作代詞

如果很清楚談論的是甚麼樣的東西，可以單用數詞，後面不用名詞。數詞可單獨使用或與限定詞連用。

*They bought eight companies and sold off **five**.* 他們收購了8家公司，賣掉了5家。
***These two** are quite different.* 這兩個很不一樣。

可用 of 表示若干人或物所屬的群體。

*I saw **four of these programmes**.* 我看過這些節目中的四個。
***All four of us** wanted to leave.* 我們四個人都想離開。

6 複合形容詞中的數詞

數詞可用作<u>複合形容詞</u>（compound adjective）的一部份。這些形容詞通常用連字符連接。

*He took out a **five-dollar** bill.* 他拿出一張5美元的鈔票。
*I wrote a **five-hundred-word** essay.* 我寫了一篇500字的文章。

> **!** 注意
>
> 注意，即使數詞是二或大於二，名詞也仍然保持單數。例如，不要説 ~~I wrote a five-hundred-words essay.~~。同樣，這樣構成的複合形容詞不能用作補語。例如，不要説 ~~My essay is fivehundred-word.~~。相反，你可能會説 My essay is five hundred **words long**.（我的文章有500個字。）。

7 one

one 可用在名詞前面作數詞，強調只有一個，或表示精確，也用於談論群體中的特定成員。one 後接單數名詞，與單數動詞連用。

*There was only **one** gate into the palace.* 只有一道大門通向王宮。
***One** member declared that he would never vote for such a proposal.* 一位議員宣佈他絕不會投票贊成這樣一個提案。

如果不想表示強調或精確，可用 a 代替。

***A** car came slowly up the road.* 一輛汽車在路上慢慢開過來。

8 zero

在普通的英語裏，數字0不用於表示無，而要用限定詞 no 或代詞 none，或 any 與否定詞連用。

*She had **no** children.* 她沒有孩子。
*Sixteen people were injured but luckily **none** were killed.* 16人受傷，但幸運的是沒有人喪生。
*There **weren't any** seats.* 沒有任何座位了。

☞ 見用法條目 no, none

表示數字0的方法有好幾種：

▶ 用 zero 表述，尤用於數值，比如溫度、税收和利率。

*It was fourteen below **zero** when they woke up.* 他們醒來時溫度是零下14度。
*...**zero** tax liability* ……零税負
*They lent capital to their customers at low or **zero** rates of interest.* 他們以低利率或零利率借出資金給他們的客戶。

▶ 在英式英語裏表示某些數值時，用 nought 表述。例如，0.89可讀成 nought point eight nine。

在這類數字中，美式英語用 zero。

*x equals **nought**.* x 等於零。
*...linguistic development between the ages of **nought** and one* ……零到一歲之間的語言發展
*...babies from ages **zero** to five years* ……年齡從零至五歲的嬰兒

▶ 非正式談論計算時，用 nothing 表述。

*Subtract **nothing** from that and you get a line on the graph like that.* 從那裏減去零，就得到圖表上那樣一條線。
*'What's the difference between this voltage and that voltage?' – '**Nothing**.'* ＂這個電壓和那個電壓之間的差是多少？＂──＂零。＂

▶ 一個個讀出數字時，表達為 oh 或字母O。例如，電話號碼021 4620可讀成 oh two one, four six two oh；小數.089可讀成 point oh eight nine。

▶ 在體育比賽的比分中，用 nil 表述。

 美式英語用 nothing 表示體育比賽的比分，一般不用 nil。

*Leeds United won four-**nil**.* 列斯聯隊以4比0獲勝。
*Harvard won thirty-six to **nothing**.* 哈佛隊以36比0獲勝。

9 羅馬數字

在少數情況下，數字用羅馬數字表示。羅馬數字實際上是字母：

I = 1　　　　C = 100
V = 5　　　　D = 500
X = 10　　　M = 1,000
L = 50

這些字母組合起來可表示所有的數字。如果小的羅馬數字在大的羅馬數字之前，用大的減去小的。反之則相加。例如，IV 表示4，VI 表示6。

如果國王或女王有重名，要在他們的名字後面用羅馬數字。

...Queen Elizabeth II ……伊麗莎白女王二世

讀成 Queen Elizabeth the Second。

書、劇本或其他文字作品的章節常常用羅馬數字編號。

*Chapter **IV**: Summary and Conclusion.* 第四章：總結和結論
*We read **Act I** of Macbeth.* 我們讀了《馬克白》的第一幕。

羅馬數字有時也用於正式地表示日期，比如在電影和電視節目的末尾。例如，1992年可寫成 MCMXCII。

10 序數詞

如果想確定或描述某物的順序，可用序數詞。

*Quietly they took their seats in the **first** three rows.* 他們輕輕地在前三排坐了下來。
*Flora's flat is on the **fourth** floor of this five-storey block.* 弗洛拉的住宅單位在這座五層大樓的四樓。

序數詞列表如下。

1st	first	26th	twenty-sixth
2nd	second	27th	twenty-seventh
3rd	third	28th	twenty-eighth
4th	fourth	29th	twenty-ninth
5th	fifth	30th	thirtieth
6th	sixth	31st	thirty-first
7th	seventh	40th	fortieth
8th	eighth	41st	forty-first
9th	ninth	50th	fiftieth
10th	tenth	51st	fifty-first
11th	eleventh	60th	sixtieth
12th	twelfth	61st	sixty-first
13th	thirteenth	70th	seventieth
14th	fourteenth	71st	seventy-first
15th	fifteenth	80th	eightieth
16th	sixteenth	81st	eighty-first
17th	seventeenth	90th	ninetieth
18th	eighteenth	91st	ninety-first
19th	nineteenth	100th	hundredth
20th	twentieth	101st	hundred and first
21st	twenty-first	200th	two hundredth
22nd	twenty-second	1,000th	thousandth
23rd	twenty-third	1,000,000th	millionth
24th	twenty-fourth	1,000,000,000th	billionth
25th	twenty-fifth		

11 書寫形式

如上表所示,序數詞可用縮寫形式書寫,特別是在日期中。

*He lost his job on January **7th**.* 他在1月7日失去了工作。
*Write to HPT, **2nd Floor**, 59 Piccadilly, Manchester.* 請致函曼徹斯特皮卡迪利街59號二樓HPT。

12 序數詞作修飾語

序數詞前面加限定詞用在名詞前面,但通常不用在 be 這樣的繫動詞後面。

*He took the lift to the **sixteenth** floor.* 他坐電梯到了16樓。
*...on her **twenty-first** birthday* ⋯⋯在她21歲生日那天

序數詞用在 come 或 finish 這樣的動詞後面，表示比賽的結果。

I *came second* in the poetry competition. 我在詩歌比賽中獲得第二名。
He *was third* in the 100m race. 他在100米比賽中獲得第三名。

序數詞歸入一小部份可放在基數詞前面的形容詞，但不放在基數詞後面。

The *first two* years have been very successful. 開頭兩年非常成功。

🔢 序數詞作代詞

如果很清楚談論的是甚麼樣的東西，可以單用序數詞，後面不用名詞。注意，必須使用一個限定詞。

A second pheasant flew up. Then *a third* and *a fourth*. 又飛起來一隻野雞，然後是第三和第四隻。
There are two questions to be answered. *The first* is 'Who should do what?' *The second* is 'Who should be accountable?' 有兩個問題需要回答。第一個是"誰應該做甚麼？"，第二個是"誰應該負責？"

可用 of 表示人或物所屬的群體。

This is *the third of a series of programmes from the University of Sussex*. 這是蘇塞克斯大學製作的系列節目中的第三部。
Tony was *the second of four sons*. 東尼在四個兒子中排行第二。

🔢 份數

如果想說明某物的一個部份與整體相比有多大，可用份數（fraction），比如 a third（三分之一）或 two fifths（五分之二），後接 of 和指整體的名詞短語。大部份份數都基於序數詞。half（二分之一）和 quarter（四分之一）是例外。

份數可以用數字書寫。例如，a half 寫成½，a quarter 寫成¼，three-quarters 寫成¾、two thirds 寫成⅔。

指某物的一個部份時，通常用 a。只有在正式的口語和書面語裏或者想強調數量時才用 one。

This state produces *a third* of the nation's oil. 這個州生產全國三分之一的石油。
...*one quarter* of the total population ⋯⋯總人口的四分之一

份數的複數書寫時常常用連字符。

More than *two-thirds* of the globe's surface is water. 地球表面三分之二以上是水。
He was not due at the office for another *three-quarters* of an hour. 他預計要再過三刻鐘才到辦公室。

在 the 後面的份數前可加形容詞。

...*the southern half* of England ⋯⋯英格蘭的南半部
...*the first two-thirds* of this century ⋯⋯本世紀的前三分之二

a half 和 a quarter 與整數連用時，要放在複數名詞前面。

...*one and a half acres* of land ⋯⋯一英畝半的土地
...*five and a quarter* days ⋯⋯五又四分之一天

但是，如果用 a 代替 one，被 a 修飾的名詞用單數，置於份數前面。

...*an acre and a half* of woodland ⋯⋯一英畝半的林地
...*a mile and a quarter* of motorway ⋯⋯一又四分之一英里的高速公路

15 份數的一致

談論單一事物的部份時，動詞用單數形式。

*Half of our work **is** to design programmes.* 我們的一半工作是制定方案。
*Two fifths of the forest **was** removed.* 森林的五分之二被砍伐掉了。

但是，如果談論的是一組事物的部份，動詞用複數形式。

*Two fifths of the houses **have** more than six people per room.* 五分之二的住屋裏每個房間住了超過6個人。
*A quarter of the students **were** seen individually.* 四分之一的學生受到了單獨接見。

16 份數作代詞

如果很清楚談論的是誰或甚麼，份數可單獨使用，不用 of 和名詞短語。

*Most were women and about **half** were young with small children.* 大多數是婦女，其中大約一半是有小孩的年輕女子。
***One fifth** are appointed by the Regional Health Authority.* 五分之一由地區衛生局任命。

17 小數

小數（decimal）是表示份數的一種方式。例如，0.5就是½，1.4就是1⅖。

*...an increase of **16.4** per cent* ⋯⋯16.4%的增長
*The library contains over **1.3** million books.* 該圖書館的藏書超過了130萬冊。

小數點讀成 point。例如，1.4讀成 one point four。

> **! 注意**
>
> 英語的小數中不要使用逗號。
> 表示密切相關的章節、表格和插圖時，可用看起來像是小數的數位。
> *... see section **3.3*** ⋯⋯見3.3小節
> *The normal engineering drawing is quite unsuitable (figure **3.4**).* 正常的工程製圖是非常不合適的（見圖3.4）。

18 百份數

份數常常用稱作<u>百份數</u>（percentage）的特殊形式表示。例如，three hundredths 用百份數表示就是three per cent，常常寫成3%。

*About **20 per cent** of student accountants are women.* 學會計的學生中大約20%是女生。
*...interest at **10%** per annum* ⋯⋯10%的年利率

 在美式英語裏，per cent 寫成一個詞 percent。

*In 1980, only 29 **percent** of Americans were Republicans.* 1980年，只有29%的美國人是共和黨人。

19 約數

可把 several、a few 或 a couple of 用在 dozen、hundred、thousand、million 或 billion 前面，來粗略地表示一個很大的數目。

*...**several hundred** people* ……好幾百人
***A few thousand** cars have gone.* 數千輛車已經走了。

也可用 dozens、hundreds、thousands、millions 或 billions 後接 of，來更粗略地表示數目，並且強調數目之大。

*That's going to take **hundreds of** years.* 那需要好幾百年的時間。
*We travelled **thousands of** miles across Europe.* 我們在歐洲各地旅行了數千英里。

人們常常使用複數形式表示誇張。

*I was meeting **thousands of** people every day.* 我每天要和數以千計的人見面。
*Do you have to fill in **hundreds of** forms before you go?* 在走以前必須填寫數以百計的表格嗎？

下列表達式用於表示大概的數目，實際的數字可能更大或更小：

about	odd	roughly
approximately	or so	some
around	or thereabouts	something like

要把 about、approximately、around、roughly、some 以及 something like 放在數詞前面。

***About 85** students were there.* 大約85名學生在那裏。
*It costs **roughly $10,000** a year to educate an undergraduate.* 教育一個本科生一年的費用大致要花1萬美元。
*I found out where this man lived, and drove **some four** miles inland to see him.* 我弄清楚了這名男子住在哪裏，然後向內陸開車約4英里去看他。

some 的這種用法相當正式。

可把 odd、or so 和 or thereabouts 放在數詞後面，或置於接在數詞後的名詞後面。

*...**a hundred odd** acres* ……一百多英畝
*The car should be here in **ten minutes or so**.* 汽車應該在十分鐘左右到達這裏。
*Get the temperature to **305°C or thereabouts**.* 把溫度調到305攝氏度左右。

20 最小數

下列表達式表示最小數字，實際的數字可能更大：

a minimum of	from	more than	over
at least	minimum	or more	plus

要把 a minimum of、from、more than 和 over 放在數詞前面。

*He needed **a minimum of 26** votes.* 他至少需要26票。
*...a 3 course dinner **from £15*** ……三道菜的晚餐，從15英鎊起
*...a school with **more than 1,300** pupils* ……一間有1,300多名學生的學校
*The British have been on the island for **over a thousand** years.* 英國人已在島上居住了1千多年。

把 or more、plus 和 minimum 放在數詞後面，或置於接在數詞後的名詞後面。

*...a choice of **three or more** possibilities* ……有三種或更多可能性的選擇
*This is the worst disaster I can remember in my **25 years plus** as a police officer.* 作

為一名工作25多年的警察，這是我記憶中最可怕的災難。

*They should be getting **£180 a week minimum**.* 他們每週至少應該得到180英鎊。

plus有時用符號+書寫，比如在招聘廣告裏。

2+ years' experience of market research required. 要求兩年以上市場調查經驗。

通常把 at least 放在數詞前面。

*She had **at least a dozen** biscuits.* 她至少有一打餅乾。

*It was a drop of **at least two hundred** feet.* 落差至少有200英尺。

但是，這個表達式有時放在數詞或名詞後面。這個位置的語氣更強。

*I must have slept **twelve hours at least**.* 我肯定至少睡了12個小時。

*He was **fifty-five at least**.* 他至少有55歲。

21 最大數

下列表達式表示最大數字，實際的數字較小或可能更小：

almost	at the most	nearly	under
a maximum of	fewer than	no more than	up to
at most	less than	or less	
at the maximum	maximum	or under	

要把 almost、a maximum of、fewer than、less than、nearly、no more than、under 以及 up to 放在數詞前面。

*The company now supplies **almost 100** of Paris's restaurants.* 公司現在為巴黎近100家餐廳供貨。

*We managed to finish the entire job in **under three** months.* 我們花了不到3個月的時間完成了全部任務。

把 at the maximum、at most、at the most、maximum、or less 以及 or under 放在數詞後面，或置於接在數詞後的名詞後面。

*They might have IQs of 40, or **50 at the maximum**.* 他們的智商可能充其量只有40或50.

*The area would yield only **200 pounds of rice or less**.* 這片地的產量只有200磅米或更少。

22 表示數字的範圍

用 between 和 and、from 和 to 或只用 to 可表示數字的範圍。

*Most of the farms are **between four and five hundred** years old.* 大多數農場的歷史在四五百年之間。

*My hospital groups contain **from ten to twenty** patients.* 我醫院的病員組有10到20位病人。

*Many owned **two to five** acres of land.* 很多人擁有2到5英畝土地。

anything 用在 between 和 from 前面強調範圍之大。

*An average rate of **anything between 25 and 60** per cent is usual.* 百分之25到60之間的平均比率都是正常的。

*It is a job that takes **anything from two to five** weeks.* 這份工作需要的時間在二到五週之間。

短劃用在兩個數字之間表示範圍，讀作 to。

*Allow to cool for **10–15** minutes.* 讓它冷卻10到15分鐘。

*These figures were collected in **1965–9**.* 這些資料是在1965–69年間收集的。

*...the Tate Gallery (open **10 a.m.–6 p.m.**, Sundays, **2–6**)* ⋯⋯泰特美術館（開放時間上午10時–下午6時，星期天2時–6時）

提及一個範圍或序列中兩個相鄰的數字時，可用符號 /，讀作 slash 或 to，而在英式英語裏有時讀成 stroke。

*Earnings increased in **1975/6**.* 收入在1975–76年間增加了。

*Write for details to **41/42** Berners Street, London.* 欲知詳情，請致信倫敦伯納斯街41/42號。

Plural forms of nouns 名詞的複數形式

下表列出了構成可數名詞複數的基本方法。

	單數	複數
		加 -s (/s/ 或 /z/)
規則名詞	hat tree	hats trees
		加 -s (/iz/)
以-se 結尾 以-ze 結尾 以-ce 結尾 以-ge 結尾	rose prize service age	roses prizes services ages
		加 -es (/iz/)
以-sh 結尾 以-ch 結尾 以-ss 結尾 以-x 結尾 以-s 結尾	bush speech glass box bus	bushes speeches glasses boxes buses
		把 -y 改成 -ies
以輔音音素 + -y 結尾	country lady	countries ladies
		加 -s
以元音音素 + -y 結尾	boy valley	boys valleys

以長元音和 /θ/ 結尾的名詞，其複數形式的詞尾讀作 /ðz/。例如，path 的複數讀作 /paːðz/，mouth 的複數讀作 /mauðz/。

house 讀作 /haʊs/，但其複數形式 houses 讀作 /'haʊzɪz/。

注意，如果名詞末尾的 ch 發音為 /k/，要加 s 而不是 es 來構成複數。例如，stomach /'stʌmək/ 的複數是 stomachs。

stomach	→	stomachs
monarch	→	monarchs

1　形式不變的名詞

某些名詞的單複數同形。

...a sheep ……1隻羊
...nine sheep ……9隻羊

這些名詞中很多表示動物或魚。

bison	goldfish	moose	sheep
cod	greenfly	mullet	shellfish
deer	grouse	reindeer	trout
fish	halibut	salmon	whitebait

即使指動物的名詞有以 s 結尾的複數形式，但在狩獵語境中，經常使用沒有 s 的複數形式表示一群這種動物。

Zebra *are a more difficult prey.* 斑馬是更難捕獲的獵物。

同樣，如果談論的是生長在一起的大量樹木或植物，可以使用沒有 s 的形式。但這是作為不可數名詞使用，而不是複數形式。

*...the rows of **willow** and **cypress** that lined the creek* ……小溪兩旁的一排排柳樹和柏樹

下列名詞也是單複數同形：

aircraft	gallows	insignia	series
crossroads	grapefruit	mews	spacecraft
dice	hovercraft	offspring	species

2　以 f 或 fe 結尾的名詞

有數個以 f 或 fe 結尾的名詞在構成複數時用 ves 代替 f 或 fe。

calf	→	calves
elf	→	elves
half	→	halves
knife	→	knives
leaf	→	leaves
life	→	lives
loaf	→	loaves
scarf	→	scarves
sheaf	→	sheaves
shelf	→	shelves

thief	→	thieves
wife	→	wives
wolf	→	wolves

hoof 的複數可以是 hoofs，也可以是 hooves。

3 以 o 結尾的名詞

很多以 o 結尾的名詞只需加上 s 來構成複數。

photo	→	photos
radio	→	radios

但是，下列名詞的複數以 oes 結尾：

domino	embargo	negro	tomato
echo	hero	potato	veto

下列以 o 結尾的名詞複數詞尾可以是 os 也可以是 oes：

buffalo	ghetto	memento	stiletto
cargo	innuendo	mosquito	tornado
flamingo	mango	motto	torpedo
fresco	manifesto	salvo	volcano

4 不規則複數

少數名詞有特殊的複數形式，列舉如下：

child	→	children
foot	→	feet
goose	→	geese
louse	→	lice
man	→	men
mouse	→	mice
ox	→	oxen
tooth	→	teeth
woman	→	women

> **！ 注意**
>
> 注意，women /'wɪmɪn/ 和 woman /'wʊmən/ 的第一個音節讀音不一樣。
> 大多數以 man、woman 或 child 結尾表示人的名詞，其複數形式以 men、women 或 children 結尾。
>
> | | | |
> |---|---|---|
> | postman | → | postmen |
> | Englishwoman | → | Englishwomen |
> | grandchild | → | grandchildren |

> 但是，German、human、Norman 和 Roman 的複數形式是 Germans、humans、Normans 和 Romans。

5 複合名詞的複數

大多數複合名詞通過在最後一個詞的詞尾加上 s 構成複數。

down-and-out	→	down-and-outs
swimming pool	→	swimming pools
tape recorder	→	tape recorders

但是，以 er 結尾的名詞加 on 或 by 之類副詞組成的指人的複合名詞，其複數形式通過在第一個詞後面加 s 構成。

passer-by	→	passers-by
hanger-on	→	hangers-on

對於三個或三個以上的詞組成的複合名詞，如果第一個詞是確定正在談論的人或物類型的名詞，其複數形式通過在第一個詞後面加 s 構成。

brother-in-law	→	brothers-in-law
bird of prey	→	birds of prey

6   外來詞的複數

英語中有一些詞借自其他語言，特別是拉丁語。這些外來詞仍然根據源語的規則構成複數。其中很多是專業術語或正式用語。在非技術性或非正式語境中，有些也用規則的 s 或 es 詞尾構成複數。必要的話可查閱詞典。

某些以 us 結尾的名詞以 i 詞尾構成複數。

nucleus	→	nuclei
radius	→	radii
stimulus	→	stimuli

但是，其他以 us 結尾的名詞複數與此不同。

corpus	→	corpora
genus	→	genera

以 um 結尾的名詞常常有以 a 結尾的複數。

aquarium	→	aquaria
memorandum	→	memoranda

某些以 a 結尾的名詞，構成複數時在詞尾加上 e。

larva	→	larvae
vertebra	→	vertebrae

以 is 結尾的名詞用 es 代替 is 構成複數。

analysis	→	analyses
crisis	→	crises

| hypothesis | → | hypotheses |

以 ix 或 ex 結尾的名詞常常有以 ices 結尾的複數。其中有些詞有兩個複數形式，一個用加 s 構成，另一個以別的方式構成。以 s 構成的複數通常用在不太正式的英語中。

appendix	→	appendices or appendixes
index	→	indices or indexes
matrix	→	matrices
vortex	→	vortices

借自希臘語以 on 結尾的名詞用 a 代替 on 構成複數。

| criterion | → | criteria |
| phenomenon | → | phenomena |

下列法語借詞的單複數同形。單數詞尾的 s 不發音，但複數詞尾的 s 讀作 /z/。

| bourgeois | corps | precis |
| chassis | patois | rendezvous |

Punctuation 標點符號

1 句號	10 括號
2 問號	11 方括號
3 感嘆號	12 一撇
4 逗號	13 連字符
5 可選的逗號	14 斜線
6 不用逗號	15 引號
7 分號	16 標題和引用短語
8 冒號	17 斜體字
9 破折號	18 標點符號的其他用法

本條目的第一部份論述普通句子的標點符號。

另見關於本條目後面關於直接引語及標題和引用短語的內容。

1 句號（.）

句子以大寫字母開頭。句末用句號（full stop），疑問句和感歎句除外。

It's not your fault. 這不是你的錯。

Cook the rice in salted water until just tender. 把米在鹽水中煮直到變軟。

 在美式英語裏，句號稱作 period。

2 問號（?）

如果句子是疑問句，句末用問號（question mark）。

Why did you do that? 你為甚麼要這樣做？

Does any of this matter? 這些有甚麼關係嗎？

He's certain to be elected, isn't he? 他一定會當選，不是嗎？

問號放在疑問句的末尾，即使句子用的不是疑問句詞序。

You know he doesn't live here any longer? 你知道他已經不住在這裏了？

人們偶爾在疑問句的末尾不用問號，比如疑問句實際上是一個請求。

Would you please call my office and ask them to collect the car. 請你給我辦公室打個電話，讓他們來取車。

> **！ 注意**
>
> 間接疑問句後面用句號，不用問號。
>
> *He asked me where I was going.* 他問我到哪裏去。
> *I wonder what's happened.* 我想知道發生了甚麼事。

3 感嘆號（!）

如果句子是感歎句，句末用感嘆號（exclamation mark）。在非正式書面語裏，人們也在他們覺得令人興奮、令人驚訝或非常有趣的句子末尾用感嘆號。

How awful! 真可怕！
Your family and children must always come first! 你的家庭和孩子永遠必須放在第一位！
We actually heard her talking to them! 我們確實聽到了她在和他們說話！

在美式英語裏，感歎號稱作 exclamation point。

4 逗號（,）

下列情況必須用逗號：

▶ 呼語後面或前面

Jenny, *I'm sorry.* 珍妮，對不起。
Thank you, *Adam.* 謝謝你，亞當。
Look, ***Jenny,*** *can we just forget it?* 聽着，珍妮，我們能不能把這件事忘了？

　▶ 列舉的各個項目之間，除非用 and 或 or 隔開。在 and 或 or 之前的最後一項後面，可以選擇是否用逗號。

We ate ***fish, steaks, and fruit****.* 我們吃了魚、牛排和水果。
*...****political, social and economic*** *equality* ……政治、社會和經濟平等
The men ***hunted and fished, kept cattle and sheep, made weapons, and occasionally fought****.* 男人們打獵捕魚、飼養牛羊、製造武器以及偶爾打仗。
...educational courses in ***accountancy, science, maths or engineering*** ……會計、自然科學、數學或工程等教育課程

　▶ 名詞前的三個或多個描述性形容詞之間，不用 and

...in a ***cool, light, feminine*** *voice* ……以冷靜、輕柔、嬌美的聲音
Eventually the galleries tapered to a ***long, narrow, twisting*** *corridor.* 最終，畫廊逐漸匯合成一條狹長彎曲的走廊。

　▶ 姓名或名詞短語之後，描寫或進一步的說明之前

*...****Carlos Barral,*** *the Spanish publisher and writer* ……卡洛斯・巴拉爾，西班牙出版商和作家

*…**a broad-backed man,** baldish, **in a cream coat** and brown trousers* ……一個背部寬闊的男子，微禿，身穿米色外套和棕色褲子

▶ 地名和所在的郡、州或國家之間。郡、州或國家後面通常也要用逗號，除非是在句末。

*She was born in **Richmond, Surrey,** in 1913.* 她1913年出生於薩里郡里士滿。
*There he met a young woman from **Cincinnati, Ohio.*** 在那裏他遇到了一位來自俄亥俄州辛辛那提的年輕女子。

▶ 與句子主要部份分開的形容詞前面或後面，或單獨的分詞後面

*She nodded, **speechless.*** 她點了點頭，說不出話來。
*I left them abruptly, **unwilling** to let them have anything to do with my project.* 我突然離開了他們，不願意讓他們與我的計劃有任何牽連。
***Shaking,** I crept downstairs.* 我渾身顫抖，躡手躡腳地下了樓。

▶ 非限制關係從句（進一步說明某人或某物但並非是確定這些人或物所需要的從句）前面

*She wasn't like David, **who cried about everything.*** 她可不像大衛對甚麼事都會哭泣。
*The only decent room is the living room, **which is rather small.*** 唯一像樣的房間是客廳，就是太小了。
*He told us he was sleeping in the wood, **which seemed to me a good idea.*** 他告訴我們，他睡在樹林裏，這在我看來是個好主意。

▶ 附加疑問句前面

*That's what you want, **isn't it**?* 這就是你想要的，對嗎？
*You've noticed, **haven't you**?* 你已經注意到了，是不是？

5 可選的逗號

為了表示強調或精確。逗號可用於：

▶ 名詞前的兩個屬性形容詞中的第一個之後

*We had **long, involved** discussions.* 我們進行了複雜難解的長時間討論。
*…a **tall, slim** girl with long, straight hair* ……一個留着長長直髮的高個子苗條少女

注意，young、old 和 little 前面通常不用逗號。

*…a huge, silent **young** man* ……一個高大沉默的男子
*…a sentimental **old** lady* ……一個感傷的老太太
*…a charming **little** town* ……一個迷人的小鎮

▶ 為句子的主要部份添加信息的一個詞或一組詞之後或之前。如果前面用了逗號，後面也要用逗號，除非這個詞或詞組位於句末。

***In 1880,** he founded a large furniture company.* 1880年，他創立了一家大型傢具公司。
***Obviously,** it is not always possible.* 顯然，這並不總是可能的。
*There are links between my work and William Turnbull's, **for instance.*** 比如，我的工作和威廉·杜布爾的工作之間有關聯。
*They were, **in many ways,** very similar in character and outlook.* 在許多方面，他們的性格和觀點很相似。

The ink, **surprisingly,** washed out easily. 令人驚訝的是，墨水很容易就洗掉了。
很長的詞組通常用逗號隔開。

He is, **with the possible exception of Robert de Niro,** the greatest screen actor in the world. 可能除了羅伯‧德尼羅以外，他是世界上最偉大的電影演員。

如果不用逗號可能會產生誤解的話，狀語後面或前面要加逗號。

'No,' she said, **surprisingly.** "不，"她出人意料地説道。
Mothers, **particularly,** don't like it. 尤其是母親們不喜歡這個。

▶ and、or、but 或 yet 前面，用於列舉或添加一個分句

...a **dress-designer, some musicians, and** half a dozen artists ⋯⋯一位服裝設計師、一些音樂家以及半打藝術家
...if you suffer from **fear, stress, or** anxiety ⋯⋯如果你遭受恐懼、壓力和焦慮之苦
I tried to help, **but** neither of them could agree. 我試圖幫助，但他們兩人都不同意。
Her remarks shocked audiences, **yet** also improved her reputation. 她的話震驚了觀眾，但也提高了她的聲譽。

▶ 從句之後

When the fish is cooked, strain off the liquid. 魚煮熟後，把湯汁濾掉。
Even if he survives, he may be disabled permanently. 即使他還活着，他可能已終身殘廢。

從句後面通常最好加逗號，儘管很多人在短的從句後面不用逗號。

從句前面一般不用逗號，除非從句含有事後的想法、對比或例外等內容。

Don't be afraid of asking for simple practical help when it is needed. 在需要的時候，不要害怕尋求簡單實用的幫助。
Switch that thing off if it annoys you. 如果那個東西煩你了，就把它關掉。
The poor man was no threat to her any longer, **if** he ever really had been. 那個窮困的男人已經不對她構成威脅了，就算他曾經真的是個威脅的話。
He was discharged from hospital, **although** he was homeless and had nowhere to go. 他出院了，儘管他無家可歸，無處可去。

如果從句前面用了逗號，那麼在後面也應該用逗號，除非從句位於句末。

This is obviously one further incentive, **if an incentive is needed,** for anybody who needs to take slimming a little more seriously. 對於任何需要對減肥更認真一點的人來説，這顯然是一個進一步的激勵，假如激勵是需要的話。

▶ 與句子的主要部份隔開的分詞之前

Maurice followed, **laughing.** 莫里斯笑着跟在後面。
Marcus stood up, **muttering incoherently.** 馬庫斯站了起來，口齒不清地咕噥着。

▶ 人名前的名詞之後

...that marvellous singer, **Jessye Norman** ⋯⋯那位了不起的歌手，傑西‧諾曼
She had married the gifted composer and writer, **Paul Bowles.** 她嫁給了天才作曲家和作家保羅‧鮑爾斯。

6　不用逗號

下列情況下不用逗號：

▶ and、or、but 和 yet 之前，當這些詞用於連接只有兩個名詞、形容詞或動詞時

*We had a lunch of **fruit and cheese**.* 我們吃了一頓水果和芝士午餐。
*...when they are **tired or unhappy*** ……他們疲勞或不開心時

▶ 屬性形容詞和類別形容詞之間，或兩個類別形容詞之間

*...a **large Victorian** building* ……一座很大的維多利亞式建築
*...a **medieval French** poet* ……一個中世紀法國詩人

▶ 句子的主語後面，即使主語很長

***Even this part of the Government's plan for a better National Health Service** has its risks.* 甚至政府為改善國民保健制度所制定的計劃中的這一部份也存在風險。
*Indeed, **the amount of support for the proposal** surprised ministers.* 確實，對這項提議的支持力度使大臣們感到吃驚。

▶ *that*-從句或間接疑問句之前

*His brother complained **that the office was not business-like**.* 他弟弟抱怨説辦公室沒有條理。
*Georgina said **she was going to bed**.* 喬治娜説她要去睡覺了。
*She asked **why he was so silent all the time**.* 她問他為甚麼一直沉默不語。

▶ 限制性關係從句（確定某人或某物的從句）之前

*I seem to be the only one **who can get close enough to him**.* 我似乎是唯一可以接近他的人。
*Happiness is all **that matters**.* 快樂是最重要的。
*The country can now begin to develop a foreign policy **which serves national interests**.* 該國現在可以開始制定為符合國家利益服務的外交政策。

7 分號（;）

分號（semi-colon）用於比較正式的書面語，把密切相關而且可分開寫的句子分開，或者把用 and、or、but 或 yet 連接的句子分開。

I can see no remedy for this; one can't order him to do it. 我看不出這有甚麼辦法補救；不能命令他去做。
He knew everything about me; I knew nothing about his recent life. 他知道我所有的事情；我對他最近的生活卻一無所知。
He cannot easily bring interest rates down; yet a failure to do so would almost certainly push the economy into recession. 他不能輕易降低利率；然而如果不這樣做，幾乎肯定會把經濟推入衰退。

分號有時也用在列舉的項目之間，特別是如果所列舉的項目是短語或分句，或者內部有標點符號。

He wrote about his life: his wife, Louise; their three children; the changes that he saw in the world around him. 他寫了他的生活：他的妻子路易絲；他們的三個孩子；他看到的周圍世界的變化。

8 冒號（:）

冒號（colon）用於：

▶ 列舉或解釋之前

*The clothes are all made of natural materials: **cotton, silk, wool and leather**.* 這些

衣服均由天然材料製成：棉花、絲綢、羊毛和皮革。

*Nevertheless, the main problem remained: **what should be done with the two murderers**?* 然而，主要的問題仍然是：應該如何處置這兩個殺人犯？

▶ 兩個連接在一起的主句之間，主要用在比較正式的書面語中

***Be patient:** this particular cruise has not yet been advertised.* 請耐心等待：這次特別的遊輪旅行尚未刊登廣告。

▶ 介紹性的標題之後

***Cooking time:** About 5 minutes.* 烹調時間：大約5分鐘。

▶ 書名的第二部份之前

*...a volume entitled Farming and Wildlife: **A Study in Compromise*** ……一部名為《農耕和野生生物：一個折中的研究》的書

冒號有時也用在引語前面。見下面的<u>直接引語</u>（direct speech）。

9 破折號（─）

<u>破折號</u>（dash，前後有一個空格）用於：

▶ 列舉或解釋的前面

*They need simple things **– building materials, clothing, household goods, and agricultural implements**.* 他們需要簡單的東西 ── 建築材料、服裝、家居用品和農具。

*...one of his most basic motives **– commercialism*** ……他的最基本動機之一 ── 實利主義

▶ 為主句添加內容但可以刪去的詞組或分句的前後

*Many species will take a wide variety of food **– insects, eggs, and fruit** – but others will only take the leaves of particular trees.* 許多物種會吃各種各樣的食物 ── 昆蟲、卵和水果 ── 但其他物種只吃特定樹木的葉子。

▶ 狀語、分句或其他詞組前面，表示強調

*I think Ruth was right **– in theory and practice**.* 我認為魯斯是對的 ── 在理論和實踐兩方面。

*Let Tess help her **– if she wants help**.* 讓特斯幫助她 ── 如果她需要幫助的話。

*My family didn't even know about it **– I didn't want anyone to know**.* 我的家人甚至不知道這件事 ── 我不想讓任何人知道。

> **！注意**
> 破折號不用於非常正式的書面語。

短劃（–）（前後皆有空格）用於：

▶ 表示範圍

... see pages 15–60 ……見15–60頁

▶ 兩個形容詞或名詞修飾語之間，表示涉及兩個國家或群體，或一個人具有兩個身份或方面

*...**German–French** relations* ……德法關係

*...the **United States–Canada** free trade pact* ……美國加拿大自由貿易協議
*...a **mathematician–philosopher*** ……一個數學家兼哲學家

▶ 表示來往於兩地的事物，比如飛機或火車

*...the **Anguilla–St Kitts** flight* ……安圭拉-聖基茨航班
*...the **New York–Montreal** train* ……紐約-蒙特利爾火車

10 括號 ( )

括號（brackets，也稱 parentheses）用在為主句添加內容或解釋但可以刪去的詞、詞組或分句前後。

*This is a process which Hayek **(a writer who came to rather different conclusions)** also observed.* 這是哈耶克（一位得出大相徑庭結論的作家）也觀察到的過程。
*A goat should give from three to six pints **(1.7 to 3.4 litres)** of milk a day.* 一隻山羊每天應該產奶三到六品脫（1.7到3.4升）。
*This is more economical than providing heat and power separately **(see section 3.2 below)**.* 這要比分別供熱和供電更經濟（見下文3.2節）。

句號、問號、感嘆號和逗號置於右括號之後，除非只適用於括號內的詞。

*I ordered two coffees and an ice cream **(for her)**.* 我點了兩杯咖啡和一份冰淇淋（為她）。
*We had sandwiches **(pastrami on rye and so on)**, salami, coleslaw, fried chicken, and potato salad.* 我們吃了三文治（黑麥麵包夾五香煙熏牛肉等）、薩拉米香腸、涼拌捲心菜絲、炸雞以及馬鈴薯沙拉。
*In the face of unbelievable odds **(the least being a full-time job!)** Gladys took the six-hour exam – and passed.* 儘管有難以置信的不利條件（至少是一份全職工作！），格拉迪斯仍然參加了那場6小時的考試 —— 並且通過了。

11 方括號 [ ]

方括號（square brackets）通常用於書和文章。方括號內提供的內容儘管不是原話，但可使引文更清楚或對其進行評論。

*Mr Runcie concluded: 'The novel is at its strongest when describing the dignity of Cambridge **[a slave]** and the education of Emily **[the daughter of an absentee landlord]**.'* 朗西先生總結道：“小說最強有力的地方，是描寫坎布里奇[一個奴隸]的尊嚴以及埃米莉[一個在外地主的女兒]的教育。”

12 一撇 (')

一撇（apostrophe）用於：

▶ 加在名詞或代詞詞尾的 s 之前，或以 s 結尾的複數名詞之後，表示所屬之類的關係。

*...my **friend's** house* ……我朋友的屋
*...**someone's** house* ……某人的屋
*...**friends'** houses* ……朋友們的屋

☞ 見用法條目 's

▶ be、have 和情態詞的縮略式之前，以及置於 n 和 t 之間，與 not 結合成縮略形式。

I'm *terribly sorry.* 我非常抱歉。

*I **can't** see a thing.* 我甚麼也看不見。

☞ 見語法條目 Contractions

▶ 用在 s 前面，表示字母的複數或有時是數字的複數

*Rod asked me what grades I got. I said airily, 'All **A's**, of course.'* 羅德問我取得了甚麼成績。我漫不經心地說，“當然全是優。”

*There is a time in people's lives, usually in their **40's** and **50's**, when they find themselves benefiting from their investments.* 人生中有一段時間，通常是在40多歲和50多歲時，人們會發現自己從投資中獲得了回報。

▶ 表示年份或十年期的兩個數字之前

*...souvenirs from the **'68** campaign* ⋯⋯68年競選的紀念品

*He worked there throughout the **'60s** and the early **'70s**.* 他整個60年代和70年代早期都在那裏工作。

一撇有時表示一個詞裏省略了字母，而這個詞在現代英語裏常常不完整寫出來。例如，o'clock 是從 of the clock 簡化而來，但從不寫成完整的形式。

*She left here at eight **o'clock** this morning.* 她今天早上八時離開這裏。

> **！ 注意**
>
> 在 apples 或 cars 之類複數單詞的 s 前面不要用一撇，也不要把一撇用在所有格代詞 yours、hers、ours 和 theirs 或所有格限定詞 its 的 s 前面。

13 連字符（-）

☞ 關於連字符在複合詞中的用法，見參考部份 Spelling。

14 斜線（/）

斜線（slash、stroke 或 oblique）用於：

▶ 兩個可供選擇的詞或數字之間

*Write here, **and/or** on a card near your telephone, the number of the nearest hospital with a casualty ward.* 把有急症室的就近醫院的電話號碼寫在這裏和 / 或電話機旁邊。

*...the London Hotels Information Service (telephone 629 5**414/6**)* ⋯⋯倫敦酒店信息服務（電話629 5414/6）

▶ 定量和範圍中

*He was driving at 100 **km/h**.* 他正在以每小時100公里的速度開車。

*... the **2010/11** academic year* ⋯⋯2010 / 11學年

▶ 網址內

*... **http://www.harpercollins.com***

▶ 描述實際上是兩個事物的兩個詞之間，比如 a washer/drier（洗衣 / 乾衣機）或 a clock/radio（時鐘收音機）

*Each apartment has a sizeable **lounge/diner** with colour TV.* 每個住宅單位都有一個配備彩色電視機的客廳兼飯廳。

15 引號（' ' 或 " "）

引號（inverted commas，也稱 quotation marks 或 quotes）用在直接引語的首尾。
直接引語以大寫字母開頭。

'Thank you,' I said. "謝謝你，"我說。
"What happened?" "發生了甚麼事？"

 英國人在書寫時，單引號和雙引號（' ' 和 " "）都用，但美國人在書寫時往往用雙引號
（" "）。

如果在直接引語後面用了 he said 這樣的詞語，在後引號前要用逗號，而不是句號。
但是，如果直接引語是疑問句或感歎句，則要用問號或感歎號。

'We have to go home,' she told him. "我們必須回家了，"她告訴他。
'What are you doing?' Sarah asked. "你在做甚麼？"莎拉問道。
'Of course it's awful!' shouted Clarissa. "這當然很糟糕！"克拉麗莎大聲喊道。

如果接着又有同一人的另一句直接引語，要用大寫字母開頭並放在引號內。

'Yes, yes,' he replied. 'He'll be all right.' "是的，是的，"他回答說。"他會沒事的。"

如果在一句直接引語內插入了 he said 這樣的詞語，要在第一段直接引語以及 he said
後面用逗號，然後用引號引出直接引語的其餘部份。後半段直接引語的第一個詞不用
大寫字母，除非本身就要用大寫。

'Frankly darling,' he murmured, 'it's none of your business.' "坦白說，親愛的，"他
低聲說道，"這不關你的事。"
'Margaret,' I said to her, 'I'm so glad you came.' "瑪格麗特，"我對她說，"我很
高興你能來。"

如果在直接引語前面用了 he said 這樣的詞語，直接引語的開頭用逗號，末尾用句號、
冒號或感歎號。

She added, 'But it's totally up to you.' 她補充說，"但這完全由你決定。"
He smiled and asked, 'Are you her grandson?' 他微笑着問道，"你是她的孫子嗎？"

人們有時在直接引語前用冒號，特別是要表示接下來的內容很重要時。

I said: 'Perhaps your father was right.' 我說："也許你父親是對的。"

破折號用於表示說話者在猶豫或被人打斷。

'Why don't I –' He paused a moment, thinking. "為甚麼我不 ——"他停頓了片刻，
思考着。
'It's just that – circumstances are not quite right for you to come up just now.' "只
是 —— 情況不適合你馬上就來。"
'Oliver, will you stop babbling and –' 'Jennifer,' I interrupted, the man is a guest!' "奧
利弗，請你不要胡言亂語，還有 ——" "珍妮弗，"我打斷說，"這個人是客人！"

省略號（通常三個小點）用於表示某人在猶豫或停頓。

'I think they may come soon. I…' He hesitated, reluctant to add to her trouble. "我
認為他們可能很快就會來的。我……" 他猶豫了一下，不願意給她添麻煩。
'Mother was going to join us but she left it too late...' "母親本來要加入我們的，但
她出發太晚了……"

注意，有時在逗號前面或後面直接引用一個人的想法，而不是放在引號內。

My goodness, I thought, Tony was right. 我的天啊，我心想，東尼是對的。

I thought, what an extraordinary childhood. 我心想，真是一個非同尋常的童年。
把一段談話寫下來時，比如在敘事中，每一句直接引語都要另起一行。

> **❗ 注意**
>
> 如果直接引語佔了不止一行，不要在每一行的開頭都用前引號，只需用在直接
> 引語的開頭即可。如果直接引語不止一個段落，在每一個段落的開頭要用引
> 號，但段尾不加引號，除了最後一段。

16 標題和引用短語

提到書名、戲劇或電影等的名字時，可以用引號，儘管人們經常不用，特別是在非正
式書面語中。書和文章的標題常常不用引號，或用斜體。尤其是報紙的標題通常不用
引號。

*...Robin Cook's novel **Coma*** ……羅賓・庫克的小説《昏迷》
*...Follett's most recent novel, **Hornet Flight*** ……福利特的最新小説《大黃蜂的飛行》

提到一個詞或引用某人説的數個詞時，要放入引號內。

The manager later described the incident as 'unfortunate'. 經理後來把這個事件描述
為"不幸的"。
He has always claimed that the programme 'sets the agenda for the day'. 他一直聲
稱，這些安排好的活動"設定了一天的日程"。

在英式英語裏，通常不把句子的標點符號放在引號內。

Mr Wilson described the price as 'fair'. 威爾遜先生把價格描述為"公道"。
What do you mean by 'boyfriend'? 你説"男朋友" 是甚麼意思？

但是，在引用一個完整的句子時，人們常常把句號用在後引號之前，而不是之後。

You have a saying, 'Four more months and then the harvest.' 有一個説法，"再過四
個月就會有收成。"

如果想把逗號放在引語之後，逗號要放在後引號的後面。

The old saying, 'A teacher can learn from a student', happens to be literally true. 俗
話説"教師可以向學生學習"，這句話恰好是對的。

 在美式英語裏，句號或逗號放在後引號之前，而不是之後。

*There was a time when people were divided roughly into children, 'young persons,'
and adults.* 曾經有一段時間人們被大致分為兒童、"年輕人"和成人。

如果被引用的人也在引用，需要再用一組引號。如果用單引號開頭，第二段引語用雙
引號。如果用雙引號開頭，第二段引語則用單引號。

'What do they mean,' she demanded, 'by a "population problem"?' 她問道，"他
們説'人口問題'是甚麼意思？"
*"one of the reasons we wanted to make the programme," he explains, "is that
the word 'hostage' had been used so often that it had lost any sense or meaning."*
"我們想製作這個節目的原因之一，"他解釋説，"是'人質'這個詞被用得太多，
已經失去了任何意義。"

人們有時對他們認為不合適的詞或表達式加引號。

He was badly injured after 'a friend' had jokingly poured petrol over him and set fire to it. 他的一個朋友，開玩笑地在他身上澆汽油並點火，造成他嚴重受傷。

省略號（通常三個小點）用於表示所給的引語不完整，比如摘自一段書評。

'A creation of singular beauty...magnificent.' Washington Post. "美輪美奐的作品……宏偉壯觀。"《華盛頓郵報》

17 斜體

在印好的書籍和文章中可以看到斜體字（italics），比如用於表示標題或外來詞、強調或突出其他詞。書寫時不用斜體字。表示標題時，用引號或不用任何專門的標點符號。表示外來詞時，用引號。在正式的書面語裏，可用底線表示強調。

18 標點符號的其他用法

☞ 見參考部份 Abbreviations, Days and dates, Numbers and fractions, Measurements

☞ 見主題條目 Time

Spelling 拼寫

1 短元音或長元音	**15** -oul 和 -ol
2 雙寫詞尾的輔音字母	**16** -re 和 -er
3 省略詞尾的 e	**17** ae 或 oe 和 e
4 詞尾的 y 改成 i	**18** -ise 和 -ize
5 ie 或 ei	**19** 少數數組詞
6 -ically	**20** 個別單詞
7 -ful	**21** 兩個詞或一個詞
8 -ible	**22** 複合名詞中的連字符
9 -able	**23** 複合形容詞
10 -ent 和 -ant	**24** 複合動詞
11 不發音的輔音字母	**25** 短語動詞
12 難拼寫的詞	**26** 數詞
13 雙寫輔音字母	**27** 其他要點
14 -our 和 -or	

有些拼寫方法在本書的其他條目有更詳細的解釋。

☞ 見語法條目 Comparative and superlative adjectives, Contractions

☞ 見主題條目 Abbreviations, Names and Titles

☞ 見參考部份 Capital letters, Irregular verbs, Plural forms of nouns, Verb forms (formation of)

1 短元音或長元音

如果單音節詞有一個短元音，通常詞尾沒有 e。這條規則最常見的例外是 have 和 give。如果含有一個字母表示的長元音，則詞尾通常有 e。例如：

▶ /fæt/ 的拼寫是fat，/feɪt/ 的拼寫是 fate。

▶ /bɪt/ 的拼寫是bit，/baɪt/ 的拼寫是 bite。

▶ /rɒd/ 的拼寫是 rod，/rəʊd/ 的拼寫是 rode。

2 雙寫詞尾的輔音字母

如果單音節詞以一個元音和輔音結尾，先要雙寫詞尾的輔音字母，然後加上以元音開頭的後綴。

run	→	runner
set	→	setting
stop	→	stopped
wet	→	wettest

如果一個詞的音節多於一個，通常僅在最後一個音節重讀的情況下才雙寫詞尾的輔音字母。

admit	→	admitted
begin	→	beginner
refer	→	referring
motor	→	motoring
open	→	opener
suffer	→	suffered

但是，在英式英語裏，即使最後一個音節不重讀，也要雙寫像 travel 和 quarrel 這類動詞詞尾的 l。

travel	→	travelling
quarrel	→	quarrelled

 在英式英語裏，有時也在美式英語裏，下列動詞詞尾的輔音字母要雙寫，即使最後一個音節不重讀。

hiccup	kidnap	program	worship

handicap 詞尾的 p 也要雙寫。

3 省略詞尾的 e

如果詞尾的 e 不發音，要先省略 e 然後加上以元音開頭的後綴。

bake	→	baked
blame	→	blaming
fame	→	famous
late	→	later
nice	→	nicest
secure	→	security

但是像 courage 或 notice 這樣的詞，在構成比如 courageous /kə'reɪdʒəs/ 和 noticeable /'nəʊtɪsəbl/ 時，不能省略詞尾的 e，因為 e 表示前面的 g 讀作 /dʒ/、前面的 c 讀作 /s/。請比較 analogous /ən'æləgəs/ 和 practicable /'præktɪkəbl/。有時在加上以輔音開頭的後綴前，要省略詞尾不發音的 e。例如，awful 由 awe 構成，truly 由 true 構成。但是，詞尾的 e 並非始終要省略：useful 由 use 構成，surely 由 sure 構成。

4　詞尾的 y 改成 i

如果一個詞以輔音加 y 結尾，通常先把 y 改成 i，然後加後綴。

carry	→	carries
early	→	earlier
lovely	→	loveliest
try	→	tried

但是，在加 ing 的時候，不要把 y 改成 i。

carry	→	carrying
try	→	trying

單音節形容詞詞尾的 y 通常不變，比如 dry 和 shy。

dry	→	dryness
shy	→	shyly

5　ie 或 ei

如果讀音是 /iː/，拼寫常常是 ie。下面是一些最常見的 /iː/ 拼寫成 ie 的單詞：

achieve	field	priest	shield
belief	grief	relief	siege
believe	grieve	relieve	thief
brief	niece	reprieve	wield
chief	piece	retrieve	yield

在 mischief 和 sieve 這兩個詞中，ie 讀作 /ɪ/。

如果 c 的讀音是 /s/，c 後面的拼寫通常是 ei。

ceiling	conceive	deceive	receipt
conceit	deceit	perceive	receive

有些單詞中的 c 後接 ie，但 ie 的讀音不是 /iː/，比如，efficient /ɪˈfɪʃnt/、science /ˈsaɪəns/ 以及 financier /fɪˈnænsɪə/。

下列單詞中的 ei 讀作 /eɪ/：

beige	freight	sleigh	weight
deign	neighbour	veil	
eight	reign	vein	
feign	rein	weigh	

在 either 和 neither 中，ei 可讀作 /aɪ/，也可讀作 /iː/。另外，請注意 ei 在 height /haɪt/、foreign /ˈfɒrɪn/ 以及 sovereign /ˈsɒvrɪn/ 中的讀音。

6　-ically

對於以 ic 結尾的形容詞，用加 ally 的方法構成副詞，比如 artistically、automatically、democratically、specifically 和 sympathetically。不要加 ly，儘管詞尾 ally 的發音常常像 ly。但是，publicly 是一個例外。

7 -ful

某些形容詞通過在名詞後加 ful 構成,比如 careful、harmful、useful 和 wonderful。
不要加 full。

8 -ible

很多形容詞以 ible 結尾,但這些詞是固定的。不能通過加 ible 構成新的形容詞。下面
是最常用的以 ible 結尾的形容詞一覽表。

accessible	discernible	indestructible	permissible
admissible	edible	indivisible	plausible
audible	eligible	inexhaustible	possible
collapsible	fallible	inexpressible	reducible
combustible	feasible	intelligible	reprehensible
compatible	flexible	invincible	responsible
comprehensible	forcible	irascible	reversible
contemptible	gullible	irrepressible	sensible
convertible	horrible	irresistible	susceptible
credible	inadmissible	legible	tangible
crucible	incorrigible	negligible	terrible
defensible	incorruptible	ostensible	visible
digestible	indelible	perceptible	

只有在肯定形式很少使用的情況下,否定形式才包括在上表裏。表中很多肯定形式的
形容詞都可以加上否定前綴,比如 illegible、impossible、invisible、irresponsible 和
unintelligible。

9 -able

很多形容詞以 able 結尾,但這些詞並不固定,常常可在動詞後加上 able 構成新的形
容詞。下面是最常用的以 able 結尾的形容詞一覽表:

acceptable	desirable	miserable	respectable
available	fashionable	probable	suitable
capable	formidable	profitable	valuable
comfortable	inevitable	reasonable	
comparable	invaluable	reliable	
considerable	liable	remarkable	

表中大多數肯定形式的形容詞都可加上否定前綴,比如 incapable 和 uncomfortable。

10 -ent 和 -ant

通常從單詞的讀音無法判斷詞尾是 ent 還是 ant,因為兩者的發音都是 /ənt/。下面是
最常見的以 ent 結尾的形容詞:

absent	different	intelligent	silent
confident	efficient	magnificent	sufficient
consistent	evident	patient	urgent
convenient	frequent	permanent	violent
current	independent	present	
decent	innocent	prominent	

下面是最常用的以 ant 結尾的形容詞：

abundant	expectant	militant	resistant
arrogant	extravagant	poignant	resonant
brilliant	exuberant	predominant	self-reliant
buoyant	fragrant	pregnant	significant
defiant	hesitant	radiant	tolerant
distant	ignorant	redundant	vacant
dominant	important	relevant	vigilant
elegant	intolerant	reluctant	

下面是最常見的以 ent 結尾的名詞：

accident	development	government	present
achievement	element	investment	president
agent	employment	management	punishment
agreement	environment	moment	statement
apartment	equipment	movement	student
argument	establishment	parent	treatment
department	excitement	parliament	unemployment

注意，指動作和過程的名詞以 ment 而不是 mant 結尾，比如 assessment 和 improvement。

下面是最常見的以 ant 結尾的名詞：

accountant	descendant	merchant	protestant
applicant	giant	migrant	sergeant
attendant	immigrant	occupant	servant
commandant	infant	pageant	tenant
confidant	informant	participant	tyrant
consultant	instant	peasant	
defendant	lieutenant	pheasant	

注意，這些詞中很多是指人的名詞。

以 ent 結尾的形容詞有以 ence 或 ency 結尾的相關名詞。下面是其他一些常見的以 ence 或 ency 結尾的名詞：

agency	currency	influence	sentence
audience	deterrence	licence	sequence
coincidence	emergency	preference	subsistence
conference	essence	presidency	tendency
conscience	existence	reference	
consequence	experience	residence	
constituency	incidence	science	

以 ant 結尾的形容詞有以 ance 或 ancy 結尾的相關名詞。下面是其他一些常見的以 ance 或 ancy 結尾的名詞：

acceptance	assurance	inheritance	resemblance
acquaintance	balance	instance	substance
alliance	disturbance	insurance	tenancy
allowance	entrance	maintenance	
appearance	guidance	nuisance	
assistance	infancy	performance	

11 不發音的輔音字母

很多詞的拼寫中有不發音的輔音字母。下面是關於不發音的輔音字母的主要規則。

不發音的 b（後接同一音節中的 t）	debt doubt subtle	/det/ /daʊt/ /'sʌtl/
不發音的 b（音節末尾的 m 之後）	bomb climb lamb	/bɒm/ /klaɪm/ /læm/
不發音的 d	sandwich	/'sænwɪdʒ/
不發音的 g（音節首尾的 m 或 n 之前）	foreign gnat phlegm sign	/'fɒrɪn/ /næt/ /flem/ /saɪn/
不發音的 h（在詞首）*	heir honest honour hour	/eə/ /'ɒnɪst/ /'ɒnə/ /aʊə/
不發音的 h（詞尾的元音字母之後）	hurrah oh	/hə'rɑː/ /oʊ/
不發音的 h（元音之間）	annihilate vehicle	/ən'aɪəleɪt/ /'viːɪkl/
不發音的 h（r 之後）	rhythm rhubarb	/'rɪðəm/ /'ruːbɑːb/
不發音的 k（在詞首，後接 n）	knee know	/niː/ /nəʊ/
不發音的 l（a 和 f、k 或 m 之間）	half talk palm	/hɑːf/ /tɔːk/ /pɑːm/
不發音的 l（ou 和 d 之間）	should would	/ʃʊd/ /wʊd/

不發音的 n（詞尾的 m 之後）	column hymn	/ˈkɒləm/ /hɪm/
不發音的 p（源於希臘語的單詞詞首，n、s 或 t 之前）	pneumatic psychology pterodactyl	/njuːˈmætɪk/ /saɪˈkɒlədʒi/ /ˌterəˈdæktɪl/
不發音的 r（在標準英式英語裏，後接輔音字母或不發音的 e，或位於詞尾）**	farm more stir	/fɑːm/ /mɔː/ /stɜː/
不發音的 s	island	/ˈaɪlənd/
不發音的 s（很多源於法語的單詞中）	debris viscount	/ˈdebri/ /ˈvaɪkaʊnt/
不發音的 t	listen thistle	/ˈlɪsn/ /ˈθɪsl/
不發音的 t（源於法語的單詞詞尾）	buffet chalet	/ˈbʊfeɪ/ /ˈʃæleɪ/
不發音的 w（詞首的 r 之前）	wreck write	/rek/ /raɪt/
不發音的 w	answer sword two	/ˈɑːnsə/ /sɔːd/ /tuː/

12 難拼寫的詞

很多人覺得有些詞特別難拼寫。下面是一些常見的拼寫比較困難的單詞：

accommodation	February	medicine	science
acknowledge	fluorescent	necessary	secretary
across	foreign	occasion	separate
address	gauge	occurred	skilful (美式英語
allege	government	parallel	skillful)
argument	harass	parliament	succeed
awkward	inoculate	precede	supersede
beautiful	instalment	privilege	surprise
bureau	(美式英語	proceed	suspicious
bureaucracy	installment)	professor	threshold
calendar	language	pronunciation	tomorrow
cemetery	library	psychiatrist	vegetable
committee	manoeuvre	pursue	vehicle
conscience	(美式英語	recommend	Wednesday
embarrass	maneuver)	reference	withhold
exceed	mathematics	referred	

雙寫輔音字母

 在美式英語裏,給最後一個音節不重讀的雙音節詞加上後綴時,不用雙寫 l。例如,美式英語使用 traveling 和 marvelous 這樣的拼寫,而英式英語則使用 travelling 和 marvellous。

在英式英語和美式英語裏,如果最後一個音節重讀,最後的輔音字母都要雙寫。例如,兩種英語變體都使用 admitting 和 admitted 這樣的拼寫。

在英式英語裏,少數動詞的原形和 -s 形式只有一個輔音字母,但在美式英語裏有雙寫的輔音字母。例如,英式英語使用 appal 和 appals 這樣的拼寫,但美式英語則使用 appall 和 appalls。然而,英式英語和美式英語都使用 appalling 和 appalled。

appal	enrol	fulfil	instil
distil	enthral	instal	

另請注意,英國拼寫用 skilful 和 willful,與此相對的美國拼寫是 skillful 和 willful。

 注意,少數詞在英式英語裏有雙寫的輔音字母,而在美式英語裏只有一個輔音字母。

carburettor	→	carburetor
chilli	→	chili
jeweller	→	jeweler
jewellery	→	jewelry
programme	→	program
tranquillize	→	tranquilize
woollen	→	woolen

14 -our 和 -or

很多單詞,其中大部份是源自拉丁語的抽象名詞,在英式英語中以 our 結尾,但在美式英語裏以 or 結尾。

armour	→	armor
behaviour	→	behavior
colour	→	color
demeanour	→	demeanor
favour	→	favor
flavour	→	flavor
honour	→	honor
humour	→	humor
neighbour	→	neighbor
odour	→	odor
tumour	→	tumor
vapour	→	vapor

15 -oul 和 -ol

 有些詞在英式英語裏的拼寫是 oul，而在美式英語裏拼成 ol。

mould	→	mold
moult	→	molt
smoulder	→	smolder

16 -re 和 -er

 很多單詞，其中大部份是源自法語的詞彙，在英式英語裏以 re 結尾，而在美式英語裏以 er 結尾。

calibre	→	caliber
centre	→	center
fibre	→	fibre
meagre	→	meager
reconnoitre	→	reconnoiter
sombre	→	somber
spectre	→	specter
theatre	→	theater

17 ae 或 oe 和 e

 很多單詞，其中大部份是源自希臘語或拉丁語的詞彙，在英式英語裏拼寫成 ae 或 oe，而在美式英語中拼成 e。但是，現在美國拼寫有時也用在英式英語裏。

aesthetic	→	esthetic
amoeba	→	ameba
diarrhoea	→	diarrhea
gynaecology	→	gynecology
mediaeval	→	medieval

注意，manoeuvre 在美式英語裏拼寫成 maneuver。

18 -ise 和 -ize

 很多動詞的結尾可以是 ise，也可以是 ize。例如，authorise 和 authorize 是同一個動詞的不同拼寫。與美式英語相比，ise 詞尾在英式英語中更常見，但英國人越來越傾向於使用 ize 詞尾。本書使用的就是 ize 詞尾。

注意，下列動詞在英式英語和美式英語裏都只能用 ise 詞尾：

advertise	compromise	improvise	surprise
advise	despise	promise	televise
arise	devise	revise	
chastise	excise	supervise	
circumcise	exercise	surmise	

19 少數數組詞

 另請注意，下列少數數組詞在英式英語和美式英語裏的拼寫不一樣。英國拼寫列在前面。

analyse	→	analyze
breathalyse	→	breathalyze
catalyse	→	catalyze
paralyse	→	paralyze
analogue	→	analog
catalogue	→	catalog
dialogue	→	dialog
defence	→	defense
offence	→	offense
pretence	→	pretense

vice 作"老虎鉗"解時，在美式英語裏的拼寫是 vise。

☞ 見用法條目 practice – practise

20 個別單詞

有些個別單詞在英式英語和美式英語裏的拼寫不一樣。在下表中，英國拼寫列在前面。

alaxe – ax	gelatine – gelatin	plough – plow
chequer – checker	glycerine – glycerin	pyjamas – pajamas
dependence – dependance	grey – gray	sceptic – skeptic
distension – distention	nought – naught	tyre – tire

☞ 見用法條目 assure – ensure – insure, disc – disk, story – storey

下列三組詞的發音也略有不同：

aluminium /ˌæluːˈmɪniəm/	→	aluminum /əˈluːmɪnəm/
furore /fjʊˈrɔːri/	→	furor /ˈfjʊərɔːr/
speciality /ˌspeʃiˈælɪti/	→	specialty /ˈspeʃəlti/

21 兩個詞或一個詞

 在英式英語裏，有些詞語通常寫成兩個詞，但在美式英語裏，則可寫成一個詞。

any more	→	anymore
de luxe	→	deluxe
per cent	→	percent

22 複合名詞中的連字符

 複合名詞常常可寫成兩個獨立的詞或用連字符連接。英國和美國的做法有很多不同，沒有把握時應該查閱 COBUILD 詞典。一般而言，與英式英語相比，美式英語較少使用有連字符的複合詞。美式英語使用者更可能把複合詞拼寫成一個單詞，或不用連字

符寫成兩個詞。

*At seven he was woken by the **alarm clock**.* 7時他被鬧鐘喚醒。

*She's the kind of sleeper that even the **alarm-clock** doesn't always wake.* 她是那種睡着了以後連鬧鐘也不一定能喚醒的人。

表示親戚的單詞始終要用連字符，比如 great-grandmother 和 mother-in-law。對於第一部份只有一個字母的複合名詞，比如 T-shirt、U-turn 和 X-ray 等，通常要用連字符連接。為了使意思更清楚，用在一起作複合名詞修飾另一個名詞的單詞常常要用連字符。例如，可以用 sixth form 表示學校裏的6年級，但是 "6年級的班級" 要用連字符表述成 sixth-form class。

*The **stained glass** above the door cast beautiful colours upon the floor.* 門口上方的彩色玻璃在地板上投下了美麗的色彩。

*…a **stained-glass window*** ⋯⋯彩色玻璃窗

*I did a lot of drawing in my **spare time**.* 我在業餘時間畫了很多畫。

*I teach cookery as a **spare-time occupation**.* 我教烹飪作為業餘消遣。

23 複合形容詞

複合形容詞通常可以用連字符書寫，或寫成一個詞。

*…any **anti-social** behaviour such as continuous lateness* ⋯⋯如連續遲到等任何不合群的行為

*…the activities of **antisocial** groups* ⋯⋯反社會團體的活動

有些形容詞在名詞前面一般用連字符書寫，在 be 後面則分寫成兩個詞。

*He was wearing a **brand-new** uniform.* 他穿着一件全新制服。

*His uniform was **brand new**.* 他的制服是全新的。

用在首字母大寫的詞前面的前綴始終要用連字符。

*…a wave of **anti-British** feeling* ⋯⋯一股反英情緒的浪潮

*…from the steps of the **neo-Byzantine** cathedral* ⋯⋯從新拜占庭大教堂的台階

描寫有兩種顏色的東西時，可在兩個形容詞之間用 and，連字符可用也可不用。

*…an ugly **black and white** swimming suit* ⋯⋯一件難看的黑白泳衣

*…a **black-and-white** calf* ⋯⋯一頭黑白相間的小牛

談論一組事物時，如果每個事物都有兩種顏色，最好用連字符。

*…fifteen **black-and-white** police cars* ⋯⋯15輛黑白警車

如果每個事物只有一種顏色，則不要用連字符。

*…**black and white** dots* ⋯⋯黑色和白色的小點

24 複合動詞

複合動詞書寫時通常用連字符，或寫成一個詞。

*Take the baby along if you can't find anyone to **baby-sit**.* 如果找不到人代為照顧嬰孩，就把他帶在身邊。

*I can't come to London, because Mum'll need me to **babysit** that night.* 我去不了倫敦，因為那天晚上媽媽需要我照顧。

25 短語動詞

短語動詞寫成兩個（或三個）詞，不用連字符。

*She **turned off** the radio.* 她關掉了收音機。

*They **broke out of** prison on Thursday night.* 他們星期四晚上越獄了。

但是，如果與短語動詞有關的名詞和形容詞的第一部份以 -ing、-er、-ed 或 -en 結尾，書寫時要用連字符。

*Finally, he monitors the **working-out** of the plan.* 最後，他監控了計劃的進展。

*One of the boys had stopped a **passer-by** and asked him to phone an ambulance.* 其中一個男孩攔住了一位過路人，請他打電話叫救護車。

*Gold was occasionally found in the **dried-up** banks and beds of the rivers.* 偶然在這些河流乾涸的兩岸及河牀內能發現黃金。

*He fixed **broken-down** second-hand cars.* 他修理破舊的二手車。

其他與短語動詞有關的名詞和形容詞書寫時用連字符，或寫成一個詞，或兩者皆可。例如，break-in 書寫時始終用連字符，breakthrough 始終寫成一個詞，而 takeover 也可寫成 take-over。

 在美式英語裏，不用連字符的合寫形式比在英式英語中更常見。

*Abbey National had fought off a **take-over** bid from Lloyds TSB.* 阿比國民銀行擊退了勞埃德TSB集團的收購出價。

*They failed to reach a **takeover** deal.* 他們未能達成收購交易。

26 數詞

二十到一百之間的數詞書寫時通常用連字符，比如 twenty-four（二十四）和 eighty-seven（八十七）。份數書寫時也常常用連字符，比如 one-third（三分之一）和 two-fifths（五分之二）。但是，如果用 a 代替 one，則不用連字符：a third（三分之一）。

*Some headaches can last **twenty-four** hours or more.* 有些頭痛可以持續24小時或更長時間。

***Two-fifths** of the world economy is now in recession.* 五分之二的世界經濟體正在衰退。

***A third** of the cost went into technology and services.* 三分之一的成本投入了技術和服務。

27 其他要點

 在英式英語裏，如果一個詞有兩個清楚的部份，而第二部份的第一個字母與第一部份的最後一個字母相同，人們通常用連字符，特別是如果這個字母是元音時。例如，pre-eminent 和 co-operate。

在美式英語裏，如今通常省略連字符，比如 preeminent 和 cooperate。

*He agreed to **co-operate** with the police investigation.* 他同意配合警方的調查。

*Both companies said they would **cooperate** with the government.* 這兩家公司都表示，他們將與政府合作。

人們在使用兩個有連字符且第二部份相同的單詞時，有時只寫第一個詞的第一部份，但是，把每個詞都完整寫出來則更清楚。

*Their careers bridged the **pre- and post-war** eras.* 他們的職業生涯跨越了戰前和戰後兩個時期。

*...**long- and short-term** economic planning* ……長期和短期經濟規劃

在英式英語裏，用前綴 *anti-*、*non-* 和 *semi-*構成的複合詞通常書寫時用連字符，但在美式英語裏則不用連字符。在美式英語裏，通過添加*-like*構成的形容詞書寫時不用連字符，除非第一部份是專有名詞或比較長。

anti-nuclear – antinuclear	semi-literate – semiliterate
non-aggression – nonaggression	cloud-like – cloudlike

關於具體某個複合詞的書寫方式，請查閱 COBUILD 詞典。

☞ 見參考部份 Punctuation

Verb forms (formation of) 動詞形式（的構成）

添加*-s*、*-ing* 和*-ed* 詞尾時，有時拼寫會發生變化，如下表所示。

	原形	*-s*形式	*-ing*形式或 *-ing*分詞	過去式和 *-ed*分詞
		加 *-s*	加 *-ing*	加 *-ed*
	join	joins	joining	joined
		加*-es*		
以 **-sh** 結尾	finish	finishes	finishing	finished
以 **-ch** 結尾	reach	reaches	reaching	reached
以 **-ss** 結尾	pass	passes	passing	passed
以 **-x** 結尾	mix	mixes	mixing	mixed
以 **-z** 結尾	buzz	buzzes	buzzing	buzzed
以 **-o** 結尾	echo	echoes	echoing	echoed
			省略 *-e* 再加 *-ing* 或 *-ed*	
以 **-e** 結尾	dance	dances	dancing	danced
			把 *-ie* 改為 *y* 再加 *-in*	省略 *-e* 再加 *-ed*
以 **-ie** 結尾	tie	ties	tying	tied
以**輔音字母結尾 + -*y*		把 *-y* 改為 *-ies*		把 *-y* 改為 *-ied*
	cry	cries	crying	cried

以單個元音結尾的一個音節 + 輔音字母			雙寫詞尾輔音字母再加 *-ing* 或 *-ed*	
	dip	dips	dipping	dipped
最後一個音節重讀			雙寫詞尾輔音字母再加 *-ing* 或 *-ed*	
	refer	refers	referring	referred
以 **-ic** 結尾			先加 *-k* 然後加 *-ing* 或 *-ed*	
	panic	panics	panicking	panicked

下列以 e 結尾的動詞按正常方式加 *-ing* 構成 *-ing* 形式。例如，age 的 *-ing* 形式是 ageing。

absolute	disagree	free	referee
age	dye	hoe	singe
agree	eye	knee	tiptoe

以 w、x 或 y 結尾的動詞在構成 *-ing* 形式或過去式的時候，詞尾的輔音字母不要雙寫。

row   →   rowing   →   rowed

box   →   boxing   →   boxed

play   →   playing   →   played

在英式英語裏，即使動詞的最後一個音節不重讀，詞尾的l也要雙寫，比如 travel 和 quarrel。

travel   →   travelling   →   travelled

quarrel   →   quarrelling   →   quarrelled

 在美式英語裏，詞尾的 l 不雙寫。在英式英語裏，有時也在美式英語中，即使下列動詞的最後一個音節不重讀，詞尾的輔音字母也要雙寫。

handicap	kidnap	worship
hiccup	program	

Glossary of grammatical terms 語法術語表

abstract noun 抽象名詞 用於描述性質、想法、體驗而不是物質或具體事物的名詞。例如 *joy* 歡樂、*size* 大小、*language* 語言。比較 concrete noun。見語法條目 Nouns。

active 主動 用於描述 gives、took 和 has made 這類動詞短語，其主語是施事或主事的人或物。例如 *The storm **destroyed** dozens of trees.* 暴風雨摧毀了數十棵樹。比較 passive。

adjectival clause 形容詞從句 又稱 relative clause。

adjective 形容詞 用於描述事物的詞，以說明其外觀、顏色、大小或其他性質，例如 *...a **pretty blue** dress* ……一件漂亮的藍色連衣裙。見語法條目 Adjectives。

adverb 副詞 用於描述某事物發生的時間、方式、地點或在甚麼情況下發生的詞，例如 *quickly* 迅速地、*now* 現在。

adverb of degree 程度副詞 表示感覺或屬性的程度或範圍的副詞，例如 *I enjoyed it **enormously**.* 我非常喜歡這個、*She felt **extremely** tired.* 她感到非常疲勞。

adverb of duration 持續副詞 表示某事物持續時間長度的副詞，例如 *He smiled **briefly**.* 他微微一笑。

adverb of frequency 頻率副詞 表示某事物發生頻率的副詞，例如 *I **sometimes** regret it.* 我有時會後悔。

adverb of manner 方式副詞 表示某事物發生方式或完成方式的副詞，例如 *She watched him **carefully**.* 她仔細注視着他。

adverb of place 地點副詞 表示位置或方向的副詞，例如 *Come **here**.* 過來。

adverb of time 時間副詞 表示某事物發生時間的副詞，例如 *I saw her **yesterday**.* 我昨天看見她了。見語法條目 Adverbs and adverbials。

adverbial 狀語 加在句子上的一個詞或詞組，用於提供信息說明時間、地點或方式，例如 *She laughed **nervously**.* 她緊張地笑了笑、*No birds or animals came **near the body**.* 沒有鳥或動物走近屍體。又稱 adjunct。另見 **sentence adverbial**。見語法條目 Adverbs and adverbials。

adverbial clause 狀語從句 為主句描寫的事件提供進一步說明的從句。見語法條目 Subordinate clauses。

adverb phrase 副詞短語 一起使用的兩個副詞，例如 *She spoke **very quietly**.* 她用非常低的聲音說話。

affirmative 肯定 肯定句是不含否定詞的句子。比較 negative。

affix 詞綴 加在詞頭或詞尾的一個字母或一組字母，構成另一個詞，例如 *anti-communist* 反共產主義的、*harmless* 無害的。另見 suffix, prefix。

agent 施事 又稱 performer。

agreement 一致 指主語和動詞的關係，或指數詞或限定詞和名詞的關係，例如 I look/ She looks... 我看 / 她看……、This book is mine/These books are mine. 這本書是我的 / 這些書是我的、one bell / three bells 一個鈴鐺 / 三個鈴鐺。又稱 concord。

apostrophe s 一撇 s 加在名詞上面表示所屬關係的詞尾（'s），例如 ...Harriet's daughter ……哈麗雅特的女兒、the professor's husband... 教授的丈夫……、the Managing Director's secretary 總經理的秘書。見用法條目 's。

article 冠詞 見 definite article, indefinite article。

aspect 體 表示動作在進行、重複還是已經完成的動詞形式。

attributive 定語 指形容詞用在名詞前的位置，例如 classical music 古典音樂、outdoor shoes 戶外鞋、woollen socks 羊毛襪。比較 predicative。

auxiliary verb 助動詞 指 be、have 和 do 這些動詞之一，與主要動詞連用，構成動詞的各種形式、否定句、疑問句等。又稱 **auxiliary**。情態詞（**modal**）也是助動詞。見語法條目 Auxiliary verbs, Modals。

bare infinitive 原形不定式 又稱 infinitive without to。

base form 原形 詞尾不添加任何字母、也不是過去式的動詞形式，例如 walk、go、have、be。原形是列在詞典內供查閱的形式。

broad negative adverb 廣義否定副詞 指包括 barely 和 seldom 在內的少數副詞之一，用於使陳述幾乎變成否定，例如 I

barely knew her. 我幾乎不認識她。見語法條目 Broad negatives。

cardinal number 基數詞 用於計數的數詞，例如 one 一、seven 七、nineteen 十九。見參考部份 Numbers and fractions。

classifying adjective 類別形容詞 用於說明事物屬於甚麼類別的形容詞，例如 Indian 印度的、wooden 木頭的、mental 精神的。比較 **qualitative adjective**。見語法條目 Adjectives。

clause 分句 含有一個動詞的一組詞。見 **main clause, subordinate clause**。見語法條目 Clauses。

clause of manner 方式從句 又稱 manner clause。

collective noun 集合名詞 指一組人或事物的名詞，例如 committee 委員會、team 團隊、family 家庭。見語法條目 Nouns。

colour adjective 顏色形容詞 表示某物是甚麼顏色的形容詞，例如 red 紅、blue 藍、scarlet 深紅。見語法條目 Adjectives。

common noun 普通名詞 用於指一類人、事物或物質的名詞，例如 sailor 水手、computer 電腦、glass 玻璃。比較 proper noun。

comparative 比較級 詞尾加 -er 或前面加 more 的形容詞或副詞，例如 friendlier 更友好、more important 更重要、more carefully 更仔細地。見語法條目 Comparative and superlative adjectives, Comparative and superlative adverbs。

complement 補語 位於 be 等繫動詞之後的名詞短語或形容詞，進一步說明句子的主語或賓語，例如 She is **a teacher**. 她是老師、She is **tired**. 她累了。見語法條目 Complements。另見 object complement。

complex sentence 複合句 由一個主句加

一個從句構成的句子，例如 *She wasn't thinking very quickly because she was tired.* 她思維不敏捷，因為她累了。見語法條目 Clauses。

compound 複合詞　兩個或兩個以上詞的組合，起一個語法單位的作用。例如 *self-centred*（自我中心的）和 *free-and-easy*（無拘無束的）是複合形容詞、*bus stop*（公共汽車站）和 *state of affairs*（事態）是複合名詞、*dry-clean*（乾洗）和 *roller-skate*（滾軸溜冰）是複合動詞。

compound sentence 並列句　由並列連詞連接兩個或兩個以上主句構成的句子，例如 *They picked her up and took her into the house.* 他們把她抱起來，然後帶進了屋。見語法條目 Clauses。

concessive clause 讓步從句　通常由 although、though 或 while 引導的從句，與主句形成對比，例如 ***Although I like her**, I find her hard to talk to.* 雖然我喜歡她，但我發現她很難説得上話。見語法條目 Subordinate clauses。

concord 呼應　又稱 agreement。

concrete noun 具體名詞　指摸得到或看得見的東西的名詞，例如 *table* 桌子、*dress* 衣服、*flower* 花。比較 abstract noun。見語法條目 Nouns。

conditional clause 條件從句　通常由 if 或 unless 開頭的從句。主句中描述的事件取決於從句中描述的條件；***If it rains**, we'll go to the cinema.* 如果下雨，我們就去看電影、*They would be rich **if they had taken my advice**.* 如果他們接受了我的勸告，他們將會變得富有。見語法條目 Subordinate clauses。

conjunction 連詞　連接兩個分句、短語或單詞的詞。連詞分為<u>並列連詞</u>（coordinating conjunction）和<u>從屬連詞</u>（subordinating conjunction）兩類。前者連接句子內語法類型相同的部份（如 *and*、*but*、*or*），後者引導從句（如 *although*、*because*、*when*）。見語法條目 Subordinate clauses。

continuous 進行時　又稱 progressive。

contraction 縮略式　助動詞加 not 或主語加助動詞的縮略形式，起一個詞的作用，例如 *aren't*、*she's*。見語法條目 Contractions。

coordinating conjunction 並列連詞　連接語法類型相同的兩個分句、短語或單詞的詞，如 *and*、*but* 或 *or*。見語法條目 Subordinate clauses。

coordination 並列　語法類型相同的單詞或詞組的連接，或同等重要的分句的連接。見語法條目 Conjunctions、Adjectives。

copula 繫動詞　又稱 linking verb。

countable noun 可數名詞　有單數和複數形式的名詞，例如 *dog / dogs* 狗、*lemon / lemons* 檸檬、*foot / feet* 腳。又稱 **count noun**。見語法條目 Nouns。

defining relative clause 限制性關係從句　指所談及的人或物的關係從句；*I wrote down everything **that she said**.* 我寫下了她所説的一切。比較 **non-defining relative clause**。見語法條目 Relative clauses。

definite article 定冠詞　指限定詞 the。

definite determiner 定指限定詞　用於指稱已經提及或身份明顯的人或物的限定詞，例如 *the*、*that*、*my*。見語法條目 Determiners。

delexical verb 虛化動詞　本身沒有多少詞義的動詞，與賓語連用描述一個動作。Give、have 和 take 常用作虛化動詞，例如 She **gave a small cry**. 她輕輕叫了一聲、I've **had a bath**. 我洗了個澡。見語法條目 Verbs。

demonstrative 指示詞 指 this、that、these 和 those 這些詞之一，用在名詞前面，例如 ...**this** woman ……這個女人、**that** tree 那棵樹。指示詞也可用作代詞。例如 **That** looks interesting. 那看起來很有趣、**This** is fun. 這很有趣。見用法條目 that - those, this - these。

dependent clause 副句 又稱 subordinate clause。

determiner 限定詞 指包括 the、a、some 和 my 在內的一組詞之一，用在名詞短語的開頭。見語法條目 Determiners。

direct object 直接賓語 在含主動動詞的句子中表示受動作直接影響的人或物的名詞短語，例如 She wrote **her name**. 她寫下自己的名字、I shut the windows. 我關上窗戶。比較 **indirect object**。見語法條目 Objects。

direct speech 直接引語 對說話人原話的引用，不改變時態和人稱等。見語法條目 Reporting。

ditransitive verb 雙及物動詞 指 give、take 或 sell 之類可同時帶間接賓語和直接賓語的動詞，例如 She **gave me a kiss**. 她給了我一個吻。見語法條目 Verbs。

dynamic verb 動態動詞 描述動作的動詞，如 run、fight 或 sing。比較 **stative verb**。見語法條目 The progressive form。

-ed participle -ed分詞 指 broken 或 watched 這樣的動詞形式，用於構成完成時和被動式。又稱 **past participle**。見語法條目 -ed participles。

ellipsis 省略 指在上下文清楚的情況下省略詞語。見語法條目 Ellipsis。

emphasizing adjective 強調形容詞 指 complete、utter 或 total 等強調對事物的感覺強烈程度的形容詞，例如 I feel a **complete** fool. 我覺得自己完全是個大傻瓜。見語法條目 Adjectives。

emphasizing adverb 強調副詞 用於強調動詞或形容詞的副詞，例如 I **simply** can't do it. 我根本不能這麼做、I was **absolutely** amazed. 我感到十分驚奇。見語法條目 Adjuncts, Adverbs。

ergative verb 作格動詞 作格動詞既可作及物動詞聚焦於動作的執行者，又可作不及物動詞聚焦於受動作影響的事物，例如 He had boiled a kettle. 他燒開了一壺水、The kettle had boiled. 那壺水燒開了。見語法條目 Verbs。

exclamation 感嘆語、感嘆句 突然高聲說出表示吃驚、憤怒等的聲音、詞或句子，例如 Oh Gosh! 啊，天哪！見主題條目 Reactions。

finite 限定 限定動詞按照人稱或時態發生屈折變化，不是不定式或分詞，例如 He **loves** gardening. 他熱愛園藝、You **can borrow** that pen if you want to. 你如果需要的話可以借那支鋼筆。比較 non-finite。

first person 第一人稱 見 person。

focusing adverb 焦點副詞 表示最相關的事物的句子狀語；例如 only 僅僅、mainly 主要地、especially 尤其。見語法條目 Adverbs and adverbials。

future 將來時 will 或 shall 與動詞原形連用，表示將來事件，例如 She **will come** tomorrow. 她明天要來。見語法條目 Future time。

future continuous 將來進行時 又稱 future progressive。

future perfect 將來完成時　will have 或 shall have 與 -ed分詞連用，表示將來事件，例如 I **will have finished** by tomorrow. 我明天就完成了。見語法條目 Future time。

future perfect continuous 將來完成進行時　又稱 future perfect progressive。

future perfect progressive 將來完成進行時　will have been 或 shall have been 與 -ing分詞連用，表示將來事件。又稱 future perfect continuous，例如 I **will have been walking** for three hours by then. 到那時我將連續步行達三小時。見語法條目 The progressive form。

future progressive 將來進行時　will be 或 shall be 與 -ing分詞連用，表示將來事件。又稱 future continuous；例如 She **will be going** soon. 她很快會離開。見語法條目 Future time, The progressive form。

gerund 動名詞　又稱 -ing noun。

gradable 可分級的　可分級形容詞能與 very 之類的詞連用，或用於比較級或最高級形式，說明所指的人或物具有某種屬性的程度；big 和 good 之類的屬性形容詞是可分級的，例如 very boring 非常無聊的、less helpful 幫助更小的、the best 最好的。

idiom 慣用語　由兩個或兩個以上的詞構成的詞組，其特殊意義不能按單個詞的詞義理解，例如 to go like a bomb 飛馳、a free-for-all 混戰。

if-clause if-從句　指條件從句（**conditional clause**）或用於轉述 yes / no-疑問句的從句。

imperative 祈使式　沒有主語的動詞原形，尤用於發佈指令、命令和指示，也用於作出提議和建議，例如 **Come** here. 過來、**Take** two tablets every four hours. 每四小時服兩片、**Enjoy** yourself. 希望你玩得開心。見語法條目 The imperative。

impersonal it 非人稱 it　it 用於引出事實或用於分裂句時，稱作非人稱主語，例如 **It's** raining. 在下雨。見用法條目 it。

indefinite article 不定冠詞　指限定詞 a 和 an。

indefinite determiner 不定指限定詞　用於泛泛地或不確定地談論人或事物的限定詞，例如 a 一個、some 一些。見語法條目 Determiners, Quantity。

indefinite place adverb 不定地點副詞　指包括 anywhere 和 somewhere 在內的一小組副詞之一，用於籠統或含糊地指位置或場所。見主題條目 Places。

indefinite pronoun 不定代詞　指包括 someone 和 anything 在內的一小組代詞之一，用於泛指人或物。見語法條目 Pronouns。

indirect object 間接賓語　與及物動詞連用的第二個賓語，表示某人或某物從某動作中受益，或由此而獲得某物，例如 She gave **me** a rose. 她給我一朵玫瑰。見語法條目 Verbs。

indirect question 間接疑問句　又稱 reported question。

indirect speech 間接引語　又稱 reported speech。

infinitive 不定式　指動詞的原形，前面常用 to，例如 (to) take、(to) see、(to) bring。見語法條目 Infinitives。

infinitive without to 不帶 to 的不定式　指沒有 to 的動詞不定式，例如 Let me **think**. 讓我想一想。

inflection 屈折變化　動詞、名詞、代詞或形容詞表示時態、數、格和程度不同的

詞形變化形式，例如 *come / came*、*cat /
cats*、*small / smaller / smallest*。

-ing clause -ing分句　以 -ing形式開頭的
分句，例如 *Realising that something was
wrong, I stopped.* 意識到甚麼地方出了問
題，我停了下來。見語法條目 -ing forms。

-ing form -ing形式　以 -ing結尾的動詞
形式，用於構成比如進行時結構，例如
swimming, laughing。見語法條目 -ing
forms。

-ing noun -ing名詞　與動詞的 -ing形式相
同的名詞，例如 ***Swimming*** *is a great
way to get fit.* 游泳是健身的好方法。見語
法條目 -ing forms。

-ing participle -ing分詞　以 -ing 結尾的
動詞形式，用於構成進行時結構。又稱
present participle、例如 *They were all
laughing at me.* 他們都在嘲笑我。見語
法條目 -ing forms。

intensifier 強化詞　用於加強形容詞使其語
氣變得更強烈的分級副詞，例如 *very* 非
常、*exceptionally* 極其。

interjection 感嘆語　又稱 exclamation。

interrogative 疑問式　在疑問式的句子裏，
動詞短語的一部份或全部都位於主語之
前。大多數疑問句都採用疑問式，例如 ***Is
it*** *still raining?* 還在下雨嗎？見語法條目
Questions。

interrogative adverb 疑問副詞　用於提問
的 how、when、where 和 why 這些副詞
之一，例如 ***How*** *do you know that?* 你
是怎麼知道的？見語法條目 Questions,
Reporting。

interrogative pronoun 疑問代詞　用於提
問的 who、whose、whom、what 和 which
這些代詞之一，例如 ***Who*** *did you talk to?*
你和誰說了話？見語法條目 Questions,

Reporting。

intransitive verb 不及物動詞　不帶賓語的
動詞，用於談論僅涉及主語的動作或事
件，例如 *She arrived.* 她到達了、*I was
yawning.* 我在打哈欠。比較 transitive
verb。見語法條目 Verbs。

inversion 倒裝　調換句子詞序，尤其是改變
主語和動詞次序。見語法條目 Inversion。

irregular 不規則　用於描述不遵循正常屈折
變化規則的動詞、名詞或形容詞。不規
則動詞的過去式和 / 或 -ed分詞不按規
則的 -ed詞尾的方式構成。見語法條目
Comparative and superlative adjectives,
Comparative and superlative adverbs。
見參考部份 Irregular verbs, Plural forms of
nouns。

lexical verb 實義動詞　又稱 main verb。

linking verb 繫動詞　連接句子主語和補
語的動詞。有時又稱 copula，例如 *be*、
become、*seem*、*appear*。見語法條目
Complements、Verbs。

main clause 主句　不依附於另一個分句、
也不是其一部份的句子。見語法條目
Clauses。

main verb 主要動詞　助動詞以外的任何動
詞。又稱 lexical verb。

manner clause 方式從句　通常由 as、like
或 the way 引導的從句，描述做事的方
式，例如 *She talks **like her mother used
to**.* 她像她母親以前那樣說話。見語法條
目 Subordinate clauses。

mass noun 物質名詞　通常不可數的名詞，
但指某物的數量或種類時，能作可數名
詞用，例如 *two **sugars*** 兩塊糖、*cough
medicines* 止咳藥。見語法條目 Nouns。

measurement noun 量度名詞　指尺寸、
體積、重量、速度、溫度等單位的名詞，

例如 *metre* 米、*pound* 磅。見參考部份 Measurements。

modal 情態詞　與另一個動詞原形連用的助動詞，表示一種特定的態度，如可能性、義務、預測或推理。又稱情態助動詞或情態動詞，例如 *can*、*could*、*may*、*might*。見語法條目 Modals。

modifier 修飾語　位於名詞前、以某種方式對其描述的詞或詞組，例如 *a* **beautiful sunny** *day* 陽光明媚的一天、*a* **psychology** *conference* 心理學大會。見語法條目 Modifiers。

negative 否定　用來描述使用 not、never 或 no one 等的句子，表示缺乏某事物或表示某事物的反面，或説明某事物的情況不是如此，例如 *I* **don't** *know you.* 我不認識你、*I'll* **never** *forget.* 我永遠不會忘記。比較 affirmative。見用法條目 not, no, none, no-one, nothing, nowhere, never。

negative word 否定詞　使分句變成否定的詞，如 never, no-one 和 not。

nominal relative clause 名詞性關係從句　起名詞短語作用的分句，常常以 wh-詞開頭，例如 *I wrote down* **what she said**. 我寫下了她説的話。

non-defining relative clause 非限制關係從句　進一步説明某人或某物的關係從句，但並非確定是這些人或物所需要的，例如 *That's Mary,* **who was at university with me**. 那是瑪麗，她曾和我一起讀大學。比較 defining relative clause。見語法條目 Relative clauses。

non-finite 非限定　非限定動詞是不按人稱或時態發生屈折變化的動詞。不定式和分詞是非限定的，例如 *to go*、*do*、*being*。比較 finite。

non-finite clause 非限定從句　基於分詞或不定式的從句。非限定從句沒有時態，不表示某事發生的時間。見語法條目 -*ing* forms, -*ed* participles, Ellipsis。

noun 名詞　指人、物及感覺和屬性等抽象概念的詞，例如 *woman* 女人、*Harry* 哈里、*guilt* 內疚。見語法條目 Nouns。

noun modifier 名詞修飾語　用在另一個名詞前，充當形容詞的名詞，例如 …*a* **car** *door* ……汽車車門、*a* **steel** *works* 鋼鐵廠。見語法條目 Noun modifiers。

noun phrase 名詞短語　作句子主語、補語、賓語，或作介詞賓語的一組詞。

number 數　區分單數和複數的方式，例如 *flower / flowers* 一朵花 / 一些花、that / those 那個 / 那些。另見 cardinal number, ordinal number。

object 賓語　除主語外指人或物的名詞短語，這些人或物與動詞的作用有關或受其影響。另見 direct object, indirect object。介詞也可帶賓語。見語法條目 Objects。

object complement 賓語補語　用於描述分句賓語的補語，與 make 和 find 等動詞連用，例如 *It made me tired.* 這讓我很疲勞、*I found her asleep.* 我發現她睡着了。見語法條目 Complements。

object pronoun 賓格人稱代詞　用作動詞或介詞賓語的人稱代詞。賓格人稱代詞有 me、us、you、him、her、it 以及 them，例如 *Can you help* **me**? 你能幫我一下嗎？、*I'd like to talk to* **them**. 我想和他們談一談。見語法條目 Pronouns。

ordinal number 序數詞　用於表示某物在順序或序列中位置的數詞，例如 *first* 第一、*fifth* 第五、*tenth* 第十、*hundredth* 第一百。見參考部份 Numbers and fractions。

participle 分詞　用於構成不同時態的動詞形式。見 *-ed* participle、*-ing* participle。

particle 小品詞　和動詞結合在一起構成短語動詞的副詞或介詞，例如 *out*、*on*。

partitive 單位詞　用在 of 前說明特定事物數量的詞，例如 *pint* 品脫、*loaf* 一條、*portion* 一客。見語法條目 Quantity。

passive 被動式　諸如 was given、were taken、had been made 等動詞形式，其主語是受動作影響的人或物，例如 *Dozens of trees **were destroyed**.* 數十棵樹被摧毀了。比較 active。見語法條目 The passive。

past continuous 過去進行時　又稱 past progressive。

past form 過去式　常以 *-ed* 結尾的動詞形式，用於構成一般過去時。

past participle 過去分詞　又稱 *-ed* participle。見語法條目 *-ed* participles。

past progressive 過去進行時　was 或 were 與 *-ing* 分詞連用構成的時態，指過去的事件。又稱 past continuous，例如 *They **were worrying** about it yesterday.* 他們昨天對此非常擔心。見語法條目 The past, The progressive form。

past perfect 過去完成時　had 與 *-ed* 分詞連用構成的時態，指過去的事件，例如 *She **had finished**.* 她已經完成了。見語法條目 The past。

past perfect continuous 過去完成進行時　又稱 past perfect progressive。

past perfect progressive 過去完成進行時　had been 與 *-ing* 分詞連用構成的時態，指過去的事件，例如 *He **had been waiting** for hours.* 他已經等了數小時。見語法條目 The past, The progressive form。

past simple 一般過去時　動詞的過去式，用於指過去的事件和情況，例如 *They **waited**.* 他們等待着。見語法條目 The past。

performer 執行者　執行動作的人。又稱 agent。

person 人稱　用於指三類話語參與者的術語。他們是第一人稱（說話或寫作的人）、第二人稱（受話者）和第三人稱（談及的人或物）。

personal pronoun 人稱代詞　包括 I、you、me 和 they 在內的一組單詞之一，用於返指談及的人或物。見語法條目 Pronouns。

phrasal verb 短語動詞　動詞加副詞和／或介詞、具有單一意義的組合，例如 *back down* 讓步、*hand over* 移交、*look forward to* 期待。見語法條目 Phrasal verbs。

phrase 短語　小於分句的一組詞，基於一個特定詞類構成。見 noun phrase, prepositional phrase, verb phrase。短語有時也用來指任何一組詞。

place clause 地點從句　用於談論某物所處地點的從句，例如 *I left it **where it fell**.* 我把它留在了掉下來的地方。見語法條目 Subordinate clauses。

plural 複數　用於談論一個以上的人或物的可數名詞或動詞的形式，例如 ***Puppies chew** everything.* 小狗會咬任何東西、*The **women were** outside.* 那些女人在外面。比較 singular。見參考部份 Plural forms of nouns。

plural noun 複數名詞　僅用作複數形式的名詞，例如 *trousers* 褲子、*scissors* 剪刀、*vermin* 害蟲。見語法條目 Nouns。

positive 肯定　又稱 affirmative。

possessive determiner 所有格限定詞　指 my、your、his、her、its、our 和 their 等限定詞之一，表示某物屬於誰或何物，或與誰或何物有關。又稱 possessive adjective。見語法條目 Possessive determiners。

possessive pronoun 所有格代詞　指 mine、yours、hers、his、ours 和 theirs 這些代詞之一。見語法條目 Pronouns。

postdeterminer 後置限定詞　可用於限定詞之後、任何其他形容詞之前的少數形容詞，使所指變得清楚準確，例如 The following brief description... 下列簡要說明…… 見語法條目 Adjectives。

predeterminer 前置限定詞　位於限定詞之前的詞，但仍然屬於名詞短語的一部份，例如 ...**all** the boys ……所有男孩、**double** the trouble 雙重麻煩、**such** a mess 這樣一個爛攤子。

predicative 表語　指形容詞用在 be 等繫動詞後的位置，例如 alive、asleep、sure。比較 attributive。

prefix 前綴　為了構成一個新單詞而加在詞首的一個或一組字母，例如 semi-circular 半圓形的。比較 affix 和 suffix。

preposition 介詞　諸如 by、with 或 from 這樣的詞，總是後接名詞短語或 -ing形式。見語法條目 Prepositions。

prepositional phrase 介詞短語　由介詞及其賓語組成的結構，例如 ...on the table ……在桌子上、by the sea 在海邊。

present continuous 現在進行時　又稱 present progressive。

present participle 現在分詞　又稱 -ing form。

present perfect 現在完成時　have 或 has 與 -ed分詞連用構成的時態，指對現在有影響的過去事件，例如 She **has loved** him for ten years. 她愛了他10年。見語法條目 The past。

present perfect continuous 現在完成進行時　又稱 present perfect progressive。

present perfect progressive 現在完成進行時　has been 或 have been 與現在分詞連用構成的時態，指現在仍然存在的過去情況。又稱 present perfect continuous，例如 We **have been sitting** here for hours. 我們在這裏連續坐了數小時。見語法條目 The progressive form, The past。

present progressive 現在進行時　am、are 或 is 與 -ing分詞連用的時態，指現在的事件，例如 Things **are improving**. 情況正在好轉。見語法條目 The present, The progressive form。

present simple 一般現在時　用動詞原形或 s形式構成的時態，通常指現在的事件和情況，例如 I **like** bananas. 我喜歡吃香蕉、My sister **hates** them. 我妹妹討厭它們。見語法條目 The present。

progressive 進行時　動詞 be 的一個形式與 -ing分詞連用構成的時態，例如 She **was laughing**. 她在大笑、They **had been playing** tennis.他們一直在打網球。又稱 continuous。見語法條目 The progressive form。

pronoun 代詞　代替名詞的詞，用於不想直接指稱人或物時，例如 it 它、you 你、none 沒有一個。見語法條目 Pronouns。

proper noun 專有名詞　指特定的人、地方或機構的名詞，例如 Maria 瑪利亞、Edinburgh 愛丁堡、January 一月。比較 **common noun**。見語法條目 Nouns。

purpose clause 目的從句　通常由 in order to、to、so that 或 so 引導的分句，表示

動作的目的，例如 *I came here **in order to help you***. 我來這裏是為了幫助你。見語法條目 Subordinate clauses。

qualitative adjective 屬性形容詞　用於表示屬性並可分級的形容詞，例如 *funny* 滑稽的、*intelligent* 聰明的、*small* 小的。比較 classifying adjective。見語法條目 Adjectives。

question 疑問句　動詞通常位於主語之前的結構，用於詢問某人某事，例如 *Have you lost something?* 你遺失了甚麼東西嗎？*When did she leave?* 她是甚麼時候離開的？又稱 interrogative。見語法條目 Questions。

question tag 附加疑問句　由助動詞加代詞組成的結構，用在陳述句末以便構成疑問句，例如 *She's quiet, **isn't she**?* 她很安靜，是不是？

quote structure 引語結構　含有引述分句和引語的結構，用於直接引語，例如 *She said 'I'll be late'.* 她說 "我要遲到了"。比較 **reporting structure**。見語法條目 Reporting。

reason clause 原因從句　通常由 because、since 或 as 引導的分句，解釋某事的原因，例如 ***Since you're here**, we'll start.* 既然你來了，我們就開始吧。見語法條目 Subordinate clauses。

reciprocal pronoun 相互代詞　代詞 each other 和 one another，用於表示兩個人做同樣的事或有相同的感覺，例如 *They loved **each other**.* 他們曾彼此相愛。

reciprocal verb 相互動詞　描述兩個人互相做同一動作的動詞，例如 *They **met** in the street.* 他們在街上相遇。

reflexive pronoun 反身代詞　以 -self 或 -selves 結尾的代詞，如 myself 或

themselves；當受動作影響的人與動作執行者是同一人時，反身代詞用作動詞的賓語。見語法條目 Pronouns。

reflexive verb 反身動詞　通常與反身代詞連用的動詞，例如 *Can you **amuse yourself** until dinner?* 你能在晚餐前自娛自樂嗎？見語法條目 Verbs。

relative clause 關係從句　為主句中提及的人或物提供更多信息的分句。另見 defining relative clause, non-defining relative clause。見語法條目 Relative clauses。

relative pronoun 關係代詞　指 who 或 which 這樣的 wh-詞，用於引導關係分句，例如 *...the girl **who** was carrying the bag* …… 拿着袋的那個女孩。

reported clause 間接引語分句　引述結構中描述某人所說內容的那個部份，例如 *She said **that she couldn't see me**.* 她說她不能見我。

reported question 間接疑問句　用引述結構轉述而不是引用說話者原話的疑問句。又稱 indirect question。見語法條目 Reporting。

reported speech 間接引語　用引述結構轉述而不是引用說話者原話的引語。又稱 indirect speech。

reporting clause 引述分句　包含引述動詞的分句，用於引出某人所說的內容，例如 ***They asked** if I could come.* 他們問我是否能來。

reporting structure 引述結構　用引述分句和間接引語分句轉述某人所說內容而不是引用說話者原話的結構，例如 *She told me she'd be late.* 她告訴我她會遲到。比較 quote structure。見語法條目 Reporting。

reporting verb 引述動詞　描述人們所說或所想的動詞，例如 *suggest* 建議、*say* 說、

wonder 感到疑惑。

result clause 結果從句　由 so、so that 或 such that 引導的分句，帶出某事的結果，例如 *The house was severely damaged, **so that it is now uninhabitable***. 屋遭到嚴重破壞，所以現在不適合居住。見用法條目 so, such。

second person 第二人稱　見 person。

semi-modal 半情態詞　指動詞 dare、need 和 used to，其作用很像情態詞。

sentence 句子　表示陳述、疑問或命令的一組詞。句子通常含動詞和主語，可以由一個分句組成，也可以由兩個或多個分句組成。書寫句子時，句首第一個字母大寫，句末用句號、問號或感嘆號。

sentence adverbial 句子狀語　適用於整個句子而不是其一部份的副詞或狀語表達式，例如 ***Fortunately**, he wasn't seriously injured.*　幸運的是，她沒有嚴重受傷。見主題條目 Opinions。

sentence connector 句子連接詞　用於引出評論或強調所説內容的句子狀語，例如 *moreover* 而且、*besides* 此外。

s form s形式　詞尾加 s 的動詞原形，用於一般現在時，例如 *She **likes** reading.*她喜歡看書。

singular 單數　用於談論一個人或物的形式，例如 *dog* 狗、*woman* 女人。比較 plural。

singular noun 單數名詞　通常用單數形式的名詞，例如 *sun* 太陽、*moon* 月亮。見語法條目 Nouns。

stative verb 狀態動詞　描述狀態的動詞。例如 *be*、*live*、*know*。比較 dynamic verb。見語法條目 The progressive form。

subject 主語　陳述句中位於動詞之前的名詞短語，與動詞在人稱和數上保持一致；在主動句中，主語通常指執行動詞所表示的動作的人或物，例如 ***We** were going shopping.* 我們打算去購物。

subject pronoun 主格人稱代詞　用作句子主語的人稱代詞。主格人稱代詞有 I、we、you、he、she、it 以及 they。見語法條目 Pronouns。

subjunctive 虛擬式　用來表示祝願、希望和懷疑等態度的動詞形式。虛擬式在英語裏不太常見，主要用於條件句，如 If I were you... 如果我是你的話……見語法條目 The subjunctive。

subordinate clause 從句　由 because 或 while 等屬連詞引導的分句，必須與主句連用。又稱 dependent clause。見語法條目 Subordinate clauses。

suffix 後綴　為了構成一個不同的單詞、時態、格或詞類而加在詞尾的一個或一組字母，例如 *slow**ly*** 緩慢地、*child**ish*** 孩子氣的。比較 affix 和 prefix。

superlative 最高級　詞尾加 -est 或前面用 most 的形容詞或副詞，例如 thinnest 最瘦、quickest 最快、most wisely 最明智地。見語法條目 Comparative and superlative adjectives, Comparative and superlative adverbs。

tense 時態　表示所指是過去還是現在的動詞形式。見語法條目 The past, The present。

that*-clause *that*-從句**　以 that 開頭的分句，主要用於引述某人所説的話。如果分句用在引述動詞之後，that 可以省略，例如 *She said **that she'd wash up for me. 她説她會為我洗碗。見語法條目 *That*-clauses。

third person 第三人稱　見 person。

time clause 時間從句　表示事件發生時間的分句，例如 *I'll phone you **when I get back**.* 我回來後會打電話給你。見語法條目 Subordinate clauses。

title 稱謂　用在人名前的詞，表示地位或身份，例如 *Mrs* 夫人、*Lord* 大人、*Queen* 女王。見主題條目 Names and titles。

***to*-infinitive** *to*-不定式　動詞原形前加 to，例如 *to go*、*to have*、*to jump*。

transitive verb 及物動詞　及物動詞用於談論涉及一個以上的人或物的動作或事件，因此後接賓語，例如 *She's **wasting** her money.* 她在浪費自己的錢。比較 intransitive verb。見語法條目 Verbs。

uncountable noun 不可數名詞　指事物的總類而不是單件事物的名詞，因此沒有複數形式，例如 *money* 錢、*furniture* 傢具、*intelligence* 智力。又稱 uncount noun。見語法條目 Nouns。

verb 動詞　與主語連用的詞，說明某人或某物做了甚麼或他們發生了甚麼，例如 *sing* 唱歌、*spill* 溢出、*die* 死亡。見語法條目 Verbs。

verb phrase 動詞短語　指主要動詞，或前面有一個或多個助動詞的主要動詞，與主語一起說明某人或某物做了甚麼或他們發生了甚麼，例如 *I'll show* them. 我會給他們看的、*She's **been** sick.* 她病了。

vocative 呼語　對某人說話時用的詞，這些詞如同名字一樣使用，例如 *darling* 親愛的、*madam* 夫人。見主題條目 Addressing someone。

***wh*-clause** *wh*-從句　以 *wh*-詞開頭的分句。見語法條目 Reporting。

***whether*-clause** *whether*-從句　以 whether 開頭的分句，用於引述 *yes* / *no*-疑問句，例如 *I asked her **whether she'd seen him**.* 我問她是否看見過他。見語法條目 Reporting。

***wh*-question** *wh*-疑問句　期待給予特定的人、地點、事物、數量等回答的疑問句，而不僅僅用 yes 或 no 回答。比較 *yes* / *no*-question。見語法條目 Questions。

***wh*-word** *wh*-詞　以 wh- 開頭的一組詞之一，如 what、when 或 who，用於 *wh*-疑問句。How 也稱作 *wh*-詞，因為其功能與別的 *wh*-詞相似。見語法條目 *wh*- words。

***yes* / *no*-question** *yes* / *no*-疑問句　可以只用 yes 或 no 回答的疑問句，例如 *Would you like some more tea?* 你要不要再喝點茶？比較 *wh*-question。見語法條目 Questions。

Index 索引